Stalingrado

VASSILI GROSSMAN

Stalingrado

TRADUÇÃO
Renato Marques de Oliveira

Copyright © 2019 by Ekaterina Vasilyevna Korotkova e Yelena Fedorovna Kozhichkina
Tradução do russo para o inglês © 2019 by Robert Chandler
Introdução, notas e posfácio © 2019 by Robert Chandler

Tradução do russo para o inglês
Robert e Elizabeth Chandler

A tradução do inglês para o russo é dedicada ao pai do tradutor, o coronel Roger Elphinstone Chandler (1921-68)

Grafia atualizada segundo o Acordo Ortográfico da Língua Portuguesa de 1990, que entrou em vigor no Brasil em 2009.

Título original
Stalingrad

Capa
Thiago Lacaz

Foto de capa
Sovfoto/ UIG/ Bridgeman Images/ Easypix Brasil

Mapas
Paul Simmons

Estabelecimento de texto
Robert Chandler e Yury Bit-Yunan

Preparação
Diogo Henriques

Revisão
Luís Eduardo Gonçalves
Jane Pessoa

Dados Internacionais de Catalogação na Publicação (CIP)
(Câmara Brasileira do Livro, SP, Brasil)

Grossman, Vassili, 1905-1964
 Stalingrado / Vassili Grossman ; tradução Renato Marques de Oliveira. — 1ª ed. — Rio de Janeiro : Alfaguara, 2023.

 Título original : Stalingrad.
 ISBN 978-85-5652-163-7

 1. Romance russo I. Título.

23-159622   CDD-891.73

Índice para catálogo sistemático:
1. Romances : Literatura russa   891.73
Aline Graziele Benitez – Bibliotecária – CRB-1/3129

Todos os direitos desta edição reservados à
EDITORA SCHWARCZ S.A.
Praça Floriano, 19, sala 3001 — Cinelândia
20031-050 — Rio de Janeiro — RJ
Telefone: (21) 3993-7510
www.companhiadasletras.com.br
www.blogdacompanhia.com.br
facebook.com/editora.alfaguara
instagram.com/editora_alfaguara
twitter.com/alfaguara_br

Sumário

Introdução   7
Mapas   30

STALINGRADO   35

Cronologia da guerra   1003
Posfácio   1006
Nota sobre os nomes russos e relação de personagens principais   1043
Bibliografia selecionada   1051
Agradecimentos   1053

Introdução

Guerra e paz, o *Livro negro* e as muitas versões de *Stalingrado*

Com um sorriso cansado, [o marechal Timotchenko] continuou:
— Nomes, nomes... quantas vezes tenho que dizer isso?
Você tem que saber o nome dos seus homens!
Voltando-se para Nóvikov, perguntou:
— Você sabe o nome dele, coronel?
Nóvikov disse então o nome do homem que havia morrido:
— Tenente-coronel Alférov.
— Memória eterna! — exclamou Timotchenko.

I

O romance *Vida e destino*, de Vassili Grossman (concluído em 1960), foi aclamado como o *Guerra e paz* do século XX. Traduzido para a maioria dos idiomas europeus e também para o chinês, japonês, coreano, turco e vietnamita, ganhou produções teatrais, séries de TV e uma dramatização radiofônica de oito horas de duração pela BBC. Muitos leitores, no entanto, desconhecem que Grossman não concebeu *Vida e destino* originalmente como um romance autônomo. Trata-se, na verdade, do segundo de dois romances estreitamente correlacionados sobre a Batalha de Stalingrado, aos quais talvez seja mais simples referir-se como um díptico. O primeiro desses romances foi publicado em 1952 sob o título *Por uma causa justa*. O próprio Grossman, no entanto, queria chamá-lo de *Stalingrado* — e foi assim que o intitulamos na presente tradução.

Os personagens dos dois romances são praticamente os mesmos, e também o enredo; *Vida e destino* se inicia no ponto onde *Stalingrado* termina, no final de setembro de 1942. O ensaio de Ikónnikov sobre a bondade insensata — que aparece em *Vida e destino* e costuma ser considerado central para o romance — originalmente fazia parte de

Stalingrado. Outro elemento memorável de *Vida e destino* — a carta escrita pela mãe de Viktor Chtrum sobre seus últimos dias no gueto de Berdítchev — é de importância decisiva para *ambos* os livros. É provável que desde sempre a intenção de Grossman tenha sido incluir as palavras da carta em *Vida e destino*, mas é em *Stalingrado* que ele nos conta como a missiva chegou às mãos de Viktor e o que ele sentiu ao lê-la.

Grossman completou *Vida e destino* quase quinze anos depois de ter começado a trabalhar em *Stalingrado*. O livro é, entre outras coisas, uma ponderada declaração de sua filosofia moral e política — uma meditação sobre a natureza do totalitarismo, o perigo apresentado mesmo pela mais aparentemente benigna das ideologias e a responsabilidade moral de cada indivíduo por suas próprias ações. Foi essa profundidade filosófica que levou muitos leitores a falarem do romance como uma obra que mudou suas vidas. *Stalingrado*, por sua vez, é menos filosófico, porém mais imediato; apresenta-nos uma história humana mais rica e variada.

Grossman atuou como correspondente de guerra na linha de frente ao longo de quase todos os quatro anos da guerra soviético-alemã. Tinha uma memória prodigiosa e uma habilidade incomum de fazer com que pessoas de todas as ocupações falassem com ele de modo franco e aberto; também contou com acesso relativamente livre, durante os anos da guerra, a um sem-número de relatórios militares. Seus cadernos de anotações incluem perfis biográficos condensados de centenas de indivíduos, fragmentos de diálogos e toda sorte de insights repentinos e observações inesperadas. Boa parte desse material acabou indo parar nas páginas de *Stalingrado*, conferindo ao romance uma grande dose de vitalidade e certa qualidade democrática; Grossman escreve com igual respeito e delicadeza sobre as experiências de um veterano general do Exército Vermelho, de um miliciano recém-recrutado ou de uma dona de casa aterrorizada. E dedica mais espaço do que outros escritores soviéticos aos efeitos da Batalha de Stalingrado na vida de cães, gatos, camelos, roedores, pássaros, peixes e insetos nas estepes circundantes.

Poucos correspondentes de guerra são capazes de vivenciar tantos aspectos da guerra em apenas alguns anos sem se tornar insensíveis. A abrangente análise de Grossman sobre o estado de ânimo de um exército em retirada é sutil e penetrante. Sua evocação dos pensamentos e sentimentos dos habitantes de uma cidade grande submetida a um inclemente bombardeio aéreo é quase enciclopédica. E o relato da defesa da estação ferroviária de Stalingrado pode ser comparado à *Ilíada*; a evocação que Grossman faz da vida interior de jovens que sabem que estão fadados a morrer nas vinte e quatro horas seguintes é extraordinariamente convincente.

Grossman é um mestre no retrato de personagens, com um talento singular para transmitir os sentimentos de indivíduos por meio de detalhes ínfimos, porém de um nítido realismo. O sereno e modesto major Beriózkin, por exemplo, perdeu o contato com a esposa e não sabe se ela ainda está viva. Grossman nos conta que, ao sentar-se para tomar parte em uma refeição excepcionalmente farta, ele

> tocou os tomates, na esperança de encontrar um que estivesse maduro mas não mole. E se sentiu envergonhado, ao recordar com tristeza como Tamara costumava repreendê-lo por isso. Ela não gostava que ele encostasse nos tomates ou nos pepinos em um prato compartilhado.

Grossman é igualmente hábil em suas mudanças de perspectiva, alternando entre o microscópico e o épico e mostrando a mesma compreensão generosa em relação a seus personagens, tanto os alemães quanto os russos. Uma de suas criações mais interessantes é o tenente Bach, um intelectual e ex-dissidente que agora se rende às seduções da ideologia nazista. Comandante de regimento em uma das primeiras divisões a cruzar o rio Don, ele sente que está participando de uma empreitada de grandiosidade épica:

> Levantou-se e bateu o pé. Era como se chutasse o próprio céu. [...] Ao que parecia, podia sentir, com a própria pele, com o corpo inteiro, os mais distantes rincões dessa terra estrangeira que havia atravessado. Talvez estivesse mais forte agora do que nos dias em que, apreensivo, olhava para a porta enquanto sussurrava seus pensamentos secretos. Será que realmente entendia o que as grandes mentes do passado teriam feito nos dias de hoje? Essas grandes mentes alinhavam-se agora com a força retumbante e triunfante ou estavam do lado daqueles velhos e velhas mexeriqueiros que cochichavam e cheiravam a naftalina?

Mil páginas depois, na última parte de *Vida e destino*, o tenente Bach constata que havia se iludido. Talvez isso não seja surpresa alguma para o leitor; o que espanta é a capacidade de Grossman de nos fazer perceber com que facilidade também poderíamos ter sido iludidos.

Stalingrado é um dos grandes romances do século passado. Se foi ofuscado por sua sequência, isso provavelmente se deve a duas razões principais. A primeira é que continuamos escravizados pelo pensamento da Guerra Fria; ainda não conseguimos conceber que um romance publicado pela primeira vez durante os últimos anos de Stálin, quando a ditadura stalinista estava no auge do rigor, pudesse merecer nossa atenção. Figuras renomadas rejeitaram *Stalingrado*, e é fácil presumir que devia haver bons motivos para isso. Por muitos anos também encampei essa preguiçosa pressuposição, e sou grato ao historiador Jochen Hellbeck por me convencer — ainda que tardiamente — a ler o romance e julgar por mim mesmo.

Uma segunda razão é que nenhuma das edições publicadas de *Stalingrado*, em russo ou em qualquer outro idioma, faz justiça à visão original de Grossman. Nos primeiros datiloscritos há muitos trechos ousados, espirituosos, vigorosos e perspicazes que nunca vieram à luz e provavelmente só foram lidos por algumas dezenas de pessoas. Os editores de Grossman — que, como todos os editores soviéticos, também desempenhavam o papel de censores — exigiram que ele os excluísse, e ainda cabe aos acadêmicos a tarefa de estudar e publicar o abundante material preservado nos arquivos do autor. Na presente tradução restauramos essas passagens sempre que possível. É uma honra estar na posição de poder publicar pela primeira vez alguns dos momentos mais primorosos e refinados da produção escrita de Grossman. Minha esperança é que isso permita que os leitores reconheçam toda a amplitude, humor e generosidade emocional de outra obra-prima do autor de *Vida e destino*.

2

Guerra e paz provavelmente nunca teve tantos leitores como na União Soviética durante a Segunda Guerra Mundial. As autoridades tinham todos os motivos para promover o romance. Tolstói era visto como um precursor do realismo socialista soviético, e as implicações do romance para o resultado da guerra eram obviamente positivas. *Guerra e paz* foi difundido à exaustão em transmissões radiofônicas. Dois oficiais que tiveram papel determinante na defesa de Stalingrado falaram mais tarde sobre o quanto Tolstói era importante para eles; o major-general Rodímtzev dizia ter lido o romance três vezes, e o general Tchuikov declarou em uma entrevista de 1943 que os generais de Tolstói eram o modelo pelo qual julgava seu próprio desempenho. Segundo a crítica literária soviética Lidia Ginzburg, os civis na Leningrado sitiada julgavam a si mesmos exatamente da mesma maneira. O Comissariado do Povo para Educação imprimiu folhetos com instruções sobre como resumir *Guerra e paz* e explicar o romance aos soldados.[1] Entre o fim de agosto e o início de setembro de 1941, a mãe de Grossman, Iekaterina Saviélievna, usou uma tradução francesa de *Guerra e paz* para ensinar francês aos filhos do médico com quem viveu durante as últimas semanas no gueto de Berdítchev, antes de ser fuzilada pelos nazistas.[2] O próprio Grossman escreveu: "Durante toda a guerra, o único livro que li foi *Guerra e paz*, duas vezes".[3] E a filha de Grossman, Iekaterina Korotkova, conclui um breve resumo de seu volume de memórias com as seguintes palavras: "Lembro-me de uma carta que ele mandou de Stalingrado: 'Bombardeiros. Artilharia. Trovoada infernal. É impossível ler'. E depois, inesperadamente: 'É impossível ler qualquer coisa, exceto *Guerra e paz*'".[4]

O establishment político e literário soviético queria um Tolstói Vermelho para escrever o relato memorial da guerra. Um breve artigo publicado por Grossman em 23 de junho de 1945 atesta tanto sua determinação em aceitar o desafio como a consciência acerca da responsabilidade envolvida.

Grossman começa evocando a atmosfera em um posto de comando da divisão de infantaria durante uma cruenta batalha travada em 1944. O comandante de divisão está sob pressão; seu superior imediato grita com ele pelo telefone de campanha, e seus subordinados imploram por um apoio que ele é incapaz de oferecer. A certa altura, Grossman imagina-se no lugar do comandante, carregando um pesadíssimo fardo de responsabilidade.

---

[1] Jochen Hellbeck, *Stalingrad*, pp. 433-4.
[2] Alexandra Popoff, *Vasily Grossman and the Soviet Century*, cap. 8.
[3] Vassili Grossman, *Um escritor na guerra*, p. 13.
[4] E. V. Korotkova-Grossman, *Vospominaniia*. Moscou: Nobii Khoronogra, 2014, p. 4.

Nesse exato momento, como se estivesse lendo a minha mente, o comandante — que parecia ter se esquecido de que eu estava lá — de súbito virou-se para mim e sorriu. Ainda sorrindo, disse, com certa *Schadenfreude*: "Bem, posso estar em apuros agora, mas depois da guerra os escritores é que ficarão em maus lençóis quando tentarem descrever tudo isso".

Grossman retorna então ao presente, ao fim de junho de 1945, apenas seis semanas após a rendição alemã:

E então chegou a hora de nós, escritores, assumirmos nossa responsabilidade. Entendemos a magnitude dessa nobre tarefa, que está longe de ser simples? Entendemos que somos nós que, com a firmeza de propósito que ninguém mais tem, devemos agora entrar em batalha contra as forças do esquecimento, contra o vagaroso e implacável fluxo do rio do tempo?

E por fim conclui:

Nossos esforços são dignos de figurar ombro a ombro com a monumental literatura do passado? Podem servir de exemplo para o futuro? Hoje, só podemos responder na negativa. E isso torna ainda mais dolorosos aqueles momentos nos quais, em nosso meio literário, por vezes encontramos certa presunção arrogante, um contentamento preguiçoso e cheio de si com os insignificantes resultados de trabalhos superficiais e apressados.[5]

Em termos estruturais, o díptico de *Stalingrado* claramente toma por modelo *Guerra e paz*, e em diversos momentos Grossman faz referências diretas a Tolstói. No entanto, é certo que ele não imaginava que poderia simplesmente copiar seu antecessor. Assim, seu primeiro passo foi questioná-lo. Grossman visitou Iásnaia Poliana, a casa ancestral de Tolstói, no outono de 1941, e transmite, em *Stalingrado*, seus próprios sentimentos e ideias, conforme registrados em seus cader-

---

[5] Vassili Grossman, "Trud pisatelia". *Literaturnaia Gazeta*, 23 jun. 1945. Anna Berzer cita boa parte desse breve artigo em *Proschanie*, publicado em conjunto com Semion Lipkin, *Jizni sudba Vasiliia Grossmana* (Moscou: Kniga, 1990), p. 121.

nos de anotações de guerra. Nos parágrafos que se seguem, como em vários outros capítulos do livro, o comissário Krímov serve como seu porta-voz:

> A tormenta que havia escancarado todas as portas na Rússia, que expulsara as pessoas de suas casas quentes para escuras estradas outonais, sem poupar nem apartamentos urbanos pacíficos nem choupanas de vilarejos, tampouco aldeias nos rincões da floresta, não havia sido menos inclemente com a casa de Liev Tolstói. Iásnaia Poliana também estava se preparando para partir, em meio à chuva e à neve, junto com todo o país, todo o povo. Era um lar russo vivo e sofrido — um entre mil e tantos outros. Com absoluta clareza, Krímov viu em sua cabeça os Montes Calvos e o príncipe velho e adoentado. O presente se fundiu com o passado; os eventos de hoje eram os mesmos que Tolstói descrevera com tanta verdade e vigor que se tornaram a realidade suprema de uma guerra que havia chegado ao fim cento e trinta anos antes. [...]
>
> E então a neta de Tolstói, Sófia Andrêievna, saiu da casa, calma, melancólica, tremendo um pouco, apesar do casaco jogado sobre os ombros. Mais uma vez Krímov não sabia se aquela era a princesa Mária, saindo para uma última caminhada pelo jardim antes da chegada dos franceses, ou se era a neta idosa de Liev Tolstói cumprindo escrupulosamente as exigências de seu destino: empenhando-se de corpo e alma, enquanto se preparava para ir embora, em verificar a exatidão do relato do avô sobre a partida anterior da princesa daquela mesma casa.

Nesse ponto, Krímov parece ver pouca diferença entre as duas guerras. Mais tarde, no entanto, vem a entender que as atrocidades da Segunda Guerra Mundial se situavam em uma escala diferente de qualquer coisa imaginada por Tolstói:

> Krímov olhou para os feridos caídos à beira da estrada, para o rosto sombrio e atormentado de cada um, e se perguntou se aqueles homens algum dia figurariam nas páginas dos livros. Não era uma visão para os que queriam adornar a guerra com delicados mantos. Lembrou-se de uma conversa noturna com um soldado já idoso cujo rosto não conseguira enxergar. Estavam deitados em um barranco, cobertos apenas por um pesado sobretudo. Era melhor que os escritores de futuros livros evitassem ouvir conversas como aquela. Para Tolstói estava tudo muito

bem — ele escrevera seu magnífico e esplêndido livro décadas depois de 1812, quando a dor sentida em todos os corações havia desvanecido e só o que era sábio e glorioso vinha à lembrança.

Grossman, é claro, sabia muito bem que ocupava uma posição em nada parecida com a de Tolstói. Este teve relativamente poucos problemas com os censores, ao passo que Grossman lutou contra a tesoura de editores e censores ao longo de toda a sua carreira. Muito do que escreveu na década de 1930 foi expurgado. E, de 1943 a 1946, junto com o poeta, jornalista e romancista Iliá Ehrenburg, ele trabalhou para o Comitê Antifascista Judaico na elaboração do *Livro negro*, uma compilação documental de relatos de testemunhas oculares da Shoah, o Holocausto, em solo soviético e polonês.

Uma edição soviética do *Livro negro* estava pronta para ser impressa em 1946, mas em fevereiro de 1947 Gueórgi Alexandrov, chefe do Departamento de Agitação e Propaganda do Comitê Central do Partido Comunista, declarou que "o livro apresenta uma imagem distorcida da natureza real do fascismo [já que a impressão que deu foi que] os alemães lutaram contra os soviéticos apenas para aniquilar os judeus". A decisão final de não publicar o *Livro negro* foi anunciada em agosto de 1947, e em 1948 as matrizes de impressão foram destruídas.[6] Agora que a guerra havia sido vencida, agora que não havia mais necessidade de solicitar apoio internacional contra Hitler, nenhuma quantidade de concessões por parte dos editores poderia tornar o *Livro negro* aceitável. Admitir que os judeus constituíam a esmagadora maioria daqueles que foram fuzilados no massacre em Babi Iar e em outros lugares talvez tenha levado as pessoas a perceberem que membros de outras nacionalidades soviéticas haviam sido cúmplices do genocídio. De qualquer forma, Stálin não tinha o menor desejo de enfatizar o sofrimento judaico; o antissemitismo era uma força que poderia explorar de modo a conseguir apoio para o seu regime.

No final da primavera de 1945, Grossman assumiu a chefia do conselho editorial do *Livro negro*, em substituição a Ehrenburg. Sua

---

[6] Ver Yitzhak Arad, *The Holocaust in the Soviet Union* (Lincoln: University of Nebraska Press; Jerusalém: Yad Vashem, 2009), p. 543. Uma versão integral em russo do *Livro negro* foi publicada em Jerusalém em 1980.

mãe fora morta a tiros em Berdítchev, e ele próprio escreveu o primeiro relato publicado sobre o campo de extermínio de Treblinka.*
O que Grossman deve ter sentido quando a publicação do *Livro negro* foi abortada é difícil de imaginar. O simples fato de ter continuado trabalhando obstinadamente em *Stalingrado* — seu outro projeto de grande envergadura no pós-guerra — atesta sua extraordinária força de caráter.

3

Não deveria surpreender que *Stalingrado* — escrito durante os últimos anos do regime de Stálin, cada vez mais repressivos e antissemitas — seja assombrado pela presença daquilo sobre o que não se pode falar. Durante uma reunião no instituto de Viktor Chtrum, seu colega Maksímov comenta sobre sua recente visita à Tchecoslováquia ocupada pelos alemães; ele está horrorizado com o que viu da realidade do fascismo. O Pacto de Não Agressão Germano-Soviético ainda está em vigor e, portanto, o diretor do instituto e um colega de Viktor tentam silenciá-lo. Nas primeiras versões datilografadas de *Stalingrado*, Viktor instiga Maksímov a escrever um artigo sobre o fascismo; espera, audaciosamente, publicá-lo no boletim do instituto. Maksímov escreve nada menos que oitenta páginas e as leva até a dacha de Viktor. Mas Hitler invade a União Soviética apenas uma semana depois, e nem Viktor nem os leitores de Grossman jamais conseguem pôr os olhos numa única palavra do artigo. Viktor e Maksímov nem sequer conseguem conversar sobre o fascismo, embora desejem desesperadamente.

Um documento ainda mais importante que jamais chegamos a ler é a última carta que Viktor Chtrum recebe da mãe, Anna Semiônova. Trata-se de uma presença tão poderosa em *Stalingrado* quanto em *Vida e destino*. Em *Stalingrado*, não chegamos a ler as palavras de Anna, mas lemos *a respeito* de sua carta repetidas vezes. Grossman descreve cada etapa da jornada da missiva desde o gueto de Berdítchev até a dacha de Viktor. Ao todo, a carta é passada de mão em mão sete vezes. Há

---

* O artigo "O inferno de Treblinka", publicado na revista *Známia* em novembro de 1944 e incluído posteriormente na antologia *A estrada*, publicada no Brasil em 2015. (N. T.)

momentos de humor tenebroso ao longo do caminho. A certa altura, o velho bolchevique Mostovskói leva a carta ao apartamento da sogra de Viktor Chtrum, Aleksandra Vladímirovna, em Stalingrado. Quando ele a entrega a Tamara, a jovem amiga da família que lhe abre a porta, ela diz: "Meu Deus, que papel imundo! Parece que passou os dois últimos anos jogado em um porão". E, ato contínuo, envolve a carta "numa folha grossa de papel cor-de-rosa, geralmente utilizado para fazer enfeites e decorar árvores de Ano-Novo".

Em seguida, Tamara entrega o pacote ao coronel Nóvikov, que está prestes a embarcar em um avião rumo a Moscou. Nóvikov vai até o apartamento de Viktor, onde acaba interrompendo um romântico tête-à-tête entre o físico e uma bela e jovem vizinha chamada Nina. Viktor enfia o pacote em sua pasta e se esquece dele completamente. Vinte e quatro horas depois, em sua dacha, por um momento o confunde com uma barra de chocolate — que, pelo menos nas primeiras versões datilografadas do livro, ele pretendia oferecer a essa mesma Nina.

Na manhã seguinte, após finalmente ler a carta, Viktor se olha no espelho, esperando "ver um rosto abatido com lábios trêmulos e olhos insanos". Mas fica surpreso ao constatar que está com a mesma aparência do dia anterior. A partir daí, carrega consigo a carta para onde quer que vá, mas é incapaz de falar a respeito dela. Mal consegue falar sobre ela consigo mesmo:

> Releu as palavras da mãe várias vezes. A cada releitura sentia o mesmo choque sentido na dacha, como se estivesse lendo a carta pela primeira vez.
> Talvez sua memória estivesse resistindo de forma instintiva, relutante e incapaz de aceitar algo cuja presença constante tornaria a vida insuportável.

Após o cancelamento do *Livro negro*, Grossman deve ter percebido que não poderia escrever livremente sobre os eventos relatados pela mãe de Viktor. É provável que, em vez de amenizar o tom da carta, de modo a torná-la aceitável, tenha tomado a decisão consciente de simplesmente deixar uma lacuna, substituindo a carta por um silêncio explícito e eloquente. Se foi mesmo isso que aconteceu, trata-se de um potente exemplo de sua notável capacidade de fazer uso criativo da interferência editorial.

Na superfície, o díptico de Stalingrado tem muito em comum com *Guerra e paz*. Em ambos os casos, as obras incluem reflexões gerais sobre história, política e filosofia. Ambas se dividem entre relatos da vida militar e civil. O díptico de Stalingrado se estrutura em torno de uma única e numerosa família, assim como *Guerra e paz* se estrutura em torno de um grupo de famílias ligadas pelo casamento. Há, contudo, uma diferença fundamental. Embora Grossman aparente ser um narrador onisciente e desapaixonado, seu díptico é mais pessoal do que *Guerra e paz*. Ao contrário de Tolstói, ele viveu a guerra que descreve, e sentia uma profunda culpa por ter permitido que a mãe permanecesse em Berdítchev em vez de insistir que ela se juntasse a ele e à esposa em Moscou. Sua morte o perturbou pelo resto da vida, e a última carta de Anna Semiônova — que é, evidentemente, um retrato da mãe de Grossman — ocupa o centro de *Stalingrado* como um buraco profundo. Ou, nas palavras de Viktor Chtrum, "como uma sepultura aberta".

4

Stalingrado é, entre muitas outras coisas, um ato de homenagem. Um dos objetivos de Grossman era honrar os mortos — sobretudo aqueles que haviam sido esquecidos. Ele escreve sobre os que morreram nas muitas batalhas de pequena monta dos primeiros meses da guerra:

> Havia homens que, vendo-se irremediavelmente sobrepujados em número, apenas lutavam com ferocidade ainda maior. Estes são os heróis do primeiro período da guerra. Muitos não têm nome e não tiveram funeral. É a eles que, em grande medida, a Rússia deve sua salvação.

Isso pode soar como retórica soviética ortodoxa, mas Grossman está, a bem da verdade, cortejando a controvérsia. Para o leitor ocidental é difícil entender a brutalidade com que as autoridades soviéticas tratavam seus próprios soldados e as famílias destes. Em sua maioria, os homens que Grossman chama de heróis teriam sido oficialmente classificados como "desaparecidos" em vez de "mortos em combate". Se não houvesse testemunhas de sua morte, eles poderiam, aos olhos das autoridades, ser simplesmente declarados desertores. Suas famílias, portanto, não teriam direito a pensão e passariam o resto da vida sob o peso de uma sombra.

Grossman também se recorda de figuras mais famosas. Em especial, presta homenagem ao biólogo e criador de plantas Nikolai Vavílov, um dos cientistas mais importantes vitimados pelos expurgos de Stálin. Com surpreendente franqueza — escondendo-o, talvez, à vista de todos —, Grossman dá o sobrenome dele a um de seus personagens mais cativantes, o sábio e heroico Piotr Vavílov, que, em um dos primeiros capítulos do romance, recebe seus documentos de convocação e parte rumo à guerra. As semelhanças entre o famoso cientista e o soldado camponês de Grossman são claras, embora pareçam ter passado despercebidas. Sobre Nikolai Vavílov, a historiadora cultural Rachel Polonsky escreve:

> Ele queria [...] aprimorar a qualidade dos grãos, obter melhores colheitas, alimentar o povo soviético [...]. Acreditava na pesquisa global; queria entender o mundo das plantas de todo o planeta, o cultivo e a migração de variedades de grãos — centeio, trigo, arroz e linho.[7]

Outro historiador, Gary Paul Nabhan, afirma:

> Vavílov foi um dos primeiros cientistas a realmente dar ouvidos aos agricultores — agricultores tradicionais, camponeses de todo o mundo —, entender por que eles julgavam que a diversidade de sementes era importante em seus campos de cultivo.[8]

E Grossman diz, acerca de seu soldado camponês:

> Vavílov pensava na Terra como um "globo terreno", e não terrestre, porque a via como um vasto campo que o povo tinha a responsabilidade de arar e semear.

---

[7] Rachel Polonsky, *Molotov's Magic Lantern: Travels in Russia History*. Londres: Faber & Faber, 2010, p. 146.
[8] Gary Paul Nabhan. Disponível em: <www.unp.me/threads/the-man-who-taught-us-the-most-about-evolution-of-our-food-himself-died-of-starvation.304186>. Acesso em: 13 out. 2018.

[...] [Vavílov] perguntava às pessoas sobre a vida delas em tempos de paz: "Como é a sua terra? O trigo cresce bem? Há secas? E painço... semeiam painço? Produzem batatas suficientes?".

Mais tarde, em *Vida e destino*, Viktor Chtrum lamenta as "dezenas de nomes que foram e não voltaram"; entre eles está Nikolai Vavílov. Em *Stalingrado*, Grossman precisa escrever de forma mais oblíqua. No entanto, se desdobra no esforço de chamar nossa atenção para o significado do nome Vavílov. Logo depois de Piotr Vavílov iniciar seu treinamento, um de seus companheiros soldados pergunta se ele é aparentado de outro Vavílov, um comissário do regimento. Piotr responde que é puro acaso terem o mesmo sobrenome. A função desse diálogo aparentemente sem sentido é, decerto, evocar a memória do cientista assassinado.

Outra das alusões de Grossman a Nikolai Vavílov é mais complexa. Em certo momento do livro, o gerente de um prestigioso hotel de Moscou orgulha-se de que cientistas famosos tenham visitado seu estabelecimento, e se lembra até mesmo do número do quarto que cada um ocupou, mas fica estranhamente confuso ao mencionar Vavílov, incapaz de se lembrar de que ele era biólogo. A ambição de Vavílov era acabar com a fome no mundo, mas ele morreu no cárcere, de inanição, em 1943. Não admira que o gerente do hotel fique confuso — como se houvesse algo que fosse incapaz de compreender, ou que percebesse talvez ser melhor não recordar.

Nikolai Vavílov permaneceu um nome bem conhecido; foi impossível para as autoridades apagar sua memória. Há outra figura histórica, no entanto, de importância ainda maior para o díptico de Stalingrado, que apenas recentemente saiu do esquecimento. A professora e pesquisadora alemã-ucraniana Tatiana Dettmer comprovou que Viktor Chtrum, o físico nuclear fictício de Grossman, é baseado em uma figura da vida real — Liev Iákovlevitch Chtrum, um dos fundadores da física nuclear soviética. Liev Chtrum nasceu em 1890 e foi executado em 1936; como muitas das vítimas dos expurgos de Stálin, foi acusado de trotskismo. Após sua morte, seus livros e documentos foram retirados das bibliotecas e ele foi apagado dos registros históricos. Nenhum estudioso da obra de Grossman antes de Dettmer parece ter tido conhecimento de sua existência.

Durante os anos em que Grossman viveu e estudou em Kiev (1914-9 e 1921-3), Liev Chtrum lecionou física e matemática em diversos institutos educacionais da cidade, até se tornar chefe do Departamento de Física Teórica da Universidade de Kiev. Os historiadores da ciência têm sido surpreendentemente morosos para ressuscitar essas figuras; foi apenas em 2012 que um grupo de pesquisadores ucranianos e russos publicou um artigo sobre Liev Chtrum, apontando uma teoria formulada por ele na década de 1920 sobre partículas que se movem a velocidades mais rápidas do que a da luz. Até então, acreditava-se que a primeira hipótese sobre essas partículas havia sido formulada somente em 1962.

Grossman chama a nossa atenção para o nome Chtrum assim como o faz com o nome Vavílov. Durante uma visita a Moscou, o coronel Nóvikov telefona para um amigo em cuja casa está hospedado. O amigo, o coronel Ivánov, avisa que há um cartão-postal para ele. Nóvikov pede que ele veja a assinatura e lhe diga de quem é. Depois de um breve silêncio, Ivánov, "claramente se esforçando para decifrar a caligrafia", responde: "Chturm, ou talvez Chtrom, não tenho certeza". E, em uma inesquecível passagem de *Vida e destino*, Viktor Chtrum pondera sobre um longo e intimidador formulário:

> 1. Sobrenome, nome, patronímico... Quem era ele, o homem que escrevia à noite no formulário, Chtrum, Viktor Pávlovitch? Aparentemente a mãe se casara com o pai no civil, depois eles se separaram quando Vítia completara dois anos, e ele se lembrava de que nos papéis de seu pai constava Pinchas, e não Pável. Por que me chamo Viktor Pávlovitch? Quem sou eu, e se eu de repente me chamasse Goldman ou Sagaidatchni? Ou o francês Desforges, ou melhor, Dubrovski?[9]

Sagaidatchni (nome tanto de um atamã cossaco do século XVII como de um artista que viveu em Kiev no início dos anos 1920) pode ser pouco mais que um nome aleatório, mas Aleksandr Goldman foi um professor de física que trabalhou em Kiev nas décadas de 1920 e 1930. Foi supervisor de Liev Chtrum e lecionou no instituto onde Grossman estudou de 1921 a 1923.

---

[9] Vassili Grossman, *Vida e destino*. Rio de Janeiro: Alfaguara, 2004, p. 603.

Goldman foi preso em 1938, dois anos depois de Liev Chtrum. Ao contrário de Chtrum, no entanto, sobreviveu e conseguiu retomar a física após a guerra. Nas palavras de Tatiana Dettmer:

> Se presumirmos que Grossman conheceu o derradeiro destino de Liev Chtrum e Goldman, as palavras de Viktor no romance, perguntando-se se era Chtrum, e não Goldman, assumem um significado mais profundo. Goldman e Liev Chtrum foram, ambos, vítimas do terror de Stálin. Goldman, no entanto, sobreviveu, ao contrário de Liev Chtrum — exceto na medida em que ressuscita nas páginas do romance de Grossman.

Há muitos paralelos entre a vida do Chtrum ficcional e do Chtrum histórico. Ambos eram físicos nucleares com especial interesse pela relatividade, e igualmente preocupados com questões sociais e políticas mais amplas. Assim como Viktor Chtrum, Liev Chtrum teve dois filhos — um menino (chamado Viktor!) do primeiro casamento e uma menina do segundo —, e certamente conhecia a maioria dos físicos com quem Viktor Chtrum se encontra ou nos quais pensa ao longo das páginas de *Vida e destino*: Abram Ioffe, Nikolai Mitrofánovitch Krilov, Igor Kurchátov, Liev Landau, Leonid Mandelstam e Igor Tamm.[10] Além disso, os conflitos que Grossman descreve no Instituto de Física de Viktor — o rebaixamento de importantes cientistas e funcionários de laboratório e a promoção de figuras menos talentosas, porém servis — parecem ser inspirados de perto em conflitos reais ocorridos na Faculdade de Física da Universidade de Moscou em 1944.

Sabemos que o próprio Grossman sempre teve profundo interesse pela física, desde a adolescência até a morte. Em uma carta ao pai, ele disse: "Dos catorze aos vinte anos [isto é, no período em que morou e estudou em Kiev], fui um devoto apaixonado das ciências exatas, e não me interessava por mais nada".[11] Os cadernos de anotações de guerra de Grossman incluem o diagrama de uma reação em cadeia.

---

[10] Há fotografias que mostram Liev Chtrum com Liev Landau. A filha de Chtrum, Ielena Lvóvna, também física, trabalhava no instituto de Leningrado chefiado por Abram Ioffe.

[11] Yury Bit-Yunan e David Feldman, *Vasilii Grossman v zerkale literaturnikh intrig*. Moscou: Forum, 2016, p. 45.

Assim como Liev Chtrum, Grossman era um ardoroso admirador de Einstein; em sua biografia escrita por John e Carol Garrard há uma imagem na qual podemos ver duas fotografias de Einstein no alto de uma estante de livros em seu escritório.[12] Da mesma forma, uma das poucas fotografias sobreviventes de Liev Chtrum mostra o físico em seu próprio escritório, onde podemos ver uma fotografia de Einstein e outra de Max Planck.

Dois dos amigos de escola de Grossman, Liev e Grígori Lévin, eram primos de Liev Chtrum. E, em uma carta ao pai datada de 1929, Grossman menciona ter visitado Chtrum e pedido dinheiro emprestado a ele — o que sugere que o conhecia muito bem. Ainda não há provas documentais incontestáveis disso, mas é bastante provável que, nos tempos em que Grossman morou e estudou em Kiev, Liev Chtrum tenha sido um de seus professores. Em *Stalingrado*, uma passagem sobre as aulas ministradas por Tchepíjin, mentor de Viktor Chtrum, pode muito bem ser uma evocação de Grossman sobre aulas que inspiraram a ele próprio:

> Essas fórmulas pareciam repletas de conteúdo; poderiam ter sido ardentes declarações de fé, dúvida ou amor. Tchepíjin reforçou essa impressão espalhando pela lousa pontos de interrogação, elipses e triunfantes pontos de exclamação. Foi doloroso, terminada a aula, ver o assistente apagar todos aqueles radicais, integrais, diferenciais e símbolos trigonométricos, todos aqueles alfas, deltas, ipsílones e tetas que a vontade e a inteligência humanas moldaram em um único e unido regimento. Como um valioso manuscrito, o quadro-negro deveria ter sido preservado para a posteridade.

Se Grossman pensava de fato em Liev Chtrum, esta última frase é ainda mais comovente; ele *preservou* o quadro-negro para a posteridade.

Como apontou Dettmer, Grossman concedeu à figura central de seu díptico o nome, a profissão, a família, os interesses e até mesmo os amigos de um "inimigo do povo". Ele era tudo menos ingênuo; sabia do perigo a que estava expondo a si mesmo e seu romance. Só podemos concluir que Liev Chtrum deve ter sido uma figura de ex-

---

[12] John Garrard e Carol Garrard, *The Life and Fate of Vasily Grossman*, p. 332.

traordinária importância para Grossman, que devia sentir para com ele uma profunda dívida de gratidão.[13]

5

Logo após a guerra, Grossman talvez tenha nutrido a esperança de que seu romance desempenhasse um papel conciliatório e curativo. Debatia-se então ferozmente se havia sido a infantaria ou a artilharia soviética que salvara Stalingrado. Grossman fez de tudo para demonstrar que uma não poderia ter conseguido coisa alguma sem a outra.

Grossman segue uma linha igualmente equilibrada em relação a uma questão mais importante e ainda não resolvida. Ele insiste que a absoluta determinação do Exército Vermelho de não recuar nem um passo a mais surgiu espontaneamente entre os soldados rasos, *ao mesmo tempo* que Stálin emitiu sua draconiana ordem "Nem um passo atrás", em 28 de julho de 1942. Para Grossman, a coragem e o patriotismo dos soldados eram genuínos; ele sem dúvida discordaria dos historiadores ocidentais que sugeriram que os soldados lutaram com tamanho desespero simplesmente porque estavam aterrorizados diante da ameaça de fuzilamento pela polícia de segurança soviética caso desertassem. Mas Grossman considera também que a ordem de Stálin foi fundamental; a seu ver, Stálin deu voz ao senso de patriotismo dos soldados e, assim, o fortaleceu.

Com relação a outras questões, porém, Grossman é mais contestador. Sua contenda mais longa em *Stalingrado* é com Maksim Górki. Em 1932, Grossman estava lutando para publicar seu primeiro romance, *Glückauf*, ambientado em uma comunidade mineira no Donbass; um editor lhe dissera, pouco tempo antes, que alguns aspectos do romance eram "contrarrevolucionários". Górki, à época, era a figura mais influente no establishment literário soviético, e Grossman tentou angariar seu apoio. Em sua primeira carta ao escritor, disse: "Descrevi o que vi enquanto morei e trabalhei por três anos na mina

---

[13] Sou profundamente grato a Tatiana Dettmer por compartilhar comigo sua pesquisa recente. Seu "Fizik Liev Chtrum. Neizvestnij geroj znamenitogo romana" [O físico Liev Chtrum: Herói desconhecido de um famoso romance] foi publicado pela Radio Liberty e está disponível em: <www.svoboda.org/a/29512819.html>.

Smolianka-11. Escrevi a verdade. Talvez seja uma verdade dura. Mas a verdade nunca pode ser contrarrevolucionária". Górki redigiu uma longa resposta, claramente reconhecendo os talentos de Grossman, mas criticando-o em relação à sua atitude acerca da verdade:

> Não basta dizer: "escrevi a verdade". O autor deve fazer a si mesmo duas perguntas: "A primeira, qual verdade? E a segunda, por quê?". Sabemos que existem duas verdades e que, em nosso mundo, é a verdade vil e suja do passado que, em termos quantitativos, prepondera. Mas essa verdade está sendo substituída por outra, que nasceu e continua a crescer. [...] O autor enxerga muito bem a verdade do passado, mas não tem uma compreensão muito clara acerca do que fazer com ela. Retrata sinceramente a obtusidade dos mineiros de carvão, suas brigas e bebedeiras, tudo aquilo que predomina em seu (do autor) campo de visão. É claro que isso é a verdade — mas trata-se de uma verdade repugnante e atormentadora. É uma verdade contra a qual devemos lutar e que temos a obrigação de extirpar sem piedade.[14]

Em *Stalingrado*, Marússia — candidata a membro do Partido Comunista — recorre exatamente aos mesmos pensamentos quando discute com a irmã mais nova, Gênia, que é artista:

> Em vez de borrões esquisitos que ninguém consegue entender, você deveria pintar cartazes. Mas já sei o que você vai dizer a seguir. Vai começar uma lenga-lenga sobre a verdade da vida... quantas vezes tenho que lhe dizer que existem duas verdades? Existe a verdade da realidade imposta a nós pelo maldito passado e existe a verdade da realidade que derrotará esse passado. É em nome dessa segunda verdade, a verdade do futuro, que *eu* quero viver.

Nesse momento uma cirurgiã amiga da família intervém:

> — Não, Marússia — disse Sófia Óssipovna. — Você está errada. Como cirurgiã, posso lhe dizer que existe uma única verdade, não duas. Quando amputo a perna de uma pessoa, não conheço duas verdades. Se começar-

---

[14] Yury Bit-Yunan e David Feldman citam a carta de Górki em detalhes em *Vasilii Grossman v zerkale literaturnikh intrig*, pp. 176-8.

mos a fingir que existem duas verdades, estaremos em maus lençóis. E na guerra também, sobretudo quando as coisas vão mal, como agora, há apenas uma verdade. É uma verdade amarga, mas uma verdade que pode nos salvar. Se os alemães entrarem em Stalingrado, você vai aprender que, se perseguir duas verdades, não vai alcançar nenhuma. Será o seu fim.

Apesar de suas críticas iniciais, é evidente que Górki desempenhou um papel decisivo na orquestração da estreia literária extraordinariamente bem-sucedida de Grossman em 1934. Assim como Liev Chtrum, ele é um mentor por quem Grossman sentia uma profunda dívida de gratidão.[15] Ao contrário de Liev Chtrum, no entanto, Górki é uma figura muito ambígua. Depois da Revolução, seus projetos editoriais salvaram da fome muitos escritores; no entanto, de 1928 até sua morte, em 1936, ele foi cúmplice nos aspectos mais brutais do stalinismo. É possível que a consciência de Grossman acerca de sua dívida com Górki o tenha tornado ainda mais determinado a continuar escrevendo com honestidade — em vez de, como Górki, se deixar seduzir pelos privilégios que vêm a reboque do poder e do sucesso. David Ortenberg, editor do *Krásnaia Zvezdá*, ou *Estrela Vermelha*, o principal jornal do exército soviético, lembra-se de discutir com Grossman sobre se era realmente necessário que o herói de uma de suas obras morresse. Grossman respondeu: "Temos de ser fiéis à cruel verdade da guerra".[16]

6

O regime soviético precisava de um Tolstói soviético. Depois de 1945, no entanto, Stálin também precisava de um novo inimigo, de preferência interno, para ajudar a justificar sua ditadura. A escolha era bastante simples; o antissemitismo sempre fora generalizado na Rússia e na Ucrânia. Grossman — judeu e candidato ao papel do novo Tolstói — situava-se em uma perigosa linha de falha.[17]

---

[15] Ibid., pp. 186-202.
[16] Ver Vassili Grossman, *Um escritor na guerra*, p. 166; a expressão "a cruel verdade da guerra" é usada como título do capítulo em que essa discussão é citada.
[17] Sou grato a Yury Bit-Yunan e David Feldman por esse importante entendimento, que eles desenvolvem de maneira pormenorizada em sua biografia em três volumes de Grossman.

A questão de quem escolher como o Tolstói soviético era, de qualquer forma, bastante turbulenta. Sempre houvera rivalidade entre a União dos Escritores Soviéticos e o Departamento de Agitação e Propaganda do Comitê Central do Partido Comunista. No caso em questão, o Departamento de Agitação e Propaganda apoiava o agora esquecido romancista Mikhail Bubennov, enquanto Aleksandr Fadêiev (presidente da União dos Escritores Soviéticos) e Aleksandr Tvardóvski (editor-chefe da revista *Nóvi Mir*) apoiavam Grossman. A despeito de toda a sua perspicácia política, Fadêiev e Tvardóvski evidentemente subestimaram a ferocidade com que a campanha antijudaica se intensificaria, e começaram a publicar *Por uma causa justa* no mesmo mês — julho de 1952 — em que a maioria dos membros do Comitê Antifascista Judaico estava sendo submetida a um julgamento secreto, que resultaria em sua execução em agosto.

As primeiras resenhas críticas de *Por uma causa justa* foram entusiásticas, e, em 13 de outubro de 1952, a Seção de Prosa da União dos Escritores Soviéticos indicou o romance para o Prêmio Stálin.[18] Em 13 de janeiro de 1953, porém, apareceu no *Pravda* um artigo intitulado "Espiões viciosos e assassinos se passando por médicos e professores". Segundo a matéria, um grupo dos médicos mais eminentes do país — muitos deles judeus — supostamente tencionava envenenar Stálin e outros membros da alta cúpula da liderança política e militar. Essas ridículas acusações pretendiam servir de prelúdio a um expurgo mais vasto dos judeus soviéticos.

Um mês depois, em 13 de fevereiro, Bubennov publicou uma crítica-denúncia a *Por uma causa justa*. Rapidamente uma nova campanha contra Grossman ganhou impulso. Jornais importantes publicaram artigos com títulos como "Um romance que distorce a imagem do povo soviético", "Em um caminho falso" e "Em um espelho distorcido". Em resposta, Tvardóvski e o conselho editorial da *Nóvi Mir* como um todo reconheceram convenientemente que a publicação do romance fora um grave erro.

Logo depois disso, Grossman cometeu um ato de traição que o corroeu pelo resto da vida: concordou em assinar uma carta pedindo a execução dos "médicos assassinos". Pode ser que tenha pensado — o que era bastante razoável — que os médicos sem dúvida estavam

---

[18] Anna Berzer e Semion Lipkin, op. cit., p. 151.

fadados a ser executados de qualquer modo, e que valia a pena assinar a carta porque o documento afirmava que o povo judeu como um todo era inocente. Quaisquer que fossem as suas razões, Grossman imediatamente se arrependeu do que fez. Uma passagem de *Vida e destino* baseada nesse episódio termina com Viktor Chtrum (que acabou de assinar uma carta semelhante) rezando para que a falecida mãe o ajude a nunca mais demonstrar tamanha fraqueza.

O ato de traição de Grossman em nada contribuiu para melhorar sua situação. A campanha contra ele se intensificou. Mikhail Chôlokhov, o escritor soviético mais ilustre da época, já havia demonstrado admiração por *Stalingrado*.[19] Agora, porém, permitiu que Bubennov o citasse em uma importante reunião, dizendo: "O romance de Grossman é um tapa na cara do povo russo".[20] Fadêiev publicou um artigo repleto do que Grossman descreveu como "acusações políticas severamente impiedosas". A Voenizdat, editora militar que concordara em publicar *Por uma causa justa* em forma de livro, pediu a Grossman que devolvesse o adiantamento recebido — em vista do que Grossman definiu, em tom cáustico, como "a essência antissoviética do livro, agora inesperadamente descoberta".[21] Para a sorte de Grossman, Stálin morreu em 5 de março de 1953. Mas, por isso, ele e vários outros escritores vinculados ao Comitê Antifascista Judaico poderiam muito bem ter sido executados.

As acusações contra Grossman e seu romance continuaram por mais algumas semanas, mas a campanha arrefeceu. Em meados de junho, a Voenizdat, com o respaldo de Fadêiev, repetiu sua oferta original de lançar *Por uma causa justa*. Desde o início estava claro que Grossman sabia muito bem como seria difícil publicar o romance, tendo por isso registrado todas as conversas, cartas e reuniões oficiais relevantes em um documento de quinze páginas intitulado "Diário da jornada do manuscrito do romance *Por uma causa justa* entre as editoras". Em sua última e lacônica anotação desse diário, lê-se: "26 de outubro de 1954. O livro está à venda na [rua] Arbat, numa livraria militar".

---

[19] Yury Bit-Yunan e David Feldman, *Vasily Grossman*, p. 334.
[20] "Dnevnik prokhojdeniia rukopisi" (Arquivo do Estado Russo de Literatura e Arte (RGALI, na sigla em russo), 1710, opis 2, ed. khr. 1).
[21] Ibid.

7

Quase todos os passos da carreira de Grossman — mesmo após sua morte — foram marcados por longos atrasos e intermináveis batalhas. Editores, acadêmicos e críticos literários parecem ter respondido à natureza dolorosa e intratável de grande parte dos temas de Grossman com sua própria e igual dose de intratabilidade. Uma edição em russo de *Tudo flui* foi publicada em Frankfurt em 1970; uma primeira tradução para o inglês foi publicada em 1972. Ambas despertaram pouca atenção — embora *Tudo flui* seja uma das mais bem-acabadas obras de Grossman, extraordinária, sobretudo, por seu mordaz relato do Holodomor — a Grande Fome ocorrida na Ucrânia em 1933 — e sua ousada reinterpretação de vários séculos de história russa.

Vida e destino é hoje um livro bastante conhecido, mas também demorou a chegar ao leitor. Mesmo depois que o satirista Vladímir Voinóvitch contrabandeou para o Ocidente microfilmes do texto, foram necessários quase cinco anos para que a obra encontrasse um editor para a primeira edição em russo — sobretudo, ao que parece, por causa de rivalidades pessoais e políticas entre os emigrantes russos. Os amigos e admiradores de Grossman ficaram perplexos e chocados. Em 1961, depois do que sempre chamou de "prisão" de *Vida e destino*, Grossman disse que era como se tivesse sido "estrangulado em um canto escuro". Desalentado por não conseguir encontrar uma editora no final da década de 1970, Voinóvitch afirmou que era como se Grossman estivesse sendo estrangulado pela segunda vez.

Em 1980, no entanto, o texto russo de *Vida e destino* foi finalmente publicado pela L'Âge d'Homme, em Lausanne. Numa conferência em 2003, em Turim, Vladímir Dimitrijevic, o editor que aceitou publicar o romance, disse ter percebido imediatamente que Grossman estava retratando "um mundo em três dimensões", e que era um daqueles raros escritores cujo objetivo era "não provar algo, mas fazer as pessoas viverem algo". Dimitrijevic poderia igualmente ter dito o mesmo sobre *Stalingrado*.

Os microfilmes de *Vida e destino* foram feitos a partir de uma cópia datilografada do texto que Grossman confiara ao poeta Semion Lipkin, que a guardara em sua dacha nos arredores de Moscou. Há um curioso paralelo entre a lenta e trôpega jornada que o texto de *Vida e destino* percorreu, de uma dacha nas imediações de Moscou até uma editora suíça, e o périplo que a carta de Anna Semiônova perfaz em *Stalingrado*, desde o gueto de Berdítchev até uma dacha perto de Moscou. Em ambos os casos houve atrasos e mal-entendidos, e uma estranha falta de interesse — pelo menos a princípio — tão logo o documento chegou a seu destino. Mesmo após a primeira leva de traduções de *Vida e destino*, em meados da década de 1980, a reputação internacional de Grossman cresceu apenas em ritmo lento.

Hoje, Grossman é tido como um dos mais formidáveis romancistas do século passado — e a carta de Anna Semiônova é provavelmente o capítulo mais conhecido em toda a sua *œuvre*. No entanto, ainda há muita coisa sobre o escritor e sua obra que não conhecemos. Poucos de seus trabalhos estão disponíveis — mesmo em russo — na forma de textos definitivos. Seu primeiro romance, *Glückauf* (1934), é considerado monótono e nunca foi reimpresso. É bastante possível, no entanto, que o manuscrito original de Grossman seja mais interessante do que o texto publicado. Sabemos que o livro sofreu pesada censura, e que isso apavorou seu autor, mas ninguém — até onde sei — se debruçou detidamente sobre o manuscrito.

Mais surpreendente é o fato de ainda não existir um texto russo definitivo de *Vida e destino*. Em 2013, com grande alarde, os serviços de segurança russos divulgaram as cópias datilografadas confiscadas pela KGB em 1961. De maneira geral, essas versões datiloscritas do texto também não foram objeto de estudos sérios.

Espero um dia revisar minha tradução de *Vida e destino* à luz de um texto definitivo em língua russa. Por ora, contudo, é uma alegria poder lançar uma versão de *Stalingrado* mais completa do que qualquer outra edição existente, em russo ou em qualquer idioma. A presente versão não é de forma alguma definitiva, mas inclui muito material importante, como as primeiras e mais ousadas páginas datilografadas do texto de Grossman, que até agora jamais haviam sido publicadas.

Robert Chandler

Retirada soviética durante os primeiros quinze meses da guerra, mostrando também as jornadas de Krímov

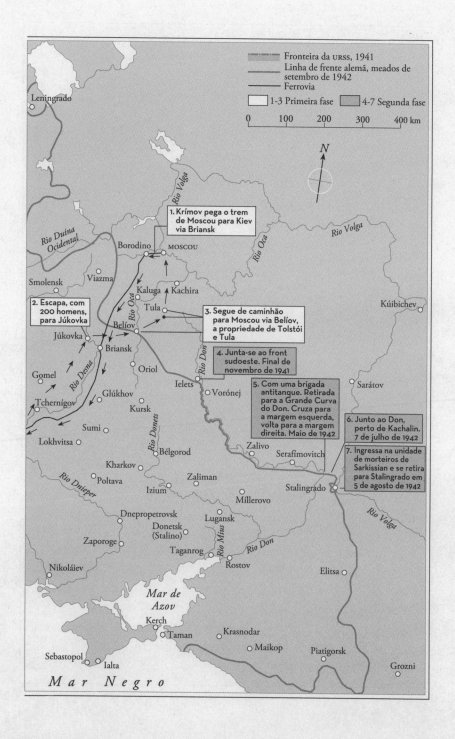

Stalingrado e arredores

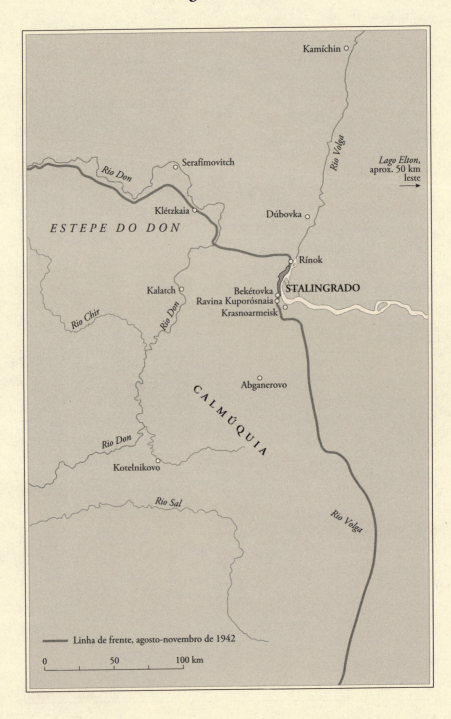

Stalingrado

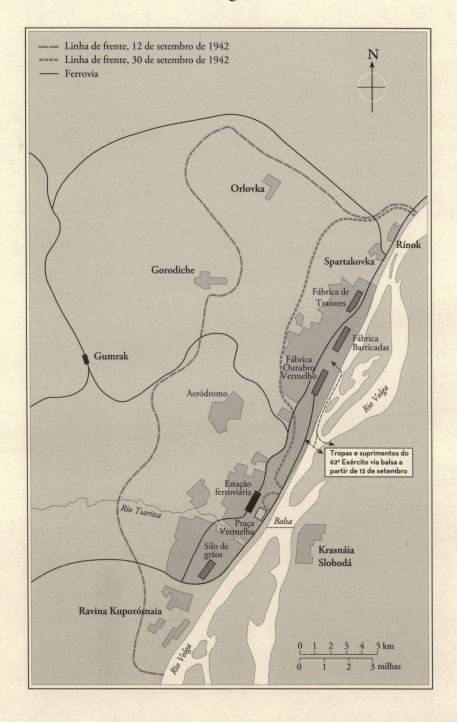

Stalingrado

PARTE I

1

Em 29 de abril de 1942, o trem de Benito Mussolini entrou na estação de Salzburgo, onde agora pendiam as bandeiras italiana e alemã.

Após as boas-vindas oficiais no prédio da estação, Mussolini e sua comitiva foram levados ao Schloss Klessheim, palácio que outrora fazia as vezes de residência de verão dos arcebispos de Salzburgo.

Lá, em imensos e gélidos salões recém-redecorados com frutos de saques da França, Hitler e Mussolini realizariam mais uma de suas reuniões — acompanhados de Ribbentrop, do marechal Keitel, do general Jodl, de Galeazzo Ciano, do marechal Cavallero, de Dino Alfieri, o embaixador italiano em Berlim, e de outros oficiais superiores, diplomatas e políticos alemães e italianos.

Os dois ditadores, autoproclamados senhores da Europa, haviam se reunido todas as vezes em que Hitler preparara uma nova catástrofe humana. Suas reuniões tête-à-tête, na fronteira entre os Alpes austríacos e italianos, anunciavam desdobramentos políticos de grande envergadura e movimentos de vastos exércitos motorizados. Os breves boletins publicados nos jornais sobre essas reuniões enchiam de presságios todos os corações.

O fascismo desfrutava de sete anos de triunfo na África e na Europa, e tanto Hitler como Mussolini provavelmente teriam dificuldade em listar as muitas vitórias, de grande e pequena monta, graças às quais agora governavam vastas extensões de território e centenas de milhões de pessoas. Sem derramamento de sangue, Hitler havia reocupado a Renânia e depois anexado a Áustria e os Sudetos. Em 1939, invadira a Polônia e arrasara os exércitos do marechal Rydz-Śmigły. Em 1940, vencera a França, vingando a derrota da Alemanha na Primeira Guerra Mundial; ocupara também Luxemburgo, a Bélgica e os Países Baixos, esmagando a Dinamarca e a Noruega. Além disso, expulsara a Inglaterra do continente europeu, afugentando as tropas inglesas da Noruega e da França. Nos primeiros meses de 1941, o Führer derrotara ainda a Grécia e a Iugoslávia. Em comparação com esses êxitos extraordinários, as brigadas de Mussolini na Albânia e na Abissínia pareciam insignificantes e provincianas.

Os impérios fascistas haviam ampliado ainda mais os tentáculos de seu poderio na África, abocanhando a Argélia, a Tunísia e portos no oceano Atlântico. A leste, ameaçavam o Cairo e Alexandria.

Japão, Hungria, Romênia e Finlândia firmaram uma aliança militar com a Alemanha e a Itália. Elementos poderosos nos círculos dominantes da Espanha, Portugal, Turquia e Bulgária também eram cúmplices do fascismo.

Nos dez meses desde que a Alemanha invadira a União Soviética, as forças de Hitler tomaram não apenas a Estônia, a Letônia e a Lituânia, mas também a Bielorrússia, a Moldávia e a Ucrânia. Os nazistas estavam no controle de todas as províncias de Pskov, Smolensk, Oriol e Kursk, além de grandes porções das províncias de Leningrado, Kalínin, Tula e Vorónej.

A máquina industrial militar criada por Hitler apoderou-se de vastas riquezas: siderúrgicas, fábricas de máquinas e de automóveis francesas, minas de ferro da Lorena, minas de carvão e fornos de aço belgas, fábricas de rádio e de mecânica de precisão holandesas, metalúrgicas austríacas, fábricas de armamentos tchecoslovacas da Škoda, a indústria petrolífera romena, minas de ferro norueguesas, minas espanholas de tungstênio e mercúrio e fábricas têxteis de Łódź. E, em toda a Europa ocupada, a longa correia de transmissão da "nova ordem" fazia girar as rodas de centenas de milhares de empresas de menor porte e de todo tipo.

Em vinte países, moinhos trituravam cevada e trigo e arados reviravam os campos para os ocupantes fascistas. Em três oceanos e cinco mares, a labuta dos pescadores abastecia de peixes as cidades fascistas. Prensas hidráulicas operavam a pleno vapor em plantações de uma ponta à outra da Europa e no norte da África, espremendo suco de uva, azeite de oliva e óleo de linhaça e de girassol. Uma farta colheita amadurecia nos galhos de milhões de macieiras, ameixeiras, laranjeiras e limoeiros; frutas já maduras eram embaladas em caixas de madeira com a efígie de uma águia negra. Os dedos de ferro do Reich ordenhavam gado dinamarquês, holandês e polonês, e tosquiavam ovelhas na Hungria e nos Bálcás.

O domínio sobre vastas áreas da Europa e da África parecia fortalecer o poder do fascismo a cada ano, todos os dias, de hora em hora.

Com doentio servilismo, aqueles que haviam traído a liberdade, a bondade e a verdade previam a derrota dos oponentes de Hitler e proclamavam o hitlerismo como uma ordem verdadeiramente nova e superior.

A nova ordem estabelecida por Hitler em toda a Europa conquistada testemunhara a modernização e a renovação de todos os métodos e técnicas de violência que surgiram ao longo de milhares de anos do jugo dos poucos sobre os muitos.

O encontro de Mussolini e Hitler em Salzburgo anunciou uma grande ofensiva alemã no sul da Rússia.

2

Hitler e Mussolini iniciaram sua reunião da maneira usual, exibindo em sorrisos largos e simpáticos todo o ouro e esmalte de seus dentes postiços e reiterando sua alegria pelo fato de que as circunstâncias mais uma vez lhes permitiam a oportunidade de um encontro pessoal.

De imediato, Mussolini pensou que o último inverno e a cruel derrota nos arredores de Moscou haviam deixado sua marca em Hitler. Havia mais cinza em seus cabelos, e não apenas nas têmporas. Os escuros círculos sob seus olhos estavam mais acentuados, e sua tez geral era pálida e enfermiça; apenas seu sobretudo ainda parecia em bom estado. De modo geral, o aspecto do Führer estava mais sinistro e mais severo do que nunca.

Hitler, por sua vez, pensou que dentro de mais cinco ou seis anos o Duce estaria totalmente decrépito, com as pernas ainda mais curtas, a mandíbula ainda mais pesada e a barriga saliente de velho ainda mais protuberante. Havia uma terrível desproporção entre aquele corpo de anão e o enorme queixo, a cara e a testa gigantes. Seus olhos escuros e inteligentes, no entanto, continuavam cruéis e penetrantes.

Ainda sorrindo, o Führer elogiou o Duce, dizendo que ele parecia mais jovem do que nunca. O Duce, por sua vez, elogiou o Führer; podia-se ver que estava com excelente saúde e bom humor.

Eles começaram a conversar sobre a campanha de inverno. Esfregando as mãos, como se o simples fato de pensar sobre o inverno de

Moscou tivesse sido suficiente para esfriá-las, Mussolini parabenizou Hitler pela vitória contra a neve e o gelo russos, e contra aqueles três formidáveis generais da Rússia: dezembro, janeiro e fevereiro. Sua voz era solene; estava claro que havia preparado de antemão suas palavras, bem como ensaiara seu sorriso fixo.

Os dois concordaram que, apesar da perda de homens e equipamentos durante um inverno de rigor inaudito, até mesmo para os padrões russos, as divisões alemãs não haviam repetido a experiência de Napoleão no Berezina; o invasor de 1941 era evidentemente um estrategista superior ao de 1812.[1] Os dois líderes seguiram adiante para discutir o panorama geral.

Agora que o inverno tinha acabado, não havia nada que pudesse salvar a Rússia — o único inimigo remanescente da nova ordem no continente europeu. A iminente ofensiva colocaria os soviéticos de joelhos; cortaria o suprimento de petróleo para as fábricas nos Urais e privaria de combustível a agricultura e a força aérea soviéticas, bem como o Exército Vermelho. Isso causaria a derrocada de Moscou. Infligida a derrota à Rússia, logo depois os britânicos capitulariam também, oprimidos por ataques aéreos e guerra submarina. Os Estados Unidos pouco fariam para ajudá-los. A General Motors, a U.S. Steel e a Standard Oil não almejavam ampliar a produção. Pelo contrário, era do seu interesse limitá-la, a fim de aumentar os preços. O mesmo valia para todas as empresas produtoras de aço, magnésio, borracha artificial, aviões e motores para veículos militares. E Churchill, de qualquer forma, tinha mais ódio do aliado russo do que do inimigo alemão; em sua mente senil, já não entendia contra quem estava lutando. Nem Hitler nem Mussolini tinham qualquer coisa a dizer sobre Roosevelt, aquele "paralítico absurdo". No entanto, sobre a situação na França seus pontos de vista eram idênticos. Embora Hitler tivesse recentemente reorganizado o gabinete de Vichy, o sentimento antialemão estava se intensificando e havia a possibilidade de traição francesa. Mas isso não era motivo para alarme: tão logo a Alemanha se visse de mãos livres no leste, seria capaz de estabelecer a paz e a ordem no resto da Europa.

---

[1] A Batalha de Berezina (26-29 de novembro de 1812) ocorreu durante a retirada do exército napoleônico de Moscou. Embora tenham sofrido pesadas perdas, os franceses conseguiram fazer a travessia do rio Berezina e, assim, escaparam de ficar presos numa armadilha. Algumas nações, porém, continuam a usar a palavra "Berezina" como sinônimo de "desastre".

Com um sorrisinho, Hitler disse que, de qualquer forma, logo reconvocaria Heydrich da Tchecoslováquia e o enviaria para a França a fim de restaurar a ordem no país.[2] Em seguida, passou a tratar das questões africanas. Sem uma única pitada de reprovação, listou as várias unidades que compunham o agora reforçado Afrika Korps de Rommel, a força expedicionária alemã enviada para apoiar os italianos.[3] Mussolini entendeu que o Führer estava preparando o terreno antes de passar ao tópico principal da reunião — a iminente ofensiva na Rússia — mas que se sentira obrigado a enfatizar sua prontidão em dar respaldo aos italianos na África.

E de fato Hitler começou a falar sobre a Rússia e a vindoura ofensiva. O que ele não disse — e evidentemente preferia não admitir nem sequer para si mesmo — foi que as duras batalhas e as cruéis perdas do inverno anterior haviam tornado impossível para o exército alemão realizar uma investida simultânea ao longo dos três eixos: no sul, no norte e no centro. Parecia-lhe que o plano da nova campanha de verão fora engendrado apenas por seu livre-arbítrio, que só a sua vontade e o seu pensamento determinavam o rumo dos acontecimentos.

Ele disse a Mussolini que os soviéticos haviam sofrido perdas gigantescas. Já não recebiam suprimentos de trigo ucraniano. Leningrado estava sob contínuo bombardeio de artilharia. Os Estados bálticos haviam sido arrancados de uma vez por todas do domínio da Rússia. Exércitos alemães já haviam avançado muito além do rio Dnieper. As minas de carvão, as metalúrgicas e fábricas de produtos químicos e de processamento de metais do Donbass estavam nas mãos da Pátria. Caças de combate alemães agora sobrevoavam Moscou. A União Soviética havia perdido a Bielorrússia, a maior parte da Crimeia e muitas províncias no coração do país que por mais de mil anos haviam feito parte da Rússia, agora privada de cidades ancestrais como Smolensk, Pskov, Oriol, Kursk, Viazma e Rjev. Restava apenas — continuou

---

[2] Reinhard Heydrich (1904-42) foi um oficial nazista de alto escalão e um dos principais arquitetos da Shoah. Em 27 de maio de 1942, foi gravemente ferido em Praga em um atentado executado por soldados tchecos e eslovacos treinados pelos britânicos. Morreu uma semana depois. Em represália, os nazistas realizaram violentas e maciças operações contra a população civil.

[3] No final de 1940 e início de 1941, os britânicos derrotaram os italianos no norte da África. Em fevereiro de 1941, Hitler enviara o Afrika Korps de Rommel para dar apoio aos aliados. Desde então, reforçou várias vezes seu contingente.

Hitler — aplicar o golpe final. Mas, para que fosse realmente um golpe final, deveria ser desferido com imensa força. Os generais do departamento de estratégia consideravam que seria um erro avançar simultaneamente sobre Stalingrado e o Cáucaso. Mas Hitler pensava o contrário: se, durante o ano anterior, ele tivera forças para travar a guerra na África, fustigar a Inglaterra com implacáveis bombardeios aéreos, paralisar com sua frota de submarinos a marinha mercante norte-americana e ao mesmo tempo penetrar rapidamente no coração da Rússia ao longo dos três mil quilômetros do front, por que, agora, deveria hesitar? Por que deveria hesitar quando a fraqueza indolente da Inglaterra e dos Estados Unidos lhe dera a liberdade para concentrar um vasto poderio contra uma única seção de um único front? A nova ofensiva tinha que ser acachapante. Mais uma vez, Hitler reposicionaria enormes contingentes da França, da Bélgica e dos Países Baixos, deixando nesses países apenas as divisões necessárias para patrulhar o Atlântico e a costa do mar do Norte. As tropas transferidas para o leste seriam reagrupadas, e os grupos do norte, noroeste e oeste desempenhariam um papel passivo — a força do impacto seria concentrada no sudeste.

Talvez nunca tivesse havido tanta artilharia, tantas divisões de tanques e de infantaria, tantos bombardeiros e caças reunidos. Essa ofensiva aparentemente limitada adquiriria significado universal. Seria a etapa derradeira e definitiva do avanço do nacional-socialismo. Determinaria para sempre o destino não apenas da Europa, mas do mundo. O exército italiano, portanto, deveria desempenhar um papel valioso na investida. E não apenas o exército italiano, mas também a indústria, a agricultura e todo o povo italiano.

Mussolini sabia muito bem que essas reuniões amigáveis eram sempre acompanhadas por consideráveis exigências materiais. As últimas frases de Hitler significavam o envio para o front oriental de centenas de milhares de soldados italianos, um abrupto aumento nas requisições de grãos e outros alimentos italianos por parte da Wehrmacht e o adicional recrutamento forçado de trabalhadores italianos para servir de mão de obra para empresas alemãs.

Depois do tête-à-tête, Hitler seguiu Mussolini porta afora e caminhou a seu lado pelo imenso salão. Com uma pontada de inveja, o Duce olhou para as sentinelas alemãs, cujos ombros e uniformes pareciam forjados em aço — embora os olhos dos soldados fossem tomados por um ar de extática tensão quando o Führer passava. De alguma forma, as esplêndidas cores do exército italiano empalideciam diante do cinza dos uniformes dessas sentinelas e do casaco de Hitler — um cinza monótono e fosco, semelhante ao dos veículos militares ou ao do casco de um couraçado de batalha, que parecia personificar o poderio do exército alemão. Esse comandante em chefe cheio de autoconfiança era realmente o mesmo homem personificado naquela figura canhestra que, durante o primeiro encontro dos dois em Veneza, oito anos antes, fizera a multidão rir ao tropeçar durante um desfile da *guardia* e dos *carabinieri*? Vestindo uma capa de chuva branca, sapatos velhos e um chapéu preto amassado, o Führer parecia mais um ator ou pintor provinciano — ao passo que o Duce, por sua vez, envergava um capote de oficial, um capacete emplumado e o uniforme bordado de prata de um general romano.

O poder e o sucesso de Hitler jamais deixaram de espantar Mussolini. Havia algo de irreal, algo que não fazia sentido, no triunfo daquele psicopata boêmio. No fundo, Mussolini via o sucesso de Hitler como uma bizarra aberração, uma aberração por parte da história do mundo.

Naquela noite, Mussolini conversou por alguns minutos com seu genro, Galeazzo Ciano. Os dois homens saíram para uma curta caminhada pelo encantador jardim — afinal, era possível que seu amigo e aliado tivesse instalado microfones Siemens nas salas do palácio. Mussolini expressou sua irritação: mais uma vez ele não tinha escolha a não ser aquiescer a Hitler. Eram eventos nas desoladas estepes do Don ou da Calmúquia, rincões esquecidos por Deus — e não no Mediterrâneo ou no norte da África —, que agora determinariam seu próprio sucesso ou fracasso em estabelecer o Grande Império italiano. Ciano perguntou sobre a saúde do Führer. Mussolini respondeu que ele parecia forte, embora um tanto exausto — e, como sempre, tinha sido inacreditavelmente verborrágico.

Ciano disse que Ribbentrop fora cortês e solícito, a ponto de parecer quase inseguro. Mussolini respondeu que o resultado final da guerra seria decidido em breve; tudo estaria às claras até o final do verão.

— Receio — disse Ciano — que qualquer fracasso do Führer seja o nosso fracasso também. Mas se iremos ou não compartilhar de algum quinhão do sucesso final e definitivo de Hitler é outra questão. Tenho minhas dúvidas, e já faz algum tempo.

Mussolini disse considerar injustificado esse ceticismo e, em seguida, retirou-se para seu quarto.

Em 30 de abril, após o café da manhã, Hitler e Mussolini reuniram-se uma segunda vez, agora na presença de generais, de marechais de campo e dos ministros das Relações Exteriores de ambos os países. Hitler estava animado. Sem sequer olhar para os papéis à sua frente, citou detalhes sobre a mobilização de divisões e estatísticas sobre o poderio da indústria alemã. Falou por uma hora e quarenta minutos sem uma única pausa, vez por outra lambendo os lábios com sua língua grande, como se degustasse o sabor doce das próprias palavras. Mencionou uma enorme variedade de questões: *Krieg, Frieden, Weltgeschichte, Religion, Politik, Philosophie, deutsche Seele*...[4] Falou com rapidez e vigor, mas de maneira calma, raramente levantando a voz. Sorriu apenas uma vez, com o rosto se contorcendo em um espasmo, quando disse: "Logo o riso dos judeus silenciará para sempre". Ergueu por um instante o punho cerrado, mas rapidamente abriu a mão, deixando-a cair sobre a mesa. Mussolini franziu a testa; os ataques de fúria de Hitler o assustavam.

Em vários momentos, o Führer abordou questões sobre a vida no pós-guerra. Esperando uma bem-sucedida ofensiva de verão para pôr um rápido fim aos confrontos no continente europeu, dedicou uma boa dose de atenção a assuntos sobre a paz que se seguiria: questões a serem resolvidas com relação às leis sociais e à religião — e sobre a ciência e a arte nacional-socialistas, que enfim estariam livres para se desenvolver em uma nova Europa purificada, expurgada de comunistas, democratas e judeus.

E de fato era chegada a hora de ponderar sobre essas questões. Em setembro ou outubro, quando o colapso final da Rússia soviética marcasse o início de uma nova era de paz, quando as últimas chamas fossem debeladas e a poeira da derradeira batalha da história da Rússia se assentasse, haveria um sem-número de problemas exigindo solução urgente: a organização da vida alemã em tempos de paz, as divisões administrativas e o status político dos países derrotados, as restrições a serem impostas aos direitos legais e ao direito à educação das nações inferiores, a procriação e o controle de reprodução, a transferência de grandes massas humanas da antiga União Soviética para

---

[4] Guerra, paz, história mundial, religião, política, filosofia, a alma alemã... (N. A.)

os trabalhos de reconstrução da Alemanha, a organização de campos de longa duração para essas massas, o desmantelamento e a liquidação de unidades industriais em Moscou, em Leningrado e nos Urais e até mesmo tarefas de menor monta, ainda que inescapáveis, como a renomeação de cidades russas e francesas.

Havia na maneira de falar do Führer uma peculiaridade: ele dava a impressão de que mal se importava se as pessoas o ouviam ou não. Falava com satisfação, como se sentisse prazer em mover os lábios grandes, o olhar fixo direcionado para algum ponto entre o teto e a parte superior das cortinas de cetim brancas suspensas por sobre as portas de carvalho escuro. Vez por outra saía-se com uma retumbante frase de efeito: "O ariano é o Prometeu da humanidade"; "Devolvi à violência seu verdadeiro significado, o de mãe da ordem e fonte de toda a verdadeira grandeza"; "Agora estabelecemos o domínio eterno do Prometeu ariano sobre todos os seres humanos e outros seres terrenos".

Dizia essas coisas com um olhar radiante, ofegando de entusiasmo, quase convulsivo.

Mussolini franziu o cenho. Fez um rápido movimento de cabeça, olhando para o lado, como se estivesse tentando ver a própria orelha. Por duas vezes fitou, ansioso, o relógio de pulso — também gostava de manifestar sua opinião. Durante essas reuniões, era sempre o homem mais jovem, o discípulo, quem desempenhava o papel principal; o único consolo do Duce estava em ter a consciência da superioridade da própria inteligência, mas isso tornava ainda mais doloroso ter que permanecer em silêncio por longos períodos. Tinha perfeita consciência de que Ribbentrop estava sempre a observá-lo; a expressão no olhar do diplomata alemão era amigável e respeitosa, mas também penetrante. Sentado ao lado de Ribbentrop estava Ciano. Recostado na poltrona, ele observava os lábios do Führer: será que diria algo sobre as colônias do norte da África e a futura fronteira franco-italiana? Nesta ocasião, todavia, o Führer não desceu a tais pormenores. Alfieri, que ouvia Hitler falar com mais frequência do que a maioria dos italianos, olhava para o mesmo local que o Führer — logo acima das cortinas brancas — com uma expressão de subserviência tranquila. O general Jodl, sentado em um sofá distante, dormitava, mas de alguma forma mantinha um ar de delicada atenção. O marechal Keitel — que, por estar sentado de frente para Hitler, não podia se dar ao luxo de adormecer — teimava em jogar a enorme cabeça para trás, ajustando o monóculo, sem olhar para ninguém, o semblante fechado. O marechal Cavallero parecia sorver cada palavra proferida por Hitler. Esticava o pescoço, a cabeça um pouco inclinada para o lado, escutando com uma expressão de obsequiosa alegria. De quando em quando assentia com um rápido meneio de cabeça.

Para todos aqueles que já tinham participado de um evento dessa espécie, o encontro em Salzburgo não parecia nada excepcional.

Como nas reuniões anteriores, os principais tópicos da discussão foram a política europeia e o avanço da guerra. E o Führer e o Duce comportaram-se da mesma maneira de sempre: os que faziam parte de seu círculo íntimo tinham plena ciência da atitude de cada um dos homens — a essa altura muitíssimo estabelecida e fixa — em relação ao outro. Sabiam que Mussolini considerava que ele agora era o parceiro subalterno, e que se ressentia disso. Incomodava-o que todas as novas iniciativas e decisões viessem sempre de Berlim, em vez de Roma. Frustrava-o que jamais lhe perguntassem de antemão o que pensava sobre as declarações conjuntas que lhe pediam que assinasse, de maneira solene e respeitosa. Aborrecia-o ser acordado pouco antes do amanhecer, quando dormia um sono profundo, por telefonemas do Führer, cuja atitude para com o patriarca do fascismo parecia surpreendentemente indiferente.

Galeazzo Ciano também sabia que Mussolini desprezava Hitler. O consolo do Duce era considerar o Führer um idiota, cujo poder derivava meramente dos números, da superioridade estatística: a indústria e o exército alemães eram maiores que a indústria e o exército italianos. A força de Mussolini, por outro lado, emanava dele próprio. O Duce gostava inclusive de zombar da fraqueza e da pusilanimidade dos italianos; por contraste, essas qualidades realçavam ainda mais o poder pessoal de um líder que lutava para transformar em martelo um povo que ao longo de dezesseis séculos desempenhara o papel de bigorna.

Atentos a cada olhar e a cada gesto de seus respectivos senhores, os membros das comitivas dos dois líderes notaram que nada havia mudado entre o Führer e o Duce; tanto na superfície quanto em um nível mais profundo, as relações entre ambos continuavam as mesmas de reuniões anteriores. O ambiente externo parecia igualmente similar: o Schloss Klessheim, tal qual outros edifícios onde os líderes se encontraram, era dotado de uma grandiosidade austera, apropriada ao extraordinário poder e à força bélica dos protagonistas. É bem verdade que os discursos de Hitler diferiam agora em um pequeno aspecto: em Salzburgo, ele falava pela primeira vez sobre uma operação militar definitiva e decisiva. À exceção dos exércitos soviéticos que haviam batido em retirada e já estavam a uma grande distância, Hitler não tinha agora adversários armados na Europa continental. Talvez essa diferença viesse a ser notada por algum futuro historiador nacional-socialista. Talvez esse mesmo historiador percebesse também que Hitler parecia mais autoconfiante do que nunca.

No entanto, havia uma diferença de significado muito maior entre esse encontro e os anteriores. O Führer sempre fora ávido pela guerra; sempre estivera inebriado pela guerra. Em Salzburgo, contudo, falou insistentemente e com notável confiança sobre a paz, assim traindo um medo inconsciente da guerra que ele próprio havia desencadeado. Por seis anos, por meio de uma combinação de violência satânica e astuto blefe, Hitler conquistara uma sucessão de vitórias. Estava certo de que a única força real, a única força verdadeira no mundo, era a de seu próprio exército e a de seu próprio império; tudo que se opunha a ele era imaginário, arbitrário e inconsistente. Somente o punho do próprio Führer possuía peso e realidade. Seu punho potente batera de frente contra os acordos militares, políticos e constitucionais firmados em Versalhes, tratados e convenções que haviam revelado a mesma solidez de uma fina gaze. Hitler acreditava piamente que, ao dar rédeas soltas à brutalidade primitiva, abrira novas avenidas da história. E demonstrara com toda a clareza a impotência do Tratado de Versalhes, primeiro violando cláusulas individuais, depois passando por cima de todo o tratado para, enfim, reescrevê-lo diante do presidente norte-americano e dos primeiros-ministros da Grã-Bretanha e da França.

O Führer reintroduziu o serviço militar obrigatório e começou a recriar a marinha, o exército e a força aérea, proibidos por Versalhes. Remilitarizou a Renânia, lá instalando trinta mil soldados. No fim das contas, ficou patente que bastavam esses trinta mil homens para alterar o resultado aparentemente decisivo da Primeira Guerra Mundial; não houvera necessidade de um exército de milhões ou miríades de armamentos pesados. Em seguida, Hitler desferiu uma sucessão de pancadas. Destruiu, um após o outro, os novos Estados da Europa pós-Versalhes: primeiro a Áustria, depois a Tchecoslováquia, a Polônia e a Iugoslávia.

No entanto, quanto maior o êxito que obtinha, mais cego ele se tornava. O Führer era incapaz de conceber que nem tudo no mundo era propaganda ou posicionamento político, que pudesse haver outras forças genuínas no planeta e que talvez houvesse governos capazes de fazer mais do que transmitir a própria impotência a seus trabalhadores, soldados e marinheiros. Era incapaz de conceber que seu punho não pudesse esmagar tudo.

Em 22 de junho de 1941, os exércitos alemães invadiram a Rússia soviética. A vitória inicial de Hitler impediu-o de ver a verdadeira natureza daquele granito, daquelas forças espirituais e materiais que ele decidira atacar. Não eram forças imaginárias; eram as forças de uma magnífica nação que já havia definido as bases de um mundo futuro. Essa primeira ofensiva de verão, seguida pelas devastadoras baixas do inverno, fez sangrar o exército alemão e impôs exigências esmagadoras ao complexo militar-industrial. Em 1942 Hitler se viu, portanto, incapaz de fazer o que havia feito um ano antes, isto é, avançar simultaneamente no sul, no norte e no centro. A guerra tornou-se morosa e pesada; já deixara de ser um prazer. Mas para Hitler era impossível não avançar; longe de ser um ponto forte, foi isso que o condenou. Ele começou a se cansar da guerra, a sentir medo, mas ainda assim continuou a se expandir. Dez meses antes, ele próprio havia deflagrado o fogo dessa guerra, sobre a qual não tinha mais poder; extinguir suas chamas era impossível. A guerra se alastrava como um incêndio na floresta; o escopo, a fúria, a força e a duração do combate estavam em constante crescimento. Custasse o que custasse, Hitler tinha que acabar com aquilo; mas é mais fácil obter uma vitória inicial em uma guerra do que levá-la a um desfecho bem-sucedido.

Essa nova nota nos discursos de Hitler era um claro indício do verdadeiro curso das forças históricas que por fim levaram à morte de quase todos os que participaram desta fatídica reunião de Salzburgo.

3

Os documentos de convocação de Piotr Semiônovitch Vavílov chegaram no pior momento possível. Tivesse o comissariado lhe dado mais seis semanas, ou um par de meses, ele conseguiria deixar a família com trigo e lenha suficientes para garantir seu sustento até o ano seguinte.

Quando ele olhou para fora e viu Macha Balachova atravessando a rua com um papelzinho branco, caminhando, resoluta, na direção de sua casa, sentiu um aperto dentro de si. Sem sequer parar, ela passou pela janela. Por um segundo, Vavílov pensou que pudesse estar indo a algum outro lugar, mas então se lembrou de que não havia homens jovens em nenhuma das casas vizinhas, e de que os velhos não recebiam papéis de convocação. E estava certo — logo em seguida, ouviu um estrépito no vestíbulo.[5] Na penumbra, Macha havia tropeçado. Dera uma topada na canga, que caíra dentro do balde.

Macha às vezes aparecia à noite. Não fazia muito tempo que terminara os estudos; estava na mesma classe que a filha dele, Nástia, com quem costumava andar. Normalmente ela se dirigia a Vavílov como "tio Piotr", mas naquela manhã disse apenas:

— Por favor, assine o recibo de entrega da carta.

E não pediu para falar com Nástia.

Vavílov sentou-se e assinou.

— Então é isso, acabou — disse ele, pondo-se de pé.

Essas quatro palavras não tinham a ver apenas com a assinatura no registro de entregas de Macha. Vavílov estava pensando em toda a sua vida ali naquela choupana, com a família — uma vida que agora, de súbito, terminava. A casa que ele tinha que abandonar parecia boa e aprazível. O fogão — que deixava escapar um bocado de fumaça nos duros dias de março, com uma das laterais agora convexa, inchada de velhice, e tijolos já sem caiação — parecia esplêndido e glorioso, um ser vivo que passara toda a vida a seu lado.[6] Ao entrar na casa no inverno, Vavílov costumava parar defronte ao fogão, inalando o calor enquanto esticava os dedos dormentes; e à noite, estendendo sobre o fogão seu casaco de pele de carneiro, debruçava-se sobre os tijolos tépidos, sabendo onde estaria mais quente e mais frio. De manhã

---

[5] Entre a porta externa, alpendre ou varanda e o quarto ou quartos habitáveis do casebre de um camponês havia uma sala de entrada sem aquecimento. Esse cômodo fornecia isolamento do frio e podia ser usado para armazenar ferramentas e lenha, ou para abrigar animais.

[6] Um fogão russo era uma grande estrutura de tijolos ou argila que ocupava entre um quinto e um quarto do cômodo onde ficava. Entre suas funções incluíam-se assar e cozinhar alimentos, ferver água, aquecer a casa e secar roupas e víveres. As pessoas costumavam dormir em um banco anexado a uma das laterais do fogão ou numa ampla prateleira acima; e, muitas vezes, diretamente sobre a sua superfície morna.

cedo, ao levantar-se para ir trabalhar, ele se dirigia ao fogão no escuro e tateava, com mãos tarimbadas, à procura da caixa de fósforos e dos panos de enrolar nos pés que colocara ali durante a noite para secar.[7] E tudo — as cortinas brancas nas janelas, a mesa com marcas de meias-luas pretas deixadas por panelas quentes, o banquinho junto à porta onde a esposa se sentava para descascar batatas, as gretas entre as tábuas do assoalho por entre as quais as crianças espionavam a vida dos ratos e baratas, o pote de ferro tão enegrecido de fuligem que de manhã não se conseguia enxergá-lo nas trevas quentes do fogão, o peitoril da janela, onde havia uma toalha pendurada num prego e uma plantinha ornamental vermelha em um vaso — agora era mais querido do que nunca para ele, querido e precioso de uma maneira que somente os seres vivos podem ser.

Vavílov tinha três filhos. Aliocha, o mais velho, já havia partido para a guerra. Moravam ainda com ele na casa sua filha Nástia e o pequeno Vânia, de quatro anos, um menino ao mesmo tempo muito esperto e muito bobo e a quem Vavílov chamava de "sr. Samovar". Bufando e fungando enquanto zanzava pela casa, com as bochechas vermelhas, uma pancinha protuberante e uma torneirinha visível através das calças invariavelmente desabotoadas, ele de fato se assemelhava a um samovar.

Nástia, de dezesseis anos, estava agora trabalhando para o colcoz.[8] Com seu próprio dinheiro, comprara um vestido, um par de sapatos e uma pequena boina vermelha de pano que achava muito elegante. Ao vesti-la, olhava-se em um espelhinho de mão que já tinha perdido metade da prata, e via não apenas a boina, mas também os próprios dedos segurando o espelho — o rosto e a boina refletidos, os dedos como se através de uma janela. Dormiria feliz da vida com a boina na cabeça, não fosse o medo de amassá-la; em vez disso, colocava-a a seu lado e a acariciava tão logo acordava. Quando via a filha andando pela rua com as amigas, alegre, animada e usando sua amada boina, Vavílov pensava com tristeza em como, terminada a guerra, haveria certamente muito mais mulheres do que homens jovens.

---

[7] Trapos ou pedaços de tecido costumavam ser enrolados em torno do pé inteiro e do tornozelo. Ao longo de todo o século XIX, até o início do século XX, esses panos eram muito mais comuns na Rússia do que meias e meias-calças. Na década de 1950, no entanto, eram usados apenas no exército e em campos de trabalho.
[8] Palavra-valise que significa "fazenda coletiva". Em 1929-30, Stálin coletivizou à força quase toda a agricultura soviética, contra a maciça resistência dos camponeses.

Sim, muita coisa tinha acontecido naquela casa. Aliocha sentara-se àquela mesa à noite com os amigos, revisando com eles problemas de álgebra, geometria e física enquanto se preparavam para os exames de admissão no instituto de agronomia. Nástia sentara-se àquela mesma mesa com as amigas para estudar o livro didático *Literatura da Pátria*. Os filhos dos vizinhos, em visita de suas novas casas em Moscou e Górki, ali haviam se sentado para conversar sobre sua nova vida e trabalho. Mária, esposa de Vavílov, respondia:

— Bem, os nossos filhos em breve também vão estudar na cidade, para se tornar professores e engenheiros.

Vavílov tirou de dentro de um baú o lenço vermelho com o qual embrulhava documentos importantes e encontrou seu atestado do serviço militar. Em seguida guardou de volta no baú o embrulho vermelho com a certidão de nascimento do seu menininho e os registros de trabalho da esposa e da filha, enfiando seu próprio documento no bolso do casaco — e teve a sensação de que se apartara da família. Nástia o fitava com um olhar novo, inquisidor. Era como se o pai tivesse mudado naqueles últimos segundos, como se um véu invisível tivesse agora caído entre os dois. A esposa de Vavílov só voltaria mais tarde; havia sido despachada, junto com as outras mulheres, para aplainar a estrada que levava à estação — caminhões do exército agora usavam o caminho para transportar feno e grãos até os trens com destino ao front.

— Bem, minha filha — disse ele. — Agora chegou a minha vez.

E ela respondeu calmamente:

— Não se preocupe comigo e com a mamãe. Vamos continuar trabalhando. Apenas dê um jeito de voltar inteiro.

E, olhando para o pai, acrescentou:

— Talvez você encontre nosso Aliocha. Isso seria bom. Aí nenhum de vocês vai se sentir só.

Vavílov ainda não estava pensando no que viria pela frente. Ainda pensava em sua casa e nas várias tarefas no colcoz que deixara inacabadas. No entanto, seus pensamentos sofreram uma reviravolta; não eram mais os de alguns minutos antes. Sua intenção naquela manhã era remendar uma bota de feltro, soldar um balde furado, ajustar e regular a serra, costurar o casaco de pele de carneiro e colocar saltos novos nas botas da esposa. O que importava agora, porém, eram as tarefas que a esposa não conseguiria fazer por conta própria. Ele tinha que se apresentar na repartição da cidadezinha do distrito, a dezoito quilômetros de distância, às nove da manhã no dia seguinte.

Vavílov começou com o trabalho mais simples; substituiu o cabo do machado — ele tinha um sobressalente pronto e à espera. Depois trocou um degrau capenga da escada de mão e subiu para consertar o telhado, levando consigo algumas tábuas novas, o machado, uma serra e um saquinho de pregos. Por um momento, sentiu que não era um homem de quarenta e cinco anos, chefe de uma família, mas um menino travesso que havia subido no telhado por diversão. Dali a pouco sua mãe sairia da casa. Protegendo os olhos do sol com a palma da mão, olharia para cima e gritaria: "Desça daí, seu pequeno patife!". E bateria o pé, impaciente, com vontade de agarrá-lo pela orelha, e repetiria: "Pétia, estou mandando você descer!".

Sem pensar, Vavílov olhou de relance para a colina atrás do vilarejo. Estava tomada de sabugueiros e sorveiras-bravas, e as poucas cruzes ainda visíveis tinham afundado no chão. Por um momento ele se sentiu culpado diante de tudo e de todos. Sentiu-se culpado perante a falecida mãe, porque agora não haveria tempo para consertar a cruz em seu túmulo. Sentiu-se culpado perante o filho mais velho, Aliocha — o presidente do colcoz havia arranjado um emprego numa fábrica militar para o filho, isentando-o do recrutamento, mas Vavílov não fora capaz de livrar Aliocha. Sentiu-se culpado perante a terra, perante os campos que não conseguiria mais arar no outono; e se sentiu culpado perante a esposa, sobre cujos ombros depositaria um fardo que até então ele mesmo havia carregado. Fitou o vilarejo de cima a baixo — a única rua larga, as choupanas e os quintais, o céu alto e claro e a floresta escura ao longe. Sim, era ali que a vida dele havia transcorrido. A nova escola destacava-se como uma mancha branca, o sol brilhando nos seus vidros amplos. O comprido muro do curral do colcoz era igualmente branco.

Com que afinco Vavílov havia trabalhado, sem nunca tirar férias. Com quatro anos de idade, caminhando a duras penas com as perninhas arqueadas, cuidava dos gansos. Um ou dois anos depois, enquanto a mãe desenterrava batatas, ia atrás dela recolhendo as que passavam despercebidas e as carregava até a pilha principal. Um pouco mais velho, levava as vacas para pastar, cavava a horta, tirava água do poço, arreava os cavalos e cortava lenha. Em seguida, tornou-se lavrador, aprendeu a empunhar a foice e a operar a ceifeira-debulhadora.

Fazia trabalhos de carpintaria, colocava vidros nas janelas, afiava ferramentas, trabalhava como serralheiro, fabricava botas de feltro, consertava botas de couro, esfolava cavalos, despelava ovelhas, curtia o seu couro, costurava casacos de pele, semeava tabaco, construía fogões. E suava também a camisa em trabalhos sociais. De pé dentro da gelada água de setembro, construíra uma represa, ajudara a erguer um moinho, pavimentara uma estrada, cavara fossos, amassara barro, partira pedras para a construção do curral e do celeiro do colcoz e escavara valas para o plantio das batatas. Sem contar toda a terra que havia arado, todo o feno que havia enfeixado em medas, todo o grão que havia debulhado, todos os sacos que havia carregado. E todas as tábuas que havia transportado para a nova escola, todos os carvalhos da floresta que havia derrubado e desbastado, todos os pregos que havia martelado, todas as machadadas que havia desferido, todo o trabalho que havia feito com a pá. Passara dois verões cavando torrões de turfa, fabricando três mil tijolos por dia — e o que ele e seus dois companheiros tinham recebido para comer? Um quilo de pão, um balde de *kvas*[9] e um único ovo para os três, enquanto os mosquitos zumbiam tão alto que abafavam o som do motor a diesel. E quantos tijolos havia moldado! Para o hospital, para a escola, para o clube e o soviete[10] da aldeia, para o prédio da administração do colcoz e até mesmo para edifícios na cidadezinha do distrito. E ao longo de dois verões trabalhara como barqueiro, transportando materiais para a fábrica. A corrente era forte demais para nadar em sentido oposto — e lá estavam eles carregando cargas de oitenta toneladas. Tinham que remar com todas as forças.

Vavílov olhou ao redor: para os prédios, as hortas, a rua e as veredas. Seu olhar abarcou o vilarejo inteiro — e era como se estivesse

---

[9] Bebida refrescante muito comum, levemente alcoólica e em geral feita à base de pão velho.
[10] O significado original da palavra "soviete" é "conselho", tanto no sentido de "opinião, ensinamento ou aviso" quanto no sentido de "grupo de pessoas apontado ou eleito como corpo consultivo e/ou deliberativo, assembleia ou reunião de diretores". Os "sovietes dos operários" de Petrogrado e outras cidades tornaram-se a principal base de poder dos bolcheviques ao longo do ano de 1917, e assim a palavra ficou associada ao Partido Comunista. Na União Soviética, os órgãos governamentais em todos os níveis — desde uma pequena aldeia ao país inteiro — eram conhecidos como "sovietes": "soviete do vilarejo", "soviete do povoado", "soviete da cidade", "soviete da província".

revendo sua vida. Dois velhos — Púkhov, zangado e briguento, e o vizinho de Vavílov, Kozlov, que pelas costas era chamado de "Bode"[11] — estavam a caminho do prédio da administração. Outra vizinha, Natália Degtíarova, saiu de sua choupana, chegou ao portão, olhou primeiro para a direita e depois para a esquerda, sacudiu um braço ameaçador na direção das galinhas e voltou para dentro da casa.

Sim, os vestígios do trabalho de Vavílov permaneceriam.

Ele tinha visto tratores e colheitadeiras, ceifadeiras e máquinas de debulhar invadirem o vilarejo onde seu pai conhecera apenas a foice e o alfanje, o arado de madeira e o mangual. Tinha visto uma sucessão de jovens deixarem o vilarejo para estudar e depois retornarem como agrônomos, professores, mecânicos e especialistas em pecuária. Ele sabia que o filho de Páchkin, o ferreiro, havia se tornado general, e que outros rapazes que voltavam à aldeia para visitar o pai e a mãe eram agora engenheiros, diretores de fábrica e funcionários de alto escalão do aparato do Partido na província.

Às vezes as pessoas se reuniam à noite e conversavam sobre como a vida havia mudado. Na opinião do velho Púkhov, a vida estava pior. Ele havia calculado quanto custava o grão no tempo do tsar, o que dava para comprar na loja do vilarejo, o preço de um par de botas e a quantidade de carne que as pessoas colocavam na sopa de repolho. Levando-se tudo isso em conta, aparentemente a vida fora mais fácil nos velhos tempos. Vavílov discordava. Quanto mais as pessoas ajudassem o Estado, argumentava ele, mais o Estado seria capaz de ajudar as pessoas.

As mulheres de mais idade diziam que os camponeses agora eram tratados como seres humanos, iguais a quaisquer outros; seus filhos podiam subir na vida e se tornar importantes. Talvez as botas fossem mais baratas nos velhos tempos, mas os camponeses propriamente ditos eram vistos como desprezíveis.

Púkhov respondia que os camponeses sempre haviam sustentado o Estado e que o Estado era um fardo pesado. Houvera fome nos tempos do tsar, e havia fome hoje. Antigamente cobravam o tributo aos mujiques, e hoje também cobravam impostos. No passado os camponeses eram pobres, e essa condição permanecia. Os colcozes até podiam ajudar o Estado, mas não ajudavam as pessoas.

---

[11] Seu sobrenome é derivado da palavra "koziol", que significa "bode" ou "cabra".

Quando a guerra começou, Púkhov chegara a pensar que a vida sob o jugo alemão seria melhor. Haveria comércio e minifúndios, além de roupas, chá, açúcar, pães temperados, sapatos, botas e casacos. Mas os alemães mataram seus três filhos e seu genro. Ninguém no vilarejo sofreu mais do que ele.

Vavílov via a guerra como uma catástrofe. Sabia que a guerra destrói a vida. Um camponês que deixa a sua aldeia e ruma para a guerra não sonha com medalhas e glória. Sabe que provavelmente está a caminho da morte.

Vavílov olhou em volta mais uma vez. Sempre desejara que a vida da humanidade fosse espaçosa e repleta de luz como o céu que contemplava agora, e fizera tudo a seu alcance para construir uma vida assim. E não foi em vão que havia trabalhado, ele e milhões como ele. O colcoz havia conseguido muita coisa.

Assim que terminou os reparos, Vavílov desceu do telhado e caminhou até o portão. Lembrou-se da última noite de paz, na véspera do domingo 22 de junho: por toda a vastidão do jovem país, toda a Rússia de trabalhadores e camponeses cantava e tocava acordeão — nos pequenos jardins da cidade, nas pistas de dança, nas ruas dos vilarejos, em bosques e matas, nos prados, na beira dos córregos.

E então tudo ficou quieto; o som dos acordeões de súbito cessou.

Já fazia quase um ano que pairava sobre a terra um silêncio severo e sisudo.

4

Vavílov partiu em direção ao escritório do colcoz. No caminho, voltou a ver Natália Degtíarova.

Normalmente ela olhava para Vavílov com censura e mau humor — o marido fora convocado algum tempo antes, assim como o filho. Agora, porém, ela o olhava com delicadeza e simpatia. Devia saber que ele tinha recebido a convocação.

— Você também, Piotr Semiônovitch Vavílov? — perguntou ela. — Mária já sabe?

— Vai saber muito em breve — respondeu ele.

— Vai mesmo — disse Natália, e voltou para dentro de sua choupana.

Acontece que o presidente do colcoz se ausentara por alguns dias; tinha ido para a cidadezinha do distrito. Vavílov foi falar com Chépunov, o contador maneta, e entregou o dinheiro do colcoz que tinha recolhido na véspera, na agência distrital do Gosbank.* Pegou o recibo, dobrou-o duas vezes e o guardou no bolso.

— Pronto — disse. — Cada copeque devido, até o último centavo.

Sobre a mesa havia um exemplar do jornal do distrito. Chépunov empurrou-o em direção a Vavílov, sua medalha "de honra ao mérito militar" retinindo contra um botão de metal em sua túnica de soldado.

— Camarada Vavílov, você leu as últimas notícias do Sovinformbureau?**

— Não — respondeu Vavílov.

Chépunov começou a ler:

— "Em 12 de maio, nossas tropas lançaram uma ofensiva nos arredores de Carcóvia, romperam as defesas alemãs e, rechaçando contra-ataques de infantaria motorizada e maciças formações de tanques, continuam seu avanço para o oeste." — Ele levantou um dedo e piscou para Vavílov. — "Nossas tropas percorreram de vinte a sessenta quilômetros de terreno e libertaram mais de trezentas localidades. Sim, e isto também! Cerca de trezentas e sessenta e cinco peças de artilharia, vinte e cinco tanques e um milhão de cartuchos de munição já foram capturados."

Olhando para Vavílov com o interesse benévolo que um velho soldado demonstra diante de um novo recruta, disse:

— Entendeu agora?

Vavílov mostrou a ele seus papéis de convocação.

— É claro que sim. Por que não entenderia? E entendo também que isso é apenas o começo. Estarei lá a tempo do que realmente importa.

Ele alisou os papéis entre as mãos.

— Alguma coisa que eu deveria dizer a Ivan Mikháilovitch? — perguntou o guarda-livros.

— O que há para dizer? Ele já sabe de tudo.

Começaram a conversar sobre assuntos do colcoz, e Vavílov, esquecendo-se de que o presidente já sabia de tudo, começou a dar instruções para Chépunov transmitir ao outro:

---

* Banco Estatal. (N. T.)
** Agência de notícias soviética, que operou entre 1941 e 1961. (N. T.)

— Diga a Ivan Mikháilovitch que as tábuas que eu trouxe da serraria não devem ser utilizadas para consertos, apenas para construção. Sim, é isso que você tem que dizer a ele. Agora, quanto aos nossos sacos, os que ainda estão na cidade temos que mandar alguém para buscá-los. Caso contrário, eles vão desaparecer, ou serão trocados por sabe-se lá o quê. E a papelada referente ao empréstimo, basta dizer que Vavílov...

Vavílov não gostava do presidente. Considerava-o ardiloso, um homem que só pensava em si mesmo e havia perdido o contato com a realidade. Ele elaborava relatórios demonstrando que o colcoz havia superado em muito as expectativas, quando todos sabiam que isso não era verdade, e estava sempre pensando em razões espúrias para visitar a cidadezinha do distrito e até mesmo a capital da província. Todas as vezes, tomava providências de modo a ter presentes para oferecer às pessoas que conhecia lá — às vezes mel, às vezes maçãs. Certa feita, chegou a presentear uma pessoa com um leitão.

Os relatórios que redigia para as autoridades naturalmente não faziam menção alguma ao sofá, à enorme lâmpada e à máquina de costura Singer que ele certa vez trouxe de sua incursão à cidade. Quando sua província recebeu um prêmio, foi agraciado com uma medalha por "excelência no trabalho". No verão, ele a usava por cima do casaco, e no inverno a prendia no casaco de pele. Quando entrava em uma sala aquecida depois de ter estado no frio, a medalha cobria-se de gotas de orvalho.

O que realmente importava na vida, na opinião do presidente do colcoz, não era o trabalho, mas saber como granjear a amizade das pessoas certas. Ele dizia uma coisa e fazia outra completamente diferente. Sua atitude em relação à guerra não poderia ser mais simples: ele logo compreendeu que havia poucas pessoas mais importantes que o comissário militar distrital. Assim, conseguiu que o filho, Volódia, fosse trabalhar em uma fábrica militar, o que o eximiu do recrutamento; e, de vez em quando, ia em casa buscar toucinho e aguardente caseira, que oferecia às pessoas apropriadas.

O presidente do colcoz, por sua vez, não gostava de Vavílov. Tinha medo dele, dizendo que era do contra e não possuía boas maneiras. Preferia passar seu tempo na companhia de pessoas que lhe eram úteis, que estavam por dentro dos fatos e entendiam em que pé estavam as coisas. Alguns no colcoz tinham um pouco de receio em relação a Vavílov, a quem consideravam emburrado e taciturno. Mesmo assim, Vavílov era uma figura confiável, e sempre que o vilarejo se empenhava em algum empreendimento comunitário pediam a ele que se encarregasse de recolher o dinheiro e tomar conta do valor arrecadado. Em qualquer trabalho voluntário, qualquer coisa para a qual os aldeões tivessem que fazer uma vaquinha, era Vavílov que escolhiam como tesoureiro. Ele nunca fora interrogado nem jamais tivera qualquer envolvimento em processos judiciais, e somente uma única vez na vida botara os pés em uma delegacia de polícia. Fora por conta de um pequeno incidente besta, um ano antes da guerra.

Certa noite, um homem de idade bateu à janela da choupana de Vavílov e perguntou se poderia pernoitar ali. Seu rosto estava coberto por uma barba preta desgrenhada. Em silêncio, Vavílov olhou para o homem, levou-o ao celeiro de feno, estendeu no chão um casaco de pele de carneiro para ele se deitar e lhe trouxe um pouco de leite e um pedaço de pão.

Durante a noite, apareceram alguns jovens usando jaquetas de couro amarelas. Chegaram em um carro e foram direto para o celeiro de Vavílov. Em seguida partiram novamente no carro, levando Vavílov e o desconhecido. Na delegacia, o chefe da polícia perguntou a Vavílov por que deixara aquele homem barbudo dormir em seu celeiro. Depois de pensar por um momento, Vavílov disse:

— Tive pena dele.

— Mas você não perguntou quem ele era? — quis saber o chefe da polícia.

— Por quê? — retrucou Vavílov. — Eu vi muito bem. Era um ser humano.

Sem proferir uma palavra, o chefe de polícia encarou Vavílov por um longo tempo, perscrutando seus olhos durante o que pareceu ser uma eternidade. Por fim, disse:

— Tudo bem, então. Volte para casa.

Todos no vilarejo riram-se bastante com o episódio, perguntando a Vavílov se ele tinha gostado de andar de carro. O presidente do colcoz, porém, limitou-se a balançar a cabeça e disse:

— Você é um imbecil.

Vavílov desceu a rua vazia do vilarejo, apertando cada vez mais o passo. Mal podia esperar para ver de novo sua casa e seus filhos; era como se não apenas sua mente, mas todo o seu corpo sentisse a angústia da separação iminente.

Ele se deteve por alguns momentos junto à porta aberta da choupana. Sua vida ali não tinha sido fácil. Seus filhos vestiam farrapos, e nem sempre tinham o suficiente para comer. Suas botas estavam gastas. Não havia querosene para a lamparina, que emitia uma luz baça mesmo quando acesa, não tinha vidro e produzia fumaça. Às vezes eles nem sequer tinham pão. Vavílov raramente comia carne. Certa feita houve carne, mas melhor seria se não tivesse havido. A vaca que tinham caiu dentro de um poço desprotegido e quebrou as duas patas dianteiras. Eles a sacrificaram e comeram carne todos os dias durante a semana seguinte, com os olhos inchados de lágrimas. Vavílov raramente comia toucinho. E nunca comia pão branco.

Ele entrou em sua choupana, onde tudo era familiar — e aquelas coisas de há muito conhecidas pareceram estranhamente novas. Seu coração foi tocado por todas elas: a cômoda coberta por uma toalha de mesa de tricô; as botas de feltro que ele tinha consertado com retalhos pretos e nas quais pusera solas novas; o relógio de pêndulo acima da cama larga; as colheres de madeira com as bordas mordiscadas por impacientes dentes infantis; o porta-retratos com as fotografias de família; uma caneca pequena e pesada feita de cobre escuro; uma caneca grande e leve feita de lata branca; e as minúsculas calças de Vânia, com as cores agora desbotadas, exceto por um azul triste, pálido e nebuloso. A própria choupana era dotada de uma qualidade assombrosa, típica dos casebres russos: o interior era a um só tempo acanhado e espaçoso, tinha um ar de recinto há muito habitado, aquecido pela respiração de seus donos e a dos pais de seus donos, tão profundamente impregnado da presença humana quanto é possível a qualquer habitação — e ao mesmo tempo era como se as pessoas não tivessem a intenção de prolongar sua permanência ali, como se tivessem entrado, pousado suas coisas por um minuto e logo fossem sair, deixando a porta escancarada...

Como as crianças eram bonitas naquela choupana! De manhã cedo, quando o pequeno Vânia, de cabelos louros, vinha correndo descalço pelo assoalho, parecia uma cálida flor em movimento.

* * *

Vavílov ajudou Vânia a subir em uma cadeira alta e sentiu, em sua mão áspera e calejada, o precioso calor do corpinho do menino. Os olhos claros e luzidios da criança fitaram o pai com uma confiança pura e absoluta — e a voz de um ser humano muito pequeno, que jamais havia proferido uma única palavra grosseira, fumado um único cigarro ou bebido uma gota sequer de vodca, perguntou:

— Papai, o senhor vai mesmo para a guerra amanhã?

Vavílov sorriu, e seus olhos umedeceram.

5

Naquela noite, Vavílov trabalhou à luz da lua, rachando os tocos empilhados sob uma lona atrás do galpão. Fazia anos que vinha juntando esses tocos, há muito aparados e despojados da casca. Na verdade, eram pouco mais que feixes de raízes retorcidas; ele não conseguia separá-los ao meio nem os cortar corretamente — no máximo, golpeá-los com o machado e destroçá-los.

Mária — espadaúda e de pele escura como o marido — estava a seu lado. De tempos em tempos abaixava-se para recolher as achas de lenha desgarradas e olhar de esguelha para Vavílov. Ele também a observava enquanto manejava o machado. Quando se abaixava, via suas pernas ou a bainha do vestido; endireitando-se, via sua boca grande de lábios finos, seus olhos escuros resolutos ou a testa alta, clara e convexa, sem uma única ruga. Em pé ao lado um do outro, poderiam passar por irmão e irmã. A vida os forjara da mesma maneira, moldara a ambos na mesma têmpera; o trabalho pesado não os curvara, antes os enrijecera. Nem um nem outro dizia nada — era a maneira de se despedirem. Vavílov golpeou com o machado a madeira elástica. Embora mole, ela era teimosa, não cedia, e os golpes ressoavam tanto na terra como no próprio peito de Vavílov. A lâmina do machado reluzia azulada ao luar, cintilando quando ele a erguia no ar, esmaecendo ao aproximar-se do chão.

Ao redor, tudo era silêncio. Feito um suave óleo de linhaça, a luz da lua revestia o solo, a grama, os largos campos de centeio e os telhados das isbás, dissolvendo-se nas poças e pequenas janelas.

Com as costas da mão, Vavílov enxugou a testa suada e olhou para o céu. Era como se estivesse lá fora no sol quente do verão, embora a luz que incidia sobre ele fosse do exangue luminar da noite.

— Já está bom — disse a esposa. — Você não vai estocar lenha suficiente para a guerra toda.

Vavílov olhou para a montanha de madeira que havia rachado.

— Tudo bem. Assim que voltarmos, Aliocha e eu vamos rachar um pouco mais para vocês — disse, deslizando as costas da mão pela lâmina do machado, exatamente como fizera na testa suada um minuto antes.

Vavílov pegou a bolsa de tabaco, enrolou um cigarro e acendeu; vagarosa, a fumaça do tabaco caseiro flutuou para longe no ar parado.

Os dois voltaram para dentro. Vavílov sentiu o calor da choupana no rosto, e podia ouvir a respiração dos filhos adormecidos. Aquela quietude, aquela quentura, aquelas duas cabeças loiras na penumbra — ali ao lado dele estava sua vida, seu amor, sua boa sorte. Ele se lembrou dos tempos em que era jovem e solteiro e vivia ali — de como andava de um lado para outro de culotes azuis, tendo na cabeça um barrete do Exército Vermelho da época da Guerra Civil, de como pitava o cachimbo com tampinha que seu irmão mais velho trouxera ao voltar da guerra imperialista, aquela guerra anterior contra os alemães. Orgulhava-se desse cachimbo, que lhe dava um ar arrojado, e as pessoas o seguravam nas mãos e diziam: "É bonito, tão interessante". Pouco antes de se casar, ele o perdera.

Nástia estava dormindo. Ele viu o rosto dela e o contorno escuro da boina. Virou a cabeça e fitou a esposa — e sentiu que não poderia haver maior felicidade no mundo do que ficar aqui nesta isbá, jamais partir. Nunca sentira na pele um momento mais amargo; no silêncio sonolento que precedia o amanhecer, Vavílov teve a sensação de que caía vítima do poder de um inclemente redemoinho totalmente indiferente a ele e a tudo o que ele amava e desejava — e sentia esse poder em todas as células do corpo, na pele e na medula dos ossos. Sentiu o horror que uma lasca de madeira sentiria se de súbito percebesse que não estava se movendo por vontade própria ao passar pelas margens verdejantes do rio, sendo na verdade carregada pela força insuperável da água. O turbilhão se apossara de Vavílov e ele não pertencia mais a si, tampouco à sua família. Por um momento, esqueceu-se de que seu próprio destino e o das crianças que dormiam a sono solto na cama estavam atados ao destino do país e de todos os seus habitantes, que o destino do colcoz local e o destino das imensas cidades de pedra com seus milhões de cidadãos eram um só. Nessa hora de amargura, seu coração foi tomado por uma dor que não conhece nem deseja consolo, tampouco entendimento. Vavílov queria apenas uma coisa: continuar vivendo ali — na lenha que a esposa colocaria dentro do fogão no inverno, no sal com que temperaria as batatas e o pão, nos grãos que receberia como paga em troca de seus muitos dias de trabalho no colcoz. E sabia que isso era impossível, que a carestia e a escassez, em vez da abundância, o fariam viver nos pensamentos dos filhos, que pensariam no pai quando olhassem para o saleiro vazio, quando pedissem um pouco de farinha a um vizinho, quando tentassem persuadir o presidente do colcoz a lhes emprestar um cavalo para arrastarem um trenó de lenha desde a floresta.

— Vamos ficar sem batatas antes da primavera. Sem pão também. E sem lenha. A única coisa que não vai faltar é tristeza.

Rapidamente, em silêncio, mas com rancor, Mária listou tudo o que acabaria antes do inverno, o que acabaria antes do Natal, o que acabaria antes do início da Quaresma e antes da Páscoa.[12] Apontando para as crianças adormecidas, ela continuou:

— Para você está tudo muito bem, você não precisa se preocupar com pão. Mas e quanto a mim? Onde vou encontrar pão para *eles*?

E pegou uma toalha que havia caído no chão.

Isso aborreceu Vavílov. Ele não estava indo embora por vontade própria. Mas entendeu que a esposa estava sofrendo e tentando refrear uma violenta explosão de dor.

Assim que ela acabou de falar, ele perguntou:

— E a minha mochila? Você já arrumou tudo?

Ela pousou a mochila sobre a mesa e disse:

— Sim, mas não é muita coisa. A mochila em si pesa mais do que tudo o que coloquei dentro dela.

— Assim é mais fácil para eu carregar — disse ele com voz suave.

A mochila estava de fato bem leve: pão, algumas torradas de centeio, algumas cebolas, uma caneca de lata, um conjunto de agulha e

---

[12] Os camponeses russos — mesmo aqueles que não eram religiosos praticantes — continuaram extraoficialmente seguindo o calendário cristão por muitas décadas após a Revolução.

linha, dois pares de panos de enrolar nos pés, um canivete com cabo de madeira.

— E as luvas, não vai levar? — perguntou ela.

— Não. *Você* precisa mais delas do que eu.

— Isso sou eu quem tem que dizer — rebateu Mária bruscamente. Ela sabia que estava sendo ríspida, o que a deixou ainda mais irritada.

— Papai — veio a voz sonolenta de Nástia. — Sua jaqueta. Eu não preciso dela. Leve-a com o senhor!

— A jaqueta, a sua jaqueta — disse a mãe, imitando a voz sonolenta de Nástia. — Vá, volte a dormir. E se a mandarem no meio do inverno para cavar trincheiras? Aí o que você vai vestir?

— Minha querida, minha bobinha querida — disse Vavílov à filha. — Eu amo você, minha bobinha. Não pense que sou severo por não gostar de você.

E a menina começou a chorar. Pressionando a bochecha contra a mão do pai, Nástia soluçou:

— Querido paizinho! Pelo menos escreva para nós!

— Talvez seja *mesmo melhor* você levar sua jaqueta acolchoada — disse Mária.

Havia tantas outras coisas que Vavílov poderia ter dito. Ele queria dizer que de nada adiantava levar as luvas, porque de qualquer maneira estaria morto antes do inverno, e seria simplesmente um desperdício. Queria dizer dezenas de coisas, importantes e insignificantes, que teriam servido não apenas para expressar sua preocupação com questões práticas mas também seu amor pela família — que era necessário proteger a jovem ameixeira contra as geadas no inverno, separar as batatas, que estavam começando a apodrecer, e avisar o presidente do colcoz sobre os reparos do fogão. E queria falar sobre a guerra, aquela guerra que havia mobilizado a nação inteira. O filho deles já estava no front, e agora ele próprio iria para o combate também.

Mas havia tanta coisa a dizer que ele não disse nada. Em outras circunstâncias, passaria a noite inteira falando.

— Bom, Mária. Antes que eu me vá, deixe-me buscar um pouco de água.

Vavílov pegou os baldes e caminhou até o poço. Desceu o primeiro balde, que bateu com estrépito contra as paredes viscosas da estrutura do poço. Então, inclinou-se e olhou para baixo. Havia um odor de algo frio e úmido, e a escuridão absoluta era tão ofuscante quanto a mais cintilante luz do sol. "Ali está", pensou. "Minha morte."

O balde rapidamente encheu até a borda. Ao içá-lo, Vavílov ouviu o som da água caindo sobre a água. Quanto mais perto o balde chegava da superfície, mais alto o som. Por fim o balde emergiu das trevas. Jorros apressados de água escorriam pelas laterais, ávidos por retornar ao breu.

Ao voltar para o vestíbulo, Vavílov encontrou a esposa sentada no banco. Na penumbra, não conseguiu distinguir seu rosto, mas isso não importava; seus sentimentos não eram difíceis de adivinhar.

Ela ergueu os olhos e disse:

— Sente-se por alguns minutos. Descanse e coma alguma coisa.

— Tudo bem — disse ele. — Sem pressa.

Já estava ficando claro. Ele se sentou à mesa, sobre a qual havia uma tigela de batatas, um pires com um pouco de mel branco e cristalizado, algumas fatias de pão e uma caneca de leite. Comeu devagar. Suas bochechas ardiam, como se fustigadas pelo vento do inverno, e ele tinha a impressão de que a cabeça era tomada por uma neblina. Vavílov pensava, conversava, mastigava e se revirava na cadeira. A qualquer momento, a neblina se dissiparia e ele seria capaz de voltar a enxergar as coisas com nitidez.

Mária empurrou uma tigela na direção dele e disse:

— Coma estes ovos. Vou colocar outra dúzia na sua mochila. Já estão cozidos.

Em resposta, ele abriu um sorriso tão claro e tímido que ela se sentiu quase incendiada. Era exatamente o mesmo sorriso de quando entrara naquela choupana pela primeira vez, aos dezoito anos de idade. E o que sentia agora era o mesmo que milhares e milhares de outras mulheres estavam sentindo. Com o coração apertado, tudo o que ela realmente queria era soltar um grito — silenciar sua dor dando voz a um berro. Mas limitou-se a dizer:

— Eu devia ter assado algumas tortas, ter comprado algumas garrafas de vodca. Mas… como são tempos de guerra…

E ele simplesmente se pôs de pé, limpou a boca e disse:

— Bem!

E se preparou para partir.

Eles se abraçaram.

— Pétia — disse ela lentamente, como se tentasse convencê-lo a voltar a si e mudar de ideia.

— Eu tenho que ir — disse ele.

Os movimentos de Vavílov eram vagarosos, e ele tentava não olhar na direção dela.

— Temos que acordar as crianças — disse Mária. — Nástia voltou a dormir.

Ela não tinha certeza do que fazer. Era por si mesma que queria acordar as crianças, para que assim tivesse alguém com quem compartilhar a dor.

— Não há necessidade. Já nos despedimos — respondeu Vavílov, ouvindo a lenta respiração da filha adormecida.

Ele ajeitou a mochila, pegou o chapéu, deu um passo em direção à porta e lançou um rápido olhar para a esposa.

Ambos passearam os olhos ao redor do cômodo — mas cada um viu algo muito diferente nesse último momento, enquanto estavam ali parados na soleira. Ela sabia que aquelas quatro paredes testemunhariam toda a sua futura solidão, e por isso teve a impressão de que eram gélidas e vazias. Ele, por outro lado, queria levar consigo na memória aquilo que via como o lar mais amoroso da terra.

Vavílov iniciou a caminhada estrada abaixo. De pé junto ao portão, Mária o observou se afastar, e teve a sensação de que sobreviveria, de que seria capaz de suportar tudo — contanto que ele se virasse e voltasse para ficar mais uma hora, que pudesse olhar para ele mais uma vez.

— Pétia, Pétia — sussurrou.

Mas Vavílov não olhou para trás. Não se deteve. Apenas continuou andando em direção ao amanhecer. A alvorada avermelhava a terra que ele próprio havia lavrado. Um vento frio soprou diretamente em seu rosto, enxotando de suas roupas o último vestígio de calor, o último suspiro da lareira e do lar.

6

Era o aniversário de Aleksandra Vladímirovna Chápochnikova, viúva de um eminente especialista em construção de pontes, mas não era apenas por essa razão que sua família estava dando uma festa.

Há algo de comovente nos parentes que se sentam juntos ao redor de uma mesa para estar com um ente querido prestes a partir em uma longa jornada. Esse costume responde a uma profunda necessidade; não é à toa que, ao contrário de muitos outros costumes antigos, ainda seja observado com tanta frequência.

O país estava em guerra. Amigos, familiares, todos entendiam que aquela poderia ser a última vez que se reuniam. Não havia como saber quantos deles voltariam a se encontrar.

Mikhail Mostovskói e Pável Andrêiev, amigos de longa data da família, haviam sido convidados. Aos dezenove anos de idade, ainda estudante da politécnica, o falecido marido de Aleksandra Vladímirovna fora a Stalingrado por alguns meses para trabalhar como engenheiro em um rebocador no rio Volga. Andrêiev tinha sido foguista no mesmo barco, e ele e o jovem Chápochnikov costumavam conversar no convés. Mais tarde, Andrêiev tornou-se amigo de toda a família. Quando Aleksandra se mudou com os filhos para Stalingrado, tornou-se uma visita habitual.

Gênia, a caçula das três filhas de Aleksandra, gracejava:

— Está claro que é um dos admiradores da mamãe.

Os Chápochnikov convidaram também Tamara Beriózkina — a quem só haviam conhecido recentemente. Tamara e os filhos tinham visto tantos prédios em chamas, tantos ataques aéreos e evacuações apressadas que os Chápochnikov tinham o hábito de se referir a ela como "pobre Tamara": "O que aconteceu com a pobre Tamara?"; "Como é que é a pobre Tamara não deu as caras?".

Por muitos anos, aquele apartamento de três quartos em Stalingrado parecera espaçoso — lar apenas de Aleksandra Vladímirovna e seu neto Serioja. Agora, porém, estava lotado. Primeiro, havia chegado Gênia. Em seguida, após a ofensiva alemã de verão, a filha do meio de Aleksandra, Maríussia, acompanhada do marido Stepán Fiódorovitch Spiridônov e da filha Vera. Até então os três moravam a alguns quilômetros dali, nos arredores da Stalgres, a usina termelétrica de Stalingrado. Antevendo raides aéreos noturnos contra a estação, a maioria dos engenheiros com parentes na cidade despachou esposas e filhos para se juntarem a eles. Spiridônov instalou não apenas sua família, mas também um piano e vários itens de mobília.

Quando não estava escalada para o turno da noite, outra velha amiga da família, Sófia Óssipovna Levinton, dormia na casa dos Chápochnikov. Ela conhecera Aleksandra muito tempo antes, em Paris e Berna. Agora trabalhava como cirurgiã em um dos hospitais da cidade.

E, apenas um dia antes, chegara Tólia, de forma inesperada. Tratava-se de mais um dos netos de Aleksandra Vladímirovna, filho de Liudmila, sua filha mais velha, e vinha da escola militar a caminho de sua nova unidade. Chegou ao apartamento com seu companheiro de viagem, um tenente que voltava ao front depois de um período internado no hospital. Assim que eles apareceram, e sem reconhecer Tólia no uniforme do exército, Aleksandra perguntou em tom severo:

— Quem vocês estão procurando, camaradas?

E, ato contínuo, gritou:

— Tólia!

Gênia declarou que era preciso celebrar adequadamente aquela reunião de família.

A massa da torta já havia sido preparada. Spiridônov viera de carro, trazendo um enorme saco de farinha e uma maleta amarela repleta de manteiga, esturjão e caviar. Gênia, por meio de seus contatos artísticos, arranjou três garrafas de vinho doce. Marússia sacrificou parte de sua reserva intocável, guardada para o caso de ser necessário fazer uma eventual troca — duas garrafas de meio litro de vodca.

Naqueles tempos era comum os convidados levarem seus próprios suprimentos ao visitar a casa de um amigo; era difícil alguém dispor da quantidade de comida suficiente para um grupo numeroso.

As bochechas e têmporas de Gênia estavam úmidas do calor. Usando um roupão por cima de um elegante vestido, e um lenço na cabeça do qual assomavam seus cachos escuros, ela estava parada no meio da cozinha, segurando uma faca numa das mãos e um pano de cozinha na outra.

— Meu Deus, mamãe ainda não voltou do trabalho? — perguntou a Marússia. — Será que já não é hora de virar a torta? Não conheço esse forno e tenho medo de acabar queimando.

Nesse momento não pensava em outra coisa a não ser na torta.

— Conheço esse forno tão mal quanto você, mas não há necessidade de ficar toda esbaforida — disse Marússia, achando graça do zelo da irmã mais nova. — Mamãe já chegou, e um ou dois convidados também.

— Marússia, por que está vestindo essa jaqueta marrom horrorosa? — perguntou Gênia. — Sem ela você já fica meio encurvada, mas com ela parece mesmo uma corcunda de verdade. E esse lenço escuro deixa o seu cabelo ainda mais grisalho. Uma pessoa magrinha como você precisa usar algo mais claro e animado.

— Quem é que se importa? — respondeu Marússia. — Não vai demorar muito para eu virar avó. Vera já está com dezoito anos. Dá para acreditar?

Alguém começou a tocar piano. Marússia franziu a testa. Com expressão furiosa, cravando os grandes olhos negros em Gênia, disse:

— Só você mesmo para aprontar uma dessas! Quem mais sonharia com algo assim? O que os vizinhos vão pensar? É constrangedor. Francamente, não é hora de música e festa!

Gênia volta e meia tomava decisões por impulso, e algumas dessas decisões acabavam por causar um bocado de sofrimento, não só a ela mas a toda a família. Ainda na faculdade, negligenciara os estudos por causa da paixão pela dança — e então enfiou na cabeça que era uma artista. Nas amizades, era inconstante. Um dia, dizia em alto e bom som a quem quisesse ouvir que fulano ou beltrano era genuinamente nobre e extraordinário; no dia seguinte, fazia rancorosas acusações a esse mesmo amigo. Estudara no Instituto de Artes de Moscou, graduando-se na Faculdade de Pintura. Às vezes, tinha a sensação de que era uma mestra talentosa e se enchia de entusiasmo por seus trabalhos concluídos e projetos futuros; mas então se lembrava de algum olhar indiferente ou comentário zombeteiro e dizia a si mesma que não passava de uma pintora medíocre e imprestável sem um pingo de talento. Gostaria de ter estudado alguma arte aplicada, como pintura em tecido. Aos vinte e dois anos, ainda no último ano no Instituto de Artes, casara-se com uma autoridade do Comintern,[13] Nikolai Krímov. Ele era treze anos mais velho do que ela, e quase tudo nele a atraiu: seu desprezo pelo conforto burguês, seu passado romântico nas batalhas da Guerra Civil, seu trabalho na China e seus amigos no Comintern. Todavia, apesar da admiração por Krímov e do amor aparentemente profundo e sincero que ele sentia por ela, o casamento não durou.

---

[13] O Comintern (acrônimo de Kommunistícheskii Internatsional, Internacional Comunista), organização comunista internacional, realizou sete Congressos Mundiais em Moscou entre 1919 e 1935. Foi perdendo gradualmente a importância à medida que Stálin abandonava o objetivo soviético de revolução mundial em favor do estabelecimento do socialismo em um único país. Em 1943, foi dissolvido.

Um dia, em dezembro de 1940, Gênia enfiou seus pertences em uma mala e voltou para a casa da mãe.

As explicações que Gênia deu à família foram tão confusas que ninguém entendeu nada. Marússia a chamou de neurastênica. Aleksandra teimou em perguntar se ela havia se apaixonado por outra pessoa. Vera discutira com Serioja, de quinze anos. Para ele, Gênia tinha feito a coisa certa.

— É muito simples — ele insistira. — Ela se desapaixonou e fim de papo. Como você pode não entender?

— Olha só o pequeno filósofo! Apaixonar-se, desapaixonar-se... o que você sabe sobre o amor, pirralho? — Vera respondera; então no nono ano da escola, ela se considerava experiente em assuntos do coração.

Os vizinhos e conhecidos de Gênia tinham suas próprias explicações, bastante diretas. Alguns achavam que ela fora muito sensata. As coisas não iam nada bem para o marido. Vários dos amigos de Krímov estavam encrencados; alguns haviam sido demitidos; outros tantos, presos. Gênia decidiu ir embora antes que fosse tarde demais, de modo a não ser arrastada junto com ele para o buraco. Outros, adeptos de fofocas mais românticas, afirmavam que Gênia tinha um amante. O marido partira para uma viagem aos Urais, mas fora chamado de volta por um telegrama e flagrara a mulher nos braços do tal amante.

Há pessoas que gostam de atribuir apenas os motivos mais sórdidos às ações alheias. Isso nem sempre acontece porque elas mesmas agem de forma vil; muitas vezes, nem sequer sonham em fazer o que suspeitam que os outros fazem. Falam assim porque acreditam que as explicações cínicas atestam o seu conhecimento da vida. Para elas, acreditar que os outros agem de maneira honrosa é sinal de ingenuidade.

Gênia ficara horrorizada ao tomar conhecimento do que andavam dizendo sobre o seu divórcio.

Mas isso foi antes da guerra. Agora, nenhuma dessas coisas a incomodava.

7

A geração mais jovem se reuniu no quartinho de Serioja, onde Spiridônov de alguma forma conseguira enfiar seu piano.

Eles estavam fazendo piada sobre quem se parecia ou não com outros familiares. Com seus olhos negros e corpo esbelto, Serioja era parecido com a mãe, esposa do filho de Aleksandra, Dmitri. Tinha, como ela, o cabelo escuro, a pele olivácea e os movimentos nervosos. Seus olhos também tinham o mesmo modo de fitar, que poderia parecer tanto tímido quanto ousado. Tólia era alto e espadaúdo. De rosto largo e nariz amplo, vivia se olhando no espelho e alisando o cabelo louro-palha. Quando tirou do bolso da túnica uma fotografia de si mesmo ao lado da meia-irmã Nádia, uma menininha magra com longas e finas tranças, todos irromperam em risadas — eles não eram nada parecidos. Nádia estava agora com os pais em Kazan; haviam sido evacuados de Moscou. Quanto a Vera — alta, de bochechas rosadas e nariz curto e reto —, não tinha nada em comum com nenhum dos três primos; seus olhos castanhos, porém, irrequietos e fogosos, eram iguais aos de sua jovem tia Gênia.

Essa falta de semelhança física entre os membros de uma mesma família era especialmente comum na geração nascida logo após a Revolução, época em que os casamentos eram celebrados por amor, a despeito de diferenças de sangue, nacionalidade, idioma e classe. As diferenças psicológicas entre esses membros eram em igual medida consideráveis; os produtos dessas uniões eram dotados de temperamentos de nuances intensas e complexas.

Naquela manhã, Tólia e seu companheiro de viagem, o tenente Kováliov, tinham ido ao quartel-general do distrito militar. Kováliov foi informado de que sua divisão permanecia na reserva em algum lugar entre Kamíchin e Sarátov. Tólia também recebeu instruções para se juntar a uma das divisões de reserva. Os dois tenentes resolveram permanecer um dia a mais em Stalingrado.

— A guerra não vai acabar amanhã — disse Kováliov, com sensatez. — Não vai fugir de nós.

Em todo caso, eles decidiram não ficar perambulando pelas ruas para não serem flagrados por uma patrulha.

Durante a difícil jornada até Stalingrado, Kováliov ajudara Tólia de todas as maneiras. Ele tinha uma marmita de metal, ao passo que a de

Tólia fora roubada no dia em que se formara na escola militar. Kováliov sempre sabia em quais bases do exército conseguiriam encontrar água fervida, em quais cantinas poderiam comer peixe defumado e linguiça de carneiro e em quais só encontrariam sopa de ervilha e painço.[14]

Em Batraki, Kováliov conseguiu arranjar uma garrafa de aguardente caseira, que ele e Tólia beberam juntos. Kováliov contou a Tólia que amava uma moça de sua aldeia e que se casaria com ela assim que a guerra acabasse. Isso não o impediu de falar sobre seus casos amorosos na linha de frente com uma franqueza que deixou Tólia atônito e fez suas orelhas queimarem.

Kováliov também contou a Tólia muitas coisas sobre a guerra que ninguém jamais aprende nos livros ou nos regulamentos, e que são importantes apenas para aqueles que estão de fato lutando, com as costas contra a parede — não para os que, muitos anos depois, tentam imaginar a realidade da guerra.

Essa amizade afável por parte de um tenente que já tinha visto um bocado de ação durante a guerra era lisonjeira para Tólia. Ele tentava parecer mais velho do que de fato era, fingia ter experiência de vida e conhecimento das peculiaridades do mundo. "Com as mulheres o negócio é o seguinte", dizia quando a conversa se voltava para o tema das garotas. "A melhor coisa é amá-las e depois cair fora."

Agora, mais do que nunca, Tólia queria falar livremente com os primos. Mas, sem entender por quê, sentia-se constrangido com a presença de Kováliov. Não fosse por ele, teria abordado com Vera e Serioja todas as coisas sobre as quais normalmente conversava. Houve momentos em que se sentiu sobrecarregado pela presença de Kováliov, o que lhe deu uma sensação de vergonha: Kováliov, afinal, tinha sido um fiel companheiro de viagem.

Tólia vivera toda a vida em um mundo compartilhado com Serioja, Vera e a avó, mas agora aquela reunião de família parecia algo fortuito e efêmero. Agora ele estava fadado a viver de maneira diferente, em um mundo de tenentes, instrutores políticos,[15] sargentos

---

[14] Entre os alimentos básicos da dieta do Exército Vermelho, sobretudo as rações de campo, havia um mingau de trigo ou painço desidratado e uma sopa de ervilha também desidratada que exigiam apenas a adição de água quente.

[15] Cada unidade do Exército Vermelho, da companhia à frente (equivalente a um grupo de exército alemão), contava com um líder militar e um líder político. Os líderes militares eram chamados de "comandantes" até 1943, quando a palavra

e cabos, de triângulos, losangos e outros emblemas de classificação, de salvos-condutos e cupons de racionamento militar. Nesse mundo ele conheceu novas pessoas, fez novos amigos e novos inimigos. Era tudo diferente.

Tólia não contou a Kováliov que queria entrar na Faculdade de Física e Matemática, que pretendia fazer uma revolução científica que eclipsaria Newton e Einstein. Não contou que já construíra um receptor de rádio de ondas curtas e que, pouco antes da guerra, começara a fabricar um televisor. Tampouco disse que costumava ir ao instituto onde o pai trabalhava depois da escola para ajudar os assistentes de laboratório a montar aparelhos complexos, ou que sua mãe costumava brincar: "Como foi que o menino conseguiu herdar os talentos científicos de Viktor eu realmente não consigo entender!".

Tólia era alto e robusto. A família gostava de chamá-lo de "peso pesado", mas no fundo ele era tímido e sensível.

A conversa não fluía. Kováliov estava ao piano, tocando com um único dedo "A cidadezinha que eu amo pode dormir em paz".[16]

— E quem é aquela ali? — perguntou com um bocejo, apontando para um retrato pendurado acima do piano.

— Sou eu — falou Vera. — Foi a tia Gênia que pintou.

— Não se parece nem um pouco com você — disse Kováliov.

O pior constrangimento de todos era Serioja. Qualquer rapaz normal estaria tomado de admiração pelos dois jovens tenentes — especialmente por Kováliov, com sua cicatriz e suas duas medalhas "por bravura" —, mas Serioja era apenas arrogante e debochado. Não fez uma única pergunta sobre a escola militar, o que era desconcertante. Tólia estava ansioso para falar sobre o sargento, sobre o campo de tiro e sobre o cinema ao qual ele e seus companheiros haviam conseguido ir sem autorização.

Todo mundo conhecia o hábito de Vera de cair na gargalhada sem nenhum motivo aparente. Agora, porém, ela estava aborrecida e si-

---

"oficial" foi formalmente reintroduzida. Os líderes políticos eram chamados de "comissários", exceto os iniciantes ou de nível mais baixo, denominados "instrutores políticos" (*politruk*). Catherine Merridale escreve: "Um *politruk* provavelmente combinaria as funções de um propagandista com as de um capelão do exército, psiquiatra militar, prefeito de escola e espião" (*Ivan's War*, p. 56).
[16] Canção apresentada no popular filme de Eduard Pentslin *Istrebiteli* [Pilotos de caça], que estreou em 1940.

lenciosa. E continuava com os olhos cravados em Kováliov, como se o avaliasse. Quanto a Serioja, qualquer um pensaria que estava sentindo um prazer maldoso em ser implacavelmente indelicado.

— Vera, por que você está tão calada? — perguntou Tólia, irritado.

— Eu não estou calada.

— São as feridas do amor — disse Serioja.

— Imbecil! — retrucou Vera.

— Ela ficou vermelha, não dá para negar! — disse Kováliov, dando uma piscadela marota para Vera. — Sem dúvida, está apaixonada. Por um major, certo? Hoje em dia as jovens vivem reclamando dos tenentes, dizendo que dão nos nervos.

— Tenentes não me dão nos nervos — rebateu Vera, olhando Kováliov diretamente nos olhos.

— Então é um tenente, é? — quis saber Kováliov. Estava um pouco chateado, já que nenhum tenente gosta que uma jovem se apaixone por outro tenente. — Bem, então acho que devemos beber aos dois. Tenho o necessário no meu cantil.

— Sim! — concordou Serioja, com súbita animação. — Vamos beber a eles!

Vera hesitou, mas acabou bebendo a vodca de um só gole. E depois, como se também fosse um soldado, pegou de dentro de uma mochila verde um naco de pão seco.

— Você é o tipo de companhia de que um soldado precisa — disse Kováliov.

E Vera começou a rir feito uma menininha, franzindo o nariz, batendo o pé e sacudindo a cabeleira loira.

Serioja embriagou-se imediatamente. Primeiro encetou uma crítica às operações militares soviéticas; em seguida, passou a recitar poemas. Tólia não parava de lançar olhares furtivos para Kováliov com receio de que ele risse do primo, que achasse ridículo um rapaz ficar agitando os braços de um lado para o outro e recitando Iessiênin,* mas Kováliov ouvia com atenção. Agora menos como um tenente e mais como um jovem de aldeia, abriu a mochila e disse:

---

* Serguei Aleksandrovitch Iessiênin (1895-1925), poeta lírico bastante popular, cuja obra tratou de temas como a pátria e a natureza russa. (N. T.)

— Espere, deixe-me anotar!

Quanto a Vera, franziu a testa, ficou ensimesmada e depois se voltou para Tólia. Acariciando-o na bochecha, falou:

— Oh, Tólia, querido Tólia, o que é que *você* sabe da vida?

Parecia mais uma mulher de sessenta anos do que uma moça de dezoito.

8

Muitos anos antes da Revolução, Aleksandra Vladímirovna Chápochnikova — agora uma senhora alta e imponente — estudara ciências naturais na faculdade para mulheres. Após a morte do marido, trabalhara primeiro como professora e depois como química em um laboratório bacteriológico. Nos últimos anos, chefiara um pequeno laboratório dedicado ao monitoramento das condições de trabalho nas fábricas. Sua equipe nunca fora numerosa, e agora, com a guerra, o estafe estava ainda mais reduzido; Aleksandra precisava visitar pessoalmente fábricas, galpões ferroviários, silos de grãos, fábricas têxteis e de calçados para coletar amostras de poeira e verificar a qualidade do ar. Adorava o trabalho de química e, no pequeno laboratório, construíra seu próprio equipamento para fazer a análise quantitativa do ar em parques industriais. Era capaz de analisar poeira metálica, água potável, água para uso industrial e uma variedade de compostos e ligas de chumbo, e de detectar a presença de vapores de mercúrio e arsênico, dissulfito de carbono, óxidos nítricos e níveis nocivos de monóxido de carbono. Em igual medida, gostava das pessoas que o trabalho lhe permitia conhecer; durante as visitas, fazia amizade com operadores de torno, costureiras, moleiros, ferreiros, eletricistas, foguistas, condutores de bonde e motoristas.

Um ano antes da guerra, Aleksandra começara a trabalhar à noite na biblioteca de ciências aplicadas, fazendo traduções para si mesma e para engenheiros em várias fábricas de Stalingrado. Aprendera inglês e francês quando criança, e alemão durante o exílio político com o marido em Berna e Zurique.

Quando chegou em casa no dia da festa da família, Aleksandra passou um longo tempo na frente do espelho, arrumando os cabelos brancos e prendendo um broche pequeno — duas violetas de esmalte — na gola da blusa. Olhou mais uma vez no espelho, pensou por um momento, tirou o broche com ar decidido e o colocou sobre a mesa de cabeceira. A porta se entreabriu e Vera anunciou em um sussurro alto:

— Depressa, vó! Aquele velho assustador está aqui! Mostovskói!

Depois de outro momento de incerteza, Aleksandra recolocou o broche e caminhou depressa em direção à porta.

Encontrou Mostovskói no minúsculo corredor, atulhado de pilhas de cestos, malas velhas e sacos de batatas.

Mikhail Sídorovitch Mostovskói era um homem de vitalidade inesgotável — o tipo de homem sobre quem os outros dizem: "É um espécime à parte". Antes da guerra, havia morado em Leningrado. Depois de sobreviver a quatro meses de cerco, fora levado embora de avião em fevereiro de 1942. Ainda tinha leveza nos pés e se movia com facilidade. Sua visão e audição eram boas. A memória e as faculdades mentais estavam intactas, e ele conservava um genuíno e vigoroso interesse pela vida, pelas ciências e pelas pessoas. Tudo isso apesar de ter tido uma vida que, considerando as experiências pelas quais havia passado, seria suficiente sem dúvida para muitas pessoas: trabalho forçado e exílio, perseguição, desilusão, amargura, alegrias e tristezas, toda sorte de privações e intermináveis noites de labuta incessante. Aleksandra conheceu Mostovskói antes da Revolução, quando seu falecido marido trabalhava em Nijni-Novgorod. Mostovskói, que tinha ido para lá a fim de ajudar a organizar atividades políticas clandestinas, hospedara-se no apartamento deles durante um mês.

Mostovskói entrou na sala principal e olhou em volta: para as poltronas de vime e tamboretes ao lado da mesa, para a toalha branca estendida na expectativa de convidados, para o relógio de parede, o guarda-roupa e o biombo sanfonado chinês no qual um tigre de seda bordado movia-se furtivamente através do bambuzal verde-amarelo.

— Se um arqueólogo desenterrasse a sua sala daqui a mil anos — disse —, poderia aprender um bocado sobre a justaposição de diferentes estratos sociais do nosso tempo.

Havia um leve sorriso em seus olhos, em torno dos quais apareceram, desapareceram e reapareceram pequenas rugas. Apontando para as prateleiras de madeira simples, ele continuou:

— Veja só. Aqui temos *O capital* e Hegel em alemão. E, na parede, retratos de Nekrássov e Dobroliúbov.[17] Esse é o seu passado revolucionário. Mas o tigre de seda deve ser do seu pai comerciante. E o enorme relógio de parede também. E depois há um armário, um vaso do tamanho de um armário e uma imensa mesa de jantar: símbolos da nossa nova prosperidade, a prosperidade dos dias atuais. Devem ter sido trazidos para cá pelo seu genro, o engenheiro-chefe.

Em seguida ele levantou um dedo à guisa de repreensão:

— Oh! A julgar pelo número de talheres, será um banquete de verdade. Por que você não me disse? Eu teria tirado da gaveta a minha melhor gravata!

Aleksandra sempre se sentira estranhamente insegura na presença de Mostovskói. Agora também, por pensar que ele a criticava, enrubesceu — o triste e comovente rubor de uma pessoa idosa.

— Cedi às exigências de minhas filhas e netos — disse. — Depois de um inverno em Leningrado, receio que tudo isso pareça estranho e excessivo.

— Pelo contrário, nada disso — respondeu Mostovskói.

Em seguida, sentou-se à mesa, começou a encher o cachimbo e estendeu a bolsa de tabaco, dizendo:

— Você também gosta de pitar. Veja o que acha disto aqui!

Olhou para os dedos de Aleksandra, manchados de tabaco, e acrescentou:

— Só acho que deveria usar uma piteira.

— É melhor sem — respondeu ela. Mais uma vez, sentiu a necessidade de se justificar. — Comecei quando estávamos no exílio, na Sibéria. Deus sabe quantas vezes Nikolai e eu discutimos sobre isso. Mas agora é muito improvável que eu vá parar.

Mostovskói tirou do bolso uma pederneira, uma grossa corda branca e uma lima de aço.

— Estou tendo problemas com meu Katiucha — disse.

Mostovskói e Aleksandra sorriram um para o outro. O Katiucha[18] dele estava de fato se recusando a acender.

---

[17] Nikolai Aleksêievitch Nekrássov (1821-77), o poeta mais popular de sua época, foi um crítico feroz da servidão e da autocracia. Nikolai Aleksandrovitch Dobroliúbov (1836-61) foi um crítico literário e revolucionário político.
[18] Apelido de um lançador de foguetes soviético usado pelo Exército Vermelho durante a Segunda Guerra Mundial. Mostovskói faz uma piada recorrendo à palavra para se referir ao isqueiro rudimentar.

— Deixe-me pegar alguns fósforos — disse Aleksandra.

— Não — disse Mostovskói, com um aceno de desdém. — Por que desperdiçar preciosos fósforos?

— Sim, hoje em dia as pessoas gostam de se agarrar aos fósforos. Tenho uma pequena lâmpada noturna na cozinha e meus vizinhos estão sempre fazendo uma visita para "pegar um pouco de luz".

— É a mesma coisa em toda parte. As pessoas cuidam de suas pequenas chamas feito homens das cavernas de milhares de anos atrás. E os velhos gostam de manter dois ou três palitos de fósforo de reserva. Receiam que a guerra traga alguma surpresa noturna.

Ela foi até o armário, voltou para a mesa e, com simulada solenidade, disse:

— Permita-me, do fundo do meu coração...

E ofereceu a ele uma caixa fechada de fósforos.

Mostovskói aceitou o presente. Os dois acenderam o cachimbo, tragaram e exalaram ao mesmo tempo. Os dois anéis de fumaça se encontraram e se afastaram preguiçosamente em direção à janela.

— Vocês estão pensando em ir embora? — perguntou Mostovskói.

— Sim, claro. Quem não está? Mas ainda não conversamos a sério sobre isso.

— E para onde vocês vão, se não for um segredo militar?

— Para Kazan. Parte da Academia de Ciências foi para lá. E o marido de Liudmila é professor, ou melhor, é membro correspondente da Academia,[19] por isso eles receberam um apartamento. Bem, dois quartos, na verdade, e ele nos convidou. Mas não se preocupe, você vai ficar bem. Tenho certeza de que as autoridades vão cuidar de você.

Mostovskói olhou para ela e assentiu.

— Eles são mesmo tão imbatíveis assim? — perguntou Aleksandra.

Havia em sua voz uma nota de desespero que de alguma forma não combinava com a expressão confiante, até mesmo altiva, de seu belo rosto. Devagar, com esforço, ela recomeçou:

— O fascismo é de fato tão poderoso? Não consigo acreditar nisso. Pelo amor de Deus, me diga o que está acontecendo! Esse mapa

---

[19] A Academia de Ciências foi — e continua sendo — imensamente importante. Conta com dois níveis de associação: membros correspondentes (o nível mais básico) e adesão plena. Mas mesmo ser um membro correspondente já constitui uma grande honra.

na parede... às vezes eu simplesmente tenho vontade de tirá-lo daí e escondê-lo. Dia após dia Serioja continua mudando as bandeirinhas de lugar. Dia após dia, como no verão passado, ouvimos falar de uma nova ofensiva alemã. Uma hora, na Carcóvia. Depois, de repente, em direção a Kursk. Em seguida, Volchansk e Bélgorod. Sebastopol caiu. Fico me perguntando: "O que está acontecendo?". Nenhum dos nossos soldados pode me contar.

Ela se calou por um momento e, em seguida, movendo uma das mãos, como se rechaçando um pensamento assustador, continuou:

— Volta e meia olho para as prateleiras de livros de que você estava falando. Digo a Lênin, Tchernichévski e Herzen:[20] "Será que não somos mesmo capazes de defendê-los? Será mesmo o fim de vocês?". E então exclamo: "Defendam-nos! Ajudem-nos! Uma escuridão caiu sobre nós".

— O que nossos soldados lhe *contam*? — perguntou Mostovskói. Nesse exato momento, de trás da porta da cozinha veio a voz de uma jovem, ao mesmo tempo divertida e irritada:

— Mãe! Marússia! Cadê vocês? A torta está queimando.

— Uma torta! — exclamou Mostovskói, claramente feliz por escapar das perguntas de Aleksandra. — Parece que vai ser um jantar e tanto!

— O festim em tempo de peste —[21] respondeu Aleksandra. E, apontando para a porta, continuou: — Gênia, minha caçula... você a conheceu. Na verdade, foi ela que teve a ideia. Chegou faz apenas uma semana, de repente. Hoje em dia só há despedidas nas famílias, mas aqui aconteceu esse encontro inesperado! E também o meu neto, filho da Liudmila, está aqui de passagem, a caminho do front. Então decidimos celebrar tanto as reuniões quanto as despedidas.

— Está tudo bem — disse Mostovskói. — Não há necessidade de explicações. A vida continua.

---

[20] Nikolai Gavrílovitch Tchernichévski (1828-89) foi um filósofo, revolucionário e crítico literário, mais conhecido por seu romance socialista utópico *O que fazer?*, que teve enorme influência sobre Vladímir Lênin, que deu a um de seus tratados políticos o mesmo título. Liev Tolstói também usou esse título em um panfleto sobre responsabilidade moral pessoal. O escritor e jornalista Aleksandr Herzen (1812-70) é por vezes chamado de "o pai do socialismo russo".
[21] Título de uma peça em miniatura de Aleksandr Púchkin, uma de suas *Pequenas tragédias*.

— É mais difícil quando a gente fica velho — disse Aleksandra, com tranquilidade. — Sinto a tragédia do país de um jeito diferente dos jovens. Perdoe-me por choramingar, mas a quem mais posso dizer essas coisas? Nikolai o amava e respeitava tanto. E então estamos todos...

Olhando diretamente para Mostovskói, ela continuou:

— Às vezes só quero morrer. E depois acho que não, que ainda tenho força para mover montanhas.

Mostovskói acariciou a mão dela e falou:

— Vá lá, antes que a torta realmente queime.

— E agora o momento da verdade — disse Gênia, curvando-se em direção à porta entreaberta do forno.

E, olhando para Aleksandra e aproximando os lábios de sua orelha, disse:

— Recebi uma carta hoje de manhã... muito tempo atrás, antes da guerra... lembra, eu falei sobre ele... um comandante que conheci. Nóvikov... a gente se encontrou de novo em um trem. Uma coincidência tão estranha. E aí, hoje... imagina só, eu estava pensando nele quando acordei. Ele provavelmente nem está mais vivo, eu disse a mim mesma. E, uma hora depois, eis que recebo uma carta dele. E aquele nosso encontro no trem, quando eu estava vindo de Moscou, também foi uma estranha coincidência, não?

Gênia abraçou Aleksandra e começou a beijá-la — primeiro na bochecha e depois nos cabelos brancos que lhe caíam sobre as têmporas.

Quando estudava no Instituto de Artes, Gênia foi convidada para um baile de gala na Academia Militar. Lá, conheceu um homem alto, lento, desajeitado, o "mais velho" da sua turma. Ele a acompanhou até o bonde e depois a visitou diversas vezes. Na primavera, quando se graduou na Academia, foi embora de Moscou. Escreveu para ela duas ou três vezes, pedindo-lhe que enviasse uma fotografia, mas sem dizer nada sobre seus sentimentos. Gênia mandou uma foto pequena que havia tirado para o passaporte. E então, mais ou menos na época em que ela se formou no Instituto de Artes e se casou, ele parou de escrever.

Mas quando Gênia deixou Krímov e estava a caminho da casa da mãe, o trem fez uma parada em Vorónej, e um comandante alto e louro entrou em seu compartimento.

— Lembra-se de mim? — perguntou, estendendo a mão grande e pálida.

— Camarada Nóvikov — respondeu ela —, é claro que eu lembro. Por que parou de me escrever?

Ele sorriu, e em silêncio retirou de um envelope uma pequena fotografia que mostrou a ela.

Era a foto que ela lhe enviara muito tempo atrás.

— O trem estava parando — disse ele — e vi seu rosto na janela.

As duas velhas médicas sentadas no mesmo compartimento ouviram avidamente todas as palavras trocadas entre Gênia e Nóvikov. Para elas, aquele encontro era uma inesperada diversão; depois de algum tempo, intrometeram-se na conversa. Uma delas, com uma caixa de óculos projetando-se do bolso do casaco, falou quase sem parar, recordando todos os encontros imprevistos em que conseguiu pensar — em sua própria vida e na vida de seus amigos e familiares. Gênia sentiu-se agradecida a ela; Nóvikov, evidentemente vendo aquele encontro como algo de profundo significado, parecia desejoso de uma conversa franca, ao passo que Gênia queria apenas ficar quieta. Nóvikov desembarcou em Liski, prometendo escrever, o que nunca fez. E agora, de súbito, Gênia recebera uma carta dele, o que reacendeu pensamentos e sentimentos de um tempo que ela julgava morto e para sempre enterrado.

Enquanto observava Gênia atarefada na cozinha, Aleksandra admirou sua fina correntinha de ouro, pensando em como se ajustava com primor ao pescoço pálido. Reparou em como o penteado escolhido à perfeição pela filha permitia vislumbrar tênues lampejos dourados nos cabelos pretos. Contudo, não tivessem sido tocados pela beleza viva de uma jovem mulher, o penteado e a correntinha de ouro nada seriam. Havia um calor, pensou Aleksandra, que emanava não das bochechas afogueadas da filha nem de seus lábios entreabertos, mas de algum lugar no fundo dos seus límpidos olhos castanhos — olhos que tinham visto muita coisa, que estavam agora muito mais velhos e sábios, mas ainda assim conservavam a imutável ingenuidade infantil de duas décadas atrás.

9

Por volta das cinco horas, eles tomaram seus lugares à mesa. Aleksandra Vladímirovna ofereceu a poltrona de vime a Mostovskói, o convidado de honra, mas em vez disso ele preferiu sentar-se ao lado de Vera em um banquinho. À sua esquerda estava um jovem tenente de olhos claros e brilhantes, que nas abas do colarinho usava como insígnias dois losangos cor de cereja.

Aleksandra voltou-se então para Spiridônov.

— Na condição de nosso fornecedor oficial de suprimentos — anunciou, apontando para a poltrona —, você, Stepán, deve se sentar aqui.

— Papai é a fonte de toda luz, calor e tomate em conserva — disse Vera.

— Meu tio — disse Serioja — é o chefe da empresa de reparos domésticos.

De fato, Spiridônov fornecera a Aleksandra não apenas uma boa provisão de lenha, mas também batatas e tomates em conserva suficientes para o inverno inteiro. Ele sabia como consertar todo tipo de coisa: de chaleiras a ferros elétricos, de torneiras a pernas de móveis. E havia inclusive cuidado das negociações com um peleiro para consertar seu casaco de pele de esquilo.

Depois de se sentar, volta e meia Spiridônov olhava de soslaio para a filha. Alta, de cabelos louros e bochechas rosadas, Vera era muito parecida com ele. Às vezes, lamentava que não fosse mais parecida com Marússia. Mas, no fundo, ficava feliz em reconhecer na filha alguns dos traços físicos de seus irmãos e irmãs.

Como muitos contemporâneos, Stepán Fiódorovitch Spiridônov percorrera um caminho que apenas algumas décadas antes teria parecido espantoso.

Engenheiro-chefe — e depois diretor — da Stalgres, a usina termelétrica de Stalingrado, Spiridônov havia, trinta anos atrás, pastoreado cabras nos arredores de um pequeno povoado fabril perto de Naro-Fominsk. Agora, com os alemães se deslocando para o sul de Carcóvia em direção ao Volga, vinha pensando sobre o rumo que sua vida havia tomado, quem ele tinha sido e quem se tornara. Spiridônov era conhecido por formular ideias ousadas. A ele se atribuía o crédito por diversas invenções e inovações, e seu nome já havia sido mencionado em um importante manual de engenharia elétrica. Estava no comando de uma importante usina termelétrica. Alguns diziam que era um péssimo administrador, e de fato havia momentos em que passava o dia todo no chão de fábrica, delegando à secretária a tarefa de lidar com as intermináveis chamadas telefônicas. Certa feita chegou a fazer uma solicitação formal de transferência do trabalho administrativo, mas ficou aliviado quando o comissário do povo recusou o pedido; havia muita coisa que achava interessante e agradável até mesmo nas tarefas administrativas. Não tinha medo de assumir responsabilidades; gostava da tensão implicada no fato de estar no comando das coisas. Os operários o admiravam, embora por vezes fosse severo e explosivo. Spiridônov apreciava um bom copo e uma boa mesa. Gostava de ir a restaurantes e guardava sempre, às escondidas da mulher, duas ou três centenas de rublos — sua "reserva subcutânea", como chamava. Por vezes perdia a compostura quando tinha uma noite livre durante uma de suas viagens a Moscou — e parte das coisas que fazia também precisava ser mantida em segredo da família. Todavia, amava a esposa e se orgulhava de sua esmerada educação — e não havia nada que não faria por ela, pela filha e por toda sua família estendida.

Sentada ao lado de Spiridônov estava Sófia Óssipovna, chefe do departamento cirúrgico de um hospital. Era uma mulher de meia-idade com ombros largos, carnudas bochechas vermelhas e o par de insígnias de major nas abas do colarinho. Vivia com o cenho franzido e falava de maneira abrupta. Segundo Vera, que trabalhava com ela no hospital, era temida pelos demais membros da equipe — não apenas as enfermeiras e os assistentes hospitalares, mas também os outros médicos. Sófia era cirurgiã desde antes da guerra. Talvez seu caráter tivesse influenciado sua escolha de profissão, mas esta, por sua vez, deixara certa marca em seu caráter.

Como médica, Sófia Óssipovna havia participado de expedições organizadas pela Academia de Ciências; estivera em Kamtchatka e no Quirguistão, e passara dois anos inteiros nas montanhas Pamir. Ocasionais palavras do cazaque e do quirguiz haviam se tornado parte de seu discurso cotidiano. Depois de algum tempo, Vera e Serioja acabaram por adotar uma ou duas dessas palavras. Em vez de "bom", diziam *jakhchi*; em vez de "tudo bem", *hop*.

Sófia adorava música e poesia. Ao voltar de um turno de vinte e quatro horas, deitava-se no sofá e pedia a Serioja que recitasse Púchkin e Maiakóvski. Às vezes, cantava baixinho a ária de Gilda do *Rigoletto*, semicerrando os olhos e gesticulando com uma das mãos como se fosse um maestro. Seu rosto assumia uma aparência tão estranha que Vera tinha que correr cozinha adentro para não explodir numa gargalhada.

Sófia também adorava carteado. Volta e meia jogava um par de rodadas de vinte e um com Spiridônov, mas na verdade preferia jogos mais simples, "apenas por diversão", com Vera e Serioja. Às vezes, porém, sentia-se subitamente agitada; jogava para longe o baralho e dizia: "Não, não vou conseguir dormir esta noite. É melhor voltar para o hospital".

Do outro lado de Sófia Óssipovna estava Tamara Beriózkina, mulher de um comandante do Exército Vermelho do qual não recebia notícias desde o início da guerra. Estava vestida com o minucioso apuro de uma pessoa envergonhada da própria pobreza. Era magra, com olhos tristes e belos, e seu rosto delicado parecia pálido e exausto. Aparentava ser o tipo de pessoa simplesmente incapaz de lidar com as crueldades da vida.

Antes da guerra, ela e o marido moravam perto da fronteira. No primeiro dia de combates, tiveram a casa incendiada; Tamara saiu correndo de roupão e chinelos, segurando nos braços a filha Liúba, que estava com sarampo. O filho, Slava, correu ao lado dela, agarrado a seu vestido.

Com a pequena Liúba doente e o filho descalço, Tamara fora colocada em um caminhão — e assim tiveram início seus longos meses de padecimentos e falta de moradia. Ela acabou indo parar em Stalingrado, onde por fim encontrou abrigo. O escritório de recrutamento militar ajudou, dando-lhe um vestido e um par de sapatos a cada criança. Ela costurava e cerzia para as esposas de importantes funcionários do alto escalão. Nos escritórios do soviete municipal, conheceu Marússia, inspetora-chefe da Seção de Educação — e, por meio dela, Aleksandra Vladímirovna.

Aleksandra dera a Tamara seu próprio casaco e botas e insistiu que Marússia encontrasse um lugar para o pequeno Slava em um orfanato, onde seguramente receberia refeições regulares.

Do outro lado de Tamara estava Andrêiev. Ele tinha sessenta e cinco anos, mas não se via um único ponto cinza em sua espessa cabeleira negra. O rosto longo e magro parecia de algum modo taciturno e ranzinza.

Pousando a mão sobre o ombro de Tamara, Aleksandra falou, pensativa:

— Parece que muito em breve também seremos forçados a sair de casa, a beber do mesmo cálice amargo que você bebeu. Quem diria... estamos tão longe do front! — disse, batendo com a mão na mesa. — E, se isso acontecer, você deve vir conosco. Podemos ir todos para a casa de Liudmila em Kazan. Nosso destino será o seu destino.

— Obrigada — disse Tamara —, mas isso seria um fardo terrível para vocês.

— Bobagem — respondeu Aleksandra com firmeza. — Agora não é hora de pensar em conforto.

Marússia sussurrou para o marido:

— Deus me perdoe, mas mamãe realmente vive fora do tempo e do espaço. Liudmila tem apenas dois quartos minúsculos em Kazan.

— E o que você esperava? — respondeu Spiridônov, em tom amigável. — Veja só como invadimos o apartamento dela e nos sentimos à vontade aqui. Inclusive ela lhe ofereceu a própria cama, e você aceitou de bom grado.

Spiridônov sempre admirara a insensatez da sogra no tocante às coisas práticas. Via de regra, ela passava o tempo livre com pessoas de quem gostava, mas que não só não lhe serviam de nada como muitas vezes precisavam da sua ajuda. Isso o impressionava; não que tivesse o hábito de recorrer ao auxílio de contatos influentes, mas entendia que amigos podiam ter um valor prático, e não estava em posição de abrir mão de amizades que eventualmente lhe pudessem ser úteis. Aleksandra, por outro lado, era cega a considerações desse tipo.

Em mais de uma ocasião Spiridônov a visitou em seu local de trabalho. Gostava de observar seus movimentos seguros e confiantes, a destreza com que ela manuseava complexos aparatos químicos para a análise volumétrica de gases e líquidos. Tendo um pendor natural para as coisas de ordem prática, enraivecia-se quando Serioja se mostrava incapaz de trocar um fusível queimado ou quando Vera revelava lentidão e falta de jeito nos trabalhos de costura e cerzidura. Ele não apenas era um bom carpinteiro e metalúrgico, não apenas sabia construir um fogão russo mas também gostava de inventar coisas mais incomuns. Certa vez concebera uma pequena engenhoca que lhe permitia, sem se levantar da poltrona, acender e apagar as velas em sua árvore de Ano-Novo. Também instalara em sua casa uma campainha tão insólita e interessante que um engenheiro da Fábrica de Tratores lhe fizera uma visita especialmente para examinar o mecanismo e reproduzi-lo. Mas Spiridônov nunca havia recebido nada de mão beijada. Tivera que trabalhar com afinco para alcançar sua posição atual, e não tinha tempo para pessoas desajeitadas e preguiçosas.

— Bem, camarada tenente — ele perguntou ao jovem de olhos brilhantes a sua esquerda. — Vocês vão conseguir manter Stalingrado a salvo dos alemães?

Na condição de jovem comandante, Kováliov desprezava os civis.

— Nossa tarefa é muito simples — respondeu ele, em tom desdenhoso. — Quando recebermos a ordem de lutar, lutaremos.

— Vocês receberam essa ordem no primeiro dia da guerra — disse Spiridônov, achando graça.

Kováliov levou para o lado pessoal.

— Para quem está seguro na retaguarda, é fácil falar. Mas, na linha de frente, com bombas de morteiro explodindo por todo lado e Stukas* lá em cima, a pessoa pensa diferente. Não é assim, Tólia?

— Precisamente — disse Tólia, com pouca convicção.

— Bem, deixe-me dizer uma coisa — Spiridônov ergueu a voz. — Os alemães jamais passarão do Don. Nossas defesas lá são inexpugnáveis.

— Você parece estar se esquecendo de um bocado de coisas — exclamou Serioja com uma voz fina e rangente. — Não se lembra de um ano atrás? Como todo mundo repetia: "Os alemães vão parar quando chegarem à antiga fronteira. Não irão além disso!"?

— Atenção! Atenção! — gritou Vera. — Alerta de ataque aéreo!

E gesticulou na direção da porta da cozinha.

Foi quando Gênia entrou na sala, trazendo um grande prato azul-celeste. Tamara, que parecia mais bonita por estar um pouco corada, veio caminhando a seu lado, ajeitando às pressas a toalha branca jogada por cima da torta.

— A borda está um pouco queimada — declarou Gênia. — Acabei me distraindo.

---

* Do alemão *Sturzkampfflugzeug*, bombardeiro de mergulho da Luftwaffe, força aérea alemã na Segunda Guerra. (N. T.)

— Está tudo bem — disse Vera. — Eu como os pedaços queimados.

— Por que a menina é sempre tão gananciosa? — perguntou Marússia, lançando um olhar incisivo ao marido.

Para ela, todos os defeitos de Vera vinham inteiramente dele.

— Repito que os alemães não cruzarão o Don — disse Spiridônov com veemência. — O Don será o fim deles.

Brandindo uma comprida faca, ele se pôs de pé. As responsabilidades mais pesadas na hora das refeições — dividir uma melancia, fatiar uma torta — eram sempre confiadas a ele. Com medo de deixar a torta desmoronar, de não conseguir fazer jus à confiança depositada por sua família, Spiridônov perguntou:

— Mas não precisa esfriar um pouco?

— O que *você* acha? — perguntou Serioja, olhando para Mostovskói. — Os alemães vão conseguir atravessar o Don?

Mostovskói não respondeu.

— Eles vão atravessar o Don dentro em breve. Já tomaram toda a Ucrânia e metade da Rússia — vaticinou Andrêiev, sombrio.

— Então a sua opinião é de que a guerra está perdida? — perguntou Mostovskói.

— Não é uma questão de opiniões — disse Andrêiev. — Estou apenas falando o que tenho visto. As opiniões são para pessoas mais inteligentes do que eu.

— E o que faz você pensar que o Don será o fim dos alemães? — perguntou Serioja, dirigindo-se a Spiridônov no mesmo tom estridente de antes. — Eles atravessaram o Berezina e cruzaram o Dnieper. Agora estão avançando para o Don e o Volga. Em que rio vão tropeçar? No Irtich? No Amu-Dária?[22]

Aleksandra olhou para o neto. Em geral ele era tímido e silencioso. Mas talvez a presença dos dois jovens tenentes o tivesse instigado, pensou. O que ela não sabia era que Serioja bebera um pouco da aguardente caseira de Kováliov. Não estava mais raciocinando com clareza. A seus próprios olhos, Serioja parecia singularmente lúcido e inteligente; mas ele não sabia ao certo se seus muitos talentos estavam sendo apreciados a contento.

---

[22] O rio Irtich corre pelo Cazaquistão e pelo oeste da Sibéria. O Amu-Dária, outrora conhecido como Oxus, é o maior rio da Ásia Central.

Vera inclinou-se na direção dele e perguntou:
— Serioja, você está bêbado?
— Nem um pouco — respondeu ele, irritado.
— Deixe-me explicar, meu amigo — disse Mostovskói, virando-se para Serioja. Todos ficaram em silêncio, na expectativa de ouvir o que ele tinha a dizer. — Tenho certeza de que todos se lembram dos comentários de Stálin sobre o gigante Anteu. Cada vez que os pés do gigante tocavam o chão, ele ficava mais forte... Bem, o que estamos vendo hoje é um anti-Anteu. Ele imagina que é um gigante e um guerreiro, mas na verdade não é. Quando esse falso guerreiro avança sobre terras que não são dele, cada passo o torna mais fraco, e não mais forte. A terra não lhe confere força; ao contrário, por ser uma terra hostil consome a sua força até que, no fim, ele desmorona. Essa é a diferença entre o verdadeiro Anteu e o vulgar pseudo-Anteu de hoje, que brotou da noite para o dia como o bolor. A força soviética é gigantesca. E temos o Partido, um partido cuja vontade, com calma e sensatez, une e organiza o poder do povo.

Com olhos escurecidos e luzidios, Serioja fitava diretamente Mostovskói, que sorriu e deu um tapinha na cabeça dele.

Marússia pôs-se de pé, levantou a taça e disse:
— Camaradas! Um brinde ao nosso Exército Vermelho!

Todos se voltaram para Tólia e Kováliov, querendo tilintar as taças com eles e lhes desejar saúde e sucesso.

Em seguida, iniciou-se o ritual de fatiar a torta. Esplêndida e corada, ela evocava alegria e tristeza, um passado mais pacífico que, como todo tempo pretérito, agora parecia incorporar tão somente coisas boas.

Spiridônov disse à esposa:
— Marússia, você se lembra de quando éramos estudantes? Com fraldas de pano penduradas para secar, a pequena Vera berrando alto o suficiente para pôr a casa abaixo, e você e eu distribuindo fatias redondas de torta para os nossos convidados? Lembra-se das enormes rachaduras nos caixilhos das janelas, da corrente de vento gelado que subia através do assoalho?

— Como poderia não me lembrar? — respondeu Marússia, com um sorriso.

Também se voltando para Marússia, Aleksandra disse lentamente, em tom meditativo:

— Eu costumava assar tortas na Sibéria. Você e Liudmila estavam morando com o vovô, e Gênia ainda não tinha nascido. Passamos cada apuro naquela época! Atravessávamos o Ienissei na primavera, quando o gelo estava rachando, puxados por renas em um trenó, em meio a uma nevasca uivante. Fazia tanto frio que as vidraças arrebentavam. Armazenávamos nosso leite e nossa água em forma sólida. E as noites duravam para todo o sempre. Eu costumava assar tortas de amora-alpina e mirtilo-vermelho. Tortas recheadas de salmão da Sibéria... nossos camaradas vinham juntar-se a nós. Meu Deus, parece que foi há tanto tempo.

— Torta de faisão é uma delícia. Costumávamos comer no vale do Issik-Kul — disse Sófia Óssipovna.

— *Jakhchi, jakhchi!* — exclamaram Serioja e Vera em uníssono.

— Parece que sou o único aqui sem lembranças de tortas — disse Mostovskói. — Eu comia ou em cantinas estudantis ou em restaurantes em cidades estrangeiras. E mais tarde, após a Revolução, ou em cantinas ou em casas de recreação.[23]

Depois de um momento, ele continuou:

— Não, estou mentindo. Numa Páscoa, durante o período que passei na prisão, recebemos uma fatia de *kulich*. E então, no almoço, comemos um excelente *kacha*,* e torta de cogumelos. Não era exatamente comida caseira, mas, acreditem, essa lembrança ainda é uma alegria!

— Meu Deus! — disse Marússia. — Hitler quer realmente tirar tudo de nós? Nossa vida, nosso lar, nossos entes queridos, até nossas lembranças?

— Vamos combinar de não dizer mais nenhuma palavra sobre a guerra hoje? — propôs Gênia. — Vamos falar apenas sobre tortas!

Nesse momento, a pequena Liúba caminhou até a mãe, apontou para Sófia e anunciou, triunfante:

---

[23] A maioria das instituições soviéticas estava ligada a uma ou mais "casas de recreação", que geralmente se situavam em locais aprazíveis no campo ou à beira-mar e funcionavam como hotéis de férias para setores específicos da sociedade. Universidades, fábricas e associações como a União dos Escritores Soviéticos proporcionavam a seus membros férias subsidiadas em suas sedes ou casas de recreação.

* O *kulich* é o tradicional doce da Páscoa russa; *kacha* é o "mingau", um dos pratos mais comuns e apreciados da culinária russa, e uma espécie de símbolo de saúde e bem-estar. (N. T.)

— Mamãe, olha que torrão grande de açúcar a tia me deu! — E, abrindo o punho, exibiu um cubo de açúcar umedecido pelo calor de sua mão pálida, porém suja. — Olha só — continuou ela em um sussurro alto. — A gente não pode ir embora agora. Talvez tenha mais!

Todos olhavam para Liúba, que se virou para a mãe e viu o constrangimento dela. Percebendo que havia revelado o segredo da sua pobreza, enterrou a cara no colo da mãe e começou a chorar.

Sófia acariciou a cabeça de Liúba e soltou um sonoro suspiro.

Depois disso, alguma coisa mudou. Era claramente impossível fazer daquela noite uma última ceia feliz sem mencionar os problemas de hoje ou os de amanhã.

A conversa retornou ao tema que ocupava a mente de todos: a longa retirada do Exército Vermelho, as razões de suas repetidas derrotas, a possibilidade de que nem mesmo mudar-se para Kazan fosse suficiente, que talvez todos tivessem que partir novamente — para a Sibéria ou os Urais.

— E se os japoneses invadirem a Sibéria? — perguntou Gênia.

Tamara olhou para Liúba, que tinha a cabeça enterrada em seu colo. Escondendo no cabelo encaracolado da filha as mãos desfiguradas e estragadas pelo trabalho, perguntou com toda a calma:

— Será esse o fim?

Spiridônov falou então de "ex-pessoas"[24] que, em vez de planejarem partir, aguardavam os alemães com entusiasmo.

— Sim — concordou Sófia. — Também conheci esse tipo de gente. Ontem, um médico me disse sem rodeios que ele e a esposa já se decidiram. Vão ficar em Stalingrado, aconteça o que acontecer.

— Ontem encontrei alguns atores que conheço de Leningrado — disse Gênia. — Não pude acreditar. Queriam que eu fosse a Kislovodsk com eles. "Com ou sem alemães, Kislovodsk é um bom lugar para se estar", disseram.

— E daí? — disse Serioja. — O que mais me surpreende é a frequência com que entendemos errado as coisas. Pessoas que julgamos firmes feito rochas acabam se mostrando fracas e patéticas. Mas ouvi falar de um rapaz que estava desesperado para entrar na escola de aviação. As autoridades insistiam em recusá-lo por causa de sua

---

[24] Termo padrão para designar os antigos membros do clero, da burguesia ou da aristocracia.

origem, mas no fim cederam. Então ele se formou, e dizem que teve a morte de um herói. Como Gastello![25]

— Veja só os jovens — disse calmamente Aleksandra Vladímirovna, dirigindo-se a Sófia. — Tólia é agora um homem-feito. Quando veio nos visitar antes da guerra ainda era uma criança, mas agora é nosso defensor. Sua voz, seus maneirismos, até mesmo os olhos... tudo nele está diferente.

— Você reparou como o amigo dele não consegue tirar os olhos de Gênia? — Sófia comentou em voz baixa.

— E o Tólia agora até bebe como um homem de verdade. Mas no verão passado, quando ele e Liudmila estavam conosco, ele saiu para passear e começou a chover. Liudmila agarrou uma capa de chuva e um par de galochas e desceu ao Volga para procurá-lo: "Ele vai ficar doente, é muito suscetível a amigdalites...".

Enquanto isso, do outro lado da mesa, os jovens discutiam.

— O exército está fugindo em pânico — disse Serioja.

— De jeito nenhum — respondeu Kováliov, enraivecido. — Desde Kastornoie, temos lutado todos os dias.

— Então por que bateram em retirada tão depressa?

— Se você combatesse, não estaria perguntando.

— Mas por que nossos homens continuam se rendendo?

— Por que será? Não posso falar por todos, mas, no que diz respeito ao nosso regimento, pode ter certeza de que já cumprimos nosso quinhão de luta.

— Alguns dos feridos que vi no hospital — comentou Vera — estão dizendo que a situação voltou a ser como nos primeiros meses da guerra.

— A pior parte — disse Kováliov, sua irritação desaparecendo — é atravessar os rios. Dia e noite, o bombardeio nunca cessa. É claro que nessa hora a gente quer se mover depressa. Mataram meu companheiro. E eu mesmo fui ferido no ombro, sangrei feito um porco no espeto. À noite, o céu inteiro fica iluminado por clarões e chovem bombas.

— Em breve vai ser a mesma coisa aqui — disse Vera. — Estou apavorada.

---

[25] Nikolai Gastello (1908-41), piloto cujo avião foi atingido pela artilharia antiaérea alemã e pegou fogo. Diz-se que ele lançou a aeronave contra uma coluna de veículos alemães, destruindo um grande número deles, inclusive tanques. Foi postumamente condecorado como herói da União Soviética.

— A verdade é que você não precisa se assustar — disse Spiridônov. — Estamos bem longe da linha de frente, e dizem que nossas defesas antiaéreas são muito fortes. Tão fortes quanto em torno de Moscou. Talvez um ou dois aviões passem, mas não mais do que isso!

— Ah, sim — riu Kováliov —, a gente conhece bem essa história de um ou dois aviões. Se os boches quiserem botar fogo na gente, certamente vão fazer isso. Não é verdade, Tólia?

— Mas por enquanto nenhum bombardeiro rompeu as linhas — respondeu Spiridônov. — Nossas armas antiaéreas conseguem erguer uma muralha de fogo.

— Esperem só até os boches decidirem se empenhar nisso — disse Kováliov. — Se os rios não impedirem o avanço das forças terrestres, pode acreditar que os aviões vão atacar com toda a força. Primeiro os bombardeiros vão dar uma boa surra na gente, depois vocês vão ver de perto os tanques deles.

— Sei — disse Spiridônov.

Kováliov tinha mais experiência na guerra e era mais seguro de si do que qualquer outra pessoa na sala. De quando em quando abria um sorrisinho, consciente da ignorância e ingenuidade de seus ouvintes.

Ele fez Vera se lembrar dos tenentes no hospital, lançando olhares zombeteiros para as enfermeiras enquanto elas discutiam com veemência assuntos que só eles compreendiam. No entanto, Kováliov também se parecia com os rapazes que ela conhecera nos clubes da escola antes da guerra, meninos que a visitavam para jogar cartas ou que queriam pegar emprestado — apenas por uma noite, deixando como caução algum livro didático difícil de obter — seu exemplar de *As minas do rei Salomão* ou de *O cão dos Baskerville*.[26]

---

[26] Grossman evidentemente conhecia bem as histórias de Sherlock Holmes. Sua filha Iekaterina Korotkova lembra-se de, quando criança, ouvir o pai ler para ela *O cão dos Baskerville*: "A sensação de horror era agonizante e esplêndida [...]. Meu pai evocava a atmosfera da história com tanta inspiração que até hoje sou capaz de sentir seu horror e beleza. [...] Lembro-me de ter lido o livro vários anos mais tarde e me sentir um pouco decepcionada. Narrado pelo meu pai, era mais interessante, mais poderoso e mais assustador" (Korotkova-Grossman, *Vospominaniia*, p. 204). Korotkova — uma das mais perspicazes leitoras de Grossman — apontou uma característica central da grandeza do pai. A compreensão psicológica de Grossman é aguda. Sua obra é importante para historiadores e filósofos políticos e morais. Mas ele também é um excelente contador de histórias. Muitos capítulos de seu díptico estão impregnados de um senso de horror que poderia ser descrito como "agonizante e esplêndido".

— Acho que talvez seja o fim — disse Sófia, afastando o prato. — O mal é mais forte do que o bem.

Houve um silêncio geral.

— Hora de fechar as cortinas de blecaute — constatou Marússia.

E, pressionando os punhos contra as têmporas, como se para amortecer um pouco de dor, murmurou:

— Guerra, guerra, guerra...

— Acho que é hora de outro copo — disse Spiridônov.

— Não, Stepán! — disse Marússia. — Não depois da sobremesa!

Kováliov desprendeu o cantil do cinto.

— Eu estava querendo guardar para a viagem, mas é melhor compartilhar com pessoas boas como vocês! À sua saúde, Tólia! Não vou passar a noite aqui. Parto daqui a pouco.

Kováliov despejou o que restava da vodca amarelada nos copos de Tólia, Spiridônov e dele próprio.

— Foi-se tudo — disse a Serioja, sacudindo à sua frente o cantil vazio e fazendo a tampa chocalhar.

Em seguida, deu alguns passos trôpegos e disse para Gênia:

— Estou enrascado, entende? As pessoas podem falar o quanto quiserem, mas em cinco dias estarei de volta ao front, entende? Por sorte isso não me assusta, vou morrer de qualquer maneira. Não vou viver para ver o fim da guerra, entende? Vinte anos de idade... e chamar isso de uma vida inteira... Entende?

Ele a encarava diretamente, com olhos ávidos e suplicantes. E ela entendeu: queria o seu amor. Seus dias estavam contados. Lágrimas lhe vieram aos olhos — ela entendia com muitíssima clareza.

Spiridônov pousou um braço em volta dos ombros de Kováliov, como se quisesse acompanhá-lo. Bebera demais, e Marússia olhava para ele com dor e fúria. Sua bebedeira parecia tê-la perturbado tanto quanto todas as tragédias da guerra.

Parado junto à porta, Kováliov de repente disse, tomado de fúria:

— As pessoas sempre perguntam: "Por que os homens se rendem?". Palavras, palavras, palavras. Os boches ainda estão a mais de duzentos quilômetros de distância e as pessoas aqui já estão empacotando suas coisas. Antes de o front chegar a Stalingrado, os burocratas vão estar comendo tortas em Tachkent. Vocês sabem como é no front? Você se deita por algumas horas e aí acorda e descobre que os boches avançaram cem quilômetros durante a noite. A guerra é uma coisa;

palavras são outra. Já vi burocratas borrarem as calças de medo com uma lufada de vento. Mas soldados são feitos prisioneiros e morrem, e depois os burocratas de Tachkent apontam o dedo para eles. E, acredite, conheço apontadores de dedos. Se fossem cercados, você não os veria marchando quinhentos quilômetros, famintos, para romper o front alemão. Eles se tornariam colaboradores, *polizei*! Engordariam que é uma beleza. Mas nós, soldados, temos alma e sabemos o que é necessário para continuar lutando! A verdade, é com ela que eu me importo. Eu quero a verdade nua e crua!

As palavras de Kováliov haviam sido ditas de forma um tanto aleatória, mas nada impedia que cada um de seus ouvintes as levasse para o lado pessoal. Kováliov pode muito bem ter tido a esperança de que algum deles lhe respondesse com aspereza. Aí, realmente teria perdido as estribeiras. Talvez sacasse uma arma.

Mas todos sentiram que alguma coisa dentro do tenente havia se quebrado, ou se libertado. Sabiam que ele seria incapaz de manter essa coisa sob controle, fosse o que fosse. Assim, ficaram em silêncio e evitaram o seu olhar. O rosto de Kováliov empalidecera, revelando manchas na pele que pareciam cinzentas e sujas.

Ele bateu a porta com estrondo e soltou uma longa saraivada de imprecações enquanto descia as escadas.

— E eu aqui — disse Vera —, pensando que teria um dia de folga do hospital. Ele está traumatizado com os bombardeios. Estão todos traumatizados.

— Não há trauma mais traumatizante do que a verdade — falou Andrêiev, com a voz tão triste que todos se viraram para olhá-lo.

Quando Gênia voltou à sala, Mostovskói perguntou:

— Você teve alguma notícia de Krímov?

— Não — respondeu ela. — Mas sei que está em Stalingrado.

— Ah, eu me esqueci que vocês se separaram — disse Mostovskói, um tanto perplexo. — Mas devo informá-la que ele é um bom sujeito. Eu o conheço há muito tempo, desde menino.

10

No momento em que os convidados se foram, uma sensação de paz e calmaria voltou ao apartamento dos Chápochnikov. Tólia se ofereceu para lavar a louça. As xícaras, os pires e as colheres de chá da família lhe pareciam queridos e preciosos — muito diferentes da louça do quartel. Vera riu enquanto vestia um avental nele e amarrava um lenço em sua cabeça.

— Que cheiro maravilhoso o do lar, o do afeto, tal como em tempos de paz — disse Tólia.

Marússia pôs o marido na cama e volta e meia checava seu pulso. Temia que o ronco de Spiridônov pudesse ser um sintoma de palpitações cardíacas.

Espreitando a cozinha, ela disse:

— Tólia, deixe que outra pessoa lave os pratos. Você devia escrever uma carta para sua mãe. Precisa cuidar melhor daqueles que o amam.

Mas Tólia não tinha vontade de escrever para a mãe, e começou a aprontar traquinagens como uma criança travessa. Primeiro, chamou o gato, imitando a voz de Marússia. Depois ficou de quatro e fingiu dar uma cabeçada no felino:

— Vamos lá, carneirinho! Deixe-me ver os seus chifres!

— Se não fosse a guerra — disse Vera, sonhadora —, iríamos à praia amanhã. Pegaríamos um barco, não é? Mas, nesta situação, eu nem tenho vontade de nadar. Não fui à praia uma única vez.

— Se não fosse a guerra — disse Tólia —, eu iria para a Stalgres amanhã com o tio Stepán. Tenho vontade de ver a usina, apesar de tudo.

Vera inclinou-se na direção dele e disse, baixinho:

— Tólia, tem uma coisa que eu quero te contar.

Porém, nesse momento, Aleksandra Vladímirovna entrou. Vera piscou para Tólia e balançou a cabeça.

Aleksandra começou a interrogar Tólia: tinha achado a escola militar difícil? Ficava sem fôlego quando precisavam marchar rápido? Era bom atirador? Calçava botas do tamanho certo? Levava fotografias da família? Possuía lenços, agulhas e linha suficientes? Tinha dinheiro bastante? Estava recebendo cartas da mãe de maneira regular? Havia tempo para pensar em física?

Tólia sentia-se envolvido pelo carinho da família. Isso significava muito para ele, mas era em igual medida preocupante e alentador. Tornava ainda mais doloroso pensar na partida; é mais fácil suportar as dificuldades com o coração endurecido.

Em seguida, entrou Gênia. Estava com o vestido azul que costumava usar quando visitava Liudmila e Viktor na dacha.

— Vamos tomar chá na cozinha — chamou ela. — Tólia vai gostar disso!

Vera saiu para buscar Serioja. Um momento depois, voltou e disse:

— Ele está deitado na cama chorando, com o rosto enterrado no travesseiro.

— Ah, Serioja, Serioja — suspirou Aleksandra Vladímirovna. E, saindo para falar com o neto, anunciou: — Deixem isso comigo.

11

Assim que deixaram a casa dos Chápochnikov, Mostovskói convidou Andrêiev a dar uma volta na cidade com ele.

— Uma volta na cidade? — riu-se Andrêiev. — Dois velhotes como nós?

— Um passeio tranquilo — disse Mostovskói. — Está uma noite agradável.

— Tudo bem — disse Andrêiev. — Por que não? Amanhã eu só pego no batente às duas.

— Seu trabalho é muito cansativo? — perguntou Mostovskói.

— Às vezes.

Andrêiev gostava daquele homem baixinho, careca e de olhinhos alertas.

Por algum tempo caminharam em silêncio. Era uma linda noite de verão. O Volga era praticamente invisível no crepúsculo, mas se fazia sentir em todos os lugares; todas as ruas, todas as vielas o viviam e respiravam. Todas as colinas e encostas, o sentido das ruas — tudo era determinado pelas curvas do rio e pelos íngremes penhascos em suas margens. Da mesma forma, os monumentos, as praças, os parques, as fábricas gigantescas, as antigas casinhas nos arredores, os novos e compridos prédios de apartamentos com reflexos borrados da lua de verão em suas janelas — tudo estava de olho no Volga, tudo estava voltado para ele.

Naquela noite morna de verão, enquanto a guerra grassava não muito longe na estepe do Don, movendo-se, implacável, para o leste, tudo na cidade parecia estranhamente solene e prenhe de significado: os passos pesados das patrulhas, o trovejar de uma fábrica nas proximidades, os apitos dos barcos a vapor do Volga e até mesmo o silêncio manso.

Eles se sentaram em um banco vazio. Dois jovens casais estavam ali perto. Um deles, um soldado, levantou-se, caminhou até Andrêiev e Mostovskói, os sapatos rangendo no cascalho, deu uma rápida olhada, voltou a seu lugar e disse alguma coisa em voz baixa. Ouviu-se o som de risadas femininas. Os dois velhos tossiram, constrangidos.

— Os jovens — disse Andrêiev, em um tom de voz crítico e admirado.

— Ouvi dizer que os operários da fábrica Obúkhov, evacuados de Leningrado, trabalham agora numa fábrica aqui — falou Mostovskói. — Gostaria de conversar com eles. Também sou de Leningrado.

— Sim, na siderúrgica Outubro Vermelho. É onde eu trabalho. Não acho que haja muitos evacuados, mas venha assim mesmo. Venha nos visitar.

— Você fez parte do movimento revolucionário? — perguntou Mostovskói. — No tempo dos tsares...

— Na verdade, não — disse Andrêiev. — Tudo o que fiz foi ler folhetos e passar algumas semanas na cadeia por participar de uma greve. E de vez em quando eu falava com o marido de Aleksandra Vladímirovna em Stalingrado. Eu era foguista num rebocador a vapor e ele era estudante, estava passando alguns meses no barco para adquirir experiência prática. Costumávamos subir juntos no convés para conversar.

Andrêiev pegou sua bolsa de tabaco. O papel farfalhou enquanto eles enrolavam seus cigarros. O isqueiro de Mostovskói fez subir uma chuva de faíscas, mas o pavio se recusou obstinadamente a acender.

— Os velhos estão dando tudo de si — disse um dos jovens soldados, em alto e bom som. — Estão tentando operar um Katiucha!

Mais risadas femininas.

— Droga! — disse Mostovskói. — Esqueci meu tesouro. Aleksandra Vladímirovna me deu uma caixa de fósforos.

— Mas me diga: o que você realmente acha de tudo isso? — perguntou Andrêiev. — As coisas estão indo mal, não estão? Diga o que quiser sobre Anteus e anti-Anteus... os alemães continuam avançando.

— As coisas estão indo de mal a pior — respondeu Mostovskói —, mas os alemães ainda vão perder a guerra. Tenho certeza de que Hitler tem muitos inimigos, mesmo na Alemanha. Lá também existem internacionalistas e trabalhadores revolucionários.

— O que o faz ter tanta certeza disso? — perguntou Andrêiev.
— Ouvi relatos de alguns soldados das nossas guarnições de tanques, homens que capturaram prisioneiros alemães. Eles dizem que os alemães são todos iguais, sejam da classe trabalhadora ou não.

— Estamos realmente encrencados — disse Mostovskói em voz baixa — se um velho trabalhador como você pensa que não existe diferença entre o governo alemão e a classe trabalhadora alemã.

Andrêiev virou-se para Mostovskói e disse em tom ríspido:

— Entendo. Você quer que o povo soviético lute contra Hitler. E também quer que ele se lembre do lema "Trabalhadores do mundo, uni-vos!".[27] Mas a única coisa que importa hoje é quem está conosco e quem está contra nós. Seu raciocínio me lembra os ensinamentos de Cristo: são todos muito bonitos, mas a verdade é que ninguém vive de acordo com eles. Só servem para encharcar a terra de sangue russo.

— Os tempos mudam — disse Mostovskói. — Um dia Nikolai Chápochnikov lhe ensinou sobre Marx. Antes disso, *ele* aprendeu com os livros que escrevi. Agora é a sua vez de me ensinar.

Triste e exausto demais para discutir, Mostovskói se curvou de maneira brusca; era como se estivesse dormindo. Então, mentalmente, visualizou uma cena de duas décadas antes: um enorme salão de conferências, incontáveis olhos repletos de emoção e alegria, centenas de rostos que ele amava, queridos rostos russos, ao lado de rostos de companheiros comunistas de todo o mundo, amigos da jovem República Soviética — franceses, ingleses, japoneses, africanos, americanos, indianos, belgas, alemães, chineses, búlgaros, italianos, húngaros, letões. E esse imenso salão ficou em silêncio — como se o coração da própria humanidade palpitasse, disparado — quando Lênin ergueu uma das mãos e, com clareza e segurança, disse ao Congresso do Comintern: "Em breve testemunharemos a fundação de uma república soviética internacional".

Sentindo uma súbita onda de carinho e confiança pelo homem sentado ao seu lado, Andrêiev lamentou baixinho:

— Meu filho está na linha de frente, mas a esposa dele só quer ir ao cinema com as amigas e se divertir. Ela e minha esposa Varvára vivem se engalfinhando. É uma coisa triste.

---

[27] Frase do *Manifesto comunista* (1848), de Karl Marx e Friedrich Engels.

12

A esposa de Mostovskói havia morrido muitos anos antes, e viver sozinho lhe ensinara a importância de ter tudo em ordem. Ele mantinha seu espaçoso quarto limpo e arrumado. Folhas de papel, periódicos e jornais estavam amontoados em meticulosas pilhas sobre a escrivaninha, e os livros arranjados em seus devidos lugares nas estantes. Mostovskói geralmente fazia a maior parte de seu trabalho pela manhã. Durante os últimos anos, vinha lecionando filosofia e economia política e escrevendo verbetes para uma enciclopédia e um dicionário de filosofia. Seus artigos na maior parte das vezes eram curtos, mas sempre exigiam muito trabalho e a correlação de muitas fontes diferentes. A cada ano ele recebia de seus editores vários pacotes de livros. Já escrevera sobre Heráclito, Fichte e Schopenhauer. Quando veio a guerra, estava no meio de um artigo extraordinariamente longo sobre Kant. Mostovskói costumava assinar seus artigos apenas com as iniciais M. M. Seus editores estavam sempre tentando convencê-lo a usar o nome completo, mas ele, de modo obstinado e rabugento, se recusava.

Não conhecia muita gente em Stalingrado. De tempos em tempos, outros professores de filosofia e economia política apareciam para consultas. Tinham um pouco de medo de Mostovskói; nos debates, ele argumentava com impaciência e inflexibilidade.

Naquela primavera, Mostovskói havia contraído pneumonia aguda. Os médicos acharam que seria o seu fim; era um senhor de idade e ainda não tinha se recuperado dos meses na Leningrado sitiada. Mas Mostovskói recobrou as forças. Então seu médico elaborou um cuidadoso programa, detalhando cada passo da transição gradual do regime de acamado de volta à rotina normal.

Mostovskói leu o programa de cabo a rabo, marcou com riscos azuis e vermelhos pontos específicos, e, no terceiro dia depois de sair da cama e se sentir bem e ativo, tomou um banho frio de chuveiro e encerou o assoalho de parquete do quarto.

Era um homem resoluto e veemente; não tinha tempo para afabilidades e bom senso.

Às vezes, sonhava com o passado e ouvia as vozes de amigos mortos havia muito. Ou se via discursando em um pequeno salão em Londres. Olhos rápidos e alertas o observavam; via gravatas pretas, colarinhos engomados e os rostos barbudos de amigos.

Ou acordava no meio da noite e não conseguia pegar no sono de novo. Em uma interminável sucessão, imagens e cenas vinham-lhe à mente: assembleias estudantis; debates no parque da universidade; a trilha até o túmulo de Bakúnin em Berna; a pedra retangular sobre o túmulo de Marx; um navio a vapor no lago Genebra; Sebastopol e uma tempestade de inverno no mar Negro; um sufocante vagão de trem transportando prisioneiros políticos para a Sibéria, as batidas rítmicas das rodas, canções entoadas em uníssono, um guarda dando pancadas com o cabo do rifle contra a porta; os primeiros sinais do crepúsculo da Sibéria, a neve chiando sob seus pés, uma luz amarela distante na janela da choupana, a luz na direção da qual ele havia caminhado de volta ao longo de todas aquelas noites escuras de seus seis anos de exílio.

Aqueles dias sombrios e difíceis foram os dias da sua juventude, dias de incansável luta na expectativa do grande futuro que constituía o propósito da sua vida na terra.

Recordava o trabalho interminável, as muitas ocasiões durante os primeiros anos da República Soviética em que havia labutado noite adentro, o trabalho no Comissariado de Educação da província e no Comitê de Educação Política do Exército, a contribuição para a teoria e a execução dos planos quinquenais, a participação na elaboração do plano geral de eletrificação para o Centro Estatal de Pesquisa Científica.

Às vezes, Mostovskói deixava escapar um longo suspiro. Por que suspirava? Do que se arrependia? Ou era apenas o suspiro de um coração cansado e doente lutando dia e noite para bombear o sangue através de artérias entupidas e escleróticas?

Às vezes descia até o Volga antes do amanhecer e percorria a pé um longo caminho junto à margem deserta, sob os penhascos íngremes. Sentava-se nas pedras frias e observava os primeiros movimentos de luz. Gostava de ver as cinzentas nuvens noturnas incharem com o calor rosado da vida enquanto a fumaça quente das fábricas se tornava de súbito opaca e acinzentada.

À luz oblíqua do sol a água negra parecia mais jovem. As ondas mais diminutas rastejavam, tímidas, por sobre a densa areia plana, e até o menor dos grãos começava a cintilar.

Às vezes Mostovskói se lembrava do inverno de Leningrado: montanhas de neve e gelo nas ruas; o silêncio da morte e o bramido da morte; uma côdea de pão sobre a mesa; trenós carregando água; trenós carregando lenha; trenós carregando cadáveres cobertos com lençóis brancos; veredas congeladas até o Neva; paredes de apartamentos revestidas de geada; suas muitas jornadas até fábricas e unidades militares; as palestras proferidas para as assembleias de combatentes voluntários da milícia; o céu cinzento raiado pelos holofotes; as manchas dos incêndios noturnos nos vidros das janelas dos prédios; o uivo das sirenes de ataque aéreo; sacos de areia ao redor da estátua equestre de Pedro, o Grande; e, por toda parte na cidade, a memória viva das primeiras batidas do jovem coração da Revolução: a estação Finlândia, a beleza deserta do Campo de Marte, o Instituto Smólni;[28] e, acima de tudo isso, os rostos pálidos e cadavéricos, os olhos vivos e sofridos das crianças e o paciente heroísmo das mulheres, trabalhadores e soldados. E o coração dele era esmagado por um fardo mais pesado, uma dor mais extrema do que ele se julgava capaz de suportar. "Por que, por que fui embora?", perguntava-se, angustiado.

Mostovskói queria escrever um livro sobre a sua vida. Já tinha uma ideia clara sobre a estrutura básica: infância; seu vilarejo; o pai, que havia sido sacristão; a escola que frequentara quando menino; os subterrâneos da política clandestina; os anos de construção soviética.

Ele não gostava de se corresponder com seus velhos amigos, cujas cartas tratavam principalmente de doenças, sanatórios, pressão arterial e perda de memória.

De uma coisa Mostovskói tinha certeza: nunca antes na história russa os eventos tinham se sucedido com uma velocidade tão vertiginosa como durante os últimos vinte e cinco anos. Nunca os vários estratos da vida haviam sido reorganizados de modo tão abrangente. Tudo, é claro, estava em constante mudança, em fluxo incessante. Mesmo antes da Revolução, era impossível para um homem entrar duas vezes no mesmo rio — mas naqueles dias o rio corria muito lentamente, suas margens nunca pareciam tão diferentes, e a revelação de Heráclito soava estranha e obscura.[29]

---

[28] O Instituto Smólni foi o primeiro estabelecimento educacional para mulheres da Rússia, construído em 1806-8. Durante a Revolução de Outubro, foi o quartel-general bolchevique.

[29] As palavras "Tudo flui", mais tarde escolhidas por Grossman como título de sua última grande obra, são muitas vezes, embora provavelmente de forma equivocada, atribuídas a Heráclito, um filósofo pré-socrático. Um dos aforismos mais conhecidos de Heráclito é "Tu não podes descer duas vezes no mesmo rio, porque novas águas correm sempre sobre ti". Na terceira versão do romance, Heráclito é um dos filósofos sobre os quais Mostovskói escreveu para um dicionário de filosofia.

Haveria, na Rússia soviética, quem se sentisse surpreso com a verdade que tanto impressionara o filósofo grego? Essa verdade tinha migrado do domínio da especulação filosófica para o da experiência comum; agora era igualmente óbvia para os membros titulares da Academia de Ciências, os operários das fábricas, os trabalhadores dos colcozes e as crianças ainda na escola.

Mostovskói tinha pensado bastante a respeito. Um movimento vertiginoso, irrefreável! Não havia como escapar. Estava em toda parte: na transformação quase geológica da paisagem; na vasta campanha que havia levado a alfabetização para todo o país; nas novas cidades que surgiam de uma ponta à outra no mapa; nos novos distritos das cidades, nas novas ruas e nos novos edifícios, no número cada vez maior de novos habitantes desses prédios. De modo implacável, esse movimento havia lançado na obscuridade nomes outrora famosos, e ao mesmo tempo conclamara à ação — desde aldeias remotas e enevoadas, desde as vastidões da Sibéria — centenas de novos nomes, agora celebrados em todo o país. Os periódicos publicados havia dez anos agora pareciam antigos papiros amarelados, tão grandiosos foram os eventos da última década. As condições de vida do povo haviam sido transformadas. A Rússia soviética avançara uma centena de anos. Com sua descomunal massa de terra e florestas, o novo país deu um salto rumo ao futuro, mudando tudo o que parecia imutável: a agricultura, as estradas, os leitos dos rios. Milhares de estalagens, tabernas e cabarés haviam desaparecido — assim como as escolas paroquiais, os institutos para as filhas da nobreza, as terras monasteriais, as propriedades rurais privadas, as bolsas de valores e as imponentes mansões de capitalistas abastados. Dispersas e aniquiladas pela Revolução, classes inteiras de pessoas desapareceram: não apenas os exploradores, mas também aqueles que lhes permitiam tirar proveito dos outros; pessoas cujos delitos haviam sido severamente criticados em canções populares, mas cuja posição parecia inatacável; pessoas cujas características foram descritas pelos mais formidáveis escritores russos: latifundiários, comerciantes, proprietários de fábricas, corretores de valores, oficiais da cavalaria, agiotas, camareiros da corte, chefes de polícia e sargentos. Desapareceram os senadores, os conselheiros de Estado, os conselheiros de Estado efetivos e áulicos, os assessores de colégio — todo aquele complexo e intrincado mundo do oficialismo russo, dividido em nada menos que dezessete diferentes patentes e categorias hierárquicas. Desapareceram os tocadores de realejo, os lacaios, os mordomos. Desapareceram vários conceitos, palavras e pronomes de tratamento: Vossa Senhoria, Excelentíssimo Senhor, Vossa Excelência.

Trabalhadores e camponeses tornaram-se os senhores da vida. Surgiu toda uma nova panóplia de profissões: planejadores industriais e agrícolas, cientistas camponeses, cientistas apicultores, criadores de gado, cultivadores de legumes e verduras, engenheiros, operadores de rádio, tratoristas, eletricistas. A Rússia alcançara um nível sem precedentes de alfabetização e esclarecimento geral, num súbito salto cuja potência só podia ser comparada à de alguma força cósmica; se houvesse um equivalente eletromagnético para a explosão cultural da Rússia em 1917, astrônomos de outras galáxias teriam registrado o nascimento de uma nova estrela, uma estrela cada vez mais fulgurante. As pessoas simples, o "quarto estado", os operários e camponeses, empregaram sua força, sua retidão e todas as suas singulares habilidades a serviço do Estado — tornaram-se marechais de campo, generais, fundadores de cidades gigantescas, importantes autoridades do Partido em todos os níveis, diretores de minas, fábricas e projetos agrícolas. As centenas de novos empreendimentos industriais despertaram nas pessoas novas e inesperadas aptidões. Pilotos, mecânicos de voo, navegadores aéreos, operadores de rádio, motoristas de carros e caminhões, geólogos, químicos industriais, eletroquímicos, fotoquímicos, termoquímicos, especialistas nas aplicações de eletricidade de alta voltagem, engenheiros de automóveis e aeronaves — esses eram os protagonistas da nova sociedade soviética.

Mesmo agora, no período mais sombrio da guerra, Mostovskói podia ver o poderio do Estado soviético. Sabia que era muitas vezes maior que o da velha Rússia; compreendia que os milhões de trabalhadores que constituíam a base da nova sociedade eram fortes pela sua fé, pela sua cultura, pelos seus conhecimentos, pelo seu amor à pátria soviética.

Tinha fé na vitória. E apenas um desejo: esquecer a própria idade e participar do combate, da luta pela liberdade e dignidade do povo.

13

Agrippina Petrovna, a velhinha ágil e bem-disposta que lavava as roupas de Mostovskói, preparava seu chá da manhã e lhe trazia refeições da cantina do Partido, podia ver o quanto ele estava abalado por conta dos rumos que a guerra vinha tomando.

Muitas vezes, ao chegar pela manhã, ela encontrava a cama intacta, exatamente como a tinha deixado no dia anterior — e Mostovskói sentado em sua poltrona junto à janela, tendo ao lado um cinzeiro abarrotado.

Agrippina Petrovna já vira dias melhores: antes da Revolução, seu falecido marido tinha um atracadouro com barcos para travessia do Volga. À noite, ela costumava tomar um copo de aguardente caseira no quarto. Não querendo diluir o efeito da bebida, não comia coisa alguma. Em seguida, saía e se sentava em um banco no quintal. Suas companheiras estavam sóbrias, mas ela, dominada por uma agradável sensação de embriaguez, conversava toda animada. Normalmente cobria a boca com a bainha do xale e tentava não respirar perto das outras: Márkovna, a severa zeladora, e Anna Spiridônova, a viúva do sapateiro. Agrippina não gostava de fofoca, mas a necessidade de conversar — sobretudo depois de beber — era avassaladora.

— Bem, minhas amigas — disse ela, limpando a poeira do banco com o avental antes de se sentar. — Houve um tempo em que para velhas como nós parecia que os comunistas estavam fechando igrejas.

Ela se virou na direção das janelas abertas do térreo e continuou, em voz alta:

— Esse maldito Hitler é realmente o Anticristo. Que nada de bom aconteça com ele, nem neste mundo nem no próximo. Ouvi dizer que o metropolita está celebrando a liturgia em Sarátov e que orações estão sendo feitas em todas as igrejas. Sim, as igrejas estão lotadas. E não só de velhos, mas de jovens também. Todo mundo se levantou contra Hitler, todo mundo se uniu e se insurgiu em uníssono contra esse amaldiçoado Anticristo.

Em seguida continuou, em tom mais baixo:

— Sim, minhas meninas, nossas amadas autoridades estão nos abandonando. As pessoas no nosso prédio começaram a empacotar seus pertences. Estão indo ao mercado comprar malas. Estão costurando sacolas e sacos. Já o meu querido Mostovskói, devo dizer que parece anêmico. Hoje foi ver aquela velha que ele conhece, cuidar das providências para ser evacuado. Nem sequer almoçou.

— Mas que motivo ele tem para se preocupar? — perguntou Márkovna. — É velho e não tem parentes.

— Como assim? Francamente, o que diabos você quer dizer com isso? Se tem alguém que precisa ir embora, esse alguém é Mostovskói. Os alemães vão fazer picadinho de um homem como ele. Ele está num verdadeiro frenesi, tentando descobrir o que fazer. Hoje passou o dia inteiro fora. Afinal, é um membro do Partido, um velho bolchevique de Leningrado. Sim, ele agora está abatido. Passa a noite toda acordado. Fuma feito uma chaminé... Tem uma pensão de mil e quinhentos rublos e cartões especiais de racionamento. Um apartamento quente e seco. Uma viagem ao Cáucaso todo verão. Enfim, leva uma boa vida. Não é à toa que não quer ser liquidado por Hitler!

Escureceu. As mulheres continuaram conversando — sobre isso, sobre aquilo e tudo o mais. Márkovna olhou para as janelas acima e disse:

— Estou vendo luz de novo na janela daquela puta do segundo andar. Vamos torcer para que não esteja fazendo sinal para os alemães.

Em tom enfático e intimidador, Márkovna urrou com voz grave:

— Ei! Você aí no segundo andar! Daqui a um minuto a gente vai atirar!

As velhas se levantaram do banco. Agrippina voltou ao quarto. Spiridônova e Márkovna se demoraram um pouco, para falar sobre Agrippina.

— Ela voltou a beber — disse Spiridônova. — Dá para sentir o cheiro do álcool na respiração. Mas onde ela consegue o dinheiro?

— O que você acha? Ela rouba do Mostovskói — respondeu Márkovna. — Só Deus sabe o quanto ela rouba! Se os alemães não estivessem a caminho, ela poderia comprar de volta a bela casa que perdeu depois da Revolução.

Subitamente sobressaltada, continuou:

— Meu Deus, meu Deus, o que foi que fizemos? Por que pecados nos envia esse Satanás alemão?

14

Tólia partiria no trem noturno. Estava tenso e apreensivo, como se tivesse acabado de perceber o que o futuro lhe reservava. Queria demonstrar indiferença, mas viu que não estava enganando a avó, que parecia angustiada. Isso o aborreceu.

— Você escreveu para sua família? — perguntou ela.

— Meu Deus! — disse ele, irritado. — O que a senhora quer de mim? Escrevo para a minha mãe quase todo dia. Hoje não escrevi, mas amanhã vou escrever.

— Desculpe, por favor, não fique zangado comigo — apressou-se em dizer Aleksandra Vladímirovna.

Isso enfureceu Tólia ainda mais.

— O que deu na senhora? Por que está falando comigo como se eu fosse um louco?

Agora foi a vez de Aleksandra se irritar.

— Por favor, acalme-se — disse ela, bruscamente. — Controle-se.

Meia hora antes do horário da partida, Tólia gritou:

— Serioja, vem cá um momento!

E tirou da mochila um caderno escolar embrulhado em jornal.

— Fique com isso. Aqui estão minhas anotações, resumos de coisas que li, algumas ideias. Certa vez elaborei um plano para a minha vida até os sessenta anos. Tinha decidido me dedicar à ciência, a trabalhar todos os dias, todas as horas. Então… você entende… se eu… enfim, guarde isso em minha memória. E é isso… só isso.

Por algum tempo eles permaneceram parados, entreolhando-se, abalados, incapazes de falar. Tólia apertou a mão de Serioja com tanta força que os dedos do primo ficaram brancos.

Não havia mais ninguém em casa — apenas Serioja e Aleksandra Vladímirovna. Tólia se despediu às pressas, com medo de sucumbir a seus sentimentos.

— Não quero que Serioja venha à estação comigo. Não gosto de despedidas.

E, já no corredor, expelindo as palavras o mais rápido que podia, disse à avó:

— Eu não deveria ter vindo. Tenho vivido uma vida diferente, longe de todos que amo. Criei uma carapaça. E agora essa carapaça acaba de derreter. Se eu soubesse que seria assim, não teria vindo. Por isso não escrevi para minha mãe hoje.

Aleksandra levou as mãos até as orelhas grandes e afogueadas de Tólia e, puxando-o para junto de si, empurrou seu quepe para o lado e lhe deu um demorado beijo na testa. Ele apenas ficou quieto, lembrando-se da sensação feliz de paz que conhecera muito tempo atrás nos braços dela.

E agora que a avó era uma mulher velha e fraca e ele um jovem e forte soldado, sua força e seu desamparo subitamente se confundiram. Ele pressionou o corpo inteiro contra o dela, chamou-a de sua *bábuchka*, sua *babúsia*, sua querida *babúlia*,* e depois correu em direção à porta, de cabeça baixa.

15

Vera ainda estava no hospital. Cumpria o turno da noite. Terminada sua ronda, saiu da enfermaria.

O corredor era iluminado por uma lâmpada azul. Vera abriu a janela e ficou ali parada, os cotovelos apoiados no peitoril.

Do terceiro andar tinha uma boa vista da cidade, iluminada pela lua e por seu brilho branco no rio. As janelas escurecidas dos edifícios emitiam uma pálida luz azulada, cor de mica. Esse azul gélido não continha bondade alguma, nenhum calor, nenhuma vida — era apenas um reflexo da superfície morta da lua, das janelas empoeiradas e da fria água noturna. Era uma luz frágil e inconstante. Bastava virar um pouco a cabeça e ela desaparecia; e, mais uma vez, as janelas e o Volga voltavam a ser um negrume inerte.

Ao longo da margem esquerda, Vera avistou um veículo com os faróis acesos. Bem alto no céu, os fachos de dois holofotes se entrecruzaram; era como se alguém munido de tesouras azul-celeste estivesse tosando as nuvens encrespadas. Lá embaixo, no jardim, ela podia ouvir vozes abafadas e enxergar luzinhas vermelhas; alguns pacientes em convalescença deviam ter escapulido de fininho para desfrutar de um cigarro em segredo. O vento do Volga trazia consigo o frescor da água, um cheiro limpo e agradável que por vezes se sobrepunha ao pesado odor do hospital, mas que por vezes era sobrepujado por ele,

---

* Termos carinhosos para "avó" ou "mulher idosa", em russo. (N. T.)

dando a impressão de que não apenas o hospital, mas também a lua e o rio, recendiam a éter e ácido fênico, e que no céu, em vez de nuvens, deslizavam chumaços de algodão empoeirados.

Da ala de isolamento, onde havia três pacientes à beira da morte, vinham gemidos abafados.

Vera conhecia esse monótono gemido dos moribundos, o queixume dos que já não podiam pedir mais nada — nem comida, nem água, nem mesmo morfina.

A porta da ala se abriu; dois homens traziam uma maca. Primeiro apareceu o baixinho Nikíforov, de rosto bexigoso; na outra ponta, Chulépin, alto e magro. Por causa de Nikíforov, Chulépin tinha que dar passos anormalmente curtos.

Sem se virar, Nikíforov disse:

— Mais devagar, você está me empurrando.

Deitado na maca, havia um corpo envolto em um cobertor.

Parecia que o próprio morto havia puxado o cobertor por sobre a cabeça para não ver aquelas paredes, aquelas alas e corredores onde sofrera de forma tão cruel.

— Quem é? — perguntou Vera. — O Sokolov?

— Não, o mais novo — respondeu Chulépin.

Por um momento, Vera imaginou que era uma médica importante, com a patente de general, recém-chegada de avião, vindo de Moscou. O cirurgião-chefe a levaria para a sala dos moribundos e diria: "Este já era". "Não, você está errado", responderia ela. "Prepare-o para a cirurgia imediatamente. Eu mesma realizarei o procedimento."

Da ala dos comandantes no segundo andar, veio o som de risadas e de uma tranquila cantoria:

Tânia, Taniucha, Tatiana,
Lembra-se daquele glorioso verão?
Sei que nunca nos esqueceremos —
Lembranças como essas para sempre ficarão.

Ela reconheceu a voz do capitão Sitníkov, ferido na mão esquerda. O promotor militar havia conduzido inquéritos, mas no fim ficou claro que nada havia de impróprio no ferimento — de fato, encontraram ali uma lasca de granada de morteiro alemã.[30] Em seguida, sem alarde, outra pessoa se juntou à cantoria, provavelmente Kvásiuk, o oficial intendente com uma perna quebrada. Ele dirigia uma caminhonete que levava melancias para a cantina quando foi abalroado em cheio por um caminhão de munição de três toneladas.

Dia após dia, Sitníkov havia azucrinado Vera, implorando para que lhe trouxesse da farmácia um pouco de álcool. "Mesmo que sejam só cinquenta gramas",[31] insistia. "Como você pode dizer não a um soldado?"

Vera, imperturbável, se recusara — mas desde que Sitníkov e Kvásiuk tinham se tornado amigos, sentira cheiro de álcool na respiração deles em várias ocasiões. Era evidente que uma das enfermeiras de serviço na farmácia se mostrara mais compadecida.

Ali, de pé junto à janela, Vera teve a sensação de que havia dois mundos diferentes, aparentemente sem pontos de contato. O primeiro, um mundo viçoso e agradável, sem igual, um mundo de estrelas, rios iluminados pela lua, pela etérea luz azulada que aparecia e desaparecia nas janelas, um mundo nascido de romances heroicos e sonhos noturnos, um mundo sem o qual ela sentia que não valia a pena viver. E ali, bem perto dela, havia outro mundo, que avançava em sua direção por todos os lados, penetrando suas narinas, roçando seu jaleco branco impregnado de remédios — um mundo de gemidos, tabaco grosso e botas barulhentas. Esse mundo mais prosaico estava por toda parte — nos tediosos formulários de registro que ela continuava preenchendo, nos comentários mal-humorados dos médicos, nas tigelas de painço que comia dia após dia, nas enfadonhas preleções do comissário do hospital, na poeira das ruas, nos uivos da sirene de ataque aéreo, nos sermões da mãe, nas conversas sobre os preços nas lojas, nas filas intermináveis, nas brigas com Serioja e nas discussões em família sobre os méritos e defeitos dos amigos e paren-

---

[30] Atirar na própria mão esquerda era uma forma comum de tentar escapar do alistamento militar e da guerra, portanto ferimentos desse tipo despertavam suspeitas. Para mais informações sobre soldados que recorriam a esse expediente, ver Brandon M. Schechter, *The Stuff of Soldiers*, cap. 1.

[31] A medida padrão para uma porção de vodca em um café ou restaurante era de cem gramas, algo tão comum que a palavra "vodca" geralmente era omitida. "Ele bebeu um copo de vodca" poderia ser traduzido como "Ele bebeu cem gramas" (*On vipil sto grammov*).

tes. Podia sentir a presença desse mundo em seus sapatos de solado de borracha e no velho casaco do pai, agora reformado para lhe servir.

Atrás de si, Vera ouviu o bater surdo de muletas. Com os cotovelos apoiados no peitoril, ergueu a cabeça para fitar o céu. Obrigava-se a olhar para as nuvens, para as estrelas, para o jogo da luz da lua nas janelas — mas tudo o que realmente ouvia era o som de muletas avançando pelo corredor escuro na sua direção. Só um par de muletas de hospital produzia aquele som.

— Com o que você está sonhando aí? — veio a voz de um rapaz.

— É você, Víktorov? Não ouvi você chegando.

E então riu, achando graça de seu pequeno fingimento, de sua própria voz nada natural.

— O que foi? — perguntou ele mais uma vez, começando a rir também.

Estivesse alegre ou triste, queria mostrar sua humilde disposição de se juntar aos sentimentos dela — simplesmente porque eram dela.

— Não foi nada — disse Vera. — Nada mesmo. Ouvi você perfeitamente. Sabia que estava se aproximando. Na verdade, eu não estava perdida em devaneios, apenas fingindo.

Mas aqui também estava apenas brincando de dizer a verdade. Julgava que essas palavras ajudariam a causa do amor, que mostrariam a Víktorov como ela era estranha e singular, como era diferente de qualquer outra mulher. Mas aprender esse jogo de amor era impossível — e, de qualquer forma, desnecessário. Impossível porque era complexo e difícil demais; desnecessário porque o amor crescia dentro dela o tempo todo, gostasse ou não.

"Não!", exclamara quando Víktorov lhe disse o quanto era extraordinária. "Ninguém pode ser mais banal do que eu. Sou desinteressante e enfadonha. Na cidade existem dezenas de milhares de mulheres como eu."

Víktorov fora trazido para o hospital duas semanas antes. Um Messerschmitt derrubara na estepe o avião que ele pilotava, e sua perna tinha um ferimento causado por munição explosiva. Um caminhão que por acaso passava o resgatou no meio do nada. Suas roupas e sua comprida cabeleira loira estavam repletas de carrapichos, espinhos e tufos de grama seca e absinto. Ela o viu estirado na maca, a cabeça tombada para o lado, deixando à mostra o pescoço comprido e fino. Ele tinha a boca aberta, o rosto pálido, com um aspecto sujo e empoeirado, e havia em seus olhos uma estranha e tocante expressão — uma mistura de medo infantil e angústia senil.

Vera se lembrou de quando certa vez, ainda pequena, vira um filhote de peru que acabara de ser morto a porretadas. O pescoço fino da ave estava curvado para trás, o bico escancarado, e seus olhos começavam a ficar vidrados. Havia pedaços de grama e palha grudados nas penas.

Enquanto era preparado para a mesa de operações, Víktorov tinha olhado para Vera. Nesse momento, vira a cueca suja de fezes e desviara o olhar. E Vera, que já tinha visto centenas de corpos masculinos nus, se sentiu constrangida; lágrimas de piedade e vergonha marejaram seus olhos.

Não era a primeira vez que pacientes convalescentes flertavam com ela. Alguns chegaram a tentar abraçá-la no corredor. Um instrutor político declarou seu amor por ela em uma carta e a pediu em casamento. No momento em que recebeu alta, insistiu que lhe desse uma fotografia.

O primeiro-sargento Víktorov nunca tentara puxar conversa com Vera, embora ela muitas vezes tivesse sentido seus olhares ao entrar na enfermaria. Foi ela quem entabulou a primeira conversa:

— Sua unidade não está longe daqui — falou. — Por que nenhum de seus camaradas vem visitá-lo?

— Eu tinha acabado de ser transferido para um novo regimento. E mal conheço o pessoal do meu antigo regimento. São todos novatos.

— Isso o assusta?

Ele demorou para responder. Ela entendeu que ele estava sufocando o desejo de responder da maneira como os pilotos costumam responder a perguntas como essas feitas por uma moça. Com expressão muito séria, disse apenas:

— Sim.

Estavam constrangidos. Queriam que aquela relação fosse especial, não apenas algo superficial e fugaz. E, para ambos, era como se tivesse soado um sino, proclamando solenemente que esse desejo estava sendo realizado.

Ela ficou sabendo que Víktorov tinha nascido em Stalingrado, trabalhara como serralheiro na Stalgres e conhecia Spiridônov, que muitas vezes aparecia na oficina para arrumar confusão.

Mas eles não tinham conhecidos em comum. Víktorov morava a seis quilômetros da Stalgres e sempre ia direto de casa para o trabalho; não participava de nenhuma equipe esportiva nem ficava para assistir aos filmes exibidos no clube.

— Não gosto de esportes — disse. — Gosto de ler.

Vera percebeu que ele gostava dos mesmos livros que Serioja — livros que ela não achava nada interessantes.

— Os meus favoritos são os romances históricos. Mas é difícil encontrá-los na biblioteca do clube. Então eu costumava ir à cidade aos domingos para encomendá-los de Moscou.

Os outros pacientes gostavam de Víktorov. Certa vez, Vera ouviu um comissário dizer: "É um bom rapaz, alguém em quem se pode confiar".

Ela corou, como uma mãe ao ouvir elogios ao filho. Víktorov fumava muito. Ela lhe trazia cigarros e tabaco a granel. Não demorava para o quarto ficar cheio de fumaça.

Em um dos braços ele tinha a tatuagem de uma âncora e um pedaço de corda.

— É do tempo em que estudei na escola da fábrica — explicou. — Eu era um pouco arruaceiro. Uma vez, quase fui expulso.

Ela gostava da modéstia dele. Víktorov nunca se gabava. Quando mencionava sua experiência de combate, falava sempre dos camaradas, do avião, do motor, do clima, das condições de voo — de qualquer coisa menos de si mesmo. Em todo caso, preferia falar sobre a vida antes da guerra. Quando a conversa se voltava para a guerra, não dizia nada — embora provavelmente tivesse muito a dizer. Sem dúvida muito mais que Sitníkov, o oficial de suprimento de munições que era o principal orador da enfermaria.

Víktorov era magro, com ombros estreitos, olhos pequenos e nariz grande e largo. Vera tinha plena consciência de que não era bonito — todavia, por gostar dele, via isso não como um defeito, mas como uma virtude. Ninguém além dela, acreditava, seria capaz de entender o quanto ele era especial. O sorriso dele, seus gestos e movimentos, a maneira como olhava para o relógio de pulso ou enrolava um cigarro — tudo nele era especial.

Aos doze anos, Vera tinha feito planos de se casar com o primo Tólia, e aos quinze se apaixonara pelo secretário da Komsomol[32] com quem ia ao cinema e à praia. Ela pensava não existir nada que não sou-

---

[32] Organização juvenil do Partido Comunista da União Soviética.

besse a respeito de amor e romance, e em casa ouvia falar sobre esses assuntos com um sorrisinho desdenhoso. Quando estava no último ano da escola, as meninas da sua classe diziam coisas como: "A mulher deve se casar com um homem dez anos mais velho, um homem que já tenha encontrado seu lugar no mundo".

A vida não poderia ter tomado um rumo mais diferente.

A janela do corredor do hospital se tornara o ponto de encontro dos dois. Invariavelmente, toda vez que tinha um tempinho livre, ela só precisava ir até lá e pensar em Víktorov — e logo ouvia o som de suas muletas, como se tivesse lhe enviado um telegrama.

Mas também havia momentos em que Víktorov ficava olhando pensativo pela janela, e Vera, a seu lado, olhava para ele em silêncio. Então ele de repente se virava e dizia:

— O que foi?

E ela perguntava, perplexa:

— No que você está pensando?

Eles estavam sempre falando sobre a guerra, mas às vezes o mais importante eram as palavras mais descontraídas e infantis que trocavam.

— Primeiro-sargento... gosto disso! — dizia Vera. — Parece uma patente de alto escalão, mas você só tem vinte anos!

Naquela noite, depois de fingir não ter ouvido Víktorov chegar, os dois continuaram de pé lado a lado, os ombros se roçando. Falaram o tempo todo, embora nenhum dos dois ouvisse com atenção; os momentos mais importantes da conversa eram aqueles em que o ombro dela de repente se afastava, e ele, com a respiração suspensa, ficava à espera de um novo toque; e então, com confiança, Vera se reaproximava. Sentindo esse contato aparentemente fortuito, ele olhava de lado, para o pescoço dela, a orelha, a bochecha e uma mecha de cabelo.

À luz azul, o rosto de Víktorov parecia sombrio e triste. Vera olhou para ele com um pressentimento de tragédia.

— Eu não entendo... No começo pensei que só sentia pena, porque você estava ferido. Mas agora é de mim que começo a ter pena.

Víktorov quis abraçá-la. Não sabia se era isso que ela queria também, se estava pacientemente esperando que ele deixasse de ser tão hesitante. Então disse apenas:

— Por quê? O que você quer dizer?

— Não sei — respondeu Vera, e olhou para ele do jeito que uma criança olha para um adulto.

Sufocado de emoção, Víktorov inclinou-se para ela. As muletas caíram no chão e ele soltou um grito curto. Na verdade, não havia posto nenhum peso sobre a perna ferida; simplesmente teve medo de que pudesse ter feito isso.

— Qual o problema? Está tonto?

— Sim. Minha cabeça está girando.

E abraçou-a pelos ombros.

— Segure-se no peitoril. Deixe-me pegar suas muletas.

— Não. Vamos ficar assim.

E assim ficaram, abraçados, e Víktorov teve a impressão de que não era ele, desajeitado e desvalido, que se apoiava em Vera, mas que era Vera que se apoiava nele, que era ele quem a protegia do imenso e hostil céu noturno.

Em breve ele estaria recuperado e voltaria a seu Yak[33] para patrulhar os céus sobre a Stalgres e o hospital. Em sua cabeça, já ouvia o rugido do motor, já estava perseguindo um Junkers.* Mais uma vez, sentiu na pele aquele desejo que só um piloto entende — o desejo de chegar perto de um inimigo que pode representar sua própria morte. À sua frente, viu o tremeluzir lilás das balas traçantes e um rosto pálido e cruel — o rosto de um artilheiro e operador de rádio alemão — que outrora vislumbrara durante um duelo nos céus de Tchugúiev.

Víktorov abriu a camisola do hospital e com ela envolveu Vera, que pressionou o corpo contra o dele. Por alguns momentos ele permaneceu em silêncio, olhando para o chão, sentindo o hálito quente de Vera e a pressão dos seios dela contra seu peito. Pensou que poderia ficar ali daquele jeito o ano inteiro, apoiado sobre uma perna só, abraçando aquela jovem em um corredor escuro e vazio.

— Já chega — disse ela de repente. — Deixe-me pegar suas muletas.

E, em seguida, o ajudou a se sentar no parapeito.

---

[33] Linha de aviões russos da Segunda Guerra Mundial cujo nome homenageia seu projetista, Aleksandr Serguêievitch Iákovlev (1906-89); fabricado a partir do início de 1940, era um caça monoposto rápido, manobrável, bem armado e confiável.

* Bombardeiro alemão da Segunda Guerra Mundial. (N. T.)

— Por quê? — perguntou. — Por que as coisas têm que ser assim? Podia ser tudo tão bom... Meu primo acabou de partir para o front. E o cirurgião diz que você está se recuperando com extraordinária rapidez. Vai receber alta em dez dias.

— Deixe isso para lá — respondeu Víktorov, com a insolência de um jovem que escolhe não pensar no futuro do amor. — Aconteça o que acontecer, o que nós temos agora é bom.

Em seguida, com um ligeiro sorriso, acrescentou:

— Você sabe... quero dizer... você sabe por que estou melhorando tão rápido? É porque eu te amo.

Mais tarde, na sala de plantão, deitada em um pequeno banco de madeira pintado de branco, Vera ficou pensando.

Naquele enorme edifício de quatro andares, repleto de gemidos, sangue e suplício, poderia o amor recém-nascido sobreviver?

Ela se lembrou da maca e do corpo envolto no cobertor. Foi tomada de uma aguda e enternecedora piedade por um homem cujo nome não conhecia e de cujo rosto se esquecera, um homem que os assistentes do hospital já tinham levado embora para ser enterrado. Foi um sentimento tão poderoso que ela gritou e dobrou as pernas, como se tentasse se esquivar de uma pancada.

Mas agora Vera sabia que esse mundo sem alegria era mais precioso para ela do que o mundo de palácios celestiais dos seus sonhos infantis.

16

Na manhã seguinte, Aleksandra Vladímirovna, usando sua roupa de sempre, um vestido preto com gola de renda branca, jogou o casaco por cima dos ombros e saiu do prédio. Krótova, sua assistente de laboratório, já estava à espera do lado de fora. Um caminhão as levaria a uma fábrica de produtos químicos, onde testariam a qualidade do ar nas oficinas.

Aleksandra entrou na cabine. Krótova, que era forte e parruda, agarrou a lateral do caminhão e subiu na traseira. Colocando a cabeça pela janela, Aleksandra gritou:

— Cuide bem do equipamento, camarada Krótova. Será uma viagem acidentada!

A motorista, uma moça miúda com calças de esqui e um lenço vermelho enrolado na cabeça, largou o tricô no assento ao lado e ligou o motor.

— É asfalto o caminho todo. Nenhum buraco — disse. E, olhando com curiosidade para a passageira idosa, acrescentou: — Quando estivermos na estrada principal, vou pisar na tábua.

— Quantos anos você tem? — perguntou Aleksandra.

— Ah, agora já estou ficando velha. Tenho vinte e quatro.

— Praticamente como eu! Casada?

— Já fui. Agora estou sozinha de novo.

— Seu marido morreu?

— Não, está em Sverdlovsk, trabalhando na fábrica de máquinas dos Urais. Achou outra esposa lá.

— Filhos?

— Uma menininha. Tem um ano e meio agora.

Quando chegaram à estrada principal, a motorista, parecendo alegre e animada, começou a fazer perguntas a Aleksandra sobre suas filhas e netos — e depois sobre seu trabalho: o que ela ia fazer com todos aqueles cilindros de vidro, mangueiras de borracha e tubos?

Em seguida, a motorista falou um pouco mais sobre si mesma. Ela e o marido tinham vivido juntos por seis meses. Depois ele se mudara para Sverdlovsk. Em suas cartas, sempre repetia: "Em breve vão me dar um quarto", mas aí a guerra eclodiu. Ele estava isento do alistamento obrigatório, já que exercia uma ocupação militar. Começou a escrever com frequência cada vez menor. Disse que estava morando em um albergue para trabalhadores solteiros, mas então, no inverno, comunicou numa carta que se casara novamente. Perguntou se ela o deixaria levar a filhinha do casal. Ela ficou com a filha e não respondeu à carta. Mas não houve processos judiciais — todo mês ele enviava duzentos rublos para o sustento da menina.

— Ele poderia me enviar mil rublos, mas ainda assim eu não o perdoaria. E mesmo que não me mande mais nenhum tostão ainda assim vou ter condições de dar de comer à menina. Meu trabalho é bem remunerado.

Aceleraram estrada afora, passando por pomares, casebres de madeira e fábricas de todos os tamanhos. Vez por outra, entre as árvores, Aleksandra podia vislumbrar trechos do rio azul-claro. Em seguida o Volga desaparecia atrás de cercas, prédios ou pequenas colinas.

Ao chegar à fábrica e receber seu passe, Aleksandra seguiu direto para o escritório central; queria que lhe cedessem um técnico capaz de lhe explicar sobre o sistema de ventilação e a disposição dos equipamentos. Também precisava da ajuda de um trabalhador comum, mesmo que por uma hora apenas; não era fácil para Krótova carregar sozinha um aparato de sucção de vinte e quatro litros.

Metcheriákov, o diretor da fábrica, morava no mesmo prédio que Aleksandra e a família dela. De manhã, ela às vezes o via saindo para o trabalho. Depois de entrar no carro e fechar a porta, ele acenava e mandava beijos teatrais para a esposa, postada numa janela do apartamento.

Aleksandra pretendia ser afável e tranquila. Queria dizer a Metcheriákov: "Seja um bom camarada. Afinal, somos vizinhos. Vamos fazer um acordo? Você me ajuda a fazer o meu trabalho rápido e talvez eu possa sugerir uma ou duas melhorias no seu sistema de ventilação".

Mas Metcheriákov não lhe deu chance de dizer coisa alguma. Pela porta entreaberta do escritório, ela o ouviu dizer à secretária:

— Não posso recebê-la hoje. E pode dizer a ela que não é hora de ficar se preocupando com questões de saúde sem importância. Na linha de frente, nossos homens estão sacrificando não apenas a saúde, mas a própria vida.

Aleksandra foi até a porta. Se algum conhecido tivesse visto seus lábios franzidos e o cenho fechado, pensaria na mesma hora que Metcheriákov estava prestes a passar por maus momentos. Mas ela não entrou. Apenas ficou ali por um momento e depois seguiu para a oficina.

Na espaçosa e abafada oficina, os homens observaram zombeteiramente enquanto Krótova e Aleksandra arrumavam seus cilindros, coletavam amostras de ar de diferentes pontos, lacravam seus tubos de borracha com parafusos e braçadeiras e vertiam um pouco de água de três pipetas: junto à mesa do técnico, ao lado do ventilador principal e acima de barris que continham algum líquido de cheiro forte. Um operário magro e barbudo de uniforme azul com os cotovelos puídos resmungou em ucraniano:

— Medir a água! Existe trabalho mais idiota que esse?

Um jovem capataz, ou talvez um químico, de olhar antipático e insolente, disse a Krótova:

— Para que se dar ao trabalho? Mais dia menos dia os bombardeiros alemães vão resolver o problema da ventilação.

Um velho com bochechas vermelhas riscadas por veias azuis deu uma boa olhada na jovem e troncuda Krótova e disse algumas palavras evidentemente grosseiras que Aleksandra não conseguiu ouvir direito. Krótova enrubesceu e se virou, demonstrando ter ficado aborrecida.

Durante o intervalo do almoço, Aleksandra sentou-se em um engradado perto da porta; estava cansada, em parte por causa do ar poluído. Um dos operários mais jovens veio até ela, apontou para os equipamentos e perguntou:

— Tia, que negócio é esse aí?

Ela começou a falar sobre gases nocivos e sobre a importância de se ter uma boa ventilação. Outros trabalhadores começaram a ouvir.

O ucraniano que havia falado sobre a idiotice de medir a água viu Aleksandra pegar seu tabaco.

— Experimente um pouco do meu — disse. — É bom e forte.

E estendeu a ela uma bolsinha vermelha amarrada com um laço.

Em pouco tempo começou um debate generalizado. Primeiro houve conversas sobre os perigos relativos de diferentes indústrias. Os trabalhadores químicos tinham um certo orgulho amargo do próprio trabalho; no geral, suas condições eram consideradas mais perigosas do que as dos mineiros, fornalheiros e metalúrgicos.

Os homens contaram então a Aleksandra sobre ocasiões em que a ventilação havia pifado e as pessoas foram intoxicadas ou asfixiadas. Falaram dos perversos poderes da "química" — de como ela oxidava cigarreiras de metal e corroía as solas das botas, de como os velhos tossiam tanta fleuma que morriam sufocados. Brincaram sobre um certo Pantchenko, que se esquecera de vestir o macacão protetor e no fim do dia se viu cheio de furos nas calças chamuscadas.

Então a conversa se voltou para a guerra. Os homens falaram com dor e amargura sobre a destruição de minas, grandes fábricas, refinarias de açúcar, ferrovias e as obras de construção da locomotiva Stalino.

O homem que havia aborrecido Krótova foi até Aleksandra e disse:

— Mãezinha, vocês provavelmente vão voltar amanhã. Precisam arranjar senhas para a cantina.

— Obrigada, meu filho — respondeu ela —, mas amanhã traremos nossa própria comida.

Depois de se dirigir a esse velho como filho, ela riu. Ele entendeu e respondeu:

— Faz só um mês que me casei.

E em pouco tempo estavam todos conversando de maneira animada e descontraída, como se Aleksandra tivesse passado não apenas algumas horas, mas muitos e longos dias naquela oficina.

Terminado o horário de almoço, os trabalhadores deram a elas uma mangueira, para poupar a Krótova o trabalho de carregar baldes de água de uma extremidade da oficina à outra. Também as ajudaram a deslocar o equipamento e a montá-lo onde o ar era provavelmente mais poluído.

Durante a tarde, Aleksandra lembrou-se diversas vezes das palavras de Metcheriákov e sentiu o rosto afoguear-se; teve vontade de ir ao escritório dele e dizer poucas e boas, mas se segurou:

— Primeiro vou terminar o trabalho, depois falo com ele. Vou dar uma lição naquele sabe-tudo para ele deixar de ser arrogante!

Depois de ouvir uma bronca de Aleksandra Vladímirovna, muitos diretores e engenheiros-chefes tinham se arrependido de tentar ignorar suas recomendações de segurança. Seu olho treinado e olfato apurado — ela costumava dizer que o instrumento mais importante de um químico é o nariz — detectaram de imediato que havia algo errado no gabinete de Metcheriákov. Os papéis indicadores de pH logo mudaram de cor, e as soluções absorventes ficaram turvas; o ar estava severamente poluído. Ela já podia sentir como isso a afetava, como o ar pesado e oleoso irritava suas narinas e a fazia tossir.

Para a viagem de volta para casa, elas receberam um caminhão e um motorista diferentes, mas o motor do veículo quebrou depois de terem percorrido uma curta distância. O motorista por um longo tempo tentou consertá-lo, mas por fim voltou à cabine e, limpando as mãos de maneira lenta e pensativa em um trapo velho, decretou:

— Nisto aqui não vamos mais muito longe. Preciso chamar um guincho da garagem. Os pistões emperraram.

— Fomos trazidas aqui por uma moça — disse Krótova —, mas parece que você, um homem-feito, não vai conseguir nos levar de volta. E eu que esperava conseguir ir à mercearia hoje à noite para comprar mantimentos.

— Não vai ser difícil arranjar uma carona — disse o motorista. — São apenas dez rublos.

— O verdadeiro problema — disse Aleksandra, pensativa — é o que fazer com o equipamento.

E então teve uma ideia:

— Já sei. Não estamos longe da Stalgres. Vou até lá pedir um dos caminhões deles. Você fica aqui, Krótova, e cuida do equipamento.

— Você não vai conseguir muita ajuda na Stalgres — respondeu o motorista. — Conheço alguns motoristas de lá. É o Spiridônov que assina de próprio punho a liberação dos veículos, e ele é um pão-duro. Você não vai ter muita sorte com ele.

— Acho que vou — disse Aleksandra. — Quer apostar?

— O que deu em você? — perguntou o motorista, irritado.

E, dito isso, virou-se para Krótova. Dando uma piscadinha para ela, sugeriu:

— Você fica aqui. Dormiremos sob uma lona... vai ser quentinho e aconchegante. Nosso pequeno resort de férias. E você pode ir à mercearia amanhã.

Aleksandra partiu pela estrada. Subindo a encosta íngreme, os para-brisas dos caminhões que aceleravam rumo à cidade reluziam com um brilho ofuscante. A estrada era de um lilás acinzentado e frio nos pontos em que afundava no sentido leste, mas de um azul límpido nos pontos onde ainda havia sol, e os caminhões passavam deixando no ar redemoinhos de poeira. Depois de algum tempo ela avistou os altos edifícios da usina termelétrica. O prédio de escritórios e os grandes blocos de apartamentos residenciais exibiam um tom rosado no sol poente; nuvens de vapor e fumaça brilhavam por sobre as oficinas. Caminhando ao longo do acostamento, rapazes de botas e macacão e moças de calças largas e sapatos de salto alto passavam pelas casinhas com suas hortas e jardins. Todos carregavam algum tipo de mochila ou sacola; um novo turno de trabalho devia estar prestes a começar.

Era uma noite clara e tranquila. As folhas reluziam nos últimos raios do sol.

E, como sempre, a beleza calma da natureza fez Aleksandra pensar no filho.

Aos dezesseis anos, Dmitri havia se juntado ao Exército Vermelho para lutar contra o almirante Koltchak.* Em seguida, estudou na Universidade de Sverdlovsk e, embora muito jovem, foi encarregado de comandar um importante ramo da indústria. Em 1937, foi preso, acusado de ligações com conspiradores e inimigos do povo. Sua

---

* Aleksandr Vassílievitch Koltchak (1874-1920), comandante das forças anticomunistas durante a Guerra Civil. (N. T.)

esposa foi detida logo depois. Aleksandra tinha ido a Moscou e voltado a Stalingrado com Serioja, seu neto de doze anos. Fez mais duas visitas a Moscou, para entrar com uma petição em nome de Dmitri. Os antigos amigos do filho, pessoas que outrora dependiam dele, recusaram-se a recebê-la e não responderam às suas cartas.

O marido de Aleksandra, Nikolai Semiônovitch Chápochnikov, morrera de pneumonia durante a Guerra Civil. Uma única figura do alto escalão, um homem influente que se lembrava dele, concordou em recebê-la. Ela obteve permissão para visitar Dmitri, agora prisioneiro em um campo de trabalho, e recebeu a promessa de que o caso dele seria revisto.

A única vez que os familiares a viram chorar foi quando Aleksandra relatou seu encontro com Dmitri. Ela ficou um bom tempo parada em um píer, à espera do barco que traria o filho. Quando ele chegou, ela caminhou em sua direção e os dois ficaram ali em silêncio, na costa do mar gelado. Deram-se as mãos e se entreolharam; pareciam duas crianças pequenas. Depois do encontro, ficou zanzando pela praia vazia; as ondas lançavam espuma branca contra as rochas, e gaivotas gritavam acima da sua cabeça branca. No outono de 1939, Dmitri parou de responder às suas cartas. Aleksandra fez novas petições e viagens a Moscou. Recebeu a garantia de que o caso do filho seria revisto. O tempo passou e a guerra começou.

Enquanto se apressava ao longo da estrada, Aleksandra sentiu uma ligeira tontura. Sabia que não era apenas por causa dos veículos que passavam e dos repentinos lampejos de luz; era também por conta da idade, da exaustão, do estado de constante tensão nervosa e do ar envenenado que muitas vezes respirava. No final de cada dia, seus pés inchavam e os sapatos ficavam apertados; parecia que agora seu coração estava tendo dificuldade para aguentar.

O genro de Aleksandra estava passando a pé pela entrada principal da usina. Havia pessoas ao seu redor e ele brandia no ar um maço de papéis, como se a rechaçar algum dirigente do alto escalão que fazia solicitações inoportunas.

— Não — ele dizia. — Se eu fizer uma conexão com você, os transformadores vão acabar queimando. A cidade inteira vai ficar sem eletricidade.

— Stepán Fiódorovitch Spiridônov — chamou Aleksandra, baixinho.

Spiridônov estacou de repente.

— Aconteceu alguma coisa em casa? — ele se apressou em perguntar, puxando Aleksandra para o lado.

— Não, estamos todos bem. A não ser pelo Tólia, que partiu ontem à noite.

Então contou ao genro sobre o caminhão quebrado.

— Esse Metcheriákov é mesmo um grande administrador! Não tem nenhum caminhão que funcione direito! — exclamou Spiridônov, com certa satisfação. — Bem, podemos resolver o seu problema facilmente. — Ele olhou para a sogra e, mais calmo, acrescentou: — A senhora está muito pálida, isso não é bom.

— Estou um pouco tonta.

— O que esperava? Ficou de pé o dia inteiro. Não come nada desde cedo. Deveria ter mais juízo — disse, irritado.

E Aleksandra percebeu que ali, onde era o chefe, ele falava com ela num tom de solicitude paternalista que nunca tinha ouvido antes. Ele costumava ser mais respeitoso.

— Não vou deixá-la ir embora nesse estado — disse.

Fez uma pausa por um momento e em seguida continuou:

— Já sei, vou mandar um caminhão para buscar sua assistente e o equipamento. Quanto à senhora, vai descansar no meu escritório. Daqui a uma hora vou sair para uma reunião do Partido e a levarei de volta para casa de carro. Mas primeiro a senhora precisa comer alguma coisa.

Antes que Aleksandra pudesse dizer qualquer palavra em resposta, ele já estava berrando:

— Sótnikov, mande o superintendente da garagem enviar um caminhão pequeno na direção de Krasnoarmeisk. Depois de um quilômetro de estrada, mais ou menos, ele vai ver um veículo quebrado no acostamento. Está transportando equipamentos científicos. Ele deve levar o equipamento e a assistente de laboratório de volta à cidade, certo? E sem demora! Quanto a Metcheriákov...

Em seguida, chamou uma senhora de idade, provavelmente uma das faxineiras:

— Olga Petrovna, leve esta convidada ao meu escritório. Diga a Anna Ivánovna para deixá-la entrar. Volto em vinte e cinco minutos, assim que estiver liberado.

Sozinha no escritório do genro, Aleksandra sentou-se em uma cadeira e olhou para as grandes folhas de papel vegetal azul nas paredes; para os sofás e cadeiras revestidos de capas ainda intocadas e engomadas, como se ninguém jamais tivesse se sentado ali; para o jarro de água coberto de poeira, sobre um prato com manchas amarelas, que dava a impressão de jamais ter sido usado; e para os quadros tortos na parede, em que provavelmente ninguém tampouco tinha reparado, pinturas retratando multidões em festa na inauguração da Stalgres. Depois, olhou para a mesa de trabalho do genro, sobre a qual havia montes de papéis, desenhos técnicos, pedaços de cabos, isolantes de porcelana, uma pequena pilha de carvão sobre uma folha de jornal, um conjunto de lápis de desenho, um voltímetro e uma régua de cálculo. Havia ainda sobre ela um cinzeiro cheio de guimbas de cigarro e telefones com discos numéricos tão desgastados que não dava mais para ver nenhum algarismo, apenas o metal branco. Era claramente uma mesa na qual alguém trabalhava de verdade, dia e noite.

Aleksandra teve curiosidade de saber se era porventura a primeira pessoa que entrava naquele escritório para descansar — parecia que ninguém ali jamais havia feito qualquer outra coisa a não ser trabalhar.

Com efeito, Spiridônov mal havia acabado de voltar quando se ouviu uma batida na porta e um jovem de casaco azul apareceu. Deixando sobre a mesa um alentado relatório, ele disse:

— Para o turno da noite.

E seguiu seu caminho. Um momento depois, um velho de óculos de aros redondos e camisa preta de mangas compridas entregou a Spiridônov uma pasta.

— Uma solicitação da Fábrica de Tratores — anunciou, e também seguiu seu caminho.

Então o telefone tocou. Spiridônov tirou o fone do gancho:

— Sim, é claro que conheço sua voz... e eu já lhe disse. Não tenho como ajudar. Por quê? Porque a Outubro Vermelho tem prioridade... você sabe muito bem o que ela produz. Bem? E agora?

Spiridônov estava claramente a ponto de irromper em uma torrente de xingamentos. Seus olhos se estreitaram; Aleksandra nunca o tinha visto tão furioso. Depois de uma rápida olhada na direção dela, ele prosseguiu:

— Não, não tente me assustar com essa conversa sobre autoridades superiores. Daqui a uma ou duas horas eu mesmo vou ver essas autoridades. Então você vai me denunciar, é? E ainda assim me pede favores? Bem, eu já disse: a resposta é não.

Em seguida entrou a secretária de Spiridônov, uma mulher de cerca de trinta anos, com olhos belos e cintilantes.

Ela se abaixou e sussurrou alguma coisa no ouvido do chefe. Aleksandra observou seus cabelos negros, as esplêndidas sobrancelhas escuras e as mãos grandes e masculinas, manchadas de tinta.

— É claro que ela pode entrar — disse Spiridônov, e a secretária foi até a porta e gritou:

— Nádia, entre.

Com os saltos dos sapatos estalando, uma mulher de avental branco trouxe uma bandeja coberta com uma toalha.

Spiridônov abriu uma gaveta da escrivaninha, tirou metade de um pão embrulhado em jornal e o estendeu a Aleksandra.

— Também posso lhe oferecer algo mais forte — disse, e tamborilou na gaveta. — Só não vá contar à Maxússia. A senhora sabe como ela é... vai me comer vivo.

E imediatamente começou a se parecer com o Stepán de sempre, o homem que ela conhecia havia muitos anos.

Aleksandra tomou um gole de vodca, sorriu e disse:

— Você tem umas mocinhas interessantes aqui, essa menina é um encanto, e afinal nem todas as gavetas da sua escrivaninha estão abarrotadas de planos e diagramas. E eu que estava imaginando que você trabalhava vinte e quatro horas por dia, dia e noite, sem parar.

— Bem, há um pouco de trabalho a ser feito de vez em quando — disse ele. — E, por falar em mocinhas, a senhora nunca vai adivinhar o que a nossa Vera está aprontando. Vou lhe dizer quando estivermos no carro.

De alguma forma, pareceu muito estranho para Aleksandra ouvir sobre assuntos de família naquele escritório.

Spiridônov olhou para o relógio de pulso.

— Vamos sair em meia hora, mas primeiro tenho que verificar umas coisas nas oficinas. Fique aqui e descanse.

— Não posso ir com você? É a primeira vez que venho aqui.

— O que deu na senhora? Há um monte de escadas. Eu vou subir ao segundo e ao terceiro andares. Fique aqui e descanse.

Era evidente, porém, o contentamento de Spiridônov. Na verdade, ele queria muito mostrar a usina a Aleksandra Vladímirovna, e logo concordou com o pedido.

Atravessaram o pátio enquanto o último raio de sol morria no horizonte. Apontando para os diferentes edifícios, Spiridônov explicou:

— Ali ficam os transformadores a óleo... a sala da caldeira, a torre de resfriamento... Ali é onde estamos construindo um posto de comando subterrâneo, apenas por precaução...

Ele olhou para o céu e disse:

— É aterrorizante. E se eles realmente nos bombardearem? Com o equipamento que temos agora... com essas turbinas...

Em seguida, entraram em um imenso e bem iluminado salão — e no mesmo instante se sentiram arrebatados, com um ligeiro mas inescapável fascínio pela atmosfera sobrecarregada de uma grande usina termelétrica. Nenhum outro lugar — nem um alto-forno para fundir minério de ferro, tampouco um forno Martin, nem mesmo um laminador — era capaz de evocar as mesmas emoções. O gigantesco trabalho realizado em uma siderúrgica é por demais óbvio; pode ser detectado no calor do ferro fundido, no rugido da fornalha, no brilho deslumbrante dos vastos blocos de metal. O que Aleksandra viu ali era muito diferente: o clarão firme da luz elétrica, o chão cuidadosamente varrido, o mármore branco dos painéis de comando e distribuição, a imobilidade das carcaças de aço e ferro fundido, as curvas sutis das turbinas e dos volantes de controle, os olhos calmos e atentos dos operários em seus movimentos comedidos. A brisa morna e suave, o zumbido baixo, denso e grave, o bruxuleio quase imperceptível do cobre e do aço — essas expressões da silente velocidade das pás da turbina, da resiliência elástica do vapor, atestavam um misterioso poder. A energia criada por essa força era mais elevada e nobre do que o mero calor.

E ainda mais emocionante era o brilho baço dos silenciosos dínamos, de imobilidade profundamente enganosa. Aleksandra respirou a brisa morna que saía do volante. O cilindro girava de modo tão rápido e silencioso que talvez não estivesse sequer se movendo. Os raios pareciam ter se fundido, como que cobertos por uma fina e cinzenta teia de aranha — e apenas o tremor dessa teia revelava a velocidade do movimento do disco. Havia um leve odor, ligeiramente amargo, de ozônio, ou alho. A atmosfera se assemelhava à de um campo de cultivo depois de uma tempestade, e Aleksandra pensou em como era diferente do ar oleoso das fábricas de produtos químicos, do calor sufocante das forjas, do nevoeiro poeirento dos moinhos, do calor seco e abafado das oficinas de costura e fábricas de roupas.

E, uma vez mais, aquele homem que ela pensava conhecer tão bem — casado havia tantos anos com sua filha — lhe pareceu inteiramente novo.

Não eram apenas seus movimentos, sua voz, seu sorriso e sua expressão geral que estavam diferentes; ele parecia diferente também por dentro. Ouvindo-o conversar com os operários e engenheiros, observando o rosto deles, Aleksandra pôde ver que Spiridônov e os demais estavam unidos por algo de importância fundamental para todos. Enquanto o genro percorria os diferentes salões, conversando com montadores e mecânicos, ouvindo motores, inclinando-se sobre volantes e instrumentos, seu rosto estampava sempre o mesmo olhar de atenção silenciosa. Era um olhar que só poderia nascer do amor; em momentos como esse, Spiridônov e seus operários e engenheiros pareciam deixar para trás todos os pensamentos e preocupações habituais, todas as alegrias e tristezas domésticas.

Diminuindo o passo quando se aproximaram do painel de controle central, Spiridônov disse:

— E agora chegamos ao nosso santuário mais sagrado.

Em uma alta coluna de mármore, montada sobre folhas de cobre pesado e plástico reluzente, havia uma série de interruptores, reostatos e painéis de luzes indicadoras em formato de bolota — algumas vermelhas e outras azuis.

Perto do painel, havia uma caixa de aço com paredes espessas, da metade da altura de uma pessoa, com uma estreita fenda de observação.

— Isto é para o caso de sermos bombardeados... para o homem de plantão no painel de controle — disse Spiridônov. — Uma armadura chapeada, como um couraçado.

— O homem no estojo — disse Aleksandra. — Mas não exatamente o que Tchékhov tinha em mente.[34]

Spiridônov subiu até o painel de controle. Nódoas de luz azul e vermelha caíram sobre seu rosto e sua jaqueta.

— Conectando a cidade! — disse ele, fingindo mover uma enorme alavanca. — Conectando a Barricadas... a Fábrica de Tratores... Krasnoarmeisk...

---

[34] "O homem no estojo" é um conto de Tchékhov sobre um funcionário público obtuso e de mente rígida.

A voz dele tremia de emoção; sob a estranha luz azul e vermelha, seu rosto parecia eletrizado e feliz. Silenciosos e sérios, os operários ali perto assistiam à cena.

Um pouco mais tarde, no carro, Spiridônov inclinou-se na direção de Aleksandra e, em voz baixa o suficiente para que o motorista não ouvisse, sussurrou:

— Lembra-se da faxineira que a levou até o meu escritório?

— Olga Petrovna, não era?

— Isso mesmo, Olga Petrovna. Uma viúva — disse ele. — Bem, havia um rapaz morando no apartamento dela, trabalhava para mim como serralheiro. Esse jovem foi para a escola de aviação e acabou indo parar no hospital de Stalingrado. E agora ele escreveu a Olga para dizer que a filha do diretor da Stalgres, nossa cara Vera, está trabalhando como enfermeira no hospital e que eles querem se casar. Dá para acreditar nisso? E a Vera ainda não me disse uma palavra. Só sei de tudo isso pela minha secretária, Anna Ivánovna. E ela só sabe porque ouviu de Olga Petrovna. Dá para acreditar?

— Bem, isso é normal — disse Aleksandra. — O importante é que ele seja um homem decente, bom e honesto.

— Sim, mas em um momento como este... pelo amor de Deus! E, de qualquer forma, ela ainda é apenas uma menina. Espere só até acontecer! Espere só até o dia em que se tornar bisavó... aí eu vou gostar de ouvir o que a senhora tem a dizer!

Estava escuro demais para Aleksandra distinguir a expressão do genro, mas a voz era a de sempre, a voz que ela conhecia havia muitos anos. O olhar em seu rosto certamente também seria o de sempre.

— E nem uma palavra a Marússia sobre a garrafa, certo? — disse ele, muito calmamente, e riu.

Aleksandra foi tomada por uma ternura repentina pelo genro, uma ternura triste e maternal.

— E você, Stepán, pode ser avô muito em breve — disse suavemente, e deu um tapinha no ombro dele.

17

Durante sua visita ao raikom[35] da Fábrica de Tratores, Spiridônov recebeu uma notícia inesperada: Ivan Pávlovitch Priákhin, a quem conhecia havia muitos anos, fora promovido. Agora seria o primeiro-secretário do obkom, o comitê regional do Partido.

Priákhin já havia trabalhado no escritório do Partido na Fábrica de Tratores. Depois, fora estudar em Moscou. Não muito antes da guerra, voltara à Fábrica de Tratores, dessa vez como secretário do Partido.

Spiridônov o conhecia havia bastante tempo, mas só o tinha encontrado pessoalmente em uma ou outra ocasião. Assim, não entendeu por que se sentira tão afetado pela notícia, que não lhe interessava diretamente.

Foi até o gabinete de Priákhin e o encontrou vestindo seu casaco, já prestes a sair.

— Saudações, camarada Priákhin, e meus parabéns pela promoção!

Priákhin, corpulento, vagaroso e de testa larga, virou-se para Spiridônov e disse:

— Bem, camarada Spiridônov, vamos nos ver o mesmo de sempre, talvez agora com mais frequência.

Saíram juntos do prédio.

— Permita-me lhe dar uma carona — disse Spiridônov. — Posso deixá-lo no meu caminho de volta para a Stalgres.

— Não, prefiro ir a pé — disse Priákhin.

— A pé? — perguntou Spiridônov, surpreso. — Você vai levar pelo menos três horas.

Priákhin sorriu, mas não respondeu. Spiridônov olhou para ele, sorriu e também não disse nada. Percebeu que aquele homem taciturno queria, agora que a guerra se aproximava, percorrer as ruas da cidade onde nascera, passar diante de uma fábrica que vira ser construída, contornar os jardins que vira serem plantados, passar pela escola que

---

[35] As repúblicas constituintes da União Soviética foram divididas em oblasti (províncias), que por sua vez foram divididas em raioni (distritos). O obkom é o comitê municipal do Partido Comunista no nível de oblast, e o raikom é o comitê do Partido no nível de raion.

ajudara a erguer, passar ao longo dos novos prédios de apartamentos nos quais havia ajudado as pessoas a fixar residência.

Spiridônov parou junto ao vestíbulo, à espera de seu motorista. Observou Priákhin se afastar.

"Agora é a ele que tenho que me reportar!", pensou. Queria sorrir, mas estava comovido demais. Lembrou-se de algumas de suas reuniões anteriores com o agora primeiro-secretário do obkom. Durante a inauguração oficial da escola para os filhos dos operários da fábrica, Priákhin repreendera o capataz pelo estado lamentável do assoalho de parquete em algumas salas de aula; sua voz zangada e seu olhar preocupado haviam destoado da atmosfera festiva do dia. Spiridônov também se lembrou de um episódio muito anterior à guerra, um incêndio de graves proporções que afligira um povoado operário; ao ver Priákhin surgir a passadas largas através da fumaça cinza-azulada, pensara com alívio: "Ah, o comitê distrital está aqui para nos salvar!". E em seguida houve uma ocasião em que uma nova oficina estava prestes a ser inaugurada. Por três dias e noites Spiridônov mal conseguiu dormir. Então Priákhin apareceu. Era como se estivesse apenas de passagem e não precisasse falar nada específico, mas, toda vez que abria a boca, tinha algo útil a dizer sobre o que mais afligia Spiridônov naquele momento. Agora, ao receber a notícia da promoção de Priákhin, sentiu a mesma coisa que havia sentido durante o incêndio: "Ah, o comitê distrital está aqui para nos salvar!".

Agora via Priákhin sob uma nova luz: "Ele deve estar sentindo uma verdadeira angústia. Dedicou toda a vida à construção desta cidade. Quer ver tudo mais uma vez. Sim, Stalingrado é a nossa vida: a dele e a minha".

E, no instante em que se despediram, Priákhin parecia ter adivinhado o que passava pela cabeça de Spiridônov; apertou a mão dele com muita firmeza, como se a agradecê-lo tanto pela compreensão como pela reticência, por não dizer: "Ah, sim, entendo. Você quer dar uma última olhada nos lugares onde viveu, nas coisas que trabalhou tanto para construir".

Poucas pessoas gostam de ter a alma vasculhada e o seu interior proclamado ao mundo.

De volta à Stalgres, Spiridônov retornou imediatamente a suas preocupações de praxe, mas os pensamentos despertados por aquele encontro fortuito permaneceram com ele. Não se dissolveram simplesmente na azáfama do cotidiano.

18

Ao cair da noite, Gênia fechou as janelas e as cobriu com uma barafunda de xales, casacos e cobertores velhos.

O ar na sala imediatamente tornou-se abafado. Pequenas gotas de suor apareceram na testa e nas têmporas de todos à mesa. No saleiro, o sal amarelado começou a parecer úmido, como se também estivesse suando. Em compensação, o blecaute improvisado poupava a todos da visão perturbadora do céu de tempo de guerra.

— E então, camaradas? — perguntou Sófia, ofegante. — O que há de novo em nossa gloriosa cidade?

Mas as camaradas não responderam. Famintas, estavam mais interessadas nas batatas, ainda muito quentes. Com cuidado, elas as foram pegando da panela, soprando os dedos durante o processo.

Spiridônov, que havia almoçado e jantado no comitê do Partido, era o único que não estava comendo.

— A partir da semana que vem, vou dormir na usina — disse.

Ele tossiu e, lentamente, acrescentou:

— Aliás, vocês ficaram sabendo da última notícia do obkom? Priákhin será o novo primeiro-secretário.

Ninguém respondeu.

Marússia acabara de voltar de uma reunião de trabalhadores voluntários da educação. Começou a contar a todos sobre o moral elevado na fábrica onde a reunião havia sido realizada.

Marússia era tida como o membro mais instruído da família. Nos tempos de escola, impressionara a todos com sua diligência, sua capacidade de passar o dia inteiro estudando. Mais tarde, ao mesmo tempo que frequentava o Instituto Pedagógico, obteve um diploma por correspondência da Faculdade de Filosofia. Antes da guerra, a editora do Partido imprimiu um livreto escrito por ela, *Mulheres e a economia do socialismo*. Spiridônov mandou fazer um exemplar encadernado em couro amarelo com o título gravado em letras prateadas; objeto de reverência da família, o livrinho jamais deixou sua mesa. Spiridônov tinha imenso respeito pelo discernimento de Marússia; em qualquer discussão acerca de amigos e conhecidos, nenhuma opinião era mais importante para ele.

— No momento em que se entra na oficina, todas as suas preocupações e dúvidas desaparecem — disse Marússia, pegando uma

batata da panela, mas depois, emocionada, colocando-a de volta.
— Não é possível derrotar uma nação tão trabalhadora e abnegada. Mas foi apenas no chão de fábrica que realmente senti essa determinação. Todos nós deveríamos parar agora o que estamos fazendo e ir trabalhar nas fábricas de armamento ou nos colcozes. E pensar que o nosso Tólia já está no front!

— A pior parte recai sempre sobre os jovens — constatou Vera. — A coisa não é tão ruim para os mais velhacos.

— Não é "mais velhacos" — disse Maróssia. — É "mais velhos". Ela vivia corrigindo os pequenos erros de Vera.

— Sua jaqueta está coberta de poeira! — disse Spiridônov. — Precisa de uma boa limpeza.

— É pó de fábrica — disse Maróssia. — Sagrado.

— Coma alguma coisa, Maróssia — disse Spiridônov, temendo que o amor da esposa pelas conversas elevadas pudesse levá-la a negligenciar o esturjão frito que ele trouxera da cantina do Partido.

— Tudo o que Maróssia diz é verdade — declarou Aleksandra Vladímirovna. — Mas coitado do Tólia! Ele realmente ficou muito chateado.

— Guerra é guerra — disse Maróssia. — A pátria exige sacrifícios de todos.

Gênia fitou a irmã mais velha com um olhar intrigado.

— Ah, querida Maróssia, tudo isso parece ótimo quando se participa de um único dia de trabalho voluntário, mas imagine ir para essa fábrica todas as manhãs, na escuridão do inverno, sabendo que pode haver bombardeiros alemães pairando no céu, e depois voltar às pressas no breu todas as noites sem ter nada para colocar na mesa além de queijo salgado e espinhas de peixe.

— E o que lhe dá o direito de falar com essa autoridade? — respondeu Maróssia. — Por acaso faz vinte anos que *você* trabalha em uma fábrica? Seu problema é que você é absolutamente incapaz de entender que fazer parte de um coletivo amplo é fonte de constante elevação moral. Os trabalhadores fazem piadas, sua confiança nunca esmorece. Você devia ter visto o momento em que um canhão novinho em folha saiu da oficina, empurrado em um carrinho de rodas. O comandante apertou a mão do velho capataz, que o abraçou e disse: "Deus permita que vocês voltem sãos e salvos da guerra!". Senti tanto amor pelo meu país que poderia ter continuado a trabalhar não por mais seis horas, mas por mais seis dias.

— Meu Deus! — disse Gênia, com um suspiro. — Não discordamos sobre o que é realmente importante. Suas palavras são muito nobres, e estou com você de corpo e alma. Mas você fala sobre as pessoas como se elas não viessem ao mundo por meio de mulheres, mas por obra de editores de jornais. Sei que o que você diz sobre a fábrica é verdade, mas por que sempre tem que fazer tudo soar tão grandioso e superlativo? Goste você ou não, isso dá a impressão de falsidade. As pessoas de quem você fala são como figuras em cartazes, e eu não gosto disso. Não quero pintar cartazes.

— Mas é exatamente isso que você deveria estar fazendo! — interrompeu Marússia. — Em vez de borrões esquisitos que ninguém consegue entender, você deveria pintar cartazes. Mas já sei o que você vai dizer a seguir. Vai começar uma lenga-lenga sobre a verdade da vida... quantas vezes tenho que lhe dizer que existem duas verdades? Existe a verdade da realidade imposta a nós pelo maldito passado e existe a verdade da realidade que derrotará esse passado. É em nome dessa segunda verdade, a verdade do futuro, que *eu* quero viver.

— Fechando os olhos para tudo à sua volta? — questionou Gênia.

— Bem, você também não vê muita coisa — retrucou Marússia. — Não é capaz de enxergar um palmo adiante do nariz.

— Não, Marússia — disse Sófia Óssipovna. — Você está errada. Como cirurgiã, posso lhe dizer que existe uma única verdade, não duas. Quando amputo a perna de uma pessoa, não conheço duas verdades. Se começarmos a fingir que existem duas verdades, estaremos em maus lençóis. E na guerra também, sobretudo quando as coisas vão mal, como agora, há apenas uma verdade. É uma verdade amarga, mas uma verdade que pode nos salvar. Se os alemães entrarem em Stalingrado, você vai aprender que, se perseguir duas verdades, não vai alcançar nenhuma. Será o seu fim.

— A retirada — começou Vera lentamente — está se tornando uma derrota. Hoje trouxeram um novo grupo de feridos. As histórias que eles contam são pavorosas. Mas, no caminho para cá, encontrei minha amiga Zina. Ela morou em Kiev por três meses, sob o jugo alemão. E sugeriu que as coisas lá não estavam tão ruins. Havia mercados, filmes interessantes, oficiais extremamente bem-educados...

— Vera, não ouse falar assim! — disse Spiridônov. — Você sabe tão bem quanto eu qual é o preço que se paga por espalhar rumores contrarrevolucionários em tempo de guerra!

— O que deu nos jovens? — disse Maria. — Quando éramos da idade de vocês, tínhamos noção das coisas. E deixe-me dizer pela centésima vez: você precisa escolher amigos melhores!

— Queridos mamãe e papai — respondeu Vera. — Vocês são duas criancinhas, com todos os seus preconceitos e tabus. Só estou dizendo o que ouvi. *Eu* não quero viver sob domínio alemão. A Zina também disse que houve assassinatos em Kiev, que estão matando judeus. E que, com o pobre tio Dmitri preso em um campo de trabalho, também acha melhor a vovó ficar aqui mesmo em Stalingrado.

— Não acredito! — disse Maria. — Tanto cinismo na minha própria filha!

— Não pode ser verdade — disse Sófia. — Deve haver dezenas de milhares de judeus em Kiev. É impossível matar todos eles.

— O que quer que tenha acontecido em Kiev — disse Aleksandra —, não posso ficar aqui sob o controle dos alemães. Nada seria mais assustador. Enfim, sou responsável pelo Serioja. Não posso fazer nada que coloque o menino em risco.

Nesse momento, Serioja entrou correndo.

— Até que enfim! — exclamou Aleksandra, alegre. — Por onde você andou?

— Será que a senhora poderia preparar uma mochila para mim? — perguntou Serioja. — Parto depois de amanhã com os combatentes de um batalhão de trabalho. Vamos cavar trincheiras — anunciou, sem fôlego.

De dentro do cartão de estudante ele tirou um pedaço de papel e o colocou sobre a mesa. Era como um apostador surpreendendo os parceiros de jogatina ao mostrar de repente o trunfo.

Spiridônov desdobrou o papel e, com o ar de um homem que sabe tudo o que há para saber sobre papéis, começou a examiná-lo, primeiro pela data e pelo número do carimbo.

Confiante de que o documento estava inteiramente em ordem, Serioja observou Spiridônov com um sorriso arrogante.

Maria e Gênia esqueceram seu desentendimento e trocaram olhares preocupados, olhando disfarçadamente para a mãe.

Aleksandra Vladímirovna adorava o neto. Seus lindos olhos, sua franqueza infantil combinada com uma poderosa inteligência adulta e uma timidez que não impedia expressões de forte sentimento, sua confiança simples que andava de mãos dadas com um ceticismo mordaz, sua bondade, seu temperamento irritadiço — tudo isso inspirava a devoção da avó. Em certa ocasião ela dissera a Sófia Óssipovna: "Aqui estamos nós, Sófia, envelhecendo e chegando ao fim das nossas vidas. A vida que estamos deixando não é nenhum jardim da paz. A guerra se alastra, o mundo inteiro está pegando fogo e eu sou apenas uma velha, mas ainda acredito com o mesmo fervor de sempre no poder da Revolução. Acredito que derrotaremos o fascismo, acredito na força daqueles que erguem bem alto a bandeira da felicidade e da liberdade do povo, e tenho a impressão de que Serioja e eu somos farinha do mesmo saco. É por isso que eu o amo tanto".

Todavia, o mais importante era que esse amor era inquestionável e incondicional; portanto, amor verdadeiro.

Todos aqueles que eram próximos de Aleksandra tinham plena consciência de seu amor pelo neto. Isso os comovia e enfurecia; levava-os a uma atitude protetora em relação a Aleksandra, mas também os deixava enciumados. Às vezes as filhas diziam, aflitas: "Se alguma coisa acontecer com o Serioja, mamãe nunca vai superar". Às vezes, diziam com raiva: "Meu Deus, que estardalhaço que ela faz por causa desse menino!". Ou, com uma risadinha: "Sim, de vez em quando ela tenta ser justa, tratar o Tólia e a Vera da mesma forma que trata o Serioja... mas nunca consegue fazer isso direito".

Spiridônov devolveu o pedaço de papel a Serioja e disse, com ar despreocupado:

— Estou vendo que está assinado por Filimônov, mas não se preocupe. Amanhã eu converso com o Petrov e transferimos você para a Stalgres.

— Por quê? — perguntou Serioja. — Fui eu que me ofereci. Vamos receber rifles e pás, e todos que estiverem com boa saúde em breve serão transferidos para um batalhão regular.

— Então você realmente... se alistou como voluntário? — perguntou Spiridônov.

— É claro.

— Você ficou doido? — disse Maréussia, furiosa. — E a sua avó? Deus me livre, mas se qualquer coisa acontecer com você vai ser o fim dela. E você sabe muito bem!

— Você nem tem idade suficiente para tirar um passaporte —[36] disse Sófia. — Meu Deus, que idiota!

— E o Tólia?

— O que é que o Tólia tem a ver com isso? — respondeu Sófia. — O Tólia é três anos mais velho que você. O Tólia é um adulto. O Tólia é obrigado a cumprir o dever dele como cidadão. E a Vera também. Nem por um momento tentei impedi-la de trabalhar. A sua vez vai chegar no devido tempo. Quando você tiver completado os dez anos na escola, aí você será chamado. E é isso. Ninguém tentará impedi-lo. Não acredito que deixaram você se alistar. Deviam ter lhe dado uma boa surra!

— Havia um menino ainda mais baixo do que eu — alegou Serioja.

— Bem — disse Spiridônov, com um sorriso. — O que posso dizer sobre isso?

— Mãe, por que a senhora não diz nada? — quis saber Gênia.

Serioja olhou para a avó e disse baixinho:

— E então, vó?

Serioja era o único membro da família que fazia graça com Aleksandra Vladímirovna. Estava sempre discutindo com ela num misto de bom humor e indulgência. Liudmila, por outro lado, quase nunca discutia com a mãe, embora fosse naturalmente assertiva, a mais velha das três irmãs, e estivesse convicta de que, em todas as questões familiares, tinha sempre razão.

Aleksandra ergueu os olhos, como se estivesse perante um tribunal, e disse:

— Serioja, você deve fazer o que você... eu... — começou, hesitante, mas então se levantou e saiu da sala.

Houve um momento de silêncio. Vera, que naquele dia tinha o coração particularmente aberto, disposto a mostrar bondade e empatia, franziu o cenho e fez uma careta para conter as lágrimas.

19

Naquela noite, a cidade tornou-se subitamente ruidosa. Por todo lado ouviam-se sirenes, gritos, o ronco dos motores de carros e caminhões.

---

[36] Ou seja, um passaporte interno, documento de importância crucial na União Soviética.

Todos acordaram alarmados e permaneceram deitados em silêncio, tentando entender o que estava acontecendo.

As perguntas que se faziam eram as mesmas: Será que alguma coisa horrenda tinha acontecido? O inimigo irrompera em algum lugar? O Exército Vermelho estava recuando? Deveriam se vestir o mais rápido possível, juntar alguns pertences e fugir? De quando em quando, sentiam verdadeiro terror: o que eram aquelas estranhas vozes? Será que os paraquedistas alemães tinham aterrissado?

Gênia, que dormia no mesmo quarto que Vera, Sófia e a mãe, apoiou-se em um dos cotovelos e disse baixinho:

— É como quando eu estava em Ielets com a nossa brigada de artistas.[37] Uma bela manhã, quando acordamos, os alemães já estavam nas cercanias da cidade! Não recebemos uma única palavra de aviso.

— Que pensamento macabro — disse Sófia.

Então elas ouviram Marússia, que havia deixado a porta aberta para que fosse mais fácil acordar todos no caso de um ataque aéreo:

— Stepán, acorde! Rápido, descubra o que está acontecendo! Malditos sejam você e sua calma olímpica!

— Silêncio! — sussurrou Spiridônov. — Não estou dormindo. Estou ouvindo.

O bramido de um caminhão trovejou logo abaixo da janela. O motor parou. Uma voz — tão nítida como se o falante estivesse ali dentro do quarto com eles — disse:

— Qual é o problema? Pegou no sono? Ligue o motor!

Seguiu-se uma torrente de palavras furiosas que no mesmo instante encabularam as mulheres, mas não deixaram dúvida de que o homem era um russo legítimo.

— Que som abençoado! — disse Sófia.

E, com alívio, todos começaram a falar ao mesmo tempo.

— É tudo culpa da Gênia — disse Marússia. — Se não fosse por ela e suas histórias sobre Ielets, estaríamos bem. Mas meu coração ainda está disparado. Ainda sinto uma dor embaixo da omoplata.

Spiridônov, envergonhado por seus sussurros de pavor um minuto antes, disse em voz alta:

---

[37] A União Soviética era uma sociedade altamente militarizada, e a terminologia militar se infiltrava na maioria das esferas da vida. Termos como "brigada de artistas" (ou de escritores) e "trabalhadores de choque" (por analogia com "tropas de choque") eram comuns.

— Sim, como poderiam ter sido os alemães? Esse tipo de coisa simplesmente não acontece. Nossas defesas são de concreto sólido, mesmo estando longe, em Kalatch. E, de qualquer maneira, eu teria sido informado imediatamente se fosse algo sério. Ah, vocês, mulheres...!

— Está tudo bem — disse Aleksandra Vladímirovna. — Não há nada com que se preocupar, mas sabemos que coisas assim *aconteceram*.

— Sim, mãe — concordou Gênia. — Com certeza.

Spiridônov jogou o casaco de tweed por cima dos ombros, atravessou o quarto, puxou a cortina e abriu a janela.

— "Janelas escancaradas nos primeiros dias da primavera" — disse Sófia.

E, ouvindo a algazarra do lado de fora, os carros, caminhões e pessoas, continuou:

— "Estrépito de rodas, falatório de vozes e o dobre dos sinos da igreja."[38]

— *Algaravia* de vozes — disse Marússia. — Não *falatório*.

— Ah, deixa o falatório correr solto — disse Sófia, e todos riram.

— Tem uma porção de carros lá embaixo — falou Spiridônov, olhando para a rua iluminada pela luz baça da lua. — Estou vendo Emkas e até alguns Zis.[39]

— Devem ser reforços a caminho do front — disse Marússia.

— Acho que não — disse Spiridônov. — Estão indo para o outro lado.

E então, levantando um dedo:

— Silêncio!

Havia um controlador de tráfego na esquina. Motoristas lhe faziam perguntas, mas era impossível entender suas palavras. E o controlador simplesmente respondia com um aceno de bandeira, lhes apontando a estrada certa. Além de carros, viam-se também caminhões, transportando pilhas de mesas, caixas, bancos e camas de lona. Alguns levavam

---

[38] Sófia cita Apollon Maikov (1821-97), poeta popular que teve muitos de seus poemas musicados.
[39] O automóvel Gaz-M1 foi produzido de 1936 até 1942. O M fazia referência a Viatcheslav Mólotov, que mais tarde se tornaria o comissário do povo para as Relações Exteriores, e o carro era geralmente conhecido pelo apelido "Emka". O Zis-101, maior, foi produzido de 1936 a 1941.

grupos de soldados, vestindo pesados sobretudos e capas impermeáveis, sacolejando, sonolentos, enquanto os veículos aceleravam ou desaceleravam. Então uma limusine Zis-101 parou ao lado do controlador. Dessa vez Spiridônov pôde ouvir cada palavra.

— Onde está o comandante? — perguntou uma voz grave e vagarosa.

— O comandante da cidade?

— Não! O comandante do quartel-general do front!

Nesse momento Spiridônov fechou a janela, deu um passo para trás e, do meio do quarto, anunciou:

— Bem, camaradas, agora somos uma cidade na linha de frente. Stalingrado é agora o local do quartel-general do front sudoeste.[40]

— Parece que não há como fugir da guerra — disse Sófia. — Ela está sempre presente, bem no nosso encalço. Mas vamos dormir um pouco! Tenho que estar no hospital às seis.

Mal acabou de dizer essas palavras e a campainha tocou.

— Eu atendo — disse Spiridônov.

E caminhou em direção à porta enquanto vestia o fino casaco de tweed que geralmente usava nas viagens a Moscou e durante os feriados de outubro. Agora ele o mantinha pendurado sobre a cabeceira da cama, para tê-lo à mão no caso de um ataque aéreo. Junto ao casaco estava pendurado seu terno novo; ao lado do armário, também em prontidão de combate, uma mala com o casaco de pele e os vestidos de Marússia.

Spiridônov não demorou. Voltou rindo. Em um arremedo de sussurro, disse:

— Gênia, você tem visita. Um cavalheiro... um belo comandante! Deixei-o à sua espera junto à porta.

— Uma visita para mim! — exclamou Gênia, atônita. — Não compreendo, é impossível!

Mas estava claramente agitada e envergonhada.

— *Jakhchi!* — disse Vera, animadíssima. — Viva a nossa tia Gênia!

---

[40] Um front ou uma frente era o equivalente a um grupo de exército alemão. Segundo Rodric Braithwaite, "o front continha até nove exércitos mistos, até três exércitos blindados, um ou dois exércitos aéreos e várias formações de apoio. Um exército misto continha cinco ou seis divisões de rifles e armas de apoio" (*Moscow 1941*. Londres: Profile, 2006, p. 268, nota 6). A palavra "front" começou a ser usada apenas após a invasão alemã; o equivalente anterior era "distrito militar".

— Stepán, pode sair por um momento? — Gênia se apressou em pedir. — Preciso me vestir.

E, levantando-se de um salto como uma menina, voltou a fechar a cortina e acendeu a luz.

Calçou os sapatos e ajeitou o vestido em apenas alguns segundos, mas seus movimentos diminuíram de velocidade assim que começou a passar o batom.

— Você está louca — disse Aleksandra, zangada. — Fazer um homem esperar enquanto pinta os lábios no meio da noite!

— E ela não se lavou e está com cara de sono. E tem o cabelo tão emaranhado que qualquer um pensaria que é uma bruxa — acrescentou Marússia.

— Está tudo bem — disse Sófia. — Nossa Gênia sabe muito bem que é uma bruxa jovem e adorável. De banho tomado ou não, é linda.

A própria Sófia era agora uma mulher corpulenta de cabelos grisalhos. Tinha cinquenta e oito anos e ainda era virgem. Muito provavelmente nunca na vida sentira o coração disparar enquanto pintava os lábios em preparação para um encontro.

Era capaz de trabalhar feito um boi; já viajara metade do mundo em expedições geográficas; tinha prazer em usar palavrões e obscenidades em suas conversas; e lia as obras de poetas, filósofos e matemáticos. Alguém poderia supor que essa mulher masculinizada olhasse para a bela Gênia com zombaria e desprezo — mas ela sentia apenas terna admiração e uma espécie muito leve e comovente de inveja.

Ainda demonstrando agitação, Gênia foi em direção à porta.

— Consegue adivinhar quem é? — veio uma voz do lado de fora.

— Talvez sim, talvez não — disse Gênia.

— Nóvikov — anunciou a voz.

Enquanto ia até a porta, Gênia teve quase certeza de que era Nóvikov. Mas respondeu daquele jeito porque não sabia se deveria ou não o repreender pela falta de cerimônia da visita.

E então, como se estivesse assistindo à cena de fora, se deu conta da poesia daquele encontro. Viu a si mesma, semiadormecida, ainda quente da cama que compartilhava com a mãe, e ali, na porta, aquele homem que acabava de emergir da escuridão ameaçadora da guerra, trazendo consigo um cheiro de poeira, couro, gasolina e o frescor das estepes.

— Peço perdão — disse ele. — Sei que é estupidez da minha parte aparecer desse jeito, na calada da noite.

Ele inclinou a cabeça, como um prisioneiro diante de um comandante de exército.

— Só agora o reconheci. Fico feliz em vê-lo, camarada Nóvikov!

— Foi a guerra que me trouxe. Desculpe-me, voltarei novamente durante o dia.

— E para onde vai agora, no meio da noite? Fique em nossa casa!

Nóvikov começou a inventar desculpas e ela acabou se irritando, não porque ele tivesse irrompido no meio da noite, mas porque se recusava a ficar. Então, voltando-se para a escada escura, Nóvikov gritou em voz baixa, no tom de alguém acostumado a dar ordens e ser obedecido:

— Korenkov, traga minha mala e meu saco de dormir.

— Estou feliz que você esteja vivo e bem — disse Gênia. — Mas não vou lhe perguntar nada agora. Imagino que esteja cansado. Deve querer se lavar, tomar um pouco de chá e comer alguma coisa. Haverá tempo para conversar de manhã. Aí você poderá me contar as novidades. E vou lhe apresentar a minha mãe, minha irmã e minha sobrinha.

E então ela pegou a mão dele, olhou-o no rosto e falou:

— Você mudou muito. Especialmente as sobrancelhas, estão mais claras.

— É a poeira — disse ele. — Há poeira por toda parte.

— Poeira e sol. E isso faz seus olhos parecerem mais escuros.

Gênia ainda estava segurando a mão grande de Nóvikov. Sentiu que estava um pouco trêmula. Rindo, disse:

— Bem, por ora vou deixá-lo com os homens da casa. E amanhã... o mundo das mulheres.

Uma cama foi arrumada para Nóvikov no quarto de Serioja, que lhe mostrou o banheiro.

— Então vocês têm um chuveiro funcionando? — admirou-se Nóvikov.

— Por enquanto, pelo menos — disse Serioja, vendo o convidado tirar o cinto, um revólver e a túnica militar com as quatro insígnias vermelhas da patente de coronel e depois pegar de dentro de sua maleta uma navalha e uma barra de sabão.

Alto e de ombros largos, Nóvikov parecia ter nascido para vestir uniforme militar e portar armas. Na presença daquele austero filho da guerra, Serioja se sentiu insignificante. No entanto, em breve ele também seria um filho da guerra.

— Você é irmão da Gênia? — perguntou Nóvikov.

Serioja teve vergonha de dizer que era sobrinho dela — Gênia era muito nova para ser tia de um jovem prestes a ingressar em um batalhão de trabalho. Nóvikov pensaria ou que ela devia ser mais velha do que aparentava ou que seu sobrinho não passava de um pirralho metido a besta.

Como se não tivesse ouvido a pergunta, ele respondeu:

— Tome, use esta toalha!

Ele não gostou da maneira como Nóvikov falara com o motorista, um homem encurvado na casa dos quarenta anos.

Depois de preparar um pouco de chá no pequeno fogareiro a querosene, Serioja sugerira:

— Podemos fazer uma cama aqui para o camarada motorista.

— Não — disse Nóvikov. — Ele vai dormir no carro. Não podemos deixá-lo desprotegido.

O motorista abriu um largo sorriso e disse:

— Chegamos ao Volga, camarada coronel. O carro agora não tem utilidade. Não vai levar ninguém para o outro lado do rio.

Nóvikov apenas respondeu:

— Volte para o carro, Korenkov!

Nóvikov se sentou e começou a beber o chá. Bocejando e coçando o peito, Spiridônov sentou-se diante dele. Também segurava uma caneca de chá. Sentia-se incomodado. A chegada do quartel-general do front, no meio da noite, o havia perturbado.

Do outro quarto veio a voz de Gênia:

— Tudo bem aí?

Nóvikov rapidamente se pôs de pé e, como se falasse a um importante superior, respondeu:

— Obrigado, Ievguênia Nikoláievna.[41] E, mais uma vez, por favor, perdoe-me por esta invasão noturna.

Seus olhos assumiram uma expressão de culpa que parecia deslocada no rosto imperioso de testa larga, nariz reto e lábios firmes.

---

[41] Aqui e em outros momentos, Nóvikov se dirige a Gênia de maneira bastante formal, pelo seu primeiro nome e patronímico. "Gênia" é a forma afetuosa mais comum de "Ievguênia". Ver a Nota sobre os nomes russos ao final do livro.

— Boa noite, então — disse Gênia. — Até amanhã!

E Serioja percebeu que Nóvikov estava ouvindo atentamente o estalido dos saltos enquanto ela se afastava.

Bebericando um gole de chá, Spiridônov ofereceu ao hóspede algo para comer e o estudou com olhos acostumados a avaliar os outros. Estava tentando decidir qual seria a melhor ocupação para Nóvikov se ele fosse um civil. Certamente estaria fora de seu lugar habitual trabalhando em uma pequena fábrica; o mais provável é que se encarregasse de alguma indústria de importância nacional.

— Então o quartel-general do front está agora em Stalingrado? — perguntou Spiridônov.

Nóvikov olhou para ele de esguelha. Parecia um pouco irritado.

— Imagino que seja um segredo militar, não é? — insistiu Spiridônov. E foi incapaz de não se gabar. — Percebo essas coisas por causa do meu trabalho. Forneço energia para três fábricas gigantescas, e essas fábricas abastecem o front.

Mas sua bazófia, como toda vanglória desmedida, tinha origem em um sentimento de fraqueza e insegurança: ele estava confuso com o olhar frio e calmo de Nóvikov. Era como se o coronel estivesse dizendo a si mesmo: "Mesmo que você esteja por dentro das coisas, isso não é algo que deva repetir por aí... principalmente na presença desse moleque. *Ele* não fornece energia a ninguém".

Spiridônov riu.

— Tudo bem, vou lhe dizer a verdade. Como eu realmente descobri!

E contou a Nóvikov sobre a conversa entre o homem do Zis e o controlador de tráfego.

Nóvikov deu de ombros.

Serioja perguntou:

— E quando você conheceu a nossa Gênia? Foi antes da guerra?

— Mais ou menos — Nóvikov se apressou em responder.

— Outro segredo militar — disse Spiridônov, dessa vez com um sorriso.

E pensou com seus botões: "Bem, coronel, você *é mesmo* um homem de poucas palavras!".

Nóvikov estava olhando para uma pintura na parede, um velho de calças verdes e barba verde.

— O que aconteceu? — perguntou ele. — O velho ficou verde por causa da idade?

— É obra da Gênia — respondeu Serioja. — Ela acha que esse velho andarilho é um dos melhores quadros que pintou.

De repente ocorreu a Spiridônov que Gênia e o coronel deviam estar tendo um caso havia muito tempo, e que toda a cena — a chegada aparentemente inesperada de Nóvikov, a formalidade com a qual ele e Gênia se trataram — fora puro teatro. E isso de alguma forma o irritou. "Não, senhor soldado, ela é boa demais para você", pensou.

Após um breve silêncio, Nóvikov disse, baixinho:

— Tenho que lhes dizer uma coisa, esta cidade de vocês é bastante incomum. Passei um bom tempo tentando encontrar seu endereço e descobri que há ruas aqui com o nome de todas as cidades da União Soviética: Sebastopol, Kursk, Vinnitsa, Tchernígov, Slutsk, Tula, Kiev, Carcóvia, Moscou, Rjevsk… — Ele sorriu. — Já participei de combates em muitas dessas cidades. Em outras estive aquartelado antes da guerra. E de repente acontece que todas essas cidades estão aqui em Stalingrado.

Serioja ouvia com atenção. O homem sentado a seu lado parecia ter passado por uma mudança; já não era mais um desconhecido, um forasteiro com quem antipatizara. Pensou consigo mesmo: "Fiz a coisa certa!".

— Sim, as ruas. Nossas cidades soviéticas — suspirou Spiridônov. — Mas está na hora de o senhor se deitar. Já está na estrada há muito tempo.

20

Nóvikov era do Donbass. Seu único outro familiar ainda vivo no começo da guerra era o irmão mais velho, Ivan, que trabalhava na mina Smolianka, não muito longe de Stalino.[42] O pai dos dois morrera em um incêndio, nas profundezas do subsolo; não muito tempo depois disso, a mãe morrera de pneumonia.

---

[42] A partir de 1869, a cidade ucraniana passou a se chamar Iuzovka (ou Iuzivka). Em 1932, foi renomeada Stalino, e de 1961 em diante, Donetsk. Quando jovem, Grossman trabalhou na mina Smolianka, como engenheiro de segurança e analista químico.

Desde o início da guerra, Nóvikov recebera apenas duas cartas do irmão. A segunda, em fevereiro, fora enviada de alguma mina distante nos Urais, para onde Ivan, a esposa e a filha tinham sido evacuados; ficava claro a partir dessa carta que a vida de evacuado não era nada fácil. Nóvikov, então em Vorónej com o front sudoeste, enviara dinheiro e comida ao irmão — mas não obtivera resposta e não sabia se Ivan recebera o pacote ou se tinha sido obrigado a se mudar mais uma vez.

O último encontro dos dois havia sido em 1940. Nóvikov fora passar uma semana com o irmão. Passear por lugares que tinha conhecido quando criança causara nele uma sensação estranha. Mas o amor de uma pessoa pelo local de nascimento, a lembrança da infância e o amor pela mãe são coisas evidentemente tão poderosas que aquele melancólico e lúgubre assentamento de mineração pareceu um ambiente doce, aconchegante e belo, e Nóvikov não notara o vento cortante, a fumaça acre e nauseabunda do coque e do benzeno nem os sombrios montes de escória de carvão que pareciam túmulos. E o rosto do irmão, com os cílios enegrecidos pela fuligem, e os rostos dos amigos de infância que vieram beber vodca com ele pareciam tão próximos, uma parte tão íntima de sua vida, que ele se perguntou como podia ter vivido tão longe por tanto tempo.

Nóvikov era uma daquelas pessoas para quem o sucesso e as vitórias nunca vieram com facilidade. Ele atribuía isso a sua incapacidade de fazer amizades com rapidez e a uma franqueza que por vezes o fazia parecer canhestro e desajeitado. Considerava-se um homem compreensivo, de boa índole e bem-intencionado, mas não era assim que os outros o viam. Muita gente se engana a respeito de si mesma, mas Nóvikov estava ao menos parcialmente certo. Dava a impressão de ser mais frio e mais inamistoso do que era na realidade.

Quando desistiu de perseguir os pombos do vilarejo e foi para a escola técnica em uma cidadezinha vizinha, os outros meninos o acharam hostil; e quando começou a trabalhar em uma oficina de montagem, os outros operários o acharam hostil; assim foi durante seus primeiros dias no Exército Vermelho, e assim, infelizmente, ao longo de toda a sua vida.

O pai e o avô de Nóvikov haviam sido trabalhadores, mas os camaradas comandantes de Nóvikov o achavam aristocrático e de nariz empinado. Quase nunca bebia e detestava o cheiro de vodca. Ao falar com seus subordinados, jamais levantava a voz — e muito menos dizia palavrões e obscenidades. As pessoas diziam que era um homem escrupulosamente justo, com o mesmo rigor de uma balança farmacêutica. No entanto, havia ocasiões em que os homens sob seu comando sentiam saudade de seus ex-comandantes — por mais ruidosos, intempestivos e ditatoriais que pudessem ter sido.

Nóvikov adorava a ideia de pescar e caçar; teria gostado de plantar árvores frutíferas, e apreciava salas decoradas com primor; todavia, em sua vida nômade, não havia tempo para nada além de trabalho. Ele nunca havia pescado nem caçado, jamais se dedicara à jardinagem, tampouco havia morado em casas confortáveis e belamente mobiliadas, com pinturas e tapeçarias. As pessoas o julgavam indiferente a essas coisas, sem qualquer outro interesse além do trabalho — e de fato Nóvikov trabalhava com extraordinário afinco.

Ele se casara muito cedo, quando tinha apenas vinte e três anos — e ainda era jovem quando a esposa morreu.

Como a maioria dos comandantes, já havia passado por momentos difíceis durante a guerra. Embora sempre tivesse sido um oficial do estado-maior, longe da linha de frente, sobrevivera a cercos e a raides aéreos. Em agosto de 1941, não muito longe de Mozir, liderara um destacamento designado para executar um ataque específico, e composto inteiramente de comandantes de um quartel-general do exército.

Nóvikov fora promovido várias vezes, mas sua ascensão na carreira militar havia sido constante em vez de deslumbrante. No final do primeiro ano da guerra, recebeu sua quarta insígnia vermelha; agora era coronel de primeira linha e fora condecorado com a Ordem da Estrela Vermelha.

Era considerado um excelente oficial adjunto do estado-maior: bem-educado, de mente aberta, calmo, metódico e inteligente, rápido na análise de situações complexas e confusas. Mas não via o trabalho administrativo como sua verdadeira vocação. A seu ver, era um comandante da linha de frente, um inato tripulante de tanque, que só no combate provaria seu valor. Aí poderia não apenas pensar de forma lógica e analítica, mas também seria capaz de desferir ataques fulminantes e decisivos. Sua capacidade de reflexão cuidadosa andava de mãos dadas com sua coragem e paixão, com a aptidão para assumir riscos.

Outros o viam como um homem excessivamente cerebral — e Nóvikov tinha plena ciência do que passava essa impressão. Calmo e contido nos debates, era meticuloso nos assuntos cotidianos. Irritava-se quando outros violavam suas rotinas, e ele mesmo nunca as infringia. Era capaz, durante um ataque aéreo, de repreender um cartógrafo por não ter apontado corretamente o lápis, ou de dizer a um datilógrafo: "Já lhe pedi para não usar a máquina de escrever com defeito na letra T".

Os sentimentos de Nóvikov por Gênia Chápochnikova não se encaixavam em nenhum outro aspecto da sua vida. Seu primeiro encontro com ela no baile de gala da Academia Militar lhe causara uma impressão avassaladora. A notícia do casamento dela com Krímov o deixara enciumado; a notícia da separação o enchera de alegria. Ao entrever Gênia através da janela de um vagão, entrou no trem onde ela estava e viajou rumo ao sul por três horas, quando deveria rumar para o norte. E não contou isso a ela.

Ao todo, Nóvikov a tinha visto pouquíssimas vezes. No entanto, durante a primeira hora da guerra, seus pensamentos teimavam em voltar para ela.

Somente agora, prestes a se deitar em uma cama recém-improvisada para ele no chão, Nóvikov sentiu alguma surpresa. Sem o menor direito de se comportar assim, ele visitara Gênia no meio da noite e acordara a família dela. Poderia tê-la colocado em uma posição embaraçosa. Não, pior que isso — era quase certo que a deixara em uma posição falsa e muito desagradável. Como Gênia explicaria a situação para a mãe e o resto da família? Ou talvez ela tivesse achado tudo ingênuo demais — encolheria os ombros, exasperada, e todos dariam boas risadas à custa dele. "Que estranho! Irromper em nossa casa às duas da manhã... o que ele estava procurando? Será que estava bêbado? Ele chega de supetão, faz a barba, bebe um pouco de chá e depois dorme o sono dos mortos!" Nóvikov já podia ouvi-los tirando sarro dele. "Não", pensou consigo mesmo. "Devo deixar um bilhete com um pedido de desculpas sobre a mesa, sair com o máximo silêncio possível, acordar meu motorista e mandá-lo seguir em frente."

Mal Nóvikov tinha decidido ir embora quando começou a ver toda a situação sob uma luz diferente. Ela havia sorrido para ele. Com suas próprias mãos delicadas, havia arrumado uma cama para ele. Assim que amanhecesse, voltaria a vê-la. E, se tivesse chegado um dia ou dois depois, talvez ela pudesse ter dito: "Oh, que pena que você não veio antes. Agora temos outra pessoa dormindo aqui". Mas o que ele tinha para oferecer a ela? E que direito tinha de sonhar com a felicidade pessoal em um momento como aquele? Absolutamente nenhum. Nóvikov sabia disso muito bem, mas em algum lugar no seu íntimo habitava um conhecimento diferente — e esse outro conhecimento, mais sábio, estava lhe dizendo que todos os movimentos do seu coração eram legítimos e justificados.

Tirou da maleta um caderno com uma capa de oleado e, sentado na cama, começou a folheá-lo. Estava agitadíssimo, e sua exaustão, em vez de trazer o sono para mais perto, apenas o afastava ainda mais.

Nóvikov leu uma esmaecida anotação a lápis: "22 de junho de 1941. Noite. Estrada de Brest-Kóbrin".

Consultou o relógio de pulso: quatro horas. A dor e a ansiedade às quais se acostumara durante o último ano, e que não o impediam de comer, dormir, barbear-se ou respirar, estavam agora estranhamente fundidas com um prazeroso entusiasmo que fazia seu coração bater mais rápido. Assim que entrou naquele quarto, a ideia de dormir pareceu tão absurda quanto fora no início de 22 de junho de 1941.

Voltou a pensar em sua conversa com Spiridônov e Serioja; não simpatizara nem com um nem com outro, mas sentira especial aversão por Spiridônov. Em seguida reviveu o momento em que, esperando junto à porta de entrada, ouvira passos rápidos, leves e adoráveis.

E, apesar de tudo isso, adormeceu.

21

Nóvikov sempre foi capaz de recordar com absoluta clareza a primeira noite da guerra.[43] Tinha sido enviado pelo quartel-general do distrito militar ao rio Bug, a fim de realizar inspeções. No caminho, aproveitou a oportunidade para reunir informações de comandantes que haviam tomado parte na guerra contra a Finlândia; queria escrever um memorando sobre a violação da Linha Mannerheim.[44]

---

[43] Para os russos, o início da guerra é marcado pela invasão alemã da União Soviética em 22 de junho de 1941. Ver Cronologia da guerra ao final do livro.
[44] Linha de fortificação defensiva finlandesa através do istmo da Carélia. Durante a Guerra de Inverno (1939-40) entre a Finlândia e a União Soviética, interrompeu por dois meses o avanço soviético. Tanto a propaganda finlandesa quanto a soviética exageraram a extensão das fortificações: os finlandeses com o intuito de elevar o moral nacional, os soviéticos para explicar a lentidão de seu avanço.

Ele fitou calmamente a margem direita do Bug, os trechos de areia sem cobertura vegetal, os prados, os casebres e jardins e os pinheiros escuros e bosques de árvores decíduas ao longe. Ouviu aviões alemães choramingando feito moscas sonolentas no céu sem nuvens por sobre o governo-geral.[45]

Ao ver lufadas de fumaça a oeste, Nóvikov pensou: "Os alemães estão preparando o mingau", como se estivesse fora de questão cozinharem qualquer outra coisa. Ele vinha lendo os jornais; discutira a guerra na Europa; havia se entretido com o pensamento de que o furacão que assolava a Noruega, a Bélgica, a Holanda e a França estava agora se afastando cada vez mais, de Belgrado para Atenas, de Atenas para Creta — e de Creta cruzaria o oceano até chegar à África e explodir nas areias do deserto. Entretanto, no fundo do coração, ele já havia entendido que aquele silêncio não era o de um pacífico dia de meados de verão, mas o silêncio sufocante e agonizante que precede a tempestade.

Mesmo agora, Nóvikov conseguia evocar nitidamente as inapagáveis lembranças que se tornaram suas companhias constantes por nenhuma outra razão exceto o fato de serem memórias de 22 de junho de 1941, o dia que dera fim aos tempos de paz. Era como quando alguém acaba de morrer e todas as pessoas que conheciam o morto ficam recordando cada detalhe. Um sorriso momentâneo, um movimento despreocupado, um suspiro, uma palavra — tudo, em retrospecto, assume importância, transforma-se em um claro sinal da tragédia por vir.

Uma semana antes do início da guerra, em Brest, Nóvikov estava atravessando uma larga rua pavimentada com paralelepípedos; no sentido oposto vinha um oficial alemão, provavelmente um membro da comissão para o repatriamento de alemães étnicos.[46] Nóvikov ainda

---

[45] Depois que invadiram a Polônia no verão de 1939, a Alemanha e a União Soviética dividiram o país em três partes: uma parte ocidental anexada pela Alemanha; uma parte central, também sob o controle alemão e oficialmente chamada de governo-geral; e uma parte oriental anexada pela União Soviética. O rio Bug era a fronteira entre o governo-geral e a zona soviética.

[46] Hoje pode parecer surpreendente que Grossman tenha sido capaz de publicar esta passagem sobre o oficial nazista (que aparece em todas as edições publicadas), mas ela está de acordo com a doutrina oficial soviética da época. "Falsificadores da história", um importante documento editado e parcialmente reescrito por Stálin em 1948, afirma que "nenhum falsificador jamais conseguirá apagar da história [...] o

se lembrava de seu elegante quepe com a pala guarnecida de metal, de seu rosto magro e altivo, seu uniforme cor de aço da ss, sua braçadeira com a suástica preta num círculo branco, sua pasta de couro bege e as botas lustrosas — espelhos pretos em que a poeira da rua não ousava assentar. Seu modo de andar, com passos rígidos e estranhos, parecia ainda mais estranho contra a paisagem das casinhas baixas.

Nóvikov cruzou a rua e subiu até um quiosque que vendia água com gás e xarope de frutas. Enquanto uma velha judia enchia seu copo, disse para si mesmo três palavras de que se lembraria repetidas vezes: "Palhaço!". Em seguida, corrigindo-se: "Louco!". E, corrigindo-se mais uma vez: "Bandido!".[47]

---

fato decisivo de que, nessas condições, a União Soviética se viu diante de duas alternativas: ou aceitar, para fins de autodefesa, a proposta da Alemanha de concluir um pacto de não agressão e assim garantir à União Soviética o prolongamento da paz por um certo período de tempo, durante o qual o Estado poderia preparar melhor suas forças a fim de resistir a possíveis ataques por parte de um agressor; ou rejeitar a proposta da Alemanha e, assim, permitir que provocadores das potências ocidentais imediatamente envolvessem o país em um conflito armado com a Alemanha num momento em que a situação era totalmente desfavorável para a União Soviética, isolada por completo. Nessas circunstâncias, o governo soviético se viu compelido a fazer sua escolha e concluir um pacto de não agressão com a Alemanha" (ver, na Wikipédia, o verbete "Falsifiers of History", disponível em: <en.wikipedia.org/wiki/Falsifiers_of_History>, e também o documento original publicado pela embaixada soviética em Washington, disponível em: <https://collections.mun.ca/digital/collection/radical/id/3289>). "Falsificadores da história", nem é preciso dizer, não menciona o protocolo secreto do pacto de não agressão, segundo o qual Stálin e Hitler dividiriam toda a Europa Central, da Finlândia à Romênia, com Stálin anexando os Estados Bálticos e o leste da Polônia. Uma das condições de Hitler para assinar o acordo foi a transferência de todos os alemães étnicos que viviam na Polônia ou nos Estados Bálticos para áreas controladas pelos alemães. Em sua maioria esses alemães foram "reassentados" em 1939 ou 1940, mas um reassentamento final foi organizado na primavera de 1941. Ver, na Wikipédia, o verbete "German Baltics", disponível em: <https://en.wikipedia.org/wiki/Baltic_Germans#cite_ref-20>.

[47] Boris Draliuk escreve: "Vejo a autocorreção como um indicativo de dissonância cognitiva. Como qualquer trauma sério, ela subverte o senso de realidade de Nóvikov a tal ponto que ele não consegue nem processar o fato na hora nem o esquecer depois. É o oficial nazista, claro, que Nóvikov tem em mente; seu rosto arrogante e uniforme bizarro lhe conferem o aspecto de um sinistro idiota. Mas Nóvikov pode também estar pensando em Hitler. E é possível que o próprio Grossman — talvez — esteja pensando em Stálin. Todos os três são palhaços assassinos e pretensiosos" (e-mail particular, 2017).

Logo depois, foi imediatamente tomado por um sentimento viscoso e disforme, uma sensação de frustração e constrangimento. Sentiu vergonha da túnica folgada e do cinto de couro cru — e uma vergonha ainda maior por beber água com gás e xarope de cereja.

Nóvikov também se lembrava de que a mulher no quiosque e um camponês que passava por ali numa carroça tinham ambos observado o oficial nazista com o mesmo grau de tensão. Provavelmente entendiam o verdadeiro significado da mensagem trazida por aquele solitário arauto do mal caminhando pelas ruas amplas e empoeiradas de uma cidade na fronteira soviética.

E então, apenas três dias antes do início da guerra, Nóvikov jantara com um comandante encarregado de um posto de fronteira. Era uma noite excepcionalmente quente, e as cortinas de renda na frente das janelas abertas não se mexiam. Em meio ao silêncio além do rio, ouviram o bramido baixo de uma peça de artilharia e o comandante disse, irritado:

— É aquele nosso maldito vizinho, fazendo seus exercícios de voz mais uma vez!

Mais tarde, na primavera de 1942, Nóvikov descobriu que, cinco dias depois dessa refeição, o mesmo comandante, armado apenas com algumas metralhadoras, resistira ao avanço alemão durante dezesseis horas a fio. A esposa e o filho de doze anos morreram a seu lado.

Depois de ocupar a Grécia, os alemães lançaram uma invasão aerotransportada a partir de Creta. Nóvikov se lembrava de ter ouvido um informe a respeito no quartel-general. Havia um acentuado tom de ansiedade em muitas das perguntas que se seguiram: "Poderia nos contar em mais detalhes sobre as baixas sofridas pelo exército alemão?"; "Detectou-se algum enfraquecimento das forças alemãs?". Um dos bilhetes entregues ao homem no palanque perguntava sem rodeios: "Camarada orador, se o acordo comercial for violado no futuro próximo haverá tempo hábil para que o equipamento encomendado da Alemanha chegue a nós?".[48]

---

[48] O Acordo Comercial Alemão-Soviético de 1940 estipulou que, em troca de equipamento técnico e militar, a União Soviética deveria entregar grandes quantidades de matérias-primas para a Alemanha. O esforço de guerra alemão contra a União Soviética foi parcialmente sustentado por matérias-primas — sobretudo borracha e grãos — obtidas por meio desse acordo.

Ele se lembrava de um momento no meio daquela noite, algumas horas depois de ter ouvido o informe. Seu coração disparou e ele disse a si mesmo: "Será um milagre se a Rússia escapar dessa tempestade — mas não há milagres no mundo".

A última noite de paz, a primeira noite da guerra.

Naquela noite, Nóvikov esperava encontrar o comandante de uma brigada de tanques pesados. Estava em um dos quartéis-generais de regimento, mas o ordenança não conseguiu conectá-lo ao quartel-general da brigada para confirmar o encontro.

Amaldiçoaram a incompetência das telefonistas. Era intrigante — os telefones costumavam funcionar perfeitamente.

Nóvikov foi de carro até o campo de pouso; os aviadores tinham contato com quartéis-generais superiores, e ele pensou que poderia usar o telefone deles. Mas também lá foi igualmente incapaz de estabelecer comunicação. Não havia conexão — nem direta nem indireta; a fiação, naquela noite tranquila de verão, parecia ter sido danificada em vários pontos diferentes.

O comandante do regimento de caças convidou Nóvikov para o teatro da cidade, onde assistiriam a uma montagem de *Platon Krechet*.[49] Alguns aviadores iriam acompanhados das esposas, outros levariam os pais, que estavam de visita. Ainda havia espaço no ônibus. Mas Nóvikov recusou; decidira ir de carro até o quartel-general da brigada.

Era uma noite cálida de luar. Entre as duas fileiras de tílias escuras e atarracadas, a estrada parecia quase branca. Um momento depois de entrar no carro, Nóvikov ouviu o ordenança gritar da janela escancarada:

— Camarada coronel, a linha está funcionando outra vez!

Era uma linha precária, mas Nóvikov conseguiu falar. Por fim ficou claro que o comandante da brigada tinha ido ao galpão de manutenção, onde seus tanques passariam por reparos e teriam os motores substituídos. Só voltaria no dia seguinte ao anoitecer.

Nóvikov decidiu pernoitar no aeródromo. Em resposta a seu pedido de acomodação, o ordenança sorriu e disse:

---

[49] Conhecida peça de Oleksandr Korniuchuk (1905-72), dramaturgo, crítico literário e político ucraniano soviético.

— Tudo bem. Certamente espaço é o que não falta aqui.

A sede do quartel-general do regimento era uma verdadeira mansão. O ordenança levou Nóvikov a um quarto enorme, iluminado por uma brilhante lâmpada de trezentas velas. Junto à parede apainelada havia uma cama de ferro, um banquinho e uma pequena mesa de cabeceira.

A estreita cama de exército e a mesa de compensado não combinavam com o esplendor dos painéis de carvalho e dos frisos de gesso no teto. Nóvikov notou que não havia lâmpadas no lustre de cristal: o fio com a lâmpada de trezentas velas simplesmente pendia ao lado dele.

Em seguida, foi até a grande e espaçosa sala de jantar. Estava quase vazia; havia apenas dois comissários políticos na mesa mais distante, comendo creme azedo. Nóvikov geralmente gostava de comer, mas mal conseguiu ingerir metade da farta refeição posta à sua frente: bolinhos de carne e batatas fritas em uma tigela esmaltada, seguidos de finas panquecas com creme de leite em um prato de porcelana com borda dourada e a imagem de uma pastora de vestido rosa cercada por ovelhas brancas. O *kvas* veio em um copo azul-claro, e o chá em uma caneca de alumínio novinha em folha que queimou seus lábios.

— Por que não há quase ninguém aqui? — perguntou à empregada.

— Muitos dos nossos homens são casados — respondeu ela, com o sotaque típico do baixo Volga. — Às vezes são as esposas que cozinham. Às vezes eles pegam a comida e levam de volta para o quarto.

Em seguida ela levantou um dedo e acrescentou, com um sorriso doce e inocente:

— Algumas das meninas não gostam daqui. Reclamam que todos os homens jovens têm esposas e filhos. Mas eu adoro... é como estar em casa com os nossos pais.

Ela falou com sentimento, como se esperasse a concordância e a compreensão de Nóvikov; ele teve vontade de saber se ela havia discutido o assunto na cozinha com alguma amiga.

Pouco tempo depois, voltou e disse, espantada:

— Você não comeu quase nada! Qual é o problema? Não gostou?

E, inclinando-se para ele, acrescentou em tom confidencial:

— Vai ficar conosco por muito tempo, camarada tenente-coronel? Seja lá o que for fazer, não deve partir amanhã... nosso almoço de domingo será realmente especial! Teremos sorvete, e o primeiro prato será sopa de repolho. Acabamos de receber um barril inteiro de repolho em conserva de Slutsk. Faz muito tempo que não temos sopa de repolho, e os pilotos andaram reclamando.

Ele podia sentir o hálito da moça na bochecha. Se os olhos brilhantes dela não parecessem tão confiantes, Nóvikov teria pensado que ela estava flertando. Naquelas circunstâncias, seus sussurros infantis o comoveram.

Não tendo um pingo de sono, ele saiu para o jardim.

À luz da lua, os largos degraus de pedra eram como mármore branco. O silêncio era absoluto, de alguma forma insólito. Tão imóvel era o ar resplandecente que as árvores pareciam quase submersas, como se no fundo de um lago cristalino.

Pairava no céu uma luz estranha, um misto de luar e aurora, do mais longo dia do ano. Uma mancha clara e baça adivinhava-se a leste, e a oeste via-se uma tênue réstia rosada. O céu estava esbranquiçado e turvo, com um toque de azul.

Cada folha dos bordos e tílias revelava contornos nítidos, como se cinzelada em pedra preta. No conjunto, porém, a imensa massa de árvores parecia um borrão negro e uniforme em contraste com o céu claro. A beleza do mundo havia se superado. Era um daqueles momentos em que todo indivíduo se detém, maravilhado, para contemplar — não apenas o ocioso com tempo livre de sobra, mas também o trabalhador recém-saído do turno a caminho de casa e o viajante exaurido que mal consegue parar de pé.

Em momentos como esse, deixamos de ter percepções distintas da luz, do espaço, do silêncio, do farfalhar, do calor, dos cheiros adocicados, do balouço da grama ou das folhas — todos os milhões de ingredientes que compõem a beleza do mundo.

Nessas horas, percebemos a verdadeira beleza, e ela nos diz apenas uma coisa: que a vida é uma bênção.

E Nóvikov continuou andando pelo jardim, parando, olhando ao redor, sentando-se, caminhando um pouco mais, sem pensar em coisa alguma nem se lembrar de nada, sem perceber o quanto o deixava triste constatar que a beleza do mundo é longeva e os seres humanos não.

Quando voltou para o quarto se despiu, e depois, só de meias, alcançou a lâmpada. Começou a desenroscá-la do soquete. A lâmpada quente queimou seus dedos, e Nóvikov pegou um jornal sobre a mesa para envolvê-la.

Ele se voltou para pensamentos mais comuns: o que faria no dia seguinte, o relatório que já havia quase terminado e em breve entregaria no quartel-general do distrito militar, a bateria do carro que precisava ser trocada, sendo que provavelmente seria melhor fazer isso no galpão de manutenção do grupamento de tanques.

Na escuridão, Nóvikov foi até a janela e olhou com abstrata indiferença para o céu e o tranquilo jardim noturno. Ele se lembraria mais de uma vez da despreocupação com que olhou pela última vez para o mundo em paz.

Acordou com a consciência precisa de que algo terrível havia acontecido, mas sem saber exatamente o que poderia ter sido.

Viu minúsculas migalhas de alabastro no assoalho de parquete e lampejos alaranjados sobre os pingentes de cristal do candelabro.

Viu retalhos negros de fumaça em contraste com um céu vermelho sujo.

Ouviu o choramingo de uma mulher. Ouviu o grasnar de corvos e gralhas. Ouviu um estrondo que sacudiu as paredes e, ao mesmo tempo, um leve gemido no céu — e, embora baixo e até mesmo melódico, foi esse som que o fez estremecer de horror ao pular da cama.

Ele viu e ouviu tudo isso em uma fração de segundo. Do jeito que estava, de cueca, correu em direção à porta. Então, inesperadamente, flagrou-se dizendo a si mesmo: "Mantenha-se firme agora!" — e voltou para a cama a fim de se vestir.

Nóvikov se forçou a fechar todos os botões da túnica. Ajustou o cinto, endireitou o coldre e desceu as escadas em ritmo compassado.

Mais tarde, em jornais e revistas, se deparou muitas vezes com a expressão "ataque-surpresa". Como — ele se perguntava — alguém que não tinha sentido na pele os primeiros minutos da guerra seria capaz de entender o que essas palavras realmente queriam dizer?

Homens corriam pelo corredor, alguns de uniforme, outros seminus.

Todos faziam perguntas. Ninguém tinha respostas.

— Os tanques de gasolina pegaram fogo?

— Foi uma bomba?

— Um exercício militar?

— Sabotadores?

Alguns dos pilotos já estavam nos degraus do lado de fora.

Um deles, sem o cinto em volta da túnica, apontou para a cidade e disse:

— Camaradas, olhem!

Labaredas cor de sangue enegrecido erguiam-se das estações ferroviárias e aterros, intumescendo e elevando-se céu adentro. No nível do solo, os clarões de repetidas explosões. Aviões negros giravam em círculos como mosquitos no ar luminoso e mortífero.

— É uma provocação! — gritou alguém.

E uma outra voz, baixa mas perfeitamente audível, pronunciada com medonha convicção:

— Camaradas, a Alemanha está atacando a União Soviética. Todos para a pista de pouso!

Logo depois disso houve um momento que se alojou na memória de Nóvikov com nitidez e precisão. Enquanto corria às pressas atrás dos pilotos, que saíram em disparada na direção da pista de pouso, ele se deteve no meio do jardim onde apenas algumas horas antes estivera passeando. Então houve um momento de silêncio, durante o qual tudo pareceu inalterado: a terra, a grama, os bancos, a mesa de vime sob as árvores, o tabuleiro de xadrez de papelão, dominós caídos ainda espalhados pelo chão.

Foi em meio a esse silêncio, protegido das chamas e da fumaça por uma parede de folhagem, que Nóvikov sofreu uma lacerante sensação de mudança histórica, quase insuportável.

Era uma sensação de movimento vertiginoso, como a que alguém poderia experimentar se fosse capaz de vislumbrar, de sentir na pele e com todas as células do seu ser, os terríveis solavancos da terra através do infinito do universo.

Era uma mudança irrevogável, e embora apenas um milímetro separasse a vida atual de Nóvikov de sua vida anterior, nenhuma força seria capaz de anular essa fenda que crescia e se alargava, já podendo ser medida em metros, em quilômetros. A vida e o tempo que Nóvikov ainda julgava os seus já estavam sendo transformados em passado, em história, em algo sobre o qual as pessoas logo diriam: "Sim, era assim que as pessoas viviam e pensavam antes da guerra". E um futuro nebuloso velozmente se tornava o presente de Nóvikov. Nesse instante ele se lembrou de Gênia, e teve a impressão de que seus pensamentos sobre ela o acompanhariam pelo resto dessa nova vida.

Tomando um atalho para chegar à pista de pouso, Nóvikov pulou uma cerca e começou a correr por uma brecha entre duas fileiras de abetos. Na porta de uma casinha — provavelmente a antiga residência do jardineiro —, viu um grupo de poloneses, homens e mulheres. Quando passou por eles, uma mulher gritou, agitada:

— Quem é, Staś?

E, com uma voz forte e cristalina, uma criança respondeu:

— É um russo, mamãe. Um soldado russo.

Nóvikov seguiu em frente, correndo. Sem fôlego, profundamente abalado, continuou repetindo aquelas palavras, agora de alguma forma grudadas em sua mente: russo, soldado russo...

As palavras soavam diferentes de como haviam soado antes: amargas e orgulhosas, novas e alegres.

No dia seguinte, os poloneses diziam repetidamente: "Alguns russos mortos...", "Vimos os russos passarem...", "Alguns russos pernoitaram aqui...".

Durante os primeiros meses da guerra, era sempre: "Sim, somente nós, russos...", ou "Sim, a nossa organização russa...", ou "Nosso *vamos torcer para o melhor* russo... nosso *ao deus-dará* russo...". Mas esse "soldado russo", esse amargor que se tornou parte de Nóvikov, que se emaranhou em seu ser, que se enraizou dentro de sua alma junto com a dor da longa retirada — essa amargura aguardava o dia da vitória. Então as palavras soariam doces.

Nóvikov mal tinha alcançado a pista de pouso quando viu surgirem aviões, erguendo-se para longe das copas das árvores próximas. Um, dois... mais três... outros três... algo rasgou o ar. Alguma coisa em algum lugar voou em disparada. A terra começou a esfumar. Começou a ferver, quase como água. Involuntariamente, Nóvikov fechou os olhos. O espocar de uma rajada de tiros de metralhadora fustigou o chão alguns passos à sua frente. Um instante depois, ensurdecido pelo rugido de um motor, ele pôde ver as cruzes nas asas do avião, a suástica na cauda e o piloto, a cabeça protegida por um capacete, avaliando o que havia realizado. E então veio outro estrondo, o estrondo crescente de uma segunda aeronave de ataque ao solo. E uma terceira, numa manobra rasante.

Três dos aviões no aeródromo estavam em chamas. As pessoas corriam, caíam, levantavam-se de um salto, saíam correndo de novo...

Com ar resoluto e vingativo, um jovem e pálido piloto entrou em sua cabine, acenou para o mecânico afastar-se da hélice e conduziu o trêmulo avião para a pista de decolagem. Mal a aeronave ganhou velocidade, o fluxo de ar de sua hélice achatando a grama ainda branca de orvalho — mal ela saltitou do chão e começou a subir no céu, a hélice de um segundo caça começou a girar. Criando coragem com o rugido do seu motor, esse segundo MiG deu um pequeno salto, como se flexionando os músculos das pernas, percorreu uma curta distância ao longo do solo e se lançou céu adentro. Estes foram os primeiros aviadores, os primeiros soldados do ar soviéticos, que tentaram proteger com seu próprio corpo o corpo do povo.

Quatro Messerschmitts mergulharam para atacar o primeiro MiG. Assobiando, uivando, disparando curtas rajadas de metralhadoras, eles se concentraram na cauda. O MiG logo tinha buracos na fuselagem. A aeronave fumegou e engasgou. Lutava para ganhar velocidade e fugir do inimigo. Assomou acima da floresta, desapareceu e, não menos de repente, ressurgiu. Deixando um rastro de fumaça preta, como que enlutada, tentou voltar à pista de pouso.

Piloto moribundo e avião moribundo fundiram-se; eram um único ser. E tudo o que o jovem piloto sentia nas alturas agora estava sendo registrado de maneira precisa pelas asas de seu avião, que balançava, tremia e sofria espasmos, assim como espasmavam os dedos do piloto. Iluminada pelo sol do amanhecer, a aeronave perdeu toda a esperança — e em seguida, agora desesperançada, voltou à peleja. Tudo na consciência do jovem — ódio, sofrimento, o desejo de derrotar a morte —, tudo nos olhos e no coração desse homem era transmitido aos homens lá embaixo pela agonia da morte de seu avião. E então o desejo mais sincero desses homens foi atendido. Na retaguarda do Messerschmitt que liquidava o primeiro caça soviético apareceu o segundo caça soviético, do qual todos haviam se esquecido. Os homens no chão viram línguas de fogo amarelo se amalgamarem ao amarelo da fuselagem do Messerschmitt — e eis que esse veloz e poderoso demônio, que apenas um momento atrás parecia invencível, se desfez em pedaços e caiu rasgando o ar, uma pilha disforme por sobre as copas das árvores. Ao mesmo tempo, espalhando fumaça preta e encrespada no céu da manhã, o primeiro caça soviético se espatifou no chão. Os três Messerschmitts restantes desapareceram no oeste. Rodopiando, o segundo caça soviético subiu, como se galgasse degraus invisíveis, e voou para longe em direção à cidade.

O céu azul-claro estava agora vazio. Apenas duas colunas negras de fumaça alçavam-se acima da floresta, tremendo, inchando, cada vez mais espessas.

Poucos minutos depois, um avião exausto pousou pesadamente na pista. Um homem saltou da cabine e gritou com voz rouca:

— Camarada comandante de regimento! Para a glória da nossa pátria soviética, derrubei dois deles!

E nos olhos desse homem Nóvikov viu toda a felicidade, toda a fúria, toda a loucura e a clara lógica do que acabara de acontecer no céu, tudo o que um piloto jamais é capaz de descrever em palavras, mas que ainda pode ser vislumbrado — cintilando nos olhos brilhantes e dilatados — durante seus primeiros momentos de volta ao solo.

Ao meio-dia, no quartel-geral do regimento, Nóvikov ouviu o discurso de Mólotov no rádio: "Nossa causa é justa. Seremos vitoriosos!". Foi até o comandante e o abraçou.

Horas depois, nesse mesmo dia, Nóvikov foi até o quartel-general da divisão de infantaria.

Brest estava agora fora de alcance. Ao que tudo indicava, tanques alemães já tinham entrado na cidade, simplesmente atropelando as fortalezas soviéticas a oeste.

O rugido incessante da artilharia pesada dessas fortalezas sacudiu a casinha onde a divisão estava aquartelada.

Eram impressionantes as diferenças entre as pessoas. Algumas mostravam-se extremamente calmas, firmes feito rochas; outras, com as mãos trêmulas, mal conseguiam falar.

O chefe do estado-maior, um coronel idoso e magro, o cabelo salpicado com fios grisalhos que pareciam ter aparecido da noite para o dia, lembrou-se de Nóvikov de um exercício de treinamento no ano anterior. Ao vê-lo entrar, bateu com força o telefone no gancho e disse:

— Foi completamente diferente dos vermelhos e azuis do ano passado! Um batalhão inteiro dizimado em apenas meia hora! Até o último homem! Nenhum sobrevivente! — E, esmurrando a mesa, gritou: — Desgraçados!

Apontando pela janela, Nóvikov disse:

— A apenas cem metros daqui, um sabotador disparou contra o meu carro. Está lá naqueles arbustos. O senhor deveria enviar alguns soldados.

— De nada adianta — respondeu o chefe do estado-maior, com um gesto de desdém. — Eles são muitos.

Esfregando um dos olhos, como se houvesse ali um cisco que o impedisse de enxergar com clareza, ele prosseguiu:

— No momento em que tudo isso começou, o comandante de divisão correu para os quartéis-generais de regimento. Eu fiquei aqui. Então um dos comandantes de regimento me telefonou, com calma glacial: "Estou travando combate com o inimigo. Meus tanques e infantaria estão em campo. Repelimos dois ataques com fogo de artilharia". E outro comandante relatou: "Uma coluna de tanques alemães esmagou nosso posto de fronteira. Um grande número de tanques avança agora ao longo da estrada principal. Continuamos despejando fogo".

O chefe do estado-maior deu um tapa no mapa:

— Aqui, à esquerda, os tanques deles já nos cercaram. Nossos guardas de fronteira nem pensam em recuar, estão lutando até o último homem. Mas e quanto a suas esposas e filhos? E os bebês nos orfanatos? Como faremos para evacuá-los? Nós os pusemos em caminhões e os removemos, mas Deus sabe para onde. Podem muito bem estar no caminho desses mesmos tanques alemães... E quanto aos suprimentos de munição? Devemos despachá-los de volta para a retaguarda? Ou solicitar mais? Ninguém sabe.

Ele soltou algumas imprecações, abaixou a voz e acrescentou:

— Assim que amanhecer, vou telefonar para o quartel-general do Corpo do Exército. Algum brilhante colega me deu ordens para ficar de braços cruzados e não fazer nada. "Não caia nessa provocação!", disse ele. O cretino!

— E aquilo ali? — perguntou Nóvikov, apontando para uma área adjacente à estrada.

— Foi onde o batalhão foi massacrado — respondeu aos berros o chefe do estado-maior. — E o comandante da divisão junto. Nunca conheci um homem como ele. Uma joia de homem, puro ouro!

Ele passou as mãos no rosto, como se o lavasse, depois apontou, em um canto da sala, algumas varas de pesca de bambu, uma rede de arrasto e um puçá, uma rede cônica para apanhar crustáceos e peixe miúdo.

— Pretendíamos sair hoje às seis da manhã, apenas nós dois. Ele me disse que na semana passada houve boas pescarias aqui... as tencas estavam mordendo que era uma beleza... puro ouro... e agora é como se nunca tivesse vivido! O novo adjunto está a caminho de Kislovodsk, e eu deveria partir no primeiro dia do mês. Meu salvo-conduto já foi emitido.

— Que ordens o senhor está dando aos regimentos? — perguntou Nóvikov.

— As únicas que posso. Eu os encorajo a cumprir seu dever. Um comandante de regimento diz: "Estou abrindo fogo". Eu digo: "Isso mesmo!". Os homens estão cavando trincheiras. "Continuem", eu digo. "Continuem cavando!" Afinal, todos queremos a mesma coisa: parar o inimigo, rechaçá-lo!

Ele olhou Nóvikov calmamente nos olhos. Os olhos do coronel eram inteligentes e alertas.

Até mesmo no leste mais remoto os alemães pareciam ter tomado o controle do céu. Por toda parte a terra tremia; ouviam-se explosões tanto nas proximidades quanto ao longe. Então a terra estremeceu, como se em algum estertor, e o sol desapareceu atrás de um véu de fumaça. De todos os lados veio o martelar de canhões de fogo rápido e contínuo e o matraquear das metralhadoras pesadas, a que agora já estavam acostumados. A despeito de todo o caos de movimento e som, o estrago da letal ofensiva dos alemães era de uma dolorosa clareza. Alguns pilotos encaminhavam-se diretamente para o leste, sem prestar atenção em nada abaixo deles; cada um devia estar incumbido de uma missão precisa. Alguns zanzavam a esmo feito bandoleiros sobre as unidades soviéticas na fronteira. E alguns estavam simplesmente regressando a seus próprios campos de pouso, a oeste do Bug.

A expressão dos comandantes naquele dia parecia muito diferente; pálidos, tensos, com olhos arregalados e sérios, eram os rostos não de colegas, mas de irmãos. Nóvikov não viu um único sorriso, tampouco ouviu uma única palavra pronunciada com leveza ou bom humor. Nunca antes, talvez, tinha olhado tão longe dentro das profundezas mais recônditas de um ser humano — profundidades que podem ser vislumbradas apenas em momentos de extrema provação. Viu concentração severa e vontade inquebrantável. Muitos daqueles que em geral se mostravam os mais tímidos e silenciosos, aparentemente desprovidos de talentos, aqueles que ninguém notava, revelavam uma força maravilhosa. E em alguns momentos ele entreviu um inesperado vazio nos olhos de comandantes que justo no dia anterior se mostravam ruidosos e enfáticos, enérgicos e autoconfiantes; agora pareciam perdidos, esmagados, patéticos.

Em certos momentos, tudo ao redor de Nóvikov parecia uma miragem; dali a um instante sopraria uma lufada de vento e a tranquila noite da véspera voltaria, trazendo dias, semanas e meses de paz. Mas então era o jardim iluminado pelo luar, a adorável empregada, a refeição na sala de jantar meio vazia e toda a semana ou o mês anterior que pareciam um sonho; a única realidade era o fogo, a fumaça e o estrondo constante.

Naquela noite, Nóvikov foi a um posto de comando do batalhão de infantaria, e depois esteve no quartel-general de um regimento de artilharia nas imediações. A essa altura, já tivera tempo de tirar algumas conclusões. Para ele, o maior infortúnio das primeiras horas havia sido o colapso das comunicações. Com comunicação adequada, tudo teria sido diferente. Ele decidiu que, quando escrevesse seu relatório, usaria como exemplo a divisão de infantaria que visitara à tarde. Os regimentos que haviam permanecido em contato com o chefe do estado-maior lutaram bem, ao passo que o regimento que perdera contato com o quartel-general logo no início fora varrido do mapa.

Nóvikov de fato registrou tudo isso em seu relatório. Mas, na verdade, tinha ocorrido o contrário: o regimento não conseguira se comunicar com o chefe do estado-maior porque havia sido massacrado — não pela falta de meios. As conclusões de Nóvikov eram resultado de apenas algumas observações isoladas.

A simples verdade daquelas primeiras horas trágicas era que os homens que haviam conseguido cumprir seu dever foram aqueles capazes de encontrar dentro de seu próprio coração e mente a fé, a força, a coragem, a calma e a inteligência necessárias para continuar lutando. Muitas vezes, os que ficavam sem receber ordens eram os que combatiam com mais êxito. As ordens nascem da previsão e da análise — e não havia tempo para previsões ou análises. Os que normalmente emitiam ordens e os que em regra as cumpriam estavam todos, em igual medida, despreparados.

Uma hora depois, Nóvikov estava com um pesado regimento de obuses. Seu comandante encontrava-se de licença, e o comandante interino era um jovem major, Samsónov, cujo rosto comprido e magro parecia pálido.

— Como vão as coisas? — perguntou Nóvikov.

— Nem tão ruins assim — respondeu o major, dando de ombros.

— E quais foram as suas decisões?

— Bem — disse o major —, eles estão se preparando para atravessar o Bug. Estão concentrando forças perto da margem. Abri fogo, usando tudo o que temos. — E, como se pedisse desculpas por algum ato tolo, prosseguiu: — Acho que estamos indo muito bem. Dei uma olhada pelo binóculo. Os chafarizes de terra que as nossas granadas levantam são um espetáculo. Sabia que ficamos em primeiro lugar na competição de tiro do distrito militar?

— E o que pretende fazer em seguida? — perguntou Nóvikov, severo. — Lembre-se de que a responsabilidade pelos homens e equipamentos é sua.

— Vamos continuar disparando — disse o major — pelo tempo que for possível.

— Tem muitos projéteis?

— O suficiente — disse Samsónov, e acrescentou: — Meu operador de rádio ouviu que agora estamos sendo atacados pela Finlândia, Romênia e Itália. Mas continuaremos disparando. Não vou bater em retirada!

Nóvikov foi inspecionar a bateria mais próxima. Apesar do rugido dos canhões e da seriedade no rosto dos canhoneiros, havia uma sensação de calma. Todo o poderio do regimento estava agora direcionado à travessia, concentrado em destruir os tanques e a infantaria motorizada alemães, que se reuniam na margem oposta.

Um dos carregadores de canhão pronunciou quase que as mesmas palavras ditas por Samsónov. Virando-se para Nóvikov, com o rosto bronzeado e suado, ele afirmou, com sombria tranquilidade:

— Vamos atirar até acabar a munição. Depois decidimos o que fazer.

Era como se, após a devida reflexão, ele próprio tivesse tomado a decisão de não recuar.

Surpreendentemente, foi ali, na presença de um regimento que considerava condenado, que Nóvikov, pela primeira vez naquele dia, experimentou uma sensação de calma. Os russos haviam entrado na batalha; estavam respondendo com fogo ao ataque alemão.

Sem alarde, os artilheiros deram continuidade a seu trabalho.

— Bem, camarada coronel, agora começou! — disse um dos apontadores de canhão.

Era como se ele soubesse o tempo todo o que aquela manhã traria.

— Difícil de se acostumar, não? — disse Nóvikov.

O apontador sorriu:

— E algum dia vamos nos acostumar a isso? Daqui a um ano será a mesma coisa. Só de ver os aviões deles tenho ânsias de vômito.

Logo depois, Nóvikov partiu no carro pensando que nunca mais veria aqueles homens.

Naquele inverno, no rio Donets, perto de Protopópovka, Nóvikov encontrara por acaso um tarimbado comandante de artilharia que lhe disse que o regimento havia recuado para o Berezina quase sem sofrer baixas — e lutando por todo o caminho. Samsónov impedira os alemães de atravessarem o Bug em 22 de junho, destruindo uma grande quantidade de equipamentos e infligindo um considerável número de baixas ao inimigo. Só foi morrer no outono, no rio Dnieper.

De fato, a guerra tinha uma lógica própria.

Nóvikov viu um bocado de coisas naquele primeiro dia de guerra. Embora tivesse testemunhado muita dor e tristeza, embora tivesse visto muita confusão, covardia e cinismo, aquele dia, o mais difícil da história de seu povo, encheu seu coração de fé e orgulho. O que deixou nele a impressão mais profunda foram os olhos calmos e sérios dos artilheiros — e o espírito de força e resistência que ele vislumbrou naqueles homens. O rugido dos canhões soviéticos também permaneceu com ele, assim como o estrondo distante da artilharia pesada nas enormes casamatas de concreto da fortaleza de Brest. Mesmo muitos dias depois, quando a avalanche alemã se aproximou do Dnieper, os soldados soviéticos lá posicionados continuariam lutando com bravura.

Mais para o anoitecer, depois de uma jornada com desvios por estradinhas secundárias através de vilarejos, Nóvikov voltou à estrada principal. Só então começou a entender a escala do desastre do dia.

Multidões caminhavam para o leste. As estradas estavam apinhadas de caminhões transportando homens, mulheres e crianças — muitas das quais ainda seminuas. Todas essas pessoas faziam o mesmo — olhavam o tempo todo para trás e depois para o céu. Havia caminhões-tanque, caminhões cobertos e carros comuns, todos se deslocando o mais rápido que podiam. A pé, seguindo pelos acostamentos e ao longo dos campos de ambos os lados da estrada, mais pessoas; algumas, já quase sem forças, desabavam no chão e permaneciam caídas por algum tempo, depois se levantavam e seguiam em frente. Havia homens e mulheres de todas as idades, alguns empurrando carrinhos de mão e carrinhos de bebê, outros levando sacos, trouxas e malas. Em pouco tempo Nóvikov deixou de distinguir os olhares nos rostos das pessoas. Sua memória registrou apenas algumas das imagens mais insólitas: segurando nos braços uma criança pequena, um velho de barba grisalha sentado à beira da estrada com os pés dentro de uma vala, observando com mansa resignação os veículos que passavam; uma fileira de meninos e meninas com trajes de marinheiro e gravatas vermelhas — sem dúvida um acampamento de férias dos Pioneiros;* uma longa fila de homens e mulheres cegos, amarrados uns aos outros por toalhas e seguindo o seu guia, uma senhora de idade com óculos redondos e desgrenhados cabelos grisalhos.

Eles pararam em uma bomba de gasolina, e, enquanto o motorista reabastecia, Nóvikov ouviu várias histórias estranhas: Slutsk supostamente fora capturada por tropas de paraquedistas; Hitler, ao amanhecer, viera a público com um discurso frenético e mentiroso; e pululavam absurdos rumores sobre como Moscou, naquela mesma madrugada, havia sido destruída por um ataque aéreo alemão.

Nóvikov fez uma parada no quartel-general de um corpo de tanques, não muito longe de Kóbrin, onde servira até o outono de 1940.

— Você acaba de vir de *lá*? — perguntaram as pessoas. — É verdade que os alemães em breve chegarão à estrada principal?

Em Kóbrin, Nóvikov já não se surpreendia mais com a multidão de pessoas carregando trouxas e sacos e malas, com as mães chorosas que haviam perdido seus filhos em meio ao caos generalizado ou com o olhar exausto nos rostos das mulheres mais velhas. O que o comovia agora eram as elegantes casinhas com seus azulejos vermelhos, janelas cortinadas, gramados bem cuidados e canteiros de flores. Percebeu que já estava vendo o mundo através dos olhos da guerra.

Quanto mais a leste se encaminhavam, com menos clareza as coisas se imprimiam em sua memória. Rostos e eventos amalgamavam-se num único borrão indistinto. Nóvikov não tinha nenhuma lembrança de onde quase fora queimado vivo durante um raide aéreo noturno, ou de onde vira dois soldados do Exército Vermelho mortos, as gargantas cortadas por sabotadores enquanto dormiam em uma capela. Kóbrin? Beroza-Kartúzskaia?

Mas ele se lembrava bem da noite que passara em uma cidadezinha nos arredores de Minsk. Estava escuro quando chegaram lá.

---

* Organização soviética para crianças de dez a quinze anos que funcionou entre 1922 e 1991. (N. T.)

A cidade estava apinhada de carros e caminhões. Exausto, Nóvikov deixou o motorista sair e ficou ele próprio dormindo no carro, no meio de uma praça barulhenta e abarrotada. Horas depois, acordou e descobriu o carro sozinho no meio de uma praça que agora parecia vasta e deserta. Ao seu redor, o casario ardia em silêncio. A cidadezinha estava em chamas.

De tão cansado, de tão habituado à ensurdecedora trovoada da guerra, dormira em meio a um ataque aéreo. O que o acordou foi o silêncio que se seguiu.

O que restou daqueles dias foi uma imagem duradoura. Nóvikov viu centenas de incêndios. Línguas de fogo vermelhas e esfumaçadas haviam engolido as escolas, fábricas e prédios de apartamentos de Minsk; celeiros, galpões e casebres camponeses cobertos de colmos arderam com chamas pálidas e leves; nuvens de fumaça azul flutuavam por sobre florestas de pinheiros chamejantes.

Na mente de Nóvikov, tudo isso se fundiu em um único fogaréu.

Seu país parecia-lhe uma única e enorme casa, e tudo nessa casa era infinitamente precioso para ele: pequenos quartos caiados de branco em vilarejos; quartos em cidades grandes e pequenas, com abajures coloridos; silenciosas salas de leitura; salões bem iluminados; os Recantos Vermelhos do quartel do exército.[50]

Tudo o que ele amava ardia em chamas. A terra russa se converteu em labaredas; o céu russo estava encoberto de fumaça.

22

De manhã, Gênia apresentou Nóvikov à mãe, à irmã e à sobrinha.

Spiridônov partira às seis horas, e Sófia Óssipovna fora para o hospital ainda mais cedo, em meio à escuridão.

Tudo transcorreu de modo tranquilo. Nóvikov gostou muito das mulheres sentadas à mesa com ele: a trigueira Marússia, de cabelos gri-

---

[50] O Recanto Vermelho era uma sala especial em um albergue, fábrica ou outra instituição soviética abastecida com literatura educativa e reservada à leitura. Antes da revolução, a expressão era usada para se referir ao canto de um quarto em uma casa particular ou choupana camponesa onde os ícones eram mantidos (a palavra *krásni* originalmente significava ao mesmo tempo "vermelho" e "belo", não tendo qualquer conexão com o comunismo).

salhos; Vera, de bochechas rosadas, que o fitava com olhos redondos e límpidos, olhos que de alguma forma pareciam ao mesmo tempo alegres e zangados; e especialmente Aleksandra Vladímirovna, com quem Gênia se parecia. Ele observou a testa larga e pálida de Gênia, seus olhos alertas, suas tranças "arrumadas de manhã cedinho", de maneira negligente — e a palavra "esposa", que devia ter pronunciado milhares de vezes na vida, de repente assumiu para ele um novo significado. Como nunca antes, Nóvikov sentiu sua própria solidão. Entendeu que era para ela, e só para ela, que precisava relatar tudo o que havia vivido, tudo em que pensara durante o último e penoso ano; percebeu que procurava por ela, e pensava nela em momentos dolorosos, porque ansiava por uma proximidade concreta, pelo fim de sua solidão. E teve também uma sensação tão agradável quanto desajeitada; era como se, depois de ter feito uma proposta de casamento, estivesse sendo submetido ao escrutínio da família na qual tinha a esperança de entrar.

— A guerra não foi capaz de separar a sua família — disse a Aleksandra.

— Talvez — respondeu ela com um suspiro. — Mas pode certamente matar uma família. Pode matar muitas famílias.

Ao perceber que Nóvikov observava as pinturas na parede, Marússia disse:

— Aquela ao lado do espelho, com a terra cor-de-rosa, o amanhecer em uma aldeia destruída pelo fogo, foi a Gênia quem pintou. Você gosta?

Nóvikov ficou constrangido.

— É difícil fazer esse tipo de julgamento para alguém que não é especialista.

Ao que Gênia respondeu:

— Ouvi dizer que você foi mais sincero em seus julgamentos ontem à noite.

Nóvikov percebeu então que Serioja devia ter relatado às devidas autoridades suas palavras sobre o homem que ficara verde de velhice.

— Mas qualquer um pode gostar de Répin e Súrikov —* disse Marússia. — Não é preciso ser um especialista para admirar pintores

---

* Ilía Efímovitch Répin (1844-1930), pintor e escultor, um dos mais importantes pintores do realismo russo; Vassili Ivánovitch Súrikov (1848-1916), pintor russo filiado ao gênero da pintura histórica. (N. T.)

como eles. Vivo dizendo a Gênia que ela devia pintar cartazes para fábricas, Recantos Vermelhos e hospitais.

— Bem, eu gosto das pinturas da Gênia — disse Aleksandra —, mesmo sendo uma velha que provavelmente sabe menos sobre essas coisas do que qualquer um de vocês.

Nóvikov perguntou se poderia visitá-las novamente à noite — mas não voltou nem nesse dia nem no seguinte.

23

Durante o verão de 1942, após um inverno relativamente calmo em Vorónej, o quartel-general do front sudoeste estava em constante movimento, no estado de frenética atividade que costuma ser tão ineficaz quanto a completa ociosidade; pouco importando quais eram as ordens que os comandantes do quartel-general emitiam para suas unidades da linha de frente, a retirada continuou.

Na primavera de 1942, depois de receber reforços, os soviéticos lançaram a ofensiva de Carcóvia. O exército de Gorodniânski atravessou o Donets e, deslocando-se pelo estreito corredor entre Izium e Balakleia, avançou rapidamente na direção de Protopópovka, Tchepel e Lozovaia.

Em resposta, os alemães mobilizaram uma grande concentração de tropas e atacaram os dois flancos do exército soviético que haviam avançado de maneira imprudente através da brecha em suas linhas. O portão que o marechal Timotchenko abrira à força à medida que avançava em Carcóvia foi fechado. O exército de Gorodniânski foi cercado e destruído.[51] E, mais uma vez, em meio a poeira, fumaça e chamas, as forças soviéticas bateram em retirada. À lista de cidades grandes e cidadezinhas perdidas do ano anterior adicionaram-se novos nomes: Valúiki, Kupiansk, Róssoch, Míllerovo. À tristeza de perder a Ucrânia foi acrescida uma nova tristeza: o quartel-general do front sudoeste estava agora sediado no Volga. Qualquer outro recuo e acabaria nas estepes do Cazaquistão.

---

[51] O episódio marcou o catastrófico fim da ofensiva soviética mencionada pela primeira vez no capítulo 4 da parte I, quando Chépunov lê para Vavílov a notícia de um jornal distrital.

Os oficiais intendentes ainda estavam atribuindo aos comandantes seus novos boletos, mas no departamento de operações os telefones tocavam, máquinas de escrever repicavam e mapas já haviam sido desenrolados sobre a mesa.

Todos no departamento realizavam seu trabalho como se morassem na cidade havia meses. Pálidos pela falta de sono, corriam de um lado a outro, atarantados, distraídos, mal reparando em Stalingrado. Para eles, não havia diferença se o quartel-general estava sediado em um abrigo subterrâneo na floresta, com resina cor de âmbar pingando sobre a mesa do teto de troncos de pinheiro; em uma isbá de aldeia, com baratas correndo sobre o mapa e gansos seguindo porta adentro enquanto os oficiais de comunicações procuravam timidamente por suas amantes; ou em um casebre de algum distrito, com falsas-seringueiras nas janelas e cheiro de naftalina e bolinhos doces de trigo. Não importava onde estivessem aquartelados, a realidade dos oficiais do estado-maior era sempre a mesma: uma dezena de números de telefone, alguns pilotos e motociclistas do corpo de oficiais, um escritório de comunicações, um teletipo, um ponto de despacho de mensagens, um rádio e — desenrolado sobre a mesa — um mapa da guerra, densamente coberto de marcas a lápis azuis e vermelhas.

Durante o verão de 1942, as demandas ao estado-maior tinham sido maiores do que nunca. Posições mudavam de uma hora para outra. Numa isbá que apenas dois dias antes tinha sido usada para uma reunião do Soviete Militar, onde uma secretária solene, consciensiosa e de bochechas rosadas, sentada a uma mesa coberta por feltro vermelho, tomara minuciosas notas de decisões que jamais seriam postas em prática, uma vez que os bombardeiros e colunas de tanques alemães pouco se importavam com elas — nesta mesma isbá, um comandante de batalhão berraria no receptor do telefone: "Camarada 1, o inimigo está rompendo a linha", enquanto batedores vestindo macacões camuflados esvaziavam lentamente suas latas de conserva e recarregavam com urgência suas submetralhadoras.

A velocidade da retirada significava que eles precisavam mudar o tempo todo de um mapa de escala 1:100 000 para outro. Nóvikov às vezes tinha a sensação de que era um operador de cinema, girando furiosamente, dia e noite, a manivela de um projetor portátil enquanto um caleidoscópio de imagens passava zunindo diante de seus olhos inflamados. Ele sugeriu a seus exaustos oficiais que mudassem para mapas de escala 1:1 000 000.

As informações nos mapas da seção de inteligência raramente condiziam com as informações fornecidas pela seção de operações, ao passo que os mapas do quartel-general da artilharia sempre proporcionavam a visão mais otimista da situação. Os dados da força aérea, por outro lado, sempre forneciam a perspectiva mais "oriental" da linha de frente — e eram esses dados que Nóvikov considerava os de uso mais prático. De modo geral, o reconhecimento aéreo era mais exato, permitindo reavaliar mais depressa uma posição militar em constante mudança.

Nos mapas da força aérea, os símbolos que assinalavam os aeródromos dos bombardeiros soviéticos eram rapidamente substituídos pelos símbolos de aeródromos dos caças de linha de frente e de ataque de solo, assim como os símbolos da infantaria para quartéis-generais de corpos e divisões eram substituídos pelos de postos de comando de companhias e regimentos. E apenas alguns dias depois esses mesmos aeródromos, agora servindo de base para aeronaves alemãs, seriam marcados como alvos para bombardeiros soviéticos.

A tarefa diária de Nóvikov, que consistia em fazer marcações na linha de frente, era extremamente difícil. Ele apreciava a exatidão e não tinha dúvidas de que as informações imprecisas eram um dos motivos para as muitas derrotas soviéticas. Achava doloroso ver à sua frente dados contraditórios recebidos do quartel-general do exército, da seção de reconhecimento do quartel-general do front e do quartel-general da força aérea. Muitas vezes, sua fonte mais precisa sobre as posições das tropas era algum comandante que tinha ido ao quartel-general tratar de um assunto pessoal e com quem ele por acaso conversara no café da manhã. Correlacionar essas diferentes fontes e distinguir a verdade da mentira exigia um enorme esforço mental. No fundo, ele próprio ficava surpreso com a sua capacidade de entender um caos que muitas vezes parecia além da compreensão.

Nóvikov tinha que se reportar com frequência ao chefe do estado-maior. Participava também das reuniões do Soviete Militar e tinha uma compreensão clara e completa dos detalhes do recuo soviético, algo que a maioria das pessoas entendia apenas em parte e por meio de suposições. Conhecia o mapa de inteligência do front alemão e a posição exata dos pesos que simbolizavam seus grupos de exércitos. Sabia de cor os nomes dos generais e marechais de campo que comandavam esses grupos: Busch, Leeb, Rundstedt, Kluge, Bock, List. Esses nomes estrangeiros agora estavam associados aos nomes das cidades que ele amava: Leningrado, Moscou, Stalingrado, Rostov.

As divisões de elite dos grupos de exércitos comandados por Bock e List passaram para a ofensiva.

O front sudoeste havia sido rasgado, e dois exércitos móveis alemães — o 4º Panzer e o 6º Exército — rumavam em direção ao Don, e, à medida que avançavam, iam ampliando a brecha na linha de frente soviética. Da poeira e da fumaça um novo nome ganhou fama — o do coronel-general Paulus, comandante do 6º Exército.

Por todo o mapa havia pequenos números pretos representando divisões blindadas alemãs: 9ª, 11ª, 3ª, 23ª, 22ª e 24ª. Durante o verão anterior, a 9ª e a 11ª divisões tinham sido mobilizadas nos eixos de Minsk e Smolensk; evidentemente foram deslocadas para o sul de modo a participar da ofensiva de Stalingrado.

Às vezes parecia que tudo era apenas uma continuação da ofensiva de verão com a qual a guerra havia começado; as divisões alemãs movendo-se pelo mapa ainda exibiam os mesmos números. Na verdade, porém, eram divisões inteiramente novas, guarnecidas por soldados da reserva convocados para substituir os mortos e feridos.

Enquanto isso, o 4º Corpo Aéreo de Richthofen realizava seu trabalho: raides de grandes proporções, terror nas estradas, assaltos contra colunas de veículos e até mesmo contra homens a pé ou a cavalo.

E toda essa contínua movimentação de vastos exércitos, os combates cruentos, as repetidas realocações de quartéis-generais, pistas de pouso, centros de suprimento e manutenção, os pontos fortificados abandonados, as súbitas investidas de unidades móveis alemãs, o incêndio que fizera arder a estepe de Bélgorod e Oskol até o Don — dia após dia, todos os detalhes desse sombrio cenário tinham sido claramente assinalados no mapa pelo qual Nóvikov era responsável.

Havia uma pergunta que intrigava Nóvikov: por que a atual ofensiva alemã era tão diferente da investida do verão anterior? Mesmo em meio ao tumulto e ao caos do primeiro dia da guerra, ele fora capaz de entender, ainda que mais pela intuição do que pela lógica, a estratégia geral alemã; era possível depreender muita coisa simplesmente analisando as rotas de voo dos aviões. E suas reflexões durante o inverno, ele acreditava, aprofundaram sua compreensão. Estudando o mapa, ele vira o cuidado que os alemães sempre tomavam para não expor seus flancos. O flanco esquerdo do Grupo de Exércitos Sul de Rundstedt tinha sido coberto por Bock, que avançava sobre Moscou com sua maior concentração de forças; o flanco esquerdo de Bock tinha sido coberto por Leeb, que avançava para Leningrado; e o flanco esquerdo de Leeb contara com a cobertura das águas do mar Báltico.

Este ano os alemães haviam adotado uma estratégia muito diferente, avançando o mais rápido possível para o sudeste, deixando seu flanco esquerdo exposto a toda a massa da Rússia soviética. Isso era difícil de compreender.

Por que apenas no sul os alemães haviam lançado uma ofensiva? Isso era um sinal de fraqueza? Ou de poderio? Ou algum tipo de blefe?

Eram perguntas a que Nóvikov não conseguia responder. Ele precisava saber mais do que era possível ler em um mapa de operações.

Nóvikov ainda não havia se dado conta de que os alemães já não tinham força o bastante para desferir investidas simultâneas ao longo de todo o front; fora somente ao preço da inação forçada nos eixos de Moscou e Leningrado que alcançaram seu avanço rompendo as linhas inimigas no sudeste. Nóvikov tampouco poderia saber que até mesmo essa única ofensiva possível fora lançada sem as reservas necessárias. Vários meses depois, quando os combates em Stalingrado atingissem o auge da intensidade, o alto-comando alemão se veria incapaz de transferir qualquer conjunto de tropas, por menor que fosse, dos eixos Moscou e Leningrado; os exércitos soviéticos no centro e no noroeste representavam uma ameaça grande demais.

Nóvikov sonhava com algo que não fosse o trabalho de oficial do estado-maior. Era como comandante da linha de frente, acreditava ele, que seria capaz de fazer o melhor uso da experiência que havia acumulado ao longo de um ano inteiro de intensas ponderações e cuidadosa análise das operações militares que ele mesmo tinha ajudado a planejar.

Nóvikov havia encaminhado um memorando ao chefe do estado-maior e entregou pessoalmente a seu chefe de seção um requerimento por escrito, pedindo para ser liberado do trabalho no quartel-general do front. Sua solicitação fora rejeitada, e ele nada sabia sobre o destino do memorando.

O documento chegara a ser lido pelo general no comando do front?

Essa era uma questão de grande importância para Nóvikov; a seu ver, ele havia colocado no memorando toda a força de sua mente e sua alma. No documento, esboçava um plano para uma aprofundada e meticulosa defesa em três diferentes níveis: regimento, divisão e corpo.

Estepes abertas propiciam ao exército agressor uma grande liberdade de manobra, permitindo que concentre suas forças e desfira ofensivas-relâmpago. Enquanto o defensor se reagrupa, enquanto reúne reforços ao longo de estradas paralelas à linha de frente, o agressor pode avançar, capturar entroncamentos importantes e romper linhas de comunicação. Fortificações defensivas, por mais inexpugnáveis que sejam, tornam-se meras ilhas em meio a uma vasta inundação. Heráclito disse: "Tudo flui, tudo muda". Os alemães reformularam a máxima: "Podemos contornar tudo, podemos fluir em torno de tudo". As valas antitanque se mostraram inúteis. Só é possível fazer frente à mobilidade por meio da mobilidade.

Nóvikov havia definido meticulosos planos para a defesa das regiões de estepe, levando em conta detalhes específicos do conflito armado em áreas com uma complexa rede de estradinhas e trilhas que, durante os verões secos, eram facilmente transponíveis. Incluiu em suas considerações as velocidades de vários tipos de artilharia motorizada e outros veículos, bem como a de caças, bombardeiros e aeronaves de ataque ao solo, comparando tudo isso com a velocidade dos veículos e aeronaves inimigos correspondentes.

Mesmo durante uma retirada estratégica, uma defesa móvel oferecia enorme potencial. Não era apenas uma questão de poder efetuar uma rápida concentração de forças nos eixos de uma ofensiva alemã. Nóvikov também previa mobilizações rápidas que possibilitariam avanços repentinos em pontos onde eles eram menos esperados. Contra-ataques de flanqueamento poderiam refrear um inimigo que avançava e impedi-lo de executar cercos. As forças soviéticas poderiam até mesmo romper a retaguarda de um inimigo em pleno avanço, cortando suas comunicações e realizando cercos elas mesmas.

Havia momentos em que Nóvikov sentia que sua análise da guerra nas estepes era extraordinariamente clara e importante. Seu coração palpitava de alegria e emoção.

No entanto, ele não era o único comandante a elaborar planos dessa natureza. E ainda não conhecia alguns dos regimentos que já estavam sendo formados no fundo da retaguarda. Regimentos antitanque ultramóveis preparavam-se para entrar em batalha nos distantes acessos a Stalingrado. Regimentos e divisões inteiros tinham sido equipados com as mais recentes armas antitanque. Caminhões de alta velocidade tornavam possível acioná-los em qualquer lugar da vasta arena da estepe. Aos primeiros informes de um avanço de blindados alemães, esses regimentos antitanque poderiam desferir investidas esmagadoras, com ataques velozes e decisivos.

Nóvikov não sabia nem tinha como saber que seu sonho de uma defesa ultramóvel já estava sendo concretizado. Tampouco poderia saber que ao fim e ao cabo essa defesa seria a precursora dos combates de infantaria, de uma violência sem precedentes, nos arredores de Stalingrado, nas falésias do Volga e nas ruas e fábricas da cidade propriamente dita. Muito menos, é claro, poderia saber que essa briga de rua, essa obstinada defesa das ruas da cidade por soldados de infantaria soviéticos, seria, por sua vez, a precursora de uma ofensiva soviética veloz e decisiva.

Nóvikov tinha agora uma compreensão firme de muitas coisas que, antes da guerra, entendia apenas em teoria. Sabia sobre operações de infantaria e tanques sob o manto da escuridão da noite, sobre a interação entre infantaria, artilharia, tanques e aeronaves, sobre ataques de cavalaria e planejamento operacional. Conhecia os pontos fortes e fracos da artilharia leve e pesada, dos morteiros pesados e leves. Entendia de Yaks, LaGGs e Iliuchins,[52] bombardeiros pesados, bombardeiros leves e bombardeiros de mergulho. No entanto, o que mais lhe interessava eram os tanques; Nóvikov acreditava saber tudo o que havia para saber acerca de todos os tipos possíveis de operações de blindados: diurnas e noturnas, em florestas, em estepes e áreas povoadas, em emboscadas e ataques e em resposta à ruptura de uma linha defensiva.

A despeito de toda a sua empolgação com as vantagens da ultramobilidade, Nóvikov estava ciente da extraordinária tenacidade com que as forças soviéticas haviam se mantido firmes em Sebastopol e Leningrado; sabia que um imenso número de vidas alemãs perdidas, semana após semana, mês após mês, era o derradeiro saldo da luta por um único naco de terra, por um único morro, abrigo ou trincheira.

---

[52] Três dos principais caças soviéticos da época. O Yak foi projetado por Iákovlev; o LaGG-3 foi batizado com as iniciais de seus três projetistas: Lavochkin, Gorbunov e Gudkov.

Nóvikov desejava correlacionar os inúmeros combates ocorridos em todo o front soviético-alemão e atribuir sentido geral a eles. Houve batalhas em campo aberto e em florestas pantanosas, nas vastas estepes do Don e na minúscula península de Hanko.[53] Nas planícies e estepes, os alemães lograram rápidos avanços de milhares de quilômetros; em pântanos e florestas, e em meio às rochas da Carélia, houve ocasiões em que a linha de frente se moveu apenas algumas dezenas de metros no decurso de um ano.

A mente de Nóvikov trabalhava sem descanso. No entanto, a guerra como um todo continuava vasta demais, complexa demais para que ele pudesse absorvê-la; sua experiência, afinal, era a de um único indivíduo.

Isso, no entanto, apenas o deixava ainda mais determinado a chegar a uma compreensão mais ampla e profunda. Ele sabia que o único juiz verdadeiro de fórmulas e teorias era o fluxo da realidade.

24

Nóvikov desceu a rua às pressas. Não precisou perguntar onde ficava o quartel-general; bastou ver rostos familiares nas janelas e as conhecidas sentinelas guardando as portas do lado de fora.

Num corredor, encontrou por acaso o tenente-coronelÚssov, o comandante do quartel-general. Com um rosto rubicundo, olhos pequenos e estreitos e voz rouca, não era um homem muito sensível — tampouco era provável que, em sua posição, fosse afeito a incentivar a sensibilidade. Sua expressão habitual era de calma imperturbável; agora, porém, parecia aflito.

— Cruzei o Volga, camarada coronel — disse ele, agitado. — Voei para o lago Elton em um U-2.[54] Parte dos meus suprimentos estão sendo guardados lá. Tudo o que vi foram camelos, estepes e planícies de sal. Sem dúvida não havia muita coisa em matéria de cultivos. "E se acabarmos sendo aquartelados lá?", perguntei a mim mesmo. Onde

---

[53] Em março de 1940, ao final da Guerra de Inverno com a Finlândia, a União Soviética ganhou o direito de arrendar por trinta anos esse ponto mais ao sul da Finlândia e lá estabelecer uma base naval. Essa base existiu apenas até dezembro de 1941.
[54] Mais tarde conhecido como Po-2, esse biplano simples e versátil foi produzido em grande escala entre 1929 e 1953.

vou colocar o quartel-general da artilharia? Os engenheiros? Nossa inteligência, nossos comissários, nossa segunda linha? Não faço a menor ideia. — Ele soltou um suspiro de desespero. — A única coisa que alguém consegue cultivar por aquelas bandas é melão. Eu trouxe tantos comigo que o avião mal conseguiu decolar. Vou lhe mandar alguns esta noite. São uma maravilha de tão doces.

Nóvikov foi recebido como se, capturado em um cerco, tivesse estado ausente por um ano. Ao que parece, o comandante adjunto do estado-maior perguntara sobre ele duas vezes no decurso da noite, e o comissário de batalhão Tcheprak, secretário do Soviete Militar, tinha telefonado havia cerca de duas horas.

Nóvikov atravessou o salão. As mesas, máquinas de escrever e telefones já estavam em seus lugares.

Uma mulher com seios fartos e cabelos tingidos largou o cigarro e disse, em voz alta:

— Uma cidade maravilhosa, não é, camarada coronel? De alguma forma me lembra Novorossisk.

Era Angelina Tarássovna, a melhor datilógrafa do quartel-general.

O cartógrafo, um major de rosto amarelo-claro que sofria de eczema, deu as boas-vindas a Nóvikov e falou:

— Ontem à noite dormi em um colchão de molas. Foi como voltar a ser civil.

Os projetistas, que eram subtenentes, e os jovens operadores de teletipo com cabelos cacheados levantaram-se de um pulo e gritaram alegremente:

— Bom dia, camarada coronel!

Gussárov, de cabelos encaracolados e sempre sorridente, era o favorito de Nóvikov. Ciente disso, perguntou:

— Camarada coronel, estive de serviço ontem à noite. Posso ir à casa de banhos depois do almoço?

Gussárov estava ciente também de que os comandantes de patente mais alta geralmente mostravam-se mais dispostos a dar permissão para os homens irem à casa de banhos do que autorizar visitas a parentes ou simplesmente botar o sono em dia depois de uma noite inteira de trabalho.

Nóvikov inspecionou a sala. A mesa, o telefone e o cofre metálico com seus documentos importantes estavam todos lá.

O tenente Bóbrov, um ex-professor de geografia careca e agora um dos novos cartógrafos de Nóvikov, trouxe-lhe um punhado de mapas e disse:

— Bem, camarada coronel, vamos torcer para os mapas mudarem com essa mesma frequência quando for a nossa vez de tomar a ofensiva!

— Envie um ordenança à seção de inteligência e não deixe que ninguém entre para me ver — disse Nóvikov, levando os mapas novos até a mesa e começando a abri-los.

— O tenente-coronel Darenski telefonou duas vezes.

— Diga a ele para vir às duas horas.

Nóvikov se pôs a trabalhar.

Unidades de infantaria, com o apoio de artilharia e tanques, tinham interrompido a movimentação do inimigo em direção ao Don. Nos últimos dias, porém, haviam chegado relatórios alarmantes. Oficiais de inteligência informavam uma grande concentração de divisões alemãs de blindados, infantaria e artilharia motorizada.

A questão dos suprimentos tornou-se mais grave do que nunca.

Nóvikov discutiu esses relatórios com seu chefe de seção, o general Bíkov.

Com a característica desconfiança de um estrategista em relação a oficiais de inteligência, Bíkov disse:

— De onde eles tiram essas ideias? Quem é que diz a eles qual é o tamanho de todas essas supostas novas divisões alemãs? Os batedores gostam mesmo de fantasiar coisas.

— Mas não são apenas os nossos batedores. Nossos comandantes de divisão e de exército estão sob enorme pressão. E dizem exatamente a mesma coisa sobre essas novas unidades alemãs.

— Os comandantes não são nem um pouco melhores. Também adoram exagerar a força do inimigo. Mas, quando se trata de sua própria força, são bastante modestos. A única preocupação que têm é como conseguir mais reforços com o comandante em chefe.

A linha de frente se estendia por centenas de quilômetros, e a disposição das tropas soviéticas era insuficiente para conter a vigorosa investida de um inimigo capaz de concentrar enormes contingentes onde bem quisesse. Nóvikov compreendia isso, mas no fundo tinha a esperança de que o front pudesse estar se estabilizando. Alimentava esperanças e acreditava — e temia alimentar esperanças e acreditar. A linha de frente soviética não possuía reservas.

Pouco tempo depois os relatórios dos batedores foram confirmados. O inimigo estava atacando com força máxima.

Divisões alemãs haviam penetrado numa brecha da linha de frente soviética e seus tanques agora avançavam depressa. Nóvikov leu os relatórios, correlacionou informações e inseriu novos dados em seu mapa. Fazer esse trabalho era tudo menos tranquilizador.

A principal ruptura das linhas se dera numa brecha no sul; outras divisões avançavam para o norte. Havia sinais de novos movimentos em pinça; várias divisões soviéticas corriam o risco de cerco.

Nóvikov conhecia muitíssimo bem aquelas duas presas azuis que, feito os braços de uma pinça, cresciam rapidamente no mapa. Já vira essa manobra no Dnieper e no Donets. E agora ela tornava a se apresentar.

Naquele momento, Nóvikov se sentiu mais angustiado do que nunca. Por um segundo, foi tomado por uma raiva colérica. Cerrou o punho. Queria gritar, atacar com toda sua força, esmurrar aquelas presas azuis que agora ameaçavam as curvas sinuosas, delicadas e azul-claras do Don.

"Que alegria foi esta de ter visto Gênia", perguntou a si mesmo, "se isso só aconteceu porque recuamos o caminho todo até o Volga? Não, essa não é minha ideia de alegria."

Fumou um cigarro atrás do outro, escreveu, leu, pensou, e mais uma vez se debruçou sobre o mapa.

Alguém bateu de leve à porta.

— Sim! — gritou Nóvikov, zangado.

Olhou para o relógio de pulso, depois para a porta agora aberta, e disse:

— Ah, Darenski, entre!

Um tenente-coronel esguio, de rosto magro e escuro, cabelos escovados para trás, dirigiu-se a passos vigorosos até Nóvikov e apertou sua mão.

— Sente-se, Vitali Aleksêievitch — disse Nóvikov. — Bem-vindo à nossa nova casa!

Darenski sentou-se em uma poltrona junto à janela, acendeu o cigarro que Nóvikov lhe ofereceu e tragou. Parecia ter se acomodado confortavelmente, mas, depois de outra tragada, levantou-se e, com suas botas elegantes e rangentes, começou a zanzar a passos largos pela sala. Também de maneira abrupta, sentou-se no parapeito da janela.

— Como estão as coisas? — perguntou Nóvikov.

— Como estão as coisas no front você sabe melhor do que eu. Mas para mim, pessoalmente, não estão indo nada bem.

— O mesmo de antes?

— Estou sendo dispensado, mandado para a reserva. Vi o requerimento de Bíkov. Não é nada fácil. O chefe da seção de pessoal chegou a me dizer: "Sei que você tem uma úlcera no estômago. Pode tirar uma licença de seis semanas para se tratar". "Mas não quero ser tratado", respondi. "Quero trabalhar!"

Darenski falava rápido e em voz baixa, mas articulava nitidamente cada palavra. Em seguida, prosseguiu:

— Desde que chegamos aqui, não consigo parar de pensar no primeiro dia da guerra. Ele continua voltando à minha mente.

— Eu também estou sempre pensando naquele dia — disse Nóvikov.

— Parece que estamos passando por tudo aquilo de novo.

— Acho que não — discordou Nóvikov, balançando a cabeça.

— Não sei. Sinto que já vi tudo isso... estradas bloqueadas, torrentes de veículos. Comandantes de alto escalão aflitos. Todos perguntando quais são as melhores estradas, onde é menos provável que haja bombardeios... e aí vejo um regimento de artilharia avançando para oeste, com os batedores e destacamentos avançados em perfeita ordem, num arranjo impecável, como se participasse de um exercício... Paro um carro e pergunto: "Quem é o comandante?". Um tenente responde: "O major Beriózkin". "Sob ordens de quem vocês estão avançando?", pergunto. O tenente exige meus documentos. Depois de ver a assinatura do general, responde, com voz ressoante: "O regimento está avançando sob as ordens do major Beriózkin, para travar combate com o inimigo". Isso é mesmo formidável. Enquanto todos querem bater em retirada, Beriózkin avança. Os homens simplesmente olham para o chão, enquanto as mulheres olham para os soldados como se fossem santos mártires. O próprio Beriózkin eu não vi. Estava mais à frente. E agora... por que não consigo esquecer esse Beriózkin? Quero conhecê-lo, apertar a mão dele. E, enquanto tudo isso acontece, estou sendo despachado para a reserva. Por quê? Não está certo, camarada coronel, ou está?

Darenski prosseguiu, explicando que, algumas semanas antes, tivera um desentendimento com Bíkov. Antes do início de uma ofensiva soviética em um setor do front, Darenski reportou que os alemães estavam mobilizando tropas logo ao sul desse setor; fornecera evidências sólidas de que os alemães vinham se preparando para atacar.

Bíkov descartou seu relatório como "conversa fiada". Darenski perdeu a cabeça. Bíkov o repreendeu, mas Darenski continuou a defender com veemência seu ponto de vista. Bíkov o ofendeu e ordenou que ele fosse dispensado e enviado à reserva.

— Você sabe que não sou fácil de agradar — respondeu Nóvikov —, mas uma coisa posso afirmar com certeza. Se recebesse o comando de uma unidade, seria você o homem que eu escolheria como chefe do meu estado-maior. Você tem intuição, e é disso que uma pessoa precisa para entender um mapa. Infelizmente, tem um fraco pelo sexo feminino, mas não é verdade que todos nós temos as nossas fraquezas?

Darenski olhou para Nóvikov, seus olhos castanhos cintilando. Com um sorriso que deixava entrever um dente de ouro, disse:

— É uma grande pena que não lhe tenham dado sua própria divisão.

Nóvikov foi até a janela, sentou-se ao lado de Darenski e disse:

— Vou conversar com Bíkov hoje mesmo, sem falta.

— Obrigado.

— Não precisa agradecer.

Quando Darenski estava saindo da sala, Nóvikov perguntou:

— Vitali Aleksêievitch, você gosta de arte moderna?

Darenski olhou surpreso para ele, riu e respondeu:

— Arte moderna? Não. Claro que não.

— Mas pelo menos é moderna. Nova.

— E daí? — perguntou Darenski, dando de ombros. — As pessoas não discutem se Rembrandt é antigo ou novo. Apenas dizem que é eterno. Tenho permissão para me retirar?

— Por favor — disse Nóvikov, distraído, e se debruçou sobre o mapa.

Alguns minutos depois, entrou Angelina Tarássovna, a datilógrafa-chefe. Limpando os olhos manchados de lágrimas, perguntou:

— É verdade, camarada coronel, que Darenski foi exonerado?

— A menos que diga respeito ao seu trabalho você está proibida de me importunar — respondeu Nóvikov, bruscamente.

Às cinco horas, Nóvikov apresentou-se ao major-general Bíkov.

— Então, o que você tem para reportar? — perguntou Bíkov, encarando com expressão zangada o tinteiro sobre a escrivaninha à sua frente.

As reuniões com Nóvikov eram sempre uma irritação; era como se aquele portador diário de más notícias fosse responsável por todos os desastres da retirada.

O sol de verão brilhava intensamente no mapa — incidindo sobre as estepes, os vales, os rios e as mãos pálidas do general.

Calmo e metódico, Nóvikov começou a recitar uma lista de nomes de lugares. Bíkov ia marcando no mapa com seu lápis, meneando a cabeça e repetindo:

— Sim, sim...

Quando Nóvikov terminou, o lápis na mão do general já tinha descido até a foz do Don.

Bíkov levantou os olhos e perguntou:

— Isso é tudo?

— Sim.

O general estava redigindo um relatório sobre eventos ocorridos várias semanas antes. Nóvikov pôde ver que isso o preocupava muito mais do que a alarmante situação que se desenrolava no momento.

Bíkov começou a explicar os movimentos dos vários exércitos, repetidamente enfatizando as palavras "eixo" e "aceleração".

— Veja — disse ele, movendo sobre o mapa a outra ponta do lápis. — O eixo do movimento do nosso 38º Exército está sendo feito em linha reta, de Tchugúiev a Kalatch. E a retirada do 21º Exército está desacelerando em ritmo constante.

Com a ajuda de uma régua, Bíkov demonstrou o que estava dizendo. A julgar pelo seu tom de voz, parecia ter antevisto tudo aquilo e estar contente por ter razão. Parecia que ele mesmo poderia ter determinado o eixo e a aceleração dos deslocamentos dos exércitos soviéticos.

Irritado com toda aquela cena e incapaz de desempenhar o papel de subordinado manso, Nóvikov disse:

— Camarada general, o senhor fala como um cientista a bordo de um barco que está indo a pique, explicando por que a proa está embaixo d'água, a popa a prumo e o barco soçobrando. O importante é tapar os buracos, em vez de explicar por que o barco está afundando. Com esse eixo e essa aceleração, não vamos resistir, mesmo que recuemos até o Volga. E não há nenhum sinal de reforços.

Depois de tentar apagar com a borracha uma mancha de luz do sol que rastejava através de um eixo vermelho de movimento, Bíkov pronunciou palavras que Nóvikov já o tinha ouvido dizer muitas vezes:

— Isso não é da nossa conta. A disposição das reservas cabe à Stavka.[55] Nós também temos superiores.

Por um momento ele ficou olhando para as unhas da mão esquerda. Em seguida, acrescentou, contrariado:

— O general vai se reportar hoje ao comandante em chefe. Você deve permanecer em sua seção, camarada coronel. Mas, até que seja convocado, está livre para fazer o que quiser.

Nóvikov entendia a insatisfação de Bíkov. O chefe não simpatizava com ele. Quando Nóvikov fora cogitado para o posto de segundo em comando, Bíkov dissera: "Bem, não posso dizer que seria errado. Nóvikov sabe o que faz. Mas é muito combativo. E vaidoso. Não é um homem que sabe tirar o melhor das pessoas".

E quando o nome de Nóvikov fora sugerido para a Ordem da Bandeira Vermelha, Bíkov dissera: "Uma estrela é o suficiente". E, de fato, Nóvikov fora condecorado apenas com a Ordem da Estrela Vermelha. Contudo, no inverno, quando houve conversas sobre transferir Nóvikov para um dos quartéis-generais do Exército, Bíkov mostrou-se chateado, alegando que não seria capaz de sobreviver sem ele. E quando Nóvikov pediu para ser transferido para uma unidade na linha de frente, a recusa do chefe não fora menos categórica.

Toda vez que alguém da seção ouvia uma pergunta difícil, respondia sem hesitar: "Vá falar com Nóvikov. Bíkov vai apenas deixá-lo esperando uma hora e meia na antessala. Vai estar em reunião, ouvindo um relatório ou descansando. E, quando você finalmente conseguir encontrá-lo, ele apenas dirá: 'Pergunte ao Nóvikov. Deleguei isso a ele'".

Era por respeito à competência de Nóvikov, e não à sua posição hierárquica, que o comandante geralmente lhe atribuía uma das melhores acomodações a cada vez que estabeleciam um quartel em um novo lugar. O chefe da seção de serviço, um homem com poucas ilu-

---

[55] O Comando Supremo das Forças Armadas soviéticas em Moscou, estabelecido em 23 de junho de 1941. Presidido por Stálin, tinha como membros Semion Timotchenko (o comissário de defesa), Gueórgi Júkov, Viatcheslav Mólotov, Kliment Vorochílov, Semion Budiônni e Nikolai Kuznetsov.

sões sobre as pessoas, sempre dava a Nóvikov os melhores cigarros e a melhor gabardina para o uniforme. E até mesmo as empregadas na cantina costumavam servi-lo em primeiro lugar, dizendo: "O coronel não tem um minuto a perder. Não podemos deixá-lo esperando".

O comissário de batalhão Tcheprak, secretário do Soviete Militar, contou certa vez a Nóvikov que o segundo em comando no front, ao examinar a lista de comandantes a serem convocados para uma importante reunião, disse: "Você sabe como é Bíkov. Entre em contato com Nóvikov".

Bíkov tinha plena ciência de incidentes como esse e não gostava quando Nóvikov era convidado para as reuniões do Soviete Militar. Nos últimos tempos, andava mais irritado do que nunca; tinha ouvido falar sobre o memorando que Nóvikov enviara. Além de esboçar planos e ideias de lavra própria, Nóvikov oferecera críticas a uma importante operação — e Bíkov sabia que o comandante em chefe estava impressionado. Ele ficou aborrecido por Nóvikov não o ter sequer consultado; não deveria ter ignorado seu superior imediato.

Bíkov via a si mesmo como um comandante experiente e valoroso, com excepcional conhecimento sobre regulamentos militares e uma compreensão igualmente refinada do complexo sistema de classificação de documentos. Seus arquivos e pastas estavam sempre em perfeita ordem, e sua equipe cumpria os próprios deveres com disciplina impecável. Fazer a guerra, acreditava Bíkov, era bastante simples; o que era realmente difícil era levar as pessoas a entender as regras da guerra.

Por vezes, ele de fato fazia perguntas estranhas:

— Mas como é que eles não tinham munição?

— O paiol deles foi explodido, e não havia um depósito reserva.

— Bem, isso não faz sentido. Não é o jeito certo de fazer as coisas — dizia Bíkov, dando de ombros. — É dever de todo comandante manter um estoque completo e metade dele em reserva.

Percebendo a expressão amuada de Bíkov, Nóvikov pensou que, em assuntos de interesse mais pessoal, aquele homem era capaz de mostrar considerável flexibilidade e desenvoltura. Quando se tratava de impor a sua própria autoridade, ele se adaptava muito bem às novas circunstâncias. Os regulamentos militares talvez não tivessem nada a dizer sobre essas coisas, mas ele sem dúvida sabia como se livrar de alguém indesejado, como encontrar um ponto fraco no oponente e como se apresentar à melhor luz possível.

Depois de fazer uma rápida avaliação do homem à sua frente, Nóvikov concluiu que mesmo as áreas de especialidade de Bíkov eram de valor duvidoso.

— Afanássi Georguiêvitch — começou Nóvikov —, posso lhe fazer uma pergunta sobre outro assunto?

Ao usar o primeiro nome e o patronímico de Bíkov, ele indicava seu desejo de falar sobre algo totalmente diferente. Bíkov gesticulou para que ele se sentasse.

— Por favor, diga. Sou todo ouvidos.

— Afanássi Georguiêvitch, é sobre Darenski.

— Darenski? — respondeu Bíkov, erguendo as sobrancelhas. — O que tem ele?

Nóvikov percebeu de imediato que não chegaria a lugar algum. Isso o irritou.

— Acho que o senhor já sabe. Ele é um comandante talentoso. Por que deixá-lo à toa na reserva quando ele poderia estar fazendo algo útil?

Bíkov balançou a cabeça.

— Não preciso dele, e acho que você também pode sobreviver sem ele.

— Mas, ainda outro dia, Darenski provou estar certo numa discussão.

— A questão não é essa.

— A questão é *exatamente* essa. Darenski tem um extraordinário talento para adivinhar as intenções do inimigo, mesmo quando dispõe de pouquíssimas informações.

— Então ele deve ser transferido para a inteligência. Não quero saber de adivinhação.

Nóvikov deixou escapar um suspiro.

— Não compreendo. O homem é um oficial de estado-maior nato... e o senhor não quer utilizar seus serviços. E eu não tenho nada de oficial de estado-maior, longe disso. Sou um tripulante de tanque; solicito uma transferência e o senhor se recusa a me liberar.

Bíkov grunhiu, sacou do bolso o relógio de ouro, franziu a testa, surpreso, e levou o relógio ao ouvido.

"Ele quer jantar", pensou Nóvikov.

— Bem, isso é tudo — disse Bíkov. — Você pode se retirar.

25

Nóvikov foi convocado por volta das onze horas da noite.

Um guarda alto empunhando uma submetralhadora perguntou em tom de familiaridade, mas respeitoso:

— Quem o senhor deseja ver, camarada coronel?

Quer o quartel-general do front estivesse instalado nos corredores sombrios de algum antigo palácio ou em uma pequena choupana com um belo jardim na frente, a atmosfera na antessala do comandante em chefe era sempre a mesma: as cortinas cerradas, o ambiente na penumbra, e todo mundo falando aos sussurros e olhando para a porta de tempos em tempos. Os generais à espera tinham o semblante apreensivo, e até mesmo os telefones pareciam ter um toque mudo, como se temessem perturbar o clima de solenidade.

Nóvikov foi o primeiro a chegar. Tcheprak, o secretário do Soviete Militar, estava sentado à escrivaninha; franzindo um pouco a testa, lia um livro. Tinha o rosto amarelado de um homem que trabalha a noite toda e dorme durante o dia.

Um ordenança coberto de medalhas jantava, o prato sobre o peitoril da janela. Ao ver Nóvikov, suspirou e se pôs de pé. Levando consigo o prato, as medalhas retinindo tristemente, caminhou de maneira preguiçosa até a sala contígua.

— Ele ainda não chegou? — perguntou Nóvikov, acenando com a cabeça na direção da porta.

— Não, ele está aqui — respondeu Tcheprak, falando normalmente, como se estivessem na cantina, e não com sua habitual voz de antessala. Deu um tapinha no livro e disse: — Que vida já tivemos um dia, naqueles tempos de paz!

Em seguida, levantou-se e caminhou pela sala. Foi até o parapeito da janela e chamou Nóvikov para se juntar a ele. Em seguida, começou a falar em ucraniano, o que Nóvikov jamais o havia visto fazer, e perguntou:

— O que você acha de tudo isso?

Nóvikov olhou para ele com uma expressão inquiridora. Tcheprak voltou a ler. Seus olhos, como sempre, eram inteligentes e sardônicos.

— Você por acaso sabe — continuou — quem é o comandante em chefe do front sul?

— Sei — disse Nóvikov.

— Talvez soubesse, mas agora já não sabe mais. Ele acaba de ser substituído.

Tcheprak continuou olhando fixamente para Nóvikov, como se curioso para saber se ele ficaria surpreso com a notícia. Nóvikov não demonstrou surpresa, mas viu que Tcheprak estava agitado, e entendeu por quê. Também notou que ele esperava que fizesse perguntas, mas não reagiu.

— Deus sabe o que nos aguarda agora — continuou Tcheprak, com ar de perplexidade. — Ao que parece, nos acostumamos demais a ceder terreno: de Tarnopol ao Volga. Recuar, recuar, recuar... dizem que desenvolvemos uma *psicologia da retirada*. Nossa frente tem um novo nome. Desde o dia 12 não é mais o front sudoeste, mas o front de Stalingrado. Não existe mais um eixo sudoeste.[56]

— Quem lhe contou tudo isso? — perguntou Nóvikov.

Tcheprak sorriu. Sem responder, continuou:

— Pode acontecer de todos nós sermos enviados de volta para além do Volga. O Don pode ser confiado a um novo front, com um quartel-general totalmente novo.

— É isso que o senhor acha?

— Bem, houve uma comunicação por rádio, mas não posso revelar quem disse o quê.

Tcheprak olhou em volta. Talvez ciente de que em breve também poderia ser transferido para outra posição, continuou:

— Lembra-se de quando você saiu da sala de operações em Valúiki e anunciou alegremente que tínhamos vencido a batalha por Carcóvia? Pois naquele exato momento os alemães avançavam desde Barvenkovo e atacavam Balakleia.

— E por que está falando *disso* agora? — retrucou Nóvikov. — Na guerra, como sabe, tudo pode acontecer. E não fui o único a dizer isso. Uma ou duas pessoas muito mais importantes do que eu falaram a mesma coisa.

Tcheprak deu de ombros.

— Apenas me veio à mente... e tínhamos alguns bons homens. Gorodniânski e o tenente-general Kostenko, o comandante do front... e os comandantes de divisão Bóbkin, Stepánov e Kúklin. E havia um

---

[56] O front sudoeste — então sob o comando do marechal Timotchenko — foi formalmente dissolvido em 12 de julho de 1942.

excelente jornalista, Rozenfeld... ele era capaz de contar histórias o dia todo e a noite inteira. Nenhum deles está mais conosco... dói-me pensar neles.

Estava claro que a reunião do Soviete Militar começaria com atraso.

Havia tantas figuras importantes na antessala que mesmo generais poderosos permaneciam de pé. Não se atrevendo a se sentar nas cadeiras e sofás, postavam-se junto às janelas, conversando baixinho e olhando de quando em quando para a porta fechada do comandante em chefe. Ivántchin, membro do Soviete Militar, entrou de repente a passos vigorosos, apenas meneando a cabeça em resposta a saudações. Parecia perturbado e exausto.

Em voz alta, perguntou a Tcheprak:

— Ele está aí?

Tcheprak respondeu de imediato:

— Sim, mas pediu para o senhor aguardar um momento.

Disse isso com o olhar respeitoso de um subordinado obrigado a repetir literalmente as palavras do superior: se dependesse apenas dele, claro que deixaria Ivántchin entrar de imediato.

Depois de olhar ao redor da sala de espera, Ivántchin virou-se para um general de artilharia.

— E então, está bem acomodado na caserna da cidade? — perguntou. — Nenhum problema com malária?

O general de artilharia era o único dos homens presentes que não falava em voz baixa. Outro general, recém-chegado de Moscou, estava sussurrando algo para ele, que por sua vez dava sonoras gargalhadas.

— Tudo bem até agora — respondeu ele. E, com um meneio de cabeça para o general a seu lado, continuou: — Acabei encontrando um amigo. Servimos juntos na Ásia Central.

Ele caminhou até Ivántchin e trocaram mais algumas palavras — comentários breves do tipo que só fazem sentido para pessoas que se veem no trabalho dia após dia.

— E a de ontem? — Nóvikov ouviu o general de artilharia perguntar.

— Cenas do próximo capítulo, como se costuma dizer — respondeu Ivántchin.

O general de artilharia riu mais uma vez, cobrindo a boca com a mão comprida e larga.

As pessoas, é claro, estavam tentando adivinhar o assunto da conversa entre os dois homens — mas poderia ser praticamente qualquer coisa. Antes de uma reunião importante, ninguém quer falar sobre o que de fato importa; prefere debater trivialidades.

— E a hospitalidade local, que lamentável! — disse uma voz grave. — Meus homens disseram que o pessoal da cantina do distrito militar não serve os da linha de frente, só os que estiveram o tempo todo seguros na retaguarda! Recusaram seus cartões de racionamento!

— É escandaloso — respondeu outra voz. — Telefonei para Ivántchin, porque afinal havia um acordo com Gerassimenko, o comandante do distrito militar. Mas aqueles idiotas na cantina fazem o que bem entendem. E concluíram que não dariam conta de atender ao grande fluxo de pessoas, que os comandantes acabariam voltando atrasados do intervalo de almoço!

— E como terminou a história? — perguntou um general da inteligência baixinho e de bochechas rosadas, que voltara do front havia apenas uma hora e para quem tudo era novidade.

— Muito simples — respondeu o outro. — Alguém — e ele fez um gesto discreto em direção a Ivántchin — pegou o telefone e disse algumas palavras a Gerassimenko. Minutos depois, o comandante estava de pé na porta, recebendo a todos com pão e sal![57]

O general da inteligência perguntou a Bíkov:

— Como estão as instalações no seu novo quartel? Tudo certo?

— Sim — respondeu Bíkov. — Há uma banheira e janelas voltadas para o sul.

— Eu já tinha esquecido como é dormir em um apartamento na cidade. Parece estranho, agora. Quanto a banheiras... quem precisa de banheiras? Assim que chegamos aqui, fui direto à casa de banhos. Isso é o suficiente para nós, soldados!

— Então, como foi sua jornada, camarada general? — perguntou o comandante de voz grave.

— Tudo que posso dizer — respondeu o general da inteligência — é que esta é a última vez que irei de carro para qualquer lugar durante o dia.

— O que aconteceu, teve que se amoitar dentro da vala, como meu motorista gosta de dizer?

---

[57] Um tradicional símbolo de hospitalidade.

— Nem me pergunte — respondeu o general com uma risada. — Foi terrível sobretudo quando estávamos nos aproximando do Don. Era impossível eles voarem mais baixo que aquilo. Tive que sair do carro três vezes. Realmente pensei que seria o meu fim.

Nesse momento a porta se abriu, e uma voz calma e um pouco rouca anunciou:

— Camaradas, por aqui.

Logo caiu o silêncio, e todos assumiram um ar sério e circunspecto. Os gracejos dos últimos minutos haviam proporcionado um necessário momento de respiro, mas foram imediatamente esquecidos.

A cabeça do marechal Timotchenko estava raspada bem rente. Mesmo na sala iluminada, era impossível dizer onde terminava a careca e onde começavam as partes raspadas.

Ele caminhou pela sala, lançando olhares breves, mas intensos, para os generais em posição de sentido diante dele; então estendeu o braço para tocar a cortina de blecaute, parou e se sentou. Pousando a enorme mão de camponês sobre o mapa, pensou por um momento, balançou a cabeça com certa impaciência — como se os generais o tivessem deixado esperando, e não o contrário — e por fim disse:

— Bem, vamos começar!

O primeiro a falar foi Bíkov, seu comandante adjunto do estado-maior.

— Pena que não seja Bagrámian — sussurrou o general da inteligência que estava sentado ao lado de Nóvikov.[58]

Bíkov começou pela questão dos suprimentos. As linhas ferroviárias do outro lado da estepe estavam sendo bombardeadas com regularidade, e aviões alemães também haviam começado a despejar minas no Volga. Um navio de carga tinha sido perdido entre Stalingrado e Kamíchin. Em princípio, era possível transportar suprimentos e reforços ao longo da estrada de ferro Sarátov-Astracã, na ponta oposta do Volga. Mas a ferrovia também estava ao alcance dos bombardeiros alemães. Além do mais, o transporte precisaria ser feito em três etapas: ao longo da ferrovia até o Volga, do Volga até Stalingrado e de Stalingrado até a linha de frente. Os vários pontos de passagem

---

[58] Em 8 de abril de 1942, Ivan Bagrámian foi designado chefe do estado-maior do front sudoeste, mas em 28 de junho foi exonerado do cargo — injustamente culpado pela catástrofe do cerco após a recaptura soviética de Carcóvia.

no Don também estavam sendo repetidamente bombardeados. Claro que por algum tempo haveria problemas com os transportes.

— Tudo isso é a mais pura verdade — reconheceu Ivántchin com um suspiro.

Bíkov não se pronunciava na linguagem banal dos jornais; estava falando como um soldado profissional. Tudo o que tinha a dizer sobre a situação do povo e do Estado soviéticos era concreto e específico, e sua análise da situação militar era impiedosa. No entanto, Nóvikov franziu a testa. Bíkov ainda não tinha chegado ao ponto central.

— Quando, no final da tarde de anteontem, unidades móveis inimigas apareceram em sua retaguarda, o comandante de Exército assumiu uma posição defensiva nas margens do curso d'água — continuou Bíkov calmamente. E, virando-se para o mapa, com um dedo pálido e de unhas curtas esboçou com gestos improvisados a zona de combate. — Mas seu quartel-general tinha sido submetido a intensos ataques aéreos nas vinte e quatro horas anteriores, suas linhas telefônicas haviam sido cortadas e seu transmissor de rádio também ficou fora de ação por quatro horas; por isso, suas ordens não conseguiram alcançar o comandante da divisão em seu flanco esquerdo, e o envio de oficiais de comunicações também não obteve êxito. A única linha de comunicação havia sido destruída não apenas pelos tanques inimigos, mas também pela infantaria, evidentemente transportada em caminhões.

— Alguma novidade? — perguntou Timotchenko, seco.

— Sim, camarada comandante em chefe. — Bíkov olhou rapidamente para Nóvikov, que o colocara a par da situação uma hora antes. — Tenho permissão para continuar?

Timotchenko assentiu.

— O estado-maior da divisão perdeu contato com os regimentos ontem pela manhã. Tanques alemães forçaram passagem e arrasaram o posto de comando. O comandante sofreu uma grave concussão, mas foi evacuado por via aérea. O chefe do estado-maior teve as pernas esmagadas; morreu na hora, lá mesmo. Não houve mais comunicação com os regimentos.

— Mas é claro, se o posto de comando foi destruído... — disse Ivántchin.

— Qual era o nome desse chefe do estado-maior? — perguntou Timotchenko.

— Camarada comandante em chefe, ele não estava lá havia muito tempo — disse Bíkov. — Acabara de ser transferido do Extremo Oriente.

Timotchenko continuou olhando para Bíkov com expectativa.

Bíkov estreitou os olhos. Seu rosto assumiu o olhar de sofrimento de um homem que luta para encontrar a palavra certa. Ele adejou a mão e bateu o pé no chão, mas nada disso o ajudou.

— Coronel... coronel... tenho o nome na ponta da língua... a divisão é nova.

— A divisão não existe mais, os homens estão todos mortos, mas você ainda pensa nela como uma divisão nova — disse Timotchenko. Com um sorriso cansado, continuou: — Nomes, nomes... quantas vezes tenho que dizer isso? Você tem que saber o nome dos seus homens!

Voltando-se para Nóvikov, perguntou:

— Você sabe o nome dele, coronel?

Nóvikov disse então o nome do homem que havia morrido:

— Tenente-coronel Alférov.

— Memória eterna! — exclamou Timotchenko.[59]

Após um breve silêncio, Bíkov pigarreou e perguntou:

— Permissão para continuar?

— Por favor, prossiga!

— E assim, com essa divisão agora dispersa e fragmentada, interrompeu-se o contato imediato do exército com os batalhões no flanco esquerdo.

Essa foi a maneira delicada que Bíkov encontrou para dizer que os alemães haviam rompido a linha de frente soviética e que em seguida um jorro de tanques e de infantaria passara rapidamente pela brecha aberta.

— Vinte e quatro horas depois, no entanto — continuou Bíkov, agora falando com a voz um pouco mais alta —, a integridade da linha de frente foi restabelecida graças a um contra-ataque hábil e enérgico de uma divisão de infantaria sob o comando do coronel Savchenko.

---

[59] A expressão "Memória eterna!" é pronunciada ao fim de um funeral ou cerimônia fúnebre da Igreja ortodoxa. Refere-se à lembrança por parte de Deus, não dos vivos; é uma oração para que a alma do falecido possa entrar no céu e desfrutar da vida eterna.

Bíkov olhou Timotchenko direto nos olhos ao pronunciar o nome Savchenko, como que na esperança de compensar o fato de ter esquecido Alférov. Apontando para o mapa, disse:

— E era essa a configuração da linha de frente às quatro horas.

— Configuração? — repetiu Timotchenko.

— A disposição das nossas várias unidades — corrigiu-se Bíkov, percebendo que Timotchenko ficara irritado com a palavra "configuração". — O inimigo, no entanto, ato contínuo começou a pressionar um setor adjacente, alcançando em dois pontos um sucesso tático que poderia ter levado ao cerco da ala direita do exército. Tchistiakov, portanto, ordenou a retirada para uma nova linha defensiva, forçando nosso exército a recuar.

— Então foi Tchistiakov quem nos fez recuar? — perguntou Timotchenko com um sorriso. — E eu que pensava que tinha sido o inimigo. Mas como as coisas estão indo mais para o sul?

— A linha de frente foi estabilizada, mas parece que o inimigo, depois de encontrar forte resistência e sofrer baixas consideráveis, agora está concentrando suas forças no norte.

Bíkov passou então a listar datas, frentes de batalha e nomes de cidades e vilarejos. Tudo o que disse atestava sua experiência militar e capacidade de verificar e organizar informações. Ainda assim, seu relatório não satisfez os ouvintes. A extraordinária dificuldade da posição soviética os fazia querer ouvir algo igualmente extraordinário. Para Nóvikov, parecia que era chegada a hora de discutirem a estratégia de combate ágil, fluida e extremamente móvel que ele havia preconizado em seu memorando.

Olhando de quando em quando para Timotchenko, teimava em se perguntar: "Será que ele leu meu memorando?".

Após o relatório de Bíkov, Timotchenko fez algumas perguntas. Vários generais falaram sobre os erros que haviam cometido. Discutiu-se qual poderia ser o desfecho dos acontecimentos nas novas linhas defensivas nas imediações do Don.

Falou-se abertamente sobre as responsabilidades de um comandante em relação ao comandante em chefe — a obrigação de recuar de uma linha de defesa previamente combinada, de renunciar a um arsenal valioso, de abandonar uma ponte para o inimigo em vez de explodi-la. No fundo, porém, todos julgavam que o que importava agora era outra responsabilidade, ainda mais onerosa, a de um filho perante a mãe, a de um soldado perante sua consciência e seu povo.

— Fomos vítimas de nossos próprios baluartes, de nossas próprias zonas fortificadas — disse o general de artilharia.

Todos olharam para ele, depois para o marechal Timotchenko.

— Continue — pediu Timotchenko, virando-se para ele.

— Precisamos de mobilidade! — disse o general de artilharia, com o rosto ficando vermelho. — Precisamos de liberdade de manobra. Veja aonde a guerra posicional nos levou. — Ele estendeu as mãos. — Simplesmente não temos mais uma linha de frente.

— Liberdade de manobra de Tchugúiev a Kalatch! — disse Bíkov, com um sorriso cético.

— Sim! — concordou Timotchenko. — Do Donets ao Don. Não há como negar. A guerra hoje é móvel!

As mãos de Nóvikov estavam formigando. O general de artilharia dera voz ao sonho que ele mais acalentava. Mas nem ele, nem Timotchenko, nem ninguém ali naquela reunião tinha a menor ideia do que os meses vindouros trariam, dos eventos a que o tempo já estava começando a dar forma, mesmo que em segredo.

A cidade de Stalingrado, onde até mesmo os comandantes mais conservadores estavam prontos a aceitar o triunfo absoluto da guerra móvel, viria a se tornar, por meses a fio, o teatro de guerra posicional tal como o mundo jamais tinha visto — uma batalha mais tormentosa, mais implacável do que a das Termópilas ou mesmo o Cerco de Troia.

Com alguma irritação, Timotchenko disse:

— Estamos falando muito sobre táticas. O que importa é a iniciativa. No fim das contas, está claro que quem detém a iniciativa acaba por encontrar as táticas certas.

Nóvikov imediatamente pensou com seus botões se tinha agido como um enxadrista novato que, assistindo a um grande mestre e tomado de avidez e desespero, não resiste a lhe dar conselhos. Fora apenas fruto de sua imaginação a capacidade de enxergar o movimento decisivo? Porventura não conseguira perceber que o grande mestre já havia contemplado a manobra muito tempo antes e a descartara por bons motivos?

— Tudo se resume a uma coisa — disse Timotchenko. — Cada um de nós deve cumprir seu dever na posição que nos foi atribuída pelo Comando Supremo.

O general encarregado do transporte tinha começado a falar, mas Timotchenko o interrompera. Agora pediu ao general que continuasse.

— Eu queria dizer algumas palavras sobre reparos em caminhões e a disponibilidade de peças de reposição — começou o general.

Estava constrangido, preocupado que, após uma discussão de assuntos tão importantes, seu relatório parecesse banal.

Timotchenko virou-se para ele, ouvindo com toda a atenção.

Em outras ocasiões, quando dava ele próprio o pontapé inicial aos eventos, Timotchenko podia ser duro e impaciente, excessivamente cônscio da incompetência, do pensamento preguiçoso e da disposição de seus subordinados a falar demais. Agora também era provável que tivesse plena ciência das falhas de seus homens, mas no momento era o inimigo quem detinha a iniciativa e a última coisa que ele queria era fazer críticas. Não desejava atribuir às falhas de seus subordinados a culpa pela rapidez da retirada soviética.

Assim que a reunião terminou e todos os generais juntaram sua papelada, fecharam as pastas e se levantaram, o comandante em chefe se dirigiu a eles para apertar a mão de cada um. Seu rosto largo e calmo tremia. Era como se estivesse lutando contra algo alarmante, algo que de súbito o queimava por dentro.

Os motoristas dos generais acordaram com um sobressalto e ligaram seus motores. Tal qual uma série de disparos, portas de carro se fecharam com força. A rua escura e deserta se encheu de ruído e luz — com o rugido dos motores e os fachos azuis dos faróis —, depois foi rapidamente engolfada de novo pela escuridão e o silêncio. A estrada e as paredes dos edifícios ainda emitiam o calor acumulado durante o dia, mas vez por outra soprava um bafejo fresco do Volga.

Batendo os calcanhares contra a calçada para não levantar as suspeitas de uma patrulha, Nóvikov voltou para sua caserna.

Inesperadamente, se pegou pensando em Gênia. Apesar de tudo, no fundo de seu coração havia a expectativa de algo bom, de felicidade. Ele não fazia ideia de onde tinha brotado essa obstinada e irracional certeza.

Parecia ser a intensidade de seus próprios pensamentos o que estava tornando difícil respirar, fazendo as ruas parecerem quentes e sufocantes.

Na manhã seguinte, na cantina, Tcheprak lhe disse em voz baixa:

— O que eu falei ontem foi confirmado. Um novo front foi criado. Ao amanhecer, o comandante em chefe voou para Moscou a bordo de um Douglas.[60]

— Oh! — disse Nóvikov. — Nesse caso, voltarei a solicitar transferência para uma unidade de combate. Para a linha de frente.

— Será o seu fim — alertou Tcheprak, em tom calmo e sério.

— Como assim? — respondeu Nóvikov, com uma risada. — Também pretendo me casar.

Ouvindo suas próprias palavras, que dissera meio à guisa de piada, Nóvikov corou.

26

A longa retirada do front sudoeste, de Valuíki a Stalingrado, chegara ao fim.

Em seu primeiro dia em Stalingrado, dizem que o marechal Timotchenko banhou-se no Volga, lavando a poeira do longo e angustiante recuo. Pó espesso havia penetrado nas veias dos homens e revestido seus corações. A tarefa confiada a Timotchenko — salvar seus homens e equipamentos dos alemães — fora triste e dolorosa.[61]

O inimigo fizera todo o possível para transformar uma retirada em uma derrota esmagadora. Houve momentos em que a linha de frente se fragmentou, quando os tanques alemães romperam a retaguarda soviética. Houve ocasiões em que colunas de blindados alemãs e colunas soviéticas de caminhões transportando pessoas, armas e equipamentos se deslocaram à vista umas das outras, em nuvens de poeira, sem disparos, ao longo de estradas paralelas. O mesmo aconteceu em junho de 1941 em torno de Kóbrin, Beroza-Kartúzskaia e

---

[60] O Douglas C-47 Skytrain, considerado o melhor avião de transporte da Segunda Guerra Mundial, foi fornecido à União Soviética pelos Estados Unidos por meio de um programa de comodato. Era também produzido localmente, sob licença, com o nome Lisunov Li-2.

[61] Após a catastrófica Batalha de Kiev (agosto e setembro de 1941), o front sudoeste foi restabelecido com novas forças. De setembro a dezembro de 1941 e de abril a julho de 1942, esteve sob o comando do marechal Timotchenko. Em 12 de julho de 1942, foi dissolvido, tendo suas forças transferidas para o front de Stalingrado e para o front sul.

Slutsk, e em julho de 1941 na estrada de Lvov, quando tanques alemães que se deslocavam de Rovno para Novograd-Volínski, Gitomir e Koróstichev ultrapassaram colunas de tropas soviéticas recuando em direção ao rio Dnieper.

O marechal Timotchenko salvou do cerco muitas divisões, comandando a travessia em segurança até a outra margem do Don. Esse sucesso, no entanto, foi obtido a um custo que passou em grande parte despercebido. Nem o principal comissariado, nem a seção médica, tampouco a seção de pessoal foi capaz de registrar que as dezenas de milhares de soldados que atravessaram o Don haviam perdido toda a fé em si mesmos e no futuro. Era impossível avaliar a gravidade dessa perda, a menos que a pessoa tivesse visto com seus próprios olhos aquelas vastas colunas de homens alquebrados marchando para o leste, dia e noite.

O marechal Timotchenko levou a cabo a tarefa da qual fora incumbido. E, ao chegar a Stalingrado, passou várias horas no Volga. Com a água até a cintura, ele e seus adjuntos e ajudantes soltavam pequenos gemidos e grunhidos enquanto ensaboavam as cabeças raspadas e os pescoços vermelhos.

Milhares de soldados do Exército Vermelho, descendo cuidadosamente a íngreme ribanceira, fizeram o mesmo, para encontrar a areia à sua frente brilhando com grãos de quartzo e fragmentos de madrepérola. Vez por outra, encolhiam-se de dor ao pisar em um bloco pontiagudo de arenito caído do penhasco.

O bafejo do rio tocou suas pálpebras inflamadas. Devagar e com cuidado, os homens tiraram as botas. Muitos haviam marchado desde o Donets, e seus pés doíam; mesmo a mais leve rajada de vento era capaz de piorar a dor. Eles desenrolaram os panos e trapos que cobriam seus pés com a mesma delicadeza com que se desfaz uma atadura.

Os mais afortunados se lavavam com lascas de sabão; os outros esfregavam a pele com as unhas ou areia.

Nuvens azuis e negras de poeira e sujeira espalharam-se pela água. Da mesma forma que seus comandantes, os homens gemiam de prazer à medida que arrancavam da pele grossas crostas de sujeira.

Túnicas e roupas de baixo recém-lavadas foram deixadas ao sol para secar, presas com pedras amarelas para que a alegre brisa do Volga não as lançasse de volta na água.

Não sabemos no que pensava o marechal Timotchenko. Não sabemos se ele ou qualquer um daqueles milhares de homens jogando água em si mesmos entendiam que estavam realizando um ritual simbólico.

Esse batismo em massa, no entanto, foi um momento fatídico para a Rússia. Esse batismo em massa, logo antes da terrível batalha pela liberdade nas altas falésias na margem direita do Volga, pode ter sido um momento tão fatídico na história do país como o batismo em massa realizado em Kiev mil anos antes, às margens do rio Dnieper.

Quando terminaram de se lavar, os homens sentaram-se na beira do rio, sob o íngreme penhasco, e fitaram o desolador e arenoso semideserto que se estendia além da margem oposta. E os olhos de todos — motoristas idosos, jovens cheios de vida, apontadores de canhão ou o próprio marechal Timotchenko — se encheram de tristeza. O sopé do penhasco era a fronteira oriental da Rússia; a margem distante marcava o início da estepe cazaque.

Se os futuros historiadores quiserem compreender o ponto de inflexão da guerra, bastará que visitem essa margem de rio. Bastará que imaginem um soldado sentado sob o alto penhasco; bastará que tentem, por um momento, imaginar os pensamentos desse soldado.

27

Liudmila Nikoláievna, a filha mais velha de Aleksandra Vladímirovna, não se via como alguém da geração mais jovem. Ouvindo-a falar com a mãe sobre Marússia e Gênia, qualquer um pensaria tratar-se de uma conversa entre duas amigas ou irmãs — não entre mãe e filha.

Liudmila puxara ao pai. Tinha ombros largos, cabelos louros e olhos azul-claros bem separados. Era egoísta, mas sensível; afeita ao trabalho duro, mas por vezes desorganizada; pragmática, mas capaz de uma despreocupada generosidade.

Casara-se aos dezoito anos, porém não ficou muito tempo com o primeiro marido; separaram-se logo após o nascimento de Tólia. Conheceu Viktor Pávlovitch Chtrum quando era estudante na Faculdade de Física e Matemática e se casaram um ano antes de ela terminar o curso. Especializou-se em química e começou a estudar para o doutorado, mas nunca defendeu a tese. Invariavelmente atribuía isso a questões materiais, às dificuldades de cuidar da casa e dar de comer à família. A verdadeira razão, contudo, talvez fosse o oposto; Liudmila abandonou o trabalho no laboratório da universidade num momento em que o marido ia bem na carreira e suas condições de vida eram melhores do que nunca. Eles haviam recebido um espaçoso apartamento em um prédio novo na rua Kaluga e uma dacha em Otdikh com um grande quintal. Liudmila foi arrebatada pela empolgação de administrar tudo isso. Fazia longas viagens de compras, nas quais adquiria porcelanas e móveis. Chegada a primavera, começou a trabalhar no jardim, plantando tulipas, aspargos, tomates-caqui e macieiras Mitchurin.[62]

Em 22 de junho de 1941, quando ouviu pela primeira vez a notícia da invasão alemã, Liudmila estava na esquina da praça do Teatro com a Okhótni Riad. Ficou parada no meio da multidão, perto do alto-falante. Mulheres choravam; ela sentiu as lágrimas escorrendo por suas próprias bochechas também.

O primeiro ataque aéreo a Moscou aconteceu em 22 de julho, exatamente um mês depois do começo da guerra. Liudmila passou a noite no telhado do edifício em que morava, junto com Tólia. Apagou uma bomba incendiária e, à luz rósea do amanhecer, permaneceu ao lado do filho no terraço convertido em solário da família. Estava pálida e coberta de poeira. Embora claramente abalada, parecia orgulhosa e resoluta. A leste, o sol raiava em um céu de verão sem nuvens; a oeste, erguia-se uma parede de densa fumaça negra — da fábrica de papelão alcatroado em Dorogomilovo e do depósito ao lado da estação Belorusski. Liudmila fitou sem medo as sinistras chamas; suas únicas apreensões diziam respeito ao filho. Ela o aninhou junto de si, os braços em volta dos ombros dele.

Mantendo uma vigília regular no telhado, tornou-se uma reprovação viva daqueles que iam passar a noite com amigos e parentes que viviam nas imediações de estações de metrô. Censurava com especial desdém um eminente cientista que se abrigava em um porão depois

---

[62] Ivan Mitchurin (1855-1935), agrônomo e botânico, um dos fundadores da seleção agrícola com base científica. Sua crença de que as influências ambientais podiam acarretar mudanças no genótipo foi o ponto de partida para as teorias pseudocientíficas de Trofim Lisenko (1898-1976).

de dizer que sua vida era essencial para a ciência. Falava também sobre um escritor conhecido, um homem de meia-idade que durante um ataque aéreo havia perdido a cabeça, correndo em volta do abrigo antiaéreo aos gritos e lamúrias. Durante os meses de verão, Liudmila fez amizade com bombeiros, gerentes de teatro, crianças da escola primária sem medo da morte e alunos das escolas profissionalizantes. Na segunda metade de agosto, partiu para Kazan com Tólia e Nádia. Quando Viktor sugeriu que levasse consigo alguns de seus pertences mais valiosos, Liudmila olhou para o aparelho de jantar de porcelana fina que havia comprado em um antiquário e disse:

— Para que preciso de todo esse lixo? Só Deus sabe por que perdi tanto tempo com tudo isso.

Viktor olhou para Liudmila e para a louça na cristaleira. Lembrando-se da alegria dela ao adquirir aqueles copos, xícaras, tigelas e pratos, riu e disse:

— Que maravilha. Se você não precisa de nada disso, certamente também posso sobreviver sem!

Em Kazan, Liudmila, Tólia e Nádia foram instalados em um pequeno apartamento de dois quartos não muito longe da universidade. Porém, quando Viktor chegou, um mês depois, descobriu que Liudmila não estava mais lá: fora trabalhar em um colcoz tártaro no distrito de Laichevo. Escreveu-lhe uma carta, lembrando-a de todas as suas várias doenças — miocardite, problemas metabólicos, crises de vertigem —, e implorou que voltasse para Kazan.

Foi só em outubro que Liudmila finalmente se juntou a ele. Estava magra e bronzeada. Era evidente que trabalhar em um colcoz fizera mais por sua saúde do que consultas com quatro renomados doutores, dietas alimentares, curas em spas de Kislovodsk, massagens e banhos de agulhas de pinheiro ou tratamentos à base de fototerapia, eletroterapia e hidroterapia.

Ela havia decidido trabalhar fora. Viktor encontrou um cargo para ela no Instituto de Química Inorgânica, mas Liudmila disse:

— Não, não quero tratamento especial. Prefiro ir trabalhar no chão de fábrica.

Conseguiu um emprego numa fábrica como química. E, no devido tempo, veio à tona a informação de que havia trabalhado com extremo afinco no colcoz; no final de dezembro um trenó parou na frente do prédio, e um velho tártaro, acompanhado de um menino, descarregou quatro sacos de trigo — o pagamento de Liudmila por seus dias de faina. Ao longo dos quatro ou cinco meses seguintes, Vária, a trabalhadora doméstica[63] de Liudmila, fazia viagens semanais ao mercado e trocava o trigo por maçás, leite e creme azedo. Vária gostava de conversar, e dizia a todos, com orgulho, que fora a esposa de um membro da Academia de Ciências que fizera por merecer aquele trigo graças a seu trabalho em um colcoz. "Aí está ela", costumavam dizer os tártaros do mercado, "a velha do acadêmico veio buscar seu creme azedo!"

Foi um inverno inclemente. Tólia foi convocado e enviado para a escola militar em Kúibichev. Liudmila pegou um resfriado na fábrica e adoeceu, vitimada pela pneumonia. Ficou de cama por mais de um mês. Em vez de voltar para a fábrica, montou um coletivo que tricotava luvas, meias e camisolas para os soldados feridos que recebiam alta do hospital. Então o comissário político de um hospital a convidou para participar de seu comitê de mulheres. Liudmila lia livros e jornais para os feridos e, tendo boas relações com a maioria dos acadêmicos e cientistas evacuados de Moscou, providenciava professores universitários e membros da Academia de Ciências para dar palestras aos convalescentes.

Mas volta e meia relembrava suas noites de vigília no telhado de Moscou e dizia ao marido:

— Se eu não precisasse cuidar de você e de Nádia, voltaria a Moscou amanhã mesmo!

28

O primeiro marido de Liudmila — o pai de Tólia — tinha sido um colega de faculdade chamado Abartchuk. Liudmila se casara com ele durante seu primeiro ano na universidade e se separara no início do terceiro ano. Abartchuk integrava uma comissão acadêmica responsável por verificar a situação socioeconômica dos estudantes e exigir que os alunos de origem não proletária pagassem pelo direito de se matricular.

A visão desse Robespierre universitário esguio, de lábios finos e jaqueta de couro, quase sempre provocava entusiasmadas explosões

---

[63] Na União Soviética, criados, empregados domésticos e serviçais eram conhecidos como "trabalhadores domésticos".

de sussurros entre as alunas. Para Liudmila, ele dissera certa vez que era impensável — criminoso, até — que um estudante proletário se casasse com uma moça de origem familiar burguesa. E que, se tivesse que escolher entre uma relação de natureza sexual com uma garota burguesa ou com uma macaca humanoide, não hesitaria em ficar com a macaca.

Abartchuk era invulgarmente afeito ao trabalho. Ocupava-se de assuntos estudantis de manhã até tarde da noite. Dava palestras, que sempre preparava com o maior rigor; estabeleceu vínculos entre a universidade e as novas faculdades operárias; e travou uma guerra contra os últimos devotos do Dia de Santa Tatiana[64] e suas celebrações regadas a bebedeira. Nada disso atrapalhava seus experimentos no laboratório de química — em análise quantitativa e qualitativa —, tampouco o impedia de obter notas altas em todas as provas e exames. Ele nunca dormia por mais de quatro ou cinco horas. Nascera em Rostov do Don, onde ainda morava sua irmã, agora casada com um funcionário administrativo da fábrica. O pai de Abartchuk, um auxiliar médico, morrera atingido por um projétil durante a Guerra Civil, quando a artilharia dos brancos* bombardeou Rostov; a mãe morreu antes da Revolução.

Quando Liudmila perguntava a Abartchuk sobre sua infância, ele franzia a testa e dizia: "O que há para dizer? Minha infância não teve quase nada de bom. Minha família levava uma vida bastante confortável, quase burguesa".

Aos domingos, Abartchuk visitava estudantes no hospital, levando-lhes livros e jornais. Doava quase todo o valor de sua bolsa de estudos para a Organização Internacional de Ajuda aos Combatentes Revolucionários,[65] para amparar comunistas estrangeiros que sofriam sob o jugo do capital.

Quando se deparava com a mais ínfima violação da ética da classe estudantil proletária, Abartchuk era implacável. Insistiu que uma

---

[64] Para a Igreja ortodoxa, santa Tatiana é a padroeira dos estudantes, que tradicionalmente celebravam a data embebedando-se.

* Durante a Guerra Civil Russa (1918-21), tropas de ocupação contrarrevolucionárias, incluindo estrangeiros, exércitos e milícias de diversos matizes políticos, se agruparam no que se convencionou chamar de Exército Branco. (N. T.)

[65] Fundada em 1922, angariava fundos para divulgar a precária situação dos prisioneiros políticos em países capitalistas e fornecer assistência material a suas famílias.

moça que havia usado perfume e batom antes do Primeiro de Maio, o feriado internacional dos trabalhadores, fosse excluída da Komsomol. Exigiu que um estudante *nepman*,[66] que certa feita fora de táxi, usando paletó e gravata, ao restaurante Livorno, fosse expulso da universidade. Em um dos albergues estudantis, humilhou publicamente uma moça por usar um crucifixo no pescoço.

As tendências burguesas, acreditava Abartchuk, eram inerradicáveis; estavam gravadas nas células sanguíneas e cerebrais das pessoas. Se uma moça da classe trabalhadora se casasse com um homem de origem burguesa — ainda que ele tivesse tentado se purificar por meio do trabalho operário —, seus filhos seriam portadores da ideologia burguesa. Até mesmo os filhos de seus filhos carregariam um perigoso contágio nas profundezas de sua psique. Quando indagado sobre o que deveria ser feito com essas pessoas, ele respondia em tom sombrio: "Primeiro devem ser isoladas. Depois de removidas da circulação social, haverá tempo suficiente para decidir".

Qualquer indivíduo de extração burguesa suscitava em Abartchuk um sentimento de nojo físico; se por acaso, em um corredor estreito, acontecia de roçar uma bela e bem-vestida estudante que desconfiasse ser burguesa, instintivamente sacudia o braço, como se para expulsar da manga da jaqueta militar qualquer vestígio dela.

Ele se casou com Liudmila em 1922, um ano depois que o pai dela morreu. O comandante do albergue lhes reservou um quarto próprio, de seis metros quadrados. Liudmila engravidou. Durante a noite, começou a costurar fraldas e faixas para envolver o bebê. Comprou um bule de chá, duas panelas e alguns pratos. Essas aquisições incomodaram Abartchuk, que acreditava que uma família moderna deveria se libertar da escravidão da cozinha. Marido e esposa, a seu ver, deveriam comer em uma cantina comunitária, e seus filhos seriam alimentados em berçários, orfanatos, jardins de infância, creches e internatos. O cômodo em que moravam deveria ter apenas os móveis mais simples: duas escrivaninhas, duas camas dobráveis, algumas estantes de livros e um pequeno armário embutido.

---

[66] Nova classe de empreendedores e homens de negócios que lucraram — ou se supõe que tenham lucrado — durante a NEP (Nova Política Econômica), período de capitalismo estatal e relativa liberalização econômica vigente entre 1921 e 1928.

Mais ou menos nessa época, Abartchuk adoeceu de tuberculose. Seus camaradas conseguiram lhe arranjar uma temporada de dois meses em um sanatório em Ialta, mas ele se recusou a ir. Em vez disso, ofereceu seu lugar a um estudante doente de uma das faculdades operárias.

Ele podia ser gentil e generoso, mas, no momento em que algo se tornava uma questão de princípios, mostrava-se obstinado e cruel. Comportava-se de forma honrosa no trabalho e desprezava o dinheiro e os confortos cotidianos, mas por vezes lia as cartas de outras pessoas, bisbilhotava o diário que Liudmila guardava debaixo do travesseiro e não devolvia os livros que pegava emprestado de amigos.

Liudmila achava o marido singular; nunca poderia haver ninguém como ele. Uma vez, todavia, quando ela o estava cobrindo de efusivas loas, sua mãe a interrompeu:

— Não, não, já vi muitos jovens assim quando era estudante em Petersburgo e quando estava no exílio na Sibéria. Eles simplesmente não sabem como conciliar o amor à humanidade e o amor por uma pessoa de verdade.

— Não — disse Liudmila —, a senhora não entende. Ele não é assim, não mesmo.

Até o dia em que o filhinho veio ao mundo, Liudmila se sujeitava sem reservas a Abartchuk. Mas quando aquele novo e pequenino humano apareceu, o relacionamento entre marido e mulher começou a deteriorar. Abartchuk falava menos sobre as realizações do pai revolucionário de Liudmila e a repreendia com frequência cada vez maior por conta de seu avô materno burguês. Na concepção de Abartchuk, o nascimento do menino despertara em Liudmila instintos pequeno-burgueses que, até então, jaziam adormecidos. Aborrecido, ele via a esposa vestir um avental branco e enrolar um lenço na cabeça antes de preparar uma panela de *kacha*. Reparava na habilidade com que bordava as iniciais e delicados padrões nas roupinhas e roupas de cama do menino, a intensa concentração com que olhava para a colcha bordada em cima da caminha. Uma torrente de objetos estranhos e hostis estava invadindo o quarto do casal; a aparente inocência desses objetos apenas tornava ainda mais difícil lutar contra eles.

Os planos de Abartchuk de pôr o filho numa creche, para ser criado na comuna de trabalhadores de uma fábrica metalúrgica, acabaram por não prosperar.

Um dia, Liudmila anunciou que queria passar o verão na dacha de seu irmão Dmitri. Havia espaço de sobra, e a mãe e as duas irmãs iriam para lá a fim de ajudá-la a cuidar do menino. Entretanto, perto do dia marcado para a partida, marido e mulher tiveram uma violenta discussão: ela não aceitava que o menino se chamasse Outubro.[67]

Em sua primeira noite sozinho, Abartchuk desguarneceu as paredes e restaurou o quarto a seu estado anterior, não burguês. Em seguida, passou a noite inteira sentado à escrivaninha, de onde havia retirado a toalha enfeitada com borlas, e escreveu uma carta de seis páginas a Liudmila detalhando meticulosamente sua decisão de se separar dela. Ele próprio agora fazia parte da classe ascendente; erradicaria dentro de si mesmo tudo o que fosse pessoal e egoísta. Ela, por sua vez — e agora ele não tinha dúvida disso —, em termos psicológicos e ideológicos, era inseparável da classe que a história tornara redundante. Os instintos individualistas de Liudmila dominavam qualquer noção que ela pudesse ter acerca da sociedade. Abartchuk e ela não estavam trilhando o mesmo caminho; pior, estavam seguindo caminhos totalmente opostos. Ele se recusava a permitir que o menino recebesse seu sobrenome; já estava claro que a psicologia do garoto seria a da burguesia. Liudmila considerou essas últimas palavras especialmente ferinas; chorou ao lê-las. Mais tarde, porém, quando as releu, ficou furiosa — o que em parte curou suas feridas. No final do verão, Aleksandra Vladímirovna levou consigo o pequeno Tólia de volta a Stalingrado e Liudmila retomou os estudos.

Após uma das primeiras aulas do novo período letivo, Abartchuk foi até ela, estendeu a mão e disse:

— Saudações, camarada Chápochnikova!

Em silêncio, ela balançou a cabeça e pôs a mão atrás das costas.

Em 1924, houve um expurgo do corpo discente; os estudantes de origem burguesa deveriam ser excluídos. Liudmila ouviu de um amigo que Abartchuk exigira que ela própria fosse expulsa. Contara à comissão sobre o casamento e as razões do divórcio. À época os alunos costumavam brincar: "O Vânia teve sorte com os pais — é filho de duas camponesas e um operário de fábrica!". E havia uma cantiga:

---

[67] Durante a primeira década após a Revolução, comunistas fervorosos muitas vezes batizaram seus filhos com nomes politizados, dos quais Outubro, Vladlen (junção Vladímir + Lênin) e Marlen (Marx + Lênin) estão entre os exemplos mais comuns.

*Oh, me diga aonde posso ir, para que lado
A fim de comprar um pai operário
E uma mãe que puxe o arado!*

Em todo caso, Liudmila não foi excluída. Havia, no entanto, dois jovens — Piotr Kniázev e Viktor Chtrum — que não tinham trabalhado antes de entrar na universidade nem sequer eram membros de um sindicato. Esses dois, apelidados de "companheiros inseparáveis", *foram* expulsos. Seus professores, todavia, intervieram em nome deles, afirmando que ambos eram excepcionalmente talentosos. Três meses mais tarde, a Comissão Central rescindiu a decisão do corpo docente e Chtrum e Kniázev foram reintegrados. Mas Kniázev adoeceu e não reingressou na universidade, mesmo depois de recobrar a saúde; em vez disso, voltou a morar com os pais, em algum lugar distante de Moscou.

Enquanto o expurgo estava sendo realizado Liudmila foi entrevistada diversas vezes, e por acaso seu caminho cruzou com o de Viktor. Quando este reapareceu no meio do terceiro período letivo, ela o parabenizou e disse como estava feliz por vê-lo.

Eles conversaram por um longo tempo na penumbra da antessala do gabinete do reitor. Depois foram à cantina e tomaram um pouco de leitelho; em seguida, sentaram-se juntos em um banco no pequeno parque da universidade.

Ficou claro que Viktor era muito diferente da ideia que Liudmila havia feito dele. Estava longe de ser um simples rato de biblioteca. Tinha olhos quase sempre sorridentes, que só adquiriam uma expressão de seriedade quando falava sobre algo engraçado. Amava a literatura, ia sempre ao teatro e não perdia um único concerto. Frequentava cervejarias, gostava de ouvir cantores ciganos e adorava o circo.

Em algum momento ficou claro que no passado os pais de ambos haviam sido amigos. A mãe de Viktor estudara medicina em Paris quando Aleksandra Vladímirovna e o marido viviam lá, exilados. Liudmila disse:

— Ouvi minha mãe mencionar o nome Chtrum, mas nunca me passou pela cabeça que você pudesse ser o filho da mulher com quem ela um dia se hospedou durante um mês inteiro.

Naquele inverno, Liudmila e Viktor iam juntos aos teatros e ao cinema Gigante no edifício do conservatório. Na primavera, partiam para Kúntsevo, nos arredores de Moscou, e faziam piqueniques nos montes Vorobióv ou passeios de barco no rio Moscou. Um ano antes do fim do curso, casaram-se.

Aleksandra Vladímirovna ficou surpresa ao ver sua antiga amizade com Anna Semiônova Chtrum ser reafirmada por meio do jovem casal. As duas mães escreveram cartas uma para a outra, expressando sua surpresa e alegria.

O segundo casamento de Liudmila foi muito diferente do primeiro. Durante sua fase de estudante, Viktor nunca teve que trabalhar, tampouco precisou se sustentar; a mãe lhe enviava oitenta rublos por mês e três substanciais pacotes a cada ano. Ficou claro, a partir desses pacotes, que ela ainda via o filho como um menino. O caixote de madeira compensada geralmente continha maçãs, doces, uma torta de maçã, roupas de baixo e alguns pares de meias bordadas em vermelho com as iniciais de Viktor. Ao lado de Abartchuk, Liudmila tinha a sensação de ser uma menininha, mas agora se sentia uma mulher do mundo, tratando o marido-criança com condescendente indulgência. Viktor escrevia para a mãe uma vez por semana. Se deixasse passar alguma semana em branco, Liudmila recebia um telegrama: Viktor estava com boa saúde?

Se Viktor pedisse para Liudmila acrescentar algumas linhas no final de uma de suas cartas, ela respondia, zangada:

— Meu Deus, eu não escrevo com frequência nem mesmo para a minha própria mãe. Às vezes passo dois meses sem escrever para ela. Com quem foi que me casei? Com você ou com a sua mãe?

Abartchuk se formou um ano depois de Liudmila e Viktor, tendo trancado o curso por um breve período em razão de seu trabalho como ativista. Aos poucos Liudmila esqueceu seu ressentimento e passou a se interessar pela carreira do primeiro marido. Ele estava indo bem — publicava artigos, dava palestras e, a certa altura, ocupou um cargo importante na Seção de Ciências e Conhecimento do Comissariado de Educação da província.

No início do primeiro plano quinquenal, Abartchuk, agora um gerente industrial, mudou-se para o oeste da Sibéria. Vez por outra Liudmila deparava com o nome dele em artigos sobre a construção de alguma fábrica colossal, mas ele nunca escrevia para ela, tampouco perguntava por Tólia. Então veio um período em que Liudmila não teve mais notícias dele. Viu artigos de jornal sobre a inauguração da fábrica de cuja construção Abartchuk estava encarregado, mas ele não era mencionado nem de passagem. Um ano depois, soube que havia sido preso como inimigo do povo.

Em 1936, Viktor Pávlovitch Chtrum — o mais jovem dos candidatos daquele ano — foi eleito membro correspondente da Academia de Ciências. Após o jantar de comemoração, quando todos os convidados foram embora, exceto Gênia e Krímov, este disse algo de que Viktor e Liudmila jamais se esqueceriam.

Viktor, ainda com ciúmes de Abartchuk, afirmou, vangloriando-se:

— Vou contar uma história para vocês, uma historinha simples. Era uma vez dois estudantes. O primeiro queria decidir o destino do segundo e declarou que este não tinha o direito de estudar na Faculdade de Física e Matemática. E hoje esse segundo estudante foi eleito para a Academia. Enquanto o primeiro... o que é que *ele* realizou no mundo?

— Não — respondeu Krímov. — Sua historinha é mais complicada do que você pensa. Encontrei esse primeiro estudante diversas vezes. Uma vez, em Petersburgo, ele comandou um pelotão no ataque ao Palácio de Inverno cheio de ardor e fé. Eu o vi pela segunda vez nos Urais. Os homens de Koltchak o colocaram diante de um pelotão de fuzilamento, mas de alguma forma ele escapou com vida. Ficou deitado dentro de uma cova até o anoitecer, depois se arrastou para fora e, coberto de sangue, caminhou até o nosso comitê revolucionário. Assim como antes, estava cheio de ardor e fé... não, as leis que regem a nossa vida estão longe de ser simples. Aquele primeiro estudante cumpriu seu dever quando o futuro revolucionário da Rússia, e talvez de todo o mundo, estava sendo decidido. Ele cumpriu seu dever de maneira honrosa e pagou com suor e sangue.

— Talvez — disse Viktor, um pouco constrangido —, mas quase acabou com a minha vida.

— Essas coisas acontecem — respondeu Krímov.

29

O apartamento dos Chtrum em Kazan era uma típica casa de evacuados. No primeiro quarto, como que para indicar que os habitantes eram nômades, as malas tinham sido empilhadas contra a parede, e uma longa fileira de botas e sapatos se estendia embaixo da cama. A toalha de mesa deixava entrever as metades inferiores das pernas de pinho grosseiramente aplainadas do móvel. O espaço entre a mesa e a cama estava atulhado de pilhas de livros. E, no quarto de Viktor, junto à janela, havia uma grande escrivaninha, com uma superfície tão vazia quanto a pista de decolagem de um bombardeiro pesado; Viktor gostava de manter seu espaço de trabalho livre de desordem.

Liudmila escrevera a seus parentes em Stalingrado, convidando-os, se tivessem que deixar a cidade, para vir "em massa" se juntar a ela e a Viktor em Kazan. Já havia decidido como arrumaria as camas de acampamento. Deixaria desobstruído apenas um canto: um dia Tólia voltaria do exército e ela poria ali a cama guardada no sótão. Havia também uma mala na qual Liudmila mantinha as roupas de baixo do filho, algumas latas de espadinha em conserva, que Tólia adorava, e uma pequena pilha de cartas dele amarradas com uma fita. A primeira e mais importante era uma página de caderno onde mal cabiam as quatro palavras escritas em uma caligrafia infantil: "Oi, mamãe, vem logo".

Liudmila costumava acordar no meio da noite e ficava deitada pensando em Tólia. Desejava ardentemente estar com ele, protegê-lo do perigo com seu próprio corpo, trabalhar dia e noite cavando para ele trincheiras profundas na argila pesada ou na pedra — mas sabia que isso era impossível.

Liudmila acreditava que o amor pelo filho era algo extraordinário, diferente do amor de qualquer outra mãe. Ela amava o filho não porque fosse bonito, por suas orelhas grandes, por seu andar desengonçado e falta de jeito, por sua timidez. Ela o amava por sua vergonha de aprender a dançar, pela maneira como fungava ao comer vinte doces de uma só vez, um depois do outro. Quando, olhando para o chão, Tólia lhe contava sobre uma nota baixa que havia tirado numa prova de literatura, Liudmila sentia pelo filho uma ternura ainda maior do que quando, murmurando "não é nada" e franzindo a testa de vergonha, ele lhe mostrava um trabalho de física ou trigonometria com o invariável comentário do professor: "Excelente!".

Antes da guerra, Viktor às vezes ficava zangado com Liudmila por permitir que Tólia fosse ao cinema em vez de ajudar nas tarefas da casa. "Essa não é a maneira como *eu* fui criado", dizia ele. "Eu com certeza nunca fui mimado desse jeito!" Viktor parecia não se lembrar que a mãe fora pelo menos tão protetora em relação a ele quanto Liudmila era com Tólia, e que o estragara da mesma forma.

Quando estava zangada, Liudmila às vezes dava a entender que Tólia não amava o padrasto, mas sabia que isso não era verdade.

Não demorou para o amor de Tólia pelas ciências exatas ficar evidente. Ele não tinha interesse por literatura, tampouco se importava com o teatro.

E no entanto, um dia, não muito antes da guerra, Viktor o havia flagrado diante do espelho. Usando o chapéu, a gravata e a jaqueta do padrasto, estava dançando, depois se curvando numa mesura para alguém e sorrindo de modo encantador.

— Sinto que mal conheço o menino — ele disse a Liudmila.

Já a meia-irmã de Tólia, Nádia, era muito apegada a Viktor. Uma vez, quando tinha dez anos de idade, foi com os pais a uma loja. Liudmila queria comprar um pedaço de veludo para fazer cortinas e pediu a Viktor que calculasse de quantos metros precisava. Viktor começou a fazer as contas, mas logo ficou confuso. O balconista da loja fez o cálculo em alguns segundos, abriu um sorriso condescendente e disse a Nádia, que sentiu uma profunda vergonha: "Seu pai não parece muito bom em matemática".

Desde então, Nádia passou a acreditar, no fundo, que o trabalho de seu pai não era nada fácil para ele. Uma vez, observando folhas manuscritas cobertas de cima a baixo com sinais e fórmulas, cheia de inúmeras exclusões e correções, disse, com genuína compaixão: "Tadinho do papai!".

Às vezes, Liudmila via Nádia entrar no escritório de Viktor, empoleirar-se na ponta dos pés na poltrona dele e cobrir com as mãos os olhos do pai. Por alguns poucos segundos ele permanecia imóvel; depois se virava, colocava os braços em volta dos ombros da filha e a beijava. Quando recebiam convidados à noite, Viktor às vezes olhava em volta e descobria que estava sendo observado por dois olhos grandes, tristes e atentos. Nádia lia bastante, e rápido, mas havia muita coisa que não entendia. Às vezes ficava estranhamente distraída. Perdida em pensamentos, respondia às perguntas de uma maneira que não fazia nenhum sentido. Certo dia, foi para a escola usando meias descombinadas; depois disso, a faxineira vez por outra costumava dizer: "A nossa Nádia parece um pouco melancólica".

Se Liudmila perguntava a Nádia o que ela queria ser quando crescesse, a filha respondia: "Não sei. Ninguém".

Ela e Tólia eram muito diferentes e, quando pequenos, viviam brigando. Nádia sabia como era fácil provocar o irmão e o azucrinava sem piedade. Ele ficava irritado e puxava as longas tranças da menina. Isso a aborrecia, mas não a silenciava. Obstinada, emburrada, aos prantos, ela continuava zombando dele, chamando-o de "nosso bebezinho de olhos azuis" ou por um estranho apelido que deixava Tólia especialmente enfurecido: "Chiqueiro!".

Pouco antes da guerra, Liudmila percebeu que os filhos tinham enfim feito as pazes. Mencionou o fato a duas amigas idosas. Elas abriram um sorriso triste e, em uníssono, responderam: "Estão ficando mais velhos".

Um dia, ao voltar da loja especial,[68] Nádia encontrou o carteiro esperando do lado de fora da porta. Ele segurava na mão uma carta triangular endereçada a Liudmila.[69] Tólia escrevera, orgulhoso, que enfim havia concluído a escola militar e agora seria enviado para uma unidade ativa, provavelmente não muito longe da cidade onde a avó morava.

Liudmila passou metade da noite acordada, segurando a carta. Repetidas vezes acendeu a vela e releu devagar cada palavra, como se aquelas breves linhas escritas às pressas contivessem o segredo do destino do filho.

30

Viktor foi convocado a Moscou, assim como um de seus colegas, o acadêmico Postôiev, que também estava em Kazan. Ao ler o telegrama

---

[68] Lojas para segmentos privilegiados da população — neste caso, famílias de membros da Academia de Ciências — onde era possível obter víveres e produtos geralmente indisponíveis.

[69] Sem envelopes ou cartões-postais, os soldados do Exército Vermelho costumavam dobrar suas cartas de maneira a transformá-la em seu próprio envelope. Todas as correspondências precisavam ser verificadas por censores, e essas cartas eram dobradas em vez de seladas. A entrega era gratuita, não havendo necessidade de selos.

ficou preocupado, supondo que a convocação tivesse a ver com seu plano de trabalho, que ainda precisava receber a aprovação oficial.

Era um plano de trabalho ambicioso, baseado em problemas teóricos que só poderiam ser investigados a um custo considerável.

De manhã, Viktor mostrou o telegrama a um amigo e colega, Piotr Lavriêntievitch Sokolov. Atarracado e de cabelos louros, com uma cabeça enorme, era impossível que Sokolov fosse mais diferente de Viktor. Sentados em um pequeno escritório ao lado do auditório, os dois analisaram os prós e contras do plano de trabalho que haviam elaborado no inverno anterior.

Sokolov era oito anos mais novo. Havia obtido o título de livre-docente pouco antes da guerra, e suas primeiras publicações despertaram interesse em toda a União Soviética e até no exterior.

Um periódico francês publicou um pequeno artigo sobre ele, acompanhado de uma fotografia. O autor expressava surpresa com o fato de que alguém que na juventude havia trabalhado como foguista em um navio a vapor do Volga tivesse se formado na Universidade de Moscou e passado a investigar os fundamentos teóricos de uma das áreas mais complexas da física.

— É improvável que nosso plano seja aprovado na íntegra — disse Sokolov. — Tenho certeza de que você se lembra da nossa conversa com Súkhov. Enfim, quem vai desenvolver o aço de que precisamos quando todo produtor de alta qualidade está lutando para atender às demandas da guerra? Nosso aço exigiria testes de fundição, e todos os fornos do país foram entregues à produção de tanques e armas. Como alguém poderia aprovar um plano desses? Quem é que vai montar um forno para fazer apenas algumas centenas de quilos de aço?

— Sim — disse Viktor. — Sei de tudo isso. Mas Súkhov não é mais nosso diretor. Agora já faz dois meses que está fora. Quanto ao aço, sem dúvida você está certo, mas essa é apenas uma consideração geral. Além do mais, Tchepíjin aprovou o ponto central do trabalho. Li para você a carta dele. Você tem o hábito, Piotr Lavriêntievitch, de se esquecer dos detalhes concretos.

— Peço desculpas, Viktor Pávlovitch! — respondeu Sokolov. — Mas é você quem está se esquecendo dos detalhes concretos. A guerra não é algo concreto o suficiente para você?

Os dois estavam agitados. Não conseguiam chegar a um consenso sobre como Viktor deveria responder caso o plano enfrentasse oposição.

— Não cabe a mim lhe dar conselhos — disse Sokolov. — Mas há muitas portas em Moscou, e não tenho certeza de que você saberá em qual bater.

— Todos nós conhecemos a sua sabedoria mundana — retrucou Viktor. — É por isso que até hoje você não conseguiu seu cartão de racionamento, e é por isso que está registrado na pior loja especial da cidade para cientistas.

Era comum que Viktor e Sokolov se acusassem mutuamente de falta de sentido prático na vida cotidiana — era uma forma de elogiarem um ao outro.

Sokolov achava que era obrigação do instituto resolver a questão do cartão de racionamento; ele próprio era orgulhoso demais para pedi-lo. E, claro, não contou a Viktor nada a respeito. Apenas balançou a cabeça e, indiferente, disse:

— Como você sabe, eu realmente não me preocupo com esse tipo de coisa.

Em seguida, discutiram sobre que trabalho Sokolov deveria fazer na ausência de Viktor.

No final da tarde, um funcionário de rosto bexiguento e vestindo calças de montaria azuis veio do soviete da cidade. Examinou Viktor de cima a baixo com uma expressão de espanto e desconfiança e lhe entregou um salvo-conduto e um bilhete para o expresso de Moscou do dia seguinte. Magro, de ombros arredondados e cabelo desgrenhado, Viktor não se parecia em nada com um professor de física teórica; estava mais para um autor de romances ciganos. Ele enfiou o bilhete no bolso e, sem perguntar o horário de partida do trem, começou a se despedir dos colegas.

Viktor prometeu transmitir saudações coletivas e individuais a Anna Stepánovna, a laboratorista-chefe, que havia permanecido em Moscou para cuidar do equipamento que eles não tinham condições de levar para Kazan. Ouviu repetidas exclamações femininas: "Oh, Viktor Pávlovitch, como o invejo. Depois de amanhã você estará em Moscou!". E então, ao coro de "Boa sorte!", "Volte logo!" e "*Bon voyage!*", foi embora para jantar em casa.

Enquanto caminhava, continuou pensando no plano de trabalho e imaginando se receberia ou não a aprovação oficial. Lembrou-se da reunião com Ivan Dmítriêvitch Súkhov, o ex-diretor do instituto, que os havia visitado em dezembro.

Súkhov fora extraordinariamente afável. Segurara as duas mãos de Viktor e lhe perguntara sobre sua saúde, sua família e suas condições de vida. A julgar por seu tom de voz, seria de pensar que não tinha vindo de Kúibichev, mas da linha de frente, direto das trincheiras, e que estava falando com um civil frágil e tímido.

Mas ele não tinha nada de bom a dizer sobre o plano de trabalho.

Súkhov raramente se interessava de verdade pelas coisas que estavam no cerne de uma questão científica; de modo geral, preocupava-se muito mais com as ramificações políticas. Era dotado de um senso muito preciso, aperfeiçoado pela experiência, acerca do que um círculo específico de pessoas consideraria mais importante para o Estado. E houve ocasiões em que criticou ferozmente algo que, apenas no dia anterior, parecia ter apoiado com a maior sinceridade.

Quando pessoas como Viktor ficavam irritadas de forma desarrazoada, quando argumentavam sobre alguma questão de um ponto de vista puramente subjetivo, parecendo desconhecer suas implicações mais amplas, Súkhov as julgava ignorantes das coisas do mundo.

Em suas conversas, Viktor gostava de ressaltar que não havia nada de pessoal em sua atitude com relação a alguém ou ao assunto posto em discussão: a única vontade era fazer o que era do interesse coletivo. No entanto, jamais parecia notar o modo harmonioso como suas opiniões, e as repentinas mudanças de opinião, sempre se encaixavam nos interesses de sua carreira.

— Ivan Dmítriêvitch — disse-lhe Viktor Pávlovitch, quando começaram a discutir sobre o plano de trabalho —, como é que simples mortais como nós podemos saber quais áreas de pesquisa são mais importantes para o povo soviético? Toda a história da ciência... Bem, o fato é que não posso mudar as convicções segundo as quais vivo desde criança. Uma vez, quando eu era pequeno, ganhei um aquário...

Vislumbrando o sorriso condescendente de Súkhov, ele vacilou e disse:

— Isso não tem nada a ver com o assunto em questão, mas, na verdade, tem tudo a ver... por mais estranho que pareça.

— Entendo — respondeu Súkhov. — Mas você também deve tentar entender. O seu aquário de infância não está nem aqui nem ali. Estamos falando sobre algo muito mais importante do que qualquer aquário. Agora não é hora de trabalhar em teoria.

Isso aborreceu Viktor. Ele percebeu que estava prestes a perder a paciência. E de fato perdeu.

— Bem ou mal — explodiu —, sou o único aqui que entende de física. Como é que um burocrata como você acha que tem o direito de me dar lições? Realmente não faz sentido, faz?

O rosto de Súkhov ficou vermelho, e todos os presentes franziram o cenho.

"Bem", disse Viktor a si mesmo, "agora já não há mais esperança de que *ele* solicite um apartamento melhor para mim. Não posso lhe pedir mais nada." Para sua surpresa, Súkhov não demonstrou a menor indignação. Pelo contrário, parecia bastante culpado. E suas pálpebras tremiam, como as de um menino prestes a cair no choro. Mas apenas por um segundo. Por fim, ele disse:

— Acho que você precisa descansar. Parece que seus nervos estão no limite. — E acrescentou: — Quanto ao seu plano de trabalho, só posso repetir o que já afirmei. Não considero que responda às necessidades do momento. Manifestarei posição contrária a ele.

De Kazan, Súkhov voltou para Kúibichev e de lá seguiu para Moscou. Seis semanas depois, enviou um telegrama para dizer que voltaria a Kazan em breve.

Porém, em vez de ir para Kazan, foi convocado pelo Comitê Central, severamente criticado, destituído de seu cargo e enviado a Barnaúl — para dar aulas em um instituto local de construção de máquinas agrícolas. Seu substituto interino era um jovem cientista chamado Pímenov, a quem Viktor havia supervisionado. Era no seu iminente encontro com Pímenov que Viktor estava pensando enquanto caminhava rua abaixo.

31

Liudmila recebeu Viktor no vestíbulo, e, manejando a escova para remover a poeira de Kazan dos ombros de seu paletó, o interrogou sobre a viagem a Moscou. Cada detalhe era importante para ela, sempre preocupada em ver a grandeza do marido devidamente reconhecida.

Ela queria saber quem havia enviado o telegrama, se haveria um carro disponível para levá-lo à estação, se a passagem de trem era de primeira ou de segunda classe. Com um ligeiro sorriso, Liudmila lhe disse que o professor Podkopáiev, de cuja esposa não gostava, não fora convocado. Então, como que descartando esses pensamentos com um gesto brusco da mão, disse:

— Mas isso tudo é bobagem. Não consigo parar de me preocupar. Dia e noite, meu coração continua martelando "Tólia, Tólia, Tólia...".

Nádia, que tinha ido visitar a amiga Alla Postôieva, acabou chegando tarde em casa.

Reconhecendo o passo leve e cuidadoso da filha, Viktor pensou: "Ela está mesmo muito magra. As molas do sofá estão em péssimo estado, mas ela pode se sentar sem que ele faça o menor rangido". E, sem se virar, disse:

— Boa noite, minha menina! — e continuou a escrever rapidamente.

Nádia não respondeu. Depois de um longo silêncio, ainda sem virar a cabeça, Viktor perguntou:

— Bem, como está o Postôiev? Arrumando as malas?

Nádia mais uma vez não disse nada. Viktor tamborilou com os dedos na escrivaninha, como que a pedir silêncio a alguém. Havia um problema matemático que queria resolver antes de sair. Se não o fizesse, na certa o incomodaria enquanto estivesse fora — não conseguiria dedicar a ele a concentração exigida. Ele parecia ter se esquecido completamente de Nádia, quando então se virou e disse:

— Qual é o problema, minha pequena funga-funga?

Nádia olhou para ele furiosa, depois esbravejou:

— Não quero ir para o colcoz em agosto trabalhar nos campos. Alla Postôieva não vai a lugar algum, mas mamãe me inscreveu sem nem ao menos me perguntar. Ela foi até a escola e me registrou como voluntária. Só vou voltar para casa no final do mês, e aí já vou ter que ir direto para a escola de novo. E as meninas dizem que lá quase não há comida e que a gente trabalha tanto que mal tem tempo de tomar um banho no rio.

— Tudo bem, tudo bem, mas agora vá para a cama — disse Viktor. — Podia ser muito pior.

— Sei muito bem disso — retrucou Nádia. E, dando de ombros, um de cada vez, continuou, ironicamente: — Mas acho que o senhor não vai para o colcoz, não é? Meu querido papaizinho tem uma enorme consciência política, por isso é obrigado a ir para Moscou.

Nádia se pôs de pé. Mas, quando estava saindo da sala, deteve-se e disse:

— Ah, sim, a Olga Iákovlevna nos contou que foi à estação levar presentes para os feridos. E lá, num dos trens do hospital, viu o Maksímov. Ele foi ferido duas vezes e estava sendo levado para Sverdlovsk. Quando receber alta, vai retomar sua cadeira na Universidade de Moscou.

— Qual Maksímov? — perguntou Viktor. — O sociólogo?

— Não, não, não! O bioquímico, o homem da dacha ao lado. O homem que veio tomar chá com a gente um dia antes do início da guerra... lembra?

— Há alguma chance de o trem ainda estar na estação? — perguntou Viktor, chateado com a notícia. — Sua mãe e eu poderíamos ir até lá.

— Não, é tarde demais — disse Nádia. — Olga estava no vagão dele quando a campainha tocou. Ele mal teve tempo de falar com ela.

Mais tarde, pouco antes de irem para a cama, Viktor e Liudmila brigaram. Tudo começou com Viktor apontando para os bracinhos finos da adormecida Nádia e dizendo à esposa que ela estava errada ao insistir que a filha fosse para o colcoz. Seria melhor, disse ele, deixá-la descansar bem antes do que certamente seria um inverno difícil.

Liudmila disse que as meninas da idade de Nádia eram sempre magras, que ela mesma fora muito mais magra naquela idade e que havia um bom número de famílias com crianças que passariam o verão em fábricas ou fazendo trabalho pesado nos campos.

Ao que Viktor respondeu:

— Eu lhe digo que a nossa filha está ficando cada vez mais magra e você não para de dizer disparates. Veja só as clavículas dela. Veja só os lábios pálidos e anêmicos. O que deu em você? Está querendo que os nossos *dois* filhos sofram? Isso vai mesmo deixá-la mais feliz?

Liudmila olhou para ele com uma expressão dolorida, começou a chorar e disse:

— Você não parece muito preocupado com o que pode acontecer com o Tólia. Às vezes eu preciso do seu coração, não da sua lógica. Quero que você se importe.

Lentamente, mas enfático, Viktor respondeu:

— Liudmila, você muitas vezes parece não se importar.

— Você está certo — disse ela. — Como sempre, você está certo.

E saiu do quarto, batendo a porta.

O que estava por trás do último comentário de Viktor era sua convicção de que Liudmila tinha pouco amor pela mãe dele. Esse era o principal motivo das brigas e desavenças entre os dois.

Em relação a outros aspectos, Viktor pouco pensava em seu casamento. Ele e Liudmila tinham chegado ao estágio em que os longos anos de hábito podem fazer com que um relacionamento pareça desimportante, quando seu significado se torna obscurecido pela rotina diária e apenas um choque repentino pode fazer marido e esposa perceberem que esses longos anos de hábito e proximidade diária são a coisa mais importante e mais verdadeiramente poética de tudo, a força que une duas pessoas à medida que caminham lado a lado da juventude à velhice. Viktor ignorava por completo quantas vezes fazia Tólia e Nádia rirem ao perguntar, assim que entrava pela porta: "Mamãe está em casa?... Como assim ela não está?... Onde ela foi? Ela volta logo?".

E se Liudmila se demorava em algum lugar, ele abandonava o trabalho e começava a zanzar pelo apartamento, reclamando em voz alta ou ameaçando sair para procurá-la. "Onde diabos se meteu essa mulher? Ela estava se sentindo bem quando saiu de casa? E por que teve que sair numa hora dessas, em que há tanto trânsito?"

Todavia, no momento em que Liudmila aparecia, ele se acalmava, voltava para a escrivaninha e respondia a todas as perguntas da mulher com um sisudo "O que foi? Não, por favor, não me perturbe. Estou trabalhando".

Como muitos jovens propensos à melancolia, Nádia também era capaz de momentos de alegria contagiante, e sabia representar cenas como essa com extraordinário talento. Seus desempenhos improvisados na cozinha faziam Tólia explodir em gargalhadas, enquanto Vária, a trabalhadora doméstica, exclamava: "Não, não, eu não aguento... é igualzinho a Viktor Pávlovitch, sem tirar nem pôr!".

32

Liudmila não gostava dos parentes de Viktor e só os via quando era inevitável. Eles se dividiam entre aqueles que ainda prosperavam — destes havia muito poucos — e aqueles a respeito de quem só se falava no pretérito: "Ele *foi* um advogado famoso, a esposa dele *era* a beldade da cidade"; "Ele *tinha* uma voz maravilhosa; no sul, *era* uma verdadeira celebridade". Viktor sempre parecia interessado em todos os tipos de eventos familiares, e tratava os parentes idosos com carinho e afeto — embora eles, quando começavam a relembrar, não falassem sobre a própria juventude, mas sobre tempos ainda mais míticos, quando os membros de alguma geração ainda mais distante tinham sido jovens.

Liudmila era incapaz de desvendar essa intrincada rede de relacionamentos: primos, primos de segundo grau, tias e tios idosos. Viktor dizia:

— Mas o que poderia ser mais simples? Mária Boríssovna é a segunda esposa de Óssip Semiônovitch, e Óssip Semiônovitch é o filho do meu falecido tio Iliá... já lhe falei sobre ele, era irmão do meu pai, amava o carteado e era um péssimo jogador. E Veronika Grigórievna é sobrinha de Mária Boríssovna. A filha da irmã dela, Anna Boríssovna. Agora ela é casada com Piotr Grigórievitch Motíliov. O que é que você não compreende?

Liudmila respondia:

— Não, desculpe. Não é possível entender tudo isso. Talvez Einstein conseguisse, mas eu não dou conta. Sou burra demais.

Viktor Pávlovitch era o único filho de Anna Semiônova Chtrum. Na juventude, ela fora brilhante e bombástica. Adorava o teatro. Ainda nos tempos de estudante, em mais de uma ocasião passara noites inteiras na fila para comprar ingressos quando Stanislavski e sua trupe vinham se apresentar em Odessa. Depois, vivera no estrangeiro por vários anos, formando-se em medicina na Universidade de Berna, tendo passado alguns períodos em Genebra. Trabalhara com renomados especialistas em oftalmologia na Itália e residira por dois anos em Paris. Em 1903, Aleksandra Vladímirovna hospedara-se no apartamento dela por um mês, enquanto o marido, com outros revolucionários, participava do Congresso do Partido em Londres; Anna Semiônova lhe dera o pequeno broche — duas violetas de esmalte — que Aleksandra muitas vezes ainda usava.

Anna Semiônova enviuvou quando Viktor tinha apenas três anos de idade. Depois de passar o verão de 1914 na costa do Báltico, por causa da saúde do menino, se mudara para Kiev. Suas amigas se admiravam com a obstinada devoção que ela demonstrava pelo filho. Anna tornou-se uma pessoa caseira, que pouco saía; quando o fazia, sempre levava Viktor junto. E só visitava pessoas que tivessem filhos da mesma idade que ele.

Uma das amigas que visitava com mais frequência era Olga Ignátievna, viúva de um capitão da marinha mercante. O capitão trazia para a esposa muitos presentes de países distantes: coleções de borboletas e conchas e estatuetas de marfim ou pedra. Anna Semiônova nunca percebeu que essas visitas noturnas significavam mais para o filho do que qualquer uma das aulas que ele tinha na escola ou com seus tutores particulares de línguas e música.

Viktor tinha ficado especialmente encantado com uma coleção de conchinhas da costa do mar do Japão: douradas e alaranjadas, feito crepúsculos em miniatura; azul-claras, verdes ou de um rosa leitoso, como o amanhecer sobre um pequeno mar. Tinham formas incomuns: finas e delicadas espadas; toucas de renda; pétalas de cerejeira; estrelas e flocos de neve feitos de gesso. Ao lado das conchas havia um armário de vidro exibindo borboletas cujas cores eram ainda mais brilhantes, como se suas vastas asas cinzeladas tivessem de alguma forma capturado línguas de chamas vermelhas e baforadas de fumaça violeta. O menininho imaginava que as conchas eram semelhantes às borboletas, que voavam através das algas, à luz de um sol subaquático ora verde, ora azul-claro.

Ele era fascinado por herbários e coleções de insetos. As gavetas de sua escrivaninha estavam sempre cheias de amostras de metais e minerais. Certa feita, quase se afogou em uma lagoa, esquecendo-se, ao pular na água, de todos os pedaços de granito, quartzo e feldspato que levava nos bolsos. Foi apenas a muito custo que seus amigos conseguiram arrastá-lo de volta para o barco.

Olga Ignátievna tinha também dois grandes aquários. Os peixes lambiscando em meio aos bosques e florestas subaquáticos não eram menos bonitos do que as borboletas e conchas do mar. Havia guramis lilases ou madrepérola; dourados da variedade olho de telescópio; peixes-paraíso com listras vermelhas, verdes e laranja de rosto astuto e felino; percas vítreas cujo corpo de mica transparente permitia ver escamas e esqueletos escuros; caudas-de-véu rosados — batatas vivas que gostavam de enrolar a si mesmas em suas delicadas e longas caudas, de aspecto tão incorpóreo quanto fumaça de cigarro.

Anna Semiônova queria ao mesmo tempo fazer as vontades do filho e incutir nele o hábito do trabalho diário longo e disciplinado.

Às vezes, pensava que Viktor era mimado, inconstante e preguiçoso, e, quando tirava notas ruins na escola, chamava-o de vagabundo, gritando a palavra alemã *Taugenichts!** O menino gostava de ler, mas havia momentos em que nenhuma força no planeta era capaz de fazê-lo abrir um livro. Almoçava e saía correndo para o quintal — e ela só voltava a vê-lo quando, já à noite, entrava em casa alvoroçado, com a respiração pesada, como se tivesse sido perseguido por uma alcateia de lobos. Engolia o jantar, ia para a cama e adormecia instantaneamente. Uma vez, de pé junto à janela, Anna Semiônova ouviu o filhinho fraco e tímido brincando no quintal lá embaixo. Soando como um moleque de rua maltrapilho, ele gritava: "Seu rato, por causa disso você vai levar uma tijolada no crânio!".

Certa vez, Anna Semiônova bateu em Viktor. Ele lhe dissera que ia à casa de um amigo para fazerem juntos a lição, mas em vez disso tinha ido ao cinema depois de surrupiar algum dinheiro da bolsa dela. No meio da noite, Viktor acordou e viu que a mãe o encarava. Abalado por aquele olhar demorado e severo, ficou de joelhos e passou os braços em volta do pescoço dela. Anna Semiônova empurrou-o para longe.

O menino começou a crescer. Seu corpo mudou, assim como suas roupas. E, à medida que seus ossos iam ficando mais largos e sua voz se tornava mais grave, também seu mundo interior mudou. Seu amor pela natureza mudou; ele desenvolveu novas paixões.

Por volta dos quinze anos, Viktor se apaixonou pela astronomia. Ganhou algumas lentes e se pôs a construir um telescópio.

Havia dentro dele uma luta constante entre o desejo de experiência prática e um impulso para o abstrato, para a teoria pura. Mesmo assim, era como se estivesse inconscientemente tentando conciliar esses dois mundos. Seu interesse pela astronomia era acompanhando por sonhos de construir um observatório no alto das montanhas; a descoberta de novas estrelas estava ligada em sua imaginação a difíceis e perigosas jornadas. O conflito entre seu desejo romântico de atividade e suas tendências mentais abstratas e monásticas tinha raízes profundas; só depois de muitos anos ele começou a entender isso.

Quando criança, Viktor admirava as coisas com avidez. Rachava pedras com um martelo; acariciava as facetas lisas dos cristais; sentia,

---

* "Inútil", "imprestável". (N. T.)

com espanto, o extraordinário peso do chumbo e do mercúrio. Para ele, observar um peixe não era suficiente; costumava arregaçar a manga da camisa e enfiar a mão na água para pegá-lo, segurando-o com cuidado e sem tirá-lo da água. Queria capturar com as redes do tato, do olfato e da visão o maravilhoso e radiante mundo dos objetos materiais.

Aos dezessete anos, Viktor se entusiasmou e se comoveu com livros de física e matemática. Havia páginas quase sem palavras — apenas uma dúzia de pálidas conjunções e expressões conjuntivas: "assim", "portanto", "e assim por diante". O verdadeiro impulso do pensamento era expresso inteiramente por meio de equações diferenciais e transformações tão inesperadas quanto inevitáveis.

Foi nessa época que Viktor fez amizade com Piotr Lébedev. Piotr frequentava a mesma escola apesar de ser um ano e meio mais velho e compartilhava com Viktor o amor pela matemática e pela física. Juntos, liam livros didáticos e sonhavam em fazer descobertas sobre a estrutura da matéria. Lébedev foi aprovado no exame de admissão à universidade, mas depois juntou-se a um destacamento da Komsomol para lutar na Guerra Civil. Logo em seguida, perdeu a vida em uma batalha nos arredores de Darnitsa. Viktor ficou profundamente abalado; nunca se esqueceu do amigo que havia escolhido seguir o caminho de soldado da Revolução em detrimento da carreira de cientista.

Um ano depois, iniciou seus estudos na Faculdade de Física e Matemática da Universidade de Moscou. O que mais o interessava eram as leis que regem o comportamento de núcleos atômicos e elétrons.

Havia poesia nos mistérios mais profundos da natureza. Pequenas estrelas violeta tremeluziam por um segundo numa tela escura; partículas invisíveis arremessadas por pequenos cometas, deixando para trás apenas caudas enevoadas de gás condensado; a fina agulha de um eletrômetro ultrassensível tremendo em resposta à balbúrdia provocada por demônios invisíveis dotados de insana energia e velocidade. Fervilhando sob a superfície da matéria havia enormes poderes. Esses clarões numa tela escura, as leituras do espectrômetro de massa que tornavam possível calcular a carga de um núcleo atômico, as manchas escuras em um filme fotográfico — estes foram os primeiros exploradores de forças gigantescas que agora começavam a se agitar em seu sono, mesmo que apenas por um momento.

Às vezes, Viktor imaginava esses clarões e manchas escuras como uma fina nuvem exalada por um imenso urso adormecido em seu covil. Às vezes os imaginava como salpicos de minúsculos peixes em um lago sem fundo onde monstruosos lúcios e bagres cochilavam havia séculos. Queria olhar sob a superfície verde do lago, perturbar seu fundo arenoso e impelir os peixes grandes para a superfície. Queria encontrar a longa e maleável vara de salgueiro que faria o urso rugir, que o faria sair de sua toca escura, sacudindo os ombros peludos.

Uma passagem de mão dupla através da fronteira que a um só tempo unia a matéria aos quanta de energia e deles a separava, no âmbito do arcabouço de uma única transformação matemática! E a ponte entre o alto penhasco da nossa imagem de senso comum do mundo e o reino silente e ainda envolto em brumas das forças nucleares era um aparato experimental que — a despeito de toda a sua aparente complexidade —, em seus princípios básicos, mostrava-se absurdamente simples.

Era estranho e surpreendente pensar que era aqui, neste domínio surdo-mudo dos prótons e nêutrons, que a essência material do mundo seria descoberta.

Em dado momento, Viktor de súbito informou a mãe de que o estudo por si só já não era mais suficiente para ele. Viktor conseguiu um emprego na fábrica de produtos químicos Butirski, na oficina de moagem de tinta, onde as condições eram particularmente severas. Durante o inverno, trabalhava e estudava; durante o verão, trabalhava em período integral, sem tirar férias.

Na superfície, parecia ter mudado bastante ao longo dos anos. No entanto, toda vez que se via diante de uma nova teoria — em meio a hipóteses contraditórias, em meio a experimentos imprecisos que podem conduzir o pesquisador no caminho de conclusões robustas, em meio a experimentos sutis e sofisticados capazes de jogar um pesquisador em um beco sem saída de absurdo —, tinha a mesma sensação da infância. Viktor havia vislumbrado na densa água verde um pequeno e fulgurante milagre. Em breve, se apossaria desse milagre.

A matéria não era mais algo a ser visto ou compreendido — mas a realidade de seu ser, essa realidade de átomos, prótons e nêutrons, brilhava com um resplendor que em nada ficava a dever ao da terra e dos oceanos.

Havia uma outra constante na vida de Viktor, uma luz silenciosa que iluminava todo o seu mundo interior. Fora sua mãe quem lhe dera essa luz, mas ele não percebia isso. Anna Semiônova julgava que a vida de Viktor era mais importante que a dela; nada a deixava mais feliz do que sacrificar a si mesma pela felicidade do filho. Para Viktor, no entanto, nada era mais importante do que a ciência a que servia. Ele parecia gentil, incapaz de dizer uma palavra áspera ou agir com frieza e brutalidade. No entanto, como muitas pessoas que professam uma crença sincera na importância absoluta do próprio trabalho, podia ser frio e insensível, e mesmo impiedoso. Via o amor da mãe e os sacrifícios que ela fazia por ele como algo inteiramente natural. Um dos primos de Anna Semiônova lhe disse certa vez que, quando ela era uma jovem viúva, um homem de quem ela gostava muito tentara por vários anos convencê-la a se casar com ele. Ela recusou, com medo de que isso a impedisse de dedicar todo o seu amor e atenção ao filho. Condenou a si mesma à solidão. E disse a esse primo: "Não importa. Quando Viktor crescer, vou morar com ele. Não serei uma velha solitária". Viktor ficou emocionado com essa história, que, contudo, não o comoveu tanto assim.

Viktor parecia ter realizado os sonhos de sua juventude. E todavia, no fundo, permanecia insatisfeito. Havia momentos em que sentia que o fluxo principal, a corrente central da vida, estava passando por ele, e queria encontrar uma maneira de fundir sua pesquisa com o trabalho que estava sendo realizado nas fábricas, minas e canteiros de obras do país. Queria construir uma ponte que reunisse sua pesquisa teórica e o difícil e nobre trabalho braçal dos milhões de operários do país. Ele se lembrava do amigo Lébedev, usando o capacete de soldado do Exército Vermelho e um rifle pendurado no ombro. Essa lembrança ardia dentro dele.

33

Dmitri Petróvitch Tchepíjin, professor de Viktor, desempenhou um importante papel em sua vida.

Um dos mais talentosos físicos russos, cientista de reputação mundial, ele tinha mãos grandes, ombros largos e uma testa ampla; parecia um velho ferreiro.

Aos cinquenta anos de idade, com a ajuda de dois filhos estudantes, construiu uma casa de troncos no campo. Aparou as toras pesadas. Cavou um poço nas proximidades. Construiu uma casa de banhos e abriu uma trilha através da floresta.

Tchepíjin gostava de contar às pessoas sobre um velho, um incrédulo Tomé da aldeia que, por um longo tempo, se recusou a admitir a competência de Tchepíjin como carpinteiro. E então, um dia, esse velho deu um tapinha em seu ombro, dando a entender que o reconhecia como um irmão, como um qualificado companheiro trabalhador, e disse maliciosamente:

— Tudo bem, meu menino. Construa para mim um pequeno galpão e prometo lhe pagar de forma justa.

Mas Tchepíjin preferia não passar seus verões nessa casa. Normalmente, ele e a esposa, Nadiéjda Fiódorovna, saíam juntos em longas viagens que duravam meses. Já tinham ido ao lago Baikal e à taiga no extremo leste; haviam subido aos píncaros das montanhas Tian Shan perto de Narin e visitado a margem do lago Telétskoie nas montanhas Altai. Partindo de Moscou em um barco a remo, desceram os rios Moscou, Oca e Volga até Astracã. Exploraram a floresta de Mechtchersk, perto de Riazan, e atravessaram a floresta de Briansk, de Karátchev a Novgorod-Severski. Faziam essas viagens desde os tempos de estudante e continuaram a fazê-las mesmo depois de atingir a idade em que se espera que uma pessoa vá descansar em um sanatório ou em uma dacha em vez de caminhar com uma mochila nas costas por florestas ou montanhas.

Tchepíjin não gostava de caçar e pescar, mas sempre mantinha um detalhado diário durante essas viagens. Uma seção, intitulada "Lírica", era dedicada à beleza da natureza, ao pôr do sol e ao nascer do sol, a tempestades noturnas nas florestas, a noites estreladas e enluaradas. A única pessoa que lia essas descrições era a esposa.

No outono, quando presidia reuniões no Instituto de Física ou se sentava no Presidium* durante sessões da Academia de Ciências, Tchepíjin parecia estranhamente deslocado entre os colegas de cabelos brancos e estudantes já envelhecidos que haviam passado o verão em uma casa de recreação — em Barvikha ou Uzkoie —, ou em uma dacha em Luga, em Sestroretsk, no golfo da Finlândia, ou na zona rural, não muito distante de Moscou. Ele mal tinha um único fio cinza em seu cabelo escuro, e ficava ali sentado, franzindo a testa numa expressão severa, apoiando a cabeça grande em um punho marrom e musculoso enquanto passava a outra mão pelo queixo largo e as

---

* Comitê administrativo comunista. (N. T.)

bochechas finas e tostadas de sol. Sua tez tinha o tipo de bronzeado profundo que se vê com mais frequência em peões de obra, soldados ou cortadores de turfa. Era o bronzeado de alguém que raramente dorme sob um teto e que resulta da exposição não somente ao sol, mas também a geadas, ventos noturnos e à névoa fria de logo antes do amanhecer. Comparados a Tchepíjin, seus colegas de aparência enfermiça, com a pele rosada e leitosa, riscada de profundas veias azuis, pareciam ovelhas velhas e tolas ou anjos de olhos azuis ao lado de um enorme urso-pardo.

Viktor se lembrava de, muito tempo atrás, com bastante frequência, conversar sobre Tchepíjin com Piotr Lébedev.

Estudar com Tchepíjin tinha sido um dos sonhos acalentados por Piotr, que desejava trabalhar sob sua supervisão e debater com ele sobre as implicações filosóficas da física moderna.

Ambas as oportunidades lhe foram negadas.

Aqueles que conheciam Tchepíjin não se surpreendiam que ele gostasse de caminhar pelas florestas, de trabalhar com o machado ou a pá, que escrevesse poesia e gostasse de pintar. O que os espantava, o que os deixava realmente admirados, era o fato de que, apesar de seu extraordinário leque de interesses, Tchepíjin era movido por uma única paixão. As pessoas que o conheciam bem — sua esposa e seus amigos íntimos — entendiam que todos os seus interesses tinham um único e mesmo fundamento: o amor por sua terra natal. Seu amor pelos campos e florestas russos, sua coleção de pinturas de Levitan e Savrássov,[70] a amizade com velhos camponeses que vinham visitá-lo em Moscou, a enorme quantidade de trabalho que ele havia feito na década de 1920 a fim de ajudar a estabelecer as faculdades operárias, seu conhecimento de canções folclóricas, seu interesse no desenvolvimento de novos ramos da indústria, sua efusiva paixão por Púchkin e Tolstói, sua comovente preocupação (uma fonte de diversão para alguns de seus colegas) por alguns dos habitantes menores de seus amados campos e florestas, pelo ouriço e os chapins-azuis e tentilhões que escolhiam sua casa como habitação — tudo isso constituía um alicerce, o único fundamento possível para o edifício aparentemente supraterrestre de seu pensamento científico.

---

[70] Isaac Levitan (1860-1900) e Aleksei Savrássov (1830-97), dois dos maiores pintores de paisagem russos da segunda metade do século XIX.

Um universo inteiro de pensamento abstrato — de pensamento que alcançara uma altitude de onde era impossível até mesmo distinguir o globo terrestre, muito menos seus mares e continentes —, todo esse universo tinha raízes solidamente fincadas no solo de sua terra natal. Tchepíjin extraía dessa terra sua nutrição, e provavelmente não teria sobrevivido sem ela.

Desde a mais tenra juventude, pessoas como Tchepíjin são movidas por um único e poderoso sentimento. Esse sentimento, essa consciência de um único objetivo, as acompanha até o fim de seus dias. Nikolai Nekrássov evoca tal sentimento em seu poema "No Volga", sobre o juramento que fez quando menino ao ver pela primeira vez um grupo de rebocadores de barcaças. E foi esse tipo de sentimento que incitou os jovens Herzen e Ogaríov quando fizeram sua famosa e solene promessa nos montes Vorobióv.[71]

Há pessoas para quem esse senso de meta primordial parece um ingênuo vestígio do passado, algo que apenas por acaso sobreviveu, sem nenhuma boa razão. No entanto, são pessoas cujo mundo interior é preenchido pelas trivialidades do dia; mesmerizadas pelas cores brilhantes da superfície da vida, elas são cegas para a unidade que lhes é subjacente. Muitas vezes, alcançam pequenos sucessos materiais, porém jamais vencem as verdadeiras batalhas da vida. São como um general que luta sem um objetivo verdadeiro, sem a inspiração do amor por seu povo; ele pode até capturar uma cidadezinha, derrotar um regimento ou uma divisão, mas não é capaz de vencer a guerra.

Somente em seus últimos dias e horas é que essas pessoas percebem que foram enganadas, só então veem as realidades simples que antes haviam menosprezado como algo irrelevante. Mas isso não lhes faz bem. "Se eu pudesse começar a vida de novo!" — essas palavras, pronunciadas com amargura quando fazem um balanço final de seus dias, nada mudam.

O simples desejo de que os trabalhadores vivessem livres, felizes e com conforto, de que a sociedade fosse organizada com liberdade e justiça — esse desejo determinou a vida de muitos dos mais extraor-

---

[71] O poeta Nikolai Ogaríov (1813-77) foi o melhor amigo e colaborador de Herzen. Em 1840, nos montes Vorobióv, um dos pontos mais altos de Moscou, os dois juraram não descansar até que seu país fosse livre.

dinários pensadores e combatentes revolucionários. E houve muitas outras figuras soviéticas importantes — cientistas, viajantes, agricultores, engenheiros, professores, médicos, construtores e regeneradores de desertos — que até seus últimos dias nortearam-se por um senso de propósito igualmente claro e infantil de tão puro.

Viktor nunca se esqueceu da primeira aula de Tchepíjin. Ele não dava a impressão de ser um professor de física; sua maneira grave e levemente rouca de falar, por vezes lenta e paciente, mas quase sempre rápida e veemente, lembrava mais a de um agitador político. Do mesmo modo, as fórmulas que ele escreveu no quadro-negro estavam longe de ser expressões frias e secas da nova mecânica de um mundo invisível de energias e velocidades extraordinárias; mais pareciam convocações ou slogans políticos. O giz rangia e se esmigalhava. A mão de Tchepíjin estava acostumada em igual medida com machados e pás, canetas e delicados instrumentos feitos de quartzo ou platina. Às vezes, quando ele cravava um ponto final ou desenhava o gracioso pescoço de cisne de uma integral — $\int$ —, era como se estivesse disparando uma série de tiros. Essas fórmulas pareciam repletas de conteúdo; poderiam ter sido ardentes declarações de fé, dúvida ou amor. Tchepíjin reforçou essa impressão espalhando pela lousa pontos de interrogação, elipses e triunfantes pontos de exclamação. Foi doloroso, terminada a aula, ver o assistente apagar todos aqueles radicais, integrais, diferenciais e símbolos trigonométricos, todos aqueles alfas, deltas, ipsílones e tetas que a vontade e a inteligência humanas moldaram em um único e unido regimento. Como um valioso manuscrito, o quadro-negro deveria ter sido preservado para a posteridade.

E embora muitos anos tivessem se passado desde então, embora o próprio Viktor agora desse aulas e escrevesse no quadro-negro, os sentimentos com que assistiu à primeira aula de seu professor ainda estavam presentes dentro dele.

Viktor sentia empolgação toda vez que entrava na sala de Tchepíjin. E, quando voltava para casa, se gabava, feito uma criança, para sua família e amigos: "Fui fazer uma caminhada com Tchepíjin. Fomos até a torre de rádio Chábolovka"; "Tchepíjin nos convidou, eu e Liudmila, para ver com ele a chegada do Ano-Novo"; "Tchepíjin aprova o caminho que estamos seguindo em nossa pesquisa".

Viktor se lembrava de uma conversa com Krímov sobre Tchepíjin, alguns anos antes da guerra. Após um longo período de trabalho especialmente intenso, Krímov e Gênia tinham ido visitar Viktor e Liudmila em sua dacha.

Liudmila convencera Krímov a tirar a túnica áspera e vestir uma blusa de pijama de Viktor. Krímov estava sentado à sombra de uma tília em flor. Em seu rosto via-se estampado o olhar extático de um homem que acabara de fugir da cidade, um homem que passava longas horas em salas quentes e esfumaçadas e para quem o ar fresco e perfumado, a água fresca de poço e o som do vento nos pinheiros propiciavam uma sensação de simples e completa felicidade.

Nada, aparentemente, seria capaz de perturbar tamanha sensação de paz. E então a súbita mudança em Krímov — no momento em que a conversa passou dos prazeres dos morangos com leite frio e açúcar para temas relacionados ao trabalho — foi ainda mais surpreendente.

Viktor mencionara seu encontro com Tchepíjin no dia anterior, quando haviam discutido as tarefas do novo laboratório que acabara de ser montado no Instituto de Mecânica e Física.

— Sim, ele é uma figura impressionante — disse Krímov —, mas, quando deixa o mundo da física e tenta filosofar, acaba contradizendo tudo o que sabe como físico. Ele não tem a menor compreensão da dialética marxista.

Isso enfureceu Liudmila.

— O que você quer dizer? Como pode falar desse jeito sobre Dmitri Petróvitch?

Krímov retrucou:

— Camarada Liúda, o que mais posso dizer? Quando se trata de assuntos como esse, só há uma coisa que um revolucionário marxista pode dizer, esteja falando sobre o próprio pai, sobre Tchepíjin ou sobre o próprio Isaac Newton.

Viktor sabia que Krímov tinha razão. Mais de uma vez, seu amigo Piotr Lébedev fizera a mesma crítica a Tchepíjin.

Ainda assim, ficou chateado com o tom severo de Krímov e disse:

— Por mais certo que você esteja, Nikolai Grigórievitch, acho que precisa pensar um pouco mais sobre como pessoas com uma compreensão tão fraca acerca da teoria do conhecimento podem ainda assim ser tão fortes quando se trata do conhecimento efetivo.

Fuzilando Viktor de modo furioso, Krímov respondeu:

— Isso está longe de ser um argumento filosófico. Você sabe tão bem quanto eu que há muitos cientistas que, em seus laboratórios, foram discípulos e propagandistas do materialismo dialético, que sem ele teriam ficado desamparados, mas começaram a improvisar um arremedo de filosofia caseira e se tornaram incapazes de explicar qualquer coisa. Sem se dar conta, prejudicaram suas próprias e notáveis descobertas científicas. Se sou intransigente, é porque homens como Tchepíjin e seu formidável trabalho são tão preciosos para mim quanto para você.

Anos se passaram, mas a ligação de Tchepíjin com seus alunos, que agora realizavam suas próprias pesquisas, de maneira alguma enfraqueceu. Essa conexão era livre, vital e democrática. Unia professor e aluno com mais firmeza do que qualquer outro vínculo criado pelo homem.

34

Era uma manhã fresca e clara. Viktor estava prestes a partir para Moscou.

Olhando pela janela aberta, ouvia as últimas instruções da esposa. Naqueles funestos dias de guerra, as pessoas que saíam em longas jornadas equipavam-se como se fossem exploradores polares.

Liudmila estava explicando como havia organizado as coisas na mala: a aspirina, o píretro, o iodo e a sulfonamida,[72] as latas de manteiga, mel e banha; os saquinhos de sal, chá e ovo em pó; o pão, as torradas, as cinco cebolas e o pacote de trigo-sarraceno; o pedaço de sabão, os rolos de algodão preto e branco; os fósforos e os jornais velhos que ele poderia usar para improvisar cigarros; as pilhas sobressalentes para a lanterna; a grande garrafa térmica de água fervida; e as duas garrafas de meio litro de vodca, caso ele precisasse pagar propina por favores importantes. Ela lhe disse quais alimentos deveria comer primeiro e quais poderia deixar para o final de sua estadia. Também pediu que ele trouxesse de volta as latas e garrafas vazias, uma vez que não eram fáceis de obter em Kazan.

---

[72] O píretro é um inseticida natural, feito de flores de crisântemo. A sulfonamida, o único antibiótico eficaz disponível antes da penicilina, era usado para tratar tosse e alergias.

— E não se esqueça — acrescentou ela —, a lista de coisas para trazer de volta da dacha e do apartamento estão na sua carteira, ao lado do passaporte.

— Eu me lembro da primeira viagem de trem que fiz sozinho, durante a Guerra Civil — respondeu Viktor. — Minha mãe colocou algum dinheiro numa bolsinha e costurou do lado de dentro da minha camisa. Depois, me borrifou da cabeça aos pés com tabaco para afugentar os piolhos e repetiu um punhado de vezes para eu não comprar leite cru nem sementes de girassol em nenhuma das estações e para não comer maçãs que não tivessem sido lavadas. Os principais perigos na época eram o tifo e os bandidos.

Liudmila não respondeu. Ficou irritada que estivesse perdido em reminiscências, em vez de pensar na iminente separação dos dois. Considerou-o despreocupado demais com relação ao bem-estar dela, insensível a todos os problemas que ela teria que enfrentar em termos de questões domésticas e práticas.

Em seguida, ela o abraçou e disse:

— Não se canse demais, e me prometa que irá direto para o porão se ouvir um alerta de ataque aéreo.

Depois que o carro partiu, Viktor esqueceu todos os conselhos da esposa. O sol da manhã brilhava nas árvores, na estrada que ainda reluzia de orvalho, na alvenaria, no estuque em ruínas e nas janelas empoeiradas dos edifícios. Postôiev já o esperava na rua. Grandalhão, robusto e barbudo, destacava-se do resto da família; era uma cabeça mais alto do que a esposa, a filha Alla e o filho, um estudante magro de rosto pálido.

Postôiev entrou no carro. Inclinando-se muito perto de Viktor, olhando de esguelha com certa cautela para as orelhas salientes do motorista de cabelos grisalhos, disse:

— O que você acha? Devemos evacuar nossas famílias mais uma vez? Alguns companheiros prudentes estão enviando as famílias para Sverdlovsk, ou até Novossibirsk.

O motorista olhou por cima do ombro e entrou na conversa:

— Ouvi dizer que um avião de reconhecimento alemão sobrevoou ontem a cidade.

— E daí? — disse Postôiev. — Fazemos o mesmo; nossos aviões de reconhecimento também sobrevoam Berlim.

O motorista parou na estação ferroviária e os dois passageiros desceram. Empilharam suas malas, passaram as mãos pelos bolsos do paletó e olharam com desconfiança para três meninos descalços e esfarrapados que tinham surgido de repente. Um deles se ofereceu para carregar os pertences dos dois, mas Postôiev recusou. Então um dos outros meninos fechou a cara e pediu um cigarro.

Um carregador vestindo um avental branco apareceu. Ele e Postôiev por fim concordaram com um preço — cinquenta rublos e dois quilos de pão de um cartão de racionamento — e em seguida o homem começou a amarrar as malas. Postôiev manteve consigo uma elegante maleta, sussurrando para Viktor:

— Você acha que ele é gente boa? Consegue ver o número dele em algum lugar?

Nem mesmo o radiante sol da manhã era capaz de atenuar a severa desolação da estação ferroviária de tempo de guerra: crianças dormindo em cima de trouxas e caixas; velhos mastigando vagarosamente nacos de pão; mulheres entorpecidas pela exaustão e pelos gritos dos filhos pequenos; novos recrutas carregando enormes mochilas; pálidos soldados feridos; outros soldados partindo para se juntar às suas novas unidades.

Em tempos de paz, as pessoas viajavam pelos mais variados motivos. Eram estudantes em férias ou prestes a cumprir alguns meses de trabalho durante o verão; famílias partindo alegremente em suas férias anuais; senhoras de idade inteligentes e falantes a caminho de uma visita a filhos que haviam deixado sua marca no mundo; filhos e filhas querendo dar o último adeus aos pais idosos. Muitas dessas pessoas rumavam para os lugares onde tinham nascido e sido criadas.

Mas a atmosfera nos trens e estações de tempo de guerra era muito diferente. Havia tristeza e dureza nos viajantes.

Viktor estava tentando atravessar o saguão principal quando ouviu um grito; no alvoroço geral, a trabalhadora de um colcoz teve seu dinheiro e documentos roubados. Um menino de calças curtas feitas de lona plástica pressionava o corpo contra o dela, em busca de proteção. Queria consolar e ser consolado; já a mãe, que carregava no colo um bebê, estava em desespero, aos prantos: o que faria sem passagem, sem dinheiro e nenhum documento do colcoz?

Alguns repreenderam a mulher, dizendo que ela deveria ter ficado de olhos bem abertos. Outros disseram que teriam dado um bom chute no ladrão ou o espancado até a morte; quando todos estão sofrendo, é mais fácil amaldiçoar um batedor de carteiras do que confortar sua vítima. Outros instruíram a mulher a procurar nas lixeiras, para o caso de seus documentos terem sido jogados fora. A maioria das pessoas tentou simplesmente ignorá-la.

Quando Viktor passou, seguindo o carregador, a mulher olhou para ele e, por um momento, ficou em silêncio. Talvez estivesse pensando, no instante em que seus olhos encontraram os dele, que aquele homem de chapéu e capa de chuva branca tivesse chegado para ajudá-la, para lhe dar um bilhete de trem e novos documentos.

No segundo saguão havia um bêbado, cambaleando de um lado para o outro. Estava entediado, seus olhos esbugalhados cheios de ódio e angústia. Cantava e praguejava, tentava dançar, berrava ameaças e trombava nas pessoas. Estava sozinho na multidão. Ninguém queria cantar com ele; ninguém sequer se dava ao trabalho de se ofender. Ele queria fugir da própria angústia — por isso se embebedava. Queria bater em alguém ou que batessem nele, qualquer coisa para fugir de si mesmo, mas ninguém estava disposto a cooperar.

O bêbado avistou o carregador com as malas. Viu o homem barbudo de bochechas rosadas e seu companheiro de nariz comprido e capa de chuva branca. Soltou um grito de alegria — eram exatamente o tipo de pessoa de que ele precisava. Porém, mais uma vez, mostrou-se azarado. Tropeçou e se estatelou. Quando se pôs de pé de novo, os três homens, depois de terem as passagens conferidas, chegaram à plataforma.

— É demais — disse Postôiev. — Não suporto mais isso. Da próxima vez vou de avião, mesmo tendo coração fraco.

Uma locomotiva entrou a todo vapor na estação, seguida por uma fileira de vagões cobertos de poeira. Um fiscal, desconfiado de passageiros tentando embarcar em estações intermediárias, começou a examinar os bilhetes. Os passageiros já estabelecidos — engenheiros de fábricas nos Urais e comandantes que tinham acabado de receber alta do hospital — iam saltando para a plataforma e perguntando: "Onde está o mercado? É longe? Onde posso arranjar água potável? Ouviu algum boletim de notícias? Onde consigo comprar sal? Quanto custam as maçãs aqui?". E corriam para dentro do edifício principal.

Postôiev e Viktor entraram no vagão; no momento em que vislumbraram a faixa de carpete, os espelhos empoeirados e as capas azul-

-claras dos assentos, sentiram-se mais calmos. A algazarra do lado de fora não era mais audível. Mesmo assim, sua paz e conforto não eram de modo algum imperturbáveis; dentro do vagão podia haver a impressão de tempos de paz, mas lá fora tudo ainda recendia a desastre e dor. Alguns minutos depois, quando uma nova locomotiva foi acoplada, sentiram alguns leves solavancos. Os comandantes e engenheiros dos Urais voltaram correndo, alguns segurando alças de chaleiras e canecas, alguns com braçadas de tomates ou pepinos, outros pressionando junto ao peito pacotes de pão-folha e peixe.

E então chegou o doloroso momento em que todos ficaram impacientes para que o trem começasse a se mover, quando até mesmo aqueles que agora deixavam para trás seu lar e seus entes queridos desejaram ir embora — como se qualquer coisa fosse melhor do que ficarem parados onde estavam.

Uma mulher no corredor, já perdendo todo o interesse por Kazan, disse em tom pensativo:

— Os funcionários do trem afirmam que estaremos em Múrom esta tarde. Ouvi dizer que as cebolas são muito baratas lá.

— Leram o último boletim de notícias? — veio a voz de um homem. — Vi os nomes dos lugares que conheço. A qualquer momento os alemães vão chegar ao Volga.

Postôiev vestiu o pijama e cobriu a careca com um gorrinho bordado, limpou as mãos com água-de-colônia de um frasco facetado com tampa de níquel, penteou a barba hirsuta e grisalha, abanou as bochechas com um lenço xadrez, recostou-se na poltrona e disse:

— Bem, parece que agora estamos a caminho.

Curvado sob o peso da ansiedade, Viktor tentou se distrair olhando primeiro pela janela e depois para as bochechas rosadas de Postôiev, que havia recebido maior reconhecimento oficial do que seu colega mais jovem. Seus maneirismos, sua voz retumbante, as piadinhas com as quais deixava as pessoas à vontade, as histórias que contava sobre cientistas conhecidos, referindo-se a eles apenas por seu nome e patronímico — todas essas coisas nunca deixavam de impressionar. A natureza de seu trabalho significava que, com frequência muito maior do que qualquer um de seus colegas, estava sempre sendo convocado para se reunir com comissários do povo e diretores de fábricas famosas, figuras públicas de quem a economia do país dependia. Seu nome era conhecido por milhares de engenheiros; muitos institutos de ensino superior usavam o livro didático de sua autoria. Quando se encontravam em conferências e reuniões importantes, ele tratava Viktor como um amigo — e Viktor gostava disso, aproveitando a oportunidade para se sentar ao lado dele ou passear com ele durante um intervalo. Quando admitia isso para si mesmo, sentia-se irritado com a própria mesquinhez e vaidade, mas, como é difícil permanecer zangado consigo mesmo por muito tempo, logo começava a sentir raiva de Postôiev.

— Lembra daquela mulher com os dois filhos na estação? — perguntou Viktor.

— Sim, ainda posso ver a pobre coitada — respondeu Postôiev, tirando a maleta do bagageiro acima.

No tom sério e sincero de um homem que entende completamente os sentimentos de outra pessoa, acrescentou:

— Sim, meu amigo, as coisas são difíceis, muito difíceis... mas precisamos preservar nossa força. — E em seguida, franzindo a testa: — Que tal comer alguma coisa? Tenho um pouco de frango assado.

— Parece uma boa ideia — respondeu Viktor.

O trem chegou à ponte sobre o Volga e começou a estrondear, com o estrépito de uma carroça de aldeia passando de uma trilha de terra para uma estrada de paralelepípedos.

Lá embaixo, corria o rio — encrespado pelo vento, todo ele bancos de areia e baixios; era impossível até mesmo ver para que lado estava fluindo. Lá de cima, parecia cinzento, feio e turvo. Canhões de defesa antiaérea com longos canos haviam sido montados em ravinas e pequenas colinas. Dois soldados do Exército Vermelho carregavam marmitas de lata ao longo das trincheiras; nem sequer olharam para o trem.

— Segundo a teoria das probabilidades, as chances de um piloto alemão conseguir despejar uma bomba na nossa ponte a partir de um avião voando em meio a rajadas de vento em alta velocidade e elevada altitude são quase nulas. Então não há nenhum lugar mais seguro durante um ataque aéreo do que numa ponte estratégica — disse Postôiev. — Mas espero que não sejamos pegos em um ataque aéreo em Moscou. Para ser sincero, é algo em que prefiro nem pensar.

Postôiev olhou para o rio, pensou por um momento e acrescentou:

— Os alemães estão se aproximando do Don. Será que em breve vão estar olhando para o Volga do mesmo jeito que nós? Só de pensar nisso sinto calafrios.

No compartimento ao lado, alguém começou a tocar acordeão:

*Além da ilha arborizada
Para o rio largo e livre.*[73]

Seus vizinhos de vagão, ao que parecia, também haviam começado a pensar no Volga. E, depois de Stenka Rázin,* não havia como detê-los. Em seguida veio:

*Plantei meu jardim —
É hora de regá-lo.
Amei minha amada —
É hora de esquecê-la.*

Postôiev olhou para Viktor e disse:
— "A Rússia desconcerta a mente".[74]
Depois de falar sobre os filhos e a vida em Kazan, Postôiev disse:
— Gosto de estudar meus companheiros de viagem, e há algo que tenho notado com frequência: durante a primeira parte da jornada, as pessoas falam sobre suas preocupações domésticas, sobre a vida em Kazan. Mas, assim que chegamos a Múrom, algo muda. A partir daí as pessoas não falam mais sobre o que ficou para trás, e sim sobre o que está por vir em Moscou. Um homem em uma jornada, como qualquer corpo sólido se movendo pelo espaço, desloca-se da esfera

---

[73] De uma canção ["Iz-za óstrova na striéjen", "Na corredeira atrás da ilha", escrita na década de 1870 pelo poeta e folclorista russo Dmitri Sádovnikov] sobre Stenka Rázin, o salteador e rebelde cossaco que em 1670-1 liderou uma grande rebelião camponesa. Na música, ele lança sua jovem noiva persa no Volga — como um sacrifício ao rio e para aplacar seus camaradas, que tinham ciúmes dela.

* Líder de um dos maiores levantes populares da história russa, Rázin arregimentou milhares de cossacos e camponeses revoltados por terem seus direitos ignorados pelos nobres, os principais alvos da insurreição. O exército de revoltosos foi derrotado na Batalha de Simbirsk, em 1670. Rázin caiu nas mãos das forças do governo e foi esquartejado. (N. T.)

[74] O primeiro verso de uma famosa quadra de Fiódor Tiútchev (1803-73): "A Rússia desconcerta a mente,/ não se sujeita ao bom senso;/ seus caminhos são peculiares.../ Só se pode ter *fé* na Rússia". A tradução do poema para o inglês, de Avril Pyman, aparece em Robert Chandler, Irina Mashinski e Boris Dralyuk (Orgs.), *The Penguin Book of Russian Poetry* (Londres: Penguin, 2015), p. 111.

de atração gravitacional de um sistema para a de outro. Você pode verificar isso observando meu próprio comportamento. Daqui a um ou dois minutos provavelmente vou pegar no sono. Quando acordar, tenho certeza de que vou começar a falar sobre Moscou.

E de fato adormeceu. Viktor ficou surpreso ao descobrir que Postôiev dormia feito um bebê — sem emitir o menor som. Tinha a compleição de um guerreiro; Viktor supôs que roncasse de modo tonitruante.

Viktor olhou pela janela. Sentia-se cada vez mais agitado. Era sua primeira viagem desde que deixara Moscou, em setembro de 1941. Ficou profundamente comovido com o que em tempos de paz teria parecido algo bastante comum: estava voltando para Moscou.

Suas preocupações cotidianas desapareceram, e a tensão de seus pensamentos acerca do próprio trabalho — que raras vezes o abandonava — arrefeceu, mas isso não lhe dava a sensação de paz que ele normalmente tinha durante uma viagem longa e confortável. Em vez disso, sentia-se inquieto, tomado de pensamentos e emoções outrora sobrepujados.

Viktor estava aturdido, estarrecido com a força de sentimentos ainda não sentidos em sua totalidade, de pensamentos a respeito dos quais ainda tinha necessidade de ponderar. Ele havia previsto essa guerra? Que tipo de homem era quando a guerra começou? E pensou em dois homens aos quais suas lembranças das derradeiras semanas de paz estavam intimamente vinculadas: o acadêmico Tchepíjin e o professor Maksímov, que Nádia havia mencionado na noite anterior.

Um ano inteiro se passara, o mais longo de sua vida — e agora ele estava a caminho de Moscou. Mas seu coração continuava angustiado, os boletins de notícias eram sinistros e a guerra se aproximava do Don.

Então Viktor pensou na mãe. Todas as vezes em que dissera a si mesmo que ela havia morrido, fora sem realmente acreditar nisso, não do fundo do coração... fechou os olhos e tentou imaginar o rosto dela. Por alguma estranha razão, o rosto das pessoas mais próximas pode ser mais difícil de imaginar do que o rosto de conhecidos distantes. O trem rumava para Moscou. Ele próprio estava a caminho de Moscou!

Com uma súbita sensação de alegria, Viktor teve certeza de que a mãe estava viva, de que com o tempo a veria de novo.

35

O lar de Anna Semiônova era uma cidadezinha tranquila e verde na Ucrânia. Ela não via Viktor com frequência; ia ficar com ele e Liudmila apenas uma vez a cada dois ou três anos. Escrevia para o filho três vezes por semana e ele sempre respondia com um cartão-postal. Também enviava telegramas todo Ano-Novo e nos aniversários de Viktor, Nádia e Tólia. A cada verão, Viktor pensava em enviar à mãe um telegrama em seu aniversário, mas nunca se lembrava; só costumava encontrar por acaso a caderneta certa duas ou três semanas após a data.

Anna Semiônova não se correspondia com Liudmila, mas sempre perguntava por sua saúde e pedia a Viktor que transmitisse suas lembranças. E Viktor, como fazem muitas vezes as pessoas, deixava de comunicar esses cumprimentos, e, sem dizer nada a Liudmila, escrevia em todas as cartas: "Liudmila envia saudações".

Anna Semiônova trabalhava em uma clínica, atendendo duas vezes por semana pessoas com problemas oculares. Agora, já com quase setenta anos, não tinha força suficiente para trabalhar em tempo integral. Nos dias em que não ia à clínica, dava aulas de francês em casa para crianças de famílias locais. Viktor por vezes lhe pedia que desistisse do trabalho, dizendo que lhe mandaria duzentos ou trezentos rublos por mês, mas ela falava que isso poderia lhe trazer dificuldades. E, de qualquer forma, Anna Semiônova gostava de se sentir financeiramente independente. Gostava de poder enviar pequenos presentes para o filho e a família dele; isso a fazia se lembrar de quando era uma jovem mãe. Mas o mais importante era que ela *precisava* trabalhar. Anna Semiônova trabalhara durante toda a vida, e, sem trabalho, enlouqueceria. Seu sonho era continuar trabalhando até o fim de seus dias.

Vez por outra Anna Semiônova citava divertidas expressões iídiches que ouvia dos vizinhos — a maioria da população da cidade era judia. Escrevia as palavras em cirílico, mas Viktor sabia muito pouco de iídiche e quase sempre tinha que pedir a alguém que traduzisse. Anna Semiônova também costumava contar a Viktor sobre seus pacientes e jovens alunos, sobre os parentes da família, sobre eventos locais e os livros que estava lendo.

Havia uma velha pereira silvestre junto à janela da casa de Anna Semiônova, e ela costumava contar ao filho todos os detalhes da vida da árvore — galhos quebrados pelas tempestades de inverno, o surgimento de novos brotos e folhas... no outono, escrevia: "Será que voltarei a ver minha velha amiga em flor? As folhas dela estão ficando amarelas. Estão caindo".

As cartas de Anna Semiônova eram sempre muito suaves. Houve apenas uma ocasião em que ela escreveu que estava se sentindo tão sozinha que desejava morrer. Viktor respondeu com uma longa carta, perguntando se deveria visitá-la. Ela então assegurou que estava tudo bem, que estava com boa saúde e simplesmente sentindo-se desanimada naquele dia.

No entanto, em março de 1941, ela escreveu outra carta estranha. "Primeiro, ficou muito quente — totalmente atípico para a estação, como se já fosse maio. As cegonhas chegaram. Sempre houve muitas por aqui. Mas, no dia em que elas vieram, o tempo piorou. À noite, como se sentissem a aproximação do infortúnio, as cegonhas se amontoaram todas em um pântano nos arrabaldes da cidade, não muito longe do curtume. E então, nessa noite, caiu uma terrível tempestade de neve. Dezenas de cegonhas morreram. Muitas cambalearam para a estrada, atordoadas e semimortas, como se procurassem a ajuda da humanidade. Algumas foram atropeladas por caminhões. De manhã, os meninos espancaram outras até a morte, talvez por diversão, talvez querendo acabar com o sofrimento delas. A leiteira disse que havia pássaros congelados ao longo da rodovia, os bicos entreabertos e os olhos vidrados."

Na mesma carta, Anna Semiônova disse também que sentia muita falta de Viktor e sonhava com ele quase todas as noites. E que, sem falta, o visitaria no verão. Ela agora achava que a guerra era inevitável. Toda vez que ligava o rádio era com apreensão. "Meu único esteio são as cartas e cartões que enviamos um ao outro — o pensamento de me ver separada de você é aterrorizante... você não faz ideia dos pensamentos angustiados que tenho quando me deito na cama à noite e olho para a escuridão e penso. Eu penso e penso. Não consigo dormir..."

Em resposta, Viktor escreveu que achava os medos dela exagerados. Logo depois disso, Anna Semiônova escreveu para dizer que o tempo havia esquentado de novo. Em um tom calmo e discretamente bem-humorado, relatou breves histórias sobre seus alunos e, junto com a carta em si, enviou para o filho uma violeta, uma folha de grama e algumas pétalas de sua pereira.

A expectativa de Viktor era que a mãe se juntasse a ele e a sua família em sua dacha, no início de julho, mas a guerra interveio. O último cartão que recebeu de Anna Semiônova era datado de 30 de junho. Ela escrevera apenas algumas linhas, sem dúvida sugerindo ataques aéreos: "Várias vezes ao dia ficamos profundamente agitados, e meus vizinhos me ajudam a descer e entrar no porão. Mas, aconteça o que acontecer, meu querido filho, será o mesmo para todos nós". Em um pós-escrito, com a mão trêmula, ela pediu a Viktor que transmitisse suas saudações a Liudmila e Tólia. Depois, perguntou sobre Nádia, sua favorita, pedindo que ele beijasse "os doces e tristes olhos dela...".

36

Mais uma vez, enquanto o trem rumava em direção a Moscou, os pensamentos de Viktor voltaram aos meses anteriores à invasão alemã. Ele estava tentando conciliar os vastos eventos da história mundial e sua própria vida — suas próprias preocupações, seu próprio pesar, seus próprios entes queridos.

Hitler havia conquistado uma dúzia de países da Europa Ocidental, e estava claro que conseguira isso quase sem nenhum custo, praticamente sem consumir qualquer porção de seu poderio bélico. Seus enormes exércitos estavam agora concentrados no leste. Cada novo dia trazia rumores de novas manobras políticas ou militares. Todos estavam apreensivos, na expectativa de ouvir algo importante no rádio, mas tudo o que ouviam eram longos e solenes relatos das Olimpíadas Infantis na Bachkíria; os locutores mal diziam qualquer palavra sobre incêndios em Londres ou ataques aéreos em Berlim. À noite, aqueles que possuíam bons aparelhos de rádio sintonizavam transmissões estrangeiras e ouviam sobre como naquele momento o destino da Alemanha e do mundo estava sendo determinado para os mil anos seguintes.

Nos círculos familiares soviéticos, nas casas de recreação e nos institutos de educação superior, quase todas as conversas resvalavam em política e guerra. A tempestade se aproximava; eventos mundiais irrompiam na vida cotidiana das pessoas. Questões de toda sorte — sobre férias de verão à beira-mar ou a compra de um casaco de inverno ou algum item de mobiliário — estavam sendo decididas de acordo com boletins de notícias militares ou matérias em jornais sobre discursos e tratados. Decisões sobre casamentos, sobre ter um bebê, sobre em qual instituto de ensino superior uma criança deveria pleitear uma vaga — tudo era considerado à luz dos sucessos ou fracassos de Hitler, dos discursos de Roosevelt e Churchill ou das lacônicas declarações e negativas da Tass, a principal agência de notícias soviética.

As pessoas discutiam bastante e quase sempre tinham desentendimentos histéricos. Amizades de longa data foram abruptamente desfeitas. Não havia fim para os debates sobre os alemães. Até que ponto a Alemanha de Hitler era forte? E, se fosse *mesmo* forte, isso era bom ou ruim?

Nessa época, Maksímov, o bioquímico, havia regressado de uma viagem de trabalho à Áustria e à Tchecoslováquia. Viktor não gostava muito do colega. Para ele, aquele homem de bochechas rosadas e cabelos grisalhos, com seus movimentos equilibrados e seu jeito manso de falar, parecia tímido, idealista e frouxo. "Com um sorriso como o dele, você nem precisa colocar açúcar no chá", costumava dizer. "Bastam dois sorrisos por xícara."

Maksímov havia participado de uma pequena reunião de professores, mas em seu informe quase nada dissera sobre o aspecto científico da visita, falando mais sobre suas conversas com os colegas e suas impressões gerais sobre a vida nas cidades ocupadas pelos alemães.

Ao falar sobre a difícil situação da ciência na Tchecoslováquia, sua voz começou a tremer. Então ele gritou:

— É impossível descrever, vocês têm que ver com os próprios olhos! O pensamento científico está agrilhoado. As pessoas temem a própria sombra, os colegas, os professores têm medo dos alunos. Os pensamentos, a vida espiritual, os laços familiares e de amizade das pessoas... está tudo sob o controle fascista. Um homem com quem estudei na universidade, com quem me sentei à mesma mesa e trabalhei durante dezoito sínteses de química orgânica, enfim, um homem que já conheço há trinta anos, esse meu amigo me implorou para não lhe fazer nenhuma pergunta. Ele é diretor de uma importante faculdade mas se comporta como um criminoso pé de chinelo, temendo que a polícia possa colocá-lo atrás das grades a qualquer momento. "Não me pergunte absolutamente nada", disse ele. "Não é apenas dos meus colegas que tenho medo. Tenho medo da minha própria voz. Tenho medo dos meus próprios pensamentos." Ele estava apavorado que eu pudesse citar algo que ele tivesse dito, e que, mesmo eu não mencionando o nome dele ou o de sua universidade ou cidade, a

Gestapo fosse capaz de rastreá-lo. Dá para descobrir mais coisas com pessoas simples, como camareiras e carregadores, motoristas e lacaios. Eles pensam que são anônimos e por isso têm menos receio de falar com um estrangeiro. Mas os intelectuais e os cientistas perderam toda a liberdade de pensamento... perderam o direito de chamar a si mesmos de seres humanos. Na ciência, o fascismo agora impera. As teorias fascistas são aterradoras, e amanhã essas teorias se tornarão a prática. *Já* se tornaram a prática. As pessoas falam seriamente sobre esterilização e eugenia. Um médico me disse que os doentes mentais e os tuberculosos estão sendo assassinados. Os corações e mentes das pessoas estão às escuras e às cegas. Palavras como *liberdade, consciência* e *compaixão* estão sendo perseguidas. As pessoas estão sendo proibidas de mencionar essas palavras para as crianças ou de escrevê-las em cartas particulares. São assim os fascistas. Malditos sejam!

Proferiu aos berros estas últimas palavras, levantou o braço e bateu o punho na mesa com a força de um enfurecido marinheiro do Volga, e não de um professor de fala afável, cabelos grisalhos e sorriso manso.

Seu discurso causou forte impressão.

O diretor do instituto quebrou o silêncio:

— Ivan Ivánovitch, se não estiver muito cansado, talvez pudesse nos contar sobre os frutos científicos de sua visita.

Viktor o interrompeu, irritadíssimo:

— Ivan Ivánovitch já nos relatou os frutos mais importantes de sua visita. Nada mais tem relevância. Ivan Ivánovitch, eu lhe peço que tome nota de suas observações e as publique. É esse o seu dever.

Fez uma pausa e acrescentou:

— Estou disposto a publicá-las no boletim do Instituto de Física, junto com as suas descobertas científicas.

Na voz de um adulto que se dirige mansamente a uma criança, outra pessoa disse:

— Nada disso é novo, é tudo um tanto exagerado e provavelmente ninguém vai querer publicar isso agora. É do nosso interesse reforçar a política de paz em vez de enfraquecê-la.[75]

---

[75] Entre a assinatura do Pacto de Não Agressão Germano-Soviético (23 de agosto de 1939) e a invasão alemã da União Soviética (22 de junho de 1941), todas as críticas a Hitler e à Alemanha nazista foram suprimidas. Ao falar de maneira tão aberta, Maksímov se coloca em perigo.

Durante esses meses Viktor discutira bastante com Iákovlev, um professor de mecânica teórica que conhecia havia muito tempo. Iákovlev lhe asseverava que a Alemanha encontrara uma forma perfeita de organização e agora era a potência mais poderosa do mundo. Disse a Viktor, ainda, que ele estava preso em uma visão de mundo antiquada e não entendia mais coisa alguma.

Viktor começou a especular se não haveria nisso um fundo de verdade. Desejou poder ter uma boa conversa com Krímov, que sempre falava de forma inteligente sobre política e em geral sabia muito mais do que era publicado nos jornais.

— Francamente, não consigo entender por que Gênia se divorciou de Krímov — disse Viktor, zangado, para Liudmila. — Agora não sei como encontrá-lo. Em todo caso, eu me sentiria constrangido. Não posso evitar a sensação de culpa por causa da sua linda e idiota irmã.

No domingo, 15 de junho de 1941, Viktor e a família foram para a dacha. Imaginavam que Anna Semiônova viesse ficar com eles, acompanhada de Aleksandra Vladímirovna e Serioja. Durante o almoço, Viktor e Liudmila discutiram sobre onde acomodar os três convidados. Viktor queria colocar "as duas mamães" no térreo. Tólia e Serioja — acrescentou ele — gostariam de ficar juntos no primeiro andar. Liudmila queria Aleksandra Vladímirovna e Serioja no andar térreo e a mãe de Viktor no primeiro andar.

— Mas você sabe que para a mamãe é difícil subir aquelas escadas — disse Viktor.

— Ela vai ficar mais confortável lá em cima. Ninguém vai incomodá-la. E ela vai gostar de ter uma varanda.

— Você *está* sendo sensata. Mas será que tem algo que não está me dizendo?

— Bem, acho que eu *gostaria* que Tólia não precisasse dividir um quarto. Ele está esgotado por causa das provas e precisa se preparar para o próximo ano. Serioja vai atrapalhar.

— Ah, então agora, finalmente, chegamos à verdadeira razão. Uma ameaça à soberania do delfim!

— Pelo amor de Deus! — disse Liudmila. — Quando a *minha* mãe vem ficar aqui, é tudo muito simples e direto. Mas se é Anna Semiônova, então tudo se torna uma questão de princípios. Há espaço mais do que suficiente. A velha vai ficar feliz onde quer que a acomodemos.

— Por que *a velha*? Minha mãe não tem nome?

Ciente de que podia estar prestes a começar a gritar, Viktor fechou a janela que dava para a casa dos vizinhos.

— Mocinha a sua mãe não é — replicou Liudmila.

Ela sabia que Viktor estava ficando zangado, mas queria alfinetá-lo. Também estava com raiva, chateada pelo fato de o marido não pensar o suficiente em Tólia.

Tólia fizera sua última prova escolar dois dias antes. Viktor o parabenizara por completar seus dez anos de escolaridade — mas apenas de maneira um tanto indiferente. E se esquecera de comprar um presente para o garoto, embora Liudmila o tivesse lembrado duas vezes, dizendo que terminar o ensino médio talvez fosse ainda mais importante do que concluir o ensino superior.

Mas ainda mais importante do que tudo isso era o futuro de Tólia. Ele dissera à mãe que estava interessado na área de radiocomunicação com aviões e que queria estudar no Instituto Eletrotécnico. Isso aborrecia Liudmila, que via as ciências aplicadas como indignas de seu talentoso filho. Uma vez que Viktor era a única pessoa cuja autoridade Tólia reconhecia, ela queria que o marido interviesse, tarefa em que ele estava deixando a desejar.

Tólia achava profundamente entediantes as discussões entre o padrasto e a mãe. Bocejava de maneira incontrolável e murmurava: "Nunca vou me casar, nunca vou me casar". Mas quando Viktor gritava e vociferava a ponto de sua voz ficar trêmula, Tólia precisava olhar para o outro lado; achava difícil conter o riso. A reação de Nádia era muito diferente. Ela empalidecia. Seus olhos se arregalavam, como se temesse algo aterrorizante e além de sua compreensão. Durante a noite, chorava e perguntava: "Por quê? Por quê?".

Viktor, Tólia e Nádia estavam sentados no jardim quando Nádia ouviu o rangido do portãozinho e gritou de alegria:

— Tem alguém chegando. Ah, é Maksímov!

Maksímov notou que Viktor ficou satisfeito em vê-lo. Ainda assim, perguntou, apreensivo:

— Não incomodo? Têm certeza de que não pretendiam descansar?

Em seguida, quis saber se a sua chegada não interrompia um passeio, ou se Viktor não se preparava para visitar alguém. Havia em sua voz um tom suplicante. Viktor começou a se irritar:

— Asseguro que estou feliz em vê-lo. Feliz, feliz, feliz. Por favor, não diga mais nada.

No mesmo tom hesitante, Maksímov continuou:

— Lembra-se do que você me disse depois do meu breve relatório? Bem, anotei minhas impressões.

Ele pegou um volumoso manuscrito enrolado em um tubo, abriu um sorriso à guisa de pedido de desculpas e disse:

— Acabou ficando com oitenta páginas. Eu gostaria muito de saber o que você pensa a respeito... se ainda estiver interessado e puder encontrar um tempinho para ler. Só não pense, por favor, que se trata de algo urgente... o que estou lhe dando é uma cópia, pode ficar com ela o quanto quiser...

Isso marcou o início de outro longo e exaustivo debate. Quanto mais Viktor insistia que estava genuinamente interessado, maior a obstinação de Maksímov em implorar que ele esperasse até dispor de uma quantidade excepcional de tempo livre. Mais uma vez, Viktor sentiu-se exasperado.

— Ivan Ivánovitch, realmente não entendo por que me trouxe estas páginas. Se prefere que eu não as leia, poderia tê-las deixado em casa.

Eles se sentaram em um banco na sombra. Viktor começou a fazer perguntas, a meia-voz, sobre assuntos importantes que era muito pouco provável que Maksímov mencionasse por escrito.

Mas nesse exato momento Liudmila apareceu no jardim. Maksímov se lançou às pressas na direção dela, encetou uma longa saudação, beijou sua mão, pediu desculpas de novo pela intromissão e insistiu reiteradas vezes que não queria chá.

Depois que os três terminaram o chá, Liudmila levou Maksímov para ver seu canteiro de morangos, com seis diferentes tipos da fruta, e sua pequena macieira, que dava até quinhentas maçãs por ano. Para comprá-la, fizera uma viagem especial até um velho discípulo de Mitchurin em Iúkhnov. Depois ela mostrou a Maksímov sua groselheira, que dava groselhas do tamanho de ameixas, e sua ameixeira, que dava ameixas do tamanho de maçãs.

Os dois evidentemente se alegraram. Maksímov também era um entusiasta da jardinagem, e prometeu trazer para Liudmila um espécime de flox-perene e um tipo especial de lírio, mais ou menos parecido com uma orquídea.

— O que você conseguiu aqui é extraordinário — Maksímov disse a Liudmila enquanto se preparava para ir embora. — Se todo mundo tivesse duas macieiras assim, acredito que não haveria necessidade de guerras. O fascismo seria impotente. Estes galhinhos nodosos são como braços e mãos honestos. Poderiam salvar o mundo da guerra, da selvageria e do desastre.

Mais uma vez Maksímov pediu desculpas a Viktor e Liudmila por interromper o dia deles e por todos os inconvenientes que causara. E implorou a Viktor para que não examinasse suas anotações enquanto realmente não tivesse nada melhor para fazer. E a conversa sobre fascismo jamais ocorreu.

Depois que Maksímov foi embora, Viktor lançou uma longa diatribe contra a intelligentsia russa. Muitos intelectuais falavam demais, faziam de menos, não tinham força de vontade e eram excessivamente melindrosos, a ponto de sua sensibilidade ser um fardo excruciante para os outros.

Quando voltou a Moscou, Viktor deixou o artigo de Maksímov na dacha, pretendendo lê-lo no domingo seguinte.

Todavia, no domingo seguinte, não houve tempo para pensar em Maksímov.

E, um mês depois, Viktor soube por um conhecido que um professor de cinquenta e quatro anos de idade tinha desistido de sua cátedra, ingressado em uma divisão de milícia de Moscou e partido para a linha de frente como soldado raso.

Viktor esqueceria aqueles dias de junho e julho? Fumaça escura pairava sobre as ruas. Cinza negra caía na praça Vermelha e na praça Sverdlov enquanto escritórios e comissariados queimavam seus arquivos. Pareceu a muita gente que não havia futuro e já não era possível fazer planos.

Toda a memória dos primeiros anos da Revolução estava sendo destruída. A memória do primeiro plano quinquenal, das dificuldades e do entusiasmo naqueles anos também estava sendo convertida em cinza negra. Caminhões rugiam a noite inteira, e pela manhã as pessoas sussurravam, sorumbaticamente, sobre a evacuação de mais um comissariado para Omsk. A maré que avançava ainda estava longe, acercando-se de Kiev, Dnipropetrovsk, Smolensk e Novgorod, mas em Moscou o desastre já parecia inescapável.

Todo fim de tarde o céu adquiria um aspecto agourento. As noites se passavam na dolorosa expectativa da luz da manhã, e o boletim radiofônico das seis horas invariavelmente trazia notícias sombrias.

Agora, um ano depois, no trem que o levava a Moscou, Viktor lembrou-se do primeiro boletim do Comando Supremo do Exército Vermelho, aquelas palavras para sempre gravadas em sua memória: "Em 22 de junho de 1941, ao amanhecer, tropas regulares do exército alemão atacaram nossas unidades de fronteira ao longo de um front que se estende do Báltico ao mar Negro".

O dia 23 de junho trouxe relatos de batalhas ao longo de todo aquele vasto front — nos eixos de Tchávli, Kaunas, Grodno-Volkovissk, Kóbrin, Vladímir-Volín e Brodi.

E todos os dias depois disso, em casa, na rua ou no instituto, circulavam rumores de alguma nova ofensiva alemã. Comparando os diferentes boletins, Viktor se perguntava, em tom lúgubre: "'Combates na região de Vilnius'... mas o que isso significa? A leste de Vilnius? Ou a oeste?". E fitava com olhar pasmado o mapa ou jornal.

Durante três dias, aparentemente, a Força Aérea soviética havia perdido trezentas e setenta e quatro aeronaves, e o inimigo, trezentas e oitenta e uma. E Viktor tentava adivinhar algo a partir desses números, encontrar neles alguma pista quanto ao futuro curso da guerra.

Um submarino alemão havia sido afundado no golfo da Finlândia. Um prisioneiro de guerra, um piloto alemão, dissera: "Estamos cansados da guerra. Ninguém tem a menor ideia de por que estamos lutando". Soldados alemães capturados disseram estar recebendo vodca logo antes de cada batalha. Outro soldado alemão, depois de desertar, escreveu um panfleto exigindo a derrubada do regime nazista.

Por algum tempo, Viktor foi tomado por uma espécie de alegria febril. Mais um dia ou dois e o avanço alemão seria refreado. Interrompido. Rechaçado.

Os boletins de 26 de junho falaram de uma nova investida alemã rumo a Minsk; tanques alemães haviam conseguido abrir uma brecha nas linhas inimigas. Em 28 de junho, chegaram notícias de uma batalha de blindados nos arredores de Lutsk, com a participação de quase quatro mil tanques soviéticos e alemães. Em 29 de junho, Viktor leu que o inimigo estava tentando avançar no sentido de Novograd-Volínski e Tchépetov; em seguida, leu sobre combates nos arredores do rio Duína. Havia rumores de que Minsk fora capturada e de que os alemães estavam agora se deslocando pela estrada em direção a Smolensk.

Viktor estava angustiado. Já não mantinha um registro do número de tanques e aviões alemães que haviam sido abatidos. Tampouco continuou dizendo a sua família e aos colegas que os alemães seriam refreados tão logo chegassem à antiga fronteira, anterior a 1939. E também parou de calcular os suprimentos de gasolina dos corpos de tanques alemães, dividindo as estimativas de reservas totais pelo provável consumo diário.

Agora, a qualquer momento, temia ouvir que os alemães estavam avançando em Smolensk. E depois em Viázemsk. Olhava para o rosto da esposa e dos filhos, dos colegas, dos transeuntes e pensava: "O que será de todos nós?".

Na noite de quarta-feira, 2 de julho, Viktor e Liudmila foram para a dacha. Liudmila decidiu que deveriam juntar seus pertences mais importantes e levá-los para Moscou.

Ficaram sentados do lado de fora em silêncio. O ar estava fresco e as flores do jardim brilhavam no crepúsculo. Parecia que uma eternidade inteira havia passado desde aquele último domingo de paz.

— É muito estranho — disse Viktor —, mas meus pensamentos continuam voltando para o espectrômetro de massa e minha pesquisa sobre pósitrons. Por quê? Qual é a utilidade disso? É uma loucura. Não passo de um sujeito obsessivo?

Liudmila não respondeu. Eles voltaram a mirar a escuridão.

— No que você está pensando? — perguntou Viktor.

— Só consigo pensar em uma coisa. Logo o Tólia será convocado.

No escuro, Viktor encontrou a mão da esposa e a apertou.

Nessa noite, ele sonhou que entrava em um quarto apinhado de travesseiros e lençóis jogados no chão e caminhava até uma poltrona que ainda parecia preservar o calor da pessoa que estivera sentada nela pouco tempo antes. O quarto estava vazio; as pessoas que moravam lá deviam ter partido às pressas, no meio da noite. Durante um longo tempo ele olhou para o espaldar da poltrona, no qual um xale pendurado quase roçava o chão — e então compreendeu que era sua mãe que tinha dormido na poltrona. Agora a poltrona estava vazia, dentro de um quarto vazio.[76]

De manhã bem cedo no dia seguinte, Viktor desceu as escadas, tirou a cortina de blecaute, abriu a janela e ligou o rádio.

Ouviu uma voz vagarosa. Era Stálin.

— Não devemos considerar a guerra contra a Alemanha fascista uma guerra comum. Não é somente uma guerra entre dois exércitos. É a nossa guerra pela liberdade da pátria, a grande guerra de todo o povo soviético contra as forças fascistas alemãs.

Em seguida, Stálin perguntou se as forças fascistas eram mesmo tão invencíveis como afirmava sua propaganda. Recobrando o fôlego, Viktor chegou mais perto do rádio, curioso para saber como Stálin responderia à própria pergunta.

— Claro que não! — disse ele. — A história demonstra que *nunca*, em tempo algum, registrou-se a existência de exércitos invencíveis.

Essas palavras simples ajudaram Viktor e outros a vislumbrar o que se encontrava no futuro distante, a enxergar além das densas nuvens de poeira levantadas sobre o solo soviético pelas botas de milhões de soldados fascistas invasores.

Viktor passara por muita coisa desde aquela manhã, mas em momento algum, após o discurso de Stálin, sentira o medo e a angústia daqueles primeiros dez dias de guerra.

Em meados de setembro de 1941, Viktor marcou a data para deixar Moscou rumo a Kazan, a bordo de um trem especial da Academia de Ciências.

No dia programado, houve um terrível ataque aéreo. O trem ficou impossibilitado de partir e os passageiros foram conduzidos ao metrô. Espalharam jornais e pedras manchadas de óleo sobre os trilhos e lá permaneceram sentados até o amanhecer.[77]

---

[76] Esse parágrafo é baseado em um sonho real de Grossman. Sua mãe, Iekaterina Saveliêvna, foi morta na primeira e maior das execuções em massa de judeus em Berditchev, em 14 de setembro de 1941. Ver Alexandra Popoff, *Vasily Grossman and the Soviet Century*, cap. 6.

[77] O metrô de Moscou foi projetado desde o início para propiciar abrigo em tempos de guerra. À noite, quando seus serviços eram suspensos, e também durante os alertas

De manhã, pegajosos de suor e quase mortos pela falta de ar, vultos pálidos emergiram do subsolo. No instante em que chegaram à superfície, sentiram na pele uma breve explosão de felicidade, uma felicidade raramente sentida ou apreciada pelos seres vivos acostumados a estarem vivos; viram a luz do dia e respiraram ar fresco. Sentiram o sol morno da manhã.

Durante o dia inteiro, o trem permaneceu em um desvio. À noite, todos estavam com os nervos em frangalhos.

Os balões de barragem[78] já haviam subido, o azul do céu esmaecia e as nuvens estavam ficando róseas — essas cores tranquilas, porém, inspiravam apenas angústia e medo.

Às oito horas, rangendo e rilhando, como se os vagões não acreditassem mais na possibilidade de movimento, o trem se afastou do calor da estação para adentrar o frescor dos campos.

Viktor ficou de pé no final do vagão, olhando para os fios do telégrafo, os prédios e as ruas de Moscou, os últimos bondes suburbanos, o rosa esfumaçado do céu da cidade — cada vez mais rápido, tudo ia escapando para longe dele. Ele estava deixando Moscou, talvez para sempre. Por um momento, quis se jogar sob as rodas do trem.

Quarenta minutos depois, ouviu-se um alerta de ataque aéreo. O trem parou e os passageiros desceram floresta adentro. Por sobre a cidade, balançando inquieta, quase como se respirasse, pairava uma tenda azul-clara de feixes de luz de holofotes. Linhas traçantes de projéteis antiaéreos — linhas coloridas desenhadas por uma agulha de aço invisível — bordavam o céu com motivos vivos, vermelhos e verdes. Viam-se os clarões das explosões dos projéteis, escutava-se o ribombar dos próprios canhões. De quando em quando ouvia-se um ronco arrastado, sombrio, em surdina — uma bomba de alta

---

de ataque aéreo no período diurno, as tropas de defesa civil "colocavam pranchas de madeira nos trilhos e fechavam todas as aberturas através das quais uma bomba poderia ser lançada e detonada [...]. Inválidos, crianças e idosos eram acomodados nos trens e nas estações [...]. Os demais iam para os próprios túneis em busca de abrigo. As estações eram relativamente bem iluminadas. Havia água disponível em bebedouros nas plataformas e em torneiras nos túneis" (Rodric Braithwaite, *Moscow 1941*, p. 189).

[78] Uma forma de defesa antiaérea, eram balões lançados ao céu dos quais pendiam finos cabos de aço ancorados no chão, projetados para destruir qualquer aeronave que voasse em sua direção.

carga explosiva caindo sobre algum prédio de Moscou. E então — erguendo-se sem pressa ar adentro — algo amarelo e pesado, como o lento adejar de asas.

Fazia frio na floresta. Espinhosas e escorregadias, as folhas de pinheiro espargiam o aroma da tristeza outonal. Os troncos dos pinheiros eram como velhos senhores, quietos e gentis, parados de pé na quietude da noite. Estava além da capacidade de qualquer pessoa absorver impressões tão complexas e contraditórias: o frescor da noite, uma sensação de paz e segurança — e o fogo, a fumaça e a morte que agora grassavam por Moscou. Um único e mesmo espaço de alguma forma continha silêncio e trovão, o desejo instintivo do corpo de se mover rumo ao leste e uma pontada de vergonha em resposta a esse desejo.

Foi uma jornada difícil — em virtude do vagaroso avanço do trem, da falta de ar e das longas esperas em Múrom e Kanash.

Durante essas prolongadas paradas, centenas de pessoas — escrivães, cientistas, escritores, compositores — perambulavam pelos trilhos, falando principalmente sobre batatas e onde encontrar água fervida... Viktor ficou surpreso com o comportamento de gente que costumava encontrar em exposições de arte, em concertos no Conservatório e durante as férias de verão na Crimeia ou no Cáucaso.

Um amante de Mozart que fizera uma viagem especial a Leningrado para assistir a uma apresentação do *Réquiem* mostrou-se egoísta e briguento; instalou-se no beliche superior de seu compartimento e se recusou a cedê-lo a uma mulher com um bebê de colo.

Em um dos beliches superiores do compartimento de Viktor havia alguém que ele conhecia muito bem; durante excursões da Intourist* para Bakhchisarai, Tchufut-Kale e outros locais na Crimeia, o homem lhe parecera gentil e obsequioso. No trem, todavia, não deixou ninguém pôr os olhos em seus suprimentos de comida. Durante a noite, Viktor ouviu o farfalhar de papéis e o som interminável de mastigação. Pela manhã, encontrou casca de queijo em um de seus sapatos.

Mas também houve pessoas que o surpreenderam por sua bondade e altruísmo.

---

* Operadora turística estatal russa, sediada em Moscou. Fundada em 1929, serviu como a principal agência de viagens e administradora de hotéis para turistas estrangeiros na União Soviética; foi privatizada em 1992. (N. T.)

E, acima de tudo isso, havia ansiedade — uma ansiedade cada vez mais profunda, e uma sensação de que o que estava por vir era lúgubre e sombrio.

Observando um trem de carga passar bem devagar, Viktor apontou para um caminhão com as palavras "Mosc. Vor. Kiev. Ferrovia". E disse a Sokolov:

— *Perfectum*.

Sokolov assentiu e apontou para outro vagão-plataforma com as palavras "Ásia. Cent. Ferrovia". E disse:

— *Futurum*.[79]

Viktor lembrou-se das multidões nas estações. Lembrou-se das pessoas que conhecia caminhando entre as filas de caminhões de carga, entre pilhas de sujeira e lixo — um homem carregando batatas cozidas, outro roendo um osso grande que segurava com as duas mãos.

Agora que enfim voltava para Moscou, Viktor pensou sobre aqueles dias desolados — e compreendeu que estava errado. As pessoas que ele tinha visto não eram, apesar dos pesares, fracas e desamparadas. Ele não conseguia entender a força que as unia, que juntava o seu conhecimento, a sua capacidade de trabalho e o seu amor pela liberdade. A força dessas pessoas dera alento a uma guerra de libertação.

Apesar de toda a ansiedade e amargura, em algum lugar recôndito de sua consciência havia uma centelha de alegria. E uma vez mais Viktor pensou: "Meus pressentimentos estavam errados. Minha mãe está viva. Eu a verei novamente".

37

Chegaram ao cair da tarde. Durante aqueles meses de verão, a noite de Moscou tinha um charme triste e turbulento. A cidade não combatia a chegada das trevas; não iluminava suas janelas, tampouco acendia as luzes de suas ruas e praças. Como as montanhas e os vales, passava suavemente do lusco-fusco para o breu. Os que não testemunharam aquelas noites nunca saberão com que tranquilidade e certeza a escu-

---

[79] *Perfectum* e *futurum* — "passado" e "futuro" em latim.

ridão caía sobre os edifícios, de que maneira calçadas e praças revestidas de asfalto eram engolfadas pelo negrume da noite. A água junto ao cais do Kremlin reluzia pacífica ao luar enquanto algum riacho de aldeia serpeava, tímido, através de moitas de juncos. À noite, bulevares, parques e praças pareciam impenetráveis, desprovidos de sendas e veredas. Nem mesmo o mais tênue raio de luz da cidade obstruía a noite e seu trabalho desapressado. E havia momentos em que os balões de barragem no céu azul-claro pareciam prateadas nuvens noturnas.

— Que céu estranho — disse Viktor, andando a passos largos ao longo da plataforma da estação.

— Sim — disse Postôiev —, é *mesmo* estranho. Mas será ainda mais estranho se eles mandarem um carro para nos buscar como prometeram.

Depressa, em silêncio, os passageiros seguiram caminhos separados. Era tempo de guerra; ninguém ia esperar o trem na estação, e não havia mulheres nem crianças entre os passageiros. Em sua maioria os homens que saíam dos vagões eram comandantes do exército, vestindo capas de chuva e pesados sobretudos com mochilas verdes nas costas. Caminhavam apressados, sem dizer uma palavra, de quando em quando lançando um olhar para o céu.

No Hotel Moscou, Postôiev pediu um quarto abaixo do terceiro andar, alegando problemas de coração. A recepcionista disse que os andares mais baixos estavam ocupados, mas que ele não precisava se preocupar — o elevador estava em perfeito funcionamento.

— Todo mundo agora tem problemas de coração — acrescentou ela com um sorriso. — Ninguém gosta de ataques aéreos.

— Como assim? — brincou Postôiev. — Eu gosto muito.

Em seguida, fez perguntas sobre o horário das refeições, o sistema de cupons de comida, e quis saber se o restaurante estava ou não abastecido de vodca e vinho.

— Mas o senhor tem problemas de coração, camarada acadêmico. Por que quer saber de bebida?

Os corredores do hotel estavam cheios de comandantes, e havia algumas belas mulheres. Postôiev — um Hércules de cabelos grisalhos — atraiu as atenções.

Pelas portas entreabertas, era possível ouvir vozes barulhentas e o som intermitente de um acordeão. Garçons idosos carregavam bandejas com a dieta simples do ano de 1942: sopa, *kacha* de trigo-

-sarraceno e batatas. O lustro dos enormes pratos niquelados servia apenas para sublinhar a frugalidade das refeições. Cada bandeja, no entanto, era agraciada com uma bojuda jarra de vodca. Esta era uma das maiores vantagens de Moscou — sempre havia suprimentos de vodca. Os moscovitas costumavam andar com latas e frascos vazios e pedir aos garçons para enchê-los com o precioso líquido.

Postôiev e Viktor entraram no quarto e tiraram a capa de chuva. Postôiev inspecionou as camas, tateou as cortinas de blecaute e pegou o telefone:

— Vou ter que ligar para o gerente. Não gostei deste quarto, e preciso conversar com ele sobre as nossas refeições.

— Leonid Serguêievitch — respondeu Viktor. — Francamente, o gerente não vai querer subir até o sétimo andar. Melhor descobrir a que horas ele estará no escritório e visitá-lo.

Postôiev deu de ombros e pegou o fone.

Mal haviam conseguido se lavar quando um homem de aspecto importante e tez escura bateu à porta e entrou.

— Leonid Serguêievitch? — perguntou ele.

— Sim, sim, sou eu — disse Postôiev, caminhando em sua direção. — E este é Viktor Pávlovitch Chtrum.

Mas o gerente apenas meneou a cabeça para Viktor; sua atenção estava toda em Postôiev. Ele logo concordou em lhes fornecer refeições melhores. Postôiev explicou ainda que gostariam de uma suíte de dois quartos que não passasse do segundo andar.

O gerente assentiu, tomou nota e disse:

— Amanhã terei condições de providenciar tudo. E cuidarei disso pessoalmente.

Viktor percebeu que a magia de Postôiev resultava de sua absoluta e inabalável autoconfiança. Todos que o conheciam entendiam de imediato que seus privilégios — viajar de primeira classe, comer vitela em vez de batatas, sentar-se em uma cadeira confortável na primeira fila de uma sala de conferências — eram garantidos não por lei, mas por sua própria natureza. A autoconfiança com que Postôiev falava com recepcionistas, bilheteiros de trem ou gerentes de hotéis combinava bem com sua certeza geral acerca da importância de seu trabalho, a singularidade de sua erudição e o valor de sua experiência científica e técnica. E, na condição de mais gabaritado consultor na produção de aço de alta qualidade do país, ele de fato tinha motivos para ser seguro de si.

O gerente começou a citar os nomes dos vários acadêmicos e luminares científicos que já haviam se hospedado no hotel. Conseguia se lembrar com surpreendente exatidão dos números dos quartos em que Vavílov, Fersman, Vedêneiev e Aleksandrov haviam ficado, embora parecesse ter pouca ideia de qual deles era geólogo, qual era físico e qual era metalúrgico.[80] Era um homem acostumado a lidar com pessoas importantes; tinha uma postura confiante e calma, que lhe permitia trilhar a tênue linha entre oferecer uma recepção respeitosa e deixar claro, com toda a delicadeza, que estava cansado e ocupado. Evidentemente, o gerente julgou que Postôiev pertencia às mais altas fileiras hierárquicas: demonstrou apenas o mais ínfimo sinal de estar cansado ou ocupado, e seria difícil ter sido mais respeitoso ou acolhedor.

Quando o gerente se foi, Viktor ergueu as mãos, espantado, e disse:

— Leonid Serguêievitch, mais um minuto e ele nos teria providenciado um coro de donzelas de túnica branca com guirlandas de rosas.

Postôiev caiu na gargalhada. Sua barba, os ombros pesados e até sua poltrona começaram a tremer. O copo ao lado da jarra de água tilintou, sucumbindo diante da força daquele corpanzil em riso solto.

— Meu Deus! — exclamou ele. — As coisas que você diz! Mas a culpa é do ar do hotel, que carrega sempre um micróbio de leviandade estudantil.

Embora estivessem cansados, nessa noite os dois homens demoraram muito tempo para dormir. Contudo, em vez de conversar, escolheram ler. Estranhamente, tinham trazido o mesmo livro: *As aventuras de Sherlock Holmes*.[81] Postôiev se levantou repetidas vezes, andando pelo quarto e tomando diferentes medicamentos.

---

[80] Para obter mais informações sobre o biólogo e botânico Nikolai Vavílov, ver Introdução, pp. 18-20, e Posfácio, p. 1020.

[81] As primeiras traduções russas de Sherlock Holmes foram publicadas em 1903, e a elas se seguiu uma onda de imitações baratas. Holmes permaneceu popular após a Revolução, sem o incentivo das autoridades soviéticas. Por algum tempo, as histórias circulavam apenas de forma não oficial. Em 1945, no entanto, o conto "O homem da boca torta" foi incluído em uma série intitulada "A pequena biblioteca do Jornal do Soldado do Exército Vermelho", e parece provável que cerca de 11 milhões de exemplares das obras completas protagonizadas por Holmes tenham sido publicadas no final dos anos 1950.

— Você não está dormindo? — perguntou, em voz baixa. — Sinto um peso no coração. Nasci em Moscou, no Campo de Vorontsovo. Toda a minha vida estive em Moscou, todas as coisas que me são próximas e queridas estão em Moscou. Minha mãe e meu pai estão enterrados no cemitério Vagankovo, e eu gostaria de... sou um homem velho. Mas Hitler e seus nazistas, malditos sejam, simplesmente não param de avançar...

De manhã, Viktor mudou de ideia. Em vez de acompanhar Postôiev ao comitê do Partido, decidiu ir a pé até seu próprio apartamento e de lá para o instituto.

— Estarei no comitê às duas — disse Postôiev. — Me ligue mais ou menos nesse horário. Primeiro devo visitar os comissariados.

Parecia ávido, animado, como se estivesse ansioso pelas várias reuniões. Era difícil imaginar que se tratava do mesmo homem que, durante a noite, falara de morte, velhice e guerra.

38

Viktor partiu para a central telegráfica a fim de enviar um telegrama para a esposa. Subiu a rua Górki, ao longo da espaçosa calçada deserta, passando por vitrines que tinham sido fechadas com tábuas e protegidas por pilhas de sacos de areia.

Depois de enviar o telegrama, voltou para a estação de Okhótni Riad, com a intenção de atravessar a ponte Kamenni e depois cruzar o distrito de Iakimanka até a praça Kaluga. Uma unidade de infantaria atravessava a praça Vermelha.

De súbito, passado e presente se encontraram. Ali, diante dele, estavam o Kremlin e o mausoléu de Lênin. Viktor podia ver o céu do dia e os rostos severos e exaustos dos soldados. E, ao mesmo tempo, estava de pé na ponta de um vagão de trem, numa noite de outono, pensando que deixava Moscou para sempre.

O relógio na torre do Kremlin bateu dez horas.

Viktor seguiu em frente, comovido a cada novo detalhe, cada pequena coisa que via. Olhou para as janelas mascaradas com tiras de papel azul, para os escombros de um edifício destruído pelos bombardeios, e agora delimitado por cercas, e para as barricadas feitas de troncos de pinheiro e sacos de terra, com aberturas para os canhões e metralhadoras. Olhou para os prédios altos e novos com janelas reluzentes e para os prédios antigos com estuque esboroando, e viu placas recém-pintadas com as palavras ABRIGO ANTIAÉREO e uma seta branca e brilhante logo abaixo delas.

Olhou para as multidões rarefeitas naquela cidade agora quase na linha de frente: comandantes e soldados, mulheres usando botas e túnicas. Olhou para os bondes semivazios, para caminhões do exército apinhados de soldados, para carros camuflados com borrões pretos e verdes. Alguns para-brisas estavam crivados de buracos de balas.

Olhou para mulheres caladas esperando de pé nas filas, para crianças brincando em pequenas praças e pátios — e imaginou que todos sabiam que ele tinha chegado de Kazan no dia anterior e não enfrentara a seu lado o cruel e frio inverno de Moscou.

Enquanto Viktor se atrapalhava procurando a chave, a porta do apartamento vizinho se entreabriu. O rosto animado de uma jovem espreitou e, com uma voz risonha, ainda que severa, perguntou:

— Quem é o senhor?

— Eu? Alguém que mora aqui, suponho — disse Viktor.

Ele entrou e respirou o ar estagnado e cheio de mofo. O apartamento praticamente não sofrera alteração alguma desde o dia em que haviam partido. O piano e as prateleiras de livros, porém, estavam cobertos de poeira, enquanto em um pedaço de pão deixado sobre a mesa do jantar havia crescido uma felpuda camada de mofo branco-esverdeado. Os sapatos brancos de verão de Nádia e sua raquete de tênis espiavam de debaixo da cama, e os halteres de Tólia ainda estavam jogados em um canto.

Coisas que tinham mudado, coisas que não tinham mudado — todas eram igualmente tristes.

Viktor abriu o aparador e tateou ali dentro. Em um canto escuro havia uma garrafa de vinho. Pegou uma taça sobre a mesa e encontrou o saca-rolhas. Com seu lenço, limpou o pó da garrafa e da taça, depois bebeu um pouco de vinho e acendeu um cigarro.

Raramente bebia, e o vinho tinha um forte efeito sobre ele. Em vez de parecer abafada e sufocante, a sala parecia ao mesmo tempo elegante e iluminada.

Ele se sentou ao piano e testou as teclas, ouvindo com atenção.

A cabeça de Viktor rodopiava. Estar de volta a sua própria casa era uma sensação ao mesmo tempo triste e alegre. Era tudo muito estranho. Ele estava de volta, mas se sentia abandonado. Estava sozinho, ainda que na presença da família. Tinha consciência de seus laços e obrigações, mas ainda assim sentia-se insolitamente livre.

Tudo estava como sempre tinha sido — mas, de alguma forma, tudo era também desconhecido e estranho. E o próprio Viktor se sentia diferente; já não era o homem como se conhecia e compreendia.

Viktor pensou com seus botões sobre a vizinha. Ela conseguia ouvi-lo? Quem *era* aquela jovem de olhos brilhantes no apartamento ao lado? Os Mentchov tinham partido de Moscou havia muito tempo, antes de Viktor e sua família, apenas algumas semanas depois da invasão alemã.

Ao parar de tocar, Viktor se sentiu angustiado — o silêncio era opressivo. Ele foi tomado pela necessidade de se mexer. Andou pelo apartamento, deu uma olhada na cozinha e decidiu sair de novo.

Na rua, encontrou o zelador. Conversaram sobre como o inverno tinha sido gelado, sobre canos de aquecimento central estourados, sobre pagamentos de aluguel e apartamentos vazios. E Viktor perguntou:

— A propósito, quem é a moça no apartamento dos Mentchov? Eles ainda estão em Omsk, não é?

— Não se preocupe — respondeu o homem. — É uma amiga deles de Omsk. Está aqui a negócios. Eu a registrei por duas semanas. Vai embora daqui a alguns dias.

E então, olhando Viktor nos olhos, deu uma piscada maliciosa e disse:

— Mas ela é uma belezinha, não é, Viktor Pávlovitch? — Ele riu e acrescentou: — Uma pena que Liudmila Nikoláievna não tenha voltado com você. Apagamos um bocado de incêndios juntos. Os jardineiros e eu sempre nos lembramos dela e de todas as bombas com as quais ela nos ajudou a lidar.

No caminho para o instituto, Viktor pensou de repente: "Prefiro ficar na minha própria casa — vou ter que voltar e buscar a mala".

39

No entanto, assim que entrou no instituto, assim que viu o gramado e o banco tão conhecidos, os choupos e as tílias no quintal, e as janelas de seu próprio escritório e laboratório, Viktor imediatamente se esqueceu de todo o resto.

O instituto não havia sido atingido pelas bombas; disso ele já sabia. Sabia também que todo o equipamento no andar principal — o primeiro, onde ficava o seu laboratório — fora confiado aos cuidados de Anna Stepánovna.

Anna Stepánovna era a única assistente de laboratório veterana sem diploma. Pouco antes da guerra, fora levantada a questão de substituir aquela velha senhora por alguém com melhores qualificações formais. Mas Viktor e Piotr Sokolov opuseram-se a isso e ela recebeu permissão para continuar no cargo.

O vigia disse a Viktor que Anna Stepánovna mantinha em seu próprio apartamento todas as chaves das salas do primeiro andar. A porta do laboratório, no entanto, não estava trancada.

A luz invadia a sala principal. As enormes e amplas janelas reluziam, e todo o laboratório, repleto de vidro, cobre e níquel, brilhava ao sol do verão. A ausência dos aparatos mais valiosos, transferidos no outono anterior para Kazan e depois para Sverdlovsk, não era perceptível de imediato.

Com a respiração acelerada, Viktor acendeu um cigarro. Sua cabeça girava — talvez pela euforia, talvez pelo vinho que tinha bebido mais cedo. Ainda perto da porta, ele se encostou na parede e olhou lentamente ao redor. Aquele era o único lugar onde jamais ficava desatento. Vivia no mundo da lua em todas as outras esferas da vida — em casa, com os amigos, durante passeios de barco, no teatro, quando escrevia cartas —, porque toda a sua energia era absorvida pelas coisas que aconteciam naquelas salas. Ali ele percebia tudo. Quando passava pela soleira da porta do laboratório, sua visão, sua audição e todos os aspectos da sua atenção tornavam-se precisos e tenazes; não havia nada que fosse tão pequeno a ponto de escapar de sua observação.

Agora também Viktor reparou em tudo: o lustroso assoalho de parquete, o vidro imaculadamente limpo, o metal sensível e nobre do equipamento restante, que exalava saúde e limpeza. Examinou o diagrama de temperaturas na parede; durante o inverno, não havia caído nem uma única vez abaixo de dez graus.

Sua bomba de vácuo fora colocada embaixo de uma redoma de vidro. Um aparelho de medição especial — sensibilíssimo à umidade — estava guardado em um armário de vidro polvilhado de grânulos frescos de cloreto de cálcio. Um motor elétrico em uma vasta estrutura metálica fora instalado bem onde ele pretendia montá-lo antes da guerra.

Ouvindo passos rápidos e leves, ele se virou.

— Viktor Pávlovitch! — gritou uma mulher, correndo na direção dele.

Viktor olhou para Anna Stepánovna e ficou surpreso com o quanto ela havia mudado. No entanto, nada no laboratório havia sofrido a menor alteração; tudo o que fora confiado a ela estava exatamente como ele deixara.

Viktor riscou um fósforo para acender o cigarro que já estava aceso. Os cabelos de Anna Stepánovna haviam embranquecido. Seu rosto, outrora cheio e rosado, estava magro e abatido. Sua pele parecia acinzentada, e dois sulcos profundos haviam aparecido em sua testa, na forma de uma cruz.

Ele pegou a mão dela. Estava coberta de calos, a pele marrom-escura e áspera feito uma lixa.

O que Anna Stepánovna havia realizado, e o que havia sofrido durante o inverno, estava mais do que claro — mesmo antes de ela falar. O que Viktor poderia lhe dizer? Deveria agradecê-la em nome do instituto, em nome do professorado como um todo? Ou mesmo em nome do presidente da Academia de Ciências?

Sem dizer uma palavra, ele se curvou e beijou a mão dela.

Ela o abraçou e o beijou nos lábios.

Juntos, eles andaram pela sala de braços dados, conversando e rindo, enquanto o velho vigia, parado no vão da porta, sorria.

Em seguida os três entraram no escritório de Viktor.

— Como você conseguiu levar essa enorme estrutura lá para cima? — perguntou Viktor. — Devem ter sido necessários pelo menos sete ou oito homens fortes.

— Essa foi a parte mais fácil — respondeu Anna Stepánovna. — Durante o inverno uma bateria antiaérea ficou aquartelada na praça.

Os artilheiros ajudaram. Mas carregar seis toneladas de carvão através do pátio em um trenó — isso foi um trabalho árduo.

Então o velho Aleksandr Matviêivitch, o vigia, trouxe uma chaleira de água fervente e Anna Stepánovna tirou da bolsa um pacotinho de caramelos vermelhos grudados em uma bola. Abriu uma folha de jornal para que pudesse cortar uma côdea de pão em minúsculas fatias retangulares — e os três se sentaram juntos, conversando e tomando chá em béqueres de medição.

Ao oferecer os caramelos a Viktor, Anna Stepánovna falou:

— Fique à vontade, Viktor Pávlovitch! Eu os juntei hoje de manhã na minha ração de açúcar da Academia.

O velho Aleksandr Matviêivitch pegou pequenas migalhas de pão entre os dedos — que pareciam pálidos e exangues, apesar de manchados de nicotina — e as comeu devagar e pensativo. Em seguida, disse:

— Sim, Viktor Pávlovitch, não foi um inverno fácil para os velhos. Foi muito bom que os artilheiros tenham estado aqui para nos dar uma ajudinha de vez em quando.

Percebendo que Viktor poderia interpretar isso como uma indireta para não comer mais do pão e dos doces, acrescentou:

— Mas agora está tudo muito mais fácil. Este mês vou receber rações melhores, e também vão colocar açúcar no meu cartão.

O cuidado com o qual Anna Stepánovna e Aleksandr Matviêivitch seguravam seus pequenos nacos de pão, seus movimentos silenciosos e comedidos, sua seriedade e concentração enquanto mastigavam — tudo isso disse muita coisa a Viktor. Com inaudita clareza, ele entendeu o quanto o inverno em Moscou fora penoso.

Assim que terminaram o chá, Viktor e Anna Stepánovna percorreram mais uma vez os escritórios e laboratórios.

Anna Stepánovna trouxe à baila a questão do plano de trabalho do laboratório. Vira um rascunho durante o inverno, quando Súkhov ainda era o diretor.

— Sim — respondeu Viktor. — Sokolov e eu falamos sobre Súkhov pouco antes de partirmos para Moscou. Ele esteve em Kazan alguns meses atrás, a fim de discutir o plano com a gente.

Anna Stepánovna relatou então suas próprias reuniões com Súkhov durante o inverno.

— Fui ao comitê solicitar mais carvão. Ele não poderia ter sido mais gentil ou cordial. Fiquei muito satisfeita, é claro, mas ainda assim havia nele algo de deprimente e burocrático. As coisas estavam ruins para nós, pensei. E então o encontrei por acaso na primavera, na entrada do prédio principal, e ele parecia uma pessoa diferente. Percebi de imediato. Estava desatento e me tratou com frieza. Mas fiquei contente, acredita? Pensei que as coisas deviam estar melhorando para nós.

— Sim — disse Viktor. — Embora sem dúvida não estejam melhorando para ele, não mais. Mas me diga, nosso telefone está funcionando?

— Claro.

Com as palavras "Que Deus me ajude", Viktor tirou o fone do gancho e começou a discar. Vinha adiando aquela conversa com o novo diretor, embora tivesse pegado a caderneta e verificado o número diversas vezes enquanto ainda estava no trem. Agora, ouvindo o telefone tocar, sentiu-se agitado. Tinha a esperança de ouvir a secretária responder: "Pímenov está em viagem. Voltará dentro de alguns dias".

Em vez disso, ouviu a voz do próprio Pímenov.

Anna Stepánovna logo compreendeu, a partir do olhar no rosto de Viktor.

Pímenov disse que estava feliz por receber notícias de Viktor. Perguntou como tinha sido a viagem e se ele estava confortável em seu quarto de hotel. Disse que teria ido vê-lo pessoalmente, mas não queria interromper sua primeira reunião no laboratório. Por fim, proferiu as palavras que Viktor vinha esperando com enorme ansiedade e temia jamais ouvir:

— A Academia vai garantir o financiamento integral do trabalho. Isso se aplica a todos os nossos institutos, e em particular ao seu laboratório, Viktor Pávlovitch. Seus temas de pesquisa foram oficialmente aprovados. Seu plano de trabalho também foi aprovado por Tchepíjin. A propósito, ele deve chegar de Sverdlovsk a qualquer momento. A bem da verdade, temos apenas uma preocupação: será possível obtermos o aço com o nível de qualidade exigido pelo seu aparato?

Assim que pousou o fone no gancho, Viktor foi até Anna Stepánovna, pegou as duas mãos dela e disse:

— Moscou, magnífica Moscou...

E ela riu e disse:

— Veja como o estamos recebendo!

40

O verão de 1942 foi um período extraordinário para Moscou.

Somente durante a mais terrível das invasões estrangeiras as fronteiras do Estado haviam sido empurradas tão para trás. Houve um tempo em que um mensageiro podia galopar em uma noite do Kremlin até a fronteira do Estado russo, transmitir uma mensagem enviada pelo grão-príncipe moscovita a seu comandante militar e, em seguida, do topo de uma colina, avistar cavaleiros tártaros, com chapéus de pele esfarrapados e túnicas encharcadas de suor, cavalgando despreocupados por campos russos destruídos.

E nos dias sombrios e conturbados de agosto de 1812, um mensageiro enviado por Rostôptchin, governador de Moscou, podia viajar à noite até o quartel-general de Kutúzov, ter tempo para algumas horas de descanso e uma refeição e voltar a Moscou ao entardecer com os últimos despachos oficiais; depois, na casa do governador, podia contar a um amigo como, naquela manhã, de uma de suas posições avançadas, conseguira avistar os uniformes franceses "com a mesma clareza com que estou vendo você neste instante!".

Também naquele verão de 1942, um oficial de comunicações em um blindado podia partir do estado-maior pela manhã, transmitir uma mensagem ao comandante do front ocidental, pedir um cupom de almoço a um colega, comer na cantina e voltar imediatamente ao batalhão de comunicação do estado-maior. "Apenas uma hora e meia atrás", podia dizer a seus camaradas, "ouvi o estrondo da artilharia de campanha alemã."

E um piloto de caça podia decolar do aeródromo central de Moscou, alcançar a linha de frente em treze ou catorze minutos, disparar algumas rajadas contra uniformes alemães pontilhando os bosques de choupos e bétulas em torno de Mojáiski e Viázemsk, dar uma volta brusca com a aeronave sobre um quartel-general de regimento alemão, estar de volta a Moscou em quinze minutos e pegar um bonde, passando pela estação Belorusski, até o monumento a Púchkin, onde ele e uma amiga haviam combinado de se encontrar.

Mtsensk, ao sul de Moscou, Viazma ao oeste e Rjev ao noroeste estavam todas em mãos alemãs. As províncias de Kursk, Oriol e Smolensk haviam sido ocupadas pela retaguarda do Grupo de Exércitos Centro do marechal Kluge. Quatro exércitos de infantaria e dois exércitos de tanques alemães, junto com sua artilharia e grupos de apoio, estavam a dois dias de marcha da praça Vermelha, do Kremlin, do Instituto Lênin, do Teatro de Arte de Moscou e do Bolshoi — e dos distritos de Razguliai, Tcheriómuchkin e Sadovniki,[82] de escolas e maternidades de Moscou e dos monumentos a Púchkin e Timiriázev.[83]

Os quartéis-generais dos serviços de apoio do front ocidental — suprimentos, oficiais intendentes e a redação do jornal do exército — estavam localizados na própria cidade. Os funcionários moscovitas viviam ao mesmo tempo em casa e em guerra. Passavam a noite sozinhos em seus apartamentos, transferiam comida das marmitas de lata para seus pratos e tigelas habituais e dormiam de botas, não em abrigos subterrâneos e trincheiras, mas nas camas de sempre. Seus apartamentos atestavam um bizarro amálgama de guerra e vida doméstica. Pinos de granadas de mão e tiras de cartuchos jaziam no chão ao lado de brinquedos de crianças, boinas e camisolas. Havia submetralhadoras encostadas em sofás, e as janelas estavam enegrecidas com lençóis de lona. À noite, era estranho ouvir apenas o chiado de botas pesadas — em vez do passo rápido das crianças ou do arrastar dos chinelos de uma avó.

A linha de frente estava perto, apenas um pouco mais distante do que nos terríveis dias de outubro de 1941. No entanto, à medida que os exércitos alemães penetravam mais fundo a estepe do sudeste, o front de Moscou ia silenciando, cada vez mais estático. A guerra, ao que parecia, estava se afastando da cidade.

Houve dias, até mesmo semanas, em que absolutamente nenhum bombardeiro alemão apareceu no espaço aéreo de Moscou. Os moscovitas deixaram de prestar atenção nos caças soviéticos que zumbiam no céu. As pessoas estavam tão acostumadas a eles que bastavam alguns minutos de silêncio para que olhassem para o alto, surpresas, imaginando o que poderia estar acontecendo.

Havia espaço nos bondes e no metrô. Mesmo durante as horas mais movimentadas do dia, não havia nem sombra dos costumeiros solavancos e do empurra-empurra nas imediações da praça do Teatro e

---

[82] O distrito de Razguliai deve o seu nome a uma famosa taberna local. Tcheriómuchkin era onde residiam comerciantes ricos, e Sadovniki era um distrito de camponeses. Grossman evoca diferentes aspectos da vida em Moscou.
[83] Kliment Timiriázev (1843-1920) foi um famoso botânico e fisiologista russo.

dos portões de Ilinski. À noite, com treinada eficiência, jovens voluntárias da Defesa Aérea lançavam ao céu balões de barragem prateados do lago de Chistie Prudi e dos bulevares Tvérskoi, Nikitski e Gógol.

Todavia, embora centenas de fábricas, escolas, institutos de ensino superior e outros estabelecimentos tivessem sido evacuados, Moscou não estava vazia.

Aos poucos os moscovitas acostumaram-se com a proximidade do front. Retomaram suas tarefas rotineiras. Prepararam-se para o inverno, estocando provisões de batata e lenha.

Havia várias razões para as pessoas se sentirem mais calmas. Uma delas era a sensação um tanto vaga de que o perigo havia se deslocado para outras partes. Outra, a impossibilidade de permanecer por um longo tempo em um estado extremo de tensão nervosa; a natureza simplesmente não permite.

Um indivíduo pode se acostumar a condições específicas e começar a se sentir mais calmo não porque tenha havido alguma melhoria real, mas simplesmente porque a sensação de tensão foi dissipada pelas tarefas e preocupações cotidianas. Uma pessoa adoentada pode começar a se sentir mais tranquila não porque está se recuperando, mas simplesmente porque se habituou à doença.

Por fim, e acima de tudo, as pessoas começaram a acreditar, conscientemente ou não, que jamais se permitiria que Moscou sucumbisse aos alemães. Essa fé foi reafirmada quando as forças germânicas, depois de parecerem prontas para cercar a cidade, foram expulsas de Klin e Kalínin de volta a Mojáiski e pela maneira como Leningrado se recusou a ceder, mesmo após trezentos dias de fogo, gelo e fome. Essa fé se fortaleceu e se intensificou em ritmo constante, suplantando a angústia que os moscovitas haviam sentido em setembro e outubro de 1941.

No verão de 1942, os moradores de Moscou passaram a acreditar que o tom dos boletins e jornais era sombrio demais, até alarmista. Mudanças nas circunstâncias ensejaram mudanças marcantes no modo como as pessoas pensavam, e elas chegaram a uma compreensão inteiramente nova com relação a seu próprio comportamento no passado.

Em outubro de 1941, alguns moscovitas, preocupados apenas com seus bens materiais, recusaram-se a embarcar em trens que poderiam tê-los levado para o leste. Quando indagados por quê, desviavam o olhar, envergonhados.

Na época, acreditava-se que aqueles que abandonavam seus pertences ao deus-dará, que deixavam para trás seus apartamentos e se mudavam com sua fábrica ou instituto para a Bachkíria ou para os Urais, estavam agindo de forma patriótica. Qualquer um que se recusasse a deixar a cidade porque a sogra estava doente, ou porque não tinha condições de transportar consigo um piano ou um espelho de penteadeira, era considerado mesquinho ou coisa pior.

Contudo, no verão de 1942, algumas dessas pessoas haviam conseguido dar um jeito de esquecer as verdadeiras razões por trás de sua decisão de permanecer. Agora, viam os evacuados como desertores e a si mesmas como defensoras de Moscou. Faltava-lhes qualquer noção de como tinham pouco em comum com os verdadeiros defensores da cidade — os pilotos de caça, os voluntários que guarneciam as defesas antiaéreas, os soldados, trabalhadores e milícias que resguardavam a cidade com o próprio sangue.

Essas pessoas agora se sentiam donas da cidade, e falavam sobre como seria bom se o governo proibisse os evacuados de regressarem à capital.

As circunstâncias haviam mudado, e com elas os pontos de vista das pessoas em relação às suas próprias ações. Afinal, o pensamento flexível, que busca sempre tirar proveito das circunstâncias do momento, é a característica definidora dos tacanhos e mesquinhos.

Os que partiram em outubro de 1941 levando apenas um ou dois pares de botas de feltro, algumas mudas de roupa de baixo e alguns pedaços de pão, os que relutaram em trancar seus apartamentos para o caso de seus pertences poderem ser úteis para os defensores da cidade — essas mesmas pessoas estavam escrevendo para vizinhos, jardineiros e zeladores pedindo-lhes para ficar de olho em suas coisas. Alguns evacuados escreviam para os promotores públicos e chefes de delegacias distritais, queixando-se de que jardineiros e zeladores não estavam protegendo a contento suas propriedades. E aqueles que haviam ficado em Moscou agora declaravam surpresa com a avareza dos evacuados.

Mais importante, porém, do que esses pequenos paradoxos era a determinação com que os defensores de Moscou — trabalhadores fortes, abnegados — continuavam na labuta. Eles cavavam trincheiras, construíam barricadas e depois voltavam a seu trabalho nas fábricas.

Os evacuados imaginavam ter levado consigo toda a vida e o calor de Moscou. Imaginavam oficinas de fábricas agora cobertas de neve, caldeiras frias, compartimentos vazios sem tornos mecânicos ou ferramentas de maquinaria, edifícios mortos, convertidos em meras placas de pedra. Achavam que toda a energia da vida havia deixado Moscou e reaparecido em locais distantes, nos novos canteiros de obras da Bachkíria, do Uzbequistão, da Sibéria e dos Urais. Mas a força vital da formidável cidade soviética era mais potente do que essas pessoas pensavam. A força de Moscou se mostrou inesgotável; suas fábricas voltaram à vida, e suas chaminés começaram a cuspir fumaça mais uma vez. A capacidade de trabalho dos moscovitas parecia ter dobrado; a vida industrial de Moscou era intensa o bastante para fincar novas raízes no terreno agreste dos novos canteiros de obras do leste, e desabrochar, renovada, a partir das raízes deixadas para trás.

E isso engendrou mais um paradoxo.

Os que partiram começaram a se sentir infelizes e apreensivos. Mesmo sem eles, Moscou continuava firme e forte, e isso os fez querer voltar. Pediram então permissão para voltar. Esquecendo-se de que ainda no outono anterior haviam se esforçado a fim de obter permissão para partir, falavam da sabedoria dos que tinham ficado para trás. E os que se mudaram para Sarátov e Astracá e diziam "Sim, está muito mais tranquilo agora em Moscou do que no Volga!" pareciam não entender que o destino de Moscou e o do Volga eram um só.

Moscou, cidade de improvisadas chaminés de ferro instaladas em saídas de ar e painéis de ventilação, cidade de barricadas construídas às pressas e ataques aéreos diurnos, cidade de um céu plúmbeo iluminado por edifícios em chamas e clarões de bombas explosivas, cidade onde os cadáveres das mulheres e crianças mortas durante os raides aéreos só podiam ser enterrados à noite; no verão de 1942, essa cidade tornou-se elegante e bonita. Mesmo pouco antes do toque de recolher, casais já se sentavam nos bancos do bulevar Tvérskoi, e, após as mornas pancadas de chuva de verão, a flor de tília parecia exalar um aroma mais doce e mais esplêndido do que jamais havia emanado em tempos de paz.

41

Em sua segunda manhã em Moscou, Viktor empacotou seus pertences e deixou o hotel, onde havia água quente no banheiro e vinho e vodca disponíveis todos os dias.

De volta ao apartamento, abriu as janelas e entrou na cozinha para colocar um pouco de água na tinta ressecada do tinteiro. Da torneira escorreu preguiçosamente um fluido cor de ferrugem, que Viktor esperou um bom tempo até clarear.

Ele se sentou a fim de escrever um cartão-postal para Liudmila e depois começou a redigir uma carta para Sokolov — um detalhado relato de sua conversa com Pímenov. Calculou que agora levaria cerca de dez dias para cumprir os trâmites das várias formalidades exigidas para a aprovação oficial do plano de trabalho do instituto.

Endereçou o envelope e se pôs a pensar. Era tudo muito estranho. Ele havia partido para Moscou na expectativa de ter que lutar com unhas e dentes para defender seu plano, de ter que argumentar com veemência em defesa da importância do projeto — mas não precisou discutir nada. Todas as suas propostas foram aceitas.

Selou o envelope e começou a andar pela sala. "É bom estar de volta em casa", pensou. "Fiz a coisa certa."

Depois de algum tempo, Viktor sentou-se à escrivaninha e retomou o trabalho. De quando em quando olhava para cima e aguçava os ouvidos: o silêncio parecia extraordinário. E então percebeu que não estava apenas ouvindo o silêncio, mas imaginando ter escutado uma batida na porta. E talvez pudesse ser, quem sabe, aquela jovem de Omsk — e ele diria: "Venha e sente-se aqui. Estar só pode ser terrivelmente triste".

Mas então se deixou levar pelo trabalho e por horas a fio se esqueceu da moça. Estava debruçado sobre a escrivaninha, escrevendo rápido, quando de fato ouviu uma batida na porta. Era a jovem. Queria saber se ele podia lhe emprestar dois palitos de fósforo para acender o gás: um agora e outro pela manhã.

— Emprestar está fora de cogitação — respondeu Viktor —, mas ficarei feliz em lhe dar uma caixa. Por que você está aí fora no corredor? Entre!

— O senhor é muito gentil — disse ela com uma risada. — É difícil encontrar fósforos por aqui.

E em seguida entrou. Vendo uma camisa com a gola amarfanhada no chão, ela a pegou, colocou-a sobre a mesa e disse:

— Tem tanta poeira por aqui. O lugar está uma bagunça.

Seu rosto pareceu especialmente bonito no instante em que estava curvada, olhando de esguelha para Viktor.

— Meu Deus — admirou-se a moça. — Você tem um piano. Sabe tocar?

E, como a pergunta era apenas uma brincadeira, respondeu por ele:
— Talvez algumas peças simples, como "O pintassilgo"?[84]
Viktor não soube o que dizer.
Era desajeitado e tímido com as mulheres.

Como muitos homens tímidos, Viktor se via como alguém tranquilo e experiente, imaginando que aquela jovem não fazia a menor ideia de que seu vizinho dos fósforos fantasiava sobre ela, que admirava seus dedos delgados, os pés bronzeados em sandálias de salto vermelho, os ombros, o nariz pequeno, os seios e cabelos.

Ele ainda não tinha conseguido perguntar o nome dela.

Então a jovem pediu que ele tocasse alguma coisa. Ele começou com peças que, a seu ver, ela talvez conhecesse: uma valsa de Chopin, uma mazurca de Wieniawski. Em seguida soltou uma ligeira bufada, sacudiu a cabeça e começou um pouco de Scriábin, olhando-a de vez em quando pelo canto do olho. Ela ouvia com atenção, franzindo de leve a testa.

— Onde aprendeu a tocar? — perguntou a moça, depois que ele fechou a tampa do piano e enxugou as palmas das mãos e a testa.

Em vez de responder, ele perguntou:
— Qual é o seu nome?
— Nina — respondeu ela —, e você é Viktor. — Ao dizer isso, apontou para uma fotografia grande, caída em cima da mesa, com a inscrição "Viktor Pávlovitch Chtrum — dos alunos de pós-graduação do Instituto de Mecânica e Física".
— E o seu patronímico? — perguntou ele.
— Pode me chamar só de Nina.

Viktor lhe ofereceu chá e a convidou para ficar e comer com ele. Nina concordou e depois riu, achando graça do modo desajeitado como ele havia começado a preparar a refeição.

— Que jeito estranho de cortar pão! — disse ela. — Pode deixar que eu faço isso. E não precisa abrir nenhuma conserva... já há comida mais do que suficiente sobre a mesa! Mas espere, espere... primeiro você tem que sacudir a poeira da toalha!

---

[84] Conhecida canção infantil russa.

Havia um encanto tocante na maneira como aquela bela jovem assumira o controle do enorme apartamento vazio.

Enquanto comiam, Nina contou a Viktor que morava em Omsk, onde o marido trabalhava no sindicato de consumidores do distrito. Ela tinha vindo a Moscou para entregar uma remessa de roupas a alguns hospitais da cidade, mas por conta de problemas administrativos ficara retida. Em alguns dias partiria para Kalínin; materiais destinados a Omsk haviam sido enviados para lá por engano.

— E aí terei que ir para casa — acrescentou ela.

— Por que *terei*? — perguntou Viktor.

— Por quê? — repetiu ela. E, com um suspiro, acrescentou: — Porque sim...

Viktor ofereceu-lhe um pouco de vinho.

Nina bebeu meia taça do Madeira — o Madeira que Liudmila o instruíra a levar de volta com ele para Kazan.[85] Acima do seu lábio superior agora havia gotículas brilhantes de suor, e com um lenço ela começou a abanar o pescoço e as bochechas.

— Você não se incomoda que a janela esteja aberta? — perguntou Viktor. — Mas me diga o que fez você dizer "terei que ir para casa". Costuma ser o contrário: as pessoas reclamam de ter que *sair* de casa.

Ela riu e balançou a cabeça suavemente.

— O que é isso na sua correntinha? — perguntou ele.

— Um medalhão. Uma fotografia da minha falecida mãe. — Ela tirou a correntinha do pescoço e a estendeu a ele. — Dê uma olhada.

Viktor olhou para a pequena fotografia amarelada de uma velha senhora com um lenço branco de camponesa amarrado na cabeça. Em seguida, devolveu com cuidado o medalhão à convidada.

Nina andou pela sala e disse:

— Meu Deus... que apartamento enorme! A gente pode até se perder aqui dentro!

— Eu adoraria que você se perdesse aqui — disse ele, e na mesma hora se sentiu envergonhado da própria ousadia.

Mas ela parecia não ter entendido.

— Quer saber de uma coisa? — falou Nina. — Deixe-me ajudá-lo a tirar o pó da sala e a lavar a louça.

— Como assim? — disse Viktor, um tanto alarmado.

---

[85] Madeira Massandra, vinho de qualidade produzido desde 1892 na Crimeia.

— Qual é o problema?

Nina limpou a toalha de mesa de oleado e depois, enquanto lavava as taças, começou a contar um pouco mais sobre si mesma.

Viktor ficou parado junto à janela e ouviu.

Como ela era estranha! Tão diferente de qualquer outra mulher que ele conhecia! E tão linda! E como, sem hesitação e com uma franqueza enternecedora, podia falar daquela maneira sobre assuntos tão pessoais — sobre a falecida mãe, sobre o marido cruel e os maus-tratos que havia infligido a ela?

As histórias que ela lhe contava eram uma estranha mistura de infantilidade e sabedoria mundana.

Nina lhe falou sobre um "homem maravilhoso" — um eletricista — que era apaixonado por ela. Naquela época, ela trabalhava como serralheira. Agora era incapaz de entender por que se recusara a se casar com ele. Em vez disso, pouco antes da guerra, se casara com um vizinho bonitão com um emprego importante na indústria alimentícia. Ele agora estava "agarrado" — nas palavras dela própria — à isenção do serviço militar a que seu cargo lhe dava direito.

Nina consultou o relógio de pulso.

— Bem, preciso ir embora. Obrigada pela refeição.

— *Eu* é que agradeço. Nem sei como agradecer.

— É tempo de guerra — disse ela. — Todos precisamos nos ajudar.

— Não, não apenas por isso. Por uma noite tão maravilhosa e extraordinária. E por sua confiança em mim. Acredite, estou emocionado pelo jeito como você fala comigo.

Viktor levou a mão ao coração.

— Você é muito esquisito — disse ela, olhando para ele com curiosidade.

— Infelizmente — respondeu Viktor —, de esquisito não tenho nada. Não existe pessoa mais banal do que eu. Você, sim, é incomum. Permite que a acompanhe até a porta do seu apartamento?

E fez uma respeitosa mesura.

Por alguns segundos, ela o olhou direto nos olhos. Nem sequer pestanejou. Tinha os olhos bem abertos, atentos, surpresos.

— Você é muito... — começou a dizer, e suspirou, como que prestes a chorar.

Viktor nunca seria capaz de imaginar que aquela bela jovem já havia passado por tantos maus bocados na vida. "No entanto, ela é tão pura e confiante", pensou.

De manhã, ao passar pela velha ascensorista, sentada em sua poltrona de vime, Viktor perguntou:
— Como vai, Aleksandra Petrovna?
— Do mesmo jeito que todo mundo. Minha filha está doente; queria mandar as crianças para ficar com o meu filho, mas na quinta recebi uma carta dela. Meu filho foi convocado. O que vamos fazer com as crianças agora? Minha nora tem dois filhos, uma menina e um menininho... já está muito apertada.

42

Ainda naquele dia, no comitê, Viktor ouviu que Tchepíjin já estava em Moscou. A secretária de Pímenov, uma robusta matrona na casa dos sessenta anos que parecia encarar com olhar igualmente crítico todos os homens, do aluno primeiranista ao professor de cabelos grisalhos, anunciou:
— Viktor Pávlovitch, o acadêmico Tchepíjin pediu que você espere por ele. Estará aqui às seis.
Encarou Viktor e prosseguiu, num tom severo:
— Na verdade, você precisa de fato esperá-lo, pois amanhã ele parte para Sverdlovsk. — E, depois de uma risadinha, acrescentou:
— E prepare-se para esperar por um bom tempo, pois com certeza ele vai se atrasar.
Queria dizer com isso que nem mesmo um acadêmico famoso está isento das fraquezas masculinas habituais, uma vez que o sexo masculino é inconstante e difícil de educar.
Mas no fim ficou claro que ela tinha razão. Tchepíjin chegou só depois das sete, quando os escritórios e as demais salas já estavam vazios e o vigia noturno fulminava Viktor com um olhar ríspido enquanto percorria nervoso o corredor de um lado a outro. Já o secretário que ficaria para o turno da noite arrumava sua poltrona ao lado da mesa do chefe, fazendo seus preparativos para uma noite tranquila.

Quando ouviu os passos de Tchepíjin, olhou em volta e vislumbrou no fim do corredor sua tão conhecida figura atarracada, Viktor sentiu uma onda de ânimo e alegria.

Tchepíjin estendeu a mão e foi a seu encontro, dizendo em voz alta:
— Viktor Pávlovitch! Finalmente! E em Moscou!

Suas perguntas foram rápidas e bruscas:
— Como estão as coisas em Kazan? Difíceis? Você pensa em mim de vez em quando? O que exatamente você e Pímenov combinaram? Os ataques aéreos o assustam? É verdade que Liudmila Nikoláievna trabalhou em um colcoz durante o verão?

Ouvindo as respostas de Viktor, ele inclinou a cabeça para um lado. Seus olhos eram sérios, mas alegres, brilhando sob a testa larga.
— Li o seu plano de trabalho — disse ele. — Acho que está fazendo as escolhas certas.

Ele parou um pouco para refletir, e em seguida continuou em voz baixa:
— Meus filhos estão no exército. Vânia foi ferido. Você também tem um filho no exército, não é? O que acha de tudo isso? Devemos esquecer a ciência e nos apresentar como voluntários para lutar no front?

Olhou ao redor da sala e disse:
— O ambiente aqui está sufocante, cheio de fumaça e poeira. Vamos sair para caminhar um pouco. Você pode voltar para casa comigo. Não é longe. Apenas quatro quilômetros. Haverá um carro para levá-lo de volta depois. Tudo bem?
— É claro — respondeu Viktor.

No crepúsculo imóvel, o rosto de Tchepíjin, bronzeado e castigado pelas intempéries, parecia marrom-escuro, e seus olhos grandes e luzidios tinham um ar aguçado e alerta. Provavelmente era com esse aspecto que ele ficava durante suas longas caminhadas de verão enquanto a trilha começava a desaparecer no ocaso e ele seguia em passadas rápidas em direção ao local onde planejava parar para passar a noite.

Quando atravessaram a praça Trúbnaia, Tchepíjin se deteve e durante um bom tempo fitou atentamente o céu azul-acinzentado do anoitecer. Seu olhar fixo não era como o de outras pessoas. Lá estava — o céu dos seus sonhos de infância, um céu que instigava a contemplação triste ou o pesar irracional… mas não, não era isso que Tchepíjin via. O céu que Tchepíjin via era um laboratório universal, um lugar onde sua mente podia se apaziguar e se concentrar no trabalho sério;

Tchepíjin, o cientista, estava olhando para o céu da maneira como um camponês inspeciona o campo de cultivo onde labuta e sua a camisa.

O cintilar das primeiras estrelas talvez instigasse em seu cérebro pensamentos sobre explosões de prótons, sobre fases e ciclos de desenvolvimento, sobre matéria superdensa, sobre chuvas de raios cósmicos e tempestades de váritrons,[86] sobre diferentes teorias da cosmogonia, incluindo a sua própria, sobre instrumentos para registrar fluxos invisíveis de energia estelar...

Ou talvez essas primeiras estrelas o fizessem pensar em algo inteiramente diferente.

Em uma fogueira, em galhos crepitantes, em uma panela enegrecida na qual o mingau de painço cozinhava em silêncio, nas folhas escuras acima dele, recortadas em silhueta contra o céu noturno?

Ou em uma noite tranquila quando, ainda pequeno, sentou-se no colo da mãe e, sentindo o calor de sua respiração e suas mãos mornas acariciando-lhe a cabeça, olhou para as estrelas sonolento e cheio de admiração?

Em meio às poucas estrelas e às frágeis nuvenzinhas de estanho, Viktor podia ver balões de barragem e os amplos feixes de luz dos holofotes perscrutando o céu. A guerra havia estourado nas cidades e nos campos de cultivo, e não estava menos presente no céu russo.

Caminharam devagar e em silêncio. Viktor tinha vontade de fazer muitas perguntas, mas não indagou nada a respeito da guerra nem sobre o trabalho do próprio Tchepíjin, tampouco sobre as descobertas do professor Stepánov, que sabia que o havia consultado recentemente. Da mesma forma, não lhe perguntou o que achava do seu próprio trabalho nem sobre a conversa que tivera com Pímenov, que este havia mencionado algumas horas antes.

Viktor sabia que havia outra questão, mais importante, a ser discutida, algo que estava ao mesmo tempo relacionado com a guerra, com o trabalho de ambos e com a angústia no coração dos dois homens.

---

[86] Na década de 1940, alguns cientistas armênios alegaram ter descoberto o "váritron", uma nova partícula com massa variável. "Carl Anderson especulou que eles podiam estar sofrendo uma pressão política tão grande para produzir algum 'avanço' que inventaram um, capaz de satisfazer aos administradores, mas sem prejudicar a física, já que nenhum físico acreditaria em tal partícula" (D. A. Glaser, "Invention of the Bubble Chamber and Subsequent Events". *Nuclear Physics B — Proceedings Supplements*, v. 36, pp. 3-18, 1994. Disponível em: <www.sciencedirect.com/science/article/pii/0920563294907641>. Acesso em: 10 jul. 2016).

Tchepíjin olhou para Viktor e falou de repente:

— Fascismo! Que coisa! O que será que aconteceu com os alemães? Ler sobre a brutalidade medieval dos fascistas faz o sangue gelar. Eles queimam aldeias, constroem campos de extermínio, organizam execuções em massa de prisioneiros de guerra, massacres de civis pacíficos, coisas que não vemos desde a aurora da história. Parece que tudo que havia de bom desapareceu. Não existem mais alemães bons, nobres e honestos? Como isso é possível? Você e eu conhecemos os alemães. Conhecemos a ciência, a literatura, a música, a filosofia deles! E suas classes trabalhadoras? E seu movimento progressista? O que foi feito deles? De onde surgiram tantos seres malignos? Dizem que os alemães mudaram... ou melhor, degeneraram. Dizem que Hitler e os nazistas os transformaram.

— Talvez — respondeu Viktor —, mas o nazismo não apareceu do nada. Maomé foi até a montanha *e* a montanha foi até Maomé. "Deutschland, Deutschland über alles"* já era um verso entoado em voz baixa muito tempo antes de Hitler. Não faz muito tempo, reli as cartas de Heinrich Heine. Cem anos atrás ele escreveu *Lutécia*, sobre o que chamou de horrenda falsidade do nacionalismo alemão, sobre a estúpida hostilidade alemã para com seus vizinhos, com outras nações.[87] E então, cinquenta anos depois, Nietzsche começou a pregar seu super-homem: uma besta-fera loira a quem tudo é permitido. E em 1914 a fina flor da ciência alemã saudou a invasão do Kaiser à Bélgica; Ostwald foi um desses cientistas, mas havia outros ainda mais importantes.[88] Quanto ao próprio Hitler, sempre soube muito bem que não havia falta de demanda para a mercadoria que vende;

---

* "A Alemanha, a Alemanha acima de tudo" é o primeiro verso da canção nacionalista "Das Lied der Deutschen" [A canção dos alemães], composta em 1841 por August Heinrich Hoffmann e importante mola propulsora do incipiente movimento nacionalista alemão ensejado pela "crise do Reno" de 1840, quando o governo da França reivindicou junto à Confederação Germânica que o rio Reno voltasse a ser a fronteira oriental do reino francês. (N. T.)

[87] Em 1854, o poeta Heinrich Heine (1797-1856) republicou alguns de seus artigos de jornais com o título *Lutécia*, o nome latino de Paris.

[88] Friedrich Wilhelm Ostwald (1853-1932), um dos fundadores da físico-química, escreveu sobre muitos temas, inclusive filosofia. Logo após o início da Primeira Guerra Mundial, foi um dos 93 renomados cientistas e figuras culturais alemães que assinaram um chauvinista "Apelo ao mundo civilizado".

tem amigos entre os capitães de indústria e entre a nobreza prussiana, entre oficiais do exército e entre a pequena burguesia. Sim, não faltam compradores! Quem você acha que abastece os regimentos da ss? Quem converteu toda a Europa em um enorme campo de concentração? Quem obrigou dezenas de milhares de pessoas a entrar à força em câmaras de gás móveis?[89] O fascismo vem de todo o passado reacionário da Alemanha, embora tenha suas próprias especificidades e seja mais terrível do que qualquer coisa antes dele.

— Tudo bem — disse Tchepíjin, com um gesto de mão desdenhoso. — O fascismo pode ser forte, mas não devemos nos esquecer de que seu poder sobre as pessoas não é ilimitado. Tudo o que Hitler mudou de fato foi a hierarquia, quem ocupa qual posição na sociedade alemã. As proporções relativas dos vários elementos permanecem as mesmas, mas o fascismo trouxe à superfície todo o sedimento, todos os resíduos inevitáveis da vida capitalista, toda a imundície que antes jazia escondida. O fascismo trouxe tudo isso à luz do dia, enquanto todas as coisas boas e sábias, tudo o que havia de mais verdadeiro nas pessoas foi forçado à clandestinidade. No entanto, o que é bom e sábio ainda está vivo. Esse pão da vida ainda existe. Nem é preciso dizer que muitas almas foram distorcidas e pervertidas pelo fascismo, mas o povo alemão permanece. E o povo alemão permanecerá para sempre.

Ele olhou animado para Viktor, pegou-o pela mão e continuou:

— Imagine uma cidade com homens e mulheres a quem todos reconhecem como gente honesta, bondosa e culta, como verdadeiros benfeitores da humanidade. Todo idoso, toda criança pequena sabe quem são essas pessoas. Elas são fundamentais para a vida da cidade e lhe conferem significado e beleza: lecionam nas escolas e universidades, escrevem livros, contribuem com periódicos científicos e jornais de trabalhadores, trabalham e lutam pela classe operária. Estão aos olhos do público desde as primeiras horas da madrugada até tarde da noite. Na verdade, estão por toda parte: nas escolas, fábricas e auditórios, nas

---

[89] Também conhecidas como peruas de gás ou caminhões de gás, possuíam um compartimento hermético na traseira para o qual os gases de escape eram canalizados enquanto o motor do veículo estava em funcionamento. As pessoas mantidas dentro do compartimento morriam de envenenamento por monóxido de carbono. Esse método de execução foi concebido e posto em prática pela primeira vez pelo NKVD no final dos anos 1930. Foi usado na Alemanha nazista antes de ser substituído pelas câmaras de gás, muito maiores, dos campos de extermínio.

ruas e praças principais. À noite, aparecem outras pessoas, mas quase ninguém sabe o que quer que seja sobre elas. Sua vida e trabalho são secretos e obscuros. Elas têm medo da luz. Estão acostumadas a se esgueirar furtivamente através da escuridão, a espreitar na sombra de grandes edifícios. Mas então alguma coisa muda... e o poder sombrio de Hitler irrompe no mundo. Aqueles que são honestos e gentis, aqueles que trazem luz ao mundo, são jogados em presídios e campos de prisioneiros. Alguns morrem lutando, outros se escondem na clandestinidade. Essas pessoas não são mais vistas nas escolas, fábricas e salas de aula ou participando de manifestações de trabalhadores. Seus livros são lançados nas chamas. E, claro, algumas acabam por se revelar traidoras: tornam-se camisas-pardas, seguidoras de Hitler. Quanto àqueles que costumavam espreitar nas sombras, tornam-se figuras de posição eminente. Suas ações enchem os jornais. E parece que a razão, a ciência, a humanidade e a honra morreram, como se tivessem desaparecido da face da Terra. É como se a nação tivesse degenerado, como se tivesse perdido todo o senso de bondade e honra. Mas isso não é verdade! Simplesmente não é verdade! A força e o bom senso das pessoas, sua moralidade, sua verdadeira riqueza... todas essas coisas viverão para sempre, por mais que o fascismo tente destruí-las.

E, sem esperar por uma resposta, continuou:

— Com os indivíduos acontece o mesmo. Ocultamos em nosso interior uma mistura profana de coisas falsas, grosseiras e primitivas. Muitos daqueles que vivem em condições sociais normais não conhecem os porões e subsolos recônditos de seu próprio ser. Mas agora houve uma catástrofe... e todos os tipos de vermes escaparam dos porões. Agora eles estão livres e à solta, percorrendo com passos curtos e apressados salas que antes eram limpas e cheias de luz.

— Dmitri Petróvitch — respondeu Viktor —, você diz que todos nós ocultamos uma mistura profana de coisas. Mas você mesmo, com a sua existência neste mundo, refuta essas palavras. Tudo em você é puro e claro. Não há porões ou subsolos escuros. Sim, eu sei que não é conveniente falar de quem está perto de nós, mas, para provar que você está errado, também sei que não preciso invocar a memória de grandes figuras como Giordano Bruno e Nikolai Tchernichévski.[90] Tudo o que

---

[90] Bruno foi um poeta, matemático e filósofo dominicano. Considerado culpado de heresia, foi queimado na fogueira em Roma em 1600.

preciso fazer é olhar ao meu redor. Sua explicação simplesmente não tem lógica. Você diz que um bando de vilões liderados por Hitler entrou na vida alemã. Mas houve inúmeras vezes na história alemã em que, no momento decisivo, forças reacionárias foram capazes de assumir o controle. Sempre houve Guilhermes e Fredericos dispostos a isso.

Depois de uma pausa, Viktor prosseguiu:

— Então não estamos falando apenas de um bando de vilões encabeçados por Hitler: estamos falando do militarismo prussiano, dos Junkers* prussianos que sempre colocam em primeiro plano esses vilões e supervilões. Nikolai Krímov, um homem próximo de mim que agora é comissário no front, certa vez citou algumas palavras de Marx sobre o papel desempenhado pelas forças da reação na história alemã. Eu me lembro delas até hoje: "Tendo nossos pastores à frente, encontramo-nos na sociedade da liberdade apenas no dia do seu sepultamento".[91] E, na época do imperialismo, essas mesmas forças engendraram Hitler, o monstro dos monstros, e treze milhões de pessoas votaram nele nas eleições.

— Sim, é assim que as coisas são hoje — disse Tchepíjin. — Hitler conquistou a Alemanha. Entendo o que está dizendo. Mas não é possível negar que a moralidade do povo, a verdadeira riqueza e bondade das pessoas são indestrutíveis, mais fortes que Hitler e seu machado. O fascismo será destruído e os seres humanos continuarão sendo seres humanos. Em todos os lugares, não apenas na Europa ocupada pelos nazistas, mas até mesmo na própria Alemanha! A moralidade do povo: essa é a medida do trabalho livre, útil e criativo. Sua essência, seu fundamento é a crença no direito à igualdade, à liberdade de todas as pessoas vivas. A moralidade do povo é simples: a santidade de meu próprio direito é inseparável da santidade dos direitos de todos os outros trabalhadores da terra. Mas o fascismo assevera o contrário. E o próprio Hitler, com um frenesi muito próprio, afirma: "É meu direito privar de direitos todos os outros. Tenho o direito de fazer o mundo inteiro se submeter a mim".

---

* Os membros da nobreza constituída por aristocratas latifundiários, militares de elite e diplomatas nos estados alemães antes e durante o Segundo Reich (1871--1918). (N. T.)
[91] De "Crítica da filosofia do direito de Hegel" (1843-4), publicado na *Deutsch--Französische Jahrbücher* (1844).

— Sim, Dmitri Petróvitch, claro que você está certo. O fascismo será destruído e os seres humanos continuarão sendo seres humanos. A menos que se acredite nisso, é impossível continuar vivendo. Assim como você, acredito na força do povo. Foi com pessoas como você, entre outras, que absorvi essa crença. E, como você, sei que a principal fonte dessa força é o povo benévolo, progressista, trabalhador, criado à base das ideias de Marx, Engels e August Bebel.[92] Mas onde está essa força agora? Onde ela está na Alemanha de hoje, na vida cotidiana do país? Onde ela pode ser encontrada, com hordas de alemães devastando nosso país, queimando nossas cidades, campos e vilarejos?

— Viktor Pávlovitch — repreendeu Tchepíjin —, a vida cotidiana e a teoria científica nunca devem divergir. Prática e teoria não podem existir separadas. O que estamos discutindo não tem a ver apenas com a guerra, mas também com o trabalho que você e eu fazemos hoje. A ciência física, de certa forma, progrediu muito pouco. A primeira era, que durou cem mil anos, girou em torno apenas de mudar a forma e a posição da matéria; o homem primitivo arremessava gravetos ou usava um pedaço de corda para amarrar um torrão de minério num porrete. Ele não alterou a química da matéria; não violou a integridade de suas moléculas. Durante a segunda era, que durou outros cem mil anos, o homem trabalhou no anel exterior de elétrons. Essa era começou com a primeira fogueira, com a química do vinho e do vinagre, com a extração de metais do seu minério em fornalhas simples e termina com conquistas como a separação de nitrogênio do ar e a síntese de tinta e da borracha. Agora estamos à beira de uma terceira era, a de invasão do núcleo atômico. Uma nova tecnologia está sendo criada. Em breve, nossa tecnologia existente parecerá tão primitiva quanto uma pederneira amarrada a uma vara em comparação com as turbinas a vapor e mercúrio de hoje.

Depois de uma pausa, Tchepíjin prosseguiu:

— Ao longo de centenas de milhares de anos, mudamos da física para a química e depois voltamos à física: a física do núcleo em vez da física da pedra. Durante esse tempo, avançamos uma diminuta fração de um milimícron. E assim pode parecer que a ciência não reconhece

---

[92] August Bebel (1840-1913) foi um dos fundadores, em 1869, do Partido Social-Democrata dos Trabalhadores da Alemanha. Lênin se referia a ele como "um líder trabalhista exemplar".

nosso mundo cotidiano, nosso mundo repleto de labuta, desgosto, sangue, escravidão e violência. Pode parecer que a ciência é apenas uma questão de razão abstrata, penetrando desde o anel exterior de elétrons ao núcleo, enquanto todo o amargo mundo da existência humana vem e vai feito fumaça, desaparecendo sem deixar vestígio. Bem, se é isso o que pensa um cientista, então sua ciência é inútil. Nada do que ele faz vale sequer um copeque. A ciência está em vias de descobrir enormes fontes de energia. É o povo trabalhador que deve controlar essas fontes, porque nas mãos do fascismo sua força destrutiva seria capaz de transformar o mundo inteiro em cinzas. Não somos capazes de entender a realidade de hoje a menos que olhemos para o futuro, a menos que tentemos prever o que vai trazer o amanhã. Guerra é guerra, mas precisamos entender como é errado ver o triunfo temporário da vilania fascista como a destruição de uma vez por todas do povo alemão e a inauguração de um eterno reino de trevas hitleristas.

Traçando um grande círculo no ar com uma das mãos, Tchepíjin continuou em tom lento e solene:

— Não importa o que seja feito para destruí-la, a energia é eterna. A energia do sol, irradiando-se espaço afora, passa através de desertos da escuridão para reviver nas folhas de um álamo ou na seiva viva de uma bétula. Ela se oculta em um pedaço de carvão, na tensão intramolecular de cristais. É o fermento da vida. E a energia espiritual de um povo não é diferente. Também permanece oculta e dormente, mas não pode ser destruída. Depois de um período recôndita, ela volta a se acumular em aglomerados maciços, irradiando luz e calor, conferindo significado à vida humana. E sabe de uma coisa? Uma das provas da indestrutibilidade dessa energia espiritual é o fato de que até mesmo os mais maléficos líderes fascistas se sentem obrigados a posar como os paladinos da justiça e do bem maior. Cometem seus crimes mais atrozes em segredo. Sabem por experiência própria que o mal não apenas engendra o mal; que, embora às vezes sufoque o que é bom, também é capaz de conceber o bem. Esses líderes não têm o poder de proclamar abertamente seu princípio central, amoral: que a liberdade de um povo, raça ou Estado favorecido deve ser alcançada por meio da sangrenta negação da liberdade de outros povos, raças ou Estados. Eles têm o poder de confundir as pessoas, enganá-las e inebriá-las por algum tempo, mas não conseguem remodelar a alma do povo. Não são capazes de alterar as convicções fundamentais das pessoas.

Com um pequeno sorriso, Viktor falou:

— Então, Dmitri Petróvitch, você está me dizendo que sem escuridão não podemos distinguir a luz? Que a eterna luta para afirmar o bem é inconcebível sem a existência eterna do mal? É isso que você está me dizendo?

Lembrando-se de sua conversa com Krímov pouco antes da guerra, Viktor continuou:

— Dmitri Petróvitch, aqui também discordo: o estudo das relações sociais requer o mesmo grau de rigor científico que o estudo do mundo natural. Você sabe que não pode incutir suas ideias subjetivas nas leis da termodinâmica. Na física, você sempre foi um defensor das leis da causalidade, dos princípios objetivos. Mas se aceito a teoria que você acabou de descrever, eu me torno, querendo ou não, não um otimista, mas um pessimista. Sua conversa sobre misturas profanas, porões e subsolos nega qualquer possibilidade de progresso, de movimento adiante. Compreendo, é claro: você acha que essa teoria limita a capacidade do fascismo de alterar a estrutura social, de mutilar a humanidade. Mas veja o que acontece se você aplicar a sua teoria não ao fascismo, que apodrecerá e sumirá do mapa, mas a fenômenos progressivos, a revoluções que tragam libertação. Você vai ver que a sua teoria promete apenas estagnação. Segundo ela, a luta revolucionária não é capaz de mudar a sociedade. Não é capaz de elevar os seres humanos a um nível superior. Tudo o que ela pode fazer é reordenar os vários elementos que compõem determinada sociedade. Mas não é assim. Durante os anos de poder soviético, o país, a economia, nossa sociedade como um todo e as pessoas em termos individuais mudaram bastante. O que quer que alguém faça agora, jamais poderemos voltar para onde estávamos antes. Mas você, Dmitri Petróvitch, parece pensar na sociedade como algo mais parecido com um teclado. Uma pessoa toca um tipo de música, outra pessoa toca outro tipo... mas o teclado em si permanece inalterado. Compartilho do seu otimismo. Comungo da sua fé na humanidade, na nossa vitória sobre o fascismo. Mas precisamos fazer mais, quando tivermos derrotado o fascismo, do que apenas cegamente devolver a sociedade alemã ao estado em que se encontrava antes da guerra. Precisamos mudar a sociedade alemã, restituir a saúde do solo que gerou guerras, atrocidades e, agora, os pesadelos do hitlerismo.

— Bem, isso é o que chamo de um verdadeiro ataque — disse Tchepíjin. — Mas quem é que lhe ensinou a argumentar assim? Devo ter feito um bom trabalho!

— Dmitri Petróvitch — falou Viktor —, por favor, perdoe-me por ser veemente. Mas você sabe melhor do que eu que os físicos o amam não apenas porque você é uma autoridade, mas também porque nunca usa sua autoridade para calar os outros. A alegria de trabalhar com você reside na possibilidade de escapar do dogmatismo para o reino da discussão viva e candente. Quando o entrevi no corredor do instituto, senti verdadeira alegria, não só porque tenho amor por você mas porque com você posso falar sobre o que realmente importa. Eu sabia que você não viria a mim carregando as tábuas da lei. Sabia que concordaríamos nas coisas principais, mas também que poderíamos acabar discutindo... e que não há ninguém com quem eu discuta de modo tão acalorado quanto com você, meu professor e amigo.

— Muito bem — disse Tchepíjin. — Que assim seja. Discutimos e discutiremos novamente. O que você acabou de dizer é sério, e assuntos sérios exigem uma reflexão séria.

Tchepíjin pegou Viktor pelo braço. Agitados e animados com a conversa, os dois começaram a caminhar a passos rápidos e largos.

43

Nikolai Krímov, agora comissário de uma brigada antitanque, não pregava os olhos havia várias noites. Imediatamente após se envolver em combates, a brigada recebera ordens para se deslocar ao longo do front até um setor onde blindados alemães mais uma vez haviam rompido brechas nas linhas.

Mal tomou posição, a brigada foi atacada.

Dessa vez a escaramuça durou quatro horas. Em seguida os tanques alemães continuaram seu avanço em uma direção diferente.

A brigada recebeu ordens para recuar até a Grande Curva do Don e novamente se viu sob ataque, sendo forçada a lutar em condições desfavoráveis.

O grupamento de batalhões sofreu pesadas baixas. O comandante de exército deu ordens para que a brigada atravessasse o Don, reparasse seus tanques longe da zona de combate, organizasse seus veículos e equipamentos e se preparasse para defender outra área agora vista como vulnerável a ataques. Deixou claro que esse período de descanso seria curto, quarenta e oito horas no máximo, mas nem sequer vinte e quatro horas se passaram antes que a brigada recebesse ordens de avançar imediatamente. Depois de uma investida ao longo de estradas secundárias, os tanques inimigos estavam se movendo em rápida velocidade para o nordeste.

Isso foi em meados de julho de 1942, talvez os dias mais ferozes e difíceis desse período difícil da guerra.

O ordenança do chefe do estado-maior da brigada foi até a iluminada e espaçosa casa do presidente do soviete do povoado, onde Krímov estava aquartelado. Encontrou-o dormindo em uma cama larga, com uma folha de jornal sobre o rosto para evitar o sol.

O jornal subia e descia em compasso com a respiração de Krímov. Hesitante, o ordenança olhou para ele e leu algumas linhas de um informe do Sovinformbureau.

— "Após violentas escaramuças nos arredores de Kantemirovka..." Uma senhora de idade, a chefe da casa, disse calmamente:

— Não, não o acorde. Ele acabou de dormir.

O ordenança balançou com tristeza a cabeça e sussurrou, melancólico:

— Camarada comissário, camarada comissário, estão procurando o senhor no quartel-general.

O ordenança esperava que Krímov grunhisse e gemesse, dizendo-lhe para ir embora. Achou que levaria muito tempo para despertá-lo. Mas, no momento em que o ordenança tocou seu ombro, Krímov sentou-se, empurrou o jornal de lado, olhou em volta com seus olhos inflamados e injetados e começou a calçar as botas.

No quartel-general da brigada, Krímov soube que haviam recebido ordens de atravessar o Don mais uma vez e tomar posições defensivas na margem direita. O comandante da brigada já havia partido para a bateria de artilharia, agora posicionada em um vilarejo vizinho. Telefonou para dizer que atravessaria o rio com a artilharia e depois seguiria para o quartel-general do exército a fim de tomar conhecimento dos desdobramentos mais recentes. A guarnição de morteiros do primeiro-tenente Sarkissian já havia recebido suas instruções e deveria avançar em três horas. O quartel-general da brigada seguiria depois.

— Bem, camarada comissário, adeus aos nossos dois dias na margem esquerda — disse o chefe de estado-maior. E, vendo os olhos injetados de Krímov, acrescentou: — Talvez você deva descansar um pouco mais. O tenente-coronel e eu já dormimos algumas horas, mas você ficou acordado a noite toda com as unidades.

— Não — disse Krímov. — Vou seguir em frente e sondar o terreno para ver como estão as coisas. Dê-me a rota. Podemos nos encontrar mais tarde.

Uma hora depois, tendo verificado se as unidades estavam prontas para a ação, Krímov instruiu o ordenança:

— Diga a meu motorista para ir ao meu alojamento, recolher minhas coisas e me pegar no quartel-general.

Pesaroso, o chefe de estado-maior se lamentou:

— E eu pensando que poderíamos ir à casa de banhos hoje à noite e depois tomar uma bebida juntos. Parece que os alemães não conseguem passar nem vinte e quatro horas sem nós!

Krímov olhou para o rosto redondo e amável do chefe do estado-maior.

— Mesmo assim, major, o senhor não emagreceu nem um pouco nos últimos dias.

— Isso já seria realmente demais... emagrecer por causa dos alemães!

Krímov sorriu.

— Sim, o senhor tem razão. E talvez tenha até ganhado uns quilinhos.

— Nem sequer um grama — disse o chefe de estado-maior. — Meu peso não muda desde 1936.

Havia um mapa aberto sobre a mesa, e ele o empurrou em direção a Krímov.

— Vê nossa nova linha de defesa? Quase noventa quilômetros a leste de onde estávamos lutando ontem. Os alemães estão se deslocando rápido. Posso não estar perdendo peso, mas meus pensamentos continuam me corroendo: quando vamos pará-los? Onde estão nossas reservas? Nossa brigada está enfraquecida... o pessoal e os equipamentos estão igualmente debilitados.

O ordenança entrou para informar que o carro de Krímov o esperava do lado de fora.

— Vejo o senhor à noite. Dentro de uma hora, também iniciarei meus preparativos para partir — disse o chefe de estado-maior.

Ele foi até o carro com Krímov, o mapa na mão. Quando Krímov entrou no veículo, acrescentou:

— Mas aconselho que evite a rota de travessia principal. Os alemães estão bombardeando dia e noite. Seria melhor fazer a travessia aqui, nesta ponte flutuante. É como levarei nosso equipamento do quartel-general.

— Tudo bem, vamos indo — disse Krímov.

O ar, o céu, as casas rodeadas de árvores — naquele povoado cossaco, tudo parecia calmo e pacífico. Mas tão logo eles voltaram para a estrada principal a paz foi eclipsada pela poeira e pelo barulho de uma artéria militar de grandes proporções.

Krímov acendeu um cigarro e passou a cigarreira para Semiônov, seu motorista. Sem tirar os olhos da estrada, Semiônov pegou um cigarro com a mão direita, assim como havia feito centenas de vezes antes, dia e noite, a oeste e a leste do Dnieper, a oeste e a leste do Donets, e agora a oeste e a leste do Don.

Krímov mal prestava atenção na estrada da linha de frente, que de alguma forma parecia sempre a mesma, quer estivessem perto de Oriol ou na Ucrânia, além do Donets. Estava pensando nas batalhas à frente, imaginando que ordens receberiam em seguida.

44

Eles estavam se aproximando do Don.

— Teria sido melhor esperarmos até a noite, camarada comissário — disse o motorista. — Não há lugar que sirva de abrigo, apenas estepe aberta... e os Messers gostam de caçar carros. Recebem uma recompensa para cada veículo que destroem.

— A guerra tem seu próprio ritmo, camarada Semiônov. Não vai parar e esperar por nós.

Semiônov abriu um pouco a porta, inclinou-se para fora de modo a poder olhar para trás e disse:

— Só nos faltava essa. Um pneu furado. Isso não vai poder esperar.

Em seguida, começou a desacelerar, saindo da estrada e procurando o abrigo de algumas árvores cobertas de poeira.

— Não se preocupe — disse Krímov. — Melhor aqui do que na travessia.

Semiônov olhou para uma trincheira rasa que alguém tinha cavado e sorriu.

— Nossos motoristas nunca ficam perdidos — disse. — Sempre encontram uma saída. Conheço um motorista que teve o condensador avariado e perdeu o reserva. Para voltar à oficina, deu um jeito usando sapos. Pegou um monte deles. Cada sapo durava cinco quilômetros. E ouvi falar de alguém que fez a mesma coisa com ratos. — E caiu na gargalhada. — É, não há como derrotar um motorista russo!

As árvores junto das quais eles pararam ainda eram jovens, mas suas folhas pareciam envelhecidas. Acinzentadas de poeira, ficavam perto de uma bifurcação importante na estrada — durante as últimas semanas, tinham certamente visto muita coisa.

Havia colunas de veículos e caravanas de cavalos e carroças indo para o leste. Feridos marchavam com ataduras cobertas de poeira; alguns tinham pendurado os cintos em volta do pescoço, usando-os como tipoias para os braços enfaixados. Alguns só conseguiam andar com a ajuda de um cajado; outros carregavam uma caneca ou uma marmita de metal vazia. Ninguém naquela estrada precisava nem mesmo do mais precioso dos bens pessoais. Tudo de que cada pessoa ali precisava era pão, uma caneca de água, tabaco e fósforos; todo o resto, até mesmo um par novo de botas de couro de bezerro, era inútil.

Havia homens feridos no braço e na cabeça. Alguns tinham lesões no pescoço. Em menor número havia os feridos no peito; suas bandagens brancas eram visíveis sob as túnicas desabotoadas, manchadas com sangue preto coagulado.

Os feridos na barriga, na virilha, na coxa, no joelho, na panturrilha e no pé estavam fora de vista — sendo transportados em caminhões com a lateral aberta e uma cobertura de compensado. Aos olhos de um observador, parecia que os homens se feriam apenas na cabeça, nas mãos e nos braços.

De tempos em tempos — embora não com frequência —, os feridos olhavam de um lado para outro, verificando se havia algum lugar em que pudessem encher as canecas de água sem se afastar da estrada. Todos seguiam em silêncio, sem dizer uma única palavra para as pessoas que ultrapassavam ou para as que passavam à sua frente. A dor de cada um e a preocupação com as próprias feridas isolavam as pessoas da dor daqueles que as cercavam.

Não muito longe da estrada, defesas estavam sendo construídas. Sob o vasto céu da estepe, mulheres de lenços brancos cavavam trincheiras e construíam pequenas casamatas, vez por outra erguendo os olhos para o caso de "aqueles vermes" estarem sobrevoando. A estepe do Don estava salpicada de fortificações, embora nenhuma estivesse sendo defendida.

Os soldados caminhando para o leste olhavam as valas antitanque, o arame farpado, as trincheiras, os esconderijos e as plataformas para peças de artilharia — e seguiam em frente.

Centros de operações de todos os tipos também rumavam para o leste; eram fáceis de distinguir. Nas traseiras dos caminhões, em meio a mesas, colchões e estojos de máquinas de escrever, sentavam-se escrivães cobertos de poeira e meninas de casquete e olhar triste, segurando lâmpadas de querosene e pastas de documentos e fitando o céu.

Havia unidades de reparos móveis, enormes caminhões de apoio ao aeródromo e caminhões de suprimentos carregando de tudo, de uniformes a pratos e talheres. Havia aparelhos de walkie-talkie e motores portáteis; havia caminhões de reabastecimento; comboios de caminhões de três toneladas carregavam bombas em caixotes de madeira. Um trator rebocava uma plataforma com um avião de combate que havia sido derrubado. As asas do avião se debatiam em espasmos — era como se o trator fosse um laborioso besouro preto arrastando uma libélula quase morta.

A artilharia também rumava para o leste. Soldados escarranchados empunhavam armas, abraçando os barris verdes cobertos de poeira enquanto os caminhões trovejavam por cima de buracos. Tratores puxavam reboques com enormes canos de metal.

A infantaria seguia igualmente para o leste. Nesse dia, ninguém ia em outra direção.

Krímov olhou em volta. Já tinha visto muitas vezes esse jorro de vida em direção ao leste: nos arredores de Kiev, Priluki e Tchtepovka, perto de Balakleia, Valúiki e Róssoch.

Parecia que a estepe nunca mais conheceria a paz.

"Mas chegará o dia", disse Krímov a si mesmo, "em que a poeira levantada pela guerra assentará no chão, em que o silêncio retornará, em que os incêndios se extinguirão e suas cinzas deixarão de pairar no ar, em que a fumaça se dissipará e todo esse mundo de guerra — de fumaça, chamas, lágrimas e trovão — se tornará história."

No inverno anterior, em uma isbá não muito longe de Korotcha, seu ordenança Rógov dissera, surpreso:

— Veja, camarada comissário, as paredes estão cobertas de jornais de antes da guerra!

Krímov riu e respondeu:

— Sim, de fato. E em breve cobrirão as paredes com jornais de hoje. Voltaremos quando a guerra acabar, e você, Rógov, dirá: "Veja, comissário! Jornais de tempo de guerra, boletins do Sovinformbureau!".

Rógov balançou a cabeça num gesto cético, e estava certo: foi morto em um ataque aéreo. Não viveu o suficiente para ver a paz. Mesmo assim, tudo aquilo passaria; as pessoas relembrariam aqueles anos e escritores escreveriam livros sobre aquela grande guerra.

Krímov olhou para os feridos caídos à beira da estrada, para o rosto sombrio e atormentado de cada um, e se perguntou se aqueles homens algum dia figurariam nas páginas dos livros. Não era uma visão para os que queriam adornar a guerra com delicados mantos. Lembrou-se de uma conversa noturna com um soldado já idoso cujo rosto não conseguira enxergar. Estavam deitados em um barranco, cobertos apenas por um pesado sobretudo. Era melhor que os escritores de futuros livros evitassem ouvir conversas como aquela. Para Tolstói estava tudo muito bem — ele escrevera seu magnífico e esplêndido livro décadas depois de 1812, quando a dor sentida em todos os corações havia desvanecido e só o que era sábio e glorioso vinha à lembrança.

Semiônov guardou o macaco, a chave inglesa e a câmara de ar com remendos vermelhos; tinha um espaço para os apetrechos embaixo do assento empoeirado. Depois, ouviu o estrondo de trovões que não vinha do céu, mas se levantava da terra atingida pela tempestade para o céu sem nuvens.

Olhou com pesar para as árvores tranquilas e acinzentadas; já estava se habituando àquele lugar, onde por vinte longos minutos nada de ruim lhe acontecera.

— Os boches estão bombardeando a travessia — disse. — É melhor esperarmos até que as coisas se acalmem.

Sabendo muito bem o que Krímov responderia, ligou o motor. A sensação geral de perigo se intensificava.

— Camarada comissário — continuou Semiônov —, há veículos em chamas na ponte. — E, apontando para o céu, começou a contar os aviões alemães: — Um, dois, três!

A água cintilava à luz do sol — e essa resplandecência era como o cruel fulgor prateado de uma faca. Carros e caminhões que tinham acabado de fazer a travessia derrapavam na areia escorregadia da margem esquerda. Os homens os empurravam — com os braços, com os ombros, com o peito —, empregando toda a sua vontade de viver para ajudar os veículos a avançar. Os motoristas trocavam de marcha sem parar, o olhar fixo à frente, ouvindo com atenção o som dos motores: chegariam ou não ao topo da encosta? Deixar o motor morrer, ficar atolado em um lugar como aquele significaria desperdiçar a chance de ouro que eles tinham arrancado à força do destino.

Sapadores colocavam galhos e tábuas verdes embaixo das rodas dos veículos. Quando um caminhão chegava ao topo da ladeira e saía na estrada, seu rosto escuro se iluminava — como se agora eles também estivessem livres e pudessem ir embora para longe da ponte. Logo depois, todavia, lá estavam eles enfiando pranchas e galhos sob as rodas do veículo seguinte.

Uma vez na estrada, os caminhões rapidamente ganhavam velocidade. Os passageiros mais ágeis agarravam-se às laterais e, pernas penduradas, içavam-se para dentro da carroceria. Outros passageiros limitavam-se a continuar correndo, cambaleando pela areia com suas botas pesadas e gritando: "Vá em frente! Vá em frente!", como se de fato acreditassem que o motorista frearia de súbito para embarcá-los.

Mais adiante, quando o caminhão fizesse uma parada, subiriam a bordo. Sem fôlego e rindo, olhariam para o rio, espalhariam migalhas de tabaco ao enrolar seus cigarros e exclamariam: "Hora de ir andando de novo!".

Mas sua alegria logo se dissipava; a tão ansiada margem esquerda nada tinha a oferecer a não ser a mesma estepe e os mesmos rostos sombrios, carros e caminhões destruídos. Em meio ao capim empoeirado brilhava a asa azul-clara de outro avião abatido.

Krímov disse a Semiônov para parar, depois caminhou devagar até a ponte. Tropeçou; a grama da estepe, grossa e áspera como uma corda, agarrava seus pés. Ele não fez nenhuma tentativa de andar mais rápido. Não olhou para cima, tampouco para os lados — apenas para baixo, para a ponta de suas botas, cobertas de poeira.

Ouviu-se nesse momento o estrépito de um canhão antiaéreo e, bem alto no céu, o ruído surdo de uma aeronave alemã. E, de súbito, incrivelmente barulhento, incrivelmente agudo, o estrondo de um Stuka num brusco mergulho. Em seguida, três gemidos terríveis — como três potentes machadadas — que pareciam vir das entranhas da terra.

Era um grito de lamento — talvez de um homem, talvez de uma mulher. A bateria antiaérea recomeçou, como um pequeno cão de guarda tentando intrepidamente morder os tornozelos de bandidos compenetrados demais no seu trabalho para perceber a sua presença.

Krímov continuou a andar, ainda olhando para a poeira cinza e o couro cinza de suas botas, que agora a areia quente queimava.

Seu rosto adquiriu um olhar de frio desdém. Esse desdém tinha como alvo os alemães que bombardeavam a travessia, os soldados e comandantes do Exército Vermelho em pânico, e, mais ainda, o próprio instinto de sobrevivência, que ele podia sentir em furiosa ebulição dentro de si. Esse instinto berrava: "Olhe em volta! Corra! Jogue-se no chão! Enfie a cabeça na areia!".

Mas Krímov sabia que existe uma força ainda mais obstinada do que o instinto de sobrevivência. Continuou andando em direção à travessia, sem olhar ao redor, sem acelerar o passo, depositando sua fé nessa cruel força da razão.

Repetidas vezes manteve-se de pé quando tudo à sua volta berrava: "Deite-se!". Repetidas vezes continuou a avançar quando esse instinto de sobrevivência insistia furiosamente que desse meia-volta. O que era espantoso — e Krímov estava pensando nisso enquanto caminhava em direção à ponte flutuante — era que esse instinto de sobrevivência jamais admitia a derrota. Teimoso e metódico, insistia em fazer Krímov voltar quando ele caminhava para a frente ou jogar-se no chão quando se mantinha de pé. Era possível, aparentemente, sufocar esse instinto, mas não o derrotar. Ele era invencível e persistente, ao mesmo tempo absurdo e sábio. Era tão irritante quanto as insistentes advertências maternais; tão doce quanto essas mesmas advertências, nascidas de um amor que nada tem a ver com a razão.

Fumaça preta e poeira amarela cobriam os carros, caminhões e multidões de pessoas na margem direita. A ponte esvaziou-se de repente. Então, um homem curvado, sem quepe, atravessou correndo. Não tinha cor no rosto e usava as duas mãos para manter as vísceras no lugar, pressionando contra o corpo a túnica esfarrapada. Sua consciência já quase desfalecida era impulsionada por um único desejo — chegar à margem esquerda. Ele estava semimorto, mas prosseguiu — tão poderosa era sua vontade de fugir. Chegou à margem, e então desabou. No momento em que caiu, outros se levantaram. Passaram correndo por cima dele.

Quando Krímov chegou à ponte, um jovem e franzino tenente com uma faixa vermelha na manga da farda correu até os carros e caminhões e, empunhando uma pistola, ordenou, aos berros:

— Atenção! Para trás! Ninguém avança até eu dar a ordem!

A julgar pela sua voz, ficou claro que aquele não era seu primeiro dia na ponte e que ele já havia gritado aquelas palavras muitas vezes.

Sem se dar ao trabalho de sacudir a poeira e a areia das roupas, os motoristas saíram de dentro das trincheiras onde haviam buscado abrigo, voltaram para seus caminhões e, às pressas, ligaram os motores. Os veículos estremeceram, mas não avançaram.

Os motoristas olhavam para o comandante da ponte, que de fato parecia capaz de usar a pistola. Olhavam também para o céu, para ver se os aviões voltavam. No momento em que tinham a certeza de que o comandante estava olhando para outro lado, moviam seus veículos para um pouco mais perto da ponte — as pranchas de madeira dispostas sobre o rio exerciam um poder hipnótico.

Era como um jogo de crianças. Cada vez que um veículo se deslocava meio metro à frente, o veículo atrás fazia o mesmo. E depois um terceiro, um quarto e um quinto. Se o primeiro motorista desejasse recuar, constataria que era impossível.

— Para trás! — gritava o comandante, enfurecido. — Recuem, ou ninguém vai passar!

E, para provar que estava falando sério, levantou a pistola.

Krímov entrou na ponte. Depois da areia pesada, foi um alívio caminhar sobre tábuas. O frescor úmido do rio subiu até seu rosto.

Krímov caminhava devagar, e os soldados que corriam apressados em sentido oposto ao vê-lo diminuíam o passo, endireitavam as túnicas e batiam continência. Uma saudação militar num momento como aquele não deixava de ter significado — e Krímov entendia isso. Dois dias antes, naquela mesma ponte, vira um general abrir a porta do carro e gritar para uma multidão de soldados marchando na mesma direção:

— Para onde vocês acham que estão indo? Abram passagem! Abram passagem!

E um soldado idoso, que a porta do carro do general, aberta feito uma asa, obrigava a se equilibrar na extrema beirada da ponte, disse, com um leve tom de reprovação:

— Para onde acha que estamos indo? Estamos seguindo o mesmo caminho que o senhor. Também queremos viver.

Falou isso no tom mais cordial, como de um camponês em fuga para outro.

E o general fechou a porta com força, desconcertado com a franqueza do soldado.

Ali, naquela mesma ponte, Krímov imediatamente sentiu seu próprio poder — o poder de um homem que caminha devagar e com calma para o oeste quando estão todos seguindo para o leste.

Krímov se dirigiu até o jovem comandante, o ditador da travessia. O rosto do jovem tenente mostrava o extremo cansaço de um homem que entende que qualquer tipo de descanso está fora de cogitação. O que quer que acontecesse, tinha que completar sua tarefa. Dever era dever, embora fosse mais fácil se uma bomba pudesse dar fim à sua vida ali mesmo.

O comandante fuzilou Krímov com o olhar, pronto para dizer não a todos os seus pedidos, imaginando que já sabia o que Krímov estava prestes a falar: que estava acompanhando um coronel gravemente ferido, ou de posse de um documento importantíssimo cuja entrega era impreterível, ou que tinha uma reunião urgente — que não poderia em hipótese alguma ser adiada — com o comandante do front, o coronel-general em pessoa.

— Estou indo para o oeste — disse Krímov, apontando a direção para onde desejava seguir. — Pode me deixar atravessar?

O comandante guardou a pistola de volta no coldre e disse:

— Oeste? Tudo bem. Só um momento.

Um minuto depois, dois controladores agitando pequenas bandeiras começaram a limpar o caminho para o carro de Krímov. Motoristas de caminhão, inclinando meio corpo para fora de suas cabines, diziam uns aos outros:

— Recue um pouco para eu poder dar marcha a ré. Tem um comandante aqui que precisa chegar ao front.

Vendo a rapidez com que os veículos engarrafados abriam caminho, Krímov pensou na força do desejo de retomar a ofensiva — e em como esse desejo permanecia vivo no exército em retirada. Por ora, no entanto, era aparente apenas em pequenas coisas: na prontidão com que os motoristas, os dois controladores de tráfego e o jovem e exausto tenente, enlouquecido por conta da barulheira geral e por sua própria gritaria, davam passagem para um solitário veículo leve que rumava em direção à linha de frente.

Krímov voltou para a ponte, agitou a mão no ar e berrou:
— Semi-ô-nov!
Nesse instante ouviram um grito:
— Alerta aéreo!
Várias outras vozes se seguiram:
— Lá em cima! Eles voltaram! E estão vindo direto para cima de nós!

Às pressas, centenas de homens correram para longe de seus veículos — na direção de arbustos, estepe adentro, ao longo da margem, entrando em buracos e valas dos quais tinham se apercebido de antemão.

Krímov mal virou a cabeça. Apenas gritou, com raiva:
— Por a-qui-ii!

Ele sabia que Semiônov também devia estar querendo fugir. Mas viu uma pequena nuvem de poeira atrás de seu carro. Semiônov, provavelmente amaldiçoando o chefe, vinha em direção à ponte.

A essa altura, todos os outros estavam correndo. Não eram mais soldados — apenas uma multidão em pânico. Com lucidez inaudita, Krímov — sozinho em uma ponte vazia — entendeu a lei que faz com que uma massa humana se desintegre em uma mera turba ou tome a forma de uma coletividade, como um verdadeiro exército. Naquela multidão às margens do Don, todos pensavam apenas em si mesmos; o que impelia cada um era unicamente o instinto de autopreservação. O tamanho da multidão apenas tornava esse instinto ainda mais potente, ainda mais esmagador. A tarefa de Krímov, como comissário, era despertar nesses homens outros sentimentos, mais elevados, ajudá-los a entender que faziam parte de um todo, de uma nação.[93]

---

[93] Grossman expressa pensamentos semelhantes em uma passagem de um artigo que escreveu para o jornal *Estrela Vermelha*, "Pelos olhos de Tchékhov": "Todo homem corajoso é corajoso à sua maneira. A poderosa árvore da coragem tem milhares de ramos [...] mas a covardia egoísta assume apenas uma forma: submissão servil ao instinto de salvar a própria vida. O homem que foge do campo de batalha hoje fugirá amanhã de uma casa em chamas, deixando para as labaredas a mãe idosa, a esposa e os filhos pequenos" (*Godi voini*, p. 43).

Mas não era um dever que ele fosse capaz de cumprir naquele momento.

— Semi-ô-nov! — gritou, batendo o pé. — Rápido!

De guarda nos pontões, o peito junto à lateral da doca flutuante, havia dois soldados. O serviço nas pontes flutuantes era considerado especialmente perigoso — mesmo pelos sapadores e controladores de tráfego. Os soldados de vigia nos pontões eram aqueles que mais se expunham a projéteis e estilhaços. E uma doca flutuante de laterais finas no meio de um rio não protegia contra coisa alguma.

Observar o fluxo constante de tropas em fuga havia deixado aqueles dois homens com uma péssima opinião sobre a raça humana. Resignados à morte iminente, eles assistiam a todas as coisas do mundo com zombeteira indiferença. Era o seu último consolo; tinham visto pessoas em momentos de terrível fraqueza e não compartilhavam da crença de Maksim Górki de que a palavra "humanidade" tem um quê de orgulho.[94]

Quando alguém com um olhar especialmente patético passava correndo ou dentro de um carro, um limitava-se a dizer ao outro: "Você viu isso?".

A certeza da própria morte os deixara descuidados em muitos aspectos. O rosto de ambos estava coberto por uma barba rala, e eles nem sequer se davam ao trabalho de se tratar pelos nomes.

Ao ouvir Krímov chamar Semiônov, um disse ao outro:

— Um verdadeiro fujão!

Essa, evidentemente, era a palavra com que descreviam não apenas todos os que passavam em um carro mas também todos os que ainda desejavam sobreviver à guerra e desfrutar a vida depois.

Em um tom franco e direto, o companheiro concordou:

— Sim, fugindo para viver!

Krímov ouviu tudo aquilo. Quando seu carro chegou à ponte, em vez de simplesmente saltar para dentro quando Semiônov diminuiu a velocidade, ele permaneceu no meio da estrada e levantou uma das mãos. O carro derrapou e parou. Krímov caminhou então a passos vagarosos até os dois soldados do pontão, agachou-se, pegou sua cigarreira e a estendeu a eles:

---

[94] "Humanidade — palavra com um quê de orgulho"; nos dias soviéticos, essa expressão de Maksim Górki era muito conhecida.

— Esperem só um momento que vou acender para vocês.

Krímov podia sentir o coração bater mais rápido. Parar em uma ponte vazia enquanto bombardeiros de mergulho se aproximavam era sem dúvida um disparate.

E então veio uma voz furiosa, ecoando por cima da água. Uma jovem e corpulenta camponesa, de pé numa carroça com um grupo de outros refugiados, sacudiu o punho no ar e gritou:

— Covardes! Seu bando de covardes do caralho! São só garças-azuis, uma revoada de garças-azuis!

Para Krímov, o rosto magro e furioso da moça parecia ser o rosto do país.

E os homens encolhidos de medo dentro dos buracos e valas agora viram um bando de pássaros numa formação em V, bem alto no céu azul, voando calmamente em direção ao rio. Um dos pássaros bateu as asas devagar, depois um segundo e um terceiro — e a revoada resvalou em um voo suave.

— Mas esse não é o mês certo — disse o comandante, olhando para o céu com curiosidade infantil. — Essas garças não deveriam estar se deslocando agora. Não me digam que também foram desalojadas pela guerra!

Krímov seguiu a pé ao lado do carro, abrindo caminho entre as carroças e caminhões. Na estrada, na estepe, entre os juncos na beira do rio, estavam todos gargalhando de vergonha. Riam uns dos outros; da mulher que, de sua carroça, os havia repreendido; da ideia de garças refugiadas.

Alguns minutos depois, tendo se afastado cerca de um quilômetro e meio do rio, Semiônov tocou Krímov no braço e apontou para cima. Havia uma série de nódoas negras no céu. Dessa vez era um esquadrão de bombardeiros de mergulho, avançando em direção à ponte.

45

A noite já vinha chegando. Naquele verão, o pôr do sol nas estepes foi especialmente esplêndido. A poeira levantada por incontáveis explosões — e por milhões de pés, rodas e lagartas de tanques — pairava bem alto, suspensa nos estratos cristalinos que fazem fronteira com o frio do espaço cósmico.

Refratada por essa poeira fina, a luz da noite assumia toda uma gama de cores antes de chegar à terra. A estepe é imensa, como o céu e o mar. E, como o céu e o mar, a estepe dura e seca — azul-acinzentada ou cinza-amarelada durante o dia — adquire diferentes cores no crepúsculo. Tal qual o mar, pode passar do rosa ao azul-escuro e depois ao preto-violeta.

E a estepe exala aromas maravilhosos; vaporizados pelo sol do verão, óleos perfumados contidos na seiva de ervas, flores e arbustos apegam-se à terra que vai esfriando pouco a pouco durante à noite e, sem se misturar, fluem pelo ar em jorros vagarosos.

O solo quente emana um odor de absinto ou feno ainda úmido. Descendo para uma depressão, encontra-se o carregado cheiro de mel. De alguma profunda ravina vem primeiro o cheiro de ervas e capim jovem, depois de palha seca, empoeirada e esturricada ao sol — e, de súbito, de algo que não é nem grama, nem fumaça, nem absinto, nem melancia, nem a folha amarga da cereja-da-estepe selvagem, mas o que deve ser a própria carne da terra: um bafejo misterioso, no qual se sente, de uma só vez, a leveza do pó da terra, o peso das camadas de pedra fixadas na escuridão mais baixa e o frio penetrante dos profundos rios e nascentes subterrâneos.

A estepe do cair da tarde não é apenas abundante de cheiros e cores; ela também canta. Seus sons não podem ser percebidos em separado. Mal roçando o ouvido, vão direto para o coração, trazendo não apenas calma e paz mas também sofrimento e uma sensação de sobressalto.

O cricrilar cansado e indeciso dos grilos, como se perguntassem se vale ou não a pena fazer do fim do dia um som; os gritos das perdizes-cinzentas da estepe pouco antes do anoitecer; o rangido distante de rodas; o sussurro da grama que se aquieta para a noite, balouçada por uma brisa fresca; a constante azáfama de ratos e esquilos; o som rascante das asas rijas dos besouros. E então, ao lado desses pacíficos sinais da vida diurna em retirada: o pio das corujas, parecido com o berro dos bandoleiros; o sombrio zumbido de mariposas noturnas; o farfalhar das serpentes-de-barriga-amarela; os sons de predadores saindo de tocas, buracos, ravinas e voçorocas, de fendas e frestas na terra seca. E por sobre a estepe sobe o céu noturno, a terra se refletindo nele; ou talvez seja o céu refletido na terra, ou talvez terra e céu sejam dois enormes espelhos, um enriquecendo o outro com o milagre da luta entre luz e escuridão.

No céu, a uma altura terrível, no silêncio astronômico e indiferente, sem fumaça, sem a constante bulha de surtos explosivos, fogos se acendem um após o outro. Primeiro é apenas a ponta de uma calma nuvem cinza — mas, um minuto depois, toda essa nuvem está em chamas, como um edifício de múltiplos andares, todo tijolos vermelhos e vidro ofuscante. Em seguida, mais e mais nuvens pegam fogo. Descomunais ou minúsculas, cúmulos ou nuvens planas como placas de ardósia — todas ardem; desmoronam, desabam, caem umas por cima das outras.

A natureza é eloquente. Terra úmida coberta de diminutos brotos de choupos e lascas de cortes recentes; um pântano coberto de junquilhos de folhas pontiagudas que cortam os dedos; pequenos bosques e clareiras nas orlas das cidades, entrecortados por estradinhas estreitas e trilhas tortuosas já desgastadas pela passagem de muitos pés; um riacho se perdendo em meio a touceiras pantanosas; o sol espiando por detrás das nuvens um campo recém-ceifado; brumosos montes nevados a mais de cinco dias de caminhada de distância — tudo isso fala ao homem sobre amizade e solidão, sobre destino, sobre felicidade e tristeza...

A fim de poupar tempo, Krímov instruiu Semiônov a pegar um atalho, a sair da estrada principal e se embrenhar em uma trilha pouco visível, tomada por mato, que parecia correr de norte a sul, assim cruzando todas as estradas que corriam para oeste a partir do Don.

Os caules atarracados do capim azul-acinzentado e do absinto cor de prata batiam contra as laterais do carro, limpando a poeira e liberando pequenas nuvens de pólen. Krímov esperava economizar tempo, mas essa trilha apenas margeava a extremidade oposta de um pequeno vale e depois voltava à estrada principal — a estrada que percorriam todos aqueles que se retiravam de Tchugúiev, Balakleia, Valuíki e Róssoch. Outras estradas e trilhas, de todas as cidadezinhas e vilarejos cossacos das imediações, também confluíam para essa estrada.

— Nunca vamos conseguir passar por aqui — declarou Semiônov, em tom categórico, e freou.

— Continue — disse Krímov. — Daqui a pouco vamos poder sair da estrada.

Também abrindo caminho lentamente através das estepes havia numerosos rebanhos de vacas, exaustas e trôpegas, balançando as cabeças pesadas, e bandos de ovelhas que se fundiam em uma única massa cinzenta, uma mancha viva e fluida de cinza.

Na estrada e nas beiras da estrada havia pessoas a pé, carregando malas verdes de madeira compensada e toda sorte de trouxas e sacos; em seu rosto, a habitual e tranquila expressão de fadiga. Comboios de carroças lentos e rangentes transportavam refugiados em isbás improvisadas, cobertas por chapas de compensado, tecidos ucranianos de cores vivas ou folhas de flandres tiradas dos telhados das casas e pintadas de vermelho ou verde.

No interior dessas isbás podiam-se ver barbas bíblicas, cabeças de crianças — de cabelo louro, dourado e preto — e rostos de mulheres. Todos — homens, mulheres e crianças — pareciam calmos e taciturnos. Haviam perdido casas e entes queridos, e tudo mais que possuíam. Tinham sentido na pele calor, sede e fome. Estavam cobertos de poeira, que penetrava seu pão, suas roupas, seu cabelo e cada célula de seu corpo, que fazia seus dentes rilharem e arranhava seus olhos avermelhados. As provações haviam arrancado dessas pessoas a esperança de qualquer coisa boa, mas incutira nelas o medo de algo ainda pior. Elas se dissolviam na vastidão desse lento movimento em meio a nuvens fulvas de poeira, através da escaldante estepe azul-acinzentada. Tudo a seu redor eram rangidos, atrito e zumbidos; era impossível escapar do fluxo geral, acender uma fogueira, descansar ou se banhar em algum lago ou regato. As pessoas ainda viam a carroça à sua frente, a pesada respiração dos bois e a pressão daqueles que vinham caminhando logo atrás, mas percebiam a si mesmas como meras partículas de uma única massa que se movia devagar e aos trancos e barrancos para o leste.

Os que iam à frente levantavam nuvens de poeira que caíam sobre os que vinham atrás. "Como é possível levantarem tanta poeira?", perguntavam os que estavam no fim da fila. "Por que sempre têm que continuar espremendo a gente?", perguntavam os que seguiam na dianteira.

Como aves ou animais migratórios, os indivíduos nessa torrente de movimento vagaroso haviam perdido muito do que os tornava indivíduos. Seu mundo se tornara mais simples, uma questão de pão, água, poeira, calor e atravessar rios. Até mesmo sua noção de autopreservação e seu medo de serem bombardeados emudeceram; haviam sido absorvidos em uma torrente agora vasta demais para ser bloqueada ou apagada.

O coração de Krímov se comprimiu de dor.

O fascismo queria subordinar toda a vida humana a regras semelhantes, em sua uniformidade cruel, desalmada e absurda, àquelas que regem a natureza inanimada e morta, a deposição de sedimentos no fundo do mar e a erosão de cordilheiras. O fascismo queria escravizar a mente, a alma, o trabalho, a vontade e as ações de seres humanos mineralizados. O fascismo queria que seus escravos, privados de liberdade e felicidade, fossem cruéis e obedientes; queria que sua crueldade fosse como a de um tijolo que despenca de um telhado na cabeça de uma criança.

Krímov sentiu seu coração absorver toda essa vasta imagem. O ocaso do Egito antigo e da Grécia antiga, *A decadência do Ocidente* de Oswald Spengler —[95] isso não era nada comparado com a tragédia que agora ameaçava o sonho mais sagrado da humanidade. A luta para realizar esse sonho ocasionara um sofrimento incalculável; sua encarnação vitoriosa oferecia a promessa de felicidade.

Logo o crepúsculo se adensou, como se cinzas frias e negras estivessem caindo na terra. No oeste os compridos e brancos relâmpagos estivais das salvas de artilharia teimavam em continuar perturbando a escuridão, enquanto bem alto no céu brilhavam algumas estrelas muito brancas, como se tivessem sido cortadas da casca de uma jovem bétula prateada.

46

Krímov e Semiônov passaram por uma grande encruzilhada e continuaram seu caminho rumo ao oeste.

Subiram um pequeno outeiro.

— Camarada comissário, olhe, os veículos estão indo para aquele lado da ponte principal — disse Semiônov, animado. — Nossa brigada deve estar avançando!

— Não — respondeu Krímov. — Não pode ser a nossa brigada.

Ele ordenou que Semiônov parasse, e os dois saíram do carro. Do topo da colina, tinham uma boa visão.

---

[95] Oswald Spengler (1880-1936), historiador e filósofo alemão, publicou seu influente *A decadência do Ocidente* em 1918.

O sol poente espreitou por um momento por detrás das nuvens azul-escuras e vermelhas que se avolumavam no oeste. Raios de luz se esparramavam por sobre a terra crepuscular.

Uma torrente de veículos se deslocava para o oeste a partir da ponte, movendo-se depressa através da planície.

Rebocados por potentes caminhões de três eixos, canhões de canos longos pareciam rastejar pela terra. Eram seguidos por caminhões carregando caixas brancas de projéteis e veículos armados com baterias antiaéreas quádruplas.

Uma parede de poeira rodopiava sobre a ponte.

— Nossas reservas estão avançando para a linha de frente, camarada comissário — disse Semiônov. — A estepe a leste parece estar coberta de fumaça.

Nessa noite, a brigada de Krímov ocupou sua linha de defesa.

Krímov falou com o comandante da brigada, o tenente-coronel Gorélik. Esfregando as mãos e tremendo por causa do frio e da umidade da noite, Gorélik lhe explicou por que a brigada havia sido mobilizada novamente tão cedo, sem tempo para descanso e realização de reparos nos equipamentos avariados.

O Comando Supremo havia ordenado que dois exércitos — complementados por tanques, artilharia pesada e vários dos novos regimentos antitanque — fossem trazidos das reservas. A missão da brigada era cobrir o flanco das unidades de infantaria à medida que elas avançassem; em certo momento, elas ficaram vulneráveis ao ataque de tanques inimigos.

— Foi como se eles todos tivessem simplesmente brotado do chão — disse Gorélik. — Peguei um caminho diferente do que vocês tomaram, fui pela estrada de Kalatch. Em certos momentos havia oito colunas de veículos se movendo lado a lado. A infantaria tomou conta da estepe. Rapazes fortes. Equipamentos novos: uma profusão de submetralhadoras e fuzis antitanque. Novas unidades totalmente equipadas. Vi também uma brigada de tanques completa.

Gorélik pensou por um momento e perguntou:

— Então vocês não dormiram?

— Não, não houve muito tempo para isso.

— Bem, não importa. O comandante adjunto do exército me disse: "Em breve daremos ordens para que a sua brigada volte a Stalingrado para reagrupamento e realização de reparos". Aí poderemos dormir à vontade. Mas, de volta ao quartel-general do exército, os artilheiros caçoaram de mim. "Sua brigada está ultrapassada", disseram. "Hoje em dia todo mundo está apostando nos novos regimentos antitanque!"

— Então é verdade que vai haver um novo front? — perguntou Krímov. — Um front de Stalingrado?

— Sim, mas quem se importa com o nome? O importante é que a gente lute bem.

A barulheira dos veículos e o rugido distante dos motores dos tanques continuaram até o alvorecer. As unidades de reserva estavam se alinhando, assumindo suas posições estratégicas longitudinalmente ao front. Trazendo vida à fria noite da estepe, novas tropas se preparavam para defender os arredores do Don.

Pela manhã, o quartel-general da brigada restabeleceu as comunicações com o quartel-general da divisão, que também se instalou em sua nova posição na estepe; por sua vez, o quartel-general da divisão estava em contato com o quartel-general do exército.

Krímov foi chamado ao telefone para falar com o membro do Soviete Militar do Exército. O oficial de plantão entregou a Krímov o receptor e avisou:

— Aguarde, não desligue. Ele está atendendo uma ligação urgente em outra linha.

Krímov segurou o fone no ouvido por um longo tempo. Adorava ouvir, pelos compridos cabos telefônicos de campanha, a vida insone do front. As telefonistas chamavam-se umas às outras, aos gritos; seus chefes vociferavam. Alguém repreendeu: "Avante, avante! Eu já disse: não deve haver paradas nem descanso enquanto vocês não alcançarem a sua posição". Uma voz, claramente a de um novato fazendo o possível para cumprir os requisitos de sigilo, perguntou: "E então, recebeu as caixas? Está bem abastecido de água e pepinos agora?". Uma voz grave relatou: "Aceitei um cargo no setor designado". Uma quarta voz pronunciou com muita nitidez: "Camarada Utvenko, permita-me informar que toda a artilharia está agora em posição". Uma quinta voz perguntou, em tom severo: "O que há com você? Estava dormindo ou o quê? Minhas ordens estão claras agora? Então vá em frente!". Uma voz rouca disse: "Liúba, Liúba, você prometeu me colocar em contato com o centro de fornecimento de combustível! Você me deu sua palavra! Como assim, *não era você*? Posso nunca ter visto o seu rosto, mas conheço a sua voz. Eu a reconheceria em meio a mil outras". Um comandante da Força Aérea chamava: "QG de Apoio Aéreo, QG de Apoio Aéreo — bombas de duzentos quilos recebidas. Nossos bombardeiros agora no céu. Solicito permissão para atacar em seis-zero-zero". Falando extremamente rápido, um comandante de infantaria perguntou: "Tem o mapa à sua frente? A posição exata do inimigo? Especifique seus dados de reconhecimento".

Kostiukov, chefe de estado-maior da brigada, perguntou:

— Por que está sorrindo assim, camarada comissário?

Pousando uma das mãos sobre o receptor, Krímov respondeu:

— Todos estão falando sobre bombas e tanques, perguntando sobre a posição exata do inimigo... e de repente ouço um bebê chorando. Deve ter dormido em uma das barracas com telefone. E agora está com fome.

— Não há como escapar da natureza — disse o oficial de serviço.

Então o membro do Soviete Militar entrou na linha. Fez algumas perguntas para as quais Krímov deu respostas breves:

— A brigada está totalmente abastecida com combustível e munição. Não, o inimigo não foi avistado nesse setor.

Em seguida ele perguntou se a brigada tinha outras necessidades. Krímov disse que veículos a caminho do front tinham sofrido atrasos, mais de uma vez, por causa de pneus furados. O membro do Soviete Militar respondeu que pediria que um caminhão com um carregamento de pneus novos fosse enviado imediatamente ao depósito dos serviços de apoio de Stalingrado.

Depois de desligar o telefone, Krímov disse a Kostiukov:

— Ontem à noite, nós nos perguntávamos se conseguiríamos algum reforço. E agora surgiu um novo front. Não houve um único momento de sossego a noite toda.

— Sim — concordou Kostiukov. — É impressionante.

Assim que o sol raiou, Krímov e Gorélik foram de carro inspecionar as plataformas para peças de artilharia.

Camuflados por tufos de capim cobertos de poeira, os canos das armas apontavam todos, resolutos, para o oeste. À luz oblíqua do sol do amanhecer, as pessoas pareciam estar com o cenho franzido. Fresca, limpa e agradável, a estepe cintilava de orvalho. Não havia um só grão de poeira no ar límpido. De horizonte a horizonte, o céu tinha o calmo azul-claro que se vê apenas numa aurora de verão. Havia apenas algumas nuvens cor-de-rosa, aquecidas pelo sol.

Enquanto Gorélik conversava com seus comandantes de bateria, Krímov foi falar com os artilheiros.

Vendo a aproximação do comissário, os homens ficaram em posição de sentido. Seus olhos sorriram.

— Podem relaxar! — disse Krímov, e apoiou o cotovelo em um dos canos dos canhões.

Os canhoneiros se reuniram ao seu redor.

— Bem, Selídov — disse ele a um apontador. — Imagino que tenha passado outra noite sem dormir. Aqui estamos mais uma vez, de volta à linha de frente.

— Sim, camarada comissário — respondeu Selídov. — Foi uma barulheira sem fim. Muitas novas tropas apareceram. Mas continuamos pensando que os alemães estavam prestes a atacar. Consumimos um bocado de tabaco... e agora ficamos sem nenhum.

— Uma noite tranquila, e nem sinal do inimigo — disse Krímov. — E que manhã esplêndida!

— As primeiras horas do dia são a melhor hora para lutar, camarada comissário! — disse um jovem artilheiro. — Quando o inimigo dispara, conseguimos ver de onde estão atirando.

— É verdade — disse Selídov. — Dá para ver tudo, ainda mais se disparam munição traçante.

— Então vocês estão prontos para a batalha? — perguntou Krímov.

— Ninguém aqui vai abandonar as armas, camarada comissário! Alguns dias atrás houve um momento em que atiradores de submetralhadoras alemães ficaram a apenas alguns metros de distância. Nossa infantaria deu meia-volta, mas não paramos de atirar.

— E *isso* fez um bem danado para a gente! — disse o jovem artilheiro. — Ainda estamos em retirada. Qualquer dia desses vamos atravessar o Volga.

— É doloroso ceder nosso próprio solo — falou Krímov. — Mas agora há um front novo, o front de Stalingrado. Com todo tipo de equipamentos novos, tanques, regimentos antitanque. Ninguém deve ter dúvidas: os alemães não avançarão nem mais um centímetro! Mais do que isso, vamos empurrá-los para trás! E iremos até as últimas consequências! Já recuamos demais. Estou falando sério: atrás de nós está Stalingrado!

Os artilheiros ouviram em silêncio, observando um passarinho que adejava em círculos acima do cano do canhão mais distante.

O pássaro parecia prestes a pousar no aço aquecido pelo sol. Mas então, subitamente alarmado, voou para longe.

— Ele não gosta de armas — disse Selídov. — Voou para os morteiros, para o primeiro-tenente Sarkissian.

— Olhem! — gritou alguém.

Avançando no sentido oeste, espalhando-se por toda a extensão do céu, surgiram esquadrões de bombardeiros de mergulho soviéticos.

No intervalo de uma hora, o sol da manhã havia perdido seu brilho. Soldados com o rosto empoeirado e empapado de suor arrastavam munição, recarregavam suas armas, ajustavam a mira, apontavam os canos dos canhões para os tanques alemães que aceleravam em sua direção em redemoinhos de poeira. E, muito acima da poeira levantada por esses blindados, o trovão do combate terrestre ecoou alto no céu azul-claro.

47

Em 10 de julho de 1942, o 62º Exército — agora uma das unidades que constituíam a parte sudeste do front soviético — recebeu ordens de assumir posições defensivas na Grande Curva do Don, de modo a evitar uma nova investida alemã para o leste.

Ao mesmo tempo, o Comando Supremo convocou das reservas uma numerosa formação adicional, posicionando-a no flanco esquerdo do 62º Exército. Isso criou uma nova linha de defesa contra as divisões alemãs, que ameaçavam romper uma brecha na direção do Don.

Os primeiros tiros disparados em 17 de julho marcaram o início da batalha defensiva nos longínquos acessos a Stalingrado.

Nos dias seguintes, houve apenas escaramuças insignificantes entre a vanguarda alemã e pequenos destacamentos soviéticos de infantaria ou reconhecimento de tanques. Essas batalhas de menor proporção, ainda assim sanguinolentas — a maioria delas travada entre companhias e batalhões individuais —, permitiram às unidades recém-mobilizadas testar suas armas e ter uma noção do poderio do inimigo. Nesse ínterim, as principais forças trabalhavam vinte e quatro horas por dia para reforçar suas posições.

Em 20 de julho, as tropas germânicas atacaram. Imensas formações de blindados e infantaria receberam ordens de avançar para o Don, forçar uma travessia, percorrer a curta distância de lá até o

Volga — ocupando a área entre os dois rios a que os oficiais do estado-maior alemão se referiam como "o gargalo" — e entrar em Stalingrado até 25 de julho.

Foram essas as ordens de Hitler.

O alto-comando germânico, no entanto, logo percebeu que não havia nenhum "vácuo" nas passagens de acesso ao Don exceto na imaginação daqueles que consideravam simples capturar uma cidade grande e acreditavam inclusive ser capazes de definir um prazo para isso.

O confronto foi feroz, sem trégua nem de dia nem de noite. A defesa antitanque soviética mostrou-se vigorosa e móvel. Bombardeiros soviéticos e aeronaves de ataque terrestre desferiram potentes investidas contra o avanço germânico. Pequenos destacamentos de infantaria armados com fuzis antitanque lutaram com tenacidade.

A defesa soviética estava ativa. Seus repentinos contra-ataques em setores individuais dificultavam a mobilização das forças alemãs.

Ao fim e ao cabo, essas três semanas de luta não detiveram os alemães, que haviam concentrado uma força de ataque maciça, mas conseguiram retardar o avanço germânico. Os nazistas sofreram consideráveis perdas de homens e equipamentos. Não conseguiram executar seu grandioso plano; não foram capazes de, em uma única operação, atravessar o Don, dar prosseguimento a seu avanço e capturar Stalingrado.

48

A vida de Krímov não ia nada bem quando a guerra começou. Gênia o havia deixado no inverno anterior, e desde então ela vivia ora com a mãe, ora com a irmã mais velha, Liudmila, ora com uma amiga em Leningrado. Escrevia a ele contando sobre seus planos, sobre o trabalho, sobre encontros com pessoas que eles conheciam. Seu tom era calmo e amigável, como se estivesse simplesmente visitando amigos ou familiares e logo fosse voltar para casa.

Um dia Gênia pediu a Krímov que lhe enviasse dois mil rublos, o que ele fez de bom grado. Ele ficou chateado quando, um mês depois, ela lhe devolveu o dinheiro por transferência bancária.

Krímov teria achado mais fácil se Gênia parasse de vez de escrever. As cartas dela, que chegavam a cada sete ou oito semanas, eram um tormento; ele as aguardava ansiosamente, mas o tom amigável de

Gênia apenas as tornava ainda mais dolorosas. Quando escrevia que tinha ido ao teatro, Krímov não sentia o menor interesse pelas coisas que ela dizia sobre a peça, a cenografia ou os atores; o que queria saber era com quem ela tinha ido, quem se sentara ao seu lado ou quem a acompanhara na volta para casa. Gênia, no entanto, não contava a Krímov nada disso.

O trabalho de Krímov não lhe trazia um pingo de satisfação, embora ele fosse diligente e sempre ficasse no escritório até tarde da noite. Era chefe de departamento de uma editora especializada em economia e ciências sociais; havia muitas reuniões e um bocado de material para ler e revisar.

A mudança de Krímov para a editora fez com que seu ex-colegas do Comintern tivessem cada vez menos motivos para visitá-lo ou até mesmo telefonar para ele; já não precisavam mais pedir conselhos ou compartilhar suas notícias e preocupações. E, desde a partida de Gênia, ainda menos pessoas iam ao apartamento de Krímov, agora bastante soturno, com um forte fedor de fumaça de cigarro. Aos domingos, ele ficava encarando o telefone — mas às vezes o aparelho passava o dia inteiro sem tocar. Ou, quando enfim tocava, e Krímov atendia, com alegria, descobria que era alguém do escritório falando de trabalho, ou o tradutor de um ou outro livro querendo discutir em detalhes seu manuscrito.

Krímov escreveu a seu irmão mais novo, Semion, nos Urais, sugerindo que ele se mudasse de volta para Moscou com a esposa e a filha; Krímov poderia ceder a eles um quarto. Semion era engenheiro metalúrgico. Por vários anos após a graduação havia trabalhado em Moscou, mas não conseguira encontrar um quarto em parte alguma. Morou primeiro em Pokrovskoie-Strechnevo, depois em Vetchníaki e depois em Losinka; para chegar ao trabalho na hora, acordava às cinco e meia da manhã.

No verão, quando muitos moscovitas partiam para suas dachas, Semion alugava um quarto na cidade. Sua esposa, Liússia, gostava dos prazeres de um apartamento confortável, com gás, eletricidade e banheiro. Durante três meses, eles tiravam uma folga de fogões fumacentos, montes de neve, poços que congelavam em janeiro e das caminhadas até a estação todas as manhãs, no escuro.

— Semion é uma espécie incomum de aristocrata — brincava Krímov. — Passa o inverno no campo e o verão na cidade.

Semion e Liússia às vezes o visitavam. Krímov podia ver que, na imaginação do irmão e da cunhada, levava uma vida de extraordinário interesse e importância. Ele pedia que lhe contassem sobre si mesmos — e Liússia sorria envergonhada, olhava para o chão e dizia:

— Mas não temos nada para dizer. Nossa vida é muito monótona.

E Semion acrescentava:

— Sim, faço apenas trabalhos de engenharia triviais, no chão de fábrica. Mas ouvi dizer que você esteve em um congresso de sindicatos no Pacífico.

Em 1936, quando Liússia engravidou, Semion decidiu que deveriam se mudar para Tcheliábinsk.[96] De lá, escrevia regularmente para Krímov. Mal dizia o que quer que fosse sobre o próprio trabalho, e ficava claro que seu amor e admiração pelo irmão mais velho continuavam fortes como sempre. No entanto, quando Krímov sugeriu que voltasse a Moscou, Semion respondeu que isso era impossível, e que de qualquer forma não tinha esse desejo — agora era engenheiro-chefe adjunto de uma enorme fábrica. Convidou Krímov para visitá-lo em Tcheliábinsk por alguns dias e conhecer a nova sobrinha.

— Cuidaremos muito bem de você — escreveu Semion. — Temos nossa própria casa em uma floresta de pinheiros, e Liússia plantou um jardim esplêndido.

Krímov ficou feliz por saber que a vida de Semion ia bem, mas percebeu que agora era improvável que ele e a família um dia voltassem a Moscou. Isso o entristeceu. Ele sonhava com uma espécie de comuna familiar, e se imaginava, dali a alguns anos, levando a sobrinha ao zoológico todo domingo de manhã, e carregando a menina nos ombros quando chegasse em casa do trabalho.

Alguns dias após o início da guerra, Krímov escreveu ao Comitê Central do Partido, oferecendo-se para o alistamento. Foi inscrito como comissário e destacado para o front sudoeste.

No dia em que trancou o apartamento e, com uma mochila verde no ombro e uma pequena maleta na mão, embarcou num bonde para a estação Kiev, Krímov sentiu confiança e paz de espírito renovadas. Sua solidão, acreditava ele, ficara trancafiada no apartamento. Finalmente se libertara dela; quanto mais perto o trem chegava do front, mais

---

[96] Após o início da guerra, esse novo centro industrial nos Urais tornou-se cada vez mais importante. Foi apelidado de Tankogrado (cidade dos tanques).

calmo ele se sentia. "Este rebelde, que pena, busca tormentas, como se na tormenta estivesse a paz", vivia repetindo para si mesmo. Dia e noite, continuava a evocar os versos escritos pelo jovem Liérmontov.[97]

Pela janela do vagão, Krímov viu a estação de carga de Briansk, toda metal amassado, pedra estilhaçada e terra lacerada — obra de bombardeiros alemães. Ainda de pé sobre os trilhos, os frágeis esqueletos pretos e vermelhos de vagões de carga. Dos alto-falantes das plataformas vazias, podia ouvir a rádio de Moscou negando, de modo reverberante, as últimas mentiras transmitidas pela agência de notícias alemã Transozean.

O trem passou por estações das quais Krímov se lembrava da Guerra Civil — Tereschenko, Granja Mikháilovski, Krolevets, Konotop...

Os prados, os bosques de carvalhos, os pinhais, os trigais e campos de trigo-sarraceno, os choupos altos e as isbás brancas que no crepúsculo assemelhavam-se a rostos pálidos e mórbidos — tudo, tanto na terra quanto no céu, tinha um aspecto triste e aflito.

Em Bakhmatch, o trem foi bombardeado; dois vagões foram destruídos. As locomotivas silvaram e sibilaram, suas vozes de ferro tomadas de desespero vivo.

Em um trecho da ferrovia, o trem parou duas vezes; no céu, voava baixo um Messerschmitt 110 bimotor, equipado com um canhão e uma pesada metralhadora. Os passageiros saíram correndo para os campos, olhando ao redor, desnorteados, e depois voltaram a seus vagões.

Atravessaram o Dnieper pouco antes do amanhecer. O trem parecia receoso do eco repetido pelo rio escuro com seus bancos de areia branca.

Em Moscou, Krímov presumiu que os principais combates estavam ocorrendo nas imediações de Gitomir, onde em 1920 ele havia sido ferido em uma batalha contra os poloneses. No quartel-general do front sudoeste, soube que a situação era muito pior do que os jornais davam a entender ou do que ele ou qualquer um de seus companheiros de viagem haviam imaginado: os alemães já estavam quase em Kiev. Aproximavam-se de Sviatotchino; numa tentativa de seguir para

---

[97] Mikhail Liérmontov (1814-41), o célebre poeta romântico russo. Ver Robert Chandler, Irina Mashinski e Boris Dralyuk (Orgs.), *The Penguin Book of Russian Poetry*, pp. 116-7.

Demíevka, enfrentavam a Brigada Aerotransportada de Rodímtzev e sua divisão de paraquedistas. A retaguarda soviética era ameaçada pelos tanques de Guderian,[98] que desciam a partir do nordeste em direção a Gomel — enquanto o Grupo do Exércitos de Kleist subia desde o sul, ao longo da margem esquerda do Dnieper. Pinças enormes pareciam prontas para se fechar, isolando as tropas soviéticas ainda em Kiev e na margem direita.

O mais alto dirigente político, um comissário de divisão, era um homem calmo e metódico, com uma maneira lenta e silenciosa de falar. Krímov ficou impressionado com sua simplicidade e franqueza ao enfatizar a gravidade da situação, ao mesmo tempo que continuava a demonstrar a confiança esperada de um líder. A impressão era a de que seria capaz de continuar calmamente assinando ordens e ouvindo relatórios mesmo que sua Direção Política ficasse na cratera de um vulcão ativo.

Krímov recebeu ordens para se dirigir até um dos exércitos no flanco direito e dar palestras com informações políticas aos soldados. Na ocasião, a divisão de exército mais distante estava posicionada nas florestas e pântanos da Bielorrússia.

Primeiro, porém, Krímov foi para a seção de operações do front. Lá, encontrou um grupo de comandantes de alta patente em pé ao redor de um mapa. Um general de meia-idade, de óculos e rosto enrugado, passou a mão pelos cabelos grisalhos e disse languidamente, com um leve sorriso:

— É claro que o alto-comando alemão iniciou um cerco estupendo, em uma escala historicamente sem precedentes. — E, apontando para as posições alemãs no mapa, acrescentou: — Os senhores podem ver a ferradura... e é uma ferradura que quer nos esmagar. Na última guerra, eles cercaram o corpo de exércitos de Samsónov. Dessa vez, pretendem cercar um front inteiro.

Alguém pronunciou algumas palavras que Krímov não conseguiu entender. O general deu de ombros e disse:

— O alto-comando alemão tem uma estratégia. Esperar pelo melhor, ao estilo russo, não nos levará a lugar algum. Precisamos fazer mais do que isso se quisermos superá-los com manobras estratégicas.

---

[98] Heinz Guderian (1888-1954) foi um dos comandantes de tanques alemães mais bem-sucedidos tanto na França em 1940 quanto no front oriental em 1941.

Krímov entrou na sala ao lado. Um major esbaforido colidiu com ele na porta.

— O general Vlássov está aí? — perguntou o homem, e passou correndo sem esperar resposta.[99]

No setor do front para o qual Krímov foi destacado, reinava uma sensação de calma. Muitos dos estrategistas da seção política pareciam estranhamente serenos.

— Os alemães perderam o fôlego. Não têm mais aeronaves, estão sem combustível, sem tanques, sem munição. Faz duas semanas desde a última vez que vimos um avião deles.

Não foi o primeiro nem o último encontro de Krímov com esse naipe de otimistas. Ele sabia muito bem como eles logo entravam em pânico em qualquer situação difícil, resmungando, perplexos:

— Mas quem poderia imaginar uma coisa dessas?

Muitos dos soldados em uma das divisões de infantaria eram de Tchernígov, e por acaso haviam sido despachados para lutar perto de suas aldeias de origem, agora ocupadas pelos germânicos — que evidentemente haviam se inteirado desse fato por seus prisioneiros. À noite, deitados em suas trincheiras e fitando as estrelas — em tranquilos bosques de carvalhos ou em meio aos altos pés de cânhamo ou milho —, esses soldados de repente ouviam uma voz de mulher amplificada. Traiçoeiramente autoritária, essa voz repetia, em ucraniano: "Iva-an! Venha para ca-a-sa! Iva-an! Venha para ca-a-sa!". Essa férrea voz feminina, que parecia vir do próprio céu, era seguida de um breve discurso impessoal pronunciado com sotaque estrangeiro. Os "irmãos de Tchernígov" deveriam voltar imediatamente para suas

---

[99] O general de meia-idade e óculos é Andrei Vlássov. Por ocasião da Batalha de Kiev, Vlássov era um promissor tenente-general no comando do 37º Exército; com parte desse exército, conseguiu escapar do cerco. Em julho de 1942, entretanto, foi capturado pelos alemães, concordou em colaborar e, no outono de 1944, fundou o órgão anticomunista ROA (Russkaia Osvoboditelnaia Armiia, o Exército Russo de Libertação). Após a guerra, foi considerado culpado de traição e executado em agosto de 1946. Por conta da pecha de traidor, Vlássov era alvo de desprezo. A mera menção a seu nome foi uma ousadia da parte de Grossman; os parágrafos a partir de "Primeiro, porém, Krímov..." até o final da seção não foram incluídos em qualquer uma das edições publicadas do livro.

casas — do contrário, em um ou dois dias seriam queimados vivos por lança-chamas ou esmagados sob as lagartas de tanques.

Mais uma vez, a voz alta: "Iva-an! Iva-an! Venha pa-ra ca-a-sa!", depois o moroso rugido dos motores — os soldados achavam que os alemães tinham um chocalho de madeira especial que imitava o som de um motor de tanque.

Havia manhãs em que se constatava que homens tinham desaparecido, restando apenas seus fuzis, caídos no fundo das trincheiras.[100]

Duas semanas depois, Krímov deixou para trás esse exército manso e voltou ao quartel-general do front.

O motorista que lhe dera uma carona parou nas cercanias de Kiev. Krímov prosseguiu a pé. Passou por uma extensa e profunda ravina com encostas de terra argilosa e então se deteve por um momento, sentindo um involuntário prazer na paz e no encanto do início da manhã. O chão estava revestido de folhas amarelas, e as folhas que ainda restavam nas árvores brilhavam no sol baixo. O ar parecia excepcionalmente leve. O pio dos pássaros era apenas a mais tênue das ondulações na superfície clara de um silêncio profundo e transparente. Então o sol atingiu as escarpas mais altas da ravina. A luz e a meia-luz, a quietude e o canto dos pássaros, a quentura do sol e o ar ainda fresco criavam uma sensação de algo extraordinário: era como se a qualquer momento velhos bondosos saídos de um conto de fadas fossem aparecer subindo tranquilamente a ladeira.

Krímov saiu da estrada e caminhou por entre as árvores. Em seguida, viu uma senhora já idosa vestindo um casaco azul-escuro, com um saco de lona branca por cima dos ombros. Ao avistar Krímov, ela gritou.

— Qual é o problema? — perguntou ele.

Ela passou a mão pelos olhos, abriu um sorriso cansado e disse:

— Oh, meu Deus! Achei que você fosse alemão.

Krímov perguntou o caminho para a rua Krechtchatik,[101] e a mulher respondeu:

---

[100] Em uma anotação de seu diário, Grossman é mais enfático a esse respeito, escrevendo que "homens de Tchernígov estavam desertando aos milhares". Essa entrada foi omitida da versão de 1989 dos cadernos de anotações de guerra. Oleg Budnitski, que vem preparando uma edição mais completa dos cadernos, a citou em uma palestra na Pushkin House, em Londres, em abril de 2018.

[101] A rua principal do centro de Kiev.

— Você está indo pelo caminho errado. Lá na ravina, lá em Babi Iar, você deveria ter dobrado à esquerda. Neste caminho em que está agora, vai parar em Podol. Você tem que voltar para Babi Iar, passar pelo cemitério judaico, depois pela rua Mélnik, e em seguida pela rua Lvov.[102]

Enquanto abria caminho em direção à rua Krechtchatik, Krímov pensou que tinha entrado no inferno.

Tropas soviéticas estavam abandonando a capital ucraniana. Ocupando toda a largura da rua, infantaria, cavalaria, canhões e carrinhos de transporte moviam-se devagar ao longo da principal rua de Kiev.

Todo o exército parecia ter emudecido. As cabeças estavam curvadas. Os olhos, cravados no chão.

Veículos e canhões haviam sido camuflados com galhos de bétula, bordo, choupo e avelã, e milhões de folhas outonais adejavam no ar, uma recordação dos campos e florestas agora sendo abandonados.

E toda a variedade de cores, armas, insígnias e uniformes, toda distinção de rosto e idade foi apagada por uma única expressão comum de tristeza; essa tristeza podia ser vista nos olhos dos soldados, nas cabeças curvadas dos comandantes, nos estandartes agora enrolados em seus estojos verdes, no tropel lento dos cavalos, no rugido abafado dos motores, no bater de rodas que soava como o rufar de tambores funerários.

Krímov avistou uma moça corpulenta com um bebê nos braços, abrindo caminho à força através da multidão. Ela queria se jogar sob as rodas de um dos canhões, a fim de interromper aquela fatídica retirada. Pessoas ainda seminuas corriam atrás dela, chorando, gritando, implorando aos soldados que a impedissem.

Centenas de mulheres e crianças em casacos de outono e inverno, carregando trouxas e malas, tentavam chegar ao Dnieper, exaustas e sem fôlego antes mesmo de conseguirem sair da cidade.[103] Destaca-

---

[102] Babi Iar ("Ravina da mulher") é o nome de uma ravina nos arredores de Kiev onde 100 mil pessoas, a maioria judeus, foram mortas ao longo de seis meses, mais de 33 mil delas nos dois primeiros dias de massacre, 29 e 30 de setembro de 1941. O caminho que a velha aconselha Krímov a tomar é, ao contrário, a rota ao longo da qual os judeus foram levados do centro de Kiev para Babi Iar.

[103] Ielena Lvóvna Chtrum, filha do físico Liev Chtrum, falou sobre como ela mesma escapou de Kiev nessa época. Todas as entradas para a principal estação ferroviária foram fechadas, mas havia uma grande multidão de mulheres e crianças na

mentos de policiais, bombeiros e aprendizes marchavam na mesma direção. Velhos os encaravam com olhar vítreo, como que à espera de algum milagre. A impressão era a de que nada no mundo poderia ser mais terrível do que os rostos encarquilhados e desamparados desses velhos, cada um deles sozinho na multidão.

Os soldados do Exército Vermelho estavam emudecidos. Eles sabiam, com absoluta clareza, que cada passo que davam rumo ao leste trazia para mais perto os alemães ainda invisíveis. Cada passo em direção ao Dnieper trazia as divisões de Hitler para mais perto de Kiev.

E, como que convocadas pelas forças das trevas que se avizinhavam, pessoas de olhar furtivo e hostil começaram a aparecer nos pátios e becos. Seus sussurros iam ficando cada vez mais altos. Acompanhando com um olhar ardiloso os soldados em retirada, elas se preparavam para receber os que agora se aproximavam. Foi ali, em uma viela estreita, que Krímov ouviu pela primeira vez palavras em ucraniano que muito em breve voltaria a ouvir:

— O que já foi, nós vimos. O que vai acontecer, ainda veremos.[104]

Mais tarde, sempre que se lembrava desse último dia em Kiev — o céu azul sem nuvens, as janelas reluzentes, as ruas acarpetadas de folhas douradas —, Krímov tinha a sensação de um machado rachando seu coração; a dor era tão aguda quanto seu sempiterno sentimento de perda pessoal.

Nos meses seguintes, houve muitos outros momentos em que Krímov esteve entre os últimos a partir a cada vez que o Exército

---

praça do lado de fora. Entre elas estava Ielena (então com dezoito anos) e duas tias (ambas com cerca de trinta anos). Ao contrário de muitos, curvados sob o peso de pesadas bagagens, elas carregavam apenas algumas malas. Então uma das cercas desabou, e Ielena, suas tias e outras mulheres na frente da multidão ocuparam um trem de carga vazio. Os funcionários perceberam que teria sido impossível removê-las; simplesmente não havia homens suficientes. Nas palavras de Ielena: "Seriam necessários dois homens para remover cada mulher". As portas dos vagões, cada um com cerca de vinte mulheres, foram então lacradas com ferrolhos. Durante 24 horas, nada aconteceu. As mulheres defecavam e urinavam através de um buraco aberto embaixo de uma tábua do piso. Por fim, o trem cruzou o Dnieper. Depois disso, viajou lentamente para o leste, levando duas semanas para chegar ao Volga. Em algumas estações, levavam pão ou restos de comida para as mulheres. Às vezes também era possível comprar alimentos vendidos por particulares (conversa privada, Colônia, 30 ago. 2018).

[104] Grossman escreve essas palavras apenas em ucraniano; não as traduz.

Vermelho abandonava para os alemães uma cidade ou vilarejo. Em vez de diminuir, a dor só ficava ainda mais difícil de suportar. Essas cidades e vilarejos eram como pessoas desamparadas — pessoas próximas e queridas sendo levadas embora para alguma outra vida, terrível, incompreensível e infinitamente distante.

Krímov mal havia cruzado a margem esquerda quando os alemães, depois de nocautearem as defesas antiaéreas soviéticas, realizaram um ataque aéreo maciço em Brovari. Noventa bombardeiros participaram do raide. Isso tornou evidente para Krímov o significado completo e terrível das palavras "supremacia aérea".

Divisões Panzer de Guderian, deslocando-se a partir do norte em direção a Gomel e Tchernígov, estavam agora posicionadas com segurança na margem esquerda do Dnieper, na retaguarda das forças soviéticas em Kiev e arredores. Ficou claro que o objetivo de Guderian era vincular-se ao Grupo de Exércitos Sul de Kleist, que havia atravessado o front soviético perto de Dnipropetrovsk.

Uma semana depois, as pinças se fecharam. Krímov estava agora atrás da linha de frente, em território ocupado pelos alemães.

Certa ocasião, Krímov viu dezenas de tanques inimigos se deslocarem para uma planície apinhada de famílias de Kiev que fugiam a pé para o leste. No blindado que encabeçava o comboio estava um oficial alemão, brandindo no ar um ramo de folhas de outono alaranjadas. Alguns dos tanques arrancaram em alta velocidade de encontro às mulheres e crianças.

Em outra ocasião, um tanque alemão passou devagar a apenas dez metros de distância de Krímov. Parecia um animal feroz com mandíbulas manchadas de sangue. Agora, Krímov sentiu que havia absorvido completamente o significado das palavras "supremacia terrestre".

Dia e noite, Krímov caminhou rumo ao leste. Soube da morte do coronel-general Kirponos.[105] Leu panfletos de propaganda alemães divulgando que Moscou e Leningrado já haviam sucumbido e que o governo soviético fugira de avião para os Urais. Viu homens que haviam enterrado suas medalhas e cartões de membro do Partido; viu traição e lealdade de aço, desespero e fé inabalável.

---

[105] Mikhail Kirponos, comandante do front sudoeste, morto durante a defesa de Kiev.

Com ele, sob sua liderança, havia duzentos soldados e comandantes que conhecera no caminho. Era um esquadrão heterogêneo, composto de soldados do Exército Vermelho, marinheiros da flotilha do Dnieper, policiais de vilarejo, funcionários do comitê distrital do Partido, alguns trabalhadores idosos da fábrica de Kiev, cavaleiros sem cavalo e pilotos que haviam perdido seus aviões.

Mais tarde houve momentos em que Krímov sentiu que devia ter sonhado com toda essa jornada — tão repleta de eventos e experiências extraordinários. Ele se lembrava de fogueiras noturnas na floresta, de atravessar a nado rios turvos de outono sob chuva gélida, de longos dias de fome, de breves banquetes nas aldeias onde haviam eliminado destacamentos de alemães. Vez por outra, tinha que julgar os anciãos da aldeia e os *polizei*,[106] o que não lhe tomava muito tempo. Ele se lembrava da expressão nos olhos desses traidores pouco antes de serem fuzilados; de uma camponesa que, com lágrimas nos olhos, implorou que lhe desse um fuzil e permitisse que ela e seus dois filhos se juntassem aos homens em sua jornada para o leste; da cruel execução da amante do comandante de um destacamento punitivo alemão; de uma velha que, certa noite, incendiou a própria casa e assim matou os *polizei* bêbados — um deles seu genro — que dormiam lá dentro. E se lembrava de ter dado uma palestra em uma floresta, imediatamente após uma breve batalha com um destacamento de *polizei*, sobre os princípios da construção de uma sociedade comunista.

Mais do que tudo, Krímov se lembrava da sensação de companheirismo que surgiu entre seus homens.[107] Todos haviam falado abertamente sobre a própria vida desde a mais tenra infância, e o caminho trilhado por todos parecera claramente determinado; o caráter das

---

[106] Ucranianos que colaboravam com os nazistas e atuavam como policiais locais.
[107] O historiador Michael K. Jones cita em detalhes um diário mantido por Ivan Chabalin, o corajoso e lúcido chefe da seção política do 50º Exército. Chabalin foi morto em outubro de 1941, quando tentava escapar do cerco. Jones resume uma passagem da seguinte forma: "Chabalin, ambicioso oficial do NKVD responsável pela educação do exército, constatou que não precisava mais dar palestras ou instruções aos homens ao seu redor. O vínculo de camaradagem entre seu grupo de combatentes bastava por si só. E, quando percebeu isso, Chabalin teve uma extraordinária sensação de paz" (Michael K. Jones, *The Retreat*, p. 67). Os diários de Chabalin foram publicados pela primeira vez apenas em 1974, dez anos após a morte de Grossman; isso torna a semelhança entre eles e o relato do Krímov ainda mais impressionante.

pessoas, seus pontos fortes e fracos — tudo a respeito delas tornava-se evidente, em palavras e ações.

Volta e meia, Krímov se sentia perplexo, incapaz de entender onde ele e seus companheiros encontravam forças para aguentar por tanto tempo semanas de fome e privação.

E a terra era tão pesada, tão árdua. Puxar uma bota para fora da lama, levantar um pé e dar um passo, erguer o outro pé — só isso já dava um trabalho imenso. Durante aqueles dias de outono não havia nada que não fosse difícil. Dia e noite, chuviscava sem trégua — e a garoa fria era pesada como mercúrio. Impregnado dessa garoa, um barrete de pano parecia pesar mais que um capacete de metal; de tão ensopados, os capotes arrastavam a pessoa para o chão; túnicas e camisas rasgadas eram como grampos, agarrando-se com tanta firmeza ao peito que respirar era penoso. Tudo era uma luta.

Os galhos que eles juntavam para a fogueira pareciam feitos de pedra. A fumaça densa e úmida se fundia com a névoa cinza igualmente densa e assentava com força no chão.

Dia e noite, os ombros doloridos dos homens pareciam vergar sob imensos pesos; dia e noite o frio e a sujeira penetravam suas botas rasgadas. Eles adormeciam na terra molhada, sob ásperos galhos de avelã pesados de chuva. Ao amanhecer, acordavam no aguaceiro, com a sensação de que não tinham pregado os olhos.

Em áreas de concentração de tropas germânicas, a atividade nas estradas era incessante, com a presença de colunas de caminhões, artilharia e infantaria motorizada. Soldados alemães estavam aquartelados em quase todos os vilarejos, e sempre havia sentinelas. Nessas áreas, Krímov e seus homens só podiam se deslocar à noite.

Eles percorriam sua própria terra, mas tinham que buscar abrigo em bosques, atravessar ferrovias e evitar estradas de asfalto, onde o som de seus passos poderia denunciá-los. Carros pretos alemães passavam zunindo pela chuva; a artilharia autopropulsada passava mais devagar; tanques trocavam sinais em vozes metálicas. Às vezes os homens de Krímov ouviam sons estranhos, cacofônicos, que o vento trazia de caminhões com a carroceria coberta por lona: trechos de canções alemãs e notas de acordeão. Eles viam faróis brilhantes e ouviam a submissa e laboriosa respiração de locomotivas à frente de trens que transportavam tropas alemãs mais a leste. Viam luzes pacíficas nas janelas das casas e fumaça amigável subindo das chaminés — ainda assim, tinham que se esconder nos desfiladeiros desertos da floresta.

Durante esse período difícil, nada era mais precioso do que a fé na justiça da causa do povo, a fé no futuro. Isso tornava os rumores que o inimigo disseminava — vagos, cinzentos, penetrantes como a bruma de outono — ainda mais difíceis de suportar.

De modo estranho, para além da exaustão, Krímov sentia algo muito diferente — um senso de confiança e ardorosa força. Um senso de paixão, de fé revolucionária; um senso de responsabilidade pelos homens que se arrastavam a duras penas a seu lado, pela vida e pela força espiritual desses homens, por tudo o que estava acontecendo naquela fria terra de outono.

Provavelmente não havia no mundo inteiro responsabilidade mais pesada, mas era desse senso de responsabilidade que Krímov extraía sua força.

Dezenas, centenas de vezes todos os dias, homens se voltavam para ele com as palavras "camarada comissário!".

Nessas duas palavras, Krímov sentia uma afetuosa tepidez, um calor excepcional que vinha do coração. Os homens que caminhavam a seu lado sabiam do decreto de Hitler sobre a execução sumária de todos os comissários e instrutores políticos. Essas duas palavras continham muito do que era bom e puro.

Parecia inteiramente natural e inevitável que Krímov liderasse esse destacamento específico.

— Camarada comissário — perguntava Svetílnikov, seu chefe de estado-maior —, que caminho seguiremos amanhã?

— Camarada comissário, para onde devemos enviar nossos batedores?

Krímov abria o mapa, agora danificado pelo vento, amarelado e desbotado pela ação do sol e da chuva, meio apagado pelo toque de muitas mãos. Entendia que a rota que escolhesse poderia determinar o destino de duzentos homens. E Svetílnikov, o major da Força Aérea, também sabia disso; seus olhos castanho-amarelados, geralmente brilhantes e maliciosos, ficavam sérios, e suas sobrancelhas ruivas se franziam.

A escolha da rota dependia não apenas do mapa e dos relatórios de seus batedores. Tudo era importante: sulcos de rodas de carros e carroças numa bifurcação da estrada, a palavra fortuita de algum velho com quem se deparavam na floresta, a altura dos arbustos em uma determinada encosta e o estado do trigo por colher: estava pisado e amassado no chão ou de pé feito um muro?

— Camarada comissário... alemães! — dizia Sízov, seu comandante de batedores, um homem de rosto comprido que parecia não ter medo da morte. — A pé, não mais do que uma companhia, por trás daquele bosquezinho ali, indo para o noroeste.

E Sízov, que já estivera perto da morte mais vezes do que qualquer um daqueles homens, olhava nos olhos de Krímov, esperando ler neles a ordem de "atacar imediatamente!". Sabia que o camarada comissário estava sempre ávido para o ataque toda vez que surgia uma oportunidade.

Esses breves e ferozes confrontos provocavam transformações repentinas. Em vez de exaurir os homens, conferiam-lhes mais força, permitindo que mantivessem a espinha ereta e a cabeça erguida.

— Camarada comissário, o que vamos comer amanhã? — perguntava Skoropad, seu chefe de provisões.

Ele sabia que Krímov precisava levar em consideração muitos fatores diferentes. Um dia, tinham apenas trigo queimado e semicozido com cheiro de querosene; outro dia, antevendo uma marcha especialmente difícil, Krímov respondia: "Ganso e carne em conserva. Uma lata para cada quatro homens".

— Camarada comissário, o que vamos fazer com os gravemente feridos? Hoje temos oito — perguntava Petrov, com a voz rouca.

Médico militar, Petrov sofria de bronquite asmática e seus lábios pareciam sempre pálidos e anêmicos. Ele esperava atentamente pela resposta de Krímov, encarando-o com olhos injetados. Sabia que o camarada comissário jamais concordaria em abandonar os feridos, mesmo que sob os cuidados de moradores leais e confiáveis, mas a resposta de Krímov toda vez trazia alegria ao seu coração, devolvendo um pouco de cor às suas bochechas.

Não que Krímov soubesse ler um mapa melhor do que seu chefe de estado-maior, ou que entendesse mais de operações militares do que os soldados regulares. Tampouco conhecia mais sobre abastecimento e provisões do que o sábio Skoropad ou tinha uma ideia mais clara do que Petrov acerca da melhor forma de cuidar dos feridos. Os homens que lhe faziam essas perguntas tinham um senso do próprio mérito; sabiam o valor da própria competência, experiência de combate e conhecimento de vida. Sabiam que Krímov às vezes estava errado, que talvez não fosse capaz de responder às perguntas que lhe faziam. Mas entendiam que ele não cometia erros quando se tratava da luta mais importante de todas: a luta para preservar o que era mais essencial e precioso em um ser humano, para proteger esse núcleo central num tempo em que era muito fácil perder não apenas a vida, mas também todo o senso de consciência e de honra.

Ao longo desse período, Krímov se acostumou a responder às perguntas mais inesperadas. Durante uma marcha noturna através da floresta, um ex-motorista de trator, agora convertido em piloto de tanque sem tanque, subitamente indagou:

— O que o senhor acha, camarada comissário? As estrelas têm regiões de Terra Negra também?[108]

Havia ocasiões em que uma discussão acalorada irrompia ao redor da fogueira: quando o comunismo fosse implantado, pão e botas seriam distribuídos gratuitamente a todos? Ofegante, o soldado designado pelos debatedores ia até Krímov e dizia:

— Camarada comissário, está acordado? Os rapazes se meteram numa confusão. Precisam que o senhor resolva a pendenga para eles.

Ou então algum velho barbudo sombrio e taciturno abria o coração para Krímov, desabafando sobre a esposa e os filhos, sobre o que havia feito de certo em suas relações com os outros — de parentes próximos a conhecidos distantes — e onde tinha errado.

Certa vez, dois de seus homens decidiram abandonar o combate. Um fingiu estar doente e o segundo atirou na própria panturrilha; ambos pretendiam ficar para trás, em algum vilarejo, dando a entender aos alemães que tinham se casado com mulheres de famílias camponesas. Krímov teve que julgá-los. E havia também momentos de comédia, momentos em que todos — até mesmo os doentes e feridos — riam juntos. Em uma aldeia, um soldado, sem dizer uma palavra para a idosa dona da casa, surrupiou cinco ovos e os escondeu dentro do chapéu; pouco tempo depois, acabou se sentando em cima do chapéu. Aos berros, a velha o cobriu de impropérios; em seguida, lhe trouxe um pouco de água quente e um pano e o ajudou a recuperar sua dignidade militar.

Krímov percebeu que as pessoas gostavam de lhe contar histórias engraçadas — como se quisessem que até mesmo seu comissário pudesse se divertir e rir um pouco. Durante aquele outono, ele parecia

---

[108] A região da Terra Negra é um cinturão de solo excepcionalmente rico e fértil na Ucrânia e no sul da Rússia.

reviver todos os dias mais difíceis de sua vida como revolucionário e bolchevique. Estava sendo testado — assim como fora posto à prova durante seu tempo no submundo da clandestinidade política e ao longo da Guerra Civil. Krímov podia sentir no rosto a brisa fresca de sua juventude — e isso era algo tão esplêndido que nenhuma agrura, nenhuma provação seria capaz de fazê-lo desanimar. Não havia ninguém que não sentisse a sua força.

Assim como os trabalhadores progressistas haviam seguido combatentes revolucionários no tempo dos tsares, apesar de sentenças de prisão e trabalhos forçados, apesar dos chicotes dos soldados cossacos, agora os homens criados e educados pela Revolução estavam seguindo seu comissário através de campos e florestas, a despeito da fome, de todo tipo de sofrimento e do perene perigo de morte.

Esses homens eram em sua maioria jovens. Tinham aprendido a ler e a escrever com livros didáticos soviéticos, sob a supervisão de professores soviéticos. Antes da guerra, haviam trabalhado em fábricas e colcozes soviéticos; liam livros soviéticos e passavam as férias em casas de recreação soviéticas. Nunca tinham visto um proprietário de terras particulares ou um dono de fábrica; não eram capazes sequer de conceber a ideia de comprar pão em uma padaria privada, de receber tratamento médico em um hospital particular ou de trabalhar na propriedade de algum dono de terras ou em fábricas pertencentes a algum empresário.

Krímov percebeu que a ordem pré-revolucionária era simplesmente incompreensível para esses jovens. E agora eles se viam em terras ocupadas por invasores alemães que se preparavam para trazer de volta aquele estranho modo de vida, para reintroduzir em solo soviético a velha ordem.

Krímov entendeu, desde os primeiros dias da guerra, que os fascistas alemães não estavam apenas se comportando com extraordinária crueldade; mais do que isso, em sua arrogância cega, eles desprezavam o povo soviético. Sua atitude era de zombaria e desprezo.

Velhos e velhas, estudantes, rapazes — todos nas aldeias soviéticas ficaram chocados com essa arrogância colonialista. Pessoas criadas para acreditar no internacionalismo, na igualdade de todos os trabalhadores, não estavam acostumadas a se sentir objetos de escárnio.

O que os homens de Krímov precisavam, mais do que tudo, era de certeza. Tão forte era seu desejo de superar todas as dúvidas que muitas vezes, em vez de dormir, optavam por devotar suas breves e preciosas horas de descanso a debates sérios.

Houve um dia em que sua situação parecia desesperadora; haviam sido emboscados em uma floresta, cercados por um regimento de infantaria alemão. Até mesmo os homens mais corajosos diziam a Krímov que não havia outra saída a não ser se espalharem; cada um teria que tentar escapar por conta própria.

Krímov reuniu seus homens numa clareira da floresta, subiu no tronco de um pinheiro caído e disse:

— Nossa força vem da nossa união. O objetivo dos alemães é nos separar. Não somos uma partícula isolada, esquecida em uma floresta atrás das linhas germânicas. Duzentos milhões de corações batem conosco, os corações dos nossos duzentos milhões de irmãos e irmãs. Vamos lutar, camaradas! — E, erguendo bem alto acima da cabeça seu cartão de membro do Partido, berrou: — Camaradas, juro a vocês que sairemos desta!

E assim sobreviveram — e continuaram seu caminho para o leste.

E assim marcharam — estropiados, com os pés inchados, sofrendo de disenteria sangrenta, mas ainda carregando rifles e granadas, arrastando suas quatro metralhadoras.

Numa noite estrelada de outono, abriram caminho através da linha de frente alemã. Quando Krímov olhou para suas tropas, cambaleantes de fraqueza, mas ainda uma força a ser reconhecida, sentiu ao mesmo tempo orgulho e alegria. Aqueles homens haviam caminhado centenas de quilômetros com ele; ele os amava com uma ternura além das palavras.

49

Eles cruzaram a linha de frente ao norte de Briansk, perto do grande vilarejo de Júkovka, no rio Desna. Krímov se despediu de seus camaradas, que foram imediatamente designados para diferentes regimentos.

Primeiro ele foi até um quartel-general de divisão e, de lá, seguiu a cavalo até uma pequena fazenda na floresta, onde lhe disseram que encontraria o comandante de exército.

Uma vez no quartel-general do 50º Exército, Krímov soube o que havia acontecido durante os dias de suas andanças.

Ele foi chamado para falar com o comissário de brigada Chlíapin,[109] membro do Soviete Militar do Exército, um homem parrudo e altíssimo que se movia muito devagar. Ele recebeu Krímov em um celeiro de madeira, com uma pequena mesa e duas cadeiras e pilhas de feno junto à parede.

Chlíapin ajeitou o feno, pediu a Krímov que se sentasse e em seguida se deitou ao lado dele, grunhindo e resfolegando. Disse que também tinha estado em cerco naquele mês de julho; junto com o general Boldin, avançara por uma brecha na linha de frente alemã e se integrara às forças sob o comando do general Konev.

Havia uma força calma e simples no discurso sem pressa de Chlíapin, em seu sorriso agradável e em seus olhos bem-humorados e cheios de bonomia. Um cozinheiro envergando um avental branco trouxe dois pratos de carne de carneiro com batatas e pão de centeio quente. Vendo o olhar no rosto de Krímov, Chlíapin sorriu e disse:

— Alma russa, aromas russos.[110]

O cheiro de feno e pão quente parecia de alguma forma ligado àquele homem enorme e plácido.

Logo depois, ganharam a companhia do major-general Petrov, o comandante de exército, um homem pequeno e ruivo que começava a ficar careca. Em sua surrada jaqueta de general fulgurava a estrela dourada de um Herói da União Soviética.

— Não, não — disse ele. — Não se levantem. Vou me sentar com vocês. Acabo de chegar do quartel-general de divisão.

Seus olhos azul-claros eram alertas e penetrantes; sua maneira de falar, entrecortada e rápida.

Ele trazia para a penumbra daquele celeiro perfumado toda a tensão da guerra. Mensageiros iam e vinham. Um velho major entrou duas vezes para dar informes. O telefone mudo ressuscitou.

Um ajudante de ordens reportou que o presidente do tribunal do exército havia chegado do quartel-general para confirmar as sentenças proferidas pelo Soviete Militar. Petrov o havia chamado. Quando ele

---

[109] Grossman conheceu Chlíapin em setembro de 1941, quando foi enviado como correspondente do jornal *Estrela Vermelha* para o front de Briansk. Seu primeiro romance de guerra, *Povo imortal* (1942), é baseado no relato de Chlíapin sobre sua fuga do cerco.
[110] Chlíapin cita o conto de fadas em versos de Púchkin "Ruslan e Liudmila".

apareceu, Petrov ofereceu-lhe um pouco de chá, que o homem recusou, e em seguida perguntou:

— São muitos?

— Seis — respondeu o presidente, e abriu uma pasta.

Petrov e Chlíapin ouviram um relatório sobre os seis traidores e desertores. Em letras maiúsculas e usando um lápis verde de criança, Petrov escreveu CONFIRMADO, depois entregou o lápis a Chlíapin.

— E isto? — perguntou Petrov, erguendo as sobrancelhas.

O presidente explicou que uma senhora da cidadezinha de Potchep havia sido flagrada distribuindo propaganda alemã entre as tropas e a população geral. Acrescentou que era uma freira solteirona.

Petrov franziu os lábios e disse, em tom sério:

— Uma freira solteirona? Bem, talvez devêssemos mostrar clemência.

E começou a escrever.

— Tem certeza de que não está sendo excessivamente indulgente? — perguntou o amável Chlíapin.

Petrov devolveu a pasta ao presidente e disse:

— Pode ir, camarada. Há alguém com quem preciso conversar, então não o convido para jantar. Da próxima vez que vier ao quartel-general, peça a eles que nos enviem um pouco de geleia de cereja.

Dito isso, Petrov se virou para Krímov:

— Conheço você, camarada Krímov. E talvez você se lembre de mim também.

— Não me recordo, camarada comandante de exército — respondeu Krímov.

— Você se lembra de um comandante de pelotão de cavalaria que aceitou como membro do Partido em 1920, quando estava com o 10º Regimento de Cavalaria?

— Receio que não — disse Krímov. E, olhando para o uniforme de Petrov e suas estrelas verdes de general, acrescentou: — O tempo voa.

Chlíapin riu:

— Sim, comissário de batalhão, é difícil escapar dele.

— O inimigo está ficando sem tanques? — perguntou Petrov.

— Eles têm tanques aos montes — respondeu Krímov. — Apenas dois dias atrás, ouvi de alguns camponeses que trens de transporte chegaram ao distrito de Glúkhov e entregaram uma remessa de cerca de quinhentos blindados.

Petrov deu de ombros.

— Duvido — disse. — Isso parece um tremendo exagero.

Em seguida, contou que seu exército havia atravessado o Desna em dois pontos, tomado oito vilarejos e alcançado a rodovia para Roslavl. Como antes, falou depressa, evitando palavras longas.

— Outro Suvôrov! —[111] disse Chlíapin, sorrindo.

Estava claro que ele e Petrov se davam bem e trabalhavam em conjunto.

Na manhã seguinte, logo cedo, um carro chegou para levar Krímov ao quartel-general do front. O coronel-general Ieriômenko, comandante do front, queria conversar com ele. Krímov partiu, ainda sentindo o entusiasmo do que havia sido um dia abençoado.

O quartel-general do front ficava na floresta entre Briansk e Karátchev. As várias seções estavam localizadas em amplos abrigos subterrâneos contra bombas e granadas revestidos de tábuas novas, ainda úmidas. O alojamento do comandante era uma pequena casa em uma clareira.

Um major alto, de rosto rosado, encontrou Krímov na varanda.

— Eu sei por que está aqui — disse ele —, mas você vai ter que esperar. O comandante trabalhou a noite toda. Faz só uma hora que foi dormir. Você pode se sentar aqui neste banco.

Fixada a uma árvore próxima havia uma pia. Dois homens corpulentos, de ossos grandes e salientes, foram até lá. Eram ambos carecas; usavam braçadeiras sobre camisas brancas como a neve; vestiam calças azuis, mas um calçava botas, enquanto o outro usava chinelos de couro macio e meias justas nas grossas panturrilhas.

Grunhindo e bufando, usaram toalhas felpudas para secar a parte de trás da cabeça e o pescoço. Em seguida, seus ordenanças lhes entregaram túnicas e cintos amarelos; Krímov viu que um deles era major-general; o outro, comissário de divisão. Este último caminhou rápido na direção da casa.

---

[111] Aleksandr Vassílievitch Suvôrov (1729/30-1800) é considerado o maior de todos os generais russos. A Ordem de Suvôrov, uma das mais altas condecorações militares soviéticas, foi estabelecida em 29 de julho de 1942; o primeiro a recebê-la foi Gueórgi Júkov.

O major-general olhou para Krímov. O ajudante de ordens, que estava no terraço acima, disse:

— É o homem do qual Petrov nos falou, o comissário de batalhão do front sudoeste. Foi chamado aqui pelo comandante.

— O comissário do cerco de Kiev — disse o general, com um sorriso desdenhoso, e subiu para o terraço.

As nuvens baixas eram cinzentas e irregulares, e os fragmentos de céu azul tinham um aspecto frio e hostil, como águas invernais.

Começou a chover. Krímov refugiou-se sob o toldo. O ajudante de ordens apareceu e disse em tom solene:

— O comandante deseja falar com você, camarada comissário de batalhão.

Ieriômenko era alto e corpulento, com zigomas salientes, rosto largo e testa ampla e enrugada. Usava óculos. Lançando um olhar rápido e atento para Krímov, disse:

— Sente-se, sente-se, posso ver que passou por maus bocados. Perdeu peso.

Falou como se conhecesse Krímov antes de seu período no cerco.

Krímov notou que três das quatro estrelas verdes no colarinho de pontas viradas da túnica do coronel-general eram mais escuras que a quarta, que devia ter sido adicionada apenas recentemente.[112]

— Bravo, meu bom homem de Kiev — disse Ieriômenko. — Você trouxe duzentos homens armados. Petrov me falou de você.

Em seguida, sem rodeios, fez a pergunta que claramente o preocupava mais do que qualquer outra coisa no mundo.

— Bem, você viu alguma coisa do Guderian? Viu os tanques dele?

Abriu então um pequeno sorriso, como se envergonhado com a própria impaciência, e passou uma das mãos pelos cabelos crespos, cortados bem rente e já grisalhos.

Krímov fez um relato detalhado. Ieriômenko ouviu, inclinando-se para a frente, o peito contra a mesa. O ajudante de ordens entrou correndo para avisar:

— Camarada coronel-general, o chefe de estado-maior tem informações urgentes!

Atrás dele entrou o major-general que Krímov tinha visto antes. Ele caminhou até a mesa, um pouco sem fôlego, e Ieriômenko perguntou:

---

[112] Um tenente-general usa três estrelas, um coronel-general usa quatro.

— O que foi, Zakhárov?

— Andrei Ivánovitch, o inimigo partiu para a ofensiva. Os tanques alemães partiram de Krom e avançaram em direção a Oriol. E, no flanco direito, a linha de Petrov foi rompida há quarenta minutos.

Ieriômenko praguejou, ao estilo de um soldado, levantou-se pesadamente e em seguida saiu, sem olhar para Krímov.

Na Direção Política do front, Krímov recebeu um sobretudo e cupons para a cantina, mas ninguém lhe perguntou absolutamente nada — qualquer interesse que as pessoas pudessem ter sobre as experiências dele foi eclipsado pelos novos e sinistros acontecimentos do dia.

A cantina ficava em uma clareira. A céu aberto havia compridas mesas e bancos apoiados sobre blocos de madeira afundados no chão. As nuvens escuras e esfarrapadas pareciam estar sendo rasgadas pelas copas afiadas dos pinheiros. O agradável tinido de colheres se misturava à voz melancólica da floresta.

Um instante depois, todos esses sons foram abafados; acima e entre as nuvens, bombardeiros bimotores alemães rumavam para Briansk.

Vários homens se levantaram de um salto e correram para debaixo das árvores. Com uma voz retumbante e cheia de autoridade, esquecendo-se de que não estava mais no comando, Krímov gritou:

— Não! Nada de correr!

Logo depois, a terra estremeceu com as explosões.

Nessa noite, Krímov viu o mapa operacional. Unidades avançadas de tanques alemães ameaçavam Bolkhov e Bíeliov. Outras unidades, saindo de Ordjonikidzegrado e Briansk, à sua esquerda, moviam-se para nordeste, em direção a Gizdra, Kozelsk e Sukhínitchi.[113]

Mais uma vez, como em Kiev, Krímov viu duas vastas garras alemãs, agora se fechando em torno do front de Briansk.

O jovem comandante de estado-maior que lhe mostrou o mapa era atencioso e sensato. Disse que o exército de Petrov havia sofrido um golpe especialmente pesado. O exército de Kreizer estava recuando, mas ainda lutava com obstinação.[114] A partir de informações

---

[113] Ver Vassili Grossman, *Um escritor na guerra*.

[114] Em julho de 1941, Iákov Kreizer (1905-69) se tornou o primeiro general do Exército Vermelho a derrotar a Wehrmacht em um combate em grande escala, paralisando as forças do general alemão Guderian, em número superior, e atrasando o avanço do Grupo de Exércitos Centro em seu caminho para Moscou.

recebidas naquela tarde, ficou claro que os alemães também haviam lançado uma ofensiva contra o front ocidental; de Viazma, avançavam para Mojáiski.

O objetivo dessa nova ofensiva era muito claro: Moscou. Moscou era agora a palavra nos corações e mentes de todos.

A cada mês, os pensamentos e sentimentos das pessoas, suas esperanças, seus planos, se aglutinavam em torno de diferentes palavras. Em junho, as palavras na mente dos trabalhadores e camponeses, na mente das mulheres, dos velhos debilitados e generais autoconfiantes, haviam sido "a antiga fronteira com a Polônia". Em julho, a palavra na cabeça de todos era "Smolensk"; em agosto, "o Dnieper"; e em outubro, "Moscou".

O quartel-general estava em polvorosa, quase em pânico. Krímov viu oficiais de comunicações removendo cabos e soldados empilhando bancos e mesas em caminhões. Entreouviu fragmentos de conversas: "De que seção você é?"; "Quem está encarregado deste caminhão?"; "Faça anotações sobre a rota... ouvi dizer que é uma estrada difícil através da floresta".

Ao amanhecer, em um caminhão que partiu do quartel-general do front de Briansk, Krímov seguiu em direção a Bíeliov. Mais uma vez, observou a ampla estrada da retirada russa; mais uma vez, entre os pesados sobretudos dos soldados, vislumbrou lenços de mulheres, cabeças grisalhas e as pernas magras de crianças.

Nos últimos dois meses, ele vira bielorrussos das florestas na fronteira com a Polônia e ucranianos das regiões de Tchernígov, Kiev e Sumi. Agora, eram os russos de Oriol e Tula que estavam fugindo dos alemães, arrastando-se pelas estradas outonais com suas trouxas e malas de madeira compensada.

Das florestas da Bielorrússia, ele se lembrava do calmo cintilar dos lagos e dos sorrisos meigos das crianças. Lembrava-se da ternura acanhada dos pais e mães e da ansiedade com que olhavam para os filhos. Lembrava-se de choupanas tranquilas, de sossegados jantares à base de batatas e das costas dobradas de homens e mulheres trabalhando nos batatais até o anoitecer. Lembrava-se de um povo que vivia longe de estradas e cidades grandes e raramente visitava feiras, que sabia tecer e costurar, fazer sapatos, vestidos, casacos e jaquetas de pele de carneiro. As almas dessas pessoas ainda ecoavam a passagem das estações: nevascas e degelos, o calor abrasador das planícies arenosas, o canto dos pássaros e o zumbido das moscas, a fumaça de incêndios florestais e o farfalhar das folhas no outono.

Então Krímov e seus homens marcharam através da Ucrânia.

As noites eram preenchidas com o burburinho dos bombardeiros alemães, com a luz esfumaçada de fogaréus noturnos. Durante o dia, Krímov e seus homens viam pomares e hortas abarrotados com enormes abóboras, esplêndidos repolhos brancos e tomates vermelhos cheios do calor da vida; ao lado das paredes brancas das choupanas, e subindo até os telhados colmados, dálias e girassóis. A natureza se regozijava com essa fartura, mas propiciava pouca alegria para aqueles que a cultivavam.

Em um vilarejo, Krímov participou da festa de despedida de um velho que durante quarenta anos havia servido na artilharia naval e agora resolvera deixar a família e o magnífico pomar para se embrenhar na floresta munido apenas de um rifle. Muitos dos convidados estavam inconsoláveis, mas ainda acreditavam que o sol continuaria a brilhar. A velha esposa do homem estava fora de si. Para ela, era o fim do mundo, o último dia de sua vida — mas, mesmo inconsolável, fizera bolinhos de queijo e biscoitos de sementes de papoula com todo o cuidado e amor, como se o mundo estivesse em paz.

Krímov viu pessoas rindo entre lágrimas e pessoas que primeiro riam e depois choravam. De vez em quando sentia uma dissimulada reserva escondida por trás da eloquência estridente. Mais uma vez ouviu as traiçoeiras palavras: "O que já foi, nós vimos. O que vai acontecer, ainda veremos". E conheceu pessoas que tinham a esperança de que os alemães acabassem logo com as fazendas coletivas.

Krímov falou também com pessoas fortes, talentosas e afeitas ao trabalho duro, que entendiam que a vida naquela terra rica era uma preciosa dádiva e estavam prontas a renunciar à própria vida em nome da defesa dos frutos de seu trabalho pacífico.

E agora, em outubro, ele estava sendo conduzido em um carro pelos campos da província de Tula, entre bétulas já nuas, em meio aos vilarejos de casas baixas de tijolos vermelhos, sobre o solo que rangia com a geada no início da manhã mas com o passar do tempo ficava quente e úmido.

E a maravilhosa beleza da região onde Krímov nascera e fora criado revelou-se a ele novamente — em campos ondulantes já ceifados, em cachos de sorveira-brava acima da parede de um poço coberta de musgo, na imensa lua vermelha e esfumaçada pelejando para erguer seu corpo gélido e pedregoso sobre a nua e noturna paisagem campestre. Tudo ali era majestoso: a terra; o céu, que continha dentro de si todo o frio e o chumbo do outono; e, estendendo-se de horizonte a horizonte, ainda mais escura que a terra negra, a própria estrada. Krímov tinha visto muitos outonos no interior da Rússia, e a estação costumava evocar nele apenas uma tristeza calma, mediada por poemas que conhecia desde a infância: "Tédio e tristeza, nuvens sem fim... cinza de franzina montanha...".[115] Esses, no entanto, eram os sentimentos de pessoas que tinham camas em uma casa confortável e que através da janela olhavam para as árvores que conheciam desde sempre. O que Krímov sentia agora era muito diferente. A terra outonal não era pobre, nem triste, tampouco enfadonha. Ele não viu lama nem poças; não viu os telhados úmidos ou as cercas capengas. O que viu nesses vazios espaços de outono foi uma feroz beleza e esplendor. Pôde sentir a vastidão das terras russas em toda a sua unidade indissolúvel. O penetrante vento outonal amealhara sua força desde amplidões que se estendiam por milhares de quilômetros. O vento que agora soprava sobre os campos de Tula tinha soprado sobre Moscou. Antes disso, soprara sobre as florestas de Perm, sobre os montes Urais e a estepe de Baraba; sobre a taiga e a tundra, e sobre a escuridão sombria de Kolimá. Agora Krímov podia sentir, com a totalidade de seu ser, a unidade das dezenas de milhões de irmãos e irmãs que haviam se erguido para lutar pela liberdade do povo. O país inteiro estava em guerra — e, onde quer que o inimigo aparecesse para tentar romper a linha, encontraria uma barragem viva de regimentos do Exército Vermelho recém-convocados das reservas. Tanques recém-transportados das fábricas dos Urais esperavam em emboscada; com seu poder de fogo, novos regimentos de artilharia enfrentavam o inimigo. E aqueles que haviam se retirado ao longo de estradas principais e estradinhas secundárias, aqueles que deitaram abaixo o cerco e abriram caminho à força rumo ao leste — também eles haviam retornado às fileiras. Mais uma vez, faziam parte da barragem viva a bloquear a trajetória dos invasores.

    Krímov partiu de Biéliov no mesmo caminhão de antes.

---

[115] Versos de um poema dito infantil de Aleksei Nikoláievitch Pletcheiev (1825-93), político radical.

O subtenente encarregado do caminhão lhe ofereceu respeitosamente seu lugar na cabine, mas Krímov recusou. Junto com os comandantes do quartel-general do front, funcionários da Direção Política e soldados rasos, ele subiu na carroceria.

Pararam para pernoitar em um vilarejo nos arredores de Odoiev. A senhora em cuja choupana espaçosa e fria eles se aboletaram os recebeu calorosamente, com toda a alegria.

Ela lhes contou que a filha, que trabalhava em uma fábrica em Moscou, a trouxera no começo da guerra para viver com o filho e em seguida voltara para Moscou.

A nora, no entanto, não queria compartilhar a casa com a sogra, então o filho a instalara ali, na grande choupana. Volta e meia lhe trazia um pouco de painço ou batatas, sem nada dizer à esposa.

O filho mais novo, Vânia, trabalhava em uma fábrica em Tula, mas se alistara como voluntário no Exército Vermelho e agora estava lutando nos arredores de Smolensk.

— Então a senhora fica totalmente sozinha? — perguntou Krímov. — Mesmo à noite, quando é frio e escuro?

— Está tudo bem — respondeu ela. — Eu me sento no escuro e canto. Ou conto a mim mesma histórias antigas.

Os soldados cozinharam uma panela grande de batatas e todos comeram. Em seguida a velha parou na porta e disse:

— Agora vou cantar para vocês.

Cantou com uma voz rouca e áspera, que soava como a de um homem velho. Depois disse:

— Sim, houve um tempo em que eu era forte como um boi.

E, após uma pausa, continuou:

— Ontem à noite sonhei com o diabo. Ele apareceu na minha frente e cravou as unhas na palma da minha mão. Comecei a rezar: "Deus se levanta: seus inimigos debandam".[116] Mas o diabo não deu a mínima. Então eu o xinguei e o amaldiçoei — e ele se escafedeu rapidinho, feito um raio. Anteontem, sonhei com meu Vânia. Ele se sentou à mesa e simplesmente ficou olhando pela janela. Eu não pa-

---

[116] A velha cita os versículos iniciais do salmo 68: "Deus se levanta: seus inimigos debandam, seus adversários fogem de sua frente. Tu os dissipas como a fumaça se dissipa; como a cera derrete na presença do fogo, pereçam os ímpios na presença de Deus".

rava de gritar: "Vânia! Vânia!". Mas ele não disse uma palavra. Apenas continuou olhando pela janela.

A mulher ofereceu a seus hóspedes tudo o que tinha: lenha, um travesseiro, um colchão estofado de palha, o cobertor de sua própria cama. Não escondeu nada; deu aos homens inclusive uma pitada de sal para as batatas — e Krímov sabia muito bem como as mulheres do vilarejo relutavam em usar todo o seu estoque de sal.

Então ela trouxe um lampião sem vidro e uma garrafinha com o que devia ser sua última e preciosa reserva de querosene e encheu o lampião.

Verdadeira amante da vida e senhora de uma terra formidável, fez tudo isso com alegre generosidade, depois se retirou para seu quarto gelado atrás de um biombo. Era uma mãe; dera a seus hóspedes amor, calor, comida e luz.

Nessa noite, Krímov dormiu sobre a palha. Lembrou-se de estar deitado na palha em uma isbá num vilarejo bielorrusso perto da fronteira com a Ucrânia, nas imediações de Tchernígov, quando uma velha alta e magra, com cabelos grisalhos desgrenhados, apareceu no escuro, arrumou cuidadosamente o cobertor, que havia escorregado enquanto ele dormia, e fez o sinal da cruz sobre ele.

Krímov lembrou-se de uma noite de setembro na Ucrânia, quando um soldado tchuvache de algum modo se esgueirou vilarejo adentro. Ele tinha um ferimento no peito. Duas mulheres idosas o arrastaram para a isbá onde Krímov estava passando a noite. Os curativos atados em volta do peito do soldado tinham absorvido muito sangue. As bandagens primeiro intumesceram; depois secaram e ficaram apertadas. Pareciam braçadeiras de ferro.

O soldado começou a engasgar e a ofegar. As mulheres cortaram as ataduras e o fizeram se sentar. Ele passou a respirar com mais facilidade.

Elas ficaram com o soldado até amanhecer. Ele estava delirando, proferindo palavras em tchuvache. Durante toda a noite elas o seguraram nos braços, chorando e lamuriando: "Meu filho, meu filho, querido filho do meu coração!".

Krímov fechou os olhos. De súbito se lembrou da própria infância, de sua falecida mãe. Lembrou-se da dolorosa sensação de solidão depois que Gênia o deixou. E constatou, com surpresa, que durante aqueles meses em campos e florestas, quando as tempestades da guerra estavam deixando tanta gente órfã, em momento algum se sentira sozinho.

Em raros momentos de sua vida a essência da unidade soviética lhe parecera tão clara. Krímov compreendeu que, ao incitar o ódio racial, os nazistas esperavam dissipar essa unidade — como se um córrego fedorento pudesse solapar um oceano profundo. Uma imagem o incomodava dia e noite — a visão de sangue respingado e farrapos de roupas femininas na dianteira de um tanque alemão. Como, ele insistia em perguntar, aquilo podia ter acontecido? O piloto, afinal, era um soldado raso. Ninguém lhe dera ordens; nenhum superior o estava supervisionando quando, na borda da floresta de Priluki, ele manobrou o tanque para passar por cima de mulheres e crianças indefesas.

A vida de Krímov havia tomado corpo em torno de um mundo de ideais comunistas; mais que isso, fora tecida a partir desses ideais. Longos anos de trabalho e amizade o uniram a comunistas de toda a Europa, América e Ásia.

Tinha sido um trabalho verdadeiro e uma amizade verdadeira, uma verdadeira jornada.

Eles costumavam se encontrar em Moscou, na praça Sapojkovskáia, em frente ao Jardim de Alexandre e à muralha do Kremlin. Ele se lembrava de Vasil Kolarov, Maurice Thorez e Ernst Thälmann. Ele se lembrava de Sen Katayama, com seus olhos castanhos, suas adoráveis rugas e seu amável sorriso — o sorriso de um homem que tinha vivido muita coisa.[117]

Uma lembrança era especialmente nítida. Ele estava com um grupo numeroso — italianos, ingleses, alemães, franceses, indianos e búlgaros. Tinham saído do Hotel Lux[118] e caminhado de braços dados pela Tverskaia, entoando uma canção russa. Foi em outubro: crepúsculo, névoa, chuva fria prestes a se transformar em cinzenta

---

[117] O búlgaro Vasil Kolarov (1877-1950) foi um funcionário-chave da Internacional Comunista. Maurice Thorez (1900-64) liderou o Partido Comunista Francês de 1930 até sua morte. Ernst Thälmann (1886-1944) liderou o Partido Comunista da Alemanha durante a maior parte da República de Weimar. Sen Katayama (1859-1933) cofundou o Partido Comunista japonês.

[118] O Hotel Lux abrigava muitos comunistas exilados importantes da Alemanha e de outros lugares. O caráter internacional do hotel despertou as suspeitas de Stálin. Entre 1936 e 1938, muitos de seus hóspedes foram presos.

neve úmida. Os transeuntes estavam erguendo os colarinhos; táxis passavam, barulhentos.

De braços dados, eles andaram através da luz baça das lâmpadas da rua. Ao lado da igrejinha branca de Okhótni Riad, os olhos preto-azulados de um dos indianos pareciam espantados.

Quem entre eles ainda se lembrava daquela canção? Quem ainda estava vivo? Onde estavam agora? Quais deles tomavam parte na batalha contra o fascismo?

> *Ó vítimas do sacrifício ao pensamento imprudente,*
> *parece que os movia a esperança de que*
> *seu sangue escasso tivesse poderio suficiente*
> *para derreter o polonês eterno.*
> *Uma nuvem de fumaça, um piscar silencioso*
> *sobre o gelo milenar —*
> *e eis que um sopro do inverno férreo*
> *extinguiu todo vestígio.*[119]

Krímov entendeu que não havia simplesmente sonhado com as contradições que tanto o incomodavam. Essas contradições tinham uma existência objetiva; estavam causando estragos em um mundo agora enlouquecido. Rangendo os dentes, ele repetiu para si mesmo o que Lênin dissera sobre os ensinamentos de Karl Marx: eram invencíveis porque eram verdadeiros.[120]

50

No caminho para Tula, Krímov parou em Iásnaia Poliana.[121] A casa estava tomada por febris preparativos para a partida. As pinturas tinham sido retiradas das paredes; toalhas de mesa, louças e livros ha-

---

[119] Intitulado "14 de dezembro de 1825", esse poema de Tiútchev fala sobre uma fracassada insurreição contra a autocracia. A tradução para o inglês, de Robert Chandler, aparece em *The Penguin Book of Russian Poetry*, p. 104.
[120] Vladímir Lênin, "As três fontes e as três partes constitutivas do marxismo" (1913). Disponível em: <www.marxists.org/portugues/lenin/1913/03/tresfont.htm>.
[121] A propriedade, a onze quilômetros de Tula, foi onde Tolstói nasceu e onde escreveu *Guerra e paz* e *Anna Kariênina*. Desde 1921 é um museu.

viam sido empacotados. O salão estava repleto de caixas, prontas para serem transportadas para o leste.

Em tempos de paz, Krímov havia passado um dia lá com um grupo de camaradas estrangeiros. A equipe do museu fazia o que podia para criar a ilusão de que era uma casa onde as pessoas ainda levavam uma vida normal. Havia flores frescas por toda parte e a mesa da sala de jantar estava muito bem-arrumada. E, no entanto, no momento em que todos entraram, no momento em que Krímov vestiu os obrigatórios protetores de pano para os sapatos e ouviu a voz piedosa do guia, tornou-se óbvio que o senhor e a senhora da casa estavam mortos. Não era um lar, mas um museu, um sepulcro.

Todavia, quando lá entrou nesta segunda vez, Krímov sentiu que era uma casa russa como qualquer outra. A tormenta que havia escancarado todas as portas na Rússia, que expulsara as pessoas de suas casas quentes para escuras estradas outonais, sem poupar nem apartamentos urbanos pacíficos nem choupanas de vilarejos, tampouco aldeias nos rincões da floresta, não havia sido menos inclemente com a casa de Liev Tolstói. Iásnaia Poliana também estava se preparando para partir, em meio à chuva e à neve, junto com todo o país, todo o povo. Era um lar russo vivo e sofrido — um entre mil e tantos outros. Com absoluta clareza, Krímov viu em sua cabeça os Montes Calvos e o príncipe velho e adoentado.[122] O presente se fundiu com o passado; os eventos de hoje eram os mesmos que Tolstói descrevera com tanta verdade e vigor que se tornaram a realidade suprema de uma guerra que havia chegado ao fim cento e trinta anos antes.

Tolstói, sem dúvida, achou doloroso descrever a longa e amarga retirada dos primeiros meses daquela guerra distante; pode muito bem ter chorado ao descrever como o velho príncipe, à beira da morte, murmurou: "Minha alma dói" — e só foi compreendido por sua filha Mária.

E então a neta de Tolstói, Sófia Andrêievna, saiu da casa, calma, melancólica, tremendo um pouco, apesar do casaco jogado sobre os ombros. Mais uma vez Krímov não sabia se aquela era a princesa Mária, saindo para uma última caminhada pelo jardim antes da che-

---

[122] Krímov está, é claro, se lembrando de *Guerra e paz*. O "príncipe velho e adoentado" é o príncipe Bolkónski, pai do príncipe Andrei e da princesa Mária. Sua propriedade — Montes Calvos — é inspirada em Iásnaia Poliana.

gada dos franceses, ou se era a neta idosa de Liev Tolstói cumprindo escrupulosamente as exigências de seu destino: empenhando-se de corpo e alma, enquanto se preparava para ir embora, em verificar a exatidão do relato do avô sobre a partida anterior da princesa daquela mesma casa.

Krímov foi ao túmulo de Tolstói. Terra úmida e pegajosa; ar também úmido e desapiedado; o farfalhar das folhas de outono sob os pés. Uma estranha sensação de peso. A solidão daquele montículo de terra coberto de folhas de bordo ressecadas — e a conexão viva e pulsante entre Tolstói e tudo o que estava acontecendo agora. Era angustiante pensar que, dali a poucos dias, oficiais alemães poderiam chegar àquele túmulo, gargalhando, fumando, conversando em voz alta.[123]

De repente, o ar acima dele foi estraçalhado. Junkers, com uma escolta de Messerschmitts, passavam por ali, prestes a bombardear Tula. Um minuto depois, de alguns quilômetros ao norte veio o rugido surdo de dezenas de canhões antiaéreos. Então a terra também tremeu, sacudida pelas detonações de bombas.

E Krímov teve a impressão de que o corpo morto de Tolstói também sentira o tremor.

À noite, Krímov chegou a Tula, que estava em pânico. Nos arrabaldes, ao lado dos edifícios de tijolo vermelho da destilaria, soldados e trabalhadores cavavam trincheiras e valas, construíam barricadas, posicionando canhões antiaéreos de cano longo pela estrada para Oriol, evidentemente esperando usar essas armas não contra aeronaves, mas contra os tanques que em breve chegariam de Iásnaia Poliana e Kossáia Gora.

A neve espessa e úmida que caía convertia-se repentinamente em chuva gelada; num momento as ruas eram brancas; logo depois enegreciam — nada além de lama e poças escuras.

---

[123] Grossman deu a Krímov muitas de suas próprias experiências nessas semanas. Ele próprio fez uma viagem semelhante no início de outubro de 1941, quando visitou Iásnaia Poliana e conversou com a neta de Tolstói. Poucos dias depois, o general Guderian tomou a propriedade e a converteu em seu quartel-general para o planejado ataque a Moscou. No início de setembro de 1942, a caminho de Moscou rumo a Stalingrado, Grossman parou uma segunda vez em Iásnaia Poliana, que os russos haviam recapturado no inverno anterior.

Krímov entrou na cantina do exército. Ao lado de cada mesa havia três ou quatro homens de pé, observando em silêncio os que estavam sentados.

Um grupo maior rodeava o administrador da cantina, exigindo cupons de refeição para o almoço. O gerente insistia que eles primeiro trouxessem um memorando do comandante. Um capitão dizia:

— Mas você não entende? É impossível falar com o comandante, e faz vinte e quatro horas que eu não como nada. Me dê uma tigela de sopa!

O capitão olhou em volta buscando apoio. Um major parado ao lado dele disse:

— Camarada capitão, nós somos muitos, e há apenas um administrador na cantina. Se não tomarmos cuidado, vamos levar o coitado à loucura.

E, com um sorriso bajulador, virou-se para o homem:

— Não é verdade, camarada administrador?

— Com certeza! — disse ele, e deu ao major um cupom de refeição.

Em todas as mesas havia borche, acompanhado de crostas queimadas de pão, pires com vestígios de mostarda seca e saleiros e pimenteiros vazios.

Um velho tenente-coronel estava dizendo para uma funcionária da cantina:

— Mas por que você traz a minha sopa em uma tigela rasa e o meu *kacha* em uma tigela funda? Não é o jeito certo.

Alguém de pé atrás dele disse:

— Deixa para lá, camarada coronel, melhor simplesmente comer a comida do jeito que ela vem. As pessoas estão esperando.

Havia belas cortinas brancas ao lado das janelas. As pinturas nas paredes estavam decoradas com rosas de papel. Uma seção do amplo salão — "Para generais" — fora dividida por mais cortinas. Dois oficiais intendentes muito jovens entraram nessa área.

Um instrutor político mais velho ao lado de Krímov disse em voz alta para si mesmo:

— Cortinas brancas, flores de papel… e reclamam que não estamos sendo ordeiros o suficiente. Ainda não entenderam que estamos em guerra. E a guerra é mais do que rosas de papel.

Os comandantes à espera da sua vez trocavam palavras a meia-voz.

Krímov soube que o 50º Exército fora esmagado e que o general Petrov e o comissário de brigada Chlíapin haviam sido mortos em combates corpo a corpo com soldados alemães armados com submetralhadoras.

Ficou sabendo também que o avanço alemão em Mtsensk fora interrompido pela unidade de tanques do coronel Kátukov, trazida recentemente das reservas.[124]

Na manhã seguinte, ainda estava escuro quando Krímov foi falar com o comandante de guarnição para descobrir a localização do quartel-general do front sudoeste. Um velho major respondeu com voz cansada:

— Camarada comissário de batalhão, você está em Tula. Ninguém aqui sabe nada sobre o front sudoeste. Pergunte em Moscou.

51

Krímov chegou a Moscou à noite. Tão logo saiu a pé da estação Kursk, a tensão extrema dos últimos dois meses definhou: ele estava fisicamente exausto e, mais uma vez, se sentiu sozinho. Não haveria ninguém esperando por ele em casa.

A praça estava deserta. A neve, úmida e pesada. Krímov queria levantar a cabeça e uivar — como um solitário lobo na estepe.

O pensamento de sua casa vazia — de ouvir os próprios passos enquanto ia de cômodo em cômodo — era aterrorizante. Ele voltou ao prédio da estação. Em meio à fumaça do tabaco e ao zumbido da conversa silenciosa, se sentiu mais confortável.

De manhã, foi procurar Viktor Chtrum, mas a jardineira lhe disse que os Chtrum estavam agora em Kazan.

— A senhora por acaso sabe se a irmã de Liudmila Nikoláievna está lá com eles? Ou se está em Stalingrado com a mãe?

— Isso eu não sei — respondeu a jardineira. — O meu próprio filho quase não me conta coisa alguma. Tudo o que sei é que ele está no front.

---

[124] Esse foi um dos primeiros combates em que o Exército Vermelho empregou seus novos tanques T-34, tidos como os melhores blindados versáteis da Segunda Guerra. Esse modelo, que logo viria a ser produzido em grande escala, contribuiu de maneira crucial para a vitória soviética.

Nos oitocentos anos de história de Moscou, em poucas ocasiões houve momentos mais difíceis que em outubro de 1941. Dia e noite, os combates em torno das cidadezinhas de Mojáiski e Maloiaroslávets eram incessantes.[125]

Na sede da Direção Política Central, Krímov foi interrogado durante horas a fio acerca da situação nos arredores de Tula. E foi informado de que poderia ser levado de volta ao front sudoeste em um avião de transporte carregando jornais e folhetos informativos. Mas teria que esperar; essas aeronaves decolavam apenas uma vez a cada três ou quatro dias.

Em sua segunda manhã em Moscou, Krímov viu grandes multidões abrindo caminho através da neve densa, rumando para a estação ferroviária mais próxima.

Respirando pesado, um homem largou no chão sua mala, tirou do bolso um amarrotado exemplar do *Pravda* e perguntou a Krímov:

— Viu isto, camarada? É o pior até agora. — E leu em voz alta: — "Durante a noite de 14 para 15 de outubro, a situação no front ocidental deteriorou-se. Os fascistas alemães lançaram contra nossas forças a infantaria motorizada e um grande número de tanques, e, em um setor, romperam nossas defesas."

Com dedos trêmulos, o homem enrolou um cigarro, deu uma tragada, jogou o cigarro fora, pegou sua mala e disse:

— Zagorsk. Vou a pé até Zagorsk.

Na praça Maiakóvski, Krímov encontrou um conhecido, jornalista. Por meio dele, soube que muitas instituições governamentais já haviam sido evacuadas para Kúibichev, que enormes multidões se aglomeravam na praça Kalanchovskáia[126] aguardando para embarcar em trens, que o metrô não estava em funcionamento e que uma hora antes alguém que acabara de voltar do front lhe dissera que estavam ocorrendo combates nos arredores de Moscou.

Krímov perambulou pela cidade. Seu rosto queimava, e de tempos em tempos ele sentia a cabeça girar. Precisou se encostar na parede para não tropeçar e cair. De alguma forma, não percebeu que estava doente.

---

[125] Duas cidades muito próximas de Moscou.
[126] Onde se localizavam os três principais terminais ferroviários.

Telefonou para um conhecido, um coronel que dava aulas na Academia Político-Militar Vladímir Lênin; disseram-lhe que o coronel havia ido para o front com todos os seus alunos. Krímov telefonou para a sede da Direção Política Central e pediu para falar com o chefe de seção que prometera embarcá-lo em uma aeronave de transporte. O oficial de serviço respondeu:

— Ele e toda a seção foram evacuados hoje de manhã.

Quando Krímov perguntou se ele havia lhe deixado alguma mensagem, o oficial pediu que esperasse e desapareceu por um longo tempo. Ouvindo a linha crepitante, Krímov concluiu que era evidente que o chefe de seção — provavelmente esmagado pelo caos da evacuação — não deixara mensagem alguma. A melhor coisa que poderia fazer agora seria procurar ou o comitê do Partido de Moscou ou o chefe de guarnição da cidade. Poderia pedir para ser designado a uma das unidades mobilizadas na defesa de Moscou; os aviões de transporte estavam claramente fora de questão. Mas então o oficial de serviço voltou ao telefone e informou Krímov de que ele deveria pegar seus pertences pessoais e ir ao Comissariado do Povo para Defesa.

Já estava escuro quando Krímov chegou ao comissariado. Naquele momento, em vez de sentir calor, estava trêmulo. Seus dentes rilhavam. Ele perguntou se havia um posto de primeiros socorros no prédio. Um oficial de serviço pegou-o pela mão e o conduziu pelo corredor escuro e vazio.

A enfermeira demonstrou ter ficado perturbada, balançando a cabeça depois de dar uma olhada em Krímov. O termômetro parecia gelado, e ele percebeu que devia estar com uma febre altíssima. Ao telefone, a enfermeira disse:

— Mandem uma ambulância. Ele está com 40,2 graus.

Krímov ficou internado por três semanas com pneumonia aguda. Durante os primeiros dias, aparentemente delirou, aos gritos: "Moscou! Não me façam sair de Moscou! Onde estou?... Quero ir para Moscou...". Fez menção de pular da cama, e as enfermeiras tiveram que contê-lo, prendendo-o pelos braços enquanto tentavam convencê-lo de que ele já estava em Moscou. Krímov teve alta do hospital no início de novembro.

Ele compreendeu de imediato que Moscou havia mudado. Por sobre a cidade em tempo de guerra pairava uma sombria severidade. Desapareceram a angústia e os temores de outubro; não existiam mais o alvoroço febril e o conturbado vozerio. As pessoas já não se acotovelavam nas lojas e bondes, já não arrastavam carroças e trenós com excesso de carga na direção das estações ferroviárias.

Nessa hora de desastre iminente, quando o trovejar de armas forjadas no Ruhr podia ser ouvido nos arrabaldes da cidade, quando tanques Krupp pretos avançavam estraçalhando álamos e pinheiros perto de Maloiaroslávets, quando foguetes alemães iluminavam o céu invernal sobre o Kremlin com sinistras luzes de anilina produzidas na Badische Anilin & Soda Fabrik, quando palavras de comando alemãs ecoavam nas clareiras da floresta e vozes da Prússia, da Baviera, da Saxônia ou de Brandemburgo podiam ser ouvidas em rádios de ondas curtas dizendo *"Folgen... freiweg... richt, Feuer... direkt richt"*[127] — nessa hora, a Moscou calma e severa era a terrível líder militar das cidades, cidadezinhas e aldeias, de todas as terras russas.

Havia poucas pessoas comuns nas ruas, apenas patrulhas. As vitrines estavam protegidas por pilhas de sacos de areia. Caminhões transportavam tropas, tanques e blindados agora pintados de branco-neve. As ruas estavam cobertas de barricadas construídas com grossas toras de pinheiro vermelho e ainda mais sacos de areia. Enrolados em arame farpado, estrepes tchecos antitanque bloqueavam os acessos aos principais portões da cidade. Controladores de tráfego militares munidos de fuzis estavam posicionados em todos os cruzamentos. Para onde quer que Krímov fosse, via mais instalações de defesa em construção. Moscou se preparava para a batalha.

Era uma cidade sisuda, uma cidade soldadesca, uma cidade miliciana. "A nova face de Moscou", disse Krímov a si mesmo, "a face da nossa capital."

Na nevoenta e escura manhã de 7 de novembro, Krímov estava na praça Vermelha, tendo recebido do comitê do Partido de Moscou um passe para as celebrações.[128]

O mundo já tinha visto um cenário tão austero e majestoso? De alguma forma a um só tempo maciça e esguia, a robusta fachada de

---

[127] Provavelmente: "Siga-me... direto em frente... fogo... ataque direto". Mas o alemão aqui não faz exatamente sentido. Talvez seja um erro da parte de Grossman, ou sua maneira de dizer que era assim que os russos entendiam as palavras.
[128] A Rússia mudou do calendário juliano para o gregoriano apenas em 1918. Assim, o aniversário da Revolução de outubro de 1917 sempre foi celebrado em 7 de novembro.

pedra da Torre do Salvador ocupava grande parte do céu a oeste. As cúpulas da catedral de São Basílio estavam encobertas por um véu de bruma; era como se não fossem deste mundo, mas nascidas de algo leve e celestial. Sempre novas e surpreendentes, por mais tempo que uma pessoa as observasse, essas formas poderiam ter sido qualquer coisa — pombas, nuvens, sonhos humanos convertidos em pedra ou pedra transformada nos pensamentos e sonhos vivos de um ser humano.

Os abetos ao redor do mausoléu de Lênin permaneciam imóveis. O azul da vida mal transparecia da tristeza pétrea de seus ramos pesados, enquanto acima deles erguia-se a muralha do Kremlin, com seus entalhes cinzelados suavizados pela brancura da geada. De tempos em tempos a neve parava de cair; depois, voltava a despencar em flocos macios, escondendo a pedra impiedosa de Lobnoie Mesto e fazendo Mínin e Pojárski desaparecerem em uma escuridão sombria.[129]

A própria praça Vermelha era como um peito vivo e arquejante, o peito largo da Rússia, exalando vapor da respiração. E o céu que agora pairava baixo sobre o Kremlin era o mesmo amplo céu que Krímov tinha visto sobre a floresta de Briansk — impregnado do frio da guerra e do frio do outono.

Os soldados usavam capotes, botas grandes de *kirza*[130] e amarfanhados gorros de pele com orelheiras. Haviam chegado à praça Vermelha não depois de longos meses de treinamento em quartéis, mas direto das posições de artilharia, unidades ou reservas de combate.

Eram essas as tropas de uma guerra do povo. De vez em quando, furtivamente, os soldados limpavam do rosto a neve derretida — com uma meia-luva de lona, com um lenço, com a palma da mão. Krímov se perguntou se os homens na retaguarda poderiam discretamente tirar do bolso um pedaço de pão seco e enfiá-lo dentro da boca.

Homens envergando pesados sobretudos e jaquetas de couro, mulheres vestindo jaquetas acolchoadas e lenços de cabeça e comissários

---

[129] Lobnoie Mesto é uma plataforma de pedra de treze metros de comprimento, muitas vezes erroneamente tida como local de execução. Uma estátua de bronze próxima homenageia Kuzma Mínin e o príncipe Dmitri Pojárski, que, em 1611-2, reuniram um exército de voluntários que expulsou da cidade as forças da Comunidade Polonesa-Lituana, pondo fim ao período conhecido como Tempo das Dificuldades.
[130] Tipo de couro artificial — composto de várias camadas de tecido impregnado de látex e outras substâncias — amplamente utilizado na União Soviética, sobretudo para a fabricação de botas do exército.

de alta patente com losangos nas abas do colarinho aglomeravam-se nas tribunas. Agora as abas dos colarinhos dos comandantes da linha de frente ostentavam divisas verdes.[131]

— O tempo está perfeito! — disse uma mulher perto de Krímov. — Não vamos ver nenhum bombardeiro alemão hoje.

E, com um lenço, limpou a chuva e a neve da testa.

Ainda fraco por causa da pneumonia, Krímov sentou-se em uma barreira.

Palavras de comando ecoaram na praça. O marechal Budiônni[132] começou a passar as tropas em revista. Depois de concluir sua inspeção, subiu rapidamente para o mausoléu.

Stálin foi até o microfone. No breu, Krímov não conseguiu distinguir seu rosto. Mas as palavras que ele pronunciou foram de uma limpidez cristalina. No final do discurso, Stálin tirou a neve do rosto, assim como faziam os soldados rasos, olhou ao redor da praça e disse:

— Alguém realmente tem dúvida de que podemos e devemos derrotar os invasores alemães?

Krímov já o vira falar antes, porém agora entendeu mais claramente do que nunca por que ele falava de modo tão simples, sem floreios retóricos. "Toda essa calma", disse a si mesmo, "brota da confiança que ele tem no bom senso dos milhões a que se dirige."

— A guerra que vocês estão travando é uma guerra justa, uma guerra de libertação — concluiu Stálin. — Morte aos invasores alemães! — E então, levantando uma das mãos: — Avante para a vitória!

Num dia em que as hordas de Hitler estavam quase nos portões de Moscou, as tropas de combate do exército popular começaram a marchar, sisudas e solenes, diante do mausoléu de Lênin.

---

[131] Até 1º de agosto de 1941, as barras nas abas do colarinho teriam sido vermelhas. Foram alteradas para verde por questões de camuflagem.
[132] Semion Mikháilovitch Budiônni (1883-1973), comandante do 1º Exército de Cavalaria na Guerra Civil e marechal do Exército Vermelho, aliado próximo de Ióssif Stálin. Era uma figura popular, mas um oponente da mecanização. Declarou que o tanque de guerra jamais poderia substituir o cavalo.

52

Em 12 de novembro de 1941, Krímov conseguiu se reunir ao quartel-general do front sudoeste e foi nomeado comissário de um regimento de infantaria motorizada. Logo depois, quando seu regimento participou da libertação de Iélets, ele sentiu a doçura da vitória. Viu pilhas de documentos cor-de-rosa e azuis — do que outrora fora o QG do general Sixt von Armim — esvoaçando ao longo de um campo nevado. Viu prisioneiros com sacos amarrados em volta das pernas e cobertores acolchoados jogados sobre os ombros, as cabeças enfaixadas com toalhas e lenços femininos. A mortalha branca dos campos invernais de Vorónej estava pontilhada de ferragens de carros e caminhões destruídos, um canhão Krupp preto e os cadáveres de alemães vestidos apenas com finos suéteres e sobretudos cinza.

A notícia da derrota alemã nos arredores de Moscou soava como o repique de um alegre sino comemorativo, ouvido desde o front sul até o front da Carélia.

Na noite em que ouviu a notícia, Krímov sentiu uma alegria até então desconhecida. Deixou o abrigo onde ele e o comandante de regimento estavam aquartelados; o frio inclemente de janeiro gelou suas narinas e crestou as maçãs de seu rosto. Sob o céu desanuviado e estrelado, o vale coberto de neve, com seus montículos e colinas, brilhava com uma luz sobrenatural. O cintilar das estrelas criava uma sensação de movimento veloz em todas as direções. A notícia estava sendo passada de estrela em estrela; parecia que o céu inteiro fora tomado por um jubiloso entusiasmo. Krímov tirou o chapéu e ficou ali parado. Já não sentia o frio.

Repetidas vezes, releu a transcrição do operador de rádio: forças sob o comando dos generais Leliutchenko, Kuznetsov, Rokossóvski, Govorov, Boldin e Golíkov haviam esmagado os flancos alemães. Abandonando armas e equipamentos, os exércitos germânicos estavam agora em debandada.

Os nomes das cidadezinhas libertadas — Rogátchov, Klin, Iákhroma, Solnetchnogorsk, Istra, Veníov, Stalinogorsk, Mikháilov e Epifan — tinham uma sonoridade alegre e primaveril. Era como se houvessem ressuscitado, renascido, arrancadas de debaixo de uma capa de escuridão.

Um sem-número de vezes, durante a retirada, Krímov sonhara com a hora da vingança — e agora ela tinha chegado.

Imaginou as florestas nos arredores de Moscou, que conhecia tão bem. Deviam estar apinhadas de abrigos alemães abandonados, montes de fuzis e metralhadoras destroçados. Tanques, caminhões de sete toneladas e pesados canhões sobre enormes rodas estariam nas mãos do Exército Vermelho.

Krímov, que sempre gostara de conversar com os soldados, passava longas horas em unidades de infantaria e com as equipes encarregadas dos morteiros e canhões. Logo percebeu que todos já entendiam a imensa importância da vitória nas cercanias de Moscou. Todo soldado do Exército Vermelho se sentia pessoalmente envolvido no destino da cidade. Durante o avanço germânico, a dor e a apreensão dos soldados foram ficando cada vez mais nítidas e amargas. Quando chegou a notícia da derrota alemã, milhões de peitos suspiraram de alívio.

Foi nesse momento que as atitudes em relação aos alemães começaram a mudar. Em vez de sentirem apenas ódio dos invasores, as pessoas começaram a sentir desprezo e desdém.

Em casamatas e trincheiras, em tanques e praças de armas, pararam de se referir aos inimigos simplesmente como "eles", passando a usar nomes zombeteiros como "boches", "Fritz", "Hans" e "Karlucha".

Incontáveis historietas e piadas sobre a estupidez de Hitler e a arrogância covarde de seus generais começaram a circular. Essas histórias surgiram espontaneamente e logo se espalharam por todo o front, inclusive na extrema retaguarda.

Até mesmo os aviões alemães ganharam apelidos: "corcunda", "camelo", "guitarra", "muleta", "rangedor".

E as pessoas começaram a repetir: "É imbecil o fuzil do Fritz".

O repentino surgimento dessas piadas, histórias e apelidos era um sinal da derradeira cristalização de um senso de superioridade moral sobre o inimigo.

Em maio, Krímov foi nomeado comissário de uma brigada antitanque.

O exército alemão voltou à ofensiva, destruindo as forças soviéticas que defendiam a península de Kerch. Ao encurralar Gorodniânski enquanto ele tentava avançar rumo a Carcóvia, Manstein cercou o 6º e o 57º Exércitos.

Nesses dias terríveis, morreram o general Gorodniânski e o general Kostenko. Kuzma Gúrov, membro do Soviete Militar do front sudoeste de quem Krímov se lembrava de Moscou, conseguiu romper o cerco em um tanque. Mais uma vez, o ar era dominado pelo zumbido dos bombardeiros alemães. Mais uma vez, vilarejos ardiam, havia grãos por colher nos campos, silos de cereais e pontes ferroviárias eram destruídos.

Mas agora as forças soviéticas não recuaram em direção ao Bug ou ao Dnieper. O que estava atrás delas eram o Don, o Volga e as estepes do Cazaquistão.

53

O que provocou os desastres dos primeiros meses da guerra? Primeiro, os alemães estavam totalmente mobilizados; as cento e setenta divisões que Hitler tinha trazido para a fronteira soviética estavam prontas para atacar, esperando apenas a ordem. As tropas soviéticas, por outro lado, estavam mal equipadas, mobilizadas apenas em parte e, de modo geral, despreparadas — embora a iminência do ataque germânico já fosse bastante óbvia. Além disso, não havia um segundo front; considerando sua retaguarda segura, os alemães estavam livres para lançar todas as suas tropas, e as de seus aliados, contra a União Soviética.

Enquanto os moscovitas contavam uns aos outros histórias sobre efetivos soviéticos chegando a Königsberg, paraquedistas soviéticos tomando Varsóvia e brigadas de ferroviários soviéticos sendo despachadas a fim de converter os trilhos da ferrovia para bitola larga até Bucareste — enquanto os moscovitas se divertiam com contos de fadas, centenas de milhares de pessoas iniciavam uma longa jornada a partir da Ucrânia para o leste, a pé, em carroças e tratores, em caminhões e vagões de carga. Elas agora entendiam a realidade da guerra; sabiam que diferia da realidade dos romances que tinham lido e dos filmes que tinham visto.

O que pouquíssima gente entendeu, porém, foi que a rapidez do avanço germânico disfarçava a verdadeira natureza do que era agora uma guerra do povo. O aparente poderio dos alemães mascarava uma fraqueza mais profunda, ao passo que a fraqueza demonstrada pelo Exército Vermelho em debandada foi aos poucos sendo transformada em força.

As batalhas de 1941, as batalhas travadas durante essa longa retirada, foram as mais sombrias e mais renhidas da guerra. No entanto, o equilíbrio de forças estava se alterando.[133] Nesses trágicos e encarniçados combates, a futura vitória germinava lentamente.

O caráter de uma nação tem muitas facetas. A bravura militar não é menos complexa; ela pode se declarar de várias maneiras. Havia homens dispostos a marchar de encontro à própria morte mesmo quando tinham atrás de si vastos espaços livres e vazios, e havia homens que, vendo-se irremediavelmente sobrepujados em número, apenas lutavam com ferocidade ainda maior. Estes são os heróis do primeiro período da guerra. Muitos não têm nome e não tiveram funeral. É a eles que, em grande medida, a Rússia deve sua salvação.

O primeiro ano da guerra mostrou quantos homens dessa espécie havia na Rússia soviética e testemunhou uma série de pequenas batalhas, algumas rápidas, outras demoradas e obstinadas, em altitudes indizíveis, nas cercanias de vilarejos, em florestas, em gramados, em estradinhas de terra cobertas de grama, em pântanos, em campos por colher, nos declives de barrancos e ravinas, nos embarcadouros de balsas fluviais.

Foram essas batalhas que destruíram os fundamentos da estratégia hitlerista da blitzkrieg, a "guerra-relâmpago", baseada na suposição de que o exército germânico precisaria de apenas oito semanas para cruzar de ponta a ponta a Rússia europeia. Hitler chegou a esse número por meio do mais simples dos cálculos: dividiu a distância da fronteira ocidental até os Urais pela distância média que os blindados, a artilharia autopropulsada e a infantaria motorizada dos alemães eram capazes de percorrer em um único dia. Esse cálculo, no entanto, mostrou-se equivocado, e afetou outras premissas centrais do Führer: a de que a indústria pesada soviética poderia ser inteiramente destruída e a de que o comando do Exército Vermelho seria incapaz de mobilizar reservas.

---

[133] Bem no início da guerra, surpreendentemente, alguns oficiais alemães pensavam quase o mesmo. Em julho de 1941, o general Walther Nehring, comandante da 18ª Divisão Panzer, escreveu: "Quanto mais as nossas frentes de blindados avançam nas profundezas deste país, mais as nossas dificuldades aumentam, enquanto as forças do inimigo parecem ganhar força e coesão" (Michael K. Jones, *The Retreat*, p. 19).

No decorrer desse ano, a Rússia recuou mil quilômetros. Um após o outro, os trens rumavam para o leste transportando não apenas pessoas, mas também maquinários, carros, caldeiras, motores, cenários de balé, bibliotecas, coleções de manuscritos raros, pinturas de Répin e Rafael, microscópios, espelhos de observatórios astronômicos, milhões de travesseiros e cobertores, utensílios domésticos de todos os tipos e milhões de fotografias de pais, mães, avôs, avós, bisavôs e bisavós que havia muito dormiam seu sono eterno na Ucrânia, na Bielorrússia, na Crimeia e na Moldávia.

Contudo, por mais que parecesse à época, esse não foi apenas um período de retirada e desastre. O poder centralizado do Estado — o Comitê de Defesa do Estado — organizou com sucesso o deslocamento de milhões de pessoas e enormes quantidades de equipamentos industriais para os Urais e a Sibéria, onde uma poderosa indústria de carvão e aço foi logo estabelecida.

Membros do Comitê Central do Partido, líderes do Partido e membros de todos os níveis planejaram e executaram a construção de novas minas, fábricas e alojamentos para os operários; criaram condições para que batalhões de trabalhadores braçais alcançassem feitos extraordinários na escuridão das noites da Sibéria, em meio a borrascas e à neve profunda.

Durante esse ano, nessas centenas de novas fábricas, operários e engenheiros multiplicaram o poderio militar do Estado soviético. Ao mesmo tempo, a energia de milhões de pessoas — que antes trabalhavam na produção de louça, papelão, lápis, móveis, calçados, meias e artigos de confeitaria, em todos os tipos de oficinas e coletivos — foi redirecionada para a indústria de defesa; dezenas de milhares de pequenas empresas tornaram-se, com efeito, unidades do exército, assim como inúmeros milhares de agricultores, agrônomos, professores e contadores — pessoas que jamais haviam sonhado em prestar o serviço militar — tornaram-se soldados. Se, para muitos, essa enorme quantidade de trabalho parecia insignificante, isso era porque os feitos mais grandiosos são aqueles que na maioria das vezes nos passam despercebidos. A raiva, a dor e o suplício do povo foram transformados em aço, em canos de canhão, em explosivos e couraças de veículos de combate, em motores de bombardeiros.

Em dezembro de 1941, os Estados Unidos entraram na guerra, com todo o seu colossal poderio industrial. A Inglaterra, agora não mais sob ameaça imediata, continuou a aumentar depressa sua produção de armamentos. E, milhares de quilômetros atrás da linha de frente, trabalhadores e engenheiros soviéticos venciam a batalha pela quantidade e qualidade dos motores militares.

O equilíbrio de forças militares e industriais estava se alterando.
No entanto, em 1942, Hitler conseguiu mobilizar cento e setenta e nove divisões no front soviético-alemão. Também entraram em ação contra a União Soviética sessenta e uma divisões dos vários países então aliados da Alemanha. Ao todo, duzentas e quarenta divisões, mais de três milhões de homens, pegaram em armas contra o Exército Vermelho. Era o dobro do número total de tropas que a Alemanha, a Turquia e o Império Austro-Húngaro haviam mobilizado contra a Rússia em 1914.

Hitler concentrou o maior número desses efetivos em um setor de quinhentos quilômetros do front entre Oriol e Lozovaia. No final de maio de 1942, os alemães começaram a avançar no setor de Carcóvia. No final de junho, iniciaram o avanço rumo a Kursk. Em 2 de julho, tanques e infantaria alemães partiram para a ofensiva nos eixos de Bélgorod e Voltchanski. Sebastopol caiu em 3 de julho.

Mais uma vez os alemães romperam a linha de frente soviética. Capturaram Rostov e invadiram o Cáucaso. Não apenas para Hitler, mas também para muitos dos que foram enredados no turbilhão, esse pareceu mais um capítulo em sua vitoriosa blitzkrieg.

Mas essas vitórias alemãs apenas abriram o caminho para sua posterior derrota. A realidade da guerra — tudo, exceto a estratégia de Hitler — tinha mudado.

54

Após a partida de Serioja, a casa dos Chápochnikov foi tomada de tristeza e silêncio. Aleksandra Vladímirovna trabalhava longas horas a fio, inspecionando as fábricas e oficinas nas quais se preparava a mistura para coquetéis molotov. Chegava em casa tarde da noite. Seu local de trabalho ficava longe do centro da cidade, e não havia ônibus; muitas vezes ela tinha que esperar um bom tempo para pegar carona em algum veículo que passava, e em mais de uma ocasião acabou fazendo a pé todo o percurso de volta.

Certa noite, Aleksandra estava tão exausta que telefonou para Sófia Óssipovna. Sófia enviou um caminhão do hospital para levá-la para casa. No caminho, pediu ao motorista para fazer uma parada na vila de Bekétovka, no quartel de Serioja.

O quartel estava às moscas; todos haviam sido levados para as estepes. Quando Aleksandra chegou em casa e deu a notícia, suas filhas a observaram com apreensão, mas ela parecia completamente calma. Até mesmo sorriu ao repetir a resposta que o motorista do caminhão lhe dera quando ela perguntou sobre Sófia Óssipovna:

— A camarada Levinton é uma cirurgiã famosa, e é sempre imparcial e justa. Mas seu temperamento às vezes é um pouco difícil — disse ele.

Nos últimos meses, Sófia tornara-se de fato mais nervosa e difícil. Visitava os Chápochnikov com menos frequência — tinha cada vez mais feridos para tratar. Dia e noite, uma enorme batalha vinha sendo travada nos acessos ocidentais do Don, e os feridos estavam sendo levados para Stalingrado.

Um dia, Sófia disse:

— Não é fácil para mim. Por alguma razão, todos pensam que sou de ferro.

Em outra ocasião, depois de chegar à casa dos Chápochnikov direto do trabalho, Sófia desatou a chorar:

— Aquele pobre rapaz que morreu há uma hora na mesa de cirurgia... que olhos, um sorriso tão doce e tocante.

As últimas semanas haviam testemunhado cada vez mais alertas de ataques aéreos.

Durante o dia, os aviões alemães voavam alto, deixando em sua esteira longas espirais de fumaça; todos sabiam que eram aeronaves de reconhecimento fotografando fábricas e instalações portuárias. E quase toda noite ouvia-se o som de bombardeiros solitários e barulhentas explosões sobre a cidade imóvel e silente.

Spiridônov agora praticamente não via a família; a usina estava em estado de guerra. Após cada ataque aéreo ele telefonava e perguntava:

— Estão todos bem?

Vera voltava do hospital quase sempre mal-humorada e irritada. Perplexa com sua raiva e grosseria, Marússia às vezes olhava ao redor em busca de solidariedade. Um dia, reclamou com Sófia:

— Ela é sempre muito estúpida comigo. Recusa-se a ajudar a própria mãe nas tarefas domésticas, enquanto é extraordinariamente gentil e prestativa com pessoas que nem sequer conhece.

Sófia respondeu, zangada:

— Se uma pessoa antipática desse jeito viesse trabalhar comigo, garanto que a jogaria pela janela no dia seguinte.

Mas Marússia reservava para si o direito de reclamar da filha. Nem mesmo o marido tinha permissão para usurpar essa prerrogativa — e então ela imediatamente ficava do lado de Vera:

— Bem, em parte é uma questão hereditária. O pai de Stepán era muito grosseiro e mal-educado. De qualquer forma, em casa *eu* só penso no trabalho e só falo sobre isso. Não surpreende que Vera seja ríspida, se tem que procurar amizade em outro lugar. Na verdade, não existe pessoa mais trabalhadora e pura do que ela. Quando está de mau humor, admito, ninguém consegue fazer com que vá comprar sequer um pedaço de pão. Mas há dias em que ela esfrega o piso da casa inteira sem que ninguém peça, e depois fica acordada a noite toda lavando pilhas de roupa.

Sófia tinha ataques de riso:

— Oh, vocês, mães, são todas iguais!

No final de julho e no início de agosto, nomes muito familiares começaram a aparecer nos boletins do Sovinformbureau: Tsimlianskaia, Klétzkaia, Kotélnikovo — cidadezinhas e vilarejos nos arredores de Stalingrado que eram quase parte da cidade.

Mas refugiados de Kotélnikovo, Klétzkaia e Zimóvniki tinham, de fato, começado a aparecer em Stalingrado algum tempo antes disso, tendo ouvido o rugido da avalanche que se avizinhava. E todos os dias novas levas de feridos eram trazidas para os cuidados de Vera e Sófia Óssipovna. Apenas alguns dias antes, aqueles homens estavam lutando na margem direita do Don, e suas histórias alarmavam a todos. A guerra não conhecia descanso; dia e noite, chegava mais perto do Volga.

Era impossível fugir da guerra. Quando os Chápochnikov tentavam falar sobre o trabalho de Viktor, isso imediatamente os levava a pensar na mãe dele; se mencionassem Liudmila, o rumo da conversa logo se voltava para Tólia — ainda estava vivo ou não? A dor espreitava do lado de fora, pronta para escancarar com violência todas as portas da casa.

E parecia que o único pretexto para piadas e risadas era a inesperada visita do coronel Nóvikov.

— Ele só sabia falar da "alma russa" e do "espírito da Rússia" — disse Aleksandra Vladímirovna. — Parecia que tínhamos voltado a 1914.

— Não, mãe, a senhora não entende — rebateu Marússia. — Graças à Revolução, esses conceitos adquiriram um significado inteiramente novo.

Certa noite, durante o jantar, instigados por Sófia Óssipovna, elas encetaram um "exame crítico" de Nóvikov.

— De alguma forma, ele é muito tenso — disse Aleksandra. — Ele me faz sentir um pouco desconfortável. Fico pensando que está prestes a se ofender por qualquer motivo... ou, ao contrário, que vai me dizer algo ofensivo. Não tenho certeza se gostaria que nosso Serioja ficasse sob o comando de um homem como ele.

— Mulheres, mulheres — disse Sófia com um suspiro, como se não fosse uma, e como se os defeitos de seu sexo nada tivessem a ver com ela. — Qual é, na visão de vocês, o segredo do sucesso de Nóvikov? Ele é um herói do seu tempo... e as mulheres amam heróis do seu tempo. Existem modas nos casamentos, assim como nos vestidos. Na década anterior à Primeira Guerra Mundial, as moças inteligentes se apaixonavam por poetas e sonhadores, por simbolistas de todos os tipos. Em seguida, todas se casaram com engenheiros... Os místicos e simbolistas desapareceram por completo, feito fumaça no ar rarefeito. O herói dos anos 1930 era o diretor de um grande canteiro de obras, e o herói de hoje em dia é um coronel. Mas, dito isso, já faz uma semana desde a última vez que o homem deu o ar da sua graça. Ele está brincando de quê?

— Você não tem nada com que se preocupar, tia Gênia — disse Vera. — Você o enfeitiçou. Ele voltará muito em breve.

— Sim, é claro — acrescentou Sófia, para o riso geral. — E ele inclusive deixou a mala dele aqui.

A princípio, Gênia se sentia incomodada, mas, no final, se juntava ao coro de risadas.

— Sabe de uma coisa, Sófia Óssipovna? — dizia ela. — Acho que você fala sobre Nóvikov mais do que qualquer um... certamente mais do que eu.

Mas Gênia não podia admitir, nem para si mesma, que não apenas havia aprendido a tolerar essas brincadeiras — ela realmente gostava delas.

Faltavam a Gênia a arrogância e a calma racionalidade encontradas em mulheres muito bonitas que sempre podem ter a certeza do próprio sucesso. Ela cuidava com pouco zelo da aparência; quase nunca arrumava o cabelo, e era capaz de vestir um casaco velho e frouxo e sapatos com saltos gastos. As irmãs atribuíam isso à má influência de Krímov.

— O corcel e a corça trêmula — riu-se Liudmila certa vez.

— Sendo eu o corcel — respondeu Gênia.

Quando os homens caíam de amores por ela, o que acontecia com muita frequência, ela se chateava e dizia:

— Agora perdi outro bom camarada.

Gênia costumava ser tomada por uma estranha sensação de culpa diante de seus "pretendentes", e Nóvikov não constituía exceção. Era um homem forte e severo, inteiramente dedicado a um trabalho importante e difícil... e de repente ela via nos olhos dele um olhar de perplexidade.

Nos últimos dias, Gênia vinha pensando em sua vida com Krímov. Sentia pena dele, o que a deixava confusa. Ela não percebia que o que evocava essa pena era o sentimento — agora mais forte do que nunca — de que a separação dos dois era irrevogável.

Quando Krímov ia para a dacha de Viktor e Liudmila e saía para uma caminhada no jardim, Liudmila sempre tomava o cuidado de caminhar ao lado dele, sabendo por experiência própria que ele certamente esmagaria "com seus grandes cascos" a flox e outros tesouros.

Cigarros russos comuns eram fracos demais para Krímov. Ele preferia enrolar os próprios cigarros, que eram imensos e fortíssimos. Quando acenava os braços, faíscas voavam pelo ar. Quando tomavam chá juntos, ele por vezes se empolgava com a própria eloquência. Todo mundo ria enquanto Liudmila recolhia seus copos favoritos de Tchékhonin e abria uma toalhinha de mão por cima da toalha de mesa bordada.[134]

---

[134] Serguei Tchékhonin (1878-1936) foi um artista gráfico, ceramista e designer de livros. Após deixar a Rússia soviética, em 1928, morou na França e na Alemanha.

Krímov não gostava de música e era totalmente indiferente a *objets d'art*, mas sentia profundamente a natureza e era capaz de falar com desenvoltura a respeito disso. Não tinha tempo, no entanto, para os esplêndidos balneários da Crimeia e do litoral do mar Negro. Certa vez, de férias em Miskhor, mal saiu do quarto durante um mês inteiro; abaixando as persianas contra o sol, se deitava no sofá e lia, derrubando uma chuva de cinzas sobre o assoalho de parquete. Um dia, porém, em que o vento se intensificou e o mar ficou agitado, desceu para a praia. Voltando ao anoitecer, anunciou a Gênia:

— Está esplêndido lá fora. Parece a Revolução!

Além do mais, tinha gostos estranhos em matéria de comida. Um dia, quando esperavam para o almoço um camarada vindo de Viena, disse a Gênia:

— Seria bom comer algo saboroso.

— O que você tem em mente? — perguntou Gênia. — Apenas me diga o que quer.

— Bem, não tenho certeza, mas sopa de ervilha seria ótimo... e depois fígado acebolado.

Não havia como duvidar da força moral de Krímov. Certa vez ela o ouviu dando uma palestra em uma grande fábrica de Moscou, por ocasião do aniversário da Revolução. Quando ele levantou sua voz calma e comedida e, ao mesmo tempo, bateu com o punho na mesa, um suspiro de excitação perpassou pelo auditório, e Gênia sentiu um formigamento na ponta dos dedos.

Agora, porém, seu sentimento de pena por Krímov era avassalador. À noite, depois de mais uma rodada de gracejos e gozações iniciada por Sófia Óssipovna, Gênia entrou no banheiro e trancou a porta, dizendo que ia lavar aos cabelos.

Mas a água quente na panela foi ficando fria e Gênia ainda estava sentada na borda da banheira, pensando: "Por que as pessoas próximas de mim podem parecer tão distantes? Por que nenhuma delas — nem mesmo mamãe — entendem o que quer que seja?".

Elas imaginavam que o único interesse de Gênia era por Nóvikov, a quem havia encontrado por acaso, mas seus pensamentos estavam em outra pessoa.

Para Gênia, Krímov tivera outrora uma aura romântica, um ar de sabedoria. As excentricidades dele, seu passado, seus amigos — tudo isso a havia entusiasmado. Na época, ele trabalhava em periódicos dedicados ao movimento internacional dos trabalhadores, participava com frequência de congressos e escrevia bastante sobre o movimento revolucionário na Europa.

Camaradas estrangeiros, enviados a esses congressos como delegados, vinham visitar Krímov. Tentavam falar com Gênia em russo e, sem exceção, destroçavam o idioma.

As conversas de Krímov com esses camaradas estrangeiros eram longas e animadas, e duravam até duas ou três da manhã. Às vezes eram conduzidas em francês, língua que Gênia conhecia desde a infância. Ela acompanhava com atenção, mas, depois de algum tempo, as histórias e discussões começavam a aborrecê-la. Nunca tinha ouvido falar das pessoas que eles mencionavam, tampouco lera os livros sobre os quais debatiam.

Uma vez ela disse a Krímov:

— Sabe, quando eu falo com eles é como se estivesse com pessoas sem ouvido musical. Elas são capazes de distinguir tons, mas não semitons nem quartos de tom. Não acho que seja uma questão linguística. Provavelmente somos diferentes demais.

Isso deixou Krímov zangado.

— A culpa é sua, não deles. Você não tem imaginação. Talvez seja você que não tem ouvido musical.

Ela respondeu, calma e simplesmente:

— Você e eu temos pouco em comum.

Uma vez deram uma grande festa para convidados — "um bando inteiro", como Krímov gostava de dizer: duas mulheres baixinhas e gordas, com rosto redondo, do Instituto de Economia Mundial; um indiano a quem chamavam Nikolai Ivánovitch; um espanhol, um alemão, um inglês e um francês.

Todo mundo estava de bom humor. Pediram a Nikolai Ivánovitch que cantasse. A voz dele se mostrou bastante estranha — estridente e aguda, com certa melancolia.

Esse indiano de óculos de armação dourada, com um sorriso tranquilo e cortês, tinha diplomas de duas universidades. Era um orador habitual em congressos europeus e autor de um volumoso livro que Krímov mantinha sobre a escrivaninha. Porém, ao cantar, ele se transformou.

Gênia ouviu os sons desconhecidos e olhou de soslaio para o indiano. Com as pernas dobradas debaixo do corpo, ele estava sentado numa posição que ela tinha visto apenas em livros didáticos de geografia.

Quando ele tirou os óculos e os limpou com um lenço branco, ela viu que seus dedos finos e ossudos tremiam. Havia lágrimas em seus olhos míopes, que agora pareciam bondosos e doces.

Ficou combinado que todos cantariam em seu próprio idioma. O próximo a cantar foi Charles, um jornalista amigo de Henri Barbusse.[135] Vestia um paletó amarrotado e tinha um ar de desleixo, com uma mecha do cabelo desgrenhado caída sobre a testa. Em uma voz fina e trêmula, entoou uma canção outrora entoada por operárias; suas palavras tristes e ingênuas eram uma comovente expressão da perplexidade dessas mulheres.

Em seguida foi a vez de Fritz Hakken, um professor de economia alto e de rosto alongado que passara metade da vida na prisão. Punhos cerrados descansando sobre a mesa, ele cantou "Os soldados da turfeira", que todos conheciam da gravação de Ernst Busch.[136] Era uma canção desesperançada, entoada pelos condenados à morte. Quanto mais Fritz cantava, mais sombrias se tornavam suas feições. Era evidente que sentia estar cantando sobre si mesmo, sobre sua própria vida.

Henry, um jovem e belo delegado dos marinheiros mercantes convidado pelo Conselho da União Nacional dos Sindicatos, levantou-se então, mantendo as mãos enfiadas nos bolsos. Cantou uma música que a princípio parecia alegre e animada, mas cuja letra estava repleta de apreensão: um marinheiro se perguntava o que o futuro lhe reservava e o que aconteceria com aqueles que tinha deixado para trás.

Quando o espanhol foi convidado a cantar, pigarreou um pouco, depois se pôs de pé, como se quisesse a atenção de todos, e cantou a *Internacional*.

---

[135] O romancista Henri Barbusse (1873-1935) era membro do Partido Comunista Francês. Sua laudatória biografia de Stálin foi publicada postumamente, em 1936.
[136] Ernst Busch (1900-80) foi um cantor e ator alemão que colaborou várias vezes com Bertolt Brecht. Depois de fugir da Alemanha nazista em 1933, ele se estabeleceu na União Soviética. "Os soldados da turfeira" ("Die Moorsoldaten") foi escrita, composta e apresentada pela primeira vez por presos políticos em 1933, em um campo de concentração nazista nos charcos da Baixa Saxônia. A música se tornou um hino republicano durante a Guerra Civil Espanhola e um símbolo de resistência durante a Segunda Guerra Mundial.

Os outros se levantaram e se juntaram à cantoria. Cada um cantava em seu próprio idioma, mas, como as palavras eram difíceis de entender, e a melodia era a mesma, a impressão era a de que entoavam o mesmo texto. Estavam todos de pé, e era evidente que haviam ficado profundamente comovidos. As duas mulheres tinham belas vozes. No entanto, havia algo um tanto cômico na expressão em seus rostos, e na maneira como, muito empertigadas, projetaram à frente o busto imponente. Uma delas dava batidinhas na perna roliça e balançava os cachos; a outra agitava no ar um dos braços curtos e rechonchudos, como se regesse um coral. Gênia estava enlevada pela atmosfera de intensa solenidade, mas, de súbito, teve vontade de rir; para disfarçar, precisou fingir que tossia. Quando viu duas pequenas lágrimas escorrendo pelas bochechas de Krímov, se sentiu constrangida e incomodada, embora sem saber por quê — se por causa dela própria ou dele.

Todos se despediram das duas mulheres, que não quiseram sair para comer, e foram juntos a um restaurante georgiano. Depois da refeição, partiram para o bulevar Tverskói.

Krímov sugeriu descerem a rua Malaia Nikitskaia até a nova parte do zoológico de Moscou. Henry, que seguia um plano de visitação de pontos turísticos cuidadosamente organizado, concordou com entusiasmo.

Entre os outros visitantes, havia um casal do qual todos gostaram: um homem de quarenta anos e uma senhora idosa vestindo um casaco camponês marrom, com um requintado lenço branco sobre os cabelos grisalhos. O homem tinha o rosto calmo, embora cansado, e as mãos grandes e escuras de um operário. Andava de braços dados com a velhinha — provavelmente a mãe, em visita a Moscou para ver o filho.

Todavia, a não ser pela faísca nos olhos, o rosto encarquilhado da velha parecia sem vida. Olhando para um imenso alce, ela disse:

— Que palhaço. E parece bem alimentado. Sem dúvida puxaria bem um arado!

Ela se interessava por tudo e continuava olhando ao redor para as pessoas, claramente orgulhosa de ser vista com o filho.

Por algum tempo, o "bando" de Krímov andou atrás desse casal, de olho neles, sem perceber que eles próprios estavam sendo observados por dezenas de pessoas. Uma multidão de rapazes encantados os seguia de um recinto do zoológico a outro, e estavam evidentemente mais interessados em Nikolai Ivánovitch do que no alce ou em uma rena que lambia um torrão de sal.

O bando se dirigiu à área de confinamento dos filhotes,[137] mas o céu ficou subitamente escuro e começou a chover. Henry tirou a jaqueta e a segurou sobre a cabeça de Gênia. Água turva jorrou ruidosamente ao longo da valeta, molhando os pés de todos. Nesses pequenos desconfortos havia um encanto especial; todos se sentiam felizes e despreocupados, como se fossem crianças.

O sol voltou a aparecer. A água nas poças agora reluzia, e as árvores pareciam mais brilhantes e mais verdes do que nunca. No cercado dos filhotes eles puderam ver margaridas, com trêmulas gotículas de água em cada florzinha.

— O paraíso — disse o alemão.

Um filhote de urso começou a escalar desajeitadamente uma árvore; dos galhos caíam gotas de água. Enquanto isso, no gramado, começou uma brincadeira — alguns filhotes de dingo-vermelho, de músculos rijos e caudas enroladas, provocaram um segundo filhote de urso. Alguns lobinhos se juntaram ao jogo, as omoplatas girando quase como rodas. O filhote de urso, apoiado sobre as patas traseiras, tentou acertar o focinho de um deles com uma pata gorda e infantil. O primeiro filhote de urso desabou da árvore — e todos os animais se fundiram em uma única alegre e heterogênea bola de pelos rolando pela grama.

Nesse momento, um filhote de raposa emergiu dos arbustos. Parecia apreensivo e perturbado; seu rosto tinha uma expressão sombria, e ele agitava o rabo de um lado para o outro. Seus olhos cintilavam, e

---

[137] Criado em 1933, o zoológico estava com dificuldades para cuidar de um grande número de filhotes de animais órfãos — alguns nascidos em cativeiro e rejeitados pelas mães, outros levados por caçadores que haviam matado suas progenitoras. Surgiu então a ideia de que os tratadores poderiam cuidar melhor desses filhotes se eles fossem todos mantidos juntos. Cada espécie tinha sua própria gaiola, e também havia um grande espaço aberto, que incluía uma piscina. O cercado dos filhotes logo se tornou uma das atrações mais populares do zoo. Depois de sofrer duas reduções no tamanho, em 1950 e no início dos anos 1970, o espaço foi por fim fechado no final da década de 1970. Desde então, tornou-se alvo de críticas, por refletir "um conceito stalinista de educação" (ver <radiomayak.ru/shows/episode/id/1122701>. Acesso em: 24 ago. 2016).

seus flancos magros, em plena muda, mexiam-se depressa. A raposinha estava ávida para participar do jogo; dava alguns passos furtivos adiante e, vencida pelo medo, se retesava e apertava o corpo contra o chão, paralisada. De repente, deu um salto e se atirou no meio da briga com um ganido engraçado, brincalhão e de alguma forma lamentoso. Derrubada pelos filhotes de dingo, a raposinha se deitou de lado. Seus olhos ainda brilhavam, e, demonstrando confiança, ela deixou a barriga exposta. Então soltou um guincho agudo de reprovação — um dos filhotes de dingo devia tê-la mordido com muita força. Foi o fim da raposinha: os filhotes de dingo miraram sua garganta, e a brincadeira na grama se transformou em assassinato. Um dos tratadores veio correndo, arrancou a criatura morta da confusão e a levou embora; pendurados na mão do tratador havia uma cauda magra morta e um focinho morto, com um olho aberto. Os filhotes de dingo-vermelho responsáveis pelo assassinato seguiram o tratador, as caudas enroladas tremendo de intensa emoção.

Os olhos negros do espanhol se encheram de fúria. Punhos cerrados, ele gritou:

— Juventude Hitlerista!

Então todos começaram a falar ao mesmo tempo. Gênia ouviu Nikolai Ivánovitch pronunciar, com um olhar de desgosto:

— "*Es ist eine alte Geschichte, doch bleibt sie immer neu.*"[138]

Em russo, com uma voz que não permitia debates, Krímov disse:

— Tudo bem, irmãos! Já chega! Não existe um instinto para matar, e nunca existiu!

Em muitos aspectos, tinha sido um dos dias mais agradáveis que Gênia passara na companhia de Krímov: canções comoventes, uma refeição alegre, o cheiro de tília, um breve aguaceiro, a mãe e o filho que eles acharam tão tocantes... mas sua lembrança mais nítida era a pungente última cena: o lamentável filhote de raposa e o sofrimento e a fúria estampados nos olhos do espanhol.

Durante seus últimos meses com Krímov, os dias bons foram poucos e espaçados. Gênia percebeu que estava começando a sentir satisfação sempre que ouvia alguma coisa de ruim sobre os amigos

---

[138] De um poema de Heinrich Heine: "Esta é uma história velha, mas que permanece sempre nova".

dele. Hakken teve uma discussão acalorada e desagradável por conta do pagamento por um artigo na revista *World Economics*. Henry teve um caso com uma intérprete e, depois, numa atitude pérfida, a abandonou. Charles viajou para o mar Negro a fim de escrever um livro, mas não escreveu sequer uma única palavra. Em vez disso, ficou à toa, bebendo e nadando. Ela atribuía a Krímov a culpa por todos os defeitos desses homens.

— Veja só como seus amigos são de verdade! — disse, certa feita.

Às vezes, Krímov saía à noite e só voltava de madrugada. Às vezes, não queria ver ninguém; chegava em casa, desligava o telefone e dizia: "Se Pável ligar, diga que não estou". Às vezes era amuado e taciturno; outras vezes, tagarela e bem-humorado, recordando histórias, rindo e bancando o bobo.

Mas o que importava não era o mau humor de Krímov, ou suas noitadas com os amigos. O que mais incomodava Gênia era o fato de não se sentir solitária quando ele saía, e também não sentir nenhuma alegria especial quando ele estava alegre, conversando e contando histórias sobre o passado. Era possível que, nas ocasiões em que se julgava zangada com os amigos do marido, na verdade estivesse zangada com o próprio Krímov.

O que antes parecia romântico agora parecia simplesmente artificial; de alguma forma, tudo o que antes a atraía em Krímov havia perdido o encanto. É claro que as opiniões dele sobre a pintura e o trabalho dela sempre haviam sido irritantes e insípidas... Como é difícil responder às perguntas mais simples! Por que deixou de amá-lo? Foi ele quem mudou, ou quem mudou foi ela? Gênia passou a entendê-lo melhor ou ficou claro que não o entendia mais?

Outrora habituada a você, deixarei de amar
aquele a quem não pude amar o bastante.[139]

Não, era mais do que isso. Houve um tempo em que Gênia pensava que Krímov sabia tudo; agora, com frequência, se flagrava repetindo: "Não, você não entende!".

Quando Krímov fazia previsões sobre revoluções em outros países, Gênia zombeteiramente o arremedava: "Sonhos, sonhos, onde

---

[139] Versos do romance *Evguiêni Oniéguin*, de Aleksandr Púchkin.

está sua doçura?". Antes, ela o considerava progressista, mas agora ele parecia ingênuo e antiquado, como uma velha devota de touca.

O sucesso ou o fracasso de Krímov no mundo público já não lhe importavam. Gênia percebia que as pessoas que outrora viviam telefonando para ele, e sem cerimônia alguma, agora ligavam apenas de tempos em tempos — e que quando era Krímov quem telefonava para elas, as secretárias invariavelmente se recusavam a transferir a ligação. Gênia sabia que Krímov já não recebia convites para noites de estreia no Teatro Máli e no Teatro de Arte de Moscou. E quando ele telefonou para a direção do Conservatório a fim de pedir ingressos para o recital de um famoso pianista, a secretária respondeu: "Desculpe, qual Krímov?" — e, um minuto depois: "Lamento dizer que não sobrou nenhum ingresso". Gênia sabia que Krímov já não conseguia obter medicamentos para Aleksandra Vladímirovna na farmácia do Kremlin, e que agora era levado para trabalhar não em uma Mercedes, mas em um Emka que passava dez dias por mês na oficina mecânica para reparos. Mas nada disso lhe importava, assim como não importava se ela usava roupas feitas sob medida pelas costureiras mais conhecidas de Moscou ou compradas com cupons na Fábrica Coletiva de Alfaiataria de Moscou.[140] Gênia sabia que, depois de dar uma palestra em uma reunião muito importante, Krímov recebera duras críticas. Aparentemente, estava "deixando a desejar quanto a seu desenvolvimento"; era "dogmático, avesso a mudanças". Mas nada disso importava: Gênia já não o amava, e isso era tudo. Todo o resto era secundário. Qualquer outra maneira de entender o que havia acontecido era inconcebível.

E então Krímov foi transferido. Agora, em vez de trabalhar para o Partido, atuaria na área editorial. Em tom animado, ele dissera:

— Agora terei mais tempo livre. Poderei finalmente dedicar atenção ao meu livro. Em meio a esse turbilhão de reuniões, mal consegui tirar um minuto para isso.

Krímov deve ter percebido que algo havia mudado entre os dois. Em certa ocasião, chegou a brincar com Gênia:

— Um dia irei visitá-la em sua casa vestido em andrajos, com uma jaqueta de couro esburacada. Seu marido, um acadêmico famoso, ou talvez um comissário do povo, perguntará: "Quem é esse, *ma*

---

[140] As roupas produzidas por essa fábrica eram de qualidade notoriamente ruim.

chère?", e você dirá, com um suspiro: "Ninguém importante. Um erro da minha juventude. Diga a ele que estou ocupada hoje, que ele pode voltar na segunda-feira".

Gênia ainda se lembrava da tristeza nos olhos de Krímov ao proferir essas palavras. E tinha vontade de vê-lo e explicar mais uma vez que era tudo culpa do coração dela. Seu coração idiota era o culpado por tudo. Ela simplesmente havia deixado de amá-lo, e ele nunca deveria, nem por um segundo, pensar mal dela.

Tudo isso a deixou profundamente inquieta; mesmo durante os dias mais desesperados da guerra, não conseguia parar de pensar em Krímov.

Naquela noite, quando achou que todos já tinham ido dormir, Gênia começou a chorar, esmagada pela sensação de pesar por uma vida agora irrevogavelmente perdida. Pensamentos, sentimentos e conversas daquela época pareciam esplêndidos e elevados. Os amigos de Krímov agora pareciam generosos e doces. E o próprio Krímov evocava nela o mesmo sentimento pungente de amor e pesar que lhe evocara aquele filhote de raposa no zoológico ao entrar naquela briga cruel e alegre e emitir um ganido confiante. Por que o amor estava tão atrelado ao pesar? O pesar de Gênia era tão intenso que parecia ser a mesma coisa que o amor.

Aos prantos, ela levou as mãos ao rosto. No quarto escuro, mal conseguia ver as mãos que Krímov outrora havia beijado — e tudo em sua vida parecia tão incompreensível quanto a sufocante escuridão ao seu redor.

— Não chore — disse Aleksandra Vladímirovna, baixinho. — Seu cavaleiro virá em breve. Ele vai secar suas lágrimas.

— Meu Deus! — exclamou Gênia, exasperada. E, esquecendo-se de que poderia acordar os outros, continuou: — Não, não é isso, realmente não é nada disso. Por que ninguém entende? Nem a senhora, mãe, nem a senhora!

Calmamente, Aleksandra Vladímirovna respondeu:

— Gênia, Gênia, acredite em mim, eu não nasci ontem. Acho que, neste momento, entendo-a melhor do que você mesma.

55

Vera surpreendeu Gênia. Ao voltar do trabalho, disse que não queria comer nada e começou a dar corda no gramofone. De hábito, antes mesmo de fechar a porta, costumava gritar:

— Já vamos comer?

Ela se sentou com os cotovelos apoiados na mesa e os punhos fechados segurando as maçãs do rosto, observando com concentração obstinada o giro do disco — a maneira como uma pessoa deprimida fita algum objeto aleatório enquanto sua mente vagueia por outro lugar.

— Todo mundo vai se atrasar hoje. Lave as mãos e venha jantar comigo.

Vera limitou-se a olhar para Gênia, sem dizer uma palavra.

Gênia se virou a fim de olhar de novo para a sobrinha. Viu que ela ouvia o disco com as mãos tapando as orelhas.

— Qual é o problema? — perguntou.

— Por favor, me deixe em paz!

— Pare com isso, Vera, não seja assim.

— Por favor, me deixe em paz. Por que você está aí toda empetecada? Está esperando seu corajoso burocrata?

— O que deu em você, falando comigo desse jeito? Deveria ter vergonha de si mesma! — exclamou Gênia, espantada com a expressão de sofrimento e ódio nos olhos da sobrinha.

Vera tinha aversão a Nóvikov. Na presença dele, ou se mantinha em silêncio ou fazia perguntas incisivas e implacáveis. "Você foi ferido em combate muitas vezes?", perguntou, certa vez. E, depois de receber a resposta que esperava, demonstrou surpresa e exclamou, com uma careta: "O quê? Nem uma única vez? Não acredito!". Nóvikov simplesmente ignorou o deboche, o que a deixou ainda mais furiosa.

— Vergonha? — perguntou Vera. — Eu? Quem deveria ter vergonha na cara é *você*! Não fale desse jeito comigo *você*!

Ela pegou o disco, atirou-o no chão, correu para a porta e depois se virou e gritou:

— Não vou voltar para casa hoje, vou passar a noite com Zina Mélnikova.

Vera soava cruel e patética. Gênia não tinha ideia do que a estava atormentando.

Gênia planejara trabalhar o dia inteiro e algumas horas à noite. Agora, porém, não tinha mais vontade nenhuma de trabalhar.

A grosseria e o mau humor de Vera não eram legado de seu avô paterno, como Marússia gostava de dizer, mas uma herança da própria Marússia. Às vezes ela era de fato muito estúpida. Observava uma pintura inacabada e, num tom condescendente, proferia o julgamento: "Ah, entendi". Era como se ela fosse um artilheiro de tanque e Gênia uma criança, brincando de algum joguinho infantil. Àquela altura, porém, todos concordavam que a humanidade precisava de mais do que apenas pão e botas — Marússia não entendia que as pessoas também precisavam de arte? No dia anterior, dissera: "Agora só falta você sair com o seu cavalete para pintar as belas paisagens da cidade: vistas do Volga, pequenas praças, crianças com as babás. Enquanto isso soldados e trabalhadores passarão marchando, rindo de você!". Aquilo era mesmo muito estúpido — ainda mais porque cenas da cidade em tempo de guerra podem na verdade ser muito interessantes. O sol, o fulgor do Volga, as enormes folhas dos lírios, crianças brincando na areia, os edifícios brancos — e, em meio a tudo isso, acima de tudo isso, dentro de tudo isso, a guerra, a guerra... expressões austeras nos rostos, navios camuflados, fumaça escura sobre as fábricas, tanques se deslocando para o front, o brilho dos incêndios. Tudo amalgamado, não apenas uma questão de contrastes, mas também uma unidade — a doçura da vida e sua amargura, a escuridão iminente e a luz imortal triunfando sobre essa escuridão.

Gênia decidiu sair para uma caminhada, tentando imaginar com mais clareza o quadro que havia surgido em sua mente.

Assim que colocou o chapéu, a campainha tocou. Ela abriu a porta e viu Nóvikov.

— Você! — disse, e desatou a rir.

— O que foi?

— Onde você esteve todo esse tempo?

— É a guerra... — respondeu ele, com um olhar desamparado.

— E aqui estávamos nós, prestes a providenciar a venda dos seus pertences.

— Parece que você está de saída.

— Sim, preciso urgentemente sair um pouco. Vem comigo?

— Com muita alegria!

— Não está exausto demais?

— De jeito nenhum! — respondeu Nóvikov com absoluta sinceridade, embora nos últimos três dias tivesse dormido menos de cinco horas. E, abrindo um largo sorriso, acrescentou: — Hoje recebi uma carta do meu irmão.

Chegaram a uma esquina.
— Para que lado? — perguntou Nóvikov.
Gênia olhou para trás.
— Não importa. O que eu ia fazer pode esperar até mais tarde. Vamos para o rio.

Passaram pelo teatro, atravessaram o parque e desceram até a estátua de Viktor Kholzunov.[141]

— Eu o conheci em Moscou — disse Nóvikov, apontando para o monumento. — Era um bom homem. Forte, inteligente. Precisávamos dele agora... uma pena não estar mais conosco.

Andaram de um lado para outro junto à margem, olhando para o rio. Cada vez que passavam pelo aviador de bronze, falavam mais alto, como se quisessem que ele os ouvisse.

Caiu a noite. Ainda caminhavam e conversavam.

— Fico feliz que tenha escurecido — disse Gênia. — Você não precisa mais continuar batendo continência. Deve ser cansativo.

Nóvikov encontrava-se no estado de euforia e entusiasmo que por vezes se apodera de pessoas em geral muito reservadas. Não apenas agia de modo aberto e direto; estava dizendo as palavras de um homem até então silencioso que agora acreditava que sua vida despertava o interesse de alguém.

— Disseram-me que sou oficial do estado-maior, mas na verdade sou um oficial de combate, um tanqueiro. Meu lugar é na linha de frente. Tenho o conhecimento e a experiência, mas sempre parece haver algo me travando. Acontece a mesma coisa quando estou com você. Não consigo dizer nada que faça sentido.

---

[141] Viktor Kholzunov (1905-39), nascido em Stalingrado, comandou um esquadrão de bombardeiros durante a Guerra Civil Espanhola. Grossman viu a estátua em agosto de 1942, durante seus primeiros dias em Stalingrado. Evidentemente, ficou tão impressionado com o monumento quanto seu companheiro, Vassíli Korotêiev. Ambos o mencionam várias vezes em seus escritos (agradecimentos a Ian Garner pela ajuda com esta nota).

— Veja como é estranha aquela nuvem — Gênia se apressou em dizer, temendo que Nóvikov fosse fazer uma declaração de amor.

Eles se sentaram em um amplo parapeito de pedra. A pedra áspera ainda estava quente. As janelas dos edifícios na margem gramada do rio reluziam aos últimos raios do sol, mas já soprava um bafejo fresco vindo do Volga e da pálida lua nova. Um soldado e uma jovem sussurravam num banco próximo. A menina estava rindo — e, a julgar pelo som de sua risada, pela maneira lenta e lânguida como rechaçava as investidas de seu admirador, estava claro que para ela naquele momento nada mais existia no mundo a não ser a noite, o verão, a juventude e o amor.

— Tudo é tão bom, mas tão perturbador — disse Gênia.

Um pavilhão nas imediações abrigava uma cantina militar. A porta se abriu de par em par e uma mulher de vestido longo branco saiu, segurando um balde. A calçada e a rua foram imediatamente banhadas por um jorro de luz brilhante, e Gênia teve a impressão de que a mulher havia derramado na calçada um balde de luz, e agora essa luz leve e cintilante escorria pelo asfalto. Em seguida, saiu da cantina um grupo de soldados. Um deles, provavelmente imitando alguém que conheciam, começou a cantar em uma voz abobalhada:

— Noi-te de ju-nho, noi-te bran-ca...

Nóvikov estava em silêncio, e isso deixou Gênia apreensiva: a qualquer momento ele limparia a garganta, se viraria para ela e, em uma voz desamparada, diria: "Eu te amo". Ela estava se preparando para pousar a mão sobre o ombro dele e, com toda a delicadeza, repreendê-lo: "Não, na verdade é melhor não dizer essas coisas".

Mas então Nóvikov falou:

— Hoje recebi uma carta do meu irmão mais velho. Ele trabalha em uma mina, muito além dos Urais. Diz que recebe um bom salário, mas que a filha vive doente. Ela não consegue se acostumar com o clima. Só espero que não seja malária.

Gênia deu um suspiro, observando Nóvikov com cautela. E então ele realmente pigarreou, virou-se num movimento abrupto para encará-la e disse:

— Estou numa situação difícil agora. Fiz uma solicitação de transferência e tive um desentendimento com meu superior. Ele disse: "Não darei minha aprovação a seu pedido, e o nomearei chefe do arquivo". Respondi: "Não vou aceitar essa ordem". E então ele ameaçou me enviar a um tribunal. Estava apenas tentando me assustar, claro, mas ainda assim é uma situação terrível. Depois que isso aconteceu, vim direto ver você.

Agora Gênia sentiu-se chateada e enraivecida. O que vinha afligindo Nóvikov, no fim das contas, era o trabalho.

— Sabe no que eu estava pensando? — disse ela, com um olhar zombeteiro. — Que os dias do grande amor romântico se foram para sempre. Um amor como o de Tristão e Isolda, sabe? Por ela, ele abandonou tudo; inclusive a terra natal e a amizade de um grande rei. Foi-se embora para a floresta, dormia sobre os galhos das árvores e era feliz. E ela, a rainha, vivia feliz da vida com ele. É o que diz a história, não é? Séculos de literatura glorificaram aqueles que renunciaram à fama por amor; aqueles que, por amor a Deus, renunciaram a todos os bens terrenos e alegrias celestiais. Agora, para nós, isso tudo parece engraçado e difícil de entender. E não falo apenas de *Tristão e Isolda*, mas também de histórias como "Taman", de Liérmontov.[142] Leia de novo essa história e você se verá dizendo: "É impossível. Um oficial no serviço ativo perde a cabeça, se apaixona, esquece seus deveres e embarca em alto-mar com uma jovem e bela contrabandista. É simplesmente inconcebível". Ou todos nós perdemos a capacidade de amar que um dia tivemos ou então nossas paixões assumiram agora uma forma muito diferente.

Gênia proferiu essas palavras rápido, e com grande ardor, como se tivesse preparado com antecedência todo esse discurso. Ficou surpresa consigo mesma, incapaz de entender o que havia por trás dessa impetuosidade. Mas seguiu em frente, após uma breve pausa:

— Não, ninguém ama mais desse jeito! Você, por exemplo: seria capaz de escapar do trabalho por um dia que fosse por causa da mulher amada? Estaria disposto a suscitar a ira do seu general? Não, você não ousaria se atrasar nem duas horas para se apresentar diante dele... nem sequer vinte minutos! Muito menos sacrificar um reino!

— Não é apenas o medo das autoridades — respondeu Nóvikov. — É uma questão de dever.

— Não diga mais nada. Já ouvi tudo isso. Nada pode ser mais importante, mais sagrado que o dever público. Tudo isso é a mais pura verdade.

---

[142] Um capítulo de *O herói do nosso tempo* (1839-40), de Liérmontov.

Gênia encarou Nóvikov com um olhar desdenhoso.

— E, no entanto, entre você e mim... Entendo que o que você diz é verdade... mas, mesmo assim, as pessoas já não sabem mais o que é amar loucamente, cegamente, de forma absoluta. Esse tipo de amor foi substituído por outra coisa, por algo novo... algo que até pode ser bom, mas é muito seguro e racional.

— Não — rebateu Nóvikov —, você está errada. O verdadeiro amor existe.

— Sim — disse Gênia, furiosa —, mas não se trata mais de uma questão de destino. O amor não é mais um turbilhão.

E adotando por um momento o tom de voz de uma sensata professora de escola primária, continuou:

— Sim, não há dúvida de que o amor é muito bom. Pensamentos compartilhados, vidas compartilhadas, paixão verdadeira fora do horário de trabalho.

Em seguida, com voz mais agressiva:

— É como a ópera... quando foi a última vez que você ouviu falar de um amante de ópera escapulindo do trabalho para apreciar sua amada música?

Nóvikov franziu a testa. Olhou para ela e, sorrindo confiante, disse:

— Se eu realmente pudesse acreditar que você ficou zangada comigo porque não apareci por vários dias, seria ótimo!

— Mas o que foi que deu em você? Não estou falando disso. Estou falando em geral. Eu também não sou romântica.

— Sim, sim, compreendo — disse ele, com uma submissão apressada.

Gênia olhou para cima. Podia ouvir um som lamentoso — sirenes de ataque aéreo uivavam na estação ferroviária e nas fábricas.

— O som da prosa da vida — disse ela. — Vamos voltar para casa.

56

Zina Mélnikova sabia que os Chápochnikov não lhe tinham apreço e reprovavam sua amizade com Vera. Era apenas três anos mais velha que Vera, mas considerada por esta como um modelo de sabedoria mundana. Já fazia dois anos que era casada, visitara Moscou várias vezes e vivera com o marido não apenas em Kiev e Rostov, mas também na Ásia Central. Em 1940, Zina conseguiu viajar para Lvov[143] e voltou trazendo sapatos e vestidos, botas de borracha brancas, uma capa de chuva azul-clara transparente, óculos de sol de aros redondos para usar na praia e alguns lenços elegantes, além de um insólito chapéu no formato de um enorme telescópio. Suas amigas, no entanto, rolaram de rir quando ela lhes mostrou o chapéu, e depois disso ela nunca teve coragem de usá-lo.

No decorrer do ano anterior, Zina tinha visto muita coisa. No outono de 1941, estivera em Rostov com a mãe. Não conseguiu sair da cidade a tempo e viveu sob a ocupação alemã antes de o Exército Vermelho retomar a cidade no final de novembro. Durante essas semanas, Zina viajou para Kiev e Carcóvia. Pretendia chegar às repúblicas do Báltico, mas voltou a Rostov com suprimentos para a mãe e a intenção de permanecer ali apenas um ou dois dias — e foi então que o Exército Vermelho recapturou a cidade.

No final de julho de 1942, quando, mais uma vez em Stalingrado com o marido, Zina soube que os alemães haviam retomado Rostov, disse a Vera:

— Não importa. Os trens estarão em pleno funcionamento novamente em alguns meses. Ou trarei minha mãe para cá ou a visitarei de novo em Rostov.

— Você acha mesmo que o Exército Vermelho vai recuperar Rostov? — perguntou Vera.

— Não posso dizer que estou contando com isso — respondeu Zina, com um sorriso malicioso.

— Você não pretende ficar aqui em Stalingrado sob os alemães, não é? Haverá combates terríveis. Se fosse eu, morreria de medo.

— Já presenciei combates. No ano passado, em Rostov. Não é tão ruim quanto você pensa.

— Bem, eu certamente me sinto aterrorizada. Não suporto a ideia de bombas e prédios em chamas. Entraria em pânico. Largaria tudo e sairia correndo.

---

[143] Lvov agora faz parte da Ucrânia e é conhecida como Lviv. Brandon Schechter (*The Stuff of Soldiers*, cap. 7), refere-se a Lvov e a Riga como "centros da moda" durante os dois anos entre a assinatura do Pacto de Não Agressão Germano-Soviético, em agosto de 1939, e a invasão alemã da União Soviética, em junho de 1941.

— Você está lendo jornais demais — disse Zina com um tom complacente. — Não é assim na vida real. E, de qualquer maneira, é das pessoas que se deve ter medo. Elas são mais perigosas do que qualquer bomba incendiária.

Na noite em que gritou com Gênia e atirou um disco do gramofone no chão, Vera foi direto para a casa de Zina. Víktorov recebera alta do hospital naquela mesma manhã, mais cedo do que o esperado, e fora enviado ao ponto de transferência em Sarátov. Depois de completar seu turno, Vera viu por acaso uma lista de nomes assinada pelo diretor do hospital. A lista original com doze nomes havia sido datilografada em ordem alfabética, mas um nome adicional fora escrito à mão: Víktorov. Eles nem sequer tiveram a oportunidade de trocar algumas últimas palavras em privado; Vera foi correndo até a enfermaria, mas ele já estava descendo as escadas com outros oito pacientes. O ônibus do hospital já esperava lá embaixo.

Vera nunca sentira tanta tristeza na vida. A única pessoa em que se sentia capaz de confiar era Zina. Elas conversaram até as duas da manhã. Então Zina arrumou uma cama para Vera no sofá, apagou a luz e disse:

— Vamos dormir!

Vera ficou deitada em silêncio, fitando a escuridão com olhos bem abertos. Pensou que Zina estava dormindo, mas, depois de mais ou menos uma hora, ela de súbito perguntou:

— Você está acordada?

— Sim — respondeu Vera, e elas continuaram conversando até amanhecer.

Depois disso, Vera passou a visitar Zina todas as noites. Sentava-se e ficava conversando com ela até pouco antes do toque de recolher.

Às vezes, as pessoas se tornam amigas porque são parecidas, mas muitas vezes é porque são diferentes.

Vera via Zina como uma figura admirável e romântica, uma mulher de grande coração e grande alma. Quanto aos seus vestidos coloridos, suas dezenas de peças de roupa incomuns, que arrancavam exclamações dos homens — "Que mulher!" — e despertavam inveja nas moças que se vestiam de modo mais banal, isso era apenas um pano de fundo apropriado, uma adequada expressão externa das profundidades emocionais de Zina. Jamais ocorreu a Vera que poderia ser o contrário, que as falas românticas e o comportamento extravagante de Zina talvez não passassem de um acompanhamento meticulosamente escolhido para sua marcante aparência física.

Da parte de Zina, a pureza e a simplicidade de Vera a atraíam e divertiam. Ela via em Vera uma espécie de sal essencial — uma clareza de pensamento e sentimento — que valorizava nos outros, mas era incapaz de encontrar em si mesma.

Pessoas muito parecidas em geral sentem aversão mútua; suas semelhanças engendram apenas inveja e animosidade. E pessoas diferentes em todos os aspectos muitas vezes são unidas justamente por suas diferenças. O mesmo se aplica à maneira de pensar; também ela nem sempre aproxima as pessoas. Não raro, uma pessoa pode ver com excesso de clareza as falhas secretas de outra, que tem consciência disso e se ressente. Por outro lado, há pessoas que sentem afeto e gratidão por aquelas que não as entendem, que são cegas com relação a suas fraquezas.

Zina Mélnikova podia não entender Vera, mas tinha uma perfeita compreensão de como Vera a imaginava. E tinha o cuidado de lhe mostrar as qualidades específicas — a liberdade de cálculo e convenção — que, bem sabia, eram o que Vera mais queria ver nela.

Um dia, Vera foi visitar Zina e a encontrou deitada no sofá, lendo.

Ela era jovem e bela — e encarava como seu dever ser jovem e bela. Isso ficava claro em todos os seus olhares e gestos.

Zina largou o livro e se endireitou um pouco, de modo a abrir espaço para Vera se sentar. Tomando as duas mãos da amiga entre as palmas, como se estivessem geladas e precisassem ser aquecidas, disse:

— A vida é uma luta, não é? — E, sem dar a Vera a chance de responder, continuou, no tom de um tarimbado médico decidido a contar toda a verdade a um paciente: — E receio que não vai ficar mais fácil.

— Se pelo menos eu soubesse antes! Aí poderia ter me despedido direito dele. É horrível... não consigo pensar em mais nada.

— Ele vai escrever para você assim que chegar ao hospital em Sarátov.

— Como assim? Ele será enviado direto para o front. Daqui a uma semana vai estar voando de novo. Tenho certeza de que nunca mais o verei.

— Não! — rebateu Zina. — Nenhum de nós sabe de nada. Já vi muita coisa extraordinária. Já vi milagres. Mais que milagres, na verdade. O amor não pode ser calculado nem previsto.

E ela contou a Vera a história de um oficial alemão que se apaixonara por uma jovem russa. No dia em que os alemães se retiraram de Rostov, esse oficial estava em outro lugar. Não conseguiu levar a moça com ele. Os dois foram separados. E então, um mês depois, alguém bateu à porta da casa da moça. Era o oficial. Por causa da mulher que amava, ele havia abandonado tudo — uniforme, medalhas, família e país. Não teve medo de ser amaldiçoado pelos pais. A moça desmaiou. Então eles passaram a noite juntos. Assim que amanheceu, ele se apresentou ao gabinete do comandante e se entregou. Disse que tinha cruzado a linha de frente pelo amor de uma mulher russa. Pediram que ele desse o nome dela, mas se recusou. Foi acusado de espionagem e disseram que, se declarasse o nome da mulher, seria tratado como prisioneiro de guerra — do contrário, seria sentenciado à morte como espião. Ele permaneceu em silêncio. E então, pouco antes de ser fuzilado, disse: "Oh, se pelo menos eu pudesse mostrar a ela que não me arrependo!".

A história de Zina causou uma profunda impressão em Vera. Querendo esconder sua comoção, ela disse:

— Não, esse tipo de coisa não acontece. É só uma história que alguém inventou.

Zina abriu um sorriso tão estranho e triste que o coração de Vera disparou. De repente ela começou a especular se a história poderia ter acontecido com a própria Zina, mas não se atreveu a perguntar — e um momento depois a amiga já estava falando sobre outra coisa.

Em seguida, Zina mostrou a Vera algumas meias-calças que havia comprado no mercado em troca de açúcar de seu cartão de racionamento. Vera olhou para os dedos delicados de Zina, seus olhos amendoados e pernas finas — ainda mais finas naquelas meias-calças semitransparentes —, e pensou que o alemão que havia desistido da própria vida por amor tinha feito a coisa certa.

— Se há uma pessoa que eu não consigo entender — Zina começou a falar de repente — é a sua tia Gênia. Ela deve ser cega ao próprio poder. Por que diabos não se veste melhor? Com um rosto e um corpo como o dela, e com aquele cabelo maravilhoso, ela poderia se dar muito bem! Poderia ter o que quisesse na vida.

— Acho que ela pretende se casar com um coronel — respondeu Vera, baixinho. — Um oficial do estado-maior.

Zina não entendeu que ela falava em tom de crítica. Interpretou a situação como um sinal não de pragmatismo excessivo, mas da ingenuidade de Gênia, de seu reiterado fracasso no que dizia respeito a aproveitar ao máximo as oportunidades.

— Eu não acredito — disse Zina. — Ela poderia se casar com um diplomata, um embaixador. Poderia morar onde quisesse, em algum lugar sem blecautes, sem cartões de racionamento e filas intermináveis para adquirir peças de roupa. Desse jeito ela vai acabar em algum buraco imundo como Tcheliábinsk. Vai ter que viver com mil rublos por mês e ficar numa fila para comprar leite para o bebê.

— Ah! — disse Vera. — Não há nada que eu queira mais do que ficar numa fila para comprar leite para o meu bebê.

As duas riram. Porém, mais uma vez Zina não foi capaz de entender a amiga. Pensou que Vera estivesse brincando; não percebeu que ela estava tentando não mostrar que tinha lágrimas nos olhos.

Vera nutria um ardente desejo de ser mãe, de ter uma criança com os olhos de Víktorov, com o mesmo sorriso tênue, o mesmo pescoço delicado, e — apesar da pobreza, apesar da privação — cuidar dessa criança como quem cuida de uma chama no escuro. Nunca antes Vera havia sido tomada por esses sentimentos, que eram ao mesmo tempo amargos e doces, uma fonte de alegria e vergonha. Mas não havia lei que proibisse uma jovem de amar e ser feliz. Não! Ela não tinha arrependimentos e nunca teria; agia como era correto e adequado agir.

De súbito, como se estivesse lendo a mente de Vera, Zina perguntou:

— Você está grávida?

— Não pergunte — rebateu Vera.

— Tudo bem, tudo bem. Eu só queria aproveitar o fato de ser mais velha e mais experiente e lhe dizer uma coisa. Estar com um piloto não é brincadeira. Hoje ele está vivo, amanhã está morto. E aí você se vê sozinha com um bebê. É um negócio terrível, de dar medo!

Vera tapou as orelhas com as mãos e balançou a cabeça.

— Não, não estou ouvindo!

No caminho para casa, Vera pensou na história de Zina. Agora que Víktorov tinha recebido alta e logo voltaria a pilotar, o amor indômito e imprudente parecia a única coisa real e significativa no mundo. À noite, ela imaginou todos os tipos de cenários fantásticos. Víktorov caído no chão, ferido. Ela o resgataria e o levaria para um lugar seguro bem longe, cada vez mais para o leste. Lembrando-se de livros que tinha lido quando criança, sonhava com uma casinha em uma floresta do norte ou uma choupana numa ilha desabitada. A vida no ermo, em uma isbá rodeada por ursos e matilhas de lobos, parecia um idílio comparada à vida em uma cidade prestes a ser atacada pelos alemães.

Vera acreditava que Zina vivia em um mundo diferente do de outras pessoas. Para Zina, as leis do sentimento eram as leis da existência. Depois de conversar com a amiga, Vera sempre sentia com mais clareza do que nunca que o amor era a força mais poderosa do mundo. O amor não queria saber de tanques, armas, aviões ou edifícios em chamas. O amor atravessava trincheiras, ignorava fronteiras e não temia sofrimento nem sacrifício.

Ela tinha plena certeza de que a vida de Víktorov terminaria de forma trágica. Nos olhos dele, vira uma expressão de tristeza, o reconhecimento de um destino inevitável. O pensamento de fugirem juntos para a paz de uma floresta do norte não era mais que um sonho tolo. A bordo de seu MiG, Víktorov era como um galho sendo açoitado por uma tempestade num céu fustigado por chamas escuras.

Em casa, Vera encontrou Gênia, Nóvikov e Sófia Óssipovna. Queria muito contar a Gênia a história do oficial alemão. Queria que ela entendesse a trivialidade do amor calmo e reconfortante que aqueles que prosperam na vida conhecem. Queria que ela reconhecesse que existe outro tipo de amor, um amor que não toma conhecimento da boa sorte e não sabe o que são limites.

Acabou contando a história. Falou com rapidez e veemência, olhando Gênia direto nos olhos. Parecia uma pregadora repreendendo os vícios humanos.

Todos ficaram profundamente chocados.

Sófia foi a primeira a responder.

— É verdade que Homero conta a história de uma moça que fez menção de ir viver com Aquiles, embora ele tivesse matado o pai e os três irmãos dela e incendiado sua cidade. Mas naquele tempo as pessoas viviam de acordo com um código diferente. E piratas e bandidos como Aquiles eram figuras respeitadas, admiradas por todos. Hoje em dia não é assim.

— Mas que diabos a *Ilíada* tem a ver com isso? — perguntou Gênia.

Falou em voz baixa, mas de uma maneira que fez com que todos olhassem para ela. E em seguida bateu com a colher na borda do copo. Seu rosto empalideceu e seus lábios estavam tensos e trêmulos, mas o que realmente expressava sua fúria era o tinido agudo do copo de vidro.

— Que garota idiota! — acrescentou, num tom mais estridente.

— Talvez eu seja... mas entendo o que preciso entender.

— Como você ousa usar a palavra *amor* para falar dessa imundície obscena e vulgar? Olhe ao seu redor! Olhe para todos os cabelos grisalhos e rostos abatidos! As sepulturas! Os prédios em chamas! As cinzas! Olhe para todas as famílias desfeitas, todos os órfãos, todas as pessoas passando fome! O amor tem algum significado quando inspira as pessoas a se sacrificarem — do contrário, é apenas uma paixão abjeta. Quando duas pessoas se amam, o amor as eleva. Elas se tornam dispostas a sacrificar sua força, sua beleza e até sua vida. O amor conhece tudo: alegria, tormento e sacrifício. O amor conhece grandes feitos. O amor está pronto a enfrentar a morte. Mas isso... essa história que você acabou de nos contar... é mesquinha, abominável, suja. O que você acabou de nos contar é desprezível. Você chama isso de amor, mas eu chamo de doença. É vil. É como um vício em cocaína ou morfina. Tenho vontade de vomitar quando ouço uma coisa dessas.

Gênia percebeu que Vera a olhava de um jeito sombrio e obstinado, que tinha um ar perplexo, como uma estudante estupefata diante da inesperada e feroz repreenda de um professor. Parecia desamparada. Nesse momento, pareceu achar errado continuar a direcionar sua fúria a Vera. Virou-se para Sófia e prosseguiu, com a mesma voz estridente:

— E você também deveria ter vergonha de si mesma, Sófia! O que Homero tem a ver com isso? O que a Vera nos contou foi uma história imunda. E isso é bastante claro para qualquer um que tenha um coração russo. Não é preciso arrastar Homero e Aquiles para essa sordidez. Sei que não cabe a mim lhe dar lições de moral, mas, francamente, você deveria ter mais discernimento...

Sófia concordou com cada palavra que fora dirigida a Vera. Mas, sendo irascível, se ofendeu com a menção de Gênia ao coração russo. Ofegou. Seu peito largo se inflou. Suas bochechas, orelhas e até a testa ficaram vermelhas. Os cachos grisalhos que lhe caíam sobre a testa pareciam prestes a pegar fogo.

— Sim. Claro. Um coração russo. O meu, obviamente, é apenas um coração judeu. Sim, compreendo.

Ela empurrou a cadeira para trás, arrastando as pernas no chão, e deixou a sala.

— O que deu em você, Sófia Óssipovna? — perguntou Gênia. — A guerra danificou sua mente também?

E, em seguida, voltou-se para Vera:

— Sim, você deveria ter vergonha de si mesma. Você foi criada como uma revolucionária, como membro da intelligentsia. Como ousa falar assim?! Graças a Deus sua avó não está aqui. Ela jamais a perdoaria.

Gênia havia abaixado a voz, mas essas últimas palavras foram as que mais aborreceram Vera. A primeira explosão da tia a fizera encolher dentro de si mesma. Agora, porém, Gênia parecia menos fora de controle — e então Vera começou a sentir mais raiva. Era como uma folha de grama, voltando à vertical depois de ser achatada por uma rajada de vento.

— Não meta a vovó nessa história, nem ouse pensar que *você* tem alguma coisa em comum com ela ou com o vovô. A vovó foi presa pela primeira vez com dezoito anos. Você agora tem vinte e seis anos... e o que tem a mostrar como medida do seu sucesso ou do seu valor? Apenas um casamento fracassado. Mas parece que talvez haja um segundo a caminho!

— Não fale bobagem — revidou Gênia, friamente. — Apenas tente enfiar na sua cabeça que amor e morfina são coisas diferentes. Um viciado em drogas disposto a sofrer ou morrer por uma dose não é um herói. Está mais para uma prostituta. Se você não consegue entender isso, então não há mais nada a ser dito.

E fez um gesto de desdém, como uma rainha altiva exilando um cortesão que caiu em desgraça.

Vera saiu da sala.

Gênia e Nóvikov permaneceram em silêncio por algum tempo. Por fim Gênia disse:

— Vera acha que é com ela que estou chateada, mas na verdade é comigo mesma. Lembra da nossa conversa no rio?

Nóvikov respondeu calmamente:

— Gênia, há algo que preciso lhe dizer. Partirei para Moscou muito em breve. Fui chamado para a Administração de Quadros do Comitê Central. Vão me dar outro posto de comando.

Espantada, Gênia olhou para ele, sem entender.

— E quando você parte?

— A qualquer momento, de avião.

— Por que não me contou antes?

— Tinha medo de que você ficasse zangada. Mas, depois de ouvir a maneira como você falou com a sua sobrinha, criei coragem.

— A única pessoa com quem tenho o direito de me zangar é comigo mesma. Envolver-me em um relacionamento sério num momento como este é pura loucura. Não posso acreditar que fui tão idiota a ponto de não ver isso!

— Loucura não é uma coisa tão ruim — disse Nóvikov, pensando no quanto Gênia ficava bonita quando se exaltava. — Contanto que seja por algo importante.

— Parece que estamos trocando de papéis — respondeu Gênia. — Você começou a pregar as coisas que eu disse à beira-rio e eu estou me saindo com o entediante bom senso do qual estava reclamando.

— Para ser sincero — disse Nóvikov —, já cometi um pequeno, um infinitesimal ato de loucura. Lembra-se de quando me sentei no trem com você, de Vorónej a Liski? Na verdade eu deveria estar a caminho do norte, rumo a Kachira, mas vi seu rosto na janela e acabei entrando em um trem que ia para o sul, ou melhor, para o sudeste. Quando desembarquei em Liski, tive que esperar vinte e quatro horas para pegar um trem de volta.

Gênia olhou para ele e desatou a rir.

57

Mikhail Sídorovitch Mostovskói acordou, levantou a cortina de blecaute, abriu a janela e respirou o frescor de uma manhã límpida e amena. Em seguida foi ao banheiro e se barbeou, notando com aborrecimento que agora tinha a barba toda grisalha. Não conseguia mais distinguir as aparas de barba da espuma de sabão.

— A senhora ouviu o boletim de hoje? — perguntou a Agrippina Petrovna quando ela entrou com o chá. — Meu rádio está quebrado.[144]

— Boas notícias! — disse ela. — Destruímos oitenta e dois tanques e dois batalhões de infantaria, e ateamos fogo a sete caminhões-tanque deles.

— Nada sobre Rostov?

— Não, acho que não.

Mostovskói bebeu o chá e se sentou à escrivaninha para trabalhar. Mas Agrippina Petrovna bateu à porta novamente.

— Mikhail Sídorovitch, é Gagárov. Mas se o senhor estiver ocupado, ele diz que pode voltar à noite.

Mostovskói ficou contente com a visita, ainda que fosse irritante ser incomodado durante o horário de trabalho.

Gagárov era um velho alto, com um rosto alongado e estreito. Tinha braços longos e magros, mãos compridas com dedos finos e singularmente pálidos e pernas compridas que — a julgar pela maneira como suas calças balançavam de um lado para o outro — deviam ser igualmente magras. Ao entrar pela porta, ele perguntou:

— Ouviu o boletim? Rostov e Novocherkássk caíram.

— É mesmo? — disse Mostovskói, passando a mão sobre os olhos. — Agrippina Petrovna acabou de me dizer que ouviu boas notícias: que destruímos oitenta e dois tanques e dois batalhões de infantaria dos alemães, e fizemos prisioneiros.

— Oh, meu Deus, que velha estúpida — comentou Gagárov, com um espasmo nervoso dos ombros. — Vim até você em busca de conforto e encorajamento, como um doente que recorre a um médico. E também tenho alguns negócios a discutir.

O ar se encheu com o uivo de um motor. Abafando todos os outros sons, um caça acima deles descrevia um círculo vertical no ar. Tão logo concluiu a acrobática manobra e o céu se aquietou novamente, Mostovskói disse:

— Não tenho muito consolo a oferecer. Posso dizer apenas uma coisa: que há, de fato, motivos para otimismo no que ouvimos da ve-

---

[144] Em um bloco de prédios de apartamentos como o de Mostovskói, haveria um receptor de rádio central, que receberia transmissões da All-Union Radio, sediada em Moscou. Os apartamentos individuais tinham apenas alto-falantes, conectados por fio ao receptor central. Não havia opções de canais ou estações.

lha e ingênua Agrippina Petrovna. O que realmente importa é o que parece menos importante. Rostov é uma tristeza, uma tragédia... mas não vai decidir o resultado da guerra. O resultado depende das letras miúdas nesses boletins, e as letras miúdas estão do nosso lado, dia após dia, hora após hora. Há mais de um ano, os fascistas vêm lutando em uma frente de três mil quilômetros. O que raramente é mencionado é que, à medida que eles avançam, vão perdendo não apenas vidas e sangue, mas consumindo também milhares de toneladas de combustível, desgastando motores, a borracha dos pneus e outras coisas menores. O resultado da guerra depende mais dessas questões aparentemente desimportantes do que dos grandes eventos dos quais todos ouvimos falar.

Gagárov sacudiu a cabeça, cético.

— Mas veja como eles avançam! Está claro que têm uma estratégia definida.

— Absurdo! De fato, como você bem sabe, no início eles tinham um plano, que era destruir a Rússia soviética em oito semanas. Mas essa guerra já dura cinquenta e seis semanas. Esse erro de cálculo é importante. A guerra deveria ter paralisado a nossa indústria. Supostamente esmagaria nosso trigo, de modo a destruir qualquer possibilidade de colheita. Mas a Sibéria, os Urais, todos os lugares a leste estão trabalhando dia e noite. Há pão suficiente para a nossa linha de frente e para o restante do país, e sempre haverá. O que aconteceu, pergunto, com o elegante plano de Hitler? O que há de bem planejado nessa corrida desenfreada através da estepe do sul? Você acha que os atos malignos deles estão fortalecendo os fascistas? Longe disso. Esses atos perversos são a garantia de seu colapso. Agrippina Petrovna, com seu simples senso comum, está certa. É você que eu chamaria de bobo.

Mostovskói fizera várias visitas breves a Nijni-Novgorod antes da Revolução. Fora até lá fazer pesquisas de arquivo sobre a história da região, e vez por outra escrevia para os jornais liberais; foi nessas circunstâncias que conheceu Gagárov. Em Stalingrado, a guerra reunira os dois homens mais uma vez. Gagárov já não era jovem; fazia vários anos que estava aposentado. Contudo, em sua mocidade era conhecido pela perspicácia; mesmo agora ainda havia um número razoável de idosos que valorizavam suas cartas e se lembravam de suas ideias.

Gagárov era dotado de uma memória singularmente poderosa. Seu conhecimento da história russa era extraordinário. Era impossível conceber que tantos detalhes, de maior ou menor importância, pudessem caber no espaço de uma única cabeça. Ele era capaz de enumerar com facilidade os nomes das várias dezenas de pessoas presentes no funeral de Pedro, o Grande, ou dizer em que dia e a que horas Piotr Tchadaiev chegara à casa de campo da tia, quantos cavalos haviam puxado sua carruagem e a cor de cada um deles.[145]

Se alguém mencionava dificuldades materiais, Gagárov não demorava a demonstrar enfado. Todavia, quando uma conversa resvalava para temas que julgava mais significativos, ele ganhava vida, lambendo os lábios e engolindo saliva como se fosse um gourmet em um restaurante famoso ao ver um garçom arrumar sua mesa, com esmero e sem pressa.

— Mikhail Sídorovitch, nunca ouvi você dizer "os alemães"; são sempre "os fascistas". Parece que você ainda faz distinção entre as duas coisas. Mas já não são a mesma coisa a essa altura?

— Certamente não — respondeu Mostovskói. — Como você bem sabe. Vejamos o exemplo da última guerra. Nós, bolcheviques, fizemos uma distinção muito clara entre os imperialistas prussianos em torno do Kaiser e o proletariado revolucionário alemão.

— Eu me lembro, claro — disse Gagárov, rindo. — Como não lembraria? Mas quase não se pode dizer que seja uma distinção que incomode muitas pessoas hoje.

Vendo Mostovskói franzir a testa, logo acrescentou:

— Veja, não vale a pena discutir.

— Por que não? — quis saber Mostovskói. — Talvez devêssemos fazer isso.

— Não, não — insistiu Gagárov. — Lembra-se do que Hegel disse a respeito da astúcia da razão universal? Ela sempre sai de cena quando as paixões que libertou se desencadeiam, furiosas, e só reaparece no palco depois que elas realizaram seu trabalho. Os velhos devem seguir a razão da história, não as paixões da história.

Isso enfureceu Mostovskói. Suas narinas carnudas se contraíram. Ainda sisudo, mas agora sem olhar para Gagárov, declarou, em tom belicoso:

---

[145] Piotr Iákovlievitch Tchadaiev (1794-1856) é mais conhecido por suas oito "Cartas filosóficas" sobre a Rússia, das quais publicou em vida apenas a primeira. São textos extremamente críticos de quase todos os aspectos da cultura e da sociedade russas. A resposta do governo a esses textos foi declará-lo insano.

— Posso ser cinco anos mais velho que você, meu bom objetivista, mas não pretendo abandonar a luta enquanto não der meu último suspiro. Ainda consigo marchar noventa quilômetros, e ainda sou capaz de manusear uma baioneta e um fuzil.

— Bem, é impossível chegar a um acordo com você. A julgar pela maneira como fala, parece que vai se juntar à guerrilha amanhã — disse Gagárov. — Mas lembra-se de que lhe falei sobre um conhecido meu, o Ivannikov?

— Sim, é claro.

— Ele me pediu para entregar este envelope a Aleksandra Vladímirovna. É para o genro dela, o professor Chtrum. Veio de trás das linhas alemãs. Ivannikov em pessoa atravessou o front com ele.

E entregou a Mostovskói um pequeno pacote embrulhado em papel rasgado, sujo, com manchas marrons.

— Não seria melhor se o próprio Ivannikov o entregasse a ela? Haverá coisas que os Chápochnikov desejarão lhe perguntar.

— Sim, é claro. Mas ele afirma não saber nada sobre esse envelope. Foi puro acaso ter acabado nas mãos dele. Ele o recebeu de uma mulher na Ucrânia. Não faz ideia de como chegou a ela e não sabe nem seu nome nem o endereço. E prefere não ter que ir pessoalmente à casa dos Chápochnikov.

— Tudo bem — disse Mostovskói, dando de ombros. — Passarei o envelope adiante.

— Obrigado — disse Gagárov, vendo Mostovskói deslizar o pacotinho para dentro do bolso. — Esse tal Ivannikov, a propósito, é um homem bastante incomum. Primeiro estudou no Instituto de Engenharia Florestal, depois ciências humanas. Costumava passar meses inteiros vagando pelas províncias do Volga. Foi quando nos conhecemos; ele me visitava em Nijni-Novgorod. Em 1940, passou um bocado de tempo no oeste da Ucrânia, inspecionando as florestas da montanha. E estava lá novamente quando a guerra começou, vivendo com um guarda-florestal, sem rádio e sem jornais. E, quando por fim emergiu da floresta, encontrou os alemães já em Lvov. Nesse ponto, a história dele se torna bastante extraordinária. Ele se refugiou no porão de um mosteiro; o prior lhe deu um emprego, incumbindo-o de classificar seu acervo de manuscritos medievais. E, sem contar aos monges, Ivannikov ajudou outras pessoas a se esconderem lá: um coronel ferido, dois soldados do Exército Vermelho e uma velha judia com o neto. Alguém o denunciou aos alemães, mas ele conseguiu tirar todos de lá a tempo e depois se escafedeu pela floresta. O coronel decidiu tentar escapar através das linhas inimigas, e Ivannikov optou por ir com ele. Os dois caminharam por mil verstas.[146] O coronel foi ferido enquanto cruzavam o front. Ivannikov teve que carregá-lo nos braços.

Nesse momento, Gagárov se pôs de pé e disse com uma voz muito séria:

— Antes de ir embora, quero comunicar algumas notícias... notícias muito importantes, ao menos para mim. Acredite ou não, em breve deixarei Stalingrado, e em uma função oficial.

— Foi nomeado embaixador? — perguntou Mostovskói.

— Não tire sarro de mim. Na verdade, foi um tanto espantoso. De repente, fui convocado para Kúibichev. Dá para acreditar? Vou exercer o papel de consultor oficial para uma obra histórica de grandes proporções sobre famosos generais russos. As pessoas se lembraram da minha existência. Passei anos inteiros sem receber uma única carta de quem quer que fosse. E agora, bem, ouvi mulheres no prédio dizerem: "O telegrama? A quem vocês acham que está endereçado? Gagárov, quem mais?". Mikhail Sídorovitch, desde menino não me sinto tão feliz. Tenho vontade de chorar. Minha vida era tão solitária... e, de súbito, em um momento como este, as pessoas se lembraram de mim. Por mais desimportante que eu seja, pareço ser necessário.

Enquanto acompanhava Gagárov até a porta, Mostovskói perguntou:

— Quantos anos tem o tal Ivannikov?

— Você quer saber se um homem velho pode se tornar um guerrilheiro?

— Há muitas coisas que eu quero saber — disse Mostovskói.

Nessa noite, depois de terminar seu trabalho, Mostovskói pegou o pacote de Gagárov e saiu para um passeio. Caminhou a passos rápidos, balançando os braços, respirando à vontade e com tranquilidade.

Depois de completar seu circuito habitual, foi até os jardins da cidade e se acomodou em um banco, de tempos em tempos olhando para dois soldados sentados ali perto.

---

[146] Antiga medida de distância da Rússia pré-revolucionária, equivalente a 1,067 quilômetro.

O sol, o vento e a chuva coloriam o rosto dos homens com o castanho-escuro e rico do pão bem cozido; essas mesmas intempéries haviam alvejado suas túnicas, agora privadas de toda cor e embranquecidas, com apenas uma leve sugestão de verde. Os soldados pareciam apreciar a vista da cidade e a pasmaceira de sua vida cotidiana. Um deles tirou uma das botas, desenrolou o pano de proteção e examinou apreensivamente o pé.

Seu companheiro sentou na grama, abriu uma mochila verde e, de dentro dela, tirou pedaços de pão, um pouco de toucinho e uma garrafinha. Segurando uma vassoura, um zelador do parque se aproximou e disse, em tom de censura:

— Camarada, o que você está fazendo?

O soldado pareceu surpreso.

— Não está vendo? Estamos com fome.

Balançando a cabeça, o zelador se afastou pela vereda.

— Bem, está claro que *ele* nunca viu uma guerra — disse o soldado, com um suspiro.

Colocando a bota em cima do banco, o primeiro soldado sentou-se na grama ao lado do colega e disse, em tom professoral:

— É assim que são as coisas. As pessoas não têm noção de nada, até que as bombas começam a cair e destroçam a vida delas.

Com uma voz muito diferente, ele em seguida chamou Mostovskói:

— Junte-se a nós, vovô. Venha comer algo com a gente, e beber um gole.

Mostovskói sentou-se no banco, ao lado da bota, e o soldado lhe estendeu um copo de vodca e um pedaço de pão com toucinho.

— Coma, vovô, o senhor está ficando magro aqui na retaguarda.

Mostovskói perguntou quanto tempo fazia que eles estavam no front.

— Ontem a esta hora estávamos lá, e amanhã a esta hora lá estaremos outra vez. Viemos aos armazéns buscar pneus.

— E como vão as coisas por lá? — perguntou Mostovskói.

O soldado que havia tirado a bota respondeu:

— A guerra na estepe é uma coisa terrível. Os boches estão infernizando a nossa vida.

— É uma alegria estar de volta aqui — disse o outro soldado. — É tudo tão quieto. As pessoas são tão calmas. Nada de choro e lamentos.

— A coisa vai ser bem diferente quando a guerra se aproximar — disse o soldado que usava apenas uma bota.

Dois meninos descalços tinham aparecido e, em silêncio pensativo, contemplavam o pão e o toucinho. O soldado olhou para eles.

— O que foi, rapazes? Procurando alguma coisa em que meter os dentes? Tomem aqui! Num calor desses um homem não tem muita vontade de comer — disse, como se envergonhado da própria generosidade.

Mostovskói se despediu dos dois soldados e partiu em direção à casa dos Chápochnikov.

Foi Tamara Beriózkina quem abriu a porta para ele. Pediu que entrasse e esperasse — a família toda estava fora. Quanto a ela, viera usar a máquina de costura de Aleksandra Vladímirovna. Mostovskói entregou-lhe o pacote para o professor Chtrum e disse que seria melhor ir embora. Todos voltariam para casa cansados, e não gostariam de dar de cara com visitas.

Tamara disse que ele não poderia ter chegado em melhor momento. Os correios já não eram confiáveis, mas o coronel Nóvikov pegaria o primeiro voo para Moscou na manhã seguinte. Mostovskói nunca tinha ouvido falar do tal coronel, embora Tamara falasse como se ele o conhecesse havia anos. E muito provavelmente, acrescentou ela, Nóvikov ficaria hospedado no apartamento dos Chtrum.

Ela pegou o envelope entre o polegar e o indicador e disse, horrorizada:

— Meu Deus, que papel imundo! Parece que passou os dois últimos anos jogado em um porão.

Ali mesmo, de pé no corredor, embrulhou o envelope numa folha grossa de papel cor-de-rosa, geralmente utilizado para fazer enfeites e decorar árvores de Ano-Novo.

58

Viktor foi ver Postôiev no hotel.

Havia um grupo de engenheiros no quarto com ele. Em meio à fumaça de tabaco, envergando um macacão verde com enormes bolsos salientes, Postôiev parecia um importantíssimo superintendente de construção cercado por técnicos, capatazes e chefes de brigada. Apenas seus chinelos forrados de pele destoavam.

Ele estava claramente entusiasmado e discutia bastante. Viktor ficou impressionado — nunca o tinha visto tão animado.

Havia uma figura muito importante presente — um membro do conselho do Comissariado do Povo, ou talvez até um vice-comissário. Baixinho, com cabelos louros encaracolados e um rosto pálido com maçãs do rosto salientes, estava sentado à mesa em uma poltrona. Os outros se dirigiam a ele pelo nome e pelo patronímico: Andrei Trofímovitch.

Sentados ao lado de Andrei Trofímovitch estavam dois homens bastante magros — um de nariz curto e reto, o outro com rosto fino e têmporas grisalhas. O homem de nariz curto era Tcheptchenko, diretor de uma fábrica metalúrgica recém-evacuada do sul do país para os Urais. Ele falava com um leve e melodioso sotaque ucraniano, mas isso não diminuía a impressão que produzia, de extraordinária obstinação; pelo contrário, apenas a intensificava. Quando as pessoas discutiam com ele, um sorriso culpado aparecia em seus lábios, como se dissesse: "Eu ficaria muito feliz em concordar com você, mas não posso fazer nada contra a minha natureza".

O homem de rosto fino e cabelos grisalhos chamava-se Svertchkov; a julgar pelo sotaque, nascera e fora criado nos Urais. Ocupava o cargo de diretor de uma fábrica muito conhecida. Os jornais costumavam publicar matérias sobre as recepções realizadas nessa fábrica para delegações de artilheiros e comandantes de tanques.

Svertchkov era um patriota dos Urais. Tinha uma frase que gostava de repetir: "Sim, é desse jeito que fazemos as coisas nos Urais". Parecia não gostar de Tcheptchenko. Sempre que este falava, os olhos azuis cintilantes de Svertchkov se estreitavam, e seu fino lábio superior se levantava um pouco, revelando dentes amarelos manchados de tabaco.

Ao lado de Postôiev estava sentado um homem baixo e corpulento vestindo uma túnica de general, com olhos cinza-amarelados que se moviam vagarosos de pessoa para pessoa. Todos se referiam a ele simplesmente como "o general", e dirigiam-se a ele na terceira pessoa:

— Bem, o que o general pensa?

Junto à janela, sentado ao contrário na cadeira, o queixo apoiado no espaldar, havia um jovem completamente careca, de rosto rosado, com ar independente. Viktor não conseguiu ouvir seu nome; por algum motivo, todos se dirigiam a ele apenas pelo apelido "Smejnik" ("Fábrica parceira"). No peito, Smejnik ostentava três medalhas.

Por fim, em um sofá comprido estavam sentados os engenheiros — engenheiros-chefes de fábricas, engenheiros de energia, chefes de oficinas experimentais —, todos sisudos, concentrados, exibindo marcas de longos meses de trabalho duro e pouco sono.

Entre eles havia um homem de idade, provavelmente um ex-operário que fora promovido; tinha olhos azul-claros, um sorriso alegre e inquisitivo e — reluzindo em contraste com sua jaqueta escura — duas Ordens de Lênin. Sentado ao lado dele, um jovem de óculos que fez Viktor se lembrar de um de seus alunos de pós-graduação, desgastado por muitas noites insones de estudo.

Esses homens eram os principais luminares da União Soviética no campo da produção de aço de qualidade.

Quando Viktor entrou na sala, Andrei Trofímovitch estava dizendo, em voz alta:

— Quem disse que é impossível produzir chapas blindadas na sua fábrica? Não demos a mais ninguém o que demos a você. Por que a sua fábrica não é capaz de entregar o que prometeu ao Comitê de Defesa do Estado?

O homem que estava sendo criticado respondeu:

— Mas, Andrei Trofímovitch, você não se lembra...

— Já chega de desculpas — Andrei Trofímovitch interrompeu, furioso. — *Desculpas* e justificativas não matam alemães, não é possível utilizá-las para disparar projéteis. Nós lhe demos todo o metal e coque necessário. Nós lhe demos carne, tabaco e óleo de girassol... e tudo o que recebemos em troca é um monte de *desculpas*.

Ao ver todos aqueles desconhecidos envolvidos em discussões tão sérias, Viktor deu um passo atrás. Teria ido embora, mas Postôiev lhe pediu que ficasse, alegando que a reunião estava quase no fim.

Viktor ficou surpreso ao descobrir que todos ali sabiam quem ele era. Achava que seu nome era conhecido apenas por professores, alunos de pós-graduação e estudantes mais veteranos de Moscou.

Calmamente, Postôiev explicou a Viktor: fora convidado de manhã para uma reunião no Comissariado do Povo, mas estava indisposto, com dores cardíacas, e então Andrei Trofímovitch, que não gostava de perder tempo, decidiu realizar a reunião no hotel. Já haviam chegado ao último item da pauta: o uso de correntes elétricas de alta frequência no processamento de aço de qualidade.

Agora dirigindo-se a todos, Postôiev disse:

— Viktor Pávlovitch elaborou uma série de hipóteses de considerável importância para a engenharia elétrica contemporânea. O acaso o trouxe até nós no exato momento em que nos preparamos para tratar de questões intimamente relacionadas ao trabalho dele.

— Sente-se, Viktor Pávlovitch — disse Andrei Trofímovitch. — Certamente lhe pediremos uma consultoria gratuita.

O jovem de óculos que fazia Viktor se lembrar de um de seus alunos de pós-graduação disse:

— O professor Chtrum não faz ideia da minha luta para obter uma cópia do seu último trabalho. Tive que arranjar alguém que fizesse uma viagem especial de avião para me entregar o texto em Sverdlovsk.

— E você achou útil? — perguntou Viktor.

— Como o senhor pode perguntar? — respondeu o jovem. Não lhe ocorreu, nem por um momento, que Viktor pudesse duvidar da utilidade de seu trabalho para cientistas e engenheiros às voltas com dificuldades reais e práticas. — Desnecessário dizer que não foi uma leitura fácil. Tive que fazer um grande esforço. — Nesse momento, mais do que nunca, ele pareceu um aluno de pós-graduação. — Mas valeu a pena. Descobri vários erros que havia cometido, e entendi por quê.

— Você cometeu um erro ainda agora, quando estávamos discutindo o programa — disse o general, sem o menor vestígio de humor ou ironia. Estava encarando o jovem, os olhos agora completamente amarelados. — Mas não tenho ideia de qual academia irá resgatá-lo dessa vez.

Em seguida, todos se esqueceram de Viktor e continuaram a reunião como se ele não estivesse lá.

Às vezes usavam um jargão de fábrica muito próprio, e Viktor era incapaz de entender o que estavam dizendo.

O jovem de óculos ficou tão empolgado que começou a falar sobre sua pesquisa, com tamanho grau de detalhe que Andrei Trofímovitch teve que pedir que parasse:

— Tenha dó! Você está nos dando o equivalente a um ano de palestras, mas só temos quarenta minutos para cobrir todos os outros itens da pauta.

Logo depois, passaram a assuntos mais práticos — o programa, a mão de obra, o relacionamento de fábricas individuais com a associação como um todo e com o Comissariado do Povo. Viktor achou tudo aquilo fascinante.

Andrei Trofímovitch não media palavras. Viktor se espantou com a frequência e franqueza com que ele proferia frases como "Tudo bem, já basta da sua lenga-lenga e do que você chama de 'condições objetivas'", "Todas as suas solicitações foram atendidas", "Você recebeu tudo pessoalmente", "O Comitê de Defesa do Estado lhe deu tudo", "A nenhuma outra fábrica se destinou um carregamento maior de coque", "Você recebeu a Ordem da Honra ao Mérito, mas não existe honraria que não possa ser revogada".

A princípio, parecia estranho que a causa comum, a causa que unia com imensa força aqueles homens, pudesse ser a fonte de tanta animosidade e escárnio.

O que estava por trás das controvérsias e dos acalorados debates, porém, era a paixão compartilhada daqueles homens por uma causa que para eles era a mais importante do mundo.

Aqueles homens eram muito diferentes uns dos outros; alguns viam com cautela a inovação, enquanto outros ansiavam por ela. O general estava orgulhoso por ter cumprido o plano do Comitê de Defesa, num grau até maior que o exigido, usando apenas fornalhas antigas construídas por artesãos autodidatas no tempo dos tsares. Svertchkov, por outro lado, leu em voz alta um telegrama que recebera um mês antes: a aprovação oficial de Moscou de suas inovações. Trabalhando com novas máquinas que construíra com espantosa ousadia, ele alcançara um extraordinário sucesso.

O general citou as opiniões de antigos trabalhadores e artesãos; Tcheptchenko fiou-se na experiência pessoal; Smejnik preferiu se apoiar nas decisões de seus superiores. Alguns homens eram naturalmente cautelosos; outros, mais audazes, diziam coisas como: "O que me importa a maneira como fazem as coisas no exterior? Meu escritório de engenharia seguiu seu próprio caminho, e os resultados foram excelentes em todos os aspectos".

Uns eram morosos, enquanto outros eram vigorosos e bruscos. O jovem de óculos provocava Andrei Trofímovitch e parecia não se importar com a aprovação dele. A cada palavra que alguém proferia, Smejnik olhava pelo canto do olho para ele e perguntava:

— O que Andrei Trofímovitch pensa?

Quando Smejnik se vangloriou de ter cumprido o plano com sobra, Svertchkov, o patriota dos Urais, disse:

— Recebi uma visita do secretário do Partido da sua região, por isso sei que os seus operários estão congelando em tendas e isbás de péssima qualidade. Alguns dos seus homens ficaram com o ventre inchado de fome, e no seu chão de fábrica um sujeito caiu morto, vítima do escorbuto. Sim, você certamente não é um homem de meias medidas... embora não pareça desnutrido!

E Svertchkov apontou um dedo comprido e ossudo na direção do rosto rubicundo de Smejnik.

— E *eu* sei — retrucou Smejnik — que você mandou construir uma cantina para as crianças na sua fábrica, com azulejos brancos nas paredes e mesas de mármore. E sei também que, em fevereiro, foi criticado por não fornecer metal para o front.

— Mentira! — revidou Svertchkov, aos berros. — É verdade que fui repreendido em fevereiro, mas isso foi antes de levantar as paredes da cantina. Em junho, recebi uma manifestação de gratidão do Comitê de Defesa do Estado. A essa altura, a cozinha já estava em pleno funcionamento. Alcançamos cento e dezoito por cento da meta. Você realmente acha que isso seria possível se os filhos dos operários estivessem todos sofrendo de raquitismo?

No entanto, para Viktor a figura mais interessante de todas era Andrei Trofímovitch.

— Vão em frente, corram riscos, estamos todos juntos... e assumiremos juntos a responsabilidade! — disse ele mais de uma vez. — Sim, continue! Vamos! Exponha-se ao perigo! — falou a um diretor. — Ter medo não leva a lugar algum. Não há como ignorar uma diretiva do Partido, mas a vida também é uma diretiva. A diretiva de hoje estará obsoleta amanhã. É você quem deve dar o sinal. Produzir aço... essa é a sua única diretiva verdadeira!

Ele olhou para Viktor, sorriu e perguntou:

— O que *você* acha, camarada Chtrum? Estou sendo sensato?

— Sem dúvida! — respondeu Viktor.

Andrei Trofímovitch consultou o relógio de pulso, balançou a cabeça tristemente e se virou para Postôiev.

— Leonid Serguêievitch, faça um resumo dos problemas técnicos.

Ouvindo a resposta de Postôiev, Viktor se encheu de admiração. A clareza com que ele sintetizava ideias complexas fazia sua habitual autoconfiança parecer correta e legítima. Ele enfatizou o valor da verdadeira compreensão e o perigo de perseguir resultados espetaculares de curto prazo que, no fim das contas, não trariam benefícios reais. Era evidente que tinha uma capacidade natural de se concentrar no que de fato importava.

Em seguida foi a vez de Andrei Trofímovitch falar:

— Agora não pode haver dúvidas acerca da importância do nosso plano trimestral. Lembram-se de novembro passado, quando os alemães estavam às portas de Moscou e todas as fábricas a oeste haviam parado de produzir? Todas estavam ou em um trem ou na neve da Sibéria, esperando ser remontadas. Muitos de nós, naquela época, pensavam que seria melhor investir energia e recursos apenas no que produziria resultados imediatos — no que nos daria aço de alta qualidade se não dentro de vinte e quatro horas, ao menos na semana seguinte. Foi durante aqueles meses sombrios que Stálin decidiu construir uma indústria siderúrgica inteiramente nova. Mas agora que temos milhares de novas máquinas funcionando a pleno vapor na Sibéria, no Cazaquistão e nos Urais, agora que triplicamos a nossa produção de aço de qualidade, onde estaríamos sem todos esses altos-fornos e fornos Martin recém-construídos? O que estaríamos fazendo com todos os nossos tornos, martelos de forja, laminadores e desbastadores? Esse tipo de pensamento é o que chamo de liderança, verdadeira liderança! Não basta pensar no que a sua fábrica vai fazer amanhã: é preciso pensar no que a sua fábrica vai estar fazendo daqui a um ano.

E então, sem dúvida para dar àqueles homens afeitos ao trabalho pesado uma dimensão do que já haviam alcançado, Andrei Trofímovitch disse:

— Lembram-se de outubro, novembro e dezembro do ano passado? Durante aqueles três meses, nossa produção de metais não ferrosos foi inferior a três por cento da nossa capacidade pré-guerra. E nossa produção de anéis de rolamento rígido de esferas foi de apenas pouco mais que cinco por cento do que era antes.

Ele se pôs de pé e levantou uma das mãos. Seu rosto brilhava. Não estava mais presidindo uma discussão técnica — agora, parecia um experiente orador se dirigindo a uma multidão de trabalhadores reunidos numa manifestação.

— Pensem por um momento, camaradas, sobre o que construímos nas neves da bacia do Volga, na Sibéria e nos Urais. Foram legiões de maquinários fabris, de prensas, de martelos, de fornos! Foram exércitos que se levantaram! Exércitos de máquinas de corte de metais, de fornos Martin, de fornos elétricos, de laminadores de chapas blindadas, de altos-fornos: os navios de guerra da nossa indústria! Só nos Urais, existem agora quatrocentas novas fábricas. São como as primeiras floradas do ano, abrindo caminho através da neve. Compreendem?

Viktor ouvia com atenção.

Todos os documentários, todos os poemas, livros e artigos que ele havia lido sobre a indústria soviética — todas essas imagens agora se fundiam. Era como se fossem uma única lembrança viva, algo que ele testemunhara com os próprios olhos.

Em sua mente, Viktor podia ver uma imagem clara: oficinas cheias de fumaça, fornos abertos, brancos de calor, como a chama de um arco elétrico; o metal de blindagem cinzento, rígido; operários em meio a nuvens de fumaça, a golpes de martelo, aos silvos e ao crepitar de compridas faíscas elétricas. O vasto poder do ferro e do aço parecia amalgamar-se à vastidão da própria União Soviética. E Viktor podia sentir esse poder nas palavras daqueles homens que falavam sobre milhões de toneladas de aço e ferro fundido, bilhões de quilowatts-hora, dezenas de milhares de toneladas de aço laminado de alta qualidade.

Todavia, a despeito de toda essa conversa lírica sobre flores brotando da neve, Andrei Trofímovitch claramente não era nenhum sonhador. E também não era nem um pouco tranquilo. Quando um dos engenheiros-chefes lhe pediu que explicasse a diretiva enviada à sua fábrica, ele o interrompeu com uma declaração severa:

— Já expliquei o suficiente, agora só dou ordens!

E bateu a palma da mão sobre a mesa, como se carimbasse algum documento com um enorme selo do Estado.

Terminada a reunião, todos se despediam de Postôiev quando o jovem engenheiro de óculos procurou Viktor e perguntou:

— O senhor tem notícias de Nikolai Grigórievitch Krímov?

— Krímov? — repetiu Viktor, surpreso.

Percebendo agora por que o engenheiro de rosto comprido e magro parecia estranhamente familiar, perguntou:

— Vocês são parentes?

— Sou Semion, o irmão mais novo dele.

Os dois homens apertaram-se as mãos.

— Sempre penso em Nikolai Grigórievitch. Gosto muito dele, do fundo do coração — disse Viktor. — Quanto a Gênia, ainda estou furioso com ela.

— Mas como ela está? Com boa saúde?

— Sim, é claro que sim — respondeu Viktor, irritado, como se desejasse vê-la adoecida.

Os dois homens saíram juntos para o corredor e caminharam a esmo durante algum tempo, falando sobre Krímov e relembrando a vida antes da guerra.

— Gênia me falou de você — disse Viktor. — Você foi promovido muito rápido desde que se mudou para os Urais. Já é engenheiro-chefe adjunto.

— Engenheiro-chefe, agora.

Viktor começou a fazer perguntas: ele seria capaz de realizar uma fundição experimental e produzir uma pequena quantidade do tipo de aço de que ele precisava para o seu aparato especial?

Semion refletiu por um momento e disse:

— Vai ser difícil, muito difícil, mas deixe-me pensar a respeito. — E, com um sorriso travesso, acrescentou: — A ciência ajuda a indústria, mas às vezes é o contrário. Há momentos em que a indústria pode ajudar a ciência.

Viktor convidou Semion para ir a seu apartamento, mas, com um meneio de cabeça, Semion respondeu:

— Não, infelizmente não vai ser possível. Minha esposa me pediu para visitar a família dela em Fili. Eles não têm telefone, e ela está ansiosa para ter notícias. Mas parece que não haverá tempo nem para isso. Preciso estar no Comissariado do Povo daqui a uma hora. Há uma reunião do Comitê de Defesa do Estado às onze e meia, e depois, ao amanhecer, vou pegar um voo de volta para Sverdlovsk. De qualquer forma, vou anotar seu número de telefone.

Eles se despediram.

— Venha nos visitar nos Urais — disse Semion. — Por favor, venha sem falta!

O engenheiro era parecido com o irmão mais velho em muitos aspectos; tinham mãos e braços longos, um andar arrastado e as costas levemente arqueadas. A única diferença estava no fato de Semion ser um pouco menos alto.

Viktor voltou para a sala. A reunião deixara Postôiev cansado, mas ele estava satisfeito com os resultados.

— É um grupo interessante — disse. — Todos os chefões da indústria pesada. Você teve sorte de vê-los todos juntos. Foram convocados pelo Comitê de Defesa do Estado.

Estava sentado à mesa com um guardanapo no colo. Um empregado recolheu as guimbas de cigarro, abriu as janelas e pôs a mesa para a refeição.

— Quer almoçar comigo? — perguntou Postôiev. — Vai acabar emagrecendo lá naquele seu apartamento.

— Obrigado, não estou com fome — respondeu Viktor.

— Não vou insistir — disse Postôiev. — Não em um momento como este.

O empregado sorriu e saiu da sala. Postôiev começou a falar em tom mais sério.

— Aqui em Moscou, muitas pessoas parecem não ter a menor ideia da gravidade da situação militar. Kazan pode estar mil quilômetros mais ao leste, mas as pessoas lá estão mais apreensivas. Os nossos dirigentes, porém, são capazes de ver o panorama geral. Sabem o que está acontecendo. E tenho que lhe dizer, estão realmente preocupados. Perguntei sem rodeios: "Qual é a situação no Don? É grave?". E alguém me disse: "O Don é o menor dos problemas. Os alemães podem muito bem avançar até o Volga".

Olhando Viktor nos olhos e articulando claramente cada palavra, acrescentou:

— Compreende, Viktor Pávlovitch? Não são apenas boatos infundados.

E de maneira abrupta:

— Nossos engenheiros são bons, não são? Realmente extraordinários!

— Ontem — disse Viktor —, perguntaram-me o que eu pensava sobre a volta do instituto para Moscou. Se acho melhor fazer tudo de uma vez só ou aos poucos, um passo de cada vez. Não houve menção a datas. Mesmo assim, pediram minha opinião. Como posso conciliar isso com o que você acabou de me dizer?

Os dois ficaram em silêncio.

— Creio que a resposta esteja no que você ouviu hoje dos nossos engenheiros — disse Postôiev. — Tenha em mente o que Stálin declarou em novembro passado: que a guerra moderna é a guerra motorizada. Alguém no alto escalão deve ter calculado quem está produzindo mais motores, nós ou os alemães. Você sabe que agora temos seis vezes mais operadores de torno do que tínhamos antes da Revolução. Para cada serralheiro, agora temos doze. Onde o tsar tinha um mecânico, agora temos nove. E assim por diante.

— Leonid Serguêievitch — disse Viktor —, nunca antes senti inveja. Nunca! Mas, ouvindo todos vocês hoje, senti que poderia abrir mão de tudo para ir trabalhar onde os trabalhadores estão fabricando motores, produzindo aço para os tanques.

Postôiev respondeu em tom de brincadeira:

— Calma, calma. Sei muito bem que você é um obsessivo. Se o afastarem durante um mês dos seus quanta e dos seus elétrons, você será como uma árvore sem luz. Ficará doente.

Fez uma pausa, depois perguntou com um sorriso:

— Mas me diga como é que resolveu, afinal, o problema da alimentação, ó grande pai de família?[147]

59

Viktor tinha muito trabalho em Moscou. Havia diversos assuntos administrativos complexos a resolver.

Apesar disso, via Nina quase todas as noites. Saíam para caminhar pela rua Kaluga ou para visitar o Jardim Neskútchni. Certa noite, foram assistir a *Lady Hamilton, a divina dama*.[148] Durante esses passeios, era Nina quem mais falava. Viktor andava ao lado dela e ouvia; de vez em quando fazia uma ou outra pergunta. Já sabia muito sobre Nina: que trabalhava em uma cooperativa de costura; que se mudara para Omsk depois de se casar; que sua irmã mais velha era casada com um chefe de seção em uma das fábricas dos Urais. Nina contara também sobre o irmão, comandante de uma unidade antiaérea, e sobre como todos ficaram zangados quando o pai voltou a se casar após o falecimento da mãe deles.

Tudo o que Nina lhe contava com imensa confiança e franqueza era importante. Ele fazia questão de memorizar os nomes dos amigos e parentes dela. De vez em quando, dizia algo como: "Por favor, refresque minha memória e me diga de novo o nome do marido de Cláudia".

---

[147] Este último parágrafo curto, como muitos dos momentos mais humorísticos do romance, apareceu pela primeira vez na edição de 1956.

[148] Popular melodrama histórico produzido na Inglaterra em 1941. Seu tema central, a ligação adúltera entre o almirante Nelson e Emma Hamilton, vincula o enredo ao caso entre Viktor e Nina.

O que mais o emocionou, no entanto, foi o que Nina lhe contou sobre seu casamento. Estava claro que seu marido não era um homem bom. Parecia um sujeito bronco, ignorante e egoísta, um carreirista beberrão.

Às vezes, Nina ia ajudar Viktor a preparar o jantar. Ele ficou tocado quando ela disse:

— Você gosta de pimentões? Vou lhe trazer alguns.

Um dia ela falou:

— Sabe, estou tão feliz de tê-lo conhecido. É muito triste ter que partir em breve.

— Prometo que irei visitá-la — respondeu ele.

— É o que as pessoas sempre dizem.

— Não, estou falando sério. Vou me hospedar em um hotel.

— Não, não vai. Não vai nem me enviar um cartão-postal.

Uma noite, a caminho de casa, já bem tarde, depois de se demorar em uma reunião, ele pensou com tristeza ao passar pela porta de Nina: "Hoje não a verei nem por alguns minutos... e em breve vou ter que partir".

Na manhã seguinte, Viktor foi ver Pímenov, que lhe comunicou:

— Está tudo pronto. Ontem seu plano recebeu a aprovação oficial do temível camarada Zverev. Você pode enviar um telegrama a seus familiares e avisá-los de que voltará em breve!

Nessa noite, Viktor tinha um encontro marcado com Postôiev, mas ligou para dizer que precisava lidar com um problema inesperado e não poderia comparecer. Em seguida, foi direto para casa. No patamar, avistou Nina. Seu coração começou a bater mais forte. Estava quase ofegante.

"Por quê? O que é isto?", perguntou a si mesmo, embora a resposta fosse óbvia.

Viu o rosto de Nina se iluminar e ela gritou:

— Que maravilha! Que bom que você voltou mais cedo! Acabei de lhe escrever este bilhetinho.

E lhe entregou uma folha de papel, dobrada em triângulo.

Viktor abriu o bilhete, leu e o guardou no bolso.

— Você está mesmo partindo? — perguntou. — Eu tinha a esperança de que pudéssemos dar um passeio.

— Não quero ir para Kalínin, mas é preciso — respondeu Nina.

Vendo a decepção no rosto de Viktor, acrescentou:

— Volto na terça de manhã sem falta, e com certeza ficarei em Moscou até o final de semana.

— Acompanho você até a estação.

— Não, isso seria embaraçoso. Vou viajar com uma colega de Omsk. Sinto muito.

— Nesse caso, você deve entrar por um minuto. Podemos brindar a seu rápido retorno!

Assim que entrou com ele, Nina disse:

— Ah, me esqueci completamente! Ontem um comandante esteve aqui e perguntou por você. Disse que voltaria esta noite.

Beberam um pouco de vinho.

— Faz a sua cabeça rodar? — perguntou Nina.

— Minha cabeça está rodopiando, mas não é por causa do vinho — disse Viktor, e começou a beijar as mãos dela.

Nesse exato instante a campainha tocou.

— Provavelmente o comandante de ontem — disse Nina.

— Vou conversar com ele lá fora — falou Viktor, resoluto.

Alguns minutos depois, voltou, acompanhado por uma figura alta.

— Permita-me apresentá-los — disse Viktor. Quase pedindo desculpas, prosseguiu: — Este é o coronel Nóvikov. Veio de Stalingrado. Trouxe mensagens da minha família.

Nóvikov fez uma ligeira mesura, mantendo a polidez impassível e cega que a guerra impõe às pessoas que, normalmente, não têm outra escolha, a qualquer hora do dia e da noite, a não ser invadir a vida privada de outros. Nos olhos vazios de Nóvikov lia-se que a vida privada de Viktor nada tinha a ver com ele, e que ele não estava nem um pouco interessado na natureza do relacionamento entre o professor e aquela bela jovem.

Por trás de seus olhos vazios, no entanto, Nóvikov estava pensando: "Oh, então vocês, soldados da ciência, não são diferentes do restante do mundo. Também têm suas esposas de campanha!".

— Eu lhe trouxe um pequeno pacote — disse Nóvikov, abrindo a bolsa. — E todos enviam suas mais calorosas saudações: Aleksandra Vladímirovna, Mária Nikoláievna, Stepán Fiódorovitch e Vera Stepánovna.

Enquanto enumerava esses nomes — por alguma razão, omitindo o de Gênia —, o coronel Nóvikov não tinha mais o ar de um comandante de alta patente; parecia mais um soldado raso do Exército

Vermelho transmitindo mensagens para as famílias daqueles com quem dividia trincheiras.

Distraído, Viktor guardou o pacote dentro de uma maleta aberta sobre a mesa.

— Obrigado, obrigado! — disse. — E como estão todos em Stalingrado?

Temendo que Nóvikov pudesse entabular um relato prolongado, imediatamente emendou mais perguntas:

— Quando chegou a Moscou? É apenas uma visita rápida ou vai ficar por algum tempo?

— Meu Deus! — exclamou Nina. — Eu tinha me esquecido. Minha colega estará aqui a qualquer momento. Vamos juntas para a estação.

Viktor acompanhou Nina até a porta. Nóvikov ouviu-o caminhar atrás dela até o patamar.

Um minuto depois, Viktor voltou. Sem saber por onde começar, perguntou:

— Você não disse nada sobre Gênia. Ela continua em Stalingrado, não é?

Claramente constrangido, Nóvikov vociferou em seu tom de voz mais formal:

— Ievguênia Nikoláievna me pediu para transmitir seus cumprimentos. Eu me esqueci de dizer.

Nesse instante, aconteceu entre eles aquilo que acontece quando dois cabos elétricos se tocam, quando os fios eriçados, entrando em contato, deixam passar a corrente elétrica — e uma lâmpada se acende e tudo o que no crepúsculo parecia estranho e hostil se torna doce e acolhedor.

Depois de trocarem um olhar rápido, sorriram.

— Passe a noite aqui — disse Viktor.

Nóvikov agradeceu, mas disse que poderia ser chamado a qualquer momento ao Comissariado do Povo para Defesa e que já fornecera um endereço diferente. Para ele, seria impossível pernoitar no apartamento de Viktor.

— Como estão as coisas em Stalingrado? — perguntou Viktor.

Nóvikov ficou calado. Por fim, disse:

— Nada boas.

— O que você acha? Vamos detê-los?

— Temos a obrigação de detê-los. E é o que vamos fazer.
— Por que *temos a obrigação*?
— Se não fizermos isso, será o nosso fim.
— É um motivo convincente. Devo dizer que aqui em Moscou as pessoas parecem calmas e confiantes. Fala-se até em trazer de volta fábricas e institutos que foram evacuados. Alguns dizem que a situação está melhorando.
— Mas estão errados.
— O que você quer dizer?
— A situação não está melhorando. Os alemães continuam a avançar.
— E as nossas reservas? São grandes? Onde estão posicionadas?
— Isso não é algo que devamos saber. É assunto da Stavka.
— Sim — disse Viktor, pensativo.

E, depois de acender um cigarro, perguntou a Nóvikov se ele tinha visto Tólia durante seus dois dias em Stalingrado e pediu notícias de Sófia Óssipovna e Aleksandra Vladímirovna.

No decorrer dessa conversa — ainda que menos pelas palavras e mais pelo sorriso ou uma súbita expressão de seriedade em seu olhar —, Viktor sentiu que Nóvikov já entendia aquelas pessoas que ele conhecia havia tanto tempo e cujo comportamento o intrigara tantas vezes.

Com uma gargalhada, Nóvikov disse que Marússia estava educando todas as crianças na província, inclusive o marido e a filha. Disse ainda que Aleksandra Vladímirovna preocupava-se com todos, sobretudo com Serioja, mas dava conta de realizar o trabalho de duas pessoas normais com metade da idade dela. Sobre Sófia Óssipovna, afirmou:

— Às vezes ela recita poesia, mas é dura feito pedra. Seria capaz de travar um embate com o nosso general.

A respeito de Gênia não disse mais nada, e Viktor também não perguntou. Era como se tivessem um acordo tácito.

Aos poucos, voltaram a falar sobre a guerra. Naqueles dias a guerra era como um imenso mar, de onde todo rio nascia e para onde escoava.

Nóvikov falou de comandantes de campo e oficiais do estado-maior que demonstravam legítima iniciativa, e em seguida começou a xingar um burocrata que jamais perdia a oportunidade de evitar riscos ou transferir para outros sua responsabilidade. A julgar pelos gestos e pelo tom de voz que empregou ao repetir as palavras do tal burocrata sobre "o eixo do movimento" e "o ritmo do avanço", Viktor quase teve a impressão de que estava falando de Súkhov, o ex-diretor do instituto.

A chegada inesperada de Nóvikov perturbou Viktor, que agora se sentia cheio de simpatia, até ternura, em relação a ele.

Viktor lembrou-se de um pensamento que lhe ocorrera pela primeira vez muitos anos antes sobre como as diferenças aparentemente acentuadas entre os homens soviéticos — em termos de aparência, profissão e interesses — eram quase sempre apenas superficiais. A unidade que essas diferenças obscureciam era muito mais profunda. À primeira vista poderia haver pouco em comum entre Viktor Chtrum, um especialista em teorias matemáticas da física, e um coronel da linha de frente, um homem que iniciava suas frases com as palavras "Como soldado profissional...".

E no entanto, afinal de contas, ele e Nóvikov tinham um bocado em comum. Muitos de seus pensamentos eram semelhantes. Amavam as mesmas coisas e se afligiam pelas mesmas coisas. De muitas maneiras, eram irmãos.

"Na verdade, tudo é bem simples", disse a si mesmo, um tanto equivocado.

Viktor contou a Nóvikov sobre a reunião com Postôiev e o que andava pensando sobre os rumos da guerra. Quando Nóvikov estava prestes a sair, disse:

— Vou com você. Preciso enviar um telegrama.

Despediram-se na praça Kaluga. Viktor seguiu até o correio e enviou um telegrama para a família em Kazan, dizendo que estava bem de saúde, que as coisas iam bem com o plano de trabalho e que provavelmente receberia autorização para voltar no final da semana seguinte.

60

No sábado à noite, Viktor embarcou no trem rumo à dacha. Sentado no vagão, começou a refletir sobre os eventos dos últimos dias.

Era triste que Tchepíjin já tivesse partido. Quanto ao coronel Nóvikov, gostara muito dele; estava feliz por terem se conhecido. Melhor ainda, claro, se tivessem se encontrado meia hora depois, se a reunião não tivesse atrapalhado a sua despedida de Nina. Mas isso não importava — Nina voltaria na terça. Mais uma vez ele estaria com aquela jovem, doce e bela criatura.

Viktor não estava menos preocupado com Liudmila. Imaginava a intensidade da apreensão da mulher com relação a Tólia e o quanto devia estar se sentindo solitária; pensou nos muitos anos em que já estavam juntos. Enquanto penteava os cabelos de manhã, ela costumava dizer:

— Vítia, estamos envelhecendo.

Depois de alguma discussão violenta, por vezes entrava no escritório dele com lágrimas nos olhos. Um dia, disse:

— Sabe de uma coisa? Estou tão acostumada à sua presença que gosto de olhar para você mesmo quando estamos brigando. E, quando você está longe de casa, simplesmente não sei o que fazer.

Tantos laços vivos. Tantos êxitos compartilhados. Tantas ansiedades, mágoas e decepções. Tanto trabalho duro.

As relações entre as pessoas sempre lhe pareciam tão claras e simples! Jamais tinha dificuldade de explicar a Tólia e Nádia o comportamento dos outros, mas agora seus próprios sentimentos pareciam escapar à compreensão.

A lógica do pensamento era algo em que podia confiar. Seus estudos e seu laboratório conviviam de maneira harmônica; apenas muito raramente suas teorias e seus experimentos entravam em conflito. Houve breves períodos de perplexidade, de impasse e alvoroço, mas eles sempre terminavam em reconciliação. Juntas, teoria e prática poderiam progredir; separadas, eram impotentes. A prática nunca se cansava; poderia marchar adiante para sempre, carregando sobre os ombros firmes a teoria alada de olhos penetrantes.

Na vida pessoal de Viktor, no entanto, tudo agora parecia confuso. Ele era como um homem de uma perna só tentando levantar nos ombros um companheiro cego enquanto lhe pedia para apontar o caminho.

Tudo o que a lógica fazia era confundi-lo ainda mais. Era uma lógica nascida da emoção, não de qualquer aspiração à verdade. Era, em essência, uma mentira. Não buscava a verdade, antes tentava defender um erro. Pior que isso, tentava defender os desejos do homem que a colocava em prática.

Viktor podia sentir dentro de si uma infinidade de lógicas: uma lógica da piedade, uma lógica da paixão, uma lógica do dever, uma lógica da bondade e uma lógica do desejo egoísta.

Ele se lembrou de uma frase de Martinho Lutero que outrora o deixara confuso e enfurecido: "A razão é uma prostituta".

Ele queria, ó Deus, beijar uma jovem. Como poderia evitar?

Era estranho. Quanto mais insistentes os argumentos apresentados pela lógica do dever, com mais obstinação a lógica do desejo egoísta trabalhava para colocá-lo contra Liudmila.

Viktor se lembrou das brigas com ela. Lembrou-se da grosseria da mulher, da total irracionalidade de seus argumentos numa discussão, de sua extraordinária e invencível teimosia, da constante e sombria má vontade em relação aos parentes dele, de sua frieza em relação a Anna Semiônova, de seus repentinos ataques de maldade, da maneira como gritava com os mendigos enquanto os enxotava da cerca da dacha.

As pessoas diziam que ela idolatrava o trabalho do marido. Era verdade? Uma vez, sete anos atrás, ela dissera:

— Estou usando o mesmo casaco de pele faz quatro anos, e Tólia é o aluno mais malvestido da escola. Acho que você não deveria se recusar a assumir um segundo cargo. Todas as outras pessoas que conhecemos têm mais de um emprego. Todas as outras pessoas pensam na família, não apenas na pesquisa.

Pecados em profusão haviam se acumulado ao longo de vinte anos — muitos erros, mágoas e pensamentos que ele mantinha escondidos. Tal qual um advogado de acusação, Viktor catalogava todos os erros que Liudmila havia cometido. Estava preparando uma queixa-crime. Queria apenas uma coisa — apresentar uma denúncia, indiciá-la. E foi o que fez.

No fundo do coração, Viktor sabia que esse indiciamento era injusto e parcial, falso e mentiroso. A falsidade, que ele detestara durante toda a vida, havia penetrado não apenas em suas relações com a família e os amigos, mas também turvara a primavera fresca e límpida de sua razão.

Ao desembarcar do trem, ele se perguntou: "Mas então, o que há de tão errado na falsidade? Por que, no frigir dos ovos, mentiras são piores que a verdade?".

Viktor abriu o portãozinho e entrou no jardim. O pôr do sol refletia nas janelas da varanda.

O jardim estava repleto de flores e campânulas — salpicos de cor e de brilho entre a grama agreste que agora se alastrava, alta, densa e ávida, em meio aos canteiros de flores e de morango, sob as janelas da dacha, em todos os lugares onde Liudmila nunca permitira que o mato crescesse. Havia folhas de grama nas sendas, perfurando a areia e a terra compactada; outras espreitavam por debaixo do primeiro e do segundo degraus da varanda.

A cerca não estava mais na vertical. Algumas pranchas tinham sido arrancadas, e a framboeseira da casa ao lado penetrava pelas aberturas. No chão da varanda havia vestígios de uma pequena fogueira que alguém tinha feito em uma chapa de ferro corrugado. E pessoas deviam ter vivido na casa durante o inverno — Viktor viu pedaços de palha, um casaco acolchoado puído, alguns esfarrapados panos de enrolar nos pés, a sacola amassada de uma máscara de gás, pedaços de jornal amarelados e algumas batatas ressequidas. As portas do armário, todas abertas.

Viktor subiu ao primeiro andar. Evidentemente os convidados tinham estado lá também — as portas estavam escancaradas. A visão dos quartos vazios e armários saqueados não o perturbou nem um pouco. Pelo contrário, ele se sentia feliz por ter se libertado das complicadas e excruciantes exigências de Liudmila. Não precisaria mais encontrar os itens que ela tinha pedido para ele levar de volta, embalá-los, pelejar para arranjar um carro e transportar toda a bagagem extra para a estação.

"Maravilha!", exclamou para si mesmo.

Apenas o quarto do próprio Viktor continuava trancado. Antes de partir, Liudmila tinha bloqueado o pequeno e estreito corredor com cadeiras quebradas e baldes velhos, e camuflara a porta com folhas de madeira compensada.

Ouviram-se pancadas e estrondos enquanto Viktor desmontava a barricada. A tarefa levou algum tempo. Por fim conseguiu destrancar a porta. O aspecto ordeiro de seu quarto intocado era de alguma forma mais espantoso do que o caos que reinava nos outros cômodos; era como se apenas uma semana tivesse se passado desde aquele último domingo antes da guerra.

Viktor discutira com Liudmila sobre onde a mãe dele deveria dormir. E Maksímov havia ido visitá-lo — seu manuscrito não lido ainda estava no chão, perto da cama.

Havia peças de xadrez sobre a escrivaninha. Em volta de um vaso jaziam os restos de algumas flores — um círculo de poeira azul-

-acinzentada. Os caules ásperos pareciam uma pequena vassoura esticando-se no ar.

Naquele último domingo de paz, Viktor sentara-se à escrivaninha para trabalhar em um problema espinhoso. Por fim resolveu o problema, escreveu um artigo, datilografou e distribuiu cópias aos colegas em Kazan. O problema em si não o preocupava mais, mas a lembrança daquele domingo era agora insuportavelmente dolorosa.

Tirou o paletó, colocou a maleta em cima da escrivaninha e desceu as escadas. Os degraus de madeira rangeram sob seus pés. Geralmente Liudmila ouvia o barulho e, do seu próprio quarto, perguntava:

— Aonde está indo, Vítia?

Mas ninguém agora podia ouvir os seus passos. A casa estava vazia.

De repente, desabou a chuva. No ar sem vento, caíram gotas graúdas, generosas e abundantes. O sol poente ainda brilhava; quando passavam por seus raios oblíquos, as gotas chamejavam e em um átimo desapareciam. Era uma nuvem de chuva muito pequena que estava passando sobre a dacha; sua ponta enegrecida já flutuava em direção à floresta. O ruído das gotas ainda não havia cansado os ouvidos. Em vez de um barulho monótono, era uma polifonia na qual cada gota era um músico meticuloso e apaixonado, fadado a tocar apenas uma única nota por toda a vida. As gotas tamborilavam no chão, ricocheteando nas folhas de bardana, firmes e tesas, quebrando-se contra as sedosas agulhas de pinheiro, batendo com um baque surdo nos degraus de madeira da varanda, rufando nos milhares de folhas de bétulas e tílias e fazendo soar os pandeiros de ferro dos telhados.

A chuva então passou, dando lugar a um maravilhoso silêncio. Viktor saiu no jardim. O ar úmido estava quente e limpo; todas as folhas de morango e cada uma das folhas de cada uma das árvores estavam adornadas com uma gota de água — e cada uma dessas gotas era um pequeno ovo, pronto para libertar um pequeno peixe, um lampejo da luz do sol, e Viktor sentiu que em algum lugar nas profundezas de seu próprio peito brilhava uma gota de chuva igualmente perfeita, um peixinho igualmente brilhante, e caminhou pelo jardim, maravilhado com o grande bem que lhe tinha acontecido: a vida nesta terra como um ser humano.

O sol se punha, o crepúsculo caía por sobre as árvores, mas a gota de luz em seu peito não queria se extinguir com a luz do dia. Fulgurava cada vez mais.

Viktor voltou para dentro, subiu até o quarto, abriu a maleta e pôs-se a procurar uma vela ali dentro. Encontrou um pequeno pacote e pensou que era uma barra de chocolate que havia comprado para Nina. Depois lembrou-se de que lhe fora dado por Nóvikov. Tinha se esquecido, e o pacotinho ficara ali fechado o dia inteiro.

Por fim encontrou uma vela e pendurou um cobertor por cima da janela. A luz da chama trouxe ao quarto uma sensação de paz.

Ele se despiu, deitou-se na cama e começou a abrir o pequeno pacote de Stalingrado. Escritas com uma caligrafia firme e clara, viam-se as palavras "Viktor Chtrum" seguidas pelo endereço dele em Moscou.

Reconhecendo a letra da mãe, Viktor se livrou do cobertor e voltou a se vestir. Era como se uma voz calma e cristalina o chamasse do escuro.

Viktor se sentou e leu depressa a longa carta. Era o registro que a mãe fizera de seus últimos dias — desde o início da guerra até a véspera de sua inevitável morte atrás do arame farpado do gueto judeu. Era sua despedida do filho.

Toda noção de tempo desapareceu. Viktor nem sequer se perguntou como aquela carta tinha conseguido chegar a Stalingrado, de que modo havia cruzado a linha de frente.

Ele se levantou, removeu a cortina de blecaute e abriu a janela. Um branco sol matutino brilhava por sobre o abeto junto à cerca. Folhas, flores e grama estavam cobertas de orvalho; era como se um denso aguaceiro de vidro moído muito fino tivesse caído por todo o jardim. Das árvores do pomar vinha uma explosão de cantos de pássaros; às vezes a cantoria limitava-se a uma única árvore, às vezes era uma repentina saraivada simultânea de todos os pés de fruta em uníssono.

Viktor foi até o espelho pendurado na parede. Esperava ver um rosto abatido com lábios trêmulos e olhos insanos, mas ele parecia exatamente idêntico ao do dia anterior. Seus olhos estavam secos e vermelhos nas pálpebras.

— Então é isso — disse, em voz alta.

Sentindo fome, partiu um pedaço de pão e, devagar, com esforço, começou a mastigá-lo, o tempo todo fitando com atenção um fio cor-de-rosa retorcido que tremia na borda do cobertor.

"É como se a luz do sol o balançasse", pensou.

61

Na segunda-feira à noite, sentado no sofá em seu apartamento em Moscou, no escuro, Viktor olhava pela janela. Não tinha fechado a cortina de blecaute. De repente, as sirenes de ataque aéreo soaram, e holofotes iluminaram o céu.

Alguns minutos depois as sirenes pararam, e agora era possível ouvir o arrastar de pés dos poucos moradores do prédio que desciam vagarosamente as escadas no breu. Em seguida veio uma voz furiosa do lado de fora:

— Por que estão parados aí à toa no quintal, cidadãos? Está tudo preparado no abrigo antiaéreo. Há camas de lona, bancos e água recém-fervida.

Mas os cidadãos evidentemente tinham suas próprias ideias. Não queriam descer para um porão quente e abafado até terem certeza de que era mesmo necessário.

Aos gritos, as crianças chamaram o nome umas das outras. Alguém disse:

— Outro alarme falso... seria melhor nos deixarem dormir um pouco!

Nesse instante, veio o estampido de armas antiaéreas ao longe.

E, então, o zumbido maligno de um bombardeiro. O rugido dos caças soviéticos. Um breve alvoroço no quintal, um baque distante e mais fogo antiaéreo. Mas já não se ouviam vozes nos intervalos entre os disparos.

A vida fluiu para dentro do abrigo. Não sobrou ninguém nos prédios e pátios. Feito vassouras, os fachos azul-claros dos holofotes continuavam esquadrinhando silenciosa e diligentemente o céu nublado.

"Ainda bem que estou sozinho", pensou Viktor.

Uma hora se passou. Viktor continuava sentado na mesma posição, como se num sonho, olhando pela janela, as sobrancelhas franzidas, ouvindo as baterias antiaéreas e as explosões de bombas.

Então sobreveio o silêncio. O raide aéreo parecia ter terminado. Ouviu-se o som de pessoas saindo do abrigo. Os holofotes se apagaram e a escuridão voltou a imperar.

De súbito o telefone tocou, abrupto e implacável. Sem acender a luz, Viktor pegou o fone. A operadora disse que havia uma ligação para ele de Tcheliábinsk. Viktor achou que devia ser alguma confusão e quase desligou. Mas por fim ficou claro que era o irmão de Nikolai Krímov, o engenheiro com quem ele conversara após a reunião no quarto de Postôiev. A linha de Tcheliábinsk era boa. Semion começou pedindo desculpas a Viktor por incomodá-lo durante a noite.

— Eu não estava dormindo — respondeu.

Semion queria falar sobre um equipamento de controle eletrônico totalmente novo que havia sido instalado na fábrica. Eles estavam enfrentando sérios problemas para colocá-lo em funcionamento, o que estava atrasando de forma considerável todo o processo de produção. Semion queria que ele despachasse para lá um de seus assistentes de pesquisa — afinal, o laboratório de Viktor fora o responsável pela elaboração dos princípios por trás do maquinário. Ele poderia deixar Moscou pela manhã em um avião da fábrica. Mas deveria estar avisado de que seria uma jornada difícil — era uma aeronave de transporte abarrotada de carga pesada, não um avião de passageiros. O representante da fábrica em Moscou já fora informado. Se concordasse, ele poderia enviar um carro para buscar o assistente — Viktor só precisaria lhe comunicar o endereço.

Viktor respondeu que seus colegas estavam todos em Kazan — à exceção dele, não havia ninguém em Moscou. Semion implorou que enviasse um telegrama a Kazan. O problema era complexo e urgente; apenas um cientista com sólido conhecimento teórico seria capaz de ajudá-los.

Viktor pensou.

— Alô, alô! — chamou Semion. — Ainda está aí, Viktor Pávlovitch?

— Qual é o telefone do seu representante? — perguntou Viktor. — Irei eu mesmo. Vejo você hoje à noite.

Ele ligou para o representante, comunicou seu endereço e avisou que levaria duas malas — de Tcheliábinsk, voltaria direto para Kazan. O representante disse que providenciaria um carro para pegá-lo às cinco horas. Viktor foi até a janela e consultou o relógio — quinze para as quatro.

O facho de um holofote perpassou a escuridão. Viktor observou, imaginando se ele desapareceria breu adentro da mesma forma repentina como havia surgido. O feixe de luz estremeceu. Disparou para a direita, depois para a esquerda, e então congelou — um pilar azul--claro vertical entre as trevas da terra e o negrume do céu.

62

Os combates a oeste do Don duraram cerca de três semanas. A primeira fase foi a tentativa alemã de avançar até o rio e cercar as divisões que defendiam a linha Klétzkaia-Surovikino-Suvorovskáia.

Se tivessem conseguido, os alemães atravessariam o Don e rumariam direto para Stalingrado; entretanto, apesar da superioridade numérica, e de terem conseguido penetrar nas defesas soviéticas em vários pontos, a ofensiva fracassou. A batalha iniciada em 23 de julho resultou em um impasse, deixando sem ação um grande número de tropas alemãs. Contra-ataques soviéticos paralisaram o avanço dos tanques e da infantaria motorizada dos germânicos.

Em seguida, os alemães atacaram a partir do sudoeste, manobra que também se mostrou malograda e após a qual desferiram ataques simultâneos desde o norte e o sul.

Dessa vez, superaram em número as forças soviéticas na proporção de dois para um e tiraram vantagem de uma superioridade ainda maior em tanques, artilharia e morteiros.

As tropas de Paulus iniciaram seu avanço em 7 de agosto e chegaram ao Don dois dias depois, assumindo o controle de uma ampla área na margem direita e cercando diversas unidades soviéticas. Agora em posição precária, as tropas do Exército Vermelho ainda na margem direita começaram a fazer a travessia do rio.

Nos primeiros dias de agosto de 1942, o Comando Supremo ordenou que a brigada antitanque de Krímov, que havia sofrido pesadas perdas, se retirasse para Stalingrado, a fim de reagrupar as tropas e realizar reparos nos equipamentos.

Em 5 de agosto, as principais unidades da brigada, junto com seu quartel-general, atravessaram o Don nas imediações de Kachalin e partiram em direção ao seu ponto de reagrupamento — a Fábrica de Tratores nos arredores do norte da cidade.

Krímov acompanhou a brigada até a balsa, despediu-se do comandante e, em seguida, foi de carro até o quartel-general do exército no flanco direito; lá, encontrou-se com o primeiro-tenente Sarkissian, o comandante da unidade de morteiros para a qual estava sendo enviado.

A unidade de morteiros estava atrasada porque seu caminhão-tanque fora bombardeado durante a noite e seus veículos ficaram sem combustível. Sarkissian teve que ir ao quartel-general do exército a fim de obter os documentos necessários para repor os suprimentos de gasolina.

Querendo encurtar a jornada, Krímov partiu por uma estrada secundária. Sabendo por experiência própria como era fácil perder o rumo na estepe, ia parando o carro e observando atentamente os arredores. Os alemães podiam estar muito perto, e ele não queria se perder no emaranhado de estradinhas e trilhas da estepe.

Viu que devia estar perto do quartel-general: havia cabos telefônicos ao longo da estrada, e foi ultrapassado por um blindado de uma unidade de comunicação. Em seguida, um Zis-101 camuflado com as laterais amassadas passou acelerando, seguido por um Emka destinado ao uso de autoridades do estado-maior, verde e com os vidros das janelas estilhaçados.

Krímov disse a Semiônov para seguir o Emka e eles continuaram adiante; às vezes ficavam um pouco atrás, às vezes dirigiam dentro da nuvem de poeira levantada pelos veículos à frente. Chegaram a uma barreira. Depois que a ergueram para permitir a passagem dos dois primeiros veículos, Krímov estendeu o passe. Enquanto a sentinela examinava a papelada, Krímov perguntou:

— Este é o quartel-general do 21º Exército?

— É, sim — respondeu a sentinela, que devolveu o passe de Krímov e sorriu, sabendo o quanto alguém se sente aliviado quando, em meio à confusão da guerra, encontra o lugar que procurava.

Krímov deixou seu carro junto ao tronco de choupo que servia de barreira e entrou em um pequeno vilarejo, caminhando penosamente ao longo da areia funda cujo calor podia sentir através das botas.

O quartel-general estava claramente em processo de mudança. Em vez de ocultos sob toldos camuflados, os caminhões estavam estacionados ao lado de isbás. Soldados carregavam mesas, tamboretes, máquinas de escrever e caixas de documentos. Trabalhavam depressa, em silêncio e com despreocupada eficiência. Era fácil ver que, durante o último ano, haviam carregado e descarregado a mobília e os equipamentos do quartel-general dezenas de vezes.

Krímov foi direto para a cantina — durante o horário de almoço, era o lugar mais fácil para encontrar as pessoas de quem se precisava. Ao longo do ano anterior, um estilo de vida específico havia se desenvolvido nos quartéis-generais, e era praticamente idêntico em todos eles.

Krímov costumava brincar que a vida em um quartel-general do front era como a vida na capital de uma das repúblicas soviéticas, que a vida em um quartel-general de exército era como estar em uma capital de província, que um quartel-general de divisão era como uma cidadezinha de distrito e que um quartel-general de regimento era como um grande vilarejo, ao passo que os postos de comando de companhia e de batalhão eram como acampamentos no campo de cultivo em pleno frenesi insone da época da colheita.

Os funcionários da cantina também estavam se preparando para seguir em frente. Mulheres embrulhavam copos e pratos em baús forrados com palha. O assistente administrativo empilhava cupons de refeição e canhotos de cartões de racionamento em uma caixa de metal.

A cantina ficava na escola do vilarejo. Comandantes e trabalhadores políticos enfileiravam-se diante da porta principal, esperando para receber suas rações de campanha. As mesas retiradas das salas de aula ocupavam quase metade do pátio; um capitão de rosto bexigoso estava sentado a uma dessas mesas, enrolando um cigarro. De frente para ele havia um quadro-negro. Fazia muito tempo desde a última chuva nas estepes do Don, e as operações de aritmética das crianças ainda eram claramente visíveis. Enquanto esperavam, os comandantes continuaram conversando, sem prestar atenção no recém-chegado. De qualquer forma era óbvio, pelo jeito de andar de Krímov, pela maneira como foi direto para a cantina e pelas camadas de poeira que cobriam seu rosto e suas roupas que se tratava apenas de mais um camarada, um irmão combatente.

— Então não conseguiu que lhe costurassem uma túnica nova, Stepchenko?

— Em qual caminhão você vai? Com os batedores ou com a seção de operações?

— Mais uma vez — disse um terceiro homem — o chefe da cantina nos serviu um concentrado em vez de salsicha. E aposto que ele vai comer frango frito... o desgraçado come tão bem quanto um comandante de exército.

— Olhem lá a Zina. Ela não vai nem olhar para nós. E está usando umas botinhas vistosas, feitas sob medida.

— O que a Zina iria querer com um humilde capitão? Ela vai fazer a viagem de carro, enquanto você vai pular feito pipoca na carroceria de um caminhão tático, como um mero mortal.

— Você pode ficar comigo em nossa próxima parada. O comandante me prometeu um alojamento perto da cantina!

— Prefiro ficar longe da cantina, meu amigo. E se os boches virem a multidão do lado de fora e jogarem uma bomba em cima? Você se lembra do bombardeio no Donets, quando estávamos aquartelados em... como era mesmo o nome daquele vilarejo?

— O Donets não foi nada. Você se lembra de Tchernígov no outono passado? Mataram o major Bodridze, junto com outros seis.

— Foi quando seu sobretudo se queimou?

— Aquele sobretudo! Eu tinha mandado fazer em Lvov. O tecido era muito bom, do nível de um general.

Vários homens ouviam um jovem instrutor político de cabelos pretos. Ele irradiava uma felicidade contida — estava claro que acabara de voltar à segurança depois de ter estado sob fogo. A animação em seu tom de voz destoava da dolorosa história que estava contando.

— Ainda estávamos mobilizados. Os Messers voavam baixo, quase roçando as nossas cabeças. Algumas das nossas unidades mostraram heroísmo. Numa das baterias antitanque, nem um único artilheiro sobreviveu. Nenhum homem abandonou seu posto. Mas de que adianta isso quando o inimigo rompeu as linhas e está por toda parte à sua volta?

— Você tem testemunhas oculares de atos de heroísmo? — perguntou em tom ríspido um comissário de batalhão, evidentemente o chefe da seção de informações.

— É claro — disse o instrutor político, batendo de leve na mochila. — Quase morri enquanto abria caminho para falar com o comandante da bateria, mas anotei os nomes de todos os artilheiros mortos. Enfim, é muito bom encontrar vocês aqui. Nem preciso dizer que ninguém pensou em colocar a minha mochila no carro. E ninguém se deu ao trabalho de me incluir na lista das rações de campanha. Realmente, camaradas!

— E a situação em geral? — perguntou um homem com barba por fazer e usando um quepe verde de intendente.

O instrutor político deu de ombros.

— Caos. Ninguém mais sabe onde estão os postos de comando. Quase fui parar numa ravina ocupada por tanques alemães.

Krímov ouvira inúmeras conversas como essa. Agora, no entanto, elas pareciam blasfemas — ainda mais por conta de sua aparente normalidade. Ele passou a língua pelos lábios secos, ofegou com fúria indignada e disse:

— O camarada é um experiente instrutor político, mas fala da morte de grupos inteiros de artilheiros e sobre a retirada do Exército Vermelho como se fosse um turista vindo de Marte. É como se tivesse descido aqui na sua nave espacial para dar uma olhada rápida e daqui a um minuto fosse voltar para casa.

Em vez de se enraivecer, como esperava Krímov, o instrutor político apenas pestanejou e murmurou:

— É verdade, peço desculpas. Eu só estava feliz por ter encontrado meus camaradas. Do contrário, teria que implorar por uma carona em algum caminhão de passagem.

Krímov estava pronto para uma tréplica mordaz, mas, tomado de surpresa com a réplica branda, respondeu com mais gentileza:

— Sim, é claro. Eu sei o que é ter que implorar por uma carona.

Ele conhecia as leis da vida no exército. Sabia com que frequência os atos de mesquinho egoísmo de uma pessoa eram redimidos com o sacrifício de sua própria vida. Sabia com que frequência esses sacrifícios eram feitos, com calma e franqueza, pelas mesmas pessoas que, ao abandonarem uma cidade em chamas, ficam muito chateadas com uma saboneteira ou um pacote de tabaco esquecido no peitoril da janela da cozinha.

E, no entanto, parecia a Krímov que qualquer coisa normal e natural já era impossível. As semanas seguintes — ou mesmo os próximos dias — provavelmente se mostrariam decisivas.

Krímov podia ver que, para muitas pessoas, a retirada se tornara quase um hábito; moldara seus costumes e rotinas; tornara-se um modo de vida. Alfaiates, padarias, lojas de víveres e cantinas do exército agora estavam todos adaptados a ela. Os homens consideravam possível continuar em retirada e ainda assim dar prosseguimento a todas as suas atividades habituais. Podiam trabalhar, comer, correr atrás de rabos de saia, escutar discos no gramofone, ser promovidos, sair de licença ou enviar pacotes de açúcar e alimentos em conserva para suas famílias na retaguarda. Mas logo estariam à beira do abismo; recuar ainda mais seria impossível.

De repente, o ar se encheu com o zumbido dos motores. Várias vozes berraram em uníssono:

— São nossos Iliuchins! Eles vão atacar!

Ao mesmo tempo, Krímov avistou o primeiro-tenente Sarkissian, o comandante da unidade de morteiros. Baixinho e de ombros maciços, ele vinha correndo na sua direção, gesticulando, agitado e gritando:

— Camarada comissário! Camarada comissário!

Continuou berrando até chegar a poucos metros de distância.

No rosto de Sarkissian via-se um olhar de alegria. Parecia um menininho que se perdeu na multidão e, de repente, vislumbra o rosto furioso, mas ainda assim radiante, da mãe.

— Eu sabia, já estava pressentindo! — disse ele, com um sorriso que se espalhava por todo o seu rosto largo até as sobrancelhas espessas e negras. — Foi por isso que passei o dia inteiro na cantina.

Naquela manhã, Sarkissian chegara ao quartel-general do exército e solicitara uma autorização de abastecimento ao major encarregado da seção de suprimento de combustível.

— Sua unidade foi transferida para a reserva — respondera o major. — Você recebeu toda a cota de combustível a que tinha direito e não está mais na minha lista. Precisa se inscrever agora na seção de suprimento de combustível do front de Stalingrado.

Enquanto relatava essa conversa, o rosto de Sarkissian assumiu uma série de expressões: primeiro horror, depois súplica, depois fúria.

O major se manteve inflexível.

— Aí olhei para ele com esta cara aqui — disse Sarkissian.

Seu olhar veemente e inabalável sintetizava o eterno ressentimento dos soldados da linha de frente em relação aos administradores que ficavam sãos e salvos na retaguarda.

Krímov e Sarkissian foram juntos pedir ao major que reconsiderasse sua decisão. No caminho, Sarkissian contou a Krímov sobre os recentes combates da unidade.

À noite, depois que a brigada se retirou, ele adotou posições defensivas, embora sua unidade estivesse a alguma distância da linha de frente. E, nessa ocasião, efetivamente teve que entrar em combate — uma unidade de infantaria próxima havia deixado o setor que lhe fora designado e um destacamento móvel alemão se deparou com postos avançados de Sarkissian. Ele foi capaz de rechaçar esse ataque com facilidade, uma vez que recebera dois carregamentos completos de munição para os morteiros.

Depois de perderem dois tanques pequenos e um blindado de transporte de pessoal, os alemães recuaram. Só às duas da manhã a unidade de infantaria soviética voltou ao seu setor. Se não fosse por Sarkissian, ele teria caído nas mãos do inimigo.

Durante a noite, os alemães atacaram novamente. Depois de ajudar a infantaria a afugentá-los, Sarkissian solicitou ao comandante de regimento cento e cinquenta litros de combustível. O comandante, com surpreendente desconsideração, lhe dera apenas setenta litros, quantidade que ao menos permitiu que ele e seus oito veículos chegassem ao quartel-general do exército. Ele parou na estepe, cinco quilômetros a leste do vilarejo, assumiu mais uma vez posições defensivas e pegou uma carona até a sede do exército para pedir combustível.

Os dois homens chegaram a uma casinha branca na frente da qual havia um caminhão danificado.

— Bem, então aqui estamos nós! — disse Sarkissian.

E, apertando os punhos contra o peito, afirmou, em tom suplicante:

— Sinto-me tímido, camarada comissário. Só vou aborrecer o homem. Acho que vai ser melhor se você falar sozinho com ele. Vou esperá-lo do lado de fora da cantina.

Ele de fato parecia muito tímido. Krímov se divertiu com a expressão perdida e confusa nos olhos daquele homem forte e parrudo que sabia tudo sobre ataques com bombas de morteiro contra tanques inimigos e infantaria motorizada.

O major encarregado da seção de suprimento de combustível do exército estava fazendo seus últimos preparativos para a partida. Sob sua supervisão, um assistente embrulhava com palha uma lâmpada de azeite e amarrava fios em torno de pastas amarelas repletas de documentos. Ele respondeu a todos os argumentos de Krímov de maneira educada, mas inabalável:

— É impossível, camarada comissário. Entendo sua posição, acredite... mas não posso violar ordens. Devo prestar contas com minha própria cabeça por cada gota de combustível.

E deu um tapa na testa.

Krímov percebeu que o major não cederia.

— Nesse caso — disse ele —, o que o senhor recomenda que eu faça?

Sentindo que o importuno visitante estava prestes a deixá-lo em paz, o major respondeu:

— Fale com o general no comando dos serviços de apoio. Ele é que decide tudo. Há um depósito de combustível a trinta quilômetros de distância, do mesmo tamanho que o nosso. Ele poderá lhe dar permissão. Aqui, deixe-me apontar na direção certa. No fim da rua, você verá uma casinha com persianas azul-claras. Há uma sentinela com uma submetralhadora do lado de fora. É fácil reconhecer.

Acompanhando Krímov até a porta, ele disse:

— Eu teria muito prazer em ajudar, mas ordens são ordens. Não posso exceder meu limite trimestral, e vocês foram transferidos para a reserva. Não estão mais na nossa lista.

Por um momento, Krímov achou que o major poderia se compadecer.

— É muito bonito dizer que fomos transferidos — disse — quando a verdade é que a unidade lutou a noite inteira.

Mas o major já estava pensando em outras coisas e disse a seu assistente:

— Não faz nem uma semana que estamos vivendo em condições humanas e o comandante já vai nos instalar em um local inadequado na nossa próxima parada. Vamos acabar voltando para um abrigo subterrâneo, como os seres mais insignificantes do quartel-general.

— Os abrigos subterrâneos são mais seguros, camarada major — disse o assistente, em tom consolador. — Há menos chance de sermos bombardeados.

Krímov encontrou a casinha com persianas azul-claras. A sentinela empunhando a metralhadora chamou o ajudante de ordens, um jovem vestindo uma túnica de gabardina. Ele ouviu Krímov e, sacudindo os cachos castanhos, disse que o general estava descansando — havia passado a noite inteira na labuta. Seria melhor Krímov voltar após a transferência para o novo local.

— Você pode ver por si mesmo — disse ele. — Estamos fazendo as malas. A única coisa que ainda não guardamos foi o telefone, caso haja uma chamada do comandante do posto de administração temporário.

Krímov enfatizou a urgência de sua solicitação: veículos importantes estavam retidos sem combustível. Com um suspiro, o ajudante de ordens permitiu que ele entrasse no edifício.

Observando um ordenança enrolar o tapete e tirar as cortinas enquanto uma moça de cabelos cuidadosamente encaracolados acondicionava a louça dentro de malas, Krímov caiu mais uma vez em desespero.

Aquelas lindas cortinas brancas, aquele tapete, aquela toalha de mesa vermelha e o porta-copos de prata tinham feito apenas breves visitas a Tarnopol, Korostíchev e Kaniv, no Dnieper, voltando logo depois para suas caixas e malas, a fim de continuar a jornada para o leste.

— Que belo tapete vocês têm aqui! — disse Krímov.

E, ciente de que essas palavras pouco refletiam seus verdadeiros pensamentos, sorriu.

Com um sussurro, para não perturbar o general que descansava atrás de uma divisória de compensado, o ajudante de ordens respondeu:

— Não é nada de especial. Mas o nosso tapete antigo era uma peça de museu. Nós o perdemos em Vorónej, durante o bombardeio.

A moça, a única pessoa que não falava em voz baixa, disse ao soldado que estava empacotando as coisas:

— Não, não ponha o samovar no fundo... vai amassar. E o bule de chá precisa estar em uma caixa separada, preciso lhe dizer de novo? O general mencionou isso mais de uma vez.

O soldado olhou para ela com uma humilde expressão de reprovação, do jeito que um velho camponês olha para uma beldade da cidade grande que nunca na vida conheceu um problema de verdade.

— Kólia — disse a jovem ao ajudante de ordens —, não se esqueça do barbeiro. O general quer fazer a barba antes de partirmos.

Krímov olhou para a moça. Tinha bochechas rosadas e os ombros de uma mulher adulta, mas o par de viçosos olhos azuis, o nariz pequeno e os lábios carnudos eram os de uma criança. Suas mãos eram grandes, as mãos de um trabalhador, e havia pintado as unhas de vermelho. O barrete e os cabelos encaracolados arrumados com esmero não combinavam com ela; teria ficado mais bonita com tranças e um lenço de chita.

"Pobre menina", pensou Krímov, logo voltando a suas amargas reflexões. A seu ver, o desejo pequeno-burguês de bem-estar sempre fora um feroz inimigo da Revolução e de todo progresso. Esse desejo era perigoso porque era nutrido pelo poderoso instinto de autopreservação. Essa mesquinhez e essa fome de bem-estar pessoal eram galhos da árvore da vida. O instinto de sobrevivência os alimentava com sua seiva e os ajudava a crescer. No entanto, esses ramos também eram inimigos da vida. Enlouqueciam; queriam crescer e se desenvolver, e, na fome, esmagavam-se e se sufocavam uns aos outros, sugando o máximo que podiam, a ponto de secar o tronco que os sustentava; esgotavam as raízes que os nutriam.

Krímov conhecia bem o poder desse instinto. Ele o sentira um dia antes, enquanto atravessava a ponte flutuante, e se recusara — como em muitas ocasiões anteriores — a ceder.

De alguma forma, era preciso ficar claro para os "fujões" que o seu destino era inseparável do de seus irmãos que tinham sido feitos prisioneiros. Havia uma força insidiosa capaz de fragmentar a nação. Um homem com um carro e combustível suficiente poderia dirigir cada vez mais para o leste; poderia deixar para trás uma cidade em chamas após a outra e, no entanto, mal perceber o que estava acontecendo. Ele havia livrado do fogo seus pertences pessoais e agora estava são e salvo dentro do carro. Não atinava mais com a vasta carga que já não podia ser deslocada nem mesmo pelos maiores trens e caminhões. Não pensava mais no destino do povo; não pensava no passado nem nas gerações vindouras. Seu próprio destino diminuto, acreditava, era inteiramente separado do destino maior, o destino do povo. Ele não sentia mais nenhum senso de responsabilidade. Contanto que escapasse em segurança, levando consigo seu próprio mundinho, poderia pensar que nada de terrível estava acontecendo.

Ocorreu a Krímov que esses homens deveriam ser ensinados, em termos materiais, que nenhuma parte pode sobreviver sem o todo. Eles precisavam do que poderia ser chamado de uma "lição sobre as coisas". Da primeira vez que batessem em retirada, suas cortinas seriam confiscadas. Da segunda vez, perderiam o samovar; da terceira, os travesseiros; da quarta, suas xícaras e copos. Teriam que se contentar com canecas de lata. Deveria ficar claro para todos que cada retirada custaria mais do que a retirada anterior. Com o tempo, um homem se veria despojado de suas condecorações. E por fim seria fuzilado.

Era uma ideia um tanto primitiva, talvez — mas poria fim à calma presunçosa e filosófica que Krímov testemunhava com extrema frequência. Nenhum comandante aceitaria de maneira natural qualquer nova retirada.

Krímov se levantou e começou a andar de um lado para o outro da sala. Queria bater o punho sobre a mesa. Queria gritar — como uma sentinela que ele certa vez ouvira do lado de fora de um posto de comando de brigada: "Rápido! Alerta! Alemães por perto!".

Pitando o cachimbo, um capitão entrou e foi falar com o ajudante de ordens.

— E então? — perguntou em um sussurro solícito, como que indagando sobre um paciente doente.

— Eu já lhe disse, camarada correspondente, não antes das duas em ponto — respondeu o ajudante de ordens.

Então o capitão olhou em volta e disse:

— Camarada Krímov?

— Sim, sou eu.

— Achei mesmo que fosse — falou o capitão. — Meu nome é Bolokhin — continuou ele da mesma maneira lacônica. — Você não vai se lembrar de mim, nunca nos conhecemos. Mas você se lembra de ter dado duas palestras na Escola Sindical sobre o Tratado de Versalhes e a classe trabalhadora alemã?

— Em 1931. Sim, eu me lembro.

— E depois uma palestra no Instituto de Jornalismo... Espere um minuto, qual foi mesmo o tema? Forças revolucionárias na China... ou terá sido o movimento dos trabalhadores na Índia?

— Sim, algo assim — disse Krímov, rindo de prazer.

Bolokhin deu uma piscadela e levou o dedo aos lábios.

— E, cá entre nós, o camarada disse que nunca haveria fascismo na Alemanha. Sim, e provou isso de forma peremptória, com todo tipo de estatísticas para corroborar seu argumento.

Ele riu, seus grandes olhos cinza-azulados fitando Krímov. Como sua fala, seus gestos e movimentos eram rápidos e bruscos.

— Camarada, mantenha a voz baixa! — disse o ajudante de ordens.

— Vamos sair para o pátio — disse Bolokhin. — Há um banco lá. Você pode nos chamar, camarada tenente, assim que o general acordar?

— Sem falta — disse o ajudante de ordens. — O banco fica logo ali, embaixo daquela árvore!

— É mesmo estranho — disse Krímov, com um suspiro. — As pessoas das unidades de combate vêm ao quartel-general e são tratadas como se fossem um incômodo! Mas é para as unidades de combate que o quartel-general existe.

Bolokhin deu de ombros.

— Não se preocupe com a razão da existência das coisas. Apenas dê um jeito de garantir a sua gasolina!

Bolokhin trabalhava para um jornal militar e estava claramente bem informado. Três horas antes, estivera no quartel-general do exército vizinho.

— E como estão as coisas no 62º Exército? — perguntou Krímov.

— Eles estão atravessando o Don, em retirada para a margem esquerda. Lutaram bravamente, resistiram por bastante tempo, mas tinham muito terreno para defender. Então estão recuando. Mas o fato é que ainda não aprenderam a maneira correta de recuar. Ficam nervosos e inquietos, e aí as coisas dão errado.

— E ainda bem que não aprenderam, pois nós aqui aprendemos muito bem — disse Krímov, amargamente. — Fazemos isso com calma e em silêncio, e ninguém fica nem um pouco nervoso.

— Sim — disse Bolokhin. — E houve dias em que os alemães atacaram com força o 62º, feito ondas quebrando contra uma rocha.

Ele olhou com atenção para Krímov. Em seguida, soltou uma gargalhada e, dando de ombros, disse:

— É tão estranho. É tudo tão estranho.

E Krímov entendeu que Bolokhin estava se lembrando da época em que um Krímov anterior — um homem muito diferente daquele comissário de batalhão sentado ao seu lado, calçando botas cobertas de poeira e com um quepe desbotado na cabeça — foi dar uma palestra a estudantes sobre a luta de classes na Índia. Um cartaz anunciava essas palestras na entrada principal do Museu Politécnico.

O ajudante de ordens então apareceu na soleira.

— Entre, camarada comissário de batalhão. O general está à sua espera.

O general era um homem de meia-idade, de rosto largo. Sentado à escrivaninha, preparava-se para fazer a barba; no ponto onde passavam por sobre os ombros, seus suspensórios pareciam incrustados no tecido branco da camisa que vestia.

— Bem, camarada comissário de batalhão, como posso ajudá-lo? — perguntou.

Ainda de costas para Krímov, examinava os papéis sobre a escrivaninha.

Krímov começou a falar, mas o general continuou a ler seus papéis. Sem saber ao certo se ele havia ouvido alguma coisa, Krímov hesitou: deveria entrar em maiores detalhes ou recomeçar desde o início?

— Continue! — disse o general.

Visto por trás, sem o paletó de campanha e de suspensórios, o general não se parecia nem um pouco com uma figura militar de alta patente. Krímov sentou-se em um banquinho sem encosto, inadvertidamente violando a etiqueta militar. Era evidente que o general, ainda debruçado sobre a mesa, ouvira o tamborete ranger. Ele interrompeu Krímov no meio da frase:

— Está no exército há muito tempo, camarada comissário de batalhão?

Sem perceber o que estava por trás da pergunta, Krímov a interpretou como um sinal de que as coisas estavam indo bem.

— Lutei na Guerra Civil, camarada general.

Nesse momento, o ajudante de ordens trouxe um espelho. O general inclinou-se para a frente e começou a examinar o próprio queixo.

— O que foi feito daquele barbeiro? — perguntou. — Não vá me dizer que seus espalhadores de pânico o colocaram dentro de uma caixa também!

— Ele está à espera do lado de fora, camarada general — disse o ajudante de ordens —, e sua água quente já foi preparada.

— Então o que você está esperando? Mande o homem entrar!

Ainda olhando-se no espelho, o general disse friamente para Krímov:

— Eu nunca imaginaria que você está no exército há tanto tempo. Tomei-o por um reservista. Você se sentou sem pedir permissão. É um gesto indelicado.

Uma repreenda como essa costuma deixar os subordinados confusos: eles não sabem se depois dela virá um ameaçador "Dê o fora daqui!" ou se não acontecerá nada. Krímov levantou-se depressa. Ficou em posição de sentido e respondeu com a calma impassível e grave a que sempre sabia recorrer quando necessário:

— Peço desculpas, camarada general, mas também é indelicado receber um comissário veterano sem se virar para encará-lo.

O general virou a cabeça e, estreitando os olhos cinza-claros, fitou atentamente Krímov.

"Bem, lá se vai o combustível de Sarkissian!", pensou Krímov.

O general bateu com o punho na mesa e gritou:

— Somov!

O barbeiro, que já estava entrando com seus pincéis e navalhas, entrevendo a raiva no rosto vermelho do general, deu um passo atrás.

— Às ordens, senhor! — veio a voz alta e cristalina do tenente Somov, o ajudante de ordens.

Sentindo a tempestade que se aproximava, ele também estacou na porta.

Na voz suave de um comandante que emite uma ordem que não deve ser questionada, o general disse ao ajudante de ordens:

— Chame Malínin imediatamente e diga àquele filho da puta que vou mandar fuzilá-lo se ele voltar a humilhar comandantes da linha de frente. Ele sabe muito bem que recebemos ordens para explodir nossos tanques de combustível subterrâneos. Não temos caminhões-tanque para transportar o combustível. Se ele não distribuir a gasolina para as unidades de combate, em quarenta e oito horas irá tudo pelos ares. Ele deve fornecer ao comissário até a última gota de combustível de que ele precisar — o suficiente para encher todos os veículos e cinco barris extras de duzentos quilos. E, até que essas ordens tenham sido cumpridas, ele não deve se mover um centímetro sequer.

O general, agora de pé, encarou profundamente Krímov. Em seu olhar fixo e resoluto, Krímov vislumbrou astúcia, inteligência e alma verdadeira.

— Não sei como agradecer, camarada general.

— Não é nada, não é nada — disse o general, estendendo a mão em um gesto de despedida. — Um homem furioso reconhece outro.

E em seguida, em voz muito baixa, e com verdadeira angústia:

— Mas continuamos recuando, camarada comissário de batalhão, continuamos recuando.

63

Às vezes, um homem pode ser azarado durante muito tempo, incapaz de alcançar até a menor das coisas — e, de repente, algo muda: depois de um sucesso, tudo começa a se resolver por conta própria, como se o destino já tivesse preparado de antemão soluções rápidas, fáceis e convenientes para todas as dificuldades.

Mal havia saído do gabinete do general, Krímov viu um mensageiro da seção de suprimento de combustível caminhando às pressas em sua direção. E, mal saiu do gabinete do chefe da seção de suprimento de combustível com uma ordem assegurando o direito a abastecimento completo de gasolina, elaborada e assinada em questão de alguns minutos, avistou Sarkissian. Com seus grandes e reluzentes olhos castanhos, o parrudo primeiro-tenente veio correndo na direção dele:

— E então, camarada comissário?

Krímov entregou-lhe a ordem. Nas últimas quarenta e oito horas, a questão do combustível havia sido um tormento para Sarkissian. Se pelo menos tivesse sido mais diligente, no devido tempo, em seus estudos de matemática, então talvez fosse capaz de resolver o insolúvel. Ele e seu sargento cobriram com sinais e números todas as folhas de papel de que dispunham. Em sua caligrafia grande e arredondada, Sarkissian adicionou, multiplicou e dividiu quilogramas, quilômetros e a capacidade de armazenamento de vários tanques de combustível, suspirando, franzindo a testa e enxugando o suor da testa.

— Bem, agora estamos mais vivos do que nunca! — disse e repetiu, rindo alto e examinando inúmeras vezes a ordem de abastecimento.

Até mesmo Krímov cedeu por um momento ao que chamava de "euforia da retirada" — um estado que logo detectava nos outros e que o deixava profundamente perturbado. Krímov conhecia muito bem o olhar no rosto dos homens que recebiam ordens para se retirar de posições onde estavam sob fogo pesado; conhecia os olhos brilhantes dos que sofriam ferimentos leves, homens que tinham justificativa para se afastar do inferno das trincheiras.

Krímov compreendia o alvoroço preocupado daqueles prestes a partir mais uma vez para o leste, a maneira como um peso de chumbo no coração poderia de súbito dar lugar a uma sensação de invulnerabilidade.

Mas sabia também que não havia como escapar da guerra. Ela seguia os homens como uma sombra negra. Quanto mais rápido eles fugiam, mais rápido ela os perseguia. Os que batiam em retirada levavam a guerra consigo, em seu encalço. Os vastos espaços a leste exerciam uma atração perigosa. A desmedida amplidão das estepes russas era traiçoeira; parecia oferecer a possibilidade de fuga, mas isso não passava de ilusão.

As tropas em retirada chegavam a pomares e aldeias tranquilas. A paz e o sossego eram uma alegria para os homens — depois de uma hora ou um dia, no entanto, a poeira negra, as chamas e o estrondo da guerra prorrompiam atrás deles. As tropas estavam atreladas à guerra por uma pesada corrente, que nenhum recuo seria capaz de quebrar; quanto mais para longe se retiravam, mais pesada a corrente ficava, e com mais firmeza as prendia.

Krímov foi com Sarkissian ao extremo oeste do vilarejo, para a ravina onde a unidade de morteiros havia estacionado. Os veículos e equipamentos estavam dispersos, escondidos sob o declive do barranco ou camuflados por galhos. Os homens pareciam taciturnos e ociosos; não havia nem sinal do habitual comportamento atarefado e eficiente de soldados que se estabelecem com destreza e confiança em um novo lugar — cozinhando, fazendo camas de palha, tomando banho, barbeando-se e verificando suas armas.

Depois de algumas breves conversas com os artilheiros, ficou claro para Krímov que eles estavam deprimidos. Quando o comissário se aproximava, levantavam-se devagar e a contragosto. Se ele fazia uma piada, respondiam com um silêncio obstinado ou uma pergunta amuada; quando tentava falar com seriedade, respondiam com um gracejo. A conexão de Krímov com os homens havia se rompido — algo que ele percebeu de imediato. Generalov, conhecido por sua coragem e alegria, perguntou:

— É verdade, camarada comissário, que toda a nossa brigada vai descansar na cidade? Os rapazes estão comentando que o senhor disse que a nossa unidade é uma exceção, que fomos os únicos a receber ordens de não recuar.

Krímov ficou irritado com a censura velada.

— Você está insatisfeito, Generalov? Não quer mais defender sua pátria soviética?

Generalov endireitou o cinto.

— Eu não disse isso, camarada comissário. Por que colocar palavras desse jeito na minha boca? Pode perguntar ao comandante de seção: minha guarnição foi a última a se retirar anteontem. Todos os outros já haviam batido em retirada, mas nós ainda estávamos atirando.

Um jovem carregador de munição, com um olhar irritado e zombeteiro, interveio:

— Últimos a sair, primeiros a sair... qual é a diferença? Ainda vamos acabar percorrendo a Rússia de ponta a ponta.

— De onde você é? — perguntou Krímov.

— Sou de Omsk, camarada comissário. Os alemães não chegaram lá ainda.

Evidentemente, procurava evitar sermões sobre o que os inimigos poderiam fazer com o seu local de nascimento.

Detrás de um carro, uma voz perguntou:

— É verdade, camarada comissário, que os alemães já estão bombardeando a Sibéria? E como está a questão do combustível, camarada comissário? Pelo visto a infantaria já está a caminho do leste.

Os atiradores de morteiros ouviram em silêncio a resposta furiosa de Krímov. Em seguida, a voz detrás do carro disse tristemente:

— Então é tudo culpa nossa, mais uma vez. Não são os alemães que estão avançando; nós é que estamos recuando.

— Quem é que está aí atrás? — perguntou Krímov.

Em seguida, foi até o carro. Mas, quem quer que estivesse lá, já tinha desaparecido.

64

Krímov ordenou que Sarkissian levasse todos os seus veículos até o depósito de combustível, uma vez que não tinham contêineres suficientes para transportar a gasolina.

Sarkissian esperava voltar à noite, e Krímov decidiu aguardar por ele no vilarejo.

Mas Sarkissian se atrasou. Primeiro, para obter a gasolina de que precisava para dirigir até o depósito de combustível do front, teve que esperar um longo tempo. Em seguida, pegou o caminho errado. Por fim, descobriu que a distância até o depósito do front era de quarenta e dois quilômetros, em vez de trinta, como fora levado a acreditar.

Chegou ao depósito ainda de dia, mas foi informado de que o combustível só poderia ser fornecido aos veículos durante a noite. O depósito ficava perto da rodovia principal, e aviões alemães patrulhavam o céu o dia inteiro.

Tão logo um veículo aparecia, os alemães arremetiam, furiosos, despejavam pequenas bombas e disparavam suas metralhadoras.

Pelos cálculos do vigia, haviam sido atacados onze vezes no dia anterior.

O encarregado do depósito e seus subordinados mantinham-se escondidos no abrigo. Se um homem ia lá fora, perguntavam, aos gritos:

— Como estão as coisas?

— Só um avião — respondia o homem. — Voando em círculos, fazendo vigilância, o desgraçado!

Ou:

— Está mergulhando na nossa direção, maldito seja!

Ao som de uma explosão, todos se lançavam ao chão, xingando e praguejando. Então alguém gritava para o homem lá em cima:

— O que você está fazendo aí? Está desfilando? Vai acabar atraindo a atenção dele de novo. Da próxima vez, vai ser uma bomba incendiária capaz de perfurar blindados.

No dia em que Sarkissian chegou, eles nem sequer haviam conseguido preparar o jantar, temendo que os alemães notassem a fumaça. Comeram apenas ração seca.

Sarkissian foi parado por sentinelas um quilômetro antes do depósito.

— A partir daqui o senhor tem que ir a pé, camarada primeiro-tenente. Até escurecer, veículos não são permitidos além deste ponto.

O encarregado do depósito, que tinha espinhos de cardo, pedaços de palha e nacos de argila grudados no uniforme, aconselhou Sarkissian a dar uma boa olhada ao redor enquanto ainda estava claro. Era melhor memorizar o caminho e voltar com seus veículos assim que escurecesse.

— Mas avise os seus motoristas: eles não devem acender os faróis nem por um segundo que seja. Se fizerem isso, vamos atirar neles.

Sarkissian chegaria com seus veículos às onze da noite. Nem mais cedo, nem mais tarde.

— A essa hora ele vai estar longe. Ao que parece, é quando ele gosta de jantar — explicou o encarregado do depósito, apontando para o céu azul empoeirado. — Em seguida, pouco antes da meia-noite, ele ilumina o céu com a pirotecnia dos sinalizadores, feito uma velha botando suas panelas para secar.

Ficou claro que os bombardeiros alemães não estavam para brincadeira.

65

Percebendo que Sarkissian tardava a chegar, Krímov ordenou a seu motorista que procurasse um alojamento na aldeia.

Semiônov era desajeitado e pouco prático. Quando pernoitavam em algum vilarejo, tinha vergonha de pedir às camponesas um copo de água, que dirá leite. Dormia encolhido no carro, tímido demais para entrar na isbá dos outros. Parecia haver apenas uma pessoa a quem não temia: o severo comissário. Com Krímov, quase não fazia outra coisa a não ser discutir e resmungar. Em resposta, Krímov dizia:

— Mas um dia serei transferido, e aí você vai morrer de fome!

Não era um mero gracejo. Krímov sentia uma ternura paternal em relação a Semiônov e realmente se preocupava com seu bem-estar.

Nessa ocasião, no entanto, Semiônov fez tudo certo: encontrou um excelente alojamento — aposentos espaçosos e com pé-direito alto que até algumas horas antes haviam abrigado o secretariado do quartel-general dos serviços de apoio.

Os donos da casa eram um casal idoso, acompanhado por uma moça alta e bonita sempre seguida de perto por uma criança de cabelos louros e olhos escuros. Naquela manhã, debaixo do toldo da cozinha externa da propriedade, eles haviam assistido aos preparativos para a partida do secretariado.

Depois do almoço, as últimas seções do quartel-general se puseram a caminho, seguidas pelo batalhão de guarda — e a vila ficara vazia. A noite se instalou e mais uma vez a estepe plana adquiriu as cores úmidas do pôr do sol. Luz e trevas mais uma vez travaram sua silenciosa batalha no céu. Mais uma vez soou uma nota de tristeza e angústia nos aromas da noite, nos sons em surdina da terra, agora condenados à escuridão.

Há horas inebriantes, mas amargas, às vezes dias inteiros, em que os poderes constituídos abandonam uma aldeia e a deixam à própria sorte em meio à expectativa e ao silêncio. O quartel-general simplesmente debandara; muitas isbás agora estavam às moscas.

Tudo o que restou foram marcas de pneus; pedaços de jornal; latas vazias na porta das isbás; montanhas de cascas de batata ao lado da escola do vilarejo, que abrigava a cantina do quartel-general; trincheiras estreitas e cavadas com esmero, suas paredes revestidas de absinto murcho; e uma barreira feita de tronco de álamo, agora levantada: a estrada estava aberta — qualquer um poderia ir de carro aonde bem quisesse.

As pessoas se sentiam a um só tempo livres e órfãs. Crianças perambulavam pelas dependências da escola: será que os funcionários da cantina haviam deixado para trás alguma lata de comida, pontas de velas ou pedaços de arame, quem sabe uma baioneta? Mulheres idosas vasculhavam tudo com olhos de lince, para verificar se seus hóspedes, pressionados pelo tempo, haviam ido embora levando as tesouras, pedaços de corda, latas de querosene ou vidros de proteção das lâmpadas dos aldeões. Um velho queria saber quantas maçãs haviam sido roubadas de seu pomar, que quantidade de lenha fora consumida e se seu estoque de tábuas secas permanecia intacto. Depois de dar uma olhada aqui e ali, murmurou zangado, mas sem maldade:

— Bem, agora eles se foram, aqueles demônios...

E então sua esposa entrou e disse:

— Aquele maldito cozinheiro levou mesmo a minha tina.

Uma moça fitava, pensativa, a estrada vazia. Sua sogra, que a vinha mantendo sob constante vigilância, disse em tom enraivecido:

— Vejo que você já está sentindo saudade daquele motorista, não é?

Mais uma vez quieta, a vila parecia espaçosa e confortável — todavia, por conta do súbito sentimento de desassossego e ansiedade, alguém poderia pensar que os soldados tinham vivido lá a vida inteira, e não apenas um ou dois dias.

Os aldeões lembraram-se dos comandantes que haviam acabado de partir. Um era calado e diligente, estava sempre escrevinhando; outro morria de medo de aviões, era o primeiro a entrar na cantina e o último a sair; um terceiro, agradável e direto, gostava de fumar com os velhos do vilarejo; um quarto vivia trocando carne enlatada por aguardente caseira e azucrinando as moças; um quinto era arrogante e quase nunca falava, mas tinha uma boa voz e tocava violão lindamente; e o sexto era o pior de todos — bastava um olhar torto e saía acusando a pessoa de não ver a hora de os alemães chegarem. E havia pouca coisa acerca dos comandantes que os aldeões não soubessem: motoristas, ordenanças, mensageiros e atiradores de submetralhadoras — Vanka, Grichka e Mítia — tinham lhes contado todas as idiossincrasias dos comandantes, de onde eram e qual deles dormia com qual telefonista ou secretária.

No entanto, em menos de uma hora, os vestígios desses homens desapareceram, envoltos em poeira pelo vento. E então aparecia algum desconhecido, e todos ficavam abalados com as notícias que trazia: que não havia nem sinal do Exército Vermelho, que a estrada estava vazia e que os alemães se aproximavam.

Semiônov disse, aos sussurros, que não tinha gostado muito dos donos, mas que os quartos eram bons. A velha fabricava e vendia sua própria vodca. Um vizinho disse a ele que, antes da coletivização, o casal ganhava a vida não apenas da terra, mas também do comércio. Mas não importava, porque ele e Krímov não ficariam hospedados ali o ano inteiro. E, quanto à moça, era uma verdadeira beldade!

Ao falar dela, as maçãs do rosto de Semiônov, com suas covinhas, ficaram um pouco rosadas. Era evidente que ele estava encantado com aquela jovem alta, de seios fartos, pernas sólidas, mãos fortes e bronzeadas, o olhar arrojado e cristalino que faz o coração de um homem estremecer.

Semiônov ficou sabendo que ela era viúva. Fora casada com o filho do casal de velhos, agora falecido. Ele havia brigado com os pais e por isso fora morar com a mulher em outra aldeia, onde trabalhava como mecânico na estação de máquinas e de tratores.* A jovem estava na casa dos sogros para uma breve visita, a fim de pegar alguns pertences. Logo iria embora.

Os cheiros dos hóspedes recentes já haviam evaporado. O chão que agora tinham acabado de lavar fora polvilhado com absinto perfumado, a fim de matar as pulgas trazidas pelos soldados. Brilhando como um brasão, as chamas do fogão absorveram os aromas de tabaco leve, comida da cidade grande e couro de bezerro. Restava apenas o fragrante tabaco caseiro do velho.

Não muito longe do fogão, uma tigela grande de massa de pão era protegida das correntes de ar por um pequeno cobertor.

Absinto, tabaco caseiro, fogão, a umidade fresca do piso recém-lavado — esses cheiros já haviam se misturado.

---

* As MTS, ou Machíno-Tráktornaia Stántsia, instituições estatais que alugavam máquinas agrícolas pesadas (por exemplo, tratores e colheitadeiras) para os trabalhadores dos colcozes e forneciam pessoal qualificado para operar e reparar os equipamentos; essas estações tiveram papel de destaque durante o movimento de coletivização no início dos anos 1930 e foram fundamentais para a mecanização da agricultura soviética. (N. T.)

O velho colocou os óculos e, olhando para a porta, leu a meia-voz um folheto de propaganda alemã que pegara do chão numa campina. Ao lado dele, com o queixo tocando a mesa, seu neto de cabelos louros franzia a testa numa expressão severa.

— Vovô — perguntou o menino, em tom muito sério —, por que todo mundo continua libertando a gente? Primeiro foram os romenos, e agora vão ser esses alemães.

— Quieto! — disse o velho, enxotando o menino com um meneio da mão.

E retomou sua leitura. Entender com clareza as palavras era uma luta. Ele parecia um cavalo puxando uma carroça colina nevada acima; se parasse por um momento, nunca mais pegaria embalo.

— Vovô, quem são esses *yids*? —* perguntou seu ouvinte de quatro anos, ainda em tom sério e concentrado.

Quando Krímov e Semiônov entraram, o velho pousou o folheto, tirou os óculos, olhou direto para eles e perguntou:

— Então, quem *eram* vocês dois? Como é que ainda não foram embora?

Era como se Krímov e Semiônov não tivessem mais uma existência real e material. Eram seres incorpóreos, imaginários, não mais criaturas de carne e sangue. Por isso, ao se dirigir a eles, o velho usara o verbo no pretérito.

— Quem quer que fôssemos, não somos diferentes agora — respondeu Krímov com um sorriso. — E, se não partimos, é porque recebemos ordens para ficar.

— Por que fazer perguntas? — a velha questionou o marido. — Eles vão embora quando precisarem ir.

E, em seguida, dirigindo-se aos visitantes:

— Agora sentem-se e comam alguma coisa.

— Não, obrigado — disse Krímov. — Já comemos. Mas fiquem à vontade.

Nesse instante, a jovem entrou. Olhou para os recém-chegados, roçou as costas da mão nos lábios e riu. Ao passar por Krímov, encarou-o direto nos olhos. Ele teve a sensação de ter sido queimado vivo, e não sabia se isso era resultado da intensidade do olhar da moça ou do calor e do cheiro do corpo dela.

---

* Judeus. (N. T.)

— Tive que chamar o vizinho para ordenhar a vaca — ela disse a Krímov, com a voz um pouco rouca. — Minha sogra compartilha uma vaca com o vizinho, mas eu mal consigo me aproximar dela. Não, ela não se deixa ordenhar por desconhecidos. Parece que agora é mais fácil convencer uma mulher a fazer o que você quer do que uma vaca.

A velha pôs sobre a mesa uma garrafa verde de aguardente caseira.

— Sirva-se de um copo, camarada comandante — disse o velho, trazendo para junto da mesa alguns banquinhos sem encosto.

Na sua maneira de usar a palavra *comandante* havia um quê de despreocupada zombaria. De forma indireta, estava dizendo: "Não vou me dar ao trabalho de descobrir que tipo de comandante você é. Talvez seja um comandante de alto escalão ou um comandante de baixa patente, mas na verdade não comanda mais coisa alguma; não pode me ajudar nem é capaz de me prejudicar. Na vida só existe um comandante verdadeiro: o camponês. Mas se você quer ser chamado de *comandante*, se é a isso que você está acostumado, então vou cooperar. Vou fazer o que você quiser".

Como muitas pessoas com excesso de energia interior, Krímov bebia apenas em raras ocasiões, quando sentia a necessidade — como ele gostava de dizer — de dar uma boa sacudida em si mesmo. Em resposta ao velho, balançou a cabeça.

— Não é apenas de beterraba — disse o velho. — É de alta qualidade, de açúcar de verdade.

Em silêncio, a velha pegou copos para todos os cinco e depois um prato grande com uma montanha de tomates e pepinos. Cortou pedaços de pão, por cima dos quais polvilhou cuidadosamente uma pitada de sal, e pôs sobre a mesa dois garfos e uma faca com uma lâmina finíssima. Um dos garfos tinha um grosso cabo de madeira preta; o outro, evidentemente adquirido durante a guerra, era de prata.

Fez tudo isso em poucos segundos, com notável destreza. Era como se estivesse apenas jogando coisas sobre a mesa, mas cada copo pousou no lugar certo. Tomates, faca, garfos — tudo apareceu num piscar de olhos.

Depois de murmurarem "À sua boa saúde!", os velhos esvaziaram os copos, e em seguida engoliram alguns bocados. Sem dizer uma palavra, a velha reabasteceu os copos.

Quando se tratava de comida e bebida, os dois sabiam muito bem o que estavam fazendo.

Era uma vodca das boas, que dava um coice de verdade e descia queimando, mas nem um pouco acre. Krímov ficou impressionado.

"Isto não é uma isbá!", pensou. "É um templo da aguardente caseira."

A velha olhou para ele e, como se sentisse sua confusão, disse:

— Vá em frente, coma algo. Depois de uma vodca dessas, você vai precisar de mais do que tabaco!

Quanto à moça, a maneira como ela olhava para Krímov parecia continuar mudando. Num momento, seus olhos eram jovens e impetuosos; um instante depois, meigos e sábios.

Então o velho disse:

— Em 1930, matamos todos os porcos e bebemos durante duas semanas a fio. Dois homens perderam o juízo. E houve um velho que bebeu dois litros de vodca, foi para as estepes, deitou-se na neve e adormeceu. Pela manhã encontraram o cadáver com uma garrafa quebrada ao lado. A noite foi tão fria que até a bebida tinha congelado.

— A aguardente que eu fabrico não teria congelado — disse a velha. — É puro álcool.

O velho já estava um pouco embriagado.

— Você não entende — disse ele. — Não é disso que eu estou falando.

E bateu de leve no folheto de propaganda alemão.

De súbito a conversa mudou de rumo, com terrível franqueza, para os tempos de antanho e o provável porvir. O velho não via o recuo soviético como um revés temporário; acreditava que o regime tinha chegado ao fim. A retirada era a confirmação daquilo em que sempre havia acreditado.

— Você é membro do Partido? — ele perguntou a Krímov.

— Sim. Meu cabelo está ficando grisalho agora, mas sou comunista desde menino.

— E o que vocês comunistas podem fazer comigo agora? — perguntou o velho.

— Meus homens estão por perto — respondeu Krímov em voz baixa.

— Fico feliz em ouvir isso — disse o velho, com bom humor.

Ele estava bêbado, o que lhe dava vontade de falar. Não é que estivesse disposto a discutir; a verdade é que queria falar a seu bel-prazer, sem restrições, a respeito de tudo que lhe tinha sido proibido.

Ele acreditava ser uma mera testemunha. Era um historiador.

Enquanto ouvia o marido lançar invectivas contra os colcozes, a velha ficou com o rosto afogueado. Querendo ajudá-lo, disse:

— E você deve contar a eles sobre Liúba, a mulher que roubava ervilhas da nossa horta. E depois se entupia com as ameixas do nosso pomar. E não ousávamos dizer uma palavra contra ela — no momento em que o general ia dormir, lá estava ela, jogando cartas com o ajudante de ordens dele... e não se esqueça do presidente do colcoz! Quando foi embora, levou todos os cavalos bons, e de quebra afanou quatro *poods* do mel do colcoz.[149] E a mercearia! Recebia carregamentos de sal, querosene e chita... mas o que a gente ganhou com isso? A única chita que a gente viu foi na esposa do presidente, que se empetecou com um vestido novo.

— Isso aí foi o de menos — disse o velho. — Havia coisas bem piores.

Ele se espantou ao ver como palavras antigas, havia muito esquecidas, agora voltavam, como se tivessem sido gravadas em sua memória, e foi com intenso sentimento que as proferiu:

— Os vinhedos do Departamento da Coroa... propriedades do ajudante-general Saltikóvski... uma vinícola pertencente a um membro da duma do Estado... o comandante de companhia Nazárov, do regimento cossaco da guarda pessoal de sua majestade... o atamã da *stanitsa*...*

Antigamente, todos viviam em paz e com conforto. Ninguém, ele parecia acreditar, havia padecido de necessidades concretas.

Quanto a este novo mundo, com seus tratores e colheitadeiras, com suas Magnitogorsks** e suas barragens no Dnieper, com seus presidentes e líderes de brigada, com todos estudando para serem agrônomos, médicos, professores e engenheiros — nada neste mundo novo trazia a ninguém qualquer coisa de bom. Agora, todos tra-

---

[149] Quatro *poods* equivalem a cerca de 65 quilogramas.

* Atamã era o título oficial dos supremos comandantes militares dos exércitos cossacos; já as *stanitsas* eram assentamentos militares que serviam como unidades primárias de organização política e econômica dos exércitos cossacos. (N. T.)

** Magnitogorsk é uma cidade mineira e industrial localizada às margens do rio Ural, no oblast de Tcheliábinsk, oeste da Rússia. Foi fundada em 1929 para explorar a magnetita, um rico minério de ferro fartamente encontrado no monte Magnitnaia. (N. T.)

balhavam feito loucos. E pensar em todas as famílias deportadas em 1930... e agora os soviéticos haviam recuado para o Cáucaso, estavam todos fugindo...

O casal de velhos falou com especial raiva sobre o enorme esforço que todos precisavam fazer para o colcoz. Foi quando a moça interveio:

— Mas por que vocês estão resmungando? Quem trabalha de verdade não resmunga. E quando foi que vocês trabalharam de verdade? Tudo o que vocês fizeram foi aguardente caseira... que, aliás, venderam para esse mesmo presidente de colcoz!

Krímov sabia havia muito tempo de uma peculiaridade humana que não era capaz de compreender de todo. Aqueles que resmungam e se lamuriam não são aqueles que levam uma vida de fato penosa. Isso valia não só para indivíduos mas também para regiões inteiras. O poder soviético tinha feito muita coisa para as estepes do Don e para a região entre os lagos do sul e o Volga. Havia lutado contra o tracoma, a tuberculose e a sífilis. Havia curado um povo inteiro. Havia construído escolas. Erguera uma capital em meio à estepe, com teatros, museus e cinemas. Imensos rebanhos de ovelhas agora pastavam na estepe da Calmúquia, mas ele ouvira dizer que toda a região estava em ebulição. Viajar por ali era perigoso. Os moradores locais matavam os feridos. Escondiam-se nos juncos e atiravam em quem quer que passasse por lá. Já nos pântanos e florestas da Bielorrússia, onde o solo era fino e pobre e a vida mil vezes mais árdua, todo prisioneiro de guerra ou soldado que escapava do cerco era recebido como se fosse um filho havia muito desaparecido.

— Mas, no que diz respeito aos alemães — disse a velha, como se entoasse uma canção cansada —, não há nada que nos faça ter medo deles! Os alemães estão libertando prisioneiros de guerra. Estão nos devolvendo a nossa terra. Não machucam nem os membros do Partido; apenas os registram e depois os liberam. As únicas pessoas que têm algum motivo para temer os alemães são as que nós, russos, sempre tivemos motivos para temer, as pessoas que menos amamos.

Krímov sabia muito bem que em momentos como esse era inútil argumentar. Os vinte e cinco anos desde a Revolução haviam apenas fortalecido os preconceitos daquele casal. Os dois velhos não haviam mudado do nada. Ninguém lançara sobre eles um súbito feitiço. A diferença era que agora expressavam com todas as letras pensamentos que antes haviam guardado para si.

Krímov recordou que, no outono de 1941, nas imediações de Tchernígov, mandara fuzilar um homem porque este dissera a seus soldados que eles teriam melhor sorte se fossem feitos prisioneiros pelos alemães. Como se estivesse lendo sua mente, o velho disse:

— E não pense que sou só eu. Existem rapazes que pensam o mesmo, e velhos que pensam o mesmo. Você não será capaz de atirar em todos nós.

Krímov lutara contra esse tipo de pessoa durante toda a vida. Incansavelmente.

Convertida em calor, a energia psíquica que ele havia gastado nessa tarefa teria sido suficiente para fazer ferver toda a água do lago Baikal. Quando parecia necessário, fora impiedoso — mas também tinha sido paciente, mais paciente que o mais paciente dos médicos, mais gentil que o mais gentil dos professores. E, na hora mais amarga de todas, todas essas pessoas que ele combatia continuavam obstinadamente presentes, comendo tomates com toda a calma do mundo, digerindo a comida, bebendo e convidando-o a beber também.

Krímov levantou-se abruptamente, empurrou o banquinho para longe e foi para a rua. Semiônov o seguiu.

Lá fora a penumbra amortalhava a paisagem. A trilha arenosa entre os pomares parecia muito branca.

66

— O que aconteceu com o nosso Sarkissian? — Krímov perguntou a Semiônov. — Ele já devia ter chegado há muito tempo.

Semiônov inclinou-se para a frente e sussurrou no ouvido do comissário:

— Um soldado passou por aqui não faz muito tempo. Disse que não há vivalma a oeste, só um imenso vazio. Precisamos seguir para o leste, pelos menos mais vinte quilômetros.

— Não — disse Krímov. — Devemos esperar por Sarkissian. Mas não vamos passar a noite com esses fabricantes de bebida caseira. Vá dar uma olhada naquele celeiro... deve haver um pouco de feno onde possamos dormir.

Semiônov quis protestar: onde encontraria feno? Vendo o olhar sombrio no rosto de Krímov, caminhou em silêncio até o portão.

Escureceu. A rua estava tranquila e deserta. No céu via-se o clarão de algum fogaréu distante, e uma luz incerta e maligna pairava por sobre todo o vilarejo cossaco, por sobre as casas, celeiros, poços e pomares.

Cães começaram a uivar, e Krímov pôde ouvir cantorias, lamentos e gritos bêbados vindos de algum lugar na extremidade leste da vila. Acima, ouvia zumbidos e gemidos. Bombardeiros Heinkel em voo noturno circulavam sobre a terra em chamas.

Fitando o céu e ouvindo as vozes, Krímov repassou na memória um momento terrível da ofensiva de inverno. O tenente Orlov, um corajoso e alegre jovem de dezenove anos de idade, pedira uma licença por duas horas — sua unidade tinha acabado de retomar a cidade onde nascera e ele queria reencontrar a família. Krímov nunca mais o viu. Depois de descobrir que a mãe havia partido com os alemães assim que o Exército Vermelho se avizinhara, Orlov se matou com um tiro.

"Traição. A traição de uma mãe. O que poderia ser mais terrível?", pensou Krímov.

Ao longe, o fogo ainda ardia.

Krímov percebeu que alguém se aproximava em silêncio. Era a moça, com os olhos fixos nele. Inconscientemente, sem sequer pensar, ele devia estar esperando por isso; vê-la tão perto não o surpreendeu em nada. Ela se sentou em um dos degraus da varanda, os braços em volta dos joelhos.

Iluminados pelo clarão distante, os olhos dela cintilavam, e agora, sob a luz suave e sinistra, sua beleza se exibiu por completo. Ela deve ter sentido, não com a mente ou com o coração, mas através de cada centímetro da pele, que Krímov olhava para seus braços nus, para o jogo da luz em suas pernas, para as duas tranças lisas e escorridas que lhe caíam ao longo do pescoço e se enrodilhavam nos joelhos. Ela não disse nada, sabendo que não havia palavras para expressar o que estava acontecendo entre os dois.

Esse homem alto de testa franzida e olhos escuros e calmos parecia muito diferente dos jovens motoristas e soldados que, em troca de amor, lhe ofereciam carne em conserva, gasolina e concentrado de painço.

Ela não era tímida nem submissa. Nesses dias, vinha tendo que lutar pela própria vida com a mesma postura bruta e direta de qualquer homem. Arava, ferrava cavalos e rachava lenha; consertava telhados e paredes. Meninos e velhos estavam agora fazendo a maior parte do trabalho das mulheres — cavando o solo na horta, pastoreando o gado e cuidando dos bebês —, enquanto elas realizavam o trabalho que normalmente era feito pelos homens adultos.

Aquela moça apagava incêndios, enxotava ladrões do depósito de cereais, entregava o trigo à cidadezinha do distrito e negociava o uso do moinho com as autoridades militares. Sabia trapacear, e, se alguém tentasse enganá-la, sabia como ser mais astuta, como enganar o enganador. E até mesmo suas maneiras de ludibriar eram típicas do sexo masculino — mais para a fraude ousada de um burocrata importante do que para os truques simples de uma camponesa.

Não era seu estilo adicionar água ao leite ou jurar que o leite do dia anterior, já começando a azedar, era fresquíssimo e recém-ordenhado. Tampouco praguejava como as camponesas, em voz rápida e estridente. Quando se zangava, xingava e amaldiçoava como um homem, com palavrões vagarosos e expressivos.

E naqueles dias de longa retirada, na poeira e no trovão da guerra, enquanto Heinkels e Junkers zumbiam nos céus, ela achou estranho lembrar-se dos dias sossegados e tímidos de sua juventude.

O homem de cabelos grisalhos olhou para ela. Tinha vodca no hálito, mas uma expressão séria nos olhos.

Para Krímov, era uma alegria estar junto daquela bela jovem. Ele teria gostado de continuar assim, sentado ao lado dela, por um longo tempo — pelo resto da noite e no dia seguinte também. Ao amanhecer, sairia para o jardim e depois para o prado. À noitinha, se sentaria à mesa e, à luz de um lampião a óleo, observaria aquelas mãos fortes e bronzeadas a arrumar a cama. Quando ela se virasse para ele, veria em seus belos olhos um olhar de delicada confiança.

Ainda sem dizer uma palavra, a jovem se levantou e começou a caminhar pela areia brilhante.

Krímov a observou se afastar, sabendo que voltaria. O que ela logo fez.

— Venha comigo. Por que ficar sentado aqui sozinho? Está todo mundo naquela casa — disse, apontando para a construção.

Krímov chamou Semiônov, ordenando que verificasse sua submetralhadora e não saísse do carro.

— Os alemães estão perto? — perguntou ela.

Krímov não respondeu.

Ele a seguiu até uma grande casa. A sala estava quente e abafada, apinhada de gente, com o fogão aceso.

Várias mulheres, velhos e alguns rapazes mal barbeados vestidos com jaquetas estavam sentados à mesa.

Junto à janela, uma moça muito bonita, com as mãos pousadas no colo.

Quando Krímov lhe dirigiu a palavra, a moça inclinou a cabeça e, com uma das mãos, começou a tirar migalhas invisíveis dos joelhos. Por fim olhou para ele. Havia em seus olhos uma pureza que nem o trabalho árduo nem a absoluta penúria eram capazes de macular.

— Não tente nada com ela! — gritaram as outras mulheres, rindo. — O marido está no Exército Vermelho. Ela está esperando por ele. Vive como uma freira. Mas tem uma boa voz. Pedimos que viesse cantar para nós.

Um homem de barba preta e testa larga, evidentemente o dono da casa, fazia gestos amplos com os braços compridos e gritava com voz rouca:

— Vamos fazer uma festa! É o último dia que vou beber com vocês, meus amigos!

Estava bêbado e parecia colérico. O suor escorria por sua testa e caía nos olhos, que ele tinha que continuar enxugando, às vezes com um lenço, às vezes com a mão. Andava pesadamente, e a cada passo trôpego topava com objetos e os fazia tremer. Pratos, copos e talheres tilintavam em cima da mesa — como em um bufê da estação quando passa um pesado trem de carga. As mulheres continuavam soltando gritinhos — repetidas vezes ele parecia prestes a desabar no chão da sala. No entanto, manteve-se de pé, aos trancos e barrancos; até tentou dançar.

Os velhos tinham rostos rosados. Também estavam suando — por causa da vodca e da falta de ar fresco.

Ao lado desses velhos, os rapazes pareciam quietos e pálidos. Talvez, pouco acostumados a beber, estivessem passando mal, ou então a vodca não fosse suficiente para afogar suas angústias. Para quem ainda tem a vida inteira pela frente, a guerra traz um mar de ansiedade.

Quando Krímov olhava para os rapazes, eles desviavam o rosto; deviam ter encontrado algum ardil para escapar do recrutamento.

Os velhos, por outro lado, aproximavam-se e entabulavam conversas por iniciativa própria. O homem de barba preta disse:

— Vocês deveriam ter se mantido firmes! Sim, por Deus, deveriam ter fincado posição!

Em seguida, ergueu as mãos em desespero e soluçou com tanta violência que até as velhas, embora acostumadas, se sobressaltaram.

Havia um farto banquete — todos deviam ter trazido o que podiam. Olhando para a comida sobre a mesa, as mulheres repetiam:

— Devemos nos deliciar enquanto podemos... amanhã os alemães se servirão à vontade!

Sobre a mesa havia ovos fritos — em enormes panelas do tamanho do sol —, presunto, tortas, toucinho, tigelas de bolinhos com requeijão, potes de geleia, garrafas de vinho e vodca feita de açúcar de verdade.

O homem de barba preta, gesticulando com braços que pareciam se estender quase da mesa à parede, berrava:

— Comam e bebam, comam e bebam! A noite é de festa! E depois chegarão os boches! Hoje é banquete e liberdade!

Ao se aproximar de Krímov, pareceu ficar subitamente sóbrio. Ofereceu-lhe comida e disse:

— Coma, camarada chefe! Meu filho mais velho está lutando também, é tenente!

Em seguida, foi até um homem muito quieto sentado em uma poltrona ao lado do aparador de carvalho. Krímov o ouviu dizer:

— Coma, meu bom homem, coma e beba! Não poupe nada, não se segure agora! Coma tudo o que puder!

Em seguida prosseguiu, numa frase aparentemente desconexa:

— Meu irmão mais velho fazia parte da guarda pessoal do tsar. Serviu com devoção até aquele último dia em Dno.[150]

Mesmo bêbado, o homem barbudo ainda era capaz de dizer a coisa certa para a pessoa certa; sabia a quem contar sobre o filho, que estava no Exército Vermelho, e a quem contar sobre o irmão mais velho.

Krímov olhou para o homem calado. Tinha olhos vítreos e o rosto de lobo. Sentindo alguma hostilidade da parte dele, perguntou:

— E quem é o senhor?

— Eu moro aqui na vila. Sou cossaco — respondeu o homem, com voz arrastada e preguiçosa. — Vim para a festa.

---

[150] Foi na estação ferroviária de Dno que o tsar Nicolau II assinou seu decreto de abdicação, em 15 de março de 1917.

— Que festa? — perguntou Krímov. — Nasceu alguém? Alguém se casou? Ou é o dia do santo* do tsar?

O homem parecia ter a mesma cor dos pés à cabeça; sua pele e cabelos, olhos e até os dentes eram do mesmo amarelo empoeirado. Em seu olhar e em sua maneira de falar havia uma calma exagerada, quase sonolenta, o que fez Krímov lembrar dos movimentos cuidadosos de um acrobata percorrendo a corda bamba numa trilha conhecida, mas mortalmente perigosa, sob a cúpula elevada de uma lona de circo.

Com um sorrisinho forçado, o homem se levantou devagar da mesa e cambaleou em direção à porta. Não voltou. Talvez também não estivesse tão embriagado quanto parecia. Assim que saiu, houve um silêncio geral, e dois dos velhos trocaram olhares.

Era como se Krímov tivesse descoberto um segredo — algum conhecimento oculto compartilhado por aqueles velhos de rosto rosado, astutos, mas simplórios.

De vez em quando Krímov notava que a mulher que o levara até lá olhava para ele. Tinha olhos tristes e severos, inquisitivos.

Então, de diferentes partes da sala, as pessoas começaram a pedir à bela jovem sentada junto à janela que cantasse. Ela sorriu, endireitou os cabelos e a blusa, pousou as mãos sobre a mesa, olhou de soslaio para a janela encortinada e começou a cantar. Todos se juntaram a ela em um coro, com a voz baixa e séria — parecia até que ninguém tinha bebido.

O homem de barba preta, cuja voz se sobrepunha à de todos quando falava, cantou tão baixo que mal se conseguia ouvi-lo. Tinha o ar de um colegial aplicado e não tirava os olhos da jovem. Ela agora parecia mais alta; o pescoço branco se tornara alongado e fino, e em seu rosto estampou-se um raro olhar de alegria e bondade, de benevolência triunfante.

Nada além da música poderia expressar a inquietação e a angústia que agora pesavam sobre aquelas pessoas. Krímov teve a impressão de ter ouvido uma das canções muito tempo atrás. Ela tocou em algo recôndito, algo que ele não sabia que ainda estava presente em seu âmago. Apenas muito raramente, como se de súbito pudesse olhar de cima

---

* Dia consagrado ao santo por cujo nome alguém é chamado; para os russos, o dia do santo (ou onomástico) de uma pessoa chegava a ser mais importante que sua data de aniversário. (N. T.)

a baixo e vislumbrar toda a extensão do Volga, das nascentes ocultas do lago Seliger ao delta salgado onde deságua no mar Cáspio, apenas muito raramente um ser humano é capaz de reunir no coração todas as diferentes partes de sua vida, os doces anos da infância, os anos de trabalho duro, as esperanças, paixões, desgostos e os anos da velhice.

Krímov viu lágrimas escorrendo pelas bochechas de seu anfitrião de barba negra.

A moça estava olhando para ele de novo.

— Há pouca alegria em nossa animada festa — disse.

Poderíamos citar a letra da canção, descrever a cantora, a melodia e o olhar dos ouvintes. Poderíamos falar sobre as suas tristezas e ansiedades. Mas nasceria dessa descrição a canção que fez as pessoas chorarem? Claro que não. Como seria possível?

— Sim — disse Krímov. — Infelizmente, pouca alegria.

Ele saiu e caminhou até o carro. Semiônov havia mudado o veículo de lugar — agora estava estacionado junto a uma cerca.

— Está dormindo, Semiônov?

— Não, não estou.

Com uma alegria infantil por rever Krímov, Semiônov, envolto na escuridão, olhou para ele.

— Está muito quieto agora, escuro e assustador. Aquela fogueira se extinguiu... arranjei um pouco de feno para você no celeiro.

— Vou me deitar agora — disse Krímov.

Na lembrança de Krímov, depois disso houve a meia-luz da alvorada de verão, o cheiro e o farfalhar do feno e as estrelas no pálido céu matinal — ou teriam sido os olhos da jovem contra seu rosto pálido?

Ele contou a ela sobre sua dor, sobre como Gênia o havia machucado. Contou a ela coisas que nunca havia contado nem a si mesmo.

Ela lhe sussurrou palavras rápidas e apaixonadas, implorando que ficasse com ela. Não muito longe da vila de Tsimlianskaia, possuía uma casa com jardim. Lá, havia vinho, nata, peixe fresco e mel. Lá, ninguém os trairia. Eles se casariam na igreja e ela juraria nunca mais amar ninguém além dele. Ficaria feliz em viver a vida inteira com ele — mas, se ele se cansasse dela, estaria sempre livre para abandoná-la.

Disse não entender o que havia acontecido com ela. Tivera o seu quinhão de homens na vida, homens que conheceu e depois esqueceu. Mas Krímov, ao que parecia, a enfeitiçara. Seu corpo estremecia dos pés à cabeça, tinha dificuldade para respirar. Não, ela nunca havia sentido algo assim.

As palavras e os olhares da jovem perfuraram o coração de Krímov. "Talvez seja isso", ele pensou. "Talvez seja isso a felicidade." E em seguida respondeu a si mesmo: "Talvez *seja*, mas não é a felicidade que eu quero".

Ele saiu para o pomar. Abaixando a cabeça, passou por debaixo dos galhos baixos das macieiras.

Semiônov gritou do quintal:

— Camarada comissário! É Sarkissian, com a unidade de morteiros!

A alegria na voz de Semiônov deixou clara a aflição que ele sentira antes, ouvindo o zumbido dos Heinkels e o ronco dos bombardeiros soviéticos, fitando o céu e a incandescência muda do fogo ao longe.

Nessa noite, cruzaram mais uma vez o Don. Passando a língua pelos lábios ressecados pela poeira, Krímov disse:

— Não são os mesmos soldados nos pontões. Os dois sapadores do outro dia devem ter morrido. Não serviram por muito tempo, mas serviram com honra.

Semiônov não respondeu; estava concentrado na direção. Tão logo chegaram em segurança ao outro lado, novamente rumo ao leste, disse:

— Aquela cossaca era uma verdadeira beldade, camarada comissário. Achei que ficaríamos aqui mais um dia.

67

Naquela noite, depois de acompanhar a unidade de morteiros a Stalingrado, Krímov foi ver o tenente-coronel Gorélik, o comandante de brigada.

— Bem — começou Krímov —, pegou algum esturjão do Volga? Vai me servir sopa de peixe?

Normalmente, Gorélik gostava de brincar com o comissário. Dessa vez, porém, nem sequer sorriu. Em vez disso, foi até a porta e verificou se estava trancada.

— Leia isso, camarada Krímov — disse, retirando do estojo do mapa uma folha de papel de cigarro dobrada.

Era uma ordem de Stálin.

Krímov começou a ler as palavras de Stálin para o exército em retirada. Carregadas de tristeza e raiva, elas expressavam a dor do próprio Krímov, sua própria tristeza, sua própria fé e senso de responsabilidade.

Era como se ele estivesse lendo as palavras dentro do seu próprio ser, como se elas tivessem vivido dentro dele através de toda a poeira, fogo e fumaça da retirada. As palavras de Stálin queimavam com uma verdade amarga. Convocavam os homens a cumprir seu dever mais elevado. Com impactante simplicidade, falavam sobre um perigo mortal. Porém, na verdade, diziam apenas uma coisa: recuar de novo significaria o fim de tudo. Não havia, portanto, maior crime no mundo do que recuar. O destino de um formidável país e de pessoas formidáveis — o destino do mundo — estava sendo decidido. A retirada não poderia continuar.

— Justamente as palavras de que precisamos! — disse Krímov.

Ele pegou nas mãos a folha de papel e a devolveu a Gorélik.

O papel sem peso parecia tão pesado quanto uma placa de aço. As palavras estavam imbuídas não apenas de tristeza e raiva, mas também de fé na vitória.

Era como se ele tivesse ouvido alguém soar o toque do sino.[151]

68

O tenente Kováliov, comandante de uma companhia de infantaria, recebeu uma carta de Tólia Chápochnikov, seu recente companheiro de viagem.

Tólia fora enviado para uma unidade de artilharia. A carta que havia escrito era alegre e espirituosa: sua bateria havia ficado em primeiro lugar em uma competição de tiro. Ele estava comendo um monte de melões e melancias e por duas vezes fizera expedições de pesca com o comandante. Kováliov entendeu que a unidade de Tólia permanecia na reserva e devia estar posicionada não muito longe da

---

[151] A ainda controversa ordem de Stálin, sintetizada no slogan "Nem um passo atrás", proibia qualquer recuo adicional, sob quaisquer circunstâncias, e decretava pena de morte imediata para "retardatários, covardes, derrotistas e outros canalhas". Ver nota acerca deste capítulo no Posfácio.

sua própria unidade. Ele também tinha ido pescar no Volga e estava comendo melões.

Kováliov fez várias tentativas de responder, mas não conseguiu dizer o que queria. Ficara irritado com a última frase de Tólia: "Minha unidade é de guarda. Então, saudações do tenente de guarda Anatoli Chápochnikov". Kováliov imaginou Tólia escrevendo para a família em Stalingrado, para a avó, para a bela e jovem tia, para os primos e primas, e terminando cada carta "Com calorosas saudações do tenente de guarda Chápochnikov". Queria responder com um texto sarcástico, mas bem-humorado, algo ao mesmo tempo zombeteiro e protetor, mas não conseguiu encontrar palavras para expressar seus sentimentos contraditórios. Aquele menino que mal havia sentido o cheiro de pólvora já era tenente de guarda. Isso o aborreceu.

A companhia de Kováliov fazia parte de um batalhão comandado pelo primeiro-tenente de guarda Filiáchkin, que integrava um regimento comandado pelo tenente-coronel de guarda Ielin. E esse regimento, por sua vez, fazia parte de uma divisão comandada pelo major-general de guarda Rodímtzev. Como se tratava de uma divisão de guardas, todos os seus comandantes podiam reivindicar para si o título de comandante de guarda. Para Kováliov, parecia errado que um homem que não tinha participado de combates efetivos pudesse ser chamado de comandante de guarda simplesmente por ter sido enviado para um regimento numa divisão de guardas. Os veteranos de sua divisão haviam lutado na batalha por Kiev no verão de 1941, quando os alemães invadiram Demíevka e avançaram pela floresta Golosseiévski. Durante todo o inverno de 1941-2, com suas nevascas e geadas inclementes, a divisão havia feito parte do front sudoeste, lutando ao sul de Kursk. Em seguida, ainda combatendo, recuara suas tropas na direção do Don, sofrendo pesadas baixas. Depois do recuo para reagrupamento de forças e reparos nos equipamentos, voltara para o front. Não era à toa o título de divisão de guardas. Mas quanto a se tornar um comandante de guarda assim, sem mais nem menos, sem sequer ter testemunhado combates...

Não raro, as experiências de guerra suscitavam sentimentos de ciúmes. Esses sentimentos surgiam da consciência de uma grande experiência, de grandes sofrimentos vividos, da ligação entre pessoas que haviam testemunhado e lutado durante as primeiras horas e dias da guerra, da percepção de que haviam visto coisas que ninguém jamais veria. A guerra, contudo, é regida pelas leis mais simples. Façanhas do passado são irrelevantes; o que importa é a capacidade do homem de lidar com o presente — a habilidade, força, coragem e inteligência com as quais é capaz de realizar o trabalho árduo de cada dia.

Kováliov compreendia isso — e era severo e exigente em relação aos novos recrutas e reforços trazidos da retaguarda. Sua capacidade de encontrar falhas havia se tornado lendária. Todos os homens sob seu comando tinham que aprender as inúmeras pequenas artimanhas que ele próprio precisara aprender durante o ano anterior. Isso, claro, era inestimável — era apenas pagando o mais terrível dos preços que milhares e milhares de novatos adquiriam rapidamente a sólida compreensão da experiência de guerra que seus antecessores haviam adquirido.

Os novos recrutas eram de todas as idades e origens: o filho de um metalúrgico que nunca tocara em um fuzil; homens mais velhos que até pouco tempo antes estavam isentos do recrutamento; jovens trabalhadores dos colcozes; meninos recém-saídos dos dez anos de escolarização obrigatória nas cidades grandes; contadores; evacuados de cidadezinhas e vilarejos no oeste; voluntários que acreditavam não existir uma vocação mais sublime do que a do soldado. E havia homens que tinham sido enviados para o front em substituição ao cumprimento de penas em campos de trabalho.

Entre esses novos recrutas havia também um trabalhador de colcoz de quarenta e cinco anos de idade, Piotr Semiônovitch Vavílov.

69

A companhia de Kováliov estava na reserva, não muito longe de Nikoláievka, na monótona estepe que se estende a leste do Volga. Como toda unidade social — do vilarejo à pequena oficina ou à grande fábrica —, tinha seu próprio modo de ser, nem um pouco óbvio aos olhos de um forasteiro. Havia homens que todos amavam — homens corajosos, leais e honestos — e também figuras problemáticas, ariscos espertalhões de quem todos se queixavam, mas que por alguma razão contavam com o apreço do instrutor político e dos comandantes. Entre esses encrenqueiros estavam Ussúrov — um valentão grosseiro e ganancioso — e o primeiro-sargento Dodónov, grande apreciador de tabaco e rações extras, rude com os subordinados, obsequioso com os superiores e um perigoso dedo-duro. E havia Réztchikov, um piadista e talentoso contador de histórias. As pessoas gostavam dele e o respeitavam, mas esse respeito escondia um traço de zombaria; em suma, ele era tratado da maneira como os russos costumam tratar seus poetas de vilarejos e fábricas, seus contadores de histórias e filósofos de aldeia.

Havia homens que poucos conheciam pelo nome, homens sem personalidade que estavam sempre em silêncio, mesmo quando isso incomodava os outros. As pessoas se dirigiam a esses homens com frases como "Ei, ruivo!" ou "Você aí, seu idiota!". Um desses "idiotas" era o azarento Muliartchuk. Se passavam por um buraco grande na estrada, era quase certo que ele cairia ali dentro. Quando a companhia se submetia a um exame de piolhos, ninguém parecia estar mais infestado que ele. Na inspeção de uniformes, o de Muliartchuk sempre tinha botões faltando e um quepe sem a estrela.

Havia na companhia um paraquedista ousado, forte e ágil que já havia participado de vinte ataques. Chamava-se Ríssev, e todos falavam dele com orgulho. Quando o trem em que a companhia viajava entrava em uma estação, Ríssev saltava para a plataforma bem antes de o comboio parar por completo. Balde na mão, corria até a caldeira da estação, girava a torneira e se encostava na parede da caldeira, segurando-se com firmeza de modo que ninguém da barulhenta multidão atrás dele o empurrasse para o lado até que enchesse o balde com água fervida. Seus companheiros, enquanto isso, assistiam da porta do vagão de carga, gritando:

— Sim, Ríssev é o primeiro de novo. Fez todo mundo esperar!

Depois de passar um tempinho com a companhia de Kováliov, depois de ver e ouvir os homens em ação, depois de comer com eles e marchar a seu lado, qualquer observador entenderia que a companhia tinha suas leis, segundo as quais todos os homens viviam. Entenderia também que os manhosos e os sem-vergonha sempre conseguiam obter algumas vantagens, pequenas, mas significativas: pegavam carona num carrinho de transporte de suprimentos durante os trechos de longa marcha, arranjavam um par de botas novas do tamanho certo ou eram dispensados do serviço em um momento crucial. Mas o observador talvez não notasse o funcionamento da lei mais importante de todas — aquela que cria vínculos entre os homens e muitas vezes é a chave para a vitória ou a derrota de um exército.

Essa lei, simples e natural como os batimentos do coração, era imutável e inescapável. Durante os anos de Hitler no poder, a despeito de todas as proclamações da "filosofia" fascista, a fé na igualdade das nações e o amor pela terra soviética não morreram; essa fé e esse amor perduraram na parte mais íntima e profunda do coração dos soldados, em suas conversas noturnas e nos discursos de seus comissários. A irmandade de todos os trabalhadores soviéticos continuou a viver e respirar na lama agitada da linha de frente, em trincheiras semi-inundadas, na poeira do verão e nas nevascas de inverno. Essa era a lei que unia homens, companhias, batalhões e regimentos. As pessoas simples que haviam criado essa lei — a que obedeciam à risca e de modo incondicional, muitas vezes sem se dar conta da sua existência — viam nela a única medida verdadeira do caráter e da ação dos homens.

Vavílov trabalhara a vida toda. Entendia que o trabalho era ao mesmo tempo um fardo e uma alegria.

Remando rio acima contra uma corrente poderosa; observando um campo que havia acabado de arar ou a montanha de torrões de turfa que arrancara ao cavar uma trincheira; ouvindo o súbito estalo ao cravar a cunha do machado em um tronco retorcido; medindo a olho a profundidade de uma cova ou a altura de uma parede que acabara de erguer — todo tipo de trabalho lhe proporcionava uma calma e tímida noção da própria força. Era de fato um fardo e uma alegria. Dia após dia, lhe proporcionava a mesma recompensa que proporcionava a cientistas, artistas e grandes reformadores: o entusiasmo da luta e a satisfação da vitória.

No colcoz, o senso de Vavílov acerca de seu próprio poder e aptidão se fundira à sua noção da unidade e força do povo e do objetivo que compartilhavam. Nas épocas do ano em que todos tinham que trabalhar juntos — durante o arado, a colheita e a debulha —, Vavílov sentia que a enorme escala do trabalho no colcoz incutira algo novo à vida de todos. O zumbido dos carros, o rugido dos tratores, o calculado progresso das ceifadeiras-debulhadoras, a determinação dos motoristas de trator e líderes de brigada — tudo isso constituía um único esforço comunitário em prol de um objetivo comum. Todas aquelas centenas de mãos — mãos escuras manchadas de óleo de máquina, mãos escurecidas pela ação do vento e do sol, mãos masculinas, mãos de meninas e velhas, mãos de mulheres — compartilhavam o trabalho de levantar camadas de solo, ceifar e debulhar o grão do colcoz. E todos lá sabiam que a força dos homens e das mulheres era resultado dos laços que reuniam a força e as habilidades de indivíduos em uma única habilidade coletiva.

Vavílov sabia que havia muita coisa de que os camponeses soviéticos podiam se orgulhar: tratores e colheitadeiras; motores para bombear água até a fazenda de criação de porcos, o estábulo e o campo experimental; motores portáteis e motores a diesel; pequenas centrais hidrelétricas na margem de um rio. Ele testemunhara a primeira aparição no vilarejo de bicicletas, caminhões e estações de máquinas e tratores operadas por mecânicos especializados — e de estradas asfaltadas, agrônomos, apicultores treinados, pomares de macieiras Mitchurin, aviários, estrebarias e estábulos com piso de pedra. Mais dez ou quinze anos de paz — e seu colcoz poderia estar cultivando os melhores grãos em uma vasta extensão de campos.

Mas os fascistas não haviam permitido que isso acontecesse.

A primeira hora de instrução política da companhia foi realizada ao ar livre. O instrutor político Kotlov — careca, de testa larga — perguntou a Vavílov:

— Quem é você, camarada?

— Ativista colcoziano da guarda — respondeu Vavílov.

— Ativista colcoziano da guarda — murmurou Réztchikov.

A resposta de Vavílov divertiu a todos. A resposta correta era "soldado do Exército Vermelho, 3ª Companhia, tal e tal regimento, tal e tal divisão da guarda, Ordem do Estandarte Vermelho".

Mas Kotlov optou por não corrigir Vavílov. Simplesmente disse:

— Muito bem.

Embora viesse de um vilarejo, em pouco tempo ficou claro que Vavílov sabia mais do que a maioria de seus camaradas. Sabia dos recentes acontecimentos políticos na Romênia e na Hungria. Sabia quando a Fábrica Metalúrgica de Magnitogorsk havia sido fundada, e quem comandara a defesa de Sebastopol em 1855. Falou sobre a invasão de Napoleão em 1812. Quando Záitchenkov, o contador, cometeu um erro, Vavílov surpreendeu a todos dizendo:

— Hindenburg não era ministro da Guerra. Foi um marechal de campo do Kaiser Guilherme.*

---

* Paul von Hindenburg (1847-1934), marechal do Império Alemão e presidente do país durante a República de Weimar; nomeou Hitler para o cargo de chefe de governo em 30 de janeiro de 1933. (N. T.)

Nada disso passou despercebido por Kotlov. Quando ele não conseguia explicar algo com clareza e um dos soldados insistia em continuar fazendo perguntas, Kotlov virava-se para Vavílov e perguntava:

— Bem, como você diria, camarada Vavílov?

Naquela noite, o travesso Réztchikov fez todo mundo rir ao bater continência diante de Vavílov e disparar:

— Camarada ativista colcoziano, permita-me perguntar: você por acaso é parente do comissário Vavílov, desta divisão de guardas?

— Não — disse Vavílov. — Parece que temos o mesmo sobrenome.

Ao amanhecer, o tenente Kováliov mandou soar o toque de alvorada; estava dormindo mal, como todos sabiam, por causa do amor não correspondido pela instrutora médica Lena Gnatiuk. Organizou um exercício de tiro. Vavílov provou ser um péssimo atirador; não acertou nenhuma vez o alvo.

Durante seus primeiros dias na companhia, Vavílov sentiu-se intimidado pela complexidade e diversidade dos armamentos: rifles, submetralhadoras, granadas de mão, morteiros leves, metralhadoras leves e pesadas, fuzis antitanque. Visitou também algumas unidades vizinhas e inspecionou as armas maiores: morteiros pesados, canhões antiaéreos e antitanque, minas antipessoais e antitanque. À distância, vislumbrou uma antena radiofônica e rebocadores de tanques.

Evidentemente, uma única divisão de infantaria possuía um vasto estoque de armas à disposição. Vavílov disse a Záitchenkov, seu vizinho de tarimba:

— Ainda me lembro do exército antigo. A Rússia certamente não tinha armas como essas naqueles dias. Deve haver milhares de fábricas trabalhando dia e noite sem parar!

— E mesmo se o tsar tivesse sido capaz de providenciar armas como essas — respondeu Záitchenkov —, ninguém saberia como manejá-las. Os camponeses só sabiam atrelar e desatrelar cavalos. Já os recrutas de hoje entendem de tudo. São montadores, tratoristas, mecânicos e engenheiros. Veja o caso do nosso Ussúrov. Na Ásia Central, trabalhava como motorista. Depois, quando se alistou, foi designado para dirigir rebocadores de tanques.

— Mas o que ele está fazendo aqui na infantaria? — perguntou Vavílov. — Por que o colocaram aqui com a gente?

— Ah, foi uma besteirinha. Ele foi flagrado um par de vezes trocando gasolina por aguardente. O comissário de regimento o transferiu.

— Não é exatamente uma besteirinha — respondeu Vavílov em voz baixa.

Os dois homens já haviam contado um para o outro sua idade e quantos filhos tinham. Ao saber que Vavílov costumava ir regularmente ao banco do centro distrital tratar de negócios do colcoz, Záitchenkov sentiu especial boa vontade em relação a ele — a indulgente boa vontade que um contador de um depósito de madeira sente por seu primo do interior.

Durante as primeiras lições, Záitchenkov fez o que pôde para ajudar Vavílov e até mesmo lhe deu um pedaço de papel em que havia anotado os nomes de todas as diferentes partes de uma granada de mão e uma submetralhadora.

Essas aulas eram excepcionalmente importantes, ainda mais importantes do que qualquer um à época era capaz de entender. Os instrutores — comandantes e soldados — já haviam sobrevivido a longos meses de guerra. Tinham aprendido mais do que se pode aprender em qualquer manual militar. Compreendiam o combate não apenas com a mente, mas também com o coração.

Nenhum manual é capaz de descrever a sensação de se deitar com o rosto pressionado contra o chão de uma trincheira enquanto a lagarta de um tanque inimigo passa, rangendo e rilhando, poucos centímetros acima do frágil crânio — um crânio já meio coberto de terra e poeira. Nenhum manual é capaz de preparar o soldado para respirar naquela peculiar mistura de poeira seca e fedor oleoso e tóxico dos gases de escapamento. Nenhum manual pode descrever a expressão no olhar dos homens quando são despertados por um ataque noturno, quando ouvem explosões de granadas de mão e rajadas de submetralhadoras e veem foguetes alemães subindo ao céu.

O verdadeiro conhecimento da guerra inclui o conhecimento do inimigo e de suas armas, da batalha na madrugada, na névoa, em plena luz do dia, no pôr do sol, na floresta, na estrada, nas estepes, no vilarejo, às margens de um rio. Inclui o conhecimento dos sons e sussurros da guerra e, acima de tudo, o conhecimento de si mesmo, de seu próprio vigor, resistência, experiência e astúcia.

Nos exercícios de campo, nas simulações de alarmes de ataques noturnos, nos cruéis e aterrorizantes exercícios com tanques, os novos recrutas assimilavam todas essas experiências.

Os comandantes não estavam dando aulas a estudantes que logo sairiam da escola para voltar a um lar tranquilo; estavam ensinando os soldados que em pouco tempo lutariam ao lado deles. E o tema de suas aulas era um só: a guerra.

Havia dezenas, talvez centenas de métodos por meio dos quais transmitiam seus conhecimentos. Os novos recrutas absorviam esse conhecimento a partir dos tons de voz em que as ordens eram dadas, e observando os movimentos, gestos e expressões faciais de comandantes e soldados do Exército Vermelho endurecidos pelo campo de batalha. Esse conhecimento era personificado nas histórias que Ríssev contava à noite, no tom de zombaria com que perguntava: "Sabe do que os boches gostam mais do que tudo?". Esse conhecimento estava presente na autoridade com a qual Kováliov dizia, aos berros: "Corram, continuem correndo e não caiam. Ninguém pode tocar em vocês lá... por que estão se deitando no chão? Isso não os protegerá dos morteiros... não se exponham! Mantenham-se na ravina! O vale está infestado de morteiros inimigos... por que deixaram o carro lá — vocês querem ser bombardeados por Junkers?". Esse conhecimento estava presente também na fanfarrice de Réztchikov, em seu debochado desdém pelos alemães, no tom despreocupado com que falava sobre as peças que pregava neles.

Certa capacidade de desprezo pode ser de grande ajuda para um soldado, mas em 1941 o Exército Vermelho levou vários meses para adquiri-la.

Quando os fascistas invadiram o país, todos — os habitantes das cidades grandes e os trabalhadores dos colcozes — entenderam de imediato que era o começo de uma luta longa e sangrenta. Os alemães eram vistos como uma opulenta e forte nação guerreira.

A guerra contra a França estava agora confinada às páginas dos livros; as últimas pessoas que se lembravam do ano de 1812 haviam morrido décadas antes. A guerra contra a Alemanha, no entanto, ainda era uma memória viva, uma parte da amarga experiência de todos.

No verão de 1941, Vavílov dissera à esposa:

— Hitler quer tomar toda a nossa terra. Quer poder arar o mundo inteiro.

Vavílov pensava na Terra como um "globo terreno", e não terrestre, porque a via como um vasto campo que o povo tinha a responsabilidade de arar e semear.

Hitler declarou guerra aos camponeses e trabalhadores; foi a terra das pessoas que ele invadiu.

A divisão prosseguiu seu treinamento. Novos contingentes continuaram chegando. E sempre havia trabalho a ser feito — estradas a assentar, árvores a derrubar, toras a rachar, abrigos antiaéreos a construir.

Durante o trabalho, esquecia-se a guerra, e Vavílov perguntava às pessoas sobre a vida delas em tempos de paz: "Como é a sua terra? O trigo cresce bem? Há secas? E painço... semeiam painço? Produzem batatas suficientes?". Falava com muitas pessoas que haviam fugido dos alemães: moças e velhos que se arrastaram a duras penas para o leste com seu gado; motoristas de trator que tinham vindo dirigindo desde a Ucrânia e a Bielorrússia, trazendo consigo todas as ferramentas mais preciosas do colcoz. Ele se deparava com pessoas que tinham vivido sob a ocupação alemã e escapado através da linha de frente; fazia pormenorizadas perguntas sobre como era a vida sob o jugo germânico.

Vavílov logo entendeu que os alemães eram simplesmente bandidos. Os únicos itens pequenos que traziam consigo eram pederneiras para os isqueiros; as únicas peças de máquinas maiores que traziam eram debulhadoras. Em troca de algumas pedras de isqueiro, Hitler esperava se apoderar de toda a vastidão do território russo. E a nova ordem de Hitler, com seus *Gebietskommissars* e *Parteien Chefs*,[152] não era boa para ninguém. Os alemães, afinal, não queriam arar o globo inteiro; queriam apenas comer o trigo dos outros.

A curiosidade de Vavílov não passou em brancas nuvens. A princípio, os outros soldados tiravam sarro dele.

— Lá vai ele de novo — diziam. — Nosso ativista colcoziano detém outro camponês para interrogatório.

— Ei, Vavílov! — gritavam. — Temos aqui algumas mulheres de Oriol. Quer organizar um debate?

Mas logo perceberam que estavam errados em suas zombarias; Vavílov fazia perguntas sobre assuntos de importância vital para todos.

---

[152] Funcionários administrativos — alguns, alemães; outros, colaboradores ucranianos.

Dois episódios, em especial, fizeram dele uma figura estimada e respeitada por todos. O primeiro foi quando a divisão estava prestes a se deslocar para oeste, em direção ao front. Ussúrov concordara em deixar seu abrigo subterrâneo para uma velha senhora cuja casa havia sido incendiada — mas apenas em troca de dois litros de aguardente caseira. Se ela lhe trouxesse uma garrafa, ele revestiria as paredes de tábuas novas; caso contrário, derrubaria a casamata. A velhota não tinha nenhuma bebida. Quando Ussúrov terminou o trabalho, ela lhe trouxe um xale de lã.

Depois que Ussúrov riu e ergueu o xale no ar para mostrá-lo a todos, fez-se um silêncio geral. Então Vavílov foi falar com ele. Com uma voz calma que levou todos a prestarem atenção, disse:

— Devolva o xale a ela, seu canalha!

Vavílov pegou o xale com uma das mãos, cerrou o punho da outra e o manteve a poucos centímetros do rosto de Ussúrov. Todos esperavam uma briga. Sabiam que Ussúrov era forte e tinha um temperamento violento.

Mas Ussúrov soltou o xale e disse:

— Ah, tudo bem! Não estou nem aí. Pode devolver para a mulher.

Vavílov jogou o xale no chão.

— Foi você que tirou o xale dela e é você que vai devolver.

A velha, amaldiçoando Ussúrov em silêncio, perguntava-se por que as balas alemãs matavam homens bons e honrados e poupavam parasitas tão desprezíveis, desavergonhados e imprestáveis. Quando Ussúrov lhe devolveu o xale, ficou até sem palavras.

Reunindo-se de novo a seus camaradas, Ussúrov tentou ocultar seu constrangimento.

— Nós, motoristas, levávamos uma vida e tanto na Ásia Central. Sim, tudo corria às mil maravilhas para nós! Eu não queria mesmo esse xale... nosso defensor dos oprimidos gastou saliva à toa! E eu não roubei aquela porcaria de trapo, era o pagamento por um trabalho. Na minha terra, eu ganhava algum extra também. Depois que concluía o dia de trabalho, meu caminhão ficava lotado. Meus passageiros me pagavam com o que podiam, fosse dinheiro, vodca, tabaco ou damascos secos. Uma moça me pagava com amor. Eu tinha três ternos, todos cortados do melhor pano, acreditem! Nos dias de folga, vestia uma gravata, um paletó e meus sapatos amarelos... não, ninguém diria que *eu* era motorista de caminhão. Eu ia ao cinema e depois ao restaurante. Pedia *chachlik** de cordeiro, meio quilo de vodca,[153] um pouco de cerveja. Sim, essa era a vida, uma maravilha! O que eu ia querer com o xale de uma camponesa?!

O segundo incidente, que deixou impressão ainda mais forte, foi durante um ataque aéreo. O trem em que a companhia estava aguardava em um desvio, na parte externa de uma grande estação de entroncamento. Os aviões alemães apareceram no final da tarde e despejaram uma sucessão de bombas — de meia tonelada e de uma tonelada. Estavam tentando destruir o silo de grãos. O raide começou sem aviso prévio, e todos simplesmente se lançaram ao chão onde estavam; muitos nem sequer conseguiram saltar dos vagões. Dezenas de homens morreram ou foram mutilados. Incêndios eclodiram em vários lugares, e granadas começaram a explodir em um trem carregado de munições não muito longe dali. Em meio à fumaça e à terrível barulheira, entre os uivos e apitos de locomotivas, a morte parecia inescapável. Até mesmo o exuberante e destemido Ríssev ficou branco feito cera. Entre uma e outra breve pausa nos bombardeios, saíam todos correndo, à procura de qualquer recanto e recesso seguro naquela terra negra e hostil que reluzia com o óleo derramado. Todos tinham certeza de que estavam no pior lugar possível, de que qualquer outro lugar seria mais seguro. Foi esse corre-corre desesperado e inútil que causou mais mortes e feridos. Vavílov, enquanto isso, permaneceu sentado ao lado de uma carroça, fumando um cigarro. Todos se lembraram dele dando instruções, aos berros:

— Fiquem parados! Não entrem em pânico! Pensem!

Densa e compacta, a própria terra tremia, rachando-se. Estava se despedaçando, como chita podre.

Quando o ataque terminou, Ríssev disse a Vavílov:

— Você é uma pessoa de têmpera forte, meu velho!

Kotlov distinguiu Vavílov desde o primeiro dia. Tinha longas conversas com ele, confiava-lhe cada vez mais tarefas e o atraía para discussões gerais durante as leituras de jornais e as sessões de instrução

---

* Churrasco caucasiano, em que a carne, recheada de especiarias, é assada aos cubos no espeto. (N. T.)
[153] Talvez cause estranheza ver a vodca sendo medida em uma unidade grande como quilogramas, mas era normal medir as bebidas alcoólicas por peso, e não por volume.

política. Era inteligente e reconheceu nele uma força clara e pura na qual sabia que poderia confiar.

Os soldados não perceberam, e o próprio Vavílov tinha ainda menos consciência disso, mas, quando a divisão recebeu ordens para se deslocar até o front, ele já se tornara uma figura confiável, essencial para a companhia. Era Vavílov, sobretudo, quem unia todos, independente da idade ou origem: Ríssev, o ex-paraquedista; Záitchenkov, o contador; Muliartchuk, com seu rosto bexigoso; Réztchikov, de Iarosláv; e Usmánov, o uzbeque.

Kováliov, o jovem comandante da companhia, estava ciente disso, e o subtenente também.

Ríssev havia prestado serviço ativo antes da guerra e participara dos primeiros confrontos na fronteira soviética e das cruéis batalhas nas cercanias de Kiev. De alguma forma, nem mesmo ele se ressentia do aumento da autoridade de Vavílov.

Apenas Ussúrov permanecia hostil. Quando Vavílov lhe dirigia a palavra, franzia o cenho e parecia relutante em responder. Às vezes simplesmente não respondia.

As divisões que aguardavam na reserva estavam prestes a entrar nos últimos estágios de treinamento. Todos — de generais a soldados comuns — estavam empolgados em saber que seus derradeiros exercícios de preparação para combate seriam supervisionados pelo marechal Vorochílov.

Líder das divisões dos mineiros na defesa de Tsarítsin[154] durante a Guerra Civil, Vorochílov fora novamente enviado ao Volga, para passar em revista o exército do povo.

Os exercícios começaram. Milhares de homens, espalhados pelo campo com todo seu armamento, viram a cabeça grisalha do marechal.

Depois, Vorochílov convocou uma reunião. Na sala de aula de uma escola da aldeia, conversou longamente com os comandantes de divisões e regimentos e com seus chefes de estado-maior. Todos ficaram encantados com a avaliação positiva que o marechal fez de sua prontidão para o combate.

E entenderam: a hora da batalha se aproximava.

---

[154] Nome anterior de Stalingrado até 1925, quando a cidade foi renomeada em reconhecimento ao papel exercido por Stálin — exacerbado durante a era stalinista — em sua defesa durante a Guerra Civil Russa. Em 1961, foi rebatizada de Volgogrado.

PARTE II

1

No início de agosto de 1942, o coronel-general Ieriômenko chegou a Stalingrado. A Stavka havia ordenado a criação de duas novas frentes de batalha: o front sudeste e o front de Stalingrado. A tarefa do primeiro era proteger o baixo Volga, a estepe da Calmúquia e os acessos ao sul de Stalingrado; a tarefa do último, proteger os acessos a noroeste e a oeste da cidade. A Stavka tinha nomeado o coronel-general Ieriômenko para o comando do front de Stalingrado; o principal instrutor político — o membro do exército do front soviético — seria Nikita Khruschóv.

A posição dos dois fronts era decisiva. Os alemães contavam com forças consideráveis à sua disposição: cento e cinquenta mil homens, mil e seiscentas peças de artilharia e setecentos tanques. O 4º Corpo Aéreo de Richthofen proporcionava um poderoso apoio.

Tanto em efetivo quanto em armamentos, as forças alemãs eram muito superiores às dos fronts soviéticos.

Tudo indicava que a ofensiva que Hitler e Mussolini haviam discutido em Salzburgo estava se aproximando de um desenlace bem-sucedido. Em seu avanço, o exército alemão havia percorrido uma distância enorme. Colunas de tanques germânicos romperam as linhas no front sudoeste. A ala direita do front recuou em direção ao Don, nos arredores de Klétzkaia, ao passo que a ala esquerda recuava em direção a Rostov e ao Cáucaso. O maior contingente das tropas alemãs agora avançava rápido em direção a Stalingrado; sua vanguarda estava a apenas trinta ou quarenta quilômetros do Volga.

No final de julho, depois de se reagruparem, os alemães haviam iniciado a fase final da ofensiva, com o objetivo de capturar Stalingrado.

Nesses dias, as pessoas percebiam sobretudo o lado trágico da defesa nos penhascos do Volga. A fumaça e as chamas dos combates ao redor do Don e do Volga as tinham cegado para as mudanças que haviam ocorrido ao longo do ano. A Stavka, no entanto, tinha plena ciência dessas mudanças; seus membros sabiam que o poder soviético estava agora em posição de derrotar a violência fascista. Muito em breve isso ficaria claro para toda a nação soviética e para o mundo.

No verão de 1942, Hitler continuava na ofensiva, mas não percebeu que, apesar de seu aparente sucesso, ela não lhe traria ganhos reais. Apenas uma blitzkrieg poderia assegurar a vitória efetiva. Ele fizera uma aposta tresloucada — e o Exército Vermelho já havia destruído sua única chance de sucesso.

A batalha travada nos limites de Stalingrado ocorreu num momento em que a produção de peças de artilharia e veículos militares pela União Soviética começava a ultrapassar a produção alemã, depois que um ano inteiro de combates e de trabalho da classe operária havia conseguido aniquilar a superioridade inicial dos germânicos em termos de armamentos e de experiência militar. E foi nessa mesma época que as forças soviéticas passaram a dominar a arte das manobras estratégicas, e que os alemães, por sua vez, começaram a sentir o terror dos vastos espaços às suas costas, que convidavam à retirada. Foi nesse momento que eles conheceram pela primeira vez o medo do cerco — a doença cruel que aflige os corações, mentes e pernas de soldados e generais.

Ao longo dos nefastos meses de batalha, a Stavka elaborou os detalhes da ainda secreta ofensiva de Stalingrado. Enquanto se esforçavam para continuar defendendo a cidade, os estrategistas soviéticos já podiam ver as setas vermelhas — representando as investidas russas — que em breve seriam fincadas no meio do Don e nos lagos na estepe do sul para fulminar ambos os flancos das forças alemãs.

Por fim, as reservas receberam a ordem de seguir adiante. Um caudaloso rio de ferro — a energia oculta do Exército Vermelho e do povo soviético — se abriu em duas torrentes. Uma foi reforçar as divisões de defesa da cidade, enquanto a outra se preparou para atacar. Os comandantes responsáveis pelo planejamento da ofensiva já tinham uma imagem clara do momento em que as duas hastes da pinça de aço se encontrariam e o exército de Paulus seria cercado por um firme anel de divisões de artilharia, corpos de tanques, regimentos de morteiros de guardas e unidades de infantaria e cavalaria recém-equipadas com pesado poder de fogo.

O rio infinito de ira e tristeza do povo soviético não fora engolido pela areia, sugado pela terra. A vontade do povo, a vontade do Partido e do Estado o transformaram em um rio de ferro e aço, que agora fluía em sentido inverso, de leste para oeste. Seu imenso peso faria a balança pender a favor dos russos.

2

Quando leem romances obscuros, ouvem uma música complexa demais ou contemplam uma pintura assustadoramente ininteligível, as pessoas sentem-se angustiadas e infelizes. Os pensamentos e sentimentos dos personagens do romance, os sons da sinfonia, as cores da pintura — tudo parece bizarro e difícil, como se fosse de outro mundo. Quase envergonhados de serem naturais e diretos, os espectadores leem, olham e ouvem sem alegria, sem nenhuma emoção verdadeira. A arte antinatural é uma barreira entre o homem e o mundo — impenetrável e opressiva, como uma grade de ferro.

Mas também há livros que fazem o leitor exclamar com alegria: "Sim, é exatamente o que *eu* sinto. Também passei por isso e foi justo o que pensei".

Esse tipo de arte não separa as pessoas do mundo; conecta as pessoas à vida, a outras pessoas e ao mundo como um todo. Não escrutina a vida através de lentes de cores estranhas.

Os leitores desse tipo de livro parecem dissolver a vida no seu ser, deixando entrar toda a grandeza e complexidade da existência humana no seu sangue, na maneira como pensam e respiram.

Mas essa simplicidade, essa suprema simplicidade da clara luz do dia, nasce da complexidade da luz de diferentes comprimentos de onda.

Nessa simplicidade clara, calma e profunda reside a verdade da arte genuína. Essa arte é como a água de uma fonte; olhando para ela, podemos ver o fundo, os seixos e o verde das plantas; mas sua superfície é também um espelho; nele, enxergamos em sua totalidade o mundo em que vivemos, trabalhamos e lutamos. A arte combina a transparência do vidro e a potência de um espelho astronômico perfeito.

Tudo isso se aplica não apenas à arte; é igualmente verdadeiro para a ciência e a política.

E a estratégia de uma guerra do povo, uma guerra pela vida e a liberdade, não é diferente.

3

O coronel-general Ieriômenko, o novo comandante do front de Stalingrado, era um homem corpulento com cerca de cinquenta anos de idade. Tinha rosto redondo, nariz curto, cabelo cortado à escovinha por cima da testa larga enrugada e olhos ágeis e vivos por trás de óculos simples de armação de metal, como os de um professor de aldeia. Mancava ligeiramente, em virtude de um ferimento na perna.

Ieriômenko servira como cabo na Primeira Guerra Mundial e gostava de relembrar aqueles anos — seus assistentes podiam prever em que ponto de uma conversa ele começaria a contar mais uma vez a história de um ataque de baioneta durante o qual apunhalara vinte alemães.

Ieriômenko sabia muito sobre a guerra — das simples dificuldades encontradas por um soldado raso aos píncaros do generalato. A guerra, para ele, era um trabalho de todos os dias, não um acontecimento extraordinário. Ele olhava para seu uniforme de general como um operário olha para seu macacão de lona. Seu ajudante de ordens, Parkhómenko, gostaria que ele tivesse uma aparência mais inteligente e impressionante do que a de qualquer outro general, mas no fim teve que se dar por vencido; o peito e os ombros de Ieriômenko viviam cobertos de cinzas de cigarro, e em seu paletó havia sempre respingos de tinta e outros tipos de manchas.

Ieriômenko era enorme, mas encurvado; seu tipo físico não facilitava a vida dos alfaiates.

Era um homem do povo e um general de tremenda experiência.

No início do verão de 1941, Ieriômenko estava no comando de um dos setores do front ocidental e desempenhou um importante papel na operação que, por algum tempo, interrompeu o avanço alemão rumo a Smolensk.

Em agosto, foi nomeado comandante do front de Briansk. No decorrer de várias batalhas encarniçadas, conseguiu evitar que os blindados de Guderian avançassem em direção a Oriol. No inverno de 1941, no comando do front noroeste, abriu uma brecha na linha de frente alemã.

Ieriômenko chegou a Stalingrado nos dias mais sombrios da longa retirada soviética, e podia parecer que esse soldado de pântanos e florestas, que passara a maior parte da guerra em fronts relativamente lentos, estava fora de lugar na estepe sul. No espaço de apenas um ano, o quartel-general do front sudoeste deslocara-se de Tarnopol, no oeste da Ucrânia, até o Volga, enfrentando condições especialmente árduas. As amplas planícies e estepes, riscadas por inúmeras estradas e trilhas, constituíam o terreno ideal para a guerra de manobra que os alemães tanto privilegiavam; na estepe aberta, seus tanques e artilharia e infantaria motorizadas se viam livres para realizar movimentos em pinça e de cerco com rapidez e vigor sem precedentes. As condições para o front noroeste de Ieriômenko não poderiam ter sido mais diferentes. Os pântanos, a floresta densa, a falta de estradas — tudo se combinou para refrear o avanço alemão, e por meses a fio a linha de frente mal se moveu.

Alguns oficiais do estado-maior, julgando Ieriômenko tristemente inexperiente, sentiam um enorme prazer em relembrar seus muitos recuos precipitados e desastrosos cercos.

Não entendiam que a falta de interesse de Ieriômenko pela ciência da retirada na estepe — sua recusa em aprender essa infeliz arte — era um sinal não de fraqueza, mas de força.

Esses oficiais ainda não haviam percebido que a guerra estava entrando em uma nova fase. Boa parte do conhecimento que haviam acumulado durante o último ano se mostraria inestimável, mas a experiência de repentinas evacuações noturnas, realocações de emergência do quartel-general e longas perambulações estepe afora já não era relevante.

Ieriômenko escolheu um túnel profundo e abafado como local para instalar seu quartel-general. Para muitos, parecia um ato de pura excentricidade. Por que Ieriômenko havia preferido se esconder em um sufocante poço horizontal perto da entrada de uma mina quando poderia desfrutar do conforto e da conveniência de um dos maiores edifícios da cidade? Os comandantes sairiam desse túnel sem fôlego e passariam um bom tempo piscando na radiante luz do dia.

Causava estranheza o contraste entre esse quartel-general subterrâneo e o elegante charme sulista da cidade, que ainda se fazia sentir a despeito das vicissitudes da guerra e da apressada organização das defesas. Durante o dia, grupos de meninos reuniam-se em torno dos quiosques azul-claros que vendiam água com gás. Havia uma cantina ao ar livre onde se podia sentar de frente para o Volga e beber uma cerveja gelada; uma brisa do rio agitava as toalhas de mesa e os aventais brancos das empregadas. Os cinemas exibiam *Tania*,[155] e painéis de publicidade de madeira compensada mostravam uma jovem sorridente e feliz, de bochechas rosadas, em um vestido colorido. Alunos da escola primária e soldados do Exército Vermelho visitavam o zoológico para ver o elefante evacuado de Moscou; durante o ano anterior ele também havia emagrecido. As livrarias vendiam romances sobre pessoas corajosas e afeitas ao trabalho pesado, que levavam uma vida pacífica e comedida, e as crianças e estudantes compravam livros que não deixavam margem de dúvida sobre coisa alguma — nem mesmo os números imaginários da álgebra. À noite, porém, uma fumaça brilhante e perturbadora subia das fábricas, espalhando-se por toda parte e apagando as estrelas.

A cidade fervilhava de gente. Havia indivíduos e famílias não apenas de Gomel, Dnipropetrovsk, Poltava, Carcóvia e Leningrado — havia também hospitais inteiros para refugiados, orfanatos e institutos de ensino superior.

O quartel-general do front vivia sua própria vida peculiar, apartada da vida da cidade. Os cabos pretos das linhas telefônicas de campo pendiam dos galhos de árvores cuidadosamente podadas por jardineiros. Comandantes cobertos de poeira saíam de Emkas encrostados de lama seca e com rachaduras protuberantes nos para-brisas; observavam as ruas de cima a baixo, com a mesma atenção distraída com que, horas antes, olhavam para a margem direita do Don. Ignorando todos os regulamentos e levando os controladores de tráfego ao desespero, os mensageiros pilotavam suas motocicletas em disparada pelas ruas; atrás deles, como uma névoa invisível, arrastava-se toda a angústia da guerra. Soldados do batalhão do quartel-general lançavam-se às pressas para as cozinhas recém-instaladas em pátios, fazendo estrépito com suas marmitas de lata, exatamente como haviam feito na floresta de Briansk e nas aldeias ao redor de Carcóvia.

Quando as tropas estão estacionadas em uma floresta, a sensação é de que trazem a respiração mecânica da cidade para um reino de pássaros, feras selvagens, besouros, folhas, bagas e ervas. Quando as

---

[155] Popular comédia musical lançada em 1940.

tropas e o estado-maior estão aquartelados em cidades, parecem trazer consigo a amplidão do campo e da floresta, da vida livre da estepe. No final, porém, tanto as ruas da cidade como as clareiras das florestas são diceradas; ambas se tornam meros palcos para a fúria da guerra.

Stalingrado já podia sentir o sopro da guerra. Trincheiras haviam sido escavadas em pátios e jardins como prevenção para raides aéreos. Barris de água e caixas de areia do Volga haviam sido instalados em corredores e escadarias. Durante o dia, aviões de reconhecimento voavam alto no céu; à noite, ouvia-se o som de solitários bombardeiros alemães. No crepúsculo, as ruas enegreciam; todas as janelas eram tapadas com papel escuro, cobertores e xales. Holofotes esquadrinhavam as nuvens, e do oeste vinha o ruído de artilharia distante.

Algumas pessoas já faziam as malas e remendavam as mochilas. Os moradores de casas de madeira nos arrabaldes da cidade cavavam buracos, guardando neles baús, camas niqueladas e máquinas de costura embrulhadas em esteiras. Alguns tentavam adquirir reservas de farinha, outros assavam pedaços de pão velho, transformando-os em torradas que poderiam embalar em sacos e levar nas viagens. Alguns dormiam mal, atormentados por presságios e assustados com a probabilidade de ataques aéreos; outros tinham total confiança nas defesas soviéticas e acreditavam piamente que os bombardeiros alemães jamais conseguiriam entrar na cidade. E, todavia, a vida continuava como sempre, sua coesão mantida pelos usuais laços de família, amizade e trabalho.

4

Um grupo de jornalistas — de jornais de Moscou, da agência de telégrafos e do comitê de rádio — reuniu-se na abafada sala de espera do quartel-general subterrâneo do coronel-general Ieriômenko. Um ajudante de ordens disse-lhes que teriam de esperar. Ieriômenko, que prometera informá-los sobre a situação no front, estava atrasado por conta de uma reunião do Soviete Militar.

Enquanto aguardavam, os jornalistas faziam piadas sobre as constantes rusgas entre aqueles que passavam algum tempo na linha de frente e os que permaneciam em um quartel-general do exército ou do front. Os primeiros costumavam estar sempre atrasados no envio de seus artigos. Seus veículos atolavam na areia ou na lama; eles se enredavam nos cercos; perdiam contato com seus escritórios; supostamente incapazes de ver as coisas de forma abrangente, não conseguiam apresentar o tipo de artigo desejado por seus editores. Já os jornalistas que permaneciam nos quartéis-generais forneciam uma visão mais geral e mais equilibrada dos acontecimentos; despachavam seus artigos dentro do prazo por meio de linhas telefônicas confiáveis e contemplavam com desapego filosófico as agruras e desventuras dos correspondentes da linha de frente. Estes, naturalmente, ficavam ressentidos.

Numa ocasião, um arrependido jornalista de quartel-general visitou uma companhia de infantaria na linha de frente. Um obus explodiu nas proximidades; ele sofreu uma grave concussão e quase morreu. No fim das contas, passou mais de três dias no front, sem dormir. Descreveu tudo isso em um artigo — mas esse artigo, que a seu ver era o melhor que já escrevera, foi o único de seus textos a jamais ser publicado. A resposta de seu chefe foi um telegrama raivoso: "Nebuloso e irrelevante, sem personagens realistas e atrasado demais".

Zbávski, do *Notícias de Última Hora*, começou a dizer que havia entrevistado Ieriômenko quando ele ainda estava no comando do front de Briansk. Ieriômenko insistira que ele ficasse para jantar e que pernoitasse no quartel.

Mas os outros não estavam interessados. O capitão Bolokhin, correspondente do *Estrela Vermelha*, trouxe a conversa de volta para a única questão que realmente importava: Stalingrado resistiria?

Bolokhin era um homem incomum. Aonde quer que fosse, levava consigo uma mala repleta de livros de todos os seus poetas favoritos. Os livros se misturavam a mapas militares, recortes de jornais, cuecas sujas, meias rasgadas e panos de enrolar nos pés, já quase pretos. Durante algumas viagens, essa mala sofria tantos solavancos que parecia que as meias, os poemas de Blok e Annenski,[156] os panos e cuecas poderiam ser todos amalgamados em algum material homogêneo antigo combinando tecidos e elementos de poesia. Entretanto, quando a mala fosse aberta, ficaria claro que tanto a poesia quanto os trapos continuavam a ser o que eram. À noite, Bolokhin se deitava no chão de uma isbá

---

[156] Aleksandr Blok (1880-1921) e Innokenti Annenski (1855-1909) foram os dois mais importantes poetas simbolistas russos. A poesia de Annenski é sutil e delicada. Blok é menos sutil, mas profundamente místico. Ambos se afastam muito do realismo socialista.

de aldeia e lia poemas em voz alta, numa voz melodiosa. A palha farfalhava enquanto ele coçava desesperado o peito e as laterais do corpo.

Bolokhin era escrupuloso em suas relações com os outros e, ao contrário da maioria dos escritores, sentia um prazer genuíno com o êxito dos colegas. Estes, por sua vez, o respeitavam por sua capacidade de trabalhar sem pausa; acostumaram-se a acordar no meio da noite e ver a sua cabeça grande — iluminada por uma lâmpada de azeite — inclinada sobre um mapa do exército.

Um fotojornalista exprimia seu pessimismo de maneira bem-humorada, dizendo que arranjara um pneu de carro: dali a alguns dias, todos teriam que nadar até a margem esquerda do Volga. Ele também pensava em atravessar logo o rio e encontrar um alojamento perto do lago Elton. Uma vez lá, compraria um arreio de camelo, já que seu carro precisaria de tração extra para lidar com as areias do deserto. Ele deu a entender que havia começado a estudar cazaque e estava elaborando um futuro artigo: "Sobre montanhas de cadáveres, o inimigo avança inutilmente em direção a Tachkent".

A maioria dos presentes, no entanto, acreditava que Stalingrado resistiria.

— Stalingrado! — disse com reverência o correspondente do *Izvéstia* antes de lembrar a todos que a primeira fábrica do primeiro plano quinquenal havia sido construída ali e que a defesa da cidade em 1919 era um dos capítulos mais gloriosos da história da Rússia.

— Sim — concordou Bolokhin —, mas vocês se lembram do relato de Tolstói sobre o conselho de guerra em Fili, em 1812?

— Claro, é brilhante! — respondeu Zbávski, embora não se lembrasse dessas páginas.

— Vocês recordam — continuou Bolokhin — que alguém perguntou: "Podemos de fato contemplar a rendição de Moscou, a ancestral e sagrada capital da Rússia?". E que Kutúzov respondeu: "Moscou é sem dúvida ancestral e sagrada, mas sou obrigado a fazer uma pergunta estritamente militar: é possível para nós, considerando a nossa posição atual, defender a cidade?". E então Kutúzov respondeu a sua própria pergunta. "Não", disse ele. "Isso não pode ser feito." Entendem o que estou querendo dizer?

Bolokhin gesticulou na direção do gabinete de Ieriômenko — e todos começaram a se perguntar se a reunião que acontecia ali chegaria à mesma decisão que o conselho de guerra em 1812.

Em seguida, os generais começaram a sair do gabinete e os jornalistas ficaram de pé.

Ieriômenko os convidou a entrar em sua sala pequena, bem iluminada e sem ventilação. Os jornalistas se sentaram, de forma bastante ruidosa, e começaram a abrir seus estojos de mapas e a pegar seus blocos de notas.

— O senhor se lembra de mim, camarada coronel-general? — perguntou Zbávski.

— Espere um momento, onde foi? — perguntou Ieriômenko, franzindo a testa.

— Na floresta de Briansk, não faz muito tempo. Comi à sua mesa!

— Outros também — disse Ieriômenko, balançando tristemente a cabeça. — Não, eu não me lembro.

Zbávski ouviu risadinhas abafadas e percebeu que os colegas não o deixariam se esquecer disso. Já podia ver a alegre zombaria em seus olhos.

Ieriômenko caminhou até a mesa, mancando como de costume. Sentou-se desajeitadamente, deixando escapar um gemido baixo. O ferimento sofrido no inverno anterior o incomodava.

— Como está a sua ferida, camarada comandante? — perguntou o correspondente do *Pravda*.

— Foi um estilhaço de morteiro. Meu sétimo ferimento. A essa altura eu já devia estar acostumado. Mas este aqui não gosta de mau tempo. Foi por isso que vim para cá. Precisava mudar de clima.

— Então o senhor planeja ficar? Não acha que terá que mudar de ares de novo? — perguntou Bolokhin.

Ieriômenko olhou para Bolokhin por cima dos óculos:

— O que o faz perguntar isso? Não deixarei Stalingrado.

Bateu na mesa com a palma da mão grande e, dirigindo-se a todos, disse em tom severo:

— Suas perguntas, por favor. Não tenho muito tempo.

Os jornalistas começaram seus questionamentos.

Ieriômenko descreveu a situação militar. O caos de ataques e contra-ataques, de repentinas investidas e contrainvestidas, parecia incompreensível. Contudo, bastavam algumas palavras simples de Ieriômenko, um único gesto indicando no mapa a trajetória do avanço alemão, para que as coisas adquirissem clareza. Muitas vezes o que parecia mais relevante para um espectador era apenas uma manobra diversionária; muitas vezes, o que parecia um sucesso estratégico alemão era, na verdade, um fiasco.

Bolokhin percebeu o quanto estivera enganado em sua avaliação da grande ofensiva lançada pelos alemães em 23 de julho. A seu ver, os ataques concêntricos dos alemães que resultaram no cerco de várias unidades do 62º Exército haviam impingido uma grave derrota para o Exército Vermelho. Mas Ieriômenko e seu estado-maior viam a situação de maneira diferente. Duas semanas de combate feroz em um campo de batalha de setenta mil quilômetros quadrados haviam de fato permitido que os alemães alcançassem o Don, mas eles não esperavam uma luta tão prolongada e não tinham alcançado seu verdadeiro objetivo. Graças à sua superioridade numérica, haviam sido capazes de romper as defesas soviéticas em vários pontos, mas foram apenas vitórias táticas de pouca monta. O importante era que seus setecentos tanques não haviam conseguido concretizar o pretendido golpe esmagador.

Bolokhin agora entendia que errara ao imaginar um paralelo entre o abandono de Moscou por Kutúzov e a vindoura batalha por Stalingrado.

Ieriômenko, entretanto, estava sisudo; ainda parecia irritado com a pergunta inicial do jornalista. E reiterou, em tom zangado, que não tinha intenção alguma de recuar ou de deslocar seu quartel-general para o outro lado do Volga. Não estava, ao contrário de alguns, pensando em pontes flutuantes, barcos, botes, jangadas, pranchas, pneus de carro ou qualquer outra forma de trocar a margem direita pela margem esquerda.

Ficou claro que Ieriômenko tivera que repetir tudo isso várias vezes nos últimos dias — e seus pensamentos não poderiam ser mais diferentes dos de Kutúzov em Fili. Durante os primeiros minutos, no entanto, sua voz soou delgada, estranhamente em desacordo com o corpanzil maciço. Mas então alguém perguntou sobre o estado de ânimo das tropas. Ieriômenko sorriu e começou a falar animado sobre as batalhas travadas no sul.

— Os homens do 64º Exército estão se mostrando verdadeiros guerreiros! Creio que todos vocês sabem sobre a batalha que está sendo travada no quilômetro 74 — alguns de vocês inclusive estiveram lá. Sim, o 64º é um exemplo para todos nós. É com eles que vocês deveriam falar, não comigo. Vocês deveriam falar com o coronel Búbnov, o comandante da brigada de tanques pesados. E deveriam fazer mais do que apenas escrever pequenos artigos, porque os tanqueiros dele merecem um romance completo. E o mesmo vale para o coronel Utvenko e sua infantaria! Os alemães mandaram cento e cinquenta tanques para atacá-los, e eles não titubearam!

— Estive com a brigada de Búbnov — disse um jornalista. — São homens impressionantes, camarada coronel-general. Vão para a morte como para um passeio de férias.

Ieriômenko estreitou os olhos.

— Chega dessa bobagem — disse ele. — Quem de nós quer realmente morrer?

Depois de pensar um momento, ainda olhando para o jornalista que havia falado, acrescentou:

— A morte não é um passeio de férias, e nenhum de nós está ávido para morrer. Nem você, camarada escritor, nem eu, nem aqueles soldados de infantaria do Exército Vermelho.

E então, com indignação ainda maior, acrescentou:

— Não, ninguém quer morrer. Lutar contra os alemães, porém, é outra questão.

Tentando amenizar o erro do colega, Bolokhin disse:

— Os tanqueiros, camarada coronel-general, são muito jovens. São ardorosos e entusiasmados. Os jovens são os melhores soldados!

— Não, camarada repórter, você está errado. Jovens, os melhores soldados? Não... eles são muito esquentados. Os velhos, então? Não... errado de novo. Os velhos sentem muita saudade de casa, das esposas, da família... é melhor encarregá-los dos suprimentos e provisões. Os melhores soldados de todos são os homens de meia-idade. Guerra é trabalho. E é como qualquer outro trabalho. O homem precisa ter alguma experiência, precisa ter pensado sobre a vida, precisa ter tomado algumas pancadas do mundo. Você acha que ser soldado é só uma questão de gritar "Urra!" e sair correndo para os braços da morte? Como se a morte fosse um passeio de férias? Não, ser soldado é mais do que ter pressa de morrer. O trabalho de um soldado é difícil, complicado. É só por imposição do dever que um soldado diz: "Bem, morrer não é fácil, mas morrerei se for preciso".

Ieriômenko encarou Bolokhin nos olhos e, como se estivesse concluindo uma discussão com ele, prosseguiu:

— Então, camarada escritor, não queremos morrer, não vemos a morte como um passeio de férias e não vamos entregar Stalingrado. Isso nos envergonharia diante de todo o povo.

Apoiando as mãos na mesa, ele se levantou, consultou o relógio de pulso e balançou a cabeça.

Enquanto os jornalistas saíam, Bolokhin disse baixinho aos colegas:

— Parece que hoje, afinal, a história não quer se repetir.

Zbávski pegou Bolokhin pelo braço e falou:

— Olha, sei que você tem mais cupons de gasolina do que precisa. Por favor, me empreste alguns. Prometo devolvê-los assim que recebermos a remessa do próximo mês.

— Sim, é claro — respondeu de pronto Bolokhin.

Estava animado. Ficara feliz, não chateado, ao descobrir seu erro. Agora entendera que o que via como uma simples questão de táticas militares era, na verdade, algo mais profundo e complexo.

E de quem eram os pensamentos que Ieriômenko expressava?

Talvez fossem os dos soldados rasos que, em túnicas esbranquiçadas de suor, haviam descido a íngreme encosta para o Volga e, em seguida, olhado ao redor, como se dissessem: "Aqui estamos... o Volga! Será mesmo possível recuar ainda mais?".

5

O velho Pável Andrêievitch Andrêiev era considerado um dos melhores metalúrgicos da fábrica. Os engenheiros lhe pediam conselhos e não gostavam de discutir com ele. Raramente consultava os dados fornecidos pelo laboratório, que realizava análises rápidas, detalhadas e precisas após cada fundição; limitava-se a dar uma olhada muito de vez em quando na página que listava os constituintes básicos de cada carga. E, mesmo isso, fazia principalmente por educação, para não ofender o químico, um homem corpulento que, a julgar pelo chiado da respiração, parecia estar sempre sem fôlego.

O químico subia às pressas os degraus íngremes para o escritório da oficina e dizia:

— Aqui está, espero não ter chegado tarde demais.

Parecia imaginar que Andrêiev o esperava ansiosamente, preocupado se teria ou não a chance de examinar a análise antes de carregar o forno de fundição.

O químico havia se formado no Instituto do Aço. Depois do trabalho, lecionava em uma escola técnica. Uma vez dera uma palestra pública, "A química na metalurgia", no salão principal da Casa da Cultura. Cartazes anunciando a palestra foram afixados junto à entrada principal e ao lado das portas do comitê da fábrica, no supermercado, na biblioteca e na cantina. Ver esses cartazes fez Andrêiev abrir um sorriso. Ele nunca poderia ter dado uma palestra sobre termômetros a gás, métodos de medição termoelétrica de temperatura e técnicas de análise espectral e microquímica.

Andrêiev sempre admirou pessoas instruídas. Sentia orgulho por conhecer essas pessoas e acreditava que só elas seriam capazes de desvendar as muitas complicações da vida.

Numa conferência, a bibliotecária da fábrica exibira com orgulho o cartão de biblioteca de Andrêiev. Ele era o leitor adulto número um da província, tanto em número de livros lidos quanto pela variedade de assuntos. Entre os livros que lera em 1940 estavam *Fundamentos do leninismo*, de Stálin; romances de Dickens, Pisemski, Sheller/Mikháilov, Leskov, Tolstói, Júlio Verne, Kuprin, Dostoiévski e Victor Hugo; *Assim foi temperado o aço*, de Nikolai Ostróvski; obras de história, geologia e astronomia; e uma dezena de romances históricos e livros de viagens, pelos quais Andrêiev tinha um apreço especial.

A bibliotecária o via como um de seus melhores e mais ilustres leitores, e até permitia que ele levasse para casa livros dos quais a biblioteca só tinha um exemplar, como *Os três mosqueteiros* e *O conde de Monte Cristo*.[157]

No entanto, Andrêiev nunca lera um único livro sobre metalurgia e siderurgia, nem mesmo um livreto científico popular sobre a física e

---

[157] O romance de Nikolai Ostróvski *Assim foi temperado o aço* é um clássico do realismo socialista. Aleksandr Sheller, que também assinava suas obras sob o pseudônimo A. Mikháilov, foi um romancista progressista da década de 1860, elogiado durante o início da era soviética por conta de um ensaio em que citava grandes trechos de *O capital*, de Marx, apresentando efetivamente o livro aos leitores russos. De forma obediente, Andrêiev lê uma boa quantidade de livros considerados corretos em seu tempo — por exemplo, Stálin e Ostróvski —, mas o que ele de fato aprecia é uma literatura mais imaginativa e divertida.

a química da fusão do aço. De alguma forma, isso passou despercebido pela bibliotecária. Andrêiev, é claro, reconhecia a importância da ciência que fundamentava seu trabalho — mas poetas não precisam ler livros didáticos sobre poesia. Afinal, são eles que determinam o nascimento do verso e as leis da palavra.

Andrêiev jamais tentou ignorar ou contradizer o método científico. Nunca foi presunçoso, tampouco arrogante, e nunca, como alguns homens de sua idade, tentou bancar o sábio ou o xamã. Era como se um entendimento da física e da química estivesse presente em sua audição, nas lentes de seus olhos, nos nervos sensoriais de suas mãos e dedos e em uma memória que armazenava a experiência de várias décadas de trabalho.

Andrêiev expressava seu respeito pelos cientistas, pela ordem e pela organização preenchendo cuidadosamente à noite, após completar seu trabalho, todos os cartões e formulários que deveria ter preenchido de antemão. Fabricava aço de acordo com suas próprias normas e proporções pessoais. Tinha suas preferências em relação a condições de tempo, temperatura e proporções relativas de ferro-gusa e sucata de ferro. Mas seu cronograma pessoal e suas normas técnicas nem sempre coincidiam com o horário padrão e com as normas técnicas tradicionais. Então, por respeito à ciência, inseria os números e tempos exigidos pelo manual de instruções, fazendo isso depois que o aço de excelente qualidade já havia sido produzido e levado para as forjas e oficinas técnicas.

Era em busca de uma explicação para as coisas que julgava além de sua compreensão que Andrêiev recorria aos livros. Quando sua esposa se zangou com a nora, a vida em casa tornou-se difícil; parecia que as duas mulheres nunca paravam de brigar. As tentativas de pacificação de Andrêiev só pioravam as coisas. Então ele pegou um livro — *A mulher e o socialismo*, de August Bebel —[158] na esperança de que o ajudasse a entender a situação; o título parecia promissor. Mas no fim ficou claro que a obra tratava de algo completamente diferente.

Andrêiev tinha sua visão particular da vida em família. Para ele, as relações entre a esposa e a nora eram idênticas às relações internas de um Estado e às relações entre Estados. Em seu círculo familiar, ele podia ver a imperfeição do mundo como um todo. "A falta de espaço causa muitos problemas", dizia a si mesmo. "Se ao menos não

---

[158] O livro é essencialmente um ataque à instituição do casamento.

tivéssemos que viver assim, colados uns nos outros, em completa intimidade..." Ele via a pobreza e a falta de espaço como a causa de problemas dentro do Estado e de guerras entre Estados.

Em casa, era exigente, irritadiço, severo a ponto da crueldade. Na siderúrgica, porém, podia descansar da imperfeição do mundo. Lá, as pessoas não buscavam poder umas sobre as outras — os trabalhadores gastavam sua energia na busca do poder para dominar o ferro e o aço. Esse poder engendrava não a escravidão, mas a liberdade.

Trabalhando na fábrica, Andrêiev sentia vergonha de ter uma família tão briguenta. Varvára, por outro lado, sentia orgulho do marido, sabendo o quanto os outros operários e engenheiros o respeitavam.

Na fábrica havia jovens engenheiros e capatazes formados em escolas técnicas e cursos especiais. Sua maneira de trabalhar era muito diferente da de Andrêiev; constantemente visitavam laboratórios, enviavam amostras para análise, faziam consultas, verificavam a temperatura e o suprimento de gás e consultavam o manual aprovado e as definições das normas oficiais. Seu trabalho não era nem um pouco pior do que o de Andrêiev.

Andrêiev tinha uma especial consideração por Volódia Korotêiev, o fundidor encarregado do quarto forno. Era um jovem de cerca de vinte e cinco anos, cabelos cacheados, lábios grossos e nariz largo. Quando estava absorto nos próprios pensamentos, franzia os lábios. Três longas rugas se formavam em sua testa, estendendo-se de uma têmpora a outra.

Seu trabalho sempre corria bem, sem contratempos; ele fazia as coisas com simplicidade e alegria, como se estivesse brincando. Quando Andrêiev voltou para o chão de fábrica durante a guerra, descobriu que Korotêiev era agora capataz; uma jovem, a severa e taciturna Olga Kováliova, assumira o forno dele. Ela estava fazendo um bom trabalho — assim como os velhos agora encarregados das outras fornalhas. Certa ocasião, num dia em que estavam seguindo uma nova receita, Kováliova pediu conselhos a Andrêiev. Depois de uma longa pausa, ele respondeu:

— Não sei. Devemos perguntar a Korotêiev. Ele é um verdadeiro cientista.

A modéstia de Andrêiev impressionou a todos.

— Ele é um verdadeiro trabalhador — diziam sobre ele —, é um bom homem.

Andrêiev amava seu trabalho com um amor a um só tempo calmo e apaixonado. A seu ver, todo trabalho humano merecia igual respeito, e sua atitude com relação à aristocracia fabril — os fundidores, eletricistas e operadores de maquinário — não diferia da que demonstrava com os peões sem qualificação, os trabalhadores braçais no chão de fábrica e no pátio e aqueles que faziam o trabalho mais simples de todos, que qualquer pessoa com duas mãos seria capaz de fazer. Claro, às vezes zombava de pessoas que trabalhavam em outras áreas, mas, longe de serem hostis, suas piadas eram apenas uma afável expressão de amizade. Para ele, o trabalho era a medida do homem.

Sua atitude com relação aos outros sempre foi positiva. Seu internacionalismo lhe veio tão naturalmente quanto seu amor pelo trabalho e sua crença de que este é o propósito da existência da humanidade na terra.

Quando Andrêiev retornou para a siderúrgica durante a guerra e o secretário do Partido, em uma reunião pública, disse sobre ele: "Aqui temos um trabalhador que não pensa em outra coisa a não ser em sacrificar sua saúde e sua força em nome da causa comum", sentiu-se envergonhado. Andrêiev não achava que estava fazendo um sacrifício; pelo contrário, sentia-se bem e feliz. Ao se registrar para voltar ao trabalho, deduziu três anos de sua idade, e temia que isso pudesse ser descoberto.

— É como se eu tivesse voltado dos mortos — disse certa vez ao amigo Micha Poliákov.

Ele nunca se esqueceu do falecido Nikolai Chápochnikov e de suas conversas de muito tempo atrás a bordo do vapor do Volga, e tinha o maior respeito por toda a família Chápochnikov.

Chápochnikov estava certo em dizer a ele que, um dia, o trabalho se tornaria o soberano do mundo. Agora, porém, o país estava em guerra. Os fascistas avançavam e ameaçavam destruir tudo o que Andrêiev amava. Os fascistas eram vis e desprezíveis, mas, pelo menos por ora, tinham o poder a seu lado.

6

Andrêiev estava jantando na cozinha antes de sair para o turno da noite. Comia em silêncio, sem olhar para a esposa, que estava de pé junto à mesa, pronta para lhe servir outra porção — antes de ir para o trabalho, Andrêiev costumava comer dois pratos de batatas assadas.

Antigamente, Varvára Aleksandrovna fora considerada a mais bela moça de Sarepta;[159] suas amigas lamentavam o marido que ela havia escolhido. Naquela época, Andrêiev era foguista em um navio do Volga, e ela, a filha de um engenheiro; com sua aparência, pensavam elas, Varvára poderia ter se casado com quem quisesse — um capitão de navio, um comerciante ou o proprietário do café do porto de Tsarítsin.

Tudo isso tinha sido quarenta anos atrás. Agora os dois estavam envelhecidos; no entanto, Andrêiev — com sua postura curvada, rosto taciturno e cabelo crespo — ainda parecia tristemente fora de lugar ao lado daquela senhora alta, graciosa e de olhos brilhantes.

— Não está certo! — disse Varvára, enxugando a toalha de mesa com um pano de prato. — Natacha está de plantão no orfanato, só vai voltar pela manhã. Você está prestes a sair, e eu vou ficar sozinha de novo com o pequeno Volódia. E se houver um ataque aéreo? O que nós vamos fazer?

— Não vai haver ataque aéreo nenhum — respondeu Andrêiev. — E, se houvesse, que ajuda *eu* poderia dar? Não tenho armas antiaéreas.

— Isso é o que você sempre diz. Não, eu não aguento mais. Estou indo embora. Vou para a casa de Aniuta.

Varvára tinha pavor de ataques aéreos. De pé nas longas filas das lojas de alimentos, ouvia muitas histórias sobre o uivo das bombas caindo, sobre mulheres e crianças soterradas sob edifícios em ruínas. Tinha ouvido falar que a força das explosões levantava casas inteiras do solo e as arremessava a dezenas de metros de distância.

Por causa do constante terror, não conseguia dormir à noite.

Varvára não fazia ideia de por que sentia tanto medo. Outras mulheres também tinham receios, mas ainda assim conseguiam comer e dormir. Algumas diziam, alegres:

— Bem, devemos apenas aceitar as coisas como elas são!

Varvára, no entanto, não conseguia esquecer seus temores nem por um momento.

Durante as noites insones, era atormentada por pensamentos sobre o filho Anatoli, que desaparecera durante as primeiras semanas

---

[159] Fundada pelos alemães do Volga em 1765, Sarepta foi renomeada Krasnoarmeisk em 1920. Em 1931, tornou-se distrito de Stalingrado.

da guerra. E mal conseguia suportar olhar para a nora, Natacha, que continuava agindo como se não se preocupasse com nada neste mundo. Depois do trabalho, ia, feliz da vida, ao cinema. Quando estava em casa, falava sem parar e batia com força as portas, fazendo tanto barulho que Varvára gelava por dentro, pensando que os aviões alemães tinham finalmente chegado.

Varvára acreditava que ninguém amava a própria casa com tanta devoção quanto ela. Nenhum de seus vizinhos mantinha tudo tão limpo e imaculado; não havia uma barata na cozinha, nem um único grão de poeira à vista. Ninguém mais tinha um pomar tão esplêndido ou um jardim tão fértil. Ela mesma havia pintado o assoalho de laranja e colara papel de parede em cada um dos quartos. Vinha economizando para comprar porcelana bonita, móveis novos, cortinas e fronhas de renda, além de novos quadros para pendurar nas paredes. E agora uma tempestade devastadora se aproximava depressa do que seus vizinhos chamavam de casa de cartão-postal, daqueles três pequenos quartos que ela tanto amava e de que tanto se orgulhava. Varvára se sentia assustada e impotente.

Era mais do que seu coração podia suportar. Ela havia decidido: embalariam os móveis em caixotes e enterrariam tudo no jardim ou guardariam no porão. Aí poderiam cruzar o Volga para morar com sua irmã mais nova, Aniuta. Os bombardeiros alemães, acreditava, não tinham nenhuma razão para voar até Nikoláievka, no extremo leste.

Mas ela e o marido discordavam. Andrêiev não queria deixar Stalingrado.

Um ano antes da guerra, o comitê médico retirara Andrêiev do trabalho nas fornalhas. Ele havia sido transferido para o departamento de supervisão técnica, mas lá também o trabalho era difícil e ele sofreu dois ataques de angina. Então, em dezembro de 1941, teve que voltar aos fornos. Bastava Andrêiev dizer uma palavra e o diretor permitiria que ele partisse. Inclusive lhe ofereceria um caminhão para levar seus pertences até a balsa do Volga. Mas Andrêiev se recusava a deixar a siderúrgica.

No início, Varvára não queria partir sem o marido. Por fim decidiram que ela iria para a casa de Aniuta, junto com Natália e o pequeno Volódia, e que Andrêiev ficaria para trás, pelo menos por um tempo.

Naquela noite, quando Andrêiev terminou de jantar, mais uma vez Varvára levantou a questão. Na maior parte do tempo, dirigiu suas palavras não ao marido, mas ao gato, ao pequeno Volódia de olhos negros ou a um ouvinte que existia apenas em sua imaginação.

— Basta olhar para o homem — disse ela, virando-se para o fogão, ao lado do qual devia estar seu ouvinte sensato, inteligente e confiável. — Ele vai ficar aqui sozinho... e aí quem é que vai cuidar de tudo? Todos os nossos bens materiais estarão escondidos, enterrados no jardim ou enfiados no porão. Tenho certeza de que você entende que não é hora de manter as coisas em casa. O homem está velho e doente. Pode até conservar o cabelo preto, mas foi registrado como inválido de categoria 2.[160] É certo um homem doente trabalhar do jeito que ele trabalha? Qual é o primeiro lugar que os alemães vão bombardear? O que você acha? A siderúrgica, é claro! Quer dizer então que esse é o lugar certo para um velho deficiente? Não é que a fábrica não possa funcionar sem ele.

O ouvinte imaginário não respondeu. O pequeno Volódia saiu para o quintal para ver os holofotes no céu. O marido também não respondeu. Varvára suspirou e continuou a apresentar seus argumentos:

— Eu sei que há mulheres que dizem: "Não vamos a lugar nenhum sem nossos pertences". Mas isso está certo? Veja! Porcelana boa, um guarda-roupa com espelho, uma cômoda... estamos deixando tudo para trás, não temos escolha. Aqueles demônios logo estarão aqui com suas bombas. Mas se o homem permanecer aqui, então pelo menos haverá alguém para ficar de olho nas nossas coisas. A porcelana e os móveis só custam dinheiro... mas é impossível comprar uma perna ou uma cabeça nova. Ainda assim, se ele ficar...

— O que você está dizendo não faz muito sentido — interrompeu Andrêiev. — Num momento você teme pela minha vida, e um segundo depois quer me deixar aqui de guarda.

— Eu também não consigo entender muito bem — retrucou Varvára com uma voz chorosa. — Eu realmente não sei o que penso.

Volódia voltou para dentro e, com ar sonhador, disse:

— Acho que haverá um ataque aéreo hoje de noite. Tem muitos holofotes!

Em seguida, com olhos reluzentes e cintilantes, quis saber:

— Vovô, a nossa gatinha vai atravessar o Volga com a gente ou vai ficar aqui com o senhor?

---

[160] Havia três categorias de pensão por invalidez. Os que tinham as deficiências físicas mais graves eram registrados na categoria 1.

Depois de um breve muxoxo de alegria, Varvára disse em sua voz suave e melódica:

— Volódia, como pode fazer uma pergunta dessas? A gata vai cuidar do trabalho doméstico para o vovô. Depois vai trabalhar ao lado dele na fábrica. E pegar os cupons de racionamento e ir à loja.

— Já chega! — explodiu Andrêiev com raiva repentina. — Agora fique quieta!

Nesse momento, a gata comprida e ossuda saltou sobre a mesa.

— Desça, sua víbora! — gritou Varvára, irritada. — Eu ainda não fui embora!

Andrêiev olhou para o relógio na parede e, esboçando um sorriso, disse:

— Micha Poliákov acaba de se apresentar como voluntário à milícia, para uma companhia de morteiros. Talvez eu devesse fazer o mesmo.

Varvára pegou a jaqueta de lona do marido e verificou se os botões ainda estavam bem costurados.

— Que ótimo exemplo para seguir. O coitado do Poliákov já está nas últimas, aquele velhote. Vá mesmo atrás dele!

— Como assim? Micha é um sujeito forte.

— Sim, sim... no momento em que puser os olhos em Micha Poliákov, Hitler vai fugir correndo de medo.

Varvára sabia muito bem o quanto aborrecia o marido ouvir críticas a seu antigo camarada de armas de 1918, quando os dois haviam lutado juntos contra os cossacos em Bekétovka.[161] Mas sempre se sentira confusa e incomodada com a amizade entre o marido, um homem ponderado e sério, que pesava cada palavra que dizia, e o tal Poliákov, que nunca parava de gracejar e bancar o idiota. Por isso, continuava a ridicularizá-lo.

— A primeira mulher o deixou trinta anos atrás, ainda jovem. Era um mulherengo, só pensava em ir atrás de um rabo de saia. Quanto à segunda esposa, se ainda está com ele, é só por causa dos filhos e netos. E ele se diz carpinteiro, mas não serve para nada. Não sabe fazer nada. Mária também não tem vergonha na cara. Sabe o que ela me disse? "O médico proibiu o meu Micha de fumar e beber. E, se ele ainda bebe, a culpa é do seu Pável Andrêievitch. Quando Micha

---

[161] Cidadezinha não muito distante de Stalingrado.

está de folga e vai visitá-lo, já sei que voltará para casa bêbado." Bem, vou lhe dizer uma coisa, eu apenas ri na cara dela. "O seu Micha", falei, "não precisa de ajuda nenhuma do Pável. Pelo que ouvi dizer, ele tem uma baita reputação. Sua fama de bêbado já chegou até Sarepta."

Vez por outra, Varvára ficava pensando com seus botões como é que não tinha medo de discutir com o marido durante aqueles dias turbulentos. Andrêiev era acometido de episódios de temperamento explosivo. Agora, porém, estava mais calmo. Parecia ter entendido que, se a mulher andava briguenta e resmungona, era apenas porque estava apreensiva por deixar a casa e o marido.

De forma geral, Andrêiev prontamente perdoava os outros por suas fraquezas, mas com seus próprios familiares nem sempre mostrava muita paciência. Em alguns aspectos, porém, parecia demonstrar um estranho desinteresse pela casa: se Varvára comprava algo novo, tudo bem. Se alguma coisa preciosa se quebrava, pouco importava. Certa vez, contudo, Varvára lhe pediu para trazer da siderúrgica alguns parafusos de cobre.

— O quê? — respondeu ele secamente. — Perdeu o juízo?

Mais tarde, Varvára percebeu que alguns pedaços de pano que havia separado para remendar seu casaco de inverno haviam desaparecido do baú. Quando mencionou o fato ao marido, ele disse:

— Precisei deles para limpar o compressor. — E acrescentou: — É difícil. Nunca temos trapos velhos para remover o óleo. E o compressor é novo, delicado.

O incidente permaneceu na mente de Varvára ao longo dos anos. E o marido continuava o mesmo de sempre. Às vezes, por exemplo, uma vizinha a visitava e dizia:

— O seu marido não trouxe farinha? O meu me trouxe dois quilos. Estavam distribuindo na siderúrgica.

— Por que você não trouxe nossa ração de farinha? — Varvára perguntou. — Na semana passada foi a mesma coisa: você não trouxe uma gota de óleo de girassol.

— Eu estava esperando a fila acabar — respondeu Andrêiev, despreocupado. — Mas aí foi a farinha que acabou.

Nessa noite, como tantas vezes, Varvára passou horas deitada de olhos abertos na cama, pensando e ouvindo com atenção. Levantou-

-se e, descalça, saiu em silêncio do quarto. Parou junto a uma janela, levantou a cortina de blecaute e fitou o céu claro e enigmático. Em seguida, foi até o pequeno Volódia e passou um longo tempo olhando para a testa escura e saliente e os lábios entreabertos do menino. Ele era parecido com o avô: atarracado, longe de bonito, com cabelo áspero e crespo. Puxou para cima a sua cueca, que havia deslizado pelos quadris, beijou o ombro magro e quente, fez o sinal da cruz sobre ele e voltou para a cama.

Durante essas longas noites insones, Varvára refletia sobre muitas coisas.

Já vivia com Andrêiev há tempos. Não era mais uma questão de número de anos — era uma vida inteira. Se fora uma vida boa ou ruim, era incapaz de dizer. Varvára nunca admitiu a ninguém, nem às pessoas mais próximas, mas durante os primeiros anos de casamento se sentiu profundamente infeliz. Não era o casamento com que sonhara quando menina. As amigas diziam: "Você vai se casar com um capitão de navio, vai ser uma verdadeira dama". Ela acalentava o sonho de morar em Sarátov ou Samara,[162] de ser levada de táxi para o teatro, de ir com o marido aos bailes da Assembleia dos Nobres. Em vez disso, casara-se com Andrêiev. Mais de uma vez ele disse que se jogaria no Volga se ela o rejeitasse. Ela apenas ria. E então, certo dia, de súbito, concordou: "Tudo bem, Pável, vou me casar com você".

Poucas e breves palavras — e uma vida inteira.

Pável Andrêiev era um bom homem, mas muito antissocial. Pessoas difíceis e taciturnas como ele costumam ser preocupadas demais com a casa; pensam o tempo todo em economizar dinheiro e adquirir bens materiais; ocupam-se de todos os detalhes dos afazeres domésticos. Mas Andrêiev não estava interessado em posses. Certa vez, disse a Varvára: "O que eu realmente gostaria de fazer, Vária, era pegar um barco e navegar até o mar Cáspio, e depois seguir cada vez mais longe, para terras distantes. Do contrário, vou morrer sem ter visto quase nada do mundo".

Varvára não era como o marido. Subir na vida, prosperar, poder se exibir para os outros eram coisas que considerava importantes. E ela tinha uma série de coisas para ostentar. Nenhum de seus vizinhos

---

[162] Sarátov e Samara (chamada de Kúibichev de 1935 a 1991) são duas das mais antigas e mais importantes cidades do Volga.

possuía móveis tão finos. Ninguém tinha um jardim com um caramanchão tão lindo, árvores frutíferas tão esplêndidas, flores tão belas em seus vasos e jardineiras.

No entanto, ela era filha de um engenheiro e vivera toda a vida adulta em um assentamento de trabalhadores nos arredores de uma fábrica importante. Compreendia que o marido era excepcionalmente talentoso e estava sempre disposta a dizer isso a qualquer um, a proclamar que não existia trabalhador mais hábil e mais inteligente em qualquer uma das três gigantescas fábricas de Stalingrado — aliás, nem mesmo no Donbass, nos Urais ou em Moscou. A essa altura, Varvára entendera muito bem que ser considerado o trabalhador número um em uma grande cidade operária era uma honraria incomparavelmente maior do que ser dono de um café no porto.

Varvára se orgulhava da amizade do marido com a família Chápochnikov e gostava de falar sobre como todos eles o tratavam de maneira calorosa e respeitosa. Gostava de mostrar aos vizinhos as cartas de saudações que ela e o marido recebiam de Aleksandra Vladímirovna todo Ano-Novo.

Houve um ano em que o diretor e o engenheiro-chefe apareceram para uma visita no Primeiro de Maio. Vendo os dois carros parando na entrada principal, os vizinhos, consumidos pela curiosidade, foram espiar através dos portões do jardim ou espremer o rosto contra as janelas. O coração de Varvára ardia de orgulho, embora suas mãos de alguma forma estivessem geladas. Quanto a Andrêiev, recepcionou seus ilustres convidados com a mesma calma e franqueza com que sempre cumprimentava o velho Poliákov nos dias de folga, quando passava em sua casa para pedir um gole de vodca no caminho de volta do balneário.

E assim transcorreu a vida de Varvára junto a Andrêiev — mas, se alguém lhe perguntasse se amava o marido, simplesmente encolheria os ombros. Fazia um bom tempo que não pensava nisso.

Era a mesma coisa quase todas as noites. Primeiro ela pensava no marido. Em seguida, a saudade do filho a atormentava; quase podia ouvir a voz tranquila, quase podia ver seus olhos infantis. E depois tinha pensamentos perversos e rancorosos sobre a nora, Natália.

Natália era barulhenta, teimosa e se ofendia por qualquer coisa. Varvára estava convencida de que havia de alguma forma ludibriado

Anatoli para fazê-lo se casar com ela; não chegava aos pés de Anatoli, de jeito nenhum — não se equiparava a ele nem em inteligência, nem na aparência, nem no que dizia respeito aos familiares, que, até a Revolução, haviam sido pequenos empresários. O pensamento de Varvára seguia uma lógica própria; ela considerava que Natália era responsável tanto pelo ataque de disenteria de Anatoli em 1934 como pela severa reprimenda que ele recebera por absenteísmo no ano em que o feriado de Primeiro de Maio coincidira com a Páscoa. Quando Natália ia com Anatoli ao cinema ou ao estádio de futebol, Varvára a acusava de negligenciar Volódia. Mas quando fazia uma roupa nova para Volódia, Varvára não se sentia menos zangada: por que o pobre Anatoli tinha que andar por aí com roupas de baixo rasgadas e uma jaqueta furada nos cotovelos enquanto a esposa pensava apenas no filho?

Mas Natália era tudo menos dócil, e não havia dúvida de que Varvára nem sempre levava a melhor nos embates. Ela talvez fosse excessivamente crítica em relação à nora, que por sua vez não era menos rápida em encontrar defeitos na sogra.

Natália conseguira um emprego num orfanato e ficava lá da manhã até a noite. Depois do trabalho, costumava visitar amigos. Nenhum detalhe de seu comportamento escapava ao escrutínio de Varvára: noites em que ela não queria nada para comer quando chegava em casa; noites em que havia vodca em seu hálito; que vestido ela pusera para ir aonde; quando tinha feito permanente no cabelo; as palavras que murmurava durante o sono; os dias em que voltava com um maço de cigarros em vez do usual tabaco caseiro; a ternura distante, cheia de culpa, com a qual às vezes se dirigia ao pequeno Volódia. Não havia nada que não fornecesse motivos para desconfiança.

Certa vez Andrêiev tentou botar juízo na cabeça das duas mulheres, fazê-las entender a importância de uma tratar a outra com gentileza e justiça. Chegou a chamar as duas de Hitler. Em outra ocasião, perdeu a paciência, ergueu o punho e espatifou a xícara e o pires cor-de-rosa em que bebera chá nos últimos dezoito anos. Ameaçou ou enxotar as duas da casa ou ir embora e deixá-las sozinhas. Mas deve ter percebido que estava se exaurindo à toa; nem a razão nem a violência trariam qualquer mudança.

No início, Varvára costumava dizer a Andrêiev que as brigas entre as duas não eram da conta dele. Quando ele aprendeu a manter distância, no entanto, sentiu-se ainda mais infeliz.

— Qual é o seu problema? — perguntava Varvára. — Por que diabos não diz nada a ela?

Varvára e Natália logo iniciariam juntas uma longa e difícil jornada. Mas não era fácil pensar no futuro — parecia de fato muito desolador.

7

Cada turno de trabalho durava dezoito horas. A alta caixa de ferro da oficina de fornos balançava com o estrondo que vinha das oficinas vizinhas e do pátio da fábrica. Havia o estrépito do laminador, onde o aço ressoava e retinia, de repente descobrindo sua voz jovem e vibrante enquanto esfriava para se converter de líquido mudo em cintilantes chapas cinza-azuladas. Havia o estampido dos martelos pneumáticos golpeando lingotes em brasa e fazendo chover faíscas. Havia o zunido alto dos lingotes caindo nas plataformas de carregamento, onde grossas grades de metal protegiam a madeira do aço ainda quente. Além do fragor constante do metal, rugiam motores e ventiladores, e rangiam correntes e correias arrastando o aço em sua jornada.

O ar na siderúrgica era quente e seco, sem uma única molécula de umidade. Um pó branco e seco, como a mais fina neve, cintilava em silêncio na penumbra ao redor dos fornos de pedra. Volta e meia uma repentina rajada do Volga arremessava no rosto dos operários grãos de poeira ásperos e formigantes. Quando o líquido fundido era despejado dentro dos moldes e formas, a penumbra do chão de fábrica se enchia de faíscas; durante o breve segundo de sua vida linda e inútil, essas fagulhas pareciam um enxame de mosquitos brancos enlouquecidos, ou pétalas de flor de cerejeira que o vendaval varria para longe. Algumas pousavam nos trabalhadores — e então era como se, em vez de desvanecerem, essas faíscas estivessem nascendo lá, sobre os ombros e braços daquelas figuras afogueadas e superaquecidas.

Os trabalhadores que precisavam de um descanso usavam seus bonés de pano como travesseiro e estendiam a jaqueta amassada em cima de alguns tijolos ou lingotes resfriados: dentro daquele caixote de ferro não havia terra ou madeira macia — apenas pedra, aço e ferro fundido.

O barulho incessante era soporífero. Um silêncio súbito, por outro lado, teria alarmado os operários. Ali o silêncio só poderia significar a morte, uma tempestade ou algum outro tipo de problema. O ruído, na fábrica, significava paz.

Os trabalhadores atingiam os limites da resistência humana. Seu rosto não tinha cor; seus olhos estavam inflamados e suas bochechas, encovadas e fundas. No entanto, muitos se sentiam felizes — as longas horas de trabalho pesado, dia e noite, lhes davam uma sensação de liberdade e a inspiração que vem do esforço.

No escritório, estavam queimando os arquivos — esboços de planos futuros e relatórios sobre realizações anteriores. Assim como um soldado empenhado em um combate mortal deixa de pensar nos dramas do passado ou no que o espera no ano seguinte, agora as enormes siderúrgicas existiam apenas no presente.

As folhas de aço fundidas pelos trabalhadores da siderúrgica Outubro Vermelho eram imediatamente transformadas — na Fábrica de Tratores e na fábrica Barricadas, ali perto — em chapas de blindagem para tanques, canos de armas e morteiros pesados.[163] Dia e noite, tanques saíam da Fábrica de Tratores e seguiam direto para o front; dia e noite, caminhões e tratores erguiam nuvens de poeira enquanto transportavam mais munições para o Don. Havia um vínculo estreito, uma clara unidade, entre os artilheiros e tanqueiros lutando contra o inimigo que ainda avançava e os milhares de operários — homens e mulheres, jovens e velhos — trabalhando nas fábricas, a apenas trinta ou quarenta quilômetros da linha de frente. Era uma unidade simples e clara, uma defesa unida, profundamente escalonada.

Nas primeiras horas da manhã, o diretor apareceu na oficina. Era um homem parrudo, que usava uma túnica azul e botas de pelica flexíveis.

Os trabalhadores costumavam fazer piadas sobre ele, dizendo que se barbeava duas vezes por dia e engraxava as botas antes de cada turno, três vezes a cada vinte e quatro horas. Agora, porém, suas bochechas estavam cobertas com a barba por fazer, e era certo que não estava mais lustrando as botas.

---

[163] Essas três fábricas, situadas em locais paralelos ao Volga e conectadas por túneis de metrô com linhas telefônicas seguras, desempenharam um papel crucial durante toda a Batalha de Stalingrado. Mesmo quando parcialmente destruídas e já incapazes de funcionar como fábricas, mostraram-se o terreno ideal para se travar uma batalha defensiva. Cada fábrica tinha cerca de um quilômetro de comprimento e quinhentos a mil metros de largura.

Até recentemente, esperava-se que o diretor soubesse o que a siderúrgica estaria fazendo dali a cinco anos; que conhecesse a qualidade das matérias-primas que receberiam no outono e na primavera seguinte; que soubesse a situação do futuro fornecimento de eletricidade, sobre entregas de sucata de ferro pendentes e sobre os alimentos, roupas e outros produtos disponíveis nas lojas especiais para os trabalhadores. Ele viajava regularmente para Moscou. Recebia telefonemas de lá e com frequência se reunia com o primeiro-secretário do obkom. Era responsável por tudo de bom e ruim: apartamentos, promoções, recompensas financeiras por metas alcançadas no trabalho, reprimendas oficiais e demissões.

Os engenheiros, o contador-chefe, o gerente técnico, os diretores das lojas, todos costumavam dizer: "Prometo perguntar ao diretor"; "Vou repassar sua solicitação ao diretor"; "Espero que o diretor ajude". Ou, no caso de algum problema de má conduta: "Vou pedir ao diretor que avalie sua demissão".

O diretor caminhou pelo chão de fábrica. Parou diante de Andrêiev.

Os outros trabalhadores se reuniram.

E então Andrêiev perguntou:

— Como vai o trabalho? Qual é a situação agora?

Eram perguntas feitas com mais frequência por um diretor do que por um operário.

— Mais difícil a cada hora que passa — respondeu o diretor.

Ele disse que o aço da Outubro Vermelho, convertido no corpo metálico dos tanques, estava enfrentando os alemães a apenas catorze ou quinze horas de Stalingrado, que uma importante unidade do exército com uma missão decisiva havia perdido veículos e outros equipamentos durante um ataque aéreo, e que agora muita coisa dependia de a Outubro Vermelho ultrapassar sua produção planejada — os soldados precisavam do aço da siderúrgica. Ele acrescentou que era impossível encontrar mais trabalhadores — todos os homens e mulheres aptos já haviam se alistado.

— Está cansado, camarada? — perguntou o diretor, encarando Andrêiev nos olhos.

— *Quem* descansa hoje em dia? — rebateu Andrêiev. E emendou: — Devemos ficar para o segundo turno?

— Sim — respondeu o diretor.

Ele não estava dando uma ordem; naquele momento, não era apenas um diretor. Sua força não residia no fato de estar em posição para punir ou recompensar alguém, rebaixá-lo ou recomendá-lo para uma medalha. Essas coisas não significavam mais nada.

E o diretor podia ver isso na expressão das pessoas ao seu redor. Sabia que nem todos ali eram trabalhadores ideais, apaixonados pelo ofício. Havia homens e mulheres que trabalhavam apenas porque eram obrigados, sem entusiasmo. Alguns eram apáticos e indiferentes; já tinham decidido que a siderúrgica não tinha futuro; e havia outros cuja única preocupação era não criar problemas com os superiores.

O diretor olhou para Andrêiev.

O rosto de Andrêiev tinha o mesmo brilho das vigas cobertas de fuligem que sustentavam o teto. Sua testa franzida estava iluminada por um chama branca.

Era como se Andrêiev incorporasse tudo o que havia de mais importante tanto no trabalho quanto na vida como um todo. Todas as preocupações e aflições pessoais agora davam lugar a algo muito mais profundo.

— Se o senhor precisa que fiquemos — respondeu Andrêiev —, então vamos ficar.

Uma senhora vestindo uma jaqueta de lona, com dentes brancos e brilhantes e um lenço vermelho e ensebado enrolado na cabeça, disse:

— Não se preocupe, meu rapaz, se é preciso trabalhar dois turnos, é isso que faremos.

Todos os operários permaneceram.

Trabalhavam em silêncio. Ninguém gritava ordens; não se ouviam as usuais explicações mal-humoradas dadas aos homens que não sabiam o que estavam fazendo.

Em certos momentos Andrêiev tinha a impressão de que os trabalhadores se comunicavam por telepatia. Um desses trabalhadores era um rapaz chamado Slessariov, que tinha ombros estreitos e vestia um colete listrado. Quando Andrêiev se virou para ele, Slessariov olhou em volta, correu em direção à entrada e empurrou alguns carrinhos com fôrmas vazias. Era exatamente o que Andrêiev estava prestes a lhe pedir que fizesse.

De alguma forma, a exaustão total andava de mãos dadas com uma invulgar facilidade de movimento.

Todos na oficina — não apenas os membros do Partido e da Komsomol e os operários mais abnegados, mas também os evacuados taciturnos que não compreendiam o trabalho, as moçoilas travessas com sobrancelhas feitas que viviam se olhando em espelhinhos redondos, as mães de família que verificavam o tempo todo se alguma coisa nova tinha chegado no depósito — estavam dominados agora pela mesma paixão.

Durante a pausa para o almoço, um homem de rosto magro vestindo uma túnica verde de soldado foi falar com Andrêiev, que o encarou com expressão impassível, sem o reconhecer. Só depois percebeu que era o secretário do comitê do Partido da siderúrgica.

— Pável Andrêievitch, você deve comparecer ao gabinete do diretor às quatro.

— Por quê? — perguntou Andrêiev, irritado, pensando que o diretor tentaria persuadi-lo a deixar Stalingrado.

Depois de fitá-lo em silêncio por um momento, o secretário disse:

— Recebemos ordens esta manhã. Temos que nos preparar para explodir a siderúrgica. Pediram-me para escolher os homens certos.

Claramente transtornado, ele enfiou uma das mãos no bolso da calça para pegar a bolsinha de tabaco.

— Você só pode estar brincando.

8

Mostovskói telefonou a Jurávliov, um conhecido que trabalhava no obkom, e perguntou se ele poderia ajudá-lo a ir para a Outubro Vermelho.

— Tudo bem! — respondeu Jurávliov. — Você vai encontrar alguns conterrâneos lá, trabalhadores de Leningrado evacuados da fábrica Obúkhov.

Jurávliov ligou para a Outubro Vermelho e para a Fábrica de Tratores a fim de avisar sobre a visita. Em seguida, mandou seu motorista buscar Mostovskói e lhe deu ordens para que, chegando à siderúrgica, esperasse pelo tempo que Mostovskói desejasse. Apenas uma hora e meia mais tarde, porém, o motorista reapareceu. Mostovskói disse que não precisava mais dele: terminada a reunião, visitaria um conhecido, e depois voltaria a pé para casa.

À noite, enquanto aguardavam o primeiro-secretário, um instrutor do comitê da Fábrica de Tratores contou aos outros como fora a visita de Mostovskói.

— Você estava certo — disse ele. — Um encontro com um velho revolucionário era exatamente aquilo de que os nossos trabalhadores precisavam. Não poderia ter sido melhor. Houve gente aos prantos no momento em que ele falou sobre seu último encontro com Lênin, quando Lênin já estava doente.

— E não há ninguém com uma compreensão mais sólida das questões teóricas — acrescentou Jurávliov, que tinha uma queda pela teoria.

— Sim, ele não poderia ter falado de maneira mais simples. Até mesmo os jovens aprendizes ouviram com atenção, boquiabertos. Tudo o que ele disse foi muito claro e direto. Eu estava lá quando ele chegou, minutos antes do fim do primeiro turno. Os secretários do Partido informaram que quem quisesse poderia juntar-se a ele no clube. Quase todos foram vê-lo falar. Praticamente ninguém foi embora para casa; só os que estão de fato muito atrasados em termos de visão política. Foi uma reunião esplêndida. Depois seguiram todos para o salão principal. Mostovskói não falou muito. "Todos vocês estão muito cansados agora", disse, com uma voz cristalina e potente. Havia algo incomum na maneira como falava.

O instrutor pensou por um momento, então acrescentou:

— Ele fez o coração de todo mundo bater mais rápido. O meu certamente.

— Alguém fez perguntas?

— Muita gente. Todas sobre a guerra, nem é preciso dizer. Por que estamos recuando? O que está acontecendo em relação ao segundo front? Precisaremos evacuar a cidade? Como podemos apoiar trabalhadores em outros países? Claro, havia pessoas interessadas apenas no próprio salário e nas rações, mas isso não importa. Todos, jovens e velhos, ouviram com atenção.

O instrutor abaixou seu tom de voz e disse:

— Reconheço que houve um momento infeliz. Em resposta à pergunta de um trabalhador, ele disse que não havia a menor possibilidade de evacuar as fábricas, e que qualquer coisa que interrompesse o trabalho estava fora de cogitação. Citou os exemplos de Obúkhov e Krásni Putílovets em Leningrado, afirmando que nem mesmo um bloqueio de um ano de duração tinha posto fim ao trabalho.[164] E lá estávamos nós, prestes a realizar uma reunião fechada para discutir a preparação das fábricas para medidas extraordinárias, em face da deterioração da situação militar.

— Bem, o que você esperava? — indagou Jurávliov. — Ele não sabia sobre essa reunião, e você não lhe deu nenhuma instrução especial. Mas por que ele recusou o carro?

— Eu já ia mesmo falar sobre isso. Depois da palestra, estávamos esperando que ele se juntasse a nós para uma refeição leve no gabinete do diretor. Mas ele disse que queria visitar um dos trabalhadores, Pável Andrêiev. Dispensou o motorista, despediu-se e seguiu seu caminho. Pelo jeito de andar, ninguém pensaria que tem mais do que cinquenta anos. Eu o vi pela janela. Todos os trabalhadores se reuniram em volta dele, e depois partiram juntos.

9

Naquela manhã, Varvára deu ao pequeno Volódia seu chá e depois se aprontou para ir à casa de banhos.

Ir à casa de banhos geralmente a deixava mais calma. Gostava de conversar com as amigas à meia-luz quente e tranquila. E a visão das jovens filhas e netas de pele rosada evocava lembranças de sua própria juventude, que eram tristes, mas também agradáveis. Por pelo menos meia hora, Varvára esperava ser capaz de esquecer a jornada iminente e seus muitos dissabores.

Contudo, mesmo na casa de banhos não houve como escapar da guerra, e o sofrimento de Varvára não foi aliviado nem por um minuto. Lá estava um bom número de meninas que serviam no Exército Vermelho; o vestiário estava apinhado de saias verdes, botas de soldados e túnicas militares com triângulos nas abas do colarinho.[165]

---

[164] A Krásni Putílovets era a maior fábrica de Leningrado, e produzia principalmente peças de artilharia e tanques. Embora a maior parte de seus equipamentos e funcionários tivesse sido evacuada para Tcheliábinsk, a unidade de Leningrado continuou a reparar tanques durante todo o período do bloqueio. A fábrica Obúkhov também produzia peças de artilharia e tanques.

[165] Cabos e sargentos usavam triângulos.

Duas moças corpulentas pareciam ter acabado de chegar a Stalingrado. Varvára não viu ninguém conhecido.

Aquela casa de banhos era uma parte importante da vida de Varvára havia várias décadas, mas para aquelas moças era apenas uma entre muitas. Elas conversavam sobre outras que tinham visitado ao longo do ano anterior — em Vorónej, Liski e Balachov. Dali a uma ou duas semanas, provavelmente, estariam se lavando em alguma casa de banhos em Sarátov ou Engels. Gargalhavam tão alto que Varvára ficou com dor de cabeça. Quanto às duas mulheres mais robustas, falavam de maneira bastante obscena sobre todos os tipos de assuntos extremamente íntimos. De súbito, Varvára começou a se sentir imunda, com medo de sair de lá ainda mais suja do que ao entrar.

— Ah, a guerra vai apagar tudo da lembrança — disse uma delas em voz alta, balançando o permanente molhado.

A outra, encarando Varvára com um sorrisinho perverso, perguntou:

— Por que está me olhando assim, vovó? Não vai me denunciar, vai?

— Não. Preferiria eu mesma ter uma conversinha séria com você.

Depois enrolou uma toalha na cabeça. Em vez de lavar o cabelo como de costume, iria embora dali o mais rápido possível.

Tão logo Varvára saiu, ouviu-se um alerta de ataque aéreo, no momento em que ela passava por um terreno baldio onde estavam posicionados alguns canhões antiaéreos. Os canhões abriram fogo com um rugido ensurdecedor. Varvára saiu correndo, mas tropeçou e caiu. Ainda estava quente e úmida dos vapores da casa de banhos, e por isso um bocado de poeira, lama e lixo grudou em seu corpo. Voltou para casa imunda.

Natália acabava de voltar do trabalho. Estava de pé na varanda, comendo pão e pepino.

— O que aconteceu? A senhora caiu?

— Estou exausta — disse Varvára. — Não tenho mais forças.

Natália não respondeu. Apenas se virou e voltou para a cozinha.

Natália tinha a impressão de que ninguém na casa a entendia. Se passava tempo com as amigas ou ia ao cinema, era porque estava tentando esquecer a própria infelicidade — e estava infeliz porque, dia e noite, sentia saudade do marido. Tinha começado a fumar. Um atrás do outro, aceitava os trabalhos mais pesados que conseguia encontrar.

Passava quase quarenta e oito horas seguidas na lavanderia do orfanato, lavando duzentos e oitenta lençóis, fronhas e fraldas e peças de roupa de baixo de crianças — qualquer coisa para afastar suas tristezas. Se ela se sentisse despreocupada e bem, não teria começado a fumar nem passaria tanto tempo visitando amigas. Mas a única pessoa que a entendia era sua nova amiga Klava, uma das enfermeiras do orfanato.

Varvára, porém, tinha especial aversão a Klava. Mãe e nora não conseguiam nem queriam se entender, apesar de suas preocupações em comum com Anatoli. Varvára ia à igreja para orar, e fez várias visitas a uma vidente. Mas nem Deus nem a cigana puderam ajudá-la a desfazer um nó cego que se entrelaçara desde tempos imemoriais. A mãe que dera a vida ao filho e a esposa que dera a vida ao filho desse filho — ambas tinham direito à primazia no lar. Só que um direito compartilhado equivale a direito nenhum, e ambas compreenderam, ou compreenderam em parte, a verdade nua e crua: ao fim e ao cabo, não existe direito, apenas poder.

Varvára se limpou no corredor, tirou a sujeira dos sapatos com um pano e entrou na sala. Perguntou ao neto:

— O vovô ainda não voltou?

Volódia murmurou algo incompreensível. Espremendo os olhos, o menino estava junto a uma janela aberta e fitava o céu, onde se via o rastro branco e fofo deixado em alguma altura impossível por um avião que zumbia, invisível.

— Um avião de reconhecimento — disse Volódia. — Está tirando fotos.

O menino andara conversando com os artilheiros antiaéreos.

"Claro que ele não voltou", pensou Varvára. "Se estivesse em casa, eu teria visto o boné pendurado. Deve ter ficado para o turno da manhã."

Não havia meios para escapar da amargura de sua vida presente. Por não querer que Natália visse suas lágrimas, Varvára saiu para o jardim, a fim de chorar entre os alegres tomates vermelhos. Mas Natália já estava lá — sentada no chão e chorando.

Depois do almoço, um velho desconhecido bateu na porta. A princípio Varvára pensou que fosse um evacuado procurando um lugar para ficar, mas ele foi direto ao ponto:

— Boa tarde, mãezinha. Vim ver Pável Andrêievitch.

"Mãezinha!", ela pensou, irritada. "Eu podia ser sua filha, seu velho cretino."

Seus olhos atentos repararam de imediato na idade avançada de Mostovskói, não se deixando enganar pelos movimentos rápidos e a voz poderosa do velho. Deixou-o entrar, pensando com raiva que a visita devia ser motivada pela esperança de uma dose de vodca.

Depois de apenas alguns minutos, porém, assim que ele lhe perguntou sobre seus filhos e a vida em geral, Varvára já estava falando pelos cotovelos. Longe de se sentir desconfiada, teve a sensação de que vinha querendo havia anos abrir o coração para aquele homem e desabafar seus problemas. Antes de entrar na sala, ele passou um longo tempo limpando cuidadosamente os pés no capacho do corredor. Perguntou se ela se importava que fumasse, dizendo que poderia sair para a varanda. No final, quando ele lhe pediu um cinzeiro, em vez de oferecer a tampa de lata que Pável Andrêievitch usava, ela lhe entregou o requintado cinzeiro no qual guardava seu estoque de botões, dedais e ganchos.

Olhando ao redor da sala, ele disse:

— Que maravilha o que a senhora fez aqui. Sua casa é linda!

Ele se vestia com simplicidade e não tinha um pingo de afetação. Depois de algum tempo, no entanto, ela se deu conta de que o homem estava longe de ser um humilde trabalhador ou um camponês. Quem era ele? Um contador? Um engenheiro? Um médico do hospital? Ela não conseguia identificá-lo. Então, percebeu que deveria ser alguém que o marido conhecia não da fábrica, mas da cidade. Talvez um parente dos Chápochnikov.

— O senhor conhece Aleksandra Vladímirovna? — perguntou ela.

— Sim, sim — respondeu, impressionado com o discernimento da mulher.

Então Varvára foi se empolgando cada vez mais. Contou a Mostovskói sobre o marido: que ele se comportava mal, que não dava a mínima para a vida da família, para a própria casa ou seus pertences. Falou sobre o filho. Disse que era normal as mães pensarem nos filhos como as melhores pessoas do mundo — mas não ela. Varvára tinha plena consciência dos defeitos dos filhos. Tinha duas filhas casadas, ambas morando no Extremo Oriente — e via os defeitos delas com bastante clareza. Anatoli, no entanto, era outra história — ele simplesmente não tinha defeitos. Quando criança, era calmo e quieto.

Ainda bebê, dormia a noite toda. Ela o amamentava no fim da tarde — e depois disso ele parecia um anjo, não chorava nem chamava por ela. Quando amanhecia, ficava deitado em silêncio, com os olhinhos arregalados.

Do bebê Anatoli embrulhado em fraldas Varvára saltou direto para o casamento do filho — como se entre uma coisa e outra houvesse um intervalo de apenas um ou dois meses. Provavelmente havia nisso a eterna particularidade da atitude das mães em relação aos filhos: a incapacidade de distinguir entre o pequerrucho louro e o homem-feito de quarenta e cinco anos, cabelos grisalhos nas têmporas e testa enrugada.

Como ela poderia ter imaginado que o filho se casaria com uma mulher tão desprovida de bondade?

Com as histórias de Varvára, Mostovskói aprendeu um bocado sobre a perfídia feminina; havia muita coisa que ele nunca tinha lido nem mesmo em Shakespeare. Ficou impressionado com a intensidade das paixões em jogo no que imaginara ser uma família pequena, sossegada e unida. Estava na cara que aquela família não lhe traria alívio ou tranquilidade; pelo contrário, caberia a *ele* o papel de confortá-la.

Andrêiev apareceu, cumprimentou o convidado, sentou-se à mesa e começou a chorar. Varvára, que estava arrumando a mesa, correu para a cozinha e ficou lá atônita, um tomate numa das mãos e uma faca na outra; nunca tinha visto lágrimas nos olhos do marido. Sentiu que a morte havia entrado em sua casa e que era chegada sua derradeira hora.

Ficou combinado que Mostovskói pernoitaria. Os dois velhos sentaram-se juntos à mesa. Continuaram conversando madrugada adentro.

Quando Mostovskói voltou para casa, na manhã seguinte, Agrippina Petrovna entregou-lhe um bilhete de Krímov, que escrevera para avisar que sua unidade ficaria estacionada em Stalingrado por um tempo, mas que agora ele teria que voltar para o front. Da próxima vez que estivesse na cidade, o visitaria imediatamente, sem falta. Como pós-escrito, acrescentou: "Mikhail Sídorovitch, o senhor não pode imaginar como desejo vê-lo".

10

Na manhã de domingo, os Chápochnikov receberam uma carta dirigida a Serioja. Gênia ergueu o envelope e perguntou:

— Devo abrir? A caligrafia é de mulher. Deve ter passado pelos censores militares. Agora é a vez dos censores domésticos. Parece que é de alguma Dulcineia. Então, devo ler para você, mãe?

Abriu o envelope, tirou uma folhinha de papel e começou a ler. De repente, gritou:

— Oh, meu Deus, Ida Semiônova morreu.

— De quê? — perguntou Marússia de imediato.

Temia morrer de câncer e ficava imaginando que já tinha os sintomas. Sempre que ouvia a notícia da morte de uma mulher da sua idade, a primeira pergunta que fazia era se tinha sido de câncer. Spiridônov dissera a ela mais de uma vez: "Você e seus caranguejos... já acumulou uma coleção e tanto. Já pensou em abrir uma marisqueira?".*

— Pneumonia — disse Gênia. — Mas o que vamos fazer agora? Encaminhar a carta ao Serioja?

Ida Semiônova era a mãe de Serioja, uma mulher de quem os Chápochnikov nunca gostaram. Mesmo quando ainda vivia em Moscou com Dmitri, ela costumava mandar o filho para a casa da avó por longas temporadas. Antes de entrar na escola, Serioja às vezes ficava com Aleksandra Vladímirovna por quatro ou cinco meses seguidos.

E quando Ida foi mandada para o exílio no Cazaquistão, perto de Karagandá, Serioja fora morar com a avó de uma vez por todas. A mãe lhe escrevia apenas muito raramente.

Serioja sempre foi taciturno. Nunca falava por iniciativa própria sobre a mãe, e, quando a avó perguntava por ela, sempre respondia bruscamente: "Ela vai bem, obrigado. Está com boa saúde. Trabalha no clube e dá palestras sobre higiene".

Mas em uma ocasião, quando Marússia criticou Ida na presença do sobrinho, por passar muito tempo à beira-mar e muito pouco com ele, Serioja soltou um grito estranho, estridente — ninguém foi

---

* O vocábulo "câncer" vem do grego *karkinos*, "caranguejo"; o médico Hipócrates, por volta de 400 a.C., encontrou semelhanças entre um tumor e os vasos sanguíneos a seu redor e um caranguejo com as patas espalhadas na areia. (N. T.)

capaz de distinguir uma palavra do que disse —, e saiu correndo da sala, batendo a porta com força.

Em silêncio, Aleksandra leu e releu a carta, escrita por uma enfermeira do hospital: "Durante seus últimos dias, Ida Semiônova falou sobre Serioja o tempo todo". Lentamente, devolveu o papel ao envelope e disse:

— Acho que não vale a pena enviar a carta a Serioja neste momento.

— Claro que não — concordou Marússia. — Seria cruel e sem sentido. Mas o que você acha, Gênia?

— Não sei, realmente não sei — respondeu Gênia.

— Quantos anos ela tinha? — perguntou Marússia.

— A mesma idade que você — disse Gênia, cravando nela um olhar feroz.

11

Spiridônov fora convocado por Priákhin para uma reunião do obkom. Havia muitas razões possíveis para isso. Podia ser apenas para discutir a situação geral, ou questões como as defesas antiaéreas da Stalgres.

Por outro lado, podia ser uma repreensão. Ocorrera um acidente com uma turbina, e em certa ocasião a principal padaria da cidade ficou duas horas sem energia; isso causou sérios atrasos nas entregas de pão. Talvez o estaleiro tivesse registrado uma reclamação sobre a recusa de Spiridônov em lhe conceder eletricidade extra de uma das subestações. Podia ser uma contestação da reclamação que ele havia feito sobre o recebimento de combustível de baixa qualidade, ou algum problema relativo a cabos de segurança indevidamente preparados.

Spiridônov poderia alegar uma infinidade de coisas à guisa de desculpa ou explicação: equipamentos desgastados; muitos trabalhadores qualificados tinham se alistado como voluntários na milícia; havia carência de eletricistas; o trabalho nas subestações da fábrica estavam mal organizados. Spiridônov havia solicitado planos de trabalho aos engenheiros-chefes da Fábrica de Tratores, da Barricadas e da Outubro Vermelho, de modo a evitar sobrecarga no sistema, mas seu pedido fora ignorado. Eles insistiam em exigir energia extra ao mesmo tempo, e, quando não dava conta de atender de imediato às demandas de todos, era Spiridônov quem levava a culpa. Satisfazer aqueles três monstros não era brincadeira. Somadas, as três fábricas podiam consumir em uma hora mais quilowatts do que cinco cidades inteiras.

Mas Spiridônov sabia que esse tipo de raciocínio nem sempre era bem recebido pelo obkom. O mais provável seria alguém dizer: "Então devemos pedir que a guerra espere enquanto Spiridônov resolve esses problemas?".

Seria bom passar em casa. Havia tempo suficiente, e ele estava sentindo falta da família; depois de dois dias sem ver os parentes, começava sempre a se preocupar. Mas sabia que era improvável encontrar alguém em casa durante o horário de trabalho, por isso instruiu o motorista a seguir direto para o obkom.

Na frente do prédio havia sentinelas da nova milícia. Usavam jaquetas com cintos militares e carregavam rifles pendurados em tiras de lona. Fizeram Spiridônov pensar nos Guardas Vermelhos de Petrogrado, que estavam entre os defensores de Tsarítsin durante a Guerra Civil. Um dos homens, ostentando um imenso bigode grisalho, poderia ter saído direto de uma pintura.

Spiridônov se comoveu ao ver aqueles trabalhadores armados. Seu pai servira na Guarda Vermelha e morrera defendendo a Revolução. E, quando menino, ele próprio — empunhando um fuzil Berdan — fizera as vezes de sentinela na porta do edifício do comitê revolucionário do distrito.

Reconheceu a sentinela na entrada principal. Até recentemente, trabalhava como eletricista assistente na sala de máquinas da Stalgres.

— Saudações, companheiro trabalhador! — disse Spiridônov.

Deu um passo à frente, mas o homem respondeu num tom severo:

— Quem o senhor deseja ver?

— Priákhin. E você está tentando me dizer que não reconhece seu antigo chefe?

O rosto do homem permaneceu impassível. Bloqueando o caminho de Spiridônov, disse:

— Seus papéis?

Examinou por um longo tempo o cartão do Partido de Spiridônov, olhando para cima duas vezes a fim de comparar a fotografia com o homem à sua frente.

— Parece que você é um burocrata nato — comentou Spiridônov, começando a se irritar.

— Pode passar — falou a sentinela, mantendo a mesma expressão séria, exceto por um brilho malicioso no fundo dos olhos.

"Algumas pessoas parecem pensar que a guerra é apenas um jogo", pensou Spiridônov enquanto subia as escadas.

Barúlin, o taciturno ajudante de Priákhin, costumava usar gravata e um casaco cor de café. Hoje, porém, vestia calças cáqui e túnica militar, com uma correia sobre um dos ombros e um revólver num coldre preso ao quadril. Os funcionários do obkom que entravam na sala de espera também envergavam túnicas. A maioria deles, além disso, portava mochilas e estojos de mapas.

Os corredores e a sala de espera estavam apinhados de comandantes. Um coronel esguio e bem-apessoado entrou na sala e seguiu direto para o gabinete de Priákhin, rangendo as botas reluzentes e tirando as luvas de couro marrom. Todos os demais comandantes se levantaram e bateram continência. Barúlin fez o mesmo, embora fosse um civil. O coronel reconheceu Spiridônov e sorriu para ele. Spiridônov se pôs de pé e ensaiou algo próximo de uma saudação militar. Eles haviam se encontrado pela primeira vez numa casa de recreação do obkom, e Spiridônov associava o coronel a tempos mais despreocupados — com passeios matinais ainda de pijama, expedições de pesca e banhos de rio.

Com seu casaco de corte impecável e luvas de pelica, o coronel parecia a própria imagem do soldado profissional; mas, anos antes, numa ocasião em que saíram juntos à noite para pescar, contara a Spiridônov a história de sua vida. Era filho de um carpinteiro de Vologda; na juventude, trabalhara como carpinteiro, e ainda tinha um ligeiro sotaque de sua terra natal.

Logo depois do coronel entrou o presidente da Ossoaviakhim[166] da cidade. Era um homem rabugento que vivia com um constante sentimento de rancor, convencido de que os outros não levavam o trabalho suficientemente a sério e não o tratavam com o devido respeito.

---

[166] A Sociedade de Apoio à Defesa e à Construção de Aviões e Empresas Químicas. O objetivo declarado dessa organização de defesa civil "voluntária", fundada em 1927, era promover o patriotismo, a perícia no tiro e habilidades de aviação. Stálin a descreveu como vital para "manter toda a população em estado de prontidão, mobilizada contra o perigo de ataque militar, de modo que nenhum 'acidente' e nenhum truque de nossos inimigos externos possa nos pegar desprevenidos". A sociedade patrocinou clubes e organizou competições em toda a União Soviética; em poucos anos, chegou a cerca de 12 milhões de membros.

Hoje, porém, sua habitual postura encurvada havia desaparecido, e sua voz e seu comportamento tinham adquirido uma nova confiança, séria e metódica. Seguido por dois rapazes que carregavam cartazes — "A granada de mão e seu mecanismo", "O fuzil", "A submetralhadora" —, ele caminhou até Barúlin, mostrou-lhe os pôsteres e disse:

— Jurávliov já deu sua aprovação.

— Pode levá-los para a gráfica, então — disse Barúlin. — Vou falar com o diretor agora mesmo.

— Mas, por favor, entenda que é urgente. São cartazes para os regimentos da milícia, antes que sejam enviados para combater! — disse o homem. — Ano passado precisei de cartazes e levei um mês para convencê-los a imprimir apenas cem. Estavam ocupados com os livros escolares.

— Seus cartazes serão impressos imediatamente — garantiu Barúlin. — Será a próxima tarefa deles.

O presidente da Ossoaviakhim enrolou os pôsteres e saiu da sala com sua comitiva. Olhou distraído para Spiridônov, como se quisesse dizer: "Eu sei quem é você, meu amigo, mas agora tenho coisas mais importantes em mente".

Todos os telefones tocavam sem parar.

Eram ligações da Direção Política do quartel-general do front, do diretor das defesas antiaéreas da cidade, do chefe de estado-maior das brigadas que estavam agora construindo fortificações, do comandante de regimento da milícia, da administração dos hospitais da cidade, da seção de suprimento de combustível, de um correspondente de guerra do *Izvéstia*, de dois diretores de fábrica que Spiridônov conhecia bem — um deles estava produzindo morteiros pesados; o outro, coquetéis molotov. O chefe da brigada de incêndio da fábrica também telefonou. A guerra alcançara de fato Stalingrado e o Volga. Ali, naquela sala de espera, isso estava mais evidente do que nunca.

Agora, a sala de espera do obkom lembrava bastante o escritório de Spiridônov na Stalgres, que sempre fora barulhento e movimentado: conversas com capatazes agitados, diretores de abastecimento e chefes de oficina; chamadas telefônicas da sala da caldeira; a visita de algum burocrata enraivecido; uma ou outra reclamação do motorista de Spiridônov, um eterno insatisfeito. As pessoas estavam sempre entrando esbaforidas para relatar algum problema: a pressão do vapor diminuíra, a voltagem caíra, um cliente estava fazendo acusações furiosas; um engenheiro tinha cochilado em pleno horário de trabalho; um supervisor fizera vista grossa a algo importante. Tudo isso sem parar, da manhã até a noite, acompanhado pelo incessante tinido do toque de telefones internos e externos.

Spiridônov sabia que não era assim em todos os lugares. Em Moscou, fora recebido mais de uma vez pelo comissário do povo. A calma da sala de espera e do gabinete do comissário tinha sido uma revelação — completamente diferente das condições na Stalgres, onde todas as conversas eram interrompidas por telefonemas ou sussurros nervosos sobre o mais recente drama que se desenrolava na cantina.

O comissário do povo questionara Spiridônov por horas a fio, falando com palavras lentas e meticulosas, como se não tivesse nenhuma preocupação mais importante no mundo do que o funcionamento eficiente da usina. E mesmo em Stalingrado a sala de espera da secretaria do obkom costumava ser relativamente pacífica, embora fosse responsável pelo Partido e pela situação não apenas de dezenas de grandes empresas mas também pelo transporte marítimo do Volga e toda a colheita da província. Agora, porém, o furacão da guerra tinha irrompido. Apenas alguns meses antes, em toda a província, as pessoas vinham cultivando terras virgens, lançando os alicerces de centrais elétricas, construindo escolas e fábricas, elaborando relatórios de reparos em tratores, registrando o número de hectares arados e coletando para o obkom dados meticulosos sobre a semeadura das colheitas. Agora, contudo, edifícios e pontes estavam desabando, os armazéns de trigo da província ardiam e o gado fugia, aos mugidos, dos berros das metralhadoras dos Messerschmitts.

A guerra não se limitava mais a artigos, boletins de notícias ou histórias contadas por evacuados. Vitórias e derrotas passaram a ser questão de vida e morte imediata — para Spiridônov, para sua família, para todas as pessoas próximas, para suas turbinas e motores e para os edifícios e ruas da cidade.

Filíppov, vice-presidente do comitê executivo, aproximou-se de Spiridônov. Como todo mundo, agora vestia uma túnica militar e carregava um revólver na cintura.

Nos últimos dezoito meses, Filíppov andava farto de Spiridônov por conta de sua recusa em fornecer eletricidade para um novo canteiro de obras em que ele tinha especial interesse. Os dois homens mal se cumprimentavam quando se encontravam, e, nas plenárias, Filíppov criticava a liderança da Stalgres devido ao que chamava de "contabilidade sovina". Aos amigos, Spiridônov dizia: "Sim, aprecio o apoio constante do camarada Filíppov. Por pouco ele não conseguiu me fazer levar uma severa reprimenda".

Agora, no entanto, Filíppov o abordou diretamente:

— Como vai, Stepán? — disse, apertando com firmeza a sua mão.

Estavam ambos comovidos, percebendo que, em comparação com as tragédias em curso, sua hostilidade mútua era algo deveras mesquinho.

Filíppov olhou para a porta do gabinete de Priákhin e perguntou:

— Você já vai entrar? Do contrário, podíamos ir à cantina. Jílkin trouxe uma boa cerveja, e o esturjão é excelente.

— Com prazer — respondeu Spiridônov. — Tenho tempo de sobra.

Foram para a cantina reservada ao estafe do obkom.

— As coisas não parecem nada boas — disse Filíppov. — Hoje, meu amigo, ouvi dizer que os alemães tomaram Vérkhne-Kurmoiarski. É a aldeia onde nasci. Foi onde entrei pela primeira vez na Komsomol. Tenho certeza de que você entende... embora não seja de Stalingrado, mas de Iaroslav, não é?

— Agora somos todos cidadãos de Stalingrado — disse Spiridônov.

— De fato! — concordou Filíppov, impressionado com essas palavras simples. — Somos todos cidadãos de Stalingrado. E o boletim de notícias de hoje foi muito desanimador.

Para Spiridônov, era como se todos ao seu redor tivessem de repente se tornado muito próximos. Todos eram amigos e camaradas.

O chefe da seção militar, um homem careca de cinquenta anos, chegou à cantina.

— Mikháilov! — gritou Filíppov. — Quer uma cerveja?

Em tempos de paz, Mikháilov jamais permitia que o trabalho o sobrecarregasse. Homens que mal dormiam à noite, homens que lutavam para cumprir as metas de produção da fábrica ou os planos de colheita do colcoz, sorriam ironicamente ao mencionar seu nome e diziam: "Sim, o Mikháilov não é de se atrasar para o almoço". Hoje, porém, ele respondeu:

— Cerveja? Você deve estar brincando! Estou há duas noites sem dormir. Acabei de voltar de Kárpovka. Daqui a quarenta minutos estou indo para as fábricas. E às duas da manhã tenho que fazer meu relatório.

— Um novo homem — disse Spiridônov. — Nunca o vi assim.

— Ele agora é major — disse Filíppov. — Conseguiu sua segunda divisa ontem. Graças a Priákhin.

Spiridônov sempre detestara carreiristas que abandonavam os amigos do passado. Ele mesmo ainda amava todos os seus antigos camaradas e se lembrava de cada um — rapazes de sua aldeia, jovens eletricistas com quem tinha convivido, colegas da faculdade operária. Agora, porém, sentia por eles uma ternura maior que nunca.

E Spiridônov também estava ciente de algo muito diferente — de uma força hostil e estranha que alimentava um ódio de chumbo contra o mundo que ele tanto amava: fábricas e cidades, amigos, colegas e familiares, a velha funcionária da cantina que agora lhe trazia com todo o cuidado um guardanapo de papel cor-de-rosa.

Mas não tinha palavras nem tempo para dizer nada disso a Filíppov.

De volta à sala de espera, Spiridônov perguntou a Barúlin se veria Priákhin em breve.

— Lamento, mas será preciso esperar um pouco mais. Mark Semiônovitch terá que entrar antes.

— Por quê?

— É assim que as coisas são, camarada Spiridônov.

O tom de Barúlin era impessoal — e normalmente ele se dirigia a Spiridônov por seu nome e patronímico: Stepán Fiódorovitch. Spiridônov estava ciente da extraordinária habilidade de Barúlin para distinguir visitantes muito importantes dos meramente importantes, para distinguir os importantes dos normais e depois dividir estes últimos em três categorias diferentes: necessários e urgentes, necessários mas não urgentes e aqueles que ficariam felizes da vida por tomar um chá de cadeira. Barúlin levava os visitantes muito importantes direto ao gabinete do chefe, anunciava sem demora a chegada dos importantes e aos normais pedia que esperassem. E as conversas de Barúlin com os que esperavam variavam bastante em tom. A um homem ele perguntava como os filhos estavam indo na escola; com outro, falava sobre negócios; para um terceiro, abria um rápido sorriso; analisava em silêncio sua papelada na presença de um quarto; e repreendia um quinto: "Camarada, não se pode fumar nesta sala".

Stepán Fiódorovitch entendeu que nas presentes circunstâncias havia sido rebaixado da categoria de importante para normal, mas não ficou ressentido. Longe disso. Estava pensando: "Barúlin é mesmo um bom rapaz, trabalha dia e noite, noite e dia!".

12

Quando Spiridônov entrou no gabinete de Priákhin, percebeu imediatamente que ele não havia mudado; ainda era o mesmo homem de sempre.

Tudo nele — o meneio de cabeça, o olhar atento, mas aparentemente distraído, a maneira de pousar o lápis na mesa enquanto se preparava para ouvir alguém — permanecia igual. Sua voz e seus movimentos eram calmos e confiantes.

Ele tinha uma maneira característica de introduzir "o Estado" em qualquer discussão sobre um problema ou outro. Quando os diretores de fábricas ou colcozes reclamavam sobre alguma dificuldade para atender a uma demanda específica no prazo determinado, ele dizia: "O Estado precisa de metal. Não está perguntando se isso é fácil ou difícil para você".

Seus ombros largos e encurvados, sua testa ampla e obstinada, seus olhos alertas e inteligentes — tudo parecia declarar que ele era o porta-voz do Estado. Sua mão era firme, às vezes severa; muitos diretores e presidentes sentiram o peso dela.

Priákhin sabia não apenas sobre o trabalho das pessoas, mas também sobre a vida delas. Vez por outra, durante uma reunião em que a conversa versava sobre toneladas, porcentagens e planos de trabalho, perguntava: "Tem ido pescar?". Ou então: "Continua às turras com a sua esposa?".

Ao entrar, Spiridônov imaginou por um momento que Priákhin poderia se levantar, ir até ele, abraçá-lo e dizer, com voz embargada:

— Sim, meu amigo, são tempos difíceis. Mas você se lembra da época em que eu trabalhava para o raikom e...?

Mas Priákhin era o mesmo homem severo e profissional de sempre, e Spiridônov achou isso estranhamente reconfortante e tranquilizador: parecia que o Estado ainda estava calmo e confiante, nem um pouco inclinado a arroubos de lirismo.

Numa das paredes, em vez de gráficos e tabelas detalhando a produção de tratores e aço, agora se via um enorme mapa da guerra. Os vastos espaços da província de Stalingrado não eram mais identificados pelos campos de trigo, legumes e hortaliças, pomares e moinhos de farinha, mas entrecortados por linhas primárias e secundárias de defesa, valas antitanque e outras construções defensivas, algumas de concreto, outras feitas simplesmente de terra e madeira.

A comprida mesa de Priákhin, revestida de tecido vermelho, não exibia mais lingotes de aço, potes de trigo, pepinos e tomates gigantes da várzea de Ákhtuba. No lugar deles havia produtos mais recentes da indústria local: pinos de granadas de mão, detonadores, percussores, sapas, uma submetralhadora e uma pinça para desarmar bombas incendiárias.

Spiridônov falou brevemente sobre a Stalgres e seu trabalho. Disse que, a menos que recebessem combustível de melhor qualidade, teria que fechar parte da usina dentro de três meses para reparos. Não estava exagerando. Em seguida, Spiridônov disse que havia reservas de combustível de alta qualidade em Svétli Iar. Se tivesse permissão, assumiria a responsabilidade pessoal de buscar esse combustível, originalmente destinado às regiões de Zimóvniki e Kotélnikovo.

Spiridônov sabia que Priákhin tinha genuína admiração pelas turbinas da Stalgres. Quando visitava a usina, sempre passava um bocado de tempo na sala de máquinas, fazendo perguntas aos técnicos e eletricistas-chefes, mostrando especial admiração pelas unidades mais complexas e sofisticadas. Um dia, diante das luzes indicadoras vermelhas e azuis dos painéis de controle de mármore branco que direcionavam velozes rios de eletricidade para as três fábricas gigantes, o estaleiro e a própria cidade, comentou com Spiridônov:

— Tenho que tirar o chapéu para você. Tudo isto é verdadeiramente magnífico!

Em virtude dos últimos acontecimentos militares, Spiridônov estava convicto de que Priákhin daria respaldo a sua proposta. Em vez disso, Priákhin sacudiu a cabeça e disse:

— O camarada Spiridônov, sempre com espírito prático, propõe tirar vantagem para a Stalgres da atual situação militar. O Estado tem uma linha de ação, mas o camarada parece ter outra.

Priákhin olhou em silêncio para a borda da mesa.

Spiridônov percebeu que receberia alguma nova incumbência; era por isso que fora convocado.

— Bem — continuou Priákhin —, o Comissariado do Povo, como você sabe, nos apresentou um plano para desmantelar a usina. O Comitê de Defesa me pediu para lhe informar que, na realidade, é quase impossível desmontar as turbinas e caldeiras. Você deve continuar trabalhando até o último momento possível, mas, ao mesmo tempo, fazer todos os preparativos necessários para dinamitar as turbinas, a sala da caldeira e o transformador a óleo. Entendido?

Spiridônov ficou horrorizado. Havia considerado antipatriótico pensar na evacuação, e apenas seus camaradas mais próximos na Stalgres sabiam que sua família logo partiria. Ele lhes contara isso apenas a meia-voz, com medo dos boatos que poderiam se espalhar. De fato, em seu cofre ele guardava uma cópia do plano de evacuação oficialmente aprovado, mas sempre pensara nesse plano como algo meramente hipotético. Nas poucas vezes em que seus engenheiros mencionaram o tema, respondeu com raiva:

— Continue seu trabalho e pare de semear pânico.

Spiridônov sempre fora um otimista. Quando a guerra começou, não acreditava que o Exército Vermelho continuaria recuando. Dia após dia, aferrava-se à crença de que o avanço dos alemães estava prestes a sofrer uma brusca interrupção.

Mais recentemente, passara a se consolar com o pensamento de que Stalingrado não era como Leningrado. Leningrado fora cercada, mas aqui os alemães não penetrariam além dos distritos longínquos. Haveria, é claro, ataques aéreos e até bombardeios da artilharia de longo alcance. Ele tinha momentos de dúvida quando falava com soldados e refugiados, mas qualquer conversa alarmista de sua própria família o aborrecia. E agora — justo no obkom — estava sendo informado não sobre planos de evacuação ou escaramuças nos arredores da cidade. Estava recebendo ordens de se preparar para dinamitar a usina.

Abalado, Spiridônov perguntou:

— Ivan Pávlovitch, as coisas estão mesmo tão ruins?

Os olhos dos dois homens se encontraram. Por um momento, o rosto calmo e confiante de Priákhin pareceu distorcido por alguma angústia profunda.

Priákhin pegou o lápis sobre a mesa e anotou alguma coisa em seu calendário.

— Compreendo — disse ele. — Nos últimos vinte e cinco anos, camarada Spiridônov, você e eu nos empenhamos em construir. Não estamos acostumados a pensar em demolição. Mas instruções semelhantes foram dadas também às fábricas, às três gigantes. Você veio até aqui no seu próprio carro?

— Sim.

— Então vá até a Fábrica de Tratores. Haverá uma reunião lá para discutir isso. Leve dois sapadores com você. E talvez Mikháilov.

— Três é demais — disse Spiridônov. — A minha suspensão não dá conta.

Ele já havia decidido ligar para Marússia. Como inspetora da Seção de Educação, ela precisava visitar a creche da Fábrica de Tratores, e fazia vários dias que vinha lhe pedindo um carro. Ele mesmo poderia levá-la, e no caminho comunicá-la sobre o que acabara de ouvir.

— Tudo bem, Mikháilov pode ir em um carro do obkom — disse Priákhin, levantando-se da cadeira. — Mas lembre-se de que a Stalgres, agora, deve trabalhar mais do que nunca. Quanto a esta conversa, é um segredo de Estado, sem qualquer relação com seu trabalho cotidiano.

Spiridônov hesitou. Gostaria de perguntar sobre os preparativos para a evacuação das famílias.

Ambos os homens estavam agora de pé.

— Veja, camarada Spiridônov — disse Priákhin, com um sorriso. — Você pensou que estava se despedindo de mim quando saí do raikom, mas ainda continuamos nos encontrando.

E então, em sua voz mais oficial:

— Alguma pergunta?

— Não, está tudo claro — respondeu Spiridônov.

— Você vai precisar do melhor posto de comando subterrâneo possível — Priákhin disse em voz alta quando Spiridônov saiu do gabinete. — Vai ser fustigado por um punhado de bombas.

13

Quando o carro parou em frente ao orfanato, Spiridônov disse para Marússia:

— Então é isso, chegamos. Volto para buscá-la daqui a algumas horas, após a reunião.

Em seguida, em voz baixa, após uma rápida olhada para os outros dois passageiros:

— Preciso falar com você sobre algo extremamente importante.

Marússia saiu do carro com as bochechas coradas e os olhos alegres, animada com a rápida viagem. Os soldados no carro não haviam parado de contar piadas, e ela gargalhara durante todo o trajeto.

Mas, quando chegou à porta do orfanato e ouviu o rumor das vozes infantis, adquiriu uma expressão mais preocupada.

Tókareva, a diretora, não estava fazendo seu trabalho direito. Era um orfanato grande e difícil, segundo se comentava na Seção de Educação. Havia crianças de todas as idades e muitas nacionalidades: filhos de famílias de alemães do Volga,[167] duas meninas cazaques que sabiam falar apenas algumas palavras em russo, uma garotinha de Kóbrin que falava apenas polonês e um menino judeu de uma pequena aldeia que falava apenas iídiche e ucraniano. Muitas haviam sido levadas para lá ao longo do ano anterior, após terríveis raides aéreos durante os quais perderam os pais. Duas foram diagnosticadas com problemas psicológicos. Sugeriram a Tókareva que as enviasse a um hospital psiquiátrico, mas ela se recusou.

A Seção de Educação da cidade recebeu reclamações: a equipe do orfanato nem sempre dava conta de fazer o trabalho exigido, e os funcionários cometiam infrações disciplinares.

Marússia caminhava em direção ao carro quando o vice-chefe da seção veio correndo atrás dela. Entregou-lhe uma carta que recebera apenas alguns minutos antes: uma reclamação de dois funcionários do orfanato sobre o comportamento deplorável de uma das auxiliares e sobre a inexplicável recusa da diretora em despedi-la. Klava Sokolova, a auxiliar em questão, cantou e chorou, em estado de embriaguez, na frente das crianças; e um motorista de caminhão, que chegara ali

---

[167] Alemães étnicos que viviam ao longo do Volga, principalmente no que hoje é a região de Sarátov, ao norte de Volgogrado/Stalingrado. Incentivados pela imperatriz Catarina, a Grande (ela própria alemã), eles se estabeleceram lá no século XVIII. Em 1924, foi estabelecida uma República Soviética Autônoma dos Alemães do Volga, abolida após a invasão nazista. Vendo os alemães do Volga como colaboradores em potencial dos nazistas, as autoridades soviéticas deportaram aproximadamente 500 mil deles para a Sibéria e o Cazaquistão, onde muitos morreram.

dirigindo uma carreta de três toneladas, em duas ocasiões havia passado a noite no quarto dela.

Agora Marússia tinha que investigar tudo isso. Soltou um pesado suspiro, encorajando-se para uma conversa que certamente seria dolorosa tanto para Tókareva quanto para ela mesma.

Marússia entrou em uma sala espaçosa, com as paredes cobertas por desenhos de crianças, e pediu à mulher de serviço, que parecia ter cerca de vinte anos, que chamasse a diretora. A mulher se precipitou porta afora, e Marússia a observou com desaprovação; não gostava da franja da jovem.

Caminhou a passos lentos pela sala, dando uma boa olhada nos desenhos. Um deles retratava uma briga de cães. Em meio a um turbilhão de chamas e fumaça preta, havia no céu um enxame de aeronaves alemãs; enormes aviões soviéticos voavam calmamente entre elas. Os rostos dos pilotos soviéticos haviam sido delineados em vermelho; as asas e fuselagens dos aviões eram também vermelhas, e suas estrelas de cinco pontas exibiam um tom mais denso e pesado.

Outro desenho mostrava uma batalha terrestre. Enormes armas vermelhas, arrotando chamas vermelhas, disparavam projéteis vermelhos; soldados fascistas morriam em meio a explosões que arremessavam para o alto cabeças, mãos, capacetes e botas, que alcançavam alturas maiores do que a dos aviões soviéticos. O terceiro desenho mostrava gigantescos soldados do Exército Vermelho desferindo um ataque; os revólveres em suas mãos poderosas eram maiores do que o insignificante canhão preto dos fascistas.

Separada desses desenhos, uma grande aquarela emoldurada mostrava jovens guerrilheiros na floresta. Bétulas felpudas e iluminadas pelo sol haviam sido traçadas à perfeição, e as moças magras exibiam joelhos bronzeados — o artista, que devia ser uma das crianças mais velhas, claramente tinha talento e uma boa compreensão do assunto. Marússia pensou na filha. Vera, agora, era quase uma mulher-feita, e os rapazes começavam a reparar em seus encantos. Quanto aos moços da aquarela, eram todos fortes, de olhos azuis e bochechas rosadas. As jovens tinham olhos amendoados, puros e transparentes como o céu. Uma delas ostentava um cabelo comprido que caía em ondas até os ombros, outra tinha tranças enroladas em volta da cabeça e uma terceira usava uma guirlanda de flores brancas. Marússia gostou dessa aquarela, apesar de seu único defeito óbvio: os rostos de alguns rapazes e moças eram quase idênticos, todos de perfil, a cabeça na mesma posição. Parecia que o artista ficara impressionado com algum rosto em particular e colara esse semblante aos corpos de ambos os sexos, adicionando cabelo curto ou tranças longas. Mesmo assim, a pintura era fascinante e comovente; era a expressão de um ideal, de algo nobre e puro.

E trouxe à mente de Marússia as muitas discussões que tinha com Gênia a respeito de arte: ela, é claro, estava certa, enquanto a irmã estava errada. Gênia pintava o que importava para si mesma, ao passo que o aquarelista pintava o que era importante para todos. Além disso, Gênia não tinha o direito de acusá-la de pompa e falsidade. Marússia gostaria de levar aquela pintura para casa e mostrá-la à irmã, que dificilmente seria capaz de criticar o trabalho de um artista guiado apenas pela inspiração pura da alma de uma criança. Enfim, qual era essa verdade de Gênia? Existiam duas verdades, não apenas uma. Havia uma verdade vil, suja, cruel e humilhante, que tornava a vida mais difícil, e havia a verdade de uma alma pura, nascida para dar fim à verdade vil e humilhante de Gênia.

Ielizaveta Saveliêvna Tókareva entrou — uma mulher robusta de cabelos grisalhos e rosto zangado. Depois de trabalhar por muitos anos em uma padaria, fora trabalhar no setor administrativo do raikom. Em seguida, fora nomeada vice-diretora da mesma padaria onde antes sovava massa. Mas não havia prosperado nessa função, aparentemente incapaz de impor sua autoridade. Depois de um mês, foi demitida — e recebeu um novo cargo como diretora do orfanato. Gostava de trabalhar com crianças e acabara de concluir um curso especial. No entanto, ali também as coisas não estavam correndo às mil maravilhas. A Seção de Educação continuava tendo que enviar inspetores. Tókareva recebeu uma reprimenda oficial, e, um mês antes, o segundo-secretário a convocara para uma reunião no raikom.

Marússia apertou a mão de Tókareva e disse que estava ali para discutir algumas reclamações recentes.

Caminharam por um corredor arejado e recém-lavado, com um agradável cheiro de frescor.

De trás de uma porta fechada vinha o som de crianças cantando. Tókareva, olhando para Marússia pelo canto do olho, disse:

— Esse é o grupo mais jovem. É muito cedo para ensiná-los a ler e escrever. Em vez disso, cantam.

Marússia abriu a porta e viu um grupo de meninas em pé num semicírculo.

Em outra sala, havia um garotinho sentado a uma mesa sozinho, desenhando em um caderno com um lápis colorido. Devia ter cerca de cinco anos, e exibia bochechas vermelhas e nariz arrebitado. Ele lançou um olhar emburrado na direção de Tókareva, depois virou o rosto. Fazendo um beicinho de raiva, continuou desenhando.

— Por que ele está aqui sozinho? — quis saber Marússia.

— Ele tem sido muito travesso — respondeu Tókareva.

Em seguida, elevou a voz e explicou, séria:

— O nome dele é Valentin Kuzin. Desenhou uma suástica na barriga.

— Isso é terrível — disse Marússia.

Mas, assim que voltaram ao corredor, começou a rir.

Tókareva evidentemente tinha um fraco por cortinas e drapejados. Em seus aposentos havia panos brancos de um tipo ou de outro cobrindo a janela, a escrivaninha e a cama, e pendurados ao lado da pia. Acima da cabeceira da cama, dispostos em formato de leque, vários retratos de família — mulheres idosas com lenços e homens de camisa preta com botões reluzentes. Havia também algumas fotos de grupo: provavelmente ativistas do Partido em um curso de treinamento e trabalhadores stakhanovista na padaria.[168]

Marússia sentou-se à mesa, abriu a pasta e tirou um maço de papéis. Primeiro perguntou sobre Sukhonógova, a auxiliar de almoxarifado. Uma das educadoras, passando por acaso pela casa dela, vira o filho de Sukhonógova desfilando com sapatos do orfanato.

— Por que você não tomou providências em relação a isso? — Marússia a questionou. — Foi informada há muito tempo.

Sem olhar para Marússia, Tókareva disse:

— Eu estive na casa de Sukhonógova e investiguei a denúncia. Na verdade, não foi propriamente um roubo. As botas do menino estavam caindo aos pedaços, e, no final do inverno, ele já não con-

---

[168] Aleksei Stakhanov foi um mineiro cuja vasta e improvável produtividade na extração de carvão — doze toneladas por dia — fez com que se tornasse um modelo para os trabalhadores soviéticos. A palavra "stakhanovita" fazia parte do vocabulário oficial da época; congressos de trabalhadores "stakhanovitas", por exemplo, eram realizados com frequência.

seguia caminhar até a escola. Sukhonógova levou as botas dele para o conserto e pegou emprestado um par de sapatos do orfanato por dois dias. Tão logo buscou as botas remendadas no sapateiro, devolveu os nossos calçados sem um arranhão. Ela diz que o menino simplesmente não para em casa. Quando não sai para patinar, é para esquiar. Por isso desgastou as botas. Naquele momento nenhum de nós tinha cupons de sapatos. E, com a guerra, o marido dela já está no exército faz mais de um ano...

— Minha cara amiga — respondeu Marússia em tom severo —, não duvido da necessidade de Sukhonógova, mas isso não é desculpa para ela pegar, sem autorização, itens do almoxarifado. Quanto a estarmos em tempo de guerra, isso não serve como desculpa. Agora, mais do que nunca, cada copeque do Estado é sagrado, cada pedaço de carvão do Estado, cada prego do Estado...

Por um momento, Marússia gaguejou, o que a deixou com raiva de si mesma. Ela prosseguiu:

— Pense nos sofrimentos que estão sendo infligidos às pessoas. Pense nos rios de sangue que agora estão jorrando na luta por nossa terra soviética. Você não entende? Não é hora para sentimentalismos e isenções especiais. Sim, o menor delito da minha própria filha e eu a sujeitaria à punição mais severa. Vou deixar que você tire suas próprias conclusões desta conversa, mas a aconselho a agir sem demora.

— Sim, claro, farei o que você disser — concordou Tókareva, com um suspiro.

Em seguida, surpreendendo Marússia, perguntou:

— E quanto à questão da evacuação?

— Você será notificada no devido tempo — respondeu Marússia.

— As crianças continuam perguntando sobre isso — disse Tókareva, desculpando-se. — Algumas foram trazidas para cá por soldados. Algumas foram recolhidas por refugiados. Outras deram um jeito de chegar aqui sozinhas. À noite, quando o céu está cheio de aviões, elas sabem melhor do que nós quais são alemães e quais são os nossos.

— Oh, isso me faz lembrar uma coisa. Como está o pequeno Slava Beriózkin? Eu o enviei pessoalmente a você. A mãe do menino me perguntou sobre ele.

— Não muito bem. Pegou um resfriado nos últimos dias. Deixe-me levá-la até a enfermaria. Você pode ter uma palavrinha com ele.

— Mais tarde. Quando acabarmos de tratar dos problemas.

Marússia fez perguntas sobre os vários incidentes recentes no orfanato. No fim, ficou claro que não eram tantos.

Um menino de catorze anos tinha fugido durante a noite, levando oito toalhas roubadas do almoxarifado. Um segundo, que sempre tivera bom desempenho nas aulas, fora flagrado por um professor no mercado de pulgas, pedindo esmola porque queria dinheiro para ir ao cinema. Questionado, admitiu que na verdade não pretendia ir ao cinema. Estava tentando economizar para os tempos de vacas magras. "E se os alemães bombardearem o orfanato?", disse ele. "O que será de mim?"

Tókareva não se incomodava muito com incidentes desse tipo.

— São boas crianças — declarou ela, resoluta. — Se você lhes explica o que fizeram de errado, ficam genuinamente magoadas e arrependidas. São, quase todas, gentis e honestas. Verdadeiros filhos soviéticos! E, a propósito, temos agora uma Internacional inteira de crianças. No passado havia apenas russos, mas agora temos ucranianos, bielorrussos, romenos, moldávios. Quem é que não temos? Para ser honesta, eu mesma não teria acreditado que todas elas se dariam tão bem assim. E se às vezes brigam e trocam sopapos, bem... o que você esperaria? Afinal, são crianças. E, de qualquer forma, adultos em um estádio de futebol não são melhores. Tenho até a sensação de que elas estão ficando mais unidas do que nunca. Russas, ucranianas, armênias, bielorrussas... todas se tornando uma única família.

— Isso é maravilhoso! — falou Marússia, muito comovida. — Tudo o que você está me dizendo é verdadeiramente notável.

Marússia estava no estado de feliz entusiasmo que se apossava dela toda vez que tinha a sensação de que a vida cotidiana se fundia a seus ideais. Ficou com os olhos marejados e começou a ofegar. Sentiu que não era possível existir felicidade maior do que aquela. Certamente nunca vivenciara felicidade maior com a família, ou com o marido e a filha. Era por causa da intensidade de seus sentimentos em momentos como esse que se enfurecia e se magoava tanto quando Gênia, sempre incapaz de entender o que quer que fosse, se referia a ela como uma pessoa de coração frio.

A expectativa de Marússia era que aquela visita seria difícil e desagradável. Emitir reprimendas oficiais ou solicitar a demissão de alguém não eram tarefas que ela realizava de forma leviana. Fazia essas coisas apenas quando o dever exigia, quando não havia opção. Se às vezes parecia dura e implacável, tal qual um advogado de acusação, era porque travava uma luta ferrenha para superar sua instintiva aversão à severidade.

E certamente nunca lhe ocorrera que pudesse sentir na pele momentos de verdadeira alegria no orfanato, que pudesse se emocionar com o trabalho de um jovem artista ou por algo dito por Tókareva.

A parte oficial da reunião estava quase encerrada. Sobre Tókareva recaíam suspeitas de nepotismo, mas estava claro que eram suspeitas infundadas. Pelo contrário; pouco tempo antes, ela havia demitido a encarregada da despensa, parente de um funcionário do raikom. A mulher dera ordens ao pessoal da cozinha para lhe preparar uma refeição especial, usando produtos reservados às crianças doentes.

Tókareva advertiu a mulher, que, julgando que a superiora apenas estivesse com raiva por não ter sido incluída, deu ordens para que a cozinha preparasse uma refeição especial para as duas. Tókareva foi então obrigada a demiti-la. Isso irritou o funcionário do raikom de quem a mulher era parente.

Marússia repassou na cabeça as muitas coisas positivas que tinha visto no orfanato: o asseio dos quartos e da roupa de cama; a gentileza geral da equipe; e a qualidade das refeições, mais substancial do que em muitos outros lares de crianças.

"Está claro que não devemos dispensá-la, mas encontrar para ela um adjunto confiável", pensou Marússia, fazendo algumas anotações em seu caderno e já imaginando o que diria ao chefe da Seção de Educação.

— E quem pintou aquele quadro dos guerrilheiros? Seu jovem artista é muito talentoso. Devíamos enviar a aquarela para Kúibichev. Eu gostaria que nossos camaradas no Comissariado do Povo a vissem.

Tókareva enrubesceu, como se fosse ela o alvo dos elogios. Na verdade, dizia muitas vezes: "Algo horrível aconteceu comigo novamente" ou "Algo muito engraçado aconteceu comigo hoje" — e depois ficava claro que queria falar não sobre a própria vida, mas sobre as boas ou más ações de suas crianças, sobre uma criança doente ou recuperada de alguma doença.

— A artista é uma menina — disse ela. — Chura Buchueva.

— Uma evacuada?

— Não, ela é daqui de perto, de Kamíchin. Pintou com a imaginação. As crianças evacuadas, que viram combates, fizeram desenhos também, mas na verdade preferi não expor nenhum deles nas paredes. São medonhos... nada além de cadáveres e edifícios em chamas. Há um menino que viveu sob os alemães. Desenhou prisioneiros de guerra russos comendo carne de cavalo podre. Não, não suporto olhar para esses desenhos.

Elas percorreram o corredor e saíram para o pátio. O brilho do sol fez Marússia apertar os olhos. Ao mesmo tempo, cobriu com as mãos os ouvidos, por causa da algazarra de vozes alegres e dissonantes. Crianças de doze anos, vestindo camisas de futebol, levantavam nuvens de poeira enquanto chutavam uma bola para cá e para lá, com desesperada determinação. Usando calças de esqui azuis, um goleiro desgrenhado tinha o corpo inclinado para a frente, as mãos nos joelhos, observando cada movimento da bola. Seus olhos, a boca entreaberta e até mesmo suas pernas, pescoço e ombros deixavam claro que, naquele momento, nada no mundo era mais importante do que o jogo.

Alguns meninos menores, armados com rifles de madeira e espadas de compensado, corriam ao lado da cerca. Avançando na direção deles, uma coluna ordenada de soldados, todos usando chapéus de três pontas feitos de jornal.

Uma menininha pulava com agilidade uma corda que duas amigas batiam para ela. Outras esperavam sua vez, observando atentamente e movendo os lábios em silêncio enquanto contavam o número de pulos.

— É por *elas* que estamos travando esta guerra — disse Marússia.

— As nossas crianças devem ser as melhores do mundo — declarou Tókareva com convicção. — Tenho meninos aqui que são verdadeiros heróis. Aquele ali, Semion Kótov, o goleiro, era um olheiro da unidade do front. Foi pego pelos alemães e espancado, mas não disse uma palavra. E agora continua implorando para voltar à linha de frente. Está vendo aquelas duas garotas?

Duas meninas de vestido azul caminhavam pelo pátio. Uma tinha cabelos louros; a outra, segurando uma boneca de pano, exibia olhos ágeis e escuros e pele bronzeada. Com a cabeça inclinada na direção da boneca, ouvia a amiga loira, que falava rápido, quase sem pausas. Não era possível escutar o que a menina estava dizendo, mas ela parecia enraivecida.

— Aquelas duas são inseparáveis — continuou Tókareva. — Foram trazidas para cá no mesmo dia, e ficam juntas da manhã até a noite. A loira é órfã, uma judia polonesa. Hitler massacrou a família dela inteira. E a outra, a da boneca, é de uma família de alemães do Volga.

As duas mulheres entraram na ala que abrigava as oficinas e a enfermaria. Tókareva levou Marússia a uma das oficinas, uma sala espaçosa e mal iluminada impregnada da umidade fria — tão agradável em um dia sufocante de verão — que só é possível encontrar em edifícios antigos com espessas paredes de pedra. A oficina estava vazia, exceto por um menino de cerca de treze anos sentado à mesa mais distante. Na penumbra, ele observava um tubo de latão oco. Quando as duas mulheres entraram, olhou para elas, irritado.

— Zíniuk, o que você está fazendo aqui sozinho? Não gosta de futebol? — Tókareva perguntou.

— Eu não quero jogar futebol. Tenho muito trabalho a fazer, não tenho tempo para jogos — respondeu, e voltou a examinar o tubo.

— Minha pequena universidade — disse Tókareva. — Zíniuk vive me pedindo permissão para ir trabalhar numa fábrica. Também tenho construtores, mecânicos e projetistas de aeronaves, além daqueles que escrevem poemas e pintam quadros.

Depois, em voz baixa e de modo um tanto inesperado, acrescentou:

— Como é terrível tudo isso...

Passaram pela oficina e saíram para o corredor.

— Aqui está a enfermaria — disse Tókareva. — Além de Beriózkin, temos aqui um menino ucraniano que todos pensavam que era mudo. Fazíamos uma porção de perguntas, e ele nunca respondia uma palavra. Por isso achávamos que era mudo. E então uma de nossas enfermeiras, ou melhor, uma de nossas faxineiras, começou a cuidar dele. E parece que ela leva jeito com crianças... De repente, ele começou a falar.

14

Era um quarto pequeno, e manchas de luz deslizavam pela parede, destacando-se no branco tépido da superfície caiada. Havia flores silvestres em um frasco bojudo sobre uma mesinha, mas outra nesga de sol, decomposta pelo vidro em um espectro de cores, eclipsava os verdes, azuis e amarelos das flores da estepe empoeirada.

— Você se lembra de mim, Slava? — perguntou Marússia, aproximando-se da cama de Slava Beriózkin.

O menino tinha os mesmos traços e a mesma cor dos olhos da mãe, Tamara. E seus olhos tinham a mesma expressão triste.

Slava olhou para Marússia com expressão pensativa e disse:

— Sim, tia, eu me lembro da senhora.

Marússia não sabia falar com crianças. Nunca conseguia encontrar o tom certo. Às vezes, conversava com crianças de seis anos como se tivessem apenas três, às vezes como se já fossem adultas. As crianças a corrigiam, dizendo: "Não somos bebês, sabe?". Ou bocejavam e pediam a ela que repetisse palavras longas que não entendiam. Agora, com Tókareva a seu lado, após uma discussão que tivera momentos difíceis, Marússia queria mostrar que era capaz de ser gentil e calorosa; não queria que a diretora do orfanato pensasse que era insensível. Com um sorriso no rosto, perguntou:

— Bem, está gostando daqui? Alguma andorinha veio visitá-lo?

O menino balançou a cabeça e quis saber:

— Meu pai mandou alguma carta?

Percebendo que utilizava o tom errado, Marússia se apressou em responder:

— Não, ainda não, ninguém sabe o endereço dele. Mas sua mãe manda lembranças. Sente muito a sua falta.

— Obrigado — disse o menino. — E como está Liúba?

Slava pensou por um momento e acrescentou:

— Eu gosto daqui. Diga à mamãe para não se preocupar.

— E você fez amigos novos?

Slava assentiu. Percebendo que não receberia dos adultos nenhum tipo de consolo e que cabia a ele tranquilizá-los, acrescentou:

— Não estou doente de verdade, sabe? A enfermeira prometeu que vai me dar alta depois de amanhã.

Ele não pediu para ser levado embora do orfanato, pois sabia que a vida não estava fácil para a mãe. E não pediu que ela fosse visitá-lo, pois sabia que estava fora de cogitação tirar um dia inteiro de folga para fazer a viagem. Tampouco perguntou se ela tinha enviado de presente qualquer coisa doce, pois sabia que era igualmente impossível.

— O que você gostaria que eu dissesse à sua mãe? — perguntou Marússia.

— Diga a ela que estou bem — falou o menino, com voz firme.

Ao se despedir, Marússia passou a mão sobre o cabelo macio do menino, sobre a nuca magra e quentinha.

— Tia! — ele de repente explodiu. — Quero que a minha mãe me leve de volta para casa! — Os olhos dele se encheram de lágrimas. — Diga a ela que vou fazer tudo o que puder para ajudar, que vou comer muito pouco, muito pouco mesmo, e vou ficar nas filas para ela.

— Prometo que sua mãe vai levá-lo assim que puder — respondeu Marússia, abalada.

Tókareva a levou para trás da divisória, até uma cama junto à janela. Uma jovem de olhos escuros em um avental branco dava de comer a um garotinho de cabeça raspada. Quando levava a colher à boca do menino, o movimento deixava à mostra seu belo antebraço moreno.

— E este é Gricha Serpokril — disse Tókareva.

Marússia olhou para o menino. Ele era feio, com orelhas grandes e carnudas, crânio nodoso e lábios cinza-azulados. Engolia o mingau obedientemente, mas com esforço, como se estivesse sendo forçado a comer caroços de argila seca. O contraste entre sua pele pálida e cinza e os olhos brilhantes e ardentes era tão extremo que parecia dolorosamente antinatural. Apenas os feridos de morte têm olhos tão febris.

O pai de Gricha tinha catarata, razão pela qual não fora recrutado. Certa vez, durante as primeiras semanas da guerra, um comandante fez menção de passar a noite na isbá da família, mas depois de perscrutar seu interior, balançou a cabeça e disse: "Não, vou procurar um lugar um pouco menos apertado". Para Gricha, no entanto, aquela isbá era melhor do que qualquer palácio ou templo do planeta. Lá, aquele menino tímido e de aparência estranha conhecera o amor. A mãe, que tinha uma perna mais curta que a outra, ia mancando até ele quando estava dormindo em cima do fogão e o cobria com um casaco de pele de carneiro. Com a mão áspera e calosa, o pai limpava o seu nariz. Dois ou três meses antes da guerra, a mãe do menino assara um bolo especial de Páscoa em uma latinha e dera a ele um ovo decorado; e no Primeiro de Maio o pai o presenteara com um cinto amarelo de fivela branca comprado na cidadezinha do distrito.

Gricha sabia que os meninos da aldeia zombavam de sua mãe porque ela coxeava, e isso o fazia amá-la ainda mais. No Primeiro de Maio, os pais puseram suas melhores roupas e o levaram para as visitas; Gricha sentia orgulho deles e de si mesmo, com seu cinto novo. O pai parecia-lhe forte e importante, e a mãe elegante e bela. Ele disse: "Ah, mãe, ah, pai, vocês estão tão bonitos e elegantes!". Eles se entreolharam e sorriram com doçura, desconcertados.

Ninguém sabia com que intensidade, com que ternura Gricha amava o pai e a mãe. Ele os tinha visto após o ataque aéreo — caídos no chão, cobertos com sacos de aniagem carbonizados... o nariz afilado do pai, o brinco branco na orelha da mãe, uma mecha fina de seu cabelo louro... e, na mente de Gricha, eles se uniram para sempre, ora mortos, lado a lado, ora trocando olhares doces e envergonhados depois de ele lhes dizer como estavam bonitos — o pai com suas botas novinhas em folha e uma jaqueta nova, a mãe em um vestido marrom com um lenço branco engomado e colar de contas.

Gricha não era capaz de exprimir a ninguém sua dor, tampouco compreendê-la, mas sem dúvida era mais do que ele conseguia suportar; os dois cadáveres e os dois rostos doces e envergonhados naquele feriado de Primeiro de Maio formavam um único nó em seu coração. Seu cérebro turvou-se de tristeza: se ele estava queimando de dor, só podia ser porque estava se movendo, pronunciando palavras, mastigando e engolindo. Ele congelou, paralisado por aquela dor que agora nublava sua mente. E assim poderia facilmente ter morrido, em silêncio, recusando comida, carregado para a morte pelo horror com que o mundo e tudo o que havia nele — o vento, o canto dos pássaros, o som de crianças falando, gritando e correndo — o enchiam agora. Professores e enfermeiras não conseguiam fazer coisa alguma pelo menino; nem livros, nem fotografias, nem mingau de arroz com geleia de damasco, nem um pintassilgo na gaiola ajudavam. O médico ordenou que ele fosse enviado a uma clínica, para que pudesse ser alimentado através de uma sonda.

Na noite anterior à data marcada para a partida de Gricha, uma das faxineiras foi até a enfermaria para lavar o chão. Durante um longo tempo, ela fitou o menino, e de repente caiu de joelhos, segurou a cabeça raspada dele contra o peito e começou a prantear:

— Meu filho, meu filho, ninguém no mundo precisa de você, ninguém no mundo tem pena de você.

E ele soltou um grito e começou a tremer. Ela o carregou nos braços até o próprio quarto, colocou-o sentado na cama e passou metade da noite ao lado dele. Gricha falou com ela, comeu um pouco de pão e bebeu uns goles de chá.

— Como você está, Gricha? — perguntou Marússia. — As coisas estão ficando um pouco mais fáceis?

O menino não respondeu. Parou de comer. Em vez disso, encarou pacientemente a parede branca. A mulher largou a colher e acariciou a cabeça de Gricha, como se quisesse dizer: "Não se preocupe. Espere um pouco. Essa tia logo vai embora".

E Marússia, percebendo tudo isso, rapidamente disse a Tókareva:

— Tudo bem, não vamos atrapalhar.

No corredor, Marússia soltou um suspiro alto e discretamente verificou o pulso, temendo que pudesse ter um ataque cardíaco.

Voltaram pelo pátio. Marússia disse:

— Vendo crianças como ele, a gente sente de verdade o horror da guerra.

Mas, na sala da direção, querendo se acalmar e dissipar a angústia que agora sentia, disse com severidade a Tókareva:

— Então, para resumir: disciplina e mais disciplina. Como você sabe, estamos em guerra, e são dias difíceis. Não é hora para frouxidão!

— Eu sei — falou Tókareva —, mas acho o trabalho difícil. A verdade é que não estou dando conta. Não tenho as coisas sob controle e não sei o suficiente. Talvez fosse melhor eu voltar aos fornos de pão. Para ser honesta, às vezes é o que digo a mim mesma.

— Não, não, isso não é verdade. A meu ver, o orfanato está indo muito bem. Fiquei profundamente enternecida por aquela faxineira, a mulher que está cuidando de Serpokril. Posso lhe adiantar que chamarei a atenção em meu relatório para todos os elementos positivos e saudáveis do orfanato, para sua atmosfera de modo geral salutar. Quanto às falhas, você pode corrigi-las sem grande dificuldade.

Ao partir, Marússia queria dizer algo especialmente gentil e animador. Mas havia qualquer coisa irritante no olhar de Tókareva e em sua boca entreaberta, como se ela estivesse prestes a bocejar. Enquanto Marússia guardava dentro da pasta seus vários documentos, encontrou a carta que havia recebido ao sair da Seção de Educação. Balançando a cabeça, disse:

— Só que parece que ainda não chegamos ao fim das várias questões relacionadas ao seu quadro de funcionários. Essa tal Sokolova precisa mesmo ser dispensada: bebe muito e fica cantando, e recebe visitas de um homem à noite. Até que ponto podemos fazer vista grossa? Um coletivo forte e saudável: nada é mais importante. Você precisa ter uma compreensão firme dessas questões básicas.

— Sim, claro, mas é a mesma mulher... você mesma a viu, a mulher que estava dando de comer a Serpokril. Ela é a única pessoa com quem ele conversa.

— A mesma mulher? — repetiu Marússia, sem entender. — A mesma mulher? Bem, quem diria? Eu...

Olhou para Tókareva e parou no meio da frase. Era como se viesse caminhando por uma larga vereda e, do nada, um abismo se abrisse à sua frente.

Tókareva se aproximou de Marússia, pousou a mão em seu ombro e disse baixinho:

— Está tudo bem, não se preocupe.

E delicadamente deslizou a mão ao longo do braço da inspetora. Mas Marússia não conseguiu conter as lágrimas, e murmurou:

— É tão difícil de entender. Por que tem que ser assim?

15

Numa manhã de agosto de 1942, Ivan Pávlovitch Priákhin entrou em seu gabinete e durante vários minutos ficou zanzando da porta até a janela e da janela até a porta. Por fim, abriu a janela — e a sala se encheu de barulho. Não era apenas a bulha habitual da cidade. Podia-se ouvir um motor de carro engasgando, o tropel de pés, o ruído de rodas, o relinchar de cavalos, as vozes raivosas dos condutores de charretes, o estrépito metálico das lagartas dos tanques e, de tempos em tempos, obliterando todos esses sons terrestres, o uivo agudo de um avião de caça subindo ao céu em ângulo reto.

Priákhin permaneceu algum tempo junto à janela, depois foi até o enorme cofre no canto. Pegou uma pilha de papéis, sentou-se à mesa de trabalho e apertou a campainha. Barúlin apareceu imediatamente.

— Então, como foi a viagem? — perguntou Priákhin.

— Muito boa, Ivan Pávlovitch. Assim que cruzamos o Volga, peguei a estrada à direita e chegamos lá quase sem problemas. Houve apenas um momento em que por pouco não acabamos numa vala, porque estávamos dirigindo com os faróis desligados.

— Jílkin organizou tudo?

— Sim. E não poderia ter escolhido um lugar melhor. Fica longe da ferrovia. Jílkin diz que nunca viu um avião alemão sobrevoando por lá.

— E a natureza? Como é?

— É um lugar imenso, com campos a perder de vista. Claro, fica a sessenta quilômetros do Volga, mas há uma lagoa. Jílkin diz que a água é limpa. E há um pomar. Com uma produção de maçãs acima da média, segundo averiguei. Desnecessário dizer que havia um batalhão da reserva estacionado, e receio que tenham se apropriado de parte da colheita... Basta o senhor me dar a ordem e começaremos a transferir o obkom para lá imediatamente.

— As pessoas já estão chegando para a reunião?

— Sim — disse Barúlin.

Nesse momento, alguém bateu à porta. Uma voz gritou:

— Abra, chefe, há um soldado querendo vê-lo!

Priákhin tentou dar um nome à voz: quem poderia estar falando com ele com tamanha autoconfiança?

A porta se abriu e o coronel-general Ieriômenko entrou, mancando como sempre. Cumprimentou Priákhin, esfregou a testa, endireitou os óculos e perguntou:

— Moscou ainda não telefonou?

— Saudações, comandante! Ainda não. Estou esperando uma ligação a qualquer minuto. Por favor, sente-se.

Ieriômenko sentou-se e começou a olhar ao redor do gabinete. Pegou o pesado tinteiro, sopesou-o na mão, meneou respeitosamente a cabeça e, com cuidado, devolveu-o no lugar.

— Esse é dos bons — disse. — Antes da guerra, eu estava tentando conseguir um igual. Vi um no gabinete de Vorochílov.[169]

— Camarada general, teremos uma reunião daqui a quinze minutos. Para funcionários do Partido e diretores de fábrica. Por favor, diga algumas palavras aos camaradas sobre a situação no front.

Ieriômenko consultou o relógio de pulso.

— Não há problema, mas não terei notícias boas.

— A situação piorou durante a noite?

---

[169] Kliment Vorochílov (1881-1969) foi uma destacada figura política e militar, um dos primeiros cinco generais a receber o título de Marechal da União Soviética.

— O inimigo cruzou o Don perto de Triokhostróvskaia. Consta num relatório que foram apenas soldados de infantaria isolados, que já foram eliminados. Mas duvido disso. Também houve ataques pesados mais ao sul. Meu receio é que alguns camaradas possam não ter relatado toda a verdade. Compreendo: estão com medo dos alemães, mas também temem seus superiores.

— Então os alemães romperam uma brecha na nossa linha de defesa?

— Que linha de defesa?

— Passamos o ano inteiro construindo defesas. A cidade toda, a província toda vem trabalhando nelas. Escavamos mais de duzentos e cinquenta mil metros cúbicos de terra. Acho que era uma linha de defesa sólida, mas ao que parece nossas forças foram incapazes de tirar proveito dela ao máximo.

— Lá na estepe há apenas uma linha de defesa eficaz: homens e armas — disse Ieriômenko. — O único ponto positivo é que nossos estoques de munição continuam intactos. Fogo de artilharia, essa é a única coisa que mantém o inimigo longe. Graças a Deus ainda temos munição.

Mais uma vez ele pegou o tinteiro e sentiu seu peso na mão.

— Que coisa formidável. Quase um dispositivo óptico, eu diria. É de cristal?

— Sim, provavelmente dos Urais.

Ieriômenko se inclinou para a frente em direção a Priákhin e disse, em tom sonhador:

— Os Urais, no outono… A caça lá é rica. Gansos, cisnes. Mas não para nós. Para nós, soldados, é apenas sangue e lama. Ah, se ao menos me enviassem duas novas divisões de infantaria, duas divisões com força máxima!

— Compreendo, mas devemos começar a evacuar as fábricas antes que seja tarde demais. Em um único dia, a Barricadas produz armas suficientes para equipar um regimento de artilharia. A Fábrica de Tratores produz cem tanques a cada mês. Essas fábricas são nossos gigantes, nossos titãs. Será que ainda há tempo para salvá-las?

Ieriômenko deu de ombros.

— Se um comandante de exército vem até mim e diz: "Vou defender meu setor, mas preciso de autorização para recuar um pouco o posto de comando", isso significa que ele na verdade não acredita que é capaz de segurar as pontas. E os comandantes de divisão chegam então à mesma conclusão: "É isso, agora vamos recuar". O mesmo acontece com os regimentos, batalhões e companhias. No fundo, todos acabam acreditando que estão prestes a bater em retirada. Vai ser igual aqui. Se você quer defender sua posição, então aguente firme e não arrede o pé. Não permita que nem um único veículo se mova para o leste. Não olhe para trás. Esse é o único jeito. E se algum homem cruzar para a margem esquerda sem autorização, é sua obrigação mandar fuzilá-lo.

Priákhin respondeu de pronto, em voz alta:

— Para o senhor, camarada general, uma derrota significa a perda de uma linha de defesa, de alavancas de comando, de uma centena de veículos. Mas, aqui em Stalingrado, a derrota significa a perda de uma indústria de importância nacional. Stalingrado não é uma linha de defesa comum.

— Stalingrado... — Nesse momento, Ieriômenko se levantou. — O que estamos defendendo aqui, no Volga, não é uma indústria. O que estamos defendendo aqui é a própria Rússia!

— Camarada comandante, coloquei meu coração e minha alma na construção dessas fábricas e desta cidade. E esta cidade leva o nome de Stálin. O senhor acha que foi fácil para Kutúzov abandonar Moscou? Lembra-se do conselho de guerra em Fili? Eu estava relendo Tolstói ontem. Naquela ocasião muitas pessoas viram Moscou como uma derradeira linha de defesa.

— É bom que o senhor esteja fazendo sua lição de casa. No entanto, lutamos nas cercanias de Moscou, e teríamos continuado a lutar até mesmo dentro da cidade.

Priákhin ficou em silêncio. Em seguida, disse:

— Para nós, bolcheviques, enquanto estivermos vivos, não pode haver linha de defesa derradeira. Só paramos de lutar quando nosso coração para de bater. No entanto, por mais que isso possa ser difícil para nós, temos o dever de levar em consideração a posição militar atual. O inimigo cruzou o Don.

— Não fiz nenhuma declaração oficial nesse sentido. Nossos dados de inteligência estão sendo verificados neste exato momento.

Em seguida, Ieriômenko se inclinou para a frente mais uma vez e perguntou:

— O senhor evacuou sua família de Stalingrado?

— O obkom está em vias de transferir várias famílias para a margem esquerda, incluindo a minha.

— Está certíssimo. O que está acontecendo agora não é para famílias. É mais do que muitos soldados são capazes de suportar... que dirá mulheres e crianças. Que sejam despachadas para os Urais! Aqueles desgraçados não vão conseguir bombardeá-las lá. Não... não a menos que eu os deixe atravessar o Volga!

A porta se entreabriu. Barúlin anunciou:

— Os diretores e chefes de oficina estão todos presentes.

E então os dirigentes da vida econômica da cidade entraram e se sentaram nas cadeiras, poltronas e sofás. Enquanto trocavam saudações com Priákhin, alguns disseram: "Cumpri suas ordens", ou "As instruções do Comitê de Defesa foram repassadas às oficinas".

Spiridônov foi o último a entrar. Priákhin lhe disse:

— Camarada Spiridônov, preciso trocar algumas palavras com você em particular. Fique depois da reunião.

Como se também agora fosse um soldado, Spiridônov confirmou:

— Depois da reunião. Entendido!

Zombando delicadamente dele, alguém falou:

— Nosso Spiridônov daria um ótimo comandante de guarda!

Tão logo todos se acomodaram e o barulho das cadeiras se aquietou, Priákhin tomou a palavra:

— Estão todos aqui? Então vamos começar. Bem, camaradas, Stalingrado é agora uma cidade da linha da frente. Hoje vamos verificar como cada um dos senhores preparou o seu setor para as condições impostas pela guerra. Até que ponto nosso pessoal, nossos empreendimentos e nossas oficinas estão preparados? O que realizamos até agora no que diz respeito à transição para as novas condições de trabalho e à evacuação das fábricas? Temos hoje aqui o comandante do front de Stalingrado. O obkom lhe pediu para falar aos senhores sobre a situação no front. Camarada comandante!

Ieriômenko sorriu.

— É muito fácil descobrir isso agora por conta própria. Subam em um caminhão em direção ao oeste. Alguns minutos de estrada... e vocês estarão no front.

Ieriômenko passeou os olhos pela sala, avistou Parkhómenko, seu ajudante de ordens, que estava de pé ao lado da porta, e disse:

— Dê-me o mapa. Não o mapa de trabalho, mas aquele que você estava mostrando ainda agora aos jornalistas.

— Já foi levado para o outro lado do Volga. Permita-me ir buscá-lo em um U-2.

— Você deve estar brincando. Você é pesado demais para voar num daqueles gafanhotos. Nunca sairia do chão.

— Eu piloto como um Deus, camarada comandante — respondeu Parkhómenko, adotando o mesmo tom jocoso do chefe.

Mas aparentemente isso apenas irritou Ieriômenko. Ele fuzilou Parkhómenko com o olhar, e em seguida se dirigiu a todos na reunião:

— Venham cá, camaradas, podemos usar este mapa na parede. Vai servir muito bem.

E, tal qual um professor de geografia rodeado de alunos, movendo de modo intermitente um lápis ou o dedo indicador sobre o mapa, Ieriômenko começou sua explicação:

— Vocês são homens fortes, não tenho a intenção nem de assustá-los nem de confortá-los. E a verdade nunca prejudicou alguém. Então, esta é a situação hoje. Aqui ao norte o inimigo chegou à margem direita do Don. Este é o 6º Exército alemão, que inclui três corpos de exército e doze divisões de infantaria. A 79ª, a 100ª e a 295ª... bem, a essa altura já quase posso chamá-las de velhas amigas. Eles têm também duas divisões de infantaria motorizada e duas divisões de blindados. Tudo isso a norte e a oeste. No comando dessas forças está o coronel-general Paulus. Até agora ele obteve mais êxitos do que eu, como vocês bem sabem. Passemos agora ao sudoeste. Aqui temos um exército de tanques ameaçando escapar de Kotélnikovo, apoiado por outro corpo de exército alemão e um corpo romeno. O objetivo deles, ao que parece, é avançar rumo a Krasnoarmeisk e Sarepta. Aqui é onde pretendem atacar: ao longo do rio Aksai e da linha ferroviária de Plodovítoe. As intenções do inimigo são muito simples: concentrar forças, preparar e atacar. Paulus a partir do norte e do oeste, e este exército de tanques a partir do sul e do sudoeste. Ao que parece, Hitler declarou publicamente que até 25 de agosto estará em Stalingrado.

— E que forças temos para lutar contra esse colosso? — indagou alguém.

Ieriômenko riu.

— Não é algo que você deva saber. Tudo o que posso dizer é que temos as forças e temos a munição. Não vamos entregar Stalingrado.

Em seguida, voltando-se para Parkhómenko, disse, com a voz embargada de raiva:

— Quem diabos se atreveu a enviar meus pertences para o outro lado do Volga? Quero que tragam tudo de volta ainda esta noite, cada fiapo de trapo, cada pedaço de papel! Está claro? E posso lhe garantir que alguém vai pagar por isso!

Parkhómenko ficou em posição de sentido. Os homens ao lado perscrutaram Ieriômenko. Nesse instante, Barúlin correu até a escrivaninha de Priákhin e disse, num sussurro alto:

— O senhor está sendo chamado ao telefone.

Priákhin levantou-se rapidamente e disse:

— Camarada comandante, é uma ligação de Moscou. Por favor, venha comigo.

Ieriômenko seguiu Priákhin em direção à porta.

16

A porta, que estava coberta com um forro impermeável preto, mal havia se fechado atrás de Priákhin e Ieriômenko quando todos começaram a falar. De início a conversa foi inibida e branda, mas logo se tornou mais animada. Vários homens foram até o mapa e começaram a examiná-lo de perto, como se tentassem encontrar vestígios deixados pelo dedo de Ieriômenko. Houve muitos meneios de cabeça à medida que os homens trocavam opiniões e pontos de vista:

— Sim, os alemães reuniram uma legião e tanto!

— Mas se as nossas forças tentarem resistir na margem esquerda do Don, será a mesma velha história... os alemães vão estar no alto do penhasco e nós embaixo, à beira d'água.

— E vai ser a mesma coisa no Volga.[170]

— Ouvi dizer que o inimigo já estabeleceu uma cabeça de ponte deste lado do Don.

— Se você estiver certo, está mais do que evidente o que vai acontecer a seguir.

---

[170] O Don, o Volga e vários outros rios que correm para o sul até desaguar no mar Negro e no mar Cáspio têm a margem oeste alta e íngreme e a margem leste baixa e plana.

— Quando ele começou a falar sobre as divisões alemãs, senti como se tivesse sido apunhalado no coração.

— Não somos crianças, precisamos saber a verdade.

Márfin, o instrutor do raikom, um homem baixinho, magro e de bochechas encovadas, disse bruscamente:

— Você nunca deixa de comparecer às reuniões do obkom, Stepán Fiódorovitch, mas nunca vai às do raikom.

— É verdade, camarada Márfin — respondeu Spiridônov. — Mas tenho um fardo pesado sobre os ombros. Para você é menos complicado. Evacuar um raikom não é tão difícil. Basta empacotar seus discos, tirar o feltro vermelho e verde das mesas, botar tudo dentro de um caminhão e pronto. Como você acha que é para mim? Não posso simplesmente carregar minhas turbinas na carroceria de um caminhão.

Ganharam a companhia de dois outros homens: o chefe de uma das principais oficinas da Fábrica de Tratores e o diretor da Fábrica de Conservas.

— Eis o homem em pessoa, produtor de um milhão de tratores e enorme consumidor de eletricidade! — disse Spiridônov.[171]

— Por que você ainda não me enviou nenhum eletricista, Spiridônov? A fábrica trabalha dia e noite. Vou pagar a eles a tarifa máxima.

Em voz baixa, o diretor da Fábrica de Conservas comentou:

— Você faria melhor, camarada Trator, se os pagasse com vagas nos barcos de transporte para a margem esquerda.

— Parece que você só pensa nesses barcos, camarada Conservas — disse Márfin. — Receio que possa estar doente!

O chefe da Fábrica de Tratores balançou a cabeça e disse:

— Minha alma dói dia e noite. No momento, estamos cumprindo as metas com sobra. Mas, se levarmos toda a oficina para além do Volga, o coletivo se desintegrará. Nunca conseguiremos recuperar o mesmo vigor na estepe. Os trabalhadores passam dia e noite no chão de fábrica, e o que eu estou fazendo? Elaborando listas de nomes para evacuação, organizando medidas especiais nas quais não suporto nem pensar! Prefiro morrer a continuar falando sobre essa evacuação. E logo agora que Spiridônov começou a aceitar a ideia de me fornecer mais

---

[171] Spiridônov exagera, mas não de forma absurda. Em junho de 1940, a Fábrica de Tratores de Stalingrado já havia produzido mais de 230 mil tratores — mais da metade de todos os tratores da União Soviética.

eletricidade. Ele era muito menos generoso antes da guerra. Sempre havia "razões objetivas"...

Ele se virou para Spiridônov e perguntou, em tom zangado:

— Mas essa febre de evacuação é mesmo contagiosa, não é? O que *você* acha?

— Sem dúvida. Nosso camarada Conservas inclusive já evacuou a família, e continuo pensando que eu deveria fazer o mesmo. Na verdade, não paro de pensar nisso, não posso negar. O que você acha, Márfin? Existe algum remédio para a contagiosa febre de evacuação?

— Existe uma cura, mas não é simples, é cirúrgica — respondeu Márfin.

— Que homem durão! — disse Spiridônov. — Camarada Conservas, viu o jeito como Márfin olhou para você? Cuidado. Ele pode decidir curá-lo a qualquer momento.

— Ora, posso curá-lo, sim. Propagadores de pânico são a última coisa de que precisamos. Em um momento como este, é preciso dar um jeito neles imediatamente.

Em seguida, todos ficaram em silêncio. A porta estava se abrindo. Priákhin e Ieriômenko voltaram para suas cadeiras. Depois de limpar a garganta várias vezes e esperar por completo silêncio, Priákhin retomou a palavra em tom severo:

— Camaradas! Durante os últimos dias, a deterioração da situação na frente deu origem a uma tendência perniciosa: estamos nos preparando demais para a evacuação e pensando de menos no que nossas fábricas devem fazer para defender nosso país. É como se houvesse um acordo tácito de que em breve todos nós cruzaremos para a margem esquerda.

Priákhin olhou ao redor da sala, fez uma pausa e depois de limpar a garganta mais uma vez, continuou:

— Isso, camaradas, é um grave erro político.

Ele se pôs de pé, colocou as mãos sobre a mesa e se inclinou um pouco para a frente. Muito devagar, com ênfase, como que imprimindo cada palavra com caracteres grandes e mais grossos que o normal, para lhes dar o maior destaque possível, declarou:

— Ninguém defende uma cidade deserta. Alarmistas, semeadores de pânico e indivíduos preocupados apenas em salvar a própria pele serão tratados de maneira implacável.

Em seguida, ele se sentou e continuou em sua voz habitual, um tanto insípida:

— Estas são as ordens que nos foram dadas pela nossa pátria, camaradas, nas horas mais terríveis da luta. Cada fábrica, cada empresa deve continuar funcionando normalmente. Não deve haver conversas sobre medidas especiais ou evacuação. Está claro para todos? Isso significa que não deve haver, e não haverá, qualquer outra conversa sobre esses temas. Devemos trabalhar. Trabalhar e trabalhar. Não há um minuto a perder. Cada minuto é precioso.

Ele se virou para Ieriômenko, que balançou a cabeça e disse:

— Não é hora para palestras. Direi apenas que as ordens que recebi da Stavka são para defender Stalingrado a todo custo. Simples assim. Não tenho mais nada a dizer.

Fez-se um breve silêncio, rompido por um sombrio e sinistro estrondo. As janelas da sala vizinha explodiram de fora para dentro e ouviu-se o tinido de vidro despedaçado esparramando-se no chão. Os papéis sobre a mesa de trabalho de Priákhin se espalharam pela sala.

— Um ataque aéreo! — gritou alguém.

Em seu tom mais autoritário, Priákhin disse:

— Fiquem calmos, camaradas. Lembrem-se: o trabalho de cada empresa deve continuar sem um minuto de interrupção.

O estrondo se aquietou, depois ficou mais alto de novo, sacudindo as paredes do gabinete. De pé junto à porta, o diretor da Fábrica de Conservas disse:

— Nosso depósito de munições em Krasnoarmeisk explodiu!

Em seguida veio a voz de Ieriômenko, furiosa e ainda mais autoritária:

— Parkhómenko, meu carro!

— Seu carro. Entendido, camarada general! — respondeu Parkhómenko.

E saiu correndo do gabinete.

Ieriômenko deu passadas rápidas em direção à porta. Todos abriram caminho para ele.

Enquanto os últimos homens saíam, Spiridônov olhou para Priákhin e também começou a se dirigir para a porta: agora Priákhin provavelmente tinha preocupações mais urgentes do que a conversa particular que mencionara antes. Mas Priákhin gritou atrás dele:

— Aonde está indo, camarada Spiridônov? Pedi para você esperar.

E continuou, com um sorriso de quem sabe das coisas:

— Um camarada do front, um velho amigo meu, me perguntou ontem se encontrei a família Chápochnikov aqui em Stalingrado. Parecia preocupado sobretudo com a irmã mais nova da sua esposa.

— E quem era esse seu amigo? — perguntou Spiridônov.

— Nikolai Krímov. Acho que você o conhece.

— Sim, sim — disse Spiridônov.

Ele olhou para a janela, imaginando se haveria outra explosão.

— Krímov vem me visitar hoje à noite. Ele não chegou a me pedir nada, mas acho que a sua cunhada deveria vir vê-lo.

— Vou transmitir o recado — disse Spiridônov.

Priákhin vestiu o quepe e uma capa de chuva militar. Sem olhar para Spiridônov e provavelmente sem pensar mais nele, caminhou a passos rápidos em direção à porta.

17

Naquela noite, na espaçosa sala de seu apartamento, Priákhin sentou-se com Krímov para tomar chá. Sobre a mesa, ao lado das xícaras e do bule, uma garrafa de vinho e alguns jornais. A desordem reinava na sala — o sofá e as poltronas estavam fora de lugar, as portas da estante de livros escancaradas e o chão repleto de folhetos e jornais. Ao lado do aparador havia um carrinho de bebê e um cavalinho de balanço. Numa das poltronas sentava-se uma grande boneca de bochechas rosadas com cabelo louro despenteado, e sobre a mesinha diante dela via-se um samovar em miniatura e alguns copinhos. Encostada à mesinha havia uma submetralhadora, e pendurado nas costas da poltrona um capote de soldado, junto com um vestido de verão de cores vivas.

Em meio a toda essa bagunça, os dois homens altos e fortes, com movimentos calmos e vozes comedidas, pareciam deslocados.

— A perda do depósito de munições é um golpe real — disse Priákhin, enxugando o suor da testa. — Mas há outra coisa sobre a qual preciso falar com você. Em breve, esta cidade será um campo de batalha, não há dúvida. E, sendo assim, o obkom ordenou a evacuação dos berçários e orfanatos, mas não das nossas fábricas, que não devem parar de trabalhar nem por um minuto. Também já mandei evacuar minha família. Estou sozinho aqui agora.

Ele olhou ao redor da sala, depois para Krímov.

— Bem, bem — disse, com um meneio de cabeça. — Muita água passou embaixo da ponte.

Mais uma vez passeou os olhos pela sala. Então prosseguiu:

— Minha esposa é uma dona de casa de mão-cheia. Nota cada guimba de cigarro, cada grão de poeira. Mas agora que ela se foi... veja só isso! — E apontou para a sala. — Devastação! E isto aqui é apenas um apartamento! Imagine como deve estar o resto da cidade! Uma cidade com grandes fornos! Uma cidade conhecida pelo aço! Temos aqui trabalhadores com conhecimento suficiente para serem eleitos para a Academia de Ciências! E nossas armas! Pergunte aos alemães. Tenho certeza de que eles terão algo a dizer sobre a qualidade da nossa artilharia. Mas quero falar sobre Mostovskói. Ele é mesmo um velho e tanto! Fui visitá-lo, tentar convencê-lo a ir embora, mas ele simplesmente não me deu ouvidos! "Por quê?", ele me perguntou. "Já estou farto de ser evacuado, não arredo pé daqui nem mais um centímetro. E, se houver necessidade, posso ser útil na resistência. Sim, eu poderia ensinar uma ou duas coisinhas a vocês, jovens, sobre ações clandestinas. Trabalhei nisso alguns anos antes da Revolução." E falou com tanto vigor que, no fim das contas, ele é que me persuadiu, e não o contrário. Passei a ele alguns contatos e o apresentei pessoalmente a um deles. Não, jamais conheci ninguém como ele!

Krímov assentiu.

— Também tenho pensado muito sobre o passado. E é claro que me lembro de Mostovskói. Durante algum tempo ele viveu na nossa cidadezinha, como exilado. E gostava de conhecer jovens. Naquela época, eu era só um menino. Para mim, ele era como um Deus. Eu acreditava nele como em Deus. Um dia, saímos para dar uma caminhada nas cercanias da cidade. E ele leu o *Manifesto comunista* em voz alta para mim. Havia um caramanchão numa pequena colina, muito frequentado por casais de namorados no verão. Mas era outono quando fomos lá. Estava chovendo, e de vez em quando o vento forte soprava chuva para dentro. Folhas mortas esvoaçavam, e lá estava ele, lendo em voz alta para mim. E eu estava tão entusiasmado. Chegava a tremer. No caminho de volta, escureceu. Ele pegou minha mão e disse: "Lembre-se destas palavras: 'Que as classes dominantes tremam diante de uma revolução comunista! Os proletários nada têm a perder a não ser os seus grilhões. Têm um mundo inteiro a ganhar'".

E lá estava ele, com as galochas esburacadas... ainda hoje posso ouvir os solados de borracha rangendo a cada passo que ele dava. Lágrimas vieram-me aos olhos.

Priákhin se levantou, foi até a parede, apontou para o mapa e disse:

— E foi exatamente isso que fizemos. Ganhamos o mundo. Veja! Aqui estamos nós... Stalingrado! Está vendo essas três fábricas? Esses três titãs? Em novembro, a Stalgres terá completado sua primeira década. E aqui estão o centro da cidade, e os assentamentos de trabalhadores, os novos edifícios, as ruas asfaltadas e as praças. E aqui estão os parques dos subúrbios, o cinturão verde da cidade.

— Hoje de manhã esses parques foram atacados por morteiros alemães — disse Krímov.

— E construir esta cidade não foi fácil! — continuou Priákhin. — Exigiu sangue e suor. Os opostos que se juntaram... é difícil compreender. Havia prisioneiros, ex-cúlaques* e, ao lado deles, estudantes, meninos e meninas, membros da Komsomol que haviam deixado para trás sua casa e família e viajado quase dois mil quilômetros para ajudar a construir uma grande fábrica. O frio, claro, era o mesmo para todos. Quarenta graus abaixo de zero, e um vento que arrastava tudo. À noite, no alojamento dos trabalhadores, mal dava para respirar... Por toda parte, havia fumaça, lâmpadas de azeite, roupas rasgadas e esfarrapadas penduradas nos estrados das camas, homens falando do jeito mais chulo e grosseiro, sentinelas sacudindo seus rifles... era como se fôssemos trogloditas na Idade da Pedra. Mas veja o que isso nos rendeu! Belos edifícios e teatros, parques e fábricas, nosso novo poderio industrial... mas lá, no alojamento, você ouviria gente tossindo, veria pés descalços pendendo da tarimba. Olharia para cima e veria algum velho barbudo abraçando o próprio peito, os olhos brilhando no breu, seu vizinho de beliche dormindo a sono solto, deixando escapar terríveis gemidos. E eu tinha que ir atrás do superintendente das obras e perguntar por que nosso cronograma de escavação das fundações estava atrasado. E eu sabia, é claro, que

---

* Termo pejorativo para se referir aos camponeses russos com recursos financeiros suficientes para ter uma propriedade e contratar mão de obra assalariada; resistiram à coletivização de terras implementada por Stálin na década de 1930, e por isso foram presos, exilados ou mortos. (N. T.)

o homem estava fazendo tudo o que podia. Ele não era um socialista cristão do tipo sentimental, e ele próprio estava quase no limite.

— E o que aconteceu? — perguntou Krímov. — Você cumpriu o plano?

— Claro! Eu disse ao superintendente que era melhor ele despregar a bunda da cadeira e fazer alguma coisa. Do contrário, eu o expulsaria do Partido, e ele teria que ir lá para fora com o restante do pessoal, para talhar a terra congelada com um pé de cabra. O que mais eu poderia dizer ao homem? A vida era difícil. Muito difícil. Mais difícil, impossível... Mas talvez você pense que foi mais divertido projetar os parques e pomares. Cerejeiras, macieiras... maçãs de todo tipo... Bem, convidamos um velho cientista para vir à cidade. Era um homem famoso. Costumava receber cartas de admiradores de todo o mundo: Bélgica, sul da França, Estados Unidos. Ele ficou empolgadíssimo com a ideia de plantar belos pomares na areia e no barro, nos arrabaldes de uma cidade cheia de poeira e tempestades de areia. Em toda a história da horticultura, disse ele, nunca tinha havido um projeto em escala tão grande. Os Jardins Suspensos da Babilônia, em comparação, não passavam de uma simples horta. E ele era um velhinho tão doce... era como se ele próprio cheirasse a maçãs. Fizemos nossos planos e pusemos mãos à obra. O cientista ia de carro visitar o local. Uma, duas, três vezes. Eu podia sentir seu entusiasmo minguando. As condições eram duras. Havia voluntários da Komsomol que conviviam com brigadas inteiras de ex-cúlaques. No final, o cientista foi embora. Não aguentou. E sem ele cometemos uma série de erros. As macieiras jovens morreram nas geadas. Mandei rapazes aos tribunais... Para ser franco, mandei um punhado de gente boa para o exílio. E então, na última primavera, convidamos esse cientista a voltar. Nós o enfiamos em um carro e o levamos para ver nosso cinturão verde. Os pomares estavam em flor, milhares de moradores iam lá passear. Nada de alojamentos, nada de montes de sujeira... apenas jardins celestiais. Borboletas, riachos, o zumbido das abelhas, onde antes havia apenas ravinas, poeira, isbás e arame enferrujado. Ao sair, ele disse: "Eu realmente não compreendo. Não compreendo os limites da bondade da vida. Não compreendo onde o mal termina, onde se transforma no bem". Nos velhos tempos, um mero borrifo de vento da estepe costumava cobrir a cidade de poeira; agora, traz com ele um sopro de maçãs. Exatamente como aquele velhinho doce. Sim, o que fizemos lá é extraordinário. Um cinturão verde, centenas de milhares de trabalhadores desfrutando do ar puro. Sessenta quilômetros de parques e jardins.

— Primeiro, um cinturão de areia e argila — disse Krímov. — Depois, um cinturão verde. E agora, um cinturão de ferro e aço. Lembra daquela música de 1920? "Nossos inimigos se aglomeram de todos os lados. Aqui estamos em um círculo de fogo."

— Lembro. Mas me deixe terminar. O velho ficou perplexo. Mais que isso, o mundo ficou abismado! E, entretanto, três novas fábricas entraram em operação, a produção anual da Fábrica de Tratores chega agora a mais de cinquenta mil unidades, vários milhares de hectares de pântanos foram drenados e a fertilidade da planície alagada de Ákhtuba ultrapassou a do delta do Nilo. E você sabe tão bem quanto eu como tudo isso foi realizado. Botamos a pobreza para lutar contra a pobreza. Com nossos dentes, com nossos dedos retorcidos e congelados, arrancamos à força um novo futuro para nós. Sob a mira de guardas armados, ex-cúlaques construíram bibliotecas e institutos. Descalços ou com sapatos de fibra de bétula trançada, criaram monumentos para a classe trabalhadora. Dormindo em celeiros e quartéis, construíram fábricas de aviões. Elevamos a Rússia, todos os seus trilhões de toneladas, a um novo patamar. Comparado a nós, bolcheviques, Pedro, o Grande, era apenas uma criança... embora talvez leve décadas para que as pessoas compreendam totalmente a mudança geológica que efetuamos! E o que é que os fascistas estão pisoteando? O que estão queimando? É nosso próprio suor, nosso próprio sangue, nosso estupendo trabalho, a conquista prodigiosa de trabalhadores e camponeses que combateram a pobreza com as próprias mãos e cuja única arma contra a pobreza era a própria pobreza. E é isso que Hitler quer destruir. Não, nunca antes o mundo viu uma guerra dessa espécie.

Por algum tempo, Krímov fitou Priákhin em silêncio. Por fim, disse:

— Estou pensando no quanto você mudou. Mal posso acreditar. Eu me lembro de você como um rapaz de capote, e agora você se tornou um homem do Estado. Você me contou sobre tudo o que construiu, sempre subindo na vida, sem dúvida por mérito próprio. Mas o que posso dizer sobre mim? Eu era membro do movimento internacional dos trabalhadores. Tinha amigos em todos os países, amigos operários e comunistas. E agora vejo hordas de fascistas, alemães, romenos, italianos, húngaros e austríacos, aproximando-se do mesmo Volga onde servi como comissário vinte e dois anos atrás. Você me diz que construiu fábricas e plantou pomares. Vejo que tem família e filhos. Mas quanto a mim e à minha própria vida... por que minha esposa me deixou? Você saberia me dizer? Sinto muito, meu amigo, não era isso que eu deveria estar dizendo. Mas você certamente mudou. Mal posso acreditar!

— As pessoas estão sempre crescendo e mudando — respondeu Priákhin. — Não há motivo para surpresa. Mas reconheci-o imediatamente. Você é o mesmo homem de sempre, com sua túnica de algodão e botas de saltos gastos, embora pudesse conseguir algo melhor. O mesmo homem de que me lembro de vinte e cinco anos atrás, rumo ao front para aniquilar o exército do tsar.

— Você está certo, os tempos mudam. Mas eu não. Não sei mudar. Fui criticado por isso. Mas o que *você* acha? Isso é uma vantagem ou uma desvantagem, uma qualidade ou um defeito?

— Sempre filosofando! Outro aspecto em que você não mudou!

— Não tire sarro de mim. Os tempos mudam, mas um ser humano não é um gramofone. Não posso simplesmente tocar ora um disco, ora outro. Não sou assim.

— Um bolchevique deve fazer o que exige o Partido, ou seja, o povo. Se sua compreensão das necessidades da época está em consonância com a do Partido, então ele fará a coisa certa.

— Tirei duzentos homens do cerco. Como? Porque tive a fé de um revolucionário, apesar dos meus cabelos grisalhos. Porque aqueles homens acreditaram em mim! Eles me seguiram! Para eles, eu era Karl Marx e Dmitri Donskói.[172] Eu era tanto um general do Exército Vermelho como um pároco de aldeia. Estávamos atrás das linhas alemãs. Não tínhamos rádio. Os alemães estavam dizendo aos aldeões que Leningrado havia sucumbido e que Moscou havia se rendido: sem Exército Vermelho, sem front, tudo acabado... e segui adiante para o leste com duzentos homens, todos esfarrapados, com disenteria, inchados de fome, mas ainda assim aguentando as pontas, firmes e fortes com suas granadas e metralhadoras, carregando suas armas. Em um momento como esses, as pessoas não seguem um homem

---

[172] Príncipe de Moscou de 1359 a 1389, Dmitri Donskói foi o primeiro governante moscovita a desafiar abertamente os senhores mongóis da cidade.

que não passa de um gramofone de corda. E um homem como esses nem sequer tentaria conduzi-las.

— É a mais pura verdade.

Krímov se levantou e caminhou pela sala.

— Sim, meu amigo, *é* verdade.

— Sente-se, Nikolai. Ouça! Temos que amar a vida, toda vida: a terra, as florestas, o Volga e o nosso povo, nossos parques e jardins. É simples assim, temos que amar a vida. Você é um destruidor do antigo mas um construtor do novo? Vamos passar do geral para o particular. E quanto à sua própria vida? O que você fez para construí-la? Às vezes, quando estou no trabalho, penso que logo estarei de volta em casa, que verei as crianças e poderei beijá-las! Isso é bom. Uma mulher, uma esposa, precisa de muita coisa, precisa de filhos... e agora os fascistas estão às portas desta cidade que lutamos tanto para construir. Não podemos permitir que a devastem. Temos que detê-los.

A porta se abriu e Barúlin entrou. Depois de esperar Priákhin terminar de falar, pigarreou e disse:

— Ivan Pávlovitch, precisamos ir à Fábrica de Tratores agora.

— Muito bem — disse Priákhin.

Olhou para o relógio de pulso e se levantou.

— Camarada Krímov, Nikolai, sente-se, não tenha pressa. Sim, descanse. Fique o tempo que quiser. Haverá alguém de plantão aqui até eu voltar.

— Eu também vou. Meu carro chegou?

— Sim — disse Barúlin. — Acabei de chegar da rua. Vi o carro esperando lá fora.

Priákhin parou diante de Krímov e falou:

— Sabe, eu realmente o aconselharia a ficar um pouco mais. Sente-se um momento!

— O que está acontecendo? Por que me dá esse conselho?

— Eu sei como você é. Sei que não irá à casa dos Chápochnikov por nada neste mundo. É orgulhoso demais. Mas você precisa falar com ela.

Ele se abaixou e disse ao pé do ouvido de Krímov:

— Você não pode negar que a ama.

— Espere um momento — disse Krímov. — Por que você quer que eu fique?

— Porque ela aparecerá a qualquer minuto. Os Chápochnikov sabem que você está aqui. Tenho certeza de que ela virá.

— Como assim? Por quê? Eu não quero vê-la.

— Você está mentindo.

— Tudo bem, eu quero vê-la. Mas de que adianta? O que ela pode me dizer? Por que ela viria? Para me consolar? Não quero ser consolado.

Priákhin balançou a cabeça.

— Eu realmente acho que você deveria falar com ela. Se você a ama, deve lutar pela própria felicidade.

— Não, não quero. Em todo caso, não é o momento certo. Se eu sobreviver, talvez nos encontremos depois.

— Isso é uma pena. Achei que poderia ajudá-lo a reconstruir sua vida.

Krímov colocou as mãos sobre os ombros de Priákhin e disse:

— Obrigado, meu amigo.

Sorriu e acrescentou baixinho:

— Mas parece que é impossível, mesmo com a ajuda de um primeiro-secretário de obkom, pôr em ordem a minha felicidade pessoal.

— Tudo bem — falou Priákhin. — É hora de partirmos.

Chamou Barúlin e o instruiu:

— Se uma jovem e bela camarada vier aqui e perguntar pelo camarada Krímov, por favor, peça desculpas em nome dele e diga que foi chamado de volta à sua unidade para tratar de assuntos urgentes.

— Não, camarada Barúlin, por favor, não se desculpe. Basta dizer que Krímov se foi, e que não deixou mensagem.

— Parece que você está mesmo magoado — disse Priákhin, a caminho da porta. — Magoado de verdade.

— Sim — disse Krímov —, estou muito magoado.

E seguiu Priákhin porta afora.

18

No final da tarde de 20 de agosto, após encerrar o expediente, o velho Pável Andrêiev foi ver Aleksandra Vladímirovna. Ela lhe ofereceu uma xícara de chá de rosa-brava, rico em vitaminas, mas ele estava com pressa. Não quis nem mesmo se sentar.

— Você precisa ir embora de Stalingrado — disse ele, relatando em seguida que, naquela manhã, tanques tinham sido trazidos para reparos e que o tenente no comando de uma das unidades de tanqueiros lhe contara que os alemães já haviam cruzado o Don.

— E você? — perguntou Aleksandra. — Vai partir?
— Não.
— E sua família?
— Eles partem depois de amanhã.
— E se os alemães vierem? E se você for separado dos seus familiares?
— Se eu tiver que me separar deles, que seja. O camarada Mostovskói vai ficar, e ele é mais velho do que eu — disse Andrêiev, e voltou a insistir: — Mas você realmente precisa ir embora, Aleksandra Vladímirovna. A situação é séria.

Assim que Andrêiev saiu, Aleksandra começou a tirar do armário sapatos e peças de roupa de baixo. Abriu um baú cheio de roupas de inverno em meio às quais havia bolinhas de naftalina espalhadas. Em seguida, devolveu os sapatos e roupas íntimas ao armário e começou a colocar livros, cartas e fotos dentro de uma mala. Sentindo-se cada vez mais apreensiva, enrolou um cigarro após o outro. Seu tabaco ardia como a lenha úmida no fogão, sibilando, estalando e soltando faíscas.

Quando Marússia chegou, a sala estava esfumaçada.

— O que as pessoas estão dizendo na cidade? Ouviu alguma notícia? — perguntou Aleksandra, sem parar de falar, em tom preocupado: — Decidi começar a fazer as malas. Mas não consigo encontrar a carta sobre Ida Semiônova. Estou chateada. O Serioja vai querer ler.

Marússia tentou acalmar a mãe.

— Não, não ouvi nenhuma novidade. Provavelmente são apenas aquelas explosões, devem ter assustado a senhora. Stepán esteve em uma reunião do obkom. Todo mundo vai permanecer na cidade, e as fábricas vão continuar funcionando normalmente. Apenas hospitais, berçários e orfanatos estão sendo evacuados. Depois de amanhã vou acompanhar o pessoal da creche da Fábrica de Tratores a Kamíchin. Vou cuidar da organização das instalações e tomar outras providências com o raikom. Devo voltar de carro dois dias depois. Aí poderemos discutir tudo, mas garanto que não há necessidade de pressa.

— Tudo bem. Mas por favor me ajude a encontrar a carta. Onde diabos ela pode estar? O que vou dizer ao Serioja?

Elas começaram então a revirar papéis e cartas, procurando em cada uma das gavetas da escrivaninha de Aleksandra.

— Eu me pergunto se Gênia a pegou. Ah, falando nela, vejo que acabou de chegar.

Olhando para Marússia, Gênia fez uma careta de dor ao entrar. A sala estava tão enfumaçada que respirar era quase impossível. Mas não ousou dizer nada. Pouco tempo antes, dissera à mãe que ela não deveria fumar seu tabaco horrível e venenoso depois de instalarem as cortinas de blecaute — e ela ficara furiosa.

— Você por acaso não pegou a carta sobre Ida Semiônova, pegou? — perguntou Aleksandra.

— Sim, peguei.

— Meu Deus, revirei a casa toda à procura dela. Onde ela está?

— Eu já enviei para o Serioja — disse Gênia.

Sentiu uma vergonha infantil, o que a deixou zangada.

— Pelo correio? — quis saber Aleksandra. — Mas ela pode acabar se perdendo. E, de qualquer forma, havíamos decidido que por enquanto era melhor não enviar. Um choque desses quando você é um menino de apenas dezessete anos, sozinho nas trincheiras, cercado por desconhecidos…

— Eu não botei a carta no correio — explicou Gênia. — Dei a alguém que vai entregá-la pessoalmente.

— Como pôde fazer isso! — exclamou Marússia, com raiva. — Concordamos em não contar a ele. Foi uma decisão conjunta! Idiota! Idiota cruel, infantil e anarquista!

— Eu fiz o que era certo — disse Gênia. — O Serioja escolheu flertar com a morte. Não podemos continuar a tratá-lo como um bebê. E só porque você agora é candidata a membro do Partido, não precisa ficar chamando todos nós de pequeno-burgueses ou anarquistas!

Marússia estava furiosa demais até para olhar para Gênia — queria com todas as forças dizer algo perverso e ofensivo.

— Tudo bem, meninas — interveio Aleksandra Vladímirovna. — Já chega disso. Membros do Partido ou não, vocês duas são igualmente más. Marússia, você realmente não ouviu nada que seja motivo de alarme, na fábrica ou na cidade?

— Absolutamente nada. Eu já falei sobre como está o clima geral na cidade.

— Estranho. Andrêiev apareceu aqui faz apenas uma hora. Parece que algum comandante trouxe o tanque para reparos e disse que quem pudesse deveria atravessar para a margem esquerda. Que os alemães já cruzaram o Don.

— Apenas um boato — decretou Marússia. — Isso não faz sentido. Todos estão bastante calmos.

— Não — disse Gênia. — Não é apenas um boato. E quanto a Vera? Ela ainda não voltou? Isso também é preocupante.

— Será que já começaram a evacuar os hospitais? — perguntou Aleksandra. — Acho que Vera ia trabalhar hoje.

Aleksandra foi até a cozinha, onde não havia luz, e portanto a cortina de blecaute não fora colocada. Abriu a janela e passou um longo tempo aguçando os ouvidos. Distinguiu o barulho de trens vindo da estação, e clarões de relâmpagos de verão no céu escuro. De volta à sala, disse:

— O tiroteio parece muito mais barulhento e claro do que antes. Oh, Serioja, Serioja!

— Não precisa entrar em pânico — disse Marússia. — Até porque depois de amanhã será domingo — acrescentou, como se a guerra descansasse no sétimo dia.

Tarde da noite, Spiridônov apareceu.

— As coisas estão indo de mal a pior — disse ele, acendendo um cigarro. — Vocês devem partir imediatamente.

— Então avise Liudmila — pediu Aleksandra. — Mande um telegrama para ela.

— Esqueça — respondeu ele, irritado. — Não é hora para afetações intelectuais.

— Stepán! — exclamou Marússia. — O que deu em você?

Ela costumava usar exatamente essa expressão — "afetações intelectuais" — para se referir à mãe, mas ouvir o marido repeti-las era outra coisa.

Mas o rosto de Spiridônov se alterou. Ele parecia perdido — apenas um simples menino de aldeia.

— O que é que eu vou fazer com vocês? — perguntou. — Os alemães já estão aqui. Como vocês vão conseguir chegar sozinhas a Kazan? Qualquer coisa pode acontecer... pode ser que eu nunca mais as veja.

Insistiu que elas deveriam começar a fazer as malas naquele instante.

— Você tem que falar com Mostovskói — disse Aleksandra. — Precisa mostrar a ele que a situação é grave. E, sem falta, avisar Tamara. Você tem um passe válido para a noite toda, então pode ir agora mesmo. E, por favor, acalme-se um pouco.

— Pare de me dar ordens! — gritou Spiridônov. — Eu vim aqui para avisar vocês, não para receber instruções. E não tenho um passe válido para a noite toda. Estou violando o toque de recolher.

— Acalme-se — repetiu Aleksandra. — Já estamos fartas da sua histeria.

Ela ajeitou as mangas do vestido e, como se Spiridônov não estivesse presente, acrescentou:

— Sempre pensei em Stepán como um verdadeiro proletário, com nervos de aço, mas parece que eu estava errada.

E, virando-se para ele de novo, disse, em tom condescendente:

— Quer algumas gotas de valeriana?

Marússia falou baixinho para Gênia:

— Mamãe está mesmo muito zangada.

As duas irmãs conheciam desde a infância os ataques de raiva da mãe, quando todos em casa ficavam muito quietos, à espera do fim da tempestade.

Indignado, murmurando e gesticulando, Spiridônov foi para o quarto da esposa. Em alto e bom som, Gênia disse:

— Adivinhe quem eu fui ver hoje à tarde? Nikolai Grigórievitch Krímov!

Ao mesmo tempo, e no mesmo tom de voz, Marússia e Aleksandra disseram:

— Nikolai Grigórievitch! Ora, e como foi?

Gênia riu. Falando muito rápido, explicou:

— Muito bem, na verdade. Não poderia ter sido melhor. Fui mandada embora logo na porta.

Marússia e Aleksandra trocaram olhares silenciosos. Spiridônov voltou para a sala, parou diante da sogra e pediu:

— Pode me arranjar um pouco de fogo?

E, depois de exalar uma baforada do cigarro, disse baixinho:

— Pode ser que eu tenha me excedido um minuto atrás. Por favor, não fique zangada. Melhor dormirmos um pouco agora, e amanhã de manhã pensamos nisso de novo. Primeiro, preciso voltar ao obkom. Depois que receber as últimas notícias, prometo enviar um telegrama a Liudmila e falar com Tamara e Mostovskói. Eu entendo como a senhora se sente.

Marússia imediatamente adivinhou o que estava por trás da abrupta mudança de humor. Foi ao quarto e abriu o armário. Stepán tinha de fato tomado um grande gole de vodca — ou "antibombite", como ele agora chamava a bebida.

Marússia suspirou, abriu sua caixa de remédios e, movendo em silêncio os lábios finos, começou a contar gotas de estrofantina.[173] Em segredo, agora vinha tomando medicamentos para o coração — desde que se inscrevera no Partido, passara a ver o uso de estrofantina e lírio silvestre como uma fraqueza pequeno-burguesa.

Na sala de jantar, ouviu Gênia dizer:

— Tudo bem, então fica combinado que vou viajar com minhas roupas de esqui.

Em seguida, sem conexão aparente:

— Bem, todos nós vamos morrer, mais cedo ou mais tarde.

Stepán riu e disse:

— Você, com a sua beleza inefável... nunca vou permitir que você morra!

Normalmente Marússia ficava irritada quando Stepán fazia esse tipo de brincadeira com Gênia. Dessa vez, porém, não se importou.

"Minha família, meus amores", pensou, e lágrimas escorreram de seus olhos. O mundo estava repleto de tristeza; com todas as suas fraquezas, aquelas pessoas eram mais preciosas para ela do que nunca.

19

Na segunda metade de agosto, unidades da milícia do povo de Stalingrado, compostas de escriturários, operários fabris, marinheiros do Volga e estivadores, assumiram posições defensivas nos arredores da cidade. Uma divisão regular de tropas internas também recebeu ordens de se manter em prontidão.[174]

---

[173] Medicamento para o coração usado mais na Rússia e na Alemanha do que em outros países.
[174] A 10ª Divisão de Rifles do NKVD, sob o comando do coronel A. A. Saráiev.

Essa divisão regular não tinha experiência de combate, mas operava com efetivo máximo e estava bem armada e bem treinada; seus soldados e comandantes eram, igualmente, profissionais do serviço ativo, não voluntários ou recrutas recém-alistados.

À medida que os regimentos da milícia se deslocavam em direção à extremidade oeste da cidade, unidades da linha de frente recuavam em sua direção. Essas unidades combalidas, exaustas pelos combates constantes e uma longa e difícil retirada, eram o que restava de dois exércitos de infantaria — o 62º, a oeste, e o 64º, mais ao sul. Estavam posicionadas na margem esquerda do Don, na linha defensiva construída pelos habitantes de Stalingrado.

Antes de cruzar o Don, essas unidades estavam a alguma distância uma da outra, ligadas apenas pelo laço mais tênue. Agora, estavam juntas, prontas para lutar lado a lado.

As forças alemãs, no entanto, também estavam se reunindo, à medida que se acercavam de Stalingrado. Como antes, eram mais numerosas que os russos e mais bem equipadas, tanto no ar quanto no solo.

Serioja Chápochnikov acabara de completar um mês de treinamento militar em um batalhão da milícia aquartelado em Bekétovka. Certa manhã, sua companhia foi despertada bem cedo e recebeu ordens de marchar rumo a oeste, seguindo a retaguarda do regimento. Ao meio-dia, os homens alcançaram uma ravina a oeste do assentamento da fábrica de Rínok. Suas casamatas e trincheiras ficavam em uma parte baixa da estepe; a própria Stalingrado não estava mais visível. Ao longe, podiam vislumbrar apenas os casebres e as cercas cinzentas do povoado de Okátovka, e uma estradinha pouco usada que se estendia em direção ao Volga.

Depois de marcharem trinta quilômetros sob o sol abrasador da estepe, através da grama alta, áspera e coberta de poeira que se agarrava a suas pernas feito fios de arame, Serioja e seus camaradas, ainda pouco acostumados à vida do exército, estavam exauridos. A marcha parecia interminável, e cada passo exigia esforço. Tudo em que um homem consegue pensar durante uma marcha como essas é se terá ou não forças para alcançar o próximo poste telegráfico, e a estepe parecia infinita — vasta demais para ser medida pelos intervalos entre postes telegráficos.

Mas, por fim, o regimento atingiu a posição designada. Suspirando de alívio e prazer, os homens deslizaram para dentro das trincheiras e abrigos subterrâneos construídos vários meses antes. Tiraram as botas e se esticaram no chão de terra, em uma penumbra dourada e empoeirada que os protegia do sol.

Deitado com os olhos fechados rente a uma parede de toras, Serioja sentiu na pele uma doce sensação de paz e exaustão. Não tinha pensamento algum; suas sensações corporais eram fortíssimas, e muitas. As costas doíam, as solas dos pés estavam inflamadas, o sangue martelava contra as têmporas, e o sol forte havia crestado suas maçãs do rosto. Todo o seu corpo parecia pesado, como que fundido em metal, mas ao mesmo tempo tão leve a ponto de quase não ter peso nenhum — uma fusão de opostos possível apenas em momentos de extrema fadiga. E essa aguda sensação de exaustão engendrou nele certo senso pueril de amor-próprio. Estava orgulhoso por não ter ficado para trás, por não ter reclamado nem começado a mancar, por não ter implorado por um lugar no carrinho. Durante a marcha, seguira no fim da coluna, ao lado de um velho carpinteiro chamado Poliákov. Quando passaram marchando pelo Jardim das Esculturas e pelo distrito fabril, as mulheres balançaram a cabeça e comentaram entre si:

— Um velho e uma criança... esses dois nunca chegarão à linha de frente.

Poliákov tinha cabelos grisalhos e o rosto cheio de rugas. Ao lado dele, o pequeno e magricela Serioja, com seu nariz pontudo e ombros estreitos, parecia de fato um frangote.

Tanto a criança quanto o velho, porém, mostraram resistência e determinação, e terminaram o dia em melhor forma do que muitos de seus camaradas. Nenhum dos dois teve bolhas nos pés.

Poliákov tirava força do orgulho, da necessidade que um velho tem de provar que ainda é jovem. Serioja obtinha força e perseverança da eterna tentativa dos jovens e inexperientes de parecerem fortes e maduros.

Tudo estava calmo e quieto no abrigo da trincheira. Os únicos sons eram os da respiração pesada dos homens e o ocasional farfalhar de um torrão de terra seca deslizando pela parede de madeira.

Então veio o som de uma voz conhecida. Kriákin, o comandante da companhia, estava berrando ordens. Ele vinha se aproximando.

— Mas já vem nos atormentar de novo! — exclamou Grádussov, outro soldado da milícia. — Ele marchou ao nosso lado. Pensei que também ia querer um pouco de descanso, que nos deixaria em paz por algum tempo.

E quase chorando:

— Mas não vou me levantar... não, nem mesmo se ele ameaçar atirar em mim.

— Você vai se levantar, sim! — disse Tchentsov, outro homem deitado ali perto.

Pareceu ter prazer ao dizer isso, como se ele próprio fosse receber permissão para ficar onde estava.

Grádussov sentou-se e, olhando para seus camaradas, todos ainda deitados, disse:

— Sim, fomos mesmo crestados pelo sol.[175]

O pescoço roliço e os braços sardentos de Grádussov tinham ficado escarlate em vez de marrons, e sua pele parecia ter criado uma crosta amarelada. Seu rosto grande e sarapintado também ficara escarlate. Era evidente que sentia dor.

Kriákin agora estava logo acima deles.

— Calcem as botas! — ordenou, aos brados. — E entrem em formação!

Poliákov parecia estar dormindo, mas logo se levantou e começou a enrolar os panos para os pés. Tchentsov e Grádussov já calçavam as botas, com gemidos de dor. Tinham os pés tomados de pústulas, e os panos em volta deles endurecidos pelo suor seco.

Apenas um minuto antes, Serioja pensava que não havia força humana capaz de obrigá-lo a se mover; preferia morrer de sede a ter que se levantar para tentar encontrar água. Mas agora, rapidamente e em silêncio, também começou a amarrar os panos em volta dos pés e a calçar as botas.

Em pouco tempo a companhia entrou em formação e Kriákin percorreu as fileiras, fazendo a chamada. Era um sujeito baixinho com maçãs do rosto salientes, boca larga, nariz grande e olhos cor de bronze que pareciam fixos na posição; quando precisava olhar para um lado, virava toda a cabeça e o torso. Antes da guerra, fora inspetor distrital da brigada de incêndio, e alguns soldados o conheciam dos tempos de seus empregos anteriores. Lembravam-se dele como um homem bastante quieto, tímido até, sempre sorridente e disposto a agradar;

---

[175] Grádussov alude a "Reflexões junto ao majestoso pórtico de entrada", poema de Nikolai Nekrássov no qual um grupo de exaustos peregrinos e mendigos, "crestados pelo sol", bate à porta de um casarão para pedir esmolas e é enxotado.

costumava vestir uma túnica verde puída com um cinto fino e calças pretas enfiadas no cano das botas. Agora, porém, era um comandante de companhia — e todos os seus traços e maneirismos, todos os seus entendimentos particulares do mundo, que antes pouco importavam para quem quer fosse, eram de imensa importância para dezenas de homens, jovens e idosos. Ele fazia o melhor que podia para parecer um homem acostumado a dar ordens — porém, fraco e inseguro, só era capaz de fazer isso sendo duro e brutal. Certa vez Serioja o ouviu dizer a Briuchkov, um dos comandantes de pelotão:

— Você tem que aprender a falar com seus homens. Ouvi-o perguntar a um deles: "Por que um de seus botões está faltando?". Isso não é bom. Você jamais deve usar as palavras "por que", ou o homem vai se sair na mesma hora com alguma desculpa: perdeu a agulha, não há linha e ele já reportou isso ao sargento... você tem que enquadrá-lo, berrar: "Substituir botão!".

O grito de Kriákin, de fato, teve o impacto de uma pancada no peito.

Embora mal conseguisse ficar em pé, Kriákin ordenou que seus homens se perfilassem. Repreendeu alguns por estarem fora do alinhamento e outros pelo desânimo durante a chamada. A seguir verificou as armas do grupo e constatou que Iliúchkin parecia ter perdido a baioneta. Iliúchkin, alto e de aparência taciturna, deu um hesitante passo à frente. Kriákin dirigiu-se a ele:

— Como devo responder se o Comando Supremo me perguntar: "Comandante da 3ª Companhia, onde está a baioneta, confiada a sua custódia, do rifle número 612 192?".

Iliúchkin tentou olhar pelo canto do olho para os homens atrás dele. Sem saber o que responder, permaneceu em silêncio. Kriákin questionou o comandante do pelotão de Iliúchkin e soube que, durante uma breve parada, Iliúchkin havia usado a baioneta para cortar alguns galhos; queria manter o sol longe do rosto enquanto descansava no chão. Iliúchkin então se lembrou: sim, devia ter se esquecido de recolher a baioneta no final da parada.

Kriákin ordenou que ele voltasse e recuperasse a baioneta. Muito devagar, Iliúchkin partiu em direção à cidade. Em voz baixa, mas em tom ameaçador, gritou:

— Depressa, Iliúchkin, apresse o passo!

Nos olhos de Kriákin havia uma expressão de inspiração severa. Mantendo os homens de sua exausta companhia de pé, sob o sol escaldante, acreditava estar transformando a todos em homens melhores.

— Grádussov — disse Kriákin, abrindo um estojo de mapa laranja e tirando de dentro dela uma folha de papel dobrada em quatro —, leve este relatório ao comandante de batalhão. Ele está naquela ravina, a quinhentos metros de distância.

Grádussov voltou vinte minutos depois, em um ritmo acelerado e alegre, e entregou a Kriákin um pequeno envelope cinza. Depois de se deixar cair no abrigo da trincheira, disse a seus camaradas que o comandante de batalhão, depois de ler o relatório, comentara com seu chefe de estado-maior: "Que diabos aquele idiota acha que está fazendo, passando seus homens em revista na estepe aberta? Será que está querendo atrair aviões inimigos? Vou escrever um bilhete para ele. O último aviso".

Durante esse primeiro dia, a vida na estepe aberta parecia impossível; não havia água, nem cozinha, nem janelas de vidro, nem ruas, nem calçadas — apenas agitação sem propósito, desespero secreto e ordens proferidas aos gritos. Não havia morteiros onde havia bombas de morteiro, nem bombas de morteiro onde morteiros estavam disponíveis. A impressão era que ninguém dava a mínima para a companhia, que eles permaneceriam na estepe para sempre, esquecidos por todos. Mas então, à noite, surgiram rapazes e moças, descalços e com lenços brancos na cabeça, vindos de Okátovka. Houve cantoria, risos e acordes de sanfona. Em pouco tempo o capim alto estava coberto de cascas brancas de sementes de abóbora. E de repente a estepe se tornou habitável. Na ravina, entre os arbustos, havia uma fonte de água rica e pura; alguém trouxe baldes e um barril de gasolina usado. As rosas-silvestres e os galhos ásperos e retorcidos das pereiras e cerejeiras que cresciam junto à ravina foram rapidamente enfeitados com camisas de chita e panos de enrolar nos pés. Apareceram melancias, tomates e pepinos. Serpeando através da grama, conectando-os à cidade que haviam deixado para trás, um cabo telefônico preto. E na segunda noite vieram caminhões de três toneladas, trazendo coquetéis molotov, morteiros, bombas de morteiro, metralhadoras e cartuchos, tudo direto das oficinas da fábrica. Cozinhas de campanha chegaram — e, uma hora depois, duas baterias de artilharia. Havia algo de comovente nesse repentino aparecimento, na estepe noturna, de pão da principal padaria de Stalingrado e de armas produzidas por fábricas da cidade. As armas pareciam velhas amigas. Apenas algumas semanas antes, muitos dos próprios milicianos trabalhavam na Fábrica de Tratores, na Barricadas e na Outubro Vermelho. Quando colocavam as mãos nos canos das armas, o aço mortífero parecia trazer saudações de suas esposas, vizinhos e camaradas, de suas oficinas, ruas, bares, hortas e canteiros de flores, de uma vida que agora tinha ficado para trás. E o pão, coberto por lonas, estava quente feito um corpo vivo.

Naquela noite, os instrutores políticos começaram a distribuir exemplares do *Stalingrádskaia Pravda*.

Ao final do segundo dia, já acomodados em suas trincheiras e abrigos antiaéreos, os homens abriram trilhas até a nascente próxima e descobriram por conta própria o que havia de bom e ruim na vida na estepe. Às vezes, quase se esqueciam de que o inimigo se aproximava; a vida podia continuar assim para sempre na estepe silenciosa — cinza, branca e empoeirada durante o dia e azul-marinho à noite. No céu noturno, entretanto, eles podiam ver duas áreas de luz distintas — uma delas, a das fábricas gigantes de Stalingrado; a outra, a dos incêndios que agora grassavam no oeste — e ouvir não apenas o estrondo distante das fábricas, mas também as explosões de bombas e projéteis nas proximidades das margens do Don.

20

Serioja havia deixado sua casa e tudo a que estava acostumado. Estava vivendo entre pessoas que não conhecia, em um mundo regido por códigos de conduta nada familiares. Em certos momentos passava por considerável privação física.

Em situações novas e difíceis, até mesmo os adultos descobrem que muitas de suas ideias são equivocadas, e que não possuem um adequado conhecimento do mundo. No caso de Serioja, ele percebeu de imediato que o mundo real tinha pouco em comum com o que lhe haviam ensinado em casa e na escola, com o que lera nos livros e deduzira a partir de suas próprias observações. A grande surpresa, no entanto, era algo muito diferente. Tão logo conheceu a verdadeira exaustão, tão logo vivenciou em primeira mão os modos rudes do sargento e do subtenente, tão logo viu algo da simplicidade de vida dos soldados e entrou em sintonia com a eloquência de sua linguagem chula, falada tanto em tom de brincadeira quanto com raiva — tão logo se acostumou a tudo isso, descobriu que seu próprio mundo interior persistia de pé, firme, forte e sólido como sempre. Seu respeito pelo trabalho, pela honestidade e pela liberdade, tudo o que lhe fora dado pela escola, professores e camaradas, tudo o que aprendera nos livros e na própria vida — tudo isso permanecia intacto. Nada fora destruído pela tempestade que o tinha arrebatado. Em meio à poeira da estepe, em meio à conversa noturna dos soldados e às ordens que os comandantes proferiam aos brados, ele achava estranho e difícil lembrar-se do cabelo branco de Mostovskói, dos olhos severos e do colarinho branco da avó. No entanto, não tinha perdido seu senso de direção interior. Sua trilha ainda se abria diante dele, reta feito uma flecha, sem desvio nem descaminho.

À medida que eles se aproximavam do front, as hierarquias dentro da companhia começaram a mudar. Durante os primeiros dias de caos, nos quartéis, quando as aulas e os exercícios ainda não estavam organizados e boa parte do tempo dos homens era desperdiçada na elaboração e verificação de listas, em discussões não raro infrutíferas sobre as possíveis maneiras de obter licenças, Grádussov tinha sido uma figura dominante. Era inteligente, indiferente e conhecedor do mundo.

Uma hora depois de se alistar e abrir caminho até o quartel, ele repetia, confiante:

— Não, não vou ficar aqui à toa por muito tempo. Serei enviado em alguma missão.

E, de fato, Grádussov demonstrou um notável dom para obter transferências. Acabou conhecendo pessoas em todos os lugares — nos quartéis-generais da milícia e do distrito e nas seções médica e de intendência. Depois de conseguir uma licença de quatro horas, voltou da cidade trazendo lápis e papel de boa qualidade para a secretaria do quartel-general do regimento. Deu ao instrutor político um aparelho de barbear feito de aço inglês. E trouxe ao segundo em comando um presente das donas de casa de Bekétovka: um par de botas de couro de bezerro. Mas, não fosse pela obstinação do comandante da companhia, Grádussov provavelmente teria sido transferido para a seção médica ou de intendência. Kriákin, no entanto, em duas ocasiões se recusou a liberá-lo, explicando suas razões em uma nota ao comissário.

O comandante de regimento apenas dera de ombros: "Tudo bem, que fique então na sua companhia". Já fazia algum tempo que ele vinha pensando que Grádussov daria um bom mensageiro pessoal.

Grádussov desenvolveu um ódio tão descomunal por Kriákin que quase não pensava mais na guerra, na família ou no futuro. Por outro lado, era capaz de falar e pensar sobre Kriákin por horas a fio. Quando este se postava diante da companhia e abria o estojo de mapa que Grádussov lhe dera de presente, mal conseguia se conter.

Grádussov parecia não se incomodar com suas contradições. Falava com orgulho de seus anos como operário de fábrica, de seu trabalho recente na seção provincial de habitação e dos discursos patrióticos que proferia nas reuniões. Criticava os covardes e aqueles que só pensavam em si mesmos — e depois declarava ter sido burro por não ter se livrado do alistamento. Expressava seu desprezo por comerciantes e ex-comerciantes — e em seguida se gabava de ter adquirido com sucesso um terno de tweed, um casaco de pele para a esposa ou um pouco de ferro corrugado. Ou alardeava aos quatro ventos o quanto a esposa era astuta em seus próprios negócios. Ao visitar a família em Sarátov, ela vendia tomates de sua horta, comprava tecidos e pedras de isqueiro e, de volta a Stalingrado, negociava com lucro os itens escassos. Depois de ouvir essas histórias, os camaradas de Grádussov diziam:

— Há quem sempre viva bem, não é?

Surdo para a ironia alheia, ele respondia:

— Sim, já tivemos uma vida boa. Ou você come... ou é comido!

Grádussov gostava de fazer piada sobre como Serioja e Poliákov tinham trapaceado para conseguir entrar na milícia, um deles adicionando um ano à própria idade e o outro subtraindo.

Mais tarde, porém, quando passaram a se concentrar nos treinamentos sérios e dedicar toda a atenção à verdadeira disciplina militar, durante as sessões de instrução política ou quando estavam aprendendo sobre morteiros e metralhadoras, Grádussov já não impressionava. O homem que agora se destacava era Tchentsov, um pós-graduando do Instituto de Construção e Engenharia, magro e de olhos escuros.

Tchentsov era membro da Komsomol, embora recentemente tivesse preenchido os papéis para se juntar ao Partido. Serioja era próximo a ele não apenas em idade, mas em muitos outros aspectos.

Ambos tinham aversão a Grádussov e odiavam o versinho bobo que ele adorava repetir:

— A coisa está do jeito que o diabo gosta, todo mundo batendo as botas.

Ele parecia achar que essas palavras o isentavam de qualquer obrigação moral.

À noite, Serioja e Tchentsov tinham longas conversas. Tchentsov queria saber sobre os estudos de Serioja, e às vezes perguntava abruptamente:

— E então, há alguma garota esperando por você em Stalingrado?

E, sentindo o constrangimento de Serioja, acrescentava, num tom de complacência:

— Não se preocupe. Você ainda tem a vida toda pela frente.

Tchentsov sempre falava sobre a própria vida.

Era órfão. Em 1932, após cumprir seus sete anos em uma escola de aldeia, fora para Stalingrado e conseguira emprego como mensageiro na sede da Fábrica de Tratores. Depois, foi trabalhar em uma fundição e começou a frequentar aulas noturnas em uma escola técnica. No terceiro ano, foi aprovado no exame de admissão para o Instituto de Construção e Engenharia e aceito como estudante por correspondência. Em sua dissertação para a obtenção do diploma, em grande parte dedicada ao trabalho de fundição, propôs uma nova fórmula para a carga da fornalha. Essa proposta, que permitiria que todas as matérias-primas fossem de origem soviética, o levou a ser chamado a Moscou e lhe granjeou a oferta de uma vaga como estudante de graduação em um instituto de pesquisa científica. Quando a guerra começou, estava com viagem marcada para os Estados Unidos, onde passaria um ano junto com um grupo de outros jovens engenheiros.

Serioja gostava da calma, do senso prático e da autoconfiança de Tchentsov, do interesse que ele demonstrava por todos os aspectos da vida cotidiana da companhia e de sua capacidade de dizer às pessoas o que pensava sobre elas de maneira direta, sem rodeios. Não havia questões técnicas de que não entendesse, e seus conselhos e explicações para os artilheiros, enquanto os ajudava a preparar os dados para os disparos, eram claros e autoritários. Serioja gostava de ouvir os relatos de Tchentsov sobre seu trabalho no instituto de pesquisa, sobre sua infância, sobre a aldeia distante onde fora criado e sobre sua timidez quando começara a trabalhar na fundição.

Tchentsov tinha uma memória excepcional. Ainda conseguia se lembrar de todas as questões de seus exames finais, três anos antes.

Pouco antes da guerra, ele havia se casado, e a esposa agora estava em Tcheliábinsk.

— Ela está terminando o curso de formação de professores — disse. — E é a melhor aluna em todas as disciplinas.

Em seguida, riu e disse:

— Acabamos de comprar um gramofone. Estávamos prestes a iniciar aulas de dança de salão, mas aí veio a guerra.

Tchentsov era sempre interessante — exceto quando falava sobre livros. Certa vez, disse, acerca de Korolenko:

— Ele foi um escritor e patriota extraordinário. Lutou pela nossa verdade na Rússia tsarista.

Serioja sentiu-se constrangido. Não tinha pensado em nada disso ao ler *O músico cego*. Simplesmente começou a chorar.[176]

Serioja ficou surpreso ao saber que Tchentsov, que tinha um bom conhecimento de vários escritores estrangeiros, além dos clássicos russos, não tinha lido os livros infantis de Gaidar,[177] nem jamais ouvira falar de Mogli, Tom Sawyer e Huckleberry Finn.

— Como eu poderia ter lido tudo isso, se não estava no conteúdo programático? — exclamou ele, indignado. — Além do mais, eu tinha um emprego de tempo integral na fábrica, e estava fazendo em três anos um curso de cinco... Eu só dormia quatro horas por noite!

Tanto no quartel quanto durante os exercícios, Tchentsov era quieto e meticuloso. Nunca reclamava de cansaço. Seus talentos eram particularmente óbvios durante as sessões de estudo. As respostas que dava às perguntas dos comandantes eram rápidas e sempre direto ao ponto. Os outros milicianos gostavam dele — até o dia em que resolveu informar o instrutor político de que o secretário estava emitindo licenças de ausência injustificadas. Isso, naturalmente, gerou ressentimentos. Galigúzov, ex-estivador e agora comandante de uma unidade de canhoneiros, disse:

— Não há dúvida, camarada Tchentsov, você é um burocrata nato.

— Eu me ofereci como voluntário para defender a pátria, não para acobertar a estupidez dos outros — rebateu Tchentsov.

---

[176] Vladímir Korolenko (1853-1921) era célebre pelo romance *O músico cego* (1886), baseado em sua experiência de exílio na Sibéria.
[177] Arkadi Gaidar (1904-41) foi um popular escritor infantil, muito conhecido por *Timur e sua turma*, sobre um jovem e altruísta pioneiro.

— Então você acha que é o único de nós disposto a sacrificar a vida pela pátria? — perguntou Galigúzov.

Pouco antes de seguirem para a estepe, o relacionamento entre Serioja e Tchentsov azedou. A franqueza infantil de Serioja parecia tê-lo alarmado.

— Vocês nunca sentem vontade de quebrar a cara do Kriákin? — perguntou Serioja, dirigindo-se a um grupo de camaradas.

Depois de esperar em vão por uma resposta, declarou, em tom resoluto:

— Eu sinto. Ele é um canalha.

Os outros riram, mas à noite um deles alertou Serioja:

— Você não deveria dizer essas coisas sobre o comandante da companhia. Corre o risco de ser enviado para um batalhão penal![178]

E Tchentsov fez coro:

— Na verdade, isso deveria ser relatado ao instrutor político Tchumilo!

— Que belo camarada é você! — rebateu Serioja.

— Na verdade, esse seria o verdadeiro ato de camaradagem. Você precisa aprender uma ou duas lições antes que seja tarde demais. Dá para ver que teve uma ótima educação, mas não tem consciência política.

— Eu acho que... — Serioja começou a falar, envergonhado e cheio de raiva.

— Você se acha o máximo — gritou Tchentsov, furioso —, mas não passa de um pirralho arrogante de nariz empinado.

Serioja nunca o tinha visto assim.

Mas, assim que deixaram Stalingrado rumo à estepe, foi a vez de o carpinteiro Poliákov entrar em ação. Sem dúvida, os Chápochnikov teriam ficado surpresos ao saber que o homem considerava seu querido Serioja qualquer coisa, menos bem-educado. Poliákov passou o dia todo a criticá-lo e a lhe dizer o que fazer:

— Quando você se sentar para fazer uma refeição, deve primeiro tirar o quepe... Não, não se diz *recipiente* de água, é *balde* de água...

---

[178] Os batalhões penais eram formados por detentos do gulag (campo de trabalhos forçados) e homens condenados por tribunais militares. A maioria dos comandantes considerava a vida desses homens dispensável, e não hesitava, por exemplo, em enviá-los para campos minados.

O que você está fazendo? *Isso* lá é jeito de cortar o pão? Não vê que está de cabeça para baixo?... Um homem está descendo ao abrigo e você varre o lixo direto para os pés dele?!... Não, não, aqui não há cachorros. Quem você está achando que vai limpar esses ossos?... Que "ei" é esse? Por que não para de dizer isso? Por acaso pareço uma mula?...

Poliákov imaginava que Serioja deixava o pão de cabeça para baixo na mesa não apenas porque a vida militar o isentava das regras normais do comportamento humano, mas também porque não respeitava os trabalhadores comuns. Não lhe ocorreu que talvez nunca tivessem ensinado a Serioja as regras e costumes conhecidos por todos os meninos do assentamento de operários onde ele havia crescido. Sua filosofia de vida era simples, mas bondosa, e resumia-se à crença de que os trabalhadores merecem ser livres, felizes e alimentados de forma decente. Poliákov sabia falar bem do pão quentinho recém-saído do forno, da sopa de repolho com creme azedo e das delícias de beber cerveja gelada no verão — ou, no inverno, de escapar do frio entrando numa sala limpa e bem aquecida, sentar à mesa e beber um copo de vodca: "Fria nos lábios, quente no coração!".

Poliákov amava o ofício. Quando falava sobre suas ferramentas de trabalho, sobre tábuas de freixo e faia, sobre como manusear o carvalho e o bordo, era com a mesma alegria sensual, o mesmo brilho nos olhinhos fundos e cintilantes — incrustados no rosto enrugado — de quando falava sobre beber vodca para acompanhar o jantar. Ele pensava no trabalho como uma forma de dar prazer às pessoas, de tornar sua vida mais fácil e confortável. Poliákov amava a vida, e a vida evidentemente retribuía seu amor, tratando-o com generosidade e jamais escondendo dele seus encantos. Ia regularmente ao cinema e ao teatro e havia plantado um pequeno pomar ao lado de casa. Amava futebol, e alguns soldados já sabiam quem ele era, tendo-o visto muitas vezes no estádio. Tinha seu próprio barco a remo e nas férias costumava fazer expedições de pesca, quando passava duas semanas nos juncos da margem esquerda do Volga, desfrutando da sossegada emoção da pescaria e da mágica abundância da água — que podia ser fria e triste no silêncio nebuloso da alvorada, suave e dourada feito óleo de girassol numa noite de luar ou cintilante e turbulenta em um dia de sol e vento. Pescava, dormia, fumava, fazia sopa de peixe, peixe frito, peixe assado em folhas de bardana, bebia vodca e entoava canções. Voltava para casa ligeiramente embriagado, cheirando a fumaça e a rio, e passava vários dias encontrando escamas de peixe perdidas no cabelo e esvaziando pequenas pitadas de areia branca dos bolsos. Havia uma raiz fragrante que gostava de fumar, e, quando precisava de um novo suprimento, empreendia uma jornada especial até a casa de um velho conhecido numa aldeia a quarenta quilômetros de distância.

Na juventude, Poliákov vira muitas coisas; servira no Exército Vermelho, tanto na infantaria quanto na artilharia, e participara da defesa de Tsarítsin. Apontava para uma vala, tomada pelo mato e agora quase totalmente preenchida com areia, e jurava de pés juntos aos outros soldados que era a mesma trincheira em que havia se sentado vinte e dois anos antes, sua metralhadora mirando a Cavalaria Branca.

O instrutor político Tchumilo resolveu organizar uma noite de debates para que o velho veterano pudesse falar sobre a defesa de Tsarítsin. Soldados de outras unidades foram convidados, mas o evento não saiu como planejado. Intimidado pela visão de dezenas de pessoas reunidas para ouvi-lo, Poliákov gaguejou por um momento, depois ficou em silêncio. Passado algum tempo, se recuperou, sentou-se no chão e, como se estivesse apenas conversando e tomando cerveja com um amigo, prosseguiu, com desenfreada vivacidade. Com uma memória surpreendente para os detalhes, e encorajado pelos sorrisos da plateia, falou sobre o que lhe davam para comer, enumerando a quantidade exata de painço, o número de torrões de açúcar e o peso das rações de carne salgada e torradas. Falou com especial emoção sobre um certo Bichkov, que, vinte e um anos antes, roubara de sua mochila uma garrafa de aguardente caseira e um par de botas novas.

Tchumilo teve que tomar a palavra e dar uma palestra adequada sobre a defesa de Tsarítsin, embora ele próprio tivesse apenas dois anos na época.

Os outros soldados não se esqueceram dessa noite, e Poliákov tornou-se alvo de brincadeiras. De tempos em tempos, o comissário de regimento dizia a Tchumilo:

— Então, quem será o palestrante da próxima vez? Poliákov?
— E depois, com uma piscadela: — Sim, aquele velhote é esperto como o diabo!

Após a Guerra Civil, Poliákov trabalhara em Rostov e Iekaterinoslav, e depois em Moscou e Baku. Sem dúvida, tinha muita coisa para relembrar. Falava com desembaraço e sem rodeios sobre as mulheres, mas com uma admiração franca, uma espécie de espanto temeroso que agradava a todos.

— Vocês ainda são crianças — dizia ele. — Não têm experiência. Mas o poder de uma mulher é algo a ser levado em consideração. Até hoje, uma bela jovem é capaz de fazer meus ouvidos zumbirem e meu coração disparar.

No quinto dia da companhia na estepe, dois carros chegaram: um Emka verde e um elegante sedã preto. Seus passageiros eram membros do Comitê de Defesa do Estado, e vinham acompanhados do coronel no comando da guarnição de Stalingrado. Eles seguiram direto para o quartel-general, enquanto os soldados entabularam uma animada conversa.

Os visitantes logo saíram do QG. Começaram a inspecionar as trincheiras e abrigos subterrâneos e a falar com os soldados. O coronel examinou minuciosamente os ninhos de metralhadora, acomodou-se atrás de uma das armas, mirou e até disparou alguns tiros para o ar. Em seguida, foi até os atiradores de morteiros.

— Sentido! — gritou Kriákin, antes de bater continência.

Imediatamente, o magro e elegante coronel berrou:

— Descansar!

Ao ver Poliákov, sorriu e foi até ele.

— Que prazer em vê-lo, meu bom carpinteiro!

Poliákov ficou de novo em posição de sentido e disse:

— Bom dia, camarada coronel!

Briuchkov, o comandante do pelotão, sentiu-se aliviado: a resposta fora impecável.

— O que está fazendo aqui? — perguntou o coronel.

— Sou carregador de morteiros, camarada coronel.

— Então você vai lutar contra os alemães, meu amigo eslavo? Não vai decepcionar o exército regular?

— Não se estiver bem alimentado — respondeu Poliákov, animado. — Mas onde estão esses alemães? Já estão por perto?

O coronel riu e disse:

— Bem, soldado, vamos dar uma olhada na sua famosa latinha!

Poliákov tirou do bolso uma latinha redonda e deu ao coronel um pouco do tabaco de sua raiz especial. O coronel tirou as luvas, enrolou um cigarro e soltou uma baforada. Nesse meio-tempo, seu ajudante de ordens perguntou baixinho aos outros soldados:

— Há um Chápochnikov aqui?

— Ele foi buscar nossas rações — respondeu Tchentsov.

— Tenho uma carta para ele — disse o ajudante de ordens —, da família dele na cidade.

Balançando um envelope no ar, disse:

— Devo deixá-la no quartel-general?

— Pode deixar comigo — disse Tchentsov. — Estamos no mesmo abrigo de trincheira.

Depois que os visitantes partiram, Poliákov disse a seus camaradas:

— Eu o conheço há muito tempo. É um bom sujeito. Um homem como nós, apesar das luvas elegantes e da alta patente. Um dia, não muito antes da guerra, eu estava assentando o assoalho de parquete no gabinete dele. Ele veio dar uma olhada no meu trabalho e disse: "Passe-me a lixadeira. Quero colocar a mão na massa também". E não é que ele sabia direitinho o que fazer com a máquina? Ele me disse que era de Vologda. O pai era carpinteiro, o avô também, e ele exerceu a profissão por seis anos antes de ingressar na academia militar.

— O Chevrolet dele é um sonho — disse Tchentsov, pensativo. — E que motor! Ronrona de verdade.

— É difícil calcular o número de casas que devo ter construído em Stalingrado — continuou Poliákov. — E o quartel-general da guarnição... fiz um piso de parquete para eles também. Da melhor faia, lindamente lixada.

Quando Poliákov falava sobre todas as escolas, hospitais e clubes sociais que ajudara a construir, quando listava todos os edifícios onde colocara pisos ou instalara portas, janelas e divisórias, era como se toda a cidade pertencesse a ele — como se esse homem rabugento e cheio de vida fosse o senhor de toda Stalingrado. E agora ali estava ele, na estepe, atrás do cano de um pesado morteiro voltado para o oeste: o que se estendia atrás de Poliákov era seu próprio reino — então quem no mundo melhor do que ele para defendê-lo?

Todos os homens nos vários quartéis-generais e postos de comando da milícia ficaram animados com a visita do coronel. Dois dias depois, uma nova divisão se posicionou nas proximidades. Ergueram-se nuvens de poeira sobre a estepe, e ouvia-se o estrondo constante dos caminhões. As estradas estavam apinhadas de colunas de infantaria, subunidades de sapadores, metralhadores e fuzileiros antitanque; de artilharia motorizada de grosso calibre; de baterias de morteiros pesados; de metralhadoras pesadas e armas antitanque. Havia caminhões de três toneladas tão carregados de projéteis e bombas de morteiro que sua suspensão mal dava conta de suportar o peso. As cozinhas de campanha passavam com estrépito; estações de rádio militares e ambulâncias levantavam ainda mais poeira.

Entusiasmados, Poliákov e seus camaradas assistiam a esses novos batalhões recém-mobilizados, enquanto os oficiais de comunicações passavam arrastando seus longos cabos e canhões de disparo rápido eram instalados em suas posições, apontando para o oeste.

Para um soldado que se prepara para enfrentar o inimigo, é sempre uma alegria quando novos camaradas se posicionam a seu lado, prontos para o combate.

21

Grádussov foi convocado para o quartel-general do regimento. No final da tarde, ele voltou e, sem dizer uma palavra a ninguém, começou a arrumar sua mochila. Com um falso sorriso de solidariedade, Tchentsov perguntou:

— Por que suas mãos estão tremendo? Por acaso está sendo transferido para os paraquedistas?

Grádussov olhou em volta. Parecia quase embriagado de entusiasmo.

— No fim das contas não se esqueceram de mim — respondeu ele. — Estou sendo enviado para Tcheliábinsk, para ajudar a construir uma fábrica militar. Minha família vai me acompanhar. Todos concordaram com a maior facilidade!

— Ah! — exclamou Tchentsov. — Agora entendi. Suas mãos estão tremendo de alegria. Pensei que fosse de medo.

Grádussov abriu um sorriso humilde. Em vez de se ofender, ainda esperava que os outros se alegrassem com seu sucesso.

— Parem um momento para pensar — disse ele, desdobrando um documento. — A vida de um homem depende de uma folha de papel! Agora é assim! Ontem o melhor que eu poderia esperar era uma posição como escriturário, mas agora estou indo para a Sibéria. Com sorte, vou pegar uma carona num caminhão para Kamíchin amanhã. Depois para Sarátov, de trem. Vou encontrar minha esposa e meu filho e de lá seguiremos todos para Tcheliábinsk. Adeus, camarada Kriákin; lá o senhor não vai conseguir pegar no meu pé!

Ele riu mais uma vez, olhou para os camaradas, brandiu no ar o documento, enfiou-o num dos bolsos da túnica, fechou o botão e, depois, para ter dupla certeza, prendeu o bolso com um grande alfinete de segurança. Passou a mão sobre o peito e disse:

— Pronto. Tudo em ordem!

— Sim — disse Poliákov. — Você tem sorte de ver sua família. Eu gostaria de poder fazer o mesmo... adoraria passar uma hora com minha velha patroa.

Tomado por uma enorme pena daqueles que deixava para trás, Grádussov abriu sua mochila e disse:

— Aqui, meus amigos! As minhas coisas do exército! Para onde estou indo agora não vou mais precisar delas. Sirvam-se à vontade!

Pegando alguns panos cuidadosamente dobrados e estendendo-os na direção de Tchentsov, Grádussov disse:

— Por favor, aceite! Estão novinhos, limpos como guardanapos.

— Não — disse Tchentsov. — Não quero seus guardanapos.

Mas Grádussov estava se sentindo cada vez mais inebriado com a própria generosidade. Pegou uma navalha enrolada em um pano branco e disse:

— Isto é para você, Chápochnikov, para que se lembre de mim... mesmo que pareça ter rancor.

Serioja não respondeu.

— Pegue, Chápochnikov, fique à vontade!

Vendo Serioja hesitar, acrescentou:

— Não se preocupe, tenho outra em casa, uma inglesa. Esta aqui é a minha antiga... a nova eu não trouxe, por precaução, porque alguém poderia roubá-la.

Serioja não tinha certeza se era correto ou não dizer algo ofensivo para um homem que lhe oferecia um presente. Até pensou em dizer que não precisava de uma navalha porque ainda não tinha começado a fazer a barba — o que não era algo fácil de admitir quando já tinha dezessete anos. Mas no final falou apenas:

— Não. Não quero. Agora eu o vejo... como um desertor.

— Não, Serioja! — Poliákov o interrompeu, furioso. — Na vida há de tudo, cada um vive à sua maneira, não fale como se fosse um professor.

E, virando-se para Grádussov:

— E você, me dê aqui essa navalha. Será nossa propriedade coletiva.

Poliákov arrancou o estojo preto das mãos de Grádussov e o enfiou no bolso. Em seguida, perguntou:

— Por que estão todos tão zangados? E daí se houver um miliciano a menos na companhia? Acabo de voltar da estrada. Vi nossas novas divisões se posicionando. Um batalhão inteiro se mobilizando. Os homens continuam vindo, um mar deles, sem começo nem fim. E estão vestidos como se fossem para um desfile, com botas de couro de bezerro, bochechas rosadas. Jovens fortes, verdadeiros guerreiros. Qual é o problema com vocês? Podemos sobreviver sem Grádussov!

— É a mais pura verdade — disse Grádussov.

— Mas aonde você pensa que vai agora? — perguntou Poliákov, vendo Grádussov ajeitar a mochila nos ombros. — Já está quase escuro. Você vai se perder na estepe e acabar levando um tiro de uma das nossas sentinelas. Fique até o amanhecer. A cozinha de campo estará aqui a qualquer momento. Por que perder suas rações? Esta noite vão servir sopa de carne, saborosa e suculenta. Assim que amanhecer, você pode seguir seu caminho.

Grádussov olhou para Poliákov e balançou a cabeça. Não disse uma palavra, mas todos entenderam o que ele estava pensando: "Não, meus amigos, sinto muito... mas e se os alemães atacarem durante a noite? Com sopa ou sem sopa... pode ser o meu fim!".

Grádussov partiu. Podia haver quem o invejasse, mas não havia ninguém que, de alguma forma, não se sentisse superior a ele.

— Por que você aceitou um presente dele, camarada Poliákov? — perguntou Tchentsov.

— Por que não? Vai ser útil. Por que deixar o imbecil ir embora levando uma boa navalha?

— Acho que você não fez bem — disse Serioja. — E não devia ter apertado a mão dele. Eu não apertei.

— Chápochnikov tem toda razão — falou Tchentsov.

Serioja olhou para ele com simpatia — era o primeiro momento em que os dois se entendiam desde a briga.

Sentindo esse olhar, Tchentsov perguntou:

— Você recebeu uma carta hoje. Era alguma coisa importante? Ninguém mais recebeu cartas.

Serioja ergueu os olhos novamente e disse:
— Sim, recebi uma carta.
— Você está bem? Há algo errado com seus olhos?
— Estão irritados — disse Serioja. — Deve ser a poeira.

Estepe escura e dois clarões difusos no céu — das fornalhas das fábricas de Stalingrado e dos combates a oeste do Don. Estrelas silentes e novos intrusos malignos — foguetes alemães, vermelhos e verdes, temporariamente cegando os homens para a luz eterna das estrelas. No negrume do céu, bem lá no alto — o zumbido perturbador de aviões, talvez soviéticos, talvez alemães. A estepe está em silêncio, e ao norte, onde não há fonte de luz, terra e céu se fundiram — um amálgama escuro, sinistro e inquietante. Um calor abafado — em vez de trazer paz e frescor, a noite é prenhe de alarme. É noite de guerra nas estepes. Qualquer tênue farfalhar é assustador, mas o silêncio não é menos pavoroso. A escuridão ao norte é terrível, mas o brilho incerto além do Don é ainda pior — e cada vez mais próximo.

Um menino de dezessete anos com ombros estreitos segura seu fuzil em um posto avançado da companhia. Ele fica lá parado, sem fazer nada, pensando e pensando. Mas o que sente não é medo infantil, tampouco o medo de um pássaro perdido e indefeso; pela primeira vez na vida ele sente que é forte, e o bafejo morno daquela terra vasta e severa — a terra que ele está ali para defender — o enche de amor e piedade. Ele também é severo, forte, concentrado e resoluto, um defensor dos pequenos e dos fracos, de uma terra agora silenciada e ferida.

Ele levanta o fuzil e grita com voz rouca:
— Pare ou eu atiro!
Ele encara uma sombra no capim. A sombra congela. A grama sussurra. O menino se agacha e diz baixinho:
— Não tenha medo, tímida lebre!

Horas depois, Tchentsov soltou um grito terrível, causando pânico em todos que estavam por perto. Dezenas de homens se levantaram de um salto, agarrando suas armas. Por fim descobriu-se que uma serpente-de-barriga-amarela tinha subido na cama e se enfiado sob sua túnica. Tchentsov, ainda dormindo, virou de lado e começou a esmagar a cobra, que lutou para se libertar, primeiro deslizando pelo pescoço dele e depois pelas calças.

— É como uma mola de aço, só que feita de gelo — explicou Tchentsov, ofegando. — Incrivelmente forte.

Ele estava segurando um fósforo entre os dedos trêmulos e olhando com horror para o canto mais distante do abrigo, onde a cobra havia desaparecido.

— Ela só queria se aquecer um pouco. Fica com frio à noite — disse Poliákov, bocejando.

Logo ficou claro que muitos dos abrigos antiaéreos vazios tinham virado povoados de serpentes-de-barriga-amarela — que pareciam não ter a menor intenção de deixar sua nova morada.

Elas se escondiam atrás das pranchas que revestiam as paredes — chocalhando, sibilando, resvalando de um lado para outro.

Os citadinos tinham muito medo delas. Alguns não queriam mais dormir nos abrigos, embora os répteis fossem inofensivos. Os ratos causavam muito mais estragos. Tentavam pegar o pão seco dos soldados; roíam buracos nas mochilas; abriam caminho até os torrões de açúcar embalados em pequenos sacos brancos. O médico explicou que eles transmitiam ainda uma grave doença hepática chamada tularemia.

Durante a guerra, os ratos se reproduziam aos montes; nas zonas de combate, as plantações de grãos eram muitas vezes abandonadas, e então os roedores se encarregavam de fazer a colheita.

Certa manhã, os soldados viram uma serpente-de-barriga-amarela caçar um rato. Ela ficou imóvel por um longo tempo, enquanto o roedor corria de lá para cá, cada vez mais perto dela, até que começou a fuçar a mochila de Tchentsov. De repente a cobra deu o bote. O rato soltou um guincho terrível, que sintetizava todo o horror da morte iminente, e a cobra, com o rato na boca, voltou chocalhando para sua casa atrás das tábuas.

— Ela pode nos servir de gato — disse Poliákov. — Pode viver com a gente e pegar ratos. Não a esfaqueiem com as baionetas. Ela não vai nos fazer mal, de serpente só tem o nome.

A serpente-de-barriga-amarela entendeu as palavras de Poliákov e parou de se esconder. Confiando nele e nos outros homens, ia e vinha tranquila, serpeava aqui e ali, e, quando se cansava, deitava-se rente à parede, atrás dos pertences de Poliákov. Certa noite, quando o sol tardio penetrou no abrigo, incidindo sobre as gotas de resina âmbar que exsudavam das paredes de tábuas e iluminando a terra semiescura com colunas empoeiradas de luz, os soldados viram algo extraordinário.

Serioja estava relendo a carta sobre a mãe pela centésima vez. Poliákov tocou suavemente no braço dele e sussurrou:

— Veja!

Serioja ergueu os olhos, distraído. Nem sequer enxugou as lágrimas, pois sabia que ninguém as veria na penumbra.

Um capacete pendurado em um canto balançava e tinia, iluminado por um denso facho de luz. Serioja levou um momento para perceber que o capacete estava sendo balançado pela cobra. À luz do entardecer, ela parecia acobreada. Olhando com mais atenção, Serioja percebeu que a cobra estava, muito devagar e com grande esforço, trocando de pele. A pele nova parecia brilhante e reluzente, quase suada, como uma castanha jovem. Todos no abrigo prendiam a respiração. A impressão era que, a qualquer momento, a cobra gemeria ou soltaria um resmungo; sair de seu invólucro rígido e morto era um trabalho árduo.

Na penumbra silenciosa atravessada pelo facho de luz, os homens testemunharam, fascinados, algo que até então nunca tinham visto — uma cobra trocando de pele na presença de seres humanos. Era como se a luz do entardecer houvesse entrado neles. Tudo ao redor parecia igualmente quieto e pensativo. E então uma sentinela gritou:

— Sargento, os alemães!

O grito foi seguido por duas pancadas fortes. O abrigo estremeceu, ofegou e se encheu de poeira cinza.

A artilharia de longo alcance alemã, agora posicionada na margem esquerda do Don, começara a fustigá-los.

22

Em uma noite quente e poeirenta de agosto, em uma espaçosa sala de aula da vila, o general Weller, comandante de uma divisão de granadeiros alemã, homem de lábios finos e rosto alongado, estava sentado atrás de uma grande escrivaninha.

Consultava os papéis à sua frente, fazendo anotações sobre o mapa de operações e jogando para um canto da escrivaninha os relatórios já lidos.

A maior parte de seu trabalho, acreditava ele, já estava concluída. O que restava eram apenas detalhes, sem consequências reais para o rumo futuro dos acontecimentos.

O general estava exausto; investira uma enorme quantidade de tempo no planejamento da operação. Agora, concluídos os planos, seus pensamentos voltavam para a campanha de verão como um todo. Era como se estivesse se preparando para escrever suas memórias ou resumir seus pensamentos para algum livro militar.

Ali, às margens do Volga, o último ato daquele drama — um drama épico encenado por granadeiros, tanqueiros e infantaria motorizada no enorme palco da estepe — logo estaria concluído. Não havia nos anais de guerra precedentes para uma campanha como aquela, e pensar em seu desfecho iminente era animador. Weller podia sentir os confins das terras russas; além do Volga estava a Ásia.

Fosse psicólogo ou filósofo, talvez o general tivesse refletido que o que para ele representava uma fonte de alegria e entusiasmo suscitava nos russos um sentimento muito diferente, terrível e perigoso. Mas ele não era um filósofo — era um general. E hoje dava rédeas soltas a um pensamento especialmente doce. A realização, para ele, nada tinha a ver com recompensas e honrarias, mas estava na união de dois polos: o do poder e o da subordinação, o do sucesso militar e o da execução cega de ordens. Nesse jogo de onipotência e obediência, nessa síntese de poder e subordinação é que ele encontrava conforto espiritual — uma alegria agridoce.

Weller visitou os pontos de travessia do rio e viu caminhões soviéticos incinerados, tanques virados e canhões destruídos por projéteis e bombas. Viu documentos do quartel-general esvoaçando sobre a estepe e cavalos correndo desembestados, arrastando atrás de si seus arreios quebrados. Viu destroços de aviões soviéticos, motores e asas despedaçados, as estrelas vermelhas pintadas na fuselagem semienterrada no chão. Para ele, o metal russo morto e retorcido parecia preservar traços do horror que se apoderara das tropas de Timotchenko enquanto recuavam em direção ao Volga. No dia anterior, um boletim do Comando Supremo havia anunciado que "o 62º Exército soviético foi cercado na Grande Curva do Don e aniquilado definitivamente".

Na noite de 18 de agosto, Weller relatou ao quartel-general do exército que, na alça nordeste da Grande Curva do Don, a noroeste de Stalingrado, suas unidades avançadas haviam forçado a travessia e estabelecido uma cabeça de ponte na margem esquerda, nos distritos de Triokhostróvskaia e Akímovski.

A etapa seguinte do plano, sobre a qual Paulus o informara poucos dias antes, não era complicada. Depois de concentrar os tanques e outras unidades motorizadas nessa cabeça de ponte, eles avançariam depressa até o Volga, ocupando o distrito fabril no norte e isolando do rio o restante de Stalingrado. O percurso era curto; naquela latitude, o Don e o Volga não distavam mais de setenta quilômetros. As divisões Panzer de Hoth, avançando ao longo da linha ferroviária de Plodovítoe, deveriam desferir um ataque simultâneo do sul. E Richthofen lançaria descomunais ataques aéreos pouco antes das duas investidas terrestres.

De tempos em tempos, olhando para o mapa, Weller se perguntava se poderia haver algo de paradoxal em toda essa operação: ao norte, o exército alemão estava exposto a toda a imensidão da Rússia. O flanco esquerdo de Paulus poderia ser esmagado por um peso colossal — por milhões de toneladas de terra e uma massa aparentemente infinita de pessoas.

Num momento em que os exércitos alemães reportavam sucesso após sucesso, as forças soviéticas haviam inesperadamente conseguido, uma única vez, cruzar o Don e esmagar a divisão italiana, cujo papel era dar cobertura ao flanco esquerdo estendido dos germânicos.

Mas os soviéticos pareciam ter dado pouca importância a essa surtida através do Don. Seus jornais nem sequer dedicaram grande atenção à captura da artilharia da divisão italiana e ao fato de que, ao se retirarem para a margem esquerda, haviam levado consigo dois mil prisioneiros. Já nos setores de Serafímovitch e Klétzkaia, os soviéticos defendiam suas cabeças de ponte na margem direita do Don com uma obstinação que ultrapassava o entendimento. Mas isso também era irrelevante em termos estratégicos: muitas operações alemãs importantes haviam sido efetuadas com os flancos desprotegidos.

Pela janela, Weller reparou em um prisioneiro — provavelmente georgiano ou armênio — que estava sendo levado por soldados; na manga de sua camisa militar havia uma mancha de cor clara, de onde a estrela de comissário fora arrancada. Descalço e imundo, o rosto coberto de barba por fazer, o homem mancava, com um trapo enrolado na perna ferida. O olhar em seu rosto nem sequer parecia humano; era vazio, exausto e indiferente. Então ele ergueu a cabeça.

Por um momento, seus olhos encontraram os de Weller — e, em vez de um apelo por misericórdia, tudo que o general pôde ver neles foi o peso escuro do ódio.

Weller rapidamente voltou a olhar para a escrivaninha, para o mapa de operações que mostrava o movimento das divisões alemãs. A chave para a guerra, acreditava ele, estava nesse mapa — não nos olhos cheios de ódio de um comissário capturado.

De forma muito semelhante, um machado habituado a rachar sem esforço toras lisas e planas tende a superestimar o próprio peso e a agudeza de sua lâmina e a subestimar a força de resistência de um tronco nodoso. Então, depois de penetrar fundo no tronco, ele de repente se detém, travado pela força da árvore. E nesse ponto parece que a própria terra negra, castigada pelas chuvas e queimada por incêndios — a mesma terra que suportou geadas inclementes, a angústia da primavera e as terríveis tempestades de julho —, empresta sua força a essa árvore que fincou nas profundezas suas raízes retorcidas.

Weller andava de um lado para outro na sala. Uma tábua do assoalho perto da porta rangia a cada vez que ele pisava ali.

Um ordenança entrou e colocou alguns relatórios sobre a escrivaninha.

— Esta tábua está rangendo — disse Weller. — Precisamos pôr um tapete aqui.

O ordenança saiu em disparada. O assoalho rangeu de novo.

— *Was hat der Führer gesagt?* —[179] perguntou Weller a outro jovem ordenança, que apareceu alguns minutos depois.

Um pouco ofegante, ele carregava um grande tapete enrolado.

O ordenança lançou um olhar penetrante para o rosto severo de Weller. De alguma forma, adivinhou o que o general queria ouvir.

— *Der Führer hat gesagt: Stalingrad muss fallen!* —[180] disse, com confiança. Weller riu. Caminhou pelo tapete macio. Mais uma vez o assoalho soltou um rangido obstinado e raivoso.

---

[179] "O que disse o Führer?"
[180] "O Führer disse: 'Stalingrado deve cair!'."

23

Naquela mesma noite quente e poeirenta, o coronel-general Paulus, comandante do 6º Exército alemão, estava sentado em seu escritório no quartel-general. Pensava também na iminente tomada de Stalingrado.

Nas janelas, voltadas para o oeste, havia pesadas cortinas escuras. Apenas pequenas pontadas de luz no tecido denso davam testemunho do pôr do sol.

O ajudante de ordens de Paulus, o coronel Adam, alto, corpulento e desajeitado, mas com as bochechas rechonchudas de um menino, veio reportar que o general Richthofen chegaria dali a quarenta minutos.

Os generais discutiriam sua operação aérea e terrestre conjunta. A vasta escala da manobra preocupava Paulus.

Paulus acreditava ter alcançado uma vitória decisiva na batalha de cinquenta dias que iniciara em 28 de junho com a repentina investida do 6º Exército na região entre Bélgorod e Carcóvia; três corpos do exército sob seu comando — doze divisões de infantaria, duas divisões Panzer e duas divisões de infantaria motorizada — haviam cruzado a estepe e alcançado a margem direita do Don. Agora, estavam próximos de Klétzkaia e Sirotinskaia; já tinham tomado Kalatch e logo tomariam Kremenskaia.

O comando do grupo de exércitos considerou que, depois de Paulus ter capturado cinquenta e sete mil prisioneiros de guerra e apreendido mil tanques e setecentas e cinquenta peças de artilharia (números publicados pelo Comando Supremo, para a surpresa do estafe do próprio Paulus), as defesas soviéticas haviam sido totalmente destruídas. E Paulus sabia que era o arquiteto dessa grande vitória alemã. Durante o longo verão, obtivera um extraordinário e abrangente grau de sucesso.

Paulus atinava que vários homens em Berlim — homens cuja opinião ele julgava importante — esperavam, impacientes, pela etapa seguinte. De olhos semicerrados, imaginou seu triunfo iminente: de volta a Berlim após a gloriosa conclusão da campanha no leste, sairia de seu carro, subiria alguns degraus, caminharia até o saguão e, em seu simples uniforme de soldado, passaria por uma multidão de figurões e dirigentes, de importantes oficiais e generais do estado-maior de Berlim.

Havia apenas uma coisa que o preocupava. Ele ainda precisava de cinco dias para organizar tudo — cinco dias, no máximo —, mas estava recebendo ordens para começar a operação dentro de dois dias.

Em seguida os pensamentos de Paulus se voltaram para Richthofen, um homem de empáfia inacreditável que estava convencido de que, durante um ataque conjunto, as forças terrestres deveriam se subordinar às forças aéreas.

As vitórias fáceis de Richthofen na Iugoslávia e na África deviam ter lhe subido à cabeça.[181] Sua insistência em usar um quepe de soldado, seu hábito plebeu de reacender um cigarro apagado em vez de acender um novo, sua voz, a incapacidade de ouvir um interlocutor até o fim, a paixão em oferecer explicações quando deveria, na verdade, ouvir as explicações dadas por outros... tudo isso, de certa forma, fazia lembrar o afortunado Rommel, cuja popularidade era inversamente proporcional a seu conhecimento, capacidade de raciocínio e compreensão da cultura militar. E o mais irritante de tudo era a despreocupada facilidade com que Richthofen atribuía a seu 4º Corpo Aéreo as vitórias alcançadas pelo laborioso trabalho de infantaria — um hábito que ele parecia ter transformado em um princípio.

Rommel, Sepp Dietrich e agora aquele tal de Richthofen não passavam de tipos arrogantes, fingidos, ignorantes, heróis do dia, corrompidos pelo sucesso que haviam recebido de mão beijada. Homens que certamente sabiam como fazer avançar a própria carreira política, e quase nada além disso. Homens que nem sequer tinham começado a pensar em questões militares quando ele já estava se formando na academia.[182]

Paulus continuou estudando seu mapa, que mostrava a pressão que a Rússia, um potente colosso, exercia sobre ele, ameaçando o flanco esquerdo de seu 6º Exército.

Richthofen enfim chegou, com o semblante carregado de preocupação. Estava coberto de poeira — sob os olhos, nas têmporas e ao

---

[181] O corpo aéreo de Richthofen desempenhou um papel importante na Batalha da Iugoslávia (abril de 1941) e nas subsequentes Batalhas da Grécia e de Creta. Na verdade, Richthofen não tomou parte nas campanhas do norte da África.

[182] Outro dos poucos erros de Grossman com relação à história alemã: durante grande parte da Primeira Guerra Mundial, Paulus e Rommel foram comandantes de companhia no mesmo regimento.

redor das narinas; era como se tivesse o rosto revestido de uma camada de líquen cinza. A caminho do quartel-general de Paulus, encontrara uma coluna de tanques, evidentemente movendo-se em direção à zona de reunião tática. Os blindados avançavam a toda velocidade, enchendo o ar com o estrondo das lagartas triturando o solo, e a poeira que levantavam era tão densa e impenetrável que pareciam enormes relhas de arado alçando a própria terra pelos ares. Ao redor deles erguia-se em vagalhões um denso mar castanho-avermelhado, e apenas as torres giratórias e canos de armas eram visíveis. Os tanqueiros pareciam exaustos — um pouco encurvados, o olhar carregado fitando o mundo do lado de fora de suas escotilhas, agarrando as bordas de metal para se firmar. Em vez de esperar a passagem dessa coluna de aço, Richthofen ordenou que seu motorista saísse da estrada e continuasse pela estepe aberta. Ao chegar ao quartel-general, foi direto para o gabinete de Paulus, sem sequer se lavar.

Paulus, que tinha o rosto fino e o nariz adunco de um falcão pensativo, se levantou para cumprimentá-lo. Depois de algumas palavras sobre o calor, a poeira, o congestionamento nas estradas e as propriedades diuréticas das melancias russas, Paulus entregou a Richthofen um telegrama de Hitler. Em termos práticos, o telegrama não era muito importante, mas Paulus sorriu em segredo para si mesmo. Richthofen inclinou-se um pouco para a frente, apoiando as mãos sobre a mesa, e leu com atenção; pensava, certamente, não sobre o significado literal daquela comunicação, mas sobre suas implicações mais profundas. Hitler havia escolhido discutir com Paulus, o comandante-geral do 6º Exército, questões relativas à mobilização de tropas da reserva que, em princípio, eram subordinadas a Weichs, o superior imediato de Paulus. Uma frase indicava certa insatisfação com Hoth, comandante do 4º Exército Panzer, posicionado no sul de Stalingrado; não havia dúvida de que Hitler comungava da visão de Paulus de que Hoth estava se deslocando muito devagar e incorrendo em baixas como resultado de sua excessiva cautela. E em seguida vinham algumas poucas linhas que Richthofen com certeza considerou irritantes: uma vez que o 6º Exército desempenharia o papel de protagonista na iminente operação, o corpo aéreo de Richthofen deveria estar sob o comando de Paulus, e não da Luftwaffe de Hermann Göring, marechal do Reich.

Depois de ler o telegrama, Richthofen pousou-o cuidadosamente no centro da mesa, como que para dizer que instruções daquele tipo não estavam sujeitas a debates ou críticas, devendo ser executadas sem mais delongas.

— O Führer não apenas determina o curso geral da guerra — declarou. — Ainda encontra tempo para gerenciar a mobilização de divisões individuais.

— Sim, é admirável — disse Paulus, que ouvira um punhado de queixas de colegas sobre como o Führer os privava de toda iniciativa, a ponto de ser impossível mudarem até mesmo uma sentinela de um posto de comando em um batalhão de infantaria sem a prévia autorização pessoal de Hitler.

Os dois homens falaram sobre a bem-sucedida travessia do Don nos arredores de Triokhostróvskaia. Richthofen elogiou o trabalho da artilharia e dos morteiros pesados e a coragem dos soldados da 384ª Divisão, os primeiros a pisarem na margem esquerda do Don. Essa travessia permitiu estabelecer uma cabeça de ponte para o iminente avanço rumo a Stalingrado de uma divisão Panzer e duas divisões de infantaria motorizada. Ao amanhecer, todas essas divisões estariam em posição; fora o movimento delas para o norte que atrasara Richthofen.

— Eu poderia ter feito tudo isso alguns dias atrás, mas não quis alertar os russos — afirmou Paulus, que sorriu e acrescentou: — Eles estão esperando um ataque de Hoth a partir do sul.

— Sim — disse Richthofen. — Mas acho que podem esperar mais alguns dias.

— Preciso de cinco dias — disse Paulus. — E você?

— Meus preparativos são mais complexos, vou pedir uma semana. Afinal, será o golpe derradeiro — disse Richthofen. — Weichs continua nos apressando. Ele quer impressionar, ser promovido. Mas nós é que assumiremos os riscos.

Inclinou-se para a frente e, debruçado sobre uma das plantas topográficas de Stalingrado, deslizou o dedo sobre os quadrados traçados com esmero. Explicou como a cidade seria incendiada, quanto tempo transcorreria entre as sucessivas ondas de destruição, que bombas despejaria sobre as áreas residenciais, os pontos de travessia do rio, o porto e as fábricas e qual seria a melhor maneira de atacar a área mais importante — os subúrbios do norte onde, em um horário predeterminado, os tanques pesados e a infantaria motorizada de Paulus surpreenderiam os russos. Pediu a Paulus que esse horário fosse definido com a maior precisão possível.

Até então, a discussão entre os dois havia sido construtiva e detalhada, e nenhum deles levantara a voz. Mas Richthofen seguiu em frente, às vezes com um grau de detalhismo que Paulus considerou enervante, e falou sobre as complexidades logísticas do iminente ataque aéreo; discorreu longamente sobre a metodologia para coordenar um ataque convergente a partir de dezenas de aeródromos localizados a diferentes distâncias do alvo. Não só as rotas e os tempos de voo de centenas de aeronaves de diferentes dimensões e velocidades teriam que ser sincronizados, mas também deveriam ser ajustados em sintonia com avanço de tanques pesados e lentos. Tudo isso era uma tentativa da parte de Richthofen de marcar um ponto na longeva e velada rivalidade entre os dois. Eles não discordavam abertamente, mas tinham plena ciência da irritação que provocavam um no outro. O problema, do ponto de vista de Paulus, residia na inabalável crença de Richthofen de que era à Força Aérea que a Alemanha devia suas extraordinárias vitórias, e que o papel das forças terrestres era meramente consolidar esse sucesso.

Os generais estavam decidindo o destino de uma imensa metrópole. Entre suas preocupações estavam a possibilidade de contragolpes terrestres ou aéreos e o poderio das defesas antiaéreas soviéticas. Eles estavam apreensivos também acerca da opinião de Berlim: como suas respectivas conquistas seriam avaliadas pelo estado-maior?

— Você e seu corpo aéreo — disse Paulus — proporcionaram um magnífico apoio ao 6º Exército dois anos atrás, durante a invasão da Bélgica, quando ele estava sob o comando do finado Reichenau. Espero que seu apoio à minha espetacular investida em Stalingrado não tenha menos sucesso.

A aparente solenidade dessas palavras era desmentida por seus olhos, nos quais havia uma clara sugestão de zombaria.

Richthofen olhou para ele e disse, sem rodeios:

— Apoio? Quem você acha que apoiou quem? Muito provavelmente quem me deu apoio foi Reichenau. E quanto a Stalingrado, quem sabe? Pode ser a sua espetacular investida, ou pode ser a minha.

24

Pela manhã, o coronel Forster veio se despedir do general Weller antes de embarcar num voo de volta a Berlim. O oficial corpulento e grisalho, agora beirando os sessenta anos, conhecia Weller havia muito tempo, desde quando era comandante de um regimento e um ainda jovem tenente Weller fazia parte de sua equipe.

Weller foi atencioso e acolhedor, ávido para enfatizar o respeito que ainda sentia pelo coronel que um dia fora seu superior. Sabia que Forster havia deixado o serviço ativo por algum tempo e que compartilhava as opiniões de Ludwig Beck, o agora desacreditado ex-chefe do estado-maior, e que inclusive ajudara a redigir o memorando de Beck sobre como seria catastrófico para a Alemanha envolver-se em uma nova guerra. O aviso mais enfático de Beck dizia respeito aos perigos de um conflito com a Rússia; ele havia compreendido que a Alemanha seria derrotada. Só em setembro de 1939 Forster escreveu para o comando militar pedindo-lhes para mais uma vez fazer uso de sua considerável experiência. Graças ao apoio de Brauchitsch, foi convocado de volta das reservas.

— Que impressões vai levar para Berlim? — perguntou Weller. — O senhor sabe o quanto valorizo sua opinião.

Forster olhou para Weller com seus frios olhos azul-claros e disse:

— É uma pena eu ir embora hoje. Seria melhor estar chegando. Mas o que vi não deixa dúvidas: estamos prestes a atingir nosso objetivo estratégico.

Visivelmente emocionado, passou a mão pelo cabelo grisalho cortado à escovinha, foi até Weller e falou, com ênfase solene:

— Permita-me lhe dizer apenas uma coisa, com a mesma franqueza que eu teria usado dezoito anos atrás: muito bem, Franz!

— Eles são bons soldados — disse Weller, enternecido.

— Não estou falando só dos soldados — disse Forster, e sorriu.

Com Weller, não sentia o menor vestígio da forte irritação que o acometia na presença da maioria dos outros jovens e promissores oficiais.

Certa vez, em 1933, em um momento crítico para a Alemanha, Weller e Forster se encontraram em um resort à beira-mar. Falaram do desgosto que nutriam pelos líderes do novo partido. Chamaram Göring de glutão e drogado, e Hitler de psicopata. Falaram da histérica sede de sangue do Führer, de sua risível "intuição", de sua ambição desmedida — que de alguma forma andava de mãos dadas com a covardia — e da duvidosa procedência de sua Cruz de Ferro. Forster discursou longamente sobre o inevitável fracasso de qualquer tentativa de vingança militar pela vergonha de Versalhes; falou sobre a ignorância de políticos charlatães, que pensavam que a fanfarronice demagógica podia substituir a lógica militar e optavam por ignorar tudo o que os generais alemães haviam aprendido no curso de uma guerra perdida. Nem um nem outro se esquecera de nada disso, mas o código tácito do Reich não permitia que nem mesmo amigos íntimos relembrassem conversas tão perigosas e equivocadas.

Mas agora, a cem quilômetros do Volga, na véspera de uma vitória sem precedentes na história mundial, Weller perguntou de supetão:

— O senhor se lembra daquelas nossas conversas no parque, perto do mar?

— Cabelo grisalho e idade nem sempre são o juiz mais sensato — disse Forster devagar. — Sempre lamentarei não ter percebido meu erro antes. O tempo provou que eu estava errado.

— Sim, graças a esta guerra existem novos fatores que a estratégia militar deve levar em consideração — disse Weller. — Beck argumentou que a extensão da Rússia, seus vastos espaços, nos daria uma vantagem nos primeiros estágios de uma guerra, mas que a profundidade do país seria a nossa ruína. No fim, provou-se que ele estava errado.

— Isso agora está claro para todos.

— Se o senhor voltar em duas semanas, vai me encontrar aqui — disse Weller, apontando para uma casa marcada com uma cruz no mapa de Stalingrado. — Embora Richthofen tenha dito a Paulus que pedirá o adiamento da operação por uma semana, em vez de cinco dias. Assumirá a responsabilidade pessoal por esse pedido.

Enquanto acompanhava Forster até a porta, perguntou:

— O senhor disse que estava procurando um parente seu, um tenente. Conseguiu encontrá-lo?

— Descobri o paradeiro dele — respondeu Forster. — Trata-se do tenente Bach, meu futuro genro. Mas não cheguei a vê-lo. Ele já está na margem esquerda do Don, na cabeça de ponte.

— Que jovem afortunado — disse Weller. — Vai ver Stalingrado antes de mim.

25

No verão de 1942, após a queda de Kerch, Sebastopol e Rostov do Don, a imprensa de Berlim mudou de tom; o austero comedimento deu lugar à alegre vanglória. Os triunfos da ambiciosa ofensiva do Don colocaram um ponto final nos artigos sobre a severidade do inverno russo, o tamanho do Exército Vermelho, o poderio de sua artilharia, o fanatismo dos guerrilheiros e a obstinada resistência das forças soviéticas em Sebastopol, Moscou e Leningrado. Esses triunfos extirparam a lembrança das derrotas terríveis, do imenso número de baixas, dos milhares de cruzes nos túmulos de soldados, da urgência alarmante da última campanha de auxílio de inverno* e de como, trem após trem, dia e noite, soldados feridos e com geladuras eram trazidos de volta do front oriental. Esses bons resultados silenciaram aqueles que viam toda a campanha do leste como um ato de loucura, aqueles que se inquietavam com o poderio do Exército Vermelho e seguiam preocupados com o fracasso do Führer em manter sua promessa de capturar Moscou e Leningrado em meados de novembro de 1941 e assim levar a guerra a uma conclusão rápida e vitoriosa.

A vida em Berlim agora era apenas alvoroço e barulho.

O telégrafo, o rádio e os jornais noticiavam constantemente novas vitórias no front oriental e na África. Londres estava semidestruída; os submarinos alemães haviam paralisado o esforço de guerra dos Estados Unidos; o Japão conquistava uma vitória atrás da outra. Havia uma atmosfera de entusiasmo — uma expectativa de vitórias ainda maiores, anunciando a paz derradeira. Todos os dias, trens e aviões chegavam trazendo novos contingentes da soberba nata dos poderosos da Europa: industriais, reis, príncipes herdeiros, generais e primeiros-ministros de todas as capitais do continente: Paris, Amsterdam, Bruxelas, Madri, Copenhague, Praga, Viena, Bucareste, Lisboa, Atenas, Belgrado e Budapeste. Os berlinenses se divertiam assistindo a tudo isso, estudando o rosto dos convidados voluntários e involuntários

---

* *Winterhilfswerk des Deutschen Volkes*, ou auxílio de inverno para o povo alemão, campanha anual da Nationalsozialistische Volkswohlfahrt, organização nacional-socialista que financiava trabalhos de caridade. Com o slogan "Ninguém morrerá de fome ou de frio", vigorou de 1933 a 1945 e visava fornecer alimentos, roupas, carvão e outros itens essenciais para alemães pobres durante os meses inclementes. (N. T.)

do Führer. À medida que os carros estacionavam na frente da fachada cinza da Chancelaria do Novo Reich, esses importantes figurões pareciam alunos de escola primária, trêmulos, taciturnos, irrequietos, olhando de um lado para outro. Os jornais publicavam intermináveis boletins e informes sobre recepções diplomáticas, almoços e jantares, tratados militares e acordos comerciais, reuniões realizadas na Chancelaria do Reich, em Salzburgo, em Berchtesgaden ou no quartel-general de campo de Hitler. Agora que as tropas alemãs se aproximavam do curso inferior do Volga e do mar Cáspio, os berlinenses começavam a falar sobre o petróleo de Baku, sobre uma futura ligação entre a Wehrmacht e o exército japonês e sobre Subhas Chandra Bose, o futuro *Gauleiter** da Índia.[183]

Trens de países eslavos e latinos chegavam hora após hora trazendo novos trabalhadores, além de cereais, sardinha, vinho, azeite, manteiga, madeira, granito, mármore, minério de ferro e uma variedade de metais.

Pairava no ar berlinense uma sensação de vitória, um zumbido de triunfo. Até mesmo o verde da hera e das folhas de videira, das tílias e castanheiros nos parques e nas ruas parecia mais esplêndido do que o normal.

Era uma época de ilusão, uma época em que muitos se deixaram enganar pela fantasia de que as pessoas comuns e um Estado totalitário supostamente conquistador compartilhariam um único destino. Muitos acreditaram no que Hitler proclamava como verdade absoluta: que o sangue que corria nas veias arianas unia todos os alemães sob o estandarte das riquezas, da glória e do poder sobre o mundo inteiro. Era uma época de desprezo pelo sangue dos outros, de justificativas oficiais para atrocidades inimagináveis. Uma época em que toda sorte de perdas — a morte de incontáveis soldados, as muitas crianças órfãs — era justificada pela perspectiva da vitória iminente e total da nação alemã. No final de cada dia, outra vida teria início; monstros escondidos fariam sentir sua presença. A noite era um momento de

---

* Denominação alemã para líder provincial, mais ou menos equivalente a prefeito. (N. T.)
[183] Subhas Chandra Bose (1897-1945) foi um nacionalista indiano. Em 1943, quando Singapura estava sob domínio japonês, formou lá um governo da Índia Livre. Morreu em um acidente de avião.

medo e fraqueza, de pensamentos solitários, de exaustão e saudade, de conversas sussurradas com os amigos e familiares mais próximos, de lágrimas para os mortos no front oriental, de reclamações sobre privação, fome, trabalho opressivo e o poder arbitrário das autoridades. Era uma época de dúvidas, de pensamentos subversivos, de horror ao poder implacável do Reich, uma época de premonições conturbadas e do uivo das bombas inglesas.

Essas duas correntes fluíam pela vida da nação alemã como um todo, e pela vida de cada alemão — fossem pequenos funcionários, trabalhadores, professores, moças ou crianças do jardim de infância. A cisão era completa e extraordinária; era difícil imaginar ao que poderia levar. Passariam a existir novas e inauditas formas de vida? Essa divisão seria anulada após a vitória ou perduraria?

26

Na Chancelaria do Novo Reich, a jornada de trabalho estava começando. Embora ainda fosse cedo, o sol já aquecia as paredes cinzentas do edifício e as lajes de pedra do calçamento. Com medo de se atrasar, os funcionários entravam às pressas: datilógrafas, estenógrafas, escriturários, arquivistas, recepcionistas, empregadas da cantina e do café, autoridades subalternas dos gabinetes de auxiliares e do secretariado dos ministros do Reich. Mulheres nazistas de forte compleição física caminhavam pelos corredores, balançando os braços, acompanhando os jovens de uniforme militar; era uma época em que as funcionárias da Chancelaria eram as únicas mulheres em Berlim que não carregavam sacolas para a compra de provisões: tinham ordem para não trazer sacos ou pacotes de grande volume ao local de trabalho, uma vez que era imperativo que o estafe da augusta instituição mantivesse sua dignidade. Dizia-se que a ordem fora promulgada após uma colisão entre Goebbels e uma bibliotecária que carregava sacolas cheias de repolho e potes de feijão e pepino em conserva. Estabanada, a mulher deixara cair a bolsa e uma sacola de papel cheia de ervilhas, e Goebbels, apesar da dor na perna, se agachara, pousara no chão suas pastas e começara a recolher as ervilhas espalhadas, dizendo que aquilo o lembrava de sua infância. A bibliotecária agradeceu e prometeu guardar as ervilhas como um tesouro, um lembrete da gentileza e da franqueza do médico coxo, do fato de que era verdadeiramente um homem do povo.[184]

Funcionários vindos de Charlottenburg ou da Friedrichstrasse entenderam imediatamente, assim que saíram da estação de bonde ou de metrô, que Hitler estava em Berlim e iria à Chancelaria. Funcionários graduados de cabelos brancos exibiam uma fisionomia impassível, como que para mostrar que não desejavam ver nada que não lhes cabia ver. Mas os jovens trocavam piscadelas enquanto passavam pelos postos militares e de polícia adicionais, olhando para os numerosos homens à paisana, todos com expressões estranhamente semelhantes, cada qual com um olhar que seria capaz de penetrar no couro de uma pasta com a mesma rapidez e facilidade de um raio X. Para os jovens, tudo isso era divertido e engraçado — nos últimos meses, Hitler só visitara Berlim em raras ocasiões. Estava agora passando a maior parte do tempo em Berchtesgaden ou em seu quartel-general de campanha, a quinhentos quilômetros da zona de combate.

Na entrada principal da Chancelaria, guardas experientes verificavam passes e documentos. Atrás deles, membros da guarda pessoal do Führer perscrutavam lenta e minuciosamente todos aqueles que passavam pela primeira inspeção.

A repartição possuía altas janelas francesas com vista para o jardim. Entreabertas, elas deixavam entrar o cheiro das plantas recém-regadas. O escritório era enorme, exigindo algum tempo para caminhar da lareira na extremidade, ao lado da qual havia uma escrivaninha e uma poltrona estofada em seda rosa, até a porta da antessala. Quem fazia esse percurso passava por um globo terrestre do tamanho de um barril de cerveja, uma comprida mesa de mármore coberta de mapas e as janelas francesas que se abriam para o terraço e o jardim.

No jardim, tordos chamavam-se uns aos outros com um trinado comedido, como se temessem gastar cedo demais a força de que precisariam em um longo dia de verão. No escritório, agora passava pelas janelas francesas um homem de casacão militar e calças cinza. No peito — por cima de uma camisa branca simples com colarinho de pontas viradas e uma gravata preta com o nó bem apertado —, ostentava uma Cruz de Ferro, uma medalha que agraciava feridos em

---

[184] Goebbels nasceu com o pé direito deformado e mancava. Aspirante a escritor quando jovem, obteve um doutorado em filosofia na Universidade de Heidelberg em 1921.

ação e um emblema especial do Partido com uma borda dourada ao redor da suástica. Seus ombros frouxos e caídos, que pareciam ainda mais estreitos em comparação com os quadris largos, quase femininos, tinham sido habilmente acolchoados. Havia algo discrepante em sua aparência geral — de alguma forma, ele parecia magro e gordo ao mesmo tempo. O rosto ossudo, as têmporas encovadas e o pescoço comprido pertenciam a um homem esguio, ao passo que o traseiro e as coxas pareciam ter sido emprestados de um homem robusto e bem-nutrido.

O terno que vestia, a Cruz de Ferro que atestava sua coragem militar, a medalha por ferimentos de guerra que testemunhava o sofrimento pelo qual havia passado, o emblema nazista com a suástica, que simbolizava a unidade racial e estadual da Nova Alemanha — tudo isso era familiar por causa das dezenas de fotografias, desenhos, cinejornais, selos, emblemas, pôsteres e folhetos, baixos-relevos em gesso e mármore e desenhos animados de David Low e dos Kukriniksi.[185]

No entanto, mesmo alguém que tivesse visto centenas de imagens diferentes daquele homem talvez demorasse a reconhecer o verdadeiro Hitler, seu rosto enfermiço, testa pálida e estreita, olhos inflamados e protuberantes, com pálpebras inchadas e narinas largas e carnudas.

Nessa noite, o Führer dormiu pouco e acordou cedo. O banho da manhã não restaurou seu ânimo. Talvez fosse a expressão exausta nos olhos o que dava a seu rosto um aspecto tão diferente de como aparecia em fotos e ilustrações.

Enquanto dormia — vestido numa longa camisola sob o cobertor, resmungando, roncando, mastigando os lábios, rangendo os grandes dentes, revirando de um lado para outro, puxando os joelhos até o peito —, esse homem na casa dos cinquenta anos se assemelhava a qualquer outro homem de meia-idade com o sistema nervoso em frangalhos, o metabolismo prejudicado e palpitações cardíacas. De fato, era durante essas horas de sono intranquilo e perturbador que Hitler mais chegava perto de ser humano. Tornava-se cada vez menos humano quando acordava, saía da cama com calafrios, tomava ba-

---

[185] David Low foi um famoso cartunista britânico. Kukriniksi era o nome coletivo de três cartunistas soviéticos — Mikhail Kuprianov, Porfiri Krilov e Nikolai Sokolov — que começaram a trabalhar juntos em 1924 e ganharam reconhecimento internacional por suas caricaturas de líderes fascistas.

nho, vestia as ceroulas e calças militares — que sua equipe já deixara a postos —, penteava os cabelos escuros da direita para a esquerda e conferia o espelho para se certificar de que toda a imagem — cabelo, rosto, bolsas sob os olhos e tudo o mais — estava de acordo com o sacrossanto modelo agora obrigatório tanto para o próprio Führer quanto para seus fotógrafos.

Hitler saiu pelas janelas francesas e inclinou o ombro contra a parede, já aquecida pelo sol. Pareceu gostar da sensação da pedra morna, e pressionou também a bochecha e a coxa contra a parede, a fim de absorver um pouco do calor.

Ficou ali por algum tempo, obedecendo ao desejo instintivo de qualquer criatura de sangue frio de se aquecer ao sol. Seus músculos faciais relaxaram em um sorriso sonolento e satisfeito; havia algo nessa pose, a seu ver bastante feminina, que ele achava prazeroso.

Seu casacão militar e as calças cinza se fundiam ao cinza-claro das pedras da Chancelaria. Agora que estava em posição de descanso, havia algo indescritivelmente horrível nessa criatura fraca e feia, com seu pescoço fino e ombros caídos.

Ouvindo passos silenciosos, rapidamente se virou.

Mas o homem que se aproximava era um amigo. Alto e corpulento, com uma pança perceptível, tinha bochechas rosadas, carnudas, lábios ligeiramente protuberantes e queixo pequeno.

Os dois voltaram para o escritório. O Reichsführer Heinrich Himmler, chefe da ss, caminhava com a cabeça baixa, como se envergonhado em ser visivelmente mais alto que o chanceler.

Articulando cada palavra com clareza e erguendo a mão pálida e úmida, Hitler disse:

— Não quero nenhuma explicação. Quero ouvir apenas duas palavras: *operação concluída*.

Hitler se sentou à mesa e, com um gesto brusco, mandou Himmler se sentar diante dele. Estreitando os olhos por trás das lentes grossas do pincenê, Himmler começou a falar. Sua voz era calma e suave.

Himmler tinha plena consciência do rancor inerente a qualquer amizade entre os que estão no topo de um Estado de granito. Sabia que não tinha sido em virtude de qualquer conhecimento específico, de uma inteligência fora do comum ou de outro dom qualquer que fora elevado àqueles píncaros, tendo sido, antes da guerra, gerente de uma granja avícola e funcionário de uma fábrica de nitrogênio sintético.

Seu terrível poder emanava de uma única fonte — a paixão por executar a vontade do homem a quem, como se ambos ainda fossem estudantes, ainda agora se dirigia como *du*.* Quanto mais cega e inquestionável sua obediência entre quatro paredes, mais ilimitado seu poder fora delas.[186] Esse relacionamento, no entanto, não era fácil. Apenas por meio de um constante estado de tensão Himmler poderia demonstrar a flexibilidade adequada, a obediência emocionalmente comprometida. Precisava evitar todas as suspeitas de liberdade de pensamento, mas era igualmente importante evitar qualquer suspeita de subserviência, essa irmã da hipocrisia e da traição.

A devoção de Himmler teve que adotar formas complexas e variadas, não apenas as da obediência direta. Por vezes era melhor ser queixoso ou taciturno; em outras ocasiões, era mais proveitoso discutir, ser rude, teimoso. Himmler estava falando com um homem que havia conhecido muito tempo antes, em uma época sombria de lamentável tibieza. Era importante que Hitler constantemente, a cada minuto, sentisse em alguma parte de sua alma a natureza longeva do vínculo entre os dois, e que esse vínculo fosse mais importante para ele do que qualquer coisa que pertencesse apenas ao momento presente. Mas era em igual medida importante que Hitler sentisse exatamente o oposto: a absoluta insignificância, hoje, dessa ligação originada num passado remoto. Na verdade, esse vínculo servia apenas para enfatizar a profundidade do abismo entre os dois; nunca, em nenhuma circunstância, deveria sugerir que eles pudessem estar, em qualquer aspecto, em pé de igualdade. E em cada uma de suas conversas com o Führer, Himmler precisava evocar esses dois opostos. Era um mundo no qual a realidade era irreal, onde a única realidade eram os humores do Führer, seus voláteis estados de ânimo.

---

* Pronome de tratamento informal alemão, usado quando se fala com filhos, amigos, entre jovens ou com quem se tem laços afetivos. (N. T.)
[186] O grau de exatidão do retrato que Grossman faz de Himmler é confirmado por historiadores recentes. Christopher Clark, por exemplo, resenhando uma biografia de Himmler feita por Peter Longerich, escreve: "Embora nunca tenha se aproximado do ditador, adquiriu a reputação de servo mais dedicado e implacável de Hitler. Himmler converteu a ss (originalmente uma pequena ramificação das sas, muito maiores) em um instrumento da pura vontade do Führer" ("Theorist of Cosmic Ice", *London Review of Books*, pp. 11-2, 11 out. 2012).

Agora Himmler percebia que era obrigado — em benefício do próprio Führer — a discutir com ele. Himmler entendia o desejo mais profundo de Hitler. Esse desejo poderia parecer terrível. Nascia, contudo, não apenas de um sofrimento pessoal antigo, porém indelével, mas também de um ódio abnegadamente nobre — o apaixonado instinto de sobrevivência da raça que o Führer agora representava. Ainda assim, uma ira que não distingue entre um inimigo armado e um bebê ou adolescente indefeso é de fato perigosa. Provavelmente, entre todos os asseclas do círculo íntimo do Führer, apenas Himmler compreendia a força de vontade necessária para lutar contra aqueles que pareciam ser fracos e indefesos; apenas ele conhecia os perigos dessa luta. Era uma rebelião contra milênios de história humana, um desafio às inclinações humanísticas da humanidade. Quanto mais fraca e indefesa a vítima parecesse, mais difícil e perigosa a luta. Entre aqueles que eram próximos do Führer não havia mais ninguém que entendesse a verdadeira grandiosidade da operação especial, agora já em andamento, que na linguagem dos debilitados poderia ser chamada de assassinato em massa organizado. O Führer não deveria ter dúvidas de que Himmler se orgulhava de dividir com ele o terrível peso desse fardo. No entanto, ninguém mais, nem mesmo entre os amigos mais devotados do Führer, precisava conhecer toda a amargura desse trabalho. Cabia a Himmler sozinho vislumbrar as profundezas que o Führer lhe revelara, já que ele e apenas ele era capaz de discernir nelas a verdade de uma nova criação.

Himmler falava depressa, em tom animado e apaixonado, consciente o tempo todo do peso do olhar de Hitler.

Conhecia muito bem o modo como Hitler dava a impressão de estar absorto em seus próprios pensamentos, sem ouvir nada — e de súbito, de maneira desconcertante, atacava algum ponto importante e sutil. Seu sorriso inesperado nesses momentos era assustador.

Himmler pôs a mão nos papéis sobre a mesa.

O Führer tinha visto os planos, mas ele próprio acabara de voltar dos espaços vazios que se estendiam a leste. Lá, entre florestas de pinheiros desabitadas, vira a severa simplicidade das câmaras de gás, seus degraus e vãos de portas adornados com flores... a música triste do derradeiro adeus à vida e as labaredas altas na calada da noite... nem todos são capazes de entender a poesia do caos primordial que funde a vida e a morte.

Foi uma conversa complexa e difícil. Para Himmler, cada tête-à-tête com Hitler tinha o mesmo propósito oculto. Quer conversassem sobre o futuro da nação, a decadência da pintura francesa, a excelência de um filhote de pastor-alemão que o Führer lhe dera de presente, a extraordinária fecundidade de uma jovem macieira no jardim, o rosto de buldogue e a imensa pança daquele Churchill beberrão ou o desmascaramento da "secreta origem judaica" de Roosevelt, a prioridade interesseira de Himmler era consolidar a própria posição, a fim de se estabelecer como mais próximo de Hitler do que os outros três ou quatro homens que pareciam desfrutar da confiança efêmera do Führer.

Mas o progresso em relação a esse objetivo não era uma questão simples. Quando o Führer se zangava com Goebbels ou suspeitava de Göring, era melhor discordar dele, argumentar em defesa dos colegas. As conversas privadas com Hitler eram sempre complicadas e perigosas. Não havia limites para sua desconfiança. Seu humor mudava rápido e suas decisões desafiavam toda lógica comum.

Agora também Hitler o interrompeu, repetindo:

— Quero ouvir apenas duas palavras: *operação concluída*. Não quero ter de voltar a essa questão quando a guerra tiver terminado. Por que deveria me interessar por essa história de escadas adornadas com flores e seus planos engenhosos? Existem ravinas e barrancos em número suficiente na Polônia, não é? E um bocado de vagabundos em seus regimentos da ss, não?

Ele se inclinou para a frente, juntou os papéis espalhados sobre a mesa e ergueu-os por um momento no ar, como se desse tempo para que a raiva se avolumasse, e em seguida jogou-os de volta na mesa.

— Para o diabo com seus planos engenhosos e seu misticismo idiota! Não preciso das suas flores nem da sua música. Quem disse que sou místico?[187] Já estou farto de tudo isso. O que você está esperando? Eles têm tanques? Metralhadoras? Apoio aéreo?

---

[187] Christopher Clark escreve: "Entre 23 de abril e 2 de maio de 1942, ocorreu uma série de reuniões, algumas longuíssimas, entre Himmler e seu adjunto, Reinhard Heydrich, e entre Himmler e Hitler [...]. Longerich conclui, a partir da duração e da intensidade dessas discussões de cúpula, que elas ratificaram a transição dos assassinatos em massa locais e regionais para um programa de extermínio em toda a Europa" ("Theorist of Cosmic Ice", *London Review of Books*, p. 12, 11 out. 2012). Pode ser que Grossman tenha datado incorretamente a reunião que descreve, mas,

Em seguida, em voz mais baixa, perguntou:

— Você realmente não entende? Quer mesmo me atormentar quando preciso reunir todas as minhas forças para a guerra?

Levantou-se da mesa e se aproximou de Himmler.

— Quer que eu lhe diga de onde vem sua lentidão e seu amor pelo mistério?

Hitler fitou a pele rosada e translúcida sob o cabelo ralo do chefe da ss e, com uma risada de nojo, continuou:

— Você realmente não entende? Você que conhece melhor do que ninguém o pulso da nação... você realmente não entende a si mesmo? Sei muito bem de onde vem o seu desejo de mergulhar tudo nas trevas das florestas e no misticismo das noites. É porque você tem medo! É porque não acredita em mim, no meu poder, no meu sucesso, na minha luta! Você não acreditou em mim em 1925. Eu me lembro muito bem! E isso se repetiu em 1929, em 1933, em 1939, e mesmo depois que conquistei a França! Almas frouxas, quando é que *vocês* vão acreditar? E você? Será que vai ser o último a entender que só existe um verdadeiro poder no mundo? Será que todo idiota na Europa vai entender isso antes de você? Mesmo agora, quando botei a Rússia de joelhos, quando todos podem ver que ela ficará de joelhos pelos próximos quinhentos anos, você ainda não acredita? Não preciso esconder minhas decisões. Stalingrado será nossa em três dias. Tenho a chave da vitória nas mãos. Sou forte o bastante. A hora dos segredos já passou. Tudo que eu concebi há de ser realizado, e ninguém no mundo ousará me impedir.

Pressionou as mãos nas têmporas, jogou para trás o cabelo que caía sobre a testa e repetiu várias vezes, enquanto olhava ao redor:

— Vou lhe dar as suas flores! Vou lhe dar a sua música!

---

em outros aspectos, ele estava certo. Segundo Clark, Himmler "abandonou o catolicismo para abraçar uma série de modismos esotéricos pós-cristãos". Hitler, por outro lado, rejeitava o ocultismo. Em um discurso de grandes proporções de setembro de 1938, afirmou: "O nacional-socialismo é uma doutrina formidável, baseada na realidade, baseada no conhecimento científico mais aguçado e na sua expressão mental [...] o movimento nacional-socialista não é um movimento de culto [...] seu significado não é o de um culto místico" (apud Richard J. Evans, "Nuts about the Occult", *London Review of Books*, p. 38, 2 ago. 2018).

27

O coronel Forster agora esperava na recepção da Chancelaria. Havia voltado com uma mensagem de Paulus.

Seria o primeiro encontro cara a cara de Forster com Hitler. O coronel se sentia feliz e assustado a um só tempo.

No dia anterior, enquanto bebia café, vira pela janela uma velha vestida com uma jaqueta masculina esfarrapada, perambulando pela rua com uma ovelha cinza. E em seguida percorrera a mesma rua — a rua empoeirada e ridiculamente larga de uma grande aldeia cossaca.

À noite, o avião pousou em Tempelhof, mas Forster não conseguiu voltar para casa de imediato. Os oficiais de segurança mantiveram várias aeronaves carregadas de passageiros esperando e se recusaram a permitir que saíssem. Alguns dos homens obrigados a esperar eram generais, que, furiosos, exigiram explicações. Os oficiais de segurança ficaram em silêncio. E então uma limusine preta reluzente passou zunindo, seguida por três carros de capota aberta. Contrariando todos os regulamentos, os carros atravessaram de uma ponta à outra a pista de pouso, transportando homens que desembarcaram de um avião que havia taxiado a alguma distância. Um passageiro disse:

— Aquele é Himmler, nós o vimos no aeroporto de Varsóvia.

E Forster sentiu um calafrio de medo — como se tomasse consciência de um poder ainda maior do que a potência que agora abria caminho à força rumo ao Volga, esmagando, estraçalhando tudo em meio a fogo e fumaça, rompendo as defesas russas. Chegou em casa tarde da noite.

Foi saudado pela esposa e pela filha, Maria.

Aos alegres gritos de "Oh, papai!", ele abriu a mala e tirou os vários presentes que havia trazido — pequenos potes de barro para leite, saleiros e colheres de madeira, miçangas e toalhas bordadas, as pequenas cabaças secas que os ucranianos chamavam de *tarakutski*. Maria, que estava estudando na escola de arte, adorava esses itens exóticos, e na mesma hora adicionou-os à sua coleção, que já incluía bordados tibetanos, coloridos sapatos albaneses e brilhantes esteiras malaias.

— Não tem nenhuma carta para mim? — perguntou Maria, quando o pai se debruçou novamente sobre a mala.

— Não. Não cheguei a ver seu aluno.

— Bach não estava no quartel-general? — ela quis saber.

— Não, seu aluno agora é um tanqueiro.
— Oh, meu Deus. Pieter é um tanqueiro! Por quê? Agora que a guerra já está quase acabando...

Nesse momento, Forster foi chamado ao telefone. Uma voz suave o informou de que um carro viria buscá-lo pela manhã e ele deveria ter em mãos seu relatório pronto. Forster entendeu a quem se reportaria: o homem que falava com ele era um dos principais ajudantes de campo do Führer.

— Qual é o problema? — perguntou sua esposa.

Ele dera a impressão de estar feliz em rever a família, mas agora parecia inexplicavelmente agitado. Ele a abraçou e disse baixinho:

— Amanhã é um grande dia para mim.

Lamentando que esse grande dia não pudesse ter sido adiado, ela nada disse.

Algo bastante estranho aconteceu de manhã: pela segunda vez em vinte e quatro horas Forster encontrou uma figura importante de quem nunca havia chegado perto.

Ao se aproximar do comprido edifício de dois andares da Chancelaria do Reich, que se estendia por um quarteirão inteiro, Forster conscientemente começou a registrar coisas que poderia contar à esposa e à filha quando voltasse para casa. Com o olho aguçado pela empolgação e a curiosidade, notou a plaquinha preta com uma águia dourada na entrada principal; contou o número de degraus até a varanda; mediu a imensa área, talvez três quartos de um hectare, de carpete cor-de-rosa; tocou as paredes cinza de mármore artificial; pensou em como os incontáveis braços de lampadários e arandelas de bronze eram semelhantes a galhos de árvores; observou as sentinelas de pé junto à arcada interna. Imóveis, em uniformes cinza-azulados com punhos pretos, pareciam ter sido fundidas em aço. Da rua, por uma janela aberta, vinha o som de ordens curtas, como tiros abafados, seguidas pelo tinido de uma apresentação de armas e algumas discretas palavras de confirmação.

Uma limusine enorme e reluzente parou suavemente diante da entrada principal; era a mesma limusine preta que Forster tinha visto um dia antes, no aeroporto de Tempelhof. Os dois carros de capota aberta atrás dele deram uma guinada quase sem desacelerar. Membros da guarda pessoal do Reichsführer da ss saltaram com agilidade experiente.

Um minuto depois, o próprio Reichsführer, com um sorriso nos lábios carnudos e caminhando em ritmo veloz, passou por Forster e sob a abóbada que levava ao gabinete de Hitler. Vestia uma capa cinza esvoaçante e um enorme quepe.

Forster ficou um longo tempo sentado em uma poltrona, esperando ser chamado, sentindo uma agitação cada vez maior. Houve momentos em que teve a sensação de que estava prestes a ter um ataque cardíaco; quase sufocado, fustigava-o uma dor forte e contundente sob as omoplatas. Sentiu-se oprimido pelo silêncio e a calma impessoal das secretárias: por que dariam a mínima para aquele coronel que acabara de voltar de Stalingrado?

Mais ou menos uma hora se passou.

Algo no ar da sala de espera mudou de repente; Forster entendeu que Hitler estava sozinho em seu gabinete. Pegou seu lenço e enxugou cuidadosamente as palmas das mãos. Sentiu que faltava pouco para ser chamado. Mas outros vinte minutos se passaram, minutos de terrível tensão. Forster queria preparar respostas para as perguntas que talvez lhe fizessem, mas a única coisa em que conseguia pensar eram os primeiros instantes da entrevista iminente; tudo o que ele podia fazer era ensaiar mentalmente o momento de bater os calcanhares ao prestar continência e sua saudação inicial. "Como um cadete de dezesseis anos antes de seu primeiro desfile militar", pensou, passando a mão pelo cabelo. Em seguida, pensou com seus botões se haviam simplesmente se esquecido dele. Continuou sentado à espera por mais seis horas, pensando que em algum momento alguém sorriria para ele e diria: "Provavelmente não vale a pena esperar mais. Recebemos uma mensagem de rádio avisando que o Führer acaba de chegar a Berchtesgaden".

Forster quis ligar para casa, instruir a família a não falar aonde tinha ido.

E então uma luz rubi se acendeu em um painel de mármore.

— Coronel Forster — disse uma voz baixa e em tom aparentemente recriminador.

Forster se levantou, com falta de ar. Querendo recobrar o fôlego, tentou andar a passos lentos. Não conseguia ver a pessoa que o conduzia em direção à porta de carvalho; a única coisa que enxergava era a própria porta, alta e brilhante.

— Mais rápido! — sussurrou a mesma voz, agora brutal e autoritária.

A porta se abriu. Nada, é claro, saiu como Forster havia imaginado.

Ele imaginara que bateria continência numa saudação reverente e, em seguida, caminharia a passos rápidos até a escrivaninha de Hitler. Em vez disso, ficou na porta, enquanto Hitler, saindo das profundezas do gabinete e pisando em silêncio no tapete grosso, veio na direção dele. No início o Führer parecia extraordinariamente semelhante à imagem retratada em pinturas, selos e fotografias, e por um segundo Forster teve a sensação de que ele e o Führer estavam atuando em um filme, exibido numa tela de cinema à luz do dia. Porém, quanto mais Hitler se aproximava, mais seu rosto se tornava diferente de todos aqueles milhões de imagens idênticas. Era vivo, pálido, com dentes grandes. Forster viu seus cílios finos, as bolsas escuras embaixo dos olhos azulados e úmidos.

Forster pensou ter entrevisto um sorriso nos grandes lábios anêmicos do Führer, como se ele ainda se lembrasse dos pensamentos subversivos do velho coronel e pudesse perceber a desesperada angústia que ele agora sentia.

— A julgar pela sua aparência, o ar do front oriental lhe fez bem — disse Hitler.

Forster ficou perplexo com a normalidade daquela voz tranquila; na sua imaginação, ela só poderia ser como o som de vidro estilhaçando, como as invocações fanáticas do discurso que outrora hipnotizara uma audiência de vinte mil pessoas no Sportpalast de Berlim.[188]

— Sim, meu Führer, sinto-me esplêndido — disse Forster.

Sua voz era submissa, trêmula de emoção; dentro dele, porém, uma espécie de eco se repetia: "Meu Führer, meu Führer, meu Führer".

A resposta, é claro, nada tinha de verdadeira. Ele passara mal no avião e, temendo um ataque cardíaco, tomara um tablete de nitroglicerina.[189] Em casa, atormentado pela falta de ar e pelas palpitações cardíacas, não pregara os olhos; durante a noite, havia olhado para o relógio dezenas de vezes, e de tempos em tempos se levantava e ia à janela, aguçando os ouvidos para o caso de o carro já estar lá embaixo à sua espera.

---

[188] Primeiro discurso de Hitler como chanceler do Reich, em 10 de fevereiro de 1933.
[189] A nitroglicerina era usada para tratar dores no peito e hipertensão. Com propriedades vasodilatadoras, ajuda um volume maior de sangue a chegar ao coração.

— Durante a noite, recebi um pedido de Paulus — começou Hitler. — Ele solicitou um adiamento de cinco dias para o início da operação. Apenas uma hora antes de receber esse pedido ouvi dizer que Richthofen está reclamando. Ele concluiu seus preparativos, mesmo sendo mais complexos, e quer começar agora. Estou desapontado com Paulus.

Forster lembrou-se de que Richthofen dissera a Paulus que pediria a Hitler um adiamento de sete dias. Ao fazer o oposto, claramente esperava prejudicar a posição do colega. Mas Forster sabia que não cabia a ele dizer a verdade naquele gabinete: alguém ainda tinha esse tipo de coragem?

— Sim, meu Führer, os preparativos da infantaria são de fato muito mais simples.

— Vamos dar uma olhada no mapa — disse Hitler calmamente.

Caminhou à frente de Forster, um pouco encurvado, os braços ao lado do corpo, o cabelo cortado curto como o de um soldado. Ao longo da nuca via-se uma nesga de pele pálida e nua com pontos esfolados pela ação de uma navalha. Nesse momento, havia uma sensação de igualdade natural entre os dois homens; ambos caminhavam em silêncio sobre o mesmo tapete. Era muito diferente do que Forster tinha testemunhado dois anos antes, no desfile de celebração da vitória sobre a França. O Führer havia caminhado com o mesmo passo rápido — como um homem comum e ansioso, não um governante —, tendo atrás de si uma multidão de generais e marechais com capacetes e quepes elegantes, que o seguiam de maneira desordenada, claramente negligenciando a disciplina usual das paradas militares. Parecia que entre eles e Hitler estendia-se um vasto abismo — um abismo que não se podia medir em metros, mas em quilômetros. Agora, porém, o ombro de Hitler quase roçava o de Forster.

No centro de uma comprida mesa paralela às janelas havia um mapa do front oriental. À direita deste, outro mapa; a julgar pela quantidade de azuis e amarelos que se podia ver nele, Forster entendeu que era o teatro do Mediterrâneo — Cirenaica e Egito. Viu de relance marcas de lápis sobre Mersa Matrouh, Derna e Tobruk.[190] Achou estranho olhar

---

[190] Tobruk, na Cirenaica (parte da Líbia), e a cidade egípcia de Mersa Matrouh foram importantes nas campanhas do norte da África de 1941-2. Havia um aeródromo do Eixo em Derna.

para aquela mesa, para as janelas, para o globo, para a poltrona, para as portas altas com espelhos e para a lareira, com sua enorme grelha. Tinha visto tudo aquilo em fotos nas revistas, e agora estava confuso: já tinha visto aquela sala em um sonho ou estava, naquele exato momento, sonhando que via a sala?

— Onde estava o quartel-general de Paulus ontem? — perguntou Hitler.

Forster indicou um ponto no mapa e disse:

— O cronograma previa que o quartel se deslocasse esta manhã para Golúbinskaia, na margem do Don, meu Führer.

Hitler apoiou as mãos na mesa.

— Pode começar, coronel.

Forster iniciou seu relatório, sentindo-se cada vez mais apreensivo. Sisudo, a boca ligeiramente aberta, Hitler fitava o mapa. Forster sentiu que tudo que estava dizendo sobre o cronograma operacional e os coeficientes de arregimentação das reservas devia parecer irrelevante e supérfluo; ou talvez fosse apenas irritante. Sentiu-se como uma criança gaguejando na presença de um adulto com outras coisas em mente. Quando jovem, tinha imaginado que os verdadeiros líderes militares estavam sempre atentos às notícias da frente de batalha, buscando respostas para os dilemas estratégicos não apenas nos relatórios dos generais, mas também nas histórias simples contadas por soldados. Em sua imaginação, eles olhavam nos olhos dos jovens tenentes e desvendavam o segredo da vitória nas reflexões dos condutores de trens e veteranos. Estava redondamente enganado.

Forster baixou a voz e começou a falar mais devagar, sem ousar parar por completo. Hitler tossiu e, sem virar a cabeça, perguntou:

— Você sabe se Stálin está lá, à beira do Volga?

— Não temos nenhuma informação a esse respeito, meu Führer.

— Nenhuma?

Ainda no dia anterior, Forster imaginara que a ordem de tomar Stalingrado em 25 de agosto havia nascido de cálculos precisos e de uma minuciosa análise da situação militar. Imaginara o Führer levando em conta as reservas de combustível dos Panzer, a mobilidade das colunas de apoio e a superioridade quantitativa e qualitativa da força aérea alemã. Imaginara que o Führer contava com uma compreensão acurada da força dinâmica condensada em cada divisão de infantaria, da velocidade com que munições e reservas poderiam ser transportadas ao front, da eficiência das seções de articulação e comunicação. Imaginara que o Führer detinha uma quantidade quase infinita de informações. Pensava que, ao dizer "*Stalingrad muss fallen!*", o Führer levava em consideração o efeito das condições meteorológicas no estado das estradas na estepe do Don, o afundamento de comboios britânicos que tentavam a viagem para Murmansk, a queda de Singapura e o iminente ataque de Rommel a Alexandria.

Agora, no entanto, Forster percebia que as palavras "*Stalingrad muss fallen!*" nada tinham a ver com a realidade da guerra. Eram simplesmente uma expressão do desejo de Hitler.

Forster temia que Hitler o interrompesse, que lhe fizesse muitas perguntas. Ouvira falar sobre a impaciência do Führer, a maneira como fazia perguntas aparentemente aleatórias que levavam o interlocutor a perder o fio de seus pensamentos. Quando o Führer ficava especialmente irritado, os oradores por vezes se atrapalhavam, sem ideia de como responder. Mas agora estava em absoluto silêncio.

Forster não entendeu que estava falando com o Führer em um momento no qual nenhuma outra opinião tinha o menor interesse para ele. Nesses momentos, ele nem sequer lia boletins ou ouvia mensagens de rádio. Seus pensamentos não eram determinados pelos movimentos dos exércitos; pelo contrário, Hitler acreditava que eram seus pensamentos — e apenas eles — que determinavam o curso geral dos eventos e seu tempo preciso.

Algo levou Forster a pensar que era melhor falar com o Führer sobre aspectos da situação militar que não dependiam dele, que estavam fora de seu controle. E então discorreu sobre o tamanho das forças soviéticas mobilizadas no sudeste, sobre as reservas recém-descobertas por aeronaves de reconhecimento, sobre a infantaria e unidades de tanques em movimentação noturna rumo a Sarátov, sobre as medidas que o Exército Vermelho provavelmente adotaria para a defesa de Stalingrado e sobre a possibilidade de um contra-ataque soviético vindo do noroeste, contra o flanco esquerdo do 6º Exército; havia alguns sinais quase imperceptíveis de que podiam estar planejando algo dessa natureza. Querendo chamar a atenção do Führer, Forster exagerou suas preocupações. Pensou estar demostrando grande habilidade diplomática, mas tudo o que disse serviu apenas para agastar Hitler.

Inesperadamente, o Führer lançou a ele um olhar inquisitivo.

— O senhor gosta de flores, coronel?

Como jamais tivera o menor interesse por flores, Forster ficou aturdido. Ainda assim, respondeu sem hesitação:

— Sim, meu Führer, gosto muito de flores.

— Foi o que pensei — disse Hitler. — O coronel-general Halder também é um apaixonado pela botânica.[191]

Hitler estava sugerindo que era melhor que os veteranos encontrassem outras ocupações? Estava dizendo que Forster era um homem de visão limitada e que deveria se retirar do serviço ativo?

— A questão de Stalingrado foi resolvida. Não vou alterar a programação determinada — disse Hitler.

Agora, pela primeira vez, Forster detectou na voz do Führer os tons ásperos e metálicos que tantas vezes ouvira durante as emissões de rádio.

— O que os russos decidiram não me interessa nem um pouco. Que eles saibam o que eu decidi!

Ficou claro para Forster que Hitler não daria ouvidos à ideia principal, a da ruptura do anel interno de defesa soviético, que permitiria que as tropas alemãs avançassem para as margens do Volga. A ideia parecia a Forster perfeitamente sensata e exequível. Mas Hitler apenas prosseguiu, irritado:

— Paulus é um general competente, mas não entende como o tempo é importante. Cada dia, cada hora é vital. Infelizmente, não são apenas meus generais que não conseguem entender isso.

Ele foi até a mesa de trabalho, olhou enojado para uma pilha de papéis e empurrou-os para o lado com o dedo mínimo; em seguida, bateu com um lápis nos papéis e repetiu várias vezes:

— Flores, flores, música entre os pinhais! Eles não passam de um bando de embusteiros!

Forster estava cada vez mais aterrorizado. O homem que zanzava pela sala, e que agora parecia completamente alheio à presença dele, era estranho e incompreensível. Num momento, afastava-se de Forster; em seguida, caminhava a passos rápidos na direção dele. Forster

---

[191] Franz Halder (1884-1972) foi chefe do estado-maior do alto-comando do Exército de 1938 até setembro de 1942. Depois de receber relatórios de inteligência sugerindo que Stálin poderia reunir até um milhão e meio de homens ao norte de Stalingrado, ele disse a Hitler que o 6º Exército de Paulus estava em uma posição potencialmente catastrófica. Em resposta, Hitler ameaçou substituí-lo, e Halder então renunciou — sendo substituído no mesmo dia, 24 de setembro, por Kurt Zeitzler.

ficou ali plantado, a cabeça baixa: e se Hitler de repente se lembrasse dele? E se de repente começasse a berrar e bater os pés? Os segundos transcorreram em silêncio.

Hitler parou e disse:

— Ouvi dizer que sua filha está com a saúde debilitada. Transmita a ela minhas saudações. Ela está indo bem na escola de artes? Eu adoraria pintar um pouco, se ao menos tivesse tempo. Tempo... tempo... vou pegar um avião mais tarde para o front. Também sou apenas um convidado em Berlim.

Hitler sorriu, os lábios estranhamente acinzentados. Estendeu a mão fria e úmida para Forster, dizendo que lamentava ser impossível dar prosseguimento à conversa.

Forster caminhou até a esquina, onde seu carro o esperava. Ao que parecia, sentira o poder do Führer; isso lhe causou tremores. "Transmita a ela minhas saudações", "Transmita a ela minhas saudações", repetiu para si mesmo. Quando entrou no carro, por algum motivo se lembrou de como, na tarde da véspera, a bordo do avião, sobrevoando uma floresta de pinheiros e um deserto arenoso a leste de Varsóvia, foguetes de alerta forçaram o piloto a uma abrupta mudança de curso. Forster viu de relance uma estrada de ferro de via única, semelhante a um fio, serpeando entre duas muralhas de pinheiros até um canteiro de obras, onde centenas de homens fervilhavam em meio a tábuas, tijolos e cal. Algo de importância estratégica estava evidentemente sendo construído ali.

O navegador se inclinou na direção de Forster e, com a tranquilidade e sem-cerimônia de um aviador à vontade em seu próprio elemento, apontou para a floresta e sussurrou:

— Himmler está construindo ali um templo para os judeus de Varsóvia. Receia que contemos ao mundo cedo demais sobre a alegre surpresa que está preparando para eles.

Forster compreendeu que, em sua busca pela dominação mundial, o Führer perdera todo o contato com a vida cotidiana, com o homem comum. Nos píncaros glaciais em que havia se colocado, o bem e o mal não existiam mais. O sofrimento nada significava. Não era possível existir misericórdia, nem pontadas de consciência.

Mas esses pensamentos incomuns eram árduos e difíceis de assimilar, e, alguns segundos depois, Forster se distraiu. Começou a olhar para as pessoas vestidas com aprumo nos carros, para as crianças em pé nas filas com suas latas de leite, para a multidão que emergia da escuridão do metrô ou descia as escadas rumo à estação, para o rosto de mulheres de todas as idades cuidando de suas tarefas diárias, carregando sacolas de papel ou bolsas de couro.

Forster precisava decidir antecipadamente quais sensações e observações iria relatar ao estado-maior, quais delas aos conhecidos e quais reservaria aos amigos íntimos. E à noite, em seu quarto, contaria à esposa, aos sussurros, sobre o medo que havia sentido. Contaria a ela como Hitler parecia diferente da imagem nas fotografias; que tinha uma aparência encurvada, cinza, com bolsas escuras sob os olhos.

Forster repassou mentalmente cada frase de seu relatório, cada resposta que dera às perguntas de Hitler, e de repente ficou espantado. Praticamente nada do que ele disse — sobre estar se sentindo esplêndido, sobre Paulus e Richthofen, sobre seu amor pelas flores — era verdade. Do começo ao fim, tinha sido uma encenação. Suas palavras, seu tom de voz, suas expressões faciais, tudo igualmente falso. Sentiu que alguma força vasta e incompreensível o compelira a mentir. Por quê? Não conseguia entender.

Mais tarde, ele se lembraria de ter advertido Hitler sobre o perigo de um contra-ataque soviético num momento em que ninguém pensava nisso. Ficou genuinamente surpreso com a clareza da própria previsão. Contudo, de maneira não menos genuína, esqueceu que, na ocasião, ele próprio não levara a sério o próprio alerta. Não acreditava nesse perigo; apenas tentara chamar a atenção do Führer num momento em que, para este, nada no mundo a não ser os próprios pensamentos e decisões parecia importar.

28

A captura de Stalingrado significaria para Hitler não só a conquista de certos objetivos estratégicos, como a ruptura das comunicações entre o norte e o sul da Rússia e entre suas províncias centrais e o Cáucaso, mas permitiria também que os exércitos alemães empreendessem largos avanços tanto para o nordeste, contornando Moscou, quanto para o sul, alcançando assim o objetivo máximo de expansão geográfica do Terceiro Reich.

Para Hitler, no entanto, a captura de Stalingrado significava mais do que isso. Era de importância crucial para sua política externa, uma vez que implicaria mudanças vultosas nas relações da Alemanha com o Japão e a Turquia. E não era menos importante para sua política doméstica; como um antegozo da vitória definitiva, reforçaria sua posição dentro de seu próprio país. A captura de Stalingrado redimiria o fracasso da blitzkrieg que prometera assegurar a vitória alemã contra os russos em oito semanas; compensaria as derrotas nos arredores de Moscou, Rostov e Tíkhvin, e os sacrifícios do inverno anterior, que tanto haviam abalado o povo alemão. A captura de Stalingrado fortaleceria o poder da Alemanha sobre seus satélites; silenciaria as vozes dos descrentes e detratores.

Por último, a captura de Stalingrado seria o triunfo de Hitler sobre o ceticismo de Brauchitsch, Halder e Rundstedt, sobre a arrogância dissimulada de Göring, sobre as dúvidas de Mussolini quanto à inteligência superior de seu aliado.

Por todas essas razões, Hitler rejeitava com irritação toda e qualquer sugestão de adiamento — em jogo estava o resultado da guerra, o futuro do Terceiro Reich e o prestígio do próprio Führer. Mas a lógica peculiar de Hitler e a realidade dos acontecimentos no front eram coisas que não tinham nenhuma relação, nem eram relevantes uma para a outra.

29

Numa manhã quente de agosto, o tenente Pieter Bach, um homem magro e bronzeado de trinta anos de idade que comandava uma companhia alemã de infantaria motorizada, estava deitado na grama na margem esquerda do Don, fitando o céu sem nuvens. Após um longo avanço pela estepe e as dificuldades de uma travessia noturna do rio, Bach havia tomado banho e vestido roupas de baixo limpas. Imediatamente foi invadido por uma sensação de paz. Estava, é claro, habituado às abruptas mudanças do estado de espírito na guerra, quando um homem que ainda há pouco se afligia com o calor, com o estrondo dos motores, que sonhava com um gole de água, nem que fosse do pântano, no espaço de poucos minutos se via de repente num mundo completamente oposto, de frescor e pureza, um mundo onde podia se banhar, apreciar o perfume das flores e beber um copo de leite frio. Não estava menos acostumado ao inverso, a trocar a paz de um jardim de aldeia pela tensão ferrenha da guerra.

Habituado a tais mudanças, agora Bach desfrutava do momento, pensando com calma, sem a irritação de costume, sobre a inspeção rigorosa do comandante de batalhão Preifi e sobre as difíceis relações com Lenard, o oficial da ss que se juntara pouco antes a seu regimento. Nada disso o incomodava; era como se estivesse se lembrando do passado, em vez de pensando sobre o que determinaria sua vida hoje e amanhã. Ele sabia por experiência própria que a captura de uma cabeça de ponte era sempre seguida por uma parada de três ou quatro dias, enquanto se reuniam mais forças e se faziam preparativos para o ataque seguinte. Esse iminente período de descanso pareceu abençoadamente longo. Bach não queria pensar em seus soldados, no relatório que ainda teria que escrever, na falta de munição, nos desgastados pneus dos caminhões da companhia e no fato de que podia ser morto pelos russos.

Seus pensamentos se voltaram para o recente período de licença. Ele não conseguira aproveitar ao máximo a folga, e levaria muito tempo até receber autorização para voltar para casa de novo. Apesar disso, não se arrependia. Em Berlim, sentira uma estranha mistura de compaixão e desprezo pelas pessoas — até mesmo pelos amigos íntimos, até mesmo pela própria mãe. Ficara irritado com a excessiva preocupação de todos com as adversidades do dia a dia, embora entendesse que as pessoas não levavam uma vida fácil e que era totalmente natural que desejassem falar sobre assuntos como ataques aéreos, cartões de racionamento, sapatos gastos e a escassez de carvão.

Logo depois de voltar a Berlim, Bach foi com a mãe assistir a uma apresentação musical. Mal ouviu a música; em vez disso, estudou a plateia. Havia muitos idosos e quase nenhum jovem — apenas um menino magro de orelhas muito grandes e uma garota de dezessete anos bastante feia. A visão dos lustrosos casacos masculinos e das velhas de pescoço enrugado fora deprimente; era como se a sala de concertos cheirasse a naftalina.

Durante o intervalo, cumprimentou alguns conhecidos. Falou com Ernst, um renomado crítico teatral; o filho dele, ex-colega de escola de Bach, morrera em um campo de concentração. Ele tinha as mãos trêmulas e os olhos lacrimejantes; em seu pescoço destacava-se uma veia azulada. Era evidente que estava tendo que preparar a própria comida; parecia uma velha camponesa, os dedos marrons de tanto descascar batatas.

Bach falou também com Lena Bischof — a esposa feia e grisalha de Arnold, um de seus camaradas do ginásio. Tinha no queixo uma verruga com um pelo enrolado e usava um vestido amarrotado com um ridículo laço amarrado na cintura. Aos sussurros, Lena lhe disse que fingira ter se separado de Arnold, já que o avô dele era um judeu holandês — não que isso tivesse alguma relevância. Até o início da campanha russa, Arnold vivera em Berlim, mas em novembro fora enviado para trabalhar no leste, primeiro em Poznań e depois em Lublin. Desde então, Lena não recebera uma única carta dele. Nem sequer sabia se estava vivo — sofria de hipertensão e tinha baixa tolerância a mudanças abruptas de clima.

Terminada a apresentação, a plateia se dispersou em silêncio. Não havia carros esperando do lado de fora. Arrastando os pés, os velhos e as mulheres simplesmente sumiram na escuridão.

No dia seguinte, Bach se encontrou com Lunz, um amigo dos tempos de estudante que tinha um braço paralisado. Certa vez, ele e Lunz planejaram fundar uma revista para pessoas de cultura: professores, escritores e artistas. Lunz foi exaustivamente prolixo, mas não fez uma única pergunta a Bach sobre a guerra e a Rússia; era como se não houvesse nada mais importante do que as conversas sobre a vida confortável que levava, sobre a ração da melhor qualidade a que tinha direito como membro privilegiado da elite.

Bach direcionou a conversa para tópicos mais gerais — e Lunz respondeu com relutância, murmurando. Ou agora havia poucas coisas pelas quais se interessava ou já não confiava mais no velho amigo. Na opinião de Bach, pessoas outrora fortes, inteligentes e interessantes passavam a emanar uma aura de horror silencioso, como se tivessem sido empilhadas em um depósito para acumular poeira e teias de aranha. O conhecimento que possuíam era agora antiquado, e seus princípios morais e escrupulosa honestidade já não tinham mais qualquer utilidade para ninguém. Elas já não tinham futuro. E parecia muito provável a Bach que, ao final da guerra, ele também se tornasse uma dessas "ex-pessoas". Talvez fosse melhor terminar seus dias em um campo de batalha — em vez de se tornar um morto-vivo, morreria com um senso de enlevo, sabendo ter permanecido fiel à luta.

Ele se encontrou com Maria Forster todos os dias. Também na casa dela havia uma sensação de mal-estar; também lá o ar estava impregnado de insatisfação e ressentimento. Bach não chegara a ver o pai de Maria, que trabalhava até tarde da noite no estado-maior, mas pensou consigo mesmo que, se fosse um oficial da Gestapo, não teria dificuldades em adivinhar os pensamentos secretos do homem; a família vivia tirando sarro dos costumes do exército, rindo da ignorância de marechais de campo recém-nomeados e de generais de prestígio, contando piadas sobre as esposas deles — e não havia dúvida de quem fora o primeiro a lhe contar essas anedotas.

A mãe de Maria, que na juventude estudara literatura, dizia que a sra. Rommel e a sra. Model* eram grosseiramente incultas. Falavam mal o alemão e utilizavam as gírias mais toscas; eram rudes, presunçosas e ignorantes, e seria inconcebível deixá-las desacompanhadas em uma recepção oficial. Comiam como as esposas de lojistas e haviam engordado; não participavam de nenhuma atividade esportiva e quase já não sabiam mais andar. Quanto a seus filhos, também eram mal-educados e mimados; iam mal na escola e as únicas coisas com que se importavam eram álcool, boxe e pornografia. No entanto, apesar de toda a sua raiva e desprezo, Bach sentia que, se a esposa de um marechal de campo desejasse ter amizade com ela, a sra. Forster lhe perdoaria de bom grado a ignorância, as mãos grandes e gordas e até mesmo a pronúncia incorreta.

Maria não estava menos descontente. A seu ver, a arte na Alemanha havia entrado em decadência — os atores não sabiam mais atuar e os cantores já não sabiam cantar. Os livros e peças, por sua vez, eram uma mistura de mau gosto, sentimentalismo e ferocidade nazista. Os temas eram sempre os mesmos, e, quando ela pegava nas mãos um livro novo, sentia que estava lendo pela centésima vez algo que lera pela primeira vez em 1933. A escola de artes onde havia estudado e onde agora lecionava era escrava do tédio mortal, da ignorância e da presunção. As pessoas mais talentosas não tinham permissão para trabalhar. A física alemã havia perdido seu maior gênio, Albert Einstein,

---

* O marechal de campo Erwin Rommel era casado com Lucia (Lucie) Maria Mollin; a esposa do marechal de campo Otto Model era Herta Huyssen. (N. T.)

e praticamente o mesmo acontecia, embora em menor grau, em todos os outros domínios da arte e da ciência.

Uma vez, quando Bach e Lunz saíram para beber, Lunz lhe disse:
— Obediência, estupidez cega e oportunismo são agora as virtudes cívicas exigidas de um berlinense. Apenas o Führer tem o direito de pensar, e não que ele morra de amores pela reflexão: prefere o que chama de intuição. O pensamento científico livre foi destruído. Os titãs da filosofia alemã foram esquecidos. Rejeitamos as categorias gerais, a verdade universal, a moral e o humanismo. Toda arte, toda ciência e toda filosofia agora começam e terminam no Reich. Não há lugar na Alemanha para mentes ousadas e espíritos livres. Ou foram castrados, como Hauptmann, ou silenciaram, como Kellermann.[192] Os mais poderosos, como Einstein e Planck, simplesmente levantaram voo e foram para longe.[193] Apenas pessoas como eu ficaram atoladas no pântano, nos juncos.

Nesse momento, Lunz ficou assustado.

— Por favor, esqueça tudo isso. Não conte a ninguém, nem mesmo à sua mãe, o que acabei de dizer. Ouviu? Você provavelmente não consegue imaginar a vasta rede invisível que envolve todos nós, mas ela pega tudo: palavras, pensamentos, humores, sonhos, olhares. É uma trama fina como gaze, tecida por dedos de ferro.

— Você fala como se eu tivesse nascido ontem — respondeu Bach.

Lunz tinha bebido muito naquela noite e não conseguiu se conter.

— Eu trabalho numa fábrica — disse. — Acima dos maquinários há enormes faixas com slogans: "*Du bist nichts, dein Volk ist alles*".[194] Às vezes penso nisso. Por que não sou nada? Eu não sou *Volk*, não sou povo? E você também? Você não é *Volk*? O nosso tempo adora declarações grandiosas. As pessoas ficam hipnotizadas com a aparente profundidade que têm. Mas elas não passam de bobagens! O povo!

---

[192] Gerhart Hauptmann (1862-1946), ganhador do prêmio Nobel de literatura em 1912, optou por permanecer na Alemanha depois que os nazistas chegaram ao poder. Algumas de suas peças foram proibidas, mas outras continuaram a ser produzidas. Seu octogésimo aniversário, em 1942, foi celebrado com pompa. O romancista e poeta Bernhard Kellermann (1879-1951) saudou a Revolução Russa em 1917, mas permaneceu na Alemanha durante a era nazista, tendo publicado pouco.
[193] Albert Einstein (1879-1955) emigrou para os Estados Unidos em 1933. Max Planck (1858-1947), na verdade, permaneceu na Alemanha durante a era nazista.
[194] "Você não é nada, seu povo é tudo."

O "povo" é uma palavra que as autoridades adoram. Elas dizem que o povo é extraordinariamente sábio, mas que apenas o chanceler entende o que ele realmente deseja: a privação, a Gestapo e a guerra de conquista.

Em seguida, com uma piscadela, continuou:

— Mais um ou dois anos, sabe, e você e eu também vamos sucumbir. Vamos fazer as pazes com o nacional-socialismo e desejar ter visto a luz um pouco mais cedo. É a lei da seleção natural: as espécies que sobrevivem são as que sabem se adaptar. Afinal, a evolução é simplesmente um processo de contínua adaptação. E se o homem está no topo da escala, se é o rei da natureza, é só porque a besta-fera humana é mais adaptável do que qualquer outra besta-fera bruta. Aquele que não consegue se adaptar perece. Cai da escada do desenvolvimento que leva à divindade. Mas talvez seja tarde demais para nós. No meu caso, posso ser preso; no seu, pode acabar sendo morto pelos russos.

Agora, Bach se lembrava dessa conversa, e sentia-se inquieto. Ele pensava e sentia o mesmo que Lunz, e não o havia contestado.

— Somos os últimos dos moicanos — limitara-se a dizer, franzindo a testa.

Mais uma vez, sentiu-se irritado. Misturado aos pensamentos de Lunz havia um perturbador e humilhante sentimento de impotência. Os pensamentos de Lunz pertenciam a um mundo de roupas gastas e antiquadas, de sussurros assustados, de olhos senis fitando apreensivos pelas frestas de janelas e portas. E andavam de mãos dadas com a mais primitiva inveja. A inveja que Bach sentira em Maria e, ainda mais, nas reclamações e resmungos da sra. Forster — uma inveja daqueles que vivem a vida no centro das atenções, daqueles que podem expor suas pinturas, que vão caçar com Göring, que recebem convites para a *villa* de Goebbels, que viajam de avião para congressos em Roma e Madri e são elogiados nas páginas do *Völkischer Beobachter*.[195] Se o coronel Forster fosse promovido a algum cargo importante, o espírito de revolta da família talvez evaporasse num piscar de olhos.

Ao partir de Berlim, Bach estava tomado pelo desânimo. Ansiara imensamente pelas suas semanas de licença — para ter paz e sossego, conversar com os amigos, sentar-se e ler à noite, exprimir livremen-

---

[195] Jornal oficial do Partido Nazista, publicado diariamente a partir de fevereiro de 1923.

te para a mãe seus pensamentos e sentimentos mais íntimos. Queria contar a ela sobre a crueldade inimaginável da guerra, sobre como era viver cada hora em total subordinação à vontade grosseira e brutal de um desconhecido. Queria lhe dizer que isso era um tormento maior do que o medo da morte.

Mas, ao chegar em casa, não soube o que fazer. Sentia-se deprimido e inquieto. Ficava irritado quando falava com as pessoas e não conseguia ler mais do que algumas poucas páginas de cada vez. Tal qual a sala de concertos, todos os livros cheiravam a naftalina.

Foi com uma sensação de alívio que Bach deixou Berlim rumo ao leste, embora não tivesse nenhuma vontade de ir para o front nem o menor desejo de ver seus soldados ou os colegas oficiais.

Bach retornou a seu regimento de infantaria motorizada em 26 de junho, dois dias antes do início da ofensiva de verão. Agora, em agosto, no silêncio da margem do Don, tinha a impressão de ter acabado de voltar de casa. Desde o início da ofensiva, perdera a noção dos dias, semanas e meses. O tempo se tornara uma massa quente e densa, uma barafunda de gritos roucos, poeira, projéteis uivantes, fumaça e fogo, marchas diurnas e noturnas, vodca quente e comida enlatada fria, pensamentos fragmentados, grasnidos de gansos, tilintar de taças, matraquear de submetralhadoras, vislumbres de lenços brancos, silvo de Messerschmitts, angústia, cheiro de gasolina, bravatas e risos bêbados, medo da morte, estridentes buzinas de caminhões e blindados de transporte.

Ao lado da guerra, do imenso e fumegante sol da estepe, havia quadros fragmentados: uma macieira torta, curvada pelo peso das maçãs, o céu escuro trespassado pelas estrelas cintilantes do sul, o bruxuleio de riachos, a lua brilhando por sobre a grama azul.

Naquela manhã, Bach voltou a si. Aguardava ansiosamente os três ou quatro dias de descanso antes da investida final que os levaria às margens do Volga. Calmo, sonolento, ainda capaz de desfrutar do toque frio e fresco da água, olhou para os juncos verdes e luzidios e para as mãos magras e bronzeadas e pensou nas semanas passadas em Berlim. Precisava conectar esses dois mundos opostos — mundos separados por um abismo, mas que continuavam a coexistir lado a lado no apertado coração de um homem.

Levantou-se e bateu o pé. Era como se chutasse o próprio céu. Atrás dele estendiam-se milhares de quilômetros de uma terra estrangeira. Durante longos anos julgava ter sido roubado, espiritualmente pauperizado, ser um dos últimos moicanos do livre pensamento alemão. Mas por que dera tamanha importância a seu antigo modo de ser? Algum dia fora tão rico espiritualmente? Agora, à medida que a fumaça e a poeira das últimas semanas davam lugar à clara percepção de um céu forasteiro — e, sob seus pés, de uma terra vasta, forasteira em igual medida, mas agora conquistada —, sentia em cada célula do corpo o sombrio poder da causa com a qual estava comprometido. Ao que parecia, podia sentir, com a própria pele, com o corpo inteiro, os mais distantes rincões dessa terra estrangeira que havia atravessado. Talvez estivesse mais forte agora do que nos dias em que, apreensivo, olhava para a porta enquanto sussurrava seus pensamentos secretos. Será que realmente entendia o que as grandes mentes do passado teriam feito nos dias de hoje? Essas grandes mentes alinhavam-se agora com a força retumbante e triunfante ou estavam do lado daqueles velhos e velhas mexeriqueiros que cochichavam e cheiravam a naftalina? E era mesmo possível haver um cheiro de naftalina permeando todo o século XIX, do qual se considerava um filho fiel? Porventura os que haviam conhecido o encanto e a poesia do século XVIII viam seu amado século XIX como cínico e atroz?

Bach olhou ao redor; ouviu passos se aproximando. O telefonista de serviço correu até ele e disse:

— Tenente, o comandante do batalhão está ao telefone. Quer falar com o senhor.

O soldado olhou para o rio e deixou escapar um assobio quase inaudível. Lá se ia a sua chance de dar um mergulho — fora informado por um amigo, o telefonista do batalhão, de que o descanso chegara ao fim. Tinham que se preparar para seguir em frente.

30

Muitas vezes as pessoas tentaram encontrar na constituição psicológica de Hitler uma explicação para o papel desempenhado por ele na história. Agora sabemos um bocado sobre o Führer. No entanto, nem sua raiva vingativa, nem o amor por bolos com chantili, nem a sinistra habilidade para manipular os instintos mais abjetos da multidão, nem o amor pelos cães, nem uma combinação de paranoia e furiosa energia, nem a inclinação para o misticismo, nem a inteligência combinada à memória prodigiosa, nem a mais instável volubilidade na escolha de seus favoritos, nem a perfídia cruel e o sentimentalismo exaltado que a acompanhava, nem quaisquer outros traços — alguns banais, outros abomináveis — são suficientes para explicar o que ele realizou.

Hitler chegou ao poder porque, após a Primeira Guerra Mundial, inclinada ao fascismo, a Alemanha *precisava* de um homem como ele.

Depois de ser derrotada em 1918, o país procurava por Hitler, e o encontrou.

No entanto, conhecer o caráter do Führer nos ajuda a entender o processo pelo qual ele se tornou o chefe do Estado nazista.

Na vida de Hitler, em seu caráter e em tudo o que ele fez, havia uma importante constante: o fracasso. Surpreendentemente, foram seus reiterados fracassos que constituíram a base de seu sucesso. Hitler foi um estudante medíocre, por duas vezes reprovado nos exames de admissão para a Academia de Belas-Artes de Viena; um homem fracassado em seus relacionamentos com as mulheres; e um político igualmente fracassado, que começou sua carreira como agente de inteligência do exército alemão, informando sobre as atividades do partido que mais tarde viria a liderar.

No fundo da alma, Hitler sentia a timidez de um jovem que se saíra mal na escola e, em um mundo de livre competição, tivera negada a entrada mesmo nos círculos artísticos provincianos mais modestos.

O fracasso impele as pessoas para variados caminhos. Alguns são levados a um estado de resignação taciturna; outros, ao misticismo religioso. Alguns caem em desespero; outros sucumbem à amargura e à inveja; outros se tornam hipócritas, adotando um falso ar de humildade; outros ainda ficam desconfiados e tímidos. Alguns começam a maquinar, maniacamente, os mais mirabolantes planos. Alguns encontram segurança no desprezo estéril, alguns na ambição selvagem; outros recorrem ao roubo e ao crime.

Antes e depois de chegar ao poder, Hitler foi essencialmente a mesma pessoa — um pequeno-burguês, um filisteu e um fracassado; o imenso poder que exerceu com mão de ferro permitiu-lhe exibir em um palco pan-europeu todas as tendências de uma psique amargurada, ressabiada, vingativa e pérfida. As peculiaridades de seu caráter causaram a morte de milhões.

A chegada de Hitler ao poder não diminuiu, de forma alguma, seu senso de inferioridade, que estava profundamente arraigado. Sua aparente arrogância não passava de uma máscara.

Hitler personificou as peculiaridades de uma Alemanha arruinada pela Primeira Guerra Mundial e lhes deu expressão.

Por cinco ou seis décadas, o Estado alemão conheceu pouca coisa além do malogro. Suas tentativas de dominar o mundo não levaram a lugar algum. O imperialismo alemão não conseguiu ganhar mercados por meios pacíficos.

Em 1914, na tentativa de conquistar mercados por outros meios, a Alemanha começou uma guerra, que ao fim também se revelou um fracasso. Sua estratégia de ataques rápidos e movimentos em pinça se provou equivocada, e seu exército foi derrotado.

Enquanto isso, Adolf Schicklgruber,[196] que ainda não fora notado por ninguém, trilhava seu próprio malfadado caminho, paralelo ao da Alemanha. O ódio à liberdade e à igualdade social e racial estavam se tornando cada vez mais importantes para ele.

Seu apelo aos conceitos nietzschianos de super-homem e raça superior coincidiu com a guinada do país, após suas repetidas experiências de fracasso, à ideia de uma supersupremacia indômita e criminosa. As ideias adotadas por Hitler, enquanto trilhava seu modesto caminho, eram exatamente aquilo de que o país derrotado precisava. Agora podemos ver, com clareza inaudita, que o super-homem nasce do desespero dos fracos, não do triunfo dos fortes. As ideias da liberdade individual, do internacionalismo, da igualdade social de todos os trabalhadores são ideias de pessoas confiantes no poder da própria mente e na força criativa do próprio trabalho. A única forma de violência respaldada por essas ideias é a violência infligida por Prometeu a seus grilhões.

Em *Minha luta*, Hitler afirmou que a igualdade beneficia apenas os fracos, que no mundo da natureza a única maneira de alcançar o progresso é por meio da força destrutiva da seleção natural e que a única base possível para o progresso humano é a seleção racial, a ditadura da raça. Confundiu os conceitos de violência e força. Viu o

---

[196] O pai de Hitler, Alois Hitler, era filho ilegítimo de Maria Schicklgruber, uma camponesa austríaca. Quando Alois tinha cinco anos, Maria se casou com Johann Hiedler — ou Hitler —, e Alois assumiu o sobrenome do padrasto.

desespero cruel da impotência como uma força e não foi capaz de reconhecer a força do trabalho humano. Na mundividência de Hitler, o homem que semeia um vasto campo de trigo era inferior ao facínora que lhe esmaga a cabeça com um pé de cabra.

Essa é a filosofia de um perdedor que caiu no desespero, que é incapaz de realizar qualquer coisa por meio do trabalho, mas que possui uma mente forte, uma energia feroz e uma ambição ardente.

Essa filosofia da impotência interior, à qual sucumbiram tantas mentes reacionárias alemãs, estava em consonância com a filosofia da impotência industrial e nacional que tomava conta do país como um todo, e provou ser igualmente sedutora para a escória de indivíduos fracassados e desprezíveis, incapazes de realizar qualquer coisa por meio do próprio trabalho, e para um Estado que havia iniciado uma guerra com o objetivo de dominar o mundo e terminara com o Tratado de Versalhes.

Assim, dos fracassos de Schicklgruber nasceu o sucesso de Hitler; assim, a impotência interior de Hitler levou diretamente a seus anos de jugo breve, terrível e absurdo sobre as nações da Europa. Sua compreensão da Alemanha do pós-guerra era pouco sofisticada, mas penetrante, e, em sua busca por poder, ele se valeu de uma energia inconsequente e de uma impetuosa fúria demagógica. Conseguiu unir a amoralidade pessoal de muitos perdedores da Alemanha do pós-guerra — comerciantes, oficiais, garçons, até mesmo alguns trabalhadores industriais desiludidos — com a amoralidade estatal de uma potência imperialista derrotada, disposta a seguir um caminho de descarada criminalidade. De modo mais consistente e sistemático do que qualquer outro governante na história, apelou para os mais desprezíveis instintos humanos, dos quais ele próprio era escravo; Hitler nasceu desses instintos e, dia após dia, ajudou a despertá-los em outros. Mas conhecia também o poder da virtude e da moralidade — que viu com clareza ainda maior por não ter noção alguma a respeito dele. Sabia como apelar às mães e pais, aos sentimentos dos agricultores e trabalhadores. Suprimiu a resistência das forças revolucionárias da classe trabalhadora alemã e desprezou a intelectualidade democrática. Silenciou toda a dissidência, transformando a Alemanha em um deserto intelectual.

Hitler ludibriou muitos dos que poderiam opor-se a ele, pessoas que confundiram suas mentiras com a verdade, sua histeria com a sinceridade. Essas pessoas viam a religião de ódio hitlerista como um amor pela Alemanha, sua poderosa lógica animal como um símbolo do gênio e sua ditadura criminosa como uma promessa de liberdade.

Mesmo depois de assumir o poder sobre tudo o que era superior e mais forte do que ele, Hitler sentia por instinto que continuava sendo mais fraco do que aqueles a quem odiava. Ele sabia que, embora tivesse conseguido enganar muita gente, as criativas e construtivas forças de trabalho alemãs e o povo alemão não o apoiavam. Viu que nem a fome, nem a escravidão, nem os campos de concentração, nem qualquer outro abuso de poder poderiam lhe propiciar um sentimento de superioridade em relação àqueles que havia derrotado por meio da violência. Então, subjugado pelas garras do ódio mais atroz que pode existir — o ódio de um conquistador pela força indestrutível daqueles a quem conquistou —, começou a matar milhões de pessoas.

Sua impotência se manifestou de variadas maneiras. Ele mentiu para o povo alemão, afirmando que seu objetivo era combater as injustas disposições do Tratado de Versalhes, quando na realidade estava preparando uma guerra injusta. Enganou dois milhões de desempregados, dando-lhes como trabalho a incumbência de construir estradas de importância militar, persuadindo-os de que isso marcaria o início de uma era de prosperidade pacífica. A Alemanha do pós-guerra era como o desajustado mecanismo de um imenso relógio, com centenas de rodas dentadas e alavancas girando, zunindo e estalando a esmo e sem propósito. O papel de Hitler era ser a maligna engrenagem que unia todas as partes díspares desse mecanismo: o desespero dos famintos, a crueldade da ralé, uma sede de vingança militar, um sangrento e inflamado senso de nacionalidade alemã e a fúria generalizada diante da injustiça do Tratado de Versalhes.

No início, Hitler não era mais do que uma lasca de madeira à deriva na correnteza, uma lasca por fim arrebatada, como que por uma onda, pelo sonho de vingança militar do pós-guerra. Então, em 1923, teve sorte; Emil Kirdorf, o velho e diabólico rei do carvão do Ruhr, passou a financiá-lo.[197] Nessa época, Hitler e todos os seus asseclas do Partido Nacional-Socialista caberiam em uma cervejaria de Munique, ou nas celas de uma prisão da cidade.

---

[197] O industrial Emil Kirdorf (1847-1938) ajudou a promover a ascensão de Hitler ao poder, mas, na verdade, não antes de 1927.

Tragicamente, muitas pessoas acreditaram que, trabalhando para Hitler, estavam trabalhando para a Alemanha. Por meio de violência, traição e trapaça, ele teve a habilidade de tirar proveito da ciência, da tecnologia e do entusiasmo da juventude alemã. Capacitou todo o vasto mecanismo da nação para funcionar mais uma vez — declarando que os capitalistas alemães sem mercados e os trabalhadores alemães sem emprego eram, na realidade, uma raça superior, destinada ao poder e à glória. Conseguiu dar expressão completa ao paradigma de um Estado fascista.

E assim aconteceu que os fracassos de Hitler foram a precondição de seu sucesso. Como chefe do Estado fascista, ele foi levado de roldão para o palco mundial. No início, fez as vezes de instrumento de indivíduos, depois de grupelhos desimportantes e isolados, e então de barões industriais e dos alemães do Estado-Maior Geral. Por fim, tornou-se o instrumento das principais forças reacionárias da política mundial.

Entretanto, no verão de 1942, Hitler pensava em si mesmo, com uma alegria secreta e ligeiramente furtiva, como a personificação do todo-poderoso livre-arbítrio. Vez por outra, imaginava-se imortal. Não havia nada que não pudesse fazer. Rejeitava a ideia de qualquer tipo de reciprocidade entre ele e o mundo. Estava cego para as enormes forças que determinavam o curso dos eventos. Não compreendia que, em seus momentos de maior êxito e ilusória liberdade de ação, quando apenas sua vontade parecia determinar se o seu aríete cairia no Ocidente ou no Oriente, já havia se tornado um escravo. Em agosto de 1942, parecia que sua vontade estava sendo realizada, que ele de fato infligia à Rússia soviética o golpe fatal sobre o qual falara a Mussolini no encontro de 29 de abril em Salzburgo. Hitler não entendeu — nem jamais entenderia — que seu arbítrio já não era livre; foi sua absoluta falta de livre vontade que o levou a embarcar em uma campanha na qual cada quilômetro adicional de território conquistado conduzia o império fascista para mais perto do fim.

Os físicos se sentem livres para ignorar o valor infinitesimalmente pequeno que expressa a atração gravitacional exercida por uma pedra sobre a Terra. Não negam a realidade teórica dessa atração, mas é apenas a atração gravitacional da Terra sobre a pedra que precisam levar em conta para fins práticos. Hitler, no auge de seu sucesso, quis fazer o oposto; quis ignorar a atração gravitacional da Terra sobre uma pedra, ou um grão de areia. Ele próprio um mero grão de areia, quis reestruturar o mundo de acordo com as leis de sua própria vontade e intuição.

O único meio à sua disposição era a violência. Violência contra Estados e nações; violência na educação de crianças, violência contra o pensamento e o trabalho, com relação à arte, à ciência e a toda emoção. A violência — de um homem contra outro, de uma nação contra outra, de uma raça contra outra — foi declarada uma divindade.

Nessa deificação da violência, Hitler buscava o poder supremo; em vez disso, acabou empurrando a Alemanha para um abismo de impotência.

O mundo jamais tinha visto tamanha glorificação da pureza racial. A defesa da pureza do sangue alemão foi proclamada uma missão sagrada. No entanto, jamais em toda a história alemã houve maior mistura de sangue do que durante os anos do Terceiro Reich, com um grande número de estrangeiros eslavos inundando fábricas e aldeias germânicas.

Hitler acreditava que o Estado que ele havia criado, alicerçado numa violência sem precedentes, duraria mil anos.

Mas as mós que movem o moinho da história já estavam em ação. Tudo que era de Hitler seria reduzido a pó: suas ideias, seus exércitos, seu Reich, seu partido, sua ciência e suas artes lamentáveis, seus marechais de campo e seus *Gauleiter*, ele próprio e o futuro da Alemanha. Nenhum dos fracassos de Hitler provou ser mais catastrófico do que seu sucesso. Nenhum trouxe mais sofrimento para a humanidade.

Tudo o que Hitler proclamou foi aniquilado pelo curso da história. Nenhuma de suas promessas foi cumprida. Tudo que ele combateu ficou mais forte e criou raízes mais profundas.

Há mais de um caminho pelo qual um indivíduo pode tomar seu lugar no palco da história e permanecer na memória da humanidade. Nem todo mundo entra pela porta principal, seguindo a esteira da genialidade, do trabalho e da razão. Alguns se esgueiram, sorrateiros, por uma entrada lateral entreaberta; outros, arrombando a porta na calada da noite; outros são simplesmente arrastados para o palco mundial por uma onda de eventos.

A medida da verdadeira grandeza de uma figura histórica é a sua capacidade de compreender, antecipar e exprimir a linha principal do desenvolvimento da sociedade humana, uma linha que por vezes pode ser pouco visível, mas que determinará o movimento dessa sociedade ao longo de gerações. Aquele que possui essa capacidade é como um experiente nadador — a princípio, parece nadar contra a correnteza, mas, à medida que dá suas braçadas, deixa claro que essas forças opostas não passavam de meros redemoinhos e remansos, de correntes de superfície. No fim, com perseverança, ele junta sua força à da correnteza mais profunda e poderosa, e é capaz de se mover com liberdade e vigor.

Muitos anos — e muitos quilômetros — depois, essa correnteza, por sua vez, começa a parecer secundária. Aparece outro nadador, outra figura grandiosa, capaz de detectar nas profundezas ocultas os primeiros sinais de algum novo e poderoso movimento.

Um nadador dessa espécie, capaz de distinguir entre o falso e o verdadeiro, entre os redemoinhos de superfície e as correntes principais da história, não é uma mera lasca de madeira. É óbvio que ele é movido pelo fluxo das águas, mas decide por si mesmo contra qual correnteza lutar e qual delas seguir. E, com a passagem do tempo, torna-se claro para quase todos que ele seguiu a corrente mais verdadeira e importante.

O caminho percorrido pelos cegos e loucos da história é muito diferente.

Podemos chamar de grande um homem que não trouxe à vida das pessoas um único átomo de bem, um único átomo de liberdade e inteligência?

Podemos chamar de grande um homem que deixou para trás apenas um rastro de cinzas, ruínas e sangue, apenas pobreza e um fétido nevoeiro de racismo, apenas os túmulos das incontáveis crianças e velhos que matou?

Podemos chamar de grande um homem cujo intelecto incomum é capaz de detectar e cooptar todas as forças sombrias e reacionárias, comprovadamente virulentas e destrutivas, como a bactéria da peste bubônica?

O século xx é uma época decisiva e perigosa para a humanidade. É chegada a hora de as pessoas inteligentes renunciarem, de uma vez por todas, ao hábito irrefletido e sentimental de admirar um criminoso se o escopo de sua criminalidade é vasto em demasia; de admirar um incendiário se ele ateia fogo não à isbá de um vilarejo, mas a capitais;

de tolerar um demagogo que engana não apenas um jovem e inculto aldeão, mas nações inteiras; de perdoar um assassino por ter matado não um indivíduo, mas milhões.

Esses criminosos precisam ser destruídos como se fossem lobos raivosos. Em nossa memória devem estar presentes apenas como figuras repulsivas e abjetas. Devemos desmascarar sua escuridão à luz do dia.

E se as forças das trevas engendrarem novos Hitlers, manipulando os instintos mais ignóbeis e retrógrados das pessoas, a fim de promover novos projetos criminosos contra a humanidade, que ninguém veja neles qualquer traço de grandeza ou heroísmo.

Um crime é sempre um crime, e os criminosos não deixam de ser criminosos porque seus crimes são registrados pela história e seus nomes são lembrados. O criminoso continua sendo criminoso; um assassino continua sendo assassino.

Os únicos heróis verdadeiros da história, os únicos líderes legítimos da humanidade são aqueles que ajudam a estabelecer a liberdade, que veem a liberdade como a maior força de um indivíduo, uma nação ou um Estado, que lutam pela igualdade, em todos os aspectos, de cada indivíduo, povo e nação.

31

O dia começou igual a todos os outros. Na praça, os varredores lançavam nuvens de poeira para a calçada. Velhas e meninas faziam fila para comprar pão. Nas cantinas públicas, militares e dos hospitais, cozinheiros sonolentos batiam panelas em fogões frios, e em seguida agachavam-se junto às cinzas quentes, na esperança de encontrar uma brasa para acender um cigarro matinal. As moscas esvoaçavam de maneira preguiçosa; tinham dormido nas paredes ainda quentes das chaminés da cozinha, e se irritavam com os cozinheiros por começarem a trabalhar tão cedo.

Uma moça de cabelos emaranhados, segurando a camisola junto ao peito, abriu uma janela, sorrindo e fechando os olhos enquanto contemplava a manhã clara. Trabalhadores do turno da noite passavam, alheios ao frio da manhã, ainda ensurdecidos pelo barulho das oficinas. Motoristas de caminhões do exército despertavam, bocejando e esfregando quadris e ombros enrijecidos depois de passarem a noite nos pátios da cidade, dormindo em seus veículos. Gatos miavam, mansos, nas portas, pedindo autorização para entrar depois de suas aventuras noturnas.

Junto à estação no rio, milhares de pessoas esperavam por uma balsa para a margem esquerda. Aos poucos e com vagarosa relutância, acordavam, bocejavam, coçavam-se, comiam um pouco de pão seco, batendo bules, olhavam desconfiadas para os vizinhos e apalpavam os bolsos para verificar se tudo de importante ainda estava lá: dinheiro, documentos e cartões de ração para a jornada. Uma idosa com rosto de cera passou a caminho do cemitério, aonde ia todos os domingos visitar o falecido marido. Velhos pescadores com varas e potes de lagostim abriam caminho até o rio. Nos hospitais, auxiliares de enfermagem carregavam baldes brancos e trocavam os curativos dos feridos.

O sol subiu mais alto. Uma mulher de casaco azul colava num muro um exemplar do *Stalingrádskaia Pravda*. Um grupo de atores se reunira junto aos leões de pedra amarelos na porta do teatro da cidade; suas sonoras gargalhadas atraíram a atenção dos transeuntes. A moça do caixa entrou no cinema, prestes a começar a vender ingressos para *Tânia*. Primeiro, porém, falou com uma faxineira e lhe pediu para encontrar a jarra que havia emprestado ao porteiro na véspera, para que ele pudesse recolher sua ração de óleo de girassol. Em seguida, as duas reclamaram do diretor, que estava demorando a lhes pagar o salário do mês e que, com total descaramento, na frente de todo o coletivo, surrupiara vinte litros do leite maltado entregue recentemente na cantina para uma matinê infantil.

Tomada de apreensão, a cidade inteira — e agora era tanto uma cidade quanto um acampamento do exército — respirava fundo, preparando-se para o dia de trabalho.

Um engenheiro da Stalgres, mastigando lentamente um naco de pão, curvou-se em direção a uma turbina, ouvindo seu zumbido contínuo. Tinha o rosto magro e os olhos estreitos com um ar calmo e alerta.

Uma jovem fundidora franziu a testa enquanto olhava, pelos óculos de segurança, para o redemoinho branco que se desencadeava dentro do forno Martin. Em seguida, se afastou, limpou com a mão as gotas de suor na testa, tirou do bolso frontal do macacão de lona um espelhinho redondo, endireitou uma mecha de cabelo louro que havia escapado do lenço vermelho e enegrecido de fuligem e riu. Seu rosto duro e escurecido se transformou; seus olhos e dentes brancos brilharam.

Uma dezena de trabalhadores de diferentes idades dedicava-se a montar uma torre blindada de tiro nas proximidades da siderúrgica Outubro Vermelho. Quando o imenso objeto enfim cedeu a seus esforços e se firmou na devida posição, todos soltaram ao mesmo tempo um prolongado suspiro. Os rostos tensos relaxaram numa expressão compartilhada de satisfação e alívio. Um dos trabalhadores mais velhos disse ao homem a seu lado:

— Hora de fumar. Me arranje um pouco do seu tabaco, que é bom e forte.

Entre os arbustos, não muito longe, alguém gritava ordens:

— Posição de fogo! Borda da ravina! Metralhadora! Avante!

Como parte de um exercício de treinamento, alguns milicianos recém-recrutados começaram a arrastar uma pesada metralhadora para colocá-la em posição. Nódoas de luz do sol salpicavam as túnicas e jaquetas escuras nas costas dobradas dos homens.

Duas mulheres conversavam na entrada do edifício do comitê distrital do Partido, na esquina das ruas Barrikádnaia e Klínskaia. A mais jovem, secretária de uma pequena gráfica do Partido, dizia baixinho à outra, de cabelos grisalhos e rosto enrugado, e membro do gabinete do comitê:

— Olga Grigórievna, você diz que precisamos mobilizar pessoas para o trabalho de defesa. Mas os nossos impressores não precisaram de nenhuma mobilização. Estão fazendo tudo o que podem. Os trabalhadores do turno da noite cavam trincheiras durante o dia, e os funcionários do turno do dia cavam durante a noite. Trazem suas próprias pás. O marido de uma trabalhadora, a Savostiánova, está no front. Ela traz o filho pequeno junto. Dá de comer ao menino na gráfica e depois o leva para as trincheiras. O coitadinho morre de medo dos ataques aéreos. Não quer ficar em casa sozinho por nada no mundo.

Duas belas moças sentavam-se em um banco perto da porta principal de um edifício branco de quatro andares. Uma delas, a esposa do zelador, cerzia um vestido de menina; a outra tricotava uma meia. A primeira adorava fofocar; a outra não dizia nada, mas sorria e observava a interlocutora com atenção, deleitando-se com suas histórias.

— Não tem nada que me escape — disse a esposa do zelador. — Sei de tudo que acontece aqui: quem faz o quê, quem dorme com quem, quem se aproveita de quem. No primeiro andar, por exemplo, moram os Chápochnikov. A matriarca não é má pessoa; sobre *ela* não tenho queixas. É verdade que vive criticando a administração do prédio; há sempre alguma coisa que não está certa e outra que também está errada. Ao mesmo tempo, me parece uma pessoa decente, embora cheia de preconceitos. Acho que é uma mulher de outra época. Mas quanto às filhas dela... Deus me perdoe, mas é até difícil de acreditar! Marússia, a mais velha, trabalha em orfanatos. Você precisa ver as coisas que saem de dentro da bolsa dela quando chega em casa à noite: palitos de pão crocantes, folhados, açúcar, potinhos de manteiga de verdade, enfim, artigos que faz seis meses que já não vemos. Sim, ela rouba direto da boca das crianças. Chegou a ser abandonada pelo marido. Mas o que você esperaria, com aquela fuça horrorosa? O marido aliás é um homem e tanto, trabalha como engenheiro na Fábrica de Tratores, come na sala de jantar dos chefes e recebe rações especiais. É claro que ela fez de tudo, moveu mundos e fundos para trazê-lo de volta. E quanto à irmã mais nova dela, Gênia... o que os homens veem nela eu francamente não sei. Mas sem dúvida ela se veste com elegância. Tem sutiãs feitos sob medida pela mulher que costura vestidos para a esposa do nosso chefe do NKVD.* E a mocinha simplesmente não sabe o que é vergonha! Às vezes tenho vontade de dizer na cara dela, sem rodeios: "Acha que não a vi sentada aqui neste banco sendo apalpada por aquele coronel?". Há noites em que fico na vigilância da defesa aérea, junto à entrada principal. Escuto coisas que me obrigam a entrar e me sentar no poço da escada, para não ter que ouvir mais. E nem falei ainda da Vera, filha da Marússia. Mais desbocada do que essa garota, impossível. Você tinha que ouvir como ela xinga e fala palavrões quando volta da escola com os meninos. Agora está trabalhando no hospital, provavelmente servindo os tenentes... No mesmo andar, no apartamento em frente ao dos Chápochnikov, vivem os Metcheriákov. Posso lhe dizer com certeza que não vão embora de Stalingrado. Não, mal podem esperar a chegada dos alemães! A doméstica deles é de uma aldeia. Ela me perguntou

---

* Acrônimo de Naródni Komissariat Vnútrenikh Del, ou Comissariado do Povo para Assuntos Internos, órgão de segurança criado em 1934 e que fazia as vezes de Ministério do Interior da URSS; responsável pela segurança do Estado soviético, mais tarde se transformaria no KGB. (N. T.)

outro dia: "O que é um regime?". "Por que você quer saber?", perguntei de volta. "Por causa do homem da casa em que eu trabalho", ela respondeu. "Toda vez que olha para o jornal, ele diz: 'Sim, este é realmente o fim do regime!'." Mas, no pé em que as coisas estão, os Metcheriákov não estão mal. Açúcar, grãos, azeite e gorduras;[198] nunca lhes falta comida boa.

E a mulher do zelador continuou a falar, implacável, convicta de saber a verdade e de que todos os seres humanos, sem exceção, são fracos, desonestos e hipócritas.

Pessoas como ela só conseguem ver os vícios e as fraquezas do homem. Não compreendem de que modo as vitórias são alcançadas, quem foi que realizou grandes feitos e precisou suportar grandes sofrimentos. E, anos depois, quando os eventos que abalaram o mundo desaparecem no passado, elas olham para trás e veem apenas os túmulos sombrios, os monumentos de conquistas sobre-humanas. Aí, dizem que foi um tempo de heróis, de gigantes espirituais. Essa visão nobre do passado, mas ingênua, não é menos equivocada.

O machado alemão foi erguido bem alto no ar, suspenso não apenas sobre a cidade de Stalingrado mas também sobre o sonho da justiça, sobre a devoção à liberdade, sobre a lealdade à pátria, sobre a alegria do homem no trabalho, sobre o sentimento maternal e toda a noção de santidade da vida.

A hora derradeira de Stalingrado, a hora derradeira da cidade pré-guerra, pouco diferia de qualquer um dos dias e horas anteriores. As pessoas empurravam carrinhos de mão cheios de batatas, faziam fila para comprar pão e conversavam sobre os gêneros alimentícios à venda nas lojas. No mercado, vendiam ou trocavam botas do exército, leite e açúcar amarelado. Os operários trabalhavam normalmente nas fábricas. E aqueles que estamos acostumados a chamar de gente simples e comum — engenheiros e fundidores da Stalgres, escriturários, médicos, estudantes, trabalhadores braçais, funcionários subalternos do Partido — não faziam ideia de que em poucas horas realizariam atos que as gerações futuras chamariam de imortais, e que fariam isso de forma tão natural e direta quanto até então realizavam seu trabalho diário.

---

[198] "Gorduras" (*jiri*), uma das categorias alimentares nos cartões de racionamento, podia significar qualquer coisa, de toucinho de boa qualidade a todo tipo de substitutos e "gorduras combinadas" (*kombijiri*).

Não são apenas os heróis que amam a liberdade, alegram-se com seu trabalho, conhecem sentimentos maternos e nutrem lealdade pelo país. Reside aqui, talvez, a maior esperança da humanidade: grandes feitos podem ser realizados por pessoas simples e comuns.

Do outro lado da linha de frente, oficiais alemães iniciaram a execução das ordens de combate. Os mecânicos do campo de aviação gritaram:
— Prontos para decolar!
Os tanques concluíram o reabastecimento, os motores começaram a pulsar e os artilheiros se posicionaram nas torres giratórias; os soldados de infantaria, munidos de submetralhadoras, tomaram seus lugares nos blindados de transporte; os oficiais de comunicações checaram os rádios pela última vez. Friedrich Paulus, como um mecânico que acaba de botar em movimento centenas de rodas de todos os tamanhos, recostou-se em sua escrivaninha e acendeu um charuto, esperando o machado de guerra cair sobre Stalingrado.

32

Os primeiros aviões apareceram por volta das quatro da tarde. Seis bombardeiros se aproximaram da cidade pelo leste, a grande altitude. Mal pareciam ter passado pelo vilarejo de Burkóvski, não muito longe do Volga, quando se ouviu o som das primeiras explosões. Dos edifícios alvejados subiram colunas de fumaça e poeira calcária. Os aviões eram claramente visíveis. O sol brilhava no ar diáfano, refletido em milhares de janelas. As pessoas olharam para cima e viram os aviões desaparecem depressa em direção ao oeste. Uma voz alta e jovial gritou:
— Apenas alguns desgarrados. Nem vale a pena soar o alerta!
A isso seguiu-se imediatamente um longo e lúgubre lamento dos apitos de navios a vapor e das sirenes de fábrica. Esse uivo, profetizando morte e desastre, pairou no ar, como se transmitisse a angústia de todos os habitantes. Era a voz de toda a cidade — a voz não apenas das pessoas, mas também da pedra, dos prédios, dos carros, caminhões e máquinas, dos postes telegráficos, da grama e das árvores nos par-

ques, dos fios elétricos e dos trilhos de bonde; era um grito lançado não só pelos seres vivos, mas também por objetos inanimados. Todos agora sentiam sua iminente destruição. Apenas uma garganta de ferro enferrujado poderia ter engendrado aquele som, que expressava em igual medida o horror animal e a agonia de um coração humano.

Ao som seguiu-se o silêncio — o último silêncio de Stalingrado.

Aviões vieram de todas as direções — do leste do Volga, de Sarepta e Bekétovka, ao sul, de Kalatch e Kárpovka, ao oeste, de Ierzovka e Rínok, ao norte. Fuselagens negras deslizavam em manobras livres e fáceis em meio às nuvens emplumadas no céu azul-claro, como se centenas de enxames de insetos venenosos tivessem irrompido de ninhos secretos e agora se precipitassem em direção a sua vítima. O sol, em sua ignorância divina, roçava com seus raios essas criaturas aladas que brilhavam com um branco leitoso. Mariposas brancas e asas de Junkers — havia algo doloroso, quase blasfemo, nessa semelhança.

Incessante, o zumbido dos motores ficou cada vez mais alto, mais denso, mais viscoso. Os sons da cidade definharam, desvaneceram; só o zumbido continuou a se intensificar, cada vez mais sombrio e denso, sua lenta monotonia transmitindo toda a força furiosa dos motores. Agora o céu se cobriu de explosões de projéteis antiaéreos, cuja fumaça cinza assemelhava-se a sementes de dente-de-leão sopradas pelo vento. Enfurecidos, os insetos voadores continuavam a se deslocar velozmente. Decolando de aeródromos em ambos os lados do Volga, caças soviéticos partiram em seu encalço. As aeronaves alemãs voavam em camadas, ocupando todo o céu azul de verão. Por algum tempo, a artilharia antiaérea e os caças soviéticos pareceram atrapalhar o metódico avanço germânico. Bombardeiros explodiram e despencaram, deixando atrás de si longos rastros de fumaça, isso quando não desmantelaram em pleno ar. Velames reluzentes de paraquedas abriram-se sobre a estepe, mas os bombardeiros continuaram voando.

Assim que os aviões procedentes de norte, oeste, leste e sul se encontraram sobre Stalingrado, começaram sua descida. A impressão, no entanto, era que céu em si estava desabando — vergando, como que sob o peso de colossais e negras nuvens de tempestade, sob o vasto peso do metal e dos explosivos que agora suportava.

Então veio um novo som: o perfurante silvo de centenas de bombas de alta carga explosiva despejadas do alto e o guincho de dezenas de milhares de bombas incendiárias.[199] Esse novo som, que durou três ou quatro segundos, penetrou em todos os seres vivos. O coração dos que estavam prestes a morrer, o coração daqueles que sobreviveram — todos foram tomados de angústia. O silvo então ficou mais forte, mais insistente. Todos foram capazes de ouvi-lo: as mulheres que estavam nas filas e voltaram correndo para casa a fim de ficar com os filhos; pessoas que conseguiram se esconder nas profundezas de porões, protegidas do céu por espessas lajes de pedra; pessoas que desabaram no asfalto no meio de ruas e praças; pessoas que pularam em pequenas trincheiras nos parques e pressionaram a cabeça contra a terra seca; pacientes em hospitais psiquiátricos; soldados feridos sob o efeito de clorofórmio nas mesas de operação; bebês de pele rosada que choravam furiosos pelo leite materno; velhos senis já meio surdos.

As bombas atingiram o solo e mergulharam cidade adentro. As casas morriam como morrem as pessoas. Algumas, altas e magras, tombaram de lado, instantaneamente sem vida; as mais robustas e rígidas tremeram e balançaram, com o peito rasgado, deixando à mostra o que sempre haviam escondido da vista: retratos nas paredes, armários, camas de casal, mesinhas de cabeceira, potes de painço, uma batata descascada pela metade sobre uma mesa coberta com um oleado manchado de tinta.

Desnudaram-se os canos de água curvados e os feixes de cabos elétricos e vigas de ferro. Água jorrava por toda parte, como lágrimas e sangue, empoçando ruas e calçadas, nas quais surgiram amontoados de tijolos vermelhos — a espessa poeira que se desprendia lhes dava o aspecto de pilhas de carne vermelha fumegante. Milhares de casas ficaram cegas, cobrindo as calçadas de vidro estilhaçado, como um tapete brilhante de escamas de peixe. Com tinidos e rangidos, os pesados cabos dos bondes elétricos caíram no chão, e janelas de vidro deslizaram para fora de seus caixilhos, como que liquefeitas. Trilhos de bonde curvados e empenados agora se projetavam das ruas. Estruturas mais frágeis, no entanto, pareciam estranhamente intocadas pe-

---

[199] São inúmeros os relatos sobre o aterrorizante silvo produzido pelas bombas de alta carga explosiva em queda livre. As pequenas bombas incendiárias, no entanto, eram ainda mais devastadoras em seus efeitos. Um bombardeiro He-111 era capaz de transportar até 32 contêineres, cada um deles carregando 36 bombas. O contêiner era projetado para se quebrar logo após cair do avião, liberando assim as unidades individuais.

las ondas de choque. Uma placa de metal com a inscrição ATRAVESSE AQUI! e um pálido quiosque de compensado onde antes se vendiam refrigerantes permaneceram de pé. As muitas vidraças de uma frágil cabine telefônica ainda brilhavam. Tudo o que havia de mais imóvel — tudo que era feito de pedra e ferro — tornou-se fluido; tudo que fora incutido pelo homem com o poder e a ideia de movimento — bondes, ônibus, locomotivas — parou.[200]

O ar estava repleto de pó de tijolo e calcário pulverizado. Era como se a cidade tivesse sido embrulhada pela névoa, que agora se espalhava Volga abaixo.

Os incêndios provocados por dezenas de milhares de bombas incendiárias começaram a resplandecer. Uma imensa cidade estava morrendo, inundada por fogo, fumaça e poeira, em meio a trovões que sacudiam a terra, o céu e a água. Era um cenário de horror, mas ainda mais pavoroso era o olhar de uma criança de seis anos esmagada por uma viga de ferro. Existe uma força capaz de erguer do pó enormes cidades, mas força nenhuma no mundo é capaz de levantar as pálpebras que se fecharam sobre os olhos de uma criança morta.

Apenas quem estava na margem esquerda do Volga, a dez ou quinze quilômetros de distância, no vilarejo de Burkóvski, em Vérkhniaia Ákhtuba, nos povoados de Iámi, Tumak e Tsigânskaia Zariá, podia contemplar os incêndios na íntegra e compreender a extensão do desastre. Centenas de explosões se amalgamaram em um único e monótono rugido, cujo peso férreo, mesmo na margem esquerda, sacudiu a terra. Folhas de carvalho tremeram, e as janelas das casinhas de madeira chacoalharam. A névoa de cal, agora caindo como uma folha branca sobre os compridos edifícios da cidade e em todo o Volga, continuou a se alastrar, rastejando até a Stalgres, as oficinas de reparo do estaleiro e os distritos periféricos de Bekétovka e Krasnoarmeisk. Em seguida a névoa desapareceu aos poucos, misturando-se com a escuridão cinza-amarelada dos incêndios.

---

[200] Grossman chegou a Stalingrado logo após o ataque aéreo. Numa anotação de seu caderno lê-se: "Mortos. Pessoas em porões. Tudo destruído pelos incêndios. As paredes dos edifícios estão quentes, como os corpos daqueles que morreram no terrível calor e ainda não esfriaram [...]. Ainda de pé, milagrosamente, em meio a milhares de edifícios de pedra agora incinerados ou semidestruídos, um pequeno quiosque de madeira onde se vendiam refrigerantes. Como Pompeia, pega de surpresa pela destruição na plenitude da vida" (*Godi voini*, p. 344).

Ao longe, as pessoas podiam ver a rapidez com que os incêndios nos edifícios contíguos se fundiam. Prédio após prédio, as chamas uniram-se em um único fogaréu devastador, e ruas inteiras se dissolveram, formando uma parede viva e movente. Em alguns pontos dessa parede, elevadas colunas erguiam-se como torres, junto com cúpulas intumescidas e campanários chamejantes. Nesse brilhante vermelho-ouro, bronze-esfumaçado, era como se uma nova cidade de fogo tivesse surgido por cima de Stalingrado. Junto à margem, o Volga fervia. Fumaça e chamas negras deslizavam sobre as águas. Tanques de combustível foram atingidos; o combustível abriu caminho até o rio, que também ardia. Dele subiu uma imensa e ondulante nuvem de fumaça preta, que foi se adensando e enegrecendo. Colhida pelos ventos da estepe, a fumaça raleou e se espalhou devagar pelo céu. Semanas depois, ainda pairava no ar, visível até mesmo a uma distância de cinquenta quilômetros. Inchado e exangue, o sol fazia sua jornada diária através de uma penumbra pálida.

As labaredas da cidade incandescente ao norte foram vistas no crepúsculo por barqueiros que cruzavam o Volga em Svétli Iar e por mulheres carregando sacos de grãos a caminho de Raigorod. Velhos cazaques em carroças, seguindo em direção ao lago Elton, vislumbraram um estranho clarão a oeste; seus camelos, esticando os lábios babados e estendendo os imundos pescoços de cisne, olhavam para trás. Pescadores em Dúbovka e Górnaia Proleika avistaram uma luz ao sul. E os oficiais do estado-maior do coronel-general Paulus ficaram em silêncio na margem do Don, tragando seus cigarros enquanto assistiam à mancha de luz bruxuleante no céu escuro.

O que o estranho clarão ao longe pressagiava? Derrota de quem? Triunfo de quem?

Transmissões radiofônicas, mensagens de radiotelegrafia e cabos oceânicos já divulgavam notícias sobre o maciço ataque alemão. Políticos em Londres, Washington, Tóquio e Ancara trabalharam a noite toda. Trabalhadores comuns de todas as raças se debruçaram sobre os jornais. Uma nova palavra estampava todas as primeiras páginas: Stalingrado.

Foi uma catástrofe. Como durante enchentes, terremotos, avalanches e incêndios nas estepes e florestas, todos os seres vivos queriam deixar a cidade moribunda.

Os primeiros a partir foram os pássaros. Alvoroçadas e mantendo-se rente à água, as gralhas cruzaram para a margem esquerda; foram ultrapassadas por revoadas cinzentas de pardais, em nuvens dançantes que se alternavam entre movimentos de aproximação e de dispersão.

Ratazanas incrivelmente grandes — magnatas e patriarcas que não deixavam seus covis havia muitos anos — sentiram o calor do fogo e o tremor da terra. Emergindo dos porões de lojas de víveres e depósitos de grãos junto ao porto, momentaneamente cegas e ensurdecidas, corriam para lá e para cá, atabalhoadas. Em seguida, quando o instinto assumiu as rédeas, arrastaram caudas e traseiros gordos e acinzentados até a água e, avançando ao longo de tábuas e cordas, entraram em barcaças e vapores semissubmersos atracados perto da costa. Ignorando os ratos e camundongos, os gatos buscaram refúgio em fossos, fendas e frestas entre as rochas.

Um cavalo derrubou a carroça que levava, arrebentou os arreios que o prendiam e saiu em disparada ao longo da orla, direto para a água, arrastando rédeas e tirantes atrás de si. Cães de aparência enlouquecida saíram aos pulos do meio da fumaça e da poeira, correram pela encosta em direção ao rio, jogaram-se dentro da água e começaram a nadar em direção a Krásnaia Slobodá e Tumak.

Apenas as pombas brancas e os pombos comuns azuis, acorrentados às suas moradias por um instinto ainda mais poderoso do que o de autopreservação, continuavam sobrevoando em círculos os edifícios em chamas. Surpreendidos pelas fortes correntes de ar incandescente, pereceram na fumaça e nas chamas.

33

Varvára Aleksandrovna Andrêievna partiria no domingo, com a nora Natália e o neto Volódia. Natália convencera Tókareva, a diretora do orfanato, a permitir que Varvára e o pequeno Volódia fossem no barco destinado à evacuação das crianças. Já na sexta-feira tudo fora embalado em sacos e trouxas, costurado de forma segura e levado para o porto em um carrinho de mão, junto com a bagagem do orfanato.

Na manhã de domingo, Varvára e o neto chegaram ao ponto de encontro no porto. Depois de se despedir do marido — que precisava ir para a siderúrgica —, da casa e do jardim, ela se sentiu deprimida e derrotada. Até o momento da partida, continuava a se preocupar: com a lenha, que não fora guardada e trancada com segurança suficiente; com o tempo que a casa ficaria vazia enquanto o marido estava no trabalho; com o fato de não haver ninguém para cuidar dos tomates na horta; com a ideia de que alguém roubaria suas maçãs antes mesmo que estivessem maduras; com os muitos itens que ela mesma não conseguira cerzir, lavar ou passar a ferro devidamente; com as rações de açúcar e gorduras que ela jamais pegaria; com os pertences que precisava levar consigo e que não tinha trazido. Agora parecia que todos eles eram essenciais: o ferro de passar, o moedor de carne, o tapete bordado sobre a cama e as velhas botas de feltro com solado novo.

Pável Andrêiev acompanhou a esposa e o neto até a esquina. Varvára não parava de lhe fazer recomendações, sobre coisas importantes e sobre coisas sem a menor importância. Mas, quando olhou em volta e viu as costas largas e levemente arqueadas do marido, quando olhou pela última vez para a frondosa copa da macieira e o telhado cinza de sua casa, todas as suas preocupações comezinhas se dissolveram. E, com um sentimento parecido com o medo, ela se deu conta de que não havia ninguém no mundo mais próximo e mais estimado para ela do que seu velho amigo e companheiro. Pável Andrêiev olhou para trás uma última vez e desapareceu na esquina.

Sentadas no chão junto ao embarcadouro estavam centenas de pessoas de rosto magro e pálido: jovens mães com filhos pequenos nos braços, velhos desgrenhados de barba grisalha vestindo casacos de inverno e tendo as solas das botas amarradas com barbante. Em cada uma das jovens mães via-se um rosto vazio e esgotado, como se tudo mais tivesse desaparecido, exceto os olhos brilhantes; dos cintos de seus elegantes casacos pendiam chaleiras e frascos. Seus filhos pareciam pálidos e fracos.

Varvára viu meninas de quinze anos vestindo calças de esqui azuis, com pesadas botas de caminhada nos pés e mochilas amarradas nos ombros magros. Havia mulheres da idade dela, ou ainda mais velhas, com a cabeça descoberta, os cabelos grisalhos despenteados e em desalinho. Estavam sentadas com as mãos bronzeadas e musculosas sobre os joelhos, observando a água escura e oleosa levar embora pedaços intumescidos de casca de melancia, um peixe morto com os olhos brancos, toras podres e pedaços de papel ensebados.

Quando ainda tinha sua própria casa, Varvára se irritava ao ouvir pessoas de fora perguntando o caminho para a casa de banhos, para o porto, para o escritório de cartões de racionamento ou para o mercado. Era como se trouxessem com elas o desastre, como se infectassem a terra com lágrimas, fome e desabrigo. Nas filas, as residentes da cidade — inclusive a própria Varvára — reclamavam furiosas. "Elas são como gafanhotos, devoram tudo. E veja o que fizeram com os preços!" Agora, porém, para sua surpresa, eram essas mesmas pessoas que a consolavam em sua dor aparentemente inconsolável. Todas haviam perdido maridos, filhos e irmãos. Todas haviam renunciado a suas próprias casas; todas haviam abandonado reservas de lenha e batatas. Todas haviam deixado para trás hortaliças por colher e campos por cultivar; muitas haviam partido com o fogão ainda quente.

Varvára conversou com uma senhora de Carcóvia com maçãs do rosto salientes e ficou maravilhada com a semelhança do destino de ambas. O marido era um supervisor de oficina. No outono de 1941, fora evacuado para a Bachkíria com a fábrica onde trabalhava. Então a mulher seguira para Míllerovo, onde vivera por seis meses com o pai e a mãe da esposa de seu filho mais velho. Agora, com os dois filhos no front, ia viver com o marido na Bachkíria, levando consigo a nora e o neto. E a jovem sentada ao lado de Varvára, esposa de um comandante, disse que ela, os dois filhos e a sogra estavam indo morar com a irmã em Ufá. E um velho judeu, protético, contou que já era a terceira vez que passava pela experiência. Primeiro, mudara-se de Novograd-Volínski para Poltava, depois de Poltava para Róssoch, onde havia enterrado a esposa. Agora, ele e as duas netas estavam a caminho da Ásia Central. Sua filha, a mãe das meninas, falecera de hepatite antes da guerra, e o pai das garotas, engenheiro em uma fábrica de açúcar, morrera em um ataque aéreo. Enquanto o velho contava tudo isso, as meninas agarraram-se a sua jaqueta e olharam para ele como se fosse um heroico guerreiro, embora tivesse um aspecto lamentavelmente frágil.

As outras pessoas no cais vinham de cidadezinhas e vilarejos dos quais Varvára nunca tinha ouvido falar, e estavam a caminho de muitos lugares diferentes — Krasnovodsk, Belebei, Ielabuga, Ufá, Barnaúl —, mas, em essência, haviam sofrido todas o mesmo destino. O destino do país e o destino de seu povo era o mesmo; nunca antes Varvára havia sentido isso com tanta clareza.

O tempo continuou a passar. Vapores com pintura camuflada cinza e verde, as chaminés enfeitadas com ramos secos, partiram do porto. "Exatamente como no Pentecostes!", pensou Varvára.[201] Volódia já tinha feito amizade com alguns dos outros meninos, e inúmeras vezes ela o perdeu de vista e teve que chamá-lo de volta. O céu azul-claro era inquietante, e ela não parava de olhar para cima. Estava cada vez mais apreensiva, e seu único consolo era pensar no marido.

Varvára ainda não conseguia entender por que ele se recusara a partir com ela, por que permanecia tão determinado a continuar trabalhando até o último dia. Estava cada vez mais impaciente e assustada, mas ao mesmo tempo sentia um respeito e uma ternura cada vez maiores pelo velho companheiro. Entendeu que ele não agia apenas por obstinação ou orgulho. Ansiava por vê-lo, ainda que por um breve minuto. Mas então, uma vez mais, foi dominada por um medo que não deixava espaço para quaisquer outros sentimentos.

Pequenos cúmulos surgiram no céu. A água escura marulhava e rosnava, as rodas de pás lutavam ruidosas contra a correnteza. A inquietação estava por toda parte. É claro que era tudo culpa de Natália. Provavelmente ela a instruíra a ir para o embarcadouro errado, e o vapor com as crianças já devia estar a meio caminho de Kamíchin.

Foi só por volta do meio-dia que Volódia, dando pulos de empolgação, surgiu de trás das pilhas de bagagem, aos gritos:

— Eles estão aqui, vovó! Eles estão aqui! Mamãe está aqui também!

Afobada, Varvára pegou suas malas e seguiu o neto. Lá estavam todos eles: junto com as crianças, a equipe do orfanato vinha descendo a íngreme encosta de paralelepípedos até o rio. As crianças caminhavam aos pares, as mais velhas à frente. Algumas usavam gravatas vermelhas e todas traziam sobre os ombros mochilas e trouxas. Os adultos gritavam e agitavam os braços, e as dezenas de pezinhos apressados trotavam como cascos.

— Por onde devemos ir? — perguntou Varvára, agitada. — Ei, Volódia, cadê você? Venha aqui, ou vamos ficar para trás!

Varvára temia que Tókareva — uma mulher imponente de busto grande e rosto zangado — pudesse, no último minuto, se recusar a

---

[201] Decorar casas ou igrejas com galhos de bétula no Pentecostes era uma prática comum em grande parte do norte da Europa.

levá-la a bordo. E então continuou ensaiando o que diria: "Sim, sim, vou fazer tudo que eu puder para ajudar as crianças. Sei remendar e costurar, posso fazer qualquer coisa que seja preciso".

Ao se aproximar da orla, o barco foi apanhado por uma correnteza. Como se zombasse de Varvára por sua impaciência, passou do ponto e ultrapassou o píer. O timoneiro ligou novamente o motor e o barco voltou devagar a montante. A manobra se repetiu uma segunda e uma terceira vezes.

Nesse momento, o comandante da embarcação, um velho baixinho de rosto enrugado, com um barrete desbotado na cabeça, perdeu a paciência. Depois de praguejar no alto-falante de latão, insultando os marinheiros, o timoneiro e o próprio barco, de repente tudo correu às mil maravilhas.

"Nada como um bom puxão de orelha", pensou Varvára. "O senhor já devia ter feito isso há muito tempo!"

Uma prancha com corrimões de corda foi posicionada. Dois marinheiros e um policial com um rifle começaram a ajudar os passageiros a embarcar. Podia-se ouvir o som de botas infantis batendo contra o convés e o farfalhar de sapatos de lona.

— E a senhora, aonde acha que vai? — perguntou o policial, dirigindo-se a Varvára.

Mas Tókareva gritou do convés:

— Está tudo bem. Ela está com a gente!

Havia um lugar na proa que parecia confortável, perto de alguns engradados, mas Varvára temia a possibilidade de o barco atingir uma mina. Qualquer um perto da proa desapareceria feito fumaça num piscar de olhos. Por isso, escolheu um lugar na popa. Havia óleo por toda parte e o convés estava uma bagunça, atulhado de correntes e pranchas, mas ela viu um pequeno escaler e um bote salva-vidas pendurado por perto.

— Vovó — disse Volódia. — E se eu ficar em casa com o vovô?

— E se eu amarrar você aqui feito uma cabra? — respondeu ela, arrepanhando a saia para tentar mantê-la a salvo do óleo. — Vá dar uma olhada no motor. Vamos partir daqui a pouco.

Mas o barco demorou a zarpar.

O caminhão que traria as roupas de cama, a comida, os pratos, louças e as crianças doentes demais para andar se atrasou muito e só chegou às três horas. O motorista deu a entender que a demora fora causada por um defeito na suspensão, mas a verdade é que vinha dirigindo com molas quebradas durante toda a semana. Seu dia havia começado com um pequeno negócio pessoal: em troca de um pouco de tabaco, levara um saco de cevada do mercado até a casa de alguém. Depois, precisara abastecer e ficara de conversa com um amigo sobre a situação militar por uns bons quarenta minutos. Então, beberam um pouco. Isso deixou o motorista de bom humor, e ele comprou tomates e peixe seco. Só então foi ao orfanato e pegou os dois meninos da enfermaria e todas as caixas e baús. Enquanto ajudava a carregar a embarcação, pegou uma toalha estampada que caiu de uma sacola e a enfiou embaixo do assento. Por fim se despediu da diretora e lhe desejou boa viagem.

Por último, acenou para sua amiga Klava Sokolova, que estava de pé numa das laterais do barco. Tinha passado várias noites com ela, que o persuadira a levar as caixas e baús para o embarcadouro.

— Escreva, Klava! — gritou ele, olhando para os seios fartos da mulher, apoiados na amurada. — Vejo você em Sarátov.

Klava riu, mostrando os dentes brancos.

Sem esperar que o barco zarpasse, ele ligou o motor e foi embora. Enquanto subia a encosta, o caminhão parou e ele teve que mexer no carburador por alguns minutos antes de dar partida de novo.

Retomando a subida da ladeira, ouviu o barulho do esforçado motor.

Então ouviu o uivo de uma bomba caindo. Pressionou a cabeça contra o volante, sentiu com todo o seu corpo o fim da vida e pensou, com uma angústia terrível: "Foda-se!". E deixou de existir.

34

Tudo e todos estavam agora a bordo; a agitação e o alvoroço no cais deram lugar à agitação e ao alvoroço no convés. Em sua empolgação, as crianças não queriam sair dali nem por um segundo, e apenas algumas meninas e as crianças mais novas desceram para suas cabines.

Marússia as acompanharia até Kamíchin, onde teria uma reunião com o pessoal da Seção de Educação e do comitê do Partido.

Abanando o rosto com um lenço, ela passou algum tempo sentada na cabine com os dois meninos da enfermaria — Slava Beriózkin e o ucraniano obstinadamente silencioso.

— Mais alguns minutos e vamos iniciar viagem! — disse a Tókareva, que tinha entrado logo depois. Estava orgulhosa por saber que graças a ela as crianças haviam tido a chance de embarcar naquele barco. — Vamos apenas torcer para chegar a Kamíchin sem problemas.

— Eu nunca teria conseguido sem você — disse Tókareva. — Esse calor está me matando. Mas talvez não seja tão ruim quando estivermos na água.

— Acabei de perceber — disse Marússia, em tom pensativo — que a minha família podia ter vindo também. Que pena! Eles podiam ir com a gente até Kamíchin e embarcar num vapor lá até Kazan.

— Venha comigo ao convés — disse Tókareva. — O capitão prometeu que vamos zarpar às quatro em ponto. Quero dar uma última olhada em Stalingrado!

Assim que as duas mulheres saíram do caminho, Slava Beriózkin esticou o braço para tocar o ombro de seu companheiro silencioso.

— Olha só! — disse.

Mas o ucraniano não virou a cabeça raspada e nodosa em direção à portinhola retangular atrás da qual a água do rio chapinhava.

Do lado de fora, quase rente à portinhola, apareceu um poste de madeira alto e molhado, coberto de mofo verde. Esse primeiro poste agora estava recuando, e outro se aproximava. O robusto convés do píer surgiu, seguido pelos pés das pessoas perto da amurada, a própria amurada, um forte braço moreno com veias azuis e uma âncora azul tatuada, as laterais de uma barcaça com vestígios de alcatrão — e, então, um penhasco e as ruas íngremes subindo até a cidade. Um minuto depois, a cidade inteira — árvores cobertas de poeira, as paredes de pedra e de tábuas de edifícios de todos os tamanhos — começou a se mover devagar pela portinhola. No canto superior direito apareceu uma encosta argilosa em ruínas, tanques de gasolina verde-amarelos, uma linha ferroviária, alguns vagões vermelhos e enormes fábricas envoltas por fumaça. Caóticas, as ondas batiam ruidosamente contra o casco, e o barco inteiro começou a ranger e tremer, sacudido pelas vibrações do motor.

Era a primeira viagem de barco de Slava; ele estava desesperado para falar e fazer perguntas. Queria saber quantos nós a embarcação fazia; imaginava nós enormes, cada um do tamanho da cabeça de um gato, numa corda grossa que se estendia por todo o comprimento do rio. Queria saber se o barco tinha ou não uma quilha e se aguentaria uma tempestade. Havia botes e coletes salva-vidas em número suficiente? Canhões e metralhadoras? E se topassem com um submarino alemão? Ele mesmo poderia mirar nos fascistas, mas não sabia ao certo se os submarinos navegavam em rios ou se ficavam no mar.

Mas havia outras coisas na mente de Slava, preocupações nada infantis: tinha a esperança de que a mãe e a irmã pudessem vir com ele no barco, que haveria espaço para elas também. Queria falar sobre isso com Tókareva e a mulher da Seção de Educação: a pequena Liúba não ocuparia muito espaço, poderia dormir na cama dele. Slava dormiria no chão, usando os sapatinhos como travesseiro. Quanto à mãe, poderia ajudar na lavanderia e na cozinha. Era uma boa cozinheira e trabalhava rápido. O pai sempre ficava surpreso quando chegava em casa após algum exercício do regimento: mal tinha tempo de limpar as botas, se lavar e trocar de túnica e o jantar já estava pronto na mesa. E além disso Tamara era muito, muito honesta; não pegaria para si nem uma colher de açúcar nem o menor pedaço de manteiga — tudo seria para as crianças. Ele já havia ensaiado todos os argumentos que poderia usar. E ajudaria a mãe a descascar batatas e a girar o moedor de carne... Slava chegou a sonhar que tudo estava bem: Liúba dormia na sua cama e ele, deitado no chão. Então a mãe entrou. Ele sentiu o calor das mãos dela e disse: "Não chore, o papai está vivo, logo vai voltar". Mas mesmo no sonho ele sabia que isso não era verdade. O pai estava deitado no meio de um campo, os braços estendidos ao lado do corpo... um momento depois, a mãe tinha cabelos brancos e morava com Liúba na Sibéria, e ele estava lá na isbá com ela, batendo as botas pesadas e congeladas e dizendo: "Derrotamos os alemães. Agora estou aqui, e nunca mais vou deixar vocês!". Então ele abria a mochila, tirava alguns biscoitos, um pouco de banha de porco e alguns potes de geleia. Em seguida, derrubava um pinheiro com alguns golpes de machado e rapidamente cortava uma pilha de toras para o fogo. Em pouco tempo a isbá estava quente e banhada de luz (ele de algum modo havia trazido eletricidade também). Havia na casa uma grande banheira cheia de água e ele assava no fogão um ganso selvagem abatido por ele próprio nas margens do Ienissei. "Mamãe, querida mamãe", dizia, "não vou me casar, vou ficar com a senhora a vida inteira." E acariciava os cabelos brancos de Tamara e enrolava o sobretudo em torno das pernas dela.

Enquanto isso, as ondas fustigavam as finas tábuas do casco. O barco rangia e estremecia. Água cinza e turva passava pela portinhola; parecia enrugada. Slava estava sozinho. Como a mãe o encontraria agora? Onde estava seu pai? Onde ficava o fim daquele rio turvo? Suas mãos seguravam a moldura da portinhola com tanta força que suas unhas ficaram brancas. Ele olhou de esguelha para Serpokril: seu vizinho silencioso percebera que ele estava chorando? Mas Serpokril parecia estar chorando também; seus ombros tremiam e ele virou a cabeça para a parede.

— Por que você está chorando? — perguntou Slava, fungando alto.

— Eles m-m-mataram o papai.

— E a sua mãe? — perguntou Slava, com espanto.

Nunca tinha ouvido a voz de Serpokril.

— Eles mataram m-m-mataram a mamãe também.

— Você tem uma irmã?

— Não.

— Por que está chorando, então? — perguntou, embora entendesse muito bem que Serpokril tinha motivos mais do que suficientes para chorar.

— Estou com m-m-medo — respondeu Serpokril, o rosto enterrado no travesseiro.

— De quê?

— De tudo.

— Não tenha medo — disse Slava, seu coração de súbito enchendo-se de amor. — Não tenha medo. Agora, você e eu estamos juntos. E eu nunca vou deixá-lo.

Enfiando depressa os cadarços nos sapatos, foi até a porta. Antes de sair correndo, disse:

— Vou pedir a Klava para lhe dar suas rações. Vamos comer pão, dois doces e cinquenta gramas de manteiga de verdade.

Poucos minutos depois, voltou.

— Aqui. Isto é para você.

E tirou do bolso uma pequena carteira vermelha. Nela, havia um pedaço de papel com seu endereço de antes da guerra, em letras maiúsculas.

No convés, algumas crianças fitavam a cidade e o porto, e dois meninos — Gólikov, de Oriol, e Gizatúlin, o tártaro — pescavam lúcios. Tinham preparado linhas com antecedência e feito iscas artificiais em formato de colher com pedaços de lata velha e alfinetes de segurança. Ziniuk, que tinha cabelos pretos e amava motores, conseguira entrar na sala de máquinas e admirava o motor a diesel do barco.

Várias crianças estavam atrás de um menino de nariz arrebitado e cabelos ruivos que desenhava em seu caderno o litoral de Stalingrado. De mãos dadas, algumas das meninas mais novas cantavam. Com um olhar rígido e severo estampado no rosto, abriam bem a boca:

Um brilho de aço e um estrondo de armas, tanque atrás de tanque, vão rugindo e rangendo, abrindo caminho para o oeste.

A cantoria das meninas era incrivelmente comovente. Suas vozes fininhas, como as de pássaros canoros, eram tênues e trêmulas, em desacordo com as palavras solenes que entoavam. E, ao redor delas, o Volga fluía veloz, cintilava e chapinhava ao sol.

— Meus amores, meus amores — disse Marússia.

Assistindo àquela cena, Marússia sentiu pelas meninas uma ternura profunda, mas suas palavras também se dirigiam a todas as outras crianças do orfanato, à própria filha, à mãe e ao marido, à velha Varvára Andrêievna, que tricotava uma meia sentada na popa, a todos na orla e aos edifícios, árvores e ruas da cidade onde tinha nascido e fora criada.

Mas Marússia não queria se entregar aos sentimentos e, embora desconfortável, forçou-se a dizer a Tókareva:

— Então você ainda não mandou Sokolova embora? Viu só como ela está se engraçando com aquele marinheiro? Rindo e brincando com ele na frente das crianças, relinchando feito uma égua? Está na cara que é má influência para Natália Andrêievna.

Nesse momento Marússia ouviu gritos na orla. Ouviu também um zumbido baixo e monótono, que gradualmente se sobrepôs ao ruído do motor do barco e ao marulho da água. Era como se uma rede negra tivesse sido atirada de uma ponta à outra do rio.

Ela então viu a multidão no cais correr em direção ao embarcadouro. Ouviu um guincho alto e agudo. Uma nuvem de poeira envolveu a orla e começou a se mover devagar em direção à água. Em seguida, a multidão fluiu de volta da plataforma de embarque, dispersando-se ao longo da linha ferroviária e pelas encostas que subiam para a cidade.

Inaudível, como num sonho, uma coluna verde-escura com uma cabeça branca encaracolada ergueu-se da água e em seguida desabou, enviando um jorro de água sobre o embarcadouro. Logo depois, mais colunas afuniladas apareceram, na frente, atrás e ao redor do barco, elevando-se alto no ar e despencando em nuvens de borrifos e espuma.

Bombas alemãs de alta carga explosiva irrompiam por toda parte no Volga.

Todos olharam em silêncio para a água, para a costa e para o céu, agora preto e zumbindo. Então ouviu-se um grito alto:

— Mamãe!

O som de crianças órfãs clamando pelas mães perdidas, mortas e desaparecidas era insuportável. Tókareva agarrou Marússia pela mão e perguntou:

— O que podemos fazer?

Ela imaginava que a severa inspetora-chefe — sempre enérgica e resoluta, sempre tão intolerante com a fraqueza humana — poderia ajudá-la a salvar as crianças.

Desesperado, o capitão virava o barco ora para o cais da fábrica, ora para a outra margem. Por fim o motor morreu. Atravessando a corrente, o barco começou a flutuar, preguiçoso e sonolento, de volta ao porto. Furioso, o capitão jogou o boné no convés.

Marússia podia ver tudo, mas de alguma forma não conseguia ouvir os sons, como se tivesse ficado surda. Via as mulheres do orfanato, os rostos das crianças, a careca brilhante do capitão, os gritos dos marinheiros, as colunas de água, os barcos movendo-se em todas as direções — mas tudo acontecia em um terrível silêncio. E ela não encontrava forças para olhar para cima; era como se uma mão de ferro segurasse sua nuca.

Esquecida durante trinta anos, uma imagem emergiu das profundezas de sua memória: ela era uma menina, cruzando o Volga com a mãe. A balsa encalhou e os passageiros estavam sendo levados para a margem em um bote. Ela era muito pequena e usava um grande chapéu de palha. Um marinheiro a levou até a lateral do barco, ergueu-a e disse com uma voz muito suave: "Não tenha medo, não tenha medo. Ali está a sua mãe". E nesse momento já não era ela a quem o gentil marinheiro erguia na lateral do barco, mas Vera, e ela se esqueceu de si mesma e pensou no que seria da filha. Quanto ao marido, sempre julgara que ele precisava de sua proteção, mas agora o via como um homem forte e resoluto. Oh, se ao menos ele estivesse ali agora! Mas não, não, ela estava feliz que Vera e Stepán e sua mãe e suas irmãs não estivessem ali. O que o destino havia decretado, fosse o que fosse, estava fadado a acontecer. Mas se ela ao menos pudesse vislumbrá-los uma última vez, apenas por um momento.

Um instante depois ela estava de pé ao lado de Klava, na popa. Klava ajudava as crianças a entrar em um bote, gritava com todos — com Tókareva, com Varvára, com os marinheiros e até com Marússia. Sentindo sua força, as crianças agarravam-se a ela.

— O que você pensa que está fazendo? — berrou Klava para um marinheiro. — As crianças doentes primeiro! Isso mesmo, o mudo! Sim, Beriózkin, aqui! E agora a garotinha!

Com olhos faiscantes, Klava soltava uma torrente de imprecações. Parecia segura de si e inspirada, como que inebriada pela ausência de medo. Muitos, muitos olhos agora voltavam-se para ela com suplicante confiança; entre o amplo Volga e o uivo de bombas, ela era um pilar de força.

— Um verdadeiro cavalo-marinho! — disse um marinheiro, maravilhado.

— Atire aquele cesto para elas! — Klava gritou para Tókareva. — Tem cobertores aí dentro. Não fique aí parada!

Ela ajudou Marússia a subir no bote.

— Não tenham medo! — gritou para as crianças. — A inspetora está com vocês!

Agora Marússia estava apenas um pouco acima da linha da água; podia sentir o bafejo do rio e suas profundezas silenciosas. As crianças ficaram quietas, agarrando as laterais do bote enquanto espreitavam a água turva. De repente, Marússia se sentiu mais esperançosa.

Queria beijar o casco — era a salvação. Podia enxergar tudo com clareza agora, como numa visão: o bote as levaria para a margem distante; ela esconderia as crianças nos salgueiros, esperaria até o ataque aéreo acabar e depois voltaria para Stalingrado.

Sentados no chão do bote estavam os dois meninos, Slava Beriózkin abraçado ao ucraniano mudo. Por algum motivo, Slava estava descalço. Ele repetia:

— Não tenha medo, não tenha medo, eu não vou deixá-lo.

O pequeno Volódia Andrêiev queria pular para o bote direto do barco. Natália foi obrigada a segurá-lo.

— O que você está fazendo, seu monstrinho?
— Rápido, Natália. Para o bote! — disse Klava. — Com o seu filho!

Natália olhou para o rosto da sogra, branco feito papel. As mãos dela pareciam rígidas e dormentes; ainda segurava seu tricô.

— Você vai no meu lugar — disse Natália. — Seja uma boa mãe para ele.

Em resposta, Varvára jogou os braços em volta da nora em um abraço quase convulsivo.

— Natália! — disse, com a voz estrangulada, e tanto amor, ternura e arrependimento que Natália ficou estarrecida.

A palavra parecia não ter vindo dos lábios de Varvára, mas de seu coração, como um jato de sangue.

Mas o marinheiro não permitiu que Varvára e Volódia entrassem no bote: não havia mais espaço.

— Agora vão! — gritaram os marinheiros. — Remem até os prados, para Krásnaia Slobodá!

Adernando sobre um dos bordos, o bote cruzou o rio na diagonal. O barco à deriva voltou vagarosamente para a aterrorizante Stalingrado à beira-mar.

De repente o motor retornou à vida, com gritos de alegria de todos. O capitão pegou o boné, deu uma boa sacudida, colocou-o na cabeça e, com dedos trêmulos, começou a enrolar um cigarro.

— Uma tragada! — murmurou ele. — Só uma boa tragada!

Ouviu-se então um silvo de ferro sobre o Volga. Uma espessa coluna borbulhante de água esverdeada saltou bem na frente do bote, e em seguida desmoronou em cima dele. Um momento depois, no meio do rio, em meio à água branca espumante, o fundo preto alcatroado do bote cintilava suavemente ao sol, visível a todos no barco.

35

Aleksandra Vladímirovna terminou sua carta para Serioja, a última que escreveria antes de partir. Secou a página com o mata-borrão, leu tudo de novo, tirou os óculos e limpou as lentes cuidadosamente com um lenço. Então ouviu gritos na rua.

Saiu para a varanda e viu uma nuvem negra de aviões que, com um zunido monótono, se aproximava da cidade.

Voltou correndo para dentro e foi direto para o banheiro, onde se ouvia o barulho da água na banheira e os grunhidos contentes de Sófia Óssipovna, que apenas meia hora antes retornara de um longo turno no hospital. Bateu na porta e, articulando cada sílaba, disse:

— Sófia, vista-se imediatamente! Um ataque aéreo! Um ataque aéreo dos grandes!

— Tem certeza?

— Rápido! Não sou de espalhar pânico.

Com respingos ainda mais barulhentos, Sófia saiu da banheira, resmungando:

— Pareço um hipopótamo saindo da poça.

Após um suspiro alto, continuou:

— E aqui estava eu achando que ia dormir até amanhã. Estou acordada há quarenta e oito horas!

Sófia não conseguiu entender o que Aleksandra disse em resposta. As primeiras bombas já estavam explodindo. Ela escancarou a porta e gritou:

— Desça logo! Eu vou atrás. Mas lembre-se de me deixar as chaves!

Não era mais uma questão de explosões individuais; todo o espaço era agora preenchido por um único som, denso e prolongado. Minutos depois, quando Sófia entrou na sala de estar, encontrou cacos de vidro e pedaços de gesso espalhados por todo o chão. A lâmpada havia tombado da mesa e balançava como um pêndulo.

Aleksandra Vladímirovna estava de pé junto à porta aberta, vestida com seu casaco de inverno e uma boina, fitando atentamente as mesas e estantes de livros, as pinturas de Gênia nas paredes e as camas vazias das filhas e do neto. Enquanto vestia o sobretudo, Sófia viu o rosto triste e pálido da amiga. Não tinha sido fácil para Aleksandra, sozinha, criar um lar para os filhos — e agora ela deixava sua casa para trás, para sempre. Ali estava ela, uma velhota, mas ainda dotada da mesma força tranquila de ocasiões anteriores em que fora obrigada a se despedir de todas as coisas que amava: ao deixar a bela casa do abastado pai, quando ainda era uma jovem estudante; ao partir em uma longa viagem para a Sibéria e o rio Kara; e ao cruzar a fronteira da Bessarábia numa noite de novembro.

— Rápido! — gritou Sófia. — Você não devia ter esperado!

Aleksandra se virou para a amiga e disse, com um súbito sorriso:

— Você tem algum tabaco?

E em seguida, com uma espécie de desesperada bravata:

— Ah, tudo bem, vamos!

Uma pancada forte sacudiu o chão, e o apartamento tremeu, como se agonizante. Mais pedaços de gesso se soltaram e se espalharam pelo chão.

Elas saíram do apartamento. Fechando a porta, Aleksandra disse:

— Pensei que fossem apenas cômodos, apenas um apartamento... mas estava errada. Adeus, querida casa!

De repente, Sófia parou no patamar.

— Me dê a chave. Vou pegar a mala de Marússia e os sapatos e vestidos de Gênia.

— Não! — disse Aleksandra. — São apenas coisas.

Desceram a escada vazia, a passos lentos e arrastados. Sófia teve que amparar Aleksandra com um braço, enquanto com a outra mão apoiava-se no corrimão.

Saíram do prédio e pararam, em estado de choque. A casa de dois andares do outro lado da rua estava destruída: parte da parede frontal desabara no meio da rua, e o telhado agora jazia no jardim da frente, ao longo da cerca e das árvores. As vigas do teto haviam despencado sobre os cômodos, e portas e janelas foram arrancadas dos caixilhos. Por toda a rua havia montes de pedras e tijolos aos pedaços. No ar turvo pairava uma mistura de poeira branca e fumaça amarela com um cheiro acre.

— Deitem-se no chão! — gritou uma desesperada voz masculina. — Não acabou ainda!

Em seguida vieram várias explosões. Mas as duas mulheres prosseguiram seu caminho em silêncio, pisando devagar e com cautela entre as pedras e lascas secas de reboco que rangiam sob seus pés.

O abrigo antiaéreo estava lotado, e havia montes de pacotes e malas espalhados pelo chão. Eram poucos os bancos, e em sua maioria as pessoas estavam ou sentadas no chão ou ainda de pé, coladas umas às outras. A eletricidade havia acabado e as chamas das velas e lâmpadas de azeite pareciam fracas e cansadas. Cada mínima pausa no bombardeio trazia mais inquilinos ofegantes, que corriam até o porão na esperança de se salvar.

A atmosfera no abrigo era sombria. Uma daquelas horríveis ocasiões em que uma multidão vê seu vasto tamanho apenas como um perigo, não como uma força, quando cada pessoa tem a sensação de que aqueles ao seu redor se sentem tão desamparados quanto ela própria e isso torna seu desamparo ainda mais terrível. É a mesma sensação que têm as pessoas durante um naufrágio, quando quem não sabe nadar pode pôr em perigo a vida de quem sabe, a mesma sensação que têm os soldados quando se veem cercados, quando são levados para uma floresta e entregam de vez os pontos. Nessas circunstâncias, as palavras "cada um por si!" soam como o cúmulo da sabedoria.

Os moradores do prédio acima do abrigo sussurravam entre si, inquietos, lançando olhares raivosos para os forasteiros.

Uma mulher de olhos escuros em um casaco de astracã cinza passou um lenço sobre as têmporas e disse:

— Tinha tanta gente atravancando a entrada que meu marido não conseguia passar. Fiquei gritando: "Deixem meu marido passar! A vida dele é importante para o nosso país!". E as bombas não paravam de cair. Mais um segundo… e podia ter sido o fim dele.

Esfregando as mãos como se tivesse acabado de sair do frio, o marido disse:

— E se houver um incêndio isto aqui será um verdadeiro Khodínka.[202] Nenhum de nós vai sair vivo. Deveríamos manter a entrada desimpedida!

— Precisamos instaurar a ordem. Este não é um abrigo para a rua inteira, é para os comandantes e trabalhadores científicos que vivem neste prédio. Onde está o zelador? Vassili Ivánovitch!

Os forasteiros, alguns dos quais tinham acabado de entrar, às pressas, olharam timidamente para os legítimos donos do abrigo e começaram a pegar seus pertences, tentando parecer menos intrusivos.

Um senhor vestindo uma túnica militar disse:

— É verdade. Precisamos consolidar nossa posição.

Houve um breve silêncio. O ar parecia mais sufocante do que nunca, as velas e pavios das lâmpadas fumegantes ainda mais tétricos.

---

[202] Durante as festividades da coroação do tsar Nicolau II, em 1896, uma multidão se reuniu no campo de Khodínka, no noroeste de Moscou; por conta de um tumulto generalizado, o evento acabou em tragédia, com a morte de 1389 pessoas, muitas delas pisoteadas.

— Escutem uma coisa — Sófia começou a falar, com sua voz grave. — Isto é uma catástrofe. E não há tempo para *nossos* e *seus*. Os abrigos antiaéreos são para todo mundo. A entrada não é determinada por cartões de racionamento.

Aleksandra Vladímirovna fuzilava Metcheriákov com o olhar.

Ele era o homem que apenas um mês antes a acusara de pusilanimidade, dizendo que durante a guerra não havia lugar para os pensamentos sobre as condições insalubres de trabalho, sobre a saúde.

— Camarada — disse ela —, minhas filhas também devem ter se refugiado no primeiro abrigo que conseguiram encontrar. Você está dizendo que elas também deveriam ser expulsas?

— Cidadã Chápochnikova — respondeu Metcheriákov —, não é o momento para demagogia.

Não era assim que Metcheriákov costumava se dirigir a ela. Quando passava por ela na escada, gostava de tirar o chapéu com extravagante polidez e dizer em polonês estropiado: "Eu beijo sua mão querida, Aleksandra Vladímirovna!".

— Se eu fosse ela — disse a esposa do zelador —, ficaria de boca fechada. Ela mandou as filhas para o outro lado do Volga e está com uma moradora ilegal. E agora não há espaço para os homens e mulheres que construíram este abrigo. Sim, ela tem que ficar de boca fechada! Mas todos nós já lidamos com gente dessa laia. Estão sempre de uniforme, mas nunca vão para o front.

— De quem são estas coisas? A quem pertence esta trouxa? — perguntou Metcheriákov. — Ponham tudo isto para fora!

Aleksandra levantou-se de um salto e disse, com uma voz baixa, mas cheia de raiva:

— Pare com isso! Ou você é que vai ser expulso. Vou chamar os soldados.

Uma moça com um menino nos braços, os olhos brilhando na penumbra, gritou:

— Vou arrancar seus olhos, seu rato. Aí você vai saber de quem é essa trouxa! Agora temos leis soviéticas. E elas não permitem que você machuque crianças!

— Você não vê a hora de Hitler chegar, seu porco! — gritou outra mulher. — Mas está esperando em vão!

— Mamãe! Mamãe! — gritou uma menina aos prantos. — Não vá embora. Vamos ser enterrados vivos, que nem o vovô!

Nesse momento, todo o porão pareceu se iluminar. Como que inundado de luz, encheu-se de vozes, que por algum tempo até abafaram o barulho das bombas.

— Essa besta gorda... qualquer um pensaria que é alemão. Ele acha que Hitler já está aqui. Mas somos cidadãos soviéticos. Somos todos iguais. Ele é que deveria ser jogado lá fora para morrer, não nossos filhos!

Aleksandra Vladímirovna estendeu a mão e puxou gentilmente a manga da blusa da jovem com o menino.

— Está tudo bem. Por favor, não se preocupe. Venha, há aqui um lugar onde você pode se sentar.

Metcheriákov recuou.

— Camaradas, vocês não entenderam o que eu disse. Eu não pretendia expulsar ninguém. Só queria manter a porta desimpedida. Pelo bem de todos.

Com medo de ser linchado e tentando se tornar imperceptível, ele se sentou em cima de uma mala. Zangado, o encanador do prédio, que estava de pé perto dele, disse:

— O que diabos você pensa que está fazendo? Isso aí é uma mala de compensado. Com essa sua bunda gorda, vai acabar por arrebentá-la!

Atônito, Metcheriákov olhou para o homem que apenas dois dias antes estava trabalhando no apartamento dele, grato por ter recebido uma gorjeta depois de consertar uma torneira do banheiro.

— Maksímov, é melhor você se dirigir a mim de um jeito um pouco mais...

— Saia de cima da mala, eu já disse!

Metcheriákov se levantou. Percebeu que o mundo tinha mudado. As pessoas já não se viam umas às outras como antes.

— O que você está fazendo? — perguntou Aleksandra à jovem sentada a seu lado. — Vai matar a criança de tanto apertá-la. O menino mal consegue respirar. Deixe-o no chão por um tempo!

A mulher sacudiu a cabeça.

— Estou abraçando meu filhinho com força para morrermos juntos. As perninhas dele são atrofiadas, ele não consegue andar. Se eu morrer, será o fim dele. O pai já está morto. Recebemos uma carta do front.

Ela inclinou a cabeça na direção do filho e a beijou repetidas vezes. Ainda estava longe de calma, mas agora tinha os olhos cheios de ternura.

Quando o bombardeio ficou mais ruidoso, todos silenciaram. As velhas então se persignaram e começaram a rezar.

Mas, quando o bombardeio serenou, as pessoas voltaram a conversar, e houve até erupções de verdadeiras gargalhadas russas, o som de pessoas capazes de explodir em risadas alegres e espontâneas mesmo nas ocasiões mais amargas.

— Olhem só para a velha Makêieva — disse uma mulher de rosto largo. — Antes da guerra, ela só falava em como queria morrer. Vivia repetindo: "Estou com oitenta anos agora... por que devo continuar viva? Quanto antes eu me for, melhor". Mas, ao som das primeiras bombas, lá está ela no abrigo. Sim, por causa dela tive que ficar em pé!

— Foi pavoroso — disse a vizinha. — Minhas pernas viraram gelatina. Tentei correr, mas não consegui. E de repente estava correndo o mais rápido que podia, segurando uma tábua de compensado por cima da cabeça. Um minuto antes, estava picando cebolinhas nela. Quando percebi, estava rezando para a tábua me proteger das bombas.

— Eu perdi tudo — disse a mulher de rosto largo. — Todas as minhas coisas. Tinha acabado de trocar o estofado do sofá, mandado cobrir com cretone. E de repente... em alguns segundos... tive sorte de sair viva.

— Certo. Já chega de você e do seu sofá. As pessoas estão morrendo queimadas.

Ninguém saiu do porão, e já fazia bastante tempo que ninguém novo aparecia. No entanto, todos pareciam saber como que por mágica o que estava acontecendo no mundo exterior, tanto na terra como no céu: quais edifícios estavam em chamas, onde tinha ocorrido um impacto direto sobre um abrigo antiaéreo, onde a artilharia soviética derrubara um avião alemão, de qual direção a última onda de bombardeiros vinha.

Um soldado parado no topo da escada anunciou aos berros:

— Fogo de metralhadoras! Perto da Fábrica de Tratores!

— Tem certeza de que não é das baterias antiaéreas? — perguntou um segundo soldado.

— Não, é um combate terrestre, sem dúvida.

O primeiro soldado ouviu com atenção e, depois de um momento, acrescentou:

— Sim, morteiros... e artilharia também. Sem dúvida.

Em seguida, mais bombardeiros — seguidos por uma nova onda de explosões.

— Meu Deus — disse a mulher do casaco de astracã. — Por favor, dê um fim nisso.

— Vamos embora — disse o primeiro soldado a seu camarada. — Ou ficaremos presos aqui como ratos.

Então Sófia Óssipovna se inclinou na direção de Aleksandra Vladímirovna, beijou-a na bochecha, levantou-se, jogou o sobretudo sobre os ombros e disse:

— Eu também vou. Talvez consiga chegar ao hospital. Vou só enrolar um cigarro e vou.

— Sim, minha querida — falou Aleksandra —, vá para o hospital.

E, enfiando a mão por debaixo do casaco, desamarrou o broche de esmalte e prendeu na túnica de Sófia.

— A partir de agora você cuida dessas violetas — disse, suavemente. — Você se lembra? A mãe de Viktor me deu isto na primavera em que me casei. Quando nos hospedamos com ela em Paris. Você ainda era apenas uma menininha. Duas violetas de esmalte... eu as levei para a Sibéria comigo.

No porão escuro, essa lembrança de uma primavera distante, da juventude das mulheres, parecia dolorosamente triste.

Em silêncio, elas se abraçaram e se beijaram. Pela maneira como se entreolhavam, ficou claro para todos que eram amigas próximas e que estavam se separando por um longo tempo, talvez para sempre.

Sófia Óssipovna começou a caminhar em direção à saída. A mulher do zelador disse:

— Ela está fugindo. Os judeus estão todos fugindo. Sabem que não vão durar muito sob os alemães. Só não entendo o que leva uma russa a dar seu crucifixo àquela mulher.

— Não era um crucifixo — disse uma mulher de pé ao lado dela. — Era um broche.

— Tudo bem, tudo bem — resmungou a esposa do zelador. — Pode chamar como quiser, mas isso não vai ajudá-la em nada agora. Não com um nariz daquele.

Esticando o pescoço, Aleksandra Vladímirovna viu os ombros largos de Sófia Óssipovna desaparecerem na escuridão. Sabia, com espantosa lucidez, que nunca mais a veria.

36

Gênia estava junto ao rio quando as primeiras bombas caíram. O chão estremeceu, e ela pensou por um momento que Kholzunov, o piloto, perscrutando o céu com seus olhos de bronze, havia tremido e descido de seu pedestal de granito.[203] Então um trovão voltou a soar, dessa vez subindo da terra para o céu; o mundo inteiro cambaleou, e o grande prédio de esquina, que abrigava a loja de miudezas e aviamentos que costumava visitar, desabou lentamente na calçada, lançando nuvens de poeira calcária no ar. Alguma coisa atingiu Gênia no peito — ar quente, denso e compacto. No cais, pessoas corriam e gritavam. Dois soldados se jogaram em um canteiro de flores. Um deles gritou:

— Deite-se, idiota, ou vai acabar morrendo!

Mães agarravam bebês dos carrinhos e corriam, algumas em direção ao rio, outras para longe da água. Gênia, porém, sentiu uma estranha calma. Podia ver tudo ao seu redor com extrema nitidez: os edifícios desmoronando, a fumaça preta e amarela, as chamas curtas e retilíneas das explosões. Podia ouvir o triunfante uivo de bombas dilacerando a terra; podia ver as pessoas em disparada ao longo do cais, aglomerando-se nos barcos e balsas.

Mas era como se seus olhos e seu coração estivessem debaixo d'água, como se observasse o mundo furioso e frenético do leito de um lago profundo e silencioso.

Um rapaz com uma mochila no ombro passou correndo por Gênia e caiu na rua. Seu quepe verde voou em direção ao portão que ele estava tentando alcançar. Gênia o observou e imediatamente se esqueceu dele.

Uma mulher louca, vestindo apenas um roupão de banho desabotoado, estava de pé no meio de uma rua esfumaçada, passando pó no nariz e nas bochechas com um sorriso insinuante.

---

[203] De forma extraordinária, o monumento a Kholzunov sobreviveu ileso à Batalha de Stalingrado. No final de janeiro de 1943, após a limpeza do aterro e a remoção do entulho e dos escombros, a estátua foi encontrada intacta.

Um homem careca e corpulento, sem paletó e com os suspensórios soltos, balançava no ar punhado de cédulas de trinta rublos. Estava oferecendo o dinheiro a Deus, a quem amaldiçoava na linguagem mais abominável; também estava fora de si.

Gênia viu um jovem esfarrapado subindo a rua do porto com uma mala amarela; movia-se de um jeito suave e felino, como se tivesse patas em vez de pés. Logo soube que ele havia roubado a mala. Através das janelas reduzidas a estilhaços de uma sala do andar térreo, ouviu os sons de um gramofone tocando foxtrote e viu pessoas com copos nas mãos, cantando, gritando e sapateando. Viu homens e mulheres feridos sendo removidos por uma janela e alguém arrancar num átimo um par de botas de um homem que perdera a vida.

Mais tarde, ao tentar se lembrar de tudo isso, percebeu que havia perdido toda noção de tempo; fora durante o terceiro dia do bombardeio que ela vira o jovem com a mochila, não nas primeiras horas.

Gênia olhava atentamente ao redor, tentando assimilar. Era como se alguém tivesse falado uma palavra que a transportara para algum século passado, para uma época de convulsões sombrias e majestosas. Ela se viu como uma figura na tela *O último dia de Pompeia*, de Bríullov, em meio a paredes e colunas desmoronadas, sob um céu negro cortado por relâmpagos. Pensou em "Festim em tempo de peste", de Púchkin, nos círculos do inferno de Dante e no Juízo Final. Tinha certeza de que nada daquilo estava realmente acontecendo. Quando chegasse em casa, relataria suas estranhas visões.

Aqueles que a viram durante essas horas pensaram que tinha enlouquecido; como era possível aquela jovem alta caminhar de modo tão vagaroso e resoluto, com um olhar tão sereno?

Não é incomum que pessoas em profundo estado de choque, que acabaram de receber notícias terríveis, continuem lustrando suas botas com ar de grande concentração, terminem de comer em silêncio sua tigela de sopa, concluam com calma a linha que estão escrevendo ou o remendo que estão cerzindo.

O que trouxe Gênia de volta, o que lhe permitiu sentir o horror do que estava acontecendo ao seu redor, não foram as chamas das casas incendiadas ou a poeira e as espirais de fumaça rodopiando acima delas. Tampouco foram os golpes do martelo demente que agora, pancada após pancada, fustigava pedra, ferro e seres humanos. O que a trouxe de volta foi a visão de uma velha malvestida caída no meio do bulevar, os cabelos emplastrados de sangue. Ajoelhado ao lado dela estava um homem de rosto rechonchudo com uma elegante capa de chuva cinza. Deslizando os braços por baixo da velha e tentando erguê-la, ele repetia:

— Mãe, o que foi que aconteceu? O que há com a senhora? Mãe, me diga alguma coisa!

A velha estendeu a mão e acariciou suavemente a bochecha do homem. Como se aquela mão enrugada fosse a única coisa no mundo, Gênia imediatamente viu tudo que ela expressava: a delicadeza da mãe; suas lágrimas; sua gratidão pelo amor do filho; o apelo de um ser agora indefeso como um bebê; seu perdão pelas falhas do filho; o desejo de confortar o filho, que era jovem e forte, mas incapaz de ajudá-la; a necessidade de dizer adeus à vida, ao lado da vontade de continuar respirando e vendo a luz do dia.

Gênia levantou as mãos para o céu cruel que rugia e gritou:

— O que vocês estão fazendo, seus desgraçados? O que vocês estão fazendo?

Sofrimento humano. Será lembrado nos séculos futuros? As pedras dos imensos edifícios perduram, assim como a glória dos generais, mas o sofrimento humano, não. Lágrimas e sussurros, um grito de dor e desespero, os últimos suspiros e gemidos dos moribundos — tudo isso desaparece junto com a fumaça e a poeira lançadas pelo vento ao longo da estepe.

Só a partir desse momento Gênia teve medo de morrer. Então começou a correr de volta para casa, curvando-se a cada explosão, sonhando que Nóvikov apareceria de repente e a levaria para longe do fogo e da fumaça. Sabendo que poderia contar com sua calma e força, começou a procurá-lo em meio às pessoas que corriam pela rua, mesmo sabendo que ele estava em Moscou. Mas o fato de pensar nele — precisamente *nele*, e em um momento como aquele — era talvez a declaração que Nóvikov esperava e queria ouvir dela.

Mais tarde, Gênia ficou surpresa por não ter pensado uma única vez em Krímov, embora soubesse que ele estava em Stalingrado. E, até aquele dia, vinha pensando constantemente nele; pelo visto, passaria o resto da vida sentindo culpa e angústia. O recente não encontro dos dois, no entanto, lhe trouxera uma sensação de calma indiferença.

Agora Gênia estava perto de casa. Em todos os cinco andares do prédio onde morava as janelas tinham sido arrancadas, e as cortinas, brancas e coloridas, enfunavam-se na ventania; mesmo a distância ela podia identificar as que havia costurado — brancas com bordas de seda azul. Num dos apartamentos, viu vasos de flores — palmas e fúcsias. Em todos os lugares por onde passou, sentiu um terrível vazio. Mas ali, perto de casa, era ainda mais terrível o zumbido dos aviões e o barulho das bombas.

E Gênia, com seu olhar de artista — sua habilidade de enxergar semelhanças interiores inesperadas —, de súbito viu o edifício como um enorme navio de cinco andares emergindo de um porto enevoado e esfumaçado para adentrar um mar revolto.

Ela se deteve e olhou em volta, imaginando a melhor forma de abrir caminho através dos escombros. Alguém gritou e lhe apontou a direção certa, e ela desceu para o abrigo antiaéreo. No início a escuridão parecia impenetrável e o ar, sufocante. Depois, Gênia começou a distinguir a fraca luz de lâmpadas de azeite, rostos pálidos e travesseiros brancos. Viu um cano de água cintilante de umidade. Uma mulher caída no chão disse:

— Cuidado por onde anda. Você quase pisou numa criança!

Quando uma explosão sacudiu os cinco pesados andares de pedra e ferro acima deles, o porão pareceu se mexer e farfalhar. Em seguida, aquietou-se novamente. Era como se as centenas de cabeças curvadas e silenciosas tivessem dado à luz uma escuridão asfixiante.

As explosões eram menos ruidosas no porão, mas o leve tremor do teto de concreto armado as tornava ainda mais assustadoras. Os ouvidos aprenderam a distinguir o zumbido penetrante dos motores dos bombardeiros, o estrondo das explosões, os agudos estalos do sistema de armas antiaéreas. Toda vez que escutavam o agourento uivo de uma bomba — assustadoramente baixo no início, depois cada vez mais alto —, as pessoas prendiam a respiração, abaixando a cabeça na expectativa do baque. E, durante esses uivantes segundos, cada um composto por centenas de frações de segundos infinitamente longas e inteiramente distintas, não havia respiração, nem desejos, tampouco recordações; no corpo das pessoas não havia espaço para nada, exceto o eco desse aulido férreo e cego.

Sem alarde, tateando o caminho escuridão adentro, Gênia encontrou um lugar desocupado e se sentou. A pedra suspensa sobre sua cabeça, os canos de água, a profundidade daquela masmorra — tudo tinha um aspecto ameaçador, e havia momentos em que o porão parecia mais uma sepultura do que um abrigo, em que ela queria voltar correndo para a superfície, escapar das mortes que esperavam por ela nas trevas para morrer à luz do dia. E queria encontrar a mãe; queria, aos empurrões, tirar as pessoas do caminho, percorrer uma trilha através da penumbra; queria dizer a todos o seu nome, para dar fim à solidão que sentia entre aqueles que não conseguiam vê-la, pessoas cujo rosto ela não podia ver e cujo nome desconhecia.

Mas os minutos, cada um dos quais poderia ter sido o derradeiro, lentamente se transformaram em horas, e aos poucos a tensão insuportável deu lugar à angústia silenciosa.

— Casa, casa — repetia monotonamente a voz de uma criança. — Mamãe, vamos para casa.

— E então aqui estamos nós — disse uma mulher —, sentados à espera do fim, *humilhados e ofendidos*.[204]

Gênia deu um tapinha no ombro dela e disse:

— Não... ofendidos, sim, mas não humilhados.

— Psiu! Psiu! Há aviões lá em cima — disse a voz de um homem atrás dela.

— Meu Deus, é como estar em uma ratoeira — falou Gênia.

— Apague esse cigarro. Aqui dentro já é difícil respirar.

Sentindo uma súbita esperança, Gênia gritou:

— Mãe, você está aí?

Dezenas de vozes responderam:

— Psiu! Psiu! Não grite assim!

E como que para confirmar esse absurdo medo de que o inimigo pudesse detectar suas vozes subterrâneas, todos ouviram um leve ruído acima. No começo quase inaudível, ele logo ganhou corpo. Um rugido áspero preencheu o espaço, obrigando todos a se deitarem no chão. A terra soltou um estrondoso estalo. O porão inteiro sacudiu com o golpe de um martelo de uma tonelada, arremessado de uma altura de quase dois quilômetros; das paredes e do teto caiu uma chuva de pedras, e todos gemeram, paralisados de choque.

Parecia que a escuridão os enterraria para sempre, mas nesse exato momento a luz elétrica voltou, iluminando as pessoas que agora se precipitavam em direção à saída. As paredes e o teto caiado ainda estavam

---

[204] *Humilhados e ofendidos* é o título de um dos primeiros romances de Dostoiévski, publicado em 1861.

no lugar; era evidente que a bomba explodira bem perto, mas não diretamente acima deles. A luz brilhou apenas por um breve momento, mas esses poucos segundos de clarão intenso foram suficientes para livrá-los do pior de todos os medos — a sensação de que tinham sido abandonados no fundo de uma masmorra. Eles não estavam mais apartados do mundo; não eram mais meros grãos de areia numa tempestade.

Gênia avistou a mãe. Lá estava ela, curvada, de cabelos grisalhos, sentada junto à parede do porão. Beijando as mãos dela, beijando seus ombros e cabelos, Gênia disse:

— Foi o Stepán, mãe! O nosso Stepán Fiódorovitch! Ele nos deu a luz da Stalgres! Oh, quero tanto contar a Marússia e Vera sobre isso. Ele nos deu luz em um momento terrível, no momento mais terrível de todos! Não seremos destruídos, mãe. Não, nosso povo jamais será destruído!

Gênia teria sido capaz de imaginar, enquanto corria pela rua, que naquele mesmo dia sentiria não apenas terror, mas também amor, fé e até orgulho?

37

Vera parou na escada entre o segundo e o terceiro andar.

De repente, todo o edifício do hospital estremeceu. Vidraças imploriram e pedaços grossos de gesso caíram no chão. Vera se encolheu, cobrindo o rosto com as mãos; temia que os cacos de vidro que voavam a toda velocidade pelo ar cortassem seus lábios ou bochechas, e que Víktorov nunca mais quisesse beijá-la. Então veio uma nova sequência de explosões. Os sons se aproximavam — estava claro que, a qualquer momento, uma bomba seria jogada sobre o local.

Uma voz acima dela gritou:

— De onde está vindo essa fumaça?

— Fogo! — responderam várias vozes, também aos gritos. — Uma bomba incendiária!

Vera desceu correndo as escadas. Teve a impressão de que o teto e as paredes estavam prestes a desabar, de que as pessoas gritavam com ela, tentando impedi-la de escapar.

Ao lado dela corriam faxineiras, auxiliares de enfermagem, o diretor do clube, duas moças da farmácia, o médico de bigode do setor de internações e dezenas de feridos de diferentes enfermarias. Podia ouvir acima deles, no último andar, o comissário do hospital, autoritário como de hábito, dando ordens, aos berros.

Dois dos feridos se livraram das muletas e escorregaram de barriga pelo corrimão, como se brincassem ou tivessem enlouquecido.

Rostos que Vera conhecia bem agora pareciam completamente diferentes; de tão embranquecidos, ela mal conseguia reconhecê-los. Pensou que devia estar sofrendo de vertigem e que tinha a visão distorcida.

Ao pé da escada, parou outra vez. Fixada na parede acima das palavras ABRIGO ANTIAÉREO havia uma seta indicando o local para onde estavam todos correndo.

Nesse momento, uma explosão arremessou Vera contra a parede. "Se eu me esconder no abrigo, o chefe da enfermaria com certeza vai me mandar de volta para o último andar, talvez até para o telhado", pensou.

Assim, em vez de entrar no abrigo, Vera saiu correndo para a rua. Antes de frequentar uma escola junto à Stalgres, havia estudado numa escola ali. Era naquela rua que comprava caramelos, bebia água com gás e xarope de frutas, brigava com os meninos, sussurrava segredos para as amigas, imitava o jeito especial de andar de sua tia Gênia ou corria, apressada, balançando a mochila, com medo de se atrasar para a primeira aula do dia.

Tijolos quebrados espalhavam-se por toda parte, e não havia mais vidro nas janelas dos prédios de apartamentos onde moravam seus amigos da escola. No meio da rua, ela viu um carro em chamas e o corpo carbonizado de um soldado — a cabeça no asfalto, os pés na calçada. Pensou em arranjar um apoio para a cabeça do cadáver, mas continuou correndo.

Conhecia bem aquela ruazinha tranquila — era a sua pequena vida, agora pisoteada e incinerada. Vera corria à procura da mãe e da avó, e sabia que não era para ajudá-las, para salvá-las, mas para se jogar nos braços maternos, para uivar: "Mãe! Por quê? Por quê? Por que a senhora me trouxe a este mundo?" — e chorar como jamais tinha chorado.

Mas afinal não voltou para casa. Em vez disso, parou e permaneceu por um momento em meio à poeira e à fumaça. A seu lado não havia ninguém, nem a mãe, nem a avó, nenhum de seus superiores. A decisão que Vera tinha que tomar era apenas dela.

O que a fez voltar para o hospital em chamas? O lamentável grito de algum doente esperando para ser levado à mesa de operações? Uma fúria infantil diante da própria covardia? Uma determinação igualmente infantil de subjugar essa covardia? Ou um senso de travessura, o mesmo amor pela impetuosidade que outrora a fazia ler livros de aventura, brigar com os meninos e pular cercas para roubar frutas nos jardins dos outros?

Podia ter sido a lembrança da disciplina, do opróbrio da deserção? Um impulso ocasional e momentâneo? Ou um ato que, de maneira natural e previsível, reuniria numa única resultante todas as coisas boas incutidas nela durante sua vida?

Vera voltou caminhando pela rua em chamas de sua vida. Não se surpreendeu ao ver que Títovna, a faxineira mal-humorada, e Babad, o médico míope, haviam carregado para fora do hospital um soldado ferido, que deixaram numa padiola no pátio, voltando em seguida para o edifício ardente.

Havia muitos outros tentando resgatar feridos. Entre eles estavam o comissário do hospital; Nikíforov, um auxiliar que sempre lhe parecera lento e taciturno; um instrutor político bem-apessoado e divertido da ala dos convalescentes; e Liudmila Savítchna, enfermeira-chefe de quarenta e cinco anos de idade cujas tentativas de se manter atraente para os homens, sobretudo gastando muito dinheiro em pó de arroz e colônias, sempre divertiram Vera.

Havia também a dra. Iúkova, gentil e falante; Anna Apollónovna, a encarregada do almoxarifado, suspeita de beber o álcool do hospital; e Kvásiuk, um oficial intendente que, pouco tempo antes, estivera internado ali, tendo se ferido numa colisão com um caminhão de três toneladas que transportava melancias e a quem queriam dar alta antes do tempo por ter vendido cobertores do hospital; ele gastara parte do dinheiro em vodca e mandara o restante para a família. Havia ainda um jovem professor assistente, Viktor Arkádievitch, que usava um anel de sinete e a quem as enfermeiras viam como um janota frio e arrogante de Moscou; e muitos, muitos outros médicos e auxiliares de enfermagem que Vera sempre considerara desinteressantes.

Vera entendeu de imediato que todas essas pessoas tão diferentes tinham algo em comum, algo que as unia. E ficou surpresa por não ter percebido isso antes.

A ausência de alguns outros membros do estafe, que se esperava que estivessem presentes, não a surpreendeu.

Quanto àqueles que suavam sangue em meio ao fogo e à fumaça, enquanto bombas explodiam por toda Stalingrado, era certo que sabiam dos defeitos de Vera. Certa vez, um paciente precisara dela justo no momento em que ela tinha acabado de se sentar para ler algumas páginas de Alexandre Dumas, e Vera reclamou: "Ah, pelo amor de Deus, deixe-me terminar o capítulo!". Em outra oportunidade, depois de terminar seu prato, comera toda a refeição de outra pessoa na cantina do hospital. Muitas vezes, deixava o trabalho mais cedo sem pedir permissão. Tivera um caso com um dos pacientes. Portanto, era considerada atrevida, obstinada e de modo geral problemática. Contudo, ninguém ficou surpreso quando Vera se juntou a eles no hospital em chamas.

Enxugando o suor do rosto sujo, Liudmila Savítchna disse:

— O médico de plantão e o diretor do hospital se escafederam. Simplesmente desapareceram, feito fumaça.

Vera subiu para o prédio em chamas. Quando chegou ao segundo andar, alguém gritou:

— Não suba mais. Não vai encontrar ninguém com vida lá em cima!

Ela continuou subindo, pela mesma escada que havia descido em pânico apenas meia hora antes. Abriu caminho através da fumaça quente até o terceiro andar. Fez isso movida pelo desejo de provar aos outros, às pessoas que não temiam a morte, que também não tinha medo de morrer — e que era mais rápida e ousada do que qualquer uma delas. Mas quando, andando às cegas, tossindo e pestanejando, entrou em uma enfermaria com o teto destruído, tomada pela fumaça, e um homem magro caído no chão olhou em seus olhos, estendendo em sua direção mãos quase tão pálidas quanto a fumaça branca, Vera sentiu uma emoção tão avassaladora que se perguntou como poderia haver espaço para aquilo em seu coração.

Dois dos quatro homens abandonados para morrer ali ainda estavam vivos. Nesse momento, Vera se lembrou dos ordenanças que sempre reclamavam do fato de os casos perdidos serem deixados num andar tão alto — carregar os cadáveres por três lances de escada não era fácil.

Pela maneira como os dois homens olharam para ela, Vera entendeu que vinham sofrendo de algo ainda mais terrível do que a agonia da morte iminente. Eles achavam que tinham sido abandonados. Odiavam e amaldiçoavam a raça humana por esquecer aqueles que nunca devem ser traídos e esquecidos, aqueles que, tendo sofrido ferimentos mortais, haviam se tornado fracos e indefesos como um recém-nascido.

O coração de Vera se encheu de amor maternal. Ela entendeu o que sua presença significava para aqueles homens.

Começou a arrastar um deles para fora da enfermaria. O outro perguntou:

— Você vai voltar?

— Claro — disse ela.

E voltou.

Depois, teve que ser carregada para fora do prédio. Ouviu um médico dizer, ao dar uma rápida olhada em seu rosto:

— Pobre garota. Tem queimaduras no queixo, nas bochechas e na testa. E acho que o olho direito pode ter sido danificado. Coloque-a na lista de evacuação.

Durante uma breve trégua no bombardeio, Vera, deitada no jardim do hospital, viu com seu olho intacto como o velho e conhecido mundo voltara a eclipsar o mundo que havia se revelado a ela no fogo. As pessoas, ao saírem do abrigo, começaram a se alvoroçar e a dar ordens, e em seguida ela ouviu um som com o qual estava familiarizada: o diretor do hospital vociferando suas severas reprimendas.

38

Quer estivessem na margem esquerda ou na própria Stalingrado, todos imaginavam que as fábricas gigantescas deviam estar sendo consumidas por algum cataclismo de destruição.

Nunca passou pela cabeça de ninguém que as três indústrias imensas — Barricadas, Outubro Vermelho e Fábrica de Tratores — ainda pudessem estar funcionando como de costume, no reparo de tanques e na produção de peças de artilharia e morteiros pesados.

Todos aqueles que operavam maquinários, realizavam soldagens, trabalhavam com martelos mecânicos ou ajustavam peças emperradas dos tanques trazidos para consertos — todos, sem exceção, enfrentavam dificuldades. Essas dificuldades, no entanto, eram mais fáceis de suportar do que a agonia de esperar o destino em um porão ou abrigo antiaéreo. É mais fácil enfrentar o perigo quando se está trabalhando. Os trabalhadores braçais da guerra — sapadores, canhoneiros, atiradores de morteiros e soldados de infantaria — sabiam disso. Mesmo em tempos de paz, haviam encontrado sentido e alegria na labuta; sabiam que o trabalho podia ser um conforto em tempos de privação e perda.

A separação de Andrêiev da esposa fora dolorosa. Ele ainda se lembrava da expressão tímida e perplexa da mulher — mais para o semblante de uma criança do que o de uma velha — ao olhar pela última vez para as janelas encortinadas e a porta trancada da casa vazia, para o rosto do homem com quem vivera por quarenta anos. Mais uma vez, Andrêiev viu a nuca escura de Volódia enquanto Varvára partia com ele em direção ao porto fluvial. Lágrimas anuviaram seus olhos, e o chão de fábrica escuro e esfumaçado se dissolveu em uma bruma.

Repetidas explosões ecoaram de uma ponta à outra da siderúrgica. O piso de cimento e os tetos de aço tremeram. Os leitos de pedra das fornalhas, repletas de aço fundido, estremeceram com o rugido dos canhões antiaéreos. Mesmo assim, a amargura da separação e a dor de testemunhar a morte de todo um modo de vida — dor ainda mais angustiante quando já se era velho — vinham acompanhadas por uma inebriante sensação de força e liberdade, semelhante talvez ao que algum velho do Volga podia ter sentido trezentos anos antes ao deixar sua casa e família para lutar ao lado de Stenka Rázin.

Era uma sensação estranha, uma espécie de alegria que Andrêiev nunca havia experimentado. Era diferente do que sentira ao receber autorização para voltar ao trabalho no início da guerra, e não menos diferente das horas de inexplicável felicidade que conhecera em seus tempos de juventude.

Era como se ele pudesse ver os juncos altos e perfumados e o rosto pálido e barbudo de um homem olhando através da névoa da manhã para a espetacular vastidão do Volga.

E, com toda a dor, com toda a força de um mestre operário, queria gritar: "Estou aqui!" — como mais de um camponês e trabalhador tinham gritado durante a Guerra Civil, fitando aquele mesmo rio, prontos para sacrificar a vida pela causa.

Andrêiev olhou para o alto telhado de vidro da fábrica, agora coberto de fuligem. Visto através do vidro, o céu de verão azul-claro parecia cinza e esfumaçado, como se também o sol, o céu e todo o universo fossem fábricas, cobertas com suas próprias camadas de encardimento e fuligem. Olhou para os colegas de trabalho; aquelas talvez fossem as últimas horas que passariam juntos. Anos de sua vida haviam transcorrido ali, e ele empenhara o coração e a alma no trabalho.

Olhou para os fornos. Olhou para o guindaste que deslizava, cuidadoso e obediente, acima da cabeça dos operários. Olhou para o pequeno escritório do chão de fábrica, para o aparente caos da enorme oficina, onde, na verdade, tudo era meticulosamente organizado, como na casinha de telhado verde, o lar que sua esposa havia criado e agora abandonara.

Varvára voltaria para a casa onde tinham vivido por tantos anos? Ele a veria novamente? Voltaria a ver o filho e o neto? Voltaria a ver aquele chão de fábrica?

39

Como sempre ocorre quando alguma catástrofe testa as pessoas até o limite, muitos moradores de Stalingrado se comportaram de maneiras inesperadas.

Tantas vezes se disse que, durante um desastre natural, as pessoas deixam de agir como seres humanos, tornando-se fantoches, impulsionadas por algum cego instinto de autopreservação. E de fato houve em Stalingrado quem furtasse o que foi confiado a elas, quem saqueasse lojas de bebidas e depósitos de alimentos. Acotovelando-se para embarcar nas balsas, as pessoas brigavam e promoviam empurra-empurras. Alguns, cujo dever era permanecer em Stalingrado, optaram por cruzar para a margem esquerda. Outros, que gostavam de se apresentar como guerreiros natos, nesse dia demonstraram apenas a mais lamentável fraqueza.

Essas observações são muitas vezes feitas em um sussurro triste, como se constituíssem uma verdade intragável, mas inescapável e definitiva. Elas são, no entanto, apenas uma parte da verdade.

Em meio à fumaça e ao estrondo das explosões, os metalúrgicos da Outubro Vermelho permaneceram junto aos fornos. As principais oficinas da Fábrica de Tratores — a aciaria e os setores de montagem e de reparos — trabalhavam sem um minuto de intervalo. Na Stalgres, o engenheiro encarregado da caldeira não arredou pé de seu posto mesmo depois de tomar um banho de lascas de tijolos e estilhaços de vidro, nem quando o fragmento de uma bomba pesada arrancou metade da alavanca de controle. Uma série de policiais, bombeiros, soldados e milicianos morreram tentando debelar incêndios que não puderam ser extintos. Há uma profusão de relatos sobre a maravilhosa coragem das crianças e a serena e sóbria sabedoria demonstrada por trabalhadores idosos.

Nessas horas, as avaliações falsas caem por terra.

As ruas em chamas de Stalingrado eram um campo de testes para a verdadeira medida do homem.

40

Pouco depois das sete da noite, um carro oficial que dirigia em alta velocidade rumo a um aeródromo alemão nos arredores de um pequeno bosque de carvalhos cobertos de poeira freou bruscamente ao lado de um avião bimotor. Os motores do avião já estavam ligados; o piloto os acionou assim que o carro chegou ao campo de pouso. Vestindo um macacão de voo e segurando um quepe numa das mãos, o general Richthofen, comandante do 4º Corpo Aéreo, saiu do carro. Ignorando as saudações dos técnicos e mecânicos, caminhou até o avião e começou a subir a escada. Parecia um homem forte e vigoroso, de costas largas e coxas musculosas. Sentado no banco normalmente ocupado pelo operador de rádio, ajeitou o capacete de couro com fones de ouvido e, em seguida, como todos os aviadores em preparação para um voo, deu uma rápida e indiferente olhada para as pessoas que estava deixando para trás em terra. Ele se remexeu por um instante, então se acomodou no assento duro e baixo.

Os motores uivaram e rugiram. A grama cinza tremeu, e, num disparo, uma enorme coluna de poeira branca se projetou, feito vapor brilhante, de debaixo da aeronave.

O avião decolou, ganhou altura e guinou para o leste. Em uma altitude de dois mil metros, ganhou a companhia de sua escolta de Fockers e Messerschmitts.

Os pilotos dos caças gostariam de conversar e brincar pelo rádio, como sempre faziam, mas sabiam que o general ouviria qualquer coisa que dissessem.

Meia hora depois, Richthofen sobrevoava a cidade em chamas. Iluminada pelo sol poente, a cena cataclísmica era claramente visível quatro mil e quinhentos metros abaixo. No calor intenso, a fumaça branca se elevava no céu; fumaça esbranquiçada, purificada pela altura, espalhava-se em formas onduladas muito parecidas com nuvens brancas. Abaixo dessas nuvens via-se uma pesada e fervente bola de fumaça; era como se algum pico do Himalaia se arrastasse lentamente para fora do útero da terra, expelindo milhares de toneladas de minérios quentes e densos de diferentes cores — preto, cinza-claro e castanho-avermelhado. Vez por outra, uma labareda quente se erguia em um jorro das profundezas desse vasto caldeirão, espalhando chuvas de centelhas por milhares de metros.

Era uma catástrofe de dimensões quase cósmicas. O colosso de fogo se alastrava quase até a fronteira das estepes do Cazaquistão.

Em certos momentos era possível enxergar a própria terra, por sobre a qual pairavam mosquitinhos pretos, mas a fumaça densa logo cobria tudo.

Um nevoeiro cobria o Volga e a estepe; o rio e a terra encanecidos pareciam invernais.

O piloto ficou subitamente apreensivo; pelos fones de ouvido, podia ouvir Richthofen quase ofegante. Por fim, ouviu o general dizer:

— Marte... isto deve ser visível de Marte. É obra de Belzebu.

Em seu entorpecido coração de escravo, o general sentiu o poder do homem que o elevara àqueles píncaros terríveis, que lhe confiara a tocha com a qual os aviões alemães, naquela última fronteira entre a Europa e a Ásia, haviam deflagrado um incêndio que permitiria aos tanques e à infantaria alemães avançarem em direção ao Volga e às fábricas gigantescas de Stalingrado.

Esses minutos e horas afiguravam-se o maior dos triunfos da mais impiedosa ideia do totalitarismo — a de empregar TNT e motores de aeronaves contra mulheres e crianças. Para os pilotos fascistas que desafiavam a artilharia antiaérea soviética e agora pairavam nas alturas sobre o caldeirão de fumaça e chamas, essas horas pareciam sinalizar o cumprimento da promessa de Hitler: a violência alemã triunfaria sobre o mundo. As pessoas lá embaixo — ouvindo o sinistro zumbido de aviões, sufocando na fumaceira enquanto se abrigavam em porões ou entre as ruínas incandescentes de suas casas — pareciam ter sido derrotadas para sempre.[205]

Mas isso não era verdade. Uma formidável cidade agonizava, de fato, o que não significava que a Rússia estava sendo escravizada — muito menos que estava morrendo. Em meio à fumaça e às cinzas, a força do povo soviético, seu amor e crença na liberdade permaneciam obstinadamente vivos e tornavam-se cada vez mais vigorosos — e essa força indestrutível já começava a triunfar sobre a fútil violência daqueles que tentavam subjugá-la.

41

Em 23 de agosto, duas divisões Panzer, uma divisão de infantaria motorizada e vários regimentos de infantaria cruzaram o Don nos arrabaldes da aldeia de Vertiátchi.

Essas tropas, agora concentradas na cabeça de ponte, receberam ordens para atacar Stalingrado imediatamente após o raide aéreo.

Os tanques alemães romperam as defesas soviéticas e avançaram velozes em direção ao Volga ao longo de um corredor de oito a dez quilômetros de largura. A investida foi rápida e bem-sucedida em todos os sentidos. Contornando fortificações defensivas, os alemães seguiram adiante rumo ao leste, em direção a uma cidade agora sufocada em fogo e fumaça, dilacerada por milhares de bombas de alta carga explosiva.

Os tanques germânicos continuaram seu avanço, ignorando tanto as colunas de caminhões soviéticos quanto os muitos civis a pé que, ao avistar os alemães, fugiam estepe adentro ou para as falésias acima do Volga. À tarde, os blindados chegaram à periferia no norte da cidade, em torno de Rínok e Ierzovka. Não demoraram a alcançar o próprio Volga.

Assim, às quatro da tarde do dia 23 de agosto de 1942, o front de Stalingrado foi dividido ao meio por um corredor estreito. As divisões de infantaria alemãs entraram nesse corredor imediatamente após os tanques. Os germânicos estavam agora na margem direita do

---

[205] Estima-se que 40 mil pessoas tenham morrido durante o primeiro dia e noite de ataques aéreos em Stalingrado (Catherine Merridale, *Ivan's War*, p. 150).

Volga, a apenas um quilômetro e meio da Fábrica de Tratores, num momento em que a maior parte do 62º Exército soviético ainda se esforçava para manter sua posição na margem esquerda do Don. Essas tropas estavam em risco de cerco.

Já abaladas com a visão da cidade em chamas, as pessoas a pé na principal estrada para Kamíchin de repente vislumbraram os pesados tanques alemães. Logo atrás deles, colunas de infantaria motorizada, semiocultas pela poeira.

Oficiais do estado-maior alemão acompanhavam com atenção o avanço dessas colunas. Todos os radiogramas relevantes eram imediatamente decodificados e transmitidos ao coronel-general Paulus.

Havia tensão em cada elo da corrente, mas tudo pressagiava sucesso. À noite, soube-se em Berlim que Stalingrado se convertera em um mar de fogo, que os tanques alemães haviam chegado ao Volga sem encontrar resistência e que a batalha havia começado na Fábrica de Tratores. Ao que tudo indicava, bastava uma última investida — e a questão de Stalingrado seria resolvida.

42

Em uma área de terrenos baldios e hortas um pouco a noroeste da Fábrica de Tratores, grupos de atiradores de morteiros do Exército Vermelho — membros de uma brigada antitanque recém-retirada da linha de frente — estavam mobilizados em exercícios de treinamento.

Da fábrica vinha um zumbido baixo, que mais parecia o murmúrio de uma floresta no outono. De tempos em tempos, pequenas chamas brilhavam através da escuridão das janelas cingidas de fuligem e via-se uma trêmula e pálida luz azul nas oficinas de soldagem.

O primeiro-tenente Sarkissian, comandante da unidade de morteiros pesados, andava a passos lentos de um lado para outro. Observava os movimentos de seus homens, ouvia o que diziam, detinha-se por alguns minutos e então prosseguia. Havia uma expressão de contentamento em seu rosto moreno e ligeiramente azulado. Ele vestia uma túnica nova de gabardina, uma camisa com um elegante colarinho de celuloide e, em vez do quepe simples que usava na linha de frente, um barrete de artilheiro também novo, com uma faixa preta. Mechas de seu cabelo preto e crespo despontavam por baixo. Sarkissian era atarracado e muito pequeno. Como todos os homens baixinhos, fazia o melhor que podia para parecer mais alto. Não alisava o cabelo cacheado; e, quando as condições permitiam e ele não tinha que estar no front, usava um chapéu de pele no inverno e um quepe de copa alta no verão.

Ao ouvir a resposta de um desleixado atirador de morteiros a uma pergunta de seu comandante de pelotão, seus olhos castanho-escuros foram tomados por uma expressão de irritação e raiva.

— Incorreto! — disse, e seguiu adiante.

Os exercícios não iam nada bem. Os homens davam respostas descuidadas às perguntas e transmitiam de maneira equivocada os dados de amplitude. Pareciam especialmente relutantes em começar a cavar trincheiras. No momento em que Sarkissian saía de perto, começavam a bocejar, imaginando se teriam ou não a chance de se sentar e fumar.

Depois de muitos dias de tensão febril, tanto os comandantes quanto os soldados caíram no estado de languidez característico dos recém-retirados de combate. Ninguém queria se lembrar do passado ou pensar no futuro; ninguém tinha vontade de fazer coisa alguma. Mas o jovem primeiro-tenente tinha o temperamento belicoso típico do sul, e faltava-lhe paciência para aturar aquilo. Assim que se afastava de um grupo de atiradores, os homens olhavam com rancor para o seu pescoço grosso e as orelhas de abano. Afinal, era domingo, e todos os outros estavam descansando. Guarnições de artilharia antitanque, unidades de fuzis antitanque, artilheiros antiaéreos, ordenanças dos depósitos de suprimento de munições, funcionários do quartel-general — todos tinham sido liberados para fazer o que bem entendessem. Todos sabiam que o comandante de brigada e o comissário haviam determinado um dia de descanso. Sarkissian, no entanto, levara sua unidade para as hortas e ordenara que os homens cavassem trincheiras e arrastassem morteiros pesados e parte de suas provisões de munição para esse novo local, ao lado de uma ravina profunda. O sargento Generalov, satisfeito após uma noite inteira de sono e uma rápida visita à casa de banhos, seguida de uma cerveja de Jiguli, entendeu — só de ler seus lábios — o que os homens de um dos grupos murmuravam uns para os outros.

— Chega de palavrões! — gritou ele, bem-humorado.

O tenente Morózov, com um dos braços enfaixado, aproximou-se de Sarkissian; estava de serviço no quartel-general da brigada, mas acabara de ser substituído. Veio andando de braço dado com o comandante da bateria antiaérea responsável pela defesa da Fábrica de Tratores. Os dois haviam sido colegas em seus tempos de estudante na escola militar e se encontraram de novo, inesperadamente, na fábrica.

— Bem, camarada primeiro-tenente, parece que não iremos voltar ao front tão cedo — disse Morózov. — Acabamos de receber um boletim do quartel-general do distrito militar. Tudo indica que não vamos ficar aqui por muito mais tempo. Estamos sendo enviados para reagrupamento em algum lugar ao norte de Sarátov. Informaram a localização exata, mas esqueci o nome.

Ele riu. Sarkissian riu também, e deu uma boa espreguiçada.

— Talvez até recebamos uma licença — disse Svistun, o artilheiro antiaéreo. — Sobretudo você, camarada tenente, que tem esse ferimento que não quer sarar.

— Provavelmente sim — respondeu Morózov. — Já solicitei. Meus superiores não fizeram objeção.

— Já eu não tenho tanta sorte — disse Svistun. — A Fábrica de Tratores é considerada um objeto de importância nacional.

E começou a praguejar.

Sarkissian olhou para as bochechas vermelhas de Svistun, piscou para Morózov e respondeu:

— O que você quer com uma licença? Isto aqui já é tão bom quanto passar férias num balneário. Tem o Volga ali perto. Pode ir à praia todo dia. E tem um monte de melancias.

— Já comi melancias para uma vida inteira — disse Svistun. — Não aguento mais.

— Isso para não falar das garotas! — disse Morózov. — Há uma coleção e tanto. Telemetristas, operadoras, todas com dez anos de escolaridade, limpinhas, asseadas, de cabelos cacheados, colarinhos brancos… Quando estive pela primeira vez na bateria, fiquei perplexo. Não, Svistun, você não precisa de licença nenhuma… aqui mesmo já tem tudo o que um homem poderia querer. Na verdade, você já era famoso pelas conquistas amorosas desde os tempos da escola do exército, não é?

Svistun deu uma risadinha e falou:

— Tudo bem, já chega dessas histórias! Você está exagerando.

Aparentemente, ele preferia não se gabar de suas façanhas.

Morózov voltou-se para Sarkissian e disse baixinho:

— Deveríamos aproveitar o dia de descanso. Agora que não estou de serviço, por que não vamos todos juntos para Stalingrado? O que deu em você, camarada primeiro-tenente? Por que esses exercícios quando estão em segurança na retaguarda? Todo mundo tirou o dia de folga. O tenente-coronel e seu ajudante de ordens foram pescar. O comissário está escrevendo cartas.

— Tudo bem — disse Sarkissian. — Mas a fábrica vai receber uma entrega de cerveja hoje; ouvi da diretora da cantina.

— A rechonchuda? — perguntou Morózov.

— Mária Fomínichna é uma boa mulher. Sempre me diz quando vai ter cerveja — disse Svistun, que claramente conhecia bem a cantina da fábrica. — E você deve saber que a cerveja em barril é melhor do que a engarrafada. E mais barata também!

— Mária — disse Sarkissian, os olhos brilhando. — Às seis em ponto, acaba o turno dela. Depois disso, podemos sair. Mas, até lá, exercícios. Essa é a minha decisão, e vou cumpri-la.

— Camarada primeiro-tenente, Mária é mercadoria velha. Deve ter pelo menos uns quarenta anos — disse Morózov, em tom de censura. — Você e suas gordinhas... por que não tenta algo diferente?

— Eu diria que ela tem bem mais de quarenta anos — atalhou Svistun.

Eram cerca de três horas da tarde de um domingo tranquilo e quente, e aqueles homens nem de longe poderiam ter imaginado que dali a apenas uma hora seriam os primeiros a enfrentar os tanques alemães, que os disparos dos morteiros pesados de Sarkissian e dos canhões antiaéreos de Svistun marcariam o início de uma grande batalha.

Conversaram um pouco mais e então seguiram caminhos separados, tendo combinado de se encontrar duas horas depois na cantina da fábrica. Tomariam cerveja e depois iriam de carro até a cidade para assistir a um filme. Sarkissian poderia providenciar um carro e Svistun, o combustível.

— A problemática combustiva não vai ser difícil de resolver — disse Morózov, que já na escola militar gostava de parecer sabichão.

Mas Sarkissian, Morózov e Svistun nunca mais se encontraram. No início da noite, o tenente Morózov estava deitado no chão, semicoberto pela terra, o crânio despedaçado e o peito rasgado. Quanto a Svistun, deu combate por trinta horas a fio. Alguns de seus canhões trocaram fogo com os tanques germânicos; os outros lutaram, em meio a chamas, fumaça e poeira, para rechaçar os bombardeiros inimigos. Perderam todo o contato com o quartel-general, e o tenente-coronel Herman, comandante do regimento, pensou que os canhões de Svistun, ocultos na fumaça negra, tinham sido completamente aniquilados, junto com todos os seus artilheiros. Só aos poucos percebeu, a partir do som dos disparos, que a bateria continuava ativa. A batalha resultou na morte de muitas das lindas meninas — as operadoras e telemetristas — sobre as quais os três tenentes haviam brincado apenas algumas horas antes. Por fim o próprio Svistun, com graves ferimentos no estômago e queimaduras no rosto, terminou em cima de um pedaço de lona e foi retirado de combate.

Mas naquela tarde, depois que Morózov e Svistun partiram em direção à fábrica, o braço de um em volta dos ombros do outro, rindo e relembrando seus tempos na escola militar, e Sarkissian voltou a inspecionar calmamente suas unidades de morteiros, tudo permanecia quieto, no solo e no céu.

Os carregadores de munição foram os primeiros a avistar os bombardeiros alemães.

— Olhem! Lá em cima! — gritou um deles. — Parecem formigas. Cobrindo todo o céu. Vindo do Volga, de toda parte!

— E estão vindo direto para cima de nós. Estamos ferrados.

— Tem certeza de que não são nossos?

— De jeito nenhum. Só as malditas bombas... logo elas serão nossas!

As sirenes da fábrica começaram a soar, mas seu uivo agudo foi abafado pelo denso zumbido dos motores que agora enchiam os céus.

Os soldados ergueram os olhos, observando a nuvem negra. Por mais caótico que parecesse seu movimento, os olhos experientes logo determinaram que o principal alvo dos alemães era a própria cidade.

— Os desgraçados estão virando! Descendo... mergulhando... Despejaram as bombas.

Em seguida, veio um assobio sombrio e gélido — seguido por explosões graves e roucas fundindo-se em um único som poderoso que fez a terra tremer.

Uma voz jovem e estridente gritou:

— Cuidado! Dessa vez estão vindo para *nos* pegar!

Os soldados se espalharam por trincheiras, fossos e ravinas; imóveis, pressionaram os quepes na cabeça como se eles pudessem protegê-los das bombas. Os canhões antiaéreos abriram fogo.

As primeiras bombas caíram.

Arrancado de seus pensamentos sobre cerveja e uma noitada na cidade, Sarkissian olhou ao redor. Tinha pavor dos bombardeiros alemães, e raides aéreos sempre o faziam se sentir perdido e confuso. Angustiado, olhava para o céu: para onde os aviões estavam indo agora? Quem seria a próxima vítima?

— Não é o que eu chamo de guerra — disse ele. — Apenas bandidos voadores.

Os combates terrestres eram muito diferentes. Durante esses confrontos, ele se sentia forte, astuto e implacável. Lutando contra um inimigo no solo, não tinha aquela sensação abominável de ter o topo da cabeça nu e exposto.

— Todos a postos! — gritou, tentando silenciar a apreensão com a fúria.

A primeira onda de aviões despejou suas bombas e partiu, e a segunda ainda não tinha aparecido; por enquanto, havia apenas fumaça, soprando rápido em direção ao Volga. Ao sul, Sarkissian podia ouvir o estrondo — ora mais alto, ora mais baixo — de fogo antiaéreo, e o céu sobre a cidade estava pontilhado com pequenas baforadas brancas, vestígios de explosões de granadas. Em meio à fumaça fina dos edifícios que ardiam lá embaixo, uma nuvem escura de insetos bimotores circulava sobre a cidade de Stalingrado. Caças soviéticos atacavam esse furioso e venenoso enxame.

Os atiradores de morteiros saíram dos fossos e trincheiras e se dirigiram a seus canhões sem se preocupar em sacudir a terra das roupas, sabendo que talvez tivessem que correr em busca de abrigo novamente a qualquer momento. Todas as cabeças estavam viradas para o sul em direção à cidade, todos os olhos voltados para o céu. Mas Sarkissian, lábios franzidos e olhos mais arregalados do que nunca, continuava se virando para trás. Além do estrondoso rugido no ar, pensou ter ouvido o áspero ronronar de ferro que conhecia muito bem.

— Está ouvindo alguma coisa? — perguntou ao sargento Generalov, que exibia um ar grave, embora conservasse as bochechas rosadas.

Generalov balançou a cabeça e, praguejando alto, apontou para o céu.

— Estão vindo nesta direção de novo, direto para as fábricas.

Mas Sarkissian não estava mais olhando para o céu, não estava mais ouvindo o fogo cadenciado das armas antiaéreas que defendiam a fábrica. Na ponta dos pés, fitava o norte, o mais longe que sua vista podia alcançar, num ponto distante da cidade. Um pouco além de uma ampla ravina que levava ao Volga, em meio a arbustos empoeirados e árvores raquíticas, julgou entrever a testa baixa e taciturna de um tanque pesado.

— Protejam-se! Eles estão vindo para cá! — gritou Generalov, apontando para o céu.

Sarkissian fez um gesto impaciente.

— Corram para a ravina — falou. — Acho que tem alguma coisa vindo por terra, lá longe, do outro lado. Quero saber o que é.

Deu um leve empurrão nas costas de Generalov.

— Rápido!

Depois de ordenar aos comandantes de pelotão que mirassem seus morteiros para o lado oposto da ravina, escalou o telhado coberto de musgo de uma velha casa abandonada. De lá, podia ver galpões, hortas, uma estrada vazia, trilhas que levavam à ravina, a ravina em si e tudo o mais além dela. Uma coluna de tanques — ele calculou pelo menos trinta — vinha avançando ao longo de uma larga vereda amarela em direção à Fábrica de Tratores.

Os carros de combate estavam muito longe, e Sarkissian foi incapaz de distinguir sua cor ou marcações características. As chapas de blindagem, sem dúvida, estavam cobertas por espessas camadas de poeira — e agora havia também uma cortina de terra seca levantada pelas lagartas e esvoaçando ao vento.

Ele viu que Generalov se aproximava da ravina, alternando-se entre uma corrida e uma caminhada a passos rápidos. Não, não podia haver dúvida... eram tanques soviéticos — reforços vindos de Kamíchin. Ainda naquela manhã, o comandante da brigada, recém-chegado do quartel-general do front, dissera a Sarkissian que os alemães estavam detidos no Don e que era improvável que tentassem uma travessia naquele momento. O Don era largo demais...

Ainda assim, Sarkissian não estava plenamente seguro a respeito dos tanques. Como todos que haviam passado muito tempo na linha de frente, vivia em estado de constante cautela. Durante a noite, aguçava os ouvidos ao menor ruído — passos silenciosos ou o zumbido quase imperceptível de motores. Estava acostumado a observar atentamente um caminhão que atravessava uma aldeia envolto em uma nuvem de poeira, a esquadrinhar os contornos de um avião solitário voando baixo sobre uma ferrovia, a parar o que estava fazendo e prender a respiração enquanto fitava com olhar minucioso um pequeno grupo de homens percorrendo um descampado. Tudo isso, agora, era uma parte dele, um modo de vida que tinha entrado em seu sangue.

Ele avistou a poeira sobre a aldeia de Lotóchinski Sadi, onde um dia antes fora comer uvas. E, do pomar perto do rio Mókraia Metchetka — onde estavam posicionados um batalhão antitanque e várias unidades das milícias populares das fábricas —, pôde ouvir tiros de fuzis indistintos e disparos curtos de metralhadoras. Aparentemente, a milícia tinha aberto fogo. Mas contra quem?

Então Sarkissian vislumbrou clarões intermitentes do outro lado da ravina, entre a grama alta e os arbustos. Ouviu o staccato do fogo de metralhadora, e viu Generalov mais uma vez. Balançando as mãos acima da cabeça, o sargento desapareceu na ravina. Um minuto depois, estava correndo de volta para os morteiros, curvando-se, desviando, caindo no chão e pondo-se de pé novamente. Detendo-se por um segundo, berrou:

— Booo-cheeees!

Mas já estava muito claro, a julgar pelos movimentos dele, que os tanques que se aproximavam eram Panzers alemães. E Sarkissian, pequeno e majestoso, de pé sobre o telhado coberto de musgo, saudou seu destino severo. Com voz rouca e exultante, berrou uma ordem não prevista em nenhum manual militar:

— Abram fogo contra os filhos da puta fascistas!

E assim chegou ao fim o breve período de descanso da unidade no silêncio da retaguarda.

Os alemães estavam, nesse momento, procurando uma maneira de cruzar a ravina. A súbita salva dos morteiros, somada aos tiros de fuzis e metralhadoras da milícia da fábrica, interrompeu abruptamente seu avanço. A primeira linha das defesas soviéticas no setor norte do front de Stalingrado resistia à investida.

Krímov estava escrevendo para o irmão, perdido em pensamentos enquanto tentava imaginar a vida nos Urais, que ele jamais visitara. Tudo que havia lido e ouvido sobre a região se aglutinara para formar um estranho e complexo cenário. A imagem incluía encostas graníticas de montanhas cobertas de bétulas com a folhagem já meio amarelecida; lagos tranquilos rodeados por pinheiros centenários; oficinas banhadas na luz das gigantescas fábricas de construção de máquinas; as ruas asfaltadas de Sverdlovsk; e cavernas onde, no meio da massa escura de rochas, pedras semipreciosas cintilavam com todas as cores do arco-íris. A casinha do irmão — situada nesse lugar onde lagos, cavernas, ruas asfaltadas e enormes oficinas fabris coexistiam lado a lado — ficava em algum lugar excepcionalmente belo, tranquilo e calmo.

Um instrutor político irrompeu, aos berros:

— Camarada comissário, o inimigo!

O quartinho de Krímov, que seu ordenança se esforçara tanto para tornar acolhedor e confortável, e seus pensamentos sobre o irmão, sobre os lagos e florestas dos Urais — tudo se evaporou em um átimo, como gotas de água caindo sobre ferro em brasa.

Voltar à guerra pareceu tão simples e natural quanto acordar pela manhã.

Poucos minutos depois, Krímov estava no terreno baldio, onde os morteiros de Sarkissian disparavam contra os tanques alemães.

— Relatório da situação! — gritou, com severidade.

Com o rosto vermelho, animado pelo fogo bem-sucedido contra os tanques alemães, Sarkissian respondeu:

— Camarada comissário, uma coluna blindada do inimigo se aproxima. Acabei de acertar dois tanques pesados!

Pensou que não seria má ideia pedir uma declaração ao ajudante de campo da brigada certificando que os tanques haviam sido de fato destruídos pela sua unidade de morteiros. Num episódio anterior, no Don, Sarkissian destruíra um canhão autopropulsado do inimigo, mas foi seu vizinho, o comandante de uma bateria de artilharia, quem acabou recebendo o crédito nos despachos.

Mas um olhar para Krímov bastou para que Sarkissian esquecesse essas preocupações insignificantes. Nunca, nem mesmo nos momentos mais críticos, ele tinha visto essa expressão no rosto do comissário.

Os alemães alcançaram a margem do Volga, nos arredores de Stalingrado. Abriram uma brecha para avançar às fábricas gigantes. Seus aviões salpicavam toda a extensão do céu, com um zumbido que preenchia todo o espaço, e havia um elo perverso entre esse ruído ameaçador e os tanques que abriam caminho esmagando a terra. Inimigos no ar, inimigos no solo — e o vínculo entre eles se fortalecia, cada vez maior e mais profundo. Os alemães tinham que ser detidos. Esse elo tinha que ser rompido.

Nada mais importava.

Nesses momentos, o estado de tensão que dominava o espírito de Krímov atingia seu ápice.

— Estendam o cabo telefônico até aquela casa! — ordenou ao subchefe do estado-maior. E, virando-se para Sarkissian, perguntou: — Como estão seus suprimentos de munição?

Depois de ouvir a resposta, prosseguiu:

— Ótimo. A distância até o depósito de munições é grande. E, como não vamos recuar, devemos levar toda a nossa munição para as posições de fogo.

Com um rápido olhar para Krímov, um soldado se manifestou:

— Está certo, camarada comissário! — E, gesticulando em direção ao Volga, acrescentou: — De qualquer forma, para onde poderíamos recuar?

Olhares rápidos e palavras breves foram suficientes. O comissário e os atiradores de morteiros entenderam-se de imediato.

Krímov voltou-se para o ordenança do comandante de brigada, que acabara de chegar correndo, e disse:

— Mande todo o pessoal do estado-maior e todo o pessoal da logística para o transporte de munição! Não há carregadores suficientes.

Krímov sorriu para outro atirador:

— Então, Sazónov, em posição?

— E pensar que eu não queria ficar no Don... Lembra-se disso, camarada comissário?

— Claro que lembro — respondeu Krímov.

O soldado disse alguma outra coisa, mas, no caos dos tiros de fuzil e explosões de granadas e bombas, Krímov não conseguiu ouvir.

Krímov deu ordens para que um mensageiro levasse um bilhete ao comandante do regimento antiaéreo. Panzers alemães, escreveu ele, haviam aparecido nas imediações; ele deveria estabelecer comunicação com a brigada antitanque e travar combate contra os blindados inimigos imediatamente. Antes mesmo que o mensageiro chegasse ao comandante, Krímov ouviu o som de descargas contínuas e potentes. Os artilheiros antiaéreos já tinham aberto fogo contra os Panzers.

Sob os olhares de dezenas de homens, o comissário ia de uma unidade de atiradores de morteiros a outra. Centenas de olhos encontravam os de Krímov — de maneira fugaz, lenta, entusiasmada, calma, ousada.

Apontadores de canhão olhavam para ele após um disparo bem-sucedido. Carregadores de munição olhavam para ele antes mesmo de endireitarem as costas e enxugarem o suor da testa. Comandantes de grupo batiam continências apressadas antes de responderem a uma pergunta ríspida. Oficiais de comunicações estendiam o braço para oferecer os receptores de telefone.

Enquanto lutavam nas cercanias da Fábrica de Tratores, os artilheiros sentiam toda a tensão e o terror do combate. Animavam-se com a velocidade e precisão de seus disparos. Tinham consciência de que tanto os aviões como a artilharia inimiga agora fustigavam suas posições. Preocupavam-se com seus erros ocasionais e com a pouca profundidade das trincheiras que haviam cavado apenas algumas horas atrás. Não pensavam no futuro imediato nem no futuro distante — apenas que seria ótimo se tivessem tempo de se atirar ao chão caso uma granada alemã caísse nas proximidades. Mas havia algo novo nessa inesperada batalha, algo que a distinguia de outras batalhas travadas na estepe. Não era apenas a raiva dos homens, que haviam ansiado por um breve descanso e agora estavam sendo forçados a voltar ao combate. Era mais uma questão de perceberem que haviam sido conduzidos de volta às margens do Volga. Estavam lutando na fronteira das estepes do Cazaquistão — o que lhes trazia uma forte sensação de pesar e angústia.

Krímov sentiu a solidez da ligação entre os envolvidos nas primeiras horas da Batalha de Stalingrado. A intenção subjacente de todas as suas ordens, de cada palavra que ele proferia, não era apenas estabelecer comunicações confiáveis entre os artilheiros e seus comandantes, entre o quartel-general e as várias subunidades, entre a brigada, o regimento antiaéreo, a milícia da fábrica e o quartel-general do front, mas também trazer à tona as conexões humanas mais profundas e essenciais, sem as quais a vitória é impossível. Krímov aprendera um bocado durante a longa retirada soviética — tanto nos momentos de sucesso como nas muitas derrotas.

Em pouquíssimo tempo, por ordem de Krímov, cabos telefônicos foram instalados entre o quartel-general da brigada e o do regimento antiaéreo — e também até o quartel-general da milícia da fábrica e um batalhão de tanques próximo, ainda em treinamento.

O tempo todo o telefonista passava o receptor a Krímov, e os artilheiros, atiradores de morteiros e equipes de tanqueiros ouviam a voz calma e límpida do comissário.

— Camarada comissário! — disse Volkov, comandante de um pelotão de metralhadoras, quando correu para o quartel-general da brigada. — Estamos quase sem cinturões de cartuchos. Pensei que estávamos a salvo na retaguarda. Nunca imaginei que voltaríamos a lutar tão cedo.

— Envie alguns homens ao quartel-general do regimento da milícia. Já falei com o ordenança, ele vai lhes dar os cartuchos.

O telefone tocou outra vez. Krímov disse no receptor:

— As trincheiras precisam ser sólidas e profundas. Nada de abrigos temporários. Precisamos cavar. Vamos ficar aqui por um bom tempo.

Os ataques terrestres e aéreos simultâneos tinham como objetivo incapacitar as comunicações soviéticas. Não tiveram êxito.

A visão dos tanques germânicos acercando-se do Volga era medonha. Os tanqueiros alemães estavam confiantes de que seu súbito aparecimento nos pontos de travessia do rio e em uma fábrica nos arredores da cidade em chamas semearia confusão e pânico, mas acabaram sendo pegos de surpresa; não esperavam ser recebidos por um fogo combinado tão potente. Quando, após ataques diretos e certeiros, dois Panzers pegaram fogo, o oficial no comando concluiu que as forças soviéticas não haviam sido surpreendidas. Deviam saber de antemão dos planos alemães, tendo deduzido a rota que os tanques percorreriam rumo à Fábrica de Tratores e os pontos de travessia do rio ao norte e preparado sua defesa.

O oficial comunicou-se pelo rádio com seu quartel-general, dizendo ter ordenado uma pausa. Seus tanques e a infantaria motorizada tinham que se preparar para uma prolongada troca de fogo.

Nem é preciso dizer que muitos eventos importantes contêm um elemento de acaso, às vezes afortunado, às vezes não. O verdadeiro significado de um evento, no entanto, não pode ser entendido de maneira isolada, mas em relação com o espírito de seu tempo. Os detalhes do acaso têm importância apenas secundária; não alteram o curso da história.

Chegaria a hora em que as leis da vida e da guerra deixariam de transformar milhões de ações individuais alemãs em uma invencível força de esmagamento. De agora em diante, até mesmo os acasos favoráveis se dissipariam feito fumaça, sem trazer nenhum benefício real aos alemães, ao passo que até mesmo os mais ínfimos exemplos de má sorte, os mais insignificantes infortúnios, teriam consequências graves e irreversíveis.

43

Depois do descomunal ataque aéreo, a cidade tinha um aspecto estranho. Tudo o que havia mudado parecia estranho, e tudo o que não havia mudado parecia estranho. Era estranho ver famílias comendo no meio das ruas, sentadas em cima de caixas, trouxas e pacotes ao lado das ruínas de suas casas, e não menos estranho era ver uma velha fazendo tricô pela janela aberta de uma sala ainda intacta, ao lado de um vaso com uma falsa-seringueira e um adormecido gato siberiano de pelagem comprida. O que tinha acontecido era impensável.

Embarcadouros desapareceram. Os bondes não circulavam mais, os telefones não mais tocavam. Muitas instituições importantes não estavam mais funcionando.

Sapateiros e alfaiates desapareceram, assim como ambulatórios, farmácias, escolas, relojoeiros e bibliotecas. Os alto-falantes das ruas emudeceram. Não havia teatro nem cinema, nem lojas, mercados, lavanderias, casas de banho, quiosques de água com gás ou cervejarias.

Pairava no ar o cheiro de queimado, e as paredes dos edifícios incendiados ainda não tinham esfriado. Exalavam um hálito quente, como fornos.

O som do fogo de artilharia e as explosões de obuses alemães estavam cada vez mais próximos. À noite ouviam-se o ruído de tiros de metralhadora ao norte, nos arredores da Fábrica de Tratores, e o estalido seco dos morteiros de pequeno calibre. Já não se sabia mais o que era normal: um jardineiro varrendo a rua enquanto uma fila organizada se formava na porta de uma padaria ou uma mulher enlouquecida com sangue nas unhas bem cuidadas arremessando para o lado tijolos e chapas de ferro corrugado enquanto se esforçava para escavar em meio aos destroços e abrir caminho até o corpo do filho morto. Todo mundo sabia que as regiões ao norte da cidade haviam sido tomadas por tropas alemãs. Esperavam-se mais surpresas terríveis. Parecia impossível que o dia de hoje fosse igual ao dia de ontem, que qualquer dia acabasse como o dia anterior. A estabilidade era inimaginável.

A única coisa que não mudou foi a vida no quartel-general do front, que apenas alguns dias antes parecia tão provisório, tão deslocado. Soldados do batalhão de guardas ainda chacoalhavam suas marmitas de lata enquanto corriam para a cantina. Montados em motocicletas, oficiais de comunicações ainda percorriam em disparada as ruas, e Emkas cobertos de poeira e lama, com as laterais amassadas e rachaduras em forma de estrela nos para-brisas, ainda paravam nas praças da cidade, diante de guardas de trânsito empunhando bandeiras vermelhas e amarelas.

E a cada dia uma nova cidade crescia em meio às ruínas da antiga cidade em tempos de paz. Essa nova cidade — uma cidade de guerra — estava sendo erguida por sapadores, oficiais de comunicações, soldados de infantaria, artilheiros e milícias do povo. O tijolo, descobriu-se, era o material com o qual se construíam barricadas. As ruas existiam não para permitir a livre circulação de pessoas e veículos, mas para impedi-la; minas camufladas foram instaladas nessas ruas, e cavaram-se trincheiras ao longo delas; a coisa certa a se deixar na janela de uma casa não era um vaso de flores, mas uma metralhadora. Portões e pátios internos serviam para posicionar peças de artilharia e armar emboscadas para tanques; e os recantos e frestas entre os edifícios foram projetados para servir como ninhos de franco-atiradores, esconderijos para lançadores de granadas e metralhadores.

44

Durante a noite do quinto dia de combate, não muito longe de casa, Mostovskói encontrou por acaso Sófia Óssipovna.

Vestindo um sobretudo com a bainha chamuscada, o rosto agora pálido e magro, ela parecia muito diferente da mulher robusta e alegre de voz estridente ao lado de quem se sentara no aniversário de Aleksandra Vladímirovna.

Mostovskói não a reconheceu de imediato. Os olhos aguçados e zombeteiros dos quais se lembrava com tanta nitidez, e que agora esvoaçavam de um lado para outro, lançaram na direção dele uma mera espiada e em seguida voltaram-se para a fumaça cinza que ainda se esgueirava ao redor das ruínas.

Uma mulher usando um roupão de banho colorido, amarrado com um cinto de soldado, e um idoso vestindo um capote branco e um barrete amassado passaram pelo portão, empurrando um carrinho lotado de objetos domésticos.

O homem e a mulher com o carrinho olharam para Sófia e Mostovskói. Em qualquer outro tempo, teriam sido uma visão extraordinária. Mas, agora, era o idoso Mostovskói, com a calma atenção com que costumava observar tudo ao redor, que parecia deslocado.

Muito já se escreveu sobre os aromas dos prados e florestas, das folhas de outono, da grama jovem e do feno fresco, da água do mar e dos rios, da poeira quente e dos corpos vivos.

Mas e quanto aos cheiros do fogo e da fumaça nos tempos de guerra?

Há muitas variedades na sua aparente monotonia. A fumaça de uma floresta de pinheiros em chamas é uma névoa leve e perfumada que flutua entre os altos troncos acobreados, como um véu azul-claro. A fumaça úmida e amarga de um incêndio numa floresta decídua é fria e pesada, agarra-se ao chão. As chamas enfumaradas de um trigal maduro são pesadas e quentes como a amargura de um povo. O cheiro do fogo se alastrando pelas estepes secas de agosto... Os rugidos da palha ardente... A fumaça densa, gordurosa e ondulante da gasolina queimando...

Naquela noite, a cidade ainda fumegava, exalando um bafejo que parecia igualmente pesado e quente. O ar estava seco, e as paredes dos edifícios continuavam a emanar calor. Chamas preguiçosas e fartas bruxuleavam aqui e ali, consumindo os últimos restos de tudo o que fosse inflamável. Filetes de fumaça escapavam de mansinho por janelas escancaradas ou espaços onde antes existiam telhados.

Na penumbra dos porões, pilhas incandescentes de tijolos e gesso emitiam um brilho escuro e avermelhado. E as nesgas de sol nas paredes, os raios solares brilhando através dos vãos, as arroxeadas nuvens noturnas — tudo isso parecia fazer parte do grande incêndio, como se também fossem obra do homem.

A confusão de cheiros era perturbadora. Misturavam-se os odores de argamassa e pedras quentes, de plumas chamuscadas, tinta queimada e carvão em brasa apagado por baldes de água.

Estranho e vazio, o silêncio pairava sobre a cidade sempre barulhenta e falante, mas o céu parecia de alguma forma menos distante, menos separado da terra do que o normal. Havia se aproximado das ruas e praças; chegara bem perto da cidade, assim como o céu noturno chega bem perto de campos abertos, da estepe, do mar ou da floresta do norte.

Mostovskói ficou radiante ao ver Sófia Óssipovna.

— Não dá para acreditar! — disse. — O teto do meu quarto permanece intacto. Ainda há vidro nas janelas... provavelmente a última chapa de vidro ainda inteira em Stalingrado. Vamos a minha casa!

A porta foi aberta por uma senhora pálida com os olhos vermelhos de tanto chorar.

— Apresento-lhe Agrippina Petrovna, administradora das minhas economias — disse Mostovskói.

Entraram no quarto dele. Tudo estava limpo e arrumado, em contraste com o caos por toda parte.

— Primeiro, conte-me sobre nossos amigos — disse Mostovskói, indicando com um gesto que Sófia se sentasse na poltrona. — Fiquei sabendo por uma vizinha, Zina Mélnikova, que Marússia morreu durante o primeiro bombardeio. Mas e o restante da família? Onde está Aleksandra Vladímirovna? Vi com meus próprios olhos que o prédio onde morava foi destruído, mas ninguém soube me dizer coisa alguma.

— Sim, a pobre Marússia está morta — disse Sófia.

E em seguida contou a Mostovskói que Gênia e a mãe haviam partido para Kazan, mas que Vera decidira permanecer em Stalingrado. Não quis deixar o pai sozinho e foi ficar com ele na Stalgres. Sofrera leves queimaduras no pescoço e na testa, mas o olho, que chegara a ensejar alguma preocupação, agora estava completamente curado.

— E aquele rapaz mal-humorado? — perguntou Mostovskói. — Serioja, se não me engano?

— O senhor acredita que o encontrei ontem na Fábrica de Tratores, por acaso? A unidade dele estava sendo levada para algum lugar... mas não pudemos ter uma longa conversa. Só consegui contar a ele sobre a família. Ele me disse que havia estado em combate por cinco dias a fio, que era atirador de morteiros e que sua unidade estava voltando para retomar a defesa da Fábrica de Tratores.

Com um olhar angustiado, Sófia contou a Mostovskói que, nos últimos dias, tinha feito mais de trezentas cirurgias e curativos em civis e soldados, e que muitos de seus pacientes eram crianças.

Disse também que havia relativamente poucas vítimas de ferimentos causados por estilhaços. Em sua maioria, os pacientes tinham sido atingidos por destroços de edifícios desmoronados. Alguns chegavam com lesões nos braços e pernas; outros, com traumatismo craniano ou torácico.

O hospital de Sófia fora evacuado para o outro lado do Volga e seria transferido para Sarátov. Ela ficaria em Stalingrado mais um dia. Uma de suas tarefas era visitar o distrito fabril. Parte dos equipamentos hospitalares fora armazenada lá. Agora, eles tinham que ser transportados através do Volga até o vilarejo de Burkóvski.

Outra de suas tarefas, com efeito, era visitar Mostovskói. Antes de partir, Aleksandra Vladímirovna a fizera prometer transmitir a ele uma mensagem. Queria que Mostovskói fosse morar com a família dela em Kazan.

— Obrigado — disse Mostovskói —, mas não pretendo partir.

— Acho que deveria — disse Sófia. — Posso levá-lo para Sarátov no caminhão do hospital.

— Alguns camaradas do obkom me ofereceram ajuda — respondeu Mostovskói —, mas ainda não pretendo partir.

— Por que não? — perguntou Sófia. — Por que ficar aqui quando todos os civis que sobraram na cidade estão movendo mundos e fundos para atravessar o Volga?

Mostovskói pigarreou, bastante contrariado — e Sófia entendeu as prováveis razões para a decisão dele de ficar para trás, e por que ele preferia não as discutir.

Agrippina, que ouvia a conversa, soltou um suspiro tão profundo e tão alto que Mostovskói e Sófia olharam para ela. Virando-se para Sófia, ela disse, em tom suplicante:

— Cidadã, posso ir também? Tenho uma irmã em Sarátov. E não vou levar quase nada... apenas uma cesta e uma trouxinha de pano.

Sófia pensou por um momento e falou:

— Tudo bem, acho que conseguimos arranjar espaço em um dos nossos caminhões. Mas amanhã cedo tenho que ir ao distrito fabril.

— Então fique aqui hoje. Tenha uma boa noite de sono. Não haverá lugar melhor. Aqui por perto, este é o único prédio que permanece de pé. A maioria das pessoas está vivendo no subsolo... os porões estão todos lotados.

— É uma ideia tentadora — respondeu Sófia. — Meu único sonho é dormir. Só dormi seis horas nos últimos quatro dias.

— Faça o favor! — disse Mostovskói. — Vou deixar tudo o mais confortável possível.

— Não. Vai ser inconveniente para a sua amiga e desconfortável para você — retrucou Agrippina. E, virando-se para Sófia: — Durma no *meu* quarto. Durma o quanto quiser, e de manhã partimos juntas.

— Só tem uma coisa — disse Sófia. — Todos os nossos carros e caminhões já estão na margem esquerda. Teremos que arranjar uma carona até o distrito fabril.

— Vamos ficar bem, vamos dar um jeito — disse Agrippina, agora com o semblante muito mais feliz. — As fábricas não estão longe. O que importa é chegar a Sarátov. E a parte mais difícil da jornada é cruzar o Volga!

— Bem, camarada Mostovskói — disse Sófia —, lá se vai o século xx. Adeus, humanidade e cultura. As Convenções de Haia não nos levaram muito longe, não é? Tudo o que vejo são atrocidades sem precedentes. Sem dúvida não há muitos sinais de proteção aos civis nem de métodos humanitários nas ações militares...

Sófia gesticulou em direção à janela.

— Veja! Que tipo de fé no futuro é possível ver nessas ruínas? A tecnologia pode estar progredindo, mas e a ética? E quanto à moralidade e à humanidade? Estão em uma espécie de Idade da Pedra. O fascismo ressuscitou a selvageria. Fez com que voltássemos cinquenta mil anos no tempo.

— Oh, minha amiga — disse Mostovskói. — Durma um pouco antes que os bombardeios recomecem. Está claramente precisando.

Mas também aquela noite Sófia passou em claro. Quando estava escurecendo e eles ouviram os primeiros bombardeiros alemães no céu nublado e envolto em fumaça, alguém bateu com força na porta da frente.

Um jovem soldado entrou e disse:

— Camarada Mostovskói, uma mensagem do camarada Krímov. Entregou a Mostovskói um envelope e se virou para Agrippina:

— A senhora poderia me dar um pouco de água? Estou cansado. Só Deus sabe como consegui encontrar este edifício.

Mostovskói leu a carta e disse a Sófia:

— Isto é difícil. Estou sendo chamado na fábrica. O secretário do obkom está lá, e é essencial que eu vá falar com ele.

Em seguida, virou-se para o soldado e perguntou, ansioso:

— Você pode me levar agora?

— Sim, claro. Mas devemos partir imediatamente, antes que escureça de vez. Não sou desta região. Errei o caminho e zanzei uma hora inteira tentando encontrar o senhor.

— Tudo bem — disse Mostovskói. — E como estão as coisas na frente de batalha?

— Um pouco mais calmas, acho. O camarada Krímov foi convocado pela Direção Política do front. Está deixando a brigada.

O motorista pegou a caneca de água que Agrippina lhe estendeu, bebeu, deixou as últimas gotas caírem no chão e falou:

— Vamos logo. Não gosto de deixar o carro sozinho.

— Quer saber de uma coisa? — disse Sófia. — Eu vou com vocês. Do contrário, quem sabe como vamos dar um jeito amanhã? Quando a guerra acabar eu durmo uma noite inteira.

— Então, por favor, me levem também! — pediu Agrippina, aos prantos. — Não posso ficar aqui sozinha. Prometo que não vou atrapalhar em nada. E, quando vocês tiverem acabado de fazer o que precisam fazer, podem me levar para a outra margem. De outra forma, jamais conseguirei atravessar.

Mostovskói se virou para o motorista.

— Qual é o seu nome, camarada?

— Semiônov.

— Você consegue levar nós três, camarada Semiônov?

— Meus pneus não estão muito bons. Mas vamos chegar lá.

Partiram já no lusco-fusco, pois Agrippina demorou um pouco para ajeitar as coisas. Agitada e sem fôlego, explicou a Mostovskói em que lugares estava deixando tudo, de suas panelas e frigideiras a seus suprimentos de sal, água, querosene e batatas. Havia muitos itens que precisaram ser transferidos para o quarto de Mostovskói: o colchão forrado com penas, os travesseiros, uma trouxa de linho, um par de botas de feltro, o samovar.

Mostovskói se sentou no banco da frente ao lado de Semiônov, e as duas mulheres no banco de trás. Semiônov dirigia muito devagar, porque as ruas estavam atulhadas com montes de pedra. Incêndios ainda latentes, que ardiam sem chamas, com pouca fumaça, e eram invisíveis durante o dia, cintilavam no escuro feito fogo-fátuo. De fossos e porões emanava uma luminescência tenebrosa. A visão dessas estranhas luzes e fogos, em caixas de pedra queimadas que outrora haviam sido casas, era perturbadora.

Enquanto percorriam as ruas desertas, passando por centenas de casas mortas, a enormidade do que havia acontecido à cidade tornava-se se cada vez mais clara, cada vez mais tangível. A cidade era um cadáver, mas não havia nem mesmo a sensação de paz do cemitério — tanto a terra como o céu tinham sido tomados pela tensão silenciosa da guerra. Por cima das ruínas viam-se pequenas estrelas, provocadas pela explosão de artefatos antiaéreos; a inquieta abóbada formada pelos feixes dos holofotes; e as explosões de bombas e projéteis de artilharia, que tingiam o céu com clarões rosados.

Ninguém disse nada. Até mesmo Agrippina, que antes não parava de se lamentar e de soluçar, permaneceu em silêncio.

Com o rosto pressionado contra a janela lateral, Mostovskói tentava discernir as silhuetas dos edifícios carbonizados.

— Acho que era aqui que os Chápochnikov moravam — disse ele, virando-se para encarar Sófia Óssipovna.

Sófia não respondeu. Estava dormindo, com a cabeça inclinada para a frente rente ao peito, o corpo pesado balançando a cada solavanco do veículo.

Chegaram enfim a uma estrada livre de escombros. De ambos os lados, viam-se casinhas rodeadas por árvores, e, vez por outra, as figuras escuras de soldados a caminho do distrito fabril. Semiônov entrou à esquerda e avisou Mostovskói:

— Vou pegar um atalho. Economizaremos algum tempo, e a estrada é melhor.

Chegaram a uma imensa área devastada, passaram por alguns bosques esparsos e depois avistaram mais casas. Um homem surgiu no breu, foi até o meio da estrada e gesticulou para eles.

Semiônov seguiu em frente sem diminuir a velocidade.

Com os olhos semicerrados, Mostovskói pensou em Krímov: que alegria seria ver seu velho amigo!

Em seguida, pensou um pouco sobre o que diria ao secretário do obkom: "Precisamos discutir todas as formas concebíveis que meu trabalho pode assumir. Não é impossível que os alemães capturem a cidade inteira, ou parte dela". Sua decisão de permanecer em Stalingrado era inabalável. Sim, havia muita coisa que poderia ensinar aos jovens sobre a arte da conspiração; a coisa mais importante era manter a calma e não perder de vista o objetivo maior, a despeito dos perigos e dificuldades. Para sua surpresa, as provações e dificuldades dos últimos dias pareciam apenas tê-lo rejuvenescido; havia muito ele não sentia tanta força e confiança interior.

Por fim, Mostovskói também cochilou; havia algo de soporífero nas sombras que passavam velozes pela penumbra. De repente, abriu os olhos, como se alguém o tivesse acordado violentamente. Ainda estavam na estrada. Com ar preocupado, Semiônov disse:

— Será que exagerei e fui muito para a esquerda?

— Não seria melhor parar e perguntar? — sugeriu Agrippina. — Nasci e fui criada por estes lados, mas não conheço esta estrada.

No mesmo instante ouviram tiros de metralhadora — provavelmente da vala ao lado da estrada.

Semiônov olhou para Mostovskói e murmurou:

— Parece que nos perdemos.

As duas mulheres começaram a ficar agitadas. Agrippina gritou:

— O que foi que você fez? Você nos trouxe para a linha de frente!

— Nada disso — respondeu Semiônov, zangado.

— Precisamos voltar — disse Sófia. — Ou vamos acabar nas mãos dos alemães.

— Não — falou Semiônov, freando e perscrutando a escuridão. — Precisamos virar à direita. Fomos muito para a esquerda.

— Volte! — ordenou Sófia, com voz autoritária. — Você chama a si mesmo de motorista do exército? Está mais para uma mulherzinha de aldeia!

— Já chega de receber ordens da senhora, camarada médica — disse Semiônov. — Só há uma pessoa dirigindo este carro, e essa pessoa sou eu.

— Exato! — concordou Mostovskói. — Deixem o motorista decidir.

Semiônov pegou uma estrada menor. Mais uma vez eles viram cercas, árvores baixas e as paredes cinzentas das casas.

— E então? — perguntou Sófia.

Semiônov deu de ombros.

— Acho que está tudo bem. Só não me lembro desta ponte.

— Precisamos parar e pedir informações — insistiu Sófia.

Semiônov dirigiu por mais algum tempo sem abrir a boca. Por fim disse, aliviado:

— Ufa! Já sei onde estamos. Mais uma curva à direita e chegaremos à fábrica.

— Tudo bem, minha passageira ansiosa? — quis saber Mostovskói, em tom arrogante e desdenhoso.

Sófia fungou com irritação e não respondeu.

— Agora, vamos fazer assim: primeiro, Semiônov vai me levar à fábrica — disse Mostovskói. — Depois, pode levar vocês até o embarcadouro. Eu preciso falar logo com o secretário, ou ele vai acabar voltando para a cidade.

Nesse momento, Semiônov freou bruscamente.

— O que está acontecendo? — gritou Sófia.

— Há um homem com uma lanterna vermelha — respondeu Semiônov, apontando para um grupo de homens parados no meio da estrada. — Está fazendo sinal para eu parar o carro.

— Oh, meu Deus! — disse Sófia.

Homens empunhando submetralhadoras cercaram o veículo. Um deles apontou sua arma para Semiônov e, com discreta autoridade, ordenou, em um russo estropiado:

— Mãos ao alto! Rendam-se!

Houve um momento de silêncio, um silêncio pétreo durante o qual as quatro pessoas no carro, que agora mal conseguiam respirar, perceberam que as casualidades e contratempos das últimas horas haviam se transformado em uma fatalidade irreparável e medonha, que determinaria o curso de suas vidas.

De repente, Agrippina gritou:

— Deixem-me ir embora. Sou apenas uma criada. Cozinho e limpo a casa dele em troca de algumas cascas de pão.

— *Still, Schweinehunde!* —* gritou um dos soldados, apontando a arma para ela.

Dez minutos depois, após uma truculenta revista, os quatro detidos foram levados ao posto de comando do batalhão de infantaria alemão.

---

* Em alemão no original: "Quieta, desgraçada!". (N. T.)

45

Durante sua estadia em Moscou, Nóvikov ficou com o coronel Ivánov. Eles haviam estudado juntos na Academia Militar, e agora Ivánov servia no departamento de operações do Estado-Maior Geral.

Nóvikov pouco via Ivánov, que trabalhava dia e noite. Às vezes Ivánov dormia no escritório, sem voltar para casa por três ou quatro dias seguidos.

A família de Ivánov fora evacuada para Chadrinsk, nos Urais. Assim que Ivánov voltou para casa, Nóvikov perguntou se tinha recebido alguma nova notícia. Em seguida, examinaram juntos o mapa.

Depois de ouvir sobre o pesado ataque aéreo e a investida alemã nos arredores do distrito fabril, Nóvikov não conseguiu dormir. Num momento, via Gênia correndo em meio à fumaça e às chamas; no momento seguinte, via obuseiros negros alemães e armas autopropulsadas nas margens do Volga, varrendo a disparos a cidade em chamas. Queria correr para o aeródromo central e embarcar imediatamente para Stalingrado, na aeronave mais veloz que houvesse.

Passou a noite andando pela sala, olhando pela janela e estudando o mapa aberto sobre a mesa, tentando adivinhar o curso futuro da batalha que acabava de começar.

No início da manhã, telefonou para Viktor Chtrum. Esperava que ele dissesse: "Gênia e o resto da família estão em Kazan. Chegaram há vários dias". Mas ninguém atendeu. Aparentemente, Viktor não estava mais em Moscou.

Em momentos assim, poucas coisas são mais difíceis do que estar em compasso de espera e não poder fazer nada. Nóvikov não estava trabalhando. Ao chegar a Moscou, tinha ido direto para a seção de quadros do Comissariado de Defesa do Povo. Lá, fora instruído a deixar seu número de telefone e esperar que o chamassem. Os dias se passaram e ninguém ligou. Nóvikov não fazia ideia de qual seria sua próxima incumbência. O general Bíkov, seu superior imediato no front sudoeste, simplesmente lhe entregara um envelope lacrado com sua ficha pessoal, sem explicar o motivo da repentina convocação a Moscou.

O dia prometia ser infinitamente longo, e Nóvikov receava ser incapaz de passá-lo em ociosa solidão. Vestiu um paletó novo, engraxou as botas e partiu para o Comissariado de Defesa do Povo.

Lá, esperou por um longo tempo na sala de recepção lotada e fumacenta, onde ouviu uma fieira de histórias sobre injustiças sofridas por infelizes majores e tenentes-coronéis. Por fim foi chamado ao guichê, onde lhe deram um passe.

Foi recebido na seção administrativa pelo mesmo capitão que carimbara seus documentos em sua chegada a Moscou e que ostentava no peito uma medalha "por mérito em combate". Depois de perguntar a Nóvikov onde estava hospedado, disse:

— Mas não era preciso ter vindo hoje. Não temos nada para você. Creio que o chefe da seção ainda não recebeu o relatório a seu respeito.

Um segundo capitão, bastante magricela, entrou, disse algumas palavras de saudação e ajustou uma pequena bandeira em um mapa escolar pendurado entre as janelas.

Em seguida, os dois homens conversaram brevemente sobre a situação em Stalingrado. Pelo visto, não só o mapa na parede era escolar, mas também a compreensão que eles tinham sobre a guerra.

O capitão da seção administrativa aconselhou Nóvikov a ir ver o tenente-coronel Zvezdiúkhin, encarregado de entregar o relatório sobre ele. Talvez Zvezdiúkhin pudesse informá-lo melhor.

O capitão pegou o telefone para verificar se Zvezdiúkhin estava em seu gabinete, orientou Nóvikov sobre como chegar lá e o despachou.

O tenente-coronel Zvezdiúkhin, um homem encurvado e de rosto pálido, deslizou os dedos brancos e compridos sobre as fichas de uma das gavetas do arquivo e disse:

— Não concluí o relatório, camarada coronel, porque os atestados que solicitei ao quartel-general do front ainda não chegaram.

Consultou a ficha e acrescentou:

— Enviei a solicitação no dia seguinte à sua chegada. Os documentos, portanto, serão recebidos daqui a cinco dias. Aí falarei imediatamente com meu superior.

— O comandante pode me ver hoje? — perguntou Nóvikov. — O senhor poderia ajudar a tornar isso possível?

— Eu ficaria muito contente, camarada coronel — respondeu Zvezdiúkhin, com um sorriso. — Eu ficaria muito contente em fazer isso, se servisse de alguma coisa. Mas questões dessa natureza não podem ser decididas com base em meras explicações verbais. Precisamos de documentos. Nada pode ser determinado sem documentos.

Ao proferir a negativa, deu ênfase especial à palavra *documentos*. Em contraste com a sua voz habitualmente monocórdica, a palavra soava quase suculenta.

Compreendendo que essas rodas giravam em sua própria marcha lenta e que não havia nada que pudesse fazer para mudar as coisas, Nóvikov se despediu de Zvezdiúkhin, que prometeu telefonar tão logo tivesse notícias.

Zvezdiúkhin olhou para o relógio e assinou o passe de Nóvikov, que ficou triste pela conversa ter sido tão breve. Em qualquer outro dia, provavelmente teria ficado muito irritado com Zvezdiúkhin, mas sua sensação de solidão era agora tão insuportável que se sentia grato a qualquer um que a aliviasse, ainda que pelo mais breve momento. Sentiu gratidão até mesmo à sentinela que verificou seu passe e ao escrivão que o emitiu.

De volta à rua, Nóvikov entrou em uma cabine telefônica e tentou mais uma vez telefonar para Viktor Chtrum; sem resposta. Passou as horas seguintes caminhando pela cidade. Um transeunte poderia pensar que ele tinha pressa, que tratava de alguma tarefa urgente; ninguém imaginaria que estava simplesmente flanando. Até então, só havia saído em raras ocasiões; passear pela praça do Teatro ou descansar em um banco do bulevar seria vergonhoso. As mulheres o teriam visto e pensado: "Quem é este admirável coronel vagabundeando pela rua enquanto nossos maridos lutam na linha de frente?".

Quando Ivánov lhe perguntou por que ele não ia ao cinema ou saía para um passeio no campo, Nóvikov falou:

— Você só pode estar brincando. Quem é que vai vadiar em uma dacha quando o país está em guerra?

— Quanto a mim, daria tudo por uma noite ao ar livre — disse Ivánov. — Por um pouco de ar fresco e uma garrafa de cerveja gelada.

Nóvikov foi até o prédio de Viktor. A velha zeladora estava sentada diante da entrada principal. Nóvikov perguntou se o inquilino do apartamento 19 estava em casa.

— Não, ele foi embora — respondeu a velhota, que em seguida riu por algum motivo e acrescentou: — Sim, ele se foi há dez dias.

Em seguida, Nóvikov foi até o correio e enviou um telegrama para Aleksandra Vladímirovna, embora duvidasse de que receberia resposta. Lá mesmo escreveu um cartão-postal para Viktor em Kazan, perguntando se tinha alguma notícia da família em Stalingrado.

Nóvikov percebeu que seu tom deixava poucas dúvidas com relação a seus verdadeiros sentimentos por Gênia, mas, a bem da verdade, Viktor certamente já os havia deduzido.

Como não tinha mais tarefas a cumprir e não queria voltar para um apartamento vazio, Nóvikov passou o resto do dia andando a esmo. Provavelmente percorreu cerca de vinte quilômetros. Caminhou da rua Kaluga até a praça Vermelha, de lá até o Portão Krasnopresnenski e depois ao longo da estrada de Leningrado em direção ao aeroporto, de onde pôde observar aviões de transporte alçando voo — alguns, sem dúvida, a caminho de Stalingrado. Da estrada de Leningrado, passando pelo Parque Petrovski, foi até a estação Saviólovski, e depois, pela rua Káliaiev, voltou ao centro da cidade.

Não parou uma única vez; caminhar a passos vigorosos ajudava a acalmá-lo. Vez por outra recordava seus sentimentos no primeiro dia da guerra, a sensação de que a vida lhe preparava árduas provações e que, para enfrentá-las, deveria reunir forças. Nóvikov se lembrava de como, enquanto as bombas caíam no quartel-general do regimento de caças, se forçara a afivelar o cinto corretamente e a fechar os botões da túnica. Mais uma vez começou a se sentir resoluto, pronto para encarar seu destino.

Quando voltou ao apartamento vazio de Ivánov, já estava escuro.

Durante a noite, foi acordado pelo telefone. Pegou o receptor, esperando ter que repetir as palavras que já dissera tantas vezes: "O coronel Ivánov não está. Por favor, ligue para ele no trabalho". Mas, desta vez, a pessoa do outro lado da linha pediu para falar com o coronel Nóvikov, não com o coronel Ivánov.

E, desde as primeiras palavras do interlocutor, Nóvikov percebeu que seu futuro estava sendo decidido em um nível mais alto do que ele havia imaginado — sem dúvida, bem longe do gabinete onde o tenente-coronel Zvezdiúkhin examinava fichas com as datas em que enviara solicitações de atestados. Nóvikov estava sendo convocado para o Estado-Maior Geral.

Aquele telefonema durou apenas um minuto, mas Nóvikov se lembraria dele inúmeras vezes.

No Estado-Maior Geral, soube que seu memorando havia sido repassado ao Comando Supremo; fora considerado importante.

Durante os dois dias seguintes, Nóvikov teve várias conversas com membros da alta cúpula do Diretório de Blindados. No terceiro dia, um carro veio buscá-lo por volta da meia-noite; fora convocado pelo general Fiodorenko, o chefe do diretório.

Sentado no carro, Nóvikov pensava se uma terrível tragédia pessoal poderia estar prestes a se abater sobre ele. Que alegria seria receber um telegrama dizendo que os Chápochnikov — e Gênia — estavam sãos e salvos. Mas não havia nenhuma resposta ao seu telegrama e nenhuma notícia de Kazan.

O general conversou com ele por cerca de duas horas; tinham tanta coisa em comum, compartilhavam tantos pensamentos e ideias, que Nóvikov ficou com a sensação de que eram velhos conhecidos. No fim ficou claro que o general estava bem informado não apenas sobre o serviço de Nóvikov como comandante de um corpo de tanques mas também sobre seu trabalho recente como oficial de alta patente no front sudoeste.

Em certos momentos pareceu estranho que aquele senhor bem-humorado de rosto redondo pudesse ser o chefe de uma poderosa divisão das forças armadas destinada a desempenhar um papel crucial na guerra, e que fosse capaz de citar nomes ilustres como Ribalko, Kátukov e Bogdánov[206] com a mesma tranquilidade de um diretor de escola mencionando professores de história, ciências naturais e língua russa.

No entanto, Nóvikov tinha plena consciência de que aquela conversa, por mais descontraída e agradável que pudesse parecer, não era obra de um simples capricho. O chefe do Diretório de Blindados do Exército Vermelho sem dúvida tinha razões para ligar para ele no meio da noite e ouvi-lo com tanta atenção a ponto de nem uma vez sequer olhar para o relógio. Nóvikov, porém, foi escrupulosamente honesto. Não disse uma única palavra com a intenção de apenas agradar ou impressionar o general; não tentou dar a entender que era melhor do que de fato era.

Oito dias se passaram. Nóvikov parecia ter sido esquecido. Não recebeu uma única visita; ninguém telefonou. Ele começou a pensar que devia ter causado uma impressão desfavorável. Às vezes, acordava durante a noite, observava os feixes azul-claros dos holofotes movendo-

---

[206] Três importantes marechais soviéticos que comandaram exércitos de tanques: Pável Ribalko (1892-1948), Mikhail Kátukov (1900-76) e Semion Bogdánov (1894-1960).

-se no céu escuro e recordava algum comentário que havia feito e que agora parecia sobremaneira infeliz: "Não, não tinha pensado nisso"; "Não, eu não sabia"; "Tentei entender, mas não consegui".

O que lhe vinha à mente com mais frequência era uma conversa sobre o uso de formações de tanques em massa. Fiodorenko perguntara:

— Como você vê o treinamento e a preparação de novas formações de tanques?

Nóvikov respondera:

— Acredito que, por ora, elas devem ser usadas principalmente na defesa ativa.

Fiodorenko riu e disse:

— Pelo contrário! Devemos usá-las para atacar! É sobre essa base que devemos estruturar nossas companhias, batalhões, regimentos, brigadas e corpos de exército. Esse é o objetivo prático de amanhã!

Um após o outro, Nóvikov relembrou cada detalhe da conversa. Como se espelhassem seu estado de agitação, os feixes dos holofotes ondulavam, estremeciam, percorrendo em silêncio toda a extensão do céu.

Nóvikov enviou mais dois telegramas para Stalingrado e um para Kazan, mas não houve resposta. Sua apreensão só aumentou.

Nove dias após o encontro com Fiodorenko, um carro parou na frente do prédio. Um tenente magro e de ombros estreitos saltou. Vendo o homem se dirigir às pressas à entrada principal, Nóvikov percebeu que estava prestes a conhecer seu destino e saiu para encontrá-lo. Quando já estava abrindo a porta, o tenente apertou a campainha. Sorriu e perguntou:

— Estava me esperando, camarada coronel?

— Sim — respondeu Nóvikov.

— Você está sendo convocado para comparecer imediatamente ao Estado-Maior Geral. Vou levá-lo de carro.

Ao chegar, Nóvikov recebeu ordens escritas: "O coronel P. P. Nóvikov foi instruído a se apresentar a um setor do distrito militar dos Urais e supervisionar a formação de um corpo de tanques".

Por um segundo, Nóvikov pensou que essas ordens se destinavam a algum outro Nóvikov. Seu desejo mais profundo, que sempre lhe parecera não uma possibilidade realista, mas o mais desvairado dos sonhos, estava sendo materializado de forma tão clara e simples que parecia ser um engano. Seu próprio sobrenome parecia pertencer a outra pessoa.

Releu as ordens. Em dois dias, voaria para os Urais.

Antes de qualquer outra pessoa, Nóvikov ansiava por falar com Gênia. Não queria apenas compartilhar suas novidades; queria também que ela entendesse a constância de seu amor, que ele a amava tanto nos momentos de sucesso quanto nos momentos de tentativa e fracasso.

Mais tarde, ao recordar aquele dia, Nóvikov ficaria surpreso com a rapidez e naturalidade com que assumira o acontecimento que por tanto tempo lhe parecera inconcebível.

Duas horas depois de receber suas ordens, estava discutindo uma série de diferentes preocupações práticas no Diretório de Blindados, falando ao telefone com um dos ajudantes do general Khrulíov e marcando um encontro com o chefe da escola de tanques. Sua cabeça fervilhava de ideias; dezenas de notas, perguntas, endereços telegráficos, números de telefone e outros dados tinham aparecido em sua caderneta. E dezenas de perguntas que até o dia anterior pareciam puramente teóricas agora se transformavam em questões de vida ou morte, questões de extrema importância e às quais precisava aplicar toda a sua energia intelectual e emocional.

Eram questões sobre recrutamento; sobre os efetivos necessários para completar cada batalhão, regimento e brigada; sobre a velocidade com a qual equipamentos operacionais e de rádio poderiam ser entregues; sobre provisões de combustível; sobre assuntos financeiros; sobre suprimentos de alimentos e uniformes; sobre planos de estudo e métodos de instrução; sobre quartéis e alojamentos — inúmeros problemas que exigiam resolução, alguns dos quais eram simples, alguns complexos, alguns de importância secundária, e outros de fato muito importantes.

Um dia antes de deixar Moscou, Nóvikov ficou até tarde da noite no gabinete do general encarregado das armas, discutindo com um grupo de engenheiros militares sobre combustível e lubrificantes para tanques. Sua última reunião com o general Fiodorenko estava marcada para a meia-noite.

No meio de uma discussão sobre o teor de cinza em diferentes combustíveis, Nóvikov pediu permissão ao general para fazer uma ligação. Telefonou para Ivánov e o encontrou em casa.

— Ainda no trabalho? — perguntou Ivánov.

Nóvikov avisou que voltaria de madrugada para se despedir. Depois, já esperando uma resposta negativa, perguntou:

— Alguma carta ou telegrama para mim?

— Espere um momento — disse Ivánov. — Sim, há um cartão-postal.

— De quem é? Veja a assinatura.

Houve um breve silêncio. Ivánov estava claramente se esforçando para decifrar a caligrafia. Por fim, disse:

— Chturm, ou talvez Chtrom, não tenho certeza.

— Por favor, leia!

— "Caro camarada Nóvikov, voltei ontem dos Urais, para onde fui chamado a fim de tratar de um assunto urgente."

Ivánov pigarreou e comentou:

— Devo dizer que a caligrafia é atroz.

Em seguida, continuou:

— "Escrevo para dar notícias tristes... soubemos por Aleksandra Vladímirovna que Maríussia morreu durante o primeiro dia de bombardeio."

Ivánov hesitou, lutando para entender as palavras seguintes. Nóvikov, no entanto, presumiu que ele não quisesse lhe contar que Gênia também havia morrido.

Nesse momento, perdeu o habitual autocontrole, esquecendo-se de que estava no gabinete de um general do Diretório de Blindados e que quatro homens que mal conhecia não podiam deixar de ouvir cada palavra que dizia. Com a voz trêmula, berrou:

— Continue lendo, pelo amor de Deus!

Os engenheiros ficaram em silêncio, olhando para Nóvikov.

— "Gênia e a mãe chegaram a Kúibichev, onde Gênia permanecerá por enquanto. Recebemos um telegrama dela ontem" — continuou Ivánov.

Os engenheiros voltaram a conversar — o rosto de Nóvikov estava transformado. Sua sensação de alívio era evidente. E o próprio Nóvikov percebeu que, no momento em que ouvira falar de Gênia, o aro apertado em torno de seu coração se afrouxara. Sem que houvesse nenhuma conexão óbvia com qualquer coisa dita antes, pensou: "Não posso me esquecer de mencionar Darenski".

A mensagem de Chtrum dizia ainda que eles não tinham notícias de Spiridônov e Vera. Ivánov continuava a ler devagar, e Nóvikov pensou: "Talvez seja muito difícil colocar Darenski no quartel-general do corpo de exército. Talvez eu deva começar tentando encaixá-lo em um quartel-general de brigada". Então, com um sorriso interno, disse a si mesmo: "Parece que também tenho um pouco da alma de burocrata, afinal".

Ivánov enfim terminou de ler e gracejou:

— Mensagem transmitida por telefone. Oficial de serviço, coronel Ivánov.

— Recebido por Nóvikov — respondeu o comandante, e agradeceu ao colega.

Ao desligar, sentiu uma tranquilidade absoluta, como que já habituado às boas-novas que acabara de ouvir. "Sim, é claro. Como poderia ter sido diferente?", pensou. Mas sabia muito bem que poderia ter sido muito diferente.

Um velho major do departamento técnico embarcaria no avião com ele.

— Você já esteve nos Urais? — perguntou Nóvikov. — Que rota vamos seguir?

— Vamos por Kírov — respondeu o major. — Também é possível via Kúibichev, mas às vezes falta combustível lá. Corremos o risco de ficar presos. Não faz muito tempo, tive que passar mais de vinte e quatro horas no aeroporto.

— Entendido — disse Nóvikov. — Via Kírov, então; não há necessidade de correr riscos!

E pensou: "Graças a Deus Gênia não pode me ouvir... ou eu estaria enrascado".

Pouco antes da hora marcada para a reunião com Fiodorenko, Nóvikov estava sentado na sala de espera, ouvindo as conversas tranquilas dos outros comandantes; de tempos em tempos olhava para o secretário de serviço, sentado atrás de uma mesa com um grande número de aparelhos de telefone.

Nos últimos dias, Nóvikov começara a ver as pessoas e os eventos de forma bastante diferente. Os fatos passados agora lhe apareciam sob uma nova luz, e Nóvikov via novas conexões entre eles.

Uma série de derrotas trágicas levara as forças soviéticas a recuar para o Volga, mas outros acontecimentos apontavam em uma direção muito diferente. Trabalhadores e engenheiros soviéticos tornavam cada vez mais próximo o dia em que a produção de tanques soviéticos ultrapassaria a dos alemães.

Em quase todas as conversas, telefonemas, ordens e memorandos, Nóvikov sentia algo novo, algo que não tinha sentido na linha de frente.

Ouviu um engenheiro militar falar ao telefone com o diretor de uma fábrica de tanques localizada no extremo leste. Ouviu um major careca e encarquilhado telefonar para o diretor de um campo de treinamento de tiro a fim de discutir a orientação de futuros trabalhos de pesquisa. Ouviu pessoas falarem em reuniões sobre o iminente aumento da produção de aço, sobre os comandantes que se formariam naquele inverno na Academia Dzerjinski* e sobre as mudanças que seriam introduzidas no currículo das escolas de tanqueiros.

Um general de engenharia sentado ao lado de Nóvikov falou:

— Temos que construir imediatamente um novo assentamento de trabalhadores, ou, no inverno, as pessoas não terão onde morar. Em março, quando abrirmos uma segunda oficina de montagem, esse povoado vai se transformar numa cidade.

E Nóvikov pensou ter entendido o que estava por trás dessa sensação de movimento e mudança. Ao longo do último ano, tinha visto a guerra como algo linear, onde tudo o que importava era a linha de frente — seu movimento, suas curvas e protuberâncias e os buracos que às vezes se abriam nela, à força. A única realidade da guerra tinha sido uma estreita faixa de terra e o estreito intervalo de tempo dentro do qual as reservas na imediata retaguarda poderiam ser mobilizadas nesse terreno. Nada importava a não ser a correlação de forças na linha de frente durante um determinado período de tempo.

Agora, porém, Nóvikov entendia que a guerra tinha outra dimensão: profundidade. Sua verdadeira realidade não deveria ser medida em dezenas de quilômetros ou centenas de horas. O verdadeiro planejamento estava sendo realizado a uma profundidade de dezenas de milhares de horas. O que realmente importava eram o corpo de tanques e as divisões de artilharia e aeronaves que agora tomavam forma na Sibéria e nos Urais. A realidade da guerra não se limitava aos dias atuais; era também o mais claro dos dias, que raiaria dali a seis meses

---

* Félix Edmúndovitch Dzerjinski (1877-1926), revolucionário bolchevique e primeiro chefe da Tcheká (Comissão Extraordinária para Combate à Contrarrevolução e Sabotagem), o primeiro órgão de segurança soviético, criado em 1917 e antecessor do KGB. (N. T.)

ou um ano. E esse dia vindouro, ainda escondido nas profundezas do espaço e do tempo, estava sendo preparado de inúmeras maneiras e em inúmeros lugares — não eram apenas as derrotas ou vitórias de hoje que determinariam o curso futuro da guerra. Nóvikov, é claro, já havia entendido tudo isso antes, enquanto estava no front — mas, naquele momento, seu entendimento fora meramente teórico, não uma parte de seu ser interior.

Esse futuro — essas batalhas do ano seguinte — já estava sendo trazido para mais perto pelo desenvolvimento de novos métodos de linha de produção, pela expansão de pedreiras e minas, por discussões entre projetistas, engenheiros e especialistas técnicos, pela implementação de melhorias nos currículos das escolas militares e pelas avaliações feitas do trabalho realizado por alunos em academias de tanques, artilharia e aviação.

O que Nóvikov sabia sobre as batalhas de 1943? Onde, em que fronteiras seriam travadas?

O futuro estava atrás de uma cortina de poeira e fumaça, escondido pela ruidosa batalha acima do Volga.

Mas Nóvikov entendeu que agora era um dos milhares de comandantes a quem o Comando Supremo confiava o resultado da guerra de amanhã.

Seu encontro com o general Fiodorenko teve um tom diferente da reunião anterior; Nóvikov percebeu isso imediatamente. Direto ao ponto, Fiodorenko foi ríspido e prático, e fez várias observações críticas. Em certo momento, disse, irritado:

— Eu esperava que a essa altura você tivesse feito mais. Precisa agir mais rápido.

Nóvikov, no entanto, viu tudo isso como algo positivo: Fiodorenko o aceitara como um membro da família — como um colega tanqueiro.

Enquanto conversavam, o ajudante de ordens de Fiodorenko entrara para relatar a chegada de Dugin, comandante de uma ilustre formação de tanques.

— Vou recebê-lo em alguns minutos — disse Fiodorenko.

E olhou atentamente para Nóvikov, surpreso com o repentino sorriso em seu rosto.

— Um velho colega, camarada general.

— Ah — disse Fiodorenko, pouco disposto a discutir o passado do subordinado. E, consultando o relógio de pulso, prosseguiu: — Então, alguma pergunta?

Nóvikov pediu que Darenski fosse nomeado para o quartel-general do estado-maior de seu corpo de tanques. Fiodorenko fez algumas perguntas bruscas, diretas, pensou por um momento e disse:

— Podemos decidir isso depois. Pergunte-me de novo antes de partir para a linha de frente.

Quando Nóvikov saiu, Fiodorenko não perguntou se ele se sentia à altura da tarefa. Não teria sido correto. Ambos entendiam que Nóvikov *tinha* que estar à altura da tarefa.

Feliz por se reverem, Nóvikov e Dugin conversaram por vários minutos na sala de espera.

Haviam servido juntos antes da guerra. Na lembrança de Nóvikov, Dugin era um conhecedor de cogumelos; adorava caçá-los, identificá-los e colhê-los, e era um verdadeiro artista quando se tratava de salteá-los. Agora, porém, Dugin era um formidável comandante, que repelira o ataque de tropas alemãs avançando sobre Moscou. Nóvikov olhou para o rosto magro e pálido de seu ex-companheiro de tempos de paz. Era difícil entender que se tratava do rosto de um herói de guerra.

— E como você está lidando com a questão das botas? — perguntou Nóvikov, baixinho.

Um camarada lhe dissera que Dugin havia jurado continuar usando as mesmas botas até o dia da vitória final.

— Bem, ainda não tive que consertá-las — respondeu ele, com um sorriso. — Então a história se espalhou, não é?

— Como você pode ver.

Nesse momento, o ajudante de ordens pediu a Dugin que entrasse.

— Já vou — respondeu Dugin, e perguntou a Nóvikov: — Então você vai estar no comando de um corpo?

— Exatamente.

— E se casou?

— Ainda não.

— Não importa. Vai se casar. E vamos nos ver de novo. Talvez lutemos lado a lado.

E se despediram.

Às seis da manhã, Nóvikov chegou ao aeródromo central. Enquanto seu carro passava pelos portões, ele se virou para olhar a faixa cinza da estrada de Leningrado, o verde-escuro das árvores, a cidade que estava deixando para trás — e se lembrou de como se sentira inseguro três semanas e meia antes, quando saíra a pé por aqueles mesmos portões. Poderia ter imaginado, enquanto aguardava na fila do guichê onde os passes eram emitidos, enquanto falava com o coronel Zvezdiúkhin, que seu acalentado sonho estava prestes a ser realizado: ser nomeado comandante de um corpo de tanques da linha de frente?

O carro entrou no campo de pouso. À pálida luz da alvorada de verão, a estátua de Lênin brilhava, branca. Nóvikov sentiu o peito arder; podia ouvir seus batimentos cardíacos.

O sol despontou enquanto ele e os outros comandantes embarcavam no avião. A larga pista de decolagem, a grama amarela empoeirada, o vidro nas janelas da cabine, as pastas de plástico nas mãos dos pilotos e navegadores caminhando em direção a suas aeronaves — tudo reluzia, como se sorrisse ao sol.

O piloto do Douglas verde caminhou até Nóvikov, bateu continência com uma saudação pouco cerimoniosa e disse:

— Céu de brigadeiro de ponta a ponta, camarada coronel. Estamos prontos para voar.

— Vamos voar, pois — disse Nóvikov.

Percebeu então que os outros comandantes de quando em quando olhavam para ele com expressão de curiosidade, da mesma maneira ligeiramente tensa com que os comandantes novatos lançam olhares furtivos ao comandante de uma divisão, de um corpo de tanques ou de um exército. Nóvikov conhecia bem esse olhar, mas sempre o vira direcionado a outros, nunca a si mesmo. Muita gente, ele agora se deu conta, o observaria com atenção — sua aparência geral, suas roupas, até mesmo as piadinhas que contasse.

Por mais modesta que seja uma pessoa, quando um poderoso bimotor é colocado à sua disposição, quando ela percebe que é alvo dos olhares alheios, quando o mecânico de voo vem falar com ela, bate continência e lhe pergunta se prefere mudar de lugar para que o sol não incida diretamente sobre seus olhos, goste disso ou não, é inevitável que ela sinta um formigamento subir pela espinha.

Nóvikov começou a ler alguns documentos que havia recebido no Diretório.

Pela janela, olhou várias vezes para o fio cintilante do rio Moscou, serpeando em direção ao Volga; para o verde calmo de florestas de carvalhos e pinheiros; para as bétulas de outono e bosques de choupos; para o verde brilhante das colheitas de inverno ao sol da manhã; para as nuvens crespas e para a sombra cinza do avião deslizando abaixo, sem jamais se desviar de seu curso.

Devolveu os papéis à pasta e deixou os pensamentos divagarem. Por alguma razão, começou a recordar a infância: um assentamento de mineiros, roupas secando em varais nos pátios, mulheres gritando umas com as outras. Lembrou-se da mistura de inveja e deleite que sentiu quando o irmão mais velho, Ivan, voltou de seu primeiro dia de trabalho na mina. Sua mãe havia saído para o quintal com um banquinho, uma bacia de metal e um balde de água quente, e ele ensaboou o pescoço enegrecido de Ivan. Lembrou-se do olhar triste no rosto da mãe enquanto lentamente entornava a água, uma caneca após a outra.

Por que sua mãe e seu pai não estavam mais vivos? Teriam sentido orgulho do filho, agora prestes a assumir o comando de um corpo de tanques. De qualquer forma, Nóvikov poderia muito bem passar um dia com o irmão; a mina onde ele trabalhava não ficava muito longe de onde o corpo de tanques estava sendo formado. Encontraria o irmão lavando-se no quintal. Veria uma bacia de lata em cima de um banquinho. A cunhada deixaria cair a caneca e gritaria:

— Vânia! Vânia! Seu irmão!

Nóvikov recordou também o rosto magro e trigueiro de Marússia. Por que a morte dela lhe causara tão pouca impressão? Ao saber que Gênia estava viva, ele simplesmente a esquecera. Agora era invadido por uma dolorosa sensação de compaixão. Mas essa compaixão logo se dissipou, e a imagem de Marússia desvaneceu. Os pensamentos de Nóvikov seguiram em frente. Ultrapassaram o avião em sua jornada em direção ao leste, depois voltaram a tempos diferentes no passado.

46

Viktor voltou de Tcheliábinsk para Kazan no final de agosto. Em vez de passar três dias lá, como esperava, ficou por três semanas.

De fato, havia trabalhado muito duro. Em qualquer outro momento, levaria dois meses para dar tantas consultorias, conferir tantos esquemas complexos e discutir tantas questões diferentes com engenheiros e chefes de laboratório.

Ele não parava de se surpreender com o fato de seus conhecimentos teóricos serem obviamente importantes não apenas para o trabalho dos físicos e químicos dos laboratórios da fábrica, mas também para o trabalho de engenheiros, técnicos e eletricistas. O problema original — o problema que havia levado Semion Krímov a telefonar para ele — fora resolvido em quarenta e oito horas, mas Semion persuadira Viktor a permanecer em Tcheliábinsk até que suas recomendações fossem postas em prática e totalmente testadas.

Ao longo daqueles dias, Viktor sentiu com aguda clareza sua ligação com a enorme fábrica. Era um sentimento bem conhecido por todos que trabalharam no Donbass, em Prokopievsk ou nos Urais.

Não só no chão de fábrica, no pátio de onde o metal recém-nascido partia para o mundo, mas por todo lado — no teatro, na barbearia, na sala de jantar acarpetada do engenheiro-chefe, no bosque à beira da tranquila lagoa com folhas caídas na superfície da água, nas lojas e ruas, nos poucos e esparsos chalés, nas compridas isbás da caserna — tudo vivia e respirava a vida da fábrica.

A fábrica determina o sorriso ou a carranca no rosto dos engenheiros, a natureza do trabalho das pessoas e seu padrão de vida, os horários das refeições e as horas de descanso, o ir e vir das multidões nas ruas, o cronograma dos trens locais e as decisões do soviete da cidade. Ruas, lojas, praças, bondes e trens — tudo gravita em torno da fábrica. As pessoas pensam e falam sobre ela. Ou acabaram de voltar de lá ou estão a caminho.

A fábrica está em toda parte, presente o tempo todo — em todos os corações e mentes e nas recordações dos velhos. É o futuro dos jovens — uma fonte de alegria, esperança e ansiedade. Respira e faz barulho. Não há como escapar de seu calor, de seu cheiro, de sua algazarra. Ela está nas narinas, na pele e nos olhos e ouvidos de todos.

Em resposta ao pedido de Semion, Viktor delineou uma rotina mais simples para a instalação dos novos equipamentos. Durante a montagem final, passou dois dias e duas noites na fábrica, aproveitando os ocasionais minutos de descanso em um pequeno sofá no escritório da oficina. Como cada um dos eletricistas e metalúrgicos envolvidos no trabalho, se sentia sob intensa pressão.

Na noite da véspera do primeiro teste, Viktor, Semion e o diretor da fábrica percorreram as oficinas para fazer uma verificação final.

— Você parece muito calmo — disse Semion.

— Você só pode estar brincando — disse Viktor. — Os cálculos são impecáveis, mas isso não me deixa menos apreensivo.

Em vez de ir embora para casa com Semion, preferiu passar a noite lá.

Acompanhado de Korenkov, secretário da célula do Partido, e de um jovem eletricista de rosto comprido e macacão azul, Viktor subiu a escada de ferro para a galeria superior, onde fora montado um bloco de painéis elétricos.

Viktor tinha a impressão de que Korenkov jamais voltava para casa. Quando passava pelo Recanto Vermelho e olhava pela porta entreaberta, lá estava Korenkov lendo um jornal em voz alta para os trabalhadores. Quando entrava na oficina, lá estava a pequena figura encurvada de Korenkov, iluminada pelas chamas dos fornos. Ele o via no laboratório e também na entrada da loja da fábrica, agitando os braços enquanto instruía uma multidão de mulheres a formar uma fila ordeira. Naquela noite não foi diferente; Korenkov continuava trabalhando.

Vistas de cima, as enormes fornalhas pareciam vulcões cuspindo fogo, e a caldeira de fundição se assemelhava à superfície do sol, com o metal líquido borbulhando em explosões atômicas, cercado por uma juba brilhante de faíscas. Era um sol que os olhos humanos pela primeira vez observavam não de baixo, mas de cima.

Depois de verificarem os painéis elétricos, Korenkov sugeriu que Viktor voltasse ao andar térreo.

— E você? — perguntou Viktor. — O que vai fazer?

— Quero dar uma olhada na fiação no telhado. Vou lá em cima com o eletricista — disse Korenkov, e apontou para uma segunda escada de ferro, que subia em espiral até o telhado feito um saca-rolhas.

— Vou com você — falou Viktor.

Do alto do telhado, eles podiam ver não apenas a fábrica, mas também todo o povoado e os arredores.

Na escuridão, a fábrica emanava um brilho avermelhado. Milhares de postes de luz cintilavam, e parecia que o vento se alternava entre avivar e apagar seu fulgor.

Essa luz inconstante tocava a água da lagoa, a floresta de pinheiros e as nuvens. Toda a natureza parecia dominada pela tensão e ansiedade introduzidas pelo homem nesse reino de calmaria.

Muitas outras coisas invadiam o silêncio noturno da natureza — não só a luz bruxuleante, mas também o silvo estridente das locomotivas, o assobio do vapor e o rugido do metal.

Era o oposto do que Viktor sentira durante sua primeira noite em Moscou, quando o crepúsculo sereno de um mundo de planícies vazias, florestas adormecidas e riachos de aldeia parecia ter invadido as ruas e praças escuras da grande capital.

— Espere aqui — Korenkov disse a Viktor. — Vou ajudar o eletricista a prender a ponta do fio. O contato está um pouco instável.

Viktor segurou o fio no ar. Korenkov, a alguma distância, gesticulava para ele e gritava:

— Na minha direção! Na minha direção!

Viktor entendeu mal e começou a puxar o fio em sua própria direção. Irritado, Korenkov gritou:

— O que você está fazendo? Eu disse "na minha direção!".

Quando terminaram, Korenkov voltou, sorriu para Viktor e falou:

— Havia muito barulho. Você não conseguiu ouvir o que eu estava dizendo. Venha, vamos descer.

Viktor perguntou a Korenkov se poderia conduzir uma fundição experimental. Korenkov disse que isso seria difícil, e perguntou por que ele precisava desse tipo especial de aço. Viktor lhe contou um pouco sobre seu trabalho e especificou os requisitos técnicos que o aço para seu equipamento deveria atender.

Em seguida, Viktor foi para o laboratório da fábrica e de lá para o escritório da loja. Era um horário relativamente tranquilo antes da mudança de turno.

Um jovem metalúrgico, que Viktor vira várias vezes no chão de fábrica e cujo trabalho havia observado, estava sentado a uma mesa, escrevendo algo em um grosso livro de registros, e, de tempos em tempos, conferia uma folha de papel manchada.

Quando Viktor entrou, empurrou as luvas de lona para o lado de modo a abrir espaço na mesa e continuou a escrever.

Viktor se sentou em um pequeno sofá de madeira.

O jovem terminou o que estava fazendo e enrolou um cigarro.

— Como foram as coisas hoje? — perguntou Viktor.

— Tudo bem, acho.

Korenkov entrou.

— Ah, que bom ver você, Grómov! — disse. — Veio fumar?

Deu uma olhada no que o jovem tinha acabado de anotar e falou:

— Nada mal, Grómov!

— Obrigado! — disse o outro. — Acho que mereço um cigarro. Muito em breve haverá dois ou três tanques extras a caminho do front.

— Extras, mas certamente não de sobra — disse Korenkov com uma risada.

Os três homens começaram a conversar. Grómov disse a Viktor como tinha ido parar nos Urais.

— Não sou destas bandas. Nasci no Donbass. Cheguei aqui um ano antes da guerra. Tudo parecia errado. Desejei não ter vindo. Foi um pesadelo. Eu queria ir embora para casa. Escrevi uma série de cartas implorando por trabalho. Escrevi para Makeievka e para Ienakievo,* para todas as principais metalúrgicas. E você sabe, camarada professor, quando passei a amar os Urais? Foi quando pela primeira vez sentimos na pele a verdadeira dureza. As condições antes da guerra não eram ruins. Tínhamos um quarto, e havia comida. Mas eu odiava este lugar — tudo que queria era voltar para o Donbass. Mas após o outono e o inverno de 1941, depois que eu e minha família conhecemos o frio e a fome... depois de tudo isso, de alguma forma, passei a me sentir em casa aqui.

Korenkov olhou para Viktor e falou:

— Foi um inverno rigoroso para mim também. Meu irmão morreu na linha de frente e minha mãe e meu pai acabaram em território ocupado. E a cidade inteira ficou lotada de evacuados. Minha esposa adoeceu. Fazia muito frio, e não havia muito o que comer. Os canteiros de obras funcionavam dia e noite, construímos oficinas novas. Mas os equipamentos retirados da Ucrânia ainda estavam esperando do lado de fora. E as pessoas viviam em abrigos. E eu não conseguia parar de pensar nos meus pais em Oriol. "O que estarão passando nas mãos dos alemães?", eu me perguntava. Repetia para mim mesmo que ainda estavam vivos, que os veria novamente. Mas aí me lembrava da idade deles. Meu pai tem setenta anos, minha mãe é só dois anos mais nova. E tinha problemas cardíacos e pernas inchadas já desde antes da guerra. A ideia de que eu nunca mais os veria parecia uma faca no meu coração. Mas é assim que as coisas são. Sofra o quanto quiser, mas não deixe de seguir em frente.

---

* Cidades industriais da região leste da Ucrânia, no oblast de Donetsk. (N. T.)

Viktor ouvia sem dizer uma palavra. Sua angústia era tão evidente que Korenkov se interrompeu e perguntou:

— Mas por que estou lhe contando tudo isso? Tenho certeza de que você também teve sua cota de sofrimento.

— Sim, camarada Korenkov — respondeu Viktor. — E ainda não acabou.

— Até agora, pelo menos, tive sorte — disse Grómov. — Minha família está toda aqui, sã e salva.

— Você deve me dar seu endereço, camarada Chtrum — pediu Korenkov. — Vou lhe escrever a respeito dessa fundição experimental. Preciso que me dê as especificações técnicas com o máximo possível de detalhes. Faremos o nosso melhor. Estou confiante de que Krímov e o diretor não farão objeções. Longe disso! Vou fazer desse projeto minha responsabilidade pessoal. Você pode até incluir meu nome na sua lista de agradecimentos: "Korenkov".

— Você é um homem e tanto — disse Viktor, visivelmente emocionado. — Pensei que já tinha se esquecido disso.

— O camarada Korenkov nunca esquece — falou Grómov com um sorriso.

E balançou a cabeça — talvez em sinal de aprovação, talvez de desaprovação.

No início do turno da manhã, o novo dispositivo de controle foi submetido a seu primeiro teste completo — com resultados satisfatórios. Às onze horas o teste foi repetido — desta vez com resultados perfeitos; as pequenas falhas notadas durante o primeiro teste foram todas corrigidas. Um dia depois, a fábrica já tinha condições de voltar à sua rotina normal.

Ao longo de sua estadia, Viktor se hospedara com Semion Krímov, mas tiveram pouca chance de se conhecer. Semion só ia para casa tarde da noite, e, quando os dois se encontravam, conversavam principalmente sobre o trabalho. Semion não tinha recebido cartas do irmão e estava muito preocupado com ele.

Olga Serguêievna, esposa de Semion, era uma mulher bastante magra e bonita, de olhos grandes e rosto pálido. Sem querer, Viktor causou-lhe desgosto. Ela fazia o possível para preparar refeições saborosas para ele, mas ele praticamente não comia. Parecia distraído e taciturno, e ela concluiu que era um homem frio e seco, sem interesse em qualquer coisa além do trabalho.

Certa vez, porém, passando pelo quarto de Viktor durante a noite, Olga ouviu um soluço baixo. Ela se deteve. Sentindo-se confusa, começou a voltar para o próprio quarto, com a intenção de acordar o marido. Então hesitou, pensando que devia estar imaginando coisas: a ideia de que aquele professor pudesse chorar no meio da noite era simplesmente absurda demais. Ela se pôs junto à porta mais uma vez — e não conseguiu ouvir nada. Voltou para o quarto, pensando que tinha sido alguma estranha ilusão auditiva. Mas não tinha sido uma ilusão — o trabalho de Viktor não era a única coisa que importava para ele.

Viktor voltou a Kazan no final de agosto. O avião decolou pela manhã; o navegador anunciou com um sorriso:

— Adeus, Tcheliábinsk! — e desapareceu na cabine.

Às duas da tarde, reapareceu, sorriu e disse:

— E aqui está Kazan!

Tudo aconteceu com muita rapidez e simplicidade, como se ele fosse um mágico talentoso, escondendo Tcheliábinsk em uma manga e tirando Kazan da outra. Pela janelinha quadrada a seu lado, Viktor pôde ver toda a cidade: a aglomeração de altos edifícios vermelhos e amarelos no centro; a variedade de telhados; as casinhas de madeira na periferia; pessoas, carros e hortas amarelecidos; cabras assustadas, tentando escapar do avião que voava baixo e do rugido de seus motores; a estação ferroviária e as veias prateadas de seus muitos ramais; o emaranhado de estradinhas de terra que levavam a chapadas planas e florestas enevoadas. Era a primeira vez que Viktor conseguia assimilar todos os aspectos de Kazan de uma só vez, mas isso teve o efeito de fazer a cidade parecer monótona, como que despojada de seus mistérios. "Que estranho", ele pensou, "que os seres mais queridos para mim no mundo tenham que viver neste amontoado de pedra e ferro."

Ele e Liudmila encontraram-se na porta da frente. Na penumbra, o rosto dela parecia pálido, mas jovem. Por alguns momentos, entreolharam-se em silêncio. Não havia outra maneira de expressar a mistura de tristeza e alegria que ambos sentiam.

Não era por causa da felicidade que precisavam se ver, tampouco porque tivessem necessidade de consolar ou de ser consolados. Durante aquele breve momento, Viktor sentiu muitas, muitas coisas — tudo o que pode sentir um homem capaz tanto de amar como de fazer o mal, um homem que, mesmo oprimido por uma poderosa emoção, consegue continuar com sua vida diária.

Tudo na vida de Viktor estava de alguma forma conectado a Liudmila. Tristeza e sucesso, um lenço que ele havia esquecido em casa, mal-entendidos com amigos, uma observação mal avaliada durante um debate científico, uma ocasião em que não tivera vontade de comer — Liudmila estava presente em toda parte.

E se a sua vida parecia tão especial e importante, era porque mesmo seus acontecimentos mais insignificantes adquiriam significado e ressonância própria em contato com Liudmila.

Eles passaram para a sala principal, e Liudmila começou a falar sobre sua família e parentes em Stalingrado. Aleksandra Vladímirovna e Gênia estavam agora em Kúibichev. Ainda na véspera tinha chegado uma carta de Gênia; ficaria em Kúibichev, mas Aleksandra Vladímirovna logo estaria a caminho de Kazan. Viria de barco, e em dois ou três dias talvez já estivesse com eles. Vera decidira permanecer em Stalingrado com o pai. Isso era tudo o que Liudmila sabia; não havia mais nenhuma correspondência de ou para Stalingrado. Em seguida, ela disse:

— Tólia escreve com bastante frequência. Ontem, recebi uma carta que ele enviou em 21 de agosto. Continua no mesmo lugar. Comendo um bocado de melancias, com boa saúde e se sentindo entediado. E Nádia deve voltar do colcoz hoje ou amanhã. Parece que eu estava certa. Ela trabalhou duro, e isso lhe fez bem. Ela está de bom humor.

— Quando foi que você viu Sokolov pela última vez? — perguntou Viktor.

— Ele veio aqui anteontem. Ficou muito surpreso quando eu disse que você estava em Tcheliábinsk.

— Aconteceu alguma coisa?

— Não, ele diz que está tudo bem. Só queria vê-lo. E Postôiev passou aqui alguns dias antes. Riu de você por ser uma pessoa tão caseira. Disse que não ficou nem vinte e quatro horas no hotel. Mas como você se alimentou? Comeu alguma coisa que não tenha saído de uma lata?

Viktor deu de ombros.

— Parece que ainda estou de pé.

— Conte-me sobre Tcheliábinsk. Foi interessante lá?

Viktor começou a contar a Liudmila o que havia feito na fábrica. Não disseram uma palavra sobre Marússia ou Anna Semiônova —

mas estavam pensando nelas o tempo todo, não importava do que falassem, e ambos sabiam disso.

Só bem tarde da noite, quando Viktor voltou do instituto, Liudmila disse:

— Vítia, querido Vitenka, Marússia está morta... e recebi sua carta sobre Anna Semiônova.

— Sim — respondeu ele. — Perdi todas as esperanças. E recebi a notícia sobre Marússia apenas algumas semanas depois.

— Você me conhece. Não gosto de me entregar à depressão, mas ontem fui arrumar algumas coisas e encontrei uma caixinha de madeira que Marússia me deu quando ela tinha nove anos, e eu doze. Naquele ano, a pirografia era uma verdadeira febre, e ela usou essa técnica para gravar algumas palavras numa folha de bordo: "Para Liúda, de Marússia". Foi como se eu tivesse sido apunhalada no coração. Chorei a noite toda.

Desde o retorno a Kazan, a angústia de Viktor só fez aumentar. Não importava o que estivesse fazendo, seus pensamentos a todo momento voltavam-se para a mãe.

Ao embarcar no avião para Tcheliábinsk, ele pensou: "Ela se foi. Agora estou voando para o leste, para mais longe ainda de onde ela está". E durante o voo de volta, quando o avião se aproximava de Kazan: "Ela jamais vai saber que estamos aqui em Kazan". Em meio à alegria e ao entusiasmo por rever Liudmila, disse a si mesmo: "Quando falei pela última vez com Liúda, pensei que voltaria a ver mamãe assim que a guerra acabasse".

O pensamento na mãe, como uma sólida raiz, penetrou em todos os aspectos da sua vida, pequenos ou grandes. Devia ter sido sempre assim, mas outrora essa raiz que nutria sua alma desde a infância havia sido elástica, flexível e transparente, e ele não reparava nela, ao passo que agora a via e sentia o tempo todo, dia e noite.

Agora que, em vez de sorver avidamente o amor recebido da mãe, regurgitava tudo na forma de confusão e saudade; agora que sua alma já não absorvia o sal e a umidade da vida, mas devolvia tudo na forma de lágrimas, Viktor sentia uma dor permanente e incessante.

Quando relia a última carta da mãe; quando adivinhava nas entrelinhas calmas e contidas o terror das pessoas indefesas e condenadas, amontoadas atrás do arame farpado; quando sua imaginação preenchia a imagem dos últimos minutos de vida da mãe; quando pensava na execução em massa que ela sabia ser iminente, tendo-a deduzido a partir de histórias contadas por pessoas de outros *shtetls** que milagrosamente haviam escapado e sobrevivido; quando se forçava, com implacável obstinação, a imaginar os sentimentos da mãe enquanto era posicionada diante de uma metralhadora da ss, à beira de uma vala, em meio a uma multidão de mulheres e crianças — quando pensava em tudo isso, o que Viktor sentia era avassalador. Era impossível, porém, mudar o que tinha acontecido, o que fora definido para sempre pela morte.

Ele não queria mostrar a carta a ninguém. Não queria falar a respeito dela nem mesmo com a esposa, a filha ou os amigos mais próximos.

A carta não continha nenhuma menção a Liudmila, Nádia ou Tólia. A única preocupação de Anna Semiônova era com o filho. Havia apenas uma breve alusão a Aleksandra Vladímirovna; certa noite, sonhara com ela.

Várias vezes ao dia, Viktor levava a mão ao peito, passava-a por cima do bolso da jaqueta onde guardava a carta. Certa feita, quando a dor pareceu insuportável, pensou: "Se eu a guardar em algum lugar, talvez consiga me acalmar um pouco. Esta carta é como uma sepultura aberta em minha vida".

Mas Viktor sabia que preferia dar cabo de si mesmo a se separar da carta que, por algum milagre, conseguira chegar até ele. Releu as palavras da mãe várias vezes. A cada releitura sentia o mesmo choque sentido na dacha, como se estivesse lendo a carta pela primeira vez.

Talvez sua memória estivesse resistindo de forma instintiva, relutante e incapaz de aceitar algo cuja presença constante tornaria a vida insuportável.

Tudo à sua volta parecia como antes — no entanto, não havia nada que não tivesse mudado.

Viktor era como uma pessoa gravemente doente tentando tocar a vida como de costume. Uma pessoa doente ainda trabalha, fala, come e bebe, até ri e faz piadas, mas tudo ao seu redor se tornou diferente — o trabalho, o rosto das pessoas, o gosto do pão, o cheiro do tabaco, até mesmo o calor do sol.

---

* Denominação, em iídiche, de aldeias ou vilarejos judaicos. (N. T.)

E todas as pessoas em torno do doente sentem da mesma forma que algo mudou, que há algo diferente na maneira como ele trabalha, fala, discute, ri e fuma — como se agora uma névoa fina e fria o separasse delas.

Certa vez, Liudmila perguntou a Viktor:

— No que você pensa quando fala comigo?

— Como assim? Eu penso sobre o que estamos falando.

E, no instituto, quando contou a Sokolov sobre os êxitos em Moscou, sobre todas as novas possibilidades que se abriam, sobre as reuniões com Pímenov, sobre as discussões com a seção científica do Partido e sobre a velocidade surpreendente com que todas as suas propostas haviam sido acatadas, Viktor foi incapaz de escapar da sensação de que uma mulher com olhos cansados e tristes o observava, ouvindo e balançando a cabeça.

E, ao se lembrar do período passado em Moscou com a bela Nina, seu coração não começava a bater mais rápido. Era como se tudo tivesse acontecido com outra pessoa e não despertasse nenhum interesse verdadeiro. Era mesmo necessário escrever para ela e pensar nela?

Aleksandra Vladímirovna chegou à noite. Ninguém sabia quando esperar por ela. Foi Nádia, que acabara de voltar do colcoz, quem abriu a porta.

Assim que viu a avó, que usava um casaco preto masculino e carregava apenas uma pequena trouxa, Nádia saltou em cima dela e jogou os braços em volta de seu pescoço.

— Mãe, mãe, é a vovó! — gritou.

Enquanto a beijava, Nádia perguntou tudo de uma vez, num só fôlego:

— Como a senhora está se sentindo? Está tudo bem? Cadê o Serioja? Cadê a tia Gênia? Alguma notícia de Vera?

Liudmila veio correndo. Sem fôlego para falar, beijou as mãos, os olhos e as bochechas da mãe.

Aleksandra tirou o casaco, entrou na sala principal, ajeitou o cabelo, olhou em volta e disse:

— Bem, aqui estou. Mas onde está Viktor?

— No instituto. Ele vai voltar mais tarde — respondeu Nádia. — Nossa avó Anna Semiônova provavelmente está morta. Os alemães a mataram... chegou uma carta para o papai.

— Anna? — gritou Aleksandra. — Minha querida Anna?

Ao ver a mãe empalidecer, Liudmila disse:

— Nádia, você precisa aprender a dizer as coisas com mais delicadeza.

Aleksandra ficou em silêncio ao lado da mesa, em seguida caminhou um pouco pela sala e parou diante de uma pequena mesa. Pegou uma caixinha de madeira e a contemplou.

— Eu me lembro desta caixa — disse. — Foi Marússia quem lhe deu.

— Sim — respondeu Liudmila.

Mãe e filha se entreolharam, ambas franzindo a testa.

— Perdemos a Marússia — disse Aleksandra. — Viktor perdeu a Anna... e aqui estou eu, ainda viva. Mas, já que é assim, é preciso seguir em frente.

Ela se virou para Nádia e perguntou:

— Em que classe você está agora, minha colcoziana?

— Estou na primeira classe — respondeu Nádia em meio às lágrimas.

— Mãe, a senhora quer um pouco de chá ou prefere se lavar primeiro? Temos água quente.

— Vou me lavar primeiro. Depois podemos tomar chá juntas.

Aleksandra estendeu as mãos com as palmas para cima e disse:

— Preciso de uma toalha, sabão, roupa de baixo e um vestido. Só tenho as roupas do corpo. Todo o resto virou fumaça.

— Sim, mãe, claro! Mas por que a Gênia não está com a senhora? Ela também deve ter perdido tudo.

— Gênia está trabalhando. Depois do que aconteceu, ela me disse: "Vou trabalhar, como a Marússia me disse para fazer". Ela encontrou um conhecido em Kúibichev e ele arranjou um emprego para ela como desenhista em um escritório de projetos militares. Bem na rua dela. E você conhece a nossa Gênia: não faz nada pela metade. Agora tem um trabalho decente, onde fica dezoito horas por dia. Mas não se preocupe; em breve eu também vou ganhar meu próprio sustento. Vou começar a procurar amanhã. Será que o Viktor conhece algum diretor de fábrica com quem eu possa falar?

— Com certeza, mas há tempo para isso — disse Liudmila, tirando peças de roupas de uma mala. — Primeiro a senhora tem que descansar. Já passou por muita coisa. Precisa recuperar as forças.

— Tudo bem, diga-me onde posso me lavar — concordou Aleksandra. — Mas veja só a Nádia... está tão alta! E bronzeada. Ela é incrivelmente parecida com a mãe do Viktor. Tenho uma foto de Anna aos dezoito anos. A boca, a expressão dos olhos... Nádia não poderia ser mais parecida com ela.

Ela pousou os braços em volta dos ombros de Nádia e todas foram para a cozinha, onde havia uma bacia de água quente no fogão.

— Que luxo! Um oceano de água quente! — falou Aleksandra Vladímirovna. — No barco a vapor, bastava um copinho de água quente para a gente ganhar o dia.

Enquanto a mãe se lavava, Liudmila preparou o jantar. Estendeu uma toalha de mesa que tirava da gaveta apenas nos feriados e aniversários de crianças. Pôs sobre a mesa todos os seus suprimentos. As tortas com farinha branca que havia assado para comemorar o retorno de Viktor e Nádia. Metade dos doces que escondera para Tólia.

Em seguida, pegou a pequena trouxa que a mãe havia deixado junto à porta de entrada. Desamarrou o nó. Em comparação com a mesa posta com tanto esmero, parecia estranhamente comovente: metade de um pão de centeio de soldado, esbranquiçado e duro; um pouco de sal numa caixa de fósforos; três batatas cozidas com casca; uma cebola murcha; e um lençol de criança que devia estar sendo usado como toalha.

Havia também um maço de cartas antigas, embrulhadas em jornal e se esfarelando nas dobras. Liudmila passou rapidamente os olhos pelas páginas amareladas, reconhecendo a letra comprimida e inclinada do pai e a caligrafia de suas irmãs quando eram pequenas. Viu uma página de um dos cadernos de Tólia, coberta com a sua escrita reta e uniforme. Viu um cartão-postal da sogra e duas cartas de Nádia. Espalhadas em meio a todas essas cartas, fotos de família. Era estranho e doloroso olhar para aqueles rostos que ela conhecia tão bem. Algumas daquelas pessoas não estavam mais vivas, outras haviam se mudado para longe — mas ali estavam todas, reunidas.

Liudmila sentiu uma repentina onda de ternura e gratidão pela mãe, cuja presença de espírito salvara do fogo aquelas velhas cartas e fotografias — e cujo coração sempre encontrara espaço para todos que ela amava, tanto os mortos de quem nunca se esquecia como os vivos que estava sempre disposta a ajudar.

O amor de sua mãe era tão precioso, tão simples e necessário quanto aquele pedaço de pão envelhecido.

Aleksandra saiu da cozinha. Usando o vestido da filha, um vestido de andar em casa folgado demais para ela, parecia mais magra do que nunca. Tinha agora uma aparência mais jovem, com as bochechas mais coradas e gotas de suor na testa, mas também um ar mais triste e exausto.

Olhou para a mesa que a filha havia arrumado e disse:

— Da fome à festa!

Liudmila abraçou a mãe e a levou até a mesa.

— Você é quantos anos mais velha que a Marússia? — perguntou Aleksandra, e em seguida respondeu à própria pergunta: — Três anos e meio.

Depois de se sentar, disse:

— Parece que foi ontem que Gênia decidiu assar uma torta para o meu aniversário e todo mundo estava lá: Marússia, Serioja, Tólia, Vera, Stepán, Sófia Óssipovna, Mostovskói e Pável Andrêiev, todos sentados juntos à mesa. E agora o prédio foi destruído pelo fogo, e a mesa também. Aqui estamos apenas nós três, você, eu e Nádia. Nunca mais veremos Marússia, embora eu ainda não consiga acreditar nisso!

Estas últimas palavras ela falou em voz alta. Depois disso, todas ficaram em silêncio por um longo tempo.

— Papai estará aqui em breve — disse Nádia, incapaz de suportar o silêncio.

— Oh, Anna, querida Anna — disse Aleksandra, com uma voz muito suave. — Você morava sozinha e morreu sozinha.

— Mãe — disse Liudmila —, a senhora não imagina como estou alegre em vê-la!

Depois de comerem, Liudmila convenceu Aleksandra a ir para a cama. Sentou-se ao lado dela e conversaram, bem baixinho, até meia-noite.

Era uma da manhã quando Viktor voltou do instituto. Todas estavam dormindo.

Ele foi até a cama de Aleksandra e passou um bom tempo olhando para o cabelo dela, ouvindo sua respiração lenta e ritmada. Lembrou-se de uma frase da carta da mãe: "Ontem sonhei com minha querida Aleksandra".

Os cantos da boca de Aleksandra tremeram e ela pareceu franzir a testa, mas a mulher adormecida não gemia nem chorava; quase sorria.

Viktor foi até seu quarto pé ante pé e começou a se despir. Pensara que teria dificuldade em estar com a mãe de Liudmila novamente, que a visão da querida amiga de Anna Semiônova traria mais uma onda de angústia. Mas não aconteceu nada disso; sentiu apenas ternura. Foi como aquele momento no inverno em que, após um longo período de seca e frio inclementes, quando a terra e os troncos das árvores parecem presos a grilhões de ferro, quando o sol exibe um tom rubro e baço quase invisível na névoa gelada, quando a neve úmida e quase morna roça a terra, toda a natureza, como um inesperado sopro de vida na escuridão de janeiro, parece sentir uma premonição do milagre da primavera.

Pela manhã, Viktor teve uma longa conversa com a sogra, que, sem notícias de muitos de seus amigos e conhecidos, estava preocupada com eles.

Aleksandra começou a contar sobre o terrível ataque aéreo, sobre o incêndio, sobre as dezenas de milhares de desabrigados, sobre pessoas que tinham morrido, sobre suas conversas com soldados e trabalhadores na balsa, sobre as muitas crianças feridas que tinha visto, sobre como ela e Gênia haviam caminhado pela estepe do Volga com outras duas mulheres, ambas carregando bebês nos braços. Falou sobre as alvoradas, crepúsculos e noites estreladas que vira na estepe, sobre a coragem e a resistência com que as pessoas enfrentavam aqueles tempos amargos, sobre a fé que tinham no triunfo de uma causa justa.

— Você não vai ficar chateado se Tamara Beriózkina aparecer de repente à sua porta? — perguntou Aleksandra. — Dei a ela seu endereço.

— Esta casa é sua — respondeu Viktor. — A senhora não precisa perguntar.

Ele viu que a morte da filha deixara Aleksandra profundamente abalada, mas não deprimida, tampouco debilitada. Ela era movida por uma determinação de ferro e pelo amor aos outros; vivia preocupada com Serioja, Tólia, Vera, Gênia, Spiridônov e muitos outros que Viktor não conhecia. Pediu a ele que descobrisse os endereços e números de telefone de fábricas onde poderia encontrar trabalho. Quando Viktor sugeriu que ela primeiro descansasse um pouco, Aleksandra respondeu:

— O que você está dizendo, Vítia? Quem é que consegue descansar depois do que acabei de passar? Tenho certeza de que sua mãe continuou trabalhando até o último dia.

Em seguida ela lhe perguntou sobre seu trabalho. Viktor se animou e começou a falar com mais desembaraço.

Nádia foi para a escola. Liudmila saiu também; o comissário do hospital lhe pediu para ir até lá. Viktor, no entanto, ficou em casa com Aleksandra.

— Vou para o instituto depois das duas, quando Liudmila estiver de volta. Não quero deixá-la sozinha — disse.

A verdade é que simplesmente queria passar mais tempo com ela.

Tarde da noite, Viktor estava sozinho em seu laboratório. Precisava verificar um efeito fotoelétrico em uma das placas sensíveis.

Acionou a corrente do indutor, e a luz azulada de uma descarga em vácuo bruxuleou no tubo de paredes grossas. Sob essa luz fraca, que era como um vento azul-claro, tudo pareceu estremecer de euforia: o mármore dos painéis de comando, o cobre dos comutadores, o brilho pálido do quartzo, as escuras placas de chumbo das telas e o níquel branco das bancadas.

E, de repente, teve a sensação de ser iluminado por dentro por essa mesma luz, como se um feixe fulgurante e pungente de raios penetrantes tivesse entrado em seu cérebro e seu peito.

O que ele sentiu foi bastante poderoso, mas não era um pressentimento de felicidade; era uma sensação de vida, de algo maior que a felicidade.

Tudo pareceu se fundir: seus sonhos de infância, o trabalho, a sensação de angústia ardente que agora nunca mais o deixava, o ódio pelas forças das trevas que haviam irrompido na vida de todos, os relatos de Aleksandra sobre seus últimos dias em Stalingrado, o olhar suplicante da mulher do colcoz na estação ferroviária de Kazan e a fé de Viktor no futuro livre e feliz de sua pátria.

Nessa hora difícil, nessa hora tão penosa para seu povo e para seu próprio coração, ele sentiu que não era impotente, que não estava à mercê do destino.

Sentiu que a determinação e a perseverança de um pesquisador não bastavam. Para manter a força necessária para trabalhar, ele precisava recorrer também a outros recursos.

E a momentânea visão de um homem livre e feliz — senhor da terra e do céu, soberano inteligente e bondoso da mais poderosa energia no mundo — lampejou diante dele na luz azulada da lâmpada catódica como uma lufada de vento.

47

Ivan Pávlovitch Nóvikov, escavador de mina, voltava para casa depois do turno da noite.

Sua habitação ficava em um assentamento de trabalhadores a um quilômetro e meio da mina. Parte do terreno era pantanosa, e bétulas haviam sido derrubadas para abrir um caminho de troncos. As pesadas botas de Nóvikov pareciam fazer a terra suspirar, e água escura escorria entre os troncos brancos.

O sol outonal lançava feixes de luz sobre a terra e a grama pardacenta. Multicores, folhas de bétulas e álamos brilhavam, saudando a manhã. O ar parecia imóvel, mas aqui e ali as folhas começavam a tremular; era como se milhares de borboletas — pequenas cascos--de-tartaruga, almirantes-vermelhos, papílios — estivessem prestes a alçar voo e preencher o ar com sua beleza sem peso. Na sombra, sob as árvores, os cogumelos erguiam seus guarda-chuvas vermelhos; em meio ao musgo úmido e exuberante, amoras-alpinas brilhavam como rubis no veludo verde.

A beleza matinal da floresta pouco mudara nos últimos mil anos; compunha-se das mesmas cores e dos mesmos aromas úmidos e doces. Era estranho que essa beleza coexistisse agora com o zumbido da fábrica, com nuvens brancas de vapor escapando da entrada da mina, com a densa fumaça verde-amarela pairando sobre os fornos de coque.

O trabalho nas minas havia deixado sua marca no rosto de Ivan, dando-lhe uma aparência de seriedade, de severidade até. Parecia haver uma sombra constante em sua testa franzida; a grossa poeira de ardósia havia escurecido ainda mais seus cílios já escuros, e partículas de carvão haviam carcomido sua pele, aprofundando as rugas ao redor dos cantos da boca. Apenas seus olhos azul-claros permaneciam cordiais e acolhedores, intocados pela escuridão da faina subterrânea, pelo pó de carvão e sílica que corroía a pele e os pulmões dos mineiros.

Quando menino, Ivan trabalhara como ajudante no estábulo da mina. Em seguida, passara a reabastecer as lâmpadas de azeite e a arrastar carrinhos ao longo das galerias baixas e quentes, lidando com veios de carvão muito finos; mais tarde, tornara-se acarretador na galeria principal, levando os vagonetes cheios de carvão em seu caminho até o exterior; em seguida, por dois anos, trabalhara na superfície, em uma das oficinas na entrada da mina de Iuzovka, usando dinamite para despedaçar velhas placas de ferro destinadas aos fornos Martin. De lá passara à oficina de lingotes; de pé ao lado do laminador, parecia um cavaleiro medieval em cota de malha e viseira de metal.

Muito antes da guerra, entretanto, Ivan tinha voltado a trabalhar no subsolo. Agora líder de brigada, estava encarregado de tudo, desde a construção de câmaras de bombas e depósitos até a abertura de novos poços de escavação e galerias. Também era responsável pelo desmonte de rochas e por trabalhos de perfuração profunda.

O irmão mais novo de Ivan havia se formado na academia militar vários anos antes, e muitos de seus contemporâneos também deixaram sua marca no mundo. Smíraiev, que trabalhara ao lado dele como acarretador de vagonetes quando ambos eram meninos, servia agora como comissário do povo adjunto; outro homem de sua idade se tornara diretor regional de administração das minas; um terceiro era responsável por uma fábrica de processamento de alimentos em Rostov do Don. Stiopka Vetlúgin, seu melhor amigo de infância, agora residia em Moscou e era membro do comitê central do sindicato dos mineiros. Tchetverníkov, que também havia trabalhado ao lado dele, concluíra um curso por correspondência no Instituto de Metais e trabalhava em algum lugar em Tomsk ou Novossibirsk.

Muitos dos rapazes que ele havia ensinado, e que o chamavam de tio Vânia, também haviam subido na vida. Um era deputado do Soviete Supremo; outro trabalhava no comitê central da Komsomol e uma vez visitara Ivan no banco de trás de um Zis-101. E havia muitos outros, mais do que ele era capaz de se lembrar, que tinham ascendido por seus próprios méritos.

Mas nunca, nem sequer uma única vez, o irmão de Ivan, Piotr, ou qualquer um de seus colegas de escola, de trabalho ou antigos subordinados que agora trabalhavam nas altas esferas haviam pensado em tratá-lo com desdém ou ar de superioridade. Jamais alguém lhe dissera: "Continua com a cara enfiada nas minas de carvão? Nenhuma perspectiva de mudança?". Ivan, por sua vez, sempre se considerara forte e bem-sucedido, um homem que vencera na vida.

Pensava no irmão mais novo e em seus camaradas com simpatia, mas também com certa condescendência. Considerava o trabalho a coisa mais importante de sua vida, e já estava acostumado quando o irmão ou algum amigo de longa data que agora vivia em Moscou o procuravam em busca de conselho e aprovação, enquanto lhe contavam sobre a vida.

Ivan começou a subir a encosta em direção ao quartel. Pegando um atalho entre dois retornos na estrada, alcançou o topo da colina, e então se deteve para recuperar o fôlego.

Em um vale distante, avistou as oficinas da fábrica, as estruturas da boca da mina, os montes de escória e os trilhos da linha de bitola larga que servia ao poço e à fábrica. Admirou a fumaça perolada sobre os fornos de coque e as baforadas de vapor. Conforme se levantavam em direção ao sol do céu da manhã, as lufadas o fizeram pensar em um bando de gansos gordos.

Uma potente locomotiva, cujo peito orgulhoso reluzia como um espelho, soltava apitos baixos enquanto se movia entre os ramais, e Ivan olhou com súbita inveja para o maquinista, que acenava com raiva para o agulheiro. "Um verdadeiro guerreiro!", pensou. "Sim, seria bom trabalhar numa locomotiva como essa." E se imaginou conduzindo um enorme trem de carga, carregado de armas, tanques e munições. Era uma noite de tempestade, e o veículo seguia a setenta quilômetros por hora. A chuva açoitava a janela da cabine, mas ainda assim o comboio avançava veloz, rasgando a vasta estepe do sul que tremia sob suas rodas.

Ivan era um trabalhador nato e sabia disso. Sua avidez pelo trabalho, sua profunda curiosidade sobre todos os tipos de labuta não havia diminuído ao longo dos anos. Ele ficava animado quando pensava em tentar a carreira de fundidor de cobre, testar sua aptidão como engenheiro em um navio a vapor em alto-mar ou ir para o leste da Sibéria lavrar as minas de ouro.

Queria ver como as pessoas viviam e trabalhavam no mundo inteiro. Não conseguia se imaginar como um mero viajante, observando de braços cruzados as cidades e campos, florestas e fábricas. Por isso seu sonho de viajar sempre estivera ligado ao sonho de ser maquinista ou mecânico de vapor ou avião. Ivan fez muito para realizar esse sonho; viu muita coisa na vida. Tinha sorte, porque a esposa, Inna Vassílievna, estava sempre pronta para fazer as malas e partir, acompanhando o marido a lugares distantes. Passado um ou dois anos, no entanto, sempre tinham vontade de voltar para casa — e retornavam para o Donbass, para sua aldeia, para seu poço de mina.

Já tinham morado em Spitsbergen,[207] onde Ivan trabalhara por dois anos numa mina de carvão e Inna dera aulas de língua russa e aritmética para as crianças soviéticas locais. Por quinze meses, viveram no deserto de Karakum, onde Ivan ajudara a escavar minas em busca de enxofre e Inna lecionara para adultos. Ele havia trabalhado também como perfurador em uma fábrica de chumbo nas montanhas Tian Shan, enquanto a esposa dirigia a escola de alfabetização de adultos.

Nos anos que precederam a guerra, porém, perderam o interesse em viajar. Depois de muitos anos sem filhos, Inna finalmente dera à luz uma menina — uma criança frágil que vivia doente. E, como sói acontecer com casais que tiveram que esperar muito tempo por um filho, havia algo excessivo, quase desesperado, no amor com que zelavam por aquela menininha, e em seus constantes receios em relação à saúde dela.

Ivan olhou para o assentamento dos trabalhadores na encosta leste da colina e sentiu um repentino calor no coração. Em sua mente, podia ver a pequena Macha, seu cabelo louro e o rostinho pálido. Ele chegaria à porta de casa, e ela, vestindo apenas a calçola, correria ao seu encontro, gritando: "O papai voltou!".

Como alguém poderia entender o que ele sentia? Ele pegaria a menina nos braços, passaria a mão sobre seu cabelo macio e morno e, com delicadeza, entraria em casa. E sua filhinha daria chutes no ar com os pés descalços, usaria os pequenos punhos para empurrar o peito do pai, olharia direto nos olhos dele, inclinaria a cabeça para o lado e cairia na gargalhada. Era quase demais para Ivan. Como era possível haver espaço em seu coração para aquelas mãozinhas cheias de vida e calor, para aqueles dedos minúsculos com unhas que pareciam escamas de pequenas carpas, e ao mesmo tempo para o uivo triturante das brocas, para as explosões abafadas de dinamite, para o enfurecido fogo vermelho e esfumaçado chamejando nos fornos de

---

[207] A segunda maior cidade desse arquipélago ao norte da Noruega é o povoado russo de mineração de carvão de Barentsburg.

coque? Como aquele hálito quente e limpo, aqueles olhinhos claros, podiam coexistir em seu coração com os problemas e adversidades da guerra, com os rostos exaustos dos evacuados, com os abrasadores lençóis de labaredas daquela noite de inverno em que ele e Inna embarcaram em um trem e deixaram para trás a aldeia que era seu lar?

48

Ao voltar, Ivan encontrou Inna tirando a mesa às pressas e se aprontando para sair para o trabalho — as aulas começariam dali a vinte minutos. Ela olhou para o marido, pegou a pilha de cadernos de exercícios escolares das crianças que estava corrigindo e os enfiou na pasta. Em seguida, pôs numa sacola uma lata vazia e um frasco de vidro; depois das aulas, pretendia ir à loja. De um jorro, disse:

— Vânia, tem uma chaleira de água quente sob o travesseiro e pão na gaveta da mesinha de cabeceira. Se você quiser *kacha*, tem uma panela lá fora.

— Cadê a Macha?

— Com os vizinhos. A velha Doronina vai esquentar um pouco de sopa para ela almoçar. Volto às cinco.

— Nenhuma carta do Piotr? — perguntou Ivan, e soltou um suspiro.

— Tenho certeza de que vai chegar nos próximos dias — disse Inna.

Ela começou a caminhar em direção à porta, mas de repente se virou, foi até o marido e pousou as mãos sobre seus ombros largos. A bondade do sorriso de Inna fazia seu rosto exausto, com todas as pequenas rugas, parecer jovem e bonito.

— Vá para a cama, Vânia. Nem mesmo você é capaz de continuar trabalhando desse jeito, sem pausa — disse, com toda a calma.

— Estou bem. Preciso ir ao escritório da mina. Macha pode vir comigo.

Inna pegou a mão grande e áspera do marido, segurou-a contra a bochecha e riu.

— Então, proletários do mundo? — disse em voz alta. — Tudo nos conformes? Não vão perder o controle das coisas? Oh, Vânia! Querido, querido Vanechka!

Ivan acompanhou a esposa até a porta principal e a observou enquanto seguia seu caminho. As colegiais a seu lado balançavam as pastas de oleado, assim como Inna. Miúda, de ombros estreitos, caminhando a passos rápidos — a distância, ela também poderia passar por uma colegial. Então Ivan se lembrou da esposa ao longo dos muitos anos desde que a conhecera: como uma menina de rabo de cavalo, sem medo de repreender o pai quando ele gastava em bebedeiras o salário do mês; como aluna da escola de pedagogia, lendo *Tarás Bulba** em voz alta para Ivan quando se sentavam perto do lago; usando botas de cano alto e casaco de pele, segurando uma pilha de cadernos contra o peito enquanto caminhava pelas neves de Spitsbergen, sob a claridade áspera dos postes de luz e da maravilhosa aurora boreal; lendo um informe do Sovinformbureau em um vagão de carga durante os longos e famintos dias da viagem para o leste, de Stalino aos Urais.

"Sim, sou um homem de sorte", pensou.

Só então percebeu atrás de si um farfalhar quase inaudível, como os passos de um camundongo — e Macha abraçou sua perna.

Ivan se abaixou e pegou a menina. Sua cabeça começou a girar — talvez de alegria, talvez por conta das tensões de noites e noites de trabalho subterrâneo.

Depois de tomar um pouco de chá, Ivan pôs Macha sobre os ombros, saiu para a rua e seguiu em direção ao escritório da mina.

Os abrigos antiaéreos ao longo da encosta, os compridos barracões no assentamento e até mesmo as casas dos engenheiros, capatazes e trabalhadores stakhanovitas mais importantes — todos traziam a marca das agruras da guerra. Estava mais claro do que nunca como era pequena a diferença entre a vida dos soldados da linha de frente e a vida de seus pais e irmãos que trabalhavam nas minas e fábricas dos Urais.

Aquele assentamento havia surgido durante o rigorosíssimo inverno de 1941, na mesma velocidade com que os abrigos subterrâneos, trincheiras e casamatas das divisões de fuzileiros e regimentos de artilharia se materializaram em meio a colinas e florestas semelhantes no oeste.

---

* Novela de cunho nacionalista de Nikolai Gógol publicada em 1835; resultado de vasta pesquisa do autor sobre a história e o folclore da Ucrânia, sua terra natal, narra as sangrentas batalhas entre ucranianos e poloneses no século XVI. (N. T.)

Os cabos pendurados entre os troncos das árvores, as linhas telefônicas que ligavam as casas do diretor, do engenheiro-chefe e do secretário do comitê do Partido tanto aos edifícios na entrada da mina como ao escritório, ao chão de fábrica e à sala de controle assemelhavam-se aos cabos de telefone de campanha que ligavam os comandantes de quartel-general de divisão às suas unidades de linha de frente e às oficinas, às lojas de alimentos e aos serviços de apoio na retaguarda. E o jornal da fábrica afixado na porta do escritório do comitê do Partido na mina, com seus artigos curtos sobre as realizações dos mineiros, assemelhava-se às páginas de um jornal de divisão publicado às pressas no auge de uma ofensiva alemã.

E da mesma maneira como os jornais de divisão convocavam novos recrutas para estudar granadas, metralhadoras e fuzis antitanque, um folheto divulgado pelo comitê do Partido convocava ex-donas de casa e trabalhadoras do colcoz a se familiarizarem com o funcionamento de cortadeiras de carvão, sondas de percussão e britadeiras leves e pesadas. Era imperativo que aprendessem a reconhecer quando uma cortadeira se mostrava instável, quando um motor produzia um som anormal, quando um cabo estava folgado demais e quando uma britadeira estava superaquecida.

As semelhanças entre uma posição na linha de frente e aquele assentamento nos Urais tornava ainda mais comovente a visão das crianças. Loiras e de cabelos escuros, tímidas ou tagarelas, sérias ou travessas — lá estavam elas, brincando ao lado dos abrigos antiaéreos, nos montes de escória, acima das pedreiras, entre as folhas de outono.

Ivan parou ao lado de um jornal afixado na parede.

— Conseguimos! — exclamou, depois de ler que o chefe de escavação Ivan Nóvikov havia superado, no último turno, o nível mínimo de produção estabelecido, e que a sua brigada, formada pelos escavadores Kótov e Deviátkin e pelos contramestres Vikêntiev e Latkov, havia alcançado, em todos os índices, as melhores brigadas da mina.

Leu o artigo inteiro, tentando aquietar os pés de Macha, repetindo pacientemente de tempos em tempos:

— Macha, o que deu em você?

Macha, por sua vez, estava tentando chutar o jornal.

Quando enfim conseguiu, acertou em cheio o nome do pai, impresso em letras enormes.

— Macha! Chutando seu pai assim! Como pode fazer uma coisa dessas?

— Eu não chutei você — respondeu Macha, com convicção.

E acariciou o boné na cabeça do pai.

Não havia nenhuma incorreção no artigo, mas tampouco uma única palavra sobre as coisas mais importantes: que os subordinados de Ivan eram homens excepcionalmente difíceis e incompetentes; que Kótov e Deviátkin haviam chegado à mina vindos de um batalhão de trabalho[208] e estavam desesperados para voltar à labuta na superfície e que Latkov era um arruaceiro e certa vez aparecera bêbado para trabalhar. Vikêntiev era sem dúvida um mineiro profissional, que compreendia e amava o trabalho nas minas. Mas era um homem de temperamento forte, e passava o tempo todo apontando as falhas dos acarretadores de vagonetes, que jamais tinham trabalhado naquele ofício. Chegou a levar ao desespero uma evacuada de Carcóvia chamada Braginskaia, o que Nóvikov julgara imperdoável: seu marido, um economista, morrera na frente de batalha, e ela estava dando o melhor de si.

Aliás, o próprio Ivan tinha dificuldade para explicar como o preguiçoso Deviátkin, sempre querendo se sentar por um minuto e comer outro pedaço de pão; Braginskaia, a magra polonesa russificada de olhos tristes; e o problemático Latkov haviam conseguido cumprir sua meta em condições tão difíceis. Aquilo era obra do acaso ou obra dele? Ivan sem dúvida fora o responsável por várias melhorias nas condições de trabalho: garantindo melhor ventilação, aumentando a profundidade das explosões de desmonte de rochas de um metro e meio para dois metros, eliminando atrasos no abastecimento de pilares de sustentação e de caminhões vazios... mas devia haver mais do que isso.

Olhou irritado para os trabalhadores que passavam. Por que nenhum deles jamais se detinha para ler o jornal? Por acaso eram todos analfabetos?

Ao se aproximar do quartel que abrigava o escritório de administração das minas, avistou Braginskaia.

— O que você está fazendo aqui? — perguntou. — Deveria estar em casa, descansando.

---

[208] Os batalhões de trabalho costumavam ser formados por pessoas sob suspeita, como indivíduos de nacionalidades que haviam sido deportadas; eram incumbidos de trabalhos braçais especialmente extenuantes.

Na superfície, Braginskaia tinha uma aparência estranha, de boina e sapatos de salto alto. Lá embaixo, usando botas de borracha e uma jaqueta de lona, com um lenço em volta da cabeça, parecia totalmente natural tratá-la por "tia": "Ei, tia, traz pra gente uns vagonetes vazios!". Agora, porém, isso teria parecido errado.

— Fui à clínica marcar uma consulta para o meu filho — explicou ela. — Já não estou conseguindo dar conta de tudo. Fui pedir a Iázev para interceder por ele, para enviá-lo ao colégio interno na cidade, onde ele pode fazer três refeições por dia. Mas Iázev recusou. Então continuo lutando em duas frentes, no trabalho e em casa.

Ela ergueu uma página do jornal da fábrica.

— Você viu isto?

— Vi — disse Ivan. — E lamento que não tenham incluído o seu nome.

— Por que deveriam? — respondeu ela. — Ter saído alguma coisa sobre a brigada já foi suficiente. Se bem que... teria sido bom se eles...

Envergonhada com o que começara a dizer, Braginskaia pousou a mão no braço de Macha e perguntou:

— Sua filha?

Com os braços ainda em volta do pescoço do pai, Macha respondeu em voz alta e insolente:

— Sim, sou filha dele, ele vai pra debaixo da terra e eu não vou largar ele, não vou dar ele pra ninguém.

Após uma pausa, a menina perguntou, em tom de repreensão:

— Tia, por que você está com raiva? Porque não estava no jornal?

Braginskaia murmurou:

— Meu pequeno Kazimir largou o papai dele... e agora o papai dele nunca mais vai voltar.

— Você é uma menina boba, Macha — disse Ivan. — E já andou demais em cima de mim. É hora de seguir caminho sozinha.

Tirou a menina dos ombros e a pôs no chão.

49

Ivan olhou para os três carros cobertos de poeira estacionados em frente ao escritório. Um deles, um Emka, pertencia a Iázev, o diretor da mina; o segundo, um Zis-101, era o veículo usado pelo secretário do obkom; e o terceiro, de fabricação estrangeira, devia pertencer ao diretor da fábrica militar ao lado da estação de trem.

— Fui chamado aqui, mas receio estar perdendo meu tempo. Parece que os chefes estão tendo uma reunião — disse Ivan para o motorista do diretor da mina.

— O que o faz pensar isso?

Ivan explicou:

— Três carros de uma vez significam uma reunião oficial. Os mandachuvas ficam de olho uns nos outros... e é isso. Reuniões são como a gravidade: não há como fugir. Os chefes simplesmente não têm escolha.

O motorista riu. A garota ao volante do carro estrangeiro sorriu. O motorista do obkom franziu a testa em sinal de desaprovação.

Só então Iázev olhou pela janela de seu escritório e disse:

— Ah, Nóvikov, venha se juntar a nós!

Ivan desceu pelo corredor, olhando de relance para alguns dos anúncios afixados nas paredes. O chefe da seção, Rógov, disse a ele que um representante do Comitê de Defesa do Estado viera fazer uma visita e tinha convocado uma discussão técnica.

— Ele está com o diretor agora — continuou Rógov. E, piscando, acrescentou: — Não tenha medo, irmão.

Ivan olhou em volta, perplexo.

— Mas e quanto a Macha? Onde posso deixar minha filha? Pensei que só precisariam de mim brevemente, para assinar algum documento.

Macha segurou com firmeza a mão do pai e deu um aviso:

— Não me deixe sozinha, papai, senão eu vou gritar!

— Por quê? Você vai ficar com a tia Niúra, da limpeza. Ela é sua amiga — sussurrou Ivan, suplicante.

Mas nesse momento a porta do escritório se abriu, e o jovem secretário do diretor disse com impaciência:

— Vamos, Nóvikov. Onde é que você anda?

Ivan pegou Macha nos braços e entrou no escritório.

Iázev, um homem bem-apessoado de trinta e cinco anos de idade e cara amarrada, vestindo uma elegante túnica com um largo cinto de couro brilhante, andava de um lado para outro, produzindo rangidos agradáveis com suas botas de couro de bezerro. Havia vários outros homens sentados em torno da mesa de trabalho de Iázev. Um deles, com a compleição de um guerreiro, vestia uma puída jaqueta de general;

tinha olheiras e cabelos despenteados caídos sobre a testa proeminente. O segundo, usando um casaco de verão cinza e camisa azul-clara sem gravata, tinha o rosto pálido de um homem acostumado a trabalhar a noite toda. Usava óculos e estava sentado na cadeira de Iázev. Sobre a mesa à sua frente havia uma pasta aberta, pilhas de documentos e grandes folhas de papel vegetal amassadas. Lapchin, o diretor do setor de carvão, homem de dentes amarelados e carranca constante, e o grisalho Motórin, o secretário do comitê do Partido na mina, estavam sentados em cadeiras encostadas nas paredes. Motórin, com seus olhos castanhos vivos, sempre espalhafatoso e franco, agora parecia preocupado e confuso.

De pé junto da janela estava um homem alto e magro vestindo uma jaqueta preta com colarinho de pontas viradas. Ivan o reconheceu de uma reunião anterior em maio.

Era Ivan Kuzmitch, secretário do obkom responsável pela indústria.

— Gueórgi Andrêievitch, este é Nóvikov, o escavador — disse Iázev, dirigindo-se ao homem pálido de óculos. Em seguida, franziu a testa e disse baixinho: — Por que trouxe a criança? Você foi convocado pelo diretor da mina, não pelo diretor do berçário.

Ele pronunciou a palavra *berçário* de um jeito estranho, fazendo-a soar ridícula e ofensiva.

— Acho que ela já está um pouco velha para o berçário — disse o secretário do obkom.

— Quantos anos você tem, garotinha?

Macha não respondeu. Com olhos grandes e redondos, parecia enigmaticamente ausente.

— Em breve vai fazer quatro — respondeu Ivan. — Pensei que o senhor só ia precisar de mim por um minuto, para assinar a ata sobre a falha no fornecimento de ar comprimido. De qualquer forma, a creche e o berçário estão fechados, em quarentena.

— Por que isso? — perguntou o homem de óculos.

— Houve casos de sarampo — disse Motórin.

Ele pigarreou, com ar culpado.

— Já faz nove dias que estão fechados — acrescentou Ivan.

— É muito tempo — falou o homem de óculos. E, franzindo um pouco a testa, perguntou: — Mas que falha é essa? É mesmo necessário assinar alguma ata? Não seria melhor simplesmente descobrir o que está errado?

Olhando para Ivan, disse:
— Sente-se, tire o peso dos pés!
Aborrecido com Iázev, Ivan retrucou:
— Mas como, se o dono da casa não me convida?
— Sente-se! Você também é dono da casa! — disse Iázev.
Ivan olhou para ele, balançou a cabeça e sorriu de forma tão matreira que todos os presentes começaram a rir.

Ivan não gostava do diretor da mina. Lembrava-se de suas primeiras horas naquelas bandas: o frio de rachar ao descer do trem; a neve rangendo, quase gritando, sob seus pés; Inna sentada em cima de suas trouxas, envolta da cabeça aos pés em um cobertor acolchoado e segurando nos braços a pequena Macha; fogueiras recém-acesas em um buraco não muito longe da ferrovia; e Iázev parado ao lado do carro, vestindo um casaco branco de pele de carneiro e botas de cano alto, enquanto todos se aglomeravam ao redor. Os trabalhadores tinham acabado de saber que seus alojamentos ainda não estavam devidamente montados e o questionaram, aflitos: o que acontecera com os fogões que ele tinha prometido? De que maneira, no meio da noite, carregando malas e bolsas, conseguiriam fazer seus filhos pequenos caminharem os oito quilômetros até o assentamento? Iázev respondeu com palavras bonitas sobre as privações do tempo de guerra, a necessidade de fazer sacrifícios e a situação dos soldados na linha de frente. Saindo da boca de um homem como ele, as palavras soaram falsas. Em seus olhos havia uma expressão fria e distante, e ele vestia meias-luvas grossas com pequenos abetos bordados. Além disso, seu carro estava cheio de embrulhos e trouxas cuidadosamente fechados e arrumados.

No início da manhã, quando Ivan se aproximou do alojamento semiacabado carregando duas pesadas trouxas sobre os ombros, escorando a esposa com um braço e segurando a pequena Macha, enrolada em um cobertor, no outro, um caminhão de três toneladas abarrotado de móveis e utensílios domésticos passou por ele. Era óbvio a quem aquilo tudo pertencia.

Isso tinha acontecido mais de nove meses antes, e desde esse dia Ivan jamais tivera uma reunião cara a cara com Iázev. No entanto, seu senso de antipatia por ele não diminuiu, e Ivan guardou na memória cada pequena coisa que alimentava essa aversão. O que mais o incomodava era a total falta de empatia de Iázev; ele simplesmente não tinha o menor interesse pelos trabalhadores. Todos concordavam que era impossível conseguir marcar um horário com ele — e que, mesmo que os recebesse, nada de bom resultaria do encontro. Iázev não apenas se recusaria a atender qualquer solicitação como também repreenderia, aos berros, seu secretário: "A guerra por acaso chegou ao fim e não fui informado? Por que você deixa as pessoas me incomodarem com esse monte de besteiras? Que tal melhorar a produtividade? Por que ninguém vem me consultar sobre isso?".

Em qualquer empresa há, é claro, um pequeno número de trabalhadores que gostam de importunar os chefes com pedidos estúpidos e sem sentido. Contudo, na maior parte dos casos, as pessoas recorrem a um diretor de fábrica ou oficina apenas quando estão desesperadas. E quem sabe alguma coisa sobre a vida dos trabalhadores compreende a importância de suas solicitações aparentemente insignificantes. Instruções para o berçário receber uma criança pequena; a transferência de um alojamento de solteiro para um alojamento de família; permissão para ir até a sala da caldeira e encher um jarro com água fervida; ajuda para transportar uma mãe idosa da aldeia para um assentamento; o registro em uma nova loja, para que o trabalhador não tenha que andar muito para pegar suas rações; permissão para tirar um dia de folga a fim de poder acompanhar o cônjuge a um hospital da cidade para uma cirurgia; um pedido para a construção de um celeiro de armazenamento de carvão — essas coisas podem parecer triviais e tediosas, mas delas dependem a saúde e a paz de espírito de um trabalhador e, portanto, sua produtividade.

Olhar para o belo e tranquilo rosto de Iázev causava desconforto em Ivan. Ele podia ser um diretor competente, mas Ivan não gostava dele.

Ivan disse baixinho a Macha:

— Vamos deixar você aqui.

E deslocou a menina um pouco para o lado, de modo que os olhos brilhantes e frios de Iázev não pudessem mais vê-la.

— Camarada Nóvikov — disse Gueórgi Andrêievitch, o pálido representante do Comitê de Defesa do Estado —, tenho algumas perguntas para você.

O general de jaqueta puída — sem dúvida o diretor da fábrica militar — suspirou alto e disse:

— A bem da verdade, há uma única questão. O novo veio precisa ser aberto e explorado sem demora.

Encostado à mesa e olhando direto para Ivan, continuou:

— Conseguimos concluir antes do prazo a construção de uma fábrica que produzirá chapas de blindagem para tanques. De acordo com o plano, vocês deveriam nos fornecer carvão e coque. Mas não estão fazendo isso. Precisamos do seu carvão imediatamente, mas o veio nem sequer foi aberto. Vocês estão atrasados.

— Pelo contrário — rebateu Iázev. — Não estamos atrasados. Na verdade, até ultrapassamos a meta. O novo veio será aberto no prazo, conforme o cronograma.

E, voltando-se para Lapchin, o diretor do setor de carvão, acrescentou:

— Correto? Foi do camarada que recebi o plano de trabalho, e estou excedendo as metas.

Fazendo que sim com a cabeça, Lapchin respondeu:

— As obras estão dentro do cronograma. A mina está cumprindo o plano com folga.

E, virando-se para o general, disse, irritado:

— Isso não é maneira de falar com as pessoas, camarada Mechkov! Temos uma documentação objetiva, aprovada pelos órgãos do Partido.

Em seguida, olhou para o secretário do obkom:

— Não é mesmo, Ivan Kuzmitch?

Ivan Kuzmitch, no entanto, respondeu:

— Tudo o que você diz é verdade. Mas há, *sim*, um problema. Você não está acompanhando o general Mechkov. Ele realmente precisa do coque para ontem.

— Compreendo — disse Lapchin. — Mas de quem é a culpa? E o que você está dizendo, afinal? Estamos cumprindo o plano ou não? Estamos além ou aquém da meta?

— De quem é a culpa? — perguntou o general Mechkov, erguendo-se e mostrando toda a sua figura hercúlea, abrindo os braços e dizendo: — Sem dúvida a culpa é de Mechkov. De quem mais? Mechkov é o culpado por tudo. E, além de Mechkov, os peões que escavaram a terra para abrir o fosso de fundação da fábrica, os assentadores de concreto, os pedreiros e eletricistas, os instaladores, montadores e perfuradores, os rebitadores e soldadores, toda a classe operária, ao que parece. Então não hesitem, camarada Iázev, camarada Lapchin. Levem-nos ao tribunal por construir a fábrica na metade do tempo previsto!

Olhando para os rostos sorridentes dos outros homens, Iázev franziu o cenho:

— Camarada general — disse —, em breve o senhor poderá ser indicado para receber a medalha de Herói do Trabalho Socialista,[209] mas isso não torna possível que a mina lhe forneça carvão hoje. Aqui está um trabalhador, um líder de brigada, um escavador de mina. Pergunte a eles! Eles vão lhe dizer que os trabalhadores estão fazendo de tudo, entregando-se de corpo e alma, mas que não são capazes de fazer mais do que já estão fazendo. Afinal, são apenas seres humanos. Neste momento, a mina não pode lhe fornecer o carvão.

— E *quando* isso será possível?

— De acordo com o plano de trabalho, no final do quarto trimestre de 1942.

— Não — retrucou Ivan Kuzmitch —, isso não é aceitável.

— E o que o senhor sugere que eu faça? — perguntou Lapchin. — Todo o cronograma, a provisão de mão de obra, os suprimentos de materiais e de rações dos trabalhadores, tudo foi calculado de acordo com o plano. E o plano não é produto de um sonho. Exijo muito de Iázev, mas não tenho condições de lhe fornecer profissionais qualificados. Preciso falar com franqueza. E onde é que Iázev poderia encontrá-los? Na taiga? Não temos brocadores, nem escavadores, nem contramestres. E, mesmo que tivéssemos, Iázev não conseguiria lhes fornecer britadeiras e brocas. E, mesmo que dispuséssemos do maquinário adequado, ainda assim estaríamos limitados pela capacidade insuficiente da bomba do compressor e da usina termelétrica. Então me diga: o que fazer?

Gueórgi Andrêievitch tirou os óculos, examinou as lentes e falou:

— Camaradas, as perguntas que vocês continuam a fazer são aquelas que outrora preocupavam nossa intelectualidade revolucionária: "De quem é a culpa?" e "O que fazer?".

Pôs os óculos de volta e olhou para todos de um jeito sombrio e penetrante.

— Quanto à culpa, cabe à procuradoria decidir. Mas, para não a incomodarmos desnecessariamente, podemos chegar a um acordo sobre um novo cronograma para a lavra desse veio profundo. Temos

---

[209] Herói do Trabalho Socialista era uma das maiores honrarias soviéticas, de status idêntico à condecoração Herói da União Soviética.

apenas um plano, e é um plano muito simples: defender a independência do Estado soviético.

E, com repentino vigor, acrescentou:

— Entenderam? É um plano simples. E não é fruto de um sonho caprichoso ou impulsivo. Por favor, reorganizem sua programação de acordo com esse plano.

Nesse exato momento, entrou a mulher da limpeza, trazendo um bule de chá e copos.

Virando-se para Motórin, Gueórgi Andrêievitch falou:

— Está horrivelmente enfumaçado aqui dentro. Isso é prejudicial para os pulmões da criança.

Em seguida, olhou para Macha e disse:

— Talvez seja melhor você sair um pouco com a tia.

Macha estava se sentindo entediada e infeliz. Já tinha ouvido demais sobre carvão, britadeiras, brocas e bombas do compressor. Seu pai sempre dizia coisas como "Onde posso encontrar contramestres?", "A bomba do compressor não tem potência suficiente", "Para quebrar rochas assim, precisamos de britadeiras resistentes e adequadas". E agora estava ouvindo as mesmas palavras compridas e difíceis naquele escritório. A menina bocejou e disse:

— Não é prejudicial aqui. É chato.

Ela estendeu a mão para a faxineira e fez menção de deixar o escritório. Assim que chegou à porta, no entanto, parou e olhou rápido para o pai, como se não tivesse certeza de seus direitos e quisesse reafirmá-los.

Quanto a Ivan Nóvikov, também estava achando aquela discussão difícil. A princípio, Iázev havia dito exatamente aquilo que ele gostaria de dizer. Ainda assim, Ivan se viu querendo discordar. As razões de Iázev para argumentar com o general eram pessoais; ele não estava nem um pouco preocupado com os trabalhadores, cujos esforços para cumprir o plano descrevera com tanta eloquência.

Então Iázev se virou para Ivan e disse:

— Vamos perguntar ao camarada Nóvikov, um de nossos melhores escavadores, como é que ele consegue realizar seu trabalho sem um único mineiro experiente a quem recorrer. A brigada que ele comanda é formada por donas de casa, rapazes de uma escola técnica e trabalhadores de colcoz que jamais haviam visto uma mina, muito menos ajudado a explorar uma jazida. Sugiro que desçamos todos ao fundo do poço para ver de perto o trabalho que vem sendo realizado. Nóvikov está operando milagres! E vocês precisam ver com que tipo de pessoas precisa contar para transportar rejeitos e vagonetes. Agora mesmo acabei de falar com uma dessas trabalhadoras, uma polonesa chamada Braginskaia. Está com a saúde debilitada. O marido, que era economista, foi assassinado na linha de frente. Ela nasceu e foi criada na cidade e nunca tinha cavado sequer um jardim, muito menos trabalhado em uma mina. O que se pode pedir a uma mulher como ela? Todas essas coisas devem ser levadas em consideração, Gueórgi Andrêievitch. Você mesmo elogiou meu trabalho. Minhas realizações foram notadas pelo Comitê de Defesa do Estado. Se eu me comprometi a cumprir o plano, então ele será cumprido. É por isso que não tenho medo de colocar de novo esta questão. Mas, primeiro, vamos ouvir o que nosso trabalhador tem a dizer.

Ivan notou a cara amarrada de Gueórgi Andrêievitch enquanto ouvia Iázev. Então, abruptamente, Iázev acrescentou:

— E permita-me lhe dizer com toda a franqueza, Gueórgi Andrêievitch: não há necessidade de me pregar sermões. Compreendo muito bem esta guerra. Em nosso primeiro dia aqui, em dezembro de 1941, no frio intenso, quando nosso primeiro trem foi descarregado na neve, eu disse a todos que esta guerra exige sacrifícios. E estou sempre lembrando a todos sobre isso; nunca fui chamado de coração mole.

Então o general Mechkov voltou-se para Ivan. Em um tom bem diferente, como se os dois fossem velhos amigos, disse:

— Estamos na mesma posição que você, camarada Nóvikov. Nossa força de trabalho é composta pela mesma mistura: alguns trabalhadores experientes e muitas donas de casa e recrutas de toda parte. Mas não se trata de como as coisas são para mim e para minha fábrica. O que importa é que um novo corpo de tanques está sendo formado. Ainda outro dia falei com o comandante de uma dessas novas unidades.

Mais devagar e em tom enfático, continuou:

— Meu Deus, quando penso em tudo que está em jogo neste trabalho... Devo insistir, sim. É isso que o Partido exige. Tudo o que Iázev diz é verdadeiro e justo. Mas não temos escolha.

Por fim, Gueórgi Andrêievitch quis saber:

— O que você acha, camarada Ivan?

No decorrer de apenas um segundo, Ivan Nóvikov lembrou-se do que pareciam ser dezenas de coisas importantes a dizer. Queria dar vazão à raiva que sentia de Iázev: como ele era capaz de falar sobre Braginskaia com tanto sentimento e ao mesmo tempo se recusar a ajudá-la a mandar o filho para um internato? De onde tirava coragem para dizer a seus trabalhadores que eles tinham que permanecer em casas desaquecidas enquanto instalava fogões de excelente qualidade em seu próprio apartamento? Ele queria dizer que as rações dos trabalhadores eram inadequadas, que muitos deles ainda eram obrigados a viver em abrigos úmidos e que, no final de cada turno, alguns mal conseguiam ficar de pé. Queria descrever o jovem soldado que tinha visto ser enterrado em uma pequena estação nos Urais. Morrera em um trem-hospital, carregado para fora numa padiola e sepultado na terra congelada; parecia um recruta novato. Ivan queria falar sobre o amor pela filha e como ela vivia sempre doente ali, incapaz de suportar o clima dos Urais. Queria dizer como o pai tinha morrido esperando que Piotr, seu caçula, pudesse vir vê-lo uma última vez. Mas Piotr não conseguira uma licença. Não pudera dizer adeus junto ao túmulo do pai, que agora estava sendo pisoteado pelos alemães.

O coração de Ivan batia forte. Ele tinha muito a dizer — e aqueles homens iriam ouvi-lo.

Em vez disso, a meia-voz, devagar, falou:

— Acho que conseguimos. Transmita-nos o novo plano.

50

Com uma pesada lâmpada a bateria numa das mãos, Ivan caminhou até a entrada da mina. Era tarde da noite e ele acabara de sair do escritório, onde fora buscar sua ordem de trabalho. Antes disso, ainda em casa, algo surpreendente tinha acontecido. Assim como previsto por Inna, ele recebera notícias do irmão. Seu suspiro de alegria ao ler o telegrama foi tão alto que acordou Macha. Ivan vinha se sentindo cada vez mais apreensivo, sem saber se Piotr continuava vivo ou não — e agora ali estava ele, não muito longe, talvez prestes a lhe fazer uma visita.

O clarão da lâmpada de Ivan flutuava a seu lado. Da casa de banhos, do escritório e da sala de lâmpadas vinham centenas de outras manchas de luz oscilantes, todas se movendo na direção da boca da mina. Um segundo jorro de luzes — mineiros que acabavam de sair de seu turno — fluía na direção oposta, para longe da entrada. Havia poucas conversas; todos se preparavam, à sua maneira, para se separar da superfície da terra. Por mais que uma pessoa pudesse amar o trabalho no subsolo, esses últimos momentos antes da descida sempre a imergiam em um estado de silêncio e meditação; somos todos apegados ao nosso mundo, e é difícil abandoná-lo, mesmo que apenas por algumas horas.

Todas aquelas luzes oscilantes contavam histórias diferentes. Uma constelação de cinco era claramente uma brigada. Uma luz um pouco à frente das outras significava o líder; em seguida vinham outras três, lado a lado; a última, que não parava quieta, ora ficando para trás, ora ultrapassando as demais, era provavelmente a de um jovem aluno da escola técnica com botas grandes que se distraía, depois caía em si e corria para se pôr ao lado do líder. Na sequência, uma linha pontilhada de luzes solitárias, e, depois delas, vários pares de luzes — amigos caminhando lado a lado, trocando algumas palavras e por fim se calando. Entravam juntos no elevador e no subsolo seguiam caminhos separados. No final do turno, voltariam a se encontrar no fundo do poço da mina, os dentes e o branco dos olhos brilhando no breu.

Uma nuvem brilhante sai da sala de lâmpadas. Movendo-se cada vez mais rápido, ela se espalha e se fragmenta. Enquanto isso, na entrada da mina, uma espessa nuvem tomou forma, pulsando, respirando e em seguida deslizando através de portas invisíveis no escuro. Lá em cima, no céu outonal, as estrelas tremeluzem e cintilam, e parece haver alguma ligação, alguma conexão viva e calorosa entre as luzes das lâmpadas dos mineiros e o pálido cintilar das estrelas. Nenhum blecaute de tempo de guerra pôde eclipsar essas luzes.

Muitos anos atrás, numa noite quente de verão, Ivan fora com os pais a uma mina nos arredores. A mãe segurava o pequeno Pétia nos braços; o pai iluminava o caminho, balançando suavemente a lâmpada; Ivan seguia atrás deles. Quando a mãe disse que estava exausta e que não conseguia mais continuar carregando um peso tão grande, o pai disse: "Vânia, você segura a lâmpada. Eu levo o pequeno Pétia". Mas agora fazia muitos anos desde a morte dos pais, o pequeno Pétia se tornara um coronel imponente e taciturno e Ivan não conseguia mais lembrar por que todos iam à tal mina. Seria por conta de uma festa de casamento? Ou era porque seu avô estava morrendo? Mas a lembrança de tocar pela primeira vez no gancho áspero da lâmpada de azeite — do peso da lâmpada e de sua luz silenciosa e viva — estava clara e nítida como sempre.

Ele era tão pequeno que tivera que erguer um pouco o braço — do contrário, a lâmpada arrastaria no chão.

No escuro só se viam essas luzes oscilantes. É possível que, durante o silêncio meditativo que antecedia a descida, todos estivessem absortos em vagas lembranças de muito tempo atrás, e então pensando sobre o presente e a guerra, cientes de que as memórias da infância eram agora inseparáveis dos túmulos de entes queridos.

Ivan foi até o elevador. Em vez do frescor da noite de outono, sentiu no rosto o hálito macio e úmido da mina.

Em silêncio, as pessoas observavam o cabo oleoso, cintilando à luz elétrica, deslizar em surdina e sair da escuridão negra do poço. Aos poucos, ele começava a desacelerar, manchas de óleo marrom-amarelado se separando do branco prateado do fio metálico em espiral. Ainda mais lentamente o próprio elevador emergia do negrume; os olhos brilhantes de homens e mulheres voltando à superfície em macacões de lona molhados e sujos encontravam os olhos dos que estavam prestes a descer.

Os que acabavam de chegar sentiam o frescor da noite se misturando ao ar abafado da mina. Cansados de pairar sobre o abismo, esperavam com impaciência que o ascensorista os liberasse, os deixasse assentar pé outra vez na terra.

— Oito rapazes, oito moças — disse Deviátkin, que estava de pé ao lado de Nóvikov.

Latkov riu e gritou:

— Vamos já para o cartório!

Ivan tinha notado que para os novatos naquele trabalho era sempre impossível manter a calma enquanto se preparavam para descer. O taciturno Latkov, o enrugado Kótov, o geralmente sério Deviátkin — todos traíam sua agitação de uma forma ou de outra. Latkov contava piadas em uma voz estrondosa que sem dúvida não era a de alguém que se sentia tranquilo e feliz. Kótov, por outro lado, sempre ficava em silêncio, fitando o chão, como se dissesse: "Não espero nada de bom disso, algumas coisas é melhor não ver".

As mulheres costumavam ficar mais assustadas do que os homens na primeira vez que desciam — algumas chegavam a gritar e berrar —, mas em compensação se ambientavam mais rápido. Ivan chegava a se irritar com o fato de elas não pararem de tagarelar, mesmo dentro do elevador, sobre preocupações cotidianas e triviais como rações e tecidos. E as jovens falavam de filmes ou contavam histórias do tipo "Aí eu disse assim para ele, e ele me disse assim, e depois a Lida perguntou, mas ele apenas riu e acendeu um cigarro e não respondeu nada". As mulheres — Ivan percebeu — deviam ser muito diferentes dele; não conseguiam entender a seriedade do trabalho.

A corrente do elevador chacoalhou, e o ascensorista, outro evacuado do Donbass, piscou para Ivan e fez um sinal para o maquinista.

— Ai, mamãe, cadê meu paraquedas? — disse Latkov, de um jeito bobo.

E, como se precisasse de apoio, jogou um braço em volta dos ombros de Natacha Popova, uma operadora de cábrea.

— Cala a boca, idiota! — gritou Natacha, irritada, empurrando o braço dele para longe. — Pare de bancar o palhaço!

Mas Latkov não estava só bancando o palhaço. No fundo, tinha medo. E se o cabo escolhesse aquele exato minuto para se romper? Eles podiam não estar na linha de frente, mas ainda assim eram cento e oitenta metros até o fundo da mina.

A descida era tão rápida que as pessoas ficavam um pouco tontas. Os ouvidos sempre pareciam entupidos, e surgia um repentino nó na garganta. Mas o elevador continuou rugindo; o revestimento de pedra das paredes do poço passava zunindo, como se fosse uma fita cinzenta de mica. Havia cada vez mais água nas paredes, e gotas quentes e pesadas respingavam nas roupas e no rosto dos mineiros.

O elevador foi desacelerando à medida que se aproximava do veio superior, onde o carvão já estava sendo lavrado. O revestimento das paredes do poço agora já não parecia mais uma fita de mica, assemelhando-se a um mosaico de pedras talhadas de maneira rústica com diferentes formatos e cores.

O elevador parou. Com um rápido aceno de cabeça para Ivan, várias pessoas saíram: um escorador, um contramestre, duas operadoras de cábrea, o condutor da locomotiva elétrica e um cortador de carvão, vizinho de Ivan no assentamento.

A um sinal do ascensorista, o elevador começou a descer para o nível inferior, onde Ivan e sua brigada abriam caminho para uma nova camada de carvão coqueificável de quatro metros de espessura.

Ivan passara três meses do inverno anterior cavando essa parte mais profunda do poço. Agora, conforme o elevador descia, examinava os tirantes de escoramento no teto. De uma coisa não havia dúvida: ele e seus homens haviam feito um bom trabalho.

O elevador até parecia estar se movendo mais suavemente. As gotas que caíam das paredes eram agradáveis, como pingos de chuva morna de verão quando o sol aparece e surge um arco-íris. E o ar no fundo do poço parecia mais seco e mais limpo do que no patamar superior.

Ivan certamente cumprira sua cota de trabalho árduo. No meio do inverno, tivera que lidar com uma inundação. O jorro de água parecia uma chuva gelada, caindo sobre suas costas quentes e suadas e vergastando seu corpo. Mesmo agora, doía só de pensar. O poço estava sufocante, tomado por uma imunda névoa que se formara após dias e dias de desmonte de rochas à base de explosivos. Ele costumava voltar à superfície exausto e ensopado até os ossos. Sob a nevasca uivante, corria até a sala de lâmpadas; a gélida alça da lâmpada grudava nos dedos, queimando-os como se os tivesse enfiado num forno. Ele entregava sua lâmpada e corria para a casa de banhos.

Ivan se lembrou de seus quinze meses no deserto de Karakum, trabalhando numa mina de enxofre. Enquanto estava lá, ansiava pelo inverno russo. As pessoas fechavam todas as portas e janelas da casa e se deitavam no chão de barro, embrulhadas em lençóis molhados e bebendo chá verde — mas não havia como escapar do calor sufocante. E ele tinha que trabalhar no subsolo — no calor e na poeira, e sem nenhuma ventilação de verdade. Além de tudo isso, havia a fumaça das repetidas explosões. Era um milagre que conseguisse respirar. No final do turno, parecia sair de uma fornalha para entrar em outra: nada além de rocha escura e areia branca, até onde a vista alcançava. Era como se toda a terra estivesse em chamas, acometida de uma febre. O céu noturno, porém, era inesquecível: preto antracito, com estrelas enormes, brancas e azul-claras, como anêmonas na primavera. Se alguém golpeasse o antracito com uma picareta, flores estreladas cairiam do céu. Sim, Karakum tinha sido uma experiência fascinante.

Haviam alcançado a galeria transversal. Deviátkin dava batidinhas nas vigas de escoramento. As finas hastes reluziam.

— Sem dúvida a rocha aqui é sólida e boa — disse Latkov. — O camarada Nóvikov nos incumbiu de uma tarefa e tanto. Deus sabe quando é que chegaremos ao carvão.

Parecia estar brincando, mas havia um tom áspero em suas palavras.

Kótov entrou na conversa e, com sua voz grave e rouca, falou:

— Ouvi o agrimensor dizer que teremos sorte se terminarmos o trabalho até dezembro. Sobretudo com as nossas atuais rações.

— Sim — disse Deviátkin. — As promessas do camarada Nóvikov podem nos custar caro. Antes da guerra, havia um polonês na nossa fábrica que gostava de dizer: "Promessas são brinquedos com que os tolos se divertem".

— De onde ele era? — perguntou Braginskaia.

— Por quê?

— Meu tio costumava dizer a mesma coisa.

— Já o meu tio... — Latkov começou a falar, sonhador, e começou uma história estranha.

Ivan, por sua vez, inspecionava o trabalho feito pelo turno do dia. Aqui, havia uma tora de madeira danificada — precisaria de reforço, ou o teto corria o risco de ruir. Ali, a parede havia envergado ligeiramente. E, acolá, percebia-se uma forte pressão lateral — a base do madeiramento estava instável. O diretor, é claro, prometera trazer ar comprimido para a galeria adjacente, mas o tubo continuava terminando exatamente no mesmo ponto onde terminava no dia anterior. Na verdade, nenhum tubo havia sido trazido da superfície. Ivan também não vira nenhum no depósito. Haviam se comprometido a trazê-lo da estação, mas talvez não houvesse nenhum caminhão disponível. Por outro lado, alguém tinha trazido um cabo de alimentação. Mas de que serviria se ainda não havia fonte de energia? No momento, mal havia energia suficiente para as máquinas já em funcionamento no nível superior. Só a cortadeira de carvão já consumia uma quantidade insana de energia.

Ao entrarem em outra galeria transversal, Deviátkin disse:

— Aqui estamos. Ontem chegamos até aqui.

— Sim — falou Latkov —, e fizemos um bom trabalho. As escoras estão alinhadas como soldados num desfile. Firmes e sólidas. E aqui é o ponto onde quase fui soterrado. Lembra, Kótov? Tínhamos terminado uma explosão e eu estava colocando uma escora.

— Sério? Não lembro — disse Kótov.

Na verdade, ele se lembrava muito bem — só queria irritar Latkov. Então se virou para Ivan e falou, zangado:

— Eu esperava que a essa altura nossos vizinhos tivessem ar comprimido, mas não há nem sinal de novos tubos. Nem aqui embaixo, nem na entrada da mina.

— Ah — disse Ivan. — Você também notou.

Mas Kótov limitou-se a franzir a testa. Tinha a sensação de que estava fazendo o tipo errado de trabalho. Não muito tempo atrás, era o encarregado de compras em um centro de processamento de aves — e agora ali estava ele, preso no fundo de uma mina. Quanto a Deviátkin, trabalhava em uma fábrica de galalite, produzindo canetas-tinteiro. Depois foi trabalhar em outra fábrica, onde operava um torno e produzia peças técnicas. Era um operário experiente, mas, certa vez, no albergue, disse: "Quando olho para cima e vejo aquele teto, quando lembro que existem casas acima de mim, e pinheiros, quando penso em tudo isso... não, eu não aguento...".

Kótov, sempre do contra, retrucou:

— Tudo bem! Se você está com medo do buraco, então vá se apresentar como voluntário para a linha de frente!

— Talvez eu vá mesmo — disse Deviátkin.

Agora os dois homens caminhavam lado a lado, olhando para as costas largas de Ivan, que se dirigia em silêncio para o fundo da galeria. Ivan era o mais gentil e amável dos homens, mas Latkov parecia incapaz de parar de alfinetá-lo:

— Então, Nóvikov, ouvi dizer que você assinou um documento no escritório ontem, dando a sua palavra de que vamos chegar ao carvão no dia 1º do mês que vem. Não lhe ocorreu nos perguntar o que é que *a gente* pensa? Ou você vai fazer isso sozinho? Ou talvez Motórin, o secretário do Partido, vá trabalhar com você?

— Você sabe muito bem quem é que vai trabalhar comigo — respondeu Ivan com toda a calma do mundo.

— Acha que todos nós temos oito mãos e pele extra? — perguntou Deviátkin.

— Antes de concordar em assumir mais trabalho, você deveria ter visto as rações que recebemos da loja ontem — disse Kótov.

— Por quê? — respondeu Ivan. — Você acha que as minhas são diferentes?

— Você pode não gostar disso, Nóvikov, mas é um burocrata nato — retrucou Kótov.

— Acho que não — discordou Ivan. — Tenho sido um trabalhador a minha vida inteira. É você que quer voltar para o escritório.

Latkov viu duas luzes piscando ao longe e disse:

— Vejam só, Niúra Lopatina e Vikêntiev já estão trabalhando. É, eles têm consciência política! Em breve serão líderes de brigada!

51

Com clareza cada vez maior, os mineiros podiam sentir que estavam perto de encontrar o veio. Era como se o carvão estivesse se enraivecendo, tornando-se perverso, ciente de que estava prestes a ser perturbado. De tempos em tempos havia pequenos escapes de gás enquanto perfuravam, e o jato de água que usavam para limpar os buracos esguichava de forma assustadora. Às vezes, os escapes eram tão fortes que arremessavam longe pequenos fragmentos de rocha.

De uma fenda no teto saiu grisu; um fluxo invisível de gás se desprendeu espontaneamente e tomou a galeria. Ouviu-se um apito sinistro, e, quando trouxeram a lâmpada para mais perto, puderam ver partículas refulgentes de poeira de xisto em rápido movimento. O cabelo louro de Niúra Lopatina esvoaçou quando aproximou a cabeça da fenda, como se alguém o tivesse soprado. Antes de continuarem a escavar, o inspetor de gás, um homem de cabelos grisalhos, veio fazer uma verificação, e a chama de sua lâmpada indicadora deu um sinal alarmante. Os mineiros trocaram olhares e o inspetor disse, em tom grave:

— Você viu o que aquela chama fez, camarada Nóvikov?

— Claro — respondeu Ivan calmamente. — O carvão não está longe... está respirando.

— Você sabe o que essa chama significa?

— Que estamos quase lá! — disse Ivan, e, voltando-se para Kótov e Deviátkin, prosseguiu: — Então, antes de prosseguirmos o desmonte com explosivos, vamos fazer uma perfuração de exploração profunda com uma máquina manual. E, assim que houver ventilação adequada, podemos retomar as explosões. Dessa forma, não haverá risco.

— Exatamente — respondeu o inspetor. — É o que o diretor de ventilação sempre diz: "A pressa é inimiga da perfeição".
— Pior ainda — emendou Ivan. — Ela pode matar.
— É perigoso aqui embaixo? — perguntou Braginskaia.
Ivan deu de ombros. Havia trabalhado na encosta oeste da Smolianka-11, uma mina profunda, quente e difícil, sujeita a vazamentos de gás que podiam levar uma galeria inteira a ser soterrada por centenas de toneladas de pó de carvão e entulho. Claro que era perigoso lá embaixo. Se houvesse um desabamento de grandes proporções, levaria uma semana até conseguirem desenterrar todos os corpos. Depois disso, a galeria seria fechada de forma definitiva.
Ivan também tinha ajudado a abrir o poço da mina Rutchenkovo 17-17, onde lidara com os piores grisus que jamais tinha visto. O uivo do gás escapando era tão alto que não dava para ouvir as pessoas falarem. Explosões provocadas pelo vazamento da mistura de metano e oxigênio destruíam os escudos de proteção das perfuratrizes. No final, porém, deu tudo certo, e eles chegaram ao veio. Mas quanto a esse novo grisu... Ivan não podia fazer promessas. Uma grave explosão poderia fazer muito pior do que balançar o cabelo louro de Lopatina. Eles estavam, afinal, trabalhando no subsolo, não em uma fábrica de doces. O que ele poderia dizer para tranquilizar Braginskaia? Apenas que muito mais perigoso era onde seu irmão Piotr estava trabalhando. Depois disso, Braginskaia, como se entendesse o sorriso silencioso e o involuntário dar de ombros de Ivan, declarou, envergonhada:
— Peço desculpas. Percebo que ninguém fazia perguntas como essa onde meu marido estava trabalhando.
Ivan olhou para o rosto dos trabalhadores quietos, cada um perdido nos próprios pensamentos. Olhou para o fundo da galeria, que ainda precisava de escoramento de madeira, para o teto baixo, para a perfuratriz, para o brilho escuro e ameaçador da rocha, para o vagonete vazio, pronto para transportar a rocha que eles extrairiam, para as escoras com seu cheiro fresco e úmido de piche. Por um segundo viu o rosto da pequena Macha, vermelho e febril, e seus olhos brilhantes e arregalados. Viu a esposa, franzindo a testa, ansiosa. Quase timidamente, disse:
— Bom, acho que é hora de começar a trabalhar.
Devagar, quase relutante, foi até a perfuratriz e começou a verificar o mecanismo.

Existe um encanto especial nesse primeiro momento de trabalho, nesse primeiro movimento do trabalhador que supera a imobilidade e parece não conhecer a própria força mas mesmo assim acredita nela com toda a convicção, ainda sem sentir qualquer laivo de pressão ou tensão mas sabendo que em breve sentirá.

Um maquinista experimenta esse sentimento quando se prepara para tirar uma possante locomotiva de carga do terminal, e seu coração detecta o primeiro ligeiro empurrão do pistão. Um torneiro mecânico experimenta esse sentimento no início de seu turno, ao ver surgir o movimento na máquina que estava parada. Um piloto experimenta esse sentimento quando suas primeiras ações, rotineiras e como que pensativas, fazem a hélice começar a girar, indecisa e sonolenta.

Um foguista, um escavador, um tratorista, um metalúrgico segurando a chave inglesa, um carpinteiro empunhando o machado, um mineiro ligando a perfuratriz — todos eles conhecem, amam e apreciam a beleza dos primeiros movimentos que dão origem ao ritmo, à força e à música de seu trabalho.

Naquela noite, o trabalho foi especialmente difícil. A ventilação era precária. O ventilador recém-instalado perto da fissura do grisu estava com defeito, e o calor úmido era enervante. Quando realizavam detonações de desmonte em uma galeria vizinha, uma névoa gordurosa e cáustica se espalhava pela galeria principal. Uma névoa azul-clara pairava em torno das lâmpadas dos trabalhadores, e havia momentos em que eles mal conseguiam respirar. A garganta queimava, e todos estavam empapados de suor. Tudo o que desejavam era sentar-se por alguns minutos. A ideia do ar fresco na superfície parecia uma miragem, como a visão de uma fonte de água por um viajante no deserto.

Ivan começou a fazer uma perfuração exploratória no minério. A princípio, correu tudo relativamente bem. Com calma, sonolenta, ainda que um pouco zangada, a broca abria seu caminho através da rocha. Também parecia incomodada com o calor e a falta de ar, mas não emperrou.

Latkov ajudou Vikêntiev a posicionar as escoras de pinho e foi trazendo as vigas de amarração de que ele precisava para terminar a sustentação do teto.

— Aquela ali está apenas pela metade — falou Vikêntiev, apontando para a base de uma das escoras. — Você ficou cego ou o quê?

— É o calor — disse Latkov, e acrescentou, com veemência: — Não há nada pior para um russo do que o calor de verdade. O frio não é tão ruim.

— Eu não teria tanta certeza disso — retrucou Vikêntiev. — No inverno passado, trabalhei na superfície, no distrito de Bogoslóvski. Quarenta graus abaixo de zero e uma névoa que parecia creme azedo congelado, e não se dissipou por semanas a fio. Minas a céu aberto... Quando o vento sopra da estepe de Tcheliábinsk, é aí que você aprende o que o frio pode fazer com você. Estar ao ar livre não é tão fácil. Peguei pneumonia. Não, estamos melhor aqui embaixo.

Kótov e Deviátkin ajudavam Ivan, imaginando quando ele pararia de adicionar hastes extensoras à broca. As têmporas e a testa de Deviátkin estavam cobertas com gotas escuras de suor; ele já tinha desistido de enxugá-las. Ofegante, disse:

— Eu sei que apenas começamos, mas preciso descansar.

— Continue, Gavrila — falou Kótov.

Encontrando dificuldades para girar a manivela, ele parou e limpou o rosto com a manga do macacão. Ivan olhou para trás e disse:

— Continuem, ou a broca vai emperrar! Deviátkin, você está encharcado!

— Ainda está girando sem problemas, graças a Deus — disse Kótov.

— Por que graças a Deus? — perguntou Ivan. — Não se encontra carvão "sem problemas".

Em certos momentos, Ivan, curvando-se para a frente, totalmente concentrado na broca e no avanço da perfuração, imaginava que ainda estava no Donbass e que não havia guerra. A formação rochosa ali era semelhante à do veio de Smolianin, e o ar úmido era parecido com o ar nas galerias inferiores da Smolianka-11. No final do turno, ele iria embora, percorreria um curto trajeto de ônibus e depois caminharia de volta ao prédio onde vivera por tantos anos. Ivan inalou o ar úmido e cerrado e teve prazer na sensação do suor na testa.

Um repentino jato de água misturado com pequenos pedaços de rocha atingiu-o no peito e nos ombros com tanta força que ele cambaleou, sem fôlego por um momento. Kótov e Deviátkin olharam para ele, apreensivos. Em resposta, Ivan respirou fundo e gritou com voz rouca:

— Não parem agora — devemos manter a broca em movimento!

Em algum lugar nas profundezas escuras jazia o veio de carvão, e a broca de Ivan tateava a rocha para encontrar o caminho em direção a ele.

Dentro de si, em toda a sua plenitude, Ivan sentiu a força mais potente e verdadeira do mundo: a de um homem trabalhador. E ele a consumiu com generosidade, sem olhar para trás.

Nesse instante, aconteceu algo que todos ali, espantados diante do que viram, mais tarde tentaram explicar à sua própria maneira. O gentil e cortês Ivan Nóvikov se transformou. Esse homem que raríssimas vezes levantava a voz; que ria, afável, de todas as tentativas de Latkov de provocá-lo; que aguardava com humildade e mansidão nas filas, tanto na loja de alimentos quanto para entrar no elevador no final do turno; que calmamente levava a filha para passear na única e lamacenta rua do assentamento; que, quando a esposa tinha que sair, ficava feliz em verificar a roupa no varal ou se sentar na porta da frente e descascar batatas — esse homem se transfigurou. Seus olhos brilhantes escureceram; seus movimentos, sempre calmos e lentos, tornaram-se ágeis e abruptos; até mesmo sua voz baixa tornou-se brusca e autoritária.

Sem querer, Latkov fez todos rirem. Pensando em Ivan como um líder cossaco, gritou:

— Cuidado, camarada atamã! Pode haver um desmoronamento!

Niúra Lopatina disse algo estranhamente semelhante. Enquanto carregava uma imensa e pesada pedra com a ajuda de Braginskaia, ela olhou para trás e viu Ivan à luz da lâmpada, salpicado de água e lama negra.

— Ele é mesmo um Iemelian Pugatchov! —[210] exclamou.

Afastando os fios de cabelo presos à testa, Braginskaia respondeu:

— Deve haver algum deus pagão dentro dele. Nunca vi um homem como esse.

Um pouco mais tarde, quando se sentaram para descansar, terminada essa primeira perfuração exploratória, Niúra Lopatina disse:

— Kótov, você ouviu o que a Braginskaia disse agora há pouco? Ela declarou que nosso líder de brigada é um deus pagão!

Todos eles se viraram a fim de olhar para Ivan, que, com a orelha colada a uma fresta na rocha, ouvia o silvo do escape de gás.

---

[210] Iemelian Pugatchov (*c.* 1742-75), líder cossaco e pretendente ao trono russo, liderou uma grande rebelião popular durante o reinado de Catarina II.

— Não sei quanto a deuses — respondeu Kótov, bem-humorado. — Acho que está mais para um maldito demônio!

— O homem certamente não faz corpo mole — disse Deviátkin.

O magro e melancólico Vikêntiev, com sua tosse constante, outrora se ressentia de Ivan. Achava ofensivo que, tendo nascido na Sibéria, devesse se subordinar a um estrangeiro, um recém-chegado do Donbass. Mas até ele concordou:

— Não dá para negar. É um verdadeiro mineiro. Conhece tudo aqui embaixo.

Ivan foi até os outros e anunciou:

— Bem, camaradas, a passagem de ar foi aberta. Vamos voltar ao trabalho.

Cada membro da brigada tinha sua tarefa específica.

Braginskaia e Lopatina carregaram os blocos de carvão e os empilharam nos vagonetes. Aos poucos, vencendo a resistência das rodas, que de início relutavam em girar, empurraram os carrinhos ao longo da galeria principal. Latkov foi buscar as escoras de pinho e Vikêntiev as examinou, moldando-as com a serra e o machado para em seguida posicioná-las em seus lugares. Kótov e Deviátkin trabalharam ao lado de Ivan, quebrando a pedra a golpes de picareta após sua explosão com dinamite.

Cada uma dessas pessoas tinha seus próprios pensamentos, esperanças e medos. Vikêntiev pensava na esposa e nos filhos, agora em Angero-Súdjensk. A esposa acabara de lhe escrever dizendo que não tinha forças para continuar vivendo longe dele — mas o que ele poderia fazer? Não havia mais quartos de família no albergue de Tcheliábinsk. Ele pensou nas jazidas em que havia trabalhado no Kuzbass,* e em como eram mais ricas do que as do Donbass, sobre as quais Nóvikov sempre falava com tanto orgulho. De qualquer forma, Nóvikov era um bom líder de brigada. Com ele por perto, o trabalho nunca era aborrecido, tinha alma. Vikêntiev pensou também no filho mais velho, que no outono provavelmente seria convocado — já estava tendo aulas no comissariado militar. E eles nem sequer poderiam se

---

* Bacia de Kuznetsk, no sudoeste da Sibéria, um dos maiores depósitos de carvão do planeta e a principal fornecedora de carvão da Rússia, com várias dezenas de jazidas em operação. (N. T.)

despedir — uma licença estava fora de cogitação. Voltou a pensar na esposa: "Ah, Liza, se pelo menos você estivesse aqui, poderia me aplicar ventosas quando eu voltasse do trabalho... Isso com certeza daria cabo dessa minha maldita tosse".

Quanto a Latkov, estava pensando que era uma pena ter brigado com Niúra Lopatina e não ter pedido cupons de refeição para a cantina número 1 — todos diziam que o diretor era um homem honesto, que não surrupiava suprimentos. Além disso, não deveria ter ido ao mercado de pulgas e trocado suas botas por uma jaqueta de couro — seus companheiros estavam tirando sarro dele e dizendo que fora ludibriado. Mas era bom estar trabalhando com um contramestre experiente — já havia aprendido todos os principais tipos de juntas e encaixes: malhete ou rabo de andorinha, cavilha, cavilha curva, cunha encravada, junta macho-fêmea, ranhura e lingueta, entalhe de espiga e caixa, encaixes com pinos. Nesse ritmo, muito em breve seu nome apareceria no Quadro de Honra! Era uma pena não ter se inscrito no curso noturno para operadores de cortadeira de carvão. Se ao menos fosse como Ivan Nóvikov, um homem que se empenhava de corpo e alma em tudo o que fazia e lutava para superar todos os obstáculos! Quanto à garrafa de aguardente caseira pela qual desembolsara cento e cinquenta rublos na noite de sábado, não lhe trouxera alegria. Ele não gostava dos homens com quem bebia, e o comandante ameaçara expulsá-lo do alojamento. Sim, continuava entendendo tudo errado. Não refletia direito sobre as coisas, depois desejava tê-las feito de forma diferente, e então voltava a fazer tudo errado de novo. Mas talvez devesse apenas esquecer aquelas botas miseráveis... e esquecer Niúra, aquela ignorante do colcoz... talvez devesse ir ao comissariado e dizer: "Renuncio à minha isenção. Por favor, mandem-me para os batalhões de defesa de Stalingrado".

Deviátkin, por sua vez, estava pensando: "Este não é o lugar certo para mim. Sou um torneiro mecânico, não um mineiro. Vou pegar uma carona até a fábrica e falar com os homens do assentamento de trabalhadores de lá. Tenho certeza de que vão dizer que precisam de pessoas na minha linha de trabalho. Aí vou pedir para me contratarem. Afinal, não tenho família em que pensar. Não preciso de um lugar num albergue, tenho certeza de que vou encontrar algo. Só que provavelmente não vão me deixar sair deste buraco. Aquela burocrata encarregada da mão de obra é uma encrenqueira, e preciso da permissão dela... E tem também o problema do meu pai — preciso mandar duzentos rublos para ele. Sim, vou mandar, é claro. Por acaso alguma vez disse o contrário? Nunca vou conseguir uma promoção aqui. No chão de fábrica seria outra história. Tenho bastante experiência, imediatamente seria notado. Sim, eu chamaria a atenção e mostraria a eles uma ou duas coisinhas... seria um trabalhador tão bom quanto Ivan Nóvikov... Se não fosse pela guerra, a esta altura eu estaria casado. Mas ela resolveu se alistar como enfermeira. Provavelmente já se esqueceu de mim. Deve ter soldados em volta o tempo todo, sem sombra de dúvida! Antes da guerra, eu era membro do clube dos violonistas... em todo caso, talvez seja melhor desse jeito. A guerra não é tão ruim para quem é solteiro... não... a minha vida foi arruinada, e aquele meu violão nem existe mais".

Braginskaia estava se lembrando pela milésima vez do dia em que dissera adeus ao marido na principal estação ferroviária de Carcóvia... Não, aquilo não era possível. Devia ter havido algum engano. Outro homem com o mesmo sobrenome. Mas não, não houvera nenhum engano. Ela agora era viúva — palavra com a qual jamais conseguia se acostumar. Viúva, viúva, viúva, e Kazimir era órfão. E ele, o marido dela, jazia lá sozinho, na terra, sob um salgueiro. Quem, na primavera de 1941, poderia ter imaginado uma coisa dessas? Quem poderia imaginar que ele iria embora para sempre e que ela acabaria indo trabalhar no subsolo, vestindo uma jaqueta de lona nos cafundós do leste? No verão, eles tinham planejado ir ao mar Negro, à cidade portuária de Anapa. Antes de partirem, ela faria um permanente no cabelo e iria à manicure. Quando voltassem, o pequeno Kazimir começaria a frequentar uma escola para crianças com talento musical... Há certas horas em que ela se esquece de tudo, parece não existir nada mais importante do que o carvão e sua pá. E, um instante depois, de novo, a estação ferroviária de Carcóvia, aquela manhã quente e abafada, as poças brilhando, o sol e a chuva, e aquele último sorriso do marido, doce, confuso, encorajador, e todas aquelas mãos acenando das janelas do vagão: "Adeus, adeus!". Será que ela apenas imaginou aquela vida? Dois quartos, uma otomana, um telefone, uma cesta de pão sobre a mesa, todos aqueles pães diferentes — pão branco, pão de farinha peneirada, anéis crocantes de pão,[211] o pão dormido que ninguém queria

---

[211] Semelhantes aos grissini italianos (palitos de massa de pão temperados), mas em formato de anel.

comer. E agora: aterrar buracos, escoras de madeira, picadores de carvão, vagonetes saindo dos trilhos, desmonte de rochas, cortar, perfurar... e a maneira como Ivan dizia "O carvão está esperando. Vamos voltar ao trabalho?" e depois abria aquele sorriso maravilhoso.

Kótov estava aborrecido, perguntando-se como estariam as coisas em Karátchev, a cidade perto de Oriol onde havia nascido. Quase podia sentir a brisa matinal que vinha da floresta de Briansk. E pensava na mãe, de oitenta e dois anos: "Não, nunca mais vou ver mamãe... não, não com os fascistas vagando pela aldeia. E minha querida Dacha não tem a menor noção de nada. Ontem, ela me perguntou: como é que o Vikêntiev volta para casa com novecentos rublos enquanto você só consegue 486? Ela acha que sou um mineiro treinado, com anos de experiência? Ela é tola... sempre foi, e sempre será. Vou dizer uma coisa: é hora de começar a trabalhar. Ficar na fila das lojas conversando não é o que eu chamaria de trabalho... ainda mais em tempo de guerra. Ela é forte e está em forma, então que vá empurrar vagonetes de carvão! Sempre fui gentil, nunca deixei faltar nada. Ela fazia um borche formidável lá em Karátchev... Quando eu tinha que ir a Oriol, o Pétia dirigia, e eu ia na cabine ao lado dele. Havia pomares por toda parte, macieiras... E o céu... Não, não há lugar melhor no mundo".

Niúra Lopatina, por sua vez, pensava: "Talvez seja melhor assim. Latkov é um caipira tosco. Mamãe estava certa — ninguém supera os rapazes da nossa aldeia. Não entendo do que gente como Latkov vive reclamando. Trabalho abaixo do solo, acima do solo... é tudo a mesma coisa. Eu gosto das meninas no albergue. Temos o cinema uma vez por semana, temos o rádio, as revistas... Não, não vou encontrar ninguém melhor do que meu Sacha... Latkov não passa de um falastrão que está muito satisfeito por ter conseguido isenção do serviço militar. Já o meu Sacha está pronto para morrer por nós, para defender Stalingrado. É sempre tão gentil, escrupuloso. Nunca diz uma palavra grosseira na frente de uma mulher. Latkov é o contrário — dá para ver imediatamente que foi criado num orfanato. É, eu estou melhor sozinha. Mando dinheiro para minha mãe e meu pai todo mês. Vou me matricular na escola noturna e estudar para ser eletricista. Ontem falei com uma representante da Komsomol e ela prometeu me inscrever no curso. Só espero que meu irmão volte vivo. E Sacha, tio Ivan, tio Pétia e Aliocha. Mas não, isso não é provável. Ouvi da mamãe que Liúba Rukina já recebeu um comunicado de falecimento. E Serguêievna recebeu dois no mesmo dia. Mas aqui, longe da frente de batalha, temos homens como Latkov... Até hoje ele tem medo da mina — posso ver em seus olhos. Mas falar palavrões é com ele mesmo. Não, ele não é como os rapazes da nossa aldeia".

Todos pareciam estar realizando suas tarefas — sim, vez por outra, no ar sufocante, era como se fosse possível ouvir o zumbido de abelhas, uma música delicada e alegre que mexia com cada um dos corações, tanto dos jovens como dos velhos. Todos os trabalhadores da mina estavam ligados por esse forte vínculo. Suas tarefas, seus movimentos, os passos lentos dos acarretadores empurrando os vagonetes, os baques surdos das picaretas, o som triturante das pás, o chiado da serra, o estrondo do machado atingindo uma estronca obstinada que parecia se recusar a servir de escora para o teto da mina, a respiração regular e calculada do homem operando a perfuratriz — tudo isso se juntava para formar uma única força viva. Tudo vivia como um único ser e respirava como um único ser.

E o homem de cabelos louros, olhos bondosos e maçãs do rosto protuberantes, com mãos fortes o suficiente para erguer uma pesada viga de ferro e delicadas o suficiente para ajustar a mola em espiral do balancim de um relógio, esse homem podia sentir tudo. Sem sequer virar a cabeça, ele sentia, com algum sexto sentido, os fios que o ligavam a todos os seus colegas de trabalho.

Mais tarde, todavia, enquanto caminhavam para a sala de lâmpadas, gemendo de exaustão, pensando na própria casa e na vida difícil que levavam, havia muita coisa que achavam estranha e misteriosa. Por que só conseguiam sentir essa força sábia e benevolente quando ela estava unida à força de outros? Como podiam se sentir tão livres se haviam entregado sua liberdade a outrem? Não era fácil entender de que maneira a subordinação a seu líder de brigada permitia que o melhor que havia neles despontasse e florescesse.

52

Tarde da noite, todos se encontraram para uma breve reunião na entrada da mina. Os que trabalhavam no turno da noite foram instruídos a chegar vinte minutos mais cedo. Os trabalhadores do turno do dia estavam saindo do elevador.

Motórin, o secretário do Partido, tinha ido à mina para avisar sobre a reunião. Alguns resmungaram, alegando que já estavam exaustos. Motórin respondeu:

— Vocês vão ficar bem. As noites de outono são cada vez mais longas. Terão tempo de dormir e sonhar com tudo e todos que desejarem.

A noite estava escura e sem estrelas, e ventava muito. Ouviam-se o farfalhar das folhas das árvores próximas e o som mais constante e uniforme do pinheiral. Choveu durante breves períodos; as gotas frias caindo nas mãos e no rosto das pessoas pareciam um prenúncio do mau tempo que estava por vir, da lama de outono, das nevascas e dos montes de neve do inverno. O oblíquo feixe do holofote da entrada da mina destacava as nuvens pesadas e irregulares no céu, fazendo parecer que eram elas que sussurravam, não as árvores.

Vários engenheiros e líderes do Partido encontravam-se em cima de um estrado simples de madeira. O mar de mineiros à sua volta produzia um zumbido baixo, e os rostos enegrecidos dos trabalhadores do turno do dia se fundiam ao negrume da noite.

Viam-se dezenas de pequenos clarões aqui e ali quando as pessoas acendiam seus cigarros. Sua sensação de prazer ao inalar a fumaça quente e amarga, junto com a fria umidade da noite, era quase palpável.

Havia algo incomum e profundamente comovente nessa imagem. A noite fria de outono e a chuva; a escuridão do céu e a escuridão da terra; as luzes elétricas da estação ferroviária e de uma mina de carvão; a névoa rosada que se erguia das muitas outras minas e fábricas dos arredores; o zumbido abafado da floresta, com o bufo sombrio dos troncos de árvores centenárias, o farfalhar sedoso das agulhas de pinheiro, o rangido de ramos e o som das pinhas batendo umas contra as outras sob as rajadas de vento.

E dentro dessa moldura de chuva e escuridão brilhava uma extraordinária concentração de luz. Ali, havia mais luz do que o céu jamais tinha vislumbrado, mesmo nas noites mais estreladas.

O primeiro a falar foi Motórin. Naquele momento, sentia-se estranho e constrangido. Já havia falado em público diversas vezes — no subsolo, no fundo do poço da mina, durante breves reuniões de instrução, em assembleias de trabalhadores, comícios e encontros públicos de stakhanovitas. Conversas e debates eram seu ganha-pão.

A lembrança de seu primeiro discurso, em uma conferência provincial da Komsomol, o fez sorrir. Ele havia subido na tribuna, mas ficara desorientado à visão de centenas de rostos entusiásticos e alertas. Gaguejara algumas palavras, sentira vergonha de como sua voz tremia, abrira os braços em desespero e voltara a seu assento, acompanhado por risos bondosos e bem-humorados e aplausos compadecidos. Quando contou aos filhos sobre essa ocasião, teve dificuldade para acreditar que realmente tinha acontecido. Hoje, porém, era fácil acreditar. Sentia um nó na garganta, estava sem fôlego, o coração batia desembestado.

Talvez fossem os nervos — as consequências da exaustão geral e das muitas noites em claro —, ou talvez estivesse desconcertado com o que ouvira de um oficial recém-chegado de Stalingrado. Esse oficial informara o comitê do Partido sobre os pesados combates no sudeste, sobre os incêndios que haviam arrasado grandes áreas da cidade e sobre o avanço germânico rumo ao Volga. Soldados do Exército Vermelho haviam sido encurralados na margem, de costas para a água. Aos risos, os alemães gritavam: "Ei, russaiada, glub-glub!". E mais tarde, pouco antes daquela reunião, Motórin recebera mais um relatório sombrio do Sovinformbureau.

— Camaradas — começou, com a voz fraca e trêmula.

Ainda lutando para recuperar o fôlego, pensou por um momento que seria incapaz de prosseguir e, sabe-se lá por quê, se viu pensando no pai. Descalço, vestindo uma camisa azul, ele fora à mina para se despedir dos colegas de trabalho; tinha os olhos injetados e a longa barba grisalha desgrenhada. Levantando uma das mãos, disse: "Caros trabalhadores e amigos…".

A voz do pai ainda estava viva na memória de Motórin. Com cuidado e obediência, e com a mesma entonação paterna, ele disse:

— Caros trabalhadores e amigos…

Fez uma pausa e repetiu baixinho:

— Caros trabalhadores e amigos…

Perdido na multidão ao redor do estrado, Nóvikov, o escavador, soltou um suspiro silencioso e deu um passo à frente. Queria ouvir melhor e ver o rosto do orador; havia naquela voz algo importante para ele, algo com que estava familiarizado.

Dezenas de outros homens e mulheres fizeram o mesmo. Por causa do vento nas árvores, era difícil entender as palavras do orador. Mesmo assim, sua voz tocou algo profundo dentro deles.

Deviátkin e Kótov avançaram alguns passos, assim como Latkov, Braginskaia e Niúra Lopatina.

Balançando suavemente, centenas de lâmpadas se moveram em uníssono. À medida que todos se aproximaram da plataforma, a luz em torno de Motórin pareceu mais brilhante e intensa.

O discurso cuidadosamente preparado — sobre produtividade, índices de extração e metros lineares de carvão — se desmanchou no ar. Sem ideia do que dizer, Motórin continuou:

— Acabei de ter uma lembrança de quando eu era pequeno. O dono da mina onde meu pai trabalhava o mandou embora e nos expulsou da casa onde morávamos. Jogou todos os nossos pertences no meio da rua. Era a casa onde minhas duas irmãs e eu tínhamos nascido, e era outono, como agora. Vieram os guardas e policiais. Precisávamos ir embora... mas como? Aquele lugar era tudo para nós. Era onde vivíamos e trabalhávamos, onde meu avô e minha avó haviam sido enterrados. Olhei para o meu pai. Observei enquanto se despedia. Tudo isso aconteceu há muito tempo. Agora já tenho cabelos grisalhos, mas não consigo esquecer.

Motórin olhou por um momento para as luzes à sua volta. Havia pessoas por toda parte, mas ele tinha a sensação de que falava consigo mesmo. Em tom de surpresa, perguntou:

— Camaradas, vocês entendem por que estou lhes contando tudo isso?

Mas não ficou surpreso ao ouvir as pessoas responderem:

— Sim, entendemos.

Agora demonstrando calma e confiança, embora essa calma fosse na verdade uma expressão de intensa agitação interior, Motórin continuou seu discurso. Ergueu a lâmpada no ar, enfiou a mão no bolso, tirou um pedaço de papel amassado e começou a ler o último boletim do Sovinformbureau:

> Prosseguem os combates na periferia noroeste de Stalingrado. O inimigo, disposto a pagar qualquer preço para quebrar a resistência dos defensores da cidade, lançam repetidos ataques às nossas unidades. Durante a noite, pequenos destacamentos de tropas de Hitler conseguiram penetrar várias ruas. A renhida disputa está levando a ferozes escaramuças corpo a corpo.

Agora Motórin sabia que todos entendiam por que, antes de ler o boletim, ele havia falado do pai; não havia mais a necessidade de perguntar.

Falava devagar e baixinho, mas tudo o que dizia era claríssimo. Assim como antes, sentiu que falava consigo mesmo e, ao mesmo tempo, dava voz aos pensamentos de todos aqueles a seu redor.

Ivan Nóvikov teve a sensação de que não estava apenas ouvindo, mas falando também. Exceto pelo fato de que não conseguia entender por que sua voz soava diferente do normal. Sentiu que repetia palavras pronunciadas muito tempo atrás: que não havia nenhuma tarefa além da capacidade da classe trabalhadora na luta para defender sua pátria. Ao mesmo tempo, pensava na pequena Macha. Por que ela ainda estava com febre? Talvez não fosse apenas malária. Será que era tuberculose?

Nas alturas do escuro céu outonal, as nuvens refletiam sombras rosadas, tênues e trêmulas — vestígios da respiração das muitas minas e fábricas do entorno, um lembrete das dezenas de milhares de minas e fábricas entre o Volga e o Pacífico; de todos os trabalhadores que, como Nóvikov, Braginskaia, Motórin e Kótov, não paravam de pensar nos mortos, nos que haviam desaparecido em combate, na guerra e em todas as agruras da vida em tempos de guerra; das incontáveis pessoas que, como Nóvikov, Braginskaia, Motórin, Kótov e o velho Andrêiev, na Stalingrado em chamas, sabiam que sua força operária era invencível e superaria tudo.

PARTE III

1

Em 25 de agosto, os alemães iniciaram a investida rumo a Stalingrado a partir do oeste, vindos de Kalatch. Ao sul, suas divisões de tanques e infantaria tinham rompido a frente soviética perto de Abganerovo e avançado até a ravina de Dúbovi, do outro lado do lago Sarp.

Ao norte, as tropas alemãs agora ocupavam o vilarejo de Rínok, nos arredores da Fábrica de Tratores. Stalingrado estava, portanto, sob ameaças vindas do norte, do sul e do oeste.

Em 31 de agosto, os alemães lançaram um novo ataque contra Bassarginó-Varapónovo; unidades do 62º Exército foram forçadas a recuar para o segundo dos três anéis de defesa da cidade. Em 2 de setembro, no entanto, as investidas alemãs obrigaram essas unidades já esgotadas a recuarem para o anel interno, um arco que abrangia assentamentos de trabalhadores conhecidos por todos na cidade: Orlovka, Gumrak e Pestchanka.

Esses ataques — oito divisões alemãs, avançando em um front estreito — contaram com o apoio de mil aeronaves e o poder de fogo de quinhentos tanques. Na estepe aberta, as tropas soviéticas eram especialmente vulneráveis a ataques aéreos.

A artilharia alemã estava em posição favorável, em terreno mais elevado no oeste; seus observadores tinham uma visão desimpedida não apenas da linha de frente soviética, mas também das unidades de apoio mais atrás. Eram capazes de direcionar fogo certeiro para quase todos os acessos às posições de combate soviéticas.

O terreno era igualmente favorável aos regimentos de infantaria alemães. Os muitos barrancos e ravinas que se estendiam até o Volga, os leitos dos rios, inclusive os do Metchetka e do Tsaritsa, secos no verão, propiciavam excelente cobertura para o avanço germânico.

Não apenas o que restava do 62º Exército mas também todas as reservas à disposição do comandante do front foram lançados na batalha.

Lutando a seu lado estavam as unidades da milícia do povo — trabalhadores de fábricas e de escritórios agora transformados em metralhadores, tanqueiros e artilheiros.

Apesar da obstinação dos defensores, os alemães continuaram a avançar. Sua superioridade numérica era simplesmente esmagadora. Havia três soldados alemães para cada soldado russo, duas armas alemãs para cada arma russa.

Em 5 de setembro teve início uma ofensiva de grande envergadura dos exércitos soviéticos posicionados ao norte e noroeste de Stalingrado.

A luta foi cruenta. Avançando através da estepe aberta, as forças de defesa de Stalingrado sofreram baixas consideráveis. Noite e dia, aeronaves alemãs pairavam como uma nuvem negra sobre a infantaria soviética; a artilharia e as concentrações de tanques eram alvos de bombardeios ainda mais pesados.

A ofensiva parecia ter sido um fracasso: as forças soviéticas não conseguiram romper uma brecha no corredor que os alemães estabeleceram entre o Don e o Volga. Batalhas ferozes pelo controle de várias posições estratégicas em terrenos elevados não renderam nenhum sucesso decisivo. Conquistas territoriais de menor monta, pelas quais os soviéticos pagaram um alto preço, foram anuladas por contra-ataques de tanques e bombardeiros de mergulho alemães. No entanto, a ofensiva obrigou os germânicos a desviarem uma parte significativa de suas forças para o norte, longe de seu objetivo principal. Nesse aspecto, foi uma investida bem-sucedida.

A ofensiva foi um sucesso em outro aspecto, não reconhecido pela maioria dos que dela participaram: ganhou tempo, ajudando os defensores da cidade a aguentarem as pontas até a chegada de reforços.

O tempo é sempre inimigo dos oportunistas e amigo de quem fica do lado da história. Desmascara a falsa força e recompensa a força verdadeira.

Mas o precioso poder do tempo é revelado apenas quando as pessoas o veem não como um generoso presente do destino, mas como um aliado que faz exigências severas.

As reservas do Exército Vermelho, cientes da importância de cada hora e sem fazer distinção entre dia e noite, deslocavam-se depressa para Stalingrado.

Entre as unidades que tiveram seu batismo de fogo durante a ofensiva de 5 de setembro, na alta margem direita do Volga, perto do povoado de Okátovka, estava a divisão em que o tenente Chápochnikov agora servia como artilheiro. E entre as unidades que marchavam ao longo da baixa margem esquerda do Volga, em direção a Stalingrado, estava a divisão de infantaria do major-general Rodímtzev; Piotr Vavílov era um de seus soldados de infantaria; o tenente Kováliov, um dos comandantes de companhia. Por ordem da Stavka, a divisão de Rodímtzev foi a primeira a entrar na cidade sitiada. O nome e a fama da divisão permaneceriam eternamente inseparáveis do nome de Stalingrado.

2

Mal arrastaram suas peças de artilharia para o topo de uma colina coberta de videiras, um mensageiro veio correndo e ordenou que todos tomassem suas posições de fogo; concentrações de forças alemãs apareceram nos jardins e vinhedos das colinas circundantes.

Depois de ajudar a arrastar as armas até o alto de um íngreme rochedo, Tólia Chápochnikov estava coberto de poeira e suor. Suas novas ordens eram supervisionar o suprimento de munição.

Os caminhões de munição ainda estavam na beira do Volga, incapazes de vencer a subida da escarpa.

Tólia desceu correndo uma encosta coberta de grama musgosa, o vento morno assobiando em seus ouvidos. Sem desacelerar, numa nuvem de poeira vermelha, continuou descendo o abrupto penhasco até a água.

No alto da colina, o sol deslumbrava; na sombra lançada pelo precipício, já parecia ser noite. Mais longe, distante da sombra do penhasco, o Volga cintilava como mercúrio, vivo e resiliente.

Depois de posicionar uma corrente humana de soldados para passar de mão em mão os cartuchos e granadas encosta acima, Tólia subiu no caminhão e começou a ajudar a descarregar.

— Não quero ninguém pensando que a única coisa que sei fazer é dar ordens — murmurou, enquanto movia caixotes de munição para a lateral do veículo.

Tólia julgava ter feito a coisa errada ao ir para a escola de artilharia; achava mais fácil servir como soldado raso. Com sua compleição robusta e rosto fechado, parecia severo e inflexível, mas tanto seus superiores quanto seus subordinados não demoraram a compreender que, na verdade, era um jovem excepcionalmente tímido e bem-humorado. Quando se tratava de dar ordens, ficava confuso e indeciso. Gaguejava e tropeçava em longas sequências de "Por favor... você poderia..." e em seguida engrolava as palavras importantes, de maneira tão rápida e incompleta que ninguém conseguia entender coisa alguma. Sentindo pena de Tólia e ao mesmo tempo irritado com ele, o comandante de sua bateria, Vlássiuk, fizera o possível para encorajá-lo:

— Chápochnikov! Pare de resmungar e murmurar! Você é um artilheiro, e a artilharia é o Deus da guerra! Fale com autoridade!

Tólia ficava feliz por fazer pequenos favores a seus camaradas e superiores — passar a limpo um relatório, buscar a correspondência, assumir o plantão para cobrir a folga de um oficial.

Seus camaradas brincavam: "Uma pena o Chápochnikov não estar aqui. Você poderia pedir a ele para tomar seu lugar no quartel. Ele ficaria feliz da vida!". Ou: "Pede para o Chápochnikov, ele vai chegar a qualquer momento". E em seguida, com um sorrisinho maroto: "Ele adora fazer plantão e caminhar até o quartel debaixo do sol do meio-dia".

Ao mesmo tempo, apreciavam os talentos de Tólia. Todos, sobretudo os camaradas artilheiros, valorizavam suas extraordinárias habilidades matemáticas e técnicas. Ele era capaz de resolver num segundo quaisquer problemas nos equipamentos. Sabia traduzir leis físicas complexas e abstratas em linguagem compreensível até mesmo para o mais estúpido dos homens. Com a ajuda dos pequenos e simples diagramas que ele desenhava, até mesmo as pessoas que sempre haviam confiado inteiramente na aprendizagem mecânica chegavam num piscar de olhos a uma verdadeira compreensão de como calcular melhor a mira correta — levando em consideração a distância, a velocidade e a direção do vento — para atirar em um alvo em movimento.

Ainda assim, era difícil não rir de Tólia. No momento em que alguém começava a falar sobre garotas, ele tossia e corava. Enfermeiras do batalhão médico, que consideravam os comandantes de artilharia os mais bem-educados da divisão, perguntavam a seus colegas tenentes:

— Por que o amigo de vocês é tão reservado? Ele nunca diz uma palavra a nenhuma de nós. Se nos vê chegando, dá um passo para o lado. E, se perguntamos qualquer coisa, dá uma resposta monossilábica e sai correndo.

Em uma ocasião, Chápochnikov disse a Vlássiuk:

— Uma jovem do sexo oposto estava perguntando sobre você no quartel-general.

Depois disso, seus camaradas o apelidaram de Jovem do Sexo Oposto.

Para os soldados rasos, no entanto, ele era conhecido como Tenente Você Poderia Por Favor.

Naquele momento, tudo parecia majestoso e terrível. Enorme e deserto, o rio brilhava ao sol. Seria de esperar que pairasse um silêncio eterno sobre suas águas atemporais, mas ouvia-se barulho por toda parte.

Empurrando para o lado pedaços soltos de arenito, os rebocadores arrastavam caminhões de armas e munições ao longo da estreita faixa de terra entre os altos penhascos e a água. A duras penas, metralhadores e soldados de infantaria com fuzis antitanque subiam as colinas até a estepe aberta. Outras companhias e batalhões os seguiam de perto.

O céu, em geral muito azul, silencioso e esplêndido, encontrava-se dilacerado pelo estrondo dos combates aéreos. Motores uivavam entre as nuvens brancas e fofas; ouviam-se o ruído contínuo das metralhadoras e o estalo dos canhões de fogo rápido. Vez por outra, aviões davam rasantes sobre a água antes de manobrar de novo céu acima; batalhas estavam sendo travadas em todos os níveis.

Da estepe vinha o som de combates terrestres — o contra-ataque lançado pelos regimentos de reserva do Exército Vermelho contra unidades de Paulus mais ao norte.

Para os homens à beira do rio, em sombras agourentas, parecia estranho que a estepe quente, onde o sol brilhava tão forte e despreocupado, devesse testemunhar essa luta sangrenta.

Homens armados continuavam subindo a encosta. Em cada rosto estampava-se a mesma expressão agitada e determinada, uma paradoxal combinação do medo que sente um soldado que vai para a batalha pela primeira vez com o medo de ficar distante demais de seus camaradas — um medo que o obriga a acelerar o passo ao se aproximar da linha de frente.

Era o dia mais importante da vida de Tólia.

Uma hora antes, sua unidade havia passado por Dúbovka, ao lado do Volga. Ali, pela primeira vez, Tólia ouviu o apito e o trovão das bombas caindo. Viu casas destruídas e ruas cobertas de vidro quebrado. Uma carroça passou carregando uma mulher em um vestido amarelo. Ela estava deitada, e seu sangue gotejava na areia. Um velho sem jaqueta caminhava com uma das mãos na lateral da carroça, soluçando alto. Longe da estrada, atrás de cercas, dezenas de postes de madeira balançavam e rangiam com o vento; pareciam os mastros de barquinhos enlouquecidos.

Naquela manhã, Tólia bebeu leite na pacata vila de Olkhovka e viu jovens gansos pastando em um descampado amplo e úmido de grama verde e reluzente.

Durante uma breve parada à noite, se afastou trinta ou quarenta metros da estrada, o absinto seco farfalhando sob as botas, e se deitou de costas para fitar o céu estrelado. Ouviu soldados conversando, mas continuou contemplando a bruxuleante poeira estelar.

Na tarde do dia anterior estava um calor abafado, sentia o cheiro de gasolina na cabine do caminhão, olhava para o para-brisa poeirento e quente, ouvia o barulho do motor. Um ano antes, em Kazan, sentava-se a uma pequena escrivaninha coberta de oleado, com um caderno que usava como diário e um livro; a mãe, com a palma quente da mão em sua testa, dizia: "Vá para a cama agora!".

Dois anos antes, a pequenina Nádia, magra, apenas de calcinha, subia correndo a escada do terraço da dacha e gritava: "O idiota do Tólia roubou minha bola de vôlei". E antes ainda, outras lembranças: um kit infantil de aeromodelismo; chá com leite e um doce antes de ir para a cama; um trenó com assento duro, coberto por um pano franjado; um abeto na véspera do Ano-Novo. A mãe grisalha de Viktor Pávlovitch punha Tólia no colo e, com voz muito suave, cantava: "Um abeto nasceu lá na floresta" — e, em seu fiapo de voz, ele cantava junto: "Lá na floresta, o abeto cresceu e ficou bem alto".

Agora todas essas lembranças se condensavam em um caroço minúsculo e compacto, feito uma avelã. Alguma dessas coisas tinha existido de verdade?

A única realidade agora era o estrondo da batalha, ainda a certa distância, mas cada vez mais próxima, cada vez mais ruidosa.

Tólia estava confuso. Não que temesse a morte ou o sofrimento; o que temia era a provação a que em breve seria submetido. Passaria no teste? Alguns de seus medos eram puramente infantis, enquanto outros eram mais adultos. Seria capaz de dar ordens no calor da batalha? Ou sua voz falharia? Guincharia feito um filhote de lebre? E se o comandante gritasse para ele: "Filhinho da mamãe mimado!"? E se durante um ataque se encolhesse de medo, sob o olhar de desdém dos artilheiros? Pelo menos não precisava se preocupar com as armas, que conhecia muito bem. O que o preocupava era se conhecia a si mesmo.

Vez por outra pensava na mãe, mas, em vez de sentir saudades de casa, tinha raiva e ressentimento. Ela não previra que ele seria submetido àquela provação? Por que sempre fizera as vontades dele, paparicando-o e protegendo-o do frio, da chuva e de qualquer trabalho duro? Por que todos aqueles doces, biscoitos e abetos de Ano-Novo? Ela deveria ter se preocupado em transformá-lo em um homem desde o início. Deveria ter imposto um regime de banhos frios, comidas simples e rústicas, trabalho em fábricas, longas caminhadas nas montanhas e coisas do tipo. E ele deveria ter aprendido a fumar.

Continuou olhando para o topo do penhasco, para a origem de todas as explosões e estrondos, para onde o sol brilhava com uma claridade impressionante. Ele era tão tímido. Vivia perdendo a voz. Como seria capaz de comandar homens fortes que já haviam participado de combates?

Tólia bateu no teto da cabine e o motorista pôs a cabeça para fora da janela.

— Camarada motorista — ordenou Tólia em voz alta —, encoste agora. Precisamos começar a descarregar o próximo caminhão.

Tólia estava descendo do caminhão, dizendo a si mesmo que descarregar e entregar cartuchos de munição era um trabalho importante e responsável, quando viu um sargento do posto de comando descer correndo a encosta. Aos gritos, ele perguntava aos soldados que manejavam as caixas de munições:

— Onde está o tenente?

Um minuto depois estava parado na frente de Tólia:

— Camarada tenente, o comandante de bateria foi ferido por disparos aéreos de metralhadora. O camarada major deu ordens para o senhor assumir o comando da bateria.

Tólia e o sargento começaram a subir às pressas a encosta. Ofegante, o sargento lhe contou o que acontecera em sua ausência. A divisão de infantaria mais próxima avançara. A bateria deles não tinha sido bombardeada, mas metralhada por caças; havia vários feridos. A estepe estava abarrotada de panfletos de propaganda nazista jogados pelos aviões. Agora, a linha de frente alemã encontrava-se a apenas quatro quilômetros de distância.

Enquanto ouvia, Tólia olhava fixo para a poeira vermelha que mais uma vez girava sob seus pés. Espiou ao redor: agora o Volga estava bem longe lá embaixo.

Subia pela encosta íngreme da colina, escorregadia por causa do musgo e dos pequenos seixos. O sargento ia na frente, às vezes pressionando as mãos contra os joelhos para ajudar a manter o equilíbrio. A repentina luz do sol no rosto de Tólia era intensa e ofuscante.

Tólia nunca entendeu em que momento ficou calmo e confiante, nem por que isso aconteceu. Teria sido ao se aproximar dos canhões e ver seus poderosos e impiedosos canos, camuflados pela grama seca e pelos ramos de videira, apontados para as posições alemãs em terreno elevado? Ao ver a alegria e o alívio dos homens diante de seu novo comandante? Ao olhar para a estepe e ver os folhetos alemães que agora a cobriam feito uma urticária branca? Ao pensar de repente com enorme clareza que tudo o que mais odiava, tudo o que era mais hostil à sua terra natal, à sua família, à sua liberdade, à sua felicidade, à sua vida, estava bem ali na sua frente, e que cabia a ele combater essa horda inimiga? Ou ao receber suas ordens de batalha e, com audácia, quase alegria, decidir avançar com seus canhões e tomar posições de fogo na própria crista da encosta? Afinal, estava no flanco esquerdo do front, coberto por nada menos do que o Volga; o inimigo jamais poderia cercá-lo.

Nunca antes se sentira tão forte, tão necessário para os outros. Nunca lhe ocorrera que seria capaz de agir com tamanha ousadia, que pudesse haver tanta alegria em tomar uma decisão arrojada, ou que sua voz pudesse soar tão estrondosa e confiante.

Enquanto os artilheiros empurravam suas armas para a crista da colina e Tólia instruía o subtenente sobre onde colocá-las, um tenente--coronel do quartel-general de divisão chegou em seu jipe. Foi falar direto com Tólia:

— Quem ordenou que você avançasse tanto os canhões?

— Eu mesmo dei a ordem — respondeu Tólia.

— Não há ninguém para cobri-lo. Quer cair nas mãos dos alemães?

— Não, camarada tenente-coronel. Quero que os alemães caiam nas *minhas* mãos.

E rapidamente explicou as vantagens da posição avançada. As armas estavam ao abrigo de um pequeno bosque, protegidas a leste pelo Volga e ao sul por um penhasco íngreme — e eles estavam no comando de uma grande área de estepe que os tanques alemães teriam que cruzar.

— Os tanques alemães estão concentrados atrás desses pomares. Estão na nossa mira, camarada tenente-coronel. Não há necessidade de cálculos — podemos ficar de tocaia e lançar fogo direto!

O tenente-coronel, estreitando os olhos, observou as novas posições de fogo, a ravina que serpeava até o Volga e depois a estepe, onde viu grupos de infantaria soviética avançando e pequenas nuvens levantadas pela explosão de bombas de morteiro.

— Tudo bem — disse ele, agora soando menos como um comandante graduado. — Posso ver que é inteligente. Está lutando desde o início, não é?

— Não, camarada tenente-coronel, hoje é meu primeiro dia.

— Então você é um artilheiro nato! Bem, não perca contato com o quartel-general. Não consigo ver o seu cabo telefônico. Onde está?

— Mandei colocá-lo ali, na escarpa. Assim é menos provável que seja danificado por estilhaços.

— Muito bem, muito bem! — falou o tenente-coronel, e voltou para o jipe.

Logo depois, o major telefonou e mandou que Tólia não abrisse fogo até receber a ordem para isso. Disse ainda que os tanques inimigos poderiam aparecer à direita dele e deveriam ser retidos a todo custo. Se os tanques conseguissem abrir caminho, não haveria nada entre eles e as munições e outros equipamentos que agora estavam sendo trazidos para apoiar o avanço da infantaria soviética.

Ouvindo as respostas de Tólia, o major de repente teve dúvidas de que estava mesmo falando com o tenente Chápochnikov — ele parecia tão forte e ousado. Algum alemão havia interceptado a ligação?

— Chápochnikov, é você na linha?

— Sim, camarada major.

— De quem você assumiu?

— Do primeiro-tenente Vlássiuk, camarada major.

— Seu nome?

— Tólia. Quer dizer, Anatoli, camarada major.

— Muito bem. Não reconheci bem a sua voz. Isso é tudo, por enquanto.

O major colocou o fone no gancho. Presumiu que Tólia houvesse encontrado na vodca sua nova coragem.

O dia mostrou-se extraordinariamente longo e repleto de acontecimentos. Mais tarde, Tólia ficaria com a sensação de que tinha mais a dizer sobre esse dia do que sobre toda a sua vida até ali.

A primeira salva de artilharia soou majestosa por cima do Volga. Tudo ao redor emudeceu. A estepe, o enorme céu e o rio azul — todos ouviram atentamente e multiplicaram o som, num eco polifônico. A estepe, o céu e o rio imprimiram toda a sua alma nesse eco estrondoso, amplo e solene como um trovão, cheio de tristeza e ira, unindo o incompatível: a fúria da paixão e a calma majestosa.

Os artilheiros, involuntariamente, fizeram silêncio por um momento, perplexos e emocionados com o estrondo de suas armas — mais abafado sobre o Volga, mais ruidoso sobre a estepe.

— Bateria, fogo!

Mais uma vez a estepe, o céu e o Volga adquiriram vozes. Ameaçaram, reclamaram, exultaram e lamentaram; experimentaram os mesmos sentimentos dos artilheiros.

— Fogo!

E, nesse exato momento, o fogo apareceu. Pelo binóculo, Tólia viu a fumaça cinza cobrir árvores e vinhedos. Viu figuras cinza-azuladas alvoroçando-se de um lado para outro e tanques alemães camuflados rastejando para cá e para lá feito besouros e piolhos assustados. Viu um clarão branco, curto, cruel, direto — e, em seguida, vagalhões de fumaça preta rodopiando sobre os pomares, fundindo-se, subindo até o céu e então voltando a cair sobre a estepe. E viu as labaredas que rasgavam com a sua lâmina branca o denso véu de fumaça.

Um dos apontadores de canhão, um tártaro com maçãs do rosto salientes, olhou para Tólia e sorriu. Não disse uma palavra, mas seu olhar comunicava muita coisa: sua alegria pelo êxito; a consciência de que não estava sozinho e que seus colegas artilheiros também disparavam fogo certeiro; seu grato reconhecimento de que Tólia era um bom comandante e de que no mundo inteiro não havia canhões melhores do que aqueles que estavam disparando.

O telefone de campanha tocou. Dessa vez, Tólia é que teve dificuldade em reconhecer a voz animada e alegre do major:

— Muito bem, meu rapaz! Bravo! Você incendiou as reservas de combustível deles. Nosso comandante de divisão acabou de ligar, me pediu para transmitir seus cumprimentos. Agora, nossa infantaria está avançando. Tome cuidado para não atirar em seus próprios homens.

Ao longo de todo o front do Volga ao Don, regimentos de infantaria do Exército Vermelho, com o apoio de artilharia, tanques e aeronaves, partiram para o ataque.

Poeira e fumaça pairavam sobre a estepe. E ouvia-se um barulho constante — o estrondo da artilharia, o zumbido dos tanques, o prolongado "U-u-r-r-a!" de soldados do Exército Vermelho atacando posições alemãs, os apitos dos comandantes, as explosões secas de morteiros, o crepitar dos disparos de submetralhadoras e o uivo dos bombardeiros de mergulho.

No ar, a luta era travada em uma escala igualmente vasta. Ouvia-se o rugido dos motores dos caças. Os aviões soviéticos subiam quase na vertical e, em seguida, como se desferissem uma facada, rasgavam os céus, atacando os Junkers que se aproximavam do campo de batalha e interrompendo o sinistro carrossel de bombardeiros de mergulho.

Acima do Volga, Yaks e LaGGs lutavam contra Messerschmitts e Focke-Wulfs.* Nessas escaramuças, as manobras, as trocas de tiros, as aproximações, os recuos, os abandonos de posição, tudo acontecia rápido demais para que os homens em solo conseguissem acompanhar. E a velocidade e a fúria desses combates pareciam não ser determinadas pela potência dos motores e armas, nem pela velocidade e manobrabilidade das aeronaves, mas pelos corações dos jovens pilotos soviéticos; era sua paixão, sua audácia que se manifestava nas repentinas subidas e nos impetuosos mergulhos e guinadas dos caças. Um pontinho reluzente e trêmulo, quase invisível no vasto oceano que era o céu, se metamorfoseava numa poderosa máquina; em terra, as pessoas viam asas azuladas com estrelas vermelhas, as chamas das balas traçantes e o capacete do piloto — e um momento depois o avião disparava nas alturas e sumia da vista. Vez por outra vinha da estepe um bramido frenético quando os soldados de infantaria soviéticos, por um momento alheios a todo o perigo, se levantavam de um salto

---

* Uma das principais linhas de caças da força aérea alemã durante a Segunda Guerra Mundial, fabricados pela Focke-Wulf Flugzeugbau AG. (N. T.)

e agitavam seus quepes no ar para saudar a vitória de um piloto. Vez por outra, centenas de homens soltavam em uníssono um longo e lamentoso gemido quando um piloto soviético pulava de um avião em chamas e Messerschmitts atacavam a frágil bolha de seu paraquedas.

Houve um incidente bastante espantoso. Talvez porque a bateria de artilharia de Tólia estivesse muito bem camuflada e posicionada bem longe ao sul, um desorientado piloto de caça soviético os confundiu com alemães. Voando baixo sobre o topo do penhasco, disparou uma rajada de metralhadora contra a bateria. Três Messerschmitts acompanharam o caça e, em seguida, durante vinte minutos, patrulharam o local. Depois, porque deviam estar ficando sem combustível, pediram reforços pelo rádio. Três novos aviões alemães assumiram seu lugar e continuaram circulando a bateria, zelosamente protegendo as armas soviéticas contra o perigo. A princípio, os artilheiros ficaram alarmados. Pensando que os alemães estivessem prestes a metralhá-los num ataque rasante ou a lançar bombas, continuaram olhando para o céu, apreensivos. Tólia então gritou: "Camaradas, eles estão nos protegendo... pensam que somos alemães. Não façam nada para mostrar a eles que não somos!". A reação foi um acesso de gargalhadas, tão ruidosas que os alemães quase podiam ouvi-las no céu.

Em qualquer outro dia, esse incidente teria ocasionado uma interminável sequência de histórias e piadas. Naquele primeiro dia de combates, no entanto, foi logo esquecido.

O sucesso do canhoneio contra os tanques e a infantaria alemães engendrou a sensação de euforia que, na linha de frente, pode subitamente substituir a apreensão e o desespero. Os observadores terrestres alemães cometeram o mesmo erro que os pilotos; também ficaram confusos com a posição avançada da bateria. Ninguém a localizou com precisão, ninguém a bombardeou ou disparou contra ela. O sucesso, alcançado sem custo concreto, incutiu em todos suprema confiança e um senso de zombaria e desprezo pelo inimigo. E, como costuma acontecer nesses momentos, os artilheiros tiraram conclusões gerais a partir de sua própria experiência, imaginando equivocadamente que as tropas soviéticas avançavam ao longo de todo o front, que tinham rompido as defesas alemãs, que em uma ou duas horas a bateria receberia ordem para avançar e que em um ou dois dias os exércitos soviéticos ao noroeste de Stalingrado se juntariam aos exércitos na cidade e expulsariam os alemães. Como sempre, houve homens que afirmaram ter falado pessoalmente com algum tenente ou capitão ferido que acabara de chegar de um setor de onde os alemães estavam fugindo em pânico, abandonando armas, munições e schnaps.

3

À noite, tudo se aquietou. Tólia Chápochnikov descansou por algum tempo junto a um poste telegráfico, comendo às pressas um pedaço de pão com carne em conserva. Seus lábios pareciam ásperos, como se pertencessem a outra pessoa, e o pão fazia um estranho som em sua boca ressecada. Seus ouvidos zumbiam, e a cabeça parecia estar cheia de algodão bruto. O dia lhe rendera uma exaustão profunda, mas não era uma sensação desagradável. Em sua mente, ele continuava ouvindo as próprias palavras de comando, como se ainda as estivesse gritando. Suas bochechas ardiam, e, embora estivesse quase deitado, escorado no poste telegráfico, sentia o coração bater acelerado e com força.

Tólia olhou para a fina faixa de areia à beira do Volga; era difícil acreditar que havia estado ali apenas algumas horas antes, ansioso e confuso, ajudando a descarregar caixas de munição. Agora, porém, não estava nem um pouco surpreso com o fato de que seu primeiro dia de combate tivesse corrido tão bem. Calmo e confiante, fora capaz de manter o controle de uma situação sujeita a rápidas mudanças. Seu comandante de divisão o parabenizara. Pela primeira vez na vida, sua voz soara alta e clara, e as pessoas prestaram atenção a cada palavra que dizia. Se no passado se sentia inadequado, era só porque não conhecia a própria força. Agora, porém, tomava essa força como algo muito natural. Sua força, sua inteligência, sua vontade — tudo isso existia dentro dele, era uma parte dele, Tólia Chápochnikov, não algo que ele simplesmente encontrara debaixo de um arbusto ou tomara de empréstimo de outra pessoa. Se havia algo surpreendente, era o fato de não ter compreendido isso um ano antes, ou um dia antes, ou mesmo naquela manhã.

O tenente Chápochnikov ainda era o mesmo, sem dúvida. Pensar que um homem se transforma num piscar de olhos é sempre um erro. Ninguém que realmente conheça um homem jamais dirá, em tom perplexo: "Não posso acreditar — ele mudou da noite para o dia!". Mais exato é dizer: "As circunstâncias mudaram de repente, permitindo que aquilo que sempre esteve dentro dele se revelasse".

No entanto, essas mudanças ainda eram espantosas.

Tólia imaginou fazer uma visita às garotas do batalhão médico, ao lado de seus camaradas. Ele brilharia em todos os sentidos; seria mais espirituoso do que qualquer um e contaria as histórias mais interessantes.

Na escola, os coleguinhas de Nádia perguntariam: "Esse Chápochnikov no jornal de hoje é o seu irmão?". E o pai dela mostraria o jornal a seus colegas do instituto.

As enfermeiras do batalhão médico diriam: "O tenente Chápochnikov é tão inteligente! E dança tão bem!".

Se uma pessoa passa um bom tempo encostada a um poste telegráfico na estepe, começa a ouvir música — uma música complexa e variada. O poste absorve os ventos e começa a cantar. Como um samovar chegando à fervura, emite um zumbido baixinho, silva e gorgoleja. O poste cinza-ardósia é afinado pelos ventos, pelo sol e pelas geadas. O poste é um violino, e suas cordas são os cabos telefônicos. A estepe sabe disso e gosta de tocar música nele. É uma alegria recostar-se em um poste telegráfico e ouvir esse violino da estepe, ouvir seus pensamentos e o ritmo de sua respiração.

Naquela noite, o Volga se encheu de cor. Ficou azul-petróleo, depois róseo, e por fim brilhou feito seda cinza, como que coberto por uma poeira clara e perolada. A água exalava uma fresca paz noturna, enquanto a estepe ainda bafejava calor.

Homens e mulheres feridos, remendados com bandagens manchadas de sangue, caminhavam para o norte ao longo da costa. Junto à água sedosa, figuras seminuas lavavam os panos de enrolar nos pés, verificando se não havia piolhos nas costuras de suas roupas de baixo. Tratores abriam caminho por entre as pedras, avançando um pouco mais para o interior, sob os altos penhascos.

— Alerta de ataque aéreo! — gritou a sentinela.

O ar estava limpo e quente, cheirava a absinto.

Como é bela a vida!

Assim que escureceu, os alemães partiram para a ofensiva. Iluminado por uma luz sinistra, o mundo tornou-se irreconhecível e assustador. Sinalizadores lançados por aviões germânicos pairaram sobre as posições soviéticas, oscilando no céu como imensas águas-vivas.

Mudos, mas vigilantes, eclipsaram a luz tranquila da lua e das estrelas, iluminando o Volga, a grama da estepe, os barrancos e vinhedos e os choupos jovens no topo do penhasco.

Tólia ouviu o zumbido sombrio dos possantes bombardeiros Heinkel e o murmúrio veloz dos caças italianos. Eram tantas bombas explodindo que a terra tremia; o ar estremecia com o assobio de granadas. Foguetes alemães lançaram uma nova leva de sinalizadores no céu. À sua luz verde venenosa, a estepe e o Volga pareciam uma miniatura de papel machê. Rostos e mãos pareciam desprovidos de vida, como que feitos de papelão. Não havia mais colinas, vales e um rio vivo — apenas planaltos numerados, terrenos entrecortados por ravinas que seguiam de oeste a leste e uma barreira de água correndo de norte a sul. O cheiro suave e agridoce de absinto agora parecia fora de lugar; não pertencia àquela maquete de planejamento estratégico de oficiais das forças armadas.

Ouviam-se o rugido dos motores dos tanques alemães e o som da infantaria germânica marchando através do capim.

A essa altura, os alemães haviam localizado a bateria de Tólia. Uma avalanche de projéteis dilacerou as vinhas. Os feridos gritavam; homens corriam para se proteger. Em seguida os tanques alemães avançaram, e Tólia ordenou que seus homens tomassem posição de fogo. Agora, pagavam caro por seus fáceis êxitos iniciais. A bateria estava sendo alvejada não apenas pela artilharia alemã mas também por bombas lançadas por morteiros das colinas do outro lado da ravina. E havia ocasionais rajadas de metralhadora, como tempestades de trovões ou granizo.

Rasgado por um disparo, o poste telegráfico cantante desabou.

Parecia a Tólia que aquela batalha noturna não teria fim. A escuridão abafada dava à luz mais e mais inimigos. O prolongado silvo das bombas, as repetidas explosões, que faziam estremecer o solo ao redor, os tanques alemães, em número cada vez maior, com suas armas e metralhadoras, e as súbitas salvas e saraivadas de granadas, que levantavam nuvens de terra, folhas e seixos, o deixavam atordoado e cego.

E, além disso, havia o sinistro zumbido dos Heinkels.

Tólia tinha a boca cheia de areia e terra seca, raspando entre os dentes. Queria cuspir, mas não conseguia salivar. Sua voz enrouqueceu; por vezes, mal conseguia acreditar que era realmente ele, gritando ordens com uma voz tão profunda e roufenha.

A luz áspera do céu esmaeceu. A escuridão tornou-se impenetrável; era apenas pelo som da respiração que Tólia sabia que havia homens por perto. Uma igreja na estepe da região do Transvolga* era um mero borrão branco no breu. Um minuto depois, a luz forte se acendeu outra vez, e Tólia sentiu que era essa luz seca e mortal que fazia cócegas em sua garganta e secava sua traqueia.

O tiroteio exauria todas as suas forças. Em sua alma havia espaço para um único sentimento, para um único sonho vago — sobreviver até o amanhecer, ver o sol.

E isso de fato aconteceu. Tólia Chápochnikov viu o sol se erguer acima da estepe oriental, acima da névoa tenra, perolada e rosa-claro que se estendia sobre o Volga.

Abriu a boca ressecada para dar a ordem, e o rugido de suas armas, que tinham rechaçado todos os ataques noturnos dos alemães, saudou o nascer do sol.

A dois passos de Tólia fez-se um clarão repentino e deslumbrante. Um punho poderoso o atingiu no peito. Ele tropeçou num cartucho vazio e caiu. Uma voz gritou:

— Rápido, aqui! O tenente está ferido!

Os homens estavam curvados sobre ele, mas Tólia não conseguia entender seus olhares de preocupação e pena. Os homens haviam cometido um engano — algum outro tenente é que devia ter sido ferido. Em um instante ele se levantaria, sacudiria a poeira, desceria ao Volga, se lavaria na água fresca, maravilhosa e suave e reassumiria seu comando.

4

Vários comandantes e soldados estavam reunidos na barreira de um posto de controle numa encruzilhada da estepe, esperando para pegar carona em algum veículo que passasse.

Cada vez que um veículo aparecia ao longe, todos agarravam suas trouxas e corriam na direção do controlador de tráfego.

---

* Território a leste do Volga delimitado pelo rio em si, os montes Urais, a cordilheira do Norte e a depressão do mar Cáspio. (N. T.)

— O que deu em vocês? — repetia ele, irritado. — Não adianta todo mundo se aglomerar de uma vez. Eu já disse: haverá transporte para todos.

Um major de meia-idade vestindo uma túnica elegante mas desbotada sorriu — como se dissesse que não tinha nascido no dia anterior e estava ciente de que não adiantava tentar ensinar boas maneiras a intendentes, ajudantes de ordens, funcionários administrativos e controladores de tráfego.

Um grande poste de madeira havia sido cravado no chão, com setas apontando para Sarátov, Kamíchin, Stalingrado e Balachov.

Leste, oeste, norte ou sul, todas as estradas de terra pareciam idênticas.

A grama seca e cinza estava coberta de poeira amarela. Havia pipas empoleiradas nos postes telegráficos, presas aos isoladores brancos com suas garras. Mas os homens que esperavam no posto de controle sabiam que as estradas não eram de forma alguma idênticas; sabiam muito bem quais delas iam para o leste e para o norte, quais seguiam para o sudoeste e quais levavam a Stalingrado.

Um caminhão parou na barreira. Transportava soldados e comandantes feridos. Suas bandagens estavam escurecidas pelas camadas de poeira, e, em alguns pontos, ainda mais escuras de sangue preto e coagulado.

— Entre, camarada major! — chamou o controlador.

O major jogou sua mochila dentro do caminhão, apoiou um pé numa das rodas traseiras e subiu. Enquanto o caminhão partia, acenou para um capitão e dois primeiros-tenentes. Os quatro haviam ficado deitados na grama, comendo pão e peixe em conserva. Ele lhes mostrara fotos da esposa, da filha e do filho.

O major olhou em volta para seu novo grupo de companheiros — cobertos de poeira e empalidecidos pela perda de sangue. Bocejou e perguntou a um soldado que tinha um dos braços numa tipoia:

— Foi em Kotluban?

— Sim — respondeu o soldado. — Já havíamos chegado à linha de frente. Então alguém decidiu nos reposicionar, e os alemães fizeram a festa.

— Não foi muito longe do Volga — disse um segundo soldado ferido. — Fizeram picadinho de nós. Muitos argumentaram que só devíamos seguir adiante depois de anoitecer. À luz do dia, na estepe aberta, estávamos à vista do inimigo. Éramos como lebres assustadas, imaginando onde poderíamos nos esconder. Parecia que era o fim.

— Bombas de morteiro?

— Sim, aqueles morteiros do caralho.

— Bem, pelo menos agora vocês vão descansar — disse o major.

— Sim — concordou o soldado —, vamos ficar bem.

Em seguida apontou para um rapaz estirado em cima de um monte de palha e acrescentou:

— Mas acho que aquele tenente ali não vai lutar mais.

Os braços e pernas do tenente chacoalhavam, moles e impotentes, sempre que o caminhão passava por um buraco.

— Vocês deveriam acomodá-lo em uma posição mais confortável — disse o major. — Ordenança!

O tenente encarou o major com um olhar demorado e intenso. Fez uma careta de dor, depois fechou os olhos.

Suas bochechas encovadas, a maneira como seus lábios pareciam quase selados, a dureza de sua expressão — tudo deixava claro que ele não queria mais olhar para o mundo, que não havia mais nada que quisesse dizer ou perguntar. A vasta estepe empoeirada e os esquilos que atravessavam correndo a estrada não significavam nada para ele. O tenente já não queria mais saber quanto tempo levariam até Kamíchin, se receberia ou não uma refeição quente, se poderia enviar uma carta do hospital ou se o avião que zunia acima deles era alemão ou soviético. Já não queria mais saber se os alemães haviam conseguido se apoderar de alguma posição elevada defendida pela sua companhia, ou se a guerra um dia chegaria ou não ao fim.

Estava apenas ali deitado, melancólico, sentindo o calor da vida — a preciosa dádiva que ele possuía, agora perdida para sempre — esfriar lentamente dentro de si.

Sobre homens naquele estado, mesmo que ainda vivos e respirando, os ordenanças médicos diziam: "Este já está acabado".

Naquela noite, Kamíchin foi alvo de um ataque aéreo. Angustiados, os feridos no caminhão olharam para as casas com as janelas escancaradas, para os homens e mulheres de olhos cravados no céu, para as ruas reluzindo de cacos de vidro e para as crateras abertas por bombas de meia tonelada lançadas de mil metros de altura sobre casinhas de telhado cinza e verde.

Os feridos, naturalmente, estavam ávidos para entrar em um barco e zarpar rumo a Sarátov; não queriam ficar numa cidade como aquela. Com cuidado, como se seus braços e pernas enfaixados fossem tesouros, arrastaram-se até a beira do caminhão, ofegando e gemendo, e em seguida desceram ao chão, olhando, cheios de expectativa, para o médico militar de pé ao lado do veículo; ele usava botas de *kirza* e um jaleco branco curto de mangas minúsculas.

— O que vou fazer com esta multidão? — perguntou o médico, irritado, a seu ordenança. — Até o corredor já está lotado. E, se não formos bombardeados esta noite, com certeza seremos amanhã. Eles deveriam ter sido enviados direto a Sarátov.

Observado pelo major, o tenente ferido desceu do caminhão. Com uma expressão mais sombria do que nunca, cravou os olhos nele.

O major se despediu de todos com um aceno e desceu a rua principal, perguntando-se por que todos os moribundos sempre olham as pessoas fixo nos olhos.

Caminhou devagar, observando com tristeza as ruelas e praças da cidade devastada pela guerra, onde sua amada Tamara outrora frequentara a escola. Muito tempo atrás, uma menina magricela com uma longa trança enrolada em um coque devia ter percorrido o mesmo caminho. Provavelmente tivera encontros com meninos no pequeno jardim que ele podia avistar lá acima do Volga e que agora estava lotado de refugiados e fervilhando de metralhadoras antiaéreas. Havia soldados feridos vestindo camisolas hospitalares cinza e, às escondidas, trocando pão e açúcar por vodca e tabaco caseiro.

Então ele se lembrou de suas rações. Perguntou a um controlador de tráfego onde ficava a loja.

— Não sei, camarada major — respondeu o controlador, acenando sua bandeirola.

— E onde fica o escritório do comandante?

— Também não sei, camarada major — disse o controlador. E, para evitar uma resposta zangada, acrescentou: — Somos novos aqui. Chegamos à noite.

O major caminhou um pouco mais. Seu olho experiente logo detectou que um corpo de exército ou um quartel-general do exército havia chegado recentemente à cidade.

Uma sentinela com uma submetralhadora estava de guarda na frente de uma casa com colunas. Vários comandantes, que deviam estar à espera de seus passes, postavam-se diante de um portão de vime, observando uma empregada a trabalhar. Ela andava de um lado para outro, segurando contra os seios fartos uma bandeja coberta com um guardanapo.

Tinha bochechas redondas e rosadas, panturrilhas fortes e pálidas, olhos negros atrevidos e alegres.

O major deixou escapar um sonoro e prolongado suspiro. Os comandantes, com seus barretes verdes e botas empoeiradas, mochilas e estojos de mapas, detectaram a profundidade do significado desse suspiro e sorriram.

Alguns homens, aqueles que haviam percorrido um longo caminho e estavam famintos, ficaram curiosos para saber o que havia sob o guardanapo branco. A maioria, entretanto, olhava fixamente para a moça.

O major seguiu adiante. Atrás de um pomar, avistou a torre de sustentação de uma antena de rádio. Os oficiais de comunicações estavam instalando cabos, e ouvia-se com nitidez o ruído de um pequeno gerador. Vários caminhões estavam estacionados junto a um edifício semidestruído — o "Cinema do Comintern" —, com metade das janelas quebradas. Agitando os braços, um capitão com óculos de armação de tartaruga gritava com os motoristas.

O major percebeu que se tratava da gráfica de um jornal do exército. Entendeu também que havia deparado com um exército de reserva, que ainda não havia participado do combate efetivo. Estavam todos alvoroçados demais. Usavam uniformes imaculados. Os comandantes carregavam submetralhadoras com carregador de tambor, de pouca utilidade dentro de um quartel-general. A camuflagem dos caminhões estava intacta. E, de tempos em tempos, os motoristas, sentinelas, oficiais de comunicações e comandantes lançavam olhares rápidos para o céu azul de agosto.

No início, o major se sentira intimidado pela presença na cidadezinha de tantos comandantes de alto escalão. Agora, no entanto, olhava com um senso de superioridade complacente para aqueles homens recém-trazidos da retaguarda.

Ele havia lutado no verão de 1941 nas florestas do oeste da Bielorrússia e da Ucrânia. Sobrevivera ao horror nefasto dos primeiros dias da guerra; sabia tudo e tinha visto tudo. Quando outros homens contavam histórias sobre a guerra, ouvia com um sorriso educado.

"Oh, meus irmãos", pensava, "vi coisas das quais não se pode falar, e sobre as quais ninguém jamais escreverá."

Vez por outra, porém, ao encontrar algum major quieto e tímido como ele, que reconhecia, a partir de pequenos sinais, como uma alma gêmea, falava com mais desembaraço.

— Lembra-se daquele general que teve a unidade cercada e se arrastou a duras penas por um pântano, de uniforme e tudo, incluindo as medalhas, com uma cabra na trela? Em certo momento da travessia, dois tenentes lhe perguntaram: "Camarada general, o senhor está seguindo uma bússola?". E ele respondeu: "Que bússola? É esta cabra que vai nos tirar daqui!".

O major chegou a um ponto no penhasco com vista para o Volga e se sentou em um banco verde. Não via razão para tratar de assuntos militares com pressa — a guerra, afinal, não chegaria ao fim tão cedo. Ele nunca se esquecia das refeições e gostava de se sentar ao sol e fumar seu cachimbo, dando rédea solta às lembranças e a uma silenciosa tristeza. Quando tinha que viajar de trem para algum lugar, esperava na estação até conseguir embarcar em um vagão menos lotado. Se precisava de hospedagem para pernoitar, fazia de tudo para encontrar uma senhoria acolhedora, que tivesse uma vaca.

Era um dia quente, sem brisa. O Volga se estendia a perder de vista, cintilando sob o sol claro. O banco, a rua de paralelepípedos, os telhados e as escuras paredes de troncos das casas, as camadas de poeira sobre a grama tostada de sol — tudo exalava seu próprio cheiro, como se pedra, latão, poeira seca e uma velha árvore morta fossem seres vivos e suarentos. O major podia ver a margem esquerda, com seus densos juncos e salgueiros. A areia parecia brilhante e, sem dúvida, muito quente; soldados minúsculos, que deviam ter acabado de desembarcar de uma balsa, arrastavam-se com grande esforço ao longo da areia. Seria bom deitar-se nu por algum tempo e entrar na água. Ele poderia nadar por meia hora, depois deitar-se novamente à sombra e tomar uma cerveja; primeiro, claro, amarraria um par de garrafas a uma corda e as abaixaria ao fundo da água fria.

Ao longe havia apenas uma sugestão de névoa, como se algumas gotas de leite tivessem sido adicionadas ao ar azul-claro. Como que cansado e entristecido pelo esplendor daquele dia quente de agosto, o Volga fluía vagaroso em direção a Lugovaia Proleika, Dúbovka, Stalingrado, Raigorod e Astracã. O rio entendia que não precisava se apressar.

O major olhou em volta para ver se havia algum comandante de alto escalão por perto; em seguida, abriu em silêncio três botões da túnica.

"Há melões no mercado", pensou, "e melancias também. Mas os miseráveis trabalhadores do colcoz vão querer víveres, não dinheiro. Eu poderia trocar um pouco do meu açúcar, mas ir ao mercado neste uniforme, nem pensar... oh, se Tamara estivesse aqui — ela sempre sabe o que fazer."

Pensando na família, que havia desaparecido sem deixar vestígios nos primeiros dias da guerra, tirou do bolso uma fotografia e olhou para ela por um longo tempo.

Nesse momento, passou por ele um menino descalço. Tinha buracos nos cotovelos da camisa e uma enorme mancha lilás nas calças de lona.

— Ei, você aí! — gritou o major.

Como qualquer garoto de treze anos, ele tinha pecados na consciência. Olhou desconfiado para o major, perguntando-se se fizera alguma coisa para irritar um comandante.

— O que o senhor deseja?

— Como faço para comprar uma melancia? — perguntou o major, em tom afável.

— Pagando com tabaco — respondeu o menino.

Chegou perto do major e acrescentou:

— Meio pacote.

— Tudo bem, então. Vá buscar uma para mim. Boa e madura, com caroços pretos. Este é o melhor tabaco que existe!

— É do vale do Boum? Muito bem, camarada major.

O menino começou a descer a vereda. O major pegou sua bolsa de tabaco e alguns quadradinhos de papel cortados à perfeição e cobertos com números escritos em tinta roxa. Enrolou um cigarro grosso, soprou a piteira, feita de vidro de aviação, e semicerrou os olhos para enxergar o buraco. Sacou seu isqueiro alemão e acendeu.

Devolveu o isqueiro ao bolso, notando com preocupação que a pederneira estava agora perto do fim da vida.

Nesse momento, apareceu um intendente de rosto rubicundo. Ele parou e olhou para o major. Quase caminhou na direção dele, mas se deteve e olhou uma segunda vez.

— Com licença, camarada major. O senhor não é Beriózkin, pois não?

E em seguida foi correndo até ele, aos gritos:

— Sim, sim, é Ivan Leóntievitch!

— Espere um momento... — disse o major. — Ah! Áristov! Meu antigo chefe de suprimentos! Bem, muita água passou por baixo da ponte desde que nos vimos pela última vez!

— É verdade, Ivan Leóntievitch. Fui enviado para o distrito militar da Bielorrússia em 11 de fevereiro de 1941.

— E onde está servindo agora?

— Sou chefe da seção de suprimentos de um exército. Até agora, nossas tropas foram mantidas na reserva.

— Chefe de suprimentos de um exército? Você se deu muito bem! — disse o major Beriózkin.

Fitou Áristov de cima a baixo e prosseguiu:

— Sente-se. Enrole um cigarro. O que ainda está fazendo de pé aí?

— Não — disse Áristov, oferecendo a Beriózkin um cigarro de um maço. — Aqui, pegue um dos meus!

Ele riu e perguntou:

— Lembra-se da bronca que o senhor me deu em Bobrúisk por não registrar o feno que tirei do colcoz?

— Sim, claro — disse Beriózkin.

— Bons tempos, aqueles — disse Áristov. — Vivíamos bem naquela época...

Beriózkin olhou Áristov de cima a baixo e concluiu que a vida dele não ia nada mal. Tinha as bochechas rechonchudas, um uniforme de gabardina de boa qualidade e usava um elegante quepe cáqui e botas de couro de bezerro.

E todos os objetos que portava eram igualmente elegantes: o isqueiro com o pequeno botão de ametista, a pequena piteira de âmbar com um besouro dourado em relevo, a caneta-tinteiro de tampa brilhante presa no bolso da túnica, o estojo de mapa que levava a tiracolo, feito do melhor couro vermelho, e o canivete na caixinha de camurça. Áristov tirou o canivete do bolso, mexeu um pouco nele e voltou a guardá-lo.

— Vamos até o meu alojamento — convidou Áristov. — Não é longe daqui.

— Tenho que esperar um pouco — respondeu Beriózkin. — Um menino foi buscar uma coisa para mim. Eu o mandei ao mercado para trocar meio pacote de tabaco por uma melancia.

— Meu Deus! — disse Áristov. — Não há necessidade de mandar meninos para fazer essas coisas! Eu tenho várias melancias... realmente gigantescas, estocadas para o Soviete Militar.

— Prometi que esperaria aqui — disse o major. — Dê-me um minuto.

— Camarada major! Deixe o maldito menino ficar com a melancia! Tenho certeza de que ficará grato!

E Áristov pegou a mochila verde de Beriózkin.

Durante sua longa carreira militar, em muitas ocasiões Beriózkin tivera motivos para se ressentir dos funcionários administrativos e oficiais da seção de suprimentos. "Rapazes de sorte", pensava ele, balançando devagar a cabeça. "Claro que um oficial de suprimentos não padece de problemas de suprimentos."

Agora, porém, estava muito feliz em acompanhar Áristov.

E, enquanto percorriam o caminho, Beriózkin começou a contar sua história. A guerra para ele havia começado às cinco horas da manhã do dia 22 de junho de 1941. Tivera tempo de levar as armas sob sua guarda e de resgatar duas baterias de canhões de 152 milímetros que haviam sido abandonadas por uma unidade vizinha. Caminhara por pântanos e florestas, disputara centenas de posições elevadas e lutara nas margens de dezenas de rios e riachos. Participara de combates perto de Brest, Kóbrin, Bakhmatch, Chostka, Krolevets, Glúkhov, do vilarejo de Mikháilovski, Krómi, Oriol, Belíov e Tchern. Durante o inverno, lutara às margens do Donets e tomara parte das ofensivas de Savíntsi e Zaliman, Tchepel e Lozovaia.

Ferido por estilhaços, recebera cuidados no hospital. Atingido por uma bala, tivera de ser tratado novamente. Agora, estava voltando para sua unidade.

— O que fazer? É preciso trabalhar — falou, com um sorriso.

— Mas como é possível ter lutado tanto e não ter recebido nenhuma condecoração, Ivan Leóntievitch? — perguntou Áristov, apontando para a túnica de Beriózkin, que não ostentava medalhas e parecia ter ficado acinzentada com o tempo.

— Ah — disse Beriózkin. — Já recebi quatro nomeações para medalhas e honrarias. Mas sempre acabo sendo transferido antes de conseguirem preencher todos os formulários e atestados. É a mesma coisa com a promoção a tenente-coronel: antes que acabem de arranjar toda a papelada, eu já me mudei. Todo mundo diz que as unidades de infantaria motorizadas são como ciganos. Hoje aqui, amanhã sabe Deus onde!

Ele sorriu de novo e então prosseguiu, com fingida indiferença:

— Homens que se formaram comigo na academia militar em 1928 estão agora no comando de divisões. Todos têm duas ou três medalhas no peito. Mítia Gogin já é general, está em Moscou, no Estado-Maior. Se eu o encontrasse agora, bateria continência e diria: "Camarada general, suas ordens foram cumpridas. Estou dispensado?". E daria meia-volta. E então aqui estamos nós. Esta é a vida de um soldado.

5

Eles entraram em um pátio pequeno e bem-cuidado, e um soldado com ar sonolento rapidamente endireitou a túnica amarrotada, sacudiu a palha grudada nas calças, bateu os calcanhares e prestou uma enérgica continência.

— Dormindo de novo? — disse Áristov, irritado. — Ponha a mesa.

— Às ordens! — respondeu o soldado.

Pegou a mochila verde de Beriózkin e entrou.

— É a primeira vez na guerra que vejo um soldado gordo — constatou Beriózkin.

— Ele é um homem inteligente — respondeu Áristov. — Trabalhava na seção administrativa, mas descobrimos que era um cozinheiro de mão-cheia. Está sendo testado aqui primeiro. Depois vamos mandá-lo para a cantina do Soviete Militar.

Chegaram a uma antessala mergulhada na penumbra, com paredes pintadas de azul-claro, seguindo a tradição do Volga. Lá, foram recebidos pela senhoria de Áristov, uma idosa atarracada com buço grisalho.

Ela fez menção de se curvar, numa reverência ao novo convidado. Em vez disso, como era troncuda e baixinha, perdeu o equilíbrio e cambaleou para a frente.

Beriózkin fez uma saudação educada e perscrutou o cômodo. Havia ali um hibisco, uma mesa com uma toalha bordada e uma cama de casal muito bem-arrumada, com um cobertor branco.

— Você conseguiu um bom alojamento! — disse a Áristov.

— De nada adianta tornar a vida dura, camarada major. E o descanso é algo ainda mais importante quando se está na linha de frente.

— Claro — concordou Beriózkin.

E, esquadrinhando mais uma vez o cômodo, pensou: "Não, eu não me importaria nada de servir numa linha de frente como esta".

Beriózkin pegou na mochila a saboneteira e a toalha, tirou a túnica, pediu à senhoria para derramar um pouco de água em suas mãos e começou a ensaboar o pescoço robusto e vermelho e a cabeça raspada e já careca. Perguntou à senhoria como se chamava.

— Até agora, sempre fui chamada de Antonina Vassílievna — disse ela, em uma voz lenta e melodiosa.

— E sempre será — respondeu Beriózkin. — Mas continue, não economize água!

Beriózkin deu um tapa na bochecha e na nuca, resfolegando, bufando, grunhindo e rindo sozinho, desfrutando do lento jorro de água fria.

Em seguida, passou para a sala principal, sentou-se em uma poltrona e ficou em silêncio, saboreando a sensação de paz e conforto que sente um soldado repentinamente retirado de um mundo de poeira, vento, ruído e eterno movimento e transportado para a sossegada e silenciosa meia-luz de uma habitação comum.

Áristov também ficou em silêncio. Eles observaram o soldado gordo arrumar a mesa.

A senhoria trouxe um prato grande com esplêndidos tomates-caqui.

— Aqui está! Comam o quanto quiserem. Não há sal nem vinagre, então não vamos conseguir conservá-los para o inverno. Mas me digam, camaradas comandantes, quando toda esta tristeza vai acabar?

— Quando esmagarmos os alemães — respondeu Áristov com um bocejo.

— Tem um velho aqui em Kamíchin — disse a senhoria — que lê o futuro num livro. Ele tem dois galos, um preto e um branco, que estão sempre brigando. E é a partir do resultado dessas rinhas, e observando as cheias do Volga na primavera, que ele consegue adivinhar as coisas. Ele me disse que a guerra vai terminar em 28 de novembro.

— Eu ficaria muito surpreso se ele tivesse razão — disse o soldado gordo, pondo sobre a mesa um prato de presunto e uma garrafa de vodca.

Beriózkin olhou com deleite infantil para a vodca e a comida. Além do presunto e dos tomates, havia caviar, lampreias, cogumelos em conserva, carne de carneiro fria e geleia de carne. Virando-se para a senhoria, falou:

— A senhora não deve acreditar nesses velhos charlatães, Antonina Vassílievna. Estão apenas atrás de suas galinhas e ovos. Lá em Kupiansk teve um velho que anunciou a data do fim da guerra. Quando o dia chegou, a cidade sofreu um pesado ataque aéreo. As mulheres partiram para cima e arrancaram a barba dele.

— Muito bem! — disse Áristov. — Prever o futuro não é uma atitude marxista.

— Tenho sessenta e quatro anos agora — disse a senhoria. — Meu pai viveu até os oitenta e quatro, e o pai do meu pai chegou aos noventa e três. Eram todos destas bandas, mas nunca na vida vimos invasores franceses ou alemães atravessarem o Volga. Só que neste verão algum imbecil permitiu que eles chegassem ao coração da nossa Rússia. Vivo ouvindo as pessoas dizerem coisas sobre a tecnologia alemã. Dizem que os aviões de Hitler são mais potentes que os nossos. E dizem que ele tem um pó especial. Basta adicionar à água e vira gasolina. Bem, pode até ser. Mas ainda esta manhã falei com uma velha de Olkhovka. Ela foi ao mercado trocar farinha por alguma outra coisa e me contou que um prisioneiro de guerra, um general alemão, estava em cativeiro na isbá dela, e disse que tinha ordens diretas de Hitler: "Se tomarmos Stalingrado, a Rússia inteira será nossa. Mas, se falharmos, seremos empurrados de volta às nossas fronteiras". O que o senhor acha? Vamos ser capazes de manter Stalingrado?

— Não tenho dúvidas! — disse Áristov.

— Estamos em guerra — ponderou Beriózkin. — Nada é certo. Mas vamos fazer todo o possível.

Áristov deu um tapa na própria testa.

— Acabei de me lembrar. Um dos meus caminhões está indo para Stalingrado amanhã, para uma destilaria. O tenente-coronel Darenski estará na cabine. E com ele irão apenas duas outras pessoas, meu almoxarife e um rapazinho, um tenente recém-saído da escola militar. Alguém me pediu para ajudá-lo. Então você pode passar a noite aqui no meu alojamento e eles virão buscá-lo pela manhã.

— Perfeito — disse o major. — De alguma forma, há sempre um modo rápido de chegar ao front.

Por um momento, os dois permaneceram em silêncio — um silêncio familiar a qualquer um acostumado a beber com amigos. Queriam ter uma conversa franca, e sabiam que não seria possível até que tivessem bebido o primeiro copo.

— Pronto, camaradas comandantes! — anunciou o soldado gordo. — Sentem-se!

Beriózkin sentou-se à mesa, lançou a Áristov um olhar alegre e disse:

— Você é um bom sujeito, camarada primeiro-tenente!

Querendo bajular Áristov, escolheu tratá-lo como primeiro-tenente, não como intendente. O major Beriózkin tinha plena ciência das leis tácitas do exército. Quando um tenente-coronel era colocado no comando de uma divisão, seus subordinados o tratavam não como "camarada tenente-coronel", mas como "camarada comandante de divisão". Quando um capitão está no comando de um regimento, seus subordinados se dirigem a ele como "camarada comandante de regimento". Por outro lado, se um homem com quatro insígnias vermelhas está no comando de um regimento, todos se dirigem a ele como "camarada coronel". Ninguém seria indelicado a ponto de chamá-lo de "camarada comandante de regimento", ressaltando a desagradável disparidade entre sua patente e a função que por ora exerce.

Entornaram de uma só vez a bebida, comeram algo e beberam um segundo copo.

Beriózkin olhou para Áristov e perguntou:

— Diga-me, você se lembra da minha esposa e dos meus filhos?

— É claro! Em Bobrúisk o senhor morava no andar térreo com os outros comandantes, enquanto eu morava num anexo do mesmo prédio. Eu os via todos os dias. Sua esposa ia sempre ao mercado com uma bolsa azul.

— Exato. Comprei essa bolsa em Lvov — disse Beriózkin, e balançou a cabeça, triste.

Ele queria contar a Áristov tudo sobre a esposa: que tinham comprado um guarda-roupa com espelho um dia antes da guerra; que ela preparava um excelente borche e era muito bem-educada. Sabia francês e inglês e com frequência pegava livros da biblioteca; queria contar que o pequeno Slava era um tremendo encrenqueiro, sempre brigando e aprontando travessuras, e que certa vez entrara correndo em casa, dizendo: "Papai, o senhor tem que me dar uma surra. Acabei de morder o gato!".

Mas Beriózkin não foi capaz de falar nada disso. Áristov tomou as rédeas da conversa.

A atitude de Áristov diante de homens como o ex-comandante era complexa. Por um lado, sentia medo e respeito. Por outro, ficava surpreso e se divertia ao constatar a simplicidade aldeã desses homens de alta patente, com sua inépcia no que dizia respeito às questões práticas. "Oh, meu amigo", ele pensou, olhando para a túnica desbotada de Beriózkin e suas surradas botas de *kirza*. "Se eu tivesse lutado um décimo do que o senhor lutou, a essa altura já seria general."

E, assim, serviu Beriózkin com generosidade, tomando conta da conversa.

— Se não fosse por mim, o general no comando ficaria desamparado — disse. — Ele pede sempre esturjão para o almoço, e é isso que come. E não importa se faz apenas duas horas que chegamos ao Volga! Já o membro do Soviete Militar fuma cachimbo, então recebe seu pacote de Velocino de Ouro todos os dias. Nunca ficou sem, nem um dia sequer. Quanto ao chefe de estado-maior, não pode beber vodca, porque sofre de úlcera e precisa fazer dieta. "Às suas ordens, camarada coronel, providenciarei sua dieta!" Em certa ocasião, estávamos nos cafundós do norte, perto de Vologda, no meio do nada... mas ainda assim o chefe de estado-maior bebeu seu vinho Riesling! Ele até ficou meio desconfiado, me convocou para uma conversa reservada e disse que eu era um sujeito perigoso. Então, qual era o meu segredo? Bem, não adianta ficar esperando receber suprimentos por vias normais, porque se você fizer isso vai esperar sentado até o mundo acabar. Não, é preciso ter imaginação, iniciativa, é preciso agir com ousadia. Amanhã, por exemplo, estou enviando um caminhão para Stalingrado. Todos nós sabemos que há uma destilaria lá, e que houve um incêndio. Bem, quem é que pode dizer que dentro daquele prédio não tenham sobrado algumas garrafas? Não, de nada adianta ficar sentado e esperar de braços cruzados. E, se houver algo de que o senhor precise, Ivan Leóntievitch, é só falar. Farei tudo que estiver ao meu alcance para o senhor: preencherei documentos, despacharei caminhões, correrei riscos. E espero que o senhor faça o mesmo por mim. Os homens que me conhecem dizem que não existe documento em que confiem mais do que na minha palavra. Só uma vez um comissário implicou comigo. Ele me rebaixou e me transferiu de posto, pôs um armênio no meu lugar. Em uma semana a seção de suprimentos estava desmoronando. O Soviete Militar pedia água mineral Narzan e não havia uma garrafa sequer. Pediam isto, aquilo e aquilo outro, e era sempre a mesma resposta. O comandante de exército ficou furioso. Ordenou pessoalmente que eu fosse reintegrado.

Olhou para Beriózkin e ofereceu:

— Um pouco de cerveja, camarada major?

— Bem — disse Beriózkin, apontando para a mesa farta. — Vejo que administra tudo muito bem.

— Não faço nada que não deva! — respondeu Áristov, fitando Beriózkin com seus olhos azul-claros. — Nada! Não tenho o que esconder. E, de qualquer maneira, o comissário do quartel-general mora aqui ao lado.

Beriózkin bebeu um pouco mais de cerveja e estalou os lábios.

— Que maravilha!

Em seguida, tocou os tomates, na esperança de encontrar um que estivesse maduro mas não mole. E se sentiu envergonhado, ao recordar com tristeza como Tamara costumava repreendê-lo por isso. Ela não gostava que ele encostasse nos tomates ou nos pepinos em um prato compartilhado.

Nesse exato momento ouviu-se o zumbido de um telefone de campanha em cima de uma cômoda. Áristov pegou o receptor.

— Intendente Áristov às suas ordens!

Pelo visto, o telefonema era de um comandante de alto escalão, pois, durante a conversa, Áristov se manteve em posição de sentido, com o rosto tenso, usando a mão livre para endireitar a túnica e espanar migalhas. Sua única participação foi repetir por quatro vezes: "Sim, senhor!". Depois, devolveu o receptor no gancho e, às pressas, vestiu o quepe de copa alta.

— Peço desculpas! Coma o quanto quiser, e fique à vontade para se deitar e descansar. Tenho de tratar de algo urgente, vou precisar deixá-lo.

— Sim, claro — disse Beriózkin. — Só não se esqueça do caminhão amanhã de manhã.

— Não se preocupe!

E Áristov correu para a porta.

A essa altura, Beriózkin já havia bebido um bocado. Ficar sem companhia era impensável. Assim, foi até a porta do quartinho para o qual a senhoria havia se retirado e gritou:

— Minha velha, venha juntar-se a mim!

A velhota saiu do quarto.

— Sente-se, Antonina Vassílievna. Tome um copo comigo!

— Com muito prazer! — respondeu ela. — Nos velhos tempos as pessoas ficariam chocadas ao ver uma mulher beber. Mas agora todas nós bebemos, as jovens e as velhas. Sim, por aqui fazemos e bebemos nossa própria vodca. O que se pode esperar neste vale de lágrimas?

Bebeu um copo e comeu um tomate.

— Então, como vão as coisas por aqui? Estão sendo muito bombardeados? — quis saber Beriózkin, repetindo a mesma pergunta que incontáveis majores, capitães, tenentes e soldados rasos faziam a mulheres de todas as idades nas aldeias e cidadezinhas da linha de frente Rússia afora.

E, como as outras mulheres, ela respondeu:

— Estamos sendo bombardeados o tempo todo, meu filho.

— Isso é ruim — disse Beriózkin, com pesar.

Em seguida, perguntou:

— Minha velha, a senhora por acaso se lembra de um general Saltanski? Ele morava aqui em Kamíchin.

— Sim, sim. Meu pai era pescador, eu costumava levar o peixe na casa da família dele.

— A senhora conheceu a família?

— Sim, com certeza. A esposa morreu durante aquela outra guerra. E havia duas filhas. Tamara era a mais jovem, e Nádia a mais velha. Esta última vivia doente, estava sempre no exterior a fim de se tratar.

— Não me diga! — exclamou Beriózkin.

— O senhor é destas bandas? — perguntou a senhoria. — Conhece os Saltanski?

— Não, não conheço — respondeu Beriózkin, depois de pensar por um momento.

A senhoria bebeu um segundo copo.

— Que Deus permita que o senhor volte para casa vivo! — disse ela, e limpou os lábios.

— Como eles eram? — perguntou Beriózkin. — Conte-me sobre eles.

— Sobre quem?

— Os Saltanski.

— O general era um homem difícil. Todos aqui tinham medo dele. Era um verdadeiro general, sempre dando ordens. Mas a esposa era uma boa mulher, tinha um bom coração. Importava-se com os outros, se desdobrava para ajudá-los e sempre fazia grandes doações para o orfanato.

— E as filhas? Puxaram a mãe?

— Sim, eram boas meninas. Ambas bastante magras e sem nenhuma frescura ou grã-finismo. Costumavam usar vestidos marrons e sair para passear na avenida Sarátov. Às vezes, iam para Tichok, onde havia um pequeno parque com vista para o Volga.

A senhoria suspirou e continuou:

— A velha cozinheira deles, Kárpovna, era minha vizinha. Morreu domingo passado, num ataque aéreo no meio da tarde. Estava voltando do mercado. Tinha ido trocar um lenço por batatas, e uma bomba caiu bem a seus pés. Ela costumava me contar tudo sobre os Saltanski. Fiquei sabendo que Nádia morreu durante a Revolução. Tamara não conseguiu arranjar trabalho, não a deixaram entrar num sindicato. Mas depois encontrou um bom homem. Um carpinteiro, acho, um homem simples e modesto.

— É mesmo? — disse Beriózkin. — Um carpinteiro?

— Exato. Dizem que teve problemas por se casar com ela. Os camaradas diziam que deveria arranjar outra mulher, que havia muitas outras jovens na Rússia e que seria melhor livrar-se dela. Mas ele apenas repetia: "Eu a amo, e ponto final". E então se casaram e tiveram um boa vida juntos, com filhos.

— Ora, ora, ora! — falou Beriózkin.

— Mas agora nossa vida está em ruínas — continuou a senhoria. — É uma morte depois da outra. Recebi uma carta informando sobre a morte de dois dos meus filhos, e faz um ano que não tenho notícias do terceiro. "Desaparecido em ação", sem dúvida. E assim vou vivendo. Troco algumas coisas no mercado e às vezes os inquilinos me ajudam.

— Sim — concordou Beriózkin. — Muito sangue foi derramado.

Ele se levantou da mesa e foi se sentar junto à janela. Tirou da mochila uma latinha de metal branca, ajeitou sobre os joelhos um kit de costura, encontrou uma linha que combinava com a cor de sua túnica e começou a remendar um buraco no cotovelo. Trabalhou com rapidez e habilidade, de tempos em tempos semicerrando os olhos para verificar o que tinha feito.

— Você é mesmo bom com a agulha, meu filho — disse a senhoria.

Agora sem a túnica militar, de camisa limpa, aquele homem calvo, com olhos azul-acinzentados, maçãs do rosto salientes e rosto bronzeado parecia um simples trabalhador do Volga. A princípio, a senhoria se dirigira a ele com formalidade, tratando-o por "o senhor" em vez de "você", mas agora isso parecia estranho e errado.[212]

— Sim, sei costurar — disse ele calmamente, e sorriu. — Em tempos de paz, meus camaradas costumavam zombar de mim, estavam sempre dizendo: "Nosso capitão é uma costureirinha". Sei cortar o tecido, operar a máquina, costurar um vestido infantil. Minha esposa não era boa com a agulha, então eu mesmo cuidava das roupas das crianças. Era uma alegria. E uma vez fiz um vestido de verão para ela. Ela o usou durante dois anos. As esposas dos outros comandantes gostaram tanto que copiaram o padrão. Ainda me lembro das medidas da minha Tamara. Eu não conseguia parar de rir. E ela acariciava minhas mãos e dizia: "Coração de ouro e mãos de ouro!".

— Você era alfaiate antes de se alistar?

— Não, sou soldado desde 1922.

Ele vestiu a túnica, abotoou o colarinho e caminhou até o outro lado do quarto.

Dirigindo-se a ele mais uma vez com formalidade, a senhoria disse:

— Posso ver o tipo de homem que o senhor é. Homens como o senhor são a espinha dorsal do nosso Estado.

Com uma piscadela de quem sabe das coisas, continuou:

— Mas e quanto àquele seu companheiro? O que ele entende da guerra? Se todos lutassem como ele, os boches já estariam na Sibéria.

---

[212] No original, a troca é entre os pronomes russos *Vy* (respeitoso) e *Ty* (informal, familiar), equivalentes aos franceses *vous* e *tu*.

Ele acha que o álcool é a espinha dorsal do Estado. E para ele o Estado é apenas um gigantesco escritório.

O major riu e disse:

— A senhora é esperta, minha velha!

— E por que não seria? — respondeu asperamente a senhoria.

Beriózkin saiu para dar um passeio. Foi até a casa da frente, onde uma menininha pendurava no varal uma cueca de soldado amarelada.

— Onde morava a velha Kárpovna? — perguntou ele.

A menina olhou em volta e disse:

— Ela morreu. E o apartamento dela foi lacrado com tábuas, e a nora levou tudo que havia lá para o vilarejo onde mora.

— E onde fica Tichok?

— Tichok? — repetiu a menina. — Não conheço.

Beriózkin seguiu em frente. Ouviu a menina rir e dizer:

— Era alguém querendo saber da Kárpovna. Deve estar atrás das coisas dela. E depois me perguntou sobre um tal Tichok.

Beriózkin caminhou até a esquina, tirou do bolso da túnica uma fotografia, olhou para ela, ouviu o som lamentoso de um alerta de ataque aéreo e voltou ao apartamento de Áristov para descansar.

Já era noite quando Áristov voltou. Ele se curvou sobre Beriózkin, apontou a lanterna para ele e perguntou:

— Está dormindo?

— Não, não estou.

— Bem, andei na correria o dia inteiro. O general Júkov chega amanhã. Direto de Moscou, a bordo de um Douglas. Tenho muita coisa para preparar.

— Não é brincadeira — respondeu Beriózkin em tom solidário. — Mas ficarei mais do que agradecido se você puder preparar algumas provisões para mim também.

— O caminhão estará aqui às nove da manhã — disse Áristov. — E não se preocupe com a comida. Não sou o tipo de homem que se esquece de um ex-superior.

Áristov começou a tirar as botas. Soltou um pequeno gemido, passou cerca de um minuto se remexendo, inquieto, depois ficou em silêncio.

De trás da divisória da parede veio um som, uma espécie de soluço ou suspiro.

"Que diabos é isso?", pensou Beriózkin. Percebendo que era a senhoria, ele se levantou, foi de meias até a porta do quarto dela e perguntou, em tom duro:

— O que houve? Por que está chorando?

— Por sua causa — respondeu ela. — Dois dos meus filhos estão mortos, e um terceiro desapareceu. E agora o senhor, que vai para Stalingrado. Muito sangue será derramado lá. E o senhor é um homem bom.

Beriózkin não soube o que dizer. Por algum tempo caminhou de um lado para o outro, depois soltou um suspiro e voltou para a cama.

6

O tenente-coronel Darenski havia concluído o tratamento médico e dirigia-se ao quartel-general da retaguarda do front de Stalingrado.

O tratamento não ajudara; ele não se sentia melhor do que antes.

Estava preocupado com a ideia de voltar à reserva, onde sabia que ficaria muito tempo sem trabalho de verdade.

No caminho, teve que parar em Kamíchin, que agora abrigava o quartel-general de um exército recém-trazido das reservas. Seu amigo, o coronel Filímonov, adjunto do chefe do estado-maior da artilharia, lhe providenciara carona em um caminhão que, na manhã seguinte, seguiria ao longo da margem esquerda do Volga com destino a Stalingrado.

Depois do almoço, Darenski sentiu o início das habituais dores de estômago e voltou para o quarto. Deitou-se e pediu à senhoria para esquentar um pouco de água e encher uma garrafa. No fim as dores se mostraram relativamente leves, mas ainda assim não conseguia dormir. Então, bateram à porta — era o ajudante de ordens de Filímonov, que o convidava para uma conversa.

— Avise Ivan Korneievitch que não posso ir — disse Darenski. — Não estou me sentindo bem. E, por favor, não o deixe esquecer do caminhão amanhã de manhã.

O ajudante de ordens saiu. Darenski ficou ali deitado, de olhos fechados, ouvindo a conversa de algumas mulheres do lado de fora, junto à janela. Estavam criticando uma tal Filippóvna, aparentemente uma fofoqueira maledicente que contara às pessoas que Matvíeievna

tinha brigado com a vizinha Niúra "por causa de algum primeiro-
-tenente".

Darenski estremeceu; estava com dores e entediado. Para se divertir, imaginou uma cena improvável, na qual recebia a visita do comandante de exército e de seu chefe de estado-maior; eles se sentavam ao lado dele na cama e lhe faziam perguntas com uma comovente solicitude.

"Bem, meu caro amigo, como se sente?", perguntava o chefe de estado-maior. "Está parecendo bastante pálido."

"Você precisa de um médico", dizia o comandante de exército, olhando ao redor do quarto e balançando a cabeça. "Deveria vir comigo, tenente-coronel. Vou mandar levar suas coisas. Por que ficar aqui sozinho? Comigo, vai estar mais bem acomodado."

"Não, não, está tudo bem. Não é nada sério. Preciso seguir meu caminho amanhã... isso é o mais importante."

Então, nesse momento, o comandante e o chefe de estado-maior erguiam Darenski da cama, segurando-o pelos braços. Seus ajudantes de ordens seguiam logo atrás, carregando sua mala e mochila. E, caminhando pela cidade, eles encontravam todos os desafetos que já haviam aborrecido Darenski ou lhe feito mal. Uma pessoa desprezível que certa vez o denunciara por escrito. Depois, Skuríkhin, que lhe ocasionara uma série de dificuldades ao descobrir e tornar público algo de que o próprio Darenski havia se esquecido completamente: que seu pai, engenheiro e autor de um livro didático sobre a resistência de materiais, tinha ocupado um alto cargo no funcionalismo público tsarista. Em seguida, um inspetor-chefe do departamento de habitação do soviete de Moscou, um judeu calvo que certa vez recusara com as seguintes palavras seu pedido de acomodação: "Estimado camarada, temos pessoas mais importantes do que você que estão à espera há mais de dois anos". E um homem que o aborrecera naquele mesmo dia — o intendente adjunto de rosto rosado que não lhe permitira entrar na cantina dos comandantes de alta patente e só lhe dera cupons para a cantina geral.

Sim, lá estavam seus algozes — agora, todos aqueles que o haviam atormentado abriam um sorriso patético. Todos olhavam para as medalhas reluzentes no peito do comandante enquanto ele perguntava a Darenski como estava se sentindo e se havia algo que ele e o chefe de estado-maior poderiam fazer para deixá-lo mais confortável. Para o inferno com todos eles... e a bailarina Ulanova estava lá também, perguntando: "Quem é esse tenente-coronel? Deve estar gravemente ferido — parece ter o rosto bronzeado, mas ainda assim terrivelmente pálido".

No entanto, as horas se passaram e general nenhum apareceu. Em vez disso, a senhoria entrou, verificou se Darenski estava dormindo e começou a mexer em uma pilha de lençóis recém-passados ao lado da máquina de costura.

Quando escureceu, Darenski se sentiu mais deprimido do que nunca. Pediu à senhoria que acendesse a luz.

— Um momento — respondeu ela. — Primeiro tenho que colocar a cortina de blecaute. Não queremos invocar o Anticristo.

Com extraordinária diligência, ela começou a cobrir as janelas com xales, cobertores e blusas velhas. Era como se pensasse que os Junkers e os Heinkels eram insetos e moscas capazes de entrar pelas frestas das esquadrias velhas e desconjuntadas.

— Minha velha, preciso me concentrar no trabalho!

A senhoria resmungou que estava ficando sem querosene. Primeiro ele queria água quente; agora, precisava de luz.

Isso enfureceu Darenski. A mulher devia ter comida estocada e estava muito bem de vida, mas era de uma avareza extrema — pediu que ele pagasse aluguel pelo quarto e lhe cobrava pelo leite um preço maior do que ele pagava em Moscou.

Como se isso não bastasse, no dia anterior ela o importunara para arranjar um caminhão. Queria ir até a aldeia de Klímovka, a setenta quilômetros de distância, a fim de buscar a farinha e a lenha que havia armazenado lá no outono passado. Como se ele pudesse conseguir um caminhão assim sem mais nem menos...

Darenski começou a olhar suas anotações dos primeiros dias de guerra.

> Um civil estava tentando me mostrar que a retirada de Kutúzov[213] tinha sido uma estratégia brilhante, mas, a meu ver, ela talvez não tivesse sido muito diferente da nossa; talvez sua alteza Liev Tolstói apenas tivesse

---

[213] Alusão à guerra contra Napoleão em 1812 e à estratégia militar adotada pelo comandante em chefe das forças russas, Mikhail Kutúzov. Existe certa analogia entre as duas grandes guerras patrióticas ocorridas em solo russo, pois ambas começam com uma terrível retirada dos exércitos.

adornado com delicados mantos o corpo ensanguentado da guerra. Se foi isso mesmo que aconteceu, ele fez a coisa certa, sem dúvida! O exército é sagrado, assim como é sagrada a pátria-mãe! Um comandante é um apóstolo, e sua autoridade deve ser absoluta. Só existe uma questão: disciplina! E apenas uma resposta: disciplina! O grande Stálin pode nos salvar, e é o que vai fazer! Ontem li o texto de seu discurso num folheto. Que calma, que confiança!

De repente, todo mundo é especialista. Cada conversa gira em torno de grandes questões de estratégia. Romancistas, poetas, cineastas, figuras ainda mais importantes — todos são criticados... Ontem, na seção de operações, um major brandiu no ar um livro e disse: "Vocês gostariam de saber o que este companheiro previu? Que esmagaríamos os alemães nas primeiras dez horas!"... Andei lendo sobre Gastello, um verdadeiro herói russo! Agora que sobrevivemos a uma catástrofe dessas proporções, nada pode nos assustar. A França desmoronou. Está caída no chão como que morta, as pernas se contorcendo. Mas os exércitos franceses foram totalmente mobilizados. Tinham defesas sólidas e estavam prontos para a ofensiva. Então, nós, russos, devemos nos parabenizar. Não sofremos nenhum golpe que nos tenha tirado de combate. Continuamos de pé.

De modo geral, há um grande desânimo. Os homens parecem ter mais medo dos sinalizadores alemães do que de seus tiros e projéteis. Fala-se o tempo todo de espiões enviando mensagens por sinalizadores, de cercos, de paraquedistas e motociclistas alemães penetrando profundamente atrás das nossas linhas. Tenho certeza de que em breve essa paranoia se dissipará e de que nossos homens farão os alemães pagarem mil vezes pelo que fizeram.

Nossos homens não entoam canções e não estão interessados em mulheres. Só os cozinheiros e escrivães parecem não ter esquecido que são homens. O exército recua em silêncio. Ouvi dizer que K. se rendeu por vontade própria. Apenas acenou um lenço branco no ar. Lembrei-me daquele dia em 1915 quando vimos papai partir para a guerra. Mamãe vestia um véu preto. Pegamos um táxi e o motorista era uma mulher. Hoje, em um jornal do exército, li: "Bastante estropiado, o inimigo continua seu covarde avanço". Sem dúvida uma maneira interessante de colocar a questão... O que vai acontecer quando chegar o inverno? Eles esperam acabar com a Rússia em dez semanas, mas isso não vai acontecer. De jeito nenhum! Ainda assim, os desgraçados são estrategistas inteligentes.

Li um folheto de propaganda. Ao que parece, os oficiais alemães levam cães de raça em seus carros. Que atrevimento... é difícil não os admirar!

Os ataques de baioneta são efetivos, mas precisamos de algo diferente. Artilharia móvel, rápida mobilização de tanques!

Hoje, o comandante do corpo me convidou à sua mesa. Durante a refeição, tudo o que ouvi foram críticas aos comandantes que temem o cerco.

O que Guderian está fazendo com seus Panzers? Está querendo se encontrar com Kleist?[214]

Vi soldados do Exército Vermelho marchando a pé e prisioneiros alemães sendo transportados por caminhão. Parei um caminhão e ordenei que os prisioneiros descessem. Eles ficaram surpresos. Realmente acreditam que os representantes de uma raça superior têm o direito de ser conduzidos, ao passo que seus captores se arrastam a pé, a duras penas? Muito estranhos, esses boches...

Estou certo de que o antigo exército russo teria entrado em colapso após um cataclismo como esse, levando com ele todo o regime tsarista. Mas nós resistimos. E continuaremos a resistir. E venceremos!

Tenho pensado em Aleksandr Niévski, Suvôrov e Kutúzov. Ah, se papai estivesse vivo![215]

"Sim", pensou Darenski. "Sem dúvida tenho uma cabeça sobre os ombros!"

A injustiça que havia sofrido ainda o aborrecia profundamente. Por que tinha sido mandado para a reserva? E, em seguida, respondia a sua própria pergunta: "Porque eu estava certo. Porque avaliei a situação corretamente quando não era isso que Bíkov queria. Mas onde está o coronel Nóvikov, o que aconteceu com meu único defensor? Bem, acho que se poderia dizer que foi errado da minha parte estar certo... enfim, de fato não sou como Bíkov. Reconheço um bom homem à primeira vista e sei como valorizá-lo".

Darenski recordou o ano de 1937. Lembrou-se de tempo que havia passado na prisão, dos interrogatórios noturnos e do investiga-

---

[214] Evidentemente, Darenski fez essa observação pouco antes de os alemães cercarem meio milhão de soldados soviéticos durante a Batalha de Kiev.
[215] Três grandes heróis militares russos, respectivamente dos séculos XIII, XVIII e XIX.

dor. Lembrou-se do dia em 1940 quando, depois de ser convocado do bivaque a Moscou, foi informado de que seu caso havia sido revisto e de que fora julgado inocente.

Lembrou-se do mês em que, ainda aguardando sua documentação, trabalhara no descarregamento de barcaças em Kozmodemiansk.[216] Lembrou-se do dia maravilhoso em que voltara a vestir o uniforme militar.

"Se me dessem um regimento", pensou, "eu seria um bom comandante. E se me confiassem uma divisão, eu a comandaria muito bem igualmente. Mas estou farto de todo esse insignificante trabalho de arquivista militar."

Ao adormecer, ele se imaginou sentado em um posto de comando na linha de frente. Bíkov, agora apenas um major, entrava. "Às suas ordens, camarada general", dizia. E, ao reconhecer Darenski, perdia toda a cor.

Depois disso, havia uma série de variações possíveis. No cenário predileto de Darenski, ele saudava Bíkov com as seguintes palavras: "Ah, um velho amigo! Então nos encontramos de novo!", e, em seguida, após um breve silêncio: "Sente-se, sente-se! E, como se costuma dizer, vamos esquecer as desavenças do passado. Águas passadas não movem moinhos! Aqui, tome um pouco de chá, coma alguma coisa. Você deve estar com fome depois da longa viagem! E precisamos pensar sobre suas funções aqui. O que você gostaria de fazer?".

E ele veria o ex-chefe quase tremer de gratidão.

De forma surpreendente, o homem que lhe fizera tanto mal já não parecia um inimigo.

Darenski não era mais vaidoso ou mais ambicioso do que a maioria das pessoas, mas, como tivera o orgulho pisoteado inúmeras vezes, sentia dificuldade para superar episódios como a briga com Bíkov.

E era assim que aquele tenente-coronel, um homem sério de trinta e cinco anos de idade, se consolava com fantasias de triunfos infantis.

---

[216] Porto no Volga onde hoje fica a República de Mari El. Nas imediações havia um campo de trabalhos forçados.

7

Pela manhã, caminhões e pelotões de infantaria aproximaram-se do rio, esperando a vez de cruzar de Kamíchin para Nikoláievka, na margem esquerda.

O ar quente de agosto brilhava sobre as cerdas ruivas do restolhal de trigo e sobre as folhas murchas das plantações de melancias.

Protegendo-se do sol junto às paredes das casas, os controladores de tráfego acenavam suas bandeirolas e gritavam para os motoristas que se aproximavam:

— Pare! Está cego? A barcaça já partiu! Não fique tão junto dos outros!

Os motoristas inclinavam metade do corpo para fora da janela, perguntando-se qual seria o melhor local para estacionar. Tinham o rosto coberto de poeira amarela ou cinza, a depender da estrada por onde tinham vindo: se pela encosta de argila ou pelos campos de terra negra.

Deitados em trincheiras rasas ao lado dos canos finos e em riste de suas armas, os artilheiros antiaéreos tentavam se proteger do sol com pedaços de lona. Sentados atrás dos caminhões, soldados tocavam o corpo negro das bombas nas caixas e, sonolentos, gracejavam: "Nesta aqui daria para fritar um ovo... vamos torcer para que não esteja prestes a explodir!".

Esse comboio de caminhões empoeirados, todos carregando pesadas cargas explosivas, estava a caminho de aeródromos na estepe do Transvolga.

Um dos motoristas soltou um grito travesso e pisou no acelerador. O caminhão, com o seu peso terrível, deixou a plataforma de madeira e se deslocou na direção da água, aos solavancos, sobrecarregando os amortecedores. Os controladores de tráfego correram para interromper seu caminho, gritando:

— Pare! Volte!

Um dos controladores, um homem muito alto, ergueu a coronha do rifle, como se fosse dar um golpe no radiador. O motorista se apressou em explicar algo, apontando para os eixos traseiros.

Mais dois controladores chegaram correndo. Todos começaram a gritar ao mesmo tempo. A impressão era que a coisa duraria para sempre, mas o motorista tirou do bolso uma lata de metal e os três controladores, depois de rasgarem pedaços de jornal, tiraram dessa lata um pouco de tabaco, enrolaram cigarros e os acenderam. O motorista levou o caminhão até a beira d'água, posicionando-o de maneira a não atrapalhar nenhum veículo vindo da margem esquerda na barcaça seguinte. Depois se deitou na sombra, sobre alguns penedos.

Concordando que ele seria o primeiro a embarcar, os controladores desfrutaram de seus cigarros.

Uma caminhonete preta novinha em folha apareceu. Sentado ao lado do motorista estava um tenente-coronel de rosto magro que parecia tão mal-humorado e arrogante que os controladores se limitaram a soltar suspiros zangados, sem ousar dizer uma palavra.

No banco de trás havia três outros comandantes: um major, fumando um cigarro de maço; um tenente com um elegante sobretudo atirado sobre os ombros e que os soldados imediatamente identificaram como o encarregado da seção de suprimentos; e outro tenente, um jovem bem-apessoado que devia ter acabado de se formar na escola militar. Usava um uniforme novo e tinha uma expressão angustiada nos olhos.

Os controladores deram alguns passos para trás. Ouviram o tenente-coronel dizer:

— Fiquem de olho no céu, camaradas.

Em tom zombeteiro, um dos controladores disse:

— Mas que bela vida! Fumam cigarros prontos e tomam chá de garrafas térmicas!

Um destacamento de soldados do Exército Vermelho aproximou-se da beira d'água. Os homens à frente procuravam seu comandante. Desaceleraram a marcha. Não tinham recebido ordens de parar, mas era improvável que conseguissem atravessar o Volga a pé. Quanto ao comandante, estava a alguma distância, pedindo que um dos controladores acendesse seu cigarro e perguntando se aquele ponto de travessia estava sendo bombardeado.

— Alto! — gritou ele, por fim. — Alto! Que diabos deu em vocês?!

Os soldados se sentaram sobre rochas perto da água e colocaram no chão suas mochilas, rifles e capotes. Na mesma hora, um cheiro impregnou o ar — o cheiro de tabaco forte, suor corporal e roupa suada típico das unidades de infantaria a caminho da linha de frente.

Os soldados eram uma multidão heterogênea: magros moradores da cidade, pouco afeitos a longas marchas; cazaques de caras largas, pálidos de exaustão; uzbeques vestindo túnicas e barretes em vez de casacos longos e casquetes coloridos, com uma expressão pensativa nos olhos aveludados; rapazes sardentos pouco mais altos do que seus fuzis; trabalhadores dos colcozes; pais de família; homens acostumados a trabalhos braçais, com pescoço rijo e músculos salientes, agora mais firmes do que nunca, como que para exemplificar a vida austera de um soldado. Havia um armênio de cabelo preto e espesso, um jovem de boca torta e um sujeito ágil e atarracado de rosto vermelho e sorriso largo; a longa e árdua marcha parecia não o afetar mais do que a água do rio afeta as asas bem lubrificadas de um pato.

Alguns foram direto para a beira d'água, depois se agacharam e encheram as marmitas. Um homem começou a lavar um lenço, fazendo uma nuvem negra se espalhar pela água cristalina; outro lavou primeiro as mãos, então jogou água no rosto. Alguns se sentaram no chão, mastigando biscoitos secos, coçando por dentro das calças ou por baixo das túnicas, ou enrolando cigarros, tentando evitar que outros vissem suas bolsas de tabaco. No entanto, em sua maioria os homens se deitaram, alguns de costas e alguns de lado, fechando os olhos e ficando tão imóveis que, não fosse por seu ar de completa exaustão, quem os visse poderia tomá-los por cadáveres.

Apenas um homem de pele escura, na faixa dos quarenta anos, magro mas espadaúdo permaneceu de pé, fitando o rio por um longo tempo. A água era absolutamente lisa, como uma laje plana e pesada. Todo o terrível calor daquele dia de agosto parecia emanar do imenso espelho na margem do alto penhasco arenoso. Na sombra do penhasco o espelho era um veludo preto; onde o sol incidia bem sobre ele, cinza-ardósia, com um toque de azul.

Atento, o soldado fixou a vista nos prados do outro lado do rio, de onde a barcaça já havia zarpado. Perscrutou rio acima e rio abaixo e depois se virou para examinar seus camaradas.

O motorista desceu da caminhonete e foi até os soldados perto do rio.

— De onde vocês vieram? — perguntou.

— Alguns de nós estavam cavando trincheiras, outros fazendo trabalho auxiliar — respondeu o soldado de pé, na esperança de ganhar a simpatia do motorista. — Marchamos uma grande distância, os homens estão desabando de insolação. Poderia nos dar um pouco de tabaco, camarada motorista, e algumas páginas do *Estrela Vermelha*? De alguma data em que tenha sido impresso em papel fino?[217]

O motorista tirou sua bolsa de tabaco e alguns pedaços de jornal.

— Estão a caminho de Stalingrado? — perguntou.

— Quem sabe? Agora estamos voltando para Nikoláievka. Nossa divisão está lá, na reserva.

Um segundo soldado, irritado por não ter tido a ideia de pedir um pouco de fumo ao motorista antes do outro, disse:

— Não há nada pior do que ser separado da sua unidade. Nada de refeições quentes, apenas rações secas. E já faz dois dias que nos deram tabaco pela última vez.

E, virando-se para o primeiro soldado, exclamou:

— Deixe algumas tragadas para o seu camarada!

Sem se mexer ou sequer abrir os olhos, um terceiro soldado disse, deixando entrever os dentes brancos:

— Espere só até chegarmos a Stalingrado, aí você vai ver o que é quente.

— Sim — disse o segundo soldado. — Haverá um rio de sangue, com certeza.

A caminhonete levando os comandantes, os caminhões carregados de explosivos e várias carroças do colcoz puxadas por bois entraram na barcaça. Mal o comandante da travessia ordenou que os pelotões de infantaria embarcassem, prorrompeu um alvoroço de atividade no céu. Caças soviéticos patrulhavam o Volga e as areias a leste, enchendo o ar com o rugido de seus motores. Os soldados olharam em volta, diminuindo o passo, na expectativa de receber ordens de esperar, mas o comandante da travessia os incitou e gritou:

— Rápido! Subam a bordo!

Ou aquele homem de braçadeira vermelha estava ávido para ver pela última vez a enorme barcaça carregada com bombas de duzentos quilos, ou então já vira tantos ataques aéreos que aquilo não significava mais nada para ele.

Na barcaça havia centenas de homens, e todos instintivamente tentaram ficar o mais longe possível dos caminhões, amontoando-se perto da proa e da popa, olhando com atenção para as grades cilín-

---

[217] O papel usado para a impressão dos jornais soviéticos era grosseiro e de baixa qualidade — longe do ideal para enrolar cigarros.

dricas dos contêineres de bombas e para os dois botes salva-vidas pendurados na ponte. Alguns homens, sem dúvida, se perguntavam qual deles conseguiria se apoderar de um dos botes e mergulhar na água.

Não existe medo pior do que um medo novo; ser bombardeado na água parecia infinitamente mais assustador do que ser bombardeado em terra. Dava para ver que todos compartilhavam esse receio — tanto os soldados de infantaria quanto os comandantes na caminhonete. Mas, com efeito, isso se devia apenas ao fato de se tratar de um medo novo: os marinheiros, já acostumados, comiam tranquilos seus suculentos tomates e estalavam os lábios. Um menino de olhos tristes segurava uma vara de pescar, mantendo um olhar atento em sua boia, e uma mulher idosa com cabelo vermelho, sentada perto do timoneiro, tricotava uma meia, ou talvez uma luva.

— Bem, camarada tenente, como está se sentindo? — perguntou o major, aspirando sua piteira. — Sabe nadar ou vai precisar de um bote salva-vidas?

O tenente-coronel desceu da caminhonete. Apontando para os caminhões estacionados, colados uns aos outros com sua carga explosiva, falou:

— Se uma bomba atingir aqueles caminhões, será melhor o tenente usar um paraquedas!

Depois disso, sua expressão voltou a ficar séria. Ele não queria que seu pequeno chiste sugerisse ao major qualquer intimidade entre os dois.

Infringindo as usuais regras de comportamento para homens de sua idade, o jovem tenente disse com franqueza absoluta:

— Estou apavorado, não posso negar. O que todos aqueles caças estão fazendo no céu?

— Está claro — disse o major — que deve ter havido uma notificação via rádio sobre a aproximação de bombardeiros alemães. Eles vão nos pegar bem no meio da travessia.

Lembrando-se dos tomates que Antonina Vassílievna lhe dera ao partir, o major levou a mão à mochila.

Os caças continuavam voando velozes pelo céu. Havia MiGs, LaGGs e American Airacobras.[218]

---

[218] Cerca de 5 mil unidades do Bell P-39 Airacobra foram entregues ao serviço soviético, metade delas voando via Alasca e Sibéria, metade delas transportada em caixotes via Irã.

A barcaça movia-se dolorosamente devagar. O pequeno rebocador parecia estar no fim de suas forças. A margem direita deslizava para trás, cada vez mais longe, mas a margem esquerda ainda parecia fora de alcance, infinitamente distante.

Os soldados mantinham um olhar ansioso sobre o avanço da barcaça, a todo momento esquadrinhando o céu a oeste, temendo que bombardeiros alemães pudessem aparecer a qualquer momento.

— O que deu nos nossos caças? Por que estão voando em círculos desse jeito? — murmurou um dos soldados mais jovens.

— Estão guardando as plantações de melancia — respondeu um soldado mais velho, o homem que permanecera de pé na chegada do grupo ao rio. — As plantações na margem esquerda são muito especiais. Entendeu?

— Muito engraçado — disse um soldado mais jovem. — E você diz que é um homem de família. Duvido que vá continuar rindo quando estivermos todos na água.

Ninguém na barcaça sabia, ou poderia saber, que os caças estavam esperando para escoltar um avião de passageiros em sua rota de Moscou para Stalingrado.

8

A tripulação do Douglas chegou ao aeródromo central de Moscou ao alvorecer. O piloto, um major de rosto enrugado e caprichoso, e o navegador, um homem pálido e encurvado, caminhavam lado a lado. Cada um carregava um enorme estojo de mapa, pendurado numa alça longa jogada de qualquer jeito sobre o ombro e batendo contra as coxas.

— Diga o que quiser, ela é uma boa mulher — disse o piloto. — E que pernas!

— Não estou dizendo nada contra — rebateu o navegador. — Só que ela bebe. Isso você não pode negar.

Atrás deles, vinham um operador de rádio e dois primeiros-sargentos.

O oficial de serviço saiu ao encontro do piloto e disse, com um sorriso:

— Ah, camarada major!

— Saudações, tenente-coronel! — cumprimentou o piloto, e seguiu em frente, arrastando as botas nos ladrilhos de pedra.

Ele estava acostumado às pequenas apreensões relacionadas ao transporte de um passageiro importante. Inspecionou os assentos macios com suas capas engomadas, endireitou a tira de carpete que revestia o corredor, usou a manga da jaqueta para polir a janela já cintilante onde seu passageiro costumava se sentar e seguiu para a cabine. Vinte minutos depois, o general Júkov, vice-comissário de defesa do povo, chegou de carro.

O avião decolou para sudeste. Os homens atrás de Júkov sentaram-se em silêncio, fitando a parte de trás de sua grande cabeça raspada. No que estava pensando enquanto olhava pela janela?

Por um bom tempo Júkov permaneceu quieto. Só quando o avião se aproximou do Volga, que parecia um longo xale azul com as bordas rasgadas, virou-se para o homem atrás dele e perguntou:

— Então, vai me servir esturjão?

— Claro, camarada general de exército — respondeu o general, soerguendo-se depressa. — E que esturjão! O 66º Exército de Malinóvski tem feito boas pescarias!

Júkov voltou a olhar pela janela. Com frequência observara do alto o mundo e seus contornos. O mundo que ele via agora — os fios finos de trilhas e estradas, vilarejos e cidadezinhas divididos em blocos quadrados ou retangulares, os retângulos de cobre dos campos ceifados e os retângulos verdes das colheitas de inverno, o Volga correndo entre trechos de areia, remansos azul-claros e compridas nódoas verdes de juncos —, o mundo assustadoramente geométrico que ele via agora era tão familiar quanto o mundo cotidiano da superfície da terra, com suas vacas, ovelhas e pássaros, com seus menininhos de nariz escorrendo, com sua poeira e fumaça, com seus gramados e salgueiros tortos, com sua infinidade de características inesperadas que tantas vezes estorvava o deslocamento ordenado de tropas.

Abaixo dele, agora, via os juncais. Quantos patos devia haver no meio deles, que rica caçada!

O Douglas começou a descer. A escolta de caças, que os acompanhava desde Balachov, alternou-se entre acentuadas guinadas laterais e descidas em curvas amplas e lentas. Em seguida o Douglas voou baixo sobre o Volga. No meio do rio havia uma enorme barcaça lotada com caminhões. Soldados de infantaria deslocavam-se devagar ao longo da orla, muitos deles olhando para a aeronave. Uma longa fila de caminhões aguardava para fazer a travessia.

Aprovisionar as tropas mobilizadas na margem direita, dentro de Stalingrado, seria dolorosamente difícil.

Júkov lembrou-se das discussões no Estado-Maior Geral sobre os preparativos para o contra-ataque soviético. Fechou os olhos e viu duas flechas de fogo em um mapa — uma ao norte, apontando para baixo, outra numa curva ascendente vinda do sul.

Com um suspiro alto, imaginou o marechal de campo Bock* olhando para seu próprio mapa e marcando o ponto onde os alemães tinham invadido o Volga.

Júkov voltou a se virar para o general sentado atrás dele e vociferou:

— Então você acha que pode fritar esturjão no Volga enquanto abandona tanques e armas no Don?[219]

Os soldados na barcaça viram um bimotor deslizando a baixa altitude sobre o rio, escoltado por vários caças. Os aviões que já estavam patrulhando a área subiram ou seguiram para os lados, com uma rapidez que fazia o Douglas parecer lento e pesado.

— Olhe, Vavílov! — gritou um jovem, apontando para o Douglas. — Deve ser alguém importante. Quem você acha que é?

E outro soldado, olhando para os caças, ouvindo um barulho que atestava que a potência de seus motores era mesmo igual à do estouro de uma manada de quinze mil cavalos relinchantes, disse, em tom glacial:

— Deve ser o cabo que deixamos para trás ontem no depósito de suprimentos.

9

Pararam para pernoitar em Vérkhne-Pogrómnoie. O major Beriózkin e o tenente da escola militar dormiriam em um celeiro. Ao tenente-coronel Darenski foi oferecida uma cama numa isbá; o motorista e

---

* Fedor von Bock (1880-1945), marechal de campo alemão que comandou o Grupo de Exércitos Centro no ataque à Rússia durante a Operação Barbarossa. (N. T.)
[219] Parte do 62º Exército havia sido cercada na margem oeste do Don.

o oficial da seção de suprimentos dormiriam no caminhão, perto de uma trincheira estreita no pátio.

Estava muito quente e abafado. Ouvia-se o fogo de artilharia a oeste, e ao sul viam-se redemoinhos de fumaça brilhante. O estrondo rio abaixo era constante — como se as águas do Volga caíssem do alto de um penhasco para dentro de algum mundo subterrâneo —, e toda a massa plana da estepe do Transvolga tremia. As janelas da isbá tiniam, a porta rangia suavemente nas dobradiças, o feno farfalhava e pequenos pedaços de argila despencavam do teto. Em algum lugar ali perto, uma vaca respirava pesado, levantando-se e voltando a se deitar, perturbada pelo barulho e pelo cheiro de gasolina e poeira.

Infantaria, peças de artilharia e caminhões desciam a rua principal. A luz turva dos faróis dos veículos incidia sobre as costas dos homens a pé, sobre os fuzis que brilhavam através das nuvens de poeira, sobre os canos lustrosos dos fuzis antitanque, sobre os morteiros, largos como os canos de um samovar. A poeira pairava no ar e girava em torno dos pés dos homens. Parecia não haver fim para a torrente de pessoas, todas em completo silêncio. Vez por outra uma centelha perdida caía sobre um capacete de ferro, ou sobre o rosto fino — quase preto, de tão empoeirado, mas com dentes reluzentes — de um soldado de infantaria exausto e cambaleante. Um instante depois, os faróis de outro veículo iluminavam um pelotão de infantaria motorizada na carroceria de um caminhão — capacetes, rifles, rostos sombrios e lonas esvoaçantes.

Possantes Studebakers de três eixos passaram rugindo, rebocando canhões de 76 milímetros com canos ainda quentes do calor do dia. Perturbadas pelo barulho, as cobras deslizavam pela estrada, tentando escapar estepe adentro. Dezenas de corpos magros e escuros jaziam esmagados, em contraste com a areia branca.

O céu era igualmente barulhento. Junkers e Heinkels serpeavam entre as estrelas. Aviões U-2 modelo "espanador de milho"* planavam sobre as linhas alemãs para lançar suas bombas. Desengonçados,

---

* Trata-se do biplano Polikarpov Po-2, inicialmente chamado de U-2; projetado em 1927, era usado principalmente como avião de instrução para novos pilotos — a letra "U" em seu nome russo significa *utchébni*, "de treinamento" —, mas serviu também como avião de combate, transporte e aeronave agrícola para pulverização de culturas, o que levou os soldados a lhe darem o apelido de "espanador de milho". (N. T.)

bombardeiros pesados Tupolev TB-3 — mamutes de quatro motores — pairavam com um ruído surdo em alturas inalcançáveis.

Para os homens abaixo, era como se estivessem sob uma vasta ponte azul-escura pintada com estrelas, como se milhares de rodas de ferro passassem rugindo por cima de suas cabeças.

Girando suaves, os holofotes dos aeródromos da estepe assinalavam as pistas de pouso noturnas. No horizonte distante, um lápis reluzente de um quilômetro de comprimento desenhava círculos azul-claros com desvelo silencioso, mas frenético.

Não havia começo nem fim para as colunas de homens e veículos. Os faróis que se acendiam eram na mesma hora desligados, sob os gritos furiosos dos soldados de infantaria: "Luzes apagadas! Bombardeiros!".

Poeira negra rodopiava sobre a estrada. Do céu vinha uma luminescência bruxuleante — uma luminosidade que já pairava há várias noites sobre Stalingrado, sobre o Volga e sobre a estepe circundante.

O mundo inteiro via esse brilho, que fascinava e horrorizava aqueles que agora se moviam em direção a ele.

> Bem-aventurado o homem que visitou este mundo
> Em momentos de grande destino.[220]

Tiútchev teria se lembrado desses seus versos se, porventura, naquela noite de agosto, marchasse em direção à cidade no Volga onde o destino do mundo estava sendo decidido?

Enquanto isso, soldados do front sudoeste, derrotados nas batalhas a oeste do Don, arrastavam-se aos trancos e barrancos em direção a Stalingrado a partir do sul, percorrendo estradinhas de terra e trilhas estreitas através da estepe. Alguns tinham ataduras encardidas enroladas na mão esquerda e encaravam o chão, desanimados. Alguns, como se fossem cegos, tateavam o caminho com gravetos. Alguns urravam de dor, tentando não colocar peso sobre as feridas nos pés, carcomi-

---

[220] Primeiros versos de um poema sem título muito conhecido pelos russos. Segundo a filha de Grossman, Tiútchev era um de seus poetas favoritos, ao lado de Púchkin, Liérmontov e Nekrássov (Korotkova-Grossman, *Vospominaniia*, p. 214).

das de suor e sujeira. Em seus olhos era possível ver todo o horror da guerra — e suas lembranças de uma ponte sobre o Don, de homens já quase mortos tentando correr ao longo de escorregadias pranchas vermelhas. Depois do Don, esses soldados cruzaram o Volga, alguns em cima de tábuas, outros em pneus de carro, alguns agarrados a despojos de barcos naufragados. Eles ainda podiam ouvir os uivos dos feridos que tinham visto nas escadas ou junto às janelas de hospitais em chamas. Ainda podiam ouvir as gargalhadas desvairadas de homens que haviam perdido o juízo e sacudiam os punhos para o céu carregado de bombardeiros alemães. Suas bochechas ainda queimavam por causa do ar incandescente. Dia e noite, esses soldados seguiam em frente, movidos pelo horror.

Mais ao longe na estepe, sob o céu quente de agosto, descansava uma multidão de refugiadas: mulheres e meninas com botas de feltro, jaquetas e casacos de pele, sobretudos arrancados às pressas dos armários no último minuto. As crianças dormiam em cima de sacos e trouxas. O cheiro de naftalina da cidade misturava-se ao aroma do absinto da estepe.

Ainda mais longe, em ribanceiras e ravinas escavadas pelas cheias da primavera, piscavam as luzes de pequenos incêndios. Andarilhos, desertores e membros de batalhões de trabalhadores, desnorteados depois de perderem suas unidades na esteira de ataques aéreos, cerziam roupas puídas ou cozinhavam abóboras roubadas das hortas do colcoz. Alguns catavam piolhos, espremendo os olhos, concentrados, como se não existisse tarefa mais importante no mundo. De quando em quando, limpavam os dedos no chão seco.

O motorista e o oficial de suprimentos estavam no quintal com a dona da isbá.

Em silêncio, observavam as tropas que se dirigiam às pressas para Stalingrado na calada da noite. Em certos momentos tinham a impressão de estar vendo não colunas de soldados individuais, mas uma única e descomunal criatura, com um enorme coração de ferro e os olhos sombriamente fixados na estrada à frente.

Um homem de capacete escapuliu de sua companhia e correu para o portão.

— Mãezinha! — gritou, segurando um frasquinho de farmácia. — Água, por favor! A poeira está me matando. Minhas entranhas estão em chamas.

A velha foi buscar um jarro e começou a despejar água no estreito gargalo do frasco fino e alongado. O soldado ficou parado e esperou, olhando primeiro para o imponente oficial de suprimentos, e em seguida para sua companhia, que agora tinha passado por ele.

— Você precisa de um frasco adequado — disse o oficial de suprimentos. — Quem já ouviu falar de um soldado sem cantil?

— Foi bastante difícil arranjar este — respondeu o soldado. — E já tentaram me roubar.

Ele endireitou o cinto de lona. Sua voz era de alguma forma fina e rouca, como a de uma avezinha recém-emplumada piando por comida. E o rosto magro, o nariz afilado, os olhos lamentosos espreitando sob um capacete grande demais para a cabeça — tudo nele lembrava um passarinho dentro do ninho espiando o mundo.

Ele arrolhou o frasco, bebeu uma caneca de água e saiu correndo, com botas também grandes demais, desaparecendo na escuridão enquanto murmurava:

— Ali vai a unidade antitanque, depois são duas de morteiros, depois a minha.

O oficial de suprimentos, que estava a caminho de Stalingrado em busca de vodca, disse:

— Esse jovem idiota não vai durar.

— Não — concordou o motorista. — Soldados como ele não lutam por muito tempo.

10

O tenente-coronel Darenski entrou na isbá e mandou que tirassem os lençóis. Dormiria não na cama, mas no banco, a cabeça virada para os ícones e os pés para a porta.

Uma moça, nora da dona, disse com voz impassível:

— O banco, camarada comandante, é muito duro.

— Tenho medo de pulgas — alegou Darenski.

— Não temos pulgas — retrucou um velho esfarrapado sentado junto à porta. Parecia um andarilho acolhido para passar a noite, mas devia ser o dono da isbá. — Se bem que de vez em quando encontramos um ou outro piolho — acrescentou.

Darenski olhou em volta. A luz fraca de uma lâmpada de azeite sem vidro de proteção fazia tudo parecer ainda mais pobre e austero. "E ainda assim há um homem numa trincheira na linha de frente que se lembra desta isbá sufocante. Alguém que fica pensando neste velho, nesta mulher esquelética, nestas janelinhas e nas tábuas pretas deste teto. Para ele não existe lugar mais precioso no mundo", pensou.

Darenski estava agitado demais para dormir; o brilho no céu, o constante e monótono zumbido dos aviões, o poderoso fluxo de tropas noite afora o impressionavam. Tinha uma consciência cada vez mais aguda da importância da batalha iminente — agora mesmo queria compartilhar seus pensamentos com o companheiro acidental, o calado major. Mas era muito reservado; uma conversa franca e séria com alguém que ele mal conhecia sempre o deixava perturbado. Além do mais, havia naquele major algo que ele achava especialmente irritante, embora não soubesse dizer com exatidão o quê. Fora para evitar falar com ele que entrara na isbá.

Darenski andou de um lado para outro entre o fogão e a porta, depois olhou com repentina curiosidade para a poltrona de oleado preto e braços de metal encostada na parede. Era, obviamente, um assento de ônibus. Ele se lembrou então de ter visto a velha servindo água para a cabra em um estranho recipiente no quintal. Era uma cisterna de ferro fundido, enfiada no solo. "Sim", pensou. "Há uma poderosa força em ação no país. Só mesmo um redemoinho para arrancar um assento de ônibus e arremessá-lo até uma isbá de aldeia na estepe do Transvolga. E o que dizer sobre cabras e camelos bebendo água em algo tão urbano como uma cisterna..."

A moça arrumou a roupa de cama e saiu.

— Para onde foi a sua velha? — Darenski perguntou ao dono da isbá.

— Para a trincheira. As mulheres têm medo de dormir do lado de dentro. Assim que as bombas começam a cair, ela fica que nem um esquilo. Espia lá fora, se esconde e depois espia de novo.

— E o senhor? Não tem medo das bombas?

— Medo do quê? — disse o velho. — Lutei contra os japoneses e depois contra os alemães. Desta vez mandei doze homens para o Exército Vermelho: cinco filhos e sete netos. De que adianta se esconder nas trincheiras? Dos meus filhos, dois são coronéis, não estou de brincadeira. Mas os soldados vêm e desenterram todas as nossas batatas. Levaram nossa última abóbora. Ontem, dois deles vieram trocar uma lata de carne e roubaram um lenço. E minha velha dá a eles tudo o que temos, não consegue recusar nada aos feridos. Um filho da puta roubou minha caixa de fósforos, e ela já tinha dado a ele o leite e o mingau de abóbora que seria o nosso jantar. Ela chorou só de vê-lo. Sim, é assim que ela é: vê cada soldado como se fosse um filho. E um daqueles asiáticos roubou uma ovelha dos nossos vizinhos e a matou. O que o senhor pensa sobre isso, camarada comandante? Está certo? O gado está sendo transportado por balsa através do Volga para a nossa estepe, e os presidentes dos colcozes estão trocando bezerros por garrafas de aguardente caseira. Matam bezerros todo dia. É verdade, camarada comandante, que uma vaca vale quarenta mil rublos? Homens estão morrendo todos os dias, mas tem gente se dando muito bem nesta guerra. E então, camarada comandante? Responda!

— Preciso dormir — disse Darenski. — Vamos partir para Stalingrado ao amanhecer.

Nesse exato momento ouviu-se uma explosão poderosa — uma bomba perto da estrada. A isbá estremeceu. O velho se levantou e pegou o casaco de pele de carneiro.

— Para onde o senhor vai? — perguntou Darenski, rindo.

— Para onde? Para a trincheira. O senhor não ouviu?

Inclinando-se até quase dobrar o corpo, o velho saiu correndo da isbá.

Darenski deitou no banco e logo pegou no sono.

11

Durante toda a noite, entre trêmulos feixes de holofotes, acompanhadas pelo estrondo da artilharia distante, as tropas marcharam em direção ao lume da cidade em chamas. À sua direita estendia-se o Volga; à sua esquerda, as estepes e os desertos de sal do Cazaquistão.

O estado de ânimo das colunas em marcha era grave e lúgubre — como se os homens já não sentissem sede ou exaustão, tampouco temessem pela própria vida.

Ali, na orla da estepe cazaque, o destino de uma nação estava sendo decidido. E a estepe, o céu e as estrelas, para onde voavam as balas traçantes, pareciam entender isso.

Os monumentos de bronze de Lvov, o calçadão à beira-mar de Odessa, as palmeiras de Ialta, os castanheiros e choupos de Kiev, as estações, parques, praças e ruas de Novgorod, Minsk, Simferopol, Carcóvia, Smolensk e Rostov, as choupanas brancas dos camponeses e os campos de girassóis da Ucrânia, os vinhedos da Moldávia, os pomares de cerejeiras em torno de Poltava, as águas do Danúbio e do Dnieper, as macieiras da Bielorrússia, os trigais de Kuban — aos olhos daqueles soldados soviéticos, toda a Rússia e a Ucrânia agora pareciam uma visão assustadora, uma memória inesquecível.

Os camelos atrelados às carroças mexiam devagar os lábios compridos, estreitando os olhos enquanto observavam a infinita torrente de seres humanos. As corujas, ofuscadas pelos faróis, moviam-se num voo desembestado, batendo as asas escuras contra os feixes de luz.

Não havia necessidade de discursos de instrutores políticos e comissários. Artilheiros, soldados com fuzis antitanque e metralhadoras nas costas, trabalhadores do colcoz e operários fabris — todos entendiam que a guerra chegara ao Volga e que atrás deles havia apenas a estepe do Cazaquistão. Essa verdade, como todas as verdades de grande importância, era muito simples; não havia ninguém que não a entendesse.

Não era mais possível marchar ao longo da escarpada margem direita do Volga; os alemães tinham avançado até a orla. Na margem esquerda, os soldados soviéticos podiam ver apenas estepe salina e camelos mastigando cardos. Uma vasta extensão de água agora os separava da margem direita, de seus salgueiros e carvalhos, dos vilarejos de Okátovka, Ierzovka e Orlovka. E esse espaço ia se alargando; os arvoredos, as aldeias, os colcozes, os pescadores, os meninos que agora viviam sob a ocupação alemã, as terras do Don e do Kuban se afastavam cada vez mais.

Da baixa altitude da margem esquerda, a Ucrânia parecia inacessível. E ali não havia nada para saudá-los a não ser o troar das armas e as chamas da cidade ardente — uma saudação que trespassava o coração dos soldados.

12

Darenski acordou pouco antes do amanhecer. Por um momento aguçou os ouvidos — o ruído das armas e o zumbido dos aviões não tinham cessado. A hora que antecede a alvorada é sempre a mais tranquila da guerra — a hora em que a escuridão e o medo chegam ao fim, quando as sentinelas cochilam, quando os feridos em estado grave param de gritar e finalmente fecham os olhos. É a hora em que a febre amaina e o suor sobe à flor da pele, quando os pássaros começam a se agitar, quando os bebês adormecidos se esticam em direção ao peito da mãe. É a derradeira hora de sono, quando os soldados deixam de sentir o chão duro e irregular em que dormem e puxam seus sobretudos para cobrir a cabeça, alheios à película branca de gelo que agora reveste os botões da roupa e a fivela do cinto.

Mas essa hora de silêncio era algo que não existia mais. Na escuridão que antecedia o amanhecer, os aviões ainda zumbiam e as tropas ainda marchavam. Ainda se ouviam o estrondo de veículos pesados e o som de fogo de artilharia e de bombas explodindo a distância.

Perturbado por tudo isso, Darenski se preparou para seguir seu caminho. Quando terminou de se barbear, lavar-se, escovar os dentes e lixar as unhas, o dia já havia raiado.

Saiu para o quintal. O motorista ainda estava dormindo, com a cabeça no canto do assento e os pés descalços saindo pela janela. Darenski bateu no para-brisa. O motorista não acordou, então Darenski tocou a buzina.

— É hora de partirmos — disse, enquanto o motorista, estuporado de sono, começava a se mexer. — Vá buscar a caminhonete na estrada.

Darenski passou pela trincheira estreita, onde o velho e sua família dormiam sobre um punhado de palha, cobertos por casacos de pele de carneiro. Seguiu adiante até a horta.

Ao longe, através de uma treliça de folhas amareladas, podia avistar o brilho do Volga. Os raios do sol nascente, que acabava de se separar do horizonte, corriam quase paralelos ao solo. As nuvens adquiriram um matiz rosado. Apenas algumas — que o sol ainda não tinha alcançado — mantinham um gélido tom cinza-claro. Os altos penhascos da margem direita emergiam na escuridão, e o calcário reluzia feito neve fresca.

Cada minuto que passava trazia mais luz. Darenski avistou, não muito longe, um denso rebanho de ovelhas, brancas e pretas. Elas baliam baixinho, levantando finas nuvens de poeira rosa enquanto se moviam sobre os montículos de terra fulva.

O pastor carregava sobre o ombro um enorme cajado, e sua capa ondulava ao vento. Era uma visão comovente. Sob os raios largos e oblíquos da aurora, as ovelhas pareciam pequenos matacões movendo-se entre os outeiros, e o pastor com seu cajado e capa poderia ter sido desenhado por Gustave Doré.

Em seguida o rebanho se aproximou, e Darenski viu que a capa do pastor era na verdade uma lona, e que seu pesado cajado era um fuzil antitanque. Ele caminhava ao longo da estrada, as ovelhas não tinham nada a ver com ele.

Darenski voltou para a caminhonete.

— Tudo pronto? — perguntou.

O tenente, um jovem tímido e magro, respondeu:

— O major não está aqui ainda, camarada tenente-coronel.

— E onde ele está?

— Foi buscar um pouco de leite para o café da manhã. Parece que a vaca aqui não está produzindo.

— Não acredito! — disse Darenski. — Leite e vacas, não posso acreditar. Cada minuto é precioso!

Zanzou em silêncio pelo pátio durante vários minutos, e em seguida explodiu:

— Quanto tempo mais terei que esperar pelo seu leiteiro?

— Ele estará de volta a qualquer momento — respondeu o tenente, cheio de culpa.

Tinha acabado de enrolar um cigarro, mas jogou-o no chão.

— Para que lado ele foi?

— Por ali — apontou o tenente. — Com sua permissão, vou procurá-lo.

— Não se incomode — disse Darenski.

Estava mais furioso do que nunca com o major. Como muitas pessoas irritadiças, com frequência extravasava sua raiva e frustração quase ao acaso, em quem estivesse por perto.

E quando Beriózkin apareceu, com uma melancia debaixo do braço e uma garrafa de um litro cheia de leite, quase engasgou de ódio.

— Ah, camarada tenente-coronel! — falou Beriózkin, depositando a melancia no banco do passageiro. — Dormiu bem? Fui buscar para nós um pouco de leite fresquinho, direto da fonte!

Darenski o fuzilou com os olhos, depois disse, com fúria glacial:

— Olhe só para você. Parece mais um mascate do que um comandante. Foi por causa de mascates e bufarinheiros como você que fomos derrotados em 1941. Aqui estamos, não muito longe de Stalingrado. Cada minuto é importante, mas você fica perambulando pela aldeia atrás de leite!

O sangue subiu ao rosto bronzeado de Beriózkin, tornando-o ainda mais escuro. Depois de alguns segundos, ele respondeu baixinho:

— Peço desculpas, camarada tenente-coronel. Nosso tenente tossiu a noite toda. Pensei que um pouco de leite fresco faria bem a ele.

— Certo — disse Darenski, agora um tanto envergonhado. — Mas agora temos de partir imediatamente!

Darenski estava com medo de Stalingrado. Não parava de pensar que sua jornada rumo ao front estava vagarosa demais, mas o que realmente o preocupava era que muito em breve chegaria.

Olhou de relance para o major. Até então, era a calma imperturbável do homem que o irritava — mas agora ele parecia tenso e chocado. Tinha a boca escancarada, e em seus olhos havia confusão, uma expressão quase enlouquecida. Involuntariamente, Darenski olhou em volta: o que ele acabara de ver? Estavam prestes a se deparar com algo terrível? Os paraquedistas alemães haviam pousado daquele lado do Volga?

Mas a estrada, entrecortada por rodas e lagartas de tanques, estava vazia. A única coisa que Darenski viu foram alguns refugiados pelejando em sua penosa caminhada para além das isbás.

— Tamara! Tamara! — chamou Beriózkin, e uma moça calçando sapatos que só não desmanchavam por estarem amarrados com um barbante, e carregando uma bolsa sobre os ombros, de repente estacou.

Ao lado dela estava uma menina que parecia ter cerca de cinco anos. Também carregava uma bolsa, feita com uma fronha.

Beriózkin caminhou até elas, ainda segurando a garrafa de leite. A mulher fitou o comandante que ia em sua direção e gritou:

— Ivan! Vânia! Meu querido Vânia!

De tão assustador, tão carregado de lamento, horror, tristeza, reprovação e felicidade, o grito fez estremecer de medo todas as pessoas que o ouviram, como se tivesse sido causado por uma queimadura ou alguma outra súbita dor física.

A mulher saiu correndo e jogou os braços em volta do pescoço de Beriózkin, o corpo torturado por soluços silenciosos.

E a menina de sandálias ficou ao lado dela, mirando com olhos arregalados a garrafa de leite que o pai segurava na mão grande, bronzeada e riscada de veias.

Darenski percebeu que também tremia. Jamais falou a respeito desse encontro fortuito na estepe. No entanto, mesmo trinta anos depois, já um velho solitário, sentia a mesma angústia esmagadora quando se lembrava desse momento — quando se lembrava de como aquele homem e aquela mulher se olharam, e de como vislumbrara no rosto de ambos toda a dor selvagem e a felicidade desabrigada daqueles anos terríveis.

Foi naquele momento que realmente compreendeu toda a amargura da guerra — quando, nas areias além do Volga, ouviu uma mulher sem-teto, de belos olhos, coberta de poeira, acompanhada de uma menina de ombros magros, dizer em voz alta a um major de quarenta anos e rosto largo:

— Nosso Slava está morto. Não consegui protegê-lo.

Beriózkin conduziu a mulher e a menina até a isbá. Depois voltou a sair, foi falar com Darenski e disse:

— Peço desculpas, camarada tenente-coronel, estou atrasando o senhor. Por favor, prossigam sem mim. Acabei de encontrar minha família.

— Vamos esperar — falou Darenski.

Em seguida, foi até a caminhonete e comentou com o oficial de suprimentos:

— Vou lhe dizer uma coisa: se a caminhonete fosse minha, juro que levaria a mulher para Kamíchin, nem que para isso tivesse que expulsar os outros passageiros.

— Não, precisamos ir — disse o oficial de suprimentos. — Tenho uma missão a cumprir, e pode ser que esses dois fiquem conversando o dia todo e a noite inteira. Uma mulher jovem e bonita, um major em boa forma, e faz um ano que não se veem... Creio que terão motivos mais do que suficientes para se manter ocupados.

Piscou para o motorista silencioso e para o jovem tenente, que olhava para Darenski com profunda admiração e começou a rir. Sua gargalhada era a risada abrupta de um contador de piadas profissional.

Darenski percebeu que de fato seria melhor se continuassem seu caminho. Afinal, não havia nada que ele pudesse fazer pelo major.

— Certo, ligue o motor. Vou buscar minhas coisas — disse.

Em seguida, entrou na isbá escura, fitando o chão, e esticou o braço para alcançar sua mala. Ouviu a velha dizer algo, com um soluço. Viu uma expressão de dor no rosto do velho, que estava ali de pé segurando o chapéu. Viu o rosto pálido e animado da jovem nora. Aquele encontro fortuito na estepe afetara a todos. Tentou não olhar para Beriózkin e a esposa, pensando que devia ser insuportável para eles estar entre tantos desconhecidos e ser o foco das atenções.

— Continuaremos nosso caminho, camarada major — falou Darenski em voz alta. — Desejo tudo de bom a vocês. Creio que ainda vão ficar aqui por algum tempo.

Apertou a mão de Beriózkin. E, dirigindo-se a Tamara, sentiu-se mais uma vez emocionado. Ela estendeu a mão. Darenski sentiu os olhos se encherem de lágrimas ao abaixar a cabeça e cuidadosamente levar aos lábios os delicados dedos da jovem. Havia neles sulcos escuros, de tanto cortar batatas, e já fazia muito tempo que ela não lavava as mãos.

— Com licença — disse, e saiu às pressas da isbá.

13

Foi um encontro dilacerante. A dor, tenaz como uma erva daninha, sufocava de imediato qualquer possibilidade de alegria.

A brevidade do encontro, que não podia durar mais que um dia, era desoladora.

Acariciando a filha, Beriózkin amargurava-se terrivelmente por causa do filho. Liúba não conseguia entender por que, toda vez que o pai a abraçava ou acariciava seus cabelos, de repente franzia a testa, como se estivesse com raiva. Tampouco conseguia entender por que a mãe, que já havia chorado tanto de tristeza pelo pai, continuava chorando mesmo agora que o havia reencontrado.

Certa noite, a mãe havia sonhado que o pai estava de volta. Liúba a ouvira falar e rir enquanto dormia. Mas, agora que eles tinham se reencontrado, tudo que conseguia fazer era repetir: "Não, não, tenho que parar de chorar. Por que sou tão estúpida?".

Liúba também não conseguia entender por que os pais se apressavam a falar sobre a separação, por que anotavam endereços, por que o pai estava dizendo que as colocaria em um carro ou caminhão com destino a Kamíchin, por que perguntara a Tamara se ela tinha fotos, já que as suas tinham quase esmaecido.

O pai pegou suas coisas no celeiro e estendeu uma colcha sobre a mesa. Apenas uma vez na vida, na casa dos Chápochnikov, Liúba vira algo parecido. Havia toucinho, carne em conserva, hortaliças, legumes, açúcar, manteiga, ovas de salmão, salsicha e até alguns chocolates.

A mãe sentou-se à mesa como uma convidada, e o pai preparou tudo ele mesmo. Então a mãe começou a provar os alimentos das latas e a partir pedaços de pão, e Liúba perguntou:

— Posso comer um pouco de salsicha? Posso comer um pouco de toucinho?

— Claro que pode — disse o pai. Ele deu a ela um pedaço de pão com manteiga, e ela colocou um pedaço de toucinho por cima e começou a comer. Estava muito gostoso, tão gostoso que ela começou a rir. Em seguida, olhou para o pai. Ele estava observando a mãe, que comia muito depressa, com os dedos trêmulos enquanto enfiava na boca pedaços de salsicha e carne em conserva — e os olhos dele estavam marejados. Qual era o problema? O pai estava chateado que estavam comendo todo o seu estoque de comida? Liúba congelou de desgosto, mas depois, em seu coraçãozinho, entendeu o que ele estava passando. E, em vez de se sentir feliz por ter encontrado um protetor, queria proteger e confortar o pai na dor e no desamparo que ele estava sentindo. Olhando para o canto mais escuro da isbá, onde achava que as forças do mal se escondiam, Liúba disse em tom severo:

— Não encostem nele!

Tamara contou como os Chápochnikov a ajudaram, e como ela e Liúba sobreviveram ao incêndio. Depois que o apartamento pegou fogo, ela ficou cinco dias sem visitá-los. Eles a procuraram, mas no final tiveram que ir embora; foram de caminhão para Sarátov, e de lá embarcaram num vapor para Kazan. Deixaram um endereço e uma longa carta. Ela e Liúba conseguiram cruzar o Volga de balsa e depois seguiram a pé.

E então Tamara começou a contar toda a história desde o início, e Liúba se entediou, pois já sabia de tudo: não tinham casacos de inverno; foram bombardeados quatro vezes; sua cesta de pão desapareceu;

viajaram por doze dias em um vagão de transporte de gado, em pleno inverno; não havia pão; ela costurava, lavava a roupa das pessoas e cuidava de canteiros de hortaliças; o pão custava cem rublos o quilo; em uma cidade, recebeu uma ração de açúcar e manteiga e trocou por pão; era mais fácil conseguir pão nas aldeias do que nas cidades. Viveram em uma aldeia por três meses, e as crianças de lá estavam sempre empanturradas; não só comiam pão todos os dias, mas também bebiam leite. A mãe pretendia trocar a aliança e o broche por farinha de centeio, mas foi roubada, e depois disso teve que levar o filho para um orfanato. Pelo menos lá eles lhe davam pão. Pão, pão, pão. Aos quatro anos de idade, Liúba entendia o significado dessa palavra importante.

— Mamãe, a gente pode guardar alguns doces para o Slava?

Tamara começou a tremer e a gemer em meio a soluços baixinhos, de um jeito que Liúba nunca tinha visto antes. Em seguida começou a ter uma crise de choro e soluços, e o pai disse, com uma voz estranha e sonolenta:

— É a guerra. É assim que as coisas são. É igual para todo mundo.

Depois o pai começou a contar sua própria história. Mencionou velhos amigos, alguns dos quais a mãe recordava, e Liúba notou que estava sempre repetindo a palavra "morreu", do mesmo jeito que a mãe repetia a palavra "pão".

— Morreu, morreu, morreu — dizia ele. — Mutian morreu no segundo dia, quando ainda estávamos perto de Kóbrin. E lembra do Alekseienko? Foi visto pela última vez na floresta perto de Tarnopol, caído no chão com um ferimento na barriga, atiradores alemães por perto. E o Morózov, não o Vassili Ignatiêvitch, mas o Morózov que atuou na peça com você, morreu durante o contra-ataque perto de Kaniv, no Dnieper. Um tiro direto de um morteiro. E Rubáchkin também, ouvi dizer que morreu perto de Tula. Estava levando seu batalhão pela rodovia quando foram metralhados por um Messerschmitt. Uma bala de calibre grosso direto na cabeça. Era um bom homem. Lembra como ele nos ensinou a saltear cogumelos? E o Moisêiev também. Matou-se em julho do ano passado. Foi um homem que o viu fazer isso que me disse. Ele estava cercado, preso em um pântano, mal conseguia se mover, tinha um ferimento na perna. Pegou o revólver e pronto... E aqui estamos... Devo ser o único comandante de regimento da nossa divisão que ainda está vivo. Mas adivinha quem encontrei ontem? Áristov, meu antigo chefe de suprimentos!

Lembra-se dele? Parecia que tinha acabado de voltar de um feriado à beira-mar. Vou lhe dar o endereço e escrever um bilhete para ele. É um bom companheiro, fará o que puder por você, vai conseguir transportá-la para Sarátov. Despacha caminhões para lá todos os dias.

— E quanto a você? — perguntou Tamara. — Meu Deus, escrevi tantas cartas! Perguntei por toda parte. Você sabe sobre todo mundo, mas ninguém soube me dizer nada sobre você.

— Eu?

Beriózkin deu de ombros.

— Fiquei com meu regimento. Continuamos combatendo, mas ainda assim recuamos muito. Bem, temos que dar um jeito de não nos perdermos de novo, isso é o principal.

Ele disse então que estava voltando para o regimento. A divisão tinha sido colocada na reserva. Mas, ao sair do hospital, ele descobriu que a divisão fora convocada. E agora estava tentando alcançá-la.

Por fim, acrescentou:

— Tamara, deixe-me lavar suas roupas. Você precisa de descanso.

— Meu Deus, depois de tudo que você passou! — respondeu ela. — Continua o mesmo homem de sempre... generoso, maravilhoso. Minha doce pederneira!

E os dois sorriram — era assim que ela o chamava antes da guerra.

Liúba começou a adormecer, e Ivan disse:

— Ela está cansada.

E Tamara explicou:

— Estamos caminhando há dez dias. E ela fica muito assustada com todos os aviões... Consegue reconhecer os aviões alemães pelo som. Acorda durante a noite, chorando e gritando. E agora comeu muito, algo que não está acostumada a fazer.

O pai pegou nos braços a menina adormecida. Na lembrança de Liúba, o pai a carregou para um celeiro cheirando a feno. À noite, ela acordou e fez outra refeição. Aeronaves alemãs adornavam o céu, mas ela não teve medo. Apenas se aproximou do pai, pôs a mão grande dele sobre a cabeça e ficou ali parada, muito calma, ouvindo os ruídos lá em cima.

— Durma, Liúba, durma — disse Tamara, e Liúba pegou no sono de novo.

Foi uma noite estranha, a um só tempo feliz e amarga.

— Nós nos reencontramos. Você voltou dos mortos. E agora temos que nos separar de novo, para sempre. Não, não é possível.

— Não se sente desse jeito, fique à vontade. E beba um pouco mais de leite. É sério, você está tão magra. Às vezes não tenho certeza se é você mesmo.

— Ele se foi. Está deitado no fundo daquele rio terrível. É noite lá embaixo. Frio e escuro, e não há poder no mundo capaz de ajudá-lo.

— Vou lhe dar as minhas roupas de baixo. Vai ser melhor do que nada. E tenho botas novas, de couro de bezerro de boa qualidade. Só usei duas vezes e na verdade não preciso delas. E vou fazer dois pares de panos de enrolar nos pés para vocês. Daqui a pouco vai chegar o inverno.

— Da última vez que o vi, ele ficou me perguntando: "Quando a senhora vai me levar para casa?". Mas como eu poderia saber? Boba que sou, fiquei feliz de ver que ele estava um pouco menos magro.

— Vou costurar meu endereço de correio de campanha na sua saia. É mais seguro do que na jaqueta, que pode desaparecer.

— Devo estar com uma aparência horrível, só pele e osso. Não sente vergonha de mim?

— Suas pernas estão muito finas, e vejo sangue em seus pés. Você andou tanto.

— O que você está fazendo, meu amor? Beijando meus pés, quando tudo que eu quero é lavar a poeira deles?

— Ele ainda se lembrava de mim?

— Não, não, não posso ficar mais tempo sozinha. Não consigo, realmente não consigo. Vou segui-lo, mesmo que você me afaste com um pedaço de pau.

— Pense na Liúba.

— Eu sei, eu sei. Amanhã Liúba e eu vamos pegar um caminhão para Kamíchin.

— Por que você não está comendo nada? Aqui, pegue este biscoito. E beba um pouco de leite, mesmo que seja só um gole.

— Não posso acreditar. É você, é realmente você. E como sempre. Você até diz as mesmas palavras: "Aqui... mesmo que seja só um gole".

— Posso até parecer o mesmo agora, mas você deveria ter me visto em setembro, com as bochechas encovadas, o rosto coberto de barba por fazer... Lembro-me de ter pensado que a minha Tamara não ia querer nem olhar para mim.

— Eles não param de voar e uivar, dia e noite, o ano inteiro. Acho que você deve ter estado perto da morte muitas vezes, não é?

— Não, na verdade não. Não mais do que todo mundo.

— O que ele quer? O que o monstro quer?

— Nas aldeias, as mulheres dizem aos filhos: "Não chore. Se Adolf ouvi-lo, vai pegar o avião e vir até aqui".

— Meu querido dândi, de cabeça bem raspada, unhas limpas e bem cuidadas, colarinho branco limpo. Quando olhei para você ainda agora, foi como tirar do meu coração um peso de mil quilos. E eu já lhe contei tudo, do começo ao fim. Mas não pense que sou assim com os outros. Geralmente guardo as coisas para mim. Enfim, quem iria querer me ouvir? Ninguém além de você, ninguém no mundo além de você.

— Você tem que me prometer que vai se alimentar melhor. Vai ter um cartão de racionamento militar agora. E precisa beber um pouco de leite todos os dias, está bem?

— Isso é tão maravilhoso. É você. Você de verdade, são e salvo.

— Eu sabia que nos encontraríamos.

— Lembra quando o Slava nasceu? O carro quebrou. Voltamos da maternidade para casa a pé. Você o carregou nos braços. Não, este é nosso último encontro, sei disso. Nunca mais vamos nos ver, e a Liúba vai acabar num orfanato.

— Tamara!

— Você ouviu isso?

— Não importa. Caiu no rio.

— Meu Deus, mas é lá onde ele está deitado... Vânia, você está chorando? Por favor, não chore. Vai ficar tudo bem. Nós vamos nos ver de novo, prometo. E eu vou beber o leite. Coitadinho de você, passou por tanta coisa e tudo que fiz foi ficar falando sobre mim. Olhe para mim, olhe para mim, meu querido. Deixe-me limpar seu nariz, e seus olhos. Oh, meu bobinho, meu queridinho, como você consegue se virar sem mim?

E pela manhã eles se separaram.

14

A 13ª Divisão de Guardas, vindo de Nikoláievka, passava pela aldeia de Vérkhne-Pogrómnoie a caminho da linha de frente.

A marcha era motorizada, mas não havia caminhões suficientes para todos. O comandante de batalhão Filiáchkin chamou o tenente Kováliov e lhe informou que sua companhia teria que ir a pé.

— Haverá caminhões para os homens de Konaníkin? — perguntou Kováliov.

Filiáchkin assentiu.

— Entendo — disse Kováliov.

Ele não gostava de Konaníkin e tinha o hábito de comparar as companhias dos dois.

Quando o comandante de regimento o parabenizava por obter excelentes resultados em um exercício de tiro, ele perguntava ao secretário:

— E como Konaníkin se saiu?

Se recebia um par de botas de couro de bezerro, perguntava:

— Obrigado. Mas espero que não desperdice botas como essas com Konaníkin. Ele pode se virar com botas de *kirza*!

Se era repreendido porque muitos de seus homens tinham desenvolvido bolhas após uma longa marcha, sua principal preocupação era a porcentagem de homens com bolhas nos pés na companhia de Konaníkin.

Os soldados costumavam se referir a Konaníkin como Varapau — de fato, ele tinha pernas e braços excepcionalmente compridos.

Kováliov estava chateado porque ele e seus homens teriam que se arrastar através da poeira enquanto o restante da divisão seria transportado de caminhão. Se havia alguém que merecia percorrer a pé aquela distância, era, é claro, o Varapau.

Depois que Filiáchkin traçou a rota da companhia, Kováliov disse que esperava completar a marcha mais ou menos uma hora depois dos caminhões.

— Mas é sempre assim, não é mesmo, camarada comandante de batalhão? — acrescentou, logo que terminou a parte oficial da conversa. — Se alguém tem que ir a pé, sou eu. Parece sempre haver caminhões para Konaníkin.

Mudando para um tom menos formal, Filiáchkin explicou que a decisão tinha sido tomada porque a companhia de Kováliov — ao contrário das outras — ainda estava na margem direita quando os caminhões foram distribuídos.

— Mas como estão seus homens? — perguntou ele. — Muitas bolhas?

— Vão sobreviver — disse Kováliov. — Se têm que marchar, então que marchem.

Ele ordenou então que o subtenente preparasse a companhia, foi às pressas até o alojamento para dizer adeus à senhoria e recolher suas coisas e em seguida correu para ter uma palavrinha com a instrutora médica Lena Gnatiuk.

A seção médica já estava no caminhão, prestes a partir.

De pé ao lado do caminhão, Kováliov disse:

— Conheço Stalingrado. Passei um dia lá em junho, voltando do hospital. Fiquei com a família de um amigo.

Inclinando-se sobre a lateral do caminhão, Lena Gnatiuk gritou:

— Boa sorte, camarada tenente. Dê um jeito de nos alcançar logo!

O caminhão arrancou. Todos começaram a rir e falar ao mesmo tempo. Lena acenou com a mão em direção às casas cinzentas e gritou:

— Adeus, terra das melancias!

A companhia de Kováliov tinha acabado de cruzar o Volga, e teve apenas duas horas para comer algo e trocar os panos de enrolar nos pés. Alguns homens não chegaram sequer a receber suas rações de tabaco e açúcar. Mesmo assim, partiram logo atrás dos caminhões.

Depois dos primeiros quarenta quilômetros, todos permaneceram em silêncio, e já nem em sonho ousavam pensar em sombra ou água.

À noite, a coluna havia ficado longa e esparsa, estendendo-se, desordenada, por várias centenas de metros de uma ponta à outra. Kováliov deu permissão a dois soldados, que mancavam muito, para se sentarem em cima do carrinho, sobre as bagagens, e a três outros para se agarrarem à borda do veículo.

Os dois homens sentados soltavam gemidos constantes, e ao longo do caminho davam tabaco ao condutor. Com um olhar cortante, os homens que cambaleavam ao lado do carrinho disseram a ele:

— Derrube os dois! Não vê que estão fingindo?

— Isso cabe ao tenente decidir — respondeu o condutor.

Acima de uma ponte estreita havia uma placa pendurada: DEZ TONELADAS. Abaixo de uma grande seta de compensado apontando para a esquerda liam-se as palavras DESVIO PARA TANQUES.

Desesperado, o motorista de um caminhão de três eixos buzinou em vão, exigindo que o deixassem passar. Ninguém reagiu. Os soldados pareciam alheios a tudo ao seu redor. O motorista abriu a porta e se inclinou para fora, com a intenção de lançar furiosas imprecações contra aqueles soldados surdos. Mas, ao ver o rosto cansado dos homens, murmurou:

— Infantaria, a rainha dos campos de batalha — e tomou o desvio à esquerda.

Os dois homens à frente da coluna eram Vavílov e Ussúrov.

De tempos em tempos, Ussúrov olhava para trás, para os homens que claudicavam na poeira atrás dele, e sorria, apreciando seu sentimento de superioridade.

Kováliov caminhava pela beira da estrada, usando um galho comprido para sacudir a poeira da ponta da bota. Na voz alegre necessária a um comandante, perguntou a Vavílov:

— Então, meu bom amigo, como vão indo? Ainda de pé?

— Estamos bem, camarada tenente — respondeu Vavílov. — Vamos chegar lá.

O sargento Dodónov se aproximou e disse:

— Camarada tenente, Muliartchuk está arruinando a disciplina. Exige uma parada de descanso.

— Diga ao instrutor político para falar com ele — ordenou Kováliov.

Ussúrov olhou para os camelos atrelados a carroças ao lado da estrada, e, sem olhar para Kováliov, disse, em voz alta:

— Então agora estamos lutando ao lado dessas criaturas com pescoço de cobra. Veja aonde nossos colcozes nos levaram!

— Sim — disse Vavílov —, essas criaturas me assustam também.

Dois homens no final da coluna não falavam nem olhavam ao redor. De olhos vermelhos e lábios rachados, não sentiam sequer exaustão, pois seu esgotamento era extremo, enchendo seus tendões e veias, perfurando sua medula óssea. Andavam a uma velocidade constante. Se parassem por um momento, seria impossível voltarem a andar.

Então um deles sorriu e disse em ucraniano:

— Olha que não somos os últimos. O palhaço da companhia está mancando lá atrás, ainda nem chegou à ponte.

E o outro respondeu:

— É, o nosso valente Réztchikov vai mal. Pensei que o tínhamos perdido.

— Não, ele ainda se arrasta.

E seguiram adiante, caminhando em silêncio.

À noitinha, Kováliov decretou uma parada. Mal conseguia ficar de pé. Todos imediatamente se deitaram na beira da estrada.

Grupos de refugiados vinham na outra direção, de Stalingrado: homens usando chapéus e sobretudos, crianças carregando travesseiros, mulheres cambaleando sob pesados fardos.

— Até onde você acha que vai chegar com tudo isso? — um soldado perguntou a uma das mulheres, que tinha uma trouxa amarrada às costas, além de um balde e uma bolsa grande pendurada junto ao peito.

Andando atrás dela, três meninas levavam sacolas nos ombros.

A mulher parou e olhou para ele. Afastando uma mecha de cabelo da testa, disse:

— Até Ulianovsk.

— Você nunca chegará a Ulianovsk carregando tudo isso — disse o soldado.

— E minhas filhas? — respondeu ela. — Não tenho dinheiro, e elas precisam comer.

— Eu chamo isso de ganância — falou o soldado, lembrando-se da noite em que atirara sua máscara de gás numa vala porque estava machucando seu ombro. — As pessoas se curvam sob o peso do entulho que acumulam e depois não suportam ter que jogar fora as tralhas.

— Você é um idiota — disse a mulher, com uma voz que parecia distante e sem vida.

O soldado que ela chamara de idiota tirou da mochila um grande pedaço de pão seco e esfarelado.

— Fique com isto! — disse.

A mulher pegou o pão e começou a chorar. Suas três meninas tinham a boca grande e o rosto pálido. Depois de olharem em silêncio e com expressão séria primeiro para a mãe, depois para os soldados caídos no chão, também começaram a chorar.

A família seguiu seu caminho. Os soldados viram a mãe quebrando o pão com a mão livre e repartindo-o entre as meninas.

— Ela não guardou nem uma migalha para si — observou Záitchenkov, o contador.

— Isso é ser mãe — alguém pronunciou com autoridade.

Em seguida, os soldados viram as meninas se aproximarem de um menino de uns três anos de idade, cabeça grande e perninhas robustas, comendo uma cenoura enorme e suja, cuspindo nacos de terra. Como se por acordo prévio, todas pararam. Uma deu um tapa na cara do menino e a segunda o empurrou pelas costelas, enquanto a terceira roubava a cenoura. Em seguida, voltaram a seguir seu caminho, avançando de modo afetado com suas perninhas finas. O menino sentou-se no chão e ficou observando.

— E agora você viu o que é a solidariedade — disse Ussúrov.

Os soldados tiraram as botas. O cheiro de absinto aquecido pelo sol imediatamente deu lugar ao cheiro de um quartel do exército.

Poucos esperaram a água ferver. Alguns mergulharam seus cubos de painço concentrado na água morna e comeram com lenta concentração; outros se deitaram e adormeceram de imediato.

— Subtenente, os retardatários estão todos aqui agora? — perguntou Kováliov.

— Lá vem o último — respondeu o subtenente Marchenko —, o artista da companhia.

Em vez de resmungar e reclamar, como todos esperavam, Réztchikov gritou, animado:

— Aqui estou. Motor e buzina em bom estado!

Kováliov olhou para ele e disse a Kotlov:

— Esses homens são resistentes, camarada instrutor político. Estamos quase em pé de igualdade com os caminhões. Passaram por nós apenas uma hora atrás.

Kotlov se afastou um pouco, sentou-se e começou a arrancar as botas — tinha bolhas dolorosas nos pés.

Kováliov sentou-se ao lado dele e perguntou a meia-voz:

— Por que você não faz seu trabalho político durante as marchas?

Kotlov examinou seus panos manchados de sangue e respondeu com raiva:

— Os soldados estavam todos me dizendo para subir no carrinho das bagagens. Podiam ver o estado dos meus pés. Mas continuei marchando, até cantei músicas, e consegui fazer alguns homens se juntarem ao coro. Esse foi o meu trabalho político do dia.

Kováliov olhou para as manchas de sangue preto e declarou:

— Eu lhe disse, camarada instrutor, que você precisava de botas maiores. Mas você não me deu atenção.

Em seguida, Ríssev se aproximou e disse:

— Foi moleza, marchamos com pouco peso. Agora imagine fazer isso com trinta quilos nas costas, levando morteiros, fuzis, cartuchos... O mais incrível é que as pessoas dão conta.

Os homens que não tinham ainda adormecido agora estavam pegando no sono. Os outros acordavam aos poucos, fuçando as mochilas e tirando pedaços de pão.

— Eu gostaria de um pouco de toucinho — disse Ríssev.

— Toucinho! — exclamou Marchenko. — Se ao menos pudéssemos voltar à Ucrânia! Aqui as aldeias são como nuvens negras, as casas são todas pretas, a terra parece carvão. E esses camelos! Quando penso na nossa aldeia, em nossos pomares, nosso rio, nossas meninas cantando sob as árvores nos prados... e depois olho ao redor e tudo que vejo é esta estepe, e isbás que parecem túmulos... isso gela meu coração... parece que chegamos ao fim do mundo.

Um velho aproximou-se dos soldados. Usava casaco e galochas, e carregava um saco de oleado vermelho brilhante. Alisando a barba branca, perguntou:

— De onde vocês estão se retirando?

— Não estamos recuando, vovô. Vamos para o front. Estamos avançando — disse Marchenko.

— Ah, sim — disse o velho. — Eu vi como vocês avançam. Mais um mês do seu avanço e a guerra vai terminar. Se é que já não terminou.

— O que o faz dizer isso?

— Bem — disse o velho —, vocês chegaram ao Volga. Onde vão lutar agora? Os boches não vão mais longe. O que haveriam de querer numa terra como esta? — prosseguiu, apontando para a imensidão ruiva e cinzenta.

Em seguida, tirou um saquinho do bolso e começou a enrolar um cigarro muito fino, com mais papel do que tabaco.

— Pode nos dar um pouco? — perguntou Muliartchuk.

— Não tenho — respondeu o velho, guardando o saquinho no bolso.

Isso irritou Ussúrov.

— E quem é o senhor? — perguntou ele. — Vamos ver seus papéis!

— Não! Você pode me perguntar isso na cidade. Mas um homem não precisa de documentos na estepe.

— O senhor não pode andar sem documentos. Sem documentos um homem não existe.

— Vá para o inferno. Vá pedir documentos àquelas cabras ali — falou o velho.

E prosseguiu estepe adentro — de cabeça erguida, sem pressa, arrastando os pés através da poeira em suas galochas. Virando-se por um momento, acrescentou:

— Ai daqueles que vivem na terra!

— Ele deveria ser detido — disse Marchenko.

— Dele não dá para arrancar nem uma migalha de tabaco — disse um soldado.

Todos riram.

— Velho maluco. Vocês viram as galochas dele?

— O que você quer dizer? Ele falou com bom senso.

— Ouvi dizer que nossas divisões têm lutado com bravura. No Don, se não me engano. Isso pegou os boches de surpresa. Só que eles deram um jeito de cercar nossas tropas.

— A visão desta estepe faz meu coração se encher de angústia. Nunca vi nada assim. O sol nasce... e tudo parece branco. Você acha que é neve, mas é sal. Sim, é uma terra amarga.

— A maneira como os camelos torcem os lábios. É como se estivessem rindo de nós, pensando: "Seus idiotas!".

— Esses alemães não são brincadeira.

— Na verdade, não são lá grande coisa. Já os vi pessoalmente. Nós os botamos para correr em Mojáiski.* Fugiram rapidinho!

— Oh, sim. É por isso que estamos aqui com os camelos.

— Depois de uma marcha dessas, você não quer continuar vivendo. Mas também não quer morrer.

— E você acha que a guerra se importa com o que você quer?

_____

* Linha de defesa fortificada cerca de cem quilômetros a oeste de Moscou. (N. T.)

— Vá em frente, Réztchikov, conte-nos uma história.
— Primeiro, um cigarro.
— Não. Primeiro a história, depois o cigarro. Do contrário, você vai nos enganar com alguma história velha. É como diz o ditado: dá-me de beber, porque estou com tanta fome que não tenho onde dormir.
— Não — respondeu Réztchikov abruptamente. — Não é hora para histórias. Mas uma coisa eu lhes digo: vamos lutar contra eles e vamos vencer. Sim, com certeza! Aí poderemos beber e festejar o quanto quisermos!
— Muito bem — disse uma voz séria. — Mas não estamos festejando agora. Vamos pelo menos dormir um pouco. Vejam só o que os alemães estão fazendo lá!
E todos olharam na direção de Stalingrado. Lá, a fumaça cobria todo o céu — tingido com o vermelho do fogo e do sol poente.
— Nosso sangue — disse Vavílov.

15

Um vento gélido e rasante que antecedia o amanhecer açoitou a grama, levantando nuvens de poeira sobre a estrada. Os pássaros da estepe ainda dormiam, estufando as penas. Depois do calor do dia e de uma noite quente, o frio era inesperado.

A leste, o céu ficou cinza-claro. A luz fraca tinha um aspecto duro, gélido, como se fosse emitida pelo ferro. Não era ainda a verdadeira luz do sol, apenas o sol refletido pelas nuvens, e por isso se assemelhava à luz morta da lua.

Naquele momento, tudo na estepe parecia hostil. A estrada era cinzenta, desolada, como se os pezinhos de crianças descalças jamais a tivessem pisado, como se as carroças barulhentas dos camponeses e pessoas a caminho de casamentos e alegres bazares de domingo jamais tivessem passado por ali — agora, ela parecia feita apenas para o transporte de armas, caminhões carregados com caixotes de granadas e soldados indo para a morte. Os postes telegráficos e os montes de feno quase não projetavam sombras nessa luz; era como se algum artista iniciando uma nova pintura tivesse esboçado seus contornos com um afiado lápis preto.

Não havia cores de verdade. Em vez do verde acastanhado da grama, do amarelo esverdeado do feno e do turvo azul-claro do rio, havia apenas o escuro e o claro — assim como à noite, quando os objetos pretos se destacam apenas porque são ainda mais escuros do que tudo à sua volta. Nessa luz, os soldados exibiam rostos pálidos, olhos escuros e narizes pontudos.

Os que já estavam acordados fumavam ou voltavam a enrolar nos pés os panos de proteção. Sua exaustão agora dava lugar à ansiedade, à consciência de que logo estariam em combate. Em um momento tinham a sensação de um gelado caroço sob o coração; em outro, o de uma explosão de calor no rosto.

Uma mulher alta de ombros estreitos e rosto afilado caminhou calmamente até os homens e pousou um cesto de vime no chão.

— Aqui estão, meus meninos! — disse, e começou a distribuir tomates.

Ninguém agradeceu, tampouco pareceu surpreso. Apenas pegaram os tomates, como se fizessem parte de suas rações regulares.

A mulher permaneceu igualmente calada. Observou os soldados comerem. Kováliov foi até ela, enfiou a mão no cesto vazio e disse:

— Minhas águias acabaram com o seu estoque.

— Minha isbá fica pertinho, logo atrás daquele monte — disse a mulher. — Venha comigo que lhe dou um pouco mais.

Kováliov sorriu; era evidente que nunca tinha ocorrido a ela que um tenente não poderia caminhar pela estepe carregando cestos de tomates.

Ele gritou para Vavílov:

— Acompanhe esta cidadã de volta à isbá dela!

Vavílov e a mulher partiram. Caminharam lado a lado, seus ombros vez por outra se roçando. Ele ficou inquieto. Pensou em sua última noite em casa, em como Mária caminhara a seu lado na mesma luz do amanhecer. A mulher que agora o acompanhava estava na casa dos quarenta anos e o fez lembrar-se de Mária de várias maneiras. A altura, o andar, até mesmo a voz: tudo era semelhante.

Ela disse baixinho:

— Ontem vimos um avião alemão. Havia alguns soldados aqui comigo. Feridos, mas nada grave. De repente o avião mergulhou direto para a isbá, feito uma lança. Aqueles rapazes poderiam tê-lo derrubado, mas se esconderam no mato. Fiquei parada no meio do quintal, gritando: "Rápido! Venham aqui. Quase consigo derrubar os filhos da puta com meu atiçador!".

— Por que a senhora nos dá seus tomates? — perguntou Vavílov. — Trouxemos os alemães até o Volga, bem à porta da sua casa. A senhora não deveria nos alimentar; deveria nos xingar, nos expulsar com seu atiçador.

Entraram na penumbra quente da isbá. Quando Vavílov vislumbrou a cabeça loira de um menino, seu coração quase parou de bater. O fogão, a mesa, o assento junto à janela, a mulher de rosto magro agora olhando para ele, a otomana e a cabeça de cabelos louros do menino se levantando dela — tudo parecia tão familiar que ele quase achou que tinha voltado para casa.

Notou um vão na parte inferior da porta e perguntou:

— E onde está o homem da casa?

O menino sussurrou:

— Não pergunte. Você vai chatear a mamãe.

Mas a mulher respondeu calmamente:

— Foi morto em fevereiro, perto de Moscou. Não faz muito tempo, trouxeram um prisioneiro alemão para cá. Perguntei: "Quando você chegou ao front?". "Em janeiro", ele respondeu. "Então foi você que matou meu marido", falei. Eu queria bater nele, mas o guarda disse que era contra a lei. "Deixe-me bater nele contra a lei", insisti. Mas o guarda não deixou.

— A senhora tem um machado? — perguntou Vavílov.

— Tenho.

— Então traga aqui. Vou consertar sua porta. Quando chegar o inverno, vai entrar uma corrente gelada por aquela fresta.

Os olhos aguçados de Vavílov repararam numa tábua caída junto à parede. A mulher lhe entregou um machado, e cada coisa naquele instrumento que o fez recordar seu próprio machado o entristeceu. E tudo o que era diferente — aquele machado era bem mais leve, com um cabo mais fino e mais longo — não o deixou menos triste, já que o lembrava de como estava longe de seu próprio lar.

A mulher deduziu o que ele estava pensando.

— Não se preocupe. Você vai conseguir voltar — disse.

— Acho que não — respondeu ele. — A distância da casa de um homem até o front não é muito longa, mas do front até a casa de um homem é um longo caminho.

Vavílov começou a desbastar a tábua.

— Não tenho pregos — falou a mulher.

— Vou dar um jeito — respondeu ele. — Vou fazer uma cavilha.

Enquanto ele trabalhava, ela encheu o cesto com tomates e disse:

— Estou contando em ficar aqui com o pequeno Serioja até o inverno. Depois o Volga vai congelar. Se os alemães chegarem a esta margem, vamos deixar a casa e ir para o Cazaquistão. Serioja é tudo que tenho agora. Sob o governo soviético, ele poderá se tornar alguém na vida, mas sob o jugo dos alemães nunca será nada além de um pastor de ovelhas.

Vavílov pensou ter ouvido Kováliov se aproximando. Abaixou o machado e se endireitou. Era irritante, humilhante até, constatar que podia se meter em apuros apenas por realizar um trabalho necessário.

"Sim, é verdade, os alemães viraram tudo de cabeça para baixo", pensou. E, depois de uma rápida olhada ao redor, voltou a erguer o machado.

Poucos minutos mais tarde, ao voltar, sentiu-se apreensivo outra vez. E, de fato, o tenente provocou:

— Tirou uma soneca rápida, não é?

E o subtenente Marchenko se saiu com uma piada suja, a que ninguém respondeu.

Quando Kováliov ordenou que a companhia retomasse a marcha, um homem a cavalo apareceu. Era o ajudante de ordens do chefe do estado-maior de regimento, cheio de estojos de mapas.

— Quem ordenou essa parada? Faltam apenas dezoito quilômetros.

— Foi uma ordem do comandante de batalhão — mentiu Kováliov.

Queria se justificar, dizer que os homens estavam cansados, mas temia ser acusado de pusilânime.

— Vou me reportar ao tenente-coronel, e ele não vai ficar contente — berrou o ajudante de ordens. — Bem, agora vocês vão ter que se apressar. É preciso que cheguem a seu destino às dez em ponto, sem falta.

Em seguida, adotou um tom afável; na verdade, era um velho amigo de Kováliov. Contou que havia passado a noite com camponeses, que todos tinham comido ovos fritos com toucinho no jantar. A única coisa ruim fora ter sido acordado às duas da manhã; o comandante de divisão ordenara que reunisse os retardatários.

— Tive que ir falar com o Filiáchkin para verificar a rota dele. E adivinha quem estava passando a noite na isbá dele? A instrutora médica Lena Gnatiuk!

Kováliov deu de ombros.

E mais uma vez a poeira cobriu a estepe. Nuvens cinzentas e amarelas brotaram aqui e ali, até formarem um véu que envolveu todo o espaço, como se um novo incêndio além do Volga estivesse a caminho para encontrar o incêndio de Stalingrado.

Impregnada de sal, a terra era dura e seca. O sol incandescia, e um vento áspero e seco lançava chibatadas de poeira nos olhos de todos. Parecia vidro em pó.

Vavílov fitou seus camaradas, a estepe, a fumaça sobre Stalingrado, e disse em voz alta para si mesmo, como se chegasse a um discernimento simples e cristalino:

— Mesmo assim, vamos despachá-los.

Por volta das dez da manhã, a companhia de Kováliov estava se aproximando de Srednaia Ákhtuba, uma cidadezinha construída toda de madeira. Já fazia muito tempo que tinham bebido até a última gota de seus cantis e garrafas. E, de repente, receberam novas ordens — a divisão deveria prosseguir direto para o Volga.

Dois carros passaram a toda velocidade pelas densas colunas de infantaria, e os soldados entreviram o rosto fechado dos comandantes de alta patente. Sentado ao lado do motorista do Emka que ia à frente, um jovem general, com a mão direita erguida junto ao quepe de copa alta, saudava os combatentes.

Em seguida, um oficial de comunicações de macacão azul e capacete de couro com orelheira passou em disparada numa motocicleta. E depois veio Filiáchkin, o comandante de batalhão, em um carrinho leve.

— Kováliov! — gritou. — Marcha acelerada! Prossiga na sua nova rota!

E foi como se um vento frio tivesse resvalado pelas fileiras, uma premonição da luta por vir.

As pessoas costumam se surpreender com a capacidade dos soldados comuns de tomar pé da situação militar geral. Esses homens não sabiam, é claro, que um oficial de comunicações em um carro blindado acabara de levar ao major-general Rodímtzev, o comandante de divisão, um envelope lacrado contendo as novas ordens de Ieriômenko. Não sabiam que sua ordem era seguir para Krásnaia Slobodá, passando por Srednaia Ákhtuba e pelo vilarejo de Burkóvski, e então cruzar o Volga rumo a Stalingrado.

No entanto, sabiam muito bem que, durante a noite, os alemães haviam irrompido no centro da cidade, chegado ao Volga em dois pontos e que sua artilharia agora disparava para o outro lado do rio, bombardeando o ponto de embarque em Krásnaia Slobodá.

Se há dez mil soldados marchando ao longo de uma mesma estrada, é certo que nada lhes escapará. Interrogarão todo mundo: mulheres com trouxas que acabaram de cruzar o rio; um trabalhador caminhando por uma trilha arenosa, empurrando um carrinho de mão com um menino de cabeça enfaixada sentado entre pilhas de pacotes; um oficial de comunicações do quartel-general consertando o motor de sua motocicleta na beira da estrada; soldados feridos com pedaços de pau à guisa de muleta, sobretudos atirados sobre os ombros, arrastando-se lentamente para o leste, para longe do Volga; crianças em pé ao lado da estrada, observando. E não há nada que os soldados deixarão de notar: o olhar no rosto do general que passa num carro veloz; para que lado os oficiais de comunicações estão levando o cabo telefônico; em que ponto exato o caminhão com caixas de refrigerantes e gaiolas cheias de galinhas saiu da estrada principal; para onde rumavam os bombardeiros de mergulho alemães agora no alto; que tipo de bombas os alemães lançaram durante a noite; por que uma bomba atingira determinado caminhão (o motorista devia ter acendido os faróis ao cruzar uma ponte danificada); e qual pista da estrada tinha sulcos mais profundos — a que ia em direção ao Volga ou a que levava para longe dele.

Em suma, não há motivo para surpresa. Se os soldados quiserem saber algo, conseguirão descobrir.

— Apertem o passo! — gritavam os comandantes, sentindo a mesma terrível ansiedade de seus homens.

Mas, de alguma forma, já não parecia tão difícil continuar marchando. Os ombros doíam menos; as botas rígidas já não friccionavam as bolhas com tanta violência. A exaustão era eclipsada pelo medo da morte.

Na beira da estrada, havia uma mulher com um lenço na cabeça, uma caneca na mão e um balde de água aos pés. Os soldados escapuliam da coluna ou saltavam de seus caminhões e corriam até ela.

Mas ninguém bebia a água que ela oferecia. Os homens apenas trocavam algumas palavras com ela, depois voltavam correndo.

O rosto da mulher era tenso, impassível, pétreo. Alguém no final da coluna gritou para um companheiro:

— O que foi? Por que você não bebeu?

Uma voz azeda e zangada respondeu:

— Porque ela está cobrando dez rublos por uma merda de uma caneca, porra!

Então, um soldado alto saiu correndo da coluna. Tinha o rosto emplastrado por dias de poeira na barba por fazer.

— Que boa hora para fazer negócios! — berrou, chutando o balde com tanta força que o fez voar e cair de cabeça para baixo no outro lado da estrada.

— E agora, quem vai alimentar meus filhos? — gritou a mulher.

— Parasita! — berrou o soldado. — Vou acabar com a sua raça!

A mulher soltou um grito e fugiu, sem sequer olhar para trás.

— Vavílov! Logo ele, sempre tão quieto e gentil — disse Ríssev. — Não deveria ter feito isso. Ela estava tentando cuidar dos filhos.

Záitchenkov, que caminhava ao lado de Ríssev, respondeu:

— E por quem você acha que vamos morrer? Pelos filhos de todos.

A divisão de guardas do major-general Rodímtzev avançava veloz em direção a Stalingrado.

Suas ordens iniciais eram percorrer uma rota mais longa, alcançando o Volga alguns quilômetros ao sul. Entretanto, nas últimas horas, a situação dentro da cidade havia se agravado, e essas ordens foram canceladas. Agora, a divisão deveria seguir para Krásnaia Slobodá, o ponto de embarque em frente a Stalingrado.

Para Rodímtzev e seu estado-maior, essa mudança de plano — a segunda em apenas alguns dias — foi exasperante. Homens que ansiavam por descansar, exaustos pelo calor e pela poeira de uma longa marcha, agora tinham que seguir para o norte. Poucas horas antes, estavam avançando para o sul ao longo da mesma estrada.

Nenhum comandante ou soldado anteviu que o nome de sua divisão permaneceria para sempre associado à cidade que estavam prestes a atravessar.

16

O quartel-general do front se deslocou para a margem esquerda. Agora estava localizado na pequena aldeia de Iama, a oito quilômetros de Stalingrado.

Iama ficava ao alcance dos morteiros pesados alemães, e todas as seções do quartel-general estavam sob fogo constante. A escolha daquele lugar parecia um despropósito.

De fato, uma vez tomada a decisão de atravessar para a margem esquerda, parecia haver pouca vantagem em estar a oito e não a vinte quilômetros do Volga. E certamente havia desvantagens. A mais grave era que os projéteis e bombas de morteiro alemães eram tão letais ali quanto na margem direita. Certo dia, uma bomba caiu na cantina do quartel-general durante o almoço, matando e ferindo vários comandantes.

Repetidas vezes as linhas telefônicas eram cortadas. Houve ocasiões em que generais convocaram subordinados e estes simplesmente não se apresentaram. Um general desconfiado presumiu que um de seus comandantes estivesse com medo, esperando o bombardeio amainar. Prometendo repreender o homem com severidade, enviou até ele seu ajudante de ordens, que voltou com a notícia de que o comandante tinha sido ferido já nas proximidades do abrigo do general e levado para o posto médico de campanha.

Até mesmo os membros mais conscienciosos e equilibrados da equipe perdiam tempo demais em discussões: quem foi ferido? Quando e onde? Quais foram os efeitos desta e daquela explosão? Qual a extensão dos danos causados pelos estilhaços?

Alguns membros do estado-maior concentravam-se no lado mais divertido desses dramas: generais que peidavam quando uma bomba explodia, ou praguejavam e blasfemavam na presença de uma médica; o cozinheiro que dirigia sua cozinha a distância e temperava os pratos para a cantina do quartel-general sem sair de sua trincheira; a empregada que estremecia ao ouvir o silvo de um projétil e despejava uma tigela de sopa em cima de algum major; o coronel que sempre insistia que sua seção deveria fazer parte do quartel-general avançado, mas que agora queria ir mais para trás.

Outros reclamavam, em tom rancoroso: por que estavam sendo expostos ao fogo inimigo? Por que os homens estavam sendo mortos e feridos sem motivo? Que diferença para os alemães, que tinham seus quartéis-generais sempre a várias centenas de quilômetros da linha de frente!

Mas Ieriômenko, o comandante do front de Stalingrado, não agia sem razão. Havia lógica por trás de sua decisão de escolher aquela aldeia como o local de um grande empreendimento militar, com todas as suas seções e subseções, com seus datilógrafos, escriturários, topógrafos, estenógrafos, intendentes, empregados de cozinha, mensageiros e secretários.

Ieriômenko relutara em deslocar seu quartel-general. Permaneceu em Stalingrado o quanto pôde.

Havia combates nos subúrbios. Os pontos de travessia do Volga eram bombardeados dia e noite, e eles estavam sendo metralhados por Messerschmitts. A guerra ia entrando na cidade, mas Ieriômenko se recusava a se mover.

Tropas de assalto alemãs munidas de submetralhadoras estavam se infiltrando nas ruas à noite. O estado-maior do quartel-general ouvia regularmente o som do fogo de metralhadoras. Certa noite, o coronel Sítin, recém-nomeado por Ieriômenko como comandante da área fortificada de Stalingrado, reportou a presença de soldados alemães a duzentos e cinquenta metros do quartel-general do front.

— Quantos? — indagou Ieriômenko.

— Uns duzentos, talvez.

— Conte direito e volte aqui para se reportar!

Sítin prestou continência e, batendo os calcanhares, disse:

— Às ordens, coronel-general — e saiu.

Logo depois, Sítin voltou, tranquilo como sempre, e confirmou sua cifra original.

— Está bem — falou Ieriômenko.

E o quartel-general do front permaneceu onde estava.

As comunicações entre o QG do front e o 64º Exército de Chumílov, mobilizado mais ao sul para defender Sarepta, tornaram-se cada vez mais difíceis.

Ieriômenko havia sido colocado no comando não apenas do front de Stalingrado, mas também do front sudeste. A manutenção das comunicações com este último tornou-se insustentável. No entanto, Ieriômenko insistiu em ficar em Stalingrado.

Só quando a permanência do QG do front na margem direita se tornou fisicamente impossível foi que Ieriômenko ordenou a transferência para Iama.

Pela lógica tradicional, não havia razão para não se mover outros nove ou dez quilômetros mais a leste. Mas a lógica desse período duro — os meses mais difíceis de toda a guerra — ditava o contrário.

Ieriômenko recuou para a margem esquerda não porque desejasse recuar, mas para organizar a defesa de Stalingrado. E Iama proporcionava uma visão clara da cidade — de cada abrigo e trincheira era possível avistar os prédios em chamas. Ali, a exposição aos projéteis, granadas e bombas de morteiro alemães não era menor do que do outro lado do rio.

Quando os comandantes e comissários de divisão voltavam para a margem direita depois de uma visita ao QG do front para tratar de seus assuntos, seus camaradas — chefes de estado-maior, comissários de regimento, comandantes de batalhão — perguntavam com a ironia própria dos homens da linha de frente, que sabiam estar mais próximos da morte:

— Então, como está a vida na margem esquerda? O QG é confortável? Descansaram bem?

E os comandantes que acabavam de voltar respondiam:

— Longe disso! Enquanto eu caminhava da seção de operações até a de logística, os alemães lançaram quatro bombas de morteiro. O quartel-general na verdade está muito próximo, dá para ver tudo o que acontece aqui.

É possível, sem dúvida, que os responsáveis pelo quartel-general do front — pela decisão de mantê-lo na cidade o maior tempo possível e depois de deslocá-lo apenas até Iama — estivessem cientes do efeito que essa decisão poderia ter sobre o moral das tropas. Além disso, pode ter havido motivações pessoais; talvez quisessem se proteger contra acusações de covardia. Mas eles também queriam provar a si mesmos que não eram covardes. Os sentimentos e apreensões da maioria dos indivíduos estavam agora alinhados com os interesses do país como um todo; em vez de contradizê-los, os expressavam.

17

Conversando baixo, os dois ajudantes de ordens de Ieriômenko trabalhavam sentados a uma escrivaninha em um abrigo espaçoso, com paredes forradas com tábuas de pinheiro fresco, quase branco. Sentado em um canto distante, um general com ar taciturno e três estrelas no colarinho esperava para ser recebido.

Um dos ajudantes, um jovem alto de rosto rosado com duas comendas na túnica e um quepe de copa alta com uma faixa vermelha brilhante, examinava um arquivo de formulários telegráficos amarelos; era o major Parkhómenko, o favorito de Ieriômenko. O outro, um homem de cabelos louros chamado Dubrovnik, estava sentado sob a claridade de uma lâmpada elétrica, debruçado sobre um mapa em grande escala no qual anotava a marcha dos últimos acontecimentos. Havia dois pontos — ao norte da Fábrica de Tratores e no centro da cidade, nas proximidades do rio Tsaritsa — onde o lápis azul demarcando a linha de frente alemã agora se fundia ao azul do Volga. Dubrovnik sorria; tinha acabado de apontar o lápis azul, e a linha que desenhara era nítida e precisa.

Ele levantou meio corpo, olhou por cima do ombro de seu camarada, como que para espiar os telegramas, e sussurrou:

— Quem é?

— Tchuikov. Era um dos comandantes graduados de Chumílov. Agora está sendo destacado para Stalingrado, para comandar o 62º Exército — respondeu Parkhómenko em surdina, e continuou a separar os telegramas.

Sentindo que estavam falando sobre ele, Tchuikov pigarreou e limpou a poeira da manga da túnica. Em seguida, virou a enorme cabeça lentamente, e, não menos devagar, fitou os ajudantes de cima a baixo.

Como qualquer comandante acostumado à obediência inquestionável dos subordinados, Tchuikov olhava para os insolentes ajudantes de seus superiores de uma forma muito particular. Seu olhar continha não apenas uma sugestão de zombaria, mas também certa tristeza filosófica, como se dissesse: "Uma pena você estar sendo corrompido aqui. Nas minhas mãos, em pouco tempo você se transformaria no ajudante perfeito — prestimoso e obediente".

De trás da porta de madeira, uma voz fina e rouca gritou:

— Parkhómenko!

Parkhómenko passou pela porta baixa do gabinete de Ieriômenko.

Um minuto depois, voltou, prestou continência batendo os calcanhares e disse de forma respeitosa, embora talvez não com respeito suficiente:

— Camarada tenente-general, por favor, entre.

Com uma contração dos ombros maciços, Tchuikov se levantou, entrando em seguida, com passadas rápidas e silenciosas.

Ieriômenko estava atrás da escrivaninha. À sua frente, um bule niquelado, um copo de chá pela metade, uma fruteira vazia e um pacote de biscoitos aberto, mas intocado. Sobre a outra metade da escrivaninha, um mapa da cidade, coberto com setas, círculos, triângulos, números e abreviações.

Tchuikov entrou. Em posição de sentido perto da porta, apresentou-se em voz grave:

— Camarada comandante do front! Tenente-general Tchuikov, às suas ordens.

— Pare com isso — falou Ieriômenko, franzindo a cara e rindo. — Acha que não o reconheci?

Tchuikov então sorriu e disse baixinho:

— Boa tarde!

— Sente-se, Tchuikov, por favor.

Ieriômenko inclinou-se na direção de Tchuikov e abriu espaço na escrivaninha, afastando um cinzeiro cheio de guimbas de cigarro e alguns miolos de maçã. Em seguida, soprou a toalha para remover as cinzas.

Ieriômenko conhecera Tchuikov antes da guerra, durante exercícios no distrito militar da Bielorrússia. Tinha plena ciência da sua brusquidão, do modo rápido, por vezes impetuoso, com que tomava decisões.

No final de julho, Tchuikov estivera no comando de um grupo de exércitos no sul que, depois de uma série de reveses, em 2 de agosto fora incorporado ao 64º Exército de Chumílov. Esse contratempo, contudo, não preocupava Ieriômenko. Ele sabia que nenhuma carreira militar longeva consistia apenas de vitórias.

A vida dos dois homens seguira caminhos semelhantes. Um recebia notícias do outro com regularidade, embora vários anos se passassem sem que se encontrassem pessoalmente. Ieriômenko sabia dos sucessos e fracassos de Tchuikov durante a guerra contra a Finlândia, e também de seu trabalho como diplomata na China. Achava difícil imaginá-lo nessa função: Tchuikov parecia ser um homem nascido para as tribulações da guerra, sendo dotado de coragem, resiliência, força de vontade e inabalável determinação. Nos dias sombrios do início de setembro de 1942, Ieriômenko sugerira seu nome para o comando do 62º Exército, e a nomeação fora ratificada pela Stavka.

— Bem — disse Ieriômenko —, parece que temos algum trabalho a fazer. E este é o seu território — acrescentou, pousando a grande palma da mão sobre o mapa da cidade.

Em seguida, com um sorriso:

— Sei da sua experiência como diplomata, mas desta vez não vamos precisar de diplomacia. Aqui estão os alemães, e aqui estão os nossos homens. Simples assim.

Ieriômenko olhou para o mapa, depois para Tchuikov. E, de repente, perguntou, com raiva:

— Mas o que é isso, tem medo de engordar? Faz ginástica toda manhã?

— Vejo que o comandante não tem se exercitado, não é? — sorriu Tchuikov, passando a mão pela barriga.

— O que posso fazer? — resmungou Ieriômenko. — Tenho um caráter tranquilo, estou ficando velho e passo dia e noite sentado, debaixo da terra. Além disso, desde que fui ferido na perna, tenho dificuldade de andar.

Em seguida, informou Tchuikov sobre os recursos que teria à disposição e o que estava sendo pedido a ele. A julgar pelo seu tom de voz, parecia um idoso presidente de colcoz examinando as tarefas para o mês seguinte.

— Em breve você vai saber como estão as coisas — disse, passando os dedos pelo mapa e explicando a situação no front. — Vai ver com seus próprios olhos. Você vai lutar na cidade, não na estepe. Tenha isso em mente. E esqueça que o Volga tem duas margens. O Volga tem apenas uma margem: a margem direita, entendeu? Esqueça a margem esquerda!

Ieriômenko tinha aversão a palavras grandiloquentes. Sabia que os homens não abandonavam suas preocupações habituais apenas porque estavam na linha de frente. Essa franqueza o tornara popular entre os soldados. Nos momentos críticos, dirigindo-se a centenas de homens em posição de sentido, quando os jovens capitães e majores esperavam que recorresse a uma oratória exagerada, seu rosto se suavizava e ele falava aos soldados sobre botas, tabaco e esposas distantes, fiéis ou infiéis.

Ieriômenko olhou atentamente para Tchuikov e perguntou:

— Então, entendeu o que se espera de você? Quanto a mim, não tenho dúvidas com relação à sua coragem. Sei que não é homem de entrar em pânico.

Tchuikov ouvia as instruções empertigado no assento, olhando fixo para a frente. O sangue afluía ao seu pescoço forte, à face, ao corpo ligeiramente tostado pelo sol e castigado pelas intempéries. Sabia o que estava em jogo. Pensando que o quartel-general do 62º Exército estava prestes a atravessar para a margem esquerda, esboçou um sorriso. Fora escolhido para aquele comando porque alguém pensava que ele era o homem certo para a tarefa ou porque era considerado descartável?

Assentindo com a cabeça, Tchuikov falou:

— Asseguro ao Soviete Militar do front e a todo o povo soviético que estou pronto para morrer com honra!

Ieriômenko tirou os óculos, franziu a testa e disse, zangado:

— Estamos em guerra, morrer é fácil. Mas não preciso lhe dizer isso. Você foi trazido aqui para lutar, não para mostrar que é capaz de morrer com pompa e circunstância.

Com outro enfático meneio de cabeça, Tchuikov tornou a falar, em tom obstinado:

— Defenderei Stalingrado, mas, se for preciso, morrerei com honra.

Quando chegou o momento da despedida, os dois homens se sentiram constrangidos. Ieriômenko pôs-se de pé e disse, devagar:

— Ouça, Tchuikov...

Parecia a ponto de abraçá-lo, de abençoá-lo antes da terrível missão. Mas, na verdade, teve um pensamento e ficou irritado. "Qualquer outro no lugar dele estaria fazendo de tudo para arrancar mais coisas de mim: homens, tanques, artilharia... mas esse homem não me pede nada."

Ieriômenko continuou:

— E devo avisá-lo. Nada de imprudência. Pense bem antes de fazer qualquer coisa.

Tchuikov sorriu, arreganhando os dentes, o que deixou seu rosto ainda mais severo. Então, respondeu:

— Vou fazer o meu melhor, mas não se pode escapar à própria natureza.

Voltou à sala de espera. Como se tivessem recebido uma ordem tácita, os ajudantes de ordens, de um salto, puseram-se em posição de sentido.

Tchuikov passou por eles sem virar a cabeça e subiu os íngremes degraus de madeira, os ombros por vezes roçando as paredes de terra.

Demorou um pouco para se acostumar à luz do dia. Espremendo os olhos, observou o cenário ao redor — viu os bosques de carvalho, as casas de madeira cinza, os campos da várzea de Ákhtuba.

O Volga cintilava ao sol. Do outro lado, Stalingrado surgia estranhamente branca — parecia alegre e viva, como se feita de mármore.

Mas ele sabia muito bem que a cidade estava morta, destruída.

Protegendo os olhos com uma das mãos, Tchuikov continuou a olhar para o outro lado do rio. Por que aquelas ruínas pareciam tão cheias de vida? Era uma miragem? Uma visão do passado? Talvez do futuro? O que o aguardava entre aquelas ruínas? Como seriam as próximas semanas e meses?

Olhando para o leste, berrou para seu ajudante de ordens:

— Fiódor, traga o carro!

E mesmo os que estavam no abrigo ouviram seu berro.

Dubrovnik comentou, em voz grave:

— Esse Fiódor deve comer o pão que o diabo amassou. E depois ainda dizem que os ajudantes de ordens não veem a guerra de verdade!

18

O tenente-coronel Darenski chegou ao quartel-general do front sudeste, na aldeia de Iama.

Seus velhos camaradas, no entanto, estavam quase todos no vilarejo de Olkhovka, ao noroeste de Stalingrado. Um novo front estava sendo formado lá.

Somente ao anoitecer Darenski encontrou alguém que já conhecia — um tenente-coronel com quem havia trabalhado não muito tempo antes. Ele explicou que, embora naquele momento Ieriômenko estivesse no comando dos dois fronts, apenas o primeiro permaneceria sob seu comando. O front sudeste compreendia o 64º Exército de Chumílov e o 62º Exército de Tchuikov, ambos designados para a defesa da cidade, e também vários exércitos mobilizados na estepe do sul, na área dos lagos de sal entre Stalingrado e Astracã. O novo front — composto pelos exércitos ao norte da cidade — logo estaria sob o comando de Rokossóvski, que no inverno de 1941 conduzira um exército nos arredores de Moscou.[221]

Quando Darenski perguntou sobre a situação militar, o tenente-coronel deu de ombros e disse:

— Muito ruim, muito ruim.

E acrescentou que não estava contente ali, que gostaria de ter sido destacado para o quartel-general do novo front, em Olkhovka.

— De lá você pode chegar a Kamíchin, talvez até Sarátov. Mas aqui no Transvolga só há camelos e espinhos. E não gosto muito das pessoas aqui. Todo mundo é meio... bem, você vai ver por si mesmo. Onde estávamos antes, eu conhecia todo mundo, e todo mundo me conhecia.

Darenski perguntou sobre Nóvikov, e o tenente-coronel respondeu:

— Ouvi dizer que foi convocado a Moscou. — Com uma piscadela, acrescentou: — Em compensação, Bíkov está por aí.

Depois de perguntar onde Darenski estava dormindo, arranjou acomodação para ele numa isbá com um grupo de oficiais de comunicações. Os comandantes de patente mais baixa estavam vivendo em isbás, e os comandantes mais graduados em abrigos. Depois da primeira noite na isbá, ficou combinado que Darenski ficaria lá até ser instalado em uma nova guarnição.

Os oficiais de comunicações (o mais graduado era major, os outros eram tenentes e segundos-tenentes) eram bons camaradas e trataram Darenski com respeito. Assim que chegou, trouxeram-lhe água quente para que pudesse se lavar, fizeram um pouco de chá e lhe deram a melhor cama. Um deles o levou até o lado de fora com uma lanterna e apontou o local que usavam como latrina.

---

[221] Entre 1º e 6 de agosto, Stálin fez várias alterações tanto na nomenclatura de várias frentes como na cadeia de comando. Para um resumo desse confuso período, ver David Glantz e Jonathan House, *Stalingrad*, p. 99.

Alguns meses depois, ao examinar a lista de oficiais de comunicações que não trabalhavam mais na seção de operações, Darenski constatou que todos haviam morrido no cumprimento do dever. Na época, contudo, não sentira por eles nada além de irritação. Chegara cheio de entusiasmo e ideais elevados, e ficara chocado com a aparente monotonia e mesquinhez dos homens. Isso o aborreceu ainda mais do que o fedor, as pulgas e os percevejos, a falta de espaço na isbá e o perigo das explosões de granadas.

Os oficiais de comunicações pareciam levar uma vida estranhamente vazia. Havia um tenente que, após concluir um trabalho, era capaz de dormir por catorze horas a fio. Com o cabelo todo emaranhado, de quando em quando saía para o pátio, depois voltava para a cama. Os outros desperdiçavam suas horas livres jogando cartas ou dominó, batendo as peças sobre a mesa de uma forma que enfurecia Darenski. Dedicavam uma quantidade extraordinária de tempo tentando adivinhar se lhes serviriam arroz ou *kacha* de milho para o jantar, e se receberiam chá com ou sem leite. Discutiam sem parar, acusando-se mutuamente de roubos de sabão, pasta de dente e graxa para botas. E quando um deles era enviado para arriscar a vida numa perigosa missão na cidade em chamas, sempre lembrava os outros de coletarem sua ração de açúcar e manteiga do café da manhã — e então começava a se preparar para sua jornada mortal como se fosse a coisa mais trivial do mundo.

Enquanto calçava as botas e ajustava o cinto, seus camaradas continuavam a jogar o jogo que estivessem jogando, fosse carteado ou qualquer outra coisa:

— Você não gosta muito do naipe de paus, não é? Mas vai receber agora uma carta de paus... Não teremos mais problemas com aqueles valetes irritantes. E aqui está um ás de espadas! Gostou?

Para Darenski, eles pareciam passageiros de um trem de longa distância. Se as luzes se apagavam de repente, havia alguns suspiros e todos se deitavam para dormir. Se elas se acendiam, eles se sentavam, abriam as pequenas malas e vasculhavam seus pertences. Um homem verificava a lâmina da navalha; outro afiava o canivete. E depois voltavam para o baralho ou o dominó.

Os oficiais de comunicações liam os jornais atentamente de cabo a rabo, mas Darenski se incomodava com a indiferença com que se referiam a ensaios importantes como "reportagens" e a artigos de meia página como "pequenas crônicas".

Mal falavam sobre o trabalho, embora as travessias noturnas do Volga, quase sempre sob fogo, devessem ser cheias de momentos aterrorizantes.

— Como foi? — perguntava Darenski.

E eles respondiam, lacônicos:

— Péssima. Não houve trégua.[222]

As conversas eram igualmente enfadonhas quando os amigos dos oficiais apareciam de repente:

— Como estão as coisas?

— Tudo bem. O coronel saiu em missão hoje. Não se esqueça de ir falar com o intendente. Acabaram de receber uma remessa de coletes de pele, e o major diz que o pessoal da seção de operações é o primeiro da fila.

— Alguma notícia da ração suplementar?

— Parece que ainda não chegou.

Um dos tenentes, um jovem forte e bem-apessoado de nome Sávinov, sentia uma estranha inveja dos comandantes de companhia e de batalhão da linha de frente.

— O comandante de divisão ou de exército distribui ordens e medalhas no momento em que a luta acaba. Para nós, não é assim. Uma comenda deve ser submetida à seção de condecorações do front. Depois o comandante deve assinar, e por fim o membro do Conselho Militar... Lá na linha de frente, você tem seu próprio barbeiro. O cozinheiro dá o que você pedir. Geleia de carne, fígado frito... você escolhe. Dá para arranjar um sobretudo feito sob medida. E o pagamento que se recebe nas divisões de guardas nem se compara ao nosso...

Sávinov parecia não perceber que todas essas vantagens, imaginárias e reais, tinham um preço: longas marchas, esforços sobre-humanos, exposição ao frio e calor extremos, sangue, ferimentos, morte.

Darenski também achava irritante o fato de os oficiais falarem muito pouco sobre mulheres, e serem enfadonhos quando abordavam o assunto. Darenski, por sua vez, estava sempre pronto para admirar

---

[222] No ponto em questão, o Volga tem cerca de um quilômetro e meio de largura. Uma das anotações de Grossman diz: "Uma travessia medonha. Terror. A balsa estava lotada de veículos, carrinhos, centenas de pessoas amontoadas — e colidiu com um banco de areia. Um Junker 108 lançou uma bomba. Uma enorme coluna de água, vertical, azul-clara. Terror. Nem uma única metralhadora ou arma antiaérea na travessia. O quieto e reluzente Volga — terrível como um cadafalso" (*Godi voini*, p. 345).

as mulheres, para se surpreender com elas ou condenar sua frivolidade e astúcia. Como todo genuíno mulherengo, podia se entusiasmar com as mais simplórias e sem graça. A presença de qualquer mulher era suficiente para trazê-lo à vida, para torná-lo espirituoso e animado.

E, na companhia de homens, não havia nenhum assunto que ele considerasse mais interessante do que o sexo oposto.

Mesmo em seu estado de desânimo, já fora duas vezes à seção de comunicação para admirar o adorável rosto das operadoras de telégrafo e telefone e as meninas que cuidavam da correspondência. Ao passo que o belo Sávinov, quando estava de folga, não conseguia pensar em nada melhor para fazer do que tirar da mala uma lata de peixe em conserva, girá-la nas mãos, soltar um suspiro, abri-la com o canivete, espetar pequenos nacos de peixe e continuar comendo até não haver mais nada. Então, esmagava a tampa serrilhada, exclamava: "Nada mal!", estendia uma folha de jornal na ponta da tarimba e se deitava com botas e tudo.

Darenski estava ciente de que sua irritação com os oficiais de comunicações era injustificada. Afinal, só os via quando estavam descansando depois de terem arriscado a vida em alguma missão perigosa. Na verdade, o que o afligia era a própria alma; sua euforia e sede de atividade tinham dado lugar à apatia.

A entrevista que tivera com o coronel gordo e ruivo encarregado da seção de quadros do quartel-general do front o aborrecera.

O coronel tinha olhos pequenos e atentos que relampejavam faíscas ruivas e uma maneira de falar típica dos ucranianos, lenta e cantante. Enquanto conversavam, examinava os papéis que havia tirado do enorme arquivo, com anotações em azul e vermelho, na frente e no verso. O homem sentado à sua frente parecia não despertar seu interesse; era como se a voz dele se perdesse na penumbra e nunca o alcançasse. O que realmente importava, o que ele estudava com uma espécie de reverência, eram as linhas datilografadas do registro militar, as minuciosas anotações manuscritas, as respostas de Darenski a questionários e os detalhes de sua biografia pessoal.

De quando em quando o coronel levantava uma sobrancelha, franzia a testa, pensativo, ou balançava a cabeça. Apreensivo, Darenski se perguntava qual página de sua folha de serviço nas forças armadas estava evocando dúvida ou perplexidade.

O coronel lhe fez todas as perguntas habituais naquele tipo de entrevista.

Darenski começou a ficar cansado e impaciente. Queria dizer ao coronel que havia coisas mais importantes do que aqueles detalhes insignificantes: por que fora excluído de tal e tal lista, por que não o incumbiram desta ou daquela missão, por que suas respostas aos questionários exibiam ligeiras inconsistências — nada disso importava. Por que aquele homem não se interessava pela sua verdadeira essência, pelo seu desejo de dedicar toda a sua força ao trabalho?

Ao que tudo indicava, Darenski receberia uma oferta de trabalho administrativo na retaguarda — não a posição na seção de operações que tanto almejava.

— E sua esposa? — perguntou o coronel, tamborilando com o dedo algum documento. — Por que não é mencionada aqui?

— Porque nos separamos antes da guerra, quando tive aquele pequeno dissabor, como se diz. Quando fui preso. Foi aí, realmente, que nosso casamento acabou.

E em seguida, com um leve sorriso, acrescentou:

— Nem preciso dizer que não foi por *minha* iniciativa.

Essa conversa sobre assuntos de pouca importância militar aconteceu ao som de detonações de granadas, do estrondo da artilharia de longo alcance, de rajadas rápidas de fogo antiaéreo e do rugido mais pesado e profundo de explosões de bombas.

No momento em que o coronel perguntou a data da reintegração de Darenski ao Exército Vermelho, ecoou uma explosão tão forte em algum lugar nas proximidades que os dois homens involuntariamente se abaixaram e olharam para o teto, imaginando se a terra solta e os troncos de carvalho estavam prestes a soterrá-los. Mas o teto permaneceu no lugar e eles continuaram conversando.

— Você vai ter que esperar um pouco — disse o coronel.

— Por quê? — perguntou Darenski.

— Ainda preciso esclarecer alguns pontos.

— Tudo bem — falou Darenski. — Mas imploro que não me ponha na retaguarda. Sou um oficial de operações, um oficial de combate. E, por favor, não arraste essa situação por semanas.

— Seu pedido será levado em consideração — disse o coronel, em um tom que encheu Darenski de desespero.

— Então, devo voltar amanhã? — perguntou Darenski.

— Não, não. Não se preocupe. Onde está aboletado?
— Com os oficiais de comunicações.
— No devido tempo mandarei alguém. De resto, está tudo em ordem? Tem um passe para a cantina?
— Sim — disse Darenski. — Sem dificuldades nesse quesito.

Voltou então para sua isbá e fitou a cidade enevoada ao longe, do outro lado do Volga. As coisas não poderiam estar piores. Ficaria preso na retaguarda durante meses. Os oficiais de comunicações deixariam de notá-lo; em pouco tempo estaria implorando para participar dos carteados e das tentativas de adivinhar que tipo de *kacha* seria servido naquele dia e se iriam ou não receber leite com chá. As empregadas da cozinha comentariam entre si: "Ah, lá vem o nosso pobre tenente-coronel sem trabalho".

De volta à isbá, Darenski se deitou na tarimba. Sem tirar as botas e sem olhar para ninguém, virou-se para a parede e fechou os olhos, cerrando os dentes com tanta força que pareciam a ponto de se estilhaçar.

Repassou mentalmente cada palavra da entrevista. Lembrou-se da expressão no rosto do coronel. Era desolador. Ali ninguém o conhecia, ninguém sabia de suas aptidões. O coronel dispunha apenas de seus papéis — e o retrato que eles apresentavam estava longe de ser perfeito.

Alguém lhe deu um leve cutucão no ombro.
— Camarada tenente-coronel, vá jantar — chamou uma voz. — Hoje tem pudim de arroz com açúcar, e a cantina vai fechar em breve.

Darenski continuou deitado, imóvel.

Uma segunda voz disse, zangada:
— Deixe o camarada tenente-coronel em paz. Não vê que está descansando? Se amanhã de manhã ele parecer doente, vá ao posto e encontre um médico para ele.

Em seguida a mesma voz acrescentou, baixinho:
— Melhor ainda, vá buscar o jantar do tenente-coronel. Talvez ele esteja mesmo doente, e são seiscentos metros até a cantina, é uma distância e tanto. Eu mesmo iria, mas tenho que atravessar para a outra margem. Vou levar um pacote para Tchuikov. Você pode pegar meu jantar também: ração seca, e não se esqueça do açúcar.

Darenski reconheceu a voz — era Sávinov. Soltou um suspiro e sentiu lágrimas repentinas atrás das pálpebras fechadas com força.

Na manhã seguinte, enquanto os homens que durante a noite não tinham sido enviados para lugar nenhum se lavavam, limpavam as botas ou cerziam os colarinhos, entrou um ordenança. Um pouco ofegante, olhou em volta, identificou depressa o comandante mais graduado entre os presentes e falou:

— Camarada tenente-coronel, posso perguntar qual dos senhores é o camarada tenente-coronel Darenski? O camarada coronel ordenou que ele se apresente sem demora à seção de quadros. Quer falar com ele antes do café da manhã. Tenho permissão para me retirar, camarada tenente-coronel?

O coronel da seção de quadros imediatamente comunicou a Darenski que ele estava sendo designado para o quartel-general da artilharia. Era uma posição importante e responsável — o tipo de trabalho que Darenski jamais ousara esperar.

— O coronel Agêiev disse que você deve se reportar ao quartel-general da artilharia amanhã às duas horas da tarde — declarou o coronel, em tom ríspido.

— Reportar-me ao quartel-general da artilharia amanhã às duas horas da tarde, entendido! — respondeu Darenski.

Adivinhando os pensamentos de Darenski, o coronel continuou:

— Você estava pensando que os malditos burocratas iam deixá-lo esperando para sempre, não é? Bem, no fim das contas não nos saímos tão mal. Podemos ser burocratas, mas sabemos que o tempo é precioso durante uma guerra.

Naquela noite, pela primeira vez, Darenski teve uma conversa cordial com os jovens oficiais de comunicações e ficou espantado por não ter percebido antes os companheiros esplêndidos que eram: modestos, corajosos, singelos, cultos, laboriosos, extrovertidos e simpáticos. Continuou conversando e jogando cartas com eles até tarde da noite, descobrindo cada vez mais virtudes naqueles homens. Virtudes que pareciam não ter fim.

Darenski mal podia acreditar em como se sentia feliz agora. Ali, naquela isbá camponesa na desolada estepe salina além do Volga, em meio aos lúgubres estrondos da artilharia, sob o zumbido constante de aeronaves, enfim sentiu que podia respirar com liberdade. Seus sonhos estavam se realizando. Recebera um trabalho importante e responsável. Não tinha dúvidas de que seria comandado por alguém talentoso, inteligente e experiente, e que seus futuros colegas seriam espertos, conscienciosos e perspicazes. Sem se dar conta, começou a pensar que tudo à sua volta parecia mais suportável e luminoso.

Assim acontece quando as coisas dão certo para alguém. Agora, a própria vida de Darenski começava a parecer notável e bem-sucedida, enquanto a grave situação no front já não parecia tão complexa e preocupante.

19

O coronel Agêiev já tinha o cabelo inteiramente branco, mas era um homem alerta e cheio de energia. Via o treinamento de artilharia como a base para o entendimento de todas as questões militares — e de tudo na vida também. Seus subordinados gostavam de brincar: "Se pudesse, o nosso coronel incorporaria o treinamento de artilharia à floricultura, à construção de dachas e ao repertório do Teatro de Arte de Moscou".

Em 1939, ele sentiu uma mágoa profunda quando o filho decidiu ingressar na faculdade de letras. E, um ano depois, a filha, que ele vinha levando ao campo de tiro aos domingos "para ouvir música de verdade", se casou com um diretor de cinema. Pesaroso, Agêiev disse para a esposa:

— Está vendo o que você fez com a menina?

Ele tinha sua própria teoria sobre os artilheiros:

— Os artilheiros russos são altos, têm ossos largos e fortes, crânios grandes e grandes cérebros.

Ele mesmo era baixinho, frágil e enfermiço, e tinha pés tão pequenos que a esposa era obrigada a comprar seus sapatos no departamento infantil da loja do exército — um segredo terrível que seu ajudante de ordens contara a todos no quartel-general da artilharia.

De maneira geral Agêiev era considerado um bom comandante. Era respeitado não só pelo conhecimento, mas pela forma ousada e incisiva de pensar.

Alguns, no entanto, embora não negassem seus talentos, não gostavam dele por outras razões.

Ele podia ser abrupto, sarcástico e muitas vezes incontrolavelmente propenso a discussões e controvérsias.

Tinha especial aversão a carreiristas e a pessoas afeitas a mexer os pauzinhos para conseguir vantagens. Certa vez, durante uma reunião do Soviete Militar, acusou um colega de servilismo. Sua linguagem foi tão agressiva que o incidente foi reportado a Moscou.

Pouco antes da nomeação de Darenski, Agêiev enfrentou uma decisão difícil e importante: levar ou não a artilharia pesada para o outro lado do rio.

Primeiro percorreu de carro toda a arenosa margem esquerda do Volga, com seus densos matagais de salgueiros e bosques de árvores jovens, e concluiu que era o local perfeito para a artilharia pesada: um presente de Deus para os artilheiros.

Em seguida, atravessou para a margem direita a bordo de um pequeno barco, visitou quartéis-generais de divisão e de regimento, inspecionou baterias de artilharia instaladas em praças e entre edifícios em ruínas e concluiu, com convicção não menos inabalável, que era impossível para a artilharia pesada operar naquelas condições.

Os alemães estavam por perto. Franco-atiradores e pequenos grupos armados com submetralhadoras infiltravam-se no centro da cidade à noite, esgueirando-se entre escombros de edifícios e abrindo fogo contra as posições da artilharia e os postos de comando.

Nessas condições, era impossível encontrar alvos adequados para a artilharia pesada, que se limitava a alvejar pequenos grupos móveis, ninhos de metralhadoras e morteiros isolados.

Os esforços dos artilheiros estavam sendo desperdiçados. Boa parte de seu tempo era dedicada a proteger as armas, resguardando-as de ataques-surpresa.

As comunicações eram muitas vezes interrompidas. Com tantas ruas bloqueadas por escombros, era difícil manter o fornecimento adequado de munição.

Com sua habitual franqueza, Agêiev relatou tudo isso a Ieriômenko. Criticou os outros por "não se arriscarem" e por "apenas macaquearem ordens". Depois de declarar que "nunca tive nem jamais terei medo da responsabilidade", exigiu que a artilharia pesada fosse imediatamente transferida para a margem esquerda.

Agêiev não poderia ter escolhido pior momento para apresentar seus argumentos. Os relatórios da linha de frente eram mais alarmantes do que nunca. Os alemães tinham alcançado os arredores de Stalingrado e já começavam a atacar a própria cidade. Desfalcados, os regimentos de defesa haviam sido exauridos. A divisão de guardas de Rodímtzev ainda não chegara.

Regimentos de morteiros, armas antitanque, artilharia pesada, um grande número de caminhões de transporte de tropas e munições — enormes contingentes estavam sendo trazidos das reservas. No entanto, ainda se encontravam a alguma distância. E os alemães, cientes de sua aproximação, pareciam ainda mais determinados a não postergar o derradeiro ataque.

A apreensão estava se transformando em pânico. Vários comandantes vinham solicitando, sob uma série de pretextos, a retirada para a margem esquerda.

O coronel-general Ieriômenko, com toda a razão, recusara-se a atender dezenas de pedidos semelhantes. O de Agêiev, porém, era justificado e, mais do que isso, de crucial importância.

Infelizmente, o mundo não é perfeito, e até mesmo os generais mais experientes cometem erros. E Ieriômenko, por força do hábito, suspeitou que Agêiev fosse mais um adepto do que então se chamava de "evacuacionismo".

Nenhum outro membro do estado-maior estava presente no momento em que Agêiev apresentou seu relatório. Consta apenas que ele deixou o gabinete de Ieriômenko depois de poucos minutos, e, ao voltar para o abrigo, jogou a pasta sobre a mesa e emitiu um som estranho pelo nariz. Durante a noite, tomou duas gotas de valeriana, e, incapaz de se acalmar, leu toda a sua biblioteca de campanha.

Mais tarde, os ajudantes de ordens de Ieriômenko relataram a amigos da seção de operações que nenhum dos "evacuacionistas" recebera uma descompostura tão severa como Agêiev.

Nas palavras deles, "Ieriômenko arrancou o couro do homem".

O que Agêiev fez no dia seguinte manifestou o seu espírito de sacrifício e a sua extraordinária devoção pela causa comum e pela artilharia.

Ele voltou à cidade e, por sua própria conta e risco, ordenou a construção de jangadas para transportar duas baterias de artilharia pesada através do Volga. Deu ordens estritas a todos os seus comandantes para permanecerem na cidade. A comunicação entre os comandantes e os soldados através do Volga era feita por fios que, antes de serem substituídos por cabos adequados, foram cobertos de resina.

Um dia bastou para confirmar que Agêiev tinha feito a coisa certa. Suas armas mostraram-se capazes de manter um fogo constante e ininterrupto. Não havia dificuldades com suprimentos de munição, e os artilheiros nunca estiveram sob qualquer ameaça.

As comunicações por telefone eram confiáveis. Em vez de se preocuparem com franco-atiradores alemães, os artilheiros podiam dedicar toda a sua atenção ao trabalho. E os comandantes na cidade, agora sem temerem pela segurança das armas, estavam livres para fazer a ligação com as unidades de infantaria vizinhas e, em seguida, informar seus homens sobre os principais movimentos das tropas inimigas que mereciam sua atenção.

Antes, o fogo da artilharia pesada soviética era disperso e ineficaz; agora, era preciso, concentrado e esmagador.

Retirar para a margem esquerda as baterias de artilharia pesada remanescentes era uma questão de crucial importância. Não seria um recuo; pelo contrário, permitiria que a artilharia desempenhasse um papel de liderança na defesa da cidade.

Agêiev foi mais uma vez falar com Ieriômenko. Ao sair do abrigo, discretamente se persignou.

Ciente de que as coisas poderiam acabar muito mal para ele, fez o melhor que pôde para ser diplomático. Evitou tecer as habituais críticas àqueles que sempre "agem com cautela e evitam riscos". Informou que estava transferindo todos os morteiros e a artilharia leve disponíveis para a cidade, além de vários membros do seu estado-maior. Só depois disso descreveu o excelente trabalho das duas baterias de artilharia pesada que mandara levar para a margem esquerda, enfatizando que seus postos de administração e comandantes permaneciam na cidade, "na linha de frente mais avançada".

Ieriômenko colocou os óculos e começou a ler a minuta de Agêiev solicitando a transferência da artilharia pesada para a margem esquerda — agora em cima de sua escrivaninha pela segunda vez. A essa altura, já fora informado de que a divisão de guardas de Rodímtzev se aproximava de Krásnaia Slobodá.

— Mas como é que essas baterias já estão lá? — perguntou Ieriômenko com sua voz fina, quase feminina, batendo o dedo no documento.

Agêiev pigarreou e enxugou o rosto com um lenço. Como sua mãe um dia lhe ensinara a dizer apenas a verdade, respondeu:

— Eu os transferi pessoalmente, camarada general.

Ieriômenko tirou os óculos e encarou o coronel.

— À guisa de experimentação, Andrei Ivánovitch — Agêiev se apressou em acrescentar.

Ieriômenko olhou em silêncio para o documento à sua frente. Tinha a testa franzida, a respiração pesada.

Tanto trabalho, tantas emoções impregnavam aquelas linhas curtas, aquela folha fina...

A artilharia de longo alcance, concentrada na margem esquerda do Volga e subordinada ao comandante do front! Armas de grosso calibre, morteiros pesados, lançadores de foguetes Katiucha! Tudo isso constituía uma força de enorme potência, concentrada e manobrável.

Agêiev começou a contar os segundos. Quarenta e cinco — e Ieriômenko ainda não tinha dito nada.

"O velho vai mandar me fuzilarem", pensou, julgando que Ieriômenko, oito anos mais velho, já era um senhor de idade.

Mais uma vez tirou do bolso o lenço, olhando com tristeza para a seda alaranjada com a qual a esposa havia bordado suas iniciais.

Ieriômenko assinou a minuta e falou:

— Faz sentido.

— Camarada coronel-general, permita-me lhe dizer que o senhor acaba de fazer algo muito importante — disse Agêiev, extremamente comovido. — Dou-lhe a minha palavra de que o senhor assegurou o nosso sucesso. Mobilizaremos um grau de poder de fogo sem precedentes.

Em silêncio, Ieriômenko empurrou a minuta de lado e pegou um cigarro.

— Tenho permissão para me retirar, camarada coronel-general? — perguntou Agêiev, num tom diferente.

Agora, ressentia-se de não ter dito uma ou duas palavras sobre um dos generais de estado-maior que, a seu ver, andava se esquivando de suas responsabilidades. Ieriômenko pigarreou e respirou ruidosamente. Com um lento meneio da cabeça, falou:

— Muito bem, pode voltar ao trabalho!

Um momento depois, acrescentou:

— O Soviete Militar vai experimentar uma nova casa de banhos esta noite. Venha por volta das nove!

— Parece que as coisas terminaram bem! — disse um dos ajudantes de ordens de Ieriômenko para o outro.

Ambos pareciam quase desapontados ao verem Agêiev sair do gabinete com um sorriso, se despedir com um aceno e começar a escalar os degraus de terra.

Foi nesse momento favorável que Darenski se juntou ao estado-
-maior de Agêiev.

20

Durante sua primeira noite no quartel-general da artilharia, Darenski foi convocado duas vezes pelo novo chefe.

Inquieto e ansioso como sempre, Agêiev ficava irritado quando o estafe de seu estado-maior dormia à noite, almoçava na hora do almoço ou descansava após o fim do trabalho.

Agêiev deu ordens a Darenski para que, ao amanhecer, fosse ao flanco direito a fim de confirmar que as armas tinham sido transferidas com segurança e estavam adequadamente camufladas em suas novas posições de fogo. Foi incumbido de visitar os pontos de abastecimento e verificar se a entrega de munição estava ocorrendo sem problemas. Também lhe coube a tarefa de telefonar para os comandantes de regimento e de bateria em Stalingrado e se certificar de que havia boa comunicação tanto por rádio como por telefone.

Quando Darenski estava a ponto de sair, Agêiev acrescentou:

— Mantenha contato. Reporte-se a cada três ou quatro horas. Você pode me contatar por meio dos serviços de apoio do 62º Exército. Se encontrar algum comandante graduado nas posições de fogo, mande-o sem demora de volta a Stalingrado. Tenha em mente que a inteligência nos informou de uma grande concentração de tropas inimigas ao sul, diante da ravina Kuporósnaia. Amanhã será nosso primeiro teste para valer. O comandante do front solicitou uma barragem de artilharia maciça.

Faltavam duas horas para o amanhecer, mas Darenski não tinha vontade de dormir. Caminhou devagar de volta ao abrigo.

Os edifícios ainda em chamas em Stalingrado lançavam um brilho fraco sobre o Volga. Holofotes iluminavam o céu, e era constante o zumbido de aeronaves. Darenski podia ouvir também o som de fogo de artilharia na cidade e rajadas de metralhadora intermitentes. De tempos em tempos, sentinelas emergiam do escuro e perguntavam, mais como uma formalidade do que com algum senso de urgência:

— Quem está aí?

Darenski ansiara por perigo, responsabilidade, trabalho exaustivo e noites insones. Agora, seu sonho estava sendo realizado.

De volta ao abrigo, acendeu uma vela, pôs o relógio de pulso sobre a mesa, tirou da mochila uma folha de papel e um envelope que já tinha endereçado e começou a escrever uma carta para a mãe. De quando em quando olhava para o relógio, perguntando-se quando ouviria seu jipe estacionar.

Esta talvez seja a primeira carta em que não conto à senhora sobre minhas esperanças e sonhos, que já foram todos realizados. Não entrarei em detalhes sobre minha jornada. Foi quase igual a qualquer outra jornada de guerra. Muita poeira, percevejos e insetos. Muitos alertas noturnos. Muitas plataformas de estação imundas. Toda sorte de espaços apertados e sem ventilação. E pouquíssimo em matéria de sopa, água potável e espaço nos vagões. Em certa ocasião, nem preciso dizer, minha úlcera estomacal voltou a atacar, mas não foi nada sério — só menciono isso porque dei minha palavra de não omitir nada da senhora. Cheguei a meu destino sem dificuldades, mas meus primeiros dias foram ruins. Caí em desespero: estava convencido de que me deixariam esperando na reserva ou receberia algum trabalho sem perspectiva nos serviços de apoio. Mas aqui as coisas são diferentes. Em vez de se preocuparem com detalhes insignificantes dos meus documentos, eles me designaram para um cargo importante, um posto de responsabilidade no quartel-general da artilharia. E agora estou trabalhando dia e noite, embriagado de alegria. Escrevo à senhora pouco antes do amanhecer. Não preguei os olhos a noite inteira, e daqui a pouco um jipe virá me buscar. Na verdade, não sei como descrever meu presente estado. Meus colegas são maravilhosos — simpáticos, cultos e inteligentes. Meu chefe me ofereceu uma recepção calorosa. Recentemente fez algo notável — ninguém precisa estar sob pressão para provar que é um herói.

Então eu me sinto cheio de vida. Sinto-me feliz e sei que meu trabalho é importante. Estamos indo bem. Os homens lutam como leões. O moral não poderia estar melhor. Todos estão confiantes na vitória.

A propósito, ouvi dizer que vão reintroduzir as ombreiras — com platinas douradas para oficiais de combate e prateadas para os intendentes. Já estão sendo costuradas em fábricas na retaguarda.[223]

---

[223] Essa reintrodução da parte mais carregada em termos ideológicos do uniforme do exército tsarista foi um exemplo significativo do abandono de Stálin ao internacionalismo revolucionário e da afirmação, em seu lugar, do patriotismo russo tradicional. Ver Brandon M. Schechter, *The Stuff of Soldiers*, cap. 2.

Ontem bebi alguns copos de vodca e comi um pouco de carne de porco e pão preto — e minha úlcera não emitiu o menor murmúrio de protesto. Parece que recuperei completamente a saúde.

Eu poderia continuar escrevendo para sempre, o que acabaria sendo entediante. Imploro à senhora que se cuide bem e não se atormente nem se preocupe comigo. Não se esqueça de me escrever — meu correio de campanha está no envelope. Conte-me tudo. Tem lenha suficiente para passar o inverno? Mais uma vez, não se preocupe comigo. Lembre-se de que nunca me senti tão bem e feliz como agora.

Lacrou o envelope, pegou outra folha de papel e se perguntou se deveria escrever para Angelina Tarássovna, a datilógrafa no quartel-general do front do Don, ou para Natália Nikoláievna, a jovem médica que o acompanhara à estação duas semanas antes. Mas então ouviu o som do jipe. Levantou-se e vestiu o sobretudo.

21

Com angustiada impaciência, o quartel-general do front aguardava a chegada da divisão de guardas do major-general Rodímtzev. Essa angústia, no entanto, não era nada em comparação à que sentiam os comandantes e soldados em Stalingrado, na margem direita do Volga.

Em 10 de setembro, os alemães começaram uma forte investida sobre a cidade. Com o apoio de bombardeiros, o 6º e o 4º Exércitos Panzer atacaram a partir do norte, do oeste e do sul.

Mais de cem mil homens, quinhentos tanques, mil e quinhentas peças de artilharia e mil aviões participaram desse ataque.

Ao norte, o avanço alemão contou com a cobertura do 8º Exército italiano; ao sul, teve o apoio de outras divisões do 6º Exército.

O golpe principal à cidade veio do sul, de Zelionáia Poliana, Pestchanka e Vérkhniaia Ielchanka, e do oeste, de Gorodiche e Gumrak. Ao mesmo tempo, as forças alemãs ao norte aumentaram a pressão sobre a Fábrica de Tratores e os assentamentos de trabalhadores em torno da Outubro Vermelho.

Arremetidas cada vez mais violentas forçaram o 62º Exército de Tchuikov a recuar lentamente em direção ao Volga. A faixa de terra que ele ainda controlava foi ficando cada vez mais estreita.

Os ataques vindos do sul foram rechaçados, mas na tarde de 13 de setembro as forças que avançavam a partir do oeste invadiram o centro de Stalingrado. Rua após rua, a cidade caiu em mãos alemãs.

O espaço entre a linha de frente germânica e o Volga estava evaporando. Então, um feroz contra-ataque interrompeu o avanço alemão por algumas horas.

O 62º Exército manteve o controle de apenas uma pequena área. Ao norte, assegurou as três grandes fábricas: a Fábrica de Tratores, a Barricadas e a Outubro Vermelho. Logo ao sul dessas fábricas, dominava uma faixa de terra ao longo do rio. Essa faixa, com pouco mais de dez quilômetros de comprimento e não mais do que dois ou três quilômetros de largura, era atravessada por uma série de ravinas e barrancos, todos mais ou menos perpendiculares ao rio. Havia ali um abatedouro, vários assentamentos de trabalhadores, linhas ferroviárias que levavam às grandes fábricas e reservatórios de petróleo, agora cobertos por enormes borrões e manchas verdes, pretas e cáqui. Sob o transparente céu de outono, essa tentativa de camuflagem os tornava mais visíveis do que nunca.

Nessa área encontrava-se também a colina a que os militares se referiam como Morro 102, e que os habitantes da cidade chamavam de Mamáiev Kurgan. Levou apenas algumas semanas, no entanto, para que os civis, cada vez mais acostumados aos mapas militares, passassem a chamá-la de Morro 102, ao passo que os militares, agora considerando Stalingrado seu lar, a chamavam de Mamáiev Kurgan.

Ao sul dos reservatórios de petróleo, em direção ao centro da cidade, a faixa de terra sob o controle de Tchuikov ficou ainda mais estreita. Algumas ruas centrais já estavam em mãos alemãs, e, mais ao sul, nas proximidades da foz do rio Tsaritsa e do silo de grãos, o território sob controle de Tchuikov desaparecia. Os alemães haviam alcançado o Volga.

A grande área industrial na periferia sul da cidade — a usina termelétrica Stalgres, a Fábrica 95, os povoados de Bekétovka e Krasnoarmeisk — estava sob o controle do 64º e do 57º Exércitos, mas, em meados de setembro, os alemães se puseram entre esses conjuntos de tropas e o 62º Exército de Tchuikov.

Em 23 de agosto, as forças alemãs em torno dos povoados de Ierzovka e Okátovka isolaram o 62º Exército das tropas soviéticas a noroeste da cidade.

O 62º Exército, portanto, tinha cerca de cinquenta quilômetros quadrados de terreno. Havia divisões alemãs ao norte, oeste e sul, e atrás delas estendia-se o Volga.

Tchuikov teve que reposicionar seu posto de comando em três ocasiões. Quando os alemães atacaram o Morro 102 pela primeira vez, ele se deslocou para uma mina desativada acima do rio Tsaritsa. Dois dias depois, quando os alemães chegaram perto demais desse segundo posto de comando, foi forçado a se transferir para um penhasco acima do Volga, atrás da Outubro Vermelho, perto dos reservatórios de petróleo.[224]

Para imaginar o estado de ânimo dos comandantes do 62º Exército quando se viram cercados pelo punho de aço dos alemães, não era preciso ter conhecimento militar ou grande imaginação. Bastava olhar o mapa.

Divisões de infantaria exauridas, brigadas de tanques desfalcadas, alguns cadetes, um punhado de unidades de fuzileiros navais do Volga e milícias do povo — isso era tudo que Tchuikov tinha à disposição para conter uma força de ataque de cem mil homens.

Na manhã de 14 de setembro, as unidades soviéticas desferiram um segundo contragolpe no setor central do front. Os alemães foram ligeiramente empurrados para trás. Em pouco tempo, porém, graças ao robusto apoio de tanques e aviões, continuaram seu avanço rumo ao centro de Stalingrado.

Às três da tarde, já haviam tomado a principal estação ferroviária da cidade e ocupado mais uma grande porção de sua zona central.

22

O abrigo de Tchuikov estremeceu. Durante um considerável intervalo de tempo, bombas explodiram nas proximidades.

Tchuikov estava sentado em um banco coberto por uma manta cinza; com os cotovelos apoiados sobre uma mesinha, passava os de-

---

[224] Em 13 de setembro, Tchuikov estava em Mamáiev Kurgan. No dia 14, estava neste túnel junto ao rio Tsaritsa. Durante a noite do dia 16, deslocou-se para o penhasco atrás da siderúrgica Outubro Vermelho. Meus agradecimentos a Michael K. Jones por esclarecer esses detalhes (e-mail privado).

dos pelos cabelos. Olhos inflamados com a falta de sono, examinava um plano da cidade. Os lábios grossos, os cabelos ondulados e emaranhados, o nariz grande e carnudo, os olhos escuros sob sobrancelhas proeminentes conferiam a seu rosto áspero uma expressão peculiar. Tinha um aspecto imponente e sombrio, mas também atraente.

Tchuikov suspirou, mudou o peso do corpo de um pé para o outro e soprou a mão, que coçava de maneira insuportável. Sofria com um severo eczema, tormentoso à noite, quando trabalhava febrilmente e sem interrupção, e também de dia, durante os ensurdecedores ataques aéreos.

A lâmpada incandescente suspensa sobre a mesa balançava. As pranchas pálidas e ainda úmidas que revestiam as paredes e o teto rangiam e suspiravam alto, como se sentissem dor. Um revólver pendurado na parede em um coldre amarelo também começou a balançar feito um pêndulo, depois a chacoalhar, como que em preparação para sair voando de seu prego. Uma colher num pires ao lado de um copo de chá pela metade tilintou e tremeu. E a lâmpada oscilante fazia as sombras de outros objetos moverem-se de uma ponta à outra da parede, sacudindo e estremecendo, subindo em direção ao teto ou mergulhando até o chão.

Houve momentos em que aquele abrigo apertado parecia a cabine de um vapor no mar encrespado, e Tchuikov quase sentiu enjoo.

Os sons das explosões para além do teto espesso do abrigo e das portas duplas fundiam-se num ruído incessante, viscoso, dotado de peso e massa. Esse zumbido pesava nas têmporas, arranhava o cérebro, queimava a pele e fazia os olhos doerem. Penetrava fundo nas entranhas, mexia com os batimentos cardíacos e interferia na respiração. Era mais do que um mero som; incorporava o estremecimento febril da pedra, da madeira e da própria terra.

Era assim que os dias começavam — do amanhecer ao anoitecer, os alemães fustigavam um ou outro setor do front soviético. Tchuikov passou a língua pelos lábios e gengivas secos; tinha fumado como uma chaminé a noite toda. Ainda olhando para o mapa, berrou para seu ajudante de ordens:

— Quantos, hoje?

O ajudante de ordens não conseguiu ouvir uma palavra, mas a primeira pergunta de Tchuikov a cada dia era sempre a mesma, então respondeu:

— Vinte e sete, acho.

Depois se abaixou e disse, no ouvido do comandante:

— Os filhos da puta estão varrendo a terra. Estão dando rasantes quase até o chão, revezando-se nos mergulhos. Há bombas caindo de cento e cinquenta metros de altura.

Tchuikov consultou o relógio de pulso. Eram vinte para as oito. Os Stukas costumavam atacar até as oito ou nove da noite, então restavam apenas mais doze ou treze horas. Oitocentos minutos, ele calculou. Em seguida gritou:

— Cigarro!

— Chá? — perguntou o ajudante de ordens.

Ao ver Tchuikov franzir a testa, corrigiu-se:

— Ah, cigarros!

Um homem robusto de testa larga e calva entrou no abrigo. Era o comissário de divisão Kuzma Gúrov, o membro do Soviete Militar do Exército. Ele enxugou a testa e as bochechas com o lenço e disse, meio sem fôlego:

— Quase fui pelos ares ainda na cama. O despertador alemão tocou às sete e meia em ponto.

— Você parece péssimo, camarada Gúrov — gritou Tchuikov. — E seu coração, está bem?[225]

Os colegas de trabalho político de Gúrov não viam grande diferença entre o homem de quem se lembravam como diretor do Instituto Pedagógico Militar e o comissário de divisão que encontraram em Stalingrado. O próprio Gúrov, no entanto, achava que tinha mudado completamente, e às vezes desejava que sua filha pudesse ter visto seu querido *pápochka* na primavera de 1942, quando escapara do cerco em um tanque, ou agora, enquanto abria caminho, escoltado por um atirador de submetralhadora, até um posto de comando do exército sob constante bombardeio.

— Ei! — gritou Tchuikov pelo corredor às escuras. — Traga nosso chá!

Uma jovem com botas de *kirza*, que entendia que tipo de chá era exigido em uma manhã como aquela, trouxe pratos de caviar, língua defumada e arenques salgados com cebola. Ao vê-la pôr sobre a mesa dois pequenos copos de vidro facetado, Gúrov disse:

---

[225] Em setembro de 1943, Kuzma Gúrov morreu de infarto.

— Ponha três. O chefe do estado-maior estará aqui em um minuto.

Em seguida, apontando para a cabeça e girando um dedo para indicar o que o bombardeio constante fazia com seu cérebro, disse a Tchuikov:

— Faz quanto tempo que nos vimos pela última vez? Quatro horas?

— Menos — respondeu Tchuikov. — A reunião só terminou depois das quatro. E Krilov permaneceu por mais quarenta minutos. Havia muito a discutir: falta de homens, falta de equipamentos... temos sempre algum buraco a remendar.

Gúrov olhou zangado para a lâmpada oscilante e ergueu a mão para aquietá-la.

— Pobreza não é defeito — disse. — Ainda mais porque em breve seremos ricos, muito ricos.

Sorriu e continuou:

— Ontem fui ver o major Kaprónov, comandante de um regimento de infantaria. Ele e seu estado-maior estão instalados nos subterrâneos de uma enorme galeria de esgoto, comendo melancias. E ele disse: "Estas frutas são diuréticas, mas isso não é problema, porque aqui estou eu, dentro da tubulação. Não há necessidade de caminhar muito". E tudo em volta dele é um inferno... é admirável que ele ainda consiga rir.

Tchuikov bateu com o punho na mesa. Estava urrando de dor e fúria, mas não por causa do barulho lá fora.

— Exijo o impossível, o sobre-humano, dos meus comandantes e soldados. E o que posso dar a eles? Um único tanque leve, três ou quatro canhões, uma companhia de guarda... E que homens eles são, que guerreiros!

Golpeou a mesa uma segunda vez. Pratos e copos saltaram por toda parte, como se uma bomba tivesse explodido bem ao lado.

— Se não conseguirmos reforços em breve, terei que distribuir granadas para meu estado-maior e liderá-lo eu mesmo em combate. Que diabos! Melhor do que ficar sentado aqui nesta ratoeira ou me estrebuchar no Volga. E as pessoas se lembrarão. Dirão que fiz o que pude para reforçar as tropas sob meu comando!

Pousando as mãos sobre a mesa, olhou para Gúrov e franziu a testa. Após um momento de silêncio, começou a sorrir. Nascido nos cantos dos olhos, superando a dobra taciturna dos lábios, o sorriso lentamente iluminou todo o seu rosto. Nesse momento, pôs a mão sobre o ombro de Gúrov e disse, com uma ligeira gargalhada:

— O senhor vai perder peso aqui, camarada comissário de divisão... Quero dizer, você vai perder peso, não tenha dúvida.

No dia anterior, para selar sua amizade, eles tinham trocado os tradicionais três beijos, mas ainda não estavam habituados à nova forma de se dirigir um ao outro, alternando-se entre o formal "o senhor" e o informal "você".[226]

— Eu sei — disse Gúrov com um sorriso. — E não serão apenas os alemães que me farão perder peso.

— É verdade. Com toda a minha gentileza e amabilidade, também vou ter alguma culpa no cartório. Mas não se preocupe, será um bom remédio para o seu coração.

Em seguida, berrou ao telefone:

— Quero falar com Krilov!

Ainda ao telefone, mas agora em um tom diferente, continuou:

— Está gostando do bombardeio matinal? É por isso que está atrasado? Ou acabou cochilando? Venha para cá agora mesmo, ou o chá vai esfriar.

Uma colher tilintou num pires. Gúrov segurou-a e disse, com voz acalentadora:

— Está tudo bem, você já pode parar de tremer!

E, dito isso, ergueu a mão, tentando mais uma vez acalmar a lâmpada oscilante.

Nesse momento, entrou Krilov, o chefe do estado-maior. Tudo nele exalava uma singular sensação de calma. A cabeça grande e os cabelos alisados, a testa sem uma única ruga, os grandes olhos castanhos cansados, as bochechas recém-barbeadas que cheiravam a água-de-colônia, o rosto pálido, as mãos brancas com unhas ovais, a fina faixa acima do colarinho da jaqueta,[227] os movimentos silenciosos,

---

[226] A mudança do *Vy* formal para o *Ty* informal era uma questão séria e frequentemente marcada por um beijo triplo, fosse nas bochechas ou nos lábios. Em meados do século xx, não era incomum dois homens russos se beijarem na boca.

[227] Dos soldados e comandantes do Exército Vermelho esperava-se que costurassem uma estreita tira de pano branco por dentro do colarinho da jaqueta, deixando à mostra apenas de dois a três milímetros acima dele. Isso criava a ilusão de uma camisa e ajudava a preservar o colarinho.

o sorriso pensativo com que olhou para a comida e a bebida postas sobre a mesa — tudo isso atestava um homem de calma inabalável.

Ao contrário dos outros, não precisava gritar; de alguma forma sua voz era sempre audível por sobre a barulheira geral. Ou falava apenas em alguns momentos de relativa quietude ou então sua voz tinha um timbre especial que lhe permitia ressoar acima de todo o estrondo da guerra. Ou talvez sua calma interior fosse tão forte que sempre subia à superfície, como óleo na água, a despeito da tormenta ao redor.

Krilov havia passado o último ano em uma série de cidades sitiadas, e estava mais do que acostumado a bombardeios constantes — era como um marteleiro, acostumado aos golpes do martelo.

No outono de 1941, servira como chefe do estado-maior do exército encarregado da defesa de Odessa; depois, por duzentos e cinquenta dias, como chefe do estado-maior do exército incumbido da defesa de Sebastopol. Ao lado de Petrov, o oficial comandante, conseguira escapar em um submarino quando os alemães capturaram a cidade. E agora fora nomeado chefe do estado-maior do exército encarregado da defesa de Stalingrado.

Gúrov sorria; evidentemente tinha prazer em contemplar o rosto plácido de Krilov.

— Como estão as coisas mais ao sul? — perguntou.

— A artilharia pesada na margem esquerda está fazendo um ótimo trabalho. Os homens estão infernizando a vida dos alemães. Foi uma ótima ideia deslocá-los para lá. Ontem, eles bombardearam o dia inteiro os subúrbios do sul. Quanto aos alemães, meus homens contaram mil e cem voos só no dia de ontem.

— Para o diabo com os cálculos dos seus homens — rebateu Tchuikov, irritado.

— Quem tem tempo de sobra, que faça alguma obra! — brincou Krilov, e prosseguiu: — Nossos KVs repeliram um ataque de tanques.[228] Nossas perdas ontem foram menores do que no dia anterior, mas provavelmente apenas porque temos menos tanques a perder. O quadro geral é bastante claro. Mas essa clareza não facilita nada. O distrito de Vorochílov foi arrasado. Há ataques aéreos por toda parte e ataques em solo a partir dos mesmos eixos de antes: Gumrak, Go-

---

[228] O tanque pesado Kliment Vorochílov, assim batizado em homenagem ao ministro da Defesa soviético, era comumente referido por suas iniciais.

rodiche e Bekétovka. Por meio de papéis encontrados com alemães mortos, soubemos que eles enviaram ontem duas novas divisões. No sul, estamos conseguindo manter nossa posição. Ao longo da noite, o inimigo concentrou tanques e infantaria no entorno da Fábrica de Tratores. Parece que estão se reagrupando, como se julgassem já ter concluído sua tarefa no centro da cidade. Agora, estão lançando uma série de raides sobre as fábricas.

— E *eu*? — perguntou Tchuikov. — Enquanto o inimigo se reagrupa para um ataque decisivo, onde posso arranjar efetivos para me reagrupar? Tenho meu dever. Meu dever para comigo mesmo! Mas perdemos a estação ferroviária. Perdemos o silo de grãos e o prédio do Banco do Estado. Perdemos a Casa do Especialista.

Depois, silêncio. As explosões, avolumando-se velozmente, estavam cada vez mais próximas do abrigo. Um prato perto da beira da mesa caiu no chão e deu a impressão de se espatifar sem produzir nenhum som, como em um filme mudo.

Krilov largou o garfo, entreabriu a boca e estreitou os olhos. Tanto a terra quanto o ar vibravam; era insuportável, como uma agulha em brasa sendo enfiada no cérebro. O rosto dos homens congelou. Nesse instante, todo o abrigo estremeceu e rangeu. Era como uma sanfona sendo esticada, deformada e, em seguida, esmagada por mãos bêbadas e brutais.

Os três homens ergueram os olhos. Ali estava. A morte.

Então sobreveio o silêncio, um silêncio que ensurdecia e atordoava.

Gúrov pegou o lenço e começou a abanar o rosto. Krilov levou as mãos grandes e pálidas aos ouvidos.

— Apressei-me a pôr o garfo na mesa — falou Krilov. — Imaginei todo mundo rindo se me tirassem dos escombros com um garfo na mão.

Tchuikov olhou para ele e disse:

— Confesse, por favor: em Sebastopol não era tão ruim assim, era?

— Difícil dizer... mas talvez você tenha razão.

— Ah! — exclamou Tchuikov.

Esse "Ah!" era uma expressão de alegria, orgulho amargo e triunfo. Tchuikov estava evidentemente enciumado em relação a Sebastopol. Queria sentir que ninguém na guerra havia assumido um fardo maior que o dele. E isso, é claro, podia muito bem ser verdade.

— Sebastopol foi brincadeira de criança — disse Gúrov, com um sorriso de quem sabe das coisas. — Todos nós sabemos como foi fácil para o general Petrov.

Tchuikov riu, satisfeito por Gúrov entender seus sentimentos.

— As coisas parecem estar se acalmando — disse Tchuikov. — Vamos beber a Sebastopol.

Enquanto falava, ouviu-se outro uivo acima deles. Uma terrível pancada sacudiu o abrigo, irradiando agudas fissuras pelo madeiramento. Algumas tábuas se partiram, e em cima da mesa choveram serragem e outros detritos.

Uma nuvem de poeira afogou tudo — rostos e objetos. Havia apenas o som de explosões, ora à direita, ora à esquerda, turvando tudo em uma espécie de tamborilar retumbante.

Quando a poeira começou a assentar e Tchuikov, tossindo e espirrando, conseguiu olhar em volta — para a mesa, para o travesseiro cinza, para a lâmpada milagrosamente ainda acesa, para o telefone agora caído de cabeça para baixo no chão, para os rostos pálidos e tensos de seus camaradas —, apenas sorriu e disse:

— Então aqui estamos, pelos nossos pecados, em Stalingrado!

Havia em seu sorriso uma surpresa tão infantil, em suas palavras uma simplicidade militar tão humana, que os outros também começaram a sorrir.

O ajudante de ordens de Tchuikov, parecendo confuso e esfregando com uma das mãos a cabeça machucada, entrou e reportou:

— Camarada comandante, há um membro do estado-maior morto e dois feridos. O abrigo do comandante foi destruído.

— Restabeleça as comunicações imediatamente! — ordenou Tchuikov com rispidez, refazendo o semblante severo e rígido.

— Comparado a isto, Sebastopol foi brincadeira de criança — disse Gúrov ironicamente, satisfeito com suas palavras de alguns minutos antes.

— Stalingrado é um lugar difícil de defender — alegou Tchuikov. — As ruas são curtas e estreitas, e todas descem para o Volga. Isso torna as coisas fáceis demais para os canhões alemães.

O oficial de serviço entrou.

— Deixe-me ver — pediu Tchuikov, e estendeu a mão para pegar a pasta com mensagens, sem dar tempo ao homem para se reportar da maneira adequada.

— A 13ª Divisão de Guardas está agora sob meu comando — anunciou de maneira solene, alto e bom som. — Já se aproxima do Volga.

Gúrov e Krilov inclinaram-se para a frente, querendo ler o telegrama também.

— Maldição! — falou Tchuikov, levantando-se de um salto. — "Chegaremos hoje à travessia." Se ao menos pudessem ter feito a travessia ontem! Eu nunca teria deixado que os alemães avançassem tanto cidade adentro!

— Apenas um dia — disse Gúrov. — Isso é o que os estudantes sempre dizem sobre seus exames... se pudessem ter apenas mais um dia para se preparar. Com a gente não é diferente.

— Quero todos os tanques que ainda temos no cais, para dar cobertura à travessia — disse Tchuikov. — Mas nem um único homem deve ser tirado das unidades de combate! Os tanques serão tripulados por comandantes de estado-maior.

— Uma divisão com força total — constatou Krilov. — Isso deve nos tirar do que parecia, apenas um minuto atrás, uma enrascada dos diabos.

— Rodímtzev veio me salvar — disse Tchuikov, com um sorriso austero.

A primeira metade de setembro de 1942 testemunhou três eventos de especial importância para a defesa de Stalingrado: a ofensiva soviética ao noroeste da cidade, a concentração de artilharia pesada na margem esquerda e a transferência da divisão de guardas de Rodímtzev, e outras divisões novas, para a margem direita.

Os combates no noroeste mantiveram longe da cidade várias divisões alemãs e italianas. Isso permitiu que Tchuikov aguentasse firme até a chegada de reforços, num momento em que o alto-comando germânico esperava, em questão de dias ou mesmo horas, poder anunciar a captura de Stalingrado.

O comandante do front compreendeu plenamente o valor de sua nova concentração de poder de fogo; era como se tivesse na mão uma pistola que podia apontar para o inimigo. E seria difícil superestimar a importância do papel de Rodímtzev. Mas o comandante da artilharia não era um dos favoritos do comandante do front. Tchuikov tampouco morria de amores por Rodímtzev. Homens com caráter forte não gostam daqueles que durante um momento de fraqueza salvam sua pele e os ajudam a se fortalecer novamente. É um fato inevitável da vida.

23

A divisão de Rodímtzev não desperdiçou sequer um minuto. Assim que os homens desceram de seus caminhões, os sargentos começaram a abrir caixas e sacos e a distribuir cartuchos, espoletas, granadas, conservas, torradas, açúcar e concentrados.

Sem demora, os homens subiram em barcos, barcaças e balsas. O som abafado de passos na areia molhada deu lugar ao staccato seco de botas sobre tábuas e ripas — era como se embarcassem com o acompanhamento musical de um sinistro estrondo de tambores.

Uma névoa amarelada e irregular se espalhou por sobre a água — resultado da fumaça das velas que ardiam nos embarcadouros. Lacunas nessa névoa permitiam vislumbres de uma cidade banhada de sol. No alto das falésias da margem direita, parecia limpa e branca, de feitio elegante, quase acastelada. Poderia ser formada apenas por palácios, sem uma única casa ou isbá comum. Mas nessa cidade branca havia algo estranho e terrível. Ela era cega e sem voz. Suas janelas não brilhavam à luz do sol, e os soldados podiam sentir a morte e o vazio por trás da rocha cega e sem olhos.

Era um dia luminoso. Generoso e despreocupado, o sol compartilhava suas riquezas com todas as coisas na terra.

Seu calor penetrava em todos os lugares — nas ásperas amuradas dos barcos, nos macios depósitos de alcatrão, nas estrelas verdes dos barretes, nos tambores das submetralhadoras, nos canos dos fuzis. Aquecia as fivelas dos cintos, o couro lustroso dos estojos de mapas e dos coldres das pistolas dos comandantes. Aquecia as corredeiras, o vento sobre o Volga, os galhos vermelhos dos cornisos, suas tristes folhas amarelas, a areia branca, as caixas acobreadas de projéteis e o corpo de ferro das bombas de morteiro esperando o transporte para o outro lado do rio.

Mal os primeiros barcos chegaram ao meio do Volga, canhões antiaéreos começaram a disparar da margem. Voando de sul para norte, a toda velocidade e apenas alguns metros acima da água, um esquadrão de Messerschmitts, de fuselagem amarelo-cinza com suásticas pretas, motores uivando, disparava rajadas de metralhadora que soavam como grasnados de pássaros sinistros.

O líder da esquadrilha inclinou as asas numa curva brusca e, mais uma vez uivando e corvejando, mergulhou em direção às barcaças e pequenas embarcações espalhadas pelo rio. Depois dos aviões veio uma enxurrada de projéteis e bombas de morteiro, cada qual com sua voz diferente, seguidos por gorgolejos e respingos frenéticos.

Uma pesada bomba de morteiro atingiu um pequeno barco. Por um momento ele ficou oculto pelo fogo, a fumaça escura e um véu de borrifos. Por fim a fumaça se dissipou e os homens nos outros barcos e barcaças viram seus companheiros se afogando em silêncio. Já ensurdecidos e mutilados pela explosão, foram arrastados para o fundo do rio pelo peso das caixas de projéteis e das granadas amarradas a seus cintos.

A divisão de Rodímtzev aproximava-se de Stalingrado. Seria possível descrever o que esses milhares de soldados sentiram e pensaram enquanto fitavam a extensão cada vez maior de água que agora separava seus barcos da baixa margem esquerda, enquanto ouviam o marulho das ondas e as granadas e bombas de morteiro, enquanto avistavam a cidade branca emergir pouco a pouco da névoa?

Durante esses longos minutos, os homens permaneceram em silêncio; apenas raramente alguém dizia uma palavra. Não havia nada que pudessem fazer; nem atirar, nem cavar trincheiras, tampouco correr para o ataque. Só podiam pensar.

Havia entre eles rapazes, pais de famílias numerosas, moradores da cidade, moradores de assentamentos em torno de imensas fábricas, moradores de aldeias na Sibéria, na Ucrânia e em Kuban. O que esses homens tinham em comum? O que os unia? Seria possível encontrar um elemento comum no turbilhão de esperanças, temores, amores, mágoas e memórias desses milhares de soldados?

24

Assim que zarparam, Vavílov caminhou até a lateral da barcaça — seu instinto era ficar o mais próximo possível da borda.

Depois dos apitos ininterruptos, do barulho dos caminhões, do pesado bater de botas e dos gritos de comando, o silêncio parecia estranho. Ouviam-se apenas o marulhar da água lambendo o casco e, vez por outra, o som do motor do rebocador.

Uma brisa úmida soprava no rosto quente e tisnado pelo sol dos homens, em seus lábios secos e rachados e nas pálpebras inflamadas e cobertas de poeira.

Vavílov fitou o rio e a orla, ainda próxima. Os outros soldados também olhavam ao redor, em silêncio. A barcaça movia-se insuportavelmente devagar, mas a distância da margem aumentava depressa — Vavílov não conseguia mais ver areia no leito do rio, e a água se tornara cinzenta e metálica. Mas a cidade coberta de névoa continuava distante; a travessia podia levar mais de um dia.

De quando em quando a barcaça era atingida por uma súbita correnteza, e o cabo tremia e sacudia. Quando o rebocador virava um pouco, o cabo afrouxava e caía água dentro da embarcação — e parecia que um puxão brusco poderia rompê-lo de uma vez por todas, fazendo a barcaça flutuar rio abaixo, para longe da cidade silenciosa, na direção de praias tranquilas, onde haveria apenas areia branca e pássaros. Depois as margens desapareceriam e eles navegariam mar afora — em meio a água azul, silêncio e nuvens. Por um instante, era isso que Vavílov queria — escapar para a paz, o silêncio e a solidão. Ainda que por um dia, por uma hora, queria afastar a guerra para longe de si.

Um solavanco no cabo fez o coração de Vavílov parar de bater, mas a barcaça continuou seu curso lento em direção a Stalingrado. Ussúrov estava ao lado dele. Sacudiu a mochila e disse:

— Está vazia. Tenho apenas uma muda limpa de ceroulas, um pedaço de sabão, agulha e linha. Nada que não consiga segurar com uma das mãos. No caminho, me livrei de todo o resto.

Ussúrov não falava com ele desde o incidente do xale. Vavílov o observou, hesitante. Estaria querendo fazer as pazes com ele?

— Pesada demais para carregar? — perguntou.

— Não, não foi só isso. Quando saí de casa, estava sobrecarregada, minha esposa nem conseguia levantar. Mas me desfiz de tudo. Neste momento, bens materiais não vão me levar a lugar nenhum.

Vavílov percebeu que Ussúrov queria falar sério, não apenas jogar conversa fora. Gesticulando em direção à margem direita, falou:

— É, acho que não vamos encontrar um mercado de pulgas por um bom tempo!

— Exato — disse Ussúrov, contemplando a enorme cidade, que se estendia por dezenas de quilômetros ao longo do Volga, e onde agora não havia mercados, cafés ou cervejarias, casas de banhos, escolas ou jardins de infância.

Aproximando-se de Vavílov, disse baixinho:

— Estamos a ponto de travar um combate mortal. Não precisamos de nenhuma dessas porcarias.

E sacudiu outra vez a mochila vazia.

A barcaça agora estava na metade da travessia. Para Vavílov, aquelas palavras, ditas por um homem longe de ser impecável, tiveram o efeito de uma brisa refrescante. Ele se sentiu mais triste e ainda mais calmo.

Não havia uma única nuvem no céu sobre Stalingrado — uma cidade eivada de tristeza e miséria em cada rua, onde não havia nem a fumaça nem o barulho das fábricas, nem mercadorias vendidas nas lojas, nem brigas entre maridos e esposas, nem filhos frequentando escolas, ninguém cantando com o acompanhamento de um acordeão num jardim defronte ao local de trabalho.

Nesse momento, apareceram os Messerschmitts. Granadas e bombas de morteiro estouraram na água. O ar foi dilacerado pelo silvo de estilhaços.

Então, algo estranho aconteceu com Vavílov. Primeiro, junto com todos os demais, correu para a popa. Queria estar mais perto, mesmo que apenas um passo, da margem que havia deixado para trás. Tentou calcular a distância: seria capaz de nadar até lá? Todos ao seu redor estavam tão acotovelados que ele mal conseguia respirar. O cheiro de suor e ar viciado, de botas de soldados e roupas de baixo sujas, era mais forte do que a brisa do Volga; era como se os céus tivessem desaparecido e eles agora estivessem de pé sob o teto baixo de um vagão de trem. Alguns homens conversavam, mas a maioria permanecia em silêncio. Os olhos dardejavam, ansiosos.

A cidade para a qual o rebocador os puxava era sombria e medonha. As areias da margem esquerda pareciam calmas e doces — como se até a poeira lá fosse mais amena.

Vavílov lembrou-se de sua longa marcha: o último trecho antes de chegarem ao Volga; antes disso, a estrada sem fim desde Nikoláievka. Era uma visão infernal: a poeira em turbilhões; os olhos inflamados em rostos cingidos de poeira, como que olhando do fundo da terra; a estepe com manchas brancas de sal; o pescoço ondulante dos camelos; seus gritos estranhos e coxas nuas e calvas; as refugiadas de cabelos grisalhos; os rostos desesperados de jovens mães carregando pequenos bebês que não paravam de berrar.

Vavílov se lembrou de uma jovem ucraniana que devia ter perdido o juízo; sentada na beira da estrada com uma mochila nos ombros, fitava com olhos insanos a densa poeira amarela que rodopiava sobre a estepe e gritava: "Trokhim! A terra está pegando fogo! Trokhim! O céu está pegando fogo!". Uma velha, provavelmente sua mãe, segurava as mãos da moça, como que para impedi-la de rasgar as próprias vestes.

A estrada se estendia ainda mais para trás. Vavílov viu os filhos dormindo e o rosto da esposa ao se despedirem, quando partiu em direção ao amanhecer rubro.

E ainda mais para trás — passando pelo cemitério onde jaziam sua mãe, seu pai e seu irmão mais velho, por campos onde o centeio continuava verde e alegre, como nos dias de sua juventude. E depois entrava na floresta, até o rio, até a cidade... e lá estava ele de novo, caminhando forte e animado ao lado de Mária, com o pequeno Vânia, de perninhas tortas, tentando acompanhá-los.

Tudo o que lhe era caro, Vavílov constatou com angústia, ficava a oeste, para onde o rebocador os arrastava. Adiante dele estavam a vida, a terra natal, a esposa e os filhos. Atrás dele havia apenas orfandade e poeira amarela. As estradas da margem esquerda jamais o levariam de volta para casa; se enveredasse por elas, a perderia para sempre. Ali, naquele rio, dois caminhos se encontravam — apenas para se bifurcar de uma vez por todas, como nos contos de fadas que ouvia quando criança.

Vavílov se afastou da multidão amontoada na popa e caminhou ao longo da lateral da barcaça, observando os respingos das explosões de projéteis.

Os alemães não queriam que ele voltasse para casa. Eles o haviam empurrado para a estepe do Transvolga. Lançavam granadas e bombas de morteiro em sua direção. Faziam ataques aéreos.

A cidade já estava perto. Tudo agora era claramente visível: as paredes semidestruídas; as ruas cheias de escombros; as janelas vazadas, como órbitas vazias; os restos de vigas carbonizadas; as chapas de folha de flandres pendendo dos telhados; as vigas de madeira entre os andares de grandes edifícios. No cais, perto da água, havia um carro de portas abertas — como se, prestes a entrar no rio, tivesse mudado de ideia no último minuto.

Vavílov não conseguiu ver nem uma única pessoa em lugar nenhum.

A cidade não parava de crescer, de revelar seus detalhes, atraindo os soldados para as entranhas de seu silêncio triste e soturno.

A barcaça agora havia entrado na sombra oblíqua do alto penhasco e de seus edifícios. Nessa faixa larga e sombria, a água era escura e calma; bombas e projéteis voavam bem alto.

O rebocador começou a virar a montante. Pega pela correnteza rio acima, a barcaça moveu-se rápido em direção à costa.

A essa altura, muitos homens tinham ido da popa para a proa. De pé na sombra fria e austera de edifícios eviscerados pelo fogo, pareciam mais tristes e pensativos do que nunca.

— Em casa de novo — disse alguém em voz baixa. — Rússia!

E Vavílov entendeu que ali, em Stalingrado, estava recebendo de volta a chave de sua terra natal, a chave de casa, de tudo que lhe era mais sagrado e querido.

Para ele, tudo isso era claro e simples — e talvez milhares de outros soldados, no fundo do coração, sentissem algo semelhante.

25

A 13ª Divisão de Guardas concluiu a travessia ao amanhecer do dia 15 de setembro.[229] Rodímtzev reportou apenas algumas baixas insignificantes: apesar do pesado fogo de morteiros e artilharia, haviam cruzado com sucesso para a margem direita.

O próprio Rodímtzev embarcou um pouco depois, à tarde. O barco com o batalhão de oficiais de comunicações o acompanhou, apenas alguns metros atrás.

Tudo brilhava e cintilava: as ondulações nos calmos remansos; as ondas no ponto onde se encontravam as duas correntes do rio, abaixo

---

[229] De acordo com Michael K. Jones, o relato de Grossman sobre a travessia da 13ª Divisão de Guardas é um pouco impreciso. Jones escreve: "A travessia começou no início da noite de 14 de setembro, e a maior parte das brigadas cruzou o Volga durante essa noite, quando a estação ferroviária foi recuperada" (e-mail privado).

da ilha Sarpínski; as medalhas e a estrela dourada no peito do jovem general; a lata de conserva vazia, caída no fundo do barco, que eles usavam para baldear água. Era um dia cristalino, rico em calor, luz e movimento.

— Que tempo maldito! — disse o coronel de artilharia grisalho e de rosto bexigoso sentado ao lado de Rodímtzev. — Se houvesse chuva, ou pelo menos alguma névoa... mas não, o ar está transparente como vidro. Nossa única vantagem é que o sol está batendo na cara dos alemães.

Os artilheiros alemães, entretanto, não pareciam incomodados com o sol, e um segundo depois acertaram o barco que transportava o batalhão de comunicações.

Só um homem sobreviveu. Estava sentado na proa; a explosão o jogou na água e ele conseguiu nadar de volta até a margem esquerda. Todos os outros morreram afogados. Tudo o que restou deles foi um solitário barrete balouçando na água e uma marmita de metal com o esmalte verde descascando e a tampa bem fechada.

Quando o solitário oficial de comunicações chegou à margem, um carro pequeno acelerou até a areia, e o general Gólikov, representante da Stavka no quartel-general do front, correu até a beira d'água e gritou:

— O general está vivo?

O oficial de comunicações sacudiu a água das mangas pesadas. Ensurdecido pela explosão e esmagado pelo milagre de sua própria sobrevivência, gaguejou:

— Sou o único sobrevivente. Sabe lá Deus como ainda estou vivo, eu nem sabia para que lado nadar.

Apenas uma hora depois Gólikov foi informado de que Rodímtzev havia feito a travessia em segurança e chegara a seu posto de comando.

Esse posto temporário ficava a cinco metros da margem, entre montes de tijolos e troncos queimados, em um poço raso coberto por folhas de ferro corrugado.

Tropeçando nas pedras, Rodímtzev e o comissário de divisão Vavílov, um moscovita corpulento e de rosto pálido, aproximaram-se do soldado de botas surradas e submetralhadora junto ao peito que guardava a entrada do posto.

Ao entrar, Rodímtzev se abaixou e perguntou:

— Temos comunicação com os regimentos?

Essa questão o preocupava ainda na margem esquerda, e também durante a travessia.

O major Biélski, chefe do estado-maior, ergueu os olhos. Ajustando o barrete, que havia escorregado para a parte de trás da cabeça, reportou que havia boas comunicações com dois dos três regimentos. O terceiro tinha desembarcado mais ao norte e as comunicações ainda não haviam sido estabelecidas.

— E o inimigo? — perguntou Rodímtzev.

— Continua a atacar? — perguntou Vavílov, sentando-se em cima de uma pedra para recobrar o fôlego.

Ao contemplar o rosto sereno de Biélski, meneou a cabeça, satisfeito; admirava aquele homem laborioso, sempre calmo e benevolente. Contavam-se muitas anedotas sobre ele. Numa delas, um tanque alemão se posicionava por cima do abrigo do quartel-general e tentava esmagá-lo com suas lagartas; Biélski, em vias de ser esmigalhado, apontava a lanterna para o mapa, desenhava um losango perfeito e anotava: "Tanque inimigo no posto de comando da divisão".

"Mas que burocrata", brincavam os oficiais.

Agora, endireitando-se no buraco que lhe chegava até o peito, ele empurrou para o lado uma folha de metal e olhou para Rodímtzev. Com olhos calmos e sérios, não parecia diferente de uma semana antes, quando viera prestar contas a Rodímtzev sobre subsídios para a aquisição de uniformes e itens de vestuário.

"Um combatente de ouro", pensou Vavílov ao ouvir o relatório de Biélski.

— Vou montar nosso novo posto de comando em uma galeria de esgoto — disse Biélski. — É grande. Quase poderemos ficar de pé. Há água corrente, mas mandei os sapadores instalarem um piso de madeira. E o mais importante é que teremos dez metros de terra acima da cabeça.

— Impressionante — repetiu Rodímtzev, pensativo.

Examinava o mapa da cidade que Biélski acabara de lhe entregar. As posições ocupadas pela divisão já haviam sido marcadas.

Os postos de comando de regimento tinham sido instalados a vinte ou trinta metros da costa. Os postos de comando de batalhão e de companhia, com seus canhões e morteiros, estavam localizados em fossos, na ravina e em prédios bombardeados no topo de um penhasco. Também havia pequenas unidades de infantaria acampadas por perto.

Cientes do perigo a que estavam expostos, os soldados, resolutos, construíam casamatas ou cavavam trincheiras e abrigos no solo pedregoso.

Rodímtzev não tinha necessidade real de estudar o mapa da cidade — as posições dos regimentos de artilharia e de infantaria eram claramente visíveis da beira do Volga.

— Então vocês decidiram estabelecer uma linha de defesa permanente e não me consultaram? — perguntou Rodímtzev, gesticulando com a mão a seu redor.

— Nem sequer precisamos de cabos telefônicos — explicou Biélski. — Podemos gritar as ordens para os postos de comando de regimento, e eles repassam para os batalhões e companhias.

Olhou para Rodímtzev e ficou em silêncio. Raras vezes tinha visto uma expressão tão sombria no rosto do major-general.

— Todos amontoados, e a apenas alguns passos da água! Dá para ver que estão com medo! — disse Rodímtzev.

Em seguida, caminhou pela orla, atulhada de lajes de pedra, troncos queimados e folhas de metal.

Uma série de caminhos levavam à encosta íngreme e pedregosa da cidade, em direção aos prédios sem janelas no alto do penhasco.

A situação por ora estava relativamente calma; uma ou outra bomba de morteiro assobiava de tempos em tempos, fazendo todo mundo abaixar a cabeça. De vez em quando um Messerschmitt amarelo-cinza voava baixo sobre o rio, disparando rajadas de metralhadora e acionando de forma insolente seu pequeno canhão de tiro rápido.

A maioria dos homens, no entanto, estava acostumada ao som das metralhadoras e bombas de morteiro. Era o silêncio que os aterrorizava. Todos na divisão, do major-general Rodímtzev aos soldados rasos, compreendiam que estavam posicionados no eixo principal da ofensiva alemã.

O jovem comandante do quartel-general apareceu e, cheio de animação, reportou que o novo posto de comando estava totalmente equipado. Rodímtzev franziu o cenho e vociferou:

— O que é esse chapéu redondo na sua cabeça? Está indo a alguma festa de casamento na aldeia? Ponha o barrete agora mesmo.

O sorriso desapareceu do rosto largo do homem.

— Entendido, camarada major-general — respondeu.

Rodímtzev partiu em direção ao novo posto de comando, acompanhado por seu estado-maior.

Os soldados estavam alvoroçados, carregando toras, pranchas e pedaços de metal para suas trincheiras e abrigos.

— Eles até parecem castores — disse a Vavílov, que já estava sem fôlego. — Quem mais constrói defesas de longo prazo junto à água?

A dez metros da margem estava a boca escura de uma galeria de esgoto.

— Aqui estamos nós — disse Vavílov. — Nossa nova casa.

A margem direita do Volga devia parecer tão medonha naquele dia alegre e cheio de luz que, escondendo-se do céu limpo, do sol e do belo rio na galeria negra do esgoto, com seu ar viciado e suas paredes bolorentas, os homens pareceram suspirar de alívio e relaxar um pouco a tensão.

Soldados da seção de intendência carregavam mesas, bancos, lâmpadas e caixas de documentos; oficiais de comunicações reparavam cabos telefônicos.

— Belo posto de comando, camarada general — disse um oficial que vinha repassando as ordens de Rodímtzev a seus comandantes de batalhão desde a defesa de Kiev. — Há inclusive um lugar especial para o senhor, uma espécie de gabinete reservado, em meio àquelas caixas. Trouxemos até um pouco de feno, caso o senhor queira se deitar.

Em resposta, Rodímtzev assentiu, sério.

Caminhou ao longo da galeria, bateu na parede e ouviu o murmúrio da água sob os pés. Em seguida, virou-se para Biélski:

— Por que se preocupar com telefones? Aqui estamos todos muito próximos, em nossas cabanas de banho.* Podemos só berrar uns para os outros.

Biélski entendeu que havia algo incomodando o major-general, mas manteve respeitoso silêncio; não lhe cabia fazer perguntas.

Vendo a fisionomia carregada do comandante, Vavílov também franziu a testa.

---

* Irônica referência às cabines de banho do século XIX, cabines de madeira sobre rodas, com uma porta de um lado e uma espécie de cobertura retrátil em forma de fole do outro, cujo objetivo era permitir que as mulheres tomassem banho de mar sem serem vistas da praia, ainda que seus trajes as cobrissem da canela até o pescoço; muitas vezes a cabine era puxada por cavalos até a água, para que as mulheres pudessem mergulhar sem mostrar o corpo, voltando em seguida para se secar e se vestir. (N. T.)

Nenhuma outra pessoa na divisão sabia mais sobre as forças e fraquezas dos seres humanos do que Vavílov. Ele sabia que todos observavam Rodímtzev. Podia imaginar com extrema facilidade o que os oficiais de comunicações, telefonistas, mensageiros e ajudantes logo estariam dizendo nos postos de comando de regimento e de batalhão: "O general fica andando de um lado para o outro sem parar. Não se sentou sequer uma única vez"; "Ele está furioso com todos; chegou a dar uma bronca em Biélski. Está uma pilha de nervos, no limite".

Tudo isso aborreceu Vavílov. O comandante deveria ser mais cuidadoso. Deveria saber que a essa altura seus subordinados sussurrariam: "As coisas parecem ruins. Estamos perdidos, não há dúvida".

Por outro lado, estava na cara que Rodímtzev não era cego para essas questões. Vavílov sempre havia admirado sua capacidade de responder com um sorriso despreocupado a olhares ansiosos. Certa feita, quando um mensageiro reportou que "os tanques alemães estão avançando em direção ao posto de comando", ele declarou, com toda a calma do mundo: "Preparem os obuseiros. E agora vamos terminar de comer!".

Assim que o telefone de campanha começou a funcionar, Rodímtzev ligou para Tchuikov e informou que a divisão havia atravessado o rio.

— É preciso começar a ofensiva. Não há tempo para descanso — disse Tchuikov.

Sabendo que havia pouca probabilidade de alguém conseguir descansar num momento e num lugar como aquele, Rodímtzev respondeu:

— Entendido, camarada general!

Rodímtzev saiu para o ar fresco, sentou-se em uma pedra, acendeu um cigarro, fitou a distante margem esquerda e se pôs a pensar. Como nos primeiros momentos da guerra, sentia-se a um só tempo calmo e oprimido.

Usando um barrete de soldado, com um casaco acolchoado jogado por cima dos ombros, estava ligeiramente afastado da balbúrdia geral do formigueiro humano. Tinha trinta e sete anos, embora parecesse muito mais jovem, e parecia observar o mundo ao redor com uma espécie de tristeza distraída. Quem o visse dificilmente pensaria que aquele soldado de corpo esguio, bem-apessoado e louro era um major-general no comando da primeira divisão de reforços incumbida de entrar na cidade já semiocupada.

Durante as horas em que Rodímtzev esteve separado da sua divisão, a vida de milhares de homens, como a água que busca o caminho mais fácil ladeira abaixo, seguiu seu curso natural.

Onde quer que estejam — esperando por um trem na estação, sentadas em um bloco de gelo no oceano Ártico ou mesmo lutando numa guerra —, as pessoas fazem tudo que podem para se aquecer e se sentir confortáveis.

Esse é o desejo natural do homem. E, em geral, esse desejo e as necessidades militares estão em harmonia. Soldados cavam fossos e valas para se proteger de estilhaços, e depois se deitam nesses abrigos para atirar no inimigo. Às vezes, porém, durante um combate, esse instinto de vida, de autopreservação, faz tudo o mais desaparecer. Um homem cava um fosso ou uma trincheira, deita-se ali para se proteger e esquece o fuzil. Em sua simplicidade, imagina que recebeu uma sapa com um único propósito: proteger-se de balas e estilhaços.

Sentado em cima de uma pedra, Rodímtzev folheou os relatórios dos regimentos sobre a construção bem-sucedida de suas posições defensivas.

Do ponto de vista da autopreservação da divisão, dos regimentos e dos batalhões, as medidas adotadas eram perfeitamente racionais. Mas mesmo um homem inteligente como Biélski parecia não ter percebido que, em um momento como aquele, a autopreservação de uma divisão instalada a poucos metros da beira do Volga não era o que de fato importava.

— Biélski! — gritou Rodímtzev. E, um momento depois: — É verdade que eu não estava aqui e vocês decidiram construir a linha de defesa junto à margem... Mas precisamos pensar melhor sobre isso.

Fez uma pausa, como que convidando Biélski a pensar, e em seguida continuou:

— Temos um regimento completamente isolado de nós. Nossa comunicação com eles é mínima. E aqui estamos nós, a cinco metros da água. O que vai acontecer quando começarmos a nos defender? Os alemães vão nos afogar no rio feito cachorros. Primeiro, vão nos esmagar com os morteiros, depois vão nos matar afogados.

— E o que devemos fazer, camarada general? Qual é a sua decisão? — perguntou Biélski, à sua maneira calma e tranquila.

— O que devemos fazer? — quis saber Rodímtzev, em voz baixa e pensativo, como se contaminado pela tranquilidade de Biélski.

Em seguida, aos berros e em tom enfático, continuou:

— Temos que atacar! Invadir a cidade! Não há opção. Eles são mais fortes do que nós em todos os sentidos. Temos apenas uma vantagem: o fator surpresa. Precisamos aproveitá-lo ao máximo.

— Com certeza! — disse Vavílov, entrando na conversa, como se ele próprio viesse pensando naquilo o tempo todo. — Não nos mandaram para o outro lado do Volga só para cavar buracos!

Rodímtzev consultou o relógio de pulso.

— Daqui a duas horas vou informar o comandante de exército de que estou pronto para avançar. Convoque os comandantes de regimento. Preciso prepará-los para sua nova tarefa: ao amanhecer, atacar! Não temos dados de reconhecimento. Ponha a divisão de inteligência para trabalhar nisso de imediato. Entre em contato com a inteligência do exército. Onde está a linha de frente do inimigo? Onde estão suas posições de artilharia? Verifique as comunicações com nossos artilheiros na margem esquerda. Prepare todas as unidades para o ataque, não para a defesa. Distribua mapas da cidade para cada comandante e comissário. Em algumas horas eles vão estar lutando nas ruas. Não há tempo a perder.

Ele falava sem levantar a voz, mas com autoridade, como se golpeasse Biélski de leve no peito.

Vavílov gritou com seu ordenança:

— Chame os comissários de regimento. Imediatamente!

Rodímtzev e Vavílov se entreolharam e sorriram.

— Não faz muito tempo — disse Rodímtzev —, costumávamos dar um passeio tranquilo na estepe a esta hora do dia.

Toda a atividade humana começou então a mudar de rumo. Rodímtzev havia assentado a primeira pedra de uma barragem destinada a desviar a energia de seus homens para um canal diferente. Minutos antes, estava sentado sozinho na praia, longe da agitação geral. Agora, impunha sua vontade não só aos membros de seu estado-maior e aos comandantes de regimento e de batalhão mas também aos comandantes de pelotão e soldados rasos. Cavar abrigos e trincheiras na margem já não era o trabalho mais importante e urgente.

Com frequência cada vez maior, nos postos de comando de regimento e de batalhão, os homens repetiam: "O general confirmou"; "O general revogou"; "O general proibiu"; "O general tem pressa"; "O general virá verificar".

E os soldados já conversavam entre si. Estava muito claro que, ao longo da última hora, algo importante havia mudado: "Largue essa pá, chega de cavar. Agora vamos receber mais munição"; "Já receberam coquetéis molotov? Cada um vai ganhar mais duas granadas. E os canhões estão sendo levados para a frente"; "Rodímtzev chegou. Vamos invadir a cidade"; "Sabe o que Rodímtzev acabou de dizer ao major? Foi um oficial de comunicações que me falou. Ele perguntou, aos berros: 'Acha que nos mandaram para cá só para cavar buracos?'"; "O primeiro pelotão recebeu cem gramas de vodca e duas barras de chocolate"; "Hum. Se estão distribuindo chocolate, então estamos em apuros. O ataque deve estar próximo"; "Cinquenta cartuchos extras cada um"; "Parece que vamos atacar à noite. Não gosto disso. Como vamos saber para onde estamos indo?".

No crepúsculo, Rodímtzev, acompanhado por dois submetralhadores, seguiu pela beira do rio a fim de se apresentar a Tchuikov.

Reinava o silêncio; ouvia-se apenas o som ocasional de um ou outro disparo de fuzil — provavelmente sentinelas com medo da escuridão que se avolumava, tentando abafar o som de pedras que caíam e o rangido constante das folhas de metal nos telhados.

Uma hora e meia depois, Rodímtzev voltou com a assinatura de Tchuikov autorizando a ofensiva. Nesse momento, a escuridão era total.

O silêncio se instalou. A noite se alastrou sobre o Volga em todo o seu esplendor: com o profundo azul-escuro do céu; com o marulho das ondas suaves; com brisas ligeiras que traziam ora o calor seco da estepe, ora o ar sufocante das ruas, ora o sopro úmido e vivo do rio.

Milhões de estrelas fitavam a cidade e o rio, ouvindo o murmúrio da água contra a margem, ouvindo os grunhidos, suspiros e sussurros das pessoas.

O estado-maior de Rodímtzev deixou sua enorme galeria de esgoto. Os homens olharam para o rio, para o céu e para as silhuetas de Biélski, Vavílov e do próprio Rodímtzev, sentados na beira d'água, em um tronco semicoberto de areia.

Estavam os três apreensivos, pensando nas mesmas coisas enquanto observavam a ampla barreira de água e tentavam distinguir a estepe do Transvolga do outro lado.

Rodímtzev pegou um cigarro, acendeu-o e deu várias tragadas.

Biélski perguntou, baixinho:

— Como foi, camarada general, com o nosso novo comandante?

Mas Rodímtzev pareceu não ouvir, e Biélski não repetiu a pergunta.

Depois de dar mais algumas tragadas no cigarro, Rodímtzev o jogou dentro da água. Vavílov disse baixinho:

— Um brinde à festa de inauguração da nossa casa!

Parecendo perdido em pensamentos, Rodímtzev afirmou:

— Sim, exato. E assim a vida continua.

Seria de pensar que cada um estava absorto em seu próprio mundo, sem assimilar o que os outros diziam; mas, na verdade, entendiam-se uns aos outros muito bem.

Os três homens vinham lutando desde junho de 1941. Juntos, haviam passado por inúmeras adversidades e enfrentado a morte diversas vezes. Juntos, tinham visto a chuva fria de outono, a poeira quente de julho e as tempestades de neve do inverno. Tinham conversado sobre tantas coisas que agora quase não precisavam falar. Uma palavra, meia palavra, mesmo um breve silêncio bastavam.

Então Rodímtzev respondeu à pergunta de Biélski:

— Bem, não há dúvida de que é um típico comandante. Talvez seja porque o estão bombardeando dia e noite, mas está claro que é um homem de temperamento forte.

Eles passaram então um bom tempo ouvindo o silêncio, talvez por sentirem que era o último silêncio que ouviriam naquela cidade.

Ainda contemplando o rio, Rodímtzev disse algo surpreendente — a última coisa que um subordinado espera ouvir de seu comandante antes de uma ofensiva:

— Estou triste, Biélski. Nunca na vida me senti tão triste. Não, nem mesmo quando perdemos Kiev ou Kursk. Viemos aqui para morrer, está muito claro.

Um objeto escuro deslizava rio abaixo, dolorosamente devagar, e não havia como saber se era um barco sem remos, o cadáver inchado de um cavalo ou parte de uma barcaça destruída por uma bomba.

Atrás deles, havia apenas o silêncio da cidade incendiada. De tempos em tempos os homens que fitavam o Volga olhavam ao redor, como se sentissem que eram observados por alguma presença opressiva oculta nas trevas.

26

No início da noite, o comandante do exército já sabia dos detalhes da travessia. Às dez horas, Rodímtsev apresentou-se e Tchuikov assinou a ordem de ataque. Então, à meia-noite, recebeu o chefe do departamento especial e o presidente do tribunal do exército. Eles traziam relatórios sobre dois comandantes que, apesar da diretiva "Nem um passo atrás", haviam transferido seus quartéis-generais para as ilhas Záitsevski e Sarpínski. Respirando pesado, Tchuikov pegou um lápis e arrumou os papéis à sua frente.

— Por ora isso é tudo. Estão dispensados.

Durante algum tempo, com uma expressão funesta, ele andou de um lado para o outro dentro do abrigo. Depois, se sentou em uma cadeira, mexeu no cabelo e, projetando o lábio inferior, olhou fixamente para o lápis com que assinara os papéis. Suspirou, deu mais alguns passos, desabotoou o colarinho, beliscou o pescoço e passou uma das mãos sobre o peito e a nuca.

O abrigo estava abafado e fumacento. Dirigindo-se à saída, Tchuikov abriu caminho através do túnel onde seu ajudante de ordens dormia. O sobretudo que o cobria tinha escorregado para o chão. Tchuikov acendeu a lanterna. Os lábios do homem estavam entreabertos e seu rosto infantil parecia muito pálido. Talvez estivesse doente?

Tchuikov pegou o sobretudo e o pôs de volta sobre os ombros magros do tenente.

— Mãe, mãe — gritou o tenente, com voz estrangulada.

Tchuikov sufocou um soluço e saiu depressa do abrigo.

27

As sombras dos homens bruxuleavam, inconstantes, no breu que antecedia o amanhecer. Ouvia-se o tinido ocasional de armas. A divisão de guardas de Rodímtzev se preparava para seguir em frente. Em voz baixa, os instrutores políticos chamavam seus homens para breves reuniões, apontando o caminho com suas lanternas.

Soldados sentados sobre pilhas de tijolos ouviam o comissário de regimento Kolúchkin. Ele falava muito baixo, e os homens mais atrás tinham que se esforçar para ouvir. Havia algo especial e comovente nesse encontro em meio a escombros e ruínas na encosta do Volga. Um fiapo de luz a leste prenunciava um dia de combates cruéis.

Em vez de seguir o discurso planejado, Kolúchkin contava aos soldados episódios de sua própria vida em Stalingrado. Falou sobre como havia trabalhado no canteiro de obras de uma das fábricas e sobre como, pouco antes da guerra, recebera um apartamento não muito longe de onde agora se sentava em cima de um tronco carbonizado. Sua velha mãe havia adoecido e insistira que mudassem sua cama para junto da janela, para que pudesse contemplar o Volga. Os soldados ouviram em silêncio.

Tão logo terminou, Kolúchkin de súbito viu a figura imponente de Vavílov, encostado em uma parede de tijolos.

"Maldição", pensou. "Por que divaguei assim? Agora vou levar uma bronca. Vavílov vai perguntar o que tudo isso tem a ver com a ofensiva de hoje."

Vavílov, no entanto, apertou a mão dele e disse:
— Obrigado, camarada Kolúchkin. Foi um belo discurso.

28

Quando o alto-comando alemão anunciou na rádio que Stalingrado tinha sido capturada por suas tropas e que o Exército Vermelho continuava a resistir apenas no distrito fabril ao norte, acreditava plenamente que essa era a verdade objetiva.

Todo o centro administrativo da cidade, a estação ferroviária, o teatro, o banco, a loja de departamentos central, o edifício do obkom, o soviete, a redação do *Stalingrádskaia Pravda*, a maioria das escolas, centenas de edifícios residenciais de vários andares semidestruídos — tudo isso, o coração da nova cidade, estava nas mãos dos alemães. No centro de Stalingrado, as tropas do Exército Vermelho agora detinham apenas uma estreita faixa de terra junto ao rio.

Quanto à resistência soviética nas gigantescas fábricas do norte e no sul, nos subúrbios de Bekétovka, os alemães não tinham dúvidas de que em pouco tempo a esmagariam.

A linha de defesa soviética estava rompida. Seu centro fora isolado dos flancos esquerdo e direito. Não havia articulação entre as formações de tropas, e era impossível que empreendessem qualquer ação conjunta.

Todos os oficiais e soldados alemães estavam confiantes na vitória. Ninguém sequer cogitou a necessidade de fortificar o terreno já conquistado.

Muitos oficiais superiores viram como inevitável a retirada do Exército Vermelho de Stalingrado nos próximos dias, ou até mesmo nas próximas horas.

Assim, o ataque de Rodímtzev foi inesperado. E essa foi uma das razões para o seu sucesso.

O regimento do flanco direito da divisão de Rodímtzev iniciou o combate com o objetivo de conquistar Mamáiev Kurgan, a colina que dominava a cidade, e em seguida abriu caminho até as posições ocupadas pelos outros dois regimentos, restaurando a linha de frente.

Dezenas de edifícios de grande porte foram recapturados. O regimento central de Rodímtzev foi o que mais avançou. Um dos batalhões retomou a estação ferroviária e os edifícios adjacentes. E o avanço alemão na parte sul da cidade foi interrompido.

Ato contínuo, Rodímtzev ordenou que seus homens assumissem posições defensivas e continuassem combatendo. Estivessem cercados apenas em parte ou totalmente sitiados, deveriam lutar até a última bala.

Rodímtzev deixou claro para seus comandantes que o menor indício de retirada seria considerado o mais grave dos crimes. Tchuikov dissera a mesma coisa a ele, e Ieriômenko dissera a mesma coisa a Tchuikov.

A ordem vinha de cima, mas também era uma expressão do estado de espírito dos soldados, nascido de sua própria determinação. E o sucesso da investida de Rodímtzev, embora certamente facilitado pelo fator surpresa, foi uma consequência natural da lógica dos acontecimentos.

29

O maior êxito coube ao batalhão do primeiro-tenente Filiáchkin.

Movendo-se por ruas estreitas e trechos de terreno baldio, o batalhão avançou mil e quatrocentos metros a oeste. Quase sem encontrar resistência, chegou à estação ferroviária, capturou depósitos de carvão, cabines de comunicação, armazéns bombardeados com o chão coberto de farinha e grãos de milho e os edifícios semiarruinados da própria estação.

Filiáchkin, um homem de cerca de trinta anos, com cabelos ruivos e olhos pequenos agora injetados por falta de sono, instalou um posto de comando temporário no aterro da ferrovia, em uma cabine de concreto com janelas estilhaçadas.

Enxugando o suor do rosto e coçando a orelha esquerda, ferida numa explosão, escreveu um relatório para Iélin, seu comandante de regimento. Estava empolgado com seu êxito — retomar a principal estação ferroviária da cidade não era pouca coisa —, mas frustrado porque os outros batalhões ainda estavam muito atrás. Com os flancos desprotegidos, não teria condições de prosseguir seu avanço.

Tchvedkov, o comissário de batalhão, que até pouco antes fora instrutor de raikom na província de Ivanovo, estava entusiasmado com sua primeira experiência de combate efetivo.

— Por que estamos parando? — perguntou em voz alta. — Temos que tirar proveito do nosso sucesso. Os homens estão ansiosos para avançar!

— Para onde? Já avançamos mais do que qualquer um! — respondeu Filiáchkin, apontando um dedo para o mapa da cidade. — Você quer ir para a Carcóvia? Ou direto para *Bérlim*?

Ele pronunciava "Berlim" com uma forte ênfase na primeira sílaba.

Nesse momento, entrou o tenente Kováliov, comandante da terceira companhia. Tinha o barrete caído por cima de uma orelha, e uma mecha de cabelo se projetava por debaixo dele. Cada vez que virava a cabeça bruscamente, o topete saltava feito uma mola de metal.

— Como foi? — perguntou Filiáchkin.

— Nada mal, nada mal — disse Kováliov, tentando manter a voz grave e rouca. — Eu mesmo despachei nove filhos da puta.

E sorriu com os olhos, com os dentes, com todo o seu ser, como só as crianças costumam sorrir.

Kováliov tinha matado três alemães. Dois outros haviam caído no chão, mas não sabia se estavam mesmo mortos. Ele se perguntou por que razão dissera ter abatido nove. Talvez quisesse mostrar que era um jovem ousado. Que o fato de Lena Gnatiuk ter passado a noite com Filiáchkin não fazia a menor diferença.

Kováliov reportou então que o instrutor político Kotlov, cuja coragem pessoal inspirara a todos, tinha sido ferido e levado de volta para a retaguarda.

O grisalho tenente Igúmnov, chefe do estado-maior do batalhão, examinava o mapa em silêncio. Antes da guerra, havia trabalhado na Ossoaviakhim do soviete do distrito. Menosprezava os comandantes mais jovens, a seu ver frívolos e orgulhosos. Considerava Filiáchkin um mulherengo e não gostava de ser subordinado a um homem mais novo que seu filho mais velho.

Então Konaníkin — o Varapau — apareceu. Tinha cabelos pretos como os de um cigano. Seus movimentos e gestos eram rápidos e abruptos. Uma das insígnias quadradas nas abas de seu colarinho fora cortada de um pedaço de borracha vermelha; outra era simplesmente um desenho feito com tinta indelével.

— Estamos rodeados por alemães — murmurou Igúmnov, irritado. — Isto aqui não é um clube social.

— Apresente seu relatório, camarada Konaníkin! — ordenou Filiáchkin.

Konaníkin reportou os êxitos de sua companhia e o número de baixas. Também entregou um relatório escrito em caligrafia graúda.

— Bem, certamente dei aos boches algo em que pensar — disse Filiáchkin.

E, em seguida, virou-se para Igúmnov e sugeriu:

— Venha, vamos comer alguma coisa!

Apontando para edifícios silenciosos agora ocupados pelos alemães, Kováliov falou:

— Passei por Stalingrado no verão. Estava com um amigo, outro tenente. Ficamos com a família dele e nos divertimos à beça. Agora posso confessar, camarada primeiro-tenente: permanecemos um dia a mais sem autorização. Conheci uma garota de quem gostei muito, irmã do meu amigo. Tinha cerca de vinte e cinco anos. Solteira, uma verdadeira beldade. Nunca vi uma garota como ela. Linda, culta.

— Fico feliz que fosse culta! — disse Konaníkin. — Mas suas investidas resultaram em sucesso? Você mostrou a ela com quantos paus se faz uma canoa?

— Ah, com certeza — disse Kováliov. — Pode acreditar!

Isso, obviamente, era mentira — apenas a maneira de Kováliov demonstrar a Filiáchkin que não estava tão interessado pela instrutora médica Lena Gnatiuk. Sim, chegara a sair para passear na estepe com Lena Gnatiuk e lhe dar sua fotografia — mas só porque estavam na reserva e não havia muito o que fazer.

Filiáchkin bocejou e disse:

— O que o faz pensar que quero ouvir sobre Stalingrado? Também estive aqui, depois de terminar a escola militar. Não vi nada de tão especial. E quanto aos ventos que sopram no inverno... quase perdi os pés.

Entregou a Kováliov uma caneca.

— Obrigado, camarada primeiro-tenente, mas não quero — disse Kováliov.

Filiáchkin e Konaníkin beberam seus cem gramas regulamentares e então se lembraram de um incidente, quando estavam aboletados numa isbá de aldeia. Um tenente, um jovem muito quieto e tímido, bebera um pouco de aguardente caseira, para ganhar coragem, e depois subira no fogão para se deitar.[230] Mas, em vez da jovem amante que imaginava aguardá-lo, deu de cara com a velha sogra da moça, que reagiu de imediato. O tenente despencou no chão e acabou com um olho roxo. Tudo isso o deixou desesperadamente envergonhado. Durante o restante de sua estadia na aldeia, fez o possível para se esconder na horta.

Os dois comandantes estavam em Stalingrado havia apenas algumas horas — não tinham lembranças compartilhadas da cidade. Tudo que podiam relembrar eram os meses passados na reserva, na estepe do Transvolga. E, para eles e para muitos que os seguiram, Stalingrado nunca chegou a ser uma recordação, e sim uma realidade corrente, um hoje sem amanhã.

Um mensageiro voltou com uma nota do comandante de regimento. A ordem era fortalecer as defesas. Havia sinais de que o inimigo estava se preparando para contra-atacar.

— Mas e a comida? Só temos rações para dois dias — disseram Tchvedkov e Igúmnov em uníssono.

Konaníkin olhou para Filiáchkin e sorriu. Seu sorriso era tão cristalino e despreocupado, transmitia tamanha disposição para encarar a morte, tamanha compreensão acerca da simplicidade de seu destino, que Igúmnov tremeu: podia até ter cabelos grisalhos, mas na presença daquele tenente não passava de um menino.

Filiáchkin marcou em seu mapa os setores que cada companhia deveria defender. Os comandantes copiaram essas informações em seus próprios mapas e anotaram as outras instruções de Filiáchkin.

---

[230] No inverno, as pessoas costumavam dormir em cima do fogão.

— Estou dispensado? — perguntou Kováliov, em posição de sentido.

— Dispensado! — Filiáchkin se apressou em responder.

Kováliov bateu os calcanhares e ao mesmo tempo deu meia-volta e saudou o tenente.

O chão sob seus pés estava coberto de pedaços de gesso e tijolo. Ele tropeçou e quase caiu. Envergonhado, deu um pequeno salto e começou a correr, como se, em vez de ter tropeçado, estivesse ávido para obedecer às ordens sem demora.

— Você chama isso de dar meia-volta? — berrou Filiáchkin, irritado.

Essa repentina transição da franca cordialidade para a severidade extrema parecia antinatural, um simples jogo. As relações entre aqueles jovens comandantes de diferentes patentes eram complexas. Juntos, eles enfrentavam o perigo, entoavam canções e liam cartas de família; ao mesmo tempo, um superior aprecia manifestar sua autoridade diante dos subordinados. Por vezes essa severidade decorre do medo de parecer um mero garoto, ainda sem maturidade suficiente para comandar. Para um jovem com inclinações democráticas, esse medo é bastante natural.

Só depois de muitos anos de experiência um homem adquire a habilidade de ser indulgente com um subordinado, de se comportar com bonomia ao ocupar posições de poder. E, de modo geral, só adquire essa capacidade depois que passa a acreditar que o exercício do poder é seu direito natural e inevitável — e que a subordinação é o destino inescapável da maioria dos outros homens.

Filiáchkin ajustou o binóculo pendurado no pescoço e disse:

— Preciso que um de vocês vá até o posto de comando do regimento. Nossas coisas ficaram lá, e o comandante incorporou uma de minhas companhias a suas reservas. Receio que ela acabe se dispersando.

Filiáchkin olhou para Igúmnov e Tchvedkov, que entenderam que ele estava decidindo qual dos dois enviar.

A expressão no rosto dos homens se alterou. Uma ou duas palavras de Filiáchkin decidiriam seu destino.

O silêncio lá fora era agourento; a paz aparente vaticinava a morte. O posto de comando do regimento agora parecia um paradisíaco refúgio, como se estivesse localizado na extrema retaguarda.

"Pode me mandar, que eu sou velho", Igúmnov pensou em dizer, à guisa de brincadeira. Enojado ao perceber como isso soaria falso, franziu a testa e se curvou, impassível, sobre seu mapa.

Quanto a Tchvedkov, já compreendera que o batalhão estava condenado. Sua sugestão anterior, de que eles continuassem a avançar, era absurda. Seu sucesso inicial os havia deixado em uma posição impossível.

Mas ele também permaneceu em silêncio, verificando a pistola.

De modo geral, Filiáchkin não confiava nas pessoas, e nutria uma especial antipatia por Tchvedkov; tinha pouca paciência com ex--reservistas que iam direto para o serviço ativo. Tchvedkov fora nomeado instrutor político de primeiro nível no dia de seu alistamento, ao passo que Filiáchkin servira três árduos anos antes de ser promovido a primeiro-tenente. Filiáchkin era igualmente crítico de seu chefe de estado--maior, a quem via como um velho enfadonho. Tinha mais respeito por Konaníkin, que acabara de passar três anos numa escola de aldeia e em seguida cumprira serviço ativo como soldado raso. Konaníkin, no entanto, teimava em desafiar sua autoridade, o que o deixava irritado.

"Tome cuidado, Konaníkin!", Filiáchkin dissera a ele certa vez.

"Tomar cuidado com o quê?", retrucara Konaníkin. "Não estou com medo e não vou tomar cuidado com nada. De um jeito ou de outro, não vou continuar vivo por muito tempo. Você acha que é mais fácil comandar soldados num combate do que fazer parte de um batalhão penal? Aconteça o que acontecer, pior não pode ficar!"

No fim das contas, Filiáchkin sugeriu:

— Tchvedkov, por que não vai você?

E, com um sorriso, acrescentou:

— Do contrário, vai acabar morrendo, e aí vai receber uma reprimenda da seção política por não se reportar!

Ele havia se decidido por Tchvedkov porque não tinha visto Lena Gnatiuk desde a longa marcha, e Tchvedkov poderia atrapalhar seu encontro com ela mais tarde.

Filiáchkin voltou então a suas tarefas imediatas. Pegou uma submetralhadora e, para não atrair a atenção dos atiradores inimigos, cobriu com um sobretudo seu estojo de mapa. Depois, disse a Igúmnov:

— Vou verificar nossas posições.

Incomodado com o silêncio lá fora, Igúmnov respondeu em voz alta:

— Camarada comandante de batalhão, debaixo do edifício da estação há um porão profundo, perfeito para um depósito de munição. Os comandantes de companhia podem mandar seus homens lá para reabastecer.

— Não — disse Filiáchkin, balançando a cabeça. — Essa é a última coisa de que precisamos. Certifique-se de que todas as granadas de mão e todos os cartuchos sejam distribuídos para os homens imediatamente.

Os alemães não tinham começado a atacar, o que tornava ainda mais medonho o estrondo arrastado e sombrio que vinha do norte. Como qualquer soldado experiente, Filiáchkin temia o silêncio. Ele se lembrou daquela noite nos arredores de Tchernóvtsi, em 21 de junho de 1941. O prédio do quartel-general de regimento estava abafado, e ele saiu para fumar. O silêncio era de fato sepulcral, as janelas brilhavam ao calmo luar. Ele era o oficial de serviço. Seria substituído às seis da manhã, mas agora tinha a sensação de que nenhum substituto havia chegado e de que já estava de plantão fazia quinze meses.

Aquela praça deserta, cor de ardósia; os postes tortos e retorcidos, cheios de fios pendurados; os trilhos reluzentes, sem o menor traço de ferrugem; os desvios silenciosos; aquela terra proletária, brilhando de óleo preto, pisada por aqueles cujo trabalho era lubrificar máquinas e engatar vagões; aquela terra que por tanto tempo tremera sob o peso de enormes trens de carga — agora tudo se calava, como se sempre tivesse sido assim, calmo e sonolento. Até mesmo o ar, em geral perfurado pelo apito dos guardas e o barulho das locomotivas, parecia estranhamente intacto e vasto. Tudo na quietude daquele dia lembrava Filiáchkin das últimas horas de paz e de sua casa na infância. Aos sete anos, e filho de um guarda-linha, não havia nada que ele amasse mais do que escapar do olhar vigilante da mãe e vagar sobre os trilhos.

Agachando-se ao lado do muro da estação, abriu o estojo de mapa e encontrou o bilhete de Iélin. Sem retirá-lo do envelope de celuloide amarelado, releu a nota do comandante de regimento. Isso não lhe trouxe conforto algum; Iélin também entendia que a presente calma era enganosa.

Ao que tudo indicava, os acontecimentos daquela noite de luar em junho de 1941 se repetiriam; o silêncio seria dilacerado, dando lugar ao fogo e ao rugido dos aviões. Mas não, os acontecimentos não se repetiriam. Desta vez, Filiáchkin não seria pego de surpresa. Desta vez, ficaria em estado de alerta, de olhos bem abertos; era um homem diferente do homem de quinze meses atrás. E talvez aquele jovem tenente nem mesmo tivesse sido ele — talvez tivesse sido outra pessoa lá fora, ao luar. Agora ele era forte e capaz. Sabia das coisas; bastava o som de um projétil para que dissesse qual era o calibre da arma. Não precisava ler relatórios, tampouco falar ao telefone com os comandantes de companhias — sempre sabia para onde os alemães estavam mirando seus morteiros e metralhadoras e qual companhia estava sob maior pressão.

Ficou irritado consigo mesmo por se sentir tão ansioso.

— Não existe nada pior do que avançar da reserva para a linha de frente — disse ao ordenança que caminhava a seu lado. — Se precisamos lutar, é melhor que seja sem descanso.

30

O batalhão preparou uma defesa de perímetro.

Como são enganosos os pressentimentos! Aqueles com experiência concreta de guerra costumam tratá-los com cautela. Um homem acorda no meio da noite, certo de que está prestes a morrer; viu em sonhos o livro do destino e tudo lhe foi explicado tim-tim por tim-tim. Triste ou amargurado, ou talvez em paz com a sorte que lhe cabe, escreve uma última carta, olha para o rosto dos camaradas, ou para a terra sob seus pés, e remexe lentamente nos poucos pertences que leva na mochila.

E o dia transcorre tranquilo, sem bombardeios, sem nenhum avião alemão no céu.

Ou um homem começa o dia calmo e esperançoso, pensando no que vai fazer assim que a guerra acabar — e ao meio-dia está sufocando no próprio sangue, soterrado sob pedras e escombros.

Depois de ocupar a principal estação ferroviária, os homens de Filiáchkin estavam alegres e confiantes.

— Agora podemos voltar para casa — disse um deles, olhando para uma locomotiva sem vida. — Só precisamos de um pouco de gás, aí vamos a todo vapor. Serei o maquinista. Peçam ao comandante para reservar um lugar para vocês.

— Carvão não vai faltar, com certeza. Há o suficiente para me levar de volta até Tambov — disse outro. — Vamos comprar tortas para a viagem!

Depois de manejar machados e pés de cabra para abrir canhoneiras nas paredes, os homens fizeram o melhor que puderam para se sentir confortáveis. Um deles lamentou a ausência de feno ou palha. Alguém muito organizado, um dono de casa de mão-cheia, montou uma prateleira para ter onde guardar a mochila e a marmita de metal. Dois outros examinavam uma caneca de latão amassada por um tijolo, perguntando-se se valia a pena quebrar a pequena corrente a que estava presa.

— Você fica com a corrente — disse um deles — e eu fico com a caneca.

— É muito generoso da sua parte — disse o outro —, mas por que você não fica com a corrente também?

Alguém encontrou um peitoril de janela conveniente, sacou um espelhinho e começou a se barbear. A barba coberta de poeira rangeu sob a navalha.

— Me arranje um pedaço de sabão! — disse outro homem. — Também preciso me barbear.

— Que sabão? Não sobrou quase nada. Olha!

E, vendo o olhar de decepção no rosto do camarada, acrescentou:

— Vá lá, tome aqui um cigarrinho... mas guarde a última tragada para mim!

Os homens na unidade penal vinculada à companhia de Konaníkin eram igualmente calmos e amistosos. Esperando permanecer na estação por um tempo, começaram a realizar suas tarefas.

Um homem, porém, olhou para o teto destruído e as divisórias desmoronadas e falou, resignado:

— Enquanto as companhias de guardas estão na primeira classe e na sala destinada às mães com filhos pequenos, para nós da unidade penal o que sobrou foi isto!

Outro soldado, de ombros estreitos, cabelo encaracolado e rosto pálido, acabara de montar seu fuzil antitanque. Espremeu os olhos, mirou e, com um sorriso cansado, disse a um colega:

— Saia da frente, Jora. Você está na minha linha de fogo, e não queremos acidentes!

A companhia de Kováliov também estava trabalhando duro, abrindo buracos na alvenaria e cavando trincheiras no pesado terreno de Stalingrado — uma mistura de terra, tijolo desintegrado, azulejos brancos e pedaços de folha de flandres em decomposição que quase pareciam renda.

Enfiado até a cintura dentro de uma trincheira, Ussúrov perguntou:

— Vavílov, por que você não está comendo seu chocolate? É muito bom. Que tal uma troca? Seu chocolate por meio pacote de fumo?

— Não — disse Vavílov —, estou guardando para os meus filhos. Minha pequena Nástia nunca viu um chocolate desses.

— Ele vai mofar antes de você conseguir voltar a vê-la.

— Pode ser que eu não morra. Pode ser que fique apenas ferido. Aí vão me mandar para casa por algum tempo, e Nástia não vai se importar se estiver um pouco estragado.

— Bem, me diga se você mudar de ideia.

Ussúrov sorriu, lembrando-se de um episódio do passado, quando seu pai tentara convencê-lo a cortar lenha e ele fugira e se escondera. Agora, observando as grandes mãos e os movimentos calmos de Vavílov, vendo seus golpes cuidadosos e enérgicos, sob os quais a pedra cedia tão rápido, esqueceu as diferenças entre ambos e sentiu uma repentina afeição por aquele homem alto e sisudo que o fazia se lembrar do próprio pai.

— Adoro trabalhar com as mãos — falou, embora odiasse o trabalho manual e nunca tivesse tido grande interesse por nada, exceto por receber seu pagamento.

Enquanto estavam na margem esquerda, a visão do brilho vermelho sobre Stalingrado havia horrorizado os homens da divisão; parecia impossível sobreviver naquela cidade, por uma hora que fosse. Agora, porém, eles se sentiam tranquilizados. Estavam cavando trincheiras e tinham grossas paredes de pedra atrás das quais se abrigar. E havia silêncio, e a própria terra, e o sol. Todos estavam calmos, mais felizes, confiantes de que tudo correria bem.

O nariz do tenente Kováliov estava descascando, e, em alguns pontos, rosado e sensível.

— Como estão, minhas águias? — perguntou ele, aos gritos. — Nada de folga, hein? O inimigo está perto!

Kováliov confiava em seus homens. Acabara de acompanhar Filiáchkin em uma inspeção às trincheiras, aos ninhos de metralhadoras e aos postos avançados. Ao se despedir, Filiáchkin constatara: "Suas defesas estão bem estruturadas".

Kováliov não sentia menos confiança em sua própria força e experiência. Seguiu até seu posto de comando, uma caverna escavada sob a parede destruída de um armazém de carga localizado na extrema retaguarda da companhia, a uns quinze ou vinte metros da linha de frente. Seus preparativos agora estavam quase completos. Todos tinham recebido cartuchos, granadas de mão e coquetéis molotov. As armas antitanque estavam instaladas; as metralhadoras foram verificadas e os cintos de munição carregados. Todos receberam sua ração de linguiça e torradas. O cabo telefônico do posto de comando do batalhão era protegido por entulho e escombros. Os comandantes do pelotão tinham recebido suas instruções. O primeiro-sargento Dodónov, que fingira estar doente e pedira permissão para ir à unidade médica do regimento, recebeu uma severa reprimenda.

Kováliov abriu sua mochila. De modo a evitar olhares zombeteiros, pegou um mapa do setor e fingiu estudá-lo enquanto tirava seus poucos pertences — testemunhas silenciosas de sua vida curta, pobre e pura. Uma bolsa de tabaco com uma estrela vermelha, feita para ele por sua irmã mais velha, Taia, a partir da manga de um vestido colorido, outrora elegante. Ele ainda se lembrava do vestido, de quando tinha apenas oito anos. Taia o usara na festa de casamento com Iákov Petróvitch, um contador da cidadezinha do distrito. Quando as pessoas lhe perguntavam onde tinha conseguido uma bolsa tão boa, ele respondia: "Minha irmã me deu quando eu estava na escola militar".

Em seguida, olhou para um caderninho com capa de chita e bordas surradas. Em letras desbotadas, outrora douradas, trazia o título CADERNO DE ANOTAÇÕES. Tinha sido um presente do professor em seu último ano na escola da aldeia. Em uma caligrafia grande e esplêndida, Kováliov copiara ali poemas e canções populares: "Um verão abafado", "Meu amor orgulhoso", "Uma guerra do povo, uma guerra santa", "Katiucha", "Minha alma tem mil anos de idade", "Meu xale azul", "Adeus, cidade amada" e "Espere por mim".

Na primeira página havia um poema de Liérmontov copiado com esmero. Os versos "O amor eterno é impossível,/ O amor de outro tipo não vale o esforço" estavam sublinhados a lápis azul e vermelho.

Entre as páginas, havia quatro bilhetes do metrô de Moscou e ingressos para a Galeria Tretiakov, o Museu da Revolução, o zoológico da cidade, o cinema União e o Teatro Bolshoi — suvenires dos dois dias que passara lá, em novembro de 1940.

Em seguida, Kováliov tirou da mochila uma segunda caderneta, na qual havia feito resumos de palestras sobre táticas na escola militar. Tinha orgulho desse caderno; fora o único aluno de sua turma avaliado com um "excelente" na disciplina de táticas.

Em seguida, pegou uma fotografia, embrulhada em celofane, de uma menina de olhos ferozes, nariz arrebitado e boca masculina. No verso, em tinta indelével, lia-se:

Não é na alegria que se revelam os verdadeiros amigos, mas na desgraça. Quando sobrevém o desastre e as lágrimas correm, amigo é aquele que chora ao seu lado.
Para que você nunca se esqueça de mim — Vera Smírnova.

Em letras maiúsculas e caligrafia miúda, dentro de um pequeno retângulo desenhado no canto superior direito, as palavras "Em vez de um selo, um beijo apaixonado".

Kováliov esboçou um sorriso triste e devolveu a fotografia ao celofane. Em seguida, tirou seus pertences mais materiais: a carteira com um chumaço de notas vermelhas de trinta rublos; uma bolsa contendo duas pequenas paletas sobressalentes para as abas do colarinho; seus despojos de guerra — uma navalha alemã e um isqueiro alemão; um lápis de plástico vermelho; uma bússola; um espelhinho redondo; um maço de cigarros ainda fechado; e um canivete especialmente pouco prático em formato de tanque.

Olhou em volta, ouviu o trovejar ao longe e o silêncio próximo, abriu com a unha o maço de cigarros e acendeu um. Voltou-se para o subtenente Marchenko — seu braço direito, agora que o instrutor político Kotlov tinha sido ferido — e disse:

— Fume um cigarro!

E, olhando para os tesouros espalhados a seu lado, acrescentou:

— Não consegui encontrar os pinos das minhas granadas. Revirei a mochila inteira.

— Por que se preocupar? — disse Marchenko. — Temos pinos mais do que suficientes.

E puxou cuidadosamente um cigarro. Antes de acender, girou-o entre o polegar e o indicador e o examinou de todos os lados.

31

Só em Stalingrado Piotr Semiônovitch Vavílov entendeu o significado da guerra em toda a sua plenitude.

A imensa cidade estava morta, destruída. Alguns edifícios, porém, permaneciam quentes após os incêndios. Enquanto montava guarda, ao anoitecer, Vavílov sentia o calor ainda bafejando nas entranhas da pedra, como se fosse o calor das pessoas que até pouco tempo antes viviam naqueles prédios.

Antes da guerra, Vavílov tinha visitado várias cidadezinhas e vilarejos, mas foi apenas ali, em meio às ruínas de Stalingrado, que entendeu a enorme quantidade de trabalho que era despendida na construção de uma cidade.

Em sua aldeia natal, Vavílov tinha extraordinária dificuldade para obter uma pequena vidraça, um punhado de tijolos, trincos para as janelas do hospital, alpendres para as portas da escola, vigas de ferro para os reparos do moinho. Os pregos, de tão escassos, eram contabilizados individualmente, e não por peso. Era difícil obter madeira seca e temperada em vez do abeto ainda úmido. A instalação de um novo assoalho na escola da aldeia levou uma quantidade exorbitante de tempo para ser concluída. Um edifício com teto de ferro corrugado parecia uma mansão.

Os edifícios em ruínas de Stalingrado revelavam a riqueza investida na construção da cidade. Milhares de folhas de ferro corrugado retorcido pelo fogo jaziam no chão; o tijolo, tão difícil de conseguir, cobria as ruas por centenas de metros; como escamas de peixe, o vidro quebrado reluzia nas calçadas. Vavílov tinha a impressão de que era suficiente para fazer vidraças para todas as aldeias da Rússia. Para onde quer que se olhasse havia parafusos, maçanetas, pedaços de ferro mastigado e pregos amolecidos pelas chamas, além de enormes trilhos e vigas de aço retorcidos.

Muito suor fora derramado para cortar a pedra bruta, para extrair o cobre e o ferro de seus minérios, para transformar a areia em vidro e a rocha nua em fileiras de vigas de aço. Milhares de pedreiros, carpinteiros, pintores, vidraceiros e metalúrgicos tinham trabalhado ali ano após ano, dia e noite. Tudo — a alvenaria, a construção de paredes, muros e alicerces, o desenho das escadas — exigira habilidade, força e trabalho.

Agora, porém, as ruas estavam esburacadas pelas bombas, por vezes com crateras do tamanho de um palheiro. E esses incontáveis buracos e crateras revelavam uma segunda cidade, subterrânea — feita de canos de água, caldeiras de aquecimento central, poços revestidos de concreto, grossos cabos telefônicos e complexas redes de cabos elétricos.

Uma quantidade inimaginável de trabalho e material fora destruída em um ato monstruoso de profanação. Na estepe do Transvolga, Vavílov conhecera muitas das pessoas que viviam naqueles edifícios: velhas senis e trêmulas, órfãos, moças com bebês de colo, velhos. Não havia como saber quantas mulheres, crianças e idosos jaziam agora em túmulos de pedra sob os escombros.

— Isto é Hitler — falou Vavílov em voz alta.

As três palavras continuaram ecoando em sua mente: "Isto é Hitler".

Para Hitler, a força era uma questão de violência — a capacidade de um homem de exercer violência sobre outro. Para Vavílov, e para milhões como ele, era uma questão do poder do alento vivo sobre a pedra morta.

As noções compartilhadas de força, trabalho, justiça e bem comum definem a alma de um povo. Quando dizemos "O povo vai condenar isso", "O povo não vai acreditar nisso" ou "As pessoas não vão concordar com isso", aludimos a um sentimento geral, a uma ideia simples que vive no coração e na mente desse povo.

Essas noções compartilhadas estão presentes tanto no povo como em cada indivíduo. Muitas vezes adormecidas, elas ganham vida quando alguém se sente parte de um todo maior, quando alguém pode dizer: "*Eu sou* o povo".

Aqueles que dizem que o povo gosta da força devem distinguir os diferentes tipos de força. Existe uma força que o povo respeita e admira e existe uma força que o povo jamais respeitará, perante a qual jamais aceitará se rebaixar.

32

Desde a manhã, pairava no ar uma nuvem tremeluzente, formada pelo pó de tijolos estraçalhados por granadas, pela poeira cinzenta levantada por explosões de projéteis e bombas de morteiro e pelo passo pesado de botas com solado de aço nas praças não varridas.

No ar trêmulo do meio-dia, observadores alemães subiram aos andares mais altos de edifícios semidestruídos e olharam para o Volga através das janelas quebradas. O enorme rio era incrivelmente belo, seu azul delicado refletindo o céu sem nuvens, sua vastidão quase marítima cintilando ao sol. O sopro úmido que trazia aos rostos cobertos de suor parecia puro e terno.

Nas ruas abaixo, os batalhões de infantaria continuavam a avançar entre as caixas de pedra vazias e ainda quentes. Tanques, blindados e canhões autopropulsados alemães transpunham cantos e esquinas, rangendo e triturando. Motociclistas circulavam bêbados pelas praças da cidade, sem capacete, com o uniforme desabotoado.

A poeira da cidade se fundiu à fumaça das cozinhas de campanha, o fedor de queimado ao cheiro de sopa de ervilha.

Gritando e gesticulando com alegria, os submetralhadores conduziam grupos de prisioneiros de guerra, com ataduras sujas e ensanguentadas, para os arrabaldes do oeste, junto com multidões de civis — mulheres perplexas, crianças e velhos.

Os oficiais de infantaria continuavam disparando suas câmeras. Sem confiar na memória, anotavam pormenores em cadernetas destinadas a se tornar herança de família — testemunhos de um dia glorioso, a serem legados a netos e bisnetos.

Soldados com bochechas cinzentas e lábios secos entravam em apartamentos vazios; por vezes, seus passos ecoavam em pisos de parquete intactos. Eles vasculhavam armários, sacudiam cobertores e davam coronhadas de fuzil nas paredes.

E, como muitas vezes acontecia, em meio aos escombros, e como que por milagre, conseguiam encontrar garrafas de vodca e vinho doce.

As ruas estavam tomadas pela música estridente das gaitas de boca. De trás de janelas quebradas ouviam-se a cantoria, as gargalhadas ruidosas e os sapateios da dança dos soldados. Aqui e ali, eles encontravam gramofones e punham para tocar os discos de cantores soviéticos.

Em meio àquela euforia, o tenor de Lémechev e o baixo de Mikháilov soavam solitários e tristes.

E havia ao mesmo tempo tristeza e perplexidade na voz de uma moça que entoava: "E o que ele pensa de mim, o que o faz piscar para mim, ninguém sabe".[231]

Os soldados saíam de volta às ruas depois que enchiam as mochilas de pele de bezerro com a pilhagem de apartamentos abandonados: meias femininas, blusas, novelos de lã, toalhas, copos de vodca, xícaras, facas, colheres de todos os tamanhos. Alguns davam tapinhas nos bolsos protuberantes. Outros, olhando para os lados, atravessavam correndo a praça; corria o boato de que, dobrando a esquina, havia uma fábrica de sapatos femininos de luxo.

Os motoristas enchiam seus caminhões com tapetes, rolos de tecido, sacos de farinha e caixas de espaguete. Tanqueiros e condutores de blindados abriam as escotilhas dos veículos e os abasteciam com colchas, cobertores, casacos femininos e cortinas recém-arrancadas das janelas.

Das ruas próximas ao Volga era possível ouvir tiros de morteiros e o barulho de metralhadoras e submetralhadoras, mas poucos homens prestavam atenção.

Na varanda mais alta de um edifício de três andares voltado para o leste, um oficial subalterno de macacão camuflado e rosto mascarado gritava, com voz imperiosa, em um bocal de telefone:

— *Feuer! Feuer! Feuer!*[232]

Em obediente resposta a seus comandos e gestos, canhões sob as árvores no bulevar soltaram rugidos ensurdecedores; labaredas amarelas e brancas saltaram das bocas de fogo.

Um blindado da polícia avançou em alta velocidade, fez uma curva fechada no meio da praça e parou. Um general magro com nariz adunco, rosto cheio de cicatrizes e polainas amarelas recobrindo as pernas arqueadas desceu do veículo e deu alguns passos. Com seu monóculo brilhante, olhou para o céu, para os edifícios ao redor da

---

[231] Versos de uma canção muito conhecida na voz da cantora popular Lídia Ruslanova (1900-73). Ruslanova foi presa sob falsas acusações em 1948, e, de janeiro de 1949 até sua "reabilitação" oficial, em julho de 1953, suas gravações foram banidas. Talvez por esse motivo Grossman não cite seu nome, e diga que em sua voz havia "tristeza e perplexidade".
[232] "Fogo! Fogo! Fogo!"

praça, gesticulou impaciente com a mão enluvada, disse algumas palavras a um oficial que correu até ele, voltou para o tanque e partiu em direção à estação ferroviária.

Era assim que os alemães tinham imaginado o último dia da guerra — e parecia que não se haviam enganado.

Depois de longas semanas na estepe, o cheiro de queimado, de pedra em brasa e de asfalto derretido era inebriante. A névoa quente parecia ter penetrado até a parte mais íntima e profunda dos alemães. Até mesmo a cabeça dos germânicos estava em chamas.

Repetidas vezes os alemães tinham visto o Volga nos mapas — uma veia azul-clara incorpórea. E agora ali estava ele, cheio de vida e movimento, espirrando contra o aterro de pedra, balançando toras, jangadas, barcos e pontões em seu peito largo. E não poderia haver dúvida sobre o que isso significava: o Volga significava a vitória!

No entanto, nem todos se dedicavam a saquear e comemorar. Paulus havia forçado caminho e fincado uma cunha no coração da cidade, mas ainda havia combates no ponto onde essa cunha fazia fronteira com ruas controladas pelas tropas soviéticas. Tanques disparavam à queima-roupa contra portas e janelas. Equipes de artilheiros se esforçavam para arrastar suas armas até edifícios bombardeados nas altas falésias sobre o Volga. Os oficiais de comunicações lançavam sinalizadores coloridos. Metralhadores lançavam uma sucessão de rajadas a partir de porões escuros. Franco-atiradores rastejavam ao longo das margens das ravinas. Aviões de observação de fuselagem dupla pairavam no ar. Monitores de rádio soviéticos na margem esquerda tinham que ouvir reiteradas vezes os gritos guturais dos observadores de artilharia alemães, cujas ordens pareciam ecoar através do Volga: "*Feuer! Feuer! Gut! Sehr gut!*".[233]

33

O capitão Preifi, comandante de um batalhão de granadeiros, escolheu o andar térreo de uma casa de dois andares ainda intacta para instalar seu posto de comando.

---

[233] "Fogo! Fogo! Bom! Muito bom!"

A casa ficava a oeste da enorme carcaça de um prédio alto destruído pelas bombas. Preifi calculou que, se os russos atacassem com fogo de artilharia a partir da margem esquerda, a casa estaria bem protegida.

Seu batalhão fora o primeiro a entrar na cidade. Durante a noite de 10 de setembro, a companhia do tenente Bach, seguindo o curso do rio Tsaritsa, havia alcançado a margem direita do Volga. Bach reportara que os postos avançados da companhia agora estavam posicionados junto à água. Suas metralhadoras de grosso calibre submetiam a fogo constante a estrada principal na margem esquerda.

Não era a primeira vez que o batalhão entrava em uma cidade conquistada. Os soldados já estavam acostumados à marcha ao longo de ruas desertas, ao cheiro peculiar de edifícios em chamas, ao barulho de tijolos quebrados e cacos de vidro sob as botas, ao espanto geral das pessoas ao verem seus uniformes verde-acinzentados — ao fato de algumas não dizerem nada, algumas tentarem se esconder e outras abrirem um sorriso fingido enquanto arriscavam algumas palavras em alemão.

Porque eram sempre eles os primeiros alemães que os russos viam. E, por isso, viam a si mesmos como a personificação da força conquistadora, uma força inexpugnável capaz de destruir pontes de ferro, transformar enormes edifícios em montes de entulho e evocar o terror nos olhos de mulheres e crianças.

Assim havia sido durante toda a campanha.

No entanto, entrar em Stalingrado trazia uma sensação diferente; significava mais do que entrar em outras cidades. Antes do ataque, o comandante adjunto do corpo viera falar com todos eles, e um representante do departamento de propaganda os filmara e distribuíra um folheto informativo. Um correspondente do *Völkischer Beobachter*, uma figura importante e experimentada que tinha sobrevivido a todas as agruras do ano anterior, entrevistara três veteranos. Ao partir, dissera:

— Queridos amigos, amanhã testemunharei a batalha decisiva, e vocês tomarão parte dela. Entrar nesta cidade significa que vencemos a guerra. Depois do Volga, a Rússia chega ao fim. Não encontraremos mais resistência.

Todos os jornais — não apenas os jornais do exército, mas também os que eram trazidos de avião da distante Alemanha — estampavam manchetes em letras garrafais: *"Der Führer hat gesagt: 'Stalingrado muss fallen!'*".[234] Listagens das colossais baixas impingidas aos soviéticos apareciam em negrito: os números de prisioneiros de guerra, tanques e armas confiscados e aeronaves capturadas em aeródromos.

Em igual medida, soldados e oficiais acreditavam que havia raiado o dia derradeiro e decisivo da guerra. Já haviam acreditado nisso antes, e mais de uma vez, mas as equivocadas esperanças do passado serviam apenas para confirmar que suas atuais convicções eram bem fundamentadas.

"Depois de Stalingrado, poderemos ir para casa", repetiam todos.

Corria o boato de que o Comando Supremo já havia decidido quais divisões permaneceriam na condição de exército de ocupação.

Bach chamou a atenção de Preifi para o fato de ainda haver espaços enormes a serem tomados. Moscou continuava a resistir. Ainda havia exércitos soviéticos na reserva. E havia também a Inglaterra e os Estados Unidos.

— Bobagem — respondeu Preifi. — Se tomarmos Stalingrado, os exércitos restantes irão se dispersar, e a Inglaterra e os Estados Unidos farão as pazes conosco imediatamente. Poderemos voltar para casa, deixando apenas algumas unidades para expulsar os guerrilheiros mais tenazes. Mas devemos tomar cuidado para não acabar numa delas. A última coisa que queremos é ficar mofando anos a fio em uma fedorenta cidadezinha russa de província.

Durante a noite, Bach se esgueirou até o Volga e, usando o capacete como vasilhame, recolheu um pouco de água. Ao amanhecer, quando o batalhão havia consolidado sua posição e o tiroteio tinha amainado, levou a água até o posto de comando e a ofereceu a Preifi.

— Como a água não foi fervida e pode conter bactérias da cólera asiática — disse Preifi —, é melhor misturá-la com álcool de Stalingrado.

E, com uma piscadela, acrescentou:

— Um pouco de água e muito álcool.

E assim foi feito. Depois de tilintarem os copos e beberem, Bach ergueu uma das mãos e sugeriu:

— Que tal fazermos agora cinco minutos de silêncio? Podemos escrever um breve postal a nossas famílias, contando que bebemos da água do Volga.

---

[234] "O Führer disse: 'Stalingrado deve cair!'."

— É uma ótima ideia, verdadeiramente alemã! — respondeu Preifi.

Bach escreveu à noiva contando sobre as estrelas do sul que fitavam o rio negro. O sopro úmido do Volga era o sopro da história.

O capitão Preifi escreveu que, ao levar aos lábios a caneca de água do Volga, imaginou-se em meio à família, sentindo o cheiro do leite fresco e ainda quente que a esposa lhe traria numa manhã ensolarada na primavera seguinte. Naqueles dias esplêndidos, era uma alegria pensar nas pessoas mais queridas e estimadas.

Rummer, o chefe do estado-maior do batalhão, que via a si mesmo como um profundo estrategista, escreveu ao velho pai sobre a gloriosa investida da Wehrmacht para o leste, Pérsia e Índia adentro. Lá, eles se encontrariam com os japoneses, que avançavam vindos da Birmânia e da Indochina. Depois disso, uma corrente de aço circundaria o globo — e duraria mil anos.

"Caiu agora a última fortaleza do inimigo", escreveu. "Por isso bebi ao encontro vindouro com nossos aliados."

Apenas o tenente Fritz Lenard — também comandante de companhia, como Bach — não escreveu para ninguém. Jovem, bem-apessoado, com uma boca pequena e rosada, testa alta e pálida e olhos azuis sempre abertos, ele andava de um lado para o outro contemplando a grande coleção de troféus de guerra de Preifi. Com um meio sorriso no rosto, vez por outra sacudindo os cachos, recitava, aos sussurros, versos de Schiller.

Lenard inspirava nos outros oficiais algo próximo do medo. Até mesmo Preifi, um gigante com voz de trovão e formidável energia prática, usava de cautela com ele.

Antes da guerra, Lenard havia trabalhado como propagandista. Depois, passara a servir como *Sturmführer** da ss. No início da guerra com a Rússia, fora transferido para o estado-maior de uma divisão de infantaria motorizada.

Corria à boca pequena que ele havia sido responsável pela prisão de dois oficiais. O primeiro deles, o major Schimmel, foi acusado de ocultar sua origem — tinha sangue judeu por parte de pai. O outro, Hoffmann, teria mantido contato secreto com um grupo de inter-

---

* Patente paramilitar do Partido Nazista equivalente a subtenente do Exército. (N. T.)

nacionalistas internado em um campo de prisioneiros. De acordo com Lenard, Hoffmann não apenas se correspondera com eles mas também planejara, com a ajuda de parentes em Dresden, enviar-lhes dinheiro e pacotes de comida e roupas de lojas do exército.

Numa ocasião, parecendo se esquecer de sua posição subalterna, Lenard respondera com insolência ao general Weller, o comandante de divisão, sendo transferido para a linha de frente, onde provou ser um bom comandante de companhia. Mencionado várias vezes em despachos, recebeu uma Cruz de Ferro.

Lenard costumava conversar com seus soldados. Lia poemas para eles e prestava atenção às suas necessidades. Raramente utilizava carros, preferindo sentar-se na carroceria de um caminhão com seus homens.

Os outros oficiais sabiam que Lenard e sua companhia haviam participado de duas operações especiais — o incêndio de uma aldeia no rio Desna que vinha abrigando guerrilheiros e o extermínio de cinco mil judeus em um *shtetl* ucraniano.

Entre os oficiais, poucos gostavam de Lenard, mas muitos — até mesmo os mais velhos, superiores em patente e posição — procuravam granjear sua amizade.

Bach mantinha distância, embora visse Lenard como o mais inteligente e culto de seus colegas oficiais. As preocupações de Preifi, por outro lado, eram exclusivamente práticas; era impossível falar com ele sobre qualquer assunto que não tivesse relação direta com o envio de alimentos e roupas para a Alemanha. Ele resumia qualquer conversa à ideia de que era preciso se concentrar na eficiência da organização dos pacotes utilizando um método combinado. De início, julgou que precisava enviar linho e lã. Depois, decidiu enviar comida: café, mel, manteiga clarificada. E só depois de cruzar o Donets do Norte percebeu a importância de atender às necessidades da família de modo harmonioso e complexo.

Ele gostava de mostrar aos oficiais sua indústria de campanha. Usando um avental branco, seu ordenança, por meio de um funil farmacêutico, vertia a manteiga clarificada em grandes latas que eram então seladas hermeticamente. Tratava-se de um homem de muitos talentos: perito em soldagem, sabia fabricar sacos rijos e resistentes e era capaz de comprimir dezenas de metros de tecido em pacotes inimaginavelmente pequenos. Tudo isso trazia enorme alegria ao gigante Preifi, ocupando seus pensamentos quando estava livre das exigências da guerra.

Rummer, o chefe do estado-maior, era alcoólatra. Bach o achava irritantemente verborrágico. Como a maioria das pessoas de mente estreita, possuía uma extraordinária autoconfiança. Quando se embebedava, gostava de falar sobre questões de estratégia e política internacional.

Os oficiais mais jovens tinham pouco interesse em conversar. Suas únicas preocupações eram mulheres e álcool. Mas, naquele dia extraordinário, Bach estava desesperado para falar. Queria compartilhar seus pensamentos com alguém inteligente.

— Em quinze dias — anunciou Preifi — estaremos no coração da Ásia, no reino dos vestidos de seda, dos tapetes persas e de Bukhara, de valor inestimável. — Ele sorriu. — Mas, seja como for, já encontrei algo especial aqui em Stalingrado.

E, dizendo isso, ergueu a ponta de uma lona jogada por cima de um rolo de pano cinza.

— Pura lã, como pude constatar. Acendi um fósforo em um dos fios, e ele encolheu e endureceu. Além disso, falei com um especialista, o alfaiate do regimento.

— Um verdadeiro tesouro — disse Rummer. — E você deve ter uns quarenta metros aí!

— Não, não — disse Preifi. — Uns dezoito, no máximo. E, se eu não tivesse me apossado dele, algum outro o teria feito. Não pertence a ninguém, é como o ar.

Na presença de Lenard, no entanto, preferia minimizar a escala de suas operações.

— Onde estão as mulheres que moravam nesta casa? — perguntou Lenard. — Uma delas é uma verdadeira beldade, um genuíno tipo nórdico.

— Foram levadas para os subúrbios a oeste, junto com os outros moradores. Ordens do chefe de estado-maior da divisão — disse Rummer. — Ele acha que os russos podem contra-atacar em breve.

— Que pena — lamentou Lenard.

— Gostaria de conversar com elas?

— Com a velha gorda? Sem dúvida.

— Bem, Lenard não se interessaria pela jovem beldade, não é?

— A gorda não é tão velha — disse Preifi. — Tem um rosto bastante oriental.

Isso fez todos caírem na gargalhada.

— Exatamente, capitão — falou Lenard. — Fiquei curioso para saber se ela era judia.

— Tenho certeza de que isso será averiguado em breve — assegurou Rummer.

— Tudo bem — disse Preifi. — É hora de vocês voltarem às suas companhias. — Ele cobriu o rolo de tecido com a lona. — E não se metam no caminho das balas. A partir de hoje, toda precaução é pouca. O que poderia ser mais estúpido do que ser morto por um russo a um ou dois dias do fim da guerra?

Bach e Lenard saíram para a rua. Seus postos de comando estavam instalados em um grande prédio de andar único; Bach na parte sul, Lenard na parte norte.

— Vou lhe fazer uma visita — disse Lenard. — Há uma passagem coberta entre as duas metades do edifício, não terei que sair à rua.

— Por favor — falou Bach. — Tenho um pouco de álcool, e já conversei o suficiente sobre pilhagens de guerra.

— Se realizarmos um pouso na Lua — respondeu Lenard —, a primeira coisa que nosso capitão vai querer saber é se fazem tecidos de boa qualidade lá. Depois disso é bem possível que pergunte se há ou não oxigênio na atmosfera.

Batendo na parede com um dedo, continuou:

— Acho que esta parede deve ter sido construída no século XVIII.

As paredes eram incrivelmente espessas — robustas o suficiente para dar sustentação a outros sete andares, embora fosse um prédio de andar único.

— Estilo russo — respondeu Bach. — Insensato e assustador.[235]

Os telefonistas e mensageiros ocupavam um grande salão de teto baixo. Bach e Lenard seguiram para uma sala menor, onde poderiam ficar a sós. Uma janela dava para o aterro, um pequeno trecho do rio e um monumento a algum herói soviético. Da outra janela podiam ver as altas paredes cinza do silo de grãos e os prédios da fábrica na parte sul da cidade.

---

[235] Grossman — mas não Bach! — alude a uma frase famosa do romance *A filha do capitão*, de Púchkin: "Deus nos livre da revolta russa, irracional e inclemente". Tanto em termos sintáticos quanto rítmicos, o eco é preciso. Bach pode estar por fim percebendo, mesmo que apenas de maneira inconsciente, que os alemães estão prestes a enfrentar uma resistência inabalável e impiedosa.

Os dois homens passaram juntos quase metade do primeiro dia em Stalingrado, bebendo e conversando.

— Nossa natureza alemã continua a me surpreender — falou Bach. — Durante toda a guerra senti saudades de casa e da família. Mas hoje, agora que finalmente comecei a acreditar que a guerra se aproxima do fim, sinto-me triste. Não é fácil dizer qual foi a época mais feliz da minha vida, mas pode muito bem ter sido a noite de ontem. Armado com granadas e uma submetralhadora, me esgueirei até o Volga, sob a escuridão selvagem. Com o capacete, recolhi um pouco de água, derramei sobre a cabeça, que estava quase pegando fogo de emoção, e olhei para o céu negro e para as estrelas asiáticas. Havia gotas de água em meus óculos, e de repente entendi que era realmente eu, que eu tinha percorrido todo o caminho desde o rio Bug até o Volga, até a estepe asiática.

— Derrotamos não apenas os bolcheviques e as vastas amplidões da Rússia — respondeu Lenard —, mas nos libertamos também da impotência do humanismo. Conquistamos ao mesmo tempo o que está a nosso redor e dentro de nós.

— Sim — disse Bach, subitamente comovido. — Só os alemães poderiam ter uma conversa como essa, numa cidade conquistada, no posto de comando de uma companhia. Essa necessidade de uma perspectiva universal é um privilégio alemão. E você está certo: percorremos esses dois mil quilômetros sem a ajuda da moral.

Inclinando-se para a frente sobre a mesa, Lenard falou, em tom alegre:

— E desafio qualquer um a se postar agora na margem do Volga e dizer que Hitler levou a Alemanha pelo caminho errado.

— Tenho certeza de que há pessoas que pensam assim — respondeu Bach, com a mesma alegria. — Mas preferem ficar em silêncio, o que é compreensível.

— Verdade, mas quem se importa? Não são professorinhas sentimentaloides, intelectuais chorões e especialistas em doenças infantis que determinam o curso da história. Não são eles que falam pela alma alemã. A virtude lacrimosa de nada vale. O importante é ser alemão. Isso é o que importa.

Beberam outro copo. Bach sentiu um incontido desejo de ter uma conversa franca e sincera. Em algum lugar em seu íntimo, entendia que, se estivesse sóbrio, não diria o que estava prestes a dizer, que se arrependeria de sua língua solta, que sua tagarelice lhe causaria uma angústia tediosa e sem sentido. Mas ali, no Volga, tudo parecia permitido, até mesmo uma conversa franca com Lenard.

De qualquer forma, Lenard era agora um homem diferente. Meses de altercações com soldados rasos e oficiais tinham provocado uma mudança nele. Havia algo de atraente em seus olhos brilhantes com longos cílios.

— Por muito tempo — disse Bach —, pensei que a Alemanha e o nacional-socialismo eram incompatíveis. Provavelmente por causa do mundo em que fui criado. Meu pai, que era professor, perdeu o emprego; disse as coisas erradas às crianças a quem lecionava. Para ser honesto, eu também via as ideias nazistas com ceticismo. Não acreditava na teoria racial, e preciso confessar que fui expulso da universidade. Mas agora alcancei o Volga! Há mais lógica nesta longa marcha do que nos livros. O homem que conduziu a Alemanha através dos campos e florestas russos, que cruzou o Bug, o Berezina, o Dnieper e o Don... agora sei quem ele é. Agora entendo. Nossa filosofia saiu das bibliotecas. Não está mais confinada às páginas de livros acadêmicos. O que havia muito estava adormecido, vagamente expresso em *Além do bem e do mal* e nos escritos de Spengler e Fichte... é isso que agora está marchando de uma ponta à outra da terra.[236]

Bach não conseguia parar, embora estivesse ciente de que sua eloquência nascia da insônia, da tensão das batalhas recentes e do quase meio litro de forte vodca russa. Os pensamentos fluíam da mesma maneira que ondas de calor emanam do aço incandescente.

— Veja, Lenard, para ser honesto com você, eu costumava pensar que o povo alemão não desejava ações contra a vida de mulheres, crianças, idosos e indefesos. Só agora, neste momento de triunfo, entendi que a batalha está ocorrendo em um nível além do bem e do mal. A ideia do poderio alemão não é mais tão somente uma ideia; tornou-se um poder por direito próprio. Uma nova religião veio ao mundo. É cruel e brilhante, e eclipsou a moralidade da misericórdia e o mito da igualdade internacional.

---

[236] *Além do bem e do mal*, de Friedrich Nietzsche, foi publicado em 1886. Assim como *A decadência do Ocidente*, de Oswald Spengler, era uma obra muito conhecida na Rússia e na União Soviética. Os nazistas fizeram uso seletivo da filosofia de Nietzsche e de Spengler, e também da obra do filósofo Johann Fichte (1762-1814).

Tirando um lenço do bolso, Lenard aproximou-se de Bach, enxugou uma gota de suor da testa do colega oficial e pousou as mãos sobre os ombros dele.

— Você está falando com sinceridade — disse ele devagar —, e isso é o mais importante. Ao mesmo tempo, está enganado. São nossos inimigos que dão a entender que nossa filosofia é uma negação do amor. Como estão errados! Os tolos chorões acham que o tremor dos impotentes é amor. Com o tempo, você vai ver que também somos ternos e sensíveis. Não deve pensar que conhecemos apenas a crueldade. Também conhecemos o amor. E é do nosso amor, o amor de homens fortes, que o mundo precisa. Eu gostaria que fôssemos amigos, querido Bach!

No rosto de Lenard estampou-se uma expressão de expectativa. Bach tirou os óculos. O rosto de Lenard ficou embaçado; agora era apenas um borrão brilhante, sem olhos.

— Isto é real — disse Bach, apertando a mão de Lenard. — E eu valorizo o que é real. Agora, que tal irmos nadar juntos no Volga? Não seria ótimo? "Dois alemães se banharam no Volga!", poderíamos escrever em nossas cartas para casa.

— Banhar-se no Volga? Seríamos alvejados imediatamente — disse Lenard. — É melhor botar a cabeça sob uma torneira de água fria... você bebeu demais.

Recuperando um pouco a sobriedade, Bach olhou alarmado para Lenard.

Ocorreu-lhe um pensamento repentino: se algum dia Lenard tentasse usar contra ele sua recente confissão, sua melhor defesa seria dar a entender que estava bêbado feito um gambá. Afinal, havia sido um dia importantíssimo.

— Você está certo — murmurou ele. — Bebi além da conta. Amanhã de manhã provavelmente não vou me lembrar de uma única palavra desse falatório.

Como se adivinhasse as angústias do outro, Lenard riu:

— Como assim? Você falou muito bem. Suas palavras merecem ser impressas nos jornais de amanhã.

Pegando a mão de Bach novamente, acrescentou:

— Mas como deixei aquela beldade nórdica escapar por entre os dedos? Tenho que ir atrás dela. Não consigo esquecê-la. É como se ela estivesse bem aqui na minha frente.

— Eu não cheguei a vê-la — disse Bach —, mas os soldados não param de falar nela.

— É o único tipo de troféu de guerra que *eu* valorizo — disse Lenard.

Nessa noite, Bach teve uma tremenda dor de cabeça. Sob a luz elétrica brilhante, escreveu em seu diário:

Acho que estou começando a entender algo importante. Não é uma questão de negar o humanismo antiquado; é uma questão de levar nossa compreensão a um nível superior. Hoje a Alemanha e o Führer estão resolvendo uma questão de fundamental importância. Bem e mal não são categorias fixas; são capazes de transformação mútua. Assim como a energia térmica e mecânica, não são opostos, mas formas diferentes de uma única essência. São signos convencionais: é ingênuo presumir que estejam em oposição. O crime de hoje é o alicerce da virtude de amanhã. A energia da nação assimila o bem e o mal, a liberdade e a escravidão, a moralidade e a amoralidade. Ela os agrega e os converte em uma única força pangermânica. Pode ser que tenhamos encontrado, aqui no Volga, uma resposta simples e definitiva para uma pergunta essencial.

34

As companhias comandadas por Bach e Lenard se acomodaram no porão frio e espaçoso de um enorme edifício. As janelas quebradas deixavam entrar luz e ar fresco. Com diligência, os soldados carregaram para lá móveis de apartamentos não danificados pelo fogo. O porão mais parecia um armazém do que um acampamento do exército.

Cada soldado tinha sua própria cama, com uma colcha ou cobertor. Havia também mesinhas, poltronas com pernas finas adornadas e até um espelho de três folhas.

Num canto, Stumpfe, o soldado mais popular do batalhão, criou uma espécie de quarto. Trouxe uma cama de casal de um apartamento do último andar e, por cima dela, jogou um cobertor azul-claro e duas almofadas com fronhas bordadas. Dos dois lados da cama, instalou mesinhas de cabeceira enfeitadas com toalhinhas e estendeu um tapete no chão de pedra. Trouxe também dois penicos e dois pares de pantufas com acabamento de pele. Nas paredes pendurou dez retratos de família emoldurados, retirados de diferentes apartamentos.

As fotografias que escolheu eram bastante cômicas. Uma mostrava um casal de velhos, provavelmente da classe trabalhadora, vestidos com apuro para alguma ocasião importante. O velho usava paletó e gravata; parecia desconfortável e irritado, com um vinco profundo na testa. A velha usava um vestido preto com grandes botões brancos. Os ombros agasalhados com um xale de malha, estava sentada com as mãos cruzadas no colo, olhando mansamente para o chão.

Outro retrato, muito mais antigo, era do mesmo casal (nisso todos os especialistas estavam de acordo) no dia do casamento. A mulher usava um véu branco, com pequenos buquês de flor de laranjeira de cera; bela, mas triste, parecia estar se preparando para os anos difíceis que viriam. O noivo estava a seu lado, com um dos cotovelos apoiado no espaldar de uma cadeira alta e preta; calçava botas de couro e vestia um terno preto de três peças, com uma corrente de relógio de algibeira presa ao colete.

A terceira fotografia mostrava um caixão de madeira forrado com papel rendado. Dentro do caixão jazia uma menina em um vestido branco; de pé, em volta, com as mãos nas laterais do caixão, várias pessoas de aparência bizarra: um velho com um camisolão de chita sem cinto; um menino com a boca escancarada; um homem barbudo e várias senhoras segurando lenços, todas de rosto inflexível e solene.

Sem tirar as botas nem a submetralhadora pendurada no pescoço, Stumpfe desabou na cama. Com as pernas trêmulas, gritou com voz aguda e afetada, como se imitasse uma mulher russa:

— *Lieber Ivan, komm zu mir!*[237]

Toda a companhia caiu na gargalhada.

Em seguida, ele e o cabo Ledeke sentaram-se nos penicos e começaram a improvisar diálogos cômicos: primeiro, "Ivan e sua mãe"; depois, "Rabino Israel e sua esposa Sara".

Não demorou muito para que soldados de outros regimentos viessem assistir a reprises das apresentações. Preifi também apareceu, meio embriagado, acompanhado de Bach e Lenard.

---

[237] "Querido Ivan, venha até mim!"

Stumpfe e Ledeke repetiram todo o programa, do começo ao fim. Preifi ria mais alto do que qualquer um, esfregando as mãos no peito enorme e dizendo:

— Parem, parem! Vocês estão me matando!

À noite, os soldados penduravam cobertores e xales nas janelas, abasteciam com uma mistura de gasolina e sal as grandes lâmpadas de azeite com quebra-luzes cor-de-rosa e verdes e se sentavam ao redor de uma grande mesa.

Apenas seis homens tinham servido durante toda a campanha russa. Os outros pertenciam a divisões antes estacionadas na Alemanha, na Polônia e na França. Dois estiveram no Afrika Korps de Rommel.

A companhia tinha seus aristocratas e seus párias. Os alemães zombavam dos austríacos, mas também troçavam uns dos outros. Os nascidos na Prússia Oriental eram considerados caipiras broncos. Os bávaros riam dos berlinenses, dizendo que Berlim era uma cidade judia, um caldeirão em que se misturavam a ralé e a escória de países como Itália, Romênia, Hungria, Polônia, Tchecoslováquia, México e Brasil, entre outros, e que era impossível encontrar lá um único alemão verdadeiro. Prussianos, bávaros e berlinenses desprezavam os alsacianos, chamando-os de porcos estrangeiros. Dos homens repatriados da Letônia, Lituânia e Estônia dizia-se que eram "apenas vinte e cinco por cento alemães", e havia quem acreditasse que em seu sangue corriam todas as lamentáveis fraquezas dos eslavos do leste. Quanto aos *Volksdeutsche*, os alemães étnicos da Europa Central e Oriental, não eram sequer considerados alemães. Havia instruções oficiais para ficar de olho neles e não lhes confiar tarefas importantes.

Os aristocratas da companhia eram Stumpfe e Vogel. Eles estavam entre os muitos milhares de soldados que, em obediência a ordens do Führer, haviam sido transferidos da ss para a Wehrmacht a fim de reforçar o moral.

O brincalhão Stumpfe era tido como a alma e o esteio moral da companhia. Alto e de rosto rechonchudo, ao contrário da maioria dos cabos e soldados rasos, era um homem de sorte, inteligência e coragem, capaz de percorrer um vilarejo russo semidestruído e fazer aparecer como que por encanto alimentos de boa qualidade, em quantidade suficiente para despachar num pacote para casa. Bastava que olhasse para um "nativo do leste" e, ato contínuo, mel e toucinho apareciam. Tudo isso, naturalmente, impressionava e fascinava seus companheiros.

Stumpfe amava a esposa, os filhos e o irmão. Escrevia para eles com regularidade, e as cestas de víveres que lhes mandava eram tão fartas e nutritivas quanto as enviadas pelos oficiais. Sua carteira estava abarrotada de fotografias que ele havia mostrado para todos na companhia mais de uma vez.

Em algumas delas, via-se sua esposa muito magra tirando a mesa de jantar com pilhas de pratos; encostada na lareira, de pijama; sentada em um barco, com as mãos nos remos; segurando uma boneca e sorrindo; passeando a pé pela aldeia. Também havia fotos dos filhos: um menino alto e uma menina bonita de seis anos com cabelos louros até os ombros.

Os soldados suspiravam ao ver essas imagens. E, antes de devolver uma fotografia à carteira, Stumpfe olhava para ela detidamente, com devoção; era como se contemplasse um ícone.

Ele tinha o dom de contar histórias sobre os filhos; certa vez, Lenard lhe disse que, com aquele talento, deveria se apresentar nos palcos. Uma de suas melhores histórias, sobre a preparação da árvore de Natal da família, estava repleta de palavras engraçadas, de exclamações, de hipocrisia e manha infantis, da inveja das crianças em relação aos presentes recebidos pelas outras. O efeito da história sobre o público era quase sempre inesperado. Enquanto Stumpfe falava, as pessoas riam alto, mas, quando chegava ao fim, muitas vezes se comoviam às lágrimas.

No entanto, as histórias que Stumpfe contava não eram o único aspecto paradoxal de seu caráter. Ele personificava em seu próprio ser qualidades que poderiam ser consideradas irreconciliáveis. Esse mesmo homem que amava a esposa e os filhos era capaz de atos de violência demoníaca. Quando se enfurecia, tornava-se realmente um diabo; era impossível contê-lo.

Certa feita, em Carcóvia, bêbado como um gambá, saiu por uma janela do quarto andar e contornou o prédio onde estava num beiral estreito, pistola em punho, atirando em qualquer coisa que chamasse sua atenção.

Em outra ocasião, ateou fogo a uma casa, subiu no telhado e começou a cantar em meio às chamas e à fumaça, regendo, como um maestro, os lamentos das mulheres e crianças.

Stumpfe teve um terceiro rompante em uma enluarada noite de maio, num vilarejo ucraniano, quando lançou uma granada de mão no meio de algumas árvores em flor. A granada ficou presa nos galhos e explodiu a apenas quatro metros de distância. Folhas e pétalas brancas choveram sobre ele, um estilhaço perfurou uma dragona e um segundo rasgou o cano de uma de suas botas. Stumpfe sofreu apenas uma concussão leve, mas demorou dois dias para recuperar a audição.

Havia algo em seu rosto, no brilho vítreo das profundezas de seus olhos grandes e calmos, que aterrorizava os "nativos do leste" que ele tanto desprezava. Quando entrava em uma isbá, farejava com desdém enquanto observava tudo à sua volta, apontava para um banquinho e ordenava a uma criança atônita ou a uma velha atordoada que o limpasse com uma toalha branca, as pessoas entendiam que era melhor fazer o que ele mandava.

Stumpfe tinha uma extraordinária compreensão da psicologia dos camponeses russos. Depois de observar uma mulher por cinco minutos, sabia a quantidade de mel, ovos e manteiga que havia na isbá dela, e se havia ou não tesouros escondidos sob as tábuas do assoalho: botas novas, vestidos de pano ou lã.

Aprendia palavras em russo mais rápido que qualquer de seus colegas, e sem demora conseguia formular todas as suas demandas sem precisar recorrer a um livro de frases ou dicionário. "Simplifiquei a língua russa", gostava de dizer. "Na minha gramática, existe apenas um tempo verbal: o imperativo."

Os colegas soldados adoravam ouvi-lo falar sobre o passado; Stumpfe havia testemunhado muita coisa.

Na juventude, foi funcionário de uma loja de esportes. Depois de perder o emprego, passou dois verões trabalhando em fazendas, encarregado de uma debulhadora. Em 1926, trabalhou por três meses no Ruhr, na mina de carvão de Kronprinz. Após obter uma licença, tornou-se motorista profissional. Começou entregando carregamentos de leite e depois trabalhou como chofer de um conhecido dentista em Gelsenkirchen. Um ano depois, foi ganhar a vida como taxista em Berlim. Mais tarde, passou um ano como auxiliar de zelador no Hotel Europa, e depois se tornou supervisor de cozinha em um pequeno restaurante frequentado por advogados e industriais.

Feliz por ver as mãos voltando a ficar macias e brancas, passou a cuidar bem delas, desejando apagar os vestígios dos danos que alguns de seus antigos empregos haviam causado a sua pele.

No restaurante, Stumpfe teve seu primeiro contato real com um mundo que sempre o intrigara. Numa ocasião, soube que um único negócio — a compra de um portfólio de ações em baixa, antes que seu valor disparasse — rendera a um cliente um lucro equivalente ao montante que ele próprio, em seu emprego anterior, ganharia só depois de cento e vinte anos — ou mil quatrocentos e quarenta meses, ou quarenta mil dias, ou trezentas mil horas, ou dezoito milhões de minutos de trabalho. O cliente tinha feito a transação entre dois goles de café, usando o telefone do restaurante; levara menos de dois minutos.

Algum poder milagroso estava em ação — e esse poder intrigava Stumpfe.

Respirar a atmosfera da riqueza, ouvir garçons oniscientes falarem sobre qual de seus clientes comprara um Hispano-Suiza[238] novo, quem tinha acabado de construir uma casa de campo e quem havia adquirido um pingente para presentear uma conhecida atriz — tudo isso era fonte de dor e prazer.

Seu irmão mais novo, Heinrich, tinha o mesmo rosto redondo de Stumpfe, e era igualmente alto. Em 1936, ele entrou na polícia política. Costumava dizer a Stumpfe: "Logo as coisas vão mudar. Nós dois vamos ver a vida de verdade".

Em surdina, Heinrich contou ao irmão mais velho sobre um jogo ainda mais ousado e grandioso do que qualquer coisa que se comentava no restaurante. Com o apoio da boa sorte, um único movimento audacioso poderia elevá-lo a alturas vertiginosas.

Havia um espelho de três folhas no saguão do restaurante mal iluminado. Às vezes, Stumpfe parava diante dele e adotava o ar fastidioso que de quando em quando via no rosto dos clientes. Estava em boa forma: 1,77 metro de altura, oitenta quilos, cabelos macios, pele lisa e pálida. Não tinha dúvidas de que merecia algo melhor do que a vida que estava levando.

Enquanto isso, Alfred Rosenberg e Julius Streicher, Hermann Göring, Joseph Goebbels e o próprio Führer estavam todos proclamando que a sabedoria dos grandes sábios do mundo e a labuta de seus mais diligentes trabalhadores nada significavam em comparação com o maior de todos os tesouros: o sangue que corria nas veias de todo verdadeiro alemão. Incontáveis palestrantes, jornalistas e radia-

---

[238] Empresa espanhola, fundada em 1904, que produzia carros de luxo.

listas repetiam a mesma mensagem inebriante. A cabeça de Stumpfe, plantada no topo de um torso enorme, preguiçoso e ganancioso, começou a girar.

Durante a campanha do leste, Stumpfe passou a acreditar com convicção maior do que nunca em sua superioridade racial — mas isso não lhe proporcionou nenhuma alegria. Quanto mais perto do fim chegava a guerra, mais claro se tornava que ele não estava se beneficiando de nenhuma maneira concreta dessa superioridade; ainda era apenas um soldado raso que podia acomodar todos os seus pertences numa pequena mochila. Ele almejava mais do que a oportunidade de enviar pacotes de víveres para a família.

Stumpfe era muito respeitado. Os oficiais subalternos tinham plena ciência de que os outros davam ouvidos ao que ele tinha a dizer, e que ele volta e meia desempenhava o papel de árbitro nas disputas entre a soldadesca. Corajoso, Stumpfe era designado com frequência para missões de reconhecimento; os homens gostavam de ir com ele, dizendo que se sentiam mais seguros na sua presença do que com o cabo Munk, um batedor tarimbado. Stumpfe entrava, intrépido, nas aldeias ocupadas por tropas russas. Uma noite, ateou fogo a um posto de comando guardado por uma sentinela do Exército Vermelho.

Os camaradas de Stumpfe apreciavam seu senso de humor. Ele inventava um apelido para quase todos os soldados da companhia; era rápido em notar as peculiaridades de cada um e sabia imitá-las com perfeição. Era dono de todo um repertório de esquetes e anedotas de campanha: "Sommer Quatro-Olhos recebe uma reprimenda do comandante do batalhão"; "Vogel toma um café da manhã modesto: vinte ovos fritos e um frango"; "Na frente dos filhos pequenos, Ledeke, o mulherengo, conquista o amor de uma camponesa russa"; "Meierhof explica a um judeu que é mais vantajoso ele abandonar este mundo antes do prazo decretado pelo Deus dos judeus".

Entre os esquetes mais elaborados havia todo um ciclo de cenas cômicas dedicado a um certo Schmidt: "Schmidt se casa, mas, trabalhando o ano inteiro no turno da noite, não consegue dormir com a esposa"; "Schmidt recebe uma medalha em reconhecimento a seus vinte anos de trabalho como metalúrgico, mas tenta trocar essa distinção por um quilo de batatas"; "Schmidt se posiciona solenemente diante das fileiras para ouvir a ordem que o rebaixa de cabo a soldado raso".

Graças a Stumpfe, Schmidt se tornou um alvo de zombarias em todo o regimento, embora não houvesse nada cômico nesse infeliz soldado raso de meia-idade. Ele era robusto, tão alto quanto Stumpfe, e um pouco curvado. Na maior parte do tempo permanecia em silêncio e um tanto taciturno. Mas Stumpfe conseguiu capturar até seus maneirismos e peculiaridades menos óbvios: o andar ligeiramente arrastado; o hábito de abrir a boca enquanto cerzia suas roupas; a maneira como bufava quando ficava absorto em pensamentos.

Schmidt era o soldado mais velho da companhia e havia lutado na Primeira Guerra Mundial. Corria o boato de que em 1918 se juntara ao movimento desertor organizado por um canalha chamado Labiknecht, ou Leibnecht. Os soldados mais jovens não tinham certeza do nome, mas aprendiam na escola militar que ele era um agente do Sinédrio.[239]

Uma sombria obtusidade emanava de Schmidt, e Stumpfe era incapaz de olhar para ele sem sentir raiva e uma profunda irritação. Velho demais para servir como soldado raso, ele ingressara na Wehrmacht como suboficial. Após o rebaixamento, deveria ter sido dispensado, mas por algum motivo permaneceu na companhia. Era um fracassado nato. Seus infortúnios constantes lhe rendiam apenas desprezo, e ele era sempre escolhido para as tarefas mais desagradáveis. Tinha o dom de aparecer no exato momento em que alguém era necessário para lavar a latrina dos oficiais ou para limpar alguma outra sujeira. Executava essas tarefas com a calma e a diligência de sempre, uma espécie de infatigabilidade desmiolada.

O esquete sobre o rebaixamento de Schmidt fora baseado em um evento real das primeiras semanas da campanha russa. Antes de ser deslocada para a linha de frente, a companhia guardava uma prisão e um campo de prisioneiros de guerra. Schmidt tentou evitar o plantão de sentinela fingindo estar doente, e a farsa foi flagrada pelo médico do regimento — era, ao que parecia, um desertor inveterado.

Como soldado raso, no entanto, Schmidt cumpria seu dever, era bom atirador e não mostrava nenhum sinal de covardia. Quando a companhia foi retirada para a reserva, a fim de reagrupar as tropas e

---

[239] Karl Liebknecht (1871-1919), um dos fundadores do Partido Comunista da Alemanha, é mais conhecido pela oposição à Primeira Guerra Mundial e por seu papel na Revolta Espartaquista de 1918-9. A ideia de que fosse um agente do Sinédrio judaico era, obviamente, propaganda nazista.

realizar reparos nos equipamentos, mandava para casa muitas cestas de alimentos. Continuou sendo ridículo — um energúmeno, como Stumpfe jamais se cansava de repetir.

35

Stumpfe, Vogel e Ledeke estavam sentados juntos a uma mesa redonda, iluminada por uma lâmpada com quebra-luz cor-de-rosa.

Eram homens unidos pelos laços do trabalho, do perigo e da alegria, e tinham poucos segredos entre si.

Vogel, um jovem alto e magro, ainda estudante quando a guerra eclodira, olhou para Stumpfe e Ledeke, que estavam quase cochilando, e perguntou:

— Onde está nosso amigo Schmidt?

— De sentinela — respondeu Ledeke.

— Parece que a guerra está acabando — disse Vogel. — Mas esta cidade é enorme, acabei me perdendo quando fui ao posto de comando do regimento.

— Sim — falou Ledeke. — Tudo está bem quando termina bem. Nos últimos tempos virei um covarde. Quanto mais a guerra se aproxima do fim, mais medo tenho de morrer.

Vogel assentiu:

— Sim, enterramos muitos homens. Seria mesmo estúpido morrer agora.

— Acho difícil acreditar que logo estarei de volta em casa — disse Ledeke.

— Você vai ter muitas histórias para contar, sobretudo se pegar uma certa doença — falou Vogel, que desaprovava os mulherengos. Deslizou lentamente a mão pelas fitas presas às suas medalhas. — Quanto a mim, posso não ter tantas destas quanto alguns de nossos heróis do quartel-general, mas pelo menos posso dizer que as ganhei de maneira honrada.

Stumpfe estava em silêncio até então. Sorrindo ironicamente, disse:

— Não há nada escrito nas suas medalhas. E medalhas ganhas em combate não são em nada diferentes daquelas distribuídas no quartel-general.

— *Inesperadamente, Stumpfe se entrega ao desânimo* — disse Ledeke. — Stumpfe é como eu. Não quer correr riscos tão perto do fim.

— Há algo errado? — perguntou Vogel. — Não entendo.

— Como entenderia? — disse Stumpfe. — Você vai voltar para a fábrica de lâminas de barbear do seu pai e viver como um rei.

— Mas você também não tem muito do que se queixar — rebateu Ledeke, irritado.

— Por causa de alguns pacotes? — perguntou Stumpfe com raiva, batendo a mão sobre a mesa. — Eu não acho que um ou dois pacotes vão me levar muito longe!

— E aquela bolsinha que você usa numa corrente?

— Acha que guardo um grande tesouro nela? Só agora, no final da guerra, é que consigo ver o maldito idiota que fui. Dançando no telhado de uma isbá em chamas enquanto os outros enriqueciam!

— É tudo uma questão de sorte — disse Vogel. — Conheço um homem que foi designado para Paris. De alguma forma, acabou com um pingente de diamante. Quando voltou para casa, de licença, ele o mostrou a um joalheiro. O joalheiro perguntou: "Quantos anos tem o senhor?". Meu amigo respondeu: "Trinta e seis". E o homem disse: "Bem, então mesmo que você viva até os cem anos e tenha muitos filhos e netos, ninguém na sua família jamais irá passar necessidade". O pingente tinha simplesmente caído por acaso nas mãos dele.

— Seu amigo é um homem de sorte — falou Ledeke. — Stumpfe está certo: ninguém encontra pingentes de diamante em isbás russas. Nossa situação seria bem melhor se estivéssemos no front ocidental. Ou se fôssemos tanqueiros. Eles podem pegar o que quiserem: tecidos de qualidade, peles finas. Estamos no front errado e no ramo errado.

— E na patente errada — acrescentou Vogel. — Se Stumpfe fosse general, seria muito mais feliz. Eles estão sempre enviando caminhões de artigos e víveres para casa. Quando eu ficava de guarda no quartel-general do exército, conversava bastante com os ordenanças. Eles estavam sempre discutindo qual de seus superiores mandava mais peles para a família. Era inacreditável.

— *Pelze... Pelze...* — [240] disse Ledeke. — É a única palavra que se ouve no quartel. Mas, quando chegarmos à Pérsia e à Índia, será "tapetes".

---

[240] Peles.

— Vocês são dois tolos — disse Stumpfe. — Infelizmente, hoje percebi que também fui idiota. Casacos de pele e tapetes não fazem a menor diferença.

Ele olhou em volta e então continuou, aos sussurros:

— O que realmente importa é o futuro da família, dos filhos. Há algum tempo participei de uma operação especial em um *shtetl* miserável. Foi lá que encontrei estas pequenas bugigangas: esta moeda de ouro, este relógio, este anel. Bem, imaginem quantos tesouros aparecem no caminho dos *Einsatzgruppen** que realizam execuções em massa em Odessa, Kiev ou Varsóvia! Estão me entendendo?

— Para o diabo com os *Einsatzgruppen* — disse Vogel. — Não tenho nervos para isso.

— Um fênigue por cada judeu que deixou de respirar — falou Stumpfe. — Não mais do que isso.

— Nesse caso, você não se sairá tão mal — disse Ledeke. — O Führer dá total apoio a essas ações especiais. Serão carregamentos inteiros de fênigues.

Eles riram, mas Stumpfe, geralmente disposto a rir e fazer piadas, estava muito sério.

— Não sou um idealista como você — falou para Vogel —, e não tenho vergonha de dizer isso. Você é como o tenente Bach: um homem do século XIX.

— Isso é verdade — concordou Ledeke. — Nem todo mundo tem uma família rica. É fácil discursar com belas palavras quando seu pai é dono de uma fábrica.

— Já me decidi — disse Stumpfe. — Vou ter uma palavrinha com o primeiro-tenente Lenard. Talvez ele possa me transferir, e aí conseguirei recuperar o tempo perdido antes que seja tarde demais. Vou alegar que estou ouvindo um chamado, que é minha voz interior. Ele é um poeta, gosta desse tipo de coisa.

Então Stumpfe tirou da carteira outra de suas fotos, na qual se via uma enorme coluna de mulheres, crianças e velhos caminhando entre filas de soldados armados. Algumas pessoas olhavam para o fotógrafo; a maioria fitava o chão. Em primeiro plano, um carro com

---

* Grupos de operações especiais subordinados à SS, essas forças-tarefas serviam como grupos de extermínio encarregados de manter controle sobre os territórios ocupados à medida que as forças armadas alemãs avançavam pelo leste da Europa. (N. T.)

a capota aberta. A jovem dentro do carro usava uma estola preta de raposa, que lhe realçava a palidez da pele e o dourado dos cabelos. De pé nas proximidades, alguns oficiais observavam a coluna de pessoas. A mulher tinha mãos brancas e roliças e segurava um cachorrinho de cabeça grande e pelos pretos desgrenhados, aparentemente querendo que ele também olhasse para as pessoas. Poderia ser uma mãe mostrando a um menino uma cena incomum, a fim de poder lhe contar, anos depois, o que ele havia testemunhado.

Vogel passou um bom tempo estudando a fotografia.

— É um terrier escocês — decretou. — Temos um muito parecido em casa. Toda vez que minha mãe me escreve, me transmite as saudações do cachorro.

— Uma mulher e tanto! — suspirou Ledeke.

— Minha cunhada — disse Stumpfe. — E o homem encostado na porta do carro é meu irmão.

— É muito parecido com você — falou Ledeke. — No início, pensei que *fosse* você. Mas ele tem lapelas da ss e é de uma patente superior.

— A foto foi tirada em Kiev, em setembro de 1941. Perto de um cemitério, mas esqueci o nome do lugar.[241] Meu irmão se deu bem naquele Purim.[242] Se algum dia seu pai quiser expandir a fábrica, meu irmão certamente pode lhe emprestar alguns fênigues.

— Deixe-me vê-la outra vez — pediu Ledeke. — Essa senhora exerce um certo magnetismo, especialmente com essa procissão de morte ao fundo. Parece algo do mundo antigo. Uma senhora romana no Coliseu.

— Antes da guerra — continuou Stumpfe —, meu irmão era ator numa companhia de operetas, e a esposa trabalhava como bilheteira. Se você a visse naquela época, mal teria notado sua presença. Oitenta por cento da beleza de uma mulher vem das roupas, do jeito como ela arruma o cabelo, da elegância do entorno. Quando a guerra acabar, quero que minha esposa tenha essa aparência também. Meu

---

[241] O irmão de Stumpfe participou do massacre de Babi Iar, nos arredores de Kiev. Havia dois cemitérios próximos: um cemitério ortodoxo russo e um cemitério judaico, este fechado em 1937.
[242] Referência à Bíblia, ao Livro de Ester. Hamã, vizir do rei persa Assuero, estava tramando para destruir o povo judeu. A rainha Ester, que era judia, conseguiu frustrar as maquinações e salvar seu povo. O festival de Purim celebra seu sucesso.

irmão agora está no governo-geral. Lendo nas entrelinhas das cartas dele, percebi que estabeleceram algo extraordinário: uma verdadeira fábrica de processamento de judeus. Perto dela, o que aconteceu nos arredores de Kiev foi brincadeira de criança. Ele me disse que, se eu conseguir uma transferência, arranja trabalho para mim na fábrica. E não se preocupem: tenho nervos de aço![243]

— Mas e a camaradagem? — explodiu Vogel. — Independente de qualquer outra coisa, existe a camaradagem. A camaradagem soldadesca, a camaradagem da linha de frente. Querer debandar e se safar sozinho depois de catorze meses que nos uniram mais do que irmãos! Para mim, isso é abominável!

Sempre influenciável, Ledeke engrossou o coro de Vogel.

— Sim, nós três passamos por muita coisa juntos. E, de qualquer forma, não tenho certeza se seu plano vai funcionar. Não há garantia de que vão aceitá-lo. Num lugar como esses, não vão simplesmente pegar qualquer um que aparecer. Mas, se você ficar aqui em Stalingrado, com certeza será condecorado. Quando a guerra chegar ao fim, não haverá alemães mais a leste do que nós. E farão uma medalha de ouro especial para Stalingrado e o Volga. Uma medalha que vai nos trazer mais do que apenas honra.

— Isso vai nos comprar um castelo na Prússia? — retrucou Stumpfe, assoando o nariz.

— Ledeke, você não está entendendo o ponto principal! — disse Vogel. — Estou falando sobre sentimentos e você parece um camponês vendendo beterraba no mercado. Não misture as coisas.

De repente os três amigos se meteram numa briga feroz.

— Fodam-se você e a porra dos seus sentimentos! — vociferou Stumpfe para Vogel. — Você é um burguês rico. O *meu* medo é não ter nada para comer quando chegar em casa.

Chocado com a expressão de ódio no rosto do camarada, Vogel retrucou:

— Não é bem assim. Os inspetores do Ministério da Indústria infernizam a vida do meu pai. Ele parece mais um trabalhador assustado do que um capitalista rico.

---

[243] A "fábrica" em questão é Treblinka. Em "O inferno de Treblinka" (artigo publicado em 1944), Grossman escreve: "Sabemos de um jovem corpulento chamado Stumpfe que tinha acessos de riso involuntário toda vez que matava um detento ou quando alguém era executado em sua presença. Foi apelidado de A Morte que Ri".

— Espero que infernizem mesmo a vida dele! A sua também! Vocês são todos parasitas e deveriam ser esfolados vivos. O Führer vai acabar com a mamata de vocês!

Stumpfe então olhou para Ledeke.

Mas Ledeke, em vez de concordar com um ou outro, como era de praxe, disse:

— Para ser honesto com vocês, agora que a guerra está quase no fim... Acho toda essa conversa sobre a unidade da nação alemã uma grande bobagem. A burguesia vai continuar se empanturrando. Os nazistas e a ss, homens como Stumpfe e seu querido irmão, com certeza vão fazer de tudo para se dar bem. Se alguém vai ser esfolado vivo, serão os trabalhadores estúpidos como eu e meu pai camponês. Essa tal unidade alemã já era! Quando a guerra chegar ao fim, nossos caminhos vão se bifurcar.

— Camaradas, o que deu em vocês? — quis saber Vogel. — O que aconteceu? Vocês perderam a cabeça.

Stumpfe olhou atentamente para Vogel.

— Tudo bem, tudo bem — disse, em tom conciliador. — Já chega de tudo isso. Mas, por favor, enfiem uma coisa na cabeça. Se eu não levar adiante o meu plano, será porque me preocupo com meus amigos.

Um soldado entrou. Tinha acabado de ser rendido do plantão de sentinela na entrada do porão da companhia.

— Que tiroteio foi esse ainda agora? — perguntou uma voz sonolenta do meio da penumbra.

O soldado pousou sua submetralhadora com um estrépito, alongou-se rápido e falou:

— O tenente de plantão me disse que um destacamento russo capturou a estação ferroviária. Mas não está no nosso setor.

Um dos soldados riu.

— Provavelmente estão com tanto medo que se perderam, e em vez de seguirem para leste acabaram seguindo para oeste, por engano.

— É, provavelmente — disse Ledeke. — Eles nem devem saber a diferença entre leste e oeste.

O soldado se sentou na cama, limpou um pouco da sujeira do cobertor e falou, irritado:

— Ouçam. Já disse isso duas vezes. Antes de sair para o trabalho amanhã, vou deixar uma granada debaixo deste cobertor. Não consigo acreditar como é possível uma pessoa ter tão pouco respeito pelos pertences de outra. Quero levar este cobertor de volta para casa comigo, e alguém andou em cima dele sem nem mesmo tirar as botas.

Acalmando-se com o pensamento de que em breve poderia desfrutar de um bom descanso, tirou as próprias botas e disse:

— Pode ser que haja um tiroteio nos arredores da estação, mas Lenard está dando uma festa. Encontraram um gramofone e trouxeram algumas moças que não param de chorar. Até Bach está participando. Parece que decidiu perder a inocência antes do fim da guerra. Enquanto há tiros em um setor, há música e dança em outro!

— Eles vão capitular a qualquer momento — disse uma voz vinda do breu. — Sinto um aperto no coração só de pensar que em breve vamos voltar para casa.

36

Karl Schmidt estava de serviço de sentinela, na parte interna do pátio do edifício que o capitão Preifi escolhera para fazer as vezes de posto de comando do batalhão. A luz bruxuleante dos edifícios ainda em chamas dava a seu rosto fino e encarquilhado um aspecto duro e taciturno.

Um gato grande e branco caminhava ao longo da cornija e olhava ao redor, apreensivo.

Schmidt verificou se havia alguém observando e chamou com voz rouca:

— *He du, Kätzchen, Kätzchen!*[244]

Mas o gato de Stalingrado não entendia alemão. Por um momento ele parou, curioso para saber se o homem junto ao muro era perigoso, depois balançou a cauda, saltou para o telhado de ferro de um galpão próximo e desapareceu no escuro.

Schmidt olhou para o relógio de pulso. Ainda tinha uma hora e meia de plantão a cumprir. Mas não se importava de ficar sozinho no pátio silencioso; aprendera a amar a solidão — e não apenas por ser o alvo constante das zombarias de Stumpfe.

---

[244] "Ei, você, gatinho, gatinho!"

Schmidt olhou para o muro, no qual, como numa tela de cinema, esvoaçavam sombras taciturnas, reflexos rosados que adquiriam formas estranhas — de pétalas, semicírculos e ovais. Algum prédio ali perto devia ter começado a arder com mais força; alguns pisos de madeira deviam ter pegado fogo.

Era extraordinário como as pessoas haviam mudado. Dez anos antes, sua esposa muitas vezes se aborrecia com ele por nunca ficar em casa à noite; ele voltava da fábrica, trocava de roupa, pegava algo para comer e saía imediatamente, fosse para uma reunião ou para uma cervejaria. Todas as suas noites eram ocupadas por alguma discussão política. Mas, se pudesse ir para casa agora, ficaria feliz em trancar a porta e passar um ano inteiro sem botar a cara na rua.

Em primeiro lugar, a maioria das pessoas que Schmidt costumava ver já não estavam por lá. Seus colegas ativistas do comitê da fábrica e os dirigentes veteranos do sindicato ou haviam emigrado ou sido enviados para campos de trabalho; alguns se adaptaram e se tornaram camisas-pardas. Em todo caso, Schmidt não queria ver ninguém. Todos viviam com medo; as pessoas só queriam falar sobre o tempo, sobre comprar um novo Volkswagen a prazo, sobre o que a mulher da porta ao lado estava cozinhando para o jantar, sobre como seus conhecidos haviam se tornado avarentos, sobre quem oferecia chá de verdade aos convidados e quem os enganava com café de bolotas. E se uma pessoa recebesse visitas frequentes de um amigo, podia ter certeza de que um *Blockleiter*[245] logo estaria espiando por uma fresta na porta ou encostando o ouvido na parede de seu quarto. O que aqueles tipos estranhos estavam tramando?, as pessoas se perguntavam. Por que ficavam sentados conversando por horas a fio? Por que não estavam lendo *Minha luta*?

No entanto, Schmidt não tinha certeza se as pessoas haviam realmente mudado.

Era uma questão difícil. Mas a quem poderia fazer perguntas? Com quem poderia conversar a respeito? Só com aquele gato de Stalingrado — mas até o gato havia desejado distância.

---

[245] Um *Blockleiter* (chefe de quarteirão) era um oficial nazista de baixa patente responsável pela supervisão política de um bairro. Atuava como um elo entre as autoridades nazistas e o povo como um todo.

Será que aquele detestável Stumpfe tinha razão? E se ele, Schmidt, fosse mesmo apenas um idiota estúpido? Mas teria sido sempre um estúpido? Ou só se tornara um estúpido sob os nazistas? Ou era um idiota aos olhos dos nazistas, mas não aos olhos dos outros? Em outros tempos, Schmidt tinha sido visto como um líder — e não apenas na fábrica onde trabalhava. Fora a Bochum para participar de um congresso sindical e eleito delegado, representando dez mil pessoas. E agora era um burro — o alvo das chacotas da companhia.

Schmidt chutou para longe um pedaço de tijolo e começou a andar rente ao muro. Quando chegou à ponta, parou e por algum tempo olhou para os edifícios abandonados e os vãos de suas janelas mortas e queimadas. Sentiu frio, solidão e angústia. Conhecia muito bem essa sensação; em momentos como esse, parecia que tudo — a luz do sol e as estrelas, a profundidade do céu, o sopro dos campos abertos — se tornava um tormento opressor. Era pior na primavera, quando as estrelas, a brisa suave, as folhas novas, o murmúrio de córregos — tudo falava de liberdade.

Em certa ocasião o filho lera em voz alta para ele um trecho de seu livro didático de botânica. Aparentemente, havia bactérias — "bactérias anaeróbias" — que prescindiam do oxigênio, respirando nitrogênio e vivendo uma vida feliz e bem nutrida em torno das raízes das leguminosas. Aparentemente, também havia pessoas assim — pessoas anaeróbias capazes de respirar o nitrogênio de Hitler. Mas Schmidt não era uma delas. Estava sufocando. Não conseguia se acostumar ao nitrogênio. Precisava de oxigênio; precisava de liberdade.

Schmidt achava difícil fugir da testa alta e do rosto pálido do homem que havia declarado que ele era a Alemanha e que a Alemanha era ele. Esse rosto estava agora em toda parte, agigantando-se, ameaçador, sobre o sangue inocente, sobre o metal cintilante dos instrumentos de sopro das bandas marciais, sobre o riso bêbado, sobre os berros dos guardas e os uivos das velhas e crianças.

Por que ele, Karl Schmidt, filho e neto de alemães, um soldado que amava seu país, sentia apenas horror ao ouvir notícias das vitórias germânicas?

E por que se sentia tão angustiado naquela noite, de sentinela numa cidade em ruínas, vendo sombras brilhantes dardejarem pelas paredes de edifícios mortos?

De fato, a verdadeira solidão era algo muito doloroso.

Às vezes tinha a impressão de que desaprendera a pensar, de que seu cérebro havia se petrificado, deixado de ser humano. E havia momentos em que ficava assustado com seus próprios pensamentos, quando tinha a sensação de que Ledeke, Stumpfe e Lenard podiam simplesmente olhar dentro de seus olhos e ler sua mente por completo. Ou que talvez pudesse, em sonhos, murmurar algo equivocado. Seu vizinho o ouviria, acordaria os outros e diria: "Venham cá, escutem só o que este comunista está dizendo sobre o nosso líder".

Ali, porém, naquele pátio escuro, onde estivera sozinho durante todo o seu turno de vigia, sentia-se calmo; naquele momento, nem Lenard nem Stumpfe, nem qualquer outra pessoa seria capaz de ler seus pensamentos.

Voltou a consultar o relógio de pulso: em breve seu substituto chegaria.

Apesar de toda a solidão, porém, Schmidt sabia que havia ali outros homens como ele. Homens obstinados que pensavam como ele. Mas como poderia fazer contato com esses homens? Nem mesmo o maior dos idiotas expressaria abertamente pensamentos assim. No entanto, esses tolos existiam. Eram capazes de pensar, e talvez até mesmo de agir. Mas como Schmidt poderia encontrá-los?

A porta se entreabriu e o comandante da guarda apareceu. Tinha o uniforme desabotoado, e, sob o brilho dos edifícios em chamas, sua camisa parecia rosa-clara.

Olhando pelo vão da porta, ele chamou baixinho:

— Ei, sentinela Schmidt!

Schmidt foi até ele. O comandante da guarda, cujo hálito cheirava a vodca, disse com uma gentileza inesperada:

— Escute, meu amigo, você vai ter que ficar aqui mais um pouco. Seu substituto é o Hoffmann, que faz aniversário hoje. Ele está um pouco cansado e indisposto. Tudo bem? Afinal, ainda é verão. Você não está com muito frio aqui, não é?

— Tudo bem — disse Schmidt.

Algumas horas depois, Stumpfe caminhou até o prédio onde estavam aboletados os oficiais. Reconheceu a sentinela que guardava a porta.

— Como vão as coisas? — perguntou Stumpfe. — Como está o comandante? De bom humor? Preciso fazer uma solicitação importante.

A sentinela balançou a cabeça.

— Os oficiais deram uma festa e tanto — disse. — Vodca, mulheres e tudo mais. Mas, no auge das comemorações, por assim dizer, receberam uma convocação urgente do coronel e ainda não voltaram.

— Moscou se rendeu?

A sentinela não ouviu a pergunta. Em vez disso, gesticulou em direção à porta e piscou.

— Estou protegendo as moças — informou. — O primeiro-tenente Lenard disse: "Temos que sair para uma pequena operação. Coisa de meia hora, por aí. Temos que expulsar alguns russos da estação". Ele me mandou cuidar bem das meninas e prometeu estar de volta até o meio-dia.

Poucos minutos depois, o batalhão recebeu ordens de se preparar para o combate. E os tanques e artilheiros começaram a seguir para a estação.

37

Às duas da tarde, os alemães atacaram a estação. Nesse momento, o tenente-coronel Iélin rascunhava um relatório para o major-general Rodímtzev, seu comandante de divisão, sobre as ações das quais seu regimento havia tomado parte nos últimos dias. E também ouvia, sem prestar muita atenção, uma discussão entre seu ajudante de ordens e o chefe da seção médica do regimento acerca de quais melancias eram as mais doces — as de Astracã ou as de Kamíchin.

Iélin entendeu de imediato o que estava acontecendo, antes mesmo de ouvir os informes de seus comandantes de batalhão. As bombas, os ferozes morteiros e o fogo de barragem só podiam significar uma coisa.

Saiu às pressas do abrigo e viu como uma pálida nuvem de pó de cal e a fumaça oleosa, levantando-se da estação, formavam um denso nevoeiro que se agarrava aos edifícios em ruínas.

Em seguida veio o som de fogo de fuzis, no flanco esquerdo e no centro do setor atribuído à sua divisão.

"Lá vamos nós", pensou Iélin. E milhares de outros soldados do Exército Vermelho tiveram o mesmo pensamento; todos sabiam que aquilo aconteceria.

A tensão das últimas horas fora especialmente dolorosa para aqueles que tinham acabado de atravessar para a margem esquerda. Era como se tivessem escolhido permanecer numa linha férrea, preparando-se, tensos, para o impacto de trens desgovernados ladeira abaixo. Uma pancada catastrófica era inevitável.

Iélin tinha passado por muita coisa, e no decorrer do ano anterior seu cabelo ficara branco. Acreditava que isso se devia ao excesso de exigências por parte de alguns superiores e à negligência de alguns subordinados.

Iélin se lamentava também pelo fato de o batalhão de Filiáchkin estar suportando o maior impacto do ataque. A seu ver, o batalhão era o elo mais fraco do regimento; apenas recentemente fora colocado sob seu comando, e ele não conhecia muito bem seus comandantes.

Um mensageiro o chamou de volta ao abrigo. Era Filiáchkin ao telefone: sob uma saraivada de bombas e projéteis, podia ouvir o som da aproximação dos tanques. Sofrendo pesadas baixas, preparava-se para repelir o ataque alemão.

— Sim, já sei! — gritou Iélin ao receptor. — Cuide de suas metralhadoras. Nem pense em recuar. Vou lhe dar apoio. Está me ouvindo? Vou fornecer apoio de artilharia total! Ainda está aí? Ainda está aí?

Mas Filiáchkin não ouviu a promessa de Iélin — a linha emudeceu.

Iélin ligou para Rodímtzev e reportou que os alemães estavam concentrando seu ataque em Filiáchkin.

— O batalhão que fazia parte do regimento de Matiúchin e só há pouco foi posto sob meu comando — acrescentou.

Iélin então se voltou para seu chefe de estado-maior.

— Recebemos ordens para manter a estação a todo custo. A divisão de artilharia fornecerá fogo de apoio. Só Deus sabe o que os alemães estão tramando agora. Espero que não acabemos dando um mergulho no Volga.

O chefe de estado-maior meneou a cabeça, pensando consigo mesmo que era uma pena não terem um barco.

Iélin convocou seus comandantes de batalhão a fim de verificar se estavam prontos para iniciar uma defesa ativa.

As consequências de um rápido sucesso alemão seriam desastrosas. A maior parte dos reforços soviéticos continuava em trânsito. Apenas a divisão de Rodímtzev já estava na margem direita. Se forçassem Rodímtzev a recuar até o Volga, os alemães poderiam impedir que o restante dos reforços fizesse a travessia para Stalingrado.

Rodímtzev telefonou para o comandante de regimento de seu flanco direito. Em seguida, convocou o comandante de artilharia e o comandante do batalhão de sapadores. Depois de transmitir suas ordens, enviou Biélski para inspecionar pessoalmente as ruas ao longo das quais a aproximação dos tanques inimigos era mais provável. Telefonou para Tchuikov:

— Permissão para reportar, camarada tenente-general. O inimigo desferiu um ataque. Está concentrando tanques, bombardeando e disparando contra meu flanco esquerdo. O objetivo é claramente a estação ferroviária.

Rodímtzev tinha plena noção da gravidade da ameaça: seu flanco direito estava exposto. Se os alemães obtivessem uma vitória rápida e fácil em seu flanco esquerdo, imediatamente voltariam suas forças para o flanco direito. Toda a divisão estaria em perigo.

Enquanto ouvia a resposta entrecortada de Tchuikov, Rodímtzev olhou para a abóbada de pedra da galeria de esgoto e a luz distante da abertura. Pensou com seus botões se estava fadado a terminar seus dias naquela tubulação escura.

— Fique firme! — disse Tchuikov. — Nem um passo atrás! Se alguém bater em retirada, será levado ao tribunal. Vou mandar fuzilar todos os que recuarem, entendeu? Vou mandar fuzilar! Daqui a duas horas, Goríchni iniciará a travessia. Ele vai cobrir seu flanco direito. A linha de frente estará segura. A situação vai se estabilizar. Nem pense em recuo ou retirada!

Mas Rodímtzev não tinha nenhum desejo de recuar. Mais do que qualquer outra coisa, queria atacar o quanto antes.

Tchuikov, é claro, estava tão preocupado quanto Rodímtzev. A divisão de Rodímtzev tinha acabado de cruzar o rio. Goríchni faria a travessia em breve. Outros tantos reforços se aproximavam. Seria uma catástrofe se a linha de frente se rompesse agora.

O importante era continuar lutando, estender a batalha, limitar a ação das forças inimigas. Era evidente que os alemães gostavam de completar uma operação antes de iniciar outra; preferiam não deixar pontas soltas. Uma batalha prolongada no flanco esquerdo de Rodímtzev daria ao restante das forças de Tchuikov espaço para respirar. As coisas já tinham ficado mais fáceis para os defensores do distrito fabril. A pressão sobre eles diminuíra. Os bombardeiros de mergulho haviam se deslocado para outro lugar.

Mas se os alemães conseguissem isolar a divisão de Rodímtzev, se o impedissem de se entrincheirar, de consolidar uma linha de frente que ainda não passava de um tracejado em um mapa, se encontrassem uma maneira de tirar proveito de sua superioridade numérica e liberdade de manobra...

Frustrado e prejudicado pela falta de reservas, Tchuikov já vinha esperando esse ataque, mas continuava torcendo para que os alemães se atrasassem.

Telefonou para Ieriômenko a fim de se reportar.

— Tchuikov na linha — começou, em tom grave. — O inimigo, depois do bombardeio aéreo, atacou meu flanco esquerdo, mobilizando artilharia e morteiros e concentrando tanques. Suponho que o objetivo seja isolar Rodímtzev e chegar ao Volga.

— Não quero saber de suposições! — rebateu Ieriômenko, impaciente. — Aja! Contra-ataque! E forneça a Rodímtzev apoio total de artilharia.

Em seguida ouviu-se um barulho estranho — Tchuikov percebeu que Ieriômenko estava comendo uma maçã.

— Há fumaça por toda parte, não se consegue ver nada — disse Tchuikov. — Mas convocarei a artilharia imediatamente.

— Não perca tempo! — vociferou Ieriômenko.

Em seguida, um momento de silêncio — Tchuikov percebeu que agora Ieriômenko estava acendendo um cigarro.

— Mas não atire em seus próprios homens, não queremos um segundo front aqui em Stalingrado. Quanto a Rodímtzev, se ele sucumbir, você estará em apuros. No seu flanco direito, há duas grandes divisões prestes a atravessar o rio. E mais duas logo depois. Então, mãos à obra!

— Entendido, camarada coronel-general — disse Tchuikov, que pôs o fone no gancho e logo o pegou de novo.

— Pojárski! — berrou. — Agora!

Enquanto Pojárski, o comandante da artilharia, se dirigia ao telefone, Tchuikov olhou para Gúrov, que estava sentado ao lado dele, e disse:

— Os boches estão fustigando a estação de trem com um bombardeio dos infernos. Por aqui, as coisas ficaram mais calmas. Mas eu preferia que fôssemos nós os alvos dos bombardeios.

E, erguendo a voz, prosseguiu:

— Pojárski, está com o mapa aberto na sua frente? Bom. Anote as instruções!

Do outro lado do Volga, Ieriômenko também estava inclinado sobre um mapa.

Durante dois dias os alemães não haviam se manifestado. Se tivessem esperado um pouquinho mais... Será que aquela era uma operação isolada ou o início de uma ofensiva geral? Se ao menos ele tivesse tempo para completar o reposicionamento do 64º Exército de Chumílov... Queria que Chumílov atacasse toda vez que os alemães atacassem Tchuikov, reduzindo assim a pressão sobre o flanco esquerdo e o centro. Quanto aos reforços a caminho do front, ainda estavam a alguma distância...

— Por que diabos tinham que atacar logo hoje? — Ieriômenko perguntou a seu chefe de estado-maior. — Nossa artilharia não pode fornecer muito apoio. Se pelo menos os desgraçados tivessem esperado até eu colocar Goríchni em segurança na água. E se eles agora vierem com tudo?

O chefe de estado-maior permaneceu em silêncio. Ieriômenko continuou:

— Mesmo daqui, dá para ver que eles estão usando todos os meios e recursos disponíveis.

Um minuto depois, Ieriômenko estava ao telefone com seu comandante de artilharia, o coronel Agêiev:

— Reforce o flanco esquerdo e o centro. Como? Está difícil estabelecer a posição do inimigo? Sim, claro. Mas não há outra escolha, caralho! Vá em frente!

Um relatório escrito numa página de caderno foi levado do posto de comando de regimento para um posto de comando de divisão. De lá, seguiu para o posto de comando do exército, onde foi datilografado. Em seguida, um oficial de comunicações o transportou através do Volga, junto com três cópias carbono, até o quartel-general do front. Outro oficial ligou para Moscou por radiotelefone. Os teletipos no centro de comunicação do front começaram a fazer barulho. Um grosso pacote com cinco selos foi preparado para um mensageiro especial, que partiria de madrugada, a bordo de um Douglas, para entregá-lo ao estado-maior.

O ponto central desse relatório era muito simples: após uma breve trégua, os alemães haviam retomado sua ofensiva.

Temporariamente surdo por conta das explosões, Iélin entendeu bem a responsabilidade que cabia a ele. Gritou para o telefonista:

— Encontre Filiáchkin! Agora!

O telefonista respondeu, desolado:

— A linha está muda, completamente morta.

O ajudante de ordens de Iélin desceu para o abrigo, diante do olhar de vários mensageiros pálidos e ansiosos.

— Camarada tenente-coronel, três mensageiros já foram mortos. É impossível entrar em contato com Filiáchkin. A estação está sitiada. O batalhão está realizando uma defesa de perímetro.

— E o rádio? — perguntou Iélin abruptamente. — E quanto ao rádio?

— Sem resposta, camarada tenente-coronel.

— Então o transmissor dele está quebrado — disse Iélin.

O batalhão estava isolado. Tinha perdido contato com o regimento, a divisão, o exército e o front como um todo. Até onde Iélin sabia, talvez Filiáchkin já estivesse morto.

Os alemães estavam claramente dispostos a chegar a extremos para eliminar o batalhão. O fogo de morteiros e de artilharia no entorno da estação era intenso e implacável, o que ficava ainda mais evidente durante os breves momentos de alívio temporário em outras partes do front. O restante da divisão de Rodímtzev entendia muito bem o que seus companheiros cercados estavam passando agora.

Iélin perguntou então ao comissário:

— O que você acha de Filiáchkin? Rechaçamos o último ataque, mas será que *ele* consegue? Vamos lhe dar todo o apoio possível. Vamos contra-atacar e fornecer fogo de cobertura. Mas ele acabou de ser transferido para o meu comando, não posso ser responsabilizado por ele. Acho que nunca sequer vi o homem.

O comissário respondeu:

— Eu tinha acabado de mandar Tchvedkov de volta para o batalhão com um pacote que recebemos dos Estados Unidos, e então o ataque começou. É bom que ele esteja lá com eles, porque é um verdadeiro comunista. Em uma das companhias deles os homens do batalhão penal estão servindo junto com os outros soldados. Dei uma reprimenda das boas em Filiáchkin, ordenei que fizesse listas adequadas e os transferisse.

Iélin telefonou para Matiúchin, o comandante do regimento vizinho. Eles concordaram em reforçar as defesas na junção de seus setores. Em seguida, Iélin perguntou:

— O que você acha do batalhão de Filiáchkin? Eu mal os conheço. Na verdade, são seus homens.

— Não — disse Matiúchin, percebendo aonde Iélin queria chegar. — O batalhão agora é seu, não tem mais nada a ver comigo. De qualquer forma, são apenas homens como quaisquer outros. O que importa é se são bem comandados ou não.

38

Depois de organizar suas defesas, Filiáchkin secretamente afagava a esperança de que os alemães não atacassem a estação ferroviária; como a maioria das pessoas, não era capaz de refrear o desejo de permanecer vivo.

Num cenário hipotético, ele batia em retirada para o Volga — por ordem de Iélin, é claro, que perceberia o desatino de tentar defender uma posição com ambos os flancos abertos. O batalhão realizaria uma retirada em meio ao combate e, em seguida, seria levado para a reserva. Em outro cenário hipotético, Filiáchkin era levado para a margem esquerda, ligeiramente ferido, pela instrutora médica Lena Gnatiuk. Acabaria não havendo quarto disponível em nenhum dos hospitais, então ele e Lena acampariam numa isbá de pescador. Lena cuidaria dele e trocaria seus curativos; dormiriam juntos em cima do fogão e ao amanhecer ele sairia para pescar no rio Ákhtuba. Em outro cenário, ele era declarado incapaz para o serviço ativo e enviado para lecionar na Academia de Infantaria de Riazan, a dezoito quilômetros de sua aldeia natal; Lena, porém, teria que ficar com o batalhão, uma vez que Filiáchkin tinha mulher e dois filhos, e levá-la consigo para casa estava fora de questão.

Cada um dos trezentos homens do batalhão criou sua própria imagem de um resultado auspicioso para a guerra; a vida de todos seria feliz e gratificante — mais feliz, nem é preciso dizer, do que no passado. Alguns pensavam em se mudar para a cidade do distrito, outros para uma aldeia. Alguns pensavam nas esposas, jurando que as tratariam com mais gentileza. Alguns se perguntavam como elas estavam se virando agora: se passavam por dificuldades, se tinham que ir ao mercado vender um par de calças ou um casaco elegante. Quando a guerra acabasse, seria fácil substituir essas roupas. Alguns pensavam nos filhos; um resolveu que faria tudo a seu alcance para ajudar sua jovem Macha a se formar em medicina.

Filiáchkin foi o primeiro a entender que seus sonhos estavam fadados a morrer com ele. Isso era de uma clareza cristalina. Tinha perdido contato por telefone e rádio com o regimento. Tanques, e depois a infantaria, irromperam em sua retaguarda. O fogo dos morteiros e da artilharia alemã eram de uma precisão devastadora. Não era apenas o fato de que não havia como correr ou mesmo rastejar para onde quer que fosse — não era possível sequer se arriscar a botar a cabeça para fora do muro. Filiáchkin carregou e engatilhou sua pistola, soltando a trava de segurança. Depois disso, sentiu o coração menos pesado.

— Estamos isolados — gritou Igúmnov. — Cortaram nossas linhas de comunicação.

— Sim — respondeu Filiáchkin —, agora somos donos do nosso próprio nariz!

Filiáchkin vislumbrou um sorriso no rosto costumeiramente tenso e ansioso de Igúmnov. Ele estava pálido, mas isso de alguma forma o fazia parecer mais jovem e revigorado, como se tivesse acabado de se lavar.

Filiáchkin então viu Igúmnov tirar algumas cartas do bolso da túnica, rasgá-las em pequenos pedaços e espalhar tudo pelo chão. Entendeu de imediato: seu chefe de estado-maior não queria que os alemães mexessem nas cartas de sua esposa e filhos quando revistassem seu cadáver.

Igúmnov passou um pente pelo cabelo grisalho, cortado à escovinha.

— Que se foda! — berrou Filiáchkin, com fúria repentina. — Sou um comandante, tenho ordens a dar.

Enviou então um oficial de comunicações para encontrar o ponto em que o cabo que o conectava com o regimento estava rompido. Deu novas ordens aos comandantes da companhia. Por ora, deveriam ocultar suas metralhadoras e fuzis antitanque; Filiáchkin não queria correr o risco de ver suas armas danificadas antes de os alemães tentarem invadir o prédio, o que com certeza aconteceria em breve. Era necessário cuidar de seus mensageiros e dispersar os homens pela maior área possível, de modo a não sofrer baixas prematuras. Filiáchkin perguntou sobre o moral dos soldados e repetiu mais uma vez que quem fugisse seria fuzilado.

Por um momento o telefone ressuscitou. Filiáchkin conseguiu contato com Iélin, que novamente prometeu fornecer ao batalhão apoio total de artilharia. Mas a conversa foi logo interrompida, e a linha emudeceu de uma vez por todas, cortada por uma explosão de granada ou por um sapador alemão.

Filiáchkin gritava ordens e explicações, lambia os lábios secos e dava tapas na testa e na nuca para tentar se livrar da surdez. Tudo o que dizia baseava-se numa determinação clara e simples: o que quer que acontecesse, seu batalhão não se moveria. Permaneceria firme e lutaria até o fim, sem arredar pé. A retirada do batalhão, Filiáchkin entendia muito bem, resultaria no afogamento de todo o regimento no Volga.

Seus homens foram mantidos na reserva por muito tempo e alguns jamais haviam participado de combate efetivo. Filiáchkin, porém, estava convicto de que todos compartilhavam de seu senso de determinação. Já não estava preocupado com dúvidas e medos; recuar era impossível — atrás dele havia apenas um penhasco íngreme e um rio fundo. Ele e seus homens haviam se apoderado daquele pequeno canto de terra e se entrincheirado. Nada no mundo os expulsaria de lá.

Ainda assim, quando Tchvedkov voltou do posto de comando de regimento, pouco antes do início da barragem de artilharia, Filiáchkin gritou:

— Vá ver como estão as coisas com Konaníkin. Na companhia há homens de um batalhão penal. Precisamos ficar de olho no moral deles.

39

A primeira bomba de morteiro disparada contra a companhia de Konaníkin caiu na borda de uma trincheira onde três soldados estavam sentados. Os três tomaram um banho de terra. Dois estavam curvados sobre suas marmitas de lata; congelaram, como que agarrados por um punho invisível. O terceiro, que era magro e um tanto arqueado, também permaneceu onde estava, calmamente encostado na parede.

— Os desgraçados nem nos deixam comer — disse um dos homens, olhando para a terra em sua marmita de metal, como se a Convenção de Genebra proibisse morteiros e fogo de artilharia durante as refeições.

O segundo sacudiu a terra dos ombros, limpou amorosamente a colher na palma da mão e murmurou, perplexo:

— Pensei que era o fim, juro.

O terceiro desabou sem dizer uma palavra. Todo o peso de seu corpo e da cabeça morta e ensanguentada pousou nos pés de seus camaradas.

Em seguida, veio outro assobio, baixo, terrivelmente terno e inocente, enquanto várias outras bombas de morteiro voavam sobre a trincheira.

Do meio da fumaça e do barulho das explosões emergiu um gemido penetrante. Vozes gritavam:

"Arrastem-no daí!"

Em seguida, outro silvo, e mais explosões.

"Cobertos pelo fogo" — essas palavras descrevem perfeitamente o que acontece durante um súbito bombardeio, quando um muro de potentes explosões se ergue diante dos homens e parece cobri-los como uma rede, ou um saco.

Estilhaços arremessados contra tijolos davam origem a pequenas nuvens de poeira vermelha, depois perdiam sua força letal e caíam em silêncio no chão. Enquanto voava pelo ar, cada estilhaço emitia seu próprio som, de acordo com o seu peso, velocidade e formato. Um deles, com bordas onduladas e recortadas, produzia um ruído semelhante ao de uma gaita sendo tocada a plenos pulmões. Outro uivava, rasgando o ar como uma grande garra de aço. Um terceiro, em forma de tubo, dava cambalhotas pelo caminho, como se bufasse e esguichasse.

As bombas de morteiro, por sua vez, soltavam assobios complexos, em constante modulação; pareciam brocas de metal perfurando buracos no ar, e em seguida alargando esses buracos com suas robustas protuberâncias.

E esses sons produzidos por pedaços invisíveis de ferro — todos esses guinchos e uivos, todos esses silvos, ceceios e sussurros — eram precisamente a voz da morte.

Pequenas nuvens de fumaça cinzentas e ruivas amalgamaram-se numa única e enorme névoa. Redemoinhos de poeira de tijolos, terra e gesso fundiram-se em uma bruma cinza e turva. Misturando-se, fumaça e poeira separaram a terra do céu, isolando ainda mais o batalhão cercado.

Os alemães se preparavam para enviar seus tanques. No entanto, não tinham a expectativa de que seu fogo de artilharia liquidasse todo o batalhão — nem mesmo a mais violenta barragem é capaz de matar centenas de homens que se enfiaram em buracos ou se abrigaram em trincheiras profundas e tocas de pedra. O alvo do fogo era menos a vida dos soldados e mais a sua alma, a sua vontade. Por mais fundos que sejam os buracos que o homem cava no solo para se entocar, uma barragem de artilharia é capaz de penetrar em sua alma; de perfurar gânglios nervosos que nem mesmo o mais hábil dos cirurgiões consegue alcançar com um bisturi; de invadir seu corpo através do labirinto de uma orelha, das narinas ou de pálpebras semicerradas; de agarrar seu crânio e sacudir seu cérebro.

Centenas de homens deitados em meio à fumaça e ao nevoeiro, inteiramente sozinhos, conscientes como nunca da fragilidade do próprio corpo, de como ele a qualquer momento poderia ser perdido para sempre. Era esse o verdadeiro objetivo da barragem: fazer cada indivíduo afundar em sua própria solidão. O estrondo implacável impediria o soldado de ouvir as palavras do comissário; a fumaça o tornaria incapaz de enxergar o comandante; ele se sentiria isolado de seus camaradas, e, nesse terrível isolamento, teria consciência apenas da própria fraqueza. O fogo durou não apenas alguns segundos, ou minutos, mas duas horas ininterruptas, mutilando os pensamentos dos homens e destruindo suas lembranças.

De vez em quando um homem levantava a cabeça por um segundo, vislumbrava os corpos imóveis de seus camaradas e se perguntava se estavam vivos ou mortos. Depois se deitava novamente, e um único pensamento ocupava sua mente: "Ainda estou vivo, mas o que é esse som sibilante que estou ouvindo? É minha morte?".

A barragem foi interrompida de súbito quando, de acordo com o entendimento que o inimigo tinha da natureza humana e as leis de resistência do material psíquico, julgou-se que a ansiedade e a tensão deram lugar à depressão e a uma indiferença resignada.

O silêncio que se seguiu foi cruel e maligno. Permitia que os homens se lembrassem de seu passado e sentissem uma espécie de alívio tímido: apesar de tudo, permaneciam vivos. O silêncio despertava esperança, mas também gerava um desespero terrível. A mensagem era muito clara: tratava-se tão somente de um frágil momento de trégua — um breve raio de luz na lâmina de uma faca empunhada —; o futuro seria ainda mais impiedoso. Os instrutores políticos haviam dito um monte de bobagens, e agora os soldados estavam condenados; se tivessem algum bom senso, fugiriam. Sem demora, antes que fosse tarde demais, deveriam rastejar para longe e se esconder.

Esses pensamentos só precisavam de um breve instante para se manifestar, e o silêncio concedido pelo inimigo não se estenderia por mais do que esse breve instante. Afinal, o silêncio também pode engendrar determinação. À quietude, portanto, seguiu-se logo o barulho de metal rilhando a pedra, rangidos e tinidos sombrios e o som de escapamentos e motores em rotação. Os tanques alemães avançavam. E, de algum lugar um pouco mais distante, vieram gritos frenéticos e confiantes.

O batalhão permaneceu em silêncio. A impressão era de que o poderoso e experiente inimigo havia alcançado seu objetivo, alquebrado a vontade dos soldados soviéticos, agora atordoados e silenciados, com a alma esfacelada.

Então, de repente, ouviu-se o disparo de um fuzil antitanque, depois um segundo disparo, e então as explosões de granadas de mão, longas rajadas de tiros de metralhadora e centenas de rajadas de fuzis. Os vivos — parecia — estavam vivos.

Os alemães esperavam fragmentar o batalhão sitiado. Sabiam que uma posição defensiva é como um corpo vivo; se for cortado, sua vida se esvai. Confiante de que o fogo de artilharia teria destruído a resiliência da defesa soviética, amortecendo seu tecido vivo e tornando-o fraco e apático, os alemães esperavam que o ataque tivesse sucesso rápido. Mas os tanques não foram capazes de cortar o corpo do batalhão. Como uma ponta de lança que atinge um escudo forte e vibrante, eles recuaram, seu poderio incisivo embotado e enfraquecido.

Vavílov pensou ter sido o primeiro a atirar. Cinquenta ou sessenta outros homens, no entanto, estavam igualmente convencidos de que eles, e ninguém mais, é que tinham rompido o silêncio do batalhão.

Vavílov acreditava também que o primeiro som de todos tinha sido seu grito furioso. Esse grito, e não seu disparo, é que havia dilacerado o silêncio. Sua voz fora imediatamente captada por centenas de outras vozes — e tudo ao redor trovejou e explodiu em clarões de fogo. Ele viu soldados alemães correndo, aturdidos. Raramente xingava ou praguejava, mas os homens a seu lado ouviram-no soltar uma longa salva de imprecações.

Vavílov ficou bestificado ao constatar toda a destruição, sofrimento e calamidade causados por aqueles minúsculos insetos, que zumbiam enquanto corriam atrás dos tanques.

A discrepância entre a enormidade da tragédia e as ínfimas e agitadas criaturas que a haviam ensejado era alarmante e impossível.

40

Konaníkin era um guerreiro tarimbado. Quando os alemães começaram a bombardear sua companhia, disse em voz alta para si mesmo:

— Entendeu, camarada tenente?

Junto com um ordenança, rastejou até a caixa de granadas de mão, agora o objeto mais precioso do mundo, e a arrastou até seu posto de comando.

Ao passar pelos homens dos batalhões penais, disse em voz calma e alegre:

— Fiquem firmes, rapazes, agora vocês todos serão anistiados!

A piada tosca, mas bem-humorada, pronunciada com calma inimaginável, animou os homens.

Durante todo o bombardeio, Konaníkin observou esses soldados de perto, tendo-os posicionado junto a seu posto de comando. Um deles não parava de acariciar o corpo verde de uma granada de mão; um segundo tirava freneticamente torradas do bolso e as enfiava na boca, sendo evidente que achava isso reconfortante; um terceiro se tremia todo e, de repente, ficava completamente imóvel; um quarto chutava um tijolo com a ponta da bota, como se tentasse cinzelar nele um buraco; um quinto abria bem a boca e ao mesmo tempo tapava os ouvidos com os dedos; um sexto sussurrava para si mesmo, orando ou praguejando.

"Que sorte a minha", pensou Konaníkin. "Filiáchkin deveria ter solicitado a transferência desses heróis, mas agora eles estão lutando ao meu lado."

Konaníkin não morria de amores pelos homens dos batalhões penais. Um tinha atirado deliberadamente em si próprio. Outro havia fugido do campo de batalha. Todos estavam sempre infringindo a disciplina militar e criando dificuldades.

Um deles havia perdido o manual de procedimentos do serviço militar. Iakhontov — um criminoso comum de cabelos louros e olhos azul-claros — ficara para trás durante a longa marcha; por fim aparecera, depois de pegar carona em um caminhão, no momento em que Konaníkin já redigia um relatório oficial informando sobre sua deserção. Outro homem tinha um dom especial para conquistar a simpatia das aldeãs e convencê-las a lhe dar grandes quantidades de bebida. O comandante de seu pelotão havia escrito em um relatório que "a conduta desse soldado em questões relativas à vodca é excessiva".

Agora, porém, Konaníkin se via incapaz de demonstrar sua usual irritação, fosse com Filiáchkin, que falhara na incumbência de pedir a transferência dos homens, fosse com os próprios homens. Em vez disso, sentia pena deles. Alguém deu um tapinha no ombro de Konaníkin. Ele se virou e viu uma figura pálida coberta de sujeira e suor. Demorou um momento para reconhecer Tchvedkov, o comissário do batalhão.

— Quantas baixas? Como está o moral dos homens? — perguntou Tchvedkov, exalando um bafo quente no ouvido de Konaníkin.

— O moral está elevado. Vamos lutar até o fim.

Então uma bomba explodiu perto dele, e Konaníkin começou a praguejar.

Agora, ele sentia uma confiança incomum nas pessoas, e uma grande afeição por elas. Antes, costumava dividir a população masculina da União Soviética em dois grupos: os homens que eram soldados profissionais antes da guerra e os que não eram. Agora, porém, não fazia mais essa distinção.

Assim que Tchvedkov terminou suas perguntas, desejou-lhe sorte e rastejou em direção à companhia de Kováliov, Konaníkin pensou: "É um bom homem, uma verdadeira águia, embora só esteja servindo no exército há alguns meses".

Considerava totalmente natural que Tchvedkov, que antes do ataque havia partido para a relativa segurança do posto de comando de regimento, voltasse agora ao batalhão e rastejasse sob o fogo, falando com franqueza e de coração com soldados e comandantes.

Mas os novos sentimentos de Konaníkin em relação às pessoas jamais puderam ser postos à prova; ele foi morto poucos minutos antes do fim da barragem alemã.

41

O tanque cinza de arestas pontiagudas, adornado com uma cruz negra na fronte larga e achatada, avançou aos solavancos por uma baixa pilha de tijolos, parando em seguida, como se para recobrar o fôlego e examinar seus arredores.

Era difícil acreditar que seus movimentos cautelosos e desconfiados — a rotação lenta e silenciosa da torre giratória, as evoluções da pupila predatória no olho de aço da metralhadora — estavam sendo comandados por pessoas. O blindado parecia um ser vivo, com olhos e cérebro próprios, garras e mandíbulas terríveis, músculos incansáveis.

Embargado pela emoção, um soldado soviético louro se preparou para disparar seu fuzil. Com um movimento incrivelmente lento, ergueu a coronha, baixou o cano e encaixou a arma no ombro — o que lhe proporcionou uma sensação reconfortante. Em seguida, pressionou a face contra a coronha fria e vislumbrou, através da alça de mira, a fronte achatada e simiesca do tanque, coberta com poeira de tijolo cor-de-rosa. Então, viu a escotilha retangular fechada. Depois a couraça de blindagem na lateral, com sua linha pontilhada de rebites salientes; por fim, a lagarta prateada e alguns respingos de óleo. O dedo indicador do soldado, que até então mal roçava o gatilho, suavemente fez a primeira pressão, e o gatilho começou a ceder. Havia suor em seu peito; ele sabia que agora tinha na mira a parte mais vulnerável da pele de aço do tanque.

O tanque voltou a se mover e a torre girou devagar. Como que farejando sua presa, o canhão se voltou suavemente para o soldado deitado atrás do monte de tijolos.

Prendendo a respiração, o soldado aumentou a pressão no gatilho. A arma disparou. O coice foi como um potente soco em seu ombro e peito.

Havia posto nesse tiro toda a sua força, toda a sua paixão — mas errara o alvo.

O tanque estremeceu, como se arrotasse, e de seu canhão chamejou um fogo branco e venenoso. Um projétil explodiu atrás e à direita do soldado, que abriu a culatra do fuzil, inseriu ali outro cartucho de nariz preto, capaz de perfurar a couraça blindada, mirou e disparou — errando mais uma vez. Uma pequena nuvem de poeira subiu de um monte de pedra a poucos metros do tanque, que disparou uma saraivada de tiros de metralhadora; num voo dissonante, um bando de pássaros de ferro rasgou o ar, pouco acima de onde o soldado estava deitado no chão. Desesperado, fiando-se em suas últimas reservas de força emocional, ele recarregou a arma e disparou mais uma vez.

Uma chama azul brilhante lampejou de uma ponta à outra da armadura cinza do tanque. O soldado levantou a cabeça: estava imaginando coisas ou realmente tinha visto uma flor azulada fulgurar no aço cinza? Mas em seguida viu uma fina fumaça amarela saindo da escotilha e da torre giratória, acompanhada por estalos e estrondos; a julgar pelos sons, era como se cinturões de cartuchos de metralhadora estivessem sendo detonados no interior do tanque. De súbito, uma flamejante nuvem negra prorrompeu do blindado e houve uma explosão ensurdecedora.

Por um momento o soldado hesitou, sem saber ao certo se era ele realmente o responsável pela explosão, se aquela nuvem negra tinha de fato qualquer coisa a ver com a chama azul que ele vira na couraça blindada do tanque. Então fechou os olhos, inclinou a cabeça na direção do fuzil e deu um beijo longo e lento no cano da arma, sentindo contra seus lábios e dentes o aço azul, com seu cheiro de pólvora.

Quando voltou a erguer a cabeça, o tanque continuava fumegante. Fora pelos ares, destruído pela própria munição. Havia um rasgo profundo numa das laterais, e a torre deslizara por cima da fronte e do canhão tombado, agora apontado para o chão.

Esquecendo todo o perigo, o soldado se pôs de pé e repetiu em um sussurro alto e apaixonado:

— Vejam só isso! Fui eu!

Voltou a se deitar e gritou para o vizinho:

— Por favor, me empreste outro cartucho!

Nunca, talvez, em toda a sua vida complexa, heterogênea, quase sempre menos do que honesta, havia sentido na pele tamanha felicidade. Hoje, lutava não por si mesmo, mas por todos. E o mundo que tantas vezes o enganara — o mundo que tantas vezes ele quis enganar — deixou de existir.

A morte o rondava, e ele a enfrentava em um combate mano a mano. Jora, seu número dois, havia morrido. Konaníkin, comandante do batalhão, fora vitimado por estilhaços poucos minutos antes do início do ataque dos tanques. O líder de sua seção também estava em vias de morrer, esmagado por uma enorme pilha de tijolos, incapaz de dar ordens ou mesmo de soltar um gemido. O soldado estava sozinho, contava apenas com a própria arma.

Em quem ele pensava nesse momento? Seus pensamentos se voltaram para o pai e a mãe?

Ele não os havia conhecido. Antes da revolução, viviam em São Petersburgo, onde o pai trabalhava como dirigente civil do Almirantado. Durante a Guerra Civil, tentaram fugir do país pela Crimeia, mas morreram de tifo na estação ferroviária de Melitópol, no sudeste da Ucrânia. Aos dois anos de idade, ele foi levado para um orfanato. Cresceu sem saber nada sobre seu passado. Contudo, uma vez, no albergue de uma escola para futuros ferroviários, teve um estranho sonho: estava de pé em um escorregadio assoalho de parquete, vestindo um pequeno avental com orlas de renda e segurando nas mãos as orelhas compridas e mornas de um cachorro. Os olhos turvos do animal o encaravam, e a língua áspera lambia sua bochecha. Horrorizada, uma mulher ergueu e carregou o menino para longe, pressionando-o contra a seda escorregadia em seu seio. Enquanto ele dava chutes e gritava, ela enxugava seu rosto com uma esponja quente.

Ele estudou, depois abandonou os estudos e arranjou um emprego. Casou-se, deixou a esposa e largou o emprego, endoideceu e começou a beber. Certa noite, invadiu uma mercearia com dois amigos; foram presos na manhã seguinte. No início da guerra, foi para um campo de trabalho. Pediu para ser recrutado — e foi enviado para a linha de frente, recebendo a oportunidade de fazer por merecer a remissão de sua pena.

Agora, destruíra um tanque inimigo e fora ferido na perna por um estilhaço. Sabia que seria perdoado. Mas não foi nisso que ele pensou quando viu um segundo tanque avançando entre os edifícios em ruínas.

Calmo, seguro de sua força e ainda feliz com seu primeiro êxito, começou a fazer pontaria. Estava confiante em um segundo triunfo, mas, antes que pudesse acionar o gatilho, foi atingido por rajadas de metralhadora. Encontrando-o ainda vivo, com a coluna fraturada e um profundo talho na barriga, dois enfermeiros o arrastaram com a ajuda de um sobretudo.

42

À noite, quando as coisas se acalmaram, Filiáchkin tentou contar as baixas. Mas logo percebeu que seria mais simples contar o número de homens ainda vivos.

Além dele próprio, os únicos oficiais sobreviventes eram Tchvedkov, que acabara de voltar da inspeção das trincheiras; Kováliov, o comandante da companhia; e Ganíev, o comandante do pelotão tártaro.

— Ao todo, nossas perdas são de cerca de sessenta e cinco por cento — disse a Tchvedkov. — Ordenei que os subtenentes e sargentos assumam o comando de suas unidades. São bons guerreiros, não vão entrar em pânico.

O posto de comando fora destruído nos primeiros minutos do ataque alemão, e Filiáchkin e Tchvedkov estavam agora em um fosso coberto por troncos trazidos de um galpão ao lado da estação. As últimas horas tinham escurecido o rosto de ambos; as faces como que se colavam aos ossos, os lábios encontravam-se revestidos de uma crosta escura.

— O que fazemos com os mortos? — perguntou o subtenente, acima deles, agachado, espreitando o poço.

— Eu já disse — explodiu Filiáchkin. — Leve-os para o porão. Irritado, continuou:

— Eu sabia... já quase não temos granadas F-1 e RGD.

— Ponho os comandantes em separado? — perguntou o subtenente.

— Por quê? — respondeu Tchvedkov, bruscamente. — Eles morreram juntos, vamos enterrá-los juntos.

— Está bem — disse o subtenente. — De qualquer forma, é difícil identificar os comandantes. Colarinhos e insígnias foram arrancados, e todos parecem iguais.

— Perdemos duas metralhadoras — constatou Filiáchkin, preocupado. — E cinco fuzis antitanque e três morteiros estão fora de ação.

O subtenente saiu de cena sorrateiramente. Cartuchos usados caídos no chão rangeram e tilintaram.

Tchvedkov abriu um caderno e começou a escrever. Filiáchkin pôs a cabeça para fora do buraco, olhou em volta e se sentou de novo.

— Só vão recomeçar pela manhã — falou. — O que você está escrevendo?

— Um relatório político para o comissário de regimento — disse Tchvedkov. — Descrevi os vários atos de heroísmo, e agora estou listando os mortos e as circunstâncias da morte de cada um. Mas estou um pouco confuso. Igúmnov foi morto por uma bala e Konaníkin por estilhaços? E quem morreu primeiro? Não consigo me lembrar. Igúmnov foi morto às cinco da tarde, é isso?

Ambos olharam de relance para o canto escuro onde o corpo de Igúmnov estava caído até alguns minutos antes.

— Não adianta escrever uma crônica — disse Filiáchkin. — Você não vai conseguir entregar ao regimento agora. Estamos isolados.

— Verdade — concordou Tchvedkov.

No entanto, continuou escrevendo.

— A morte de Igúmnov foi especialmente estúpida — acrescentou. — Ele se ergueu para chamar um mensageiro... e foi o seu fim.

— Todas as mortes são estúpidas — disse Filiáchkin. — Não há maneira inteligente de ser morto.

Filiáchkin não queria falar sobre camaradas mortos; tinha plena consciência da bênção austera, por vezes salvadora, que era o torpor emocional sentido durante o combate. Se fosse poupado, ele se lembraria de seus camaradas pelo resto da vida. Numa noite tranquila, sentiria um nó na garganta. Lágrimas brotariam de seus olhos e ele diria: "Sim, ele era um bom chefe de estado-maior. Um sujeito esplêndido e direto. Eu me lembro dele como se fosse ontem. Quando os alemães atacaram, rasgou as cartas que guardava no bolso. Era como se já soubesse. Depois, pegou um pente e passou pelo cabelo, e olhou para mim".

Durante o combate, porém, o coração fica frio e enrijece, e é melhor que seja assim. De qualquer forma, nenhum coração é capaz de compreender todo o sangue e morte produzidos em uma batalha.

Tchvedkov releu o que havia escrito, suspirou e disse:

— São bons rapazes. Nosso trabalho político não foi em vão. Eles são calmos e corajosos. Um homem me disse: "Não se preocupe, camarada comissário, entendemos nosso trabalho e cumpriremos nosso dever!". E outro afirmou: "Homens melhores do que nós já morreram".

Ouviram-se duas explosões nas proximidades.

Tchvedkov ergueu os olhos.

— Estão começando de novo?

— Não, vão continuar assim até de manhã — respondeu Filiáchkin, em tom desdenhoso. — Alguns disparos de vez em quando, apenas para nos impedir de dormir. Mas está sendo um trabalho árduo! Entre as cinco e as seis, metralhei uns trinta daqueles merdas. Eles não paravam de aparecer.

— Deixe-me registrar os detalhes — disse Tchvedkov, umedecendo o lápis.

— Largue isso — retrucou Filiáchkin. — Qual é a utilidade desses rabiscos?

— Como assim? — respondeu Tchvedkov, e começou a escrever. Então, de súbito lembrando-se de algo, anunciou:

— Camarada comandante de batalhão, fui incumbido de entregar um presente às nossas heroicas meninas.

Ele sabia muito bem que, se não fosse por esse maldito presente, talvez não tivesse sido enviado de volta tão rápido. Ainda poderia estar sentado no abrigo da seção política, bebendo chá e escrevendo um relatório de rotina. Mas não estava nem arrependido nem aborrecido por conta do contratempo. Olhou com expressão interrogativa para Filiáchkin e perguntou:

— Para quem devemos dar isso? Gnatiuk, talvez? Ela mostrou verdadeiro heroísmo hoje.

— Você tem bom senso — respondeu Filiáchkin, com exagerada descontração.

Tchvedkov chamou um soldado e ordenou-lhe que convocasse Gnatiuk.

— Caso ela ainda esteja viva — acrescentou.

— Claro — respondeu o soldado, em tom taciturno. — Não há muito que eu possa fazer caso não esteja.

— Ela está bem viva, eu verifiquei — disse Filiáchkin com um sorriso.

Em seguida, sacudiu a poeira da manga e enxugou o rosto. Fungava o tempo todo; o ar estava tomado de fumaça amarga e corrosiva, fuligem oleosa e reboco pulverizado — o perturbador e inebriante cheiro da linha de frente.

— Que tal uma bebida? — sugeriu Tchvedkov, que quase nunca bebia.

Naquelas últimas horas, tudo havia virado de cabeça para baixo. Os delicados e sensíveis haviam se tornado grosseiros, e os toscos e grosseiros haviam se tornado mais gentis. Os negligentes e irrefletidos eram agora pensativos, e os que viviam mergulhados em preocupações passaram a esperar a morte com alegre e desesperada desenvoltura, cuspindo no chão, rindo e gritando como se estivessem bêbados.

— Bem, como você se sente com relação à vida que levou? — perguntou de repente Filiáchkin. — Está chegando a hora em que teremos de prestar contas por nossas ações. Seu histórico no Partido tem alguma mácula? Há algum incidente no seu passado que possa comprometê-lo? Caso haja, você pode me dizer. Deixe-me indultar os seus pecados.

— O que deu em você, camarada Filiáchkin? Não entendo os rumos desta conversa, sobretudo com um comandante de batalhão.[246]

— Você e seus rabiscos... você é muito estranho — disse Filiáchkin. — Quem o visse pensaria que tem a expectativa de permanecer vivo por mais seis meses... Por que não conversamos, em vez disso? Diga-me: você acha que me portei mal em relação a Lena Gnatiuk?

— Acho. Mas posso estar enganado — respondeu Tchvedkov. — Caso seja necessário, a comissão do Partido irá me corrigir. Mas essa não é a conduta que espero de um comandante, e foi isso que escrevi.

— Você está certo, absolutamente certo. Eu mesmo admito. Não há necessidade de esperar qualquer comissão do Partido. Eu errei e sei disso.

Sentindo uma repentina onda de afeto por Filiáchkin, Tchvedkov falou:

---

[246] Filiáchkin está sendo irônico e jocoso; como soldado profissional, sofria com a interferência dos comissários. Ao mesmo tempo, sente a necessidade de algum tipo de ritual para marcar o iminente fim não só da própria vida, mas também da vida de seus companheiros. Inconscientemente, volta-se para o único ritual com o qual tem alguma familiaridade — o da Igreja ortodoxa. Tchvedkov, naturalmente, se irrita com o gracejo de Filiáchkin, ainda mais porque consegue perceber seus sentimentos mais profundos.

— Ah, vamos tomar uma bebida! Os cem gramas regulamentares, enquanto as coisas ainda estão calmas.

— Não, prefiro manter a lucidez — respondeu Filiáchkin.

E riu. Tchvedkov o criticava com frequência por beber demais. Acima deles surgiu o rosto de Lena Gnatiuk.

— Permissão para descer, camarada comandante de batalhão? — perguntou ela.

— Sim, rápido, antes que seja morta! — respondeu Filiáchkin, movendo-se para o lado de modo a dar lugar à jovem.

— Dê a ela o presente, comissário. Serei testemunha.

Antes de ir até o posto de comando, Lena Gnatiuk passara algum tempo tentando se limpar. Mas a água de seu pequeno cantil pouco podia fazer para lavar a poeira preta e a fuligem que penetrara profundamente em sua pele. Ela havia esfregado o nariz com um lenço, mas isso não o deixara mais limpo ou pálido. Lustrara as botas com um pedaço de atadura, mas isso não as fizera brilhar. Tentara enfiar a trança desgrenhada sob o barrete, mas tinha o cabelo duro e rebelde devido às muitas camadas de poeira; parecia uma menininha de aldeia com fios soltos escorregando por cima das orelhas e da testa.

A túnica que usava era muito justa para o corpo roliço e estava manchada de sangue negro. As calças eram grandes demais e escorregavam dos quadris. Usava botas grandes de bico quadrado e tinha várias sacolas penduradas nos ombros. As unhas curtas estavam completamente pretas, e ela tentava esconder as mãos, que naquele dia tinham cumprido seu dever do bem e da misericórdia. Sentia-se estranha e feia.

— Camarada Gnatiuk — disse Tchvedkov em tom solene —, fui incumbido de lhe entregar este presente, em reconhecimento a seus dedicados préstimos. É um presente das mulheres dos Estados Unidos para nossas combatentes no Volga. Os pacotes chegaram num avião especial direto para o front.

Dito isso, estendeu à instrutora médica um pacote grande e retangular, embrulhado em papel de pergaminho e amarrado com um cordão de seda trançado.

— Eu sirvo à União Soviética —[247] respondeu ela com voz rouca enquanto tomava o pacote das mãos do comissário.

Em sua voz comum e cotidiana, Tchvedkov disse:

---

[247] Frase padrão pronunciada ao acusar o recebimento de qualquer prêmio oficial.

— Abra, por favor. Também estamos curiosos. Queremos saber o que as americanas enviaram a vocês.

Lena desatou o cordão e começou a desembrulhar o pacote. O papel enrugado rangeu e farfalhou. Havia uma variedade de itens, alguns muito pequenos, e ela se agachou para evitar que algo caísse e se perdesse. Uma linda blusa de lã, bordada com um padrão vermelho, azul e verde; um roupão felpudo com capuz; dois pares de calças rendadas com camisas combinando e adornadas com pequenas fitas; três pares de meias de seda; alguns minúsculos lenços bordados de renda; um vestido branco feito de um leve e delicado tecido de linho e também rendado; um vidro com uma loção perfumada; e um frasco de perfume amarrado com uma fita.

Lena olhou para os comandantes. Houve um momento de silêncio nos arredores da estação, como que para impedir que algo atrapalhasse a beleza e a delicadeza de sua expressão. Seu olhar dizia muita coisa: não apenas que ela agora sabia que jamais teria a chance de ser mãe, mas também que sentia certo orgulho por seu destino cruel.

De pé no fosso, com botas de soldado e uniforme em desalinho, prestes a recusar aqueles belos presentes, Lena Gnatiuk parecia esmagadoramente feminina.

— Para que tudo isto? — disse. — Não quero, não preciso.

Os dois homens ficaram consternados. Entendiam algo dos sentimentos da jovem — seu orgulho, sua compreensão de que estava condenada, sua equivocada convicção de que era estranha e feia.

Tchvedkov roçou entre os dedos a ponta da blusa de lã e disse, envergonhado:

— É uma boa lã. Não é um tecido velho qualquer.

— Vou deixar tudo aqui. Não serve de nada para mim — repetiu Lena, pondo o pacote em um canto e enxugando as mãos na túnica.

Filiáchkin examinou o conteúdo do pacote e disse:

— Estas meias-calças não são muito fortes, vão desfiar num piscar de olhos. Mas são bonitas. Você poderia usá-las para ir a um baile.

— E quando é que irei a um baile? — retrucou Lena.

Nesse momento, Tchvedkov ficou irritado, o que o ajudou, pela primeira vez, a resolver uma complexa questão "diplomática".

— Tudo bem. Se você não quer os presentes, então não aceite. Muito bem! O que há com essas pessoas? Estão achando que Stalingrado é um balneário de férias? Estão zombando de nós? Meias de seda e roupões de banho... O que vem depois?

Olhou para Filiáchkin e disse:

— Vou sair agora. Preciso ver como estão os homens.

— Tudo bem, vá na frente e eu seguirei depois — Filiáchkin se apressou em responder. — Acabei de verificar o entorno. Ande com cuidado. Há atiradores de elite alemães a apenas cento e cinquenta metros de distância. O menor barulho e você já era.

— Tenho permissão para me retirar? — perguntou Lena enquanto Tchvedkov se afastava.

— Só um momento — disse Filiáchkin.

Ele sempre se sentia estranho quando ficava a sós com uma jovem, trocando o tom de um oficial pelo de um amante.

— Ouça, Lena, isto é importante — continuou. — Peço que me perdoe. Durante a marcha, me comportei de maneira grosseira e presunçosa. Fique aqui para que possamos nos despedir de maneira adequada. Pode ser que amanhã estejamos mortos. Não há nada que a guerra não destrua e apague da lembrança.

— No que me diz respeito, camarada comandante de batalhão, não há nada a ser destruído ou apagado — respondeu Lena.

E, respirando fundo, continuou:

— Em primeiro lugar, não há a menor necessidade de você pedir o meu perdão. Não sou uma menina, sei das coisas e sou responsável por mim mesma. Quando fui à sua isbá, sabia muito bem o que estava fazendo. Em segundo lugar, não vou ficar aqui. Preciso voltar ao posto médico. E, em terceiro lugar, tenho meu próprio uniforme e não preciso de nenhum desses presentes. Permissão para me retirar?

Sua última frase já não parecia mais uma fórmula convencional.

— Lena — disse Filiáchkin. — Lena... você realmente não entende?

A voz dele soou estranha. Lena olhou para ele com espanto. Filiáchkin ficou ali parado, como se fosse falar algo importante, mas, em seguida, abrindo um sorriso, disse apenas:

— Tudo bem, então.

E, depois de apontar para oeste, prosseguiu, com voz calma e monótona:

— Não deixe que a façam prisioneira. Tenha sempre em mãos aquela pistola capturada dos alemães que lhe dei, só por garantia...

Ela deu de ombros e respondeu:

— E, em quarto lugar, também sou capaz de atirar em mim mesma com meu próprio revólver.

E saiu, sem olhar para o primeiro-tenente nem para os trapos finos e inúteis agora caídos no chão.

43

No lusco-fusco, enquanto se dirigia ao posto médico, Lena Gnatiuk passou pelo posto de comando da 3ª Companhia.

Um atirador de submetralhadora a barrou, mas logo a reconheceu:

— Ah, primeiro-sargento, por favor, pode passar.

Por um momento ela se sentiu desorientada: a primeiro-sargento Gnatiuk era realmente a mesma jovem que, dois anos antes, em Podivotie, na província de Sumi, havia trabalhado como líder de brigada durante a colheita de beterraba? Era a mesma moça que voltava para casa à noite e gritava com alegria para a mãe: "Vamos, mãe, me dê o jantar, estou morrendo de fome!"?

Kováliov dormia, encostado na grande viga que sustentava o teto do porão. A seu lado havia uma vela, grudada em cima de um tijolo virado. Espalhadas pelo piso, granadas de mão lembravam peixes emaranhados numa rede.

A submetralhadora de Kováliov repousava em seu colo. As mãos enegrecidas apertavam contra a barriga a valiosa mochila.

Lena caminhou até ele, tropeçando nos pentes de submetralhadora vazios que forravam o chão.

— Micha, Micha! — ela o chamou, aos gritos.

Tocou na manga da jaqueta, depois pegou sua mão. Por hábito, sentiu o pulso de Kováliov.

— O que foi? — perguntou ele, abrindo os olhos, mas sem se mexer. — É você, Lena?

— Está cansado? — perguntou ela.

— Só descansando um pouco — respondeu. E, como se pedisse desculpas, acrescentou: — O subtenente está de plantão e eu estou descansando.

— Micha! — repetiu ela baixinho. — Eu vim me despedir.

— Você vai para a retaguarda? Para a outra margem?

— Para o outro mundo, provavelmente. Como todos nós. Kováliov bocejou.

— Micha — disse ela calmamente.

— O que foi?

— Você está com raiva de mim?

— Por que me pergunta?

— Micha, você não entende mesmo nada!

— É melhor você ir, Lena — respondeu ele. — Não há nada a dizer. Tenho uma garota esperando por mim em casa. Que conversa é essa de despedida?

De repente ela se agarrou a ele, pousando a cabeça em seu ombro.

— Micha, pode ser que a gente só tenha mais uma hora — ela se apressou em dizer. — O que eu fiz naquela noite não tem a menor importância. Eu estava sendo burra... com certeza você pode ver isso, não é? Havia tantos feridos hoje. E continuaram trazendo mais e mais... e todas as vezes eu ia lá correndo para ver se você estava entre eles... alguma coisa aconteceu comigo naquela noite. Eu não sei por quê, às vezes as pessoas simplesmente não sabem o que estão fazendo. Pergunte a qualquer menina na unidade médica. Todas elas sabem o quanto eu amo você. Acabo de vir do posto de comando do batalhão. Foi até difícil olhar para o homem. Por favor, por favor, eu imploro, acredite em mim! Acredite em mim! Não seja tão cabeça-dura! Por que você não entende?

— Talvez eu não entenda, camarada Gnatiuk... mas você entende demais. Comigo é pão, pão, queijo, queijo. Sou simples, não tenho segredos. Vá em frente, entenda o quanto quiser. Eu não preciso entender, porque, ao contrário de algumas pessoas, não trapaceio.

E, como se buscasse apoio para sua difícil decisão, Kováliov segurou ainda mais perto do corpo sua estimada mochila, acariciando-a com a palma da mão.

Por alguns momentos, ambos permaneceram em silêncio. Em seguida, em voz alta, ele falou:

— Você tem permissão para se retirar, camarada primeiro-sargento.

Queria encerrar a conversa, e essas foram as palavras que lhe ocorreram. Podia sentir em cada célula do corpo, nas costas e na nuca, o quanto eram a coisa errada a se dizer.

Havia dois soldados deitados no chão. Ambos se sentaram e olharam em volta, sonolentos, perguntando-se quem tinha acabado de se reportar ao comandante da companhia.

44

Iakhontov estava deitado sobre uma pilha de sobretudos retirados dos mortos. Não gemia nem se lamuriava. Seus olhos escuros, as pupilas dilatadas pelo sofrimento, fitavam quase avidamente o céu salpicado de estrelas.

— Vá embora, você está me machucando! — gritou em um sussurro para o ordenança que tentava tirá-lo do lugar. — Deixe-me em paz, não me toque!

Em seguida, um rosto feminino se inclinou sobre ele; sentiu a respiração desse rosto. Lágrimas caíram em sua testa e bochechas. Iakhontov pensou que eram gotas de chuva.

Por fim percebeu que eram lágrimas. Se pareciam quentes, e se a mão que agora o acariciava parecia quente, era porque a vida o estava abandonando. O toque de um corpo vivo lhe parecia quente, como se ele fosse um pedaço de metal frio ou de madeira. Pensou que era por sua causa que a mulher estava chorando.

— Você é boa e gentil. Não chore, vou me sentir melhor daqui a pouco — disse, mas a jovem não o ouviu.

Ele pensou que estava pronunciando palavras, mas tudo o que ela ouviu foi um gorgolejo.

Naquela noite, Lena Gnatiuk não dormiu.

— Não grite, não grite, os alemães estão perto — disse a um soldado com as duas pernas quebradas. E, afagando a testa e as bochechas do homem, acrescentou: — Seja paciente. Pela manhã, vamos mandá-lo para o hospital do exército. Vão engessar suas pernas.

Ela foi ver outros dois feridos. O soldado com as pernas quebradas gritou:

— Mãe, volte, preciso lhe perguntar uma coisa.

— Já vou, meu filho — respondeu Lena Gnatiuk.

Para ela, e para todos que lá estavam, parecia totalmente natural que um homem com barba grisalha a chamasse de mãe, e que ela, aos vinte e quatro anos, o chamasse de meu filho.

— Eles vão me sedar? — quis saber o homem. — Não vai doer quando colocarem o gesso?

— Não, não vai. Seja corajoso até raiar o dia.

Sob a luz da alvorada, o nariz e as asas do Stuka que mergulhou na direção da estação ferroviária ficaram rosados. Uma bomba de alta carga explosiva caiu no fosso onde Lena Gnatiuk e dois auxiliares cuidavam do ferido. Cada último suspiro de vida foi interrompido.

Uma nuvem de poeira e fumaça, arruivada à luz do sol nascente, pairou no ar por um longo tempo. Em seguida, uma brisa vinda do Volga a dispersou para a estepe a oeste da cidade.

45

Por volta das onze horas da manhã, a situação nos arredores da estação ferroviária era realmente infernal. Em meio à poeira e à fumaça do feroz fogo de morteiros e de artilharia, em meio a nuvens negras de bombas explodindo, ao rugido dos motores de avião e ao estrépito das metralhadoras dos Messerschmitts, o batalhão — ou melhor, seus últimos remanescentes — continuava a lutar contra o ataque germânico.

Desesperados de dor, os homens jaziam em poças de sangue ou rastejavam de um lado para outro, à procura de abrigo. Gritos e gemidos misturavam-se ao som das ordens berradas e das rajadas de fogo de metralhadoras e fuzis antitanque. Entretanto, toda vez que a artilharia alemã silenciava, toda vez que seus soldados, dobrando-se, corriam para a frente, toda vez que pensavam que a batalha havia acabado, as ruínas reviradas, mortas e mudas da estação ferroviária e dos edifícios circundantes voltavam à vida.

Filiáchkin estava deitado sobre uma pilha de cartuchos usados, com a mão sobre o gatilho de uma metralhadora. Olhou de esguelha para Tchvedkov, que portava uma submetralhadora. O comissário de batalhão era péssimo de mira, mas estava atirando com todo o empenho.

Os alemães reiniciaram o ataque.

— Alto! — Filiáchkin exclamou para si mesmo, percebendo que precisava mover a metralhadora para uma nova posição.

Agarrando o cano da arma, gritou para seu número dois, um jovem soldado que olhava para o comandante com devoção e reverência:

— Rápido, me ajude a arrastá-la para cá, ao lado desta parede!

Enquanto ajustavam a metralhadora, Filiáchkin foi alvejado no ombro esquerdo. Julgou que era um ferimento leve, um mero corte.

— Faça um curativo no meu ombro! — disse a Tchvedkov, desabotoando o colarinho da túnica. — Use um pouco daquela renda que Lena Gnatiuk não quis.

Mas, ato contínuo, empurrou a mão do comissário.

— Não, eles estão de volta — falou, e começou a apontar sua metralhadora. — Comecei como metralhador e vou acabar como metralhador.

Em seguida, virou-se para o número dois e pediu outro cinturão de munição.

Filiáchkin estava dando ordens para si mesmo, e em seguida as cumprindo. Era, ao mesmo tempo, comandante de subunidade, observador avançado e metralhador.

— Inimigo trezentos metros à frente, à esquerda! — gritou, no papel de observador. — Mire na infantaria de ataque, meio cinturão, fogo contínuo! — ordenou, no papel de comandante, e lentamente moveu a arma da esquerda para a direita.

A visão de um punhado de alemães verde-acinzentados surgindo, aos saltos, de trás de um monte quase o fez sufocar de fúria. Em vez de pensar que tinha que se defender das agressões de um inimigo astuto e ardiloso, Filiáchkin viu a si mesmo como o agressor.

Um único e simples pensamento, como um eco do fogo triturante da metralhadora, tomou por completo a consciência do primeiro-tenente Filiáchkin. Esse pensamento lhe forneceu uma explicação para todas as coisas importantes: seu sucesso e suas decepções, seu sentimento de condescendência para com seus pares que ainda eram meros tenentes e sua inveja dos que já haviam alcançado a patente de major ou tenente-coronel. "Comecei como metralhador e vou acabar como metralhador." Esse pensamento simples e claro era uma resposta a tudo o que o havia perturbado nas últimas horas. Para o metralhador Filiáchkin, todas as coisas ruins e dolorosas da vida deixaram de ter importância.

Tchvedkov nunca conseguiu enfaixar o ombro de Filiáchkin com tiras de pano rasgadas de um roupão de banho. De súbito, Filiáchkin perdeu a consciência, bateu com o queixo na parte de trás da metralhadora e caiu morto no chão.

Um observador da artilharia alemã estava de olho na metralhadora de Filiáchkin fazia algum tempo. Quando ela se aquietou, suspeitou de algum estratagema.

Tchvedkov não chegou a beijar os lábios mortos do comandante do batalhão. Não teve tempo de prenteá-lo, nem de sentir o peso do comando que deveria assumir após a morte do outro, pois foi ele mesmo morto por um projétil certeiro que atravessou a seteira de seu pequeno esconderijo.

Kováliov era agora o oficial comandante do batalhão, mas não sabia disso — havia perdido contato com Filiáchkin no início do ataque alemão.

Kováliov em nada lembrava o jovem cabeludo e ávido que, dois dias antes, relia legendas em fotografias e versos copiados em um caderno escolar. Nem mesmo sua própria mãe o teria reconhecido naquele homem de aparência exausta — de voz rouca, olhos inflamados e mechas de cabelos grisalhos, com camadas de poeira, emplastrados na testa.

Ele havia sofrido uma grave concussão. Seus ouvidos estalavam e zumbiam. A cabeça parecia pegar fogo. Sangue escorria de seu nariz, fazendo cócegas no queixo e ensopando o peito, que estava sempre limpando com a mão.

Caminhar tornou-se difícil. Caiu no chão várias vezes, e rastejou por um bom trecho antes de conseguir firmar-se de pé.

Apesar das várias horas de bombardeios e repetidos ataques de infantaria, sua companhia tinha sofrido menos baixas do que as outras companhias e subunidades.

Kováliov reuniu em um círculo estreito o que restava de seus homens. Eles haviam mantido um fogo surpreendentemente denso e concentrado. Quando os alemães atacaram, foi como se os mortos voltassem a pegar em armas, ombro a ombro com os vivos.

Em meio à poeira e à fumaça, viu rostos tensos e sombrios. Seus homens disparavam submetralhadoras, comprimiam-se contra o chão enquanto bombas e granadas explodiam ao redor, punham-se de pé novamente, atiravam e depois se aquietavam enquanto observavam as criaturas verde-acinzentadas avançando de todos os lados.

Esses momentos de silêncio enquanto o inimigo se aproximava traziam uma complexa mistura de medo e alegria.

Costas, braços e pescoços se retesavam. Dedos agarravam as alavancas de granadas de mão, puxavam os pinos de segurança e esperavam. Toda a tensão que os homens sentiam à medida que os alemães se aproximavam concentrava-se nessas mãos segurando com força as granadas.

E então o ar se enchia de poeira e o barulho tornava impossível pensar. Para Kováliov, o som das granadas soviéticas era totalmente diferente do das granadas alemãs — da mesma forma que as vozes dos naturais de Nijni-Novgorod, com seus Os longos e acentuados, diferiam dos gritos guturais de berlinenses e bávaros. E mesmo que os gritos dos defensores fossem inaudíveis no alarido, não havia dúvida de que as granadas antitanque explodindo sobre a estação ferroviária, sobre a cidade como um todo e até sobre o Volga vociferavam a mais terrível das maldições russas.

A poeira se dispersava. Da escuridão pedregosa emergiam pilhas de escombros, cadáveres, tanques alemães esmagados, canhões tombados de lado, uma ponte caída e casas abandonadas. E enquanto a infantaria alemã mais uma vez se preparava para atacar, sua artilharia retomava, com renovada determinação, a tarefa de pulverizar pessoas e pedras.

Kováliov passou por muitas experiências nesses minutos.

Houve momentos em que sua consciência se apagou, restando-lhe apenas uma sensação de velocidade e determinação desesperada, como se não existisse nada no mundo a não ser o alvoroço de figuras cinzentas e o rangido triturante dos tanques. Os alemães avançavam em pequenos grupos, geralmente em diagonal. Às vezes parecia que estavam apenas fingindo avançar e que seu verdadeiro objetivo era recuar. A impressão era de que alguém os empurrava por trás, e que se precipitavam com ímpeto a fim de escapar dessa pressão invisível, correndo de um lado para outro antes de se espalhar e voltar para trás. Kováliov queria dar fim a esse jogo enganoso. Com calma e cuidado, escolheria seu alvo, determinando rapidamente, com seus olhos aguçados, se um inimigo havia caído no chão, encontrara abrigo, caíra morto ou estava apenas ligeiramente ferido.

Às vezes, os homens que corriam em direção a Kováliov pareciam meras figuras de papelão, inofensivas e desprovidas de vontade própria; às vezes, ele tinha uma visão clara de homens tomados pelo horror da morte. Em outras ocasiões, contundido, coberto de sangue, com o osso do dedo indicador dolorido por conta do gatilho rígido da submetralhadora, não apenas sua mente, mas todo o seu corpo — pernas, braços, ombros e costas — sentia que esses homens, em hostes ou pequenos grupos, tinham apenas um objetivo, eram movidos por uma única e frenética determinação: chegar ao pequeno fosso onde uma companhia do Exército Vermelho estava escondida. Depois ele ficava tenso e furioso; sua respiração vinha apenas em breve suspiros e tudo mais desaparecia, exceto a contagem de balas, os pensamentos sobre o novo cartucho caído a seu lado e a preocupação sobre a distância que os soldados alemães seriam capazes de percorrer enquanto ele recarregava: conseguiriam alcançar o poste torto com fios de arame pendurados? Conseguiriam chegar à guarita destelhada?

Kováliov gritava, e sua voz se fundia ao som da submetralhadora. Parecia que eram suas próprias mãos, e a fúria dentro dele, que deixavam o cano da arma tão quente.

De quando em quando, a tensão arrefecia. Via-se um vislumbre de céu azul-claro e pairava um súbito silêncio — não o silêncio tóxico e doentio de antes do ataque, que atormentava e oprimia mais do que o estrondo dos canhões, mas um silêncio calmo, saudável, de bochechas coradas, que ele desejava que durasse para sempre.

E então uma lembrança aleatória, ou não tão aleatória, chispava por um instante em sua mente. Era de manhã bem cedo, e uma moça com braços pálidos e nus enxaguava a roupa de cama na margem de um rio; em seu braço esquerdo, via-se a leve cicatriz da vacina contra a varíola. Ela tinha torcido um lençol molhado até formar uma corda, que agora estava batendo contra uma tábua escura. Cada golpe dava origem a vários ecos e lançava no ar gotas de água cintilantes. A moça olhava para Kováliov; seus lábios entreabertos sorriam, mas havia em seus olhos algo de insolente. Ele podia ver os seios da jovem balançarem a cada vez que se inclinava para a frente e voltava a se endireitar, e podia sentir o calor vivo de seu corpo, assim como o cheiro de grama jovem e água fria. A moça sabia da avidez com que ele olhava para ela, e isso a agradava e a aborrecia. Ela gostava dele, e de alguma forma era estranho e engraçado que ambos fossem tão jovens.

Em seguida, outra lembrança. O tenente Chápochnikov, pálido e de lábios grossos, seu companheiro de viagem de apenas alguns meses antes, estava deitado no beliche superior de um vagão de trem. Tossindo, tentava fumar, mas sem saber como, uma das mãos sob o cigarro para impedir que as cinzas caíssem sobre os passageiros sentados no beliche de baixo. Depois, estavam ambos sentados a uma mesa com uma farta variedade de comida em um rico apartamento na cidade, naquela mesma Stalingrado, em algum lugar a nordeste da pequena parede sob a qual ele agora estava deitado, e uma bela moça olhava para ele com expressão alegre. Várias outras pessoas também olhavam para ele: um robusto médico militar com insígnias de especialização nas abas do colarinho; dois velhos — um narigudo de testa larga, o outro de cabelos pretos e grossos e uma expressão um tanto sombria —; e um jovem irrequieto de olhos escuros que recitava poemas copiados em seu caderno.

Eram pessoas gentis e encantadoras, mas agora Kováliov se sentia irritado com elas, e tinha uma vaga sensação de superioridade.

Se aquela linda mulher de pescoço branco como alabastro pudesse vê-lo agora, entenderia por que havia ficado tão chateado e enfurecido. Eles estavam falando sobre a morte — nada menos que a morte. Ninguém àquela mesa tinha o direito de fazer piadas tolas e ironias sobre a longa retirada do Exército Vermelho. A maneira como tinham olhado para ele, como se fosse uma criança, o tom condescendente das perguntas que haviam feito, como se só conseguissem ver que ele vinha de uma aldeia, que ainda era jovem, recém-formado no curso de treinamento...

O coração e a alma de Kováliov, entretanto, eram de fato os de uma criança. Sua experiência de vida, seus sonhos e angústias, seus momentos de grosseria, sua fé cristalina e suas dúvidas — tudo nele ainda era adolescente. E agora estava vivenciando a amarga e impiedosa realização de seus sonhos de adolescente. Nas últimas horas de sua vida ele amadureceu; tornou-se a figura séria e inabalável que tanto desejava ver quando, muito tempo atrás, antes de ir para a cama, franzia a testa enigmaticamente para um espelhinho de bolso forrado com papel vermelho amarrotado. E sua nova força e virilidade seriam irrefutáveis para qualquer um que pudesse vê-lo — não apenas para seus amigos e companheiros da aldeia, não apenas para sua mãe e a menina que uma vez lhe dera uma fotografia com o carimbo "Um beijo apaixonado", mas até mesmo para seus inimigos mais ferozes.

Querendo compartilhar seus sentimentos com outra pessoa, de modo a preservá-los e impedir que se perdessem para sempre, Kováliov pegou seu pequeno caderno, tocou a fotografia embrulhada em celofane e passou os olhos pelos poemas copiados em uma caligrafia bela e graúda por um jovem que agora era outro. Arrancou uma folha e começou a escrever um relatório.

11h30, 20-09-42.
Relatório
Ao primeiro-tenente de guardas Filiáchkin.
Situação atual:
O inimigo está o tempo todo na ofensiva, tentando cercar a companhia e infiltrar submetralhadoras atrás de nossas linhas. Por duas vezes enviou tanques contra nossas posições, mas repelimos seus ataques. Os boches só atingirão seu objetivo depois que passarem por cima do meu cadáver. Meus homens estão aguentando firme, dispostos a morrer a morte dos bravos para não deixar o inimigo passar por nossas defesas. Que o país inteiro saiba do heroísmo da 3ª Companhia de Rifles. Enquanto o comandante da companhia estiver vivo, nenhum dos filhos da puta vai passar. Terão que esperar até que o comandante da companhia seja morto ou gravemente ferido. O comandante da 3ª Companhia se encontra agora em uma situação difícil. Está fisicamente fraco e sofrendo de perda de audição. Sua cabeça rodopia. Seu nariz sangra e ele desaba no chão. Apesar de tudo, a 3ª Companhia de Rifles não recuará. Morreremos como heróis, pela cidade de Stálin. Que a terra soviética seja o túmulo do inimigo. Espero que nenhum desses vermes consiga passar. A 3ª Companhia dará todo o sangue de seus guardas por Stalingrado. Seremos os heróis da libertação da cidade.

Tendo assinado o relatório e dobrado a folha em quatro (enquanto escrevia, o papel branco ficara marrom-escuro, por conta do sangue na palma da mão), Kováliov chamou Ríssev e disse:
— Entregue isto ao comandante de batalhão![248]

---

[248] Esse documento é baseado no relatório de uma figura real, o comandante de companhia Kolaganov. Grossman carregou-o em seu estojo de mapa durante toda a guerra. Ele o reproduziu primeiro em seu artigo "Tsarítsin — Stalingrado", e depois em *Stalingrado*. Para uma discussão sobre a batalha pela estação ferroviária, ver Michael K. Jones, *Stalingrad*, pp. 121-7. O relato de Grossman condensa três eventos separados em um: a defesa da estação ferroviária, que na realidade durou apenas 24 horas, e a subsequente defesa primeiro da loja de departamentos Univermag e depois da fábrica de pregos, onde Kolaganov escreveu o relatório. É provável que Grossman conhecesse a verdadeira sequência de eventos e tenha optado por empregar uma licença dramática.

Em seguida, abriu um pequeno medalhão de metal pendurado numa corrente no pescoço. Era um presente dos pais, para o caso de se ferir gravemente ou ser morto. Acima dos detalhes oficiais — nome, patente, posição, endereço e grupo sanguíneo —, ele escrevera: "Quem ousar examinar o conteúdo deste medalhão, peço-lhe que o encaminhe a meu endereço residencial. Meus filhos! Estou no outro mundo. Que vocês vinguem meu sangue. Adiante rumo à vitória, meus amigos, em nome da pátria, pela gloriosa causa de Stálin!".

Kováliov não era casado e não fazia ideia de por que escrevera a filhos que não existiam. Mas precisava daquilo. Queria que uma lembrança lúgubre e honrosa de sua pessoa perdurasse no mundo. Era um marido da guerra. Não queria aceitar que a guerra estivesse interrompendo sua curta vida, que jamais conheceria a paternidade, tampouco seria o marido de uma mulher. Estava escrevendo essas palavras poucos minutos antes de morrer. Estava lutando por seu próprio tempo futuro. Com apenas vinte anos de idade, não queria ceder à morte. Aqui também permanecia firme, determinado a conquistar.

Ríssev voltou do posto de comando do batalhão, surpreso por ainda estar vivo.

— Não há ninguém lá, camarada tenente. Não há a quem entregar o relatório. Estão todos mortos. Não restou um único mensageiro.

Mas Ríssev não foi capaz nem mesmo de devolver o documento. Kováliov jazia morto, com o peito em cima da mochila, a mão na submetralhadora carregada.

Ríssev deitou-se ao lado dele e pegou a submetralhadora, afastando com o ombro o corpo de Kováliov um pouco para a direita. Viu que os alemães se preparavam para atacar novamente, reunidos em pequenos grupos, correndo atrás de tanques queimados e gesticulando uns para os outros. Além do som de explosões de granadas, agora Ríssev podia ouvir, vindo de algum lugar ao lado, o movimentado matraquear de suas submetralhadoras.

Ríssev contou as granadas que ainda restavam e deu uma olhada rápida em Kováliov. Viu um pequeno talho escuro em sua testa, entre as sobrancelhas. O vento batia em seu cabelo louro. Seus olhos estavam escondidos sob os cílios delicados e, com expressão doce e consciente, fitavam o chão, sorrindo para algo que só ele sabia, que ninguém além dele jamais saberia.

"Instantânea: na ponte do nariz", pensou Ríssev, horrorizado com a rapidez da morte, mas também com inveja.

46

Kováliov foi o último dos comandantes a ser morto, quarenta e oito horas depois de o batalhão ter capturado a estação ferroviária.

Os sargentos também estavam quase todos à beira da morte ou gravemente feridos.

Paralisado de medo, o primeiro-sargento Dodónov deitou-se no chão. Ninguém falava com ele, tampouco tomava conhecimento de sua presença.

O subtenente Marchenko também estava imóvel, com sangue escorrendo do nariz e das orelhas; tinha sofrido uma grave concussão, causada pelo mesmo projétil que matara Kováliov.

Mas a morte de Kováliov não diminuiu a determinação dos soldados rasos. Enquanto estavam vivos, Konaníkin, Filiáchkin, Tchvedkov, Kováliov e os instrutores políticos e comandantes de pelotão haviam lutado como soldados comuns do Exército Vermelho — o que era natural e esperado. Depois que todos os comandantes foram mortos, um soldado raso assumiu o comando, e isso parecia igualmente natural.

Na vida cotidiana, muitas pessoas reúnem os atributos necessários para exercer funções de liderança, embora seus dons nem sempre sejam evidentes. Sua grandeza não reside na capacidade de responder habilmente a mudanças sociais superficiais, mas em sua força de caráter, em sua capacidade de permanecerem fiéis a si mesmas. Quando os dramas da vida estão sendo encenados no nível mais profundo, são essas pessoas que se apresentam, e sua modesta força é de súbito reconhecida.

Ninguém nomeou ou elegeu Vavílov como comandante, mas não era de forma alguma surpreendente que os soldados remanescentes do batalhão reconhecessem suas habilidades e entendessem que ele era um líder tão forte e capaz quanto o próprio comandante de exército.

Mesmo antes da guerra, já houvera momentos em que Vavílov atuara como um líder: no trabalho agrícola, junto a seus colegas, na floresta, durante a derrubada de pinheiros, ou num ventoso dia de outono, quando toda a aldeia se viu ameaçada por um incêndio. Enquanto os outros aldeões preocuparam-se apenas em apagar o fogo de suas próprias isbás, Vavílov assumiu as rédeas, ordenando que cuidassem do armazém de grãos do colcoz e da escola, que já estava em chamas. Em outra ocasião, levantara seu machado sobre a cabeça do barqueiro. O idiota da aldeia, Andriúchka Orlov, estava à beira de se afogar, e o barqueiro relutava em salvá-lo.

Agora também, e sem sequer pensar nisso, os soldados começaram a recorrer a Vavílov em busca de conselhos e a se reunir em torno dele. E quando Vavílov mandava compartilharem tudo o que tinham, ninguém escondia biscoitos no bolso nem se calava sobre a água que ainda havia em seus cantis.

Vavílov dividiu os soldados em pequenos grupos. Comeu pão com esses homens e marchou ao lado deles. Conhecia os pontos fortes e fracos de todos, e seu bom senso sobre quem colocar no comando de cada grupo era infalível.

Ele apertou ainda mais o anel de defesa, posicionando os homens onde havia linhas de visão claras e paredes robustas atrás das quais se abrigar.

Para seu próprio grupo, no centro do anel, escolheu Réztchikov, Ussúrov, Muliartchuk e Ríssev. Sempre que um dos outros grupos se via sob pressão, logo ia em seu auxílio.

Vavílov separou uma reserva de cartuchos, pentes, granadas e pinos e posicionou as equipes de metralhadores atrás de uma espessa parede de concreto que apenas o mais pesado dos projéteis seria capaz de penetrar.

Em questão de apenas alguns dias os soldados aprenderam a sombria arte da guerra urbana. Assim como entendiam o funcionamento de uma equipe de trabalho, agora entendiam o funcionamento de uma tropa de assalto. Decifraram seu tamanho ideal e as leis que determinavam seu sucesso. Cada homem era importante, mas sua importância só poderia ser percebida se o grupo funcionasse bem em conjunto.

Eles sabiam quais eram suas armas mais valiosas: a granada de mão F-1, a submetralhadora e a metralhadora da companhia. Apelidaram a F-1 de "Fenka" — nome não oficial pelo qual, mais tarde, ela se tornou conhecida por todos os soldados soviéticos. Também descobriram o poder de destruição de uma sapa.

Réztchikov, taciturno e melancólico durante a longa marcha na margem esquerda, recobrou o ânimo. O sempre sensível Záitchenkov, de cuja boca ninguém jamais ouvira sair um palavrão, passou a manifestar uma furiosa insensatez, praguejando depois de cada palavra. Ussúrov, antes ganancioso e briguento, agora era amável e generoso; doou a Ríssev metade de sua ração de tabaco e toda a sua ração de pão. Mas ninguém passou por uma mudança mais drástica do que o enfermiço e outrora obtuso Muliartchuk, que agora estava quase irreconhecível. Até mesmo seu rosto mudara; as rugas na testa, que lhe conferiam um olhar sempre perplexo, haviam se fundido em um sulco de severidade intimidante; suas sobrancelhas brancas levantadas agora encontravam-se na ponte do nariz, enegrecidas de poeira e fuligem. Por duas vezes ele tinha ficado preso numa trincheira por um tanque alemão, e por duas vezes saíra rastejando e, de uma distância inconcebivelmente curta, destruíra o blindado inimigo com uma granada.

Alguns dos que antes agiam com reserva eram agora simpáticos e generosos com seus camaradas. Alguns dos que sempre manifestavam alegria e despreocupação mostravam-se agora sombrios e macambúzios.

Vavílov, no entanto, permaneceu como sempre. Era o mesmo homem que a esposa, a família e os vizinhos conheciam; o homem que se sentava em sua isbá à noite e mergulhava o pão numa caneca de leite; o homem que trabalhara no campo, na floresta e nas estradas.

A guerra ensina a distinguir as leis do comportamento humano. Enquanto a vida é calma, os fracos de espírito podem parecer fortes e engenhosos; podem enganar não apenas os outros, mas também a si próprios. Uma dificuldade repentina, porém, é o bastante para revelar sua fraqueza. Há também aqueles, calados e tímidos, que alcançam pouco sucesso na vida; são considerados fracos e muitas vezes acabam por acreditar em sua aparente fraqueza. Mas, quando colocados à prova, revelam sua verdadeira força, surpreendendo todos ao seu redor. E por fim existem as pessoas de elevada estirpe espiritual, aquelas que permanecem fiéis a si mesmas inclusive enquanto passam pelas mais terríveis provações; seu sorriso, seus gestos, sua lucidez, suas vozes calmas, sua gravidade, sua franqueza, suas mais ínfimas peculiaridades e as leis fundamentais de seu ser — tudo permanece igual tanto nas tempestades como nos momentos de calmaria.

Ao cair da noite, os soldados que ainda ocupavam os edifícios da estação estavam oprimidos pela exaustão. Adormeciam no meio da conversa, ao som de rajadas de tiros e explosões de granadas.

E então, às duas da manhã, no breu total, enfrentaram algo novo e terrível: um ataque noturno.

Os alemães não lançaram sinalizadores. Rastejaram pelo chão, vindos de todos os lados. Durante toda a noite, a carnificina continuou. As estrelas desapareceram atrás das nuvens e a escuridão se aprofundou — talvez para evitar que os homens vissem o ódio e a fúria nos olhos uns dos outros. Tudo se converteu em arma: facas, pás, tijolos, os solados de aço das botas.

A escuridão estava povoada de gritos, de gemidos e chiados, de tiros de pistola e fuzil, de rajadas curtas de disparos de metralhadora, das vidas que partiam depois das últimas golfadas e gorgolejos.

Os alemães atacaram em chusmas esmagadoras. Onde quer que se ouvisse o som de combate, de repente surgiam seis deles contra um ou dois russos. Eles lutavam com facas e punhos. Miravam a garganta. Estavam frenéticos, furiosos.

Apenas raramente chamavam-se uns aos outros, uma vez que cada palavra em alemão implicava o tiro de um soldado do Exército Vermelho escondido em meio às ruínas. O mesmo acontecia quando usavam lanternas vermelhas e verdes para se comunicar — tiros rápidos imediatamente os forçavam a desligar as luzes e se jogar no chão. Um minuto depois iniciava-se uma nova luta, com suspiros, gemidos e rangidos de metal.

No entanto, estava claro que os alemães seguiam um plano.

O anel de defesa continuou a se comprimir. Os fossos e pequenas trincheiras que protegiam os soldados do Exército Vermelho se aquietaram; minutos depois, viam-se piscadelas furtivas de luz vermelha e verde e sussurros em uma língua estrangeira. E por fim um grito perverso e desesperado, um estrépito de pedra e o som de tiros. Um minuto depois, uma luz verde já piscava em um novo lugar.

Um raio amarelo, uma solitária granada de mão, um alvoroço de movimento, um apito penetrante — e depois o silêncio, seguido por uma rápida piscadela verde e uma faísca vermelha em resposta. Outro silêncio, outra chama amarela repentina, como se alguém tivesse aberto por um segundo a porta da ferraria da aldeia, outra granada, um prolongado "A-a-a-a!" — e ato contínuo o grito vivo cessava, como que mergulhado no silêncio. E uma luz verde cuidadosa e vigilante piscava ainda mais perto.

Para todos os que ouviam a distância, era claro que a luta do batalhão estava quase no fim.

Mas ainda era possível ouvir sussurros em russo. Em silêncio, alguns homens ainda empilhavam pedras e reforçavam paredes, preparando-se para continuar a luta ao amanhecer.

Sua posição estava cercada por fossos e crateras. Na escuridão, era inexpugnável.

Deitado de lado e respirando pesado, Ríssev cochichou com os homens deitados perto dele:

— Eles me encurralaram feito um lobo. Escapei por um triz. Tive apenas um leve ferimento no ombro esquerdo. Quanto a Dodónov, ouvi o desgraçado fugindo de fininho para se render.

— Será que o mataram? — perguntou Réztchikov.

— Não, verifiquei tudo. Vi a submetralhadora e as granadas... mas nada dele. Um filho da puta!

No escuro, tateou em busca da mão de Vavílov e disse:

— É bom estar com homens em quem posso confiar.

— Não se preocupe, não vamos abandoná-lo — falou Réztchikov.

— Por favor — pediu Ríssev. — Estou ferido.

Ríssev havia perdido muito sangue e sua cabeça girava. Havia momentos em que se esquecia de onde estava. Murmurava um pouco, depois emudecia.

— Vera, venha cá — disse ele, com uma voz calma e clara. E, após um breve silêncio: — Vera, por que está demorando tanto?

Ele não conseguia entender por que a esposa estava sendo tão lenta. Por algum tempo, não disse nada. Depois, um novo pensamento veio à sua mente febril:

— Semiônovitch... Piotr... o que você acha? Vão abrir um segundo front em breve?

— Psiu! — disse Vavílov. — Fique quieto.

— Quero saber se vão abrir um segundo front. Sim ou não?

Ríssev sussurrou com raiva. Em seguida, a plenos pulmões, falou:

— Você não está me ouvindo? Eu quero saber. Ou é tão cego que acha que isso não diz respeito a você?

Réztchikov pôs a mão sobre a boca de Ríssev.

— Pare com isso, seu idiota!

— Deixe-me em paz, deixe-me em paz — murmurou Ríssev, sufocando e tentando afastar a mão do companheiro.

Os alemães ouviram. Algumas rajadas de balas traçantes cor de sangue passaram zunindo por cima deles, e alguns alemães, aos gritos, chamaram os prenomes uns dos outros. Depois, tudo silenciou. Os alemães deviam ter concluído que se tratava apenas de um moribundo, em delírio, berrando. E era exatamente isso.

— Quem está aí? — perguntou Vavílov abruptamente.

Ouviu-se o baque surdo de uma pedra caindo. Alguém vinha rastejando na direção deles.

— Sou eu, sou eu! — veio a voz de Ussúrov. — E vocês ainda estão vivos! Pensei que os alemães tivessem acabado com vocês.

Após uma pausa, acrescentou:

— Tem um cigarro?

— Primeiro, cubra-se com o capote — falou Vavílov.

Ussúrov deitou-se ao lado de Ríssev e, muito devagar, fungando e limpando a garganta, puxou o capote sobre a cabeça.

— Como posso reconhecê-los no escuro? — Ussúrov perguntou a si mesmo em voz alta, tirando a cabeça de debaixo do capote.

Sua necessidade de falar com os camaradas devia ser mais forte do que a vontade de fumar. Ele apagou o cigarro e disse num sussurro rápido:

— Um deles estava rastejando. Havia algo diferente nele. Não se movia como nós, e o barulho que fazia era diferente também, mais parecido com o barulho de um animal. Mas não ousei atirar, apenas usei as mãos.

Muliartchuk estava construindo muros, trabalhando com rapidez e em silêncio.

— Você é um bom construtor — sussurrou Réztchikov, sem querer ouvir o que Ussúrov estava dizendo.

— Eu fabricava fogões — respondeu Muliartchuk. — Ainda agora estava pensando em como a vida era boa. Depois do trabalho, voltava direto para casa. Morava na cidadezinha do distrito.

— Está tudo calmo agora — disse Vavílov. — Provavelmente vão ficar quietos até o amanhecer. Mas não fale muito alto!

— Você é casado? — Ussúrov perguntou a Muliartchuk.

— Não, eu morava com a minha mãe, em Polonnoie — respondeu Muliartchuk, feliz por sentir que sua vida interessava a alguém.
— Minha mãe é uma boa mulher. E fui um bom filho, dava a ela tudo que ganhava. Mas ela se preocupava muito. Quando havia alguma reunião à noite ou alguma coisa me prendia no trabalho, ia me procurar. Eu não bebia e não saía com mulheres. Era fabricante de fogões no colcoz da cidadezinha do distrito.

— Eu era viúvo e não tinha filhos — disse Réztchikov.

Como Muliartchuk, ele agora falava de si mesmo no passado.

— Ah, irmão, como eu amava a vodca! Amava a vodca como um gato ama o leite, e as mulheres me amavam. Nunca me diziam "não".

— Vamos sentar aqui juntos — disse Ussúrov. — Temos até o amanhecer. E esqueça esses muros... agora já não podemos manter a morte longe de nós.

— Verdade — concordou Vavílov. — Só pensei que deveríamos continuar trabalhando, para tornar a morte menos assustadora.

— Mas estamos fodidos — constatou Ussúrov. — Talvez devêssemos simplesmente atirar em nós mesmos.

— O que eu acho — disse Vavílov — é que devemos ficar sentados aqui juntos, até o dia raiar. E por que atirar em nós mesmos? Ainda não estamos sem munição.

— Conte-nos uma de suas histórias, Réztchikov — pediu Ussúrov.

— Passei a vida inteira contando histórias — falou Réztchikov. — Não tenho muito mais tempo. Deixem-me ficar quieto por um minuto antes de morrer.

Articulando cada sílaba, para que suas palavras fossem lembradas, Muliartchuk declarou:

— Minha mãe se chamava Mária Grígorievna, e eu sou Mikola Mefodíevitch.

Muliartchuk ficou chateado ao pensar que, a menos que lhes contasse agora, seus camaradas jamais saberiam sobre a beleza de Polonnoie no verão e sobre a excelência das refinarias de açúcar locais. Tampouco saberiam que sua mãe era uma boa mulher e uma hábil costureira. Em uma mistura de russo e ucraniano, continuou:

— Minha mãe sabia costurar qualquer coisa, mas costurava principalmente para os camponeses da aldeia. Para os homens, no inverno, fazia casacos e jaquetas acolchoadas; para as mulheres, jaquetões chamados *sachki*; além de *korsetki*, que são coletes de cores vivas, e saias bordadas para os dias sagrados, que chamamos de *lichtvi*. Isso para não falar de saias lisas, jaquetas leves de verão... Não, não havia nada que ela não soubesse fazer... Quanto a mim, eu fazia fogões. Fogões grandes, fogões pequenos, fogões com bancos de dormir... Por oito anos trabalhei em Polonnoie, Iampol e nas aldeias ao redor. As pessoas diziam que eu fazia bons fogões.

Calmamente, sem medo dos alemães, Vavílov riscou um fósforo e acendeu um cigarro. Todos viram duas lágrimas negras escorrendo por suas bochechas encardidas.

— Vá em frente, Muliartchuk — disse ele. — Conte mais! Eu pretendia construir um fogão novo no próximo verão.

Ussúrov se abaixou para aproveitar o fogo do fósforo de Vavílov. A luz incidiu sobre suas palmas enormes.

— Feriu as mãos? — perguntou Vavílov.

— Não, este sangue não é meu. Derrubei dois deles com uma pá. Enquanto vinha rastejando para cá.

Com um soluço, Ussúrov acrescentou:

— Somos como feras selvagens agora.

Em seguida, ouvindo atentamente, e quase ofegando, disse:

— O Ríssev não está mais fazendo som nenhum, parou de respirar.

Ele se levantou, sentou-se de novo e olhou ao redor.

— O céu parece um casaco de pele. As nuvens nunca são tão densas assim em Samarcanda, nem mesmo em julho.

Angustiado, tocou em Réztchikov:

— Não durma, não durma. Sente-se e converse um pouco mais.

— Não tenha medo, Ussúrov — falou Vavílov. — Homens melhores do que nós já morreram. Eu só queria poder ver minha casa de novo, por um minuto que fosse. Mas a morte não é nada, não é diferente do sono.

— E você ainda tem uma barra de chocolate para dar à sua filha — disse Réztchikov com um sorriso.

Um sinalizador soviético apareceu sobre o Volga. Amadureceu como uma espiga de trigo — de início, cor de cera, em seguida branco leitoso, depois amarelo. Por fim caiu, desbotou e espalhou seus grãos. E a noite enegreceu ainda mais.

Os homens esperaram em silêncio pelo amanhecer, trocando apenas uma ou outra palavra ocasional. Não há como saber em que pensaram, nem sequer se cochilaram por alguns minutos. Mais tarde, porém, estavam em guarda, observando, resignados, ansiosos e inquietos enquanto a luz brotava, em silêncio, da escuridão que enchia o céu e a terra.

A terra em volta adquiriu um matiz preto mais sólido, enquanto o céu ainda escuro começou a se separar dela, como se a terra tivesse retirado um pouco da escuridão do céu e essa escuridão descamasse, assentando-se sobre a terra em flocos silenciosos. Já não havia uma escuridão única no mundo, mas duas: a escuridão calma e uniforme do céu e a escuridão densa e insana da terra.

E então o céu clareou um pouco, como que tocado por cinzas, enquanto a terra continuou a se encher de trevas. A linha que os separava começou a se fragmentar, a perder sua retidão; pequenos entalhes e saliências surgiram na superfície. Mas isso não era ainda luz na terra; era a escuridão que se tornava mais aparente à medida que o céu aclarava. Então as nuvens apareceram. Uma delas — a menor e mais alta — soltou como que um suspiro, e as cores ligeiras do calor vivo tocaram seu rosto frio e pálido.

À beira do Volga, soldados semiadormecidos de outros batalhões da 13ª Divisão de Guardas ouviram um repentino tumulto na estação ferroviária: granadas, rajadas de metralhadora, gritos de alemães, tiros de fuzil, bombas de morteiro, o ribombar de um tanque.

— Eles continuam lutando — disseram, espantados. — São mesmo durões!

Mas nenhum desses soldados soviéticos viu os raios oblíquos do sol caírem por um momento sobre um homem de meia-idade que saiu de um fosso negro, atirou uma granada e olhou ao redor, seu olhar reluzente e alerta incompatível com as roupas rasgadas e a barba preta e hirsuta no rosto encovado.

Competindo entre si, as metralhadoras alemãs se apressaram a abrir fogo contra o homem, que continuou parado em uma brilhante nuvem de poeira amarelada. E então, quando ele desapareceu, foi como se, em vez de se desfazer no chão na forma de um caroço ensanguentado, tivesse se dissolvido naquela névoa de poeira que rodopiava no sol da manhã.

47

No dia seguinte, as equipes de sepultamento alemãs trabalharam sem parar, coletando os cadáveres de soldados e oficiais e carregando-os para os caminhões.

Em uma colina deserta nos arrabaldes no oeste da cidade, inspetores demarcaram o terreno para as sepulturas. Destacamentos especiais preparavam caixões, cruzes, relva, seixos e tijolos; traziam areia para borrifar nas veredas do novo cemitério.

As cruzes eram perfeitamente alinhadas; a distância entre cada duas sepulturas, e entre cada duas fileiras de sepulturas, era sempre a mesma. Os caminhões continuavam chegando, levantando nuvens de poeira enquanto traziam os cadáveres, os caixões vazios e cruzes resistentes produzidas em fábricas, impregnadas de um composto químico para protegê-las da umidade.

Em pequenas placas ornamentais retangulares, uma equipe de pintores gravava em escrita gótica preta o prenome, sobrenome, patente e data de nascimento de cada um dos mortos.

Havia centenas de nomes e sobrenomes diferentes, centenas de diferentes datas de nascimento, mas cada placa exibia a mesma data de morte — o dia da invasão da estação ferroviária.

Lenard e Bach vagaram pelas ruínas, olhando para os corpos dos soldados soviéticos.

Vez por outra, Lenard tocava os cadáveres com a ponta de suas elegantes botas, perguntando-se se poderiam conter algum segredo. Queria saber qual era a fonte oculta da obstinação sombria e monstruosa daqueles homens que agora jaziam mortos no chão. Eles pareciam estranhamente pequenos, com seus rostos cinzentos ou amarelados, túnicas verdes e botas ásperas, perneiras pretas ou verdes.

Alguns tinham os braços estendidos; outros estavam sentados; outros ainda, enrodilhados numa bola, como se sentissem frio. Muitos jaziam sob uma fina camada de pedra e terra. Via-se uma bota de *kirza* com o salto quebrado projetando-se de um buraco aberto por uma granada. Um homem magro e esguio desabara com o peito pressionado contra a saliência de uma parede. Sua mão pequena ainda segurava o pino de uma granada de mão, mas ele tinha o crânio despedaçado; devia ter morrido ao se levantar para lançar a granada.

— Esta trincheira parece um depósito de cadáveres — disse Bach.
— Devem ter trazido todos os mortos para cá. Olhe, parece um clube social. Alguns estão sentados, outros deitados, e este aqui poderia estar fazendo um discurso.

Outra trincheira parecia mais um abrigo; devia ter servido como posto de comando. Entre vigas estraçalhadas, os dois oficiais encontraram um transmissor de rádio e a caixa verde e lascada de um telefone de campanha.

Viram um comandante caído com a cabeça encostada numa metralhadora com o cano esmagado e torcido. Perto dele, um homem cujo paletó trazia na manga uma estrela de comissário. Encurvado na entrada, um soldado comum, provavelmente um telefonista.

Junto ao comissário, havia uma mochila caída. Com um olhar de repugnância, Lenard pegou a mochila entre o polegar e o indicador e ordenou a um soldado que retirasse o estojo do mapa do oficial encostado na metralhadora.

— Leve para o quartel-general — acrescentou. — É melhor nosso tradutor dar uma olhada nisso.

— Isto aqui é muito diferente das nossas trincheiras abandonadas — disse Bach, segurando um lenço contra o nariz. — As nossas estão cercadas por pilhas de jornais e revistas, mas aqui há apenas uma pilha de merda.

— Talvez não limpassem a bunda — respondeu Lenard —, mas notei algo mais importante. Este lugar era um posto de comando. Esses homens eram oficiais e, a julgar pela maneira como seus corpos estão inchados, foram mortos no primeiro dia de combate. Sempre presumimos que os soldados russos carecessem de iniciativa. Mas parece que os soldados rasos aqui na estação continuaram lutando como feras teimosas, mesmo sem seus oficiais.

— Vamos embora — disse Bach. — Esse cheiro está revirando meu estômago. Vou passar dias sem conseguir comer carne em conserva.

Avistaram um pequeno grupo de soldados alemães.

— Olhe — falou Bach. — A camaradagem soldadesca!

Gesticulou na direção de Stumpfe, que havia colocado o braço em volta de Ledeke e fingia empurrá-lo para um cadáver que tinha um dos braços esticado no ar.

— Você é um tolo sentimental — explodiu Lenard, subitamente irritado.

— O que você quer dizer? — respondeu Bach, apreensivo. Será que Lenard estava zombando dele por conta de sua longa confissão durante a primeira noite em Stalingrado? Ele tinha sido um tolo por falar daquele jeito com um nazista, com um tenente da ss que, segundo as más línguas, fazia parte da Gestapo. — Não compreendo. Você não acha que a camaradagem soldadesca é uma coisa maravilhosa?

Mas Lenard não respondeu. Não foi capaz de dizer que aquele mesmo Stumpfe que todos amavam lhe entregara há poucos dias uma denúncia por escrito contra Ledeke e Vogel, acusando-os de expressarem opiniões subversivas.

Os dois oficiais seguiram seu caminho, enquanto os soldados continuaram perambulando pelas ruínas.

Ledeke olhou para um porão com o teto desabado.

— Este lugar deve ter sido um posto médico — disse.

— Olhe, Ledeke, uma mulher! — disse Vogel. — Especialmente para você!

— Está um fedor e tanto.

— Não se preocupe. Em breve, juntarão alguns civis para vir aqui e enterrar tudo isso.

Ledeke olhou com expressão indiferente para os cadáveres e disse:

— Não vamos encontrar nada aqui. Duvido que haja até mesmo uma toalha ou lenço decentes.

Stumpfe, no entanto, continuou a procurar, chutando canecas e marmitas de lata para o lado e verificando cuidadosamente o escasso conteúdo das mochilas.

Numa delas, achou uma barra de chocolate embrulhada em um pano branco e limpo.

Entre alguns cadernos, papéis e cartas na mochila de um tenente, encontrou um canivete, um espelhinho e uma navalha bastante decentes. Fez uma pausa para descansar e descartou os achados.

Mas por fim sua diligência foi recompensada. Quando Lenard e Bach deixaram o abrigo subterrâneo dos comandantes, Stumpfe desceu. Num canto, encontrou um pacote semienterrado pelo barro.

O pacote continha roupas femininas elegantes. Tudo novo em folha; nenhuma peça havia sido sequer experimentada. Stumpfe ficou radiante.

Até começou a cantar.

— Olhem! — gritou. — Olhem só o que encontrei aqui! Um roupão de banho! Uma camisa com debrum de renda! Meias de seda! Um vidro de perfume!

48

Mária Nikoláievna Vavílova acordou bem cedo — alguns dias saía da cama antes das cinco — e chamou a filha em voz baixa:

— Nástia, Nástia, hora de levantar!

Nástia se espreguiçou, esfregou os olhos e começou a se vestir. Com a cara fechada, irritada e lamentando o quanto ainda se sentia cansada, começou a pentear os cabelos. Para se ajudar a acordar, puxou com violência o pente.

Mária cortou um pedaço de pão para o pequeno Vânia, que ainda dormia, serviu um pouco de leite e cobriu a caneca com uma toalha para que o gato não o bebesse antes de o menino se levantar. Em seguida, foi ao baú e guardou a sovela, a faca de pão e os fósforos — itens perigosos pelos quais Vânia sabidamente se interessava durante suas longas e solitárias manhãs. Abanou o dedo para o gato e olhou com expectativa para Nástia, que ainda bebia sua própria caneca.

— Está na hora de irmos! — disse.

— Pelo amor de Deus, espere pelo menos eu terminar meu pão! — pediu Nástia, soando como uma velha aldeã. Soltou um suspiro e acrescentou: — Desde que a senhora foi nomeada líder de brigada, ficou insuportável.

Mária foi até a porta, olhou ao redor do cômodo, voltou a entrar, abriu o baú, tirou um pouco de açúcar e deixou sob a toalha junto com o pão e o leite de Vânia.

— O que deu em você? — perguntou a Nástia. Não precisava olhar para ela para saber que estava chateada. — Você não é mais criança, pode ficar sem açúcar.

Já do lado de fora, Mária olhou a estrada e disse baixinho:

— Já se passaram quatro meses desde que seu pai foi embora.

Parecendo entender o que a mãe estava pensando, Nástia disse:

— Você realmente acha que invejo Vânia por causa do açúcar? Ele pode comer todo o açúcar que quiser. Eu nem gosto mais de açúcar.

Depois de respirar o ar abafado da isbá, era uma alegria para Mária caminhar pela trilha ainda úmida de orvalho, ver lugares que amava desde a infância, deixar que os últimos vestígios de cansaço se dissolvessem no ritmo de suas passadas largas.

À luz do sol de setembro, o trigo invernal parecia espesso e sedoso; agitado pelo vento leste, parecia uma única criatura, viva e jovem, testando sua força, regozijando-se com a vida, a luz e o agradável frescor do ar. Os topos emplumados dos brotos eram quase transparentes, permitindo a passagem dos raios de sol. Uma luz esverdeada tremeluzia por sobre todo o campo.

Cada minúsculo broto tinha seu terno e tímido encanto. Cada robusto e esbranquiçado talo era reto como uma flecha e dotado de uma obstinada força. Cada talo havia trabalhado duro para crescer; seus ombros verdes tinham empurrado para fora do caminho torrões de terra equivalentes a enormes blocos de granito.

E no matinal encanto verde desse trigo jovem, na sua translucidez, tudo parecia contrário à tristeza dos campos outonais, à grama marrom, à folhagem murcha e amarelada dos álamos e bétulas. O verde penetrante era a única vida jovem em um mundo desbotado de finas teias de aranha cinzentas e sem vida e pequenas nuvens já prenhes de neve. Abetos altos estendiam seus pesados galhos sobre a pista, mas seu verde taciturno e poeirento era de uma ordem diferente.

No entanto, apesar de sua fulgurante pujança, esse trigo de inverno não era como os brotos e as flores da primavera. Suas fileiras cerradas, sua rigidez e densidade sinalizavam um estado de cautela. Ele se preparava para o que estava por vir; muito antes de estar totalmente crescido, enfrentaria tormentas e nevascas.

Nessas hostes cerradas, erguidas ombro a ombro, sentia-se a prontidão dos jovens brotos para enfrentar o que quer que o destino jogasse sobre eles. E quando uma nuvem distraída cobria o sol e sua ampla sombra vagava à deriva em silêncio por sobre os campos, os brotos escureciam a ponto de ficarem quase negros, sua força desconfiada e sinistra agora mais aparente do que nunca.

Quanto aos homens e mulheres já no batente a essa hora da madrugada, sentiam não apenas o vazio dos espaços de outono e o vento frio do inverno que se avizinhava — sentiam também toda a tristeza da guerra.

Moças, mães de família e velhas com lenços amarrados na cabeça agora colhiam o trigo de verão. Nas imediações, em um campo já colhido, velhos empilhavam os feixes secos em carrinhos, gritando com os meninos que os ajudavam.

Essa imagem da colheita na amena manhã de sol, sob a espaçosa claridade do céu de outono, parecia respirar paz e tranquilidade. O barulho da debulhadora soava como sempre. O grão pesado e escorregadio ainda farfalhava baixinho. O rosto suado das meninas tinha a mesma aparência animada. O cheiro seco dos feixes mornos, a poeira azul-acinzentada, o ruído da palha sob os pés, o lustro perolado de tufos e flocos de palha flutuando no ar — tudo parecia normal e conhecido.

Mas Mária sabia muito bem que em tudo ali se escondia o horror da guerra. Mulheres com botas masculinas, um idoso com calças do exército e túnica militar, um garoto de catorze anos com um barrete que ainda trazia a sombra quase imperceptível de uma estrela de cinco pontas, dois meninos mais novos em macacões costurados de pano de camuflagem velho — cada um deles era a esposa, a mãe, a irmã, o pai ou o filho de um soldado. Suas roupas eram um sinal do duradouro vínculo entre os que estavam na linha de frente e os que haviam permanecido nas aldeias.

Em tempos de paz, uma esposa às vezes usava o casaco do marido e um filho às vezes se apropriava das botas de feltro do pai. Não era diferente agora; quando recebiam uniformes novos, aqueles que trabalhavam na guerra passavam para a família os antigos.

Não fosse a guerra, haveria tantos homens e mulheres trabalhando nos campos e debulhando cereais? Muitos já deveriam estar aposentados. E muitos eram meninos e meninas que deveriam estar numa sala de aula. Por causa da guerra, o ano letivo se iniciava com um mês de atraso para as crianças em seus últimos dois anos na escola de aldeia. E não se ouvia o zumbido de tratores. Tampouco se viam os caminhões que apareciam nos campos nessa época do ano. Os caminhões e tratores também haviam partido para a guerra.

E Vássia Belov, um mecânico ousado e autoconfiante, não estava mais em pé ao lado da debulhadora. Agora era artilheiro de tanque, e seu lugar fora ocupado por Klava, sua irmã de dezessete anos, que tinha o pescoço fino e branco de uma criança e dedos desajeitados e desengonçados descoloridos por óleo de motor. Naquele momento, ela estava irritada e gritava com seu assistente de cabelos grisalhos:

— Kozlov, você cochilou ou o quê? Me dê a chave!

Era por causa da guerra que Degtíarova permanecia horas no portão de casa, à espera de cartas do marido e dos filhos. E era por causa da guerra que, ainda agora, acabara de endireitar as costas, enxugar o suor da testa e olhar angustiada para todo o trigo ceifado que ainda jazia, desamparado, no chão.

Chore, Degtíarova, chore — você tem por quem chorar.

Mária poderia ter adivinhado quantas responsabilidades assumiria em apenas quatro meses?

Quando o marido partiu para a guerra, ela se atormentou de ansiedade em relação à casa e aos filhos. Seria capaz de sustentá-los? Conseguiria alimentá-los direito?

Mas não demorou para se tornar responsável por mais do que a família, a isbá e o suprimento de lenha.

Como isso aconteceu? Teria começado durante a reunião do colcoz, quando, pela primeira vez na vida, falara diante de dezenas de pessoas, que a ouviram atentamente? Com súbita e calma confiança, Mária vira a mudança na expressão no rosto das pessoas corroborar a importância e a verdade de suas palavras.

Ou teria começado no campo, no dia em que discutira com o presidente do colcoz, que viera criticar o trabalho da brigada das mulheres, ocasião em que Mária, falando sem rodeios, com ênfase lenta e deliberada, pusera os pingos nos is?

Os últimos meses tinham sido difíceis, mas ela trabalhava com mais afinco do que ninguém, e sua conduta era irrepreensível.

Kozlov foi até ela e disse, em tom zombeteiro:

— É uma pena que você não tenha mais ajuda, líder de brigada Vavílova. Se nossos filhos e irmãos mais novos estivessem aqui, se tivéssemos motoristas e mecânicos, tratores e caminhões, terminaríamos a colheita e a debulha num piscar de olhos, antes do final do mês. Você e suas camaradas fazem muito barulho, mas parece que estão arando o vento. Ainda vão estar no meio da colheita e da debulha quando caírem as primeiras neves!

Mária encarou Kozlov, um homem de olhos estreitos e pomo de adão proeminente. Pensou em lhe dar uma resposta afiada, mas se conteve. Sabia que ele se ressentia de ter que trabalhar como assistente para uma jovem mulher. Quando voltava para casa à noite, a esposa muitas vezes o cumprimentava com ironia: "E então, senhor debulhador-adjunto, sua Klava lhe deu permissão para voltar para casa?".

E uma vez, quando ele começou a criticar a esposa e os netos, a vesguinha Liúba, a mais nova das meninas, disse-lhe em voz baixa: "Cuidado, vovô, ou a gente vai contar pra Klava!".

Por isso, Mária limitou-se a sorrir e disse, gentilmente:

— Fazemos o que podemos, não temos condições de fazer mais.

Mas as mulheres tinham realizado uma quantidade extraordinária de trabalho. Um trator quebrara no auge da lavoura. Agora o mecânico do colcoz estava na linha de frente, e um homem que ainda se recuperava de ferimentos fora enviado como substituto. Ele fez um esforço exagerado, reabriu suas feridas e não conseguiu consertar o trator. Ainda assim, elas terminaram de lavrar a terra. Em alguns dias usaram vacas, e em outros puxaram elas mesmas o arado.

O plantio do trigo de inverno já tinha sido concluído com sucesso — não deixariam a terra ficar vazia e ociosa.

Agora, porém, havia a colheita a fazer. E teriam que trabalhar muito para terminar a debulha antes das primeiras neves.

Mária agarrava os caules quebradiços do trigo maduro, dobrava-os contra a foice, cortava-os e colocava-os no chão. Seus movimentos rápidos e hábeis, ao mesmo tempo generosos e econômicos, pareciam em perfeita harmonia com o farfalhar áspero do trigo. Como se ecoasse esse som monótono, um único pensamento ocupava sua mente: "Você semeou, você semeou, e agora aqui estou eu, ceifando a sua colheita. Você semeou, você semeou, e aqui estou eu, ceifando a sua colheita. Você semeou, você...". E essa sensação de uma ligação viva com o marido a enchia de uma serena tristeza.

"Será que o Piotr vai voltar? Não tivemos notícias de Aliocha durante meses a fio, mas agora recebemos cartas regularmente. Aliocha está vivo, graças a Deus, e está bem. Um dia também haverá uma carta de Piotr. Ele vai voltar! Ele vai voltar!"

O trigo farfalhava, sussurrava, se agitava, depois voltava a se aquietar, à espera, pensativo.

A foice tinia, o trigo farfalhava.

O sol agora estava mais alto, aquecendo a nuca e as costas de Mária exatamente como no verão. Mesmo sob o casaco, ela podia sentir o calor nos ombros. E podia ouvir o zumbido estridente de uma mosca de outono.

"Você vai voltar e vai querer saber tudo. Eu trabalhei duro, não poupei esforços. E tampouco poupei Nástia. Ninguém pode me censurar. Houve momentos em que a pobrezinha chorou e pediu para ser transferida para outra brigada. Vivemos de forma honesta com você e vivemos de forma honesta sem você. Posso olhá-lo de frente: não tenho motivo nenhum para me envergonhar."

A foice tinia baixinho, e uma faísca de alegria flamejava em seu coração, queimando-a com esperança, trazendo fé em um futuro feliz.

E mais uma vez, sob o farfalhar seco das espigas apertadas na mão e caídas na terra, voltou a pensar: "Você semeou, você semeou...".

Ainda encurvada, protegendo os olhos com a mão, Mária contemplou o trigo de inverno brilhando, verde, ao longe. "E você vai voltar, vai colher o trigo que eu semeei." A fé nessa ligação simples, natural e sólida, mais sólida do que a vida e a morte, encheu todo o seu ser. Nesse momento, ela parecia capaz de ceifar até a noite, sem endireitar nenhuma vez a coluna, sem tomar conhecimento da dor nas costas e nos ombros, sem notar o sangue a latejar contra as têmporas.

Espalhados pelo campo, ela podia ver os lenços brancos das outras ceifeiras, que haviam ficado para trás. Apenas Degtíarova ainda acompanhava seu ritmo.

Chore, Degtíarova, chore — a vida tem se mostrado difícil para você...

Um vento frio começou a soprar. O trigo fez mais barulho. Ondulou e balançou, como se estivesse angustiado.

"Ele me escrevia o tempo todo. Estava sempre escrevendo. E agora já se passaram mais de três semanas sem uma única carta."

Mária se empertigou e olhou ao redor — fitou os campos, alguns já ceifados, e a ampla faixa de floresta escura ao longe. O espaço azul-acinzentado à sua volta era frio e transparente, e o sol que brilhava com força nos campos e bosques não propiciava nem calor nem paz para a alma.

"A quem posso perguntar? Quem vai responder? Quem pode afastar esta lâmina do meu coração?"

Degtíarova estava parada a alguns metros, franzindo a testa, pensativa, enquanto olhava para o balanço das espigas.

— Por que você continua chorando? — perguntou Mária.

Degtíarova olhou para ela e ficou em silêncio por um instante, como se não tivesse ouvido ou entendido. Depois, disse baixinho:

— Acho que você está chorando também.

49

Ninguém jamais voltaria a cruzar o caminho de um soldado do batalhão de Filiáchkin. Estavam todos mortos e não podem mais desempenhar nenhum papel nesta narrativa. No entanto, constituem um de seus fios mais longos.

Os mortos — cujos nomes, em sua maioria, foram esquecidos — viveram durante a Batalha de Stalingrado.

Estiveram entre os fundadores de uma tradição que foi transmitida de coração para coração, tacitamente.

Os combates em torno da estação ferroviária prosseguiram por três dias e três noites. O estrondo sombrio e implacável foi uma mensagem clara para os outros soldados soviéticos, dizendo com todas as letras o que os esperava.

Reforços continuaram cruzando o Volga à noite. Chegando à margem, sem que ninguém consultasse nenhuma lista, sem qualquer tipo de formalidade administrativa, os soldados eram imediatamente designados a um regimento. Às vezes, morriam em batalha quase de imediato, mas, durante as poucas horas que passavam na cidade, chegavam a ter o mesmo grau de compreensão de Khruschóv, Ieriômenko e Tchuikov sobre as leis de Stalingrado, e lutavam de acordo com uma lei estrita, mas não escrita, que amadureceu na consciência da nação e foi proclamada ao mundo todo pelos soldados do Exército Vermelho mortos na estação ferroviária.

50

O comandante de regimento Iélin disse a Rodímtzev que seu batalhão havia lutado por três dias após ser cercado, não recuara nem um passo e fora aniquilado até o último homem.

Ele parecia não se lembrar de que apenas alguns dias antes havia declarado que o batalhão "fazia parte do regimento de Matiúchin e só há pouco foi posto sob meu comando". Agora, ao relatar o combate mortal, o chamara simplesmente de "meu batalhão". Usou a expressão três vezes.

Enquanto o batalhão de Filiáchkin ainda lutava, a divisão do coronel Goríchni cruzou o Volga e assumiu posição à direita do flanco de Rodímtzev. Um dos regimentos de Rodímtzev foi transferido para o comando de Goríchni e, em seguida, participou de um ataque a Mamáiev Kurgan, o Morro 102.

De início, o regimento sofreu pesadas baixas e não obteve nenhum ganho de terreno. Irritado com esse aparente fracasso, Goríchni declarou que o regimento estava insuficientemente preparado para os desafios da guerra urbana.

— Isso acontece o tempo todo — respondeu seu chefe de estado-maior. — Você recebe o comando de um regimento no último minuto e depois tem que responder por ele como se sempre o tivesse comandado.

Goríchni era um homem alto e robusto, com forte sotaque ucraniano. Parecia lento e calmo, mas sua família havia desaparecido sem deixar vestígios, o que o lançara em um estado de permanente angústia. Horas depois, naquele mesmo dia, ele disse ao seu chefe de estado-maior:

— Não é possível capturar a encosta com um único regimento. Aquilo lá é um verdadeiro inferno. Seria bastante difícil mesmo com um corpo inteiro.

Nesse meio-tempo, na galeria de esgoto que servia de posto de comando para a 13ª Divisão de Guardas, Biélski dizia a Rodímtzev:

— O regimento de Goríchni perdeu muitos homens e não conseguiu estabelecer uma ligação adequada com a artilharia.

Eles não sabiam que, naquele exato momento, o regimento em questão, mesmo sob uma chuva de fogo, acabara de desferir um novo ataque e alcançar a encosta de Mamáiev Kurgan. Se soubessem, teriam falado de forma diferente.

Em geral, no entanto, questões de vaidade pessoal — e desacordos sobre quem era responsável pelos êxitos ou fracassos de determinada unidade — foram pouco preocupantes durante as primeiras semanas. A luta era intensa; exigia todo o poder mental dos comandantes, toda a sua determinação, todo o seu tempo, e com muita frequência sua vida.

Essas questões só ganharam importância mais tarde, no final de novembro e início de dezembro, quando a tensão começou a diminuir. Cada refeição tornou-se então uma oportunidade para debater quem tinha sido exposto a fogo inimigo mais intenso, quem defendera o setor mais crítico, quem cedera um metro e quem não cedera, quem fora encurralado em terreno mais estreito, se Gorókhov ou Liúdnikov, e quando e por quanto tempo determinado regimento ou batalhão fora transferido para o comando de alguém.

Foi nesse momento que as discussões sobre quem tinha recapturado Mamáiev Kurgan começaram para valer.

Os homens de Rodímtzev, não sem razão, acreditavam que tinha sido um de seus regimentos.

Para os homens de Goríchni, no entanto, por motivos igualmente plausíveis, o feito cabia à sua divisão, uma vez que o regimento em questão, na oportunidade, estava sob o comando dele.

Os que recuperaram a encosta, porém, não precisaram entrar nesse tipo de discussão; sabiam muito bem que eles, e apenas eles, haviam retomado Mamáiev Kurgan — afinal, não encontraram nenhuma outra força soviética no cume. Quanto aos muitos mortos, todos haviam feito a sua parte, e talvez tivessem algo a dizer. Mas os mortos não tinham voz nesses debates; a única coisa que importava era de que forma a glória seria compartilhada entre os vivos.

Outra desavença, que só explodiu após o fim da guerra, dizia respeito à importância relativa da infantaria na margem direita e da artilharia na margem esquerda. Os que estavam na margem direita afirmavam que os arquitetos da vitória haviam sido os grupos de assalto, os soldados rasos com granadas de mão, os metralhadores, os atiradores, os sapadores. A artilharia podia ter fornecido apoio — embora nem sempre a tempo, nem sempre com precisão, e vez por outra atirando em seus próprios homens —, mas não desempenhara um papel decisivo.

O argumento dos que haviam lutado na margem esquerda era que a infantaria, a despeito de toda a sua coragem, jamais poderia ter rechaçado o monstruoso ataque do exército alemão. Sobretudo nos últimos dias da batalha defensiva, a infantaria do Exército Vermelho era uma força exaurida. A frente soviética havia se tornado apenas uma linha num mapa em vez de uma realidade material, tendo sido o poder e a concentração da artilharia os responsáveis por deter os alemães.

O Volga, que separava a infantaria em Stalingrado da artilharia na outra margem, havia assumido uma ilusória importância nesse debate. Divergências semelhantes surgiram em outras fases da guerra, mas, na ausência de qualquer linha de demarcação clara, minguavam; nenhum dos lados conseguia encontrar evidências irrefutáveis para respaldar seu argumento. Aqui, porém, a linha de separação era cristalina. Numa das margens, Stalingrado — e a infantaria. Na outra margem, uma nova cidade que cuspia fogo, tão apinhada que os comandantes de bateria discutiam uns com os outros por conta de alguns metros quadrados de areia, de um pequeno pedaço de terreno protegido por salgueiros.

Os longos canos das armas antiaéreas assemelhavam-se a uma floresta de aço. Camuflados em riachos rasos, os navios da flotilha do Volga eram armados com canhões de grosso calibre. Imensos aeródromos surgiram, fornecendo bases seguras para as centenas de caças Yak e LaGG que voavam de uma ponta à outra do rio, para os bombardeiros leves P-8, encarregados de atacar os serviços de apoio e as linhas de comunicação alemães, e para os bombardeiros pesados Tupolev TB-3, que rugiam no céu noturno. Todos esses exemplos da mais avançada tecnologia militar soviética estavam concentrados em uma área pequena, bem organizada e sob controle central eficaz. Um relatório via rádio sobre um ataque alemão no quadrante X era seguido, apenas alguns segundos depois, por uma ordem: "Abrir fogo no quadrante X!".

Ato contínuo, a cidade ignívoma ganhava vida. Um minuto depois, milhares de projéteis eram despejados sobre a pequena área, marcada com a mesma precisão nos mapas dos comandantes de regimentos de artilharia, de morteiros e de foguetes. Tudo o que existia nessa área, fosse vivo ou não, ia pelos ares ou era pulverizado.

A grande extensão do Volga confundia as coisas. O largo rio podia parecer uma linha divisória, mas na verdade marcava uma junção, um perfeito ponto de confluência, soldando as duas metades das forças soviéticas, unindo o poder de fogo da margem esquerda com a coragem inabalável da margem direita. O Volga permitia que os artilheiros e soldados de infantaria cooperassem entre si com eficácia incomum.

Não fosse pela coragem da infantaria, a artilharia nada poderia ter feito. Foi porque a infantaria se manteve firme que a artilharia conseguiu manifestar seu monstruoso poder de fogo.

Mas é igualmente verdade que, sem o escudo fornecido pela artilharia, a infantaria jamais poderia ter resistido aos incontáveis ataques alemães. Sem o apoio da artilharia, a extraordinária coragem da infantaria — e sua determinação de não recuar — teria simplesmente levado à sua aniquilação.

Nem o poderio material da artilharia nem o espírito de luta da infantaria teriam sido capazes de realizar coisa alguma por conta própria. Foi a união de ambos que resultou na vitória soviética.

51

Em meados de setembro, os alemães começaram a bombardear a Stalgres, que, até então, operava em sua capacidade normal. Era um belo dia, em que se podia ver claramente as nuvens brancas de vapor da sala da caldeira e a fumaça que se levantava da chaminé.

Quando os primeiros projéteis de cento e três milímetros começaram a atingir as torres de resfriamento e explodiram no pátio, e quando um deles abriu um buraco na parede da sala de máquinas, alguém ligou da sala da caldeira para perguntar a Spiridônov se deveriam interromper as operações. Spiridônov, que estava perto do painel de controle central, ordenou que continuassem. A Stalgres fornecia energia para Bekétovka, para o posto de comando e o centro de comunicações do 64º Exército de Chumílov e para os rádios da linha de frente. Recarregava as baterias de caminhões e outros veículos e abastecia as oficinas da estação que agora estavam sendo usadas para o reparo de tanques e lançadores de foguetes Katiucha.

Em seguida, Spiridônov telefonou para a filha e disse:

— Vera, vá para o abrigo subterrâneo agora mesmo.

Em tom igualmente autoritário, ela respondeu:

— Bobagem, não vou a lugar nenhum. — E acrescentou: — Venha almoçar. A sopa está quase pronta.

Esse dia marcou o início de uma prolongada batalha entre os trabalhadores da usina e a aviação e a artilharia alemãs. A coragem e a obstinação dos trabalhadores surpreenderam até mesmo o mais empedernido soldado do Exército Vermelho.

Dia após dia, desde o momento em que a primeira fumaça subia da chaminé principal, a artilharia alemã abria fogo. Os projéteis atravessavam as paredes; por vezes, estilhaços passavam assobiando através das salas de motores e turbinas. Cacos de vidro atulhavam o piso de pedra, mas a fumaça ainda teimava em se espiralar na chaminé, como que rindo das armas alemãs. Quanto aos trabalhadores e engenheiros, não viam motivo para rir, mas não esmoreciam em sua determinação. Dia após dia, cientes de que isso atrairia a atenção da artilharia pesada do inimigo, aumentavam meticulosamente a pressão nas caldeiras. Vez por outra, trabalhadores junto aos fornos, quadros elétricos e painéis de controle de nível de água viam tanques alemães na crista das colinas em torno da Stalgres, movendo-se em direção à igreja de Obídino. Havia momentos em que os tanques pareciam prestes a irromper pela própria usina, e Spiridônov tinha que pedir aos eletricistas que se preparassem para detonar as "caixas de sabão" com as quais todas as unidades principais haviam sido minadas. Não era pequena a apreensão que essas caixas de TNT causavam durante as barragens de artilharia: caso uma delas fosse atingida por um projétil, todo o edifício seria reduzido a pedacinhos.

As famílias dos trabalhadores e engenheiros remanescentes tinham sido evacuadas para a margem esquerda, e aqueles que trabalhavam na usina agora também viviam lá, sob lei marcial. Seu trabalho não mudara, mas viviam como soldados. E essa nova existência comunal, essa combinação de trabalho rotineiro e disciplina militar, sempre acompanhada de explosões de granadas e uivos de aeronaves alemãs, havia alterado e levado para rumos inesperados as relações entre as pessoas, não importava há quanto tempo se conhecessem — do chão de fábrica, de escritórios, de reuniões e comitês de todo tipo.

Com a fragilidade da vida humana agora tão evidente, o valor de cada indivíduo ficava mais claro do que nunca.

O louro Nikoláiev, secretário do Partido na usina, estava ciente da extensão de suas novas responsabilidades, e nunca revelou um interesse tão profundo pelas minúcias da vida das pessoas do que durante aqueles terríveis dias de setembro. Ele disse a Kapústinski, um dos engenheiros, que não deveria fumar com o estômago vazio se tinha úlcera. Falou sobre a gentileza e a magnanimidade de Súslov, um dos eletricistas. Apontou que o guarda Golidze, apesar do temperamento explosivo, era alegre, compassivo e bem-humorado; e que Paramónov, o técnico de plantão no segundo andar, era muito versado em literatura e deveria, talvez, estudar ciências humanas em vez de pensar apenas em transformadores. Além disso, insistiu que Kasátkin, o contador, gostava de uma boa piada e de crianças e não era de modo algum uma pessoa má; se sua visão a respeito da família e do casamento era terrivelmente desoladora, isso se explicava porque tinha sido infeliz em sua vida pessoal.

Diferenças de idade, profissão e posição social — que muitas vezes dificultam a aproximação das pessoas — deixaram de ser importantes. Os operários e os engenheiros da Stalgres tornaram-se uma única família.

Vez por outra, Spiridônov tinha a sensação de que anos inteiros haviam se passado desde a morte da esposa. No último mês, todos os dias traziam mais mortes; cada hora anunciava novas crises. Dia após dia, temendo ser improvável voltar a ver o nascer do sol, ele dera tudo de si para superar as dificuldades, que pareciam avassaladoras. E sua lembrança de Maríssia era como uma chama que de vez em quando o queimava — então Spiridônov tirava do bolso uma fotografia dela e a fitava, incapaz de acreditar que nunca mais a veria.

Era mesmo verdade que nunca mais falaria com ela, pediria seus conselhos, discutiria com ela alguma travessura da filha? Nunca mais brincaria com ela, se irritaria ou correria para casa para vê-la? Nunca mais se orgulharia de um de seus artigos no jornal? Nunca mais voltaria para casa trazendo uma peça de tecido para um vestido novo e diria: "Não, não fique zangada comigo, não custou nem um copeque"? Nunca mais iria ao teatro com ela e resmungaria: "Marússia, vamos chegar outra vez atrasados"?

Quanto a Vera, fora operada, mas se recuperara bem da cirurgia. Tinha recobrado totalmente a visão nos dois olhos, e o único vestígio de suas queimaduras era uma pequena mancha rosada numa das faces. A ligeira cicatriz em uma das pálpebras era quase imperceptível.

Surgira uma nova ternura entre Vera e o pai, e isso era uma fonte de grande alegria para ele.

Spiridônov não falava com a filha sobre o que estava passando, e ela quase nunca falava com ele sobre a mãe, mas todos que os conheciam podiam ver que o relacionamento entre pai e filha havia mudado.

Vera era agora extremamente atenta e carinhosa. No passado, tratava os assuntos domésticos com ironia e desdém. Não se importava com nada que tivesse relação com saúde, descanso e nutrição, mas agora estava sempre verificando se o pai comia direito, bebia seu chá e dormia pelo menos algumas boas horas de sono. Arrumava a cama para ele e lhe deixava água quente para se lavar. Abandonara o comportamento acusatório típico dos filhos nas relações com os pais, cuja essência se resume a: "Você não perde uma oportunidade de nos dar lições, mas sem dúvida está cheio de imperfeições, fraquezas e defeitos". Em vez disso, Vera escolhia fechar os olhos para as fraquezas do pai e dizia, em tom de camaradagem: "O senhor teve um dia difícil, pai, está precisando beber um pouquinho de vodca!".

Agora Vera admirava tudo no pai e se orgulhava de como ele conseguia manter a usina em operação apesar dos bombardeios. Descobriu também que, apesar de todo o seu heroísmo, ele era muitas vezes surpreendentemente impotente com relação a questões mais cotidianas.

Ciente de tudo isso, Spiridônov começou, sem se dar conta, a olhar para ela de um jeito diferente. Até pouco tempo, tudo o que Vera fazia era motivo de angústia. Ele via a filha como uma criança tola e pouco confiável, sempre propensa a meter os pés pelas mãos. Agora, porém, passara a enxergá-la como uma adulta lúcida e sensível. Pedia conselhos, falava abertamente com ela sobre suas dúvidas e erros e sentia alguma apreensão se, em vez de almoçar com ela, sentava-se para comer com algum engenheiro ou trabalhador do Partido. Em vista da severidade das condições em tempo de guerra, essas refeições eram acompanhadas não dos cem gramas de vodca regulamentares, mas de cento e cinquenta gramas.

Eles agora moravam não em um apartamento espaçoso, mas num quartinho abaixo do escritório de Spiridônov, com paredes grossas e janelas com vista não para o oeste, de onde vinha a artilharia alemã, mas para o leste, para o pátio da usina.

Nos primeiros dias após o incêndio, Spiridônov encontrou um lar temporário para Vera a poucos quilômetros da Stalgres, na casinha de um de seus contadores. Ficava em um lugar seguro, logo acima do Volga e afastada da estrada principal e de qualquer fábrica. Repetidas vezes ele implorou a Vera que não voltasse à Stalgres. Queria que ela fosse para Kazan, para a casa de Liudmila, mas ela se recusava categoricamente. No entanto, a preocupação do pai a deixava satisfeita; fazia com que se sentisse uma menina de novo, como nos dias de paz irrevogavelmente perdidos, o que era doce e doloroso.

Às vezes, Vera *queria* ir para Kazan morar com a tia. Queria ver Nádia e a avó. Queria não ouvir tiros e rajadas de granadas. Queria não acordar no meio da noite, imaginando, horrorizada, ter ouvido soldados alemães do lado de fora. No entanto, algo em seu coração lhe dizia que a vida em Kazan seria ainda mais difícil. Significaria não apenas deixar a falecida mãe, mas perder qualquer esperança de rever Víktorov. Tinha certeza de que ele a procuraria na Stalgres, ou enviaria uma carta para lá, ou, no mínimo, pediria a algum camarada que transmitisse suas saudações. Toda vez que olhava para cima e via caças soviéticos, seu coração parava de bater: será que era Víktorov lá no alto?

Vera pediu ao pai que lhe arranjasse trabalho na usina, mas ele vivia postergando, tentando não a expor ao perigo.

Por fim, Vera disse que, a menos que ele arranjasse algo logo, iria ao posto médico da divisão mais próxima e pediria para ser encaminhada ao front, para um posto de auxílio. Ele prometeu encontrar emprego numa das oficinas nos próximos dias.

Certa manhã, Vera entrou no edifício abandonado que costumava abrigar os engenheiros da Stalgres. Subiu ao segundo andar, até o apartamento com portas escancaradas e janelas quebradas onde havia morado com os pais. Entrou no quarto da mãe, sentou-se na estrutura de metal da cama e olhou em volta. O tapete, as pinturas e todas as fotografias tinham sumido, mas retângulos pálidos nas paredes mostravam onde ficavam penduradas. E então, de repente, tudo se tornou insuportável — a sensação de perda, a culpa por ter sido tão rude com a mãe durante seus últimos meses de vida, o rugido da artilharia soviética, até mesmo as profundezas do céu azul. Vera se levantou e desceu correndo as escadas.

Atravessou a praça até o posto de controle na entrada principal da usina. Por um momento, imaginou que o pai sairia pelo portão, a abraçaria e diria: "Ah, até que enfim! Acabou de chegar uma carta para você!". Mas o guarda lhe disse que Spiridônov havia saído poucos minutos antes, a caminho do quartel-general do exército, acompanhado de um major. E não havia nenhuma carta triangular para ela.

Vera entrou no pátio. Viu Nikoláiev caminhando em sua direção. Ele vestia uma túnica de soldado e um boné de trabalhador.

— Verochka, Spiridônov já voltou?

— Ainda não — respondeu Vera. — Por quê? Aconteceu alguma coisa?

— Não, não — disse Nikoláiev. — Está tudo bem. — E, apontando para a fumaça que saía da chaminé, acrescentou: — Não existe fumaça sem fogo. Não fique vagando pelo pátio. Os alemães vão começar a atirar a qualquer momento.

— E daí? — rebateu ela. — Não tenho medo.

Nikoláiev a pegou pelo braço e disse, meio brincando, meio zangado:

— Venha comigo. Na ausência do diretor, tenho que assumir as responsabilidades de pai.

Levou-a até o escritório principal, parou junto à porta e perguntou:

— Qual é o problema? Posso ver em seus olhos que há alguma coisa errada.

— Quero começar a trabalhar — respondeu Vera.

— Sim, é claro. Mas posso ver que não é só isso.

— Serguei Afanássievitch, acho que você entende, não é? — disse Vera com tristeza. — Você sabe o que aconteceu.

— Sim, eu sei — respondeu ele. — Mas há alguma outra coisa, não? Você parece perdida.

— Perdida? Não estou nem um pouco perdida, e jamais estarei.

Nesse momento, uma granada passou assobiando. Explodiu no lado leste do jardim.

Nikoláiev correu para a sala da caldeira. Vera permaneceu junto à porta do escritório. Todo o pátio parecia mudado por aquela granada. Terra, ferro, as paredes das oficinas — tudo ficou tenso e sombrio, como a alma das pessoas.

Spiridônov voltou apenas tarde da noite.

— Vera! — gritou. — Ainda acordada? Eu trouxe um hóspede muito querido.

Ela correu para o corredor. Por um instante, pensou ter visto Víktorov ao lado do pai.

— Olá, Verochka — veio uma voz do escuro.

— Olá — disse ela lentamente.

Era uma voz conhecida, que ela levou um momento para reconhecer: Pável Andrêievitch.

— Pável Andrêievitch, entre! Estou tão feliz em ver você!

Havia lágrimas na voz de Vera; em apenas alguns segundos ela sentiu um turbilhão de emoções.

Empolgado, Spiridônov explicou como encontrara Andrêiev. Estava passando de carro e de repente o vira no acostamento da estrada — subindo a pé do rio em direção à Stalgres. E lhe oferecera uma carona.

— Você não vai acreditar! Dois dias atrás, ele e seus colegas de trabalho foram transportados de balsa para a margem esquerda, sob fogo alemão. A siderúrgica está sendo evacuada para Leninsk. A esposa, a nora e o netinho dele já estão lá. Mas, em vez de se juntar a eles, Pável Andrêievitch decidiu caminhar até Tumak e entrar num barco com alguns soldados. E agora aqui está ele!

— Você consegue me arranjar trabalho, Stepán Fiódorovitch? — perguntou Andrêiev. — Aqui em Stalingrado, vou voltar a me sentir eu mesmo.

— É claro — respondeu Spiridônov. — Não faltam coisas a fazer.

E, virando-se para Vera, disse:

— Este nosso velho é indomável! Veja só como está bem barbeado. E nem perdeu peso!

— Um soldado estava se barbeando esta manhã, pouco antes da travessia. Pedi que me barbeasse também — disse Andrêiev. — Mas como estão as coisas por aqui? Muitas bombas?

— Nosso maior problema é o fogo de artilharia. Assim que veem fumaça na chaminé, os alemães começam a atacar.

— O bombardeio nas fábricas não tem fim — lamentou Andrêiev. — Ninguém consegue ficar de pé nem por um momento.

Vera pôs um bule e alguns copos sobre a mesa. Olhando para ela, Andrêiev disse baixinho:

— Vejo que a Vera se tornou uma verdadeira dona de casa.

Spiridônov sorriu e falou:

— Por muito tempo briguei com ela. Insisti que fosse para a casa da tia em Kazan, mas no final capitulei. Não há como convencê-la. Ela é como você, diz que não consegue viver em outro lugar. Passe a faca... deixe-me cortar um pedaço de pão.

— Lembra como o meu pai cortava o bolo? — perguntou Vera, imaginando se Andrêiev já sabia ou não sobre Marússia.

— Claro que lembro — disse Andrêiev, com um meneio de cabeça. — Mas tenho um pouco de pão branco na sacola e já está um pouco duro. É preciso comê-lo.

Desamarrou o farnel, pôs o pão sobre a mesa e disse, com um suspiro:

— Os fascistas nos empurraram para a beira do abismo, Stepán Fiódorovitch, mas ainda vamos esmagá-los.

— Tire o casaco, está quente aqui — disse Vera. — Você soube da casa da minha avó? Queimou até virar cinza.

— Eu sei. A nossa casinha também se foi. Destruída no segundo dia de ataques, atingida por uma bomba enorme. As árvores e a cerca do jardim também ficaram destroçadas. Tudo que eu tenho agora está dentro desta sacola. Mas não importa... ainda estou vivo e não tenho nenhum fio de cabelo de branco.

Ele sorriu e acrescentou:

— Pelo menos não dei ouvidos à minha querida Varvára Aleksandrovna. Ela me disse para não ir trabalhar. Queria que eu ficasse em casa e guardasse nossos pertences. Se eu tivesse feito isso, aquela casa teria sido o meu túmulo.

Vera serviu o chá e levou as cadeiras até a mesa.

— E tive notícias também de seu Serioja — disse Andrêiev.

— Que notícias? — pai e filha perguntaram em uníssono.

— Sim, como eu poderia esquecer! No barco havia um homem da milícia da fábrica. Foi ferido, mas disse que esteve na mesma bateria de morteiros que meu amigo Poliákov, que trabalhava como carpinteiro. Perguntei sobre os outros homens na bateria e ele me disse os nomes. Um deles era Serioja Chápochnikov, "um jovem rapaz da cidade". Tenho certeza de que era o Serioja de vocês.

— Mas como está o nosso Serioja? — perguntou Vera, impaciente.

— Tudo bem. Vivo e esbanjando saúde. O miliciano não falou muito, disse apenas que é um rapaz corajoso, e que ele e Poliákov são bons amigos. As pessoas brincam sobre os dois serem inseparáveis: o mais velho e o mais novo da bateria.

— Onde eles estão agora? Onde está a bateria? — quis saber Spiridônov.

— Ele me disse que a princípio ficaram por algum tempo na estepe. Aí travaram sua primeira batalha. Depois foram para o sopé de Mamáiev Kurgan, e por fim recuaram para o assentamento de trabalhadores junto à Barricadas. É onde estão agora, em um prédio com paredes fortes. Disparam seus morteiros dos porões e estão bem protegidos das bombas.

— Mas como *está* o nosso Serioja? — repetiu Vera. — Como se veste? Como está seu estado de ânimo? O que ele diz?

— Isso eu não sei, mas, quanto às roupas, o uniforme é o mesmo para todos.

— Peço desculpas, estou sendo idiota. O que quero saber é se ele está bem... Não foi ferido, não sofreu concussões? Nenhum problema com ele?

— Foi o que o homem disse: vivo, saudável, sem ferimentos ou concussões.

— Por favor, Pável Andrêievitch, conte tudo isso de novo. Desde o início: um rapaz corajoso, bom amigo de Poliákov, sem ferimentos ou concussões. Repita tudo isso, Pável Andrêievitch, por favor!

Andrêicv sorriu. Falando muito devagar, alongando cada sílaba para dar peso às palavras e fazê-las durar mais, repetiu tudo que ouvira do miliciano ferido sobre Serioja, primo de Vera.

— Temos que informar a vovó. Ela deve estar preocupada com ele. Provavelmente passa as noites em claro.

— Vou fazer o que puder — disse Spiridônov. — Vou perguntar no quartel-general do exército. Pode ser que me deixem enviar um telegrama para Kazan.

De uma gaveta na escrivaninha ele tirou um frasco e serviu dois copos grandes de vodca — para ele e Andrêiev — e um terceiro, menor, para Vera.

— Para mim, não — Vera se apressou em dizer.

— Nem meio copo, Verochka, para beber a um velho amigo? — disse seu pai.

— Não, não quero. Quero dizer, não posso.

— O mundo realmente dá voltas! — falou Spiridônov. — Quando você era uma menininha, não havia nada que quisesse mais do que entornar um copo no seu aniversário. Todos riam e diziam que você viraria uma bêbada. E agora, de repente: "Não, não quero. Quero dizer, não posso".

— O Serioja está vivo e bem! — exclamou Vera. — Isso é maravilhoso!

— Não temos muito tempo, Pável Andrêievitch — disse Spiridônov, consultando o relógio de pulso. — Tenho que voltar ao trabalho daqui a pouco.

Andrêiev se pôs de pé. Com sua mão grande e firme, ergueu o copo e disse em voz alta e potente:

— Mária Nikoláievna. Nossa querida Marússia. Memória eterna!

Spiridônov e Vera se levantaram, olhando para o rosto severo e solene do velho.

Quando ele fez menção de partir, Spiridônov tentou persuadi-lo a pernoitar com eles, mas Andrêiev insistiu em ir para o quarto onde dormiam os guardas. Spiridônov sugeriu que, de início, Andrêiev trabalhasse no posto de controle, examinando e emitindo passes.

Spiridônov voltou apenas tarde da noite. Foi para a cama na ponta dos pés.

— Não estou dormindo — disse Vera. — Pode acender a luz.

— Não preciso. Só vou me deitar por uma hora. Não vou nem me despir. Tenho que voltar direto para o trabalho.

— Como foram as coisas hoje?

— Uma bomba atingiu a parede da sala da caldeira. Duas estouraram no quintal e algumas janelas do corredor da turbina foram estilhaçadas.

— Alguém se feriu?

— Não. Mas por que você não está dormindo?

— Estou sem sono. Não consigo. Está sufocante aqui.

— Ouvi dizer no quartel-general que os alemães abriram caminho de novo até a ravina Kuporósnaia. Você tem que ir embora, Vera. Receio pela sua vida. Você é tudo que tenho agora. Devo prestar contas à sua mãe.

— Você sabe que eu não vou, por que continua insistindo?

Permaneceram em silêncio por algum tempo, ambos fitando a escuridão, o pai consciente de que a filha estava acordada, a filha consciente de que o pai estava preocupado com ela.

— Por que você está suspirando? — perguntou Spiridônov.

— Estou feliz por Pável Andrêievitch — disse Vera, sem responder à pergunta.

— Nikoláiev veio hoje me perguntar: "O que há de errado com a nossa Verochka? Tem alguma coisa acontecendo com ela". O que foi? Está preocupada com seu piloto de caça?

— Não há nada de errado comigo.

— Estou apenas perguntando.

Houve um breve silêncio. Spiridônov podia sentir que a filha continuava acordada.

— Pai, preciso lhe contar uma coisa — falou Vera de repente, em voz alta.

Spiridônov se sentou com as costas retas.

— Sim, minha menina.

— Vou ter um bebê.

Spiridônov se levantou, caminhou pelo quarto, tossiu e disse:

— Bem...

— Mas, por favor, não acenda a luz.

— Eu não ia acender.

Spiridônov foi até a janela, ergueu a cortina de blecaute e disse:

— Isso é... eu realmente... eu não sei o que dizer.

— Por quê? Está com raiva?

— Quando vai nascer?

— Só no inverno.

— S-sim — disse Spiridônov devagar. — Está mesmo sufocante aqui. Vamos para o pátio.

— Tudo bem, vou me vestir. Pode ir, pai. Eu me junto a você daqui a um minuto.

Spiridônov saiu para o pátio. Era uma noite fria e estrelada, sem lua. Os grandes isolantes elétricos dos cabos de alta tensão do transformador reluziam, brancos. Através das lacunas entre os edifícios da Stalgres ele vislumbrou uma cidade escura e morta. Do distrito fabril ao norte vinham ocasionais relâmpagos de artilharia e fogo de morteiros. Em seguida, um borrão de luz cintilou brevemente sobre as ruas escuras, como se um enorme pássaro agitasse, sonolento, uma asa cor-de-rosa; um bombardeiro noturno devia ter lançado uma bomba das grandes.

O céu estava repleto de sons e movimentos, de balas traçantes com seus fios verdes e vermelhos. E, bem acima dele, naquela altitude impossível que é tanto altura quanto abismo, brilhavam as estrelas de outono.

Spiridônov ouviu atrás de si os passos leves de Vera, que um instante depois se postou a seu lado. Podia sentir seu olhar fixo e alerta.

Virando-se para a filha, ficou chocado com a força de seus próprios sentimentos. No rosto triste e magro de Vera, em seus olhos escuros e fitos, Spiridônov viu não apenas a fraqueza de um pequeno ser desamparado, uma criança esperando, ansiosa, que o pai falasse; viu também uma força extraordinária e bela, capaz de triunfar sobre a morte que agora invadia a terra e o céu.

Envolveu com os braços os ombros magros de Vera e disse:
— Não tenha medo, minha filha. Vamos dar um jeito. Nada de ruim vai acontecer com seu pequenino.

52

Ao todo, os combates no centro da cidade e nos arrabaldes ao sul duraram cerca de duas semanas. Em 18 de setembro, Ieriômenko ordenou que o 62º Exército contra-atacasse, de modo a evitar que os alemães transferissem tropas para o distrito fabril ao norte. Forças soviéticas mobilizadas no noroeste de Stalingrado atacaram ao mesmo tempo.

Nenhuma das ofensivas teve sucesso. Os alemães ainda mantinham suas posições à beira do Volga, dividindo a linha de frente soviética.

Em 21 de setembro, cinco divisões alemãs — duas de tanques, duas de infantaria e uma de infantaria motorizada — investiram contra o centro da cidade. O golpe principal atingiu a 13ª Divisão de Guardas de Rodímtzev e as duas brigadas de infantaria. A luta foi mais acirrada ainda no dia seguinte.

Rodímtzev repeliu doze ataques. No fim das contas, os alemães o forçaram a se retirar do centro da cidade, mas Rodímtzev contra-atacou, lançando suas reservas na refrega e recuperando parte do terreno perdido. A partir desse dia, embora incapaz de recapturar o centro da cidade, Rodímtzev manteve um controle inquebrantável no trecho de terreno mais a leste, ao longo da margem do Volga.

Em seguida, o foco da batalha se arrastou devagar para o norte, longe das posições de Rodímtzev e em direção ao distrito fabril. Durante todo o mês de outubro, as principais ofensivas alemãs tiveram como alvo as três fábricas gigantes.

Novos reforços continuavam a chegar. A divisão de Rodímtzev foi seguida pela de Goríchni; a de Goríchni, pela de Batiuk. Goríchni se dispôs estrategicamente à direita de Rodímtzev; Batiuk se mobilizou à direita de Goríchni. A eles juntou-se Sokolóvski. Todas as três divisões foram posicionadas nos arredores de Mamáiev Kurgan, perto do abatedouro e das torres de água.

Outras novas divisões se organizaram mais ao norte. As divisões comandadas por Gúriev, Gúrtiev, Jelúdiov e Liúdnikov tomaram posição no distrito fabril.

Ainda mais ao norte, na extremidade do flanco direito, estavam as brigadas comandadas pelos coronéis Gorókhov e Bolvínov.

A densidade das forças defensivas aumentava constantemente; a força total de uma divisão inteira agora defendia uma única fábrica. A divisão de guardas do general Gúriev foi posicionada na Outubro Vermelho; a divisão siberiana do coronel Gúrtiev, na Barricadas; e a divisão de guardas do general Jelúdiov, na Fábrica de Tratores, onde mais tarde foi acompanhada pelas tropas do general Liúdnikov.

Essas numerosas hostes tinham sido transportadas de balsa desde a margem esquerda e posicionadas em uma estreita faixa de terra paralela ao Volga. Só em um ou outro ponto a distância da linha de frente ao rio era maior que mil ou mil e duzentos metros; quase sempre variava de trezentos a quinhentos metros.

Todos os suprimentos e equipamentos tinham que ser transportados da outra margem do Volga. Do contrário, as forças soviéticas ficariam totalmente desabastecidas.

As frentes de ataque alemãs haviam alcançado o Volga em dois lugares. Uma ponta de lança ao norte separava as defesas de Stalingrado do front do Don. Uma ponta de lança ao sul as separava do 64º Exército do general Chumílov.

Os defensores de Stalingrado estavam armados com todo tipo de armas leves: canhões móveis facilmente manobráveis, morteiros de pequeno calibre, metralhadoras, submetralhadoras, rifles comuns, fuzis de precisão, granadas de mão, granadas antitanque e coquetéis molotov. Batalhões de sapadores tinham à sua disposição uma grande quantidade de TNT, além de minas de fragmentação e antitanque. Toda a posição soviética havia se tornado uma única estrutura, cuidadosamente projetada, coberta por uma intrincada rede de trincheiras, passagens de comunicação e abrigos.

	Essa nova cidade — essa rede sólida de porões, patamares de escada e crateras de bombas, canos de água, galerias de esgoto e túneis subterrâneos, ravinas e barrancos descendo em direção ao Volga — logo se tornou densamente povoada. Nela estavam localizados o quartel-general do 62º Exército, quartéis-generais de divisão, postos de comando de dezenas de regimentos de infantaria e artilharia e um número ainda maior de batalhões químicos, médicos, de infantaria, de sapadores e de metralhadoras.

	Todos esses quartéis-generais e postos de comando se conectavam com as tropas e entre si por meio de cabos telefônicos, transmissores de rádio e um sistema de correio composto por mensageiros e oficiais de comunicações.

	Os quartéis-generais do exército e das divisões comunicavam-se por rádio com o quartel-general do front e com a artilharia pesada na margem esquerda.

	As ondas eletromagnéticas que viajavam entre transmissores e receptores de rádio conectavam a linha de frente não apenas ao quartel-general do front e às posições de fogo da artilharia pesada e média, mas também a posições de retaguarda e a serviços de apoio que se estendiam quase infinitamente até os confins do leste — entre os quais as pistas de pouso de caças e bombardeiros, os altos-fornos de Magnitogorsk, as fábricas de tanques de Tcheliábinsk, os fornos de coque de Kuznetsk, as fazendas coletivas e estatais da Sibéria e dos Urais e as bases pesqueiras e militares da costa do Pacífico.

	A escala da batalha era clara até mesmo para aqueles que participavam dela de longe: ferroviários; homens dos serviços de apoio; trabalhadores da seção de suprimento de combustível que abasteciam carros, caminhões e tanques; funcionários dos depósitos de munição, que supriam o Exército Vermelho com dezenas de milhares de granadas de mão e bombas de morteiro, com os projéteis devorados dia após dia por milhares de canhões e com uma infinidade de cartuchos de fuzis, fuzis antitanque e submetralhadoras.

A potência de fogo atestava a força espiritual dos soldados soviéticos. Havia uma correlação direta entre as milhares de toneladas de projéteis, granadas e cartuchos entregues em Stalingrado e a furiosa e abnegada luta dos homens que empregavam essas montanhas de aço e explosivos no front.

A escala da batalha era clara para aqueles que viviam na estepe do Transvolga, a trinta ou quarenta quilômetros do rio. No céu, via-se um relume constante. O estrondo dos tiroteios ficava ora mais alto, ora mais baixo, mas, noite ou dia, jamais silenciava.

A escala da batalha era sentida por torneiros, por mecânicos nas fábricas de munição, por despachantes e carregadores nas estações ferroviárias, por mineiros, metalúrgicos e operadores de altos-fornos.

A escala da batalha era sentida nas gráficas, nos escritórios de rádio e telégrafo, nas redações de milhares de jornais publicados em diferentes partes do país, nas profundezas das florestas e em remotas estações polares. Era igualmente sentida por veteranos feridos, colcozianas idosas, alunos das escolas rurais e acadêmicos famosos.

A batalha era uma realidade esmagadora não só para as pessoas, mas também para os pássaros que voavam pelo ar esfumaçado e para os peixes no Volga. Bagres enormes, lúcios ancestrais e esturjões gigantes mantinham-se todos perto do leito do rio, tentando escapar das bombas, granadas e torpedos ensurdecedores e das violentas erupções da água.

As formigas, besouros, vespas, gafanhotos e aranhas das estepes circundantes não estavam menos cientes do combate que se travava. Aos poucos, ratos, lebres e esquilos acostumaram-se ao cheiro de queimado, à nova cor do céu, ao tremor constante da terra. Mesmo vários metros abaixo do chão, torrões de argila caíam das paredes e tetos de suas tocas.

O gado e os animais domésticos no Transvolga inquietavam-se tanto como durante os incêndios. As vacas deixavam de ter leite; os camelos blateravam e os cavalos empacavam, firmando teimosamente as patas no chão. Os cães uivavam a noite inteira, sem apetite, tombando a cabeça; ouvindo o gemido das aeronaves alemãs, choramingavam e buscavam abrigo em buracos e fendas no solo. Os gatos ficavam dentro de casa, de orelha em pé, desconfiados, em resposta ao tinido e ao tilintar de vidraças.

Assustados, muitos pássaros e animais fugiam e rumavam para o norte, na direção de Sarátov, ou para o sul, adentrando a estepe calmuca, em direção a Astracá e ao lago Elton.

A tensão da batalha em Stalingrado foi sentida por milhões de pessoas na Europa, na China e nos Estados Unidos. Determinou os pensamentos de diplomatas e políticos em Tóquio e em Ancara; influenciou o tom das conversas secretas de Churchill com seus conselheiros e o espírito dos apelos e decretos assinados pelo presidente Roosevelt.

Guerrilheiros soviéticos, poloneses e iugoslavos viveram e respiraram essa batalha — assim como membros da resistência francesa, prisioneiros de guerra nos campos alemães e judeus nos guetos de Varsóvia e Białystok. Para dezenas de milhões de pessoas, o fogo de Stalingrado foi o fogo de Prometeu.

Aproximava-se um momento incrível e jubiloso para a humanidade.

53

Em setembro, o Comando Supremo ordenou a dissolução da primeira brigada antitanque a enfrentar os blindados alemães nos arrabaldes ao norte de Stalingrado.

Perto do final do mês, depois de duas semanas nas reservas, Nikolai Krímov recebeu uma nova tarefa: dar palestras sobre política e assuntos internacionais para os soldados e comandantes do 62º Exército.

Encontrou alojamento em Srednaia Ákhtuba, uma cidadezinha empoeirada com pequenas casas de madeira que agora abrigava o departamento de propaganda da Direção Política do front.

No começo, a vida nessa cidadezinha parecia tediosa, anódina e opressora. Mas, certa noite, Krímov foi convocado e recebeu ordens de fazer sua primeira viagem a Stalingrado.

Do outro lado do Volga podia-se ouvir um estrondo incessante, sempre presente — na escuridão da noite, nas horas claras da manhã, durante um pôr do sol tranquilo e contemplativo. Ao longe, os reflexos do fogo em Stalingrado relampejavam nas paredes de tábuas cinzentas e nos vidros escuros das janelas camufladas; as silenciosas sombras vermelhas deslizavam pelo céu noturno; de quando em quando, uma chama branca e brilhante — um relâmpago engendrado não pelos céus, mas por homens na terra — reivindicava uma colina coberta de casebres ou um bosque de árvores na margem plana do rio Ákhtuba.

Havia um grupo de meninas paradas junto ao portão de um prédio na esquina; um menino de catorze anos tocava acordeão. Quatro meninas — duas duplas — dançavam, iluminadas pela luz vacilante; as outras assistiam em silêncio. Havia algo inefável nessa conjunção do distante estrondo de batalha e da música suave e tímida; a luz que incidia sobre as blusas das meninas, que caía com delicadeza em seus braços e cabelos louros, era um fogo mortal.

Krímov se deteve; por um momento, esqueceu suas tarefas imediatas. A música suave e os movimentos contidos e refletidos das dançarinas possuíam um encanto amargo, uma tristeza e uma poesia estranhas. O que ele viu e ouviu era completamente diferente da alegria frívola e costumeira dos jovens.

À luz pálida do fogo distante, as dançarinas pareciam sérias e absortas. De quando em quando, olhavam na direção de Stalingrado, e Krímov podia ver em seus rostos não só o quanto se sentiam ligadas aos rapazes que agora derramavam seu jovem sangue na cidade mas também a tristeza de estarem sozinhas, a esperança tímida, mas inabalável, do encontro por vir, a fé em seu próprio encanto jovem, na felicidade. Além da dor da separação, Krímov via algo mais: uma espécie de força e desamparo feminil, algo ao mesmo tempo grande e simples para o qual não havia palavras e que só podia ser expresso pela alma e pelo coração, por um sorriso atrapalhado ou por um súbito suspiro. E ele, que durante o ano anterior tinha vivido tanta coisa e pensado em tanta coisa, ficou ali imóvel, alheio a tudo, assistindo às dançarinas.

Enquanto preparava suas palestras, Krímov examinou uma pilha de jornais estrangeiros entregues por um avião de Moscou. A palavra STALINGRADO aparecia nas manchetes de todo o mundo, em maiúsculas; estava presente em boletins de notícias e editoriais, em telegramas e despachos. Por toda parte — Inglaterra, China, Austrália e Américas, Índia e México, Spitsbergen e Cuba, Groenlândia e África do Sul — as pessoas conversavam, escreviam e pensavam sobre Stalingrado. As estudantes estrangeiras que compravam lápis, cadernos e mata-borrões com emblemas da cidade, os velhos que iam ao bar tomar um copo de cerveja, as donas de casa que paravam para bater papo nas mercearias e quitandas, nas cidades grandes e nos vilarejos de todas as latitudes, em todos os continentes e ilhas do globo — todas essas pessoas, qualquer que fosse a sua idade ou nacionalidade, falavam e opinavam sobre Stalingrado, não por curiosidade indolente ou porque estava na moda, mas porque Stalingrado agora fazia parte da vida cotidiana, estando entremeada nos estudos escolares, no orçamento alimentar das famílias operárias, nos cálculos de compra de batatas e couves, em todos os planos e esperanças sem os quais nenhuma pessoa senciente é capaz de viver.

Krímov havia anotado citações exemplificando até que ponto as posições diplomáticas de potências neutras, os mecanismos de funcionamento de tratados internacionais e importantes discursos de primeiros-ministros e ministros da Guerra agora estavam sendo determinados pelas chamas e trovões de Stalingrado. Sabia que a palavra "Stalingrado" havia aparecido, escrita em carvão e ocre vermelho — a tinta preta e vermelha das massas —, nas paredes de prédios de apartamentos, albergues e barracas de acampamento de trabalhadores em dezenas de cidades em toda a Europa ocupada. Sabia que a palavra estava nos lábios de guerrilheiros e paraquedistas nas florestas de Briansk e Smolensk; que era uma inspiração para os soldados do Exército de Libertação Popular da China; que tinha o poder de incitar corações e mentes mesmo nos campos de extermínio, acendendo a esperança e a vontade de lutar até onde se poderia pensar que não existia possibilidade de esperança. Krímov sabia disso tudo muito bem; em suas palestras, ele enfatizaria, mais do que qualquer coisa, o significado universal da luta feroz em que agora estavam engajados. Movido por esses pensamentos, já podia sentir em seu coração as palavras duras e severas que proferiria logo mais.

Mas agora, ouvindo o acordeão, vendo as meninas reunidas como um pequeno bando de pássaros junto ao muro de um casebre de Ákhtuba, Krímov experimentava emoções para as quais não existem palavras.

54

Ao entrar na cabine do caminhão, empurrando para o lado a volumosa mochila a fim de se recostar no assento, Krímov teve a sensação de que estava prestes a viver algo novo, algo que não tinha vivido durante todo o ano da guerra.

Com esse sentimento de apreensão, olhou para o rosto preocupado e sisudo do motorista e disse, como tantas vezes dissera a Semiônov:

— Tudo bem, vamos lá.

Em seguida, suspirou e pensou: "Nem sinal de Mostovskói, nem de Semiônov. É como se tivessem sido engolidos pela terra".

A lua cheia se erguia. A rua e as casas da cidade eram iluminadas pela luz forte, regular e nada branca que os artistas e poetas tanto tentam traduzir e que sempre os engana, talvez porque haja algo contraditório na própria essência do luar, e não apenas nos sentimentos que evoca em nós. Nele reconhecemos a força da vida, que associamos à luz, mas também o poder da morte, claramente visível no lume frio e pedregoso desse cadáver celestial.

O caminhão desceu a encosta íngreme até o rio Ákhtuba, de aspecto tão melancólico quanto o de um canal, cruzou a ponte flutuante, passou um bosque de árvores finas e enfermiças e virou na estrada principal em direção a Krásnaia Slobodá.

Ao longo da estrada havia painéis altos com inscrições: "Não há terra para nós além do Volga!", "Nem um passo atrás!", "Defenderemos Stalingrado!". Outros painéis enumeravam as façanhas dos soldados do Exército Vermelho, que haviam destruído tanques, canhões autopropulsados e peças de artilharia alemães, matando um grande número de homens das tropas de choque inimigas.

A estrada era larga e reta, e dezenas de milhares de homens haviam passado por ali recentemente. Setas com grandes círculos pretos ao redor indicavam: "Para o Volga", "Para Stalingrado", "Para a 62ª Travessia". Nenhuma outra estrada no mundo poderia ser mais simples, mais limpa, mais dura e mais exigente.

A estrada não seria menos reta, pensou Krímov, nas noites enluaradas após a guerra, e as pessoas a utilizariam para transportar tecidos, grãos e melancias até o ponto de travessia do rio, ou crianças pequenas para visitar as avós em Stalingrado. E Krímov mergulhou em reflexões, tentando adivinhar os sentimentos dos homens e mulheres que transitariam por ali no futuro. Acaso pensariam na marcha dos soldados de Ákhtuba ao Volga em setembro e outubro de 1942? Provavelmente não. Talvez nem se lembrassem deles. Meu Deus! Mas por que tinha esses pensamentos? Por que estava tão certo de que, mesmo dali a milhares de anos, as pessoas sentiriam uma pontada no coração ao avistar aqueles vimes e salgueiros? Olhe! Ali! Sim, esta é a estrada por onde um dia marcharam os soldados, a estrada percorrida por batalhões, regimentos e divisões, de onde bombas foram lançadas com estrondo e estrépito; aqui os canos dos fuzis brilharam ao sol; aqui o luar reluziu sobre os canos lustrosos dos fuzis antitanque.

E apenas as árvores de outono, apenas os bosques silenciosos testemunharam as dezenas de milhares de homens que, muito longe de casa, marcharam para atravessar o Volga e pisar o mais amargo dos solos.

Ninguém estava aqui para saudá-los. Ninguém viu todos aqueles rostos jovens e velhos, aqueles olhos pálidos e escuros, aqueles milhares de homens da estepe, da cidade e da floresta, do mar Negro e das montanhas Altai, de Moscou, da enfumaçada Kémerovo e da desolada Vorkutá.

Aqui eles marcharam em suas longas colunas: jovens tenentes caminhando ao longo do acostamento, subtenentes e sargentos inspecionando as fileiras, comandantes de batalhão e de regimento marchando no mesmo passo dos soldados... Aqui algum jovem ajudante de campo passou correndo, com o estojo de mapa pendurado no ombro, indo entregar uma ordem.

Quanta força, quanta tristeza. Que vazio ao redor desses homens. No entanto, toda a Rússia os observava.

Dali a cinquenta ou sessenta anos, numa noite de sábado, um grupo de rapazes e moças passaria em um caminhão, rindo e brincando, da estepe de Ákhtuba a caminho de Stalingrado. O motorista pararia o veículo e sairia para verificar o carburador ou encher o radiador. E de repente os passageiros na traseira do caminhão ficariam em silêncio. Por quê? Seria por causa do vento agitando a poeira da estrada, fazendo farfalhar as copas das árvores? Seria por algo mais parecido com um suspiro, ou o ruído surdo de passos? O silêncio, então, ficaria ainda mais intenso — seria possível ouvir a queda de um alfinete. Por quê? O que provocaria o aperto no coração dos jovens? Por que pareceriam tão angustiados, fitando a estrada reta e vazia? O que teria acontecido? Um sonho, uma miragem da estepe?

Krímov não conseguia mais distinguir seus pensamentos e sentimentos daqueles dos viajantes do futuro que, em sua imaginação, olhariam para trás.

> *E diz-me por que choras e te lamentas no coração*
> *quando ouves falar da desgraça dos Dânaos Argivos e de Ílio.*
> *Foram os deuses os responsáveis: fiaram a destruição para os homens,*
> *para que também os vindouros tivessem tema para os seus cantos.*[249]

---

[249] Do Canto VIII da *Odisseia*.

Talvez daqui a oitocentos ou mil e oitocentos anos, quando esta estrada e estas árvores já não existirem, depois que esta terra e esta vida tiverem adormecido para sempre, cobertas por uma nova terra e uma nova vida das quais nada podemos saber, talvez algum velho de barba grisalha passe por aqui devagar, pare por um momento e pense: "Aqui, um dia, houve trincheiras. Muito tempo atrás, nos dias da Grande Revolução, dos grandiosos projetos de construção e de terríveis invasões, soldados marcharam por aqui em direção ao Volga". E talvez se lembre da ilustração de um livro didático infantil: soldados marchando estepe afora com uma expressão simples e gentil no rosto sério, usando roupas e botas antiquadas, com estrelas vermelhas nos barretes. Talvez o velho se detenha, aguçando os ouvidos. "O que foi isso? Um suspiro? O baque surdo de passos? Homens marchando?"

55

Assim que chegaram às casas esparsas do vilarejo de Burkóvski, o motorista virou para uma pista estreita que atravessava uma densa e jovem floresta.

— Um pequeno desvio — disse. — A estrada principal é bombardeada dia e noite.

Em vez de desacelerar depois de sair da estrada principal, o motorista pisou fundo. O caminhão rangia e gemia, aos solavancos, enquanto suas rodas passavam por cima das raízes que cobriam a estrada ou tombavam dentro de sulcos.

O som dos tiros ia ficando mais alto; o barulho do motor já não o abafava. Era possível distinguir com clareza o rugido da artilharia soviética da explosão das bombas alemãs; parecia ser algum instinto interno, mais do que o ouvido, o que diferenciava esses sons. Com calma indiferença ao rugido das armas soviéticas, os nervos e o coração se tensionavam em resposta aos projéteis alemães. O cérebro, por sua vez, realizava cálculos rápidos: bomba de morteiro ou granada? Grande ou pequeno calibre? O caminhão estava ou não na zona de fogo cruzado?

À medida que o veículo avançava, as árvores ficavam visivelmente menores. Como que aparadas por enormes tesouras, não tinham nem folhas nem galhos. O que Krímov viu ao seu redor não era uma floresta, mas uma paliçada — milhares de estacas e postes fincados no chão. Os projéteis alemães haviam gerado centenas de milhares de estilhaços, que haviam arrancado lascas de troncos e retalhado folhas, galhos e ramos. A floresta estava transparente. À luz da lua que brilhava através da mata, era mais como um esqueleto, uma floresta que já não se movia nem respirava.

Agora Krímov podia ver os clarões de tiroteios, os montões de terra, as clareiras recém-abertas, as portas de madeira branca dos abrigos subterrâneos, os caminhões camuflados dentro de buracos abertos no chão. E quanto mais se aproximavam do Volga e da 62ª Travessia, maior a tensão — uma tensão que parecia emanar não de Krímov, tampouco de seu motorista, mas do ambiente: da palidez arenosa da terra, do silêncio da floresta desfolhada, do luar e do tremor das estrelas.

De repente, eles deixaram a floresta para trás. O motorista freou de maneira brusca, estendeu um lápis e uma folha de papel, evidentemente preparados de antemão, e disse:

— Assine isto, camarada comissário de batalhão. Preciso ir.

Estava claro que não queria permanecer no ponto de travessia nem um minuto além do necessário. E foi embora.

Krímov deu alguns passos e olhou em volta. Empilhados em uma cavidade sob um alto muro de terra, viu caixotes de munição, sacos de pão, uniformes de inverno e grandes caixas de madeira com comida em conserva. Em silêncio, dezenas de homens carregavam esses caixotes e sacos para uma comprida plataforma de madeira.

Numa estreita abertura do terreno entre os salgueirais e a ponta do muro de terra estendia-se o Volga, brilhando ao luar. Krímov se dirigiu ao controlador de tráfego, um velho de rosto grande e redondo, e perguntou:

— Onde posso encontrar o comandante da travessia?

Nesse exato instante, ouviram atrás deles, vindo da floresta, o som de violentas explosões acompanhadas de um clarão. O soldado se virou para Krímov, esperou por um momento de silêncio e disse:

— Debaixo daquelas árvores o senhor encontrará um pequeno abrigo. Há uma sentinela parada do lado de fora.

Fez uma pausa e perguntou:

— A caminho da cidade, camarada comandante?

Novas explosões, ainda mais ensurdecedoras, ecoaram à direita, à esquerda e atrás deles.

Krímov olhou ao redor. Não viu ninguém caindo no chão nem correndo em busca de abrigo. Os homens ao pé do muro de terra continuavam seu trabalho. O velho controlador de tráfego não moveu sequer um músculo; calmamente, esperou que Krímov respondesse à sua pergunta.

Em um tom não menos amigável e relaxado, Krímov falou:

— Sim, estou a caminho de Stalingrado. Alguém deve ter recebido uma ligação a meu respeito.

— Então o senhor vai no barco — disse o soldado. — A barcaça não vai fazer a travessia esta noite. Está muito claro.

Krímov caminhou em direção à casamata do comandante. Antes que chegasse lá, projéteis passaram assobiando e guinchando acima dele, para em seguida explodir na floresta. Uma fumaça densa rodopiava no ar; tudo era estrépito e estrondo. Era como se um grande urso feito de fumaça tivesse se levantado sobre as patas traseiras para, rugindo e girando, começar a esmagar as árvores. Mas as pessoas continuavam seus afazeres, indiferentes, como se sua vida não pudesse ser interrompida a qualquer momento.

E Krímov, que não compreendia ainda aquele sentimento novo e sublime que ia tomando conta dele, tampouco tinha plena consciência do próprio espanto diante do ar majestoso e nobre dos movimentos, do modo de andar e de falar daqueles homens, olhava para eles com sofreguidão e alegria.

Talvez seu taciturno motorista, que fumara durante todo o percurso e se apressara a dar meia-volta e pisar no acelerador para fugir do ponto de travessia, fosse o último exemplar de uma classe de indivíduos que conhecera ao longo do ano anterior. Olhares breves e apreensivos, risos e silêncios abruptos, por vezes uma atitude grosseira para dissimular o pânico... Ombros curvados de homens cansados caminhando pelas estradas empoeiradas do primeiro ano da guerra; olhos arregalados fitando o céu: "Aqueles desgraçados continuam atacando?". O tenente rouco, enfurecido, empunhando uma pistola naquele pontão sobre o Don... Fragmentos de conversas entreouvidas por acaso: "Eles não estão longe", "Lançaram foguetes", "Mandaram paraquedistas", "Obstruíram a estrada", "Cercaram nossas tropas". Conversas sobre pontas de lança e pinças alemãs, sobre o poderio da força aérea germânica, sobre generais alemães emitindo ordens que decretavam o dia e a hora em que Moscou capitularia e depois enfatizando a importância de os soldados escovarem os dentes regularmente e receberem provisões de água nas paradas de descanso.

Mais tarde, Krímov muitas vezes se lembraria de seu primeiro vislumbre dos soldados na 62ª Travessia trabalhando ao luar.

Ele entrou na casamata, que ainda tremia com a última explosão. Um homem robusto de cabelos louros e peito largo usando um colete de pele estava sentado em um banquinho branco e novo diante de uma mesinha branca também nova. Ele se apresentou:

— Permínov, comissário da 62ª Travessia.

Em seguida, pediu a Krímov que se sentasse e disse que não haveria barcaça naquela noite, que ele seria levado para a cidade de barco, junto com dois comandantes que em breve chegariam do quartel-general do front.

Depois de perguntar se Krímov gostaria de um pouco de chá, Permínov foi até um pequeno fogão de ferro e voltou com um bule branco e reluzente.

Enquanto bebericava, Krímov perguntou a Permínov como estavam as coisas na travessia.

Permínov devia estar prestes a escrever um relatório, pois havia um pequeno tinteiro e algumas folhas de papel num dos lados da mesa. Parecia feliz em falar, embora não desperdiçasse palavras.

Ele reconhecera em Krímov um veterano, um homem que sabia das coisas. Entre os dois surgiu uma afinidade imediata.

— Vocês estão bem entrincheirados? — perguntou Krímov.

— Estamos indo bem. Temos nossa própria padaria. Um banheiro decente. E a cozinha funciona. Tudo no subsolo, claro.

— E qual o maior problema? A aviação?

— Sim, pelo menos durante o dia. Os Stukas causam estragos sérios. Os outros não são tão ruins... jogam a maioria das bombas na água. Só podemos sair depois que escurece. De dia é impossível, os alemães não descansam.

— Atacam em ondas?

— Depende. Às vezes vêm em ondas, às vezes separados. Mas bombardeiam sem parar, do amanhecer ao crepúsculo. Por isso, durante o dia, fazemos palestras, lemos. Descansamos enquanto eles atacam.

Apontando para o céu, Permínov fez um gesto de desdém pelo inimigo, como que a zombar de seus voos improdutivos.

— E então, à noite, vem o fogo de morteiros e artilharia, como você pode ouvir.

— Calibre médio?

— Principalmente, mas de vez em quando disparam os de 210. E às vezes tentam os de 103.[250] Fazem tudo o que podem, não há como negar. Mas sem efeito. Cumprimos o nosso plano de trabalho. Eles não vão nos parar. Embora haja, é claro, barcaças que não conseguem fazer a travessia.

— Muitas baixas?

— Apenas quando acertam em cheio. Estamos bem entrincheirados. Mas danificaram a cozinha ontem. Uma bomba de cem quilos.

Permínov se inclinou sobre a mesa. Abaixando a voz, como se quisesse se vangloriar a um amigo sobre a família unida e harmoniosa, disse:

— Meus homens são espantosamente calmos, às vezes mal posso acreditar. A maioria é do Volga, de Iarosláv, homens adultos, sapadores, por volta dos quarenta anos. Mas a maneira como trabalham sob fogo... Quem vê pensa que estão apenas construindo uma escola em sua aldeia natal. Não faz muito tempo, estávamos construindo uma ponte de assalto daqui para a ilha Sarpínski. Bom, você sabe como são os alemães.

Permínov gesticulou novamente em direção ao céu sobre o Volga.

— Eles perceberam o que estávamos tramando e abriram fogo com força total. Mas nossos sapadores apenas seguiram em frente. Você deveria tê-los visto em ação, camarada comissário! Foi incrível! Eles ponderavam atentamente sobre as coisas e não se afobavam. De vez em quando paravam para fumar. Nada de trabalho desmazelado, nada feito às pressas. Vi um homem pegar um tronco, apertar os olhos e calcular sua medida. Depois, sacudiu a cabeça, rolou a tora para o lado, pegou uma segunda tora, mediu com uma corda, marcou entalhes com a unha e começou a apará-la. E os alemães não cessaram nem por um momento. Fogo concentrado no setor inteiro.

---

[250] O 210 era a peça de artilharia alemã mais pesada: o obus Morser 18, de 210 milímetros. O 103 era uma peça de artilharia média, que disparava projéteis de 103 milímetros.

Uma expressão de dor perpassou o rosto de Permínov. Em seguida ele se recobrou e disse:

— Mas quem somos nós para falar alguma coisa? Em comparação com a margem direita, isto aqui é um acampamento de férias. É lá em Stalingrado que você vê a guerra de verdade! É o que ouço sem parar dos meus sapadores: "O que temos aqui não é nada. Em Stalingrado, sim, é uma verdadeira guerra".

Nesse momento, chegaram os dois comandantes do quartel-general do front — um jovem capitão e um tenente-coronel. Às três da manhã o sargento de serviço veio informar que o barco estava pronto e que eles deveriam embarcar. Foram acompanhados por um soldado jovem e grandalhão que segurava duas grandes garrafas térmicas e pediu permissão a Permínov para fazer a travessia.

— Estou levando leite fresco para o nosso comandante. Ordens médicas. Alguém vem buscar dia sim, dia não, mas nosso barco afundou algumas horas atrás.

— Qual é sua divisão? — perguntou Permínov.

— Sou da 13ª Divisão de Guardas — respondeu o soldado, corando de orgulho.

— Tudo bem — falou Permínov. — Vá em frente. Mas como o seu barco foi afundado?

— É uma noite clara, camarada comissário, de lua cheia... a embarcação foi atingida por uma bomba de morteiro no meio do rio. Nenhum sobrevivente. Esperei e esperei. Então decidi vir para cá.

Permínov saiu do abrigo junto com os oficiais. Olhou para o céu claro e disse:

— Bem, posso ver algumas nuvens, mesmo que não sejam muito grandes. Mas não se preocupem. Vai correr tudo bem. O piloto sabe o que está fazendo. É um rapaz de Stalingrado.

E, virando-se para Krímov, acrescentou:

— Quando voltar, não quer fazer um discurso para nós?

Krímov e os outros três passageiros partiram em silêncio atrás de um mensageiro. Em vez de levá-los para além das lojas de suprimentos, ele os conduziu ao longo da orla da floresta. Passaram pela carcaça de um caminhão de três toneladas destruído e alguns túmulos com pequenos obeliscos de madeira e estrelas de cinco pontas. A lua estava tão brilhante que os nomes dos sapadores e pontoneiros mortos, escritos em tinta indelével, eram claramente visíveis.

Enquanto passavam, o soldado com as garrafas térmicas leu em voz alta:

— "Lokotkov, Ivan Nikoláievitch." — E acrescentou: — É meu homônimo. Descanse em paz.

Krímov estava cada vez mais apreensivo. Parecia improvável, naquela noite brilhante, conseguir atravessar o Volga com vida. Ainda no abrigo, pensava: "Será este o último banquinho em que me sento? Será esta a última caneca de chá que bebo?".

E quando viu o Volga cintilando entre os densos salgueiros, pensou: "Vá em frente, Nikolai. Estes podem ser os últimos passos que você vai dar nesta terra".

Mas o destino não permitiu que Krímov desse esses passos em paz. Um pesado projétil explodiu nos salgueiros. Uma chama vermelha e irregular se ergueu em meio a uma enorme nuvem de fumaça. Ensurdecidos por um momento, os cinco homens caíram na areia fina e fria na beira d'água.

— Rápido, entrem no barco! — gritou o mensageiro, como se fosse mais seguro lá do que em terra.

Ninguém se feriu. Mas todos ficaram com a cabeça zumbindo, zunindo, sibilando, chiando.

Os homens pularam a bordo, as botas batendo nas pranchas.

Um homem de rosto magro e jovem vestindo uma jaqueta ensebada inclinou o corpo na direção de Krímov. Na mais gentil das vozes, disse:

— Não se sente aí, o senhor vai sujar suas roupas de óleo. Ficará mais confortável aqui.

Depois se virou para o mensageiro, que ainda estava de pé perto dos salgueiros, e disse, na mesma voz calma:

— Vássia, providencie para mim o jornal de hoje a tempo da minha próxima viagem. Prometi um exemplar aos rapazes em Stalingrado. Caso contrário, terão que esperar até amanhã.

"Que homem!", pensou Krímov. Ele queria se sentar mais perto do piloto e perguntar tudo a seu respeito. Como se chamava? Que idade tinha? Era solteiro ou casado?

O tenente-coronel estendeu sua cigarreira para o piloto e disse:

— Acenda um, herói! E me diga: quantos anos você tem?

O piloto sorriu e respondeu:

— Que diferença isso faz?

E pegou um cigarro.

O motor começou a roncar. Galhos de salgueiro envergados chicotearam a lateral do barco e depois voltaram a se endireitar, com um silvo. O barco saiu do riacho para o rio aberto. No começo havia apenas o cheiro de gasolina e óleo quente, que logo cedeu ao bafejo calmo e fresco do Volga noturno.

56

Krímov ouviu com atenção o ronronar do motor, na esperança de que não parasse de funcionar de repente. Tinha escutado mais de um relato de barcos que, com motores paralisados ou danificados por bombas, tinham sido arrastados pela correnteza para o embarcadouro central, direto nas mãos dos alemães.

Seus companheiros pareciam compartilhar sua ansiedade. O jovem capitão perguntou:

— Tem algum remo, só por garantia?

— Não — respondeu o piloto.

O tenente-coronel, olhando para o rosto magro do piloto e para seus dedos longos e finos encharcados de óleo, disse com uma voz suave:

— Nosso piloto é um mestre, não precisa de remos.

O piloto assentiu.

— Não se preocupem, é um bom motor.

Krímov olhou ao redor. Cativado pelo que viu, esqueceu suas preocupações.

O rio era como um campo prateado que tremeluzia e se estreitava ao sul. As ondas levantadas pelo barco fluíam atrás da popa como espelhos milagrosos, azulados, movediços. O céu enorme, claro e leve, salpicado de estrelas, se espalhava sobre o rio e as amplas terras que se estendiam a leste e oeste.

A imagem do céu noturno, do rio solene e brilhante, das colinas e planícies iluminadas pela lua e pelas estrelas costuma estar associada ao silêncio, à calma sublime, ao movimento lento e suave. Mas aquela noite russa sobre o Volga estava longe de ser tranquila.

Sobre as colinas de Stalingrado, acima dos edifícios brancos iluminados pelo luar que se espalhavam ao longo do Volga, tremia a luz incandescente do fogo de artilharia. Um pouco ao norte, feito fortalezas sombrias, assomavam os edifícios negros das fábricas gigantes. Da margem esquerda vinha o vagaroso ribombar da artilharia soviética, sacudindo a terra, o céu e a água. Do alto vinha o constante zumbido dos pesados bombardeiros noturnos. O azul-claro da noite de outono era riscado por milhares de linhas vermelhas de balas e projéteis traçantes. Alguns fios eram isolados; outros riscos se aglutinavam em aglomerados densos. Alguns eram como lanças curtas, enterrando-se no solo ou nas paredes de edifícios; outros eram longos o bastante para cobrir metade do céu. Os bombardeiros alemães tentavam aniquilar as defesas antiaéreas soviéticas. Armas semiautomáticas em terra lançavam no ar cones de balas traçantes vermelhas e verdes, que formavam um padrão complexo quando encontravam os cones de projéteis e balas traçantes lançados para baixo pelos bombardeiros.

Bombas pesadas explodiam nas ruas iluminadas pela lua como clarões rosados de relâmpagos estivais. O ferro guinchava e assobiava por sobre o Volga. Bombas de morteiro estouravam na água veloz, e chamas azuis surgiam e desapareciam em meio à súbita espuma branca, dourada e fervente.

À primeira vista, essa ferraria vasta e estrondosa, cheia de fogo, fúria e movimento, e se estendendo por dezenas de quilômetros, parecia além de toda compreensão. Mas não era. Pelo contrário, era surpreendentemente fácil distinguir as principais forças envolvidas — os martelos e bigornas da batalha. Igualmente fácil era acompanhar muitos dos combates e escaramuças mais rápidos, mais efêmeros — entre dois edifícios, entre duas janelas, entre uma bateria antiaérea e um bombardeiro em sobrevoo. De repente, tudo isso se tornava compreensível, palpável no seu movimento, evolução e intensidade. No papel azul-escuro do céu da noite, via-se o desenho vivo da guerra; as linhas pontilhadas da munição traçante, os clarões das explosões e as rajadas de metralhadoras delineavam no papel os contornos e os nós de força de uma grande batalha.

Em um setor montanhoso um pouco ao norte das três grandes fábricas, os clarões das salvas de artilharia eram especialmente densos. Ora vinham em intervalos regulares, como uma engrenagem de funcionamento preciso; ora em feixes separados. Por vezes, todo o setor tremeluzia e ardia em fogos reverberantes. As baterias de artilharia alemãs trabalhavam com afinco, preparando o terreno para um ataque de infantaria às fábricas.

Então, centenas de parábolas de fogo surgiram da margem esquerda, formando um amplo arco vermelho que se elevava acima da floresta e do Volga. Os homens a bordo do barco ouviram um uivo prolongado, quase impossível de descrever; poderia ter sido o som de dezenas, ou mesmo centenas, de enormes locomotivas soltando vapor ao mesmo tempo.

Ao atingirem o ponto mais alto sobre o Volga, os foguetes precipitaram-se em direção ao solo, e uma fervura incandescente levantou-se das colinas onde os alemães haviam instalado sua artilharia pesada. O rufar dos tambores de ferro abafou todos os outros sons da batalha: era o ar que, comprimindo-se e dilatando-se em convulsões, levava aos ouvidos dos homens o estrondo do granizo — e cada um desses granizos era capaz de destruir um muro de concreto.

Quando a fumaça brilhante se dissipou, Krímov pôde ver que as baterias alemãs não mais disparavam. Uma salva bem coordenada de Katiuchas as havia silenciado de uma vez por todas.

Com olhos, ouvidos e coração tomados de contentamento, Krímov entendeu o que tinha acabado de acontecer. Viu observadores com olhos de lince bradando dados de mira, operadores de rádio transmitindo esses dados através do Volga, sisudos comandantes de divisão e de regimento esperando a ordem de atirar, um general de artilharia grisalho em seu abrigo de olho no ponteiro dos segundos do relógio de pulso e soldados correndo de volta de seus lançadores de foguetes tão logo os Katiuchas dispararam.

No barco, todos acenderam cigarros e começaram a conversar. Apenas o soldado com o leite permaneceu sentado em silêncio e imóvel, segurando as garrafas junto ao peito; poderia passar por uma ama embalando dois bebês.

Quando o barco chegou ao meio do Volga, teve início uma batalha entre duas oficinas de fábricas às escuras. A distância, os elevados muros desses bastiões pareciam muito próximos um do outro. De uma das oficinas brotou um clarão, e uma explosão de munição traçante penetrou a parede da outra. Aparentemente, um artilheiro alemão abrira fogo contra um edifício ocupado por soldados do Exército Vermelho. Uma rápida lança de fogo chamejou então na parede escura do bastião soviético e perfurou a parede da oficina alemã. Passados alguns segundos, dezenas de lanças e flechas incandescentes resplandeceram no ar. As paredes escuras eram como grandes nuvens de tempestade, entre as quais flamejavam relâmpagos.

Ocorreu a Krímov que aquelas oficinas estavam de fato repletas de eletricidade, que a tensão entre os dois elementos opostos poderia ser medida em bilhões de volts.

Krímov esqueceu que o frágil barco poderia afundar a qualquer momento. Esqueceu que não sabia nadar; esqueceu seus pressentimentos. Ficou surpreso de ver os companheiros agachados, um deles cobrindo os olhos com a mão. Era, é claro, uma reação natural — centenas de cordas de aço invisíveis agora esticadas através da água, apenas um pouco acima de suas cabeças, zumbiam de modo aterrorizante.

Essa imagem vívida não era apenas austera e majestosa; era também estranhamente comovente. O estrondo e as chamas da batalha não apagavam as cores da enluarada noite de outono, não arrancavam as sementes das espigas brancas do trigo ondulante nos campos ribeirinhos do Volga, não violavam o silêncio contemplativo do céu e a melancolia das estrelas.

Estranhamente, esse mundo silencioso e sublime da noite russa nas margens do Volga fundiu-se à guerra, e o que havia de mais incompatível começou a coexistir, unindo a paixão marcial, a audácia e o sofrimento a uma tristeza pacífica e resignada.

Krímov se lembrou das meninas que tinha visto dançando em Ákhtuba. Lembrou-se de como se sentira comovido com elas, e por algum motivo isso evocou uma lembrança mais distante: o dia em que disse a Gênia que a amava. Ela o contemplara por um longo tempo sem dizer uma palavra. Mas essa lembrança já não o entristecia.

À medida que o barco se aproximava da margem direita, a água ia ficando mais calma. Agora, os projéteis e bombas de morteiro passavam bem lá no alto.

O piloto desligou o motor e o barco parou junto a alguns rochedos. Os quatro passageiros desembarcaram e começaram a subir a trilha em direção aos abrigos do quartel-general do exército.

Depois da tensão de estar na água, foi uma alegria para Krímov sentir sob os pés a terra sólida, com suas pedras e seus pedaços de barro.

Às suas costas, ouviu a batida suave do motor. O barco voltaria para a margem esquerda, regressaria às águas repetidamente dilaceradas por explosões.

Krímov percebeu que, ao saltarem, ele e seus companheiros haviam se esquecido de se despedir do piloto. Talvez tivesse sido por isso que o piloto sorrira quando o tenente-coronel perguntou sua idade. O mesmo acontecera em relação ao motor; no início, todos ouviram atentamente, notando a mais ínfima falha; contudo, à medida que se aproximavam da margem, nem sequer saberiam dizer se ainda funcionava.

Mas Krímov estava agora sob as garras de novas impressões; caminhava na terra de Stalingrado.

Cronologia da guerra

1939
1º de setembro: A Alemanha invade a Polônia. Esse fato é visto de forma geral como o marco do início da Segunda Guerra Mundial.

1941
22 de junho: Lançamento da Operação Barbarossa. Forças da Alemanha nazista invadem a União Soviética. É esta data que a maioria dos russos considera o início do conflito, ao qual quase sempre se referem não como a "Segunda Guerra Mundial", mas como a "Grande Guerra Patriótica".

9 de julho: Forças alemãs capturam 300 mil soldados soviéticos nos arredores de Minsk.

27 de julho: Forças alemãs completam o cerco de Smolensk.

8 de agosto-19 de setembro: Batalha de Kiev. O front sul soviético é cercado e mais de meio milhão de soldados são feitos prisioneiros. O general Júkov quis bater em retirada mais cedo, mas Stálin não permitiu, dizendo: "Kiev era, é e será soviética!".

29-30 de setembro: Início do massacre de Babi Iar nos arredores de Kiev. Execução de 33 mil judeus apenas nesses dois dias.

setembro-outubro: Nikolai Krímov conduz um grupamento ad hoc de duzentos homens para fora do território controlado pelos alemães, através da linha de frente. Junta-se ao 50º Exército do major-general Petrov ao norte de Briansk.

outubro: Início da Operação Tufão. A ofensiva alemã para tomar Moscou continuará até janeiro de 1942.

2-21 de outubro: Batalhas de Viazma e Briansk. Três exércitos soviéticos são cercados — mas sua persistência nos combates atrasa o avanço alemão em Moscou. Continuam até janeiro de 1942.

10 de outubro: Júkov é nomeado comandante de todas as forças de defesa de Moscou.

20-22 de novembro: Forças alemãs tomam Rostov.

5-6 de dezembro: O avanço alemão é interrompido e os soviéticos iniciam uma bem-sucedida contraofensiva.

1942
12-28 de maio: Krímov é nomeado comissário de uma brigada antitanque. A segunda Batalha de Carcóvia termina em desastrosa derrota; os alemães fazem pelo menos 240 mil prisioneiros no que é chamado de "a ratoeira de Barvenkovo".

7 de junho-4 de julho: Forças alemãs cercam e por fim capturam Sebastopol.

28 de junho: Lançamento da Operação Azul — a ofensiva de verão alemã destinada a capturar os campos de petróleo do Cáucaso. O êxito inicial leva Hitler a insistir no objetivo adicional de capturar Stalingrado.

12 de julho: Estabelecimento do front de Stalingrado, sob o comando do general Timotchenko.

17 de julho: Unidades avançadas do 6º Exército do general Paulus travam combate com o 62º Exército junto ao rio Tchir, afluente do Don.

23 de julho: O general Gordov assume o comando do front de Stalingrado.

24 de julho: Unidades avançadas do 6º Exército do general Paulus alcançam o Don, nos arredores de Kalatch.

28 de julho: Stálin emite a Ordem 227, conhecida como "Nem um passo atrás", decretando a pena de morte imediata para "retardatários, covardes, derrotistas e outros canalhas".

5 de agosto: Criação do front sudeste, subordinado ao general Ieriômenko.

7-8 de agosto: Os alemães cercam grande parte do 62º Exército, na margem direita do Don.

9 de agosto: O general Ieriômenko assume também o comando do front de Stalingrado.

21 de agosto: Forças alemãs cruzam o Don. Nenhuma força soviética permanece a oeste do rio, exceto cabeças de ponte em Serafímovitch e Klétzkaia.

23 de agosto: Primeiro ataque aéreo maciço a Stalingrado. Forças alemãs chegam ao Volga em Rínok, ao norte da cidade, isolando assim as tropas remanescentes do 62º Exército das forças soviéticas ao noroeste. Grossman e seus companheiros partem de Moscou. A jornada rumo a Stalingrado leva cinco dias. No caminho, Grossman visita pela segunda vez Iásnaia Poliana.

25 de agosto: As principais fábricas de Stalingrado são minadas pelos russos, receosos de que os alemães capturem a cidade.

28 de agosto: Fuga em massa de civis de Stalingrado. Esse fato não é mencionado na maioria dos relatos soviéticos da batalha.

29 de agosto: O general Júkov é enviado ao front de Stalingrado como representante da Stavka (o Comando Supremo).

8 de setembro: Os alemães chegam ao Volga na ravina Kuporósnaia, ao sul de Stalingrado, isolando o 62º Exército do 64º Exército, posicionado ainda mais ao sul. Ieriômenko desloca o quartel-general do front para a margem esquerda do Volga.

12 de setembro: O general Tchuikov assume o comando do 62º Exército.

14 de setembro: Forças alemãs entram no centro de Stalingrado. A 13ª Divisão de Guardas de Rodímtzev começa a cruzar o Volga às cinco da tarde.

15 de setembro: Um batalhão da divisão de Rodímtzev recaptura a estação ferroviária principal.

21-22 de setembro: Intensos combates no centro de Stalingrado. Rodímtzev é forçado a se retirar para uma estreita faixa de terreno paralela ao rio.

1º de outubro: Os alemães capturam a Fábrica de Tratores, alcançando o Volga e dividindo em dois o 62º Exército de Tchuikov.

19 de novembro: Início da Operação Urano, ofensiva soviética de grande envergadura.

23 de novembro: Forças soviéticas cercam o 6º Exército de Paulus.

1943
2 de fevereiro: As últimas forças alemãs em Stalingrado se rendem.

Posfácio

ESTE TEXTO

Stalingrado é um dos grandes romances do século XX, mas não existe como texto definitivo. A história de sua composição e publicação é, na verdade, ainda mais intrincada do que a de *Vida e destino*. Grossman iniciou a primeira versão do romance em 1943 e a completou em 1949. Uma seleção de onze capítulos, bastante modificada por intervenções editoriais, foi publicada no mesmo ano sob o título *À beira do Volga (capítulos do romance Stalingrado)*.[1] Os textos tratam sobretudo de assuntos militares, e não há menção a Viktor Chtrum ou às irmãs Chápochnikova. Desses capítulos, os dez primeiros foram incluídos — em versões mais completas — nas várias edições publicadas do romance. O capítulo restante, porém, não foi incluído em *Stalingrado*, mas sim em *Vida e destino* — mais um testemunho de que Grossman, pelo menos nesse aspecto, via os dois romances como uma única obra.

Em seguida, em sua luta para atender às exigências de mudanças feitas por seus editores, Grossman reescreveu *Stalingrado*, de forma parcial ou total, pelo menos quatro vezes entre 1949 e o final de 1952, quando o romance foi publicado pela primeira vez, em capítulos, nas páginas da revista *Nóvi Mir*. Depois o livro apareceu em um volume, lançado primeiro pela editora militar Voenizdat, em 1954 (reimpresso em 1955), e, dois anos mais tarde, em 1956, pela editora literária Sovetski Pisatel [Escritor Soviético]. As edições de 1952, 1954-5 e 1956 diferem muito umas das outras, e mais ainda dos vários datiloscritos. Pouco antes da primeira publicação, até mesmo o título do romance foi alterado, contra a vontade de Grossman. O título original dado pelo autor era *Stalingrado*, mas ele foi rebatizado como *Por uma causa justa* — trecho de uma frase do discurso proferido por Viatcheslav Mólotov, o ministro soviético das Relações Exteriores, no dia da invasão alemã.

Claramente antevendo as dificuldades desde o início, Grossman registrou todas as conversas oficiais, cartas e reuniões relacionadas ao romance em seu "Diário da jornada do manuscrito do romance *Por uma causa justa* entre as editoras". Anatoli Botcharov, autor da primeira monografia sobre Grossman, assim resume essa "jornada do romance":

---

[1] RGALI, 1710, opis 2, ed. khr. 1.

1006

Modificações foram feitas entre 1949 e 1952 no decurso de reuniões de conselhos editoriais, após comentários de um grande número de revisores e consultores, editores e autoridades literárias de todos os tipos. Maltratado, castigado, exaurido, emendado e remendado — foi apenas por um milagre que o autor conseguiu salvar seu texto da destruição por obra da demagogia, do pensamento cego e do excesso de cautela.[2]

O tom dessas reuniões editoriais foi estabelecido em um diálogo de dezembro de 1948 entre Grossman e Boris Agápov, um dos membros do conselho editorial da revista *Nóvi Mir*:

AGÁPOV: Quero tornar o romance seguro, fazer com que seja impossível que o critiquem.
GROSSMAN: Boris Nikoláievitch, não quero tornar meu romance seguro.[3]

Embora tudo indique que Konstantin Simonov (editor-chefe da *Nóvi Mir* até fevereiro de 1950), Aleksandr Tvardóvski (substituto de Simonov a partir de então) e Aleksandr Fadêiev (secretário-geral da União dos Escritores Soviéticos na maior parte do período entre 1937 e 1954) tenham ficado genuinamente admirados com *Stalingrado*, a publicação do romance foi adiada repetidas vezes. As exigências feitas por Fadêiev e Tvardóvski variavam do mais trivial ao mais abrangente. Consta que Tvardóvski, em certo momento, sugeriu que Grossman transformasse Chtrum em chefe de um comissariado militar, em vez de um físico; em resposta, Grossman perguntou que posto deveria dar a Einstein.[4] Em outra ocasião, Grossman foi convidado a extirpar todos os capítulos "civis". O romance chegou a passar pelo processo de composição tipográfica três vezes, mas em cada uma dessas circunstâncias a decisão de publicá-lo foi revogada e os tipos destruídos — ao que tudo indica, porém, em pelo menos duas dessas ocasiões, alguns poucos exemplares chegaram a ser de fato impressos. Numa anotação de 30 de abril de 1951 no diário de Grossman, lê-se: "Graças à esplêndida atitude de camaradagem dos editores técnicos e dos funcionários da gráfica, a nova composição de tipos foi concluída com fabulosa rapidez. Agora tenho nas mãos uma nova cópia: segunda edição: tiragem — seis exemplares".

A razão para a extrema cautela demonstrada pelos editores de Grossman é que a vitória soviética em Stalingrado havia adquirido o status de mito sagrado — mito que legitimava o governo de Stálin. Assim, não havia espaço para o menor erro político. Aleksandr Tvardóvski e Aleksandr Fadêiev julgaram necessário pedir a aprovação de uma gama de órgãos e instâncias: a União dos Escritores, a Seção Histórica do Estado-Maior, o Instituto Marx-Engels-Lênin e o Comitê Central do Partido Comunista. Tinham medo de ofender não só generais importantes, como Nikita Khruschóv, que aparece nas primeiras versões do livro em seu papel de mais alto-comissário político em Stalingrado. Sem dúvida, estavam ainda mais preocupados com a reação do próprio Stálin.

---

[2] A. G. Bocharov, *Vasilii Grossman: jizn, tvorchestvo, sudba*. Moscou: Sovetski Pisatel, 1990, p. 196.
[3] Fiódor Guber, *Pamyat i pisma*. Moscou: Probel, 2007, p. 64. "Tornar seguro" é nossa tradução para *obezopasit*.
[4] Semion Lipkin, *Kvadriga*. Moscou: Knijni Sad, 1997, p. 533.

Em dezembro de 1950, o próprio Grossman escreveu ao líder da União Soviética. Sua carta termina assim:

> O número de páginas de revisões, estenogramas, conclusões e respostas já se aproxima do número de páginas do romance em si, e, embora todos sejam a favor da publicação, ainda não houve uma decisão definitiva. Peço-lhe com veemência que me ajude a decidir o destino do livro, que considero mais importante do que qualquer outra coisa que já escrevi.[5]

Stálin, ao que parece, não respondeu. Tampouco Gueórgi Malenkov, um dos colaboradores mais próximos de Stálin, a quem Grossman escreveu em outubro de 1951.[6] No entanto, após uma última enxurrada de novas sugestões para o título, que incluíam "No Volga", "Povo soviético" e "Durante uma Guerra do Povo",[7] o romance foi enfim publicado nas edições de julho a outubro de 1952 da revista *Nóvi Mir*. Em carta a Fadêiev, Grossman escreveu:

> Querido Aleksandr Aleksandrovitch [...]. Mesmo depois de ter sido publicado e republicado por tantos anos, senti uma emoção mais intensa e profunda ao ver a edição de julho da revista do que quando vi meu primeiro conto ["Na cidade de Berdítchev"]* nas páginas da *Literatúrnaia Gaziêta*.[8]

Além das três diferentes edições publicadas do romance, existem onze versões — algumas completas, outras parciais — no Arquivo do Estado Russo de Literatura e Arte (RGALI). A primeira delas é um manuscrito, quase ilegível por causa da sofrível caligrafia de Grossman e do grande número de correções que ele fez. A versão seguinte — inexplicavelmente — desapareceu; não se sabe nem mesmo se era um manuscrito ou um texto datilografado. A terceira versão, portanto, é a primeira versão legível de que dispomos. Trata-se de um datiloscrito razoavelmente limpo, com revisões manuscritas, e não parece diferir muito do manuscrito original; é mais ousado e mais vívido do que as versões posteriores e merece ser publicado na íntegra.

A quarta e a quinta versões incorporam tanto as sugestões editoriais como as modificações introduzidas pelo próprio Grossman. Essas versões são menos ousadas, mas todas as linhas principais do enredo ainda estão presentes. Um detalhe importante da quinta versão é a adição de um capítulo comovente — o relato do último dia de Tólia Chápochnikov, antes de ser ferido de morte — que não aparece em nenhuma das versões anteriores. A sexta versão é a mais ortodoxamente soviética; a maioria dos capítulos sobre Viktor Chtrum e os Chápochnikov foi eliminada, e houve muitos acréscimos sobre Stálin e seu papel histórico. De maneira curiosa, os editores de Grossman parecem ter constatado que sua cautela havia enfraquecido o

---

[5] Fiódor Guber, op. cit., p. 67; ver também RGALI, 1710, opis 2, ed. khr. 8.
[6] Fiódor Guber, op. cit., p. 67.
[7] Ver "Diário da jornada do manuscrito do romance *Por uma causa justa* entre as editoras".
* No Brasil, o conto foi publicado na coletânea *A estrada* (Rio de Janeiro: Alfaguara, 2015). (N. T.)
[8] Natália Gromova, *Raspad*. Moscou: Ellis Lak, 2009, p. 337.

romance; provas e edições publicadas posteriormente não se baseiam nesta versão, mas na quinta, menos modificada.

As últimas versões no RGALI são provas de galé e páginas de teste de impressão para a publicação planejada (mas cancelada) do romance na *Nóvi Mir*, em 1950, para o lançamento efetivo na revista, em 1952, e para a primeira publicação em formato de livro, em 1954. A mais interessante dessas versões é a chamada "nona versão" — que apresenta cerca de uma dezena de capítulos adicionados, em 1951, às provas de galé de 1950 não utilizadas. É nessa versão que aparecem pela primeira vez Tchepíjin e Ivan Nóvikov (o mineiro de carvão, irmão do coronel Nóvikov).

Sabemos que não foi por escolha própria que Grossman apresentou esses dois personagens. Em janeiro de 1951, Aleksandr Fadêiev disse a Grossman e a Aleksandr Tvardóvski que o Comitê Central do Partido expressara "imensa admiração pelo romance" e propusera que a União dos Escritores e a *Nóvi Mir* "decidissem em conjunto a questão da publicação". Logo depois, Aleksandr Fadêiev encaminhou a Grossman uma série de exigências. O autor deveria acrescentar novos capítulos sobre o heroico esforço de guerra que estava sendo realizado em minas e fábricas na Sibéria e nos Urais, inserir a visão oficial sobre a aliança de tempo de guerra com a Inglaterra e os Estados Unidos (ver nota sobre o capítulo 23) e eliminar inteiramente a figura de Viktor Chtrum. Esta última exigência tinha como evidente motivação o antissemitismo oficial. Grossman respondeu: "Concordo com tudo, exceto Chtrum". Aleksandr Tvardóvski sugeriu então um meio-termo engenhoso: tornar Chtrum subordinado a um físico russo de renome mundial. Grossman aceitou essa sugestão e apresentou a figura de Tchepíjin.

Seria equivocado, no entanto, presumir que essas novas partes sejam menos valiosas por terem sido impostas a Grossman, que tinha um dom extraordinário para reverter em seu benefício as aparentes concessões que fazia. Ele próprio havia trabalhado como engenheiro de segurança em uma mina do Donbass. Seu primeiro romance, *Glückauf*, é ambientado na bacia do rio Don, e, a julgar por seu livro de memórias, *Dobró vam!*,* fica claro que ele se recordava com orgulho do tempo passado no Donbass. Não há razão para pensar que ele tenha relutado em adicionar esses capítulos, que são extremamente vívidos; sem eles, a imagem de Grossman da União Soviética em tempo de guerra seria incompleta.

Muitas das páginas dedicadas a Tchepíjin são igualmente intensas. O relato de suas palestras é quase certamente outro tributo de Grossman ao físico Liev Chtrum. A recente redescoberta da vida e do trabalho de Liev Chtrum empresta pungência adicional a passagens como a seguinte: "Essas fórmulas pareciam repletas de conteúdo; poderiam ter sido ardentes declarações de fé, dúvida ou amor. [...] Como um valioso manuscrito, o quadro-negro deveria ter sido preservado para a posteridade".[9]

---

* Escrito em 1962, dois anos antes da morte de Grossman. Foi traduzido para o português europeu sob o título *Bem hajam! Apontamentos de viagem à Arménia* (Lisboa: Dom Quixote, 2014). (N. T.)
[9] Ver a Introdução deste volume.

A decisão sobre qual das muitas versões de Grossman seguir cabe ao editor. O caminho mais simples seria utilizar a edição de 1956. Trata-se da melhor das três edições publicadas. O ano de 1956 marcou o início do "degelo" de Nikita Khruschóv — o período relativamente liberal que se seguiu à morte de Stálin, em 1953 —, e Grossman teve a oportunidade de restabelecer muitos trechos omitidos em 1952 e 1954. Ele fez apenas algumas pequenas mudanças quando o romance foi republicado, em 1959 e 1964, e o enredo de *Vida e destino* se inicia onde termina a versão de 1956, sem conflitos ou inconsistências. Até hoje, todas as reedições russas e todas as traduções de *Stalingrado* se basearam na edição de 1956.

A maior desvantagem de seguir essa edição é que, embora mais completa do que as duas anteriores, ela ainda assim omite muitas das passagens mais espirituosas, mais argutas e mais incomuns da terceira versão inédita. É impossível enfatizar com veemência suficiente a ousadia desse primeiro datiloscrito. Foi tão arrojado da parte de Grossman pensar em publicar *Stalingrado* no final dos anos 1940 quanto pensar em publicar *Vida e destino* no final da década de 1950. Continuar a omitir muitos dos melhores momentos de sua produção escrita seria imperdoável.

Um problema secundário da edição de 1956 é que, em alguns pontos, ela perde força, enfraquecida pela censura anti-Stálin característica das décadas que se seguiram à morte do líder soviético. O exemplo mais óbvio dessa variante específica de censura tem relação com o tratamento que Grossman dá à Ordem 227, de 28 de julho de 1942, pouco antes do início da Batalha de Stalingrado. Essa determinação, ainda controversa, sintetizada no slogan "Nem um passo atrás", proibia qualquer recuo, sob quaisquer circunstâncias, decretando pena de morte imediata para "retardatários, covardes, derrotistas e outros canalhas". Na terceira versão, e nas edições de 1952 e 1954, Grossman retrata o momento em que Krímov lê com profunda euforia a ordem de Stálin. Esse capítulo breve é o clímax de uma longa sequência de capítulos durante os quais Krímov vai ficando cada vez mais furioso por conta daquilo que vê como uma aceitação geral e irrefletida da retirada soviética, um recuo aparentemente sem fim. É crucial para a estrutura do romance. No entanto, uma vez que o papel de Stálin é visto — nesta ocasião — como inteiramente positivo, o capítulo foi omitido em 1956. Há poucas dúvidas de que Grossman teria desejado reintegrá-lo.

A terceira versão de *Stalingrado* merece ser publicada na íntegra, tanto em russo como em outras línguas — assim como as editoras agora publicam rascunhos iniciais de obras como *Guerra e paz*. Infelizmente, apesar de todo o seu brilhantismo, ela é apenas um rascunho; não se trata de um romance acabado. Uma linha da trama — o caso de Viktor com Nina — simplesmente desaparece sem explicação. Existem outras inconsistências. Só na quinta versão do romance é que Grossman passa a diferenciar com clareza Nóvikov e Darenski; nas primeiras quatro versões, em vez de dois personagens, há apenas um, às vezes chamado Nóvikov, às vezes chamado Darenski. Algumas longas passagens relacionadas a esse personagem compósito são repetidas literalmente, centenas de páginas adiante.

Também há conflitos entre essa terceira versão e o enredo de *Vida e destino*. Na terceira versão, Vera não engravida e Ivannikov entrega a Mostovskói seu ensaio sobre a insensata bondade humana enquanto ambos ainda estão em Stalingrado. Em *Vida e destino*, por outro lado, Vera deu à luz uma criança, e Ivannikov (que agora se chama Ikónnikov) mostra a Mostovskói seu ensaio não em Stalingrado, mas em um campo de prisioneiros de guerra alemão, provavelmente Dachau.

Outra razão para não considerar essa versão como definitiva é que muitas das revisões posteriores de Grossman foram extremamente proveitosas. Obrigado a eliminar diversas passagens boas, ele aproveitou a oportunidade para omitir também trechos prolixos, confusos ou detalhados em demasia, e adicionou não apenas os capítulos sobre a mineração e os dias de Tólia no comando de uma bateria de artilharia, mas também aqueles sobre o trabalho de Mária Vavílova nos campos, sobre Aleksandra conhecendo as instalações da Stalgres e sobre a captura de Mostovskói e Sófia pelos alemães.

A terceira versão e a edição de 1956 são os dois textos mais importantes do romance, mas nenhum é satisfatório por si só. Portanto, decidimos utilizar ambos como base para esta tradução. No que diz respeito ao enredo geral e à ordem dos capítulos, seguimos a edição de 1956, mas restauramos várias centenas de passagens da terceira versão — algumas de apenas três ou quatro palavras, outras consistindo em muitas páginas. E nos casos em que capítulos inteiramente novos — por exemplo, os que tratam da mineração de carvão — foram adicionados em um estágio posterior, também nos fiamos no datiloscrito mais antigo em que esses capítulos apareciam.

Num esforço para evitar excessos de subjetividade da nossa parte, tentamos seguir duas diretrizes: não restabelecer nenhuma passagem que resultaria em conflitos de enredo e não reintegrar quaisquer passagens a menos que tivéssemos boas razões para pensar que sua omissão das edições publicadas fosse decisão dos editores de Grossman, e não do próprio Grossman. Houve, é claro, casos limítrofes — passagens que Grossman pode ter optado por omitir em nome da concisão, mas nas quais era igualmente possível que seus editores tivessem encontrado algo questionável.

A tarefa de "restaurar" com fidelidade o romance de Grossman — tanto quanto alguém seria capaz de restaurar uma pintura danificada — é, sem dúvida, teoricamente impossível. Na prática, porém, foi menos difícil do que se poderia imaginar. O primeiro passo nesse trabalho foi realizar uma detalhada comparação das três principais edições publicadas. Esse cotejo nos deu uma ideia clara da natureza das divergências entre Grossman e seus editores, permitindo-nos ver tanto o que mais os incomodava como as passagens que Grossman julgava de grande importância, a ponto de ter feito o possível para restabelecê-las no texto na primeira oportunidade.

Essas três edições constituem uma excepcional fonte para o estudo da censura soviética. Existem, é claro, casos em que as omissões (sobretudo em 1952) e reinserções (em sua maioria em 1954 ou 1956) estão relacionadas a questões de óbvia sensibilidade política — críticas aos colcozes e menções a derrotas militares ou a campos de trabalho. Com maior frequência, no entanto, as diferenças entre as edições são menos uma questão de substância do que de tom. Muitas das passagens omitidas em 1952 não poderiam ter sido interpretadas como antissoviéticas; devem simplesmente ter sido consideradas muito tolas ou frívolas para um romance sobre um assunto tão épico como a Batalha de Stalingrado. Durante os últimos anos do regime stalinista, apenas os estilos mais dignos e pomposos eram aceitáveis. Não era possível retratar soldados ou oficiais soviéticos tendo comportamentos infantis ou egoístas em um momento de decisiva importância militar. E havia um forte tabu acerca de qualquer menção aberta a crimes de pequena gravidade. Na terceira versão e em 1956, a marmita de metal de Serioja é "roubada" no dia em que ele se forma na escola militar; nas edições modificadas com mão mais pesada pelos editores de 1952 e 1954, ela "desapareceu". A mesma substituição foi feita na cena da estação de Kazan, quando uma colcoziana tem seu dinheiro e documentos roubados. O tabu sobre menções a piolhos, pulgas, percevejos e baratas parece ter sido igualmente forte. Não há dúvida de que Andrei Siniávski, um dos primeiros e mais importantes dissidentes soviéticos, estava certo ao definir o realismo socialista como uma versão do século XX do neoclassicismo.[10]

Uma passagem sobre o major Beriózkin ilustra de maneira marcante essa questão:

> Ele havia lutado no verão de 1941 nas florestas do oeste da Bielorrússia e da Ucrânia. Sobrevivera ao horror nefasto dos primeiros dias da guerra; sabia tudo e tinha visto tudo. Quando outros homens contavam histórias sobre a guerra, ouvia com um sorriso educado. "Oh, meus irmãos", pensava, "vi coisas das quais não se pode falar, e sobre as quais ninguém jamais escreverá."
>
> Vez por outra, porém, ao encontrar algum major quieto e tímido como ele, que reconhecia, a partir de pequenos sinais, como uma alma gêmea, falava com mais desembaraço.
> — Lembra-se daquele general que teve a unidade cercada e se arrastou a duras penas por um pântano, de uniforme e tudo, incluindo as medalhas, com uma cabra na trela? Em certo momento da travessia, dois tenentes lhe perguntaram: "Camarada general, o senhor está seguindo uma bússola?". E ele respondeu: "Que bússola? É esta cabra que vai nos tirar daqui!".

O general age de maneira correta e corajosa; não tira o uniforme nem as medalhas, mesmo correndo o risco de chamar a atenção de soldados alemães. E é inteligente e engenhoso; as chances de uma cabra conduzi-lo em segurança para fora do pântano eram maiores do que a orientação de uma bússola. No entanto, é indigno de um general soviético confiar sua vida a uma cabra. Há também uma interessante ambiguidade nesses parágrafos: Beriózkin é incapaz de falar sobre o que viu no verão de 1941 por causa de seu "horror nefasto" ou por que parte dessa visão é estranha demais ou aparentemente absurda para se enquadrar na imagem oficial?

---

[10] Ver Abram Tertz [Andrei Siniávski], *The Trial Begins and On Socialist Realism* (Califórnia: University of California Press, 1992).

O parágrafo final, em todo caso, foi omitido em 1952 e 1954. Felizmente, Grossman conseguiu restaurá-lo em 1956. Mas a terceira versão inclui muitos outros exemplos de sua melhor produção escrita que ele nunca pôde publicar. Foi uma alegria incluí-los na presente tradução e assim devolver à obra grande parte de seu alcance, humor e vigor originais. Grossman, entre muitas outras coisas, é um formidável autor cômico — assim como Anton Tchékhov, escritor que adorava.

Em sua maioria, os personagens de Grossman permanecem basicamente os mesmos na terceira versão e nas edições publicadas. Existem, no entanto, algumas diferenças importantes.

Primeiro, existem três personagens que tiveram de ser total ou parcialmente removidos de *Stalingrado*; mais tarde, Grossman incluiu os três em *Vida e destino*. Na terceira versão, Jenny Guênrikhovna, a ex-governanta alemã de Liudmila e Marússia, está morando com a família Chápochnikov em seu apartamento em Stalingrado. Fazer com que a família central do romance desse abrigo a uma alemã enquanto a Wehrmacht se aproximava de Stalingrado no verão de 1942 foi extraordinariamente ousado da parte de Grossman. Não surpreende que ele tenha sido obrigado a eliminar todas as passagens sobre Jenny. Teríamos gostado de restaurá-las, mas isso resultaria em conflitos de enredo com *Vida e destino*.

O segundo personagem que Grossman deslocou para *Vida e destino* é Vladímir Andrêievitch Charogórodski, o poeta e historiador russo que — assim como Jenny Guênrikhovna — faz parte do círculo social de Gênia em Kúibichev (*Vida e destino*, parte I, cap. 25). Charogórodski era aristocrático demais, e também ferozmente antissoviético, para ser incluído nas edições publicadas de *Stalingrado*, mas, ao contrário de Jenny Guênrikhovna, desempenha papel essencial no enredo. Ele apresenta Ivannikov/Ikónnikov a Mostovskói, permitindo assim que a última carta de Anna Semiônova do gueto de Berdítchev chegue à família de Viktor. Incapaz de remover Charogórodski completamente, Grossman o dividiu em duas figuras separadas: o Charogórodski que encontramos em *Vida e destino*, e Gagárov, sua versão mais aceitável e menos antissoviética, que encontramos nas edições publicadas de *Stalingrado*.

O terceiro personagem que Grossman teve dificuldade em incluir em *Stalingrado* foi o próprio Ivannikov. Na terceira versão, ele é uma presença importante, portador de dois documentos fundamentais, ambos uma resposta à Shoah. Ele carrega não apenas a última carta de Anna Semiônova através da linha de frente mas também mostra a Mostovskói seu ensaio sobre a bondade insensata. Mostovskói lê o texto e fica abalado.

É evidente que Grossman percebeu que o ensaio de Ivannikov era impublicável e o eliminou de *Stalingrado*, possivelmente já na esperança de conseguir incluí-lo em *Vida e destino*. O ensaio aparece na quinta versão do livro, mas não na sexta, e não há menção a ele em qualquer um dos estenogramas das reuniões editoriais. Contudo, Ivannikov, tal qual Charogórodski, desempenha um papel necessário na trama, e, para Grossman, era impossível removê-lo inteiramente. Assim, em vez disso, ele apenas reduziu sua importância. O leitor não encontra Ivannikov; apenas ouve Gagárov falar sobre ele. E não há nenhuma menção a seu ensaio.

Em *Vida e destino*, Ikónnikov — novo nome que Grossman lhe deu — recupera sua importância. Seu ensaio aparece na íntegra e ele discute com o padre católico Gardi e Mostovskói, o velho bolchevique, insistindo que, no que diz respeito à responsabilidade moral pessoal, os pontos de vista de ambos são indistinguíveis. Gardi e Mostovskói acreditam que podem ser isentos de responsabilidade por suas ações. Gardi confia no perdão de Deus, e Mostovskói acredita que suas ações são determinadas por forças histórico-econômico-políticas tão determinantes a ponto de equivalerem àquilo que um católico entende por Deus. Ikónnikov, em contraste, assume uma posição que poderíamos chamar de protestante; insiste em dizer que tem livre-arbítrio e, portanto, é responsável por suas ações, pouco importando o grau de força a que está sujeito. Para provar que estava sendo sincero e falando sério, condena-se à morte ao se recusar a trabalhar na construção de uma câmara de gás.

O realismo socialista privilegia a consistência e o decoro. Personagens positivos devem ser totalmente positivos, e personagens negativos devem ser totalmente negativos. E há pouco espaço — ainda menos em um romance sobre a Batalha de Stalingrado — para trivialidades, excessos e frivolidades. Assim, quase todos os personagens de Grossman são um pouco menos complexos, um pouco mais estereotipados nas edições publicadas do que na terceira versão, onde são mais desenvolvidos e têm mais arestas. Vera é mais rude. Gênia é mais imprevisível. Abartchuk é mais fanático e Marússia é ainda mais severa ao repreender Tókareva, a diretora do orfanato, e ao discutir sobre arte com Gênia. Viktor e Liudmila têm brigas mais ásperas, e o caso de Viktor com Nina é sexual, em vez de platônico. Zina Mélnikova, amiga de Vera, possivelmente tem um caso com um oficial alemão. E, no que diz respeito aos personagens secundários, há mais exemplos de mau comportamento, embriaguez e pequenos crimes.

Na maioria dos casos há poucas dúvidas sobre o que Grossman teria preferido. Os desentendimentos entre Viktor e Liudmila, por exemplo, são de óbvia importância tanto para *Stalingrado* quanto para *Vida e destino*. Aleksandra Vladímirovna é bidimensional nas edições publicadas de *Stalingrado*; na terceira versão, Grossman nos conta mais sobre seu passado, e isso a torna uma personagem mais complexa e convincente. Grossman foi evidentemente forçado a omitir não apenas as menções ao pai de Aleksandra Vladímirovna, um comerciante abastado, mas também as passagens sobre a vida dela na Europa Ocidental. As versões publicadas dos capítulos sobre Zina Mélnikova são ainda mais insatisfatórias; uma vez que foram excluídos quase todos os episódios de seu comportamento suspeito, é difícil entender por que as irmãs Chápochnikova a reprovavam com tanta veemência.

Sempre que possível, portanto, restauramos os detalhes mais interessantes e inesperados da terceira versão. No que diz respeito ao caso entre Viktor e Nina, no entanto, ficamos mais perto da edição de 1956; assim como acontece com Jenny Guênrikhovna, seria impossível seguir a terceira versão sem tornar o enredo confuso.

Em sua carta de dezembro de 1950 a Stálin, Grossman escreveu que a quantidade de páginas de revisões, estenogramas de reuniões etc. já era quase igual ao número de páginas do próprio romance. Um estudo abrangente dos quatro manuscritos principais e das três edições publicadas seria ainda mais volumoso. Assim, vamos nos limitar a uma breve menção, capítulo a capítulo, das diferenças mais marcantes.

PARTE I

1-2. Esses capítulos foram omitidos em 1952 e 1954. São idênticos na terceira versão e na edição de 1956.

3-5. Similares em todas as variantes. Alguns dos aspectos mais sombrios da vida dos camponeses soviéticos — os detalhes do trabalho extenuante de Vavílov, a dor da família pela vaca morta, a escassez da comida que Vavílov leva na mochila, até mesmo a menção às baratas sob o chão — são da terceira versão. O início do lúgubre parágrafo "Vavílov via a guerra como uma catástrofe" também vem dessa versão, bem como as críticas mais contundentes de Púkhov, sua atitude positiva em relação aos alemães e a passagem sobre a perda dos filhos. O mesmo vale para o retrato do corrupto presidente do colcoz.
Uma versão condensada desses capítulos foi incluída em *À beira do Volga* (1949).

6. A menção ao fato de Sófia e Aleksandra terem se conhecido em Paris e Berna é da terceira versão — uma das muitas instâncias em que as edições publicadas omitem referências de Grossman à vida dos personagens mais antigos na Europa Ocidental. Também recorremos a essa versão para os detalhes da comida consumida no jantar. Nas edições publicadas, a refeição é mais modesta, sem manteiga, esturjão ou caviar, e apenas com meio litro de vodca.

7. Em geral, os editores de Grossman parecem querer diminuir o tom, tornar tudo mais suave e uniforme. Todas as coisas que na terceira versão são cômicas ou absurdas são menos cômicas e absurdas nas edições publicadas. Nas versões publicadas deste capítulo, por exemplo, não há menção à ambição de Serioja de eclipsar Newton e Einstein. E, como já foi mencionado, na terceira versão e em 1956, a marmita de metal de Serioja foi "roubada"; em 1952 e 1954, "desapareceu".

8. A maior parte da análise sociológica que Mostovskói faz do quarto de Aleksandra vem da terceira versão. Nas edições publicadas, ele se limita a dizer que os livros (Marx, Hegel e Lênin) e os dois retratos o fazem se lembrar de seu apartamento em Leningrado. Não menciona nem o pai comerciante dela nem seu próspero genro. E, nas edições publicadas, Aleksandra é inabalavelmente positiva. Em vez de terminar um de seus discursos para Mostovskói com as palavras "Uma escuridão caiu sobre nós", ela diz: "Não, nós vamos deter os fascistas. Claro que vamos".

9. Para o discurso de Mostovskói sobre Anteu, seguimos não a edição de 1956, mas as edições de 1952 e 1954. Em 1956, no trecho "Tenho certeza de que todos se lembram dos comentários de Stálin sobre o gigante Anteu", Stálin ficou de fora, e Mostovskói diz: "Tenho certeza de que todos se lembram do mito do gigante Anteu". Isso faz pouco sentido. Mostovskói não traria repentinamente um mito grego à baila se Stálin não o tivesse mencionado em um recente discurso público. A exclusão da menção a Stálin é um claro exemplo dos esforços dos editores de Grossman, após as críticas de Nikita Khruschóv ao ex-líder soviético, em 1956, no sentido de minimizar o número de referências a ele.

Com relação às reminiscências de Aleksandra sobre tortas, seguimos a terceira versão. Mesmo sem querer, ela deixa claro que o exílio era muito mais agradável sob o regime tsarista do que nos dias soviéticos. Omitida em 1952 e 1954, essa passagem foi incluída em 1956, mas bastante reduzida. As recordações de Mostovskói de sua refeição de Páscoa na prisão também foram omitidas.

Nas edições publicadas, os amigos de Vera pegam emprestados livros não de Conan Doyle ou Rider Haggard, mas *Assim foi temperado o aço*, de Nikolai Ostróvski (1904-36). Clássico do realismo socialista, o romance foi publicado pela primeira vez de forma seriada em 1932-4, e não teria sido difícil obter exemplares. Conan Doyle era genuinamente popular nesse período, apesar de certo grau de desaprovação oficial.

Nas duas últimas páginas do capítulo, de "Houve um silêncio geral" a "todos se viraram para olhá-lo", seguimos a terceira versão. Grossman estava claramente enfurecido diante da desconfiança com que o establishment soviético olhava para as centenas de milhares de homens cercados pelos alemães durante o primeiro ano da guerra; vários foram enviados para batalhões penais, condenados a anos de trabalhos forçados nos campos ou fuzilados. As edições de 1952 e 1954 omitem as palavras de Kováliov sobre a colaboração de burocratas com os alemães; a edição de 1956 inclui essa passagem, embora muito atenuada.

As desoladoras palavras de Andrêiev sobre a verdade vêm da terceira versão.

10. Aqui seguimos a edição de 1956. Na terceira versão, Serioja, ao brincar com o gato, imita não a voz de Marússia, mas a de Jenny Guênrikhovna. E as edições de 1952 e 1954 omitem as linhas sobre Serioja fingindo dar uma cabeçada no gato e chamando-o de "carneirinho". Evidentemente, isso foi considerado um tanto bobo para um romance sobre um tema tão importante quanto a Batalha de Stalingrado.

11. A crítica de Pável Andrêiev ao internacionalismo de Mostovskói, que se assemelharia aos ensinamentos de Cristo, é da terceira versão.

12. A menção ao filósofo anarquista Mikhail Bakúnin é da terceira versão. Até mesmo as alusões ao lago de Genebra e ao túmulo de Marx em Londres, presentes no texto datilografado, foram publicadas pela primeira vez apenas em 1954; em 1952, evidentemente, considerou-se mais seguro omitir todas as referências aos anos de

Mostovskói como exilado na Europa Ocidental, como se isso pudesse tê-lo tornado internacionalista demais e menos verdadeiramente russo.

13. Sobre Agrippina não comer coisa alguma para não diluir o efeito da vodca, suas palavras sobre orações sendo feitas em todas as igrejas e suas queixas invejosas de Mostovskói, seguimos a terceira versão. Nas edições publicadas não há menção às viagens de Mostovskói ao Cáucaso, e sua pensão é de apenas mil rublos. Além disso, os últimos parágrafos são mais brandos, omitindo a palavra "puta", a sugestão de que a mulher do segundo andar poderia estar fazendo sinal para os alemães e a ameaça de tiroteio.

14. Similar em todas as variantes.

15. A menção à natureza do ferimento do capitão Sitníkov — e à desconfiança com que ele evidentemente foi tratado — é da terceira versão. A descrição de Víktorov deitado na maca também segue a terceira versão; nas edições publicadas, a comparação com o peru é omitida, e sua cueca está "puída" em vez de "suja de fezes". Uma versão condensada deste capítulo foi incluída em *À beira do Volga* (1949): aqui sua cueca está "sem lavar".

16. Este capítulo sobre Aleksandra aparece pela primeira vez apenas na quinta versão. Talvez represente uma concessão por parte de Grossman; seus editores podem ter exigido que ele enfatizasse a empatia de Aleksandra com relação aos trabalhadores soviéticos. Seria errado, no entanto, descartar o capítulo por esse motivo. Como sempre, Grossman se dispôs a escrever com sinceridade, e parte dela foi claramente considerada inaceitável. O parágrafo sobre os "perversos poderes" da química, por exemplo, foi omitido em 1952 e 1954.

O parágrafo surpreendentemente ousado sobre Dmitri Chápochnikov, presente na quinta versão, também foi publicado pela primeira vez apenas em 1956. Nas edições anteriores, Dmitri morre em decorrência de um ataque cardíaco provocado por "grandes dissabores" no trabalho. Sua esposa — a mãe de Serioja — vai trabalhar no extremo norte; depois que Serioja contrai pneumonia duas vezes, ela concorda em deixá-lo viver com Aleksandra em Stalingrado.

Na quinta versão, Grossman afirma que Dmitri estava trabalhando no canal do mar Branco. Seus editores podem ter exigido que ele omitisse o fato por razões políticas, mas a menção ao canal teria sido, em todo caso, anacrônica; Dmitri foi preso em 1937, e o canal do mar Branco, o primeiro dos grandes projetos de Stálin nos quais se utilizou mão de obra escrava, foi construído entre 1931 e 1934. Em todo caso, a edição de 1956 ainda preserva um tênue traço do canal do mar Branco: "praia vazia [...] espuma *branca* [...] gaivotas [...] cabeça *branca*".

17. Este capítulo não está presente na terceira versão; ainda não conseguimos determinar com segurança em qual versão aparece pela primeira vez.

18. Uma página inteira deste capítulo, a partir da fala de Marússia "Você deveria pintar cartazes", é da terceira versão. Nem a discussão sobre a verdade, nem as histórias de Zina sobre Kiev, nem a discussão da possibilidade de Aleksandra ficar em Stalingrado aparecem nas edições publicadas.

19. Similar em todas as variantes. Algumas das desculpas de Nóvikov e as jocosas menções a sua prontidão para se subordinar a Gênia são da terceira versão. Um coronel soviético evidentemente não deveria se subordinar a uma mulher.

20. O parágrafo sobre a extrema correção de Nóvikov — "um homem escrupulosamente justo, com o mesmo rigor de uma balança farmacêutica" — é da terceira versão.

21. A ênfase no sentimento de vergonha de Nóvikov vem da terceira versão, que inclui várias páginas de seu diário. Algumas das reflexões de Nóvikov foram posteriormente transferidas a Darenski e incorporadas às edições publicadas (parte III, cap. 6) como parte do diário *dele*.

22. Similar em todas as variantes.

23. No início do capítulo, omitimos quase uma página das edições publicadas — um longo resumo das ações militares, que não aparece na terceira versão. Em 1952 e 1954, as derrotas soviéticas mencionadas nesse relato são justificadas pelo fracasso dos Aliados em abrir um segundo front; a linha com a afirmação do oficial soviético foi omitida em 1956.
    A barata "correndo sobre o mapa" e a secretária "solene, conscienciosa" que "tomara minuciosas notas de decisões que jamais seriam postas em prática" são da terceira versão. O parágrafo iniciado por "A velocidade da retirada", com a vívida imagem de Nóvikov como operador de cinema, também é dessa versão — assim como a referência a Heráclito perto do final do capítulo.

24. Alguns dos relatos sobre o regimento do major Beriózkin — que está avançando para oeste sob ordens do major Beriózkin (!) — e a descrição de como as mulheres olham para os soldados como se fossem "santos mártires" — são da terceira versão. A crítica de Nóvikov a Bíkov — quando diz que ele é como um cientista a bordo de um barco indo a pique e explicando por que o barco está afundando, em vez de tapar os buracos do casco — também é dessa versão.

25. Este capítulo, presente de forma ligeiramente diferente na terceira versão, foi publicado pela primeira vez apenas em 1956. No entanto, em 1956, Tcheprak é muito mais positivo ao se despedir de Nóvikov. Em vez de dizer "Será o seu fim", ele diz: "Acho que essa é uma boa decisão".

26. Três importantes passagens são da terceira versão: o relato de Timotchenko banhando-se no Volga, as linhas sobre seus homens terem "perdido toda a fé em si mesmos e no futuro"; e os dois parágrafos sobre a importância simbólica desse "batismo em massa" no Volga.

27. Similar em todas as variantes — embora as edições publicadas omitam muitos detalhes: por exemplo, o cientista que diz que sua vida é "essencial para a ciência", as massagens, os banhos de agulhas de pinheiro e os tratamentos à base de fototerapia, eletroterapia e hidroterapia de Liudmila, os escambos de Vária no mercado.

28. Este capítulo foi publicado pela primeira vez — com muitas modificações editoriais — em 1956. Entre os detalhes que tiramos da terceira versão estão as piadas dos estudantes sobre a importância de ter a origem social correta; a passagem sobre Sófia e Aleksandra juntas em Paris; a piada — se é que se trata de uma — de Abartchuk sobre fazer sexo com uma macaca; sua convicção de que era impossível erradicar o contágio da ideologia burguesa da psique de qualquer um que fosse filho ou neto de um burguês; suas palavras cautelosas, mas sinistras, sobre o que deveria ser feito com essas pessoas; e a observação de Aleksandra a respeito de pessoas que "não sabem como conciliar o amor à humanidade e o amor por uma pessoa de verdade".

29. Similar em todas as variantes, embora o parágrafo aparentemente inócuo iniciado por "Liudmila acreditava que o amor pelo filho" tenha sido publicado pela primeira vez apenas em 1956. Sem dúvida, foi considerado bobo para ser incluído em um romance sobre um tema tão épico.

30. Seguimos aqui a edição de 1956. A terceira versão é semelhante, porém mais detalhada. O amor da mãe de Viktor e sua preocupação com o bem-estar do filho são ainda mais obsessivos. O apartamento de Olga Ignátievna é ainda mais exótico, seu aquário ainda mais esplêndido. Parte da discussão entre Viktor e o diretor do Instituto de Física — os seis parágrafos a partir de "— Ivan Dmítriêvitch — disse--lhe Viktor Pávlovitch" — foi omitida em 1952 e 1954.

31. A briga entre Viktor e Liudmila é muito mais séria na terceira versão do que nas edições publicadas. Aqui ficamos mais perto da terceira versão, tomando dela as frases desde "Às vezes eu preciso do seu coração" até "principal motivo das brigas e desavenças entre os dois".

32. Os três primeiros parágrafos foram omitidos em 1952 e 1954, evidentemente porque enfatizam a origem judaica de Viktor. Aqui e em outras passagens, a terceira versão ressalta de maneira mais ostensiva do que as edições publicadas a importância para Viktor de seu relacionamento com a mãe. O longo parágrafo sobre a disposição da mãe a se sacrificar por ele, por exemplo, foi omitida de todas as edições publicadas.

A comparação da energia nuclear com um urso adormecido ou um imenso peixe também vem da terceira versão; para os editores de Grossman, essas comparações deviam soar muito extravagantes, longe demais do realismo que se exigia que promovessem.

33. Na edição de 1952, há grande ênfase, ao longo do capítulo, na amplitude de interesses de Tchepíjin, seu renome mundial e sua importância para os alunos; nesta primeira publicação, Tchepíjin desempenhou não apenas um "grande" papel (como em 1956), mas um papel "decisivo" na formação da mundividência científica de Viktor.

Os parágrafos que encerram o capítulo, a partir de "Viktor se lembrava de uma conversa com Krímov", apareceram pela primeira vez em 1954. Embora Grossman tenha apresentado Tchepíjin apenas para atender às exigências de Aleksandr Fadêiev, vários revisores da edição de 1952 criticaram o autor por dar tanto espaço à "filosofia caseira" de Tchepíjin. O ataque de Krímov a Tchepíjin pode ter sido introduzido para rebater essa crítica.

34. Alguns dos itens na mala de Viktor, entre os quais a água fervida e as garrafas de meio litro de vodca, para o caso de precisar pagar propina, são da terceira versão, assim como vários dos episódios menos dignos da primeira metade do capítulo. Eles incluem o relato de Viktor sobre sua viagem de trem durante a Guerra Civil, a reação pouco solidária das pessoas à colcoziana que foi roubada e o relato do bêbado brigão. Por conta de outras mudanças na estrutura deste e dos capítulos posteriores, foi impossível restabelecer um episódio interessante dessa versão: a descoberta de Postôiev, no trem, de que ele também foi roubado; de que a mala com suas provisões, incluindo o frango assado, agora está vazia.

As linhas de "E, depois de Stenka Rázin" até "A Rússia desconcerta a mente" foram omitidas em 1952 e 1954. Era inaceitável, durante a primeira década após a guerra, sugerir que, após uma discussão séria sobre a probabilidade de os alemães alcançarem o Volga, os russos pudessem ter descambado tão rápido para uma alegre cantoria.

35. Cerca de trinta linhas deste capítulo são da terceira versão. Incluem as passagens sobre os telegramas de felicitações de aniversário, a necessidade de Anna Semiônova de trabalhar e ser financeiramente independente e as palavras em iídiche que ela cita em suas cartas. A omissão dessas passagens nas edições publicadas deve ter sido outra das concessões exigidas de Grossman. A fim de manter Viktor Chtrum no romance, ele claramente teve que dar menos espaço para sua vida pessoal e sua origem judaica.

36. Todo o relato da briga de Viktor e Liudmila é da terceira versão, assim como boa parte do que Maksímov diz sobre o sufocamento da liberdade de expressão na Tchecoslováquia. Nas edições publicadas, Maksímov não chega efetivamente a escrever seu artigo, mas se limita a falar com Viktor sobre o fascismo. E suas últi-

mas palavras — sobre como a jardinagem poderia salvar o mundo do fascismo e da guerra — são omitidas.

O trecho em que Viktor ouve o discurso de Stálin não está presente na terceira versão. Nas edições de 1952 e 1954, ele ocupa cerca de duas páginas, enquanto em 1956 ocupa apenas cinco linhas. Diante da importância histórica desse discurso, e como Grossman, em 1956, sofreu forte pressão para minimizar o papel de Stálin na guerra, inserimos dois parágrafos da edição de 1954, que começam com "Em seguida, Stálin perguntou". É possível que Grossman quisesse restaurar mais trechos desse discurso; é difícil de avaliar.

A descrição da viagem de trem de Viktor no outono de 1941 para Kazan, presente na terceira versão, foi omitida em 1952 e 1954. O realismo dessa passagem foi, sem dúvida, visto como excessivamente negativo.

37. Todas as três edições publicadas omitem a ênfase na importância dos suprimentos de vodca do Hotel Moscou. As edições de 1952 e 1954 omitem o relato das negociações entre Postôiev e o gerente do hotel; sua desavergonhada reivindicação ao privilégio deve ter desconcertado os editores de Grossman.

De longe o mais importante dos quatro cientistas mencionados pelo gerente do hotel é o biólogo e botânico Nikolai Vavílov, uma das muitas vítimas dos expurgos. Vavílov foi preso e condenado à morte em 1941 — em parte por sua ligação com cientistas estrangeiros, em parte por seus desacordos com Trofim Lisenko, um charlatão que estava entre os favoritos de Stálin. A sentença de morte de Vavílov foi comutada para vinte anos de prisão, mas, em 1943, ele morreu de inanição na cadeia. Em 1955, sua sentença foi revertida postumamente, e, na década de 1960, Vavílov foi saudado como um dos mais importantes cientistas soviéticos.

As várias versões de Grossman desta passagem diferem muito umas das outras. Na terceira versão, ele escreve: "Conseguia se lembrar com surpreendente exatidão dos números dos quartos em que Fersman, Vedêneiev e Lisenko haviam ficado, embora parecesse ter pouca ideia de qual deles era geólogo e qual era metalúrgico". Grossman inclui três nomes, mas apenas duas profissões — como se optasse por nem sequer dignificar Lisenko com o título de biólogo.

A versão de 1952, muito mais curta, omite inteiramente esse parágrafo. Mas, nas edições de 1954 e 1956, o nome de Lisenko é substituído pelo de Vavílov. Dado que Vavílov foi reabilitado apenas em 1955, trata-se de uma ousadia da parte de Grossman. Assim como na terceira versão, há uma incompatibilidade entre o número de nomes mencionados e o número de profissões. Aqui, porém, essa incompatibilidade tem um propósito diferente. É a maneira de Grossman sugerir que pode haver algo que ele não consegue dizer com franqueza. Vavílov *certamente* merece ser chamado de biólogo, mas aos olhos do Estado é um criminoso.

Na terceira versão não há menção ao fato de que Viktor e Postôiev conversam e leem durante a noite. Nas edições de 1952 e 1954, somos informados de que eles leem, mas não há referências a Sherlock Holmes. Num momento de extremo nacionalismo na Rússia, pode ter sido inaceitável que lessem um livro estrangeiro.

38. Seguimos aqui a edição de 1956. A terceira versão é semelhante, embora a descrição do apartamento de Viktor seja mais detalhada.

39. O parágrafo sobre a desatenção de Viktor é da terceira versão, assim como alguns dos detalhes físicos — a mão "coberta de calos, a pele marrom-escura e áspera feito uma lixa" — que mostram a ele o trabalho pesado e exaustivo que Anna Stepánovna vinha fazendo. A frase sobre Viktor se curvar e beijar a mão dela também é da terceira versão.

40. Semelhante na terceira versão e na edição de 1956. Boa parte dos primeiros quatro parágrafos foi omitida em 1952 e 1954. A ênfase de Grossman na condição precária do Estado russo durante o verão de 1942 era inaceitável. O parágrafo sobre a localização dos quartéis-generais dos serviços de apoio dentro da cidade é da terceira versão, assim como muitas das passagens mais reflexivas.

41. Para este capítulo, seguimos a edição de 1956. Na terceira versão, Nina fala mais sobre a vileza do marido. Ficamos sabendo que ele a forçou a fazer um aborto, e, com a mãe, negociava comida enlatada no mercado negro. Na terceira versão, Nina é astuta e sedutora, embora Viktor acredite que é ingênua e inocente, vendo a si mesmo como um nobre guerreiro pronto a defendê-la. Viktor e Nina passam a noite juntos. Aparentemente estão sozinhos no prédio, em um sublime mundo próprio; toda a dureza, banalidade e mundanidade foram varridas para o abrigo antiaéreo.

42. Um dos capítulos que Fadêiev exigiu que Grossman adicionasse para a primeira publicação em 1952. O datiloscrito de Grossman (na chamada "nona versão") e a edição de 1952 são quase idênticos, mas a edição de 1954 é bastante diferente. As edições de 1954 e 1956 diferem apenas ligeiramente.

Em 2 de fevereiro de 1953, dez dias antes da publicação no *Pravda* de uma crítica de Mikhail Bubennov denunciando *Por uma causa justa*, houve uma reunião na redação da *Nóvi Mir*, a que compareceram não apenas a equipe editorial da revista mas também escritores, críticos e figuras militares. Ao entender para que lado soprava o vento, Aleksandr Tvardóvski e todos os presentes criticaram vários aspectos do romance, inclusive seu retrato inadequado do papel de Stálin. Outras críticas, no entanto, foram dirigidas ao "conceito histórico-filosófico" do romance. Tanto os detratores como os defensores de Grossman o aconselharam a extirpar as "rebuscadas" passagens filosóficas. E, seis semanas depois, em uma reunião do Presidium da União dos Escritores, Fadêiev referiu-se à "filosofia reacionária, idealista e antileninista" colocada na boca de Tchepíjin.

Para o leitor contemporâneo, pouco versado na ortodoxia marxista-leninista da época, pode ser difícil entender o que havia de tão herético nos pensamentos de Tchepíjin. O crítico literário Venedikt Sarnov sugeriu, de forma muito plausível, que o problema mais sério de todos é simplesmente que Tchepíjin esteja pensando por si mesmo. Tanto Tchepíjin quanto Grossman são culpados de pensar em questões políticas e filosóficas a respeito das quais apenas Stálin e o Partido tinham o direito de se pronunciar.[11]

As mudanças introduzidas em 1954 foram uma resposta clara às críticas feitas nessa reunião editorial e em resenhas publicadas posteriormente. A principal diferença é que nas edições de 1954 e 1956 é Viktor quem ganha a discussão, enquanto em 1952 é Tchepíjin. A variante de 1952 do capítulo termina com a subordinação de Viktor a Tchepíjin:

> O que eu queria falar com você hoje não diz respeito apenas à metodologia do meu trabalho. Devo confessar que fiquei muito contente quando você trouxe à baila questões mais gerais da vida. E, de súbito, entendi mais claramente do que nunca que você é meu professor não apenas no que diz respeito aos problemas da física.

Grossman apresentou a figura de Tchepíjin para atender às exigências de Fadêiev. Eles chegaram ao acordo de que Viktor Chtrum poderia ser mantido no romance, contanto que na condição de aluno de um físico russo mundialmente famoso. É irônico que isso tenha tornado o romance vulnerável a críticas em outros aspectos.

43. Não consta da terceira versão. Ainda não está claro em qual versão apareceu pela primeira vez.

44. Grande parte deste capítulo — cerca de quinze parágrafos, incluindo o relato da batalha pessoal de Krímov com "o instinto de sobrevivência", o parágrafo com a referência a Tolstói e boa parte da descrição dos soldados feridos e dos guardas de vigia nos pontões — toma como base a terceira versão. O capítulo marca o início de uma série em que vemos Krímov em constante e apreensiva reflexão sobre a retirada soviética. Era um assunto delicado; não surpreende que haja aqui muita coisa que Grossman não pôde publicar.

45. Para a descrição da estepe noturna, seguimos a edição de 1956; na terceira versão, a passagem é mais longa. No entanto, usamos a terceira versão como base para várias frases sobre os refugiados, e também para o parágrafo final do capítulo. Nas edições publicadas, o tom é mais otimista. Na edição de 1956, lê-se: "Milhares de pessoas, milhares de homens, mulheres e crianças, todos repletos de um ódio implacável ao mal fascista, rumavam para o leste sob o amplo e acobreado pôr do sol".

46. Não consta da terceira versão. Não está claro em qual versão apareceu pela primeira vez.

47. Como muitos dos capítulos que resumem os fatos militares, não consta da terceira versão.

---

[11] Ver "Voina i mir dvadtsatogo veka". Disponível em: <www.lechaim.ru/ARHIV/177/sarnov.htm>. Acesso em: 21 out. 2017.

48. Este capítulo passou por uma série de mudanças. Entre as passagens que retiramos da terceira versão estão a citação de Liérmontov, a menção a homens de Tchernígov desertando para o lado alemão e os parágrafos sobre o general Vlássov, além de outras referências ao catastrófico cerco em Kiev. O parágrafo iniciado por "E, como que convocadas pelas forças das trevas" foi omitido em 1952 e 1954. É evidente que as últimas cinco ou seis páginas do capítulo — de "tornava-se evidente, em palavras e ações" até "escapar por conta própria" — foram adicionadas relativamente tarde; estão presentes em 1954 e 1956, mas não na terceira versão, nem na edição de 1952.

49. Grande parte deste capítulo trata de mais uma retirada soviética em pânico. Parece provável que os editores de Grossman tenham insistido que ele adicionasse algumas passagens mais otimistas para equilibrar as coisas. Na primeira página, por exemplo, as palavras "Krímov soube o que havia acontecido durante os dias de suas andanças" são seguidas pelo seguinte trecho:

> A linha de frente foi rompida e os alemães avançaram depressa, mas diante deles apareceu um novo front, o front de Briansk, com novos exércitos e novas divisões; e por trás do front de Briansk surgiram ainda mais exércitos e divisões. As defesas soviéticas estavam ficando cada vez mais profundas e mais fortes; agora, estendiam-se por centenas de quilômetros.

Omitimos esse e dois parágrafos semelhantes — todos presentes nas edições publicadas, mas não na terceira versão.

O presidente do tribunal não aparece em 1952 e 1954. Na terceira versão e nos cadernos de anotações de guerra, há seis traidores à espera de julgamento; na edição de 1956, apenas três.[12] O "sorriso desdenhoso" com o qual um dos subordinados de Ieriômenko olha para Krímov — um homem que havia estado no território dominado pelos alemães, sendo, portanto, automaticamente suspeito — aparece na terceira versão, mas não nas edições de 1952 e 1954.

Em 1952 e 1954, Ieriômenko não aparece em pessoa, embora algumas de suas palavras sejam atribuídas ao coronel-general.

Nas edições publicadas, mas não na terceira versão, as lembranças de Krímov da Bielorrússia terminam com um parágrafo provavelmente imposto a Grossman por seus editores:

> Contudo, nos últimos vinte e cinco anos, uma nova força entrou na vida da Bielorrússia. Nas aldeias, cidades e florestas, Krímov encontrou bolcheviques bielorrussos — os soldados, artesãos, operários, engenheiros, professores, agrônomos e líderes de brigada colcozianos agora à frente dos bandos guerrilheiros que lutavam pela liberdade do povo.

---

[12] Vassili Grossman, *Um escritor na guerra*.

As edições de 1952 e 1954 incluem um parágrafo similarmente ortodoxo sobre os bolcheviques na Ucrânia, omitido em 1956.

A cena da velha que ora a Deus e depois xinga e amaldiçoa o diabo vem da terceira versão, seguindo de perto uma anotação dos cadernos de guerra: "Esses corações, como os justos na Bíblia, iluminam com sua estranha luz todas as pessoas. Há apenas um punhado deles, mas serão vitoriosos".[13] O poema de Tiútchev, assim como a maioria das outras citações de poesia, é da terceira versão.

50. Na terceira versão, este capítulo assume a forma de uma carta de Krímov a Gênia.

51. Na terceira versão, Krímov passa apenas dez dias em Moscou e não comparece à celebração da Revolução na praça Vermelha. Em 1952 e 1954, por sua vez, Grossman dedica mais de uma página ao discurso de Stálin no final do capítulo. Aqui seguimos o relato abreviado de 1956 sobre o discurso.

52. Como outras sínteses dos acontecimentos militares, este capítulo apareceu pela primeira vez em um dos últimos datiloscritos. Mas a breve menção de Grossman a duas derrotas desastrosas — a Batalha da Península de Kerch e a Segunda Batalha de Carcóvia — foi publicada pela primeira vez somente em 1956; apenas aos poucos o tabu contra a menção às derrotas do primeiro ano da guerra foi se atenuando.

53. As várias versões deste capítulo diferem bastante. Na terceira versão, Grossman enfatiza a importância da produção de armamentos ingleses e estadunidenses. Nas edições publicadas, no entanto, essa passagem é substituída por uma crítica aos Aliados por não conseguirem abrir um segundo front. Em 1952 e 1954, essa crítica ocupa quase uma página, mas, em 1956, apenas algumas linhas — mais uma confirmação de que Grossman a introduziu apenas por insistência de seus editores. Assim, omitimos a maior parte das críticas e restauramos as linhas sobre a produção de armamentos dos Aliados. Omitimos também algumas passagens, como a seguinte: "Foi durante essas batalhas que o Comitê Central do Partido, os oficiais políticos do exército e outros membros do Partido gradualmente forjaram a disciplina e organizaram a força moral e de combate do Exército Vermelho". Há pouca dúvida de que Grossman tenha adicionado esses trechos sob coação.

Na terceira versão, há um longo debate sobre as diferenças entre a guerra contra Hitler e a guerra contra Napoleão. Grossman considera que Kutúzov desejava de fato evitar o combate; em sua época, a vastidão da Rússia era suficiente por si só para derrotar um invasor. Stálin, porém, queria continuar lutando durante a retirada. Ele entendeu que, para Hitler, com seu exército mecanizado, a vastidão da Rússia não era um problema *esmagador*. E o Exército Vermelho lutou obstinadamente todas as vezes em que ficou encurralado — como na Batalha de Moscou, nos cercos de Leningrado, Sebastopol, Odessa e da própria Stalingrado. Para a parte

---

[13] Vassíli Grossman, *Godi voini*, p. 285.

principal do texto, no entanto, seguimos a edição de 1956, que inclui passagens marcantes que não aparecem na terceira versão.

54. Similar em todas as variantes, mas muitos dos momentos mais dissonantes, indignos ou simplesmente cômicos são da terceira versão. Eles incluem as palavras de Sófia sobre as modas no casamento; Gênia com vontade de rir enquanto os camaradas de Krímov cantam a *Internacional*; Krímov sendo levado para o trabalho em um carro que passava dez dias por mês na oficina mecânica para reparos; Gênia com o mesmo sentimento de pena por Krímov e pelo filhote de raposa assassinado.

55. Similar em todas as variantes. Seguimos a terceira versão para a passagem sobre a estátua de Kholzunov; nas edições publicadas, Gênia e Nóvikov não parecem ter a esperança de que ela os ouça. Também seguimos a terceira versão para a discussão entre Bíkov e Nóvikov. Nas edições publicadas, o desentendimento é menos sério, sem nenhuma menção a tribunais.

56. Em quase todo este capítulo, seguimos a terceira versão. Nas edições publicadas, Zina é de modo geral menos pitoresca. Não passa nenhum tempo sob ocupação alemã, e a história que conta para exemplificar seu ideal de amor verdadeiro é mais desinteressante; a heroína engenheira simplesmente abandona os estudos e troca o marido por um ator. Na terceira versão, porém, Vera não engravida. Uma vez que em *Vida e destino* ela é retratada como mãe de um bebê, seguimos a edição de 1956 para seu diálogo com Zina sobre gravidez.

57. Na terceira versão, Mostovskói discute não com Gagárov — que aparece pela primeira vez apenas na quarta versão —, mas com Vladímir Charogórodski, um ex-aristocrata. Charogórodski e Gagárov são essencialmente o mesmo personagem, com a diferença de que Charogórodski é antissoviético de uma forma aberta e desinibida. Os dois homens discutem ferozmente. Mostovskói enumera, uma a uma, todas as críticas dirigidas ao regime soviético pelos mencheviques, por membros do Partido Socialista Revolucionário, por anarquistas e por emigrados burgueses; inclui até mesmo suas opiniões sobre o Pacto de Não Agressão Germano-Soviético e a execução de importantes generais do Exército Vermelho durante os expurgos. Em seguida, diz que o povo soviético precisa decidir: se achar que essas críticas são justas, acabará com o regime; se achar que são injustas, defenderá o regime. Charogórodski afirma que os comunistas terão que responder por suas falhas — "assim como nós [ou seja, o regime tsarista] tivemos de responder por nossas falhas". O capítulo termina com Charogórodski dizendo a Mostovskói que um ex-partidário chamado Ivannikov está ansioso para vê-lo; quer lhe entregar uma carta da mãe de Chtrum e algo que ele mesmo escreveu.

58. A conferência dos engenheiros é similar em todas as variantes, exceto que o irmão engenheiro de Krímov não aparece na terceira versão. Alguns dos detalhes

mais chocantes — trabalhadores inchando de fome ou morrendo de escorbuto — foram omitidos em 1952 e 1954. A edição de 1956, por outro lado, omite várias menções a Stálin. Em um dos discursos de Andrei Trofímovitch, por exemplo, as edições anteriores diziam: "Stálin decidiu construir", ao passo que a edição de 1956 diz: "o Comitê de Defesa do Estado decidiu construir". Seguimos aqui as edições anteriores. A omissão do nome de Stálin, em discurso direto durante uma reunião formal, é um claro exemplo da censura anti-Stálin característica da era Khruschóv.

Como muitos dos momentos mais cômicos do romance, a pergunta de Postôiev no final do capítulo foi omitida em 1952 e 1954.

59. Para a maior parte deste capítulo seguimos a edição de 1956, uma vez que tomar por base a terceira versão levaria a conflitos de enredo. Na terceira versão, Viktor beija as unhas de Nina, uma de cada vez, enquanto Nina ri e conta: "Uma, duas, três" etc. Em seguida, passam a noite juntos. Em 1952 e 1954, no entanto, Viktor nem sequer a beija; apenas a pega pela mão. A União Soviética, sobretudo nos últimos anos do regime de Stálin, era um mundo pudico; não se poderia permitir que o herói de um romance épico cometesse adultério.

60. Na terceira versão, este capítulo é mais longo, sobretudo porque inclui várias páginas de um debate de Viktor consigo mesmo sobre mentiras, honestidade e a ética do adultério. Incluímos apenas uma dessas páginas um tanto prolixas — os parágrafos a partir de "Ele era como um homem de uma perna só". Alguns dos pensamentos nessas páginas reaparecem em *Vida e destino*, quando Viktor reflete sobre seu amor por Mária Sokolova.

Na terceira versão, Viktor espera que Nina vá vê-lo em sua dacha na manhã seguinte. O fio de Nina, no entanto, simplesmente se interrompe no final do capítulo, sem resolução; Grossman não nos diz sequer se Nina chega ou não à dacha. Por essa razão, seguimos de perto a edição de 1956 para este capítulo e o capítulo 59.

61. Como os demais capítulos sobre as minas e fábricas na Sibéria e nos Urais, este não é incluído na terceira versão.

62. A amargura e a fúria de Krímov — sua indignação com os outros comandantes pela resignada aceitação de uma retirada aparentemente interminável — são mais extremas na terceira versão do que nas edições publicadas. Suas reflexões sobre o instinto de sobrevivência e suas fantasias sobre a melhor forma de punir "fujões" são todas dessa versão.

Também seguimos a terceira versão para os quatro últimos parágrafos do capítulo. Nas edições publicadas, o general é mais comedido. Não ameaça fuzilar Malínin e não há menção a mandar explodir reservas de combustível. Em vez disso, ele diz: "Se Malínin não tem mais gasolina, então vai ter que dar ao comissário a gasolina de seus próprios veículos — e aí ele e seus contadores talmúdicos que sigam a pé". Entre outros detalhes retirados da terceira versão estão a reclamação do comandante não identificado sobre o fato de o chefe da cantina comer frango frito e o lamento do ajudante de ordens por ter perdido um "tapete antigo" que "era uma peça de museu".

63. Similar em todas as variantes. Três frases sobre a traiçoeira vastidão das estepes russas são da terceira versão.

64. Similar em todas as variantes.

65. Seguimos a terceira versão para o parágrafo com fofocas sobre os comandantes; os itens mais picantes são omitidos das edições publicadas. Os horrores da coletivização e a subsequente fome generalizada levaram muitos camponeses a acolher de bom grado a invasão alemã, pelo menos de início. As diferenças mais interessantes entre as variantes deste capítulo estão no discurso do velho que se inicia com "— Em 1930, matamos…". Nas edições de 1952 e 1954, ele diz:

> Em 1930, matamos todos os porcos e bebemos durante duas semanas a fio. Dois homens ricos perderam o juízo. E houve um velho — que tinha mais terras do que qualquer um no vilarejo, além de oito cavalos e quatro empregadas — que bebeu dois litros de vodca, foi para as estepes, deitou-se na neve e adormeceu.

A implicação aqui é que apenas os camponeses mais abastados e exploradores se opunham à coletivização — o que tornou a passagem mais aceitável para os editores de Grossman. Nesse caso, seguimos a edição de 1956, que é idêntica à terceira versão.

A maior parte da última página e meia deste capítulo — os pensamentos de Krímov sobre a quantidade de energia que havia despendido ao longo dos anos discutindo com pessoas como o casal de idosos, a visão que o velho tinha de si mesmo como uma testemunha e um historiador e a afirmação da velha de que apenas os judeus tinham algo a temer dos alemães — é da terceira versão.

66. A passagem sobre o suicídio do tenente Orlov é da terceira versão. Este capítulo toca em questões sensíveis; sem dúvida, era quase impossível dizer abertamente que alguns setores da população haviam dado as boas-vindas aos alemães. A maior parte do trecho sobre o homem de barba preta, os jovens evasivos e o cossaco silencioso — que começa em "Estava bêbado e parecia colérico" e termina em "parecia até que ninguém tinha bebido" — foi omitida em 1952 e 1954. A promessa da mulher cossaca de se casar com Krímov na igreja é da terceira versão.

67. Este capítulo está presente na terceira versão e nas edições de 1952 e 1954, mas foi omitido em 1956. A ordem em questão é a Ordem 227 de Stálin, de 28 de julho de 1942, com seu slogan "Nem um passo atrás".

68. Similar em todas as variantes.

69. Para a frase sobre Muliartchuk e seus piolhos, seguimos a terceira versão. As edições publicadas dizem: "Muliartchuk era o único em quem encontravam piolhos". Na terceira versão, a passagem sobre o amor de Vavílov pelo trabalho é ainda mais longa; para Grossman, o amor pelo trabalho é um tema importante — não algo imposto a ele por seus editores. Uma versão condensada deste capítulo, em que Vavílov é o principal foco, foi incluída em *À beira do Volga* (1949).

PARTE II

1. Outra síntese das ações militares que apareceu pela primeira vez em uma das versões posteriores.

2. Similar em todas as variantes. Na terceira versão, Grossman cita Tolstói como exemplo da "simplicidade clara, calma e profunda" da verdadeira arte.

3. As edições de 1952 e 1954 não incluem nenhuma das reflexões gerais sobre Ieriômenko. Mesmo a terceira versão inclui apenas algumas delas.

4. Para este capítulo, seguimos de perto a edição de 1956. Pegamos apenas três passagens da terceira versão: a imagem dos livros e panos de enrolar nos pés se misturando até se transformarem em um material antigo e homogêneo; o parágrafo sobre a ocasião em que um arrependido jornalista de quartel-general visita uma companhia de infantaria na linha de frente e quase morre; e o parágrafo sobre um jornalista cínico e pessimista que deseja comprar arreios de camelo. As edições de 1952 e 1954 pouco diferem da edição de 1956, exceto pelo fato de que Ieriômenko não é nomeado. Ieriômenko era notoriamente vaidoso; pode ser que tenha feito objeções a aspectos do retrato que Grossman pinta dele, embora seja um retrato bastante positivo.

5. A lista de livros lidos por Andrêiev, inclusive a menção a dois romances de Alexandre Dumas, é da terceira versão. Como em outros capítulos, várias das passagens mais espirituosas e mais interessantes foram omitidas das edições publicadas. Entre elas estão o parágrafo sobre Andrêiev inserindo os dados de fusão de aço oficialmente exigidos pelo manual de instruções em vez dos dados reais; o parágrafo sobre *A mulher e o socialismo*, de August Bebel; e o parágrafo sobre as semelhanças entre as relações familiares e as relações entre Estados.

6. A frase sobre Andrêiev chamando a esposa e a nora de "Hitler" é da terceira versão. Parte deste capítulo foi incluída em "A família Andrêiev", em *À beira do Volga* (1949).

7. Similar em todas as variantes.

8. Similar em todas as variantes, embora na terceira versão Mostovskói esteja indignado por ter sido convidado a dar uma palestra formal. Teria preferido apenas andar e conversar com os trabalhadores.

9. Alguns detalhes vívidos perto do final deste capítulo — a faca, o tomate e as palavras sobre a morte entrando em casa — são da terceira versão.

10. Similar na terceira versão e em 1956. Em 1952 e 1954 não há menção a Ida ter sido exilada; sabemos apenas que ela vivia no Cazaquistão e nos Urais.

11-12. Similares em todas as variantes, embora a terceira versão seja um pouco prolixa.

13. Para a maior parte do capítulo, seguimos a edição de 1956. Na terceira versão, os discursos de Marússia sobre disciplina são ainda mais obsessivos, o que a torna quase uma caricatura. No entanto, pegamos várias passagens curtas dessa versão. A mais importante é o debate de Marússia e Gênia acerca da verdade. Também seguimos essa versão no que diz respeito tanto aos detalhes de como os prisioneiros de guerra russos eram alimentados com carne de cavalo podre quanto à sua maior ênfase no fato de haver no orfanato crianças de muitas nacionalidades diferentes. Nos últimos anos do regime de Stálin, todo tipo de internacionalismo era suspeito.

A menção ao menino que rouba toalhas está presente tanto na terceira versão quanto na edição de 1956. Em 1952 e 1954, no entanto, é substituída por uma frase sobre um menino que arranja uma briga durante uma partida de futebol; evidentemente, não era possível descrever uma criança soviética envolvida na prática de um roubo, ainda que insignificante.

14. Similar em todas as variantes, exceto que, na terceira versão, Marússia fica ainda mais chateada na cena final.

15. Assim como acontece no capítulo 2, Ieriômenko não é mencionado nas edições de 1952 e 1954. O nome Priákhin é fictício. Nos cadernos de anotações de Grossman, Ieriômenko diz que Tchuianov (o primeiro-secretário do obkom na vida real) "não sabe de porra nenhuma" e que as fortificações que ele construiu "não serviam para nada".

A menção a Tolstói e ao Conselho de Guerra de Fili é da terceira versão. Dois dos momentos menos sérios — a discussão do atraente cenário para o qual o obkom deve ser realocado e o interesse de Ieriômenko no tinteiro de Priákhin — foram omitidos em 1952 e 1954.

16. Similar em todas as variantes.

17. Para a maior parte dos longos discursos de Priákhin, seguimos a terceira versão. A ênfase que ele dá ao uso dos trabalhos forçados teria parecido ousada no início

dos anos 1960, e ainda mais no final dos anos 1940; não surpreende que as edições publicadas sejam muito mais brandas, embora a edição de 1956 inclua uma breve menção aos "ex-cúlaques". As edições de 1952 e 1954 incluem vinte linhas adicionais, que não aparecem na terceira versão, de elaborada retórica soviética.

18. Muito similar em todas as variantes. A menção a Marússia como candidata a membro do Partido Comunista é da terceira versão. A omissão desse detalhe nas edições publicadas torna sem sentido a observação de Aleksandra iniciada com "Membros do Partido ou não".

19-20. Esses capítulos são similares na terceira versão e na edição de 1956. Pegamos alguns detalhes da terceira versão: a aparente incapacidade de Kriákin de mexer os olhos, alguns dos subornos com que Grádussov bajula os comandantes para cair em suas graças, a viagem aos Estados Unidos planejada por Tchentsov e algumas das lembranças de Poliákov de sua "palestra".

21. Similar em todas as variantes.

22. Na terceira versão não há qualquer menção ao general Weller; o lugar dele é ocupado por Paulus. Assim como acontece em outras passagens, alguns dos detalhes mais vívidos, como o vislumbre dos aviões soviéticos destruídos — "motores e asas despedaçados, as estrelas vermelhas pintadas na fuselagem semienterrada no chão" —, foram omitidos das edições publicadas. Existem diferenças importantes entre as edições anteriores (1952 e 1954) e posteriores (1956 e depois) do parágrafo iniciado por "Fosse psicólogo ou filósofo, talvez o general". *Todas* essas mudanças têm o efeito de permitir que os pensamentos do general pareçam relevantes não apenas para a Alemanha nazista, mas também para a União Soviética. Nas duas edições anteriores, em vez da lacônica frase "A realização, para ele, nada tinha a ver com recompensas e honrarias", há uma muito mais longa: "A realização, para ele, nada tinha a ver com recompensas e honrarias, mas estava na severa simplicidade militar com a qual elevava a glória da Alemanha".

23. Este capítulo foi omitido em 1952, mas é similar na terceira versão e nas edições de 1954 e 1956.

24. Aqui, seguimos a edição de 1956. Como em outros capítulos, muitos dos pensamentos e discursos de Weller são, na terceira versão, atribuídos a Paulus.

25. Similar em todas as variantes — mas há diferenças importantes no penúltimo parágrafo. As seguintes frases foram omitidas em 1952 e 1954: "trabalho opressivo e o poder arbitrário das autoridades [...] de horror ao poder implacável do Reich [...] do uivo das bombas inglesas". As duas últimas frases do capítulo — sobre o que aconteceria "após a vitória" — também foram omitidas. Isso é revelador;

tendo em vista a consolidação do stalinismo após a vitória soviética em 1945, há poucas dúvidas de que Grossman estava pensando mais na União Soviética do que na Alemanha — e parece também que seus editores deviam estar cientes da possibilidade dessa interpretação.

26. Similar em todas as variantes. No relato de sua colisão com Goebbels, a bibliotecária o elogia por ser "verdadeiramente um homem do povo". Ela usa a palavra *narodnost* (literalmente, "condição de povo" ou "ser do povo"), um vocábulo muito soviético. A passagem foi omitida das edições publicadas. A menção a Churchill vem da terceira versão.

27. Similar em todas as variantes, exceto nas duas últimas páginas. Na terceira versão, Forster não levanta a possibilidade de uma contraofensiva soviética.

28. Ausente na terceira versão, este capítulo foi publicado pela primeira vez em 1954.

29. Poucas diferenças entre as várias versões.

30. Este capítulo foi omitido em 1952 e 1954; discussões sérias sobre a natureza de um ditador e de uma ditadura eram consideradas perigosas. Para a parte principal do capítulo, seguimos a edição de 1956, que é similar à terceira versão. O longo parágrafo de abertura apareceu pela primeira vez apenas em 1959 (raro exemplo de uma mudança introduzida após a edição de 1956).

31. Cerca de metade do monólogo da esposa do zelador é da terceira versão. Entre as frases omitidas das edições publicadas estão aquelas sobre os sutiãs de Gênia, Marússia roubando dos orfanatos e Vera "servindo" os tenentes no hospital.

32. Similar em todas as variantes. Restabelecemos alguns detalhes vívidos omitidos das edições publicadas: por exemplo, a imagem das pilhas de tijolos vermelhos com o aspecto de pilhas de carne vermelha fumegante.

33. Alguns dos detalhes mais sombrios são da terceira versão. As edições publicadas omitem também a menção a dois dos muitos medos de Varvára: o de que Natália pudesse tê-la enviado para o cais errado e o de que o barco atingisse uma mina. Boa parte do parágrafo sobre os trabalhos que o caminhoneiro faz "por fora" foi omitida em 1952 e 1954.

Uma pequena parte deste capítulo foi incluída em "A família Andrêiev", em *À beira do Volga* (1949); esta versão termina com o barco rumando para a margem esquerda — não com ele afundando.

34. Similar em todas as variantes. Alguns detalhes, como os xingamentos e imprecações de Sokolova, são da terceira versão.

35. Como em outros capítulos, pegamos da terceira versão as referências ao passado de Aleksandra, omitidas das edições publicadas. Vários exemplos de comportamento mesquinho e egoísta também foram omitidos. Entre as passagens que reintegramos ao texto estão a frase sobre a mulher que, aos gritos, diz que a vida do marido cientista é importante para o país e vários dos diálogos mais ferozes entre Sófia e Aleksandra, por um lado, e entre Metcheriákov e a esposa do zelador, por outro.

36-37. Similares em todas as variantes. Contudo, vários dos momentos mais deprimentes ou mais bizarros na terceira versão — os incidentes de pequenos furtos, as estranhas fantasias de Gênia — foram omitidos das edições publicadas. Parte do capítulo 37 foi incluída, sob o título "O fogo", em *À beira do Volga* (1949).

38-39. Similares em todas as variantes. A menção a saques de lojas de bebida e depósitos de alimentos foi omitida das edições publicadas. No final do capítulo 39, omitimos a seguinte frase, presente em todas as edições publicadas, mas não na terceira versão: "Há relatos de comunistas e membros da Komsomol, de comandantes e instrutores políticos do Exército Vermelho fazendo tudo ao seu alcance para salvar a cidade em chamas e as pessoas que lá vivem".

40-41. Similares em todas as variantes. A piada sobre "as malditas bombas" é da terceira versão — esse tipo de humor ácido não era aceitável.

42. Similar em todas as edições publicadas. Na terceira versão, no entanto, a segunda metade do capítulo é totalmente diferente. Em vez de participar da luta, Krímov reporta-se a Ieriômenko no quartel-general. Khruschóv, Malenkov e Aleksandr Vassilevski também estão presentes. No retrato feito por Grossman, Ieriômenko é injustificadamente rude com Krímov.

43. Similar em todas as variantes. Alguns detalhes, como a descrição das unhas da mulher, são da terceira versão.

44. Este capítulo apareceu pela primeira vez apenas na quinta versão.

45. Este capítulo foi adicionado em um estágio posterior; não está presente na terceira versão.

46. Outro capítulo que foi adicionado em um estágio posterior.

47-51. Estes capítulos foram acrescentados para a primeira publicação do romance em 1952. Uma das exigências de Fadêiev foi que Grossman adicionasse uma seção sobre o trabalho que estava sendo feito por mineiros e operários em apoio ao esforço de guerra. Há diversas passagens extremamente retóricas na versão datilografada dessa seção. Elas permanecem em 1952 e 1954, mas estão ausentes da edição de 1956;

parece provável que o próprio Grossman tenha optado por excluí-las, reconhecendo sua verborragia. A única outra diferença significativa entre o texto datilografado e as variantes publicadas destes capítulos é o tratamento dado a Macha. Ivan pensa nela com muito mais frequência no datiloscrito do que nas edições publicadas. Na cópia datilografada, Ivan é mais humano — não apenas um trabalhador stakhanovita exemplar. Nesta tradução, restauramos todas as menções a Macha.

PARTE III

1. Outro dos capítulos histórico-militares adicionados em um estágio posterior.

2-3. O relato do dia de Tólia no comando da bateria de artilharia aparece pela primeira vez na quinta versão. Esse episódio foi incluído, como capítulo individual, em *À beira do Volga* (1949), embora os três últimos parágrafos — o relato sobre o ferimento de Tólia — sejam omitidos. O capítulo termina, assim, com uma nota positiva: "o rugido de suas armas [...] saudou o nascer do sol".

4-5. Detalhes retirados da terceira versão incluem a imagem dos braços e pernas do tenente, que "chacoalhavam, moles e impotentes, sempre que o caminhão passava por um buraco"; a queixa do médico Kamíchin sobre a superlotação do hospital; os itens mais caros — presunto, lampreias e caviar — na generosa ceia providenciada pela senhoria de Áristov; a menção ao velho cuja barba fora arrancada; e o relato de Beriózkin sobre a costura de um vestido para a esposa — evidentemente considerada uma tarefa aquém da dignidade de um comandante do Exército Vermelho.

As palavras de Áristov sobre o provimento de vinho Riesling ao chefe de estado-maior também são da terceira versão. Na edição de 1956, lê-se:

> O chefe de estado-maior está numa dieta especial, porque sofre de úlcera. Às suas ordens, camarada coronel, o que o senhor precisar! Podemos até estar longe da estepe, sem nenhuma fazenda coletiva por perto, mas ainda assim o chefe de estado-maior sempre recebe seus laticínios. Ele até ficou meio desconfiado, me convocou para uma conversa reservada e disse que devo ser um sujeito perigoso se sou capaz de arranjar creme azedo no meio do nada.

A anedota do general com a cabra foi omitida em 1952 e 1954.

Nas edições publicadas, o pai de Tamara é apenas "um homem chamado Sokratov".

Uma versão condensada dos capítulos 4-7, 9 e 12-13 foi incluída na forma de dois capítulos — intitulados "Na estrada da guerra" e "À beira do Volga" — em *À beira do Volga* (1949).

6. Duas longas passagens — a fantasia de Darenski sobre receber cuidados do comandante e do chefe de estado-maior e os trechos de seus cadernos — foram publicadas pela primeira vez apenas em 1956. As primeiras linhas dos excertos do caderno, de "Um civil estava tentando me mostrar" a "Que calma, que confiança!", vêm da terceira versão. Com relação aos dois parágrafos sobre o período de Darenski na prisão e em um campo de trabalho, as edições de 1952 e 1954 diferem surpreendentemente pouco da edição de 1956. As palavras "campo" e "prisão" não aparecem, mas não há dúvida de onde Darenski esteve. De maneira eufemística, Grossman escreve que "Darenski experimentou uma grande quantidade de coisas desagradáveis antes que se provasse a falsidade da acusação contra ele". Na terceira versão, Darenski é libertado depois de enviar uma carta a Stálin.

7. Similar em todas as variantes. Como em outras partes, trouxemos da terceira versão alguns dos detalhes mais cômicos omitidos nas edições publicadas — por exemplo, as linhas sobre a companhia que parece prestes a marchar direto para dentro do Volga.

8. Este capítulo, com exceção dos três últimos parágrafos, foi omitido em 1952 e 1954 — quase certamente porque, após a guerra, Stálin via Júkov como um rival potencial. Ele minimizou seu papel na vitória soviética e o rebaixou. O capítulo é quase idêntico na terceira versão e em 1956.

9-11. A citação de Tiútchev e a frase imediatamente seguinte são da terceira versão. Entre outras passagens extraídas dessa versão estão o parágrafo sobre os soldados derrotados cruzando o Don, a menção a andarilhos e desertores matando piolhos, a imagem do "redemoinho" que arremessa um assento de ônibus e uma cisterna na estepe do Transvolga e boa parte da litania do velho sobre soldados ladrões e presidentes de colcoz que trocam "bezerros por garrafas de aguardente caseira". A fala do velho "Se bem que de vez em quando encontramos um ou outro piolho" é omitida em 1952 e 1954. Na terceira versão, o capítulo termina com uma enfática declaração da parte de Grossman de que todos — de Stálin aos soldados rasos — compartilhavam um claro entendimento de que o Exército Vermelho agora tinha que se manter firme, pois qualquer novo recuo era impossível.

12. Pegamos vários detalhes da terceira versão. Nas edições publicadas, a fúria de Darenski com Beriózkin é menos extrema; ele não o acusa de ser como um mascate. Tampouco seus olhos se enchem de lágrimas quando se despede de Beriózkin e Tamara. E a penúltima frase, sobre as mãos de Tamara estarem sujas e desfiguradas, é omitida — outro exemplo da insistência soviética na observação do decoro.

13. Similar em todas as variantes, exceto que nas edições publicadas o parágrafo iniciado com "'Morreu, morreu, morreu'" tem um tom menos variado; a frase sobre saltear cogumelos e a descrição de Áristov como alguém que parece ter acabado de voltar de férias são, ambas, da terceira versão. Houve também uma mudança no

penúltimo parágrafo. Nas edições publicadas, Tamara quer apenas enxugar os olhos de Beriózkin; na terceira versão, a que seguimos, quer também limpar o nariz dele. Isso também foi visto como uma inaceitável violação do decoro.

14. Dois episódios foram omitidos em 1952 e 1954: o relato das três meninas roubando uma cenoura do garotinho e a conversa com o velho que diz não precisar de documentos na estepe. A frase sobre a maneira como os camelos torcem os lábios "como se estivessem rindo de nós" é da terceira versão.

15. Aqui seguimos a edição de 1956. Na terceira versão, não há nada sobre a isbá da mulher lembrar Vavílov de sua própria casa. E a mulher não tem filhos. Quando Vavílov pergunta a ela por que não os expulsou, a ele e seus companheiros, com um atiçador, ela responde:

— Tenho pena de vocês, meus filhos. Vocês podem ser uns pobres soldados, e talvez não muito corajosos, mas eu os amo do mesmo jeito. Meu velho faleceu há muito tempo. Não tenho filhos, então só me resta cuidar de vocês. Uma mulher sempre ama os filhos, sejam bons ou sejam maus.

O trecho sobre a mulher que vende canecas de água está presente na terceira versão, mas foi publicado pela primeira vez apenas em 1956, com uma alteração. Na terceira versão, ela cobra dez rublos por caneca; na edição de 1956, apenas um rublo por caneca.

A frase sobre a exaustão dos soldados ser "eclipsada pelo medo da morte" é da terceira versão. Uma versão condensada dos capítulos 15, 23, 24 e 31, intitulada "A travessia", foi incluída em *À beira do Volga* (1949).

16. Como muitas passagens sobre Ieriômenko, grande parte deste capítulo foi omitida em 1952 e 1954. A menção aos peidos e xingamentos dos generais é da terceira versão.

17. Este capítulo foi omitido em 1952 e 1954. A terceira versão e a edição de 1956 são similares, exceto que na terceira versão Tchuikov é recebido não apenas por Ieriômenko, mas também por Khruschóv. A menção ao prazer do ajudante de ordens com a linha "nítida e precisa" com que ele demarca o avanço alemão é da terceira versão — bem como o triste pensamento de Tchuikov sobre ser considerado descartável.

18. Na edição de 1956, Darenski é surpreendentemente franco sobre o período passado no campo. Na terceira versão e em 1952 e 1954, ele diz: "Na época daquela situação desagradável..."; o contexto, entretanto, deixa claro o que ele quer dizer.

Vários detalhes, como o temor de Darenski de acabar partilhando das banais obsessões dos oficiais de comunicações por diferentes tipos de *kacha*, são da terceira versão. A passagem sobre o amor de Darenski pelas mulheres, no entanto, não aparece na terceira versão; é evidente que Grossman a adicionou mais tarde. Originalmente, Darenski e Nóvikov eram um único personagem; o fato de Grossman transformar Darenski em um mulherengo pode ter sido uma das maneiras que encontrou para diferenciar os dois comandantes.

19. A menção de que Agêiev "discretamente se persignou" ao sair de seu abrigo é da terceira versão, assim como os ajudantes de ordens se sentindo "quase desapontados" no final do capítulo.

20. Alguns detalhes no relato de Darenski sobre a viagem — por exemplo, os "percevejos e insetos" e as "plataformas de estação imundas" — são da terceira versão.

21. Como outros resumos histórico-militares, este capítulo não aparece na terceira versão.

22. Para o discurso de Gúrov iniciado por "Pobreza não é defeito", seguimos a terceira versão. Nas edições publicadas, Gúrov continua listando um número improvável de homens de vários regimentos que se candidataram a aderir ao Partido. Essa lista é mais curta em 1956 do que nas edições de 1952 e 1954 — o que sugere que Grossman poderia ter preferido omiti-la por completo. De acordo com um artigo recente de Oleg Budnitski, "a adesão em massa ao Partido e à Komsomol estava longe de ser um movimento caótico vindo de baixo. Foi iniciado de cima" ("A Harvard Project in Reverse", *Kritika*, v. 19, n. 1, p. 192, inverno 2018). Grossman teria conhecimento disso.

Para o terceiro parágrafo do final do capítulo, seguimos a edição de 1956. Na terceira versão, lê-se o seguinte: "Na primeira metade de setembro de 1942 houve dois eventos de especial importância para a defesa de Stalingrado: a concentração de artilharia pesada na margem esquerda e a transferência da divisão de guardas de Rodímtzev para a margem direita".

O parágrafo final é da terceira versão.

A terceira versão contém um capítulo adicional sobre Tchuikov. Até Stalingrado, de acordo com Grossman, Tchuikov não havia obtido grandes êxitos, e os outros comandantes a princípio o tratavam com bastante desdém. Logo, porém, entenderam que "Tchuikov não fora simplesmente imposto a eles de cima para baixo. Pelo contrário, era como se ele tivesse sido criado para a batalha mais terrível que a humanidade já conheceu".

23-24. Similares em todas as variantes. No entanto, omitimos o seguinte parágrafo do início do capítulo 23:

> E lá, na margem esquerda do Volga, os instrutores políticos e comissários liam em voz alta para seus homens o decreto nº 4, "Lutar até a morte!", e distribuíam cópias da edição de 4 de setembro do *Estrela Vermelha* com seu artigo de primeira página, "Rechaçar o avanço alemão em Stalingrado!". Também davam rápidas palestras de cinco

minutos sobre atos de heroísmo, citando os exemplos de Boloto, Oleinikov, Samoilov e Belikov, os fuzileiros antitanque que, juntos, haviam destruído quinze tanques em uma única batalha perto de Klétzkaia.

Diante da desesperada urgência para levar a divisão à outra margem do Volga, é implausível que houvesse tempo mesmo para cinco minutos de instrução política. Uma vez que esse parágrafo não aparece na terceira versão, parece provável que os editores de Grossman tenham exigido que ele o inserisse, a fim de destacar a importância do papel desempenhado pelo Partido e pelos comissários políticos.

25. Aqui também omitimos cerca de quinze linhas, não presentes na terceira versão, sobre instrução política. Vavílov dá ordens aos comissários de seu batalhão, e eles, por sua vez, dizem aos instrutores políticos como conduzir reuniões curtas com seus homens: "Tudo deve ser curto e simples. Defendemos Tsarítsin dos brancos — defenderemos Stalingrado dos alemães. Divulguem a todos as plantas topográficas da cidade".

O comentário do soldado sobre o chocolate é da terceira versão. Nas edições publicadas é menos contundente; em 1952 e 1954, o soldado diz apenas: "Sim, irmão, vamos pegar nosso chocolate".

O penúltimo parágrafo do capítulo, no qual Rodímtzev diz que nunca na vida se sentiu tão triste, está presente na terceira versão, mas foi publicado pela primeira vez apenas em 1956 — com a omissão das palavras "está muito claro". Uma versão condensada deste capítulo, intitulada "Antes da batalha", foi incluída em *À beira do Volga* (1949).

26-28. Similares em todas as variantes.

29. Aqui pegamos algumas passagens curtas da terceira versão: o parágrafo que termina com a menção de que Lena Gnatiuk passou a noite com Filiáchkin; o parágrafo sobre o tenente que acaba com um olho roxo em uma isbá de aldeia; e as duas últimas frases das reflexões de Grossman sobre os momentos de "severidade extrema" de Filiáchkin. Nas edições publicadas, a réplica de Konaníkin a Filiáchkin no final do capítulo é menos ousada, sem menção a condenados. Ele diz apenas: "Você acha que é mais fácil comandar soldados num combate do que ser um soldado?".

30. Similar em todas as variantes — exceto que, nas edições publicadas, a discussão sobre a barra de chocolate é mais curta.

31. Para o parágrafo sobre a dificuldade de Vavílov em obter materiais de construção, seguimos a terceira versão. Existem muitas pequenas mudanças nas edições publicadas, todas para criar uma imagem mais suave e agradável. Os últimos quatro parágrafos do capítulo — sobre o povo gostar da força — estão presentes na terceira versão, mas foram publicados pela primeira vez apenas em 1956. Isso sugere que eram importantes para Grossman, mas que foram vetados por seus

editores. O estilo de Grossman aqui também é um tanto prolixo e opaco. É possível que tivesse em mente a atitude do povo russo acerca de Stálin, bem como a atitude do povo alemão em relação a Hitler — mas que não pudesse deixar nada disso muito claro.

32. Similar em todas as variantes.

33. As palavras "algumas não dizerem nada, algumas tentarem se esconder e outras abrirem um sorriso fingido enquanto arriscavam algumas palavras em alemão" são da terceira versão. A referência de Bach à Inglaterra e aos Estados Unidos também é dessa versão; nas edições publicadas, ele diz: "E havia a Sibéria e os Urais".

34. A passagem sobre Stumpfe ter ateado fogo a um posto de comando guardado por uma sentinela do Exército Vermelho é da terceira versão, assim como a menção a sua competência no idioma russo. Mais importante é que a terceira versão contém duas referências ao antissemitismo nazista que Grossman foi, sem dúvida, obrigado a omitir. Primeiro, os "diálogos cômicos" entre um rabino e sua esposa. Em segundo lugar, a crença dos soldados alemães de que o comunista Liebnecht (sic!) era um "agente do Sinédrio" judeu.

35. Algumas das palavras de Vogel sobre a "camaradagem soldadesca" são da terceira versão. Os editores de Grossman ficaram evidentemente desconfortáveis com o fato de os soldados alemães atribuírem tamanha importância a um conceito tão soviético como "camaradagem".

36. Outro dos capítulos adicionados para a primeira publicação do romance em 1952. Fadêiev pedira a Grossman que inserisse uma passagem sobre a resistência alemã a Hitler; as autoridades soviéticas precisavam enfatizar esse ponto a fim de legitimar o regime comunista imposto à Alemanha Oriental.

A resposta de Grossman exemplifica sua capacidade de fazer uso criativo da interferência editorial. Na terceira versão e em 1952, Schmidt pensa: "Ou que talvez pudesse, em sonhos, murmurar algo equivocado. Seu vizinho o ouviria, acordaria os outros e diria: 'Venham cá, escutem só o que este comunista está dizendo sobre o nosso Führer'". Grossman, nesse caso, opta por utilizar o termo "Führer" transliterado para o russo. Em 1954, o termo é omitido e a frase termina assim: "Escutem só o que este comunista está dizendo". E, na edição de 1956, que utilizamos aqui: "Escutem só o que este comunista está dizendo sobre o nosso líder". Desta vez, no entanto, a palavra para "líder" é *vojd* — a forma soviética usual de se referir a Stálin. Toda essa passagem, portanto, pode ser lida como uma declaração não apenas sobre a vida na Alemanha nazista mas também sobre a vida na Rússia soviética. O fato de Grossman ter revisado essa frase não apenas uma, mas duas vezes, é uma indicação especialmente clara da lucidez com que estava tratando o assunto.

37. Similar em todas as variantes. As palavras "Vou mandar fuzilar!" e a "resposta entrecortada" de Tchuikov a Rodímtzev são da terceira versão, assim como a piada de Ieriômenko sobre não querer "um segundo front aqui em Stalingrado".

38. Algumas partes das fantasias de Filiáchkin sobre passar um tempo com Lena Gnatiuk são da terceira versão. Como muitos outros detalhes sombrios, as linhas sobre as mulheres precisarem vender peças de roupa dos maridos não foram incluídas em 1952 e 1954.

39. Na passagem a seguir, a palavra "amorosamente" foi retirada da terceira versão:

> O segundo sacudiu a terra dos ombros, limpou amorosamente a colher na palma da mão e murmurou, perplexo:
> — Pensei que era o fim, juro.

O leitor talvez se pergunte por que Grossman — ou um de seus editores — se incomodaria a ponto de excluir uma palavra aparentemente inócua, ou por que um tradutor deveria se preocupar em reinseri-la no texto. Essa palavra, entretanto, não é desimportante. No terceiro capítulo de seu livro sobre os suprimentos e equipamentos do Exército Vermelho durante a guerra, intitulado "The Government's Pot and the Soldier's Spoon: Rations in the Red Army", Brandon Schechter escreve:

> Praticamente nada que os soldados carregavam pertencia a eles. Suas roupas eram propriedade do governo. [...] No entanto, cada um possuía uma colher. [...] A colher e o copo estavam entre os poucos itens do mundo civil que os soldados levavam consigo ao longo do serviço militar. As colheres costumavam ser individualizadas com iniciais e trabalho artístico [...] toda a comida era concebida para ser consumida com uma colher ou com as mãos. A colher tornou-se o emblema do verdadeiro soldado. Vera Malakhova, cirurgiã da linha de frente, recorda-se de um momento embaraçoso perto de Odessa. Ao se juntar a um grupo de soldados sentados para uma refeição, ela percebeu que lhe faltava algo que todos os homens a seu redor tinham: "Diabos! Mas que tipo de pessoa é você? Por que não tem uma colher?". [...] Um soldado reduzido ao mínimo transportava uma colher e um fuzil. [...] As colheres eram *o* instrumento de consumo individual e uma rara peça de propriedade pessoal, profundamente estimada.

Algumas páginas à frente, a poderosa imagem do breve momento de trégua descrito como "um breve raio de luz na lâmina de uma faca empunhada" é da terceira versão.

40. Grande parte do parágrafo sobre os membros do batalhão penal é da terceira versão. As edições publicadas são mais brandas, sem menção ao soldado que atirou em si mesmo, o soldado que fugiu do campo de batalha ou a aparente deserção de Iakhontov.

41. Os dois parágrafos a partir de "Ele não os havia conhecido" são muito mais curtos em 1952 e 1954. Há apenas a frase "Aos dois anos de idade, ele foi levado para um orfanato", e as últimas frases, a partir de "Ele estudou" até o final do parágrafo.

42. Para este capítulo, seguimos a terceira versão. As edições publicadas são similares, exceto pela adição de dez tediosas linhas do caderno de anotações de Tchvedkov, registrando atos de heroísmo e a gratidão dos soldados a seus instrutores.

43-44. Similares em todas as variantes.

45. Para o início deste capítulo, seguimos a terceira versão. As edições publicadas contêm seis parágrafos adicionais sobre uma malsucedida tentativa do soviete de socorrer o batalhão de Filiáchkin. Parece provável que os editores de Grossman tenham exigido que ele adicionasse essa passagem, de modo a não dar a impressão de que o Exército Vermelho havia feito pouco-caso de Filiáchkin e o abandonado.

As duas referências à produção de bandagens a partir de tecidos finos enviados por mulheres estadunidenses são da terceira versão. As últimas palavras da mensagem de Kováliov — "pela gloriosa causa de Stálin!" — foram omitidas da edição de 1956.

46. Como muitas das imagens mais vívidas de Grossman, as palavras "das vidas que partiam depois das últimas golfadas e gorgolejos" são da terceira versão. Os diálogos sobre a morte, da frase dita por Ussúrov — "Agora já não podemos manter a morte longe de nós" — ao que diz Réztchikov — "Deixem-me ficar quieto por um minuto antes de morrer" — também são dessa edição.

47. A conversa entre Bach e Lenard sobre merda e soldados limpando a bunda são da terceira versão.

48. Outro dos capítulos que Grossman foi obrigado a acrescentar para a primeira publicação. O texto datilografado desses capítulos e as edições publicadas são quase idênticos, exceto a última meia página, que é mais curta nas edições publicadas. Pegamos duas passagens do texto datilografado: a frase começando com "Ele me escrevia o tempo todo" e os quatro parágrafos curtos que começam com "A quem posso perguntar?".

Outra pequena mudança exemplifica a extraordinária atenção que Grossman dá aos detalhes do texto e à determinação das autoridades em minimizar o sofrimento das mulheres. No datiloscrito e em 1956, as mulheres tinham que puxar o arado "em alguns dias"; em 1952 e 1954, apenas "dois dias".

49. A segunda e a terceira frases deste capítulo, a partir de "Estavam todos mortos", são da terceira versão. Pode ser que os editores de Grossman as tenham considerado muito paradoxais.

50. Similar em todas as variantes. Na terceira versão — mas não nas edições publicadas —, é seguido por um capítulo de reflexões mais gerais sobre os primeiros dezoito meses da guerra. Usando a linguagem da física, Grossman afirma que a energia cinética de um exército moderno e altamente mobilizado é tal que nenhuma linha defensiva — nenhuma fortaleza ou Linha Maginot — é capaz de detê-lo. Nada pode detê-lo, exceto a tecnologia e a força moral, trabalhando juntas. Durante o primeiro ano da guerra, houve várias ocasiões — por exemplo, a defesa da fortaleza de Brest e o longo cerco de Sebastopol — em que os exércitos soviéticos mostraram sua força moral. Só na Batalha de Stalingrado, no entanto, é que foram capazes de combinar força moral e tecnológica.

É difícil julgar se a decisão de omitir esse capítulo um tanto prolixo foi de Grossman ou de seus editores. Parece provável, porém, que Grossman poderia tê-lo restabelecido em 1956, pelo menos em parte, se o considerasse importante.

51. Este capítulo aparece pela primeira vez na sexta versão, a mais ortodoxa de todas, provavelmente escrita em 1949.

52. Similar em todas as variantes.

53-56. Outra parte que Grossman foi obrigado a adicionar para a primeira publicação do romance em 1952. Não há nada na terceira versão, ou em qualquer um dos primeiros textos datilografados, que corresponda a estes capítulos poderosos.

Robert Chandler e Yury Bit-Yunan

Nota sobre os nomes russos e relação de personagens principais

Um russo tem três nomes: um nome cristão, um patronímico (derivado do nome de batismo do pai) e um nome de família. Assim, Aleksandra Vladímirovna é filha de um homem cujo primeiro nome é Vladímir, e Viktor Pávlovitch é filho de um homem chamado Pável. Usados juntos, o prenome e o patronímico são a forma educada normal de se dirigir a uma pessoa ou referir-se a ela; o sobrenome ou nome de família é usado com menos frequência. Amigos próximos ou parentes costumam se dirigir uns aos outros por uma das muitas formas diminutivas ou afetuosas de seus primeiros nomes. Liúda, por exemplo, é um diminutivo/apelido de Liudmila; Nádia, de Nadiéjda; Pétia, de Piotr; Vária, de Varvára; e Vítia, de Viktor. Macha e Marússia são, ambos, diminutivos de Mária; menos obviamente, Gênia é diminutivo de Ievguênia; Vânia, de Ivan; e Tólia, de Anatoli. Existe também uma grande variedade de diminutivos duplos: Vitenka é um diminutivo duplo de Viktor, e Vanechka é um diminutivo duplo de Ivan.

RELAÇÃO DE PERSONAGENS PRINCIPAIS

Para que esta lista se mantivesse em uma extensão administrável, não incluímos personagens secundários que aparecem apenas em um único capítulo: por exemplo, a maioria dos trabalhadores da usina termelétrica Stalgres e a equipe do hospital onde trabalham Vera e Sófia Óssipovna Levinton. O arranjo desta lista não pretende ser consistente. Quando existe uma hierarquia clara, por exemplo, dentro de uma unidade militar, as figuras mais importantes vêm primeiro. Em outras circunstâncias, os nomes estão em ordem alfabética; a exceção são os membros de um determinado subgrupo — por exemplo, uma pequena família dentro de uma família extensa —, que aparecem juntos.

As figuras históricas reais são indicadas por um asterisco.

1. Civis

FAMÍLIA CHÁPOCHNIKOV

Aleksandra Vladímirovna Chápochnikova	matriarca da família
Liudmila Nikoláievna Chápochnikova	filha mais velha de Aleksandra
Abartchuk	primeiro marido de Liudmila, preso em 1937
Anatoli (Tólia) Chápochnikov	tenente do Exército Vermelho, filho de Liudmila e Abartchuk
Viktor Pávlovitch Chtrum	marido de Liudmila, físico
Nádia	filha de Viktor e Liudmila
Anna Semiônova	mãe de Viktor
Marússia Spiridônova	filha do meio de Aleksandra
Stepán Fiódorovitch Spiridônov	marido de Marússia, diretor da usina termelétrica de Stalingrado (Stalgres)
Vera Spiridônova	filha de Stepán Fiódorovitch e Marússia
(Zina Mélnikova	amiga íntima de Vera)
(Víktorov	sargento do Exército Vermelho e piloto de caça, torna-se amante de Vera)
Dmitri Chápochnikov (Mítia)	filho de Aleksandra, irmão de Liudmila, Ievguênia e Marússia, prisioneiro político desde 1937, enviado para um campo de trabalho no canal do mar Branco
Ida Semiônova	esposa de Dmitri
Serioja Chápochnikov	filho de Dmitri, adotado por Aleksandra, soldado no front
Ievguênia Nikoláievna Chápochnikova (Gênia)	filha caçula de Aleksandra
Nikolai Grigórievitch Krímov	ex-marido de Gênia, comissário do Exército Vermelho
(Piotr Pávlovitch Nóvikov	coronel do Exército Vermelho, quer se casar com Gênia, recebe o comando de um corpo de tanques)

AMIGOS DOS CHÁPOCHNIKOV

Pável Andrêievitch Andrêiev — trabalhador em uma fábrica de aço
Sófia Óssipovna Levinton — cirurgiã em um hospital militar
Mikhail Sídorovitch Mostovskói — um velho bolchevique (Agrippina Petrovna é sua senhoria, e Gagárov é um velho amigo)
Tamara Beriózkina — uma refugiada, costuma visitar com frequência os Chápochnikov

FAMÍLIA DE PÁVEL ANDRÊIEVITCH ANDRÊIEV E SEU CÍRCULO

Varvára Aleksandrovna — esposa de Pável
Anatoli — filho adulto de Pável e Varvára
Natália — esposa de Anatoli
Volódia — filho pequeno de Anatoli e Natália
Micha Poliákov — um velho camarada de Andrêiev

FAMÍLIA DE TAMARA BERIÓZKINA

Ivan Leóntievitch Beriózkin — marido de Tamara, major da infantaria
Slava — filho de Tamara e Ivan
Liúba — filha de Tamara e Ivan, de cinco anos

COLEGAS DE VIKTOR CHTRUM

Dmitri Petróvitch Tchepíjin — acadêmico, ex-professor de Viktor
Anna Stepánovna Lochakova — assistente de laboratório
Ivan Ivánovitch Maksímov — bioquímico, voltou recentemente da Tchecoslováquia
Pímenov — diretor administrativo interino do Instituto de Física a partir da primavera de 1942
Leonid Serguêievitch Postôiev — eminente físico e acadêmico
(Alla Postôieva — filha de Postôiev)
Piotr Lavriêntievitch Sokolov — matemático
Ivan Dmítriêvitch Súkhov — diretor do Instituto de Física até a primavera de 1942

OBKOM (COMITÊ REGIONAL DO PARTIDO) DE STALINGRADO

Ivan Pávlovitch Priákhin	primeiro-secretário
Barúlin	seu assistente
Mikháilov	major do Exército Vermelho, chefe da seção militar
Filíppov	vice-presidente do comitê executivo
Jílkin	diretor da cantina

ORFANATO DE STALINGRADO

Ielizaveta Saveliêvna Tókareva	diretora
Klava Sokolova	assistente, amiga de Natália Andrêievna
Slava Beriózkin	filho de Ivan e Tamara Beriózkina
Gricha Serpokril	menino órfão traumatizado e supostamente mudo

FAMÍLIA DE PIOTR VAVÍLOV E SEU CÍRCULO

Piotr Semiônovitch Vavílov	trabalhador do colcoz, destacado para o batalhão de Filiáchkin
Mária Nikoláievna	esposa de Piotr
Aliocha, Nástia e Vânia	filhos de Piotr e Mária
Macha Balachova	jovem vizinha, amiga de Nástia
Natália Degtíarova	vizinha

ENGENHEIROS-CHEFES E DIRETORES DE FÁBRICA EM MOSCOU

Andrei Trofímovitch	membro do conselho do Comissariado do Povo, ou talvez vice-comissário
Tcheptchenko	diretor de uma fábrica metalúrgica recém-evacuada para os Urais
Semion Krímov	irmão de Nikolai Krímov, engenheiro-chefe em uma fábrica da Sibéria
Smejnik	apelido de um militar de patente indefinida cujo significado é "Fábrica parceira"
Svertchkov	diretor de uma fábrica dos Urais

IVAN NÓVIKOV E A MINA DE CARVÃO

Ivan Pávlovitch Nóvikov	irmão do coronel Nóvikov, experiente mineiro, escavador de mina
Inna Vassílievna	esposa de Ivan, professora
Macha	filhinha enfermiça de Ivan e Inna
Braginskaia	polonesa russificada, acarretadora de vagonetes
Gavrila Deviátkin	escavador de mina
Kótov	escavador de mina, de Oriol
Ivan Kuzmitch	secretário do obkom responsável pela indústria
Iliá Maksímovitch Lapichin	diretor do setor de carvão
Latkov	contramestre
Niúra Lopatina	ex-trabalhadora do colcoz, agora acarretadora de vagonetes
Mechkov	general do Exército Vermelho, diretor de uma fábrica de chapas de blindagem para tanques
Motórin	secretário do comitê do Partido na mina
Rógov	chefe de seção
Vikêntiev	experiente mineiro siberiano, agora contramestre
Iázev	diretor da mina
Gueórgi Andrêievitch	representante do Comitê de Defesa do Estado

2. Militares

COM NIKOLAI KRÍMOV, FUGINDO DO CERCO

Petrov	médico do Exército
Sízov	comandante de batedores
Skoropad	chefe de provisões de Krímov
Svetílnikov	major da Força Aérea, chefe de estado-maior de Krímov

COM NIKOLAI KRÍMOV NO QUARTEL-GENERAL DO 50º EXÉRCITO

Petrov	major-general, comandante do 50º Exército
Chlíapin	comissário de brigada de Petrov

COM NIKOLAI KRÍMOV NO FRONT SUDOESTE

Semiônov	motorista de Krímov
Generalov	sargento
Gorélik	tenente-coronel, comandante de brigada
Kostiukov	chefe de estado-maior da brigada
Morózov	tenente
Sarkissian*	primeiro-tenente, comandante de uma divisão de morteiros pesados
Selídov	apontador de canhão
Svistun	comandante de uma bateria antiaérea nos arredores da Fábrica de Tratores em Stalingrado

COM PIOTR NÓVIKOV NO ESTADO-MAIOR DO FRONT SUDOESTE

Semion Timotchenko*	marechal, comandante em chefe do front sudoeste
Afanássi Georguiêvitch Bíkov	major-general, superior imediato de Nóvikov
Tcheprak	comissário de batalhão, secretário do Soviete Militar
Vitali Aleksêievitch Darenski	tenente-coronel, oficial talentoso, de origem aristocrática
Ivántchin	membro do Soviete Militar (ou seja, comissário de mais alta patente)
Angelina Tarássovna	a melhor datilógrafa

NO ESTADO-MAIOR EM MOSCOU

Iákov Fiodorenko*	general, chefe do Diretório de Blindados do Exército Vermelho
Ivánov	coronel, amigo de Nóvikov, servindo no estado-maior
Andrei Khrulíov*	general, vice-comissário do povo para a Defesa (a partir de agosto de 1941)
Zvezdiúkhin	tenente-coronel, oficial da seção de quadros

JORNALISTAS DO EXÉRCITO

Bolokhin	correspondente do jornal *Estrela Vermelha*, entusiasta da poesia simbolista
Zbávski	correspondente do *Notícias de Última Hora*

OFICIAIS EM STALINGRADO

Andrei Ieriômenko*	coronel-general, comandante em chefe do front de Stalingrado
Agêiev	coronel, comandante de artilharia de Ieriômenko
Vassili Tchuikov*	major-general, comandante do 62º Exército
Kuzma Gúrov*	comissário de divisão, membro do Soviete Militar
Nikolai Krilov*	major-general, chefe do estado-maior de Tchuikov
Pojárski*	comandante de artilharia de Tchuikov
Gúriev*	major-general, comandante de divisão
Gúrtiev*	coronel, comandante de divisão
Jelúdiov*	general, comandante de divisão
Liúdnikov*	general, comandante de divisão
Batiuk*	tenente-coronel, comandante de divisão
Goríchni*	coronel, comandante de divisão
Rodímtzev*	major-general, comandante da 13ª Divisão de Guardas
Biélski	major, chefe do estado-maior de Rodímtzev
Vavílov	comissário da divisão de Rodímtzev
Matiúchin	tenente-coronel, comandante de regimento
Iélin*	tenente-coronel, comandante de regimento
Filiáchkin	primeiro-tenente, comandante de batalhão
Tchvedkov	comissário de batalhão de Filiáchkin
Igúmnov	tenente, chefe do estado-maior de Filiáchkin
Konaníkin	primeiro-tenente, comandante da 1ª Companhia de Filiáchkin
Micha Kováliov	tenente, comandante da 3ª Companhia de Filiáchkin
Kotlov	instrutor político de Kováliov
Marchenko	subtenente, braço direito de Kováliov depois que Kotlov é ferido

Dodónov	primeiro-sargento, dedo-duro, mais tarde um desertor
Lena Gnatiuk	primeiro-sargento, instrutora médica
Muliartchuk	ex-fabricante de fogões
Réztchikov	o piadista da companhia
Ríssev	ex-paraquedista
Usmánov	uzbeque
Ussúrov	ex-motorista na Ásia Central
Piotr Semiônovitch Vavílov	ex-trabalhador de colcoz
Záitchenkov	ex-contador

CAMARADAS MILICIANOS DE SERIOJA CHÁPOCHNIKOV

Briuchkov	comandante de pelotão
Tchentsov	ex-estudante de pós-graduação em engenharia
Galigúzov	comandante de uma unidade de canhoneiros
Grádussov	ex-oficial de baixa patente em uma seção provincial de habitação
Iliúchkin	soldado confuso
Kriákin	comandante de companhia
Poliákov	ex-carpinteiro, amigo de Pável Andrêievitch Andrêiev
Tchumilo	instrutor político da companhia

3. Os alemães

Friedrich Paulus*	general, comandante do 6º Exército
Wilhelm Adam*	coronel, ajudante de ordens de Paulus
Franz Weller*	general, comandante de uma divisão de granadeiros
Wolfram von Richthofen*	general, comandante do 4º Corpo Aéreo
Forster	coronel, oficial do estado-maior
Pieter Bach	tenente, noivo da filha de Forster, Maria
Preifi	capitão, comandante de batalhão
Fritz Lenard	tenente, oficial da ss
Ledeke, Stumpfe e Vogel	três amigos
Karl Schmidt	soldado raso e ex-comunista

Bibliografia selecionada

Ao longo dos últimos vinte anos, publicou-se muito material sobre a guerra no front oriental e a Batalha de Stalingrado. *Russia's War: A History of the Soviet Effort, 1941-1945*, de Richard Overy (Nova York: Penguin, 1998) e *Stalingrado: O cerco fatal*, de Antony Beevor (Rio de Janeiro: Record, 2002) estiveram entre os primeiros livros a alcançar um grande público de leitores. A seguir, relaciono algumas outras obras que considero especialmente úteis:

BEEVOR, Antony. *A Segunda Guerra Mundial*. Rio de Janeiro: Record, 2015.

BELLAMY, Chris. *Absolute War: Soviet Russia in the Second World War*. Londres: Pan Macmillan, 2009.

BRAITHWAITE, Rodric. *Moscou, 1941: Uma cidade e seu povo na guerra*. Rio de Janeiro: Record, 2009.

ELLIS, Frank. *And Their Mothers Wept: The Great Fatherland War in Soviet and Post-Soviet Russian Literature*. Londres: Heritage House, 2007. Um relato abrangente da ficção soviética e pós-soviética sobre a Segunda Guerra Mundial.

FINOGENOV, K. I. *Diário da linha de frente do artista K. I. Finogenov, dezembro de 1942 a fevereiro de 1943*. Moscou; Leningrado: [s.n.], 1948. Oitenta magníficos desenhos, feitos sob a pressão da experiência imediata. É surpreendente que este volume nunca tenha sido republicado.

GARRARD, John; GARRARD, Carol. *The Life and Fate of Vasily Grossman*. Barnsley: Pen & Sword, 2012.

GLANTZ, David M.; HOUSE, Jonathan M. *Stalingrad*. Lawrence: University of Kansas Press, 2017. História militar baseada em detalhada e criteriosa pesquisa.

GROSSMAN, Vassili. *Godi voini*. Moscou: Pravda, 1989. Versão quase completa e minimamente censurada dos cadernos de anotações de guerra.

_____. *Um escritor na guerra: Vassili Grossman com o Exército Vermelho, 1941-1945*. Org. de Antony Beevor e Luba Vinogradova. Trad. de Bruno Casotti. Rio de Janeiro: Objetiva, 2008. Trechos dos cadernos de anotações de guerra de Grossman, com comentários úteis.

HELLBECK, Jochen. *Stalingrad: The City that Defeated the Third Reich*. Nova York: Public Affairs, 2016. Seleta de entrevistas realizadas por historiadores soviéticos em 1943 com sobreviventes da batalha — russos e alemães, militares e civis.

JONES, Michael K. *The Retreat: Hitler's First Defeat*. Londres: John Murray, 2009.

JONES, Michael K. *Stalingrad: How the Red Army Triumphed*. Barnsley: Pen & Sword, 2010. Relato claro e vívido.

MERRIDALE, Catherine. *Ivan's War: Inside the Red Army, 1939-45*. Londres: Faber & Faber, 2006. Evocação da experiência de um soldado raso do Exército Vermelho, em um texto sensível e abalizado em termos psicológicos.

POPOFF, Alexandra. *Vasily Grossman and the Soviet Century*. New Haven: Yale University Press, 2019.

SCHECHTER, Brandon M. *The Stuff of Soldiers: A History of the Red Army in World War II Through Objects*. Ithaca; Londres: Cornell University Press, 2019. Um relato extraordinário, quase enciclopédico, do lado prático e material da vida dos soldados do Exército Vermelho: suas rações, seus uniformes, suas armas etc.

As mais importantes publicações russas recentes são, de longe, os artigos e livros publicados por Yury Bit-Yunan e David Feldman. O livro de memórias de Semion Lipkin, envolvente e bem escrito, influenciou a maioria dos textos posteriores sobre Grossman, mas infelizmente não é confiável.

Agradecimentos

Sou especialmente grato a Jochen Hellbeck por ter sido o primeiro a me incentivar, muitos anos atrás, a traduzir este grande romance; a Ian Garner, Alexandra Popoff, Brandon Schechter e Tatiana Dettmer, por me permitirem utilizar trabalhos de sua autoria ainda inéditos; a Yury Bit-Yunan, Darya Paschenko e Pietro Tosco por sua ajuda na obtenção de material de arquivo; e a Antony Beevor, Maria Bloshteyn, Rodric Braithwaite, John Burt, Tom Cowdrey, Steve Crawshaw, Boris Dralyuk, Philip Horowitz, Michael K. Jones e Garrett Riggs, que leram na íntegra rascunhos desta tradução e fizeram sugestões úteis; e a David Black, Elizabeth Cook e Martha Kapos, que me ouviram ler muitos capítulos em voz alta e me ajudaram a esclarecer várias passagens estranhas.

Muitas, muitas outras pessoas também responderam às minhas inúmeras perguntas sobre linguagem, terminologia militar, roupas e dieta soviética etc. Entre elas, Denis Akhapkin, Tarik Amar, Michele Berdy, Loren Billings, Edyta Bojanowska, Stuart Britton, Oxana Budjko, Dmitry Buzadzhi, Inna Caron, Ilona Chavasse, Vitaly Chernetsky, Ralph Cleminson, Andy Croft, Stephen Dalziel, Lydia Dhoul, Stephen M. Dickey, Jim Dingeman, John Dunn, Anna Finkelstern, Anne Fisher, Paul Gallagher, Maria Gapotchenko, Ian Garner, Irina Gnedko, Stuart Goldberg, Svetlana Grenier, Gasan Gusejnov, Ellen Hinsey, Geoffrey Hosking, Alina Israeli, Tatiana Kaplun, Bryan Karetnyk, Pavel Khazanov, Brendan Kiernan, Ani Kokobobo, Anna-Maria Leonard, Mikhail Lipyanskiy, Yelena Malysheva, Steve Marder, Melanie Mauthner, Jenya Mironava, Alice e Alexander Nakhimovsky, coronel Ian Vere Nicol, Andrew Nurnberg, Natasha Perova, Anna Pilkington, Karen Porter, David Powelstock, Olia Prokopenko, Daniel Rancour-Laferriere, Anna Razumnaya, Oliver Ready, Paul Richardson, Irina Rodimtseva, Alex Schekochihin, Peter Scotto, Richard Shaw, Miriam Shrager, Irina Six, Clifford Slaughter, Ludmila Snigireva, Sasha Spektor, Oleksandr Spirin, Lisa R. Taylor, Peter e Susan Tegel, Anne Thompson, Ken Timbers, Christine Worobec e Jurgen Zarusky. Minha gratidão, como sempre, a todos os membros do Seelangs, grupo de e-mail extremamente útil e generoso sem o qual este trabalho teria sido muito mais difícil. E minhas mais profundas desculpas a qualquer um cujo nome eu tenha me esquecido de mencionar.

Ao traduzir este livro, pensei muito em meu pai, o coronel Roger Elphinstone Chandler, que morreu aos quarenta e sete anos, quando eu tinha quinze. Ele nutria um especial interesse por história e era oficial da Artilharia Real. *Stalingrado* teria significado muito para ele, sobretudo em vista da simpatia e admiração que Grossman parece ter por artilheiros.

Vassili Grossman nasceu em Berdítchev, na atual Ucrânia, em 1905. Depois de estudar química e ter trabalhado como engenheiro de minas, foi descoberto por Maksim Górki, cujo apoio permitiu que ele começasse a publicar seus textos. Grossman foi correspondente durante a Segunda Guerra Mundial e cobriu a defesa de Stalingrado e a queda de Berlim. O manuscrito de *Vida e destino*, sua obra mais conhecida, foi confiscado e proibido pela KGB em 1960. Contrabandeado para fora da União Soviética uma década mais tarde, o romance foi por fim publicado na Europa e nos Estados Unidos no início dos anos 1980, vindo a ser lançado na Rússia apenas em 1988. Grossman, que faleceu em 1964, não viveu a tempo de vê-lo publicado.

ESTA OBRA FOI COMPOSTA PELA ABREU'S SYSTEM EM ADOBE GARAMOND
E IMPRESSA EM OFSETE PELA GRÁFICA SANTA MARTA SOBRE PAPEL PÓLEN NATURAL
DA SUZANO S.A. PARA A EDITORA SCHWARCZ EM AGOSTO DE 2023

A marca FSC® é a garantia de que a madeira utilizada na fabricação do papel deste livro provém de florestas que foram gerenciadas de maneira ambientalmente correta, socialmente justa e economicamente viável, além de outras fontes de origem controlada.